文艺报 **70** 周年精选文丛

文艺报

70

周年
精选文丛（7卷，12册）

《时代之思》（理论卷）（上、下）
《文学天际线》（文学评论卷）（上、下）
《艺术经纬》（艺术评论卷）（上、下）
《世界的涛声》（外国文学卷）（上、下）
《彩练当空》（作品卷）（上、下）
《未来永恒》（儿童文学评论卷）
《文学之思》（对话卷）

WENXUE TIANJIXIAN
WENXUE PINGLUN JUAN SHANG

文学天际线

文学评论卷 上

文艺报社◎选编
梁 鸿 鹰◎主编

时代出版传媒股份有限公司
安徽文艺出版社

图书在版编目（CIP）数据

文学天际线：文学评论卷：上、下/文艺报社选编；梁鸿鹰主编.—合肥：安徽文艺出版社，2020.12

（《文艺报》70周年精选文丛）

ISBN 978-7-5396-6845-1

Ⅰ．①文… Ⅱ．①文… ②梁… Ⅲ．①中国文学－当代文学－文学评论－文集 Ⅳ．①I206.7-53

中国版本图书馆CIP数据核字(2020)第013390号

出 版 人：段晓静
出版统筹：刘姗姗　宋潇婧　周　康
责任编辑：张妍妍　宋晓津　姚　衍
特约编辑：刘　颋　行　超
装帧设计：张诚鑫　吴　臣

....

出版发行：时代出版传媒股份有限公司　www.press-mart.com
　　　　　安徽文艺出版社　www.awpub.com
地　　址：合肥市翡翠路1118号　邮政编码：230071
营 销 部：(0551)63533889
印　　制：安徽新华印刷股份有限公司　(0551)65859551

....

开本：710×1010　1/16　印张：47.75　字数：880千字
版次：2020年12月第1版
印次：2020年12月第1次印刷
定价：156.00元(上、下)

....

（如发现印装质量问题，影响阅读，请与出版社联系调换）
版权所有，侵权必究

回望如歌岁月　开创全新境界
——《〈文艺报〉70周年精选文丛》总序
梁鸿鹰

《文艺报》诞生于中华人民共和国成立的前夜,在第一次文代会筹备和召开期间曾经作为这次盛会的公报面世。1949年9月25日,《文艺报》正式创刊,这是新中国第一个以文学艺术理论评论为鲜明特色的文化园地。从此,文学艺术界有了一方自己的精神家园;从此,文艺报人有了一块忘我耕耘的花圃。

《文艺报》自诞生之日起,就得到毛泽东、邓小平等党和国家领导人的重视与关怀,茅盾、丁玲、冯雪峰、张光年、冯牧以及邵荃麟、侯金镜、陈涌等一批文坛大家曾领军《文艺报》。《文艺报》与作家、艺术家和理论评论家一道,共同见证了当代文学艺术发展,记录了新中国文艺理论评论走过的那些不平凡的历程。收在《〈文艺报〉70周年精选文丛》里的这些文字,无不凝聚着一代代作家、艺术家和学者朋友们对当代文艺的真知灼见,体现着《文艺报》70年来的独特追求。

这是一个有坚守、有卓见的文艺阵地。70年来,《文艺报》在党的领导下,坚持"二为"方向,贯彻"双百"方针,团结广大作家、艺术家,凝聚理论评论工作者,及时传递文坛资讯,热情评介最新佳作,积极活跃理论探讨,坚持多角度、多层面展现中外文艺态势,在对民族传统的深刻体认及与世界文学的活跃对话中,推动了当代文学艺术空间的不断拓展。

这是一个发先声、鼓干劲的园地。《文艺报》始终坚持正确导向,紧跟时代步伐,积极参与文学现场,活跃探讨学术风气,善于提出新的文学命题,设置新的美学议题,活跃理论争鸣与艺术探索,鼓励艺术探索与艺术创新,为文学发展注入思想与艺术引领,在学术讨论中推动文艺界思想解放,在社会进步中不断开拓学术境界,将新中国日新月异的发展进步,将当代文艺事业不断进步的新风貌展现出来,为出优秀人才、出优秀作品、促进社会主义文学的繁荣发展竭尽心力。

这是一个有立场、有情怀的精神家园。《文艺报》始终坚持党性和人民性的统一,不断探索社会主义文学艺术规律,积极将党的文艺方针政策转化为文艺界的自觉追求,团结带领广大作家深入生活、扎根人民,为建设新时代民族的大众的科学的文艺"鼓"与"呼",引领作家、艺术家为人民抒写、抒情、抒怀,满足人民群众不断增长的精神文化需求,激励人们追求美好生活。

《文艺报》始终把团结和服务文学艺术界作为自己的宗旨,积极扶持培育文学新人,培养评论人才,团结引领广大作家遵循艺术规律,点燃文学之灯,照亮作家心灵,激扬文字,共同绘制一幅幅时代文艺发展的难忘景象。我们坚持专业品格,坚守中华美学自觉,推动创新性发展与创造性转化,推动时代精神与中国风格、中国气派有机融合,以时代精品讲述丰富多彩的中国故事,弘扬中华传统文化。

《文艺报》始终坚持兼收并蓄,以兼容并包的艺术敏感关注新现象、新经验、新问题,在坚持中国文学艺术主体性的同时,广泛介绍其他国家文学艺术创作现状和蕴含的新经验,促进作家、艺术家汲取各方面营养并予以中国化表达,拓展中国文学艺术的表现形式与艺术空间,推动中国文学走向世界,把当代中外文艺创造的崭新气象传得更广、更远。收在我们这套文丛里的文字,就鲜明地反映了文艺报人的追求,体现了当代文艺的多彩风貌。

文艺是国民精神所发的火光,同时也是引导国民精神前进的灯火。70载栉风沐雨,初心不变;70载春华秋实,砥砺前行。回首过往,我们充满自豪;展望未来,我们信心倍增。我们将以前辈报人筚路蓝缕的开创精神,我们愿与当代文艺发展一道,继续做好中国文艺代代相传、辛勤执着的持灯火者,呵护美善,勘探未知,指引心灵,用自己的绵薄之力,努力照亮民族和文艺的未来。

目　录

梁鸿鹰：回望如歌岁月　开创全新境界——《〈文艺报〉70 周年精选文丛》总序 / 1

上

1949 年
许广平：从鲁迅的著作看文学 / 1
艾　青：谈大众化和旧形式 / 4
老　舍："现成"与"深入浅出" / 13
郭沫若：论写旧诗词 / 17
何其芳：话说新诗 / 19

1950 年
郭沫若：简单地谈谈《诗经》 / 29
周立波：谈方言问题 / 31
徐光耀：我怎样写《平原烈火》 / 33

1951 年
何家槐：我对于短篇小说的一些看法 / 37
吕叔湘：关于口语和文章里的新词新语 / 43

1952 年
冯雪峰：《太阳照在桑干河上》在我们文学发展上的意义 / 45
陈　涌：评《暴风骤雨》 / 54
周良沛：笼统地写从落后到转变不能解决根本问题 / 61
孙　犁：关于小说《荷花淀》的通信 / 64

1953 年
韦君宜：青年们希望作品中表现什么样的人物？／70
郑振铎：屈原作品在中国文学上的影响／75
丁　玲：到群众中去落户／80

1954 年
侯金镜：评路翎的三篇小说／88
秦兆阳：关于对《农村散记》的批评的感想／96
冯雪峰：论《保卫延安》的成就及其重要性／102
牛　汉：试谈殷夫的诗／112

1955 年
杜鹏程：生活永远是紧张的战斗——读吴运铎的《把一切献给党》／118
赵树理：《三里湾》写作前后／123
于　晴：农村社会主义高潮到来的图景——读中篇小说《冰化雪消》／130

1956 年
萧　殷：要更多地和更深地理解生活——评刘绍棠的小说／136
张　羽：传记文学的真实性／143

1957 年
光　年：《文艺杂谈》读后／148
敏　泽：从几篇作品谈艺术的真实性问题／152

1958 年
阎　纲：一篇幽默、生动的好小说——读马烽的小说《三年早知道》／163

1959 年
巴　人：略谈短篇小说六篇／165
王西彦：《锻炼锻炼》和反映人民内部矛盾——在一个座谈会上的发言／173
石　燕：《白洋淀纪事》读后／180
荒　煤：谈"细节"——杂感二则／186
魏金枝：茹志鹃作品中的妇女形象／190

1960 年
冯　牧:初读《创业史》/ 194
细　言:读《山乡巨变》续篇的人物创造 / 201

1961 年
田　汉:题材的处理 / 212
黄秋耘　杜鸿年:关于孙犁作品的片断感想 / 218

1965 年
浩　然:热情的鼓励,有力的鞭策——在《艳阳天》农民读者座谈会上的发言 / 223

1966 年
金敬迈:《欧阳海之歌》的酝酿和创作 / 225

1978 年
洁　泯:革命的现实主义力量——读近年来的若干短篇小说 / 233

1979 年
孙犁　从维熙:关于《大墙下的红玉兰》的通信 / 238
刘锡诚:乔光朴是一个典型 / 242

1980 年
谢永旺:独树一帜——评高晓声的小说 / 249
周扬　沙汀:关于《许茂和他的女儿们》的通信 / 257

1981 年
蹇先艾:何士光和他的短篇小说 / 262

1982 年
李健吾:撒得开,收得拢 / 266
吴组缃:谈散文 / 268
陈骏涛:评长篇小说《沉重的翅膀》/ 272

晓　雪:邵燕祥的诗／277

1983 年
刘白羽　闻言:谈《高山下的花环》／283

1984 年
邵燕祥:幸存者,但不是苟活——张贤亮《绿化树》读后／292
王　蒙:且说《棋王》／297

1985 年
李　陀:"妙在似与不似之间"——评中篇小说《透明的红萝卜》／301
谢　冕:地火依然运行——近年诗歌的发展／304
严文井:我是不是个上了年纪的丙崽?——致韩少功／309

1986 年
程德培:"连续性"的中断——当代小说创作中的叙事变化／312
周政保:《隐形伴侣》:人与人性的艺术洞察／315
刘再复:挚爱到冷峻的精神审判——评王蒙的《活动变人形》／319

1987 年
季红真:小说中的性描写刍议／325
缪俊杰:质朴深沉的悲剧美——评朱晓平的《私刑》和"桑树坪"系列中篇／330

1988 年
王必胜:人生命运的变奏曲——刘恒小说散论／335
阳　雨:文学:失却轰动效应以后／339
王鸿生:在沉沦与期待的界面——读王朔近作／345
吴　亮:中国乡村小说里的若干现代主义倾向／350

1989 年
蒋原伦:一个新主题的出现——评刘震云中篇小说《单位》／355

1990年
铁　凝：我看张立勤 / 358
秦　牧：我的生活信念和文学追求 / 361
徐　迟：报告文学要走进生活 / 367

1991年
李　瑛：让我们再唤新人——《沙迪克的婚礼》序 / 369

1992年
彭荆风：神奇的土地　素朴的作家——读《云南边地短篇小说佳作》/ 373
古　耜：熠耀着时代的光华——读石英的两本散文新著 / 378
马识途：通俗小说的新尝试——《雷神传奇》后记 / 382

1993年
刘绍棠：秀才人情纸半张 / 385
蓝棣之：真知灼见在于长期积累——读钟敬文先生《兰窗诗论集》/ 387

下

1994年
管　桦：源于生活的艺术——谈文坛新人关仁山及其创作 / 391
凌　力：从历史文学评论走向历史文艺学研究
　　　——读吴秀明的《文学中的历史世界——历史文学论》和《历史的诗学》/ 394

1995年
吴秉杰：九十年代小说现象和课题 / 397
张同吾：文化性格的情感意蕴——1994年诗歌剪影 / 402

1996年
胡　军：论"意识到的历史内容" / 406
张志忠：周大新：在新的台阶上 / 410
范培松：散文——小青的"家" / 413

1997 年

丁　帆:"最后的浪漫者"的心灵叩问——储福金《心之门》读后 / 416
石一宁:失语:苦难与尊严——读东西小说《没有语言的生活》 / 419
张　韧:'96 现实主义小说的回思 / 421

1998 年

陈世旭:生命的燃烧和呼啸——陈忠实和他的《白鹿原》 / 426

1999 年

高小立:姹紫嫣红都是诗 / 429
李国文:大树这样长成——五十年短篇小说回望 / 434
陈建功:共和国五十年中篇小说一瞥 / 440

2000 年

孙绍振:当代学者散文的出路——从南帆的散文兼论审智散文的审美逻辑转化 / 445
郭宝亮:灵魂的忏悔与拷问——评铁凝长篇小说《大浴女》 / 450
阎晶明:无畏的欲望及其他——从《上海宝贝》和《糖》说起 / 453

2001 年

李洁非:城市文学及其意义 / 456

2002 年

王先霈:历史小说作家的历史观——由熊召政《张居正》引发的思考 / 461
金学泉:观照民族精神的历史走向 / 465

2003 年

於可训:文学的双刃剑——从最近十年来的文学时尚谈起 / 468
顾　骧:作为批评家的王蒙 / 473

2004 年

陈　超:"反道德""反文化":先锋"流行诗"的写作误区 / 477
郜元宝:期待新的"文学自觉"时代到来 / 482
贺绍俊:在路上还是在土地上 / 485

刘　颋:难为情:一种日渐稀缺的文学表情 / 488

2005 年
木　弓:杨少衡笔下的两个县长 / 491
范咏戈:底层写作:对小说的一种召唤 / 494
李敬泽:知中国人之"心"——王蒙长篇小说《尴尬风流》/ 496
曾镇南:显示人的灵魂的深——陆天明长篇小说《高纬度战栗》/ 499

2006 年
张　柠:《兄弟》和当代文学批评的残局 / 502
陈忠实:中国乡村形态的智慧表达——孙见喜长篇小说《山匪》/ 508
李炳银:呼唤报告文学的刚性品格 / 511
朱向前:向着广度和深度的文学长征——"长征文学"与王树增的《长征》/ 516

2007 年
陈建功:慧眼只须顾盼间 / 521
翟泰丰:神奇灵性的圣地——读韩美林《天书》有感 / 523
汪　政:成长是不能僭越的——王安忆长篇小说《启蒙时代》/ 526
吴秉杰:"80 后"及其创作现象研究 / 530

2008 年
陈晓明:过剩与枯竭:文学向死而生 / 540
张燕玲:片面的深刻——阎真长篇小说《因为女人》/ 548
樊　星:永不熄灭的人性之光——新时期文学的人道主义研究 / 551
阎晶明:鲁迅自序里的自谦 / 556
雷　达:近三十年长篇小说审美经验反思 / 558

2009 年
郭宝亮:《一句顶一万句》与"刘震云现象" / 568

2010 年
雷抒雁:诗人要有远大的志向和抱负 / 574
吴义勤:莫言长篇小说《蛙》:原罪与救赎 / 578

晓　华：鲁敏中短篇小说：日常生活的戏剧化 / 582

2011 年
张新颖：王安忆长篇小说《天香》："一粒粟子"的内与外 / 586
韩作荣：诗毕竟是诗 / 591
何言宏：深入现场与发现问题——关于新世纪诗歌精神走向的讨论 / 596

2012 年
王必胜：散文创作需要品位和风骨 / 600
丁晓原　王晖：新世纪报告文学二人谈：大时代的主旋律与多声部 / 604
朱向前　傅逸尘：英雄主义精神向度与现实主义写作伦理 / 610
阿　来：谈谈小说 / 618

2013 年
刘慈欣　吴岩　韩松：中国作家网第六期网上学术论坛——走向世界的中国科幻文学 / 621
何　平：金宇澄长篇小说《繁花》："慢"节奏与"漫"声腔中的奇观 / 630
张学昕：《黄雀记》：变动时代的精神逼仄 / 633
饶　翔：从"芳村"到京城：照向精神隐秘的微光 / 638

2014 年
张　莉：与时间博弈 / 643
梁鸿鹰：《瞻对》：历史如此尖锐地通向现实 / 648
梁　鸿：徐则臣长篇小说《耶路撒冷》：花街的"耶路撒冷" / 652
邵燕君："正能量"是网络文学的"正常态" / 658
陈晓明：贾平凹长篇小说《老生》：告别20世纪的悲怆之歌 / 663
陈思和：从《红楼梦》到"法自然"的现实主义 / 667
孙　郁：宁肯长篇小说《三个三重奏》：在没有光泽的所在寻觅真相 / 669

2015 年
孟繁华：迟子建长篇小说《群山之巅》：这是"未名的爱和忧伤" / 672
陈福民：阎真长篇小说《活着之上》：天问的回声 / 676
雷　达：文学批评的"过剩"与"不足" / 680

2016 年

方　岩：王安忆长篇小说《匿名》：叙事迷局如何取消世界的边界 / 682
南　帆：博弈场中的文学视角 / 686
徐　刚："冷门"的启示——从鲍勃·迪伦看当代文学评奖 / 690
何向阳：南丁的中篇小说：弱者的胜利 / 692

2017 年

金　理：无能的力量 / 696
岳　雯：《北鸢》：人的消失，或曰美的困境 / 700
李伟长：又说崇高美：英雄，好久不见 / 704
何同彬：关于青年写作"同质化"：作为真问题的"伪命题" / 709
马　兵：青年写作的同质化与美学共同体的悖论 / 712
胡　平：铁凝短篇小说集《飞行酿酒师》：生命的瑰丽生机 / 715

2018 年

李师东：梁晓声长篇小说《人世间》：百姓生活的时代抒写 / 718
黄德海：逝去时代的样貌 / 721
行　超：重新发现"真"与"美" / 725
王　干：改革的呼唤　小说的开放——论中国改革开放四十年的小说 / 729

编者的话 / 737

1949年

从鲁迅的著作看文学
许广平

现在该是真正可以从长研究鲁迅的了。那大量的杂文，众所周知的是攻击时弊的文字，他那犀利辛辣、给敌人以致命的损伤，在当时，是最恰当不过，代表了无数被压迫者的吼声，正如他自己所说的："现在是多么切迫的时候，作者的任务，是对于有害的事物，立刻给以反响或抗争，是感应的神经，是攻守的手足，潜心于他的鸿篇巨制，为未来的文化设想，固然是很好的，为现在抗争，却也正是为现在和未来的战斗的作者，因为失掉了现在，也就没有了未来。"这就是说，鲁迅活着时的"现在"，"有害"的事物太多，需要他"立刻给以反响或抗争"。倘若所攻击的时弊已经消灭了，那就不需要仍然漫无目标地乱骂。例如，萧军在东北人民政府之下，昧于这政府和社会已不是反动的，不是可诅咒的地方和时代了，却还故意歪曲事实，滥引鲁迅的话作为他自己的护身符。但是，他没有看到鲁迅另外的几句话："我以为凡对于时弊的攻击，文字须与时弊同时灭亡，因为这正如白血轮之酿成疮疖一般，倘非自身也被排除，则当他的生命存留中，也就证明着病菌尚在。"这不是很明显地说出，没有了时弊的地方，白血轮也无须使用了吗？所以，我们研究鲁迅著作，是不能忽略了那时间与空间的情况，用客观的、辩证的眼光去辨别的。自然，所谓"自身也被排除"，并不是叫我们立刻就把手头所有的鲁迅杂文，解释为不如通通一把火给烧掉的意思，作为文学遗产看，是不至于会有那样的傻子的。

文学是最现实不过的，它不能超出于政治，也不能超出于人间世。因此鲁迅说："据我的意思，即使是从前的人，那诗文完全超于政治的所谓'田园诗人''山林诗人'，是没有的。完全超出于人间世的，也是没有的。既然超出于世，则当然连诗文也没有。"

现实的文学，又是反映时代，受政治环境的影响的，如果不是在"十月革命"前夜，就不会使高尔基产生那《海燕的歌》。所以鲁迅也指出："各种文学，都是应环境而产生的，推重文艺的人，虽喜欢说文艺足以煽起风波来，在事实上，却是政治先行，文艺后变。"

鲁迅还号召"现在的"文艺工作者们要自己参加到社会去,甚至"连自己也烧在这里面"(这是多么深刻的字句呀),不要像以前的文艺"隔岸观火"一样。他说:"以前的文艺,好像写一个社会,我们只要鉴赏;现在的文艺,就在写我们自己的社会,连我们自己也写进去,在小说里可以发现社会,也可以发现我们自己;以前的文艺,如隔岸观火,没有什么切身关系;现在的文艺,连自己也烧在这里面,自己一定深深感觉到,一旦自己感觉到,一定要参加到社会去。"这虽是1927年写出来的文字了,岂不就如同今天大家所说的要文艺工作者"下乡""下厂"一样的吗?因为真理只有一个,从这里可以证明无误。

革命的文学家,又必须和革命共同着生命,具着"生死以之"的精神来进行写作,这才能够有所贡献。所以他说:"革命的文学家,至少是必须和革命共同着生命,或深切地感受着革命的脉搏的。"懂得了这一点,就面对什么材料都可以写得好了。比如,中国最大的问题,是民族革命战争。以前,在鲁迅活着的时候,这革命的对象是日本帝国主义;而现在,就是美帝国主义了。只要我们灵活地看这问题,我们就懂得今天革命文学家所应处的态度。他说:"现在中国最大的问题,人人所共的问题,是民族生存的问题。所有一切生活(包含吃饭睡觉),都与这问题有关,例如吃饭可以和恋爱不相干,但目前中国人的吃饭和恋爱和日本侵略者多少有些关系,这是一看满洲和华北的情形,就可以明白的。而中国的唯一的出路,是全国一致对日的民族革命战争。懂得这一点,则作家观察生活,处理材料,就如理丝有绪。作者可以自由地去写工人、农民、学生、强盗、娼妓、穷人、阔佬,什么材料都可以,写出来都可以成为民族革命战争的大众文学。"

我们要将来有意义,首先就要使现在有意义。所以他又说:"将来是现在的将来,于现在有意义,才于将来会有意义。"将来是希望,而现在是存在的。"希望是附丽于存在的,有存在,便有希望,便是光明。……将来是永久要有的,并且总要光明起来。只要不做黑暗的附着物,为光明而灭亡,则我们一定有悠久的将来,而且一定是光明的将来。"不错,这个"将来"已经到来了,毛主席教导我们:"中国的命运一经操在人民自己的手里,中国就将如太阳升起在东方那样,以自己的辉煌的光焰普照大地,迅速地荡涤反动政府留下来的污泥浊水,治好战争的创伤,建设起一个崭新的强盛的名副其实的中华人民民主共和国。"

我们现时诚如鲁迅在一九二七年所说:"进步的文学家想到社会改变,社会向前走,对于旧社会的破坏和新社会的建设,都觉得有意义,一方面对于旧制度的崩坏很高兴,另一方面对于新的建设来讴歌。"

我们不仅"讴歌"而已,还须实事求是地去进行鲁迅所说的"将来的光明,必将证明我们不但是文艺上的遗产的保存者,而且也是开拓者和建设者"。而且更是把"文艺上的遗产"以外的一切,用有理、有利、有节来进行保存、开拓和建设的。

在进行的过程中,我们还记得鲁迅在一九三二年赞美苏联文学的话:"十五年前,被西欧的所谓文明国人看作半开化的俄国,那文学,在世界文坛上,是胜利的;十五年以来,被帝国主义者看作恶魔的苏联,那文学,在世界文坛上,是胜利的。这里的所谓'胜利',是说以它的内容和技术的杰出,而得到广大的读者,并且给予了读者许多有益的东西。"所以,我们如果要把文学搞好,除了吸收鲁迅文学遗产的优良部分之外,更加需要加紧向苏联学习,这是我们今天最正确可行的大路了。

谈大众化和旧形式

艾 青

艾青同志：

原谅我冒昧地写信给你。

我叫××，在《××报》做记者工作。《××报》是总工会机关报，一份专门给工人看的通俗报纸。自然，我喜欢诗，也学着写诗。今天写信给你，主要是想向你请教一些目前诗歌创作实践上的有关具体问题。（下略该同志自己学习写诗的经历）

在目前的诗歌创作上，快板、顺口溜、歌谣、韵文之类的东西占着绝对的优势。当然，这是完全正确而且可以理解的。为了普及，也就是为了教育我们因长期受压迫以致文化水平较低的劳动群众，是需要这样东西的。而且在老解放区的经验证明，这方面也是成功的。

但同时就发生了下面两种情况：

（一）绝大部分知识分子出身的诗歌工作者，生硬地套用着四季调五更曲之类的旧形式，装腔地抄袭着民间歌谣，表示自己是在进步，是在为工农兵服务。例如"太阳出来一点红，毛泽东是我们的大救星"，例如"李花开来桃花红，毛主席领导咱站起来"。照我的理解"太阳出来一点红，毛泽东是我们的大救星！"和"东方红，太阳升，中国出了个毛泽东！"是有天壤之别的。前者是僵尸的排列，后者是真正的诗。照我的理解："李花开来桃花红，毛主席领导咱站起来！"是侮辱毛主席的说法，这两句诗在技巧上毋庸说是恶劣到了极点，因为毛主席跟桃李花风马牛不相及。而作者在思想意识上也大大应该检讨，因为他把一个伟大的人民领袖和惯于形容旧社会女人用的桃李花拉在一起。

我们的"诗人"们，不仅不以此为戒，反而以此沾沾自喜！

（二）有些人干脆把"大众化"和"旧形式"画起等号来，认为只要是套用旧形式的诗创作就是大众化的，反之一切都是非大众化的。不仅从形式上理解，甚至从形式上追求大众化，反过头来，枪毙一切富有人民性的优秀新文艺作品。

旧形式可以利用（前面已经说过），但我想，不该也不能把流行分散于农村的各种旧形式搬到城市来，往近代化的产业工人头上戴，就我下厂局部了解的，上海工人不一定喜闻乐见各种旧形式。而且不该过分强调旧形式，甚至把它和"大众化"画等号。（我认为大众化的重要问题是内容）我想，既然没有可靠的理论和事实的根据，说旧形式是工人喜闻乐见的，而且"每天我们的人民攀得更高，今天的我们就不是昨天的我们,而明天的我们将不是我们今天的样子"(日丹诺夫),那么是否可以把利用旧形式只当作创作实践的一种?是否可以不要过分强调它,而把大量精力摆在群众所真正喜闻乐见的具有中国作风、中国气魄的民族形式的创造和钻研上?(下略)

对于你来信中所提出的三个问题,我的意见写在下:中国的革命的文艺界,在这七八年中起了很大的变化,我们的革命的新文艺,终于得到了广大的劳动人民的欢迎,我们的革命的新文艺,在中国人民为了争取独立自由的战争中,在反对国内外各种敌人的各个时期的斗争中,贡献了力量,起了巨大的宣传教育的作用。在这七八年中,中国的革命的文艺焕然一新,它已成了劳动人民的精神生活中重要的部分,它是从劳动人民那儿取得了养料而又反过去滋养了劳动人民的。这是一次新的革命,这次革命,完成了五四运动以来中国新文艺所没有完成的工作——革命的新文艺和广大的劳动人民结合起来了。

革命的新文艺之所以能取得这些具有重大意义的成绩,最主要的原因是根据毛主席的方针,文艺工作者深入农村、部队、工厂中去,向工农兵学习,思想情感上经过了改造,比较深刻地理解了中国社会,理解了工、农、兵,使我们的文艺在内容上比中国新文艺任何时期都更丰富地反映了劳动人民的生活和斗争;同时,其次的一个原因是革命的文艺工作者,绝大多数都注意并且研究了流行在人民群众中的所谓"民间文艺",向"民间文艺"学习,使自己的作品具有了民族的风格、民族的气派,创造了为广大的劳动人民所喜见乐闻的形式。

这是经过文艺思想上的整风学习,也就是文艺思想的斗争得来的。

以我自己来说,我过去是看不起民间文艺的。我所受的文艺教育,几乎完全是五四以来的中国新文艺和外国的文艺。从高小的最后一个学期起,我就学会了全盘否定中国的传统的旧文艺。对于过去的我来说,莎士比亚、歌德、普希金是比李白、杜甫、白居易要稍稍熟识一些的。我厌恶旧诗词,我也不看旧小说、旧戏。当然,我是更不会去看"民间文艺"的。抗战初期,有人用大鼓词写东西,我认为那是由于这些人写不出什么好作品了才那么做的,认为那是一种偷懒的办法。

和我年龄相仿的文艺青年,都有相似的经历。在革命的文艺运动上,占压倒性的优势的,是五四以来的新文艺和外国文艺。这里我想拿整风前的延安的主要的文艺活动来证明这个事实:

戏剧演出的节目

《悭吝人》《巡按》《马门教授》《新木马计》《铁甲列车》《带枪的人》《傻瓜》《钟表店》《第四十一个》《茨冈》《驿站》《一年间》《神手》《生命的召唤》……《上海屋檐下》

《日出》《雷雨》《阿Q正传》《北京人》《蜕变》。

音乐(以一九四一年年底一个音乐晚会为例)

贝多芬的《Sonata》(钢琴独奏)

门德儿松的《幻想曲》(钢琴独奏)

《匈牙利狂想曲》(大提琴独奏)

《贝多芬的一个歌》(男声独唱)

《蝴蝶夫人》(男高音独唱)(女高音独唱)

《凤凰涅磐》(大合唱)

《中共二十一周年纪念歌》(齐唱)

这里只有《中共二十一周年纪念歌》是比较和当时的革命现实有联系的。

在我编的《诗刊》里,第一期第一篇就介绍了亚里士多德的"诗学",里面分期介绍了雪莱、拜伦、丁尼生、海涅、惠特曼、玛耶珂夫斯基等诗人的作品。

听说那时的鲁艺文学系曾以托翁的《安娜·卡列尼娜》为教材,仔细地分析研究这个作品,影响所及,使鲁艺有的女同学就模仿起安娜的外形来,而且有人写了一篇散文,赞美一个具有安娜型的女同学。

美术上也一样,毕加索和玛蒂斯是当时的学生们所比较喜欢仿效的画家。

就是这样的一种过分爱好新形式,盲目崇拜西洋的风气,使我们长期地脱离了实际,脱离了群众——劳动人民,使我们的文学艺术成了一种文化的装饰,一种满足为数不多的高级知识分子的欣赏趣味的东西。

感谢毛主席,他纠正了我们的错误,他给我们指出了新的方向:文艺要和革命的实际相结合;文艺要和革命的群众相结合;文艺要面向工农兵;文艺要做到使劳动人民都能喜闻乐见;文艺要有中国作风、中国气派。

一九四三年,我在延安看见了鲁迅文艺学院在广场中演出《兄妹开荒》和《花鼓》,成千成万的观众狂热地欢迎它们,我是深深地感动了,我改变了过去对民间文艺所抱的那种错误的态度,我开始接触民间文艺,看了一些民间文艺的作品,搜集了一些民歌和剪纸,在创作的时候,努力使自己的作品接近民间的风格。

民间文艺中有非常丰富的宝藏。陕北的民歌,尤其是"信天游"部分,充满无数热情而又美丽的句子,下面是我顺便抄引的一些诗行:

　　白格生生脸脸太阳晒

　　巧格溜溜手手拔苦菜

　　干妹妹好来果然好

走起路来好像水上漂
听见干妹子唱一声
浑身打战羊领牲
上河里鸭子下河里鹅
一对对猫眼照哥哥
煮了一圪垯钱钱下了一圪垯米
路上搂柴瞭一瞭你
清水水玻璃隔着窗子照
满口口白牙对着哥哥笑
白日里想你穿不上针
到夜晚想你吹不下灯
青杨柳树风摆浪
死死活活相跟上

这就是纯真的诗,这就是好的诗。劳动人民的强烈的爱情,通过许多比喻被描写出来。这种爱情,是和劳动相关联的;这种爱情是和其他有闲阶级的爱情不同的。

最近收到的《蒙古民歌选》里,搜集了许多充满草原气息的好诗,例如:

震动了山峰的,
是大黑马的四只蹄子;
搅动了众人心的,
是可爱的韩密香的两只眼睛。
太阳下的松树枝,
离不开影子;
我和小韩密香妹妹,
幸福地恋爱他一辈子。
月亮下的紫檀柳枝,
离不开影子;
美貌的小韩密香妹妹,
连着我的心。

——《韩密香》

这就是很美的一首情诗。这里,爱人们的情绪是和大自然相关联的,比喻也很自然。和前面所举的"信天游"一样,这样的诗,应该属于文学中最好的作品之列。

《定县秧歌选》里面,有许多非常好的民间剧本,是我们的民族的诗剧,例如《杨二舍化绿》有一段,共一百十四行,用两人对唱的形式,叙述了杨二舍的许多不幸的遭遇而不显得枯燥无味,也是很好的诗。像《打鸟》这个剧本,短小生动,就可以和《希腊神曲》里的《私语》媲美。

这些作品,纯真、朴素,充满了生命力,而所有这些正是一切伟大的文学作品所应该具备的品质。这些正是我们民族的文学遗产当中最珍贵的一个部分。

你的来信里所指责的"绝大部分知识分子出身的诗歌工作者,生硬地套用着四季调五更曲之类的旧形式,装腔地抄袭着民间歌谣",我以为正是这些人在努力学习着民间文艺,这是应该鼓励的好现象,你说他们是为了"表示自己是在进步",甚至怀疑他们"是在为工农兵服务"是完全不应该的,而且是错误的。

至于目前发表的许多诗歌作品中,有些学习民间的作品还不能令人满意。有的人在学习民间只注意形式的模仿和套用;有的人常常在搬弄一些陈词滥调;有的人创作的时候不够严肃,显得有些粗制滥造;有的人甚至主张写民间形式的诗可以不要文法。而一般地说,许多作品的思想性不高,等等,我认为这是一个运动初期所容易发生的现象,这些现象是能逐渐纠正与克服的。纠正与克服这些现象,正是需要诗歌工作者大家的共同努力。由于目前出现了这些现象,因而就对这个运动表示怀疑,甚至对它非难,也是完全不应该的。

你指责"有些人干脆把'大众化'和'旧形式'画起等号来,认为只要是套用旧形式的诗创作就是大众化的,反之一切都是非大众化的";你说这些人甚至要"枪毙一切富有人民性的优秀新文艺作品",等等,我想这些话恐怕也还是你自己的一些由于猜疑所发出的愤慨之词。难道真有人会这样主张吗?难道真有人会说——

"大众化=旧形式!"

"旧形式=大众化!"吗?

假如真有人这么主张,我以为这是一种错误的主张;假如真有人心里这么想,我以为这种想法也是错误的。

这些年来,许多文艺工作者很热心地学习"旧形式",创造了许多"大众化"的作品,这是值得大家欢迎与尊敬的。

学习旧形式,并且使自己能掌握旧形式,这是使我们的具有新思想的文艺作家与广大的劳动人民相结合的业已证明了的有效的方法之一。这也是使新的文学艺术从人民群众所创作的文学艺术中吸取新生命的重要步骤。这就是说,无论是为了改造我们的脱离群众的审美观念也好,还是为了改造我们的文艺风格也罢,使我们的文艺真正成为广大人民群众的文艺,向原来流行于人民群众中间的文艺学习,吸收它们的精华,抛弃它们的糟粕,是完全必要的。这里就必须"吸收"它们的"精华","抛弃"它们的"糟粕",才是有批判的学习,才是有益的学习,像一个人吃东西一样,是经过了消化之后,把营养吸收了,把渣滓排泄出来,是滋养了我们,只会使我们更健康的。

经过了批判的学习所产生出来的作品,是一种新的作品。而且也只有经过了批判的学习所产生出来的作品,才是一种新的作品。至于那种生硬地套用旧形式的作品,就不能叫作什么新作品了。

这几年来,诗歌上产生了许多具有民间风格的新作品。《王贵与李香香》是大家都知道了的,《圈套》是好诗,《王九诉苦》《死不着》也是好诗。这些作品,就是具有很高的批判能力的作者去学习了民间歌谣之后所产生的新的东西。例如《王九诉苦》里开头的一章描写孙老财:

　　进了村子不用问
　　大小石头都姓孙
　　孙老财一手把天地盖
　　穷小子死了没处埋
　　孙老财瓦房前院连后院
　　穷小子光着屁股串房檐
　　孙老财的陈米生了虫
　　穷小子菜粥锅里照人影
　　孙老财街里一跺脚
　　吓得穷小子不知怎么好
　　孙老财算盘噼啪打
　　算光了一家又一家

这就不是原来的旧式的民歌了,这是根据了新的观点——阶级对立的观点——写出了地主和农民之间剥削关系的东西,诗里也没有了原来许多民歌里常常可以闻到的旧气味,这里写的每一句都是农民群众的语言,虽然也很讲求格律,但显得很自然,没有什么矫揉造作的痕迹,文字浅显易懂,高小程度的人们都能接受。

这一类诗,正在慢慢地成长起来。

因此,要是有人以为"旧形式"就是十分完善的形式,以为凡是民间的就是好的,根本用不到改造了,一写东西就拿旧形式原封不动地搬来硬套,或者以为一切的旧形式都必须给予重视,使许多陈腐不堪的甚至已成了僵尸的东西,都复活起来,水漫金山似的什么妖怪都趁机出现了,整天重复一些陈词滥调,把"大众化"看得比干什么都还容易,那是错误的。

这里我想起了《红楼梦》第二十八回里关于形式问题的两条路线的斗争:

> 听宝玉说道:"女儿悲,青春已大守空闺;女儿愁,悔教夫婿觅封侯;女儿喜,对镜晨妆颜色美;女儿乐,秋千架上青衫薄。"众人听了,都说道:"好!"薛蟠独仰着脸摇头说:"不好,该罚!"众人问:"如何该罚?"薛蟠道:"他说的我全不懂,怎么不该罚?"宝玉唱完了之后是冯紫英,冯紫英唱完了之后是云儿,云儿唱完了之后轮到薛蟠。……薛蟠道:"我可要说了,女儿悲。"说了半日,不见说底下的,冯紫英笑道:"悲什么?快说!"薛蟠登时急得眼睛铃儿一般,便说道:"女儿悲。"又咳嗽了两声,方说道:"女儿悲,嫁了个男人是乌龟。"众人听了都大笑起来,薛蟠道:"笑什么?难道我说的不是?一个女子嫁了汉子要做王八,怎么不伤心呢?"众人笑得弯腰,忙说道:"你说得是,快说底下的吧。"薛蟠瞪了瞪眼,又说道:"女儿愁。"说了这句,又不言语了。众人道:"怎么愁?"薛蟠道:"绣房钻出个大马猴。"众人哈哈笑道:"该罚,该罚,先还可恕,这句更不通!"说着便要斟酒,宝玉笑道:"押韵就好。"薛蟠道:"令官都准了,你们闹什么?"众人听说,方罢了,云儿笑道:"下两句,越发难说了,我替你说吧。"薛蟠道:"胡说,当真我就没好的了?听我说吧:女儿喜,洞房花烛朝慵起。"众人听了,都诧异道:"这句何其太雅!"薛蟠道:"女儿乐,一根××往里戳。"众人听了,都同时说道:"该死!该死!快喝了吧!"薛蟠便唱道:"一个蚊子哼哼哼。"众人都怔了,说道:"这是个什么曲儿?"薛蟠还唱道:"两个苍蝇嗡嗡嗡。"家人都道:"罢!罢!罢!"薛蟠道:"爱听不听?这是新鲜曲儿,叫作哼哼韵儿……"

我们是既不赞成贾宝玉的贵族阶级的调调儿(薛蟠对他的批评"他说的我全不懂"是对的),也不赞成薛蟠的十分低级的、庸俗的调调儿,因为这种调调儿,虽然薛蟠自己以为是"新鲜曲儿",但里面既无思想也无情感,只是一些出口成腔的滥调。我们学习民间,所要吸收的是它里面的民主的部分、健康的部分,是它里面的表现了劳动人民的智慧与勇敢的部分,这就是我们所说的"精华"。我们所要抛弃的是它里面的封建部分和小市民的低级趣味,这就是我们所说的"糟粕"。

要是有人以为只要学习民间文艺就够了,对外国的东西一概采取歧视或鄙夷的态度,一提到外国,就生怕犯了"洋教条",装得连听都不要听;同时,也从来不想根据现实的社会生活,去细心研究与考虑创造新东西,不到群众生活中去观察新的事物、新的语言从而创造新东西,那更是错误的。

我们不是生活在星球上,而是生活在和整个世界发生联系的地球上,外国的文化(对于我们来说,尤其是文学艺术)正纷至沓来地给我们以影响,要排拒这些影响不但不可能,而且也是错误的。我们要有很高的鉴别能力来吸收外国文学中精粹的部分。假如我们在各种生活上,都已不可避免地接受了外国文化的影响(我们应该承认外来的影响已很深地进入了我们的生活!),恰恰只有文学艺术——诗——是例外,要求她永远大门不出二门不迈,那也无非要把她活活地断送而已。

同时,劳动人民的生活正在剧烈地变化,精神生活也将逐渐丰富起来,每天产生成千成万的新事件,无数的新观念正在成长,这些新事件和新观念,都要求完全适合它们身份与体格的新的外貌与服装,也就是说新内容在提出新形式的要求,忽视这种要求,抹杀这种要求,将在历史上犯下错误。

近代化的产业工人是不是喜欢"流行分散于农村的各种旧形式",这个问题,我不敢有所论断。对于这个问题,工人阶级本身应该最有资格发言。至于我们,这是需要深入工人群众中长期了解才能找出比较可靠的根据的。我们所需要的是细心研究所得出的论据,而不是各种各样的主观的武断。抱着轻易的肯定和轻易的否定的态度,都不能得到正确的结论,只会陷进武断的泥坑里。武断绝不能代替真理。

我们在新解放的城市,曾演奏了许多过去我们在老解放区农村中所创造的作品,如秧歌舞和秧歌剧、腰鼓、各种民歌风味的曲子,也介绍了我们的新的年画、新的章回体的小说、新的歌谣体的诗,等等。所有这些新式的文艺,也曾受到城市人民热烈的欢迎。这虽然也证明了城市的人民群众能接受我们在农村里搞的一套,但就此而断定城市的人民群众完全满意或者永远满意我们的这一套,那是欠妥当的。农民是工人的前身,许多工人都是由农民进入城市转化而成的,农村和城市始终保持着各种交流的关系,而当城市刚解放的时期,受压迫很久的人民群众看见了完全表现革命情绪的文艺又一定是很兴奋的,所有这些原因,都可以说明城市人民,尤其是工人阶级为什么会这么热烈地欢迎我们在老解放区农村里搞的一套东西。但日子久了,他们的要求也高了,他们将要求各种更充分表现自己的生活、思想、情感的形式,假如我们有勇气承认工人、士兵、青年学生和农民之间的生活、思想、情感是有一定程度的区别的话,那么他们之间的对于文艺的要求、审美观念、欣赏趣味等等也会有一定程度的区别的。只有看不见这种区别的人,才会把文艺形式问题理解得很简单。

两三年前,我遇见了我们部队的一个将领,他笑着对我说:"艾青同志,给我们部队写一些新的歌词吧,不要让我们的战士老是唱嗯哎哟,嗯哎哟了。"这说明民歌不能代替进行曲,而对于部队里的战士,比起民歌来,更需要的是鼓舞士气的进行曲。当然,假如我们的进行曲中也能把民歌里的好的调子融入进去,使我们的进行曲具有民族的风格,而又不失其集体的雄壮的精神,那是再好不过了。

最近有人从南方来,说到上海工人现在游行的时候,常常打洋鼓,吹军号,工人已不怎么欢喜敲锣打鼓了。是的,在农村里,锣鼓曾鼓舞了农民群众的情绪,使他们在各种运动中增加了热情。但上海工人更喜欢洋鼓洋号,因为这些乐器节奏更强烈,更宜于表达现代的工人阶级的情绪。

我不同意你信里所说的"我认为大众化的重要问题是内容",这正如我不同意有些人以为大众化只是形式问题,看作品的时候,忽视思想,只从形式上来评判作品一样。你的这句话,表面上是对的,对于我们的文艺来说,再没有比提高我们的作品的思想性更重要的了,但当你这样说为的是用来抵制在形式方面提出改革的要求的时候,就很不合适了。

我们的新文艺(这里不只是诗,也包括各种体裁的作品)是需要继续改革的,我们的许多作品,在内容和形式之间,在作品的政治目的和它的接受对象之间,都还存在着或多或少的矛盾。我们一方面要向人民群众的生活吸收营养,另一方面又要向人民群众的文学艺术吸收营养,只有这样,才能达到我们的新作品的内容与形式的一致。我们的文学艺术的内容与形式,是沿着人民群众的生活的变革与文化水平的逐渐提高而一同发展的。

至于那些在口头上常常强调内容的人,他们是不是真的已和人民群众结合得好了呢?是不是真的反映了工、农、兵的生活与思想了呢?他们的创作真的符合我们的政治要求了呢?是不是他们的创作在艺术上和政治上都已达到了很高的水平,用不到考虑任何问题了呢?还是他们只是这么说,为的就是要躲避对他们的创作更高的要求呢?还是为了别的什么呢?究竟为了什么呢?

这些意见,是我想提供给你参考的。我不是搞理论的人(虽然我在创作上也没有什么成绩),心里这么想就这么写,文艺上的问题又很复杂,一定有许多地方会说得不恰当的。

你的工作,使你有机会接近工人,这是你的幸福,希望你更深地进入工人群众中去,真正理解他们的思想、情感、趣味、爱好、痛苦以及希望等等,有耐心地学习他们的语言,长期地和他们混在一起,随时帮助他们的写作,也随时把自己的作品在他们中间去试验,这样做下去,我相信你一定会产生出许多新的作品来。

一九五〇年三月中旬

"现成"与"深入浅出"
老 舍

根据我自己学习写通俗韵文——鼓词、单弦、太平歌词等——的经验,来谈"现成"与"深入浅出"的关系。

在我的一点点经验里,我觉得写通俗韵文最难得字字现成。我学过旧诗,知道些调动文字与用典故的方法。这点训练对写通俗韵文颇有帮助,但是旧诗和通俗韵文毕竟是两件事,不可混为一谈。写旧诗须力求典雅工整;相反地,通俗韵文即以俗语为工具,就该走另一条路,力求现成。

连我自己算在内,通俗韵文的作者们都往往犯不现成的毛病,一句里文言、白话夹杂,念起来一嘟噜一块,唱起来费力不讨好。

在我们学外语的时候,我们往往下死功夫念文法、咬字音。可是及至把文法念好,字音咬正以后,跟外国人一字一板谈话的时候,人家还是不懂我们的话。这是怎么回事呢?原来在文法与字音之外,请注意,还有一句话中的自然的腔调。一句话原来并不是单摆浮搁的几个字拼凑成的,而是哪个字必与哪个字紧紧相随,或必略微隔开,这个音必重读,那个音必轻读,像有腔有调的一句歌词一样的东西。不信,让我们去和一位乡亲用家乡话低声谈谈心吧。我们的声音既低,说得又快,并没咬音咂字地一字一字由口中往外蹦,而彼此越说越畅意,越快活。事实上,我们并不见得把对方每一个字都听清楚,而是因为对方的音节腔调是我们所熟悉的,听到一两个要紧的字就明白了全句,听到"岂有"就猜到下面的"此理",于是不费力地就全明白了。

因此,我们写通俗韵文就须特别注意,教句子顺溜,用字现成。我说特别注意,因为歌唱又与口语不尽相同。口语的自然节奏是地方上人人自幼儿不知不觉学会的,而歌唱却配上了人为的音乐,这人为的腔调不能尽人皆知,所以我们应特别注意用现成的字汇词汇,造出极顺溜的句子,好减少音乐给歌词加上的困难。

举个例子说吧。在京音大鼓中,下句的末一字虽用平声(中啊,人啊,前啊),可是往往因音乐的关系而出音很低。气足嗓宽的人固然能把它唱出来,遇到没有低音的男人或多数的女人可就感到十分困难,唱它不出,或唱不清楚。听众呢,接连着听不清这么一两次,就会因不高兴而不再往下听了。假若我们留神,我们就能在歌词里预防一下,减少歌唱上的累赘。比如说,我们把"太阳红"三字用在下句句尾,大家就很容易听出"太阳",从而联想到"红",即使"红"字落低腔,不易圆满唱出,也没有太大的关系了。反之，我们若用了"日色红"，则"日色"既不现成，不易听清楚，"红"字也就很难猜测到了。

以一句说，文白夹杂便使听众感到不舒服，或干脆听不懂，因文言与白话文中有个距离，听众们须心中紧翻筋斗才能忽东忽西地去应付。我想，他们是多数不会或不喜翻这种筋斗的。再举个例吧，好比有这么两句：

　　二妞操作不休息，
　　利用时间洗衣裳。

我们一看就看出："二妞"与"操作"，"利用时间"与"洗衣裳"都离得相当地远，念起来生硬，唱起来就许不易听懂。即使唱出来，能够听懂，恐怕也不会产生文艺性的愉快效果。假若我们把这两句改成：

　　二妞干活儿卖力气，
　　一盆一盆地洗衣裳。

则不单读起来顺嘴，就是唱起来也很好听。"一盆一盆地"不单具体、现成，而且很有力量。

我们不单要注意避免文言白话杂用，就是白话与白话之间也须下心去选择。文艺的语言必须经过选择，并不因为既是白话就一律好用。比如说，"卖力气"与"卖劲"本是一个意思，可是"卖劲"就不现成，不易唱出，不易听懂。要知道，通俗韵文写出来是为歌唱的，而且唱出来能使大家听得懂。因此，在字汇与词汇上，我们必须精心选择，不能摸摸脑袋就算一个。我们要精心地去安排哪个字、哪个词，应当与哪个字、哪个词相连，好教现成的字与词联系起来，成为现成的句子。

用现成的句子活生生地写出人物故事，借着那人物故事具体地表现出思想，据我看，便是做到了深入浅出。这可实在不容易。严格地说，好多城市中的民间文艺已然忘了深入浅出这个道理，转而附庸文雅，离开了民众。最现成的例子是北京的单弦牌子曲中的岔曲。让我们抄一段看看：

　　秋色凄凄，衰草离离，一望河桥景物稀，斜岩涧下水流迟，碧天云外鸿雁高飞，秋山化作黄花地，你看那采莲船上一女子，走上东原去赏菊。

我们且不管描写这闲情逸致是何居心,单就言语来说,这已完全投降于旧诗词,跳到大众文艺圈子外去。这种小市民的高攀文雅的倾向,一来二去就把通俗韵文引入迷途,失去了本色。通俗韵文主要的是必须得通俗,我们也必须记得:越俗就越难写。只有俗了再俗,我们才能写出字字现成的东西,成为民间文艺的杰作。因此,我们须打倒"深入深出",而同身走向"深入浅出"。

旧的白帝城鼓词一开篇是这么写的:

> 壮怀无可与天争,泪洒重衾病枕红,江左仇深空切齿,桃园义重苦伤情,几根傲骨支床瘦,一点雄心至死明,闲逍遣酒后茶余谈今古,唱一段先主托孤在白帝城。

我们一看就能看出,这几句词儿必是极用心写出的。可是,演唱出来有谁能听懂呢?我是个读书人,当我第一次听到这八句的时候,我只听懂了那末尾一句。让我们分析它一下吧:

壮怀(太文)无可(极不现成,谁也听不懂)与天争(欠现成),泪洒(将就着能懂)重衾(太文)病枕红(不懂),江左(哪儿?)仇深(可将就)空切齿(文),桃园(能懂)义重(不大好懂)苦伤情(可以懂),几根(行)傲骨(听不出)支床瘦(三个字勉强凑到一处,不现成),一点(行)雄心(将就)至死明(太文),闲逍遣酒后茶余谈今古(也许不太难懂),唱一段先主托孤在白帝城(不错的句子,现成)。

写这几句的人的态度是很明显的,他明明说的是为了"闲逍遣"。既然为了"闲逍遣",他就摆弄自己由旧诗得来的技巧,而忘了听众是谁和歌词是为了一唱大家就能懂的。于是,他的方法是深入深出,恰与深入浅出相反,劳而无功。他以为越深越文越唬得住人,而忘了越浅越俗才是真本领。在他写的这八句里,拿我们现在写通俗韵文的方法与目的来看,是既因词汇的不现成教听众无从听懂,又因听众听不懂而失去他所预期的感动效果。他以为一用上"泪洒""病枕红""傲骨""至死明"等等,就必会令人动心。事实上,听众们只忽而听见个"泪"字,又忽然听见个"红"字,光觉着乱七八糟,不知所云。句子不顺溜不现成,空安上几个漂亮的字是毫无用处的。

在上边引用的同一鼓词里,作者形容到刘备为要静静休息,嘱咐侍者出去;恍恍惚惚地,他看见两个人影,还以为是侍者未曾走呢,便怒叱他们。这一段描写却对了我们的劲儿。作者不说出刘备因思念死去的关、张,见神见鬼,却用很现成的语言描画出病人与病室的情景。

"唰拉拉忽听得风沙扑窗纸,惨凄凄灯影儿摇摇灭又明。孤零零御体难支浑身冷,颤巍巍四肢无力心内惊。恍惚惚在灯光之下见二人侍立,先主怒,喝连声,喝,我的心绪,不安宁,你何敢前来扰乱,欺朕的病无能,你们未免也太薄情。"

这一段除了还有几个大文的字,几乎无懈可击。字汇词汇都现成,于是句子也现成;用现成的句子一气呵成,而又委婉地道出刘备的苦痛与身心的衰弱,既现成又细腻,既具体又动人,可算真做到深入浅出了。

在"深入深出"之外,我们还可杜撰出个"浅入浅出"来。这就是说,作者还没有把写作资料消化好,就不管三七二十一地摆出一大堆口号,用未经过锻炼的白话啰里啰唆地拼凑到一块儿。这虽是用白话写的,不求救于文言,可是并非精选过的现成的白话,结果还是不易唱,不易听懂。深入深出者病在看不起白话,浅入浅出者坏在知道白话的可贵,而没下功夫用白话做成精美的白话文艺。

做到深入浅出并不专仗着字现成,词现成,句子现成;不过,此文所论却只限于现成与深入浅出的关系。

论写旧诗词

郭沫若

> 郭沫若先生这封信,是回答《文艺报》读者吴韵风先生所提出的一个问题的,即"为什么在'五四'前后顶大胆写新诗的人又转到写旧诗来?"现发表于后,以供研究者参考。
>
> ——编者

吴韵风同志:

你写给《文艺报》编辑同志的信,我读过了。

你看到我所写的旧诗,使你发生了疑问:"为什么在'五四'前后顶大胆写新诗的人又转到写旧诗来?"你要我把"这一转变关键"写出,我是乐意回答你的。不过,我须得先行说明,"这一转变"倒不一定是由新而旧,而在实际上却依然是由旧而新的。因为"大胆写新诗"在形式上固然是一种新的转变,而"旧瓶盛新酒"在内容上也是一种新的转变。

单从形式上来谈诗的新旧,在我看来,是有点问题的。主要还须看内容,还须看作者的思想和立场、作品的对象和作用。

假使作者是反动派,而内容是歌颂落后势力,或对进步势力诽谤,即使作品所采取的是未来派、立体派、达达派的形式,我们断不能说它就是"新诗"。

又假使作者是革命家,而内容是对落后势力搏击,或为进步势力歌颂,即使作品所采取的是旧式的诗或词的形式,我们也断不能说它就是"旧诗"。

是不是内容和形式有了矛盾呢?在我看来,是不尽然的。旧式的诗词在今天依然有它的相对的生命,而且好的旧诗词,例如毛主席的《沁园春》,显然有强大的魄力,这是事实。其所以然的缘故是什么呢?在我看来,这是由于旧式诗词的形式本来是民间文艺的一种加工品。

旧式诗词的形式,除掉一些过分的矫揉造作者外,大抵导源于古代的民歌民谣。它的语法和韵律,在民族的语言规律和生活情绪上,是有它的根蒂的。因此,就是现时的民歌民谣,在形式上,都比较和旧诗词更见接近。

旧诗词既然有这样一种本质——民谣体的加工,那么利用旧诗词来写革命的内容,也就尽有可能收到完整的统一与为人民服务的效果了。这样革命性的旧诗词,在内容上固然是新，就在形式上也不一定是"旧"。因为在表现上必然采取了新的事物、新的词汇，甚至新的语法，可以说在旧形式上另外化合上了新的风格。它的表现必然更加平易近人，而不会胡乱地使用僻典僻字了。不消说在旧形式中也是经过了一番选择，过分矫揉造作的形式，即是太脱离大众的形式，是一定除外了的。

新诗的形式在今天依然还在摸索的途中，好些新诗人多采取外来形式，甚至有采取到外来的旧形式的，例如所谓"商籁体"（即十四行诗——编者）之类。因为是外来，我们感觉它是"新"，其实有好些不仅内容旧，而形式也旧了。

我并没有意思替旧诗词辩护，也没有意思采取排外的立场，在今天诗歌创作的道路上，凡是有可供采取的文化遗产的精华，无论新旧中外都是可以采取的。

不过我须得把问题限定一下。我说"可以采取"，但不一定都非采取不可。在这里当然有些轻重缓急。例如外来的旧形式，如"商籁体"之类，在我看来就没有采取的必要。中国的旧诗词，在年轻一辈的朋友中，随便阅读是可以的，也不必一定要写作或学习写作。

写作新诗歌始终是今天的主要的道路。诗歌工作者的任务是要建立为人民服务的新的民族形式。这须得我们在思想上建立革命的人生观，在生活上充实服务的体验，而在形式上则当就现存的民歌民谣中求得民族的语言规律和生活情调而施以新的加工，或发挥新的创造。要这样才可能有足以代表新时代的真正的新诗出现。

以上是我的一些粗率的意见，没有多的工夫来深思熟虑，对于你所提出的问题，我所解答的恐怕还不一定中肯。因为你要我公开答复，我便请求《文艺报》的编辑同志把这封信公开，也就是把你所提出的问题公开了。这样可以请大家来讨论，使问题能够得到更美满的解答。

敬礼！

郭沫若
四月十九日

话说新诗

何其芳

一

《文艺报》编辑部曾发起过一次笔谈,要大家谈一谈新诗。我也是接到了通知的。但我那时正做着别的事情,没有时间认真考虑,也没有时间写,就未能参加。

我还有一个也许并不正确的想法。我觉得作家自然也可以兼写理论批评文章,但主要还是应该用他的作品来证明他的理论,并且使他的作品成为一种对他所不赞成的作品的批评。我虽说好几年来没有搞创作了,但还是想往这方面努力的。因此我打算少发表意见。

但我并不否认搞创作的人也有常常交换意见的必要。因此,《文艺报》的编者要我补写几句,我就破戒来谈一次新诗。

二

我认为新诗首先还有一个内容问题。《杜甫传》上说杜甫"善陈时事""世称诗史"。现在大家都说要学习中国过去的诗的传统,我想首先应该学习这个传统。一个伟大的诗人应该在他的作品里丰富地深入地反映一个时代的社会生活、一个时代的精神。五四以来的新诗,自然也有表现了中国社会的某些侧面的,也有比较能够代表一个时期的精神动态的,但一般来说,新诗的内容实在还是太狭窄、太浮面。多数的诗人都偏向于小资产阶级知识分子的主观抒情。其中的革命派还有一些反抗旧社会、向往革命或者歌颂革命的热情,因此通过他们的主观抒情还是或多或少地闪动着一些客观世界的光和影。至于许多不革命派则更流入神秘主义、颓废主义、形式主义,甚至他们写的诗只有他们自己才懂,或者自己也未必真懂。

自从革命的文艺运动中提出了要表现工农兵,表现新的人物、新的世界以后,在新诗方面也有了一些初步收获。我们可以举出《王贵与李香香》《圈套》《死不着》这样一些诗来。但这实在太少了,而且《王贵与李香香》最引人注意的是它在利用民歌方面的成功,对于陕北土地革命时期的农民斗争还写得不够丰富、不够深入。在这方面,歌剧《周子山》的前半部就带给了我们更多的革命气概。《圈套》和《死不着》不如《王贵与李香香》那样流行,这可能由于它们的故事的吸引力比较弱一些,技巧的通俗程度或者成熟程度也比较差一些，但泥土气息是更浓厚的。还有一点应该说到的，这三篇诗的作者以后都好像有些难以为继。如果允许我大胆地揣测一下的话，恐怕主要还是继续到群众生活的底层去取得新的原料这一点做得不够的缘故。

谁要是以为写诗就可以不必长期地无条件地全身心地到工农兵群众中去、到火热的斗争中去，谁要是以为写诗只要浮光掠影，走马看花似的这里那里生活一下子，就可以回屋子里坐着写个不完，那就一定写不出丰富地深入地反映这个时代的诗篇来的。

然而，有时候由于主观努力不够，有时候由于别的原因，我们这些搞创作的人常常不可能长期地到工农兵群众中去。如果期望着文艺方面的丰收，这样的情况是必须逐渐改变过来的。值得我们警惕的是，在这种不正常的情况之下，很容易滋生或者接受一种不到工农兵群众中去也可以的观点，对于生活不加以区别的观点。在《文艺学习》第二期上的《诗歌漫谈会笔录》里面，几个作者说，"随时随地都充满着生活""基本上生活是到处都存在的"，所以，"我们的问题，不是在有没有生活，而是在会不会生活，会不会掌握这种生活"，会不会"以主观热情去拥抱新生活和培植它的细微的体验"，或者换一句话说，"问题基本是在生活态度"，而且，"普式庚，马雅可夫斯基，他们写自己"。如果这个记录大体上与漫谈者的本意相符的话，这里面是有问题的。诚然，随时随地都是生活，生活到处都存在，连"充满着""基本上"那些字眼都不必用。但是，这个漫谈会上另外两个作者说得很对，"作为无产阶级的诗人""却要看那是什么生活"。我们今天的作家主要应该有什么样的生活呢？毛主席在延安文艺座谈会上的讲话已经回答了这个问题：必须有工农兵群众的生活。如果说不管什么生活都是一样，那是直接违反了毛主席的回答的。不管什么生活都是一样——那就是旧现实主义。必须有工农兵群众的生活——这就是新现实主义。诚然，只是有生活也还不够，还要有对于生活的体验和热情，这对于一个作家也的确是很重要的。但是，这也还要追问一句的，到底生活是第一位呢，还是生活态度（或者又叫"磁石一般的脑子"）和热情（或者又叫"主观战斗精神"）是第一位？毛主席在延安文艺座谈会上的讲话也已经回答了这个问题：人民生活是一切文艺作品的唯一的源泉，此外再没有第二个源泉。如果把脑子和主观热情强调得比生活还要更根本，那也是直接违反了毛主席的回答的。脑子和主观热情更根本——那就是唯心论，生活是唯一的源泉——这就是唯物论。诚然，普式庚和马雅可夫斯基都写过自己，杜甫也写过自己。如果我们是已经改造过的自己，当然更可以写。但是，普式庚、马雅可夫斯基、杜甫以及其他伟大的诗人都绝不是只写自己，常常是更多地写了他那个时代的社会生活。

参加了那个诗歌漫谈会并发表了上述那种可以讨论的意见的天津的作者们，很可能有许多都是愿意到工农兵中去然而因为其他工作的需要暂时还去不了，但也可以从那看出他们对于有些根本问题的认识还不明确,所以才想在理论上和实践上那样来解决问题。他们当中有好几位都称赞了鲁藜同志发表在《文艺学习》第一期上叫作《生活》的那首诗。由于当地的工作的需要,鲁藜同志做了天津中国大戏院的经理。然而,他在经理生活中也感到了诗意,就以那种生活为题材写了一首热情的诗。他并且在诗里面说:

  时代的诗人们
  请你们来写这样的诗
  写我们这日常的生活吧

  鲁藜同志这样的诗当然是可以写的。他能够从繁忙的事务工作中感到革命的政治意义,感到"电话铃也像乐曲常常歌唱",那种情感更是可贵的。但是,谁要把他由于一时的兴奋而写出来的这样三行诗当作创作的方向,那就一定要犯错误。在那个《诗歌漫谈会笔录》里面,有一个作者为了说明生活到处都是,还举了一个例子。他说:"一个小同学在作文中写着:她的母亲给她做了棉裤,她不要穿,她的母亲问她冷不冷,她说不冷。她的母亲对她说:'你不穿要冷的。'她最后说:'我听了,我难过,我默然。'"他讲完了这个故事以后就加上一个按语:"这很真实动人。"我看了这一段以后也忍不住要加一个按语:"如果我们的诗人们真以为这就是诗的题材的话,那就真会把我们的作品降低到儿童的作文的水平的。"

  加里宁说通讯员收集材料要像蜜蜂采蜜一样。一个作家的确应该像辛勤的蜜蜂,博采生活中的百花之精华,尤其是劳动人民的生活中的百花之精华,并经过充分的酝酿和劳动,把它们制造成蜜一样的作品。写通讯是这样,写小说戏剧也是这样,写诗更应该是这样。

  诗应该是歌中之歌,蜜中之蜜。

三

  然而我们常常感到有些"诗"既不是歌,也不是蜜。在它们里面既缺少具体的生动的社会生活,又缺少强烈的诗的情绪。

  对于诗的特点我曾经做过这样的说明:"诗,是人在激动的时候,是人受了客观事物的刺激,其情感达到紧张与高亢的时候的产物。"不管是直接抒情还是歌咏事件,都应该有这样的特点,都应该有强烈的诗的情绪。不然,那就真会如有的同志所嘲笑的,"连则为文,分则为诗"(见三月五日《工人日报》副刊上王春同志的《对几首诗的意见》）。

最近我在报上读到了一首藏族的民歌。这样的作品，就是把它连写起来，也仍然是诗，并不是文的：

可爱的小布谷，没有你我不知道春夏秋冬；不是没有别的鸟，别的鸟唱我不愿听它。

可爱的小白马，没有你我爬不上大坡；不是没有别的马，别的马我不愿骑它。

可爱的姑娘呵，没有你日子是过得那么长；不是没有别的姑娘，别的姑娘我不爱她。

经过了另一种语言文字的翻译，原来的音节已经很受损失吧。但是，这里面颤动着异民族的诗人的情绪还是能够传染给我们，正如我们读着《诗经》里面的《采采卷耳》那样一类抒情诗，还能够感觉到两千多年以前的诗人的激动一样。

一个真正的歌者一定不是仅仅用他的嗓子歌唱，而是用他的全生命去歌唱，用他的快乐或者痛苦，热爱或者憎恨，回忆或者希望去歌唱，正如加里宁所说的，"必须将自己的血流一点进去"的。

但是，我们必须知道，社会生活也好，时代精神也好，诗的情绪也好，都是变动着的。在阶级社会里，都是有阶级的区别的。在藏族的民歌里，也已经出现了歌颂毛主席、歌颂革命的作品，我们更不应重复那些古老的歌了。就是情诗吧，虽说看起来都是一男一女要求结合，它们的内容也很不相同。古今中外的情诗都有一种"我愿"体，但是，陶渊明的《闲情赋》中的"愿在丝而为履，附素足以周旋；悲行止之有节，空委弃于床前"，和陕北民歌中的"你赶牲口我开店，咱二人路上路下好见面"比较起来，前者就流露出来了地主阶级的享乐的伤感的情绪，而后者却表现着劳动人民的朴实的健康的精神。因此，一切创作都必须通过作者的情绪，诗更要求强烈的情绪，这都是没有问题的。问题在你是什么样的作者，有什么样的情绪。没有感情不好，但也并不是无论什么感情都好。

《文艺学习》第一期上的《创作漫谈会笔录》里，有一个作者说："胡风的《欢乐颂》《光荣赞》，既是赶任务，又是艺术品。要有他这样强烈的感情、感受，才写得出来。"由于这位作者的推荐，我就把胡风先生的两个《欢乐颂》和又一个《光荣赞》都找来读了一遍。读完以后，我觉得我们对于这几篇诗的"强烈的感情"也是应该加以分析的。当然，如果只就这些诗的主要内容而论，这是一个革命知识分子对于中国革命及其胜利的歌颂，应该说基本上是好的。由于中国的小资产阶级知识分子也是处于被压迫的地位,其中的一部分还是贫苦家庭出身,因此《光荣赞》中对于旧社会里面被压迫人民的生活的叙述的确是写得相当动人的。但是,就在这个《光荣赞》中,作者发了一些很不应该有的牢骚。作者在里面写着:"不要那些皮笑肉不笑的不死不活,口应心不应的阴阳怪气,更不用说把那些牛头不对马嘴的谎话,挤眉弄眼的肉麻当有趣了";"驱逐掉那些'邀功''骄傲'的心理,凭这去抵抗那些轻浮的得意忘形,僵死的官僚主义";"谁要是用轻薄侮蔑的态度对待战友,用居高临下的目光对待人民,他就等于泼冷水,做了一份瓦解工作,在斗争内部当了敌人的内应,污辱了'人'这个神圣的称呼"……我读的时候就想:这些到底何所指呢?显然,这并不是在讲革命的敌人,而是指革命阵营内部的人。胡风先生到底何所根据而这样咬牙切齿,这样气愤?到底又有谁"用轻薄侮蔑的态度对待战友"?如果仅仅因为我们有些人曾经批评过他的文艺理论,胡风先生就感到"损害"了他的"人"的"庄严",就把别人的严肃的善意的批评叫作"轻薄侮蔑",这就不过是露骨地暴露出来了一种小资产阶级知识分子的自高自大及其阴暗心理而已。像这样的"感情",那就越"强烈"越坏。两个《欢乐颂》倒没有这样的明显的缺点(萧三同志说里面"夹杂了一些牢骚似的",但我没有读出来),但后一个《欢乐颂》实在是相当空洞的;前一个《欢乐颂》所歌颂的毛主席也还仅仅是胡风先生今天所能想象的毛主席,和真正的毛主席是有着很大的距离的。"我是海,我要大,大到能够环抱世界,大到能够流贯永远",胡风先生根据他自己的设想所拟出的,用毛主席的口吻来讲的这样几句话,是和毛主席自己所说过的"和全党同志共同一起向群众学习,继续当一个小学生,这是我的志愿",以及少奇同志所说的"他是人民群众的领袖,但他的一切都根据人民群众的意志,他在人民面前是忠实的勤务员和最恭谨的小学生",有着何等的根本精神上的不同呵!

四

是的,新诗还有一个形式问题。《文艺报》的笔谈里,许多作者都突出地提出了这个问题。

对于这个问题,我们应该防止两种偏向:

一种是根本否认新诗还有这样一个问题存在,借口"内容决定形式"来掩盖某些新诗的形式方面的缺点,不知道任何文艺的形式还有它本身的传统,过分地不必要地违反传统常常就会脱离广大群众。

另一种是离开了内容和实际情况来孤立地主观地考虑形式问题,因为某些新诗的形式方面的缺点而就全部抹杀五四以来的新诗,或者企图简单地规定一种形式来统一全部新诗的形式。

《文艺学习》第二期上的《诗歌漫谈会笔录》里,一位作者说:"我们是主张散文化的,因为这是内容的要求,这是诗的发展的前途。"这就是前一种偏向的一个例子。他不知道,诗的内容正是要求着诗的形式有以异于散文的形式的。中国古代曾经有一个关于诗歌和舞蹈的产生的解释:"情动于中而行于言,言之不足,故嗟叹之;嗟叹之不足,故咏歌之;咏歌之不足,不知手之舞之,足之蹈之也。"这就是说明正因为人类有些情感非普通的语言即散文式的语言所能表达,所以才有诗歌的存在的必要。这就是为什么最早的诗歌就常有着比较明显的韵脚,比较有规律的节奏。后来的诗虽说和歌唱和舞蹈分了家,有了职业的写诗的人,但仍然长期地普遍地不同程度地保持着这种形式上的特点。这种形式上的特点对于内容一方面是一种限制,另一方面也是一种补助。着重地感到了限制的这一方面,大胆地废弃了明显的韵脚和有规律的节奏,就产生了自由诗。然而,就是惠特曼那样的自由诗,也仍然是和散文有区别的,仍然是有一种比散文强烈得多的节奏和韵律。还有一个事实值得我们注意的,至今为止,自由诗虽说已经成为一种谁也否认不了的形式,但就整个世界的诗歌说来,仍然是格律诗占优势。这就可以看出还有一个读者的习惯问题,同时,一定的格律的限制也并不是一切诗人都感到必须废弃。

后一种偏向我一时还找不到一个很恰当的形之于笔墨的例子。萧三同志的《谈谈新诗》那一篇短文里是保守的、温和的、激烈的意见都有。因此,只能说他对于新诗的形式问题还没有一个很固定的看法。他说:"汉字如果暂时仍不能废除,何以不能写旧形式的诗呢?"根据这样的理由,他就赞成有些同志的写七言诗的主张。但最后,他又认为"要使诗歌真正新鲜、活泼、大众化,只有用新文字来写诗才有可能"。这样又把旧形式、七言诗差不多就否定了,因为旧形式、七言诗,正是以汉字为基础的。他还有一个看法是:"现在各种各样形式的诗我们都该欢迎,只要好。"这倒是我很同意的。林庚先生在《新诗的一建行一问题》里说,"今天无数的诗人都采取以五七言为主的形式"(这"无数"恐怕应该说是"有数"),"它支配了一千多年的诗坛及民间文艺的形式,我们顺着这一个形式的传统它就很容易普遍,离开了这一个传统就难于为大众接受"。我想,我们不妨就从五言、七言开始我们的讨论。

诚然,五言、七言曾经是中国旧诗里面的一种支配形式。但我们不要忘记,它们也不过是旧诗发展到一定时候的产物。在它们成为一种支配形式以前,诗经、《楚辞》、汉赋以及一些其他的古诗、古乐府,都主要的并不是五言、七言。在五言、七言已经成为支配形式以后,也还有一些别的韵文形式存在着,比如赋、词以及后来的曲等。我们必须承认各种形式的韵文都是中国旧诗的传统。五言、七言最盛于唐代,而唐代的最大的诗人杜甫和李白,尤其是李白,在有些诗里面也常常打破了五言、七言的限制。因此我想,五言、七言虽说曾经是中国旧诗里面的一种比较优良的形式,但打算主要依靠它们,或者完全依靠它们来解决今天中国新诗的形式问题,恐怕还是把问题看得太简单了。

五言、七言首先是建立在基本上以一字为一单位的文言的基础上的。我们今天的新诗的语言文字基础却是基本上以两个字以上的词为单位的口语。用口语来写五言、七言诗就必然比用文言来写还要限制大得多。如果用文言来写五言、七言诗就早已日趋不景气,终于写不下去了,我们改用口语来写就会有了很大的发展前途吗?这实在是很令人怀疑的。反对新文学运动的国衡派的胡先骕,就曾经大大宣传过五言、七言的好处。他说:"四言、五言、七言者,中国语中最适宜之句法也。"他又说,"诗之能事,五言古诗能尽之,所不能者为七言古诗之剽疾流利,抑扬顿挫,与夫五七言近体诗之一唱三叹,音调铿锵耳。"虽说我们今天主张五言、七言诗和胡先骕的有着本质上的不同,他是为了反对诗与广大群众结合而我们正是企图用这来使诗与广大群众结合,他是主张用文言而我们是主张用口语,但翻一翻他们那些反对新文学运动的论文对我们还是有益的,免得我们有些时候在有些问题上接近于他们那样保守,那样简单。

当然,我这也并不是说五言、七言的旧形式就绝对不可以用来写新诗。陶行知先生就写过一些可以传诵的五言、七言新诗。马凡陀同志在研究了陶行知先生的诗以后,也写过一些引起人注意的五言、七言新诗。不过,陶行知先生写的主要是一些讽喻诗、格言诗,马凡陀同志也主要是用来讽刺暴露国民党反动派的统治下的一些可笑的事物,这也就反过来证明了这种形式的限制。要反映丰富的新社会的生活,要反映复杂的人民群众的斗争,恐怕五言七言并不是一种很适宜的形式。

林庚先生大概也是感到了这种限制的。他说:"要把五言、七言形式的传统同今天语言文字的发展统一起来。"他举出陕北民歌为例子。是的,如果不是以字为单位的五言、七言,而是说基本上采取了五言、七言的节奏的,字数不定的,类似陕北民歌那样的形式,我想那就限制比较小一些,可能有发展的前途,因而是可能成为新诗的一种重要形式的。但是,这就不必叫它五言、七言体,而应该叫它民歌体。就是这样的民歌体,我想也只能成为新诗的重要形式之一种而已,未必就可以用它来统一新诗的形式,也不一定就会成为支配的形式。民歌体也有限制。因为基本上是采取了旧诗里面的五言、七言的节奏,它的句法就常常也要以一个字收尾,或者在用两个字以上的词收尾的时候必须上面加一个字,这就显得节奏单调并且不自然。比如在《安机器》(见《东方红》选集)这首诗里面,这样的句法就很明显:

工友们,听我言。把建厂时的经过表一番。解放以后安机器,保全的工人占了先。厂长股长机器匠,计划怎样把车安。先安天轴画地线,瓦匠才把地脚挖。机匠把车安装好,瓦匠又把地肺灌。不多几天都安上,上轴就把车试验……

这实在和我们今天的口语里面的句法和节奏都是很不相同的。

五

有的人似乎只知道旧诗是一个应该重视的传统,却忘记了五四以来的新诗本身也已经是一个传统。他只知道和旧诗太脱节不对,却没有想到简单抹杀了五四以来的新诗也不对。别的文艺部门也一样,都有两个传统,一个老传统,一个新传统,都应该重视,都应该研究,都只能批判地吸收,都不能全盘否定或者全盘肯定。

旧诗是一个很长很长的传统,因而也就是一个很丰富的传统。然而由于在形式上(首先是语言文字上)距离我们远一些,它的形式就不宜于简单搬用。五四以来的新诗还是一个很短很短的传统,而且又是一个摸索多于成功的传统。然而因为这个传统距离我们很近,或者说就一直连接着我们自己,我们就更必须细心地领取它的经验教训。如果以为它就是一段盲肠,干脆割掉,重新开步走,那也是错误的。

五四以来的新诗,从形式方面概括地说,就是在格律诗和自由诗两者之间曲折地走了过来。初期的白话诗一般并未摆脱掉旧诗词的格律的影响。后来感到这还不是天足,就把那最后一层裹脚布也抛开了。后来有一部分人又觉得那太没有诗的音节,说它是"诗的自杀政策",就企图根据西洋的格律诗来建立新诗的格律,并且宣布一种理论,叫作"戴着脚镣跳舞"。但不久就被嘲笑为"豆腐干式",自由诗又渐渐地占了上风。总之,真有些像一股风,一会儿吹向那边,一会儿又吹向这边。

但在这说起来近乎笑话似的曲折的发展中间,也并不是什么东西也没有留下。比如自由诗,固然有"自由到完全不像诗了"的"自由诗",但也还是有一些在自由中仍然保持着比较自然的诗的节奏和韵律的自由诗。这样的自由诗不但有人阅读,而且是可以朗诵的。由于这样的自由诗的根本内容还带着很多小资产阶级知识分子的思想情感,语言文字也还不大中国化、大众化,这种阅读和朗诵还主要是在知识青年当中。但是,如果我们把这样的自由诗加以改良,内容换成主要是歌颂工农兵,形式上也去掉那些弱点,我想还是可以把它的阅读和朗诵扩大到工人群众中去的。中国的农民群众,绝大多数都还不识字,并且长期习惯于和音乐结合的韵文形式,改良以后的自由诗大概暂时也还不能够到达他们中间。

就是那种以闻一多先生为代表的企图建立新式格律诗的试验,除了它们的内容方面的问题这里不去讲它而外,虽说在形式方面许多地方犯了硬搬西洋诗的毛病(比如十四行诗的形式),而且在理论上也有许多错误(比如强调辞藻上的绘画的美,节和句上的建筑的美),但恐怕在形式的试验上也不是毫无可取之处。他们就是以今天的口语为基础来分音节和押韵,无论如何是在中国旧有的格律诗之外企图增加一种样式。

在中国旧诗的传统和五四以来的新诗的传统之外,还有一个民间韵文的传统。中国的民间的韵文形式是相当多的,民歌还不过是其中的一种。像说书、大鼓、快板等等,在用它们来表现新的内容,革命的内容的时候,也就基本上成为新的东西了(我只说它们基本上是新的东西,因为它们也需要逐渐改善、逐渐提高,去掉那些不大适宜于表现今天的新内容的陈言滥调和其他缺点)。对于今天的农民群众和其他文化落后的群众,这是一些很好的形式。因此,我们不应该把它们看作是新诗以外的形式。

所以,我还是坚持我四年以前的这样的意见的:"形式的基础是可以多元的,而作品的内容与目的却只能是一元的,那就是只有从人民生活中去获得文学的原料,并使文学又回转去服务人民。"因此,新诗的形式也就只能定这样一个最宽的然而也是最正确的标准:凡是比较"能圆满地表达我们要抒写的内容",而又比较"容易为广大的读者所接受"者,都是好的形式。从快板到自由诗,从旧形式到新形式,都是这样。

客观的事物本来是复杂的,而我们常常喜欢把它简单化。许多事情本来都不是那样绝对的,而我们常常喜欢走极端。有的写自由诗的人嘲笑快板的节奏太简单,有的写快板的人又嘲笑自由诗太自由。其实既然今天中国有不同的读者群众,又有不同的作者,又有不同的传统,新诗的形式就不可能定于一,也不必定于一。

将来呢?将来也许会发展到有几种主要的形式,也可能甚至发展到有一种支配的形式。但恐怕都不是现在就能够预先规定得了的。

现在还是各自的努力最要紧。当然,形式问题的讨论也是必要的,但这种讨论应该多有一些科学的精神,简单片面是不能引导我们达到正确的结论的。《杜甫传》上又说他的诗"浑涵汪茫,千汇万状,兼古今而有之"。我们现代的大诗人也是应该有这样的气概的。

六

我们应该以作品来建立新诗的形式。中国的五言诗,七言诗,是在有了曹子建、陶渊明、李白、杜甫等人的作品以后才成为支配的形式的。自由诗,也是在有了惠特曼、凡尔哈仑那样的作品以后才建立起来的。有了马雅可夫斯基的许多许多诗,他那种"忽高忽低""白多黑少"(这也是借用王春同志那篇《对几首诗的意见》中的用语)的怪形式也就没有人能够否定得了(应该说明,马雅可夫斯基的那种诗还是比中国的"忽高忽低""白多黑少"派讲究音节和韵律的)。不但否定不了,斯大林同志还说他是苏联的苏维埃时代最优秀最有才能的诗人,忽视他的诗就是罪过。如果说中国的新诗的形式还没有很好地建立的话,那就因为还没有这样一些伟大的作品。如果说中国的新诗也还是有一些优秀的可读的(虽说还够不上伟大)作品的话,那就不能说新诗根本还没有形式。即使它们的形式都有着缺点,还需要改善吧,也总是可以提高,可以发展的。

我觉得有一个现象倒是很可忧心的,就是有些诗作者常常"开端就是顶点"。在他们的引起人注意的成名作以后,常常就不能再超过那样的水平,甚至不能再保持那样的水平。这种现象在别的文艺部门也是有的,但似乎在诗歌方面更加普遍。这倒是和我们这个伟大民族很不相称的。如果说过去是由于旧社会的环境不利于诗人的生长的话,那以后就不能再把主要责任归于客观条件了。

初学写作者喜欢写诗,并且写得多而又不好,那是难免的。我们谁也都是从乱写中写起来的。初学写作者乱写,乱投稿,都不要紧,只要编辑不乱发表,并进而能够指导他们,帮助他们,就好了。但成名的作者不应该乱写,乱发表。应该经常增加新的原料,应该不断地学习,应该每一首诗都经过比较充分的酝酿和劳动。俞平伯先生在五四运动以后,有很多人反对或怀疑新诗的时候提过这样一条意见:"无益有损的诗尽可少做;就是多做也不妨,却不可乱付报纸月刊登载。我觉得这样限制数量的办法,很可以保全白话诗的'令名'。"当然,积极的办法是努力多写一些好诗出来。但是,如果我们有些时候实在写不出好诗的话,这个消极的办法也是很可以采用的吧。

1950年

简单地谈谈《诗经》
郭沫若

中国最古的一部诗集，自然要数《诗经》。

《诗经》是合国风、小雅、大雅、周颂、鲁颂、商颂而成。收集了这些作品，把它们保存了下来，要算是先秦儒家的一项功绩。收集成书的年代，是在春秋末年和战国初年，是在相当长的时期里面积累而成的。

在今天看来，最有文学价值的是国风，主要地收集了当时民间所流传着的民歌民谣，在内容和形式上都保留着相当素朴的人民风味。因为年代和我们隔离得太远，生活习惯，语言音韵上都有了距离，读起来不大容易接近；但假如经过一番解释，懂得一点古音古训的人去读它，实在是很有风味的。

国风多是一些抒情小调，调子相当简单，喜欢用重复的词句反复地咏叹，一章之中仅仅更换三两个字的例子是很多的。这正是一般民间歌谣的特征，尤其是带些原始性的民间歌谣。在这种风格上正保证着国风是比较可靠的文献。叙事的成分很少。中国古诗人有一种风尚，不高兴用韵文形式来叙事。别的民族在很古的时代便流传出大规模的史诗，在我们的确是没有的。或许有过，没有经后人收集而失传了吧？因此，在国风中没有什么波澜壮阔的成分，没有什么悲壮的成分，这可以说是一种缺点。

大雅小雅和商颂鲁颂，规模要大一些，但也多是抒情的赞颂或诅咒，叙事的成分仍然很少。周颂好些是断片的东西，拿时代来说算最古，有的远在西周初年，拿文学价值来说，却是最无聊的。雅颂和国风不同的地方，主要是它来自宗庙朝廷的贵族文学，比国风虽然有些加工，但在自然和生动的情趣上远远不如。在今天看来，只有诅咒的一部分所谓"变雅"倒是值得推荐的。

《诗经》虽是收集既成的作品而成的集子，但它不是把既成的作品原样地保存了下来。它无疑是经过收集者们整理润色过的。风雅颂的年代绵延了五六百年。国风所采的国家有十五国，主要虽是黄河流域，但也远及长江流域。在这样长的年代里面，在这样宽的区域里面，而表现在诗里面的变异性却很小。形式主要是用四言，而尤其值得注意的，是音韵差不多一律。音韵的一律就在今天都很难办到，南北东西有各地的方言,音韵有时相差甚远。但在《诗经》里面呈现着一个统一性。这正说明《诗经》是经过一道加工的。古人说孔子删诗,虽然不一定就是孔子,也不一定就是孔子一个人,但诗是经过删改的东西,这形式音韵的统一就是它的内证。此外,如《诗经》以外的逸诗,散见于诸子百家里的,便没有这么整齐谐适,又可算是一个重要的外证了。

作为在"今天的写作上借鉴",如果是技术上的问题,《诗经》是太古远了;但如果是方向上的问题,那倒还有很可以供我们"借鉴"的地方。首先它告诉我们:民间文艺的生命,比贵族文艺或宫廷文艺的生命更丰富,更活泼:因为风的价值高于雅,雅高于颂,变雅高于正雅。我们从这里尽可以得到一个民间文艺值得重视的最古的例证。

再便是伟大的文艺作品必须有民间文艺的加工。这须把国风和楚辞联系起来看。国风中有许多带有"兮"字的句子,古歌古谣里也多有这个字。"兮"字古音读如啊,照着这古音去读,立即可以懂得古歌古谣和国风的一部分正是口语形态的诗。屈原是把这种形态扩大了,而成就了它的《离骚》和其他作品,在文学史上留下了不磨的成绩并创造了一种特殊的文体,所谓"骚体"。

如果作为文学史料或社会史料来看,《诗经》是有高度的价值的。但作为史料时,须特别注重它的时代性,旧时注家的说法大多是靠不住的,不能无批判地援用。

谈方言问题

周立波

方言,也要这样。采用某一地方的,不大普遍的方言,不要用在叙事里。写对话时,书中人物是哪里人,就用哪里的话,这样才能够传神。要是你所写的是北京人,说上海话固然不行,说东北话也不大好。

用方言土话,一定要想方设法使读者能懂。有些表现法,普通话里有,而且也生动,在叙事里就不必采用土话。有些字眼,普通话和方言里都是有的,只是字词音不同,那就应该使用普通话里的字眼。湖南人读"还"如"偕",读"没"如"冒",写的时候还是用"还"和"没",不必写成"偕"和"冒"。方言里的太僻的字句,必要使用时,要反复地多用几次,让人家从上下文的语气里自然而然地了解它的意义。东北话里的"牤子",学名叫公牛,要是你把东北一个小猪倌的叫喊"牤子吃庄稼哪",写成"公牛吃庄稼哪",不但没有东北味,而且人家还会说你是个书呆子,称呼牛大哥也要叫它的学名。这说明了,在反映东北农村生活的文章里,有时有用"牤子"的完全的必要。当"牤子"这词最初出现的时候,东北以外的读者也许会不懂,但当你反复地使用几次以后,读者就会自然而然地理解,这生疏的"牤子"原来就是我们认识的牛大哥在东北话里的别号。

毛主席指示我们说:"人民的语言是很丰富的,生动活泼的,表现实际生活的。"方言土话正是各地人民天天使用的活的语言,从学校里出身的,脱离生产的知识分子,对于这种活的语言都不大熟悉。我国的语文有着长久的分离的历史,就是现在的笔写的白话,和人民的口语,也还是有若干显著的差别。"学生腔"往往语汇贫乏,枯燥无味。比方红的颜色,要是叫我们形容,就会说:很红,通红,红得像火,或是红得像胭脂,这样的叙述当然也可以,读者也都懂,但总缺乏新鲜的风趣。农民形容红色的时候,就会说道:红得像颗刺梅果,这就带着新鲜的田园的风味。描写斗嘴的双方都很尖锐的情形,农民说是"针尖对麦芒"。针尖和麦芒,都是既尖且锐的,这是生动的形容。很少接触"麦芒"的人,不大容易想到这样好的话。

劳动的人们喜欢把生产过程中习见的具体的事物,用精练的语言构成生动的形象,夹在谈吐中,使得人们对于他们叙述的事情和行动,得到深刻的印象。这是人民的活的语言:方言土话的一个重要的特点。

方言土话的另一个特点是比较简练。老百姓善于使用简单明了而又生动活泼的字句来表达自己的意思。比方我们说,儿女多了是够麻烦的事,一儿一女最好最幸福。农民就说:"一儿一女一枝花,多儿多女多冤家。"这样对仗工整、音韵铿锵的两句话,叫人听了,印象很深,而且好久还记得。

我在东北乡下工作的时候,发现农民的谈话里,有一些单字,照着发音写出它的本字来,知识分子不查字典,还不认得。比方"薅草"的"薅"字,粗粗一看,好像是个古奥的僻字,但是在除草的季节里,农民的嘴里天天使用这个字。我们的先人创造这个字眼的时候,本是用来描摹用手拔草的这个生产动作的,长久地脱离生产,或是从来没有参加生产的人,不大熟悉这动作,因此也就不大熟悉这个字。它在我们的眼睛里,就变成了古字和僻字,其实它是农村之中活跃的字眼之一。

当然,人民的语言,需要加工的地方也还是不少。它也还有好些的缺点,比方说:语法不十分精密,记述复杂的、科学的、新兴的事物的语汇还不够使用。为了补救这缺陷,我们必须介绍外来语,添加新的语法和语汇,注入新鲜的血液。我们已经在这样地做了。五四以来,我们的汉文已经添加了许多新的字眼和语法。积极、消极、咖啡、可可、瓦斯、水门汀,都是外来语,现在已经融入我们的语言里,看去并不觉得生疏。语法的全盘欧化当然是行不通的,但不能否认,在语法上,我们也已经有了许多的改革。

我们也不应当完全排斥古人的语言。古人的话,能够留传至今的,是经过了多少年代的提炼的精彩的部分。比方说,"满招损,谦受益""惩前毖后,治病救人"这样的古语,译成白话,可能没有原文的简洁和有劲。这样的话,还是应该保存和运用。

我国未来的语言到底是什么样子呢?很难预见。变是总归要变的,但将是渐变,而不是突变。五四时代的白话和现在的白话已经有些不同了,将来还要变化的。在语言的这种慢慢的变化的过程中,我们主张继续地采用方言土话,不过采用它的时候,需要加工,需要有所增益,也有所删除,同时也不完全排斥外来语和古代语,毛主席指示我们的文学上的学习的原则:中外古今法,也很适用于语言的学习。我们要不断地汲取中外古今的语言的精华,采摘中外古今一切语言的简练、生动、新鲜、科学的语汇和语法,来继续丰富和改革我们的语言和文体,而我们自己国家几万万劳动人民天天使用的活的语言,各地的方言土话,将是我们学习的主要的对象,营养的重要的源泉。

拉杂写来,只能算是看了邢先生和刘先生的文章以后的一点零碎的感想,对与不对,还望两位先生和其他语言学的专家们不吝指教。

我怎样写《平原烈火》

徐光耀

《文艺报》编辑同志让我写写《平原烈火》的创作经验,这确实使我为难。认真地说,我实在没有什么经验,我在各方面修养都很差,即使有点感触,也不成条理。这次写的只好算是一堆材料,不晓得能不能对谁起点参考作用,在我则是请大家帮忙分析整理一下的。

一九四二年"五一大扫荡"的时候,我正在冀中一支县游击队里工作,活动在石德路南的宁晋一带。那时环境的残酷是不待说的,只要你是游击队的一分子,不管你政治上怎样麻木,感觉怎样迟钝,你都不能不关心当前的斗争,也绝不容你从旁观看的。因为敌我两方的每一举动,不仅与游击队活动的成败相关,也直接与个人的生死相关。敌人用点线织成了网,那一据点增加了兵力,都立刻构成对你的直接威胁。战斗很频繁,过几天总要打一次,有时一天打三次,还常常被敌人从四面八方包围起来。只要有战斗,上至大队长,下至炊事员,不管你有枪无枪,都得参加冲锋或是突围。——我那时十八岁,家信还写不大通,当然没有想到这都是些小说"材料",但那时所见的每一种现象,每一个人物,那一脚一步、一举一动,却都给自己留下了很深的印象。

环境越残酷,斗争越激烈、紧张,出现的英雄事迹也就越多,自己所受的感动也就越来越强烈。日子长下去,不仅感到那些战士和英雄用鲜血所创造的事迹,很伟大,很壮烈,就是那连自己也参加在内的一天又一天的生活,也感到是很不平凡的了。记得有时在地洞里大家闲谈起来,常常说:"抗战胜利以后,再想想今天的斗争,不定多么有意思哩!"有时也偶尔想到如果有人把这些编成书,实在太好了,也太应该了。然而,这在当时仅是一种渺茫而遥远的希望,偶尔的一闪罢了。

抗战胜利以后,一九四六年,冀中发起过一个"抗战八年写作运动",号召每一个识字的人,都来写写自己在八年抗战中最使人感动的事迹。我为这运动所鼓舞,也写了两篇类似报告的东西。其中一篇叫《斗争中成长壮大》,约两万字,就是写一支游击队在"大扫荡"中,如何由失败、退却,经过整顿和斗争又成长起来走向胜利的。但开始写就毫无信心,写成发出去后,也就没了消息。而那段经过整顿的故事,却没有忘记,一直存在心里。

一九四七年,我得了个机会到华北联大文学系去学习了八个月。这一次学习对我很有意义,只在那时候我才稍稍晓得了所谓"创作",才知道文学作品中的形象应该主要是人物,才获得了一些文学上的基础知识;也是在那个时候,才朦朦胧胧觉得:表现"五一大扫荡"那段斗争的责任,自己也应该担负一下,不一定非指望别人不可了。但,这也只是个希望,觉得要实现它,也还是个遥远的将来。

既然有了这么一个打算,脑子里对那段经历的回忆,也便增多了。曾经感动过我的一些人物、事件、场面,就时常零零星星地跳到眼前来,重新感动着我。我觉得马马虎虎又放跑它们太可惜,就订了个小本子,把这些随时跳上来的人物、事件、场面,都捉住记进小本子去。下面是这样两条例子:

　　程××在后方修养中,子弹取不出来,烂肉也挖不净,医生因为怕他太痛苦,打算隔些日子再治。可是他等不得,非要马上弄清。于是他忍着最大痛苦,让镊子伸进肉里乱搅,剪子铰得肉也咯吱咯吱乱响。小看护员起先咧着嘴流汗,以后就不敢看了。程××很生他的气,瞪了他好几眼。可是,医生给别人治伤时,他也不忍看,甚至害怕听伤员的呻吟,一听见就心慌意乱。……有个调皮战士触犯了他(排长),使他大发雷霆,一顿骂把那战士骂哭了。第二天,他仍然怒气未息。可是,他忽然看见那战士正蹲在太阳地里纳鞋底,心一下子软下来,觉得昨天骂得太过火了,于是又自动找了去给那战士道歉,承认错误。

因为是捉来就记,按条排列,所以毫无次序,也不连贯,有时几十字一条,有时几百字甚至千多字一条,有时一天好几条,有时一两个月也没一条。

一九四八年我又回到了部队,随后参加了绥远战役、平津战役、太原战役,全国展开胜利大进军,华北也全部解放。形势给自己带来新的更大的鼓舞,新涌现的战斗英雄的故事也不断传来。这时候,我情绪上、认识上忽然有个变化,给思路打开了一道缺口。为说明这个变化,抄那时(一九四九年六月十二日)的一段日记在下面:

　　……他(一位和我闲谈的同志)分析了××的演说,归纳为这是自我表现的本质。又说,就是另外不少人的好的表现,归根结底,从思想上追起来,也往往得出同样结论:个人英雄主义,出风头,为名利……今日,我想了好久,觉得这是个极严重的问题,它阻碍着对新生事物的看法,会对新生的先进的东西失去歌颂的兴趣!……遇有这类事情(指××的演说),一方面固然要看到其动机的某些不纯,但主要的应看见在党的领导下,群众正气的鼓励下,人物所产生的新思想和新变化。就是说,把英雄的功劳和党的领导的功劳联系起来看,把个别英雄和广大群众联系起来看。这才会得出英雄产生的基本原因。孤立地只从英雄个人身上寻根源,怎能找出新的因素呢?举个例子说:一个战士曾受过地主很多苦楚,可是他不觉悟,过去打仗并不突出,但诉苦之后阶级觉悟提高了,在一次战斗中他缴了很多枪炮,立了特等功。哪怕战绩确实是他独自得来的,还是应把一部分功劳归功于党,没有党给他的阶级教育,他就没有勇敢去立特等功。也应把一部分功劳归于群众,没有广大战士协同作战和给他的鼓励,他一个人是打不了仗的。由此看来,抛开党和群众的教育影响,用旧眼光在英雄身上乱窥探什么思想根源,是只会得出英雄主义,出风头,为名利的结论来的。

那以后的日记中,还很有几段是继续追寻自己为什么常常只看见有毛病的人和"阴暗"的事,为什么在自己过去的作品中,从来没有解答过"解放军为什么打胜仗?为什么能在残酷环境中由小到大并完全战胜了优势的敌人?"这一问题,并在最后批判了自己的工作情绪不够饱满愉快,摆老资格,对新鲜事物缺乏敏感的错误行为。

从上面摘引的日记中可以看到,尽管当时的认识还很模糊、肤浅,但在思想情绪上有一个要求是很明显的,这就是很想解决一下为什么只看见"落后"面,看不见光明面,只"懂得"写"转变",不懂得写英雄的问题。而这一要求,确实对我将来的写作,有着重大的影响。

也算是"只有理解了东西才更深刻地感觉它"的缘故吧,这个变化之后,表现英雄的欲望,从理性上又更加提高了。脑子对过去的回忆也竟特别活跃,小本子上记的条数,很快增加着。有时从头看看,那些原本互无联系的事件,便联系起来了,原是分散片断的人物,也有的合并了,一些独立单个的场面,也连接扩大起来了。譬如"周铁汉",原有一个名叫侯松波的战斗英雄做他的模特儿,但只是侯松波的材料显然还不够,而上面举出的程××等的材料,恰好适合他的身份,这样,"周铁汉"除了越狱之外,便有了一段治伤……"钱万里"也如此,我本是照宁晋县大队大队副的模样画他的,可是,在回忆中,便有一些地区队参谋长、分区作战科长的片断,合上他的身来。原来那个大队副的眼睛是平凡的,我就换上了另一位参谋长的"深嵌在眼窝里的黑眼睛"……

当然,大队副加某参谋长再加某作战科长,并不就等于"钱万里"。"钱万里"身上(别人亦然)还有我的"想象"。譬如"刘一萍"被熏死在地洞之后,"钱万里"由痛苦地反省转为坚决地行动的时候,用凉水洗脸的细节,就并非有真人真事做根据,而是依照他性格的要求,凭空加上去的。

小本子里的人物、事件、场面,并不是全用得上的。有一些记入了,也死去了,就离不开本子;有一些却活着而扩大,又离开本子,以新的姿态跳回到脑子来。这样,逐渐地,有几个人物便由模糊趋于明确,由只有一嘴一脸趋于完整。我自己的情绪也感到很振奋,禁不住要找个时间写写试试看。

恰好一九四九年的七月,我所在的部队转入了和平练兵环境,给了我一个比较安定的机会和较为长久的时间,于是我动了笔。故事的梗概就大致按《斗争中成长壮大》的发展顺序,只是又扩充了一下。书中的人物则是这样:凡是当干部的(小队长、大队长、政委等,地方干部除外)和侦察员、通讯员们,都有一个真实的人做模特儿,又另外集中一些同类型人物的特征上去。凡是当战士的,则一律没有模特儿,都是随时想出来的。这原因我也说不大清,大约一来那几个战士都是配角,没有用最大的注意去照顾他们;二来也许终究对战士较熟悉些,写来不会遇到严重的挫折吧。

在写作中间,我始终是抱着"试试看"的态度,把它当成是一种练习。我总这样勉励自己:失败了也毫无关系,我只当把这段材料整理一下,又熟悉一遍,将来还会有用处。因之,既不急于求功,也不厌于修改。但,我也尽量做到认真,脑子中能够清除的牵累,尽量都清除,把精神集中。记得动笔之先,甚至把仅有的几千块钱也一气花光,以断掉串大街的念头。先前还曾听人说过:长篇比短篇更容易写,因短篇必须处处严谨、精练,而长篇则可以在某些地方拉长些、从容些。我深恐受了这种说法的影响,在写作中会偷懒,就时时警惕和提醒自己:虽在写长篇,也完全应该照写短篇的样子,尽量处处做到严谨、简练,凡认为没有必要的掺杂,决不故意乱加。当然,由于能力的限制,这些都并没有做好。

《平原烈火》能够写出来,并有机会获得出版,在我是确实有些意外的。因之,常常感到很侥幸。也便常常从心底里发出一种感激:除了感谢共产党对我的培养教育之外,特别使我常常记起的,是那些战争中的英雄们,他们用自己的青春、鲜血和头颅,创造了无数惊天地、泣鬼神的事迹!是那般伟大,那般壮烈,那般动人!又是那般多样和丰富!任你有多少支笔都是写不完的。我深深感到《平原烈火》中有很多篇页原就是他们用生命和血写成的,只是由于我修养和能力的限制,没有使他们发出应该发射的光彩,才真真觉得惭愧!

1951 年

我对于短篇小说的一些看法
何家槐

一

从五四以来,我们的短篇小说在数量上一直是占优势的,超过中篇和长篇很多。目前的情形,也是如此。在全国几十种文艺报刊刊载的小说中,几乎大半是短篇,每年出版的短篇小说集,也不算少。而且,有些比较优秀的短篇,刚一发表,就马上得到了重视,还被拍成了电影,制成了年画;即如茅盾先生那样忙的文艺界前辈,也曾经抽暇亲自撰文推荐谷峪同志的《新事新办》。这种情形,实在是个很好的现象。

然而,却也不容否认,目前短篇小说所反映的生活,范围还是非常狭窄的,离多方面反映生活的要求还很遥远。同时,表现的技巧也是很差,有的简直枯燥无味,使人看不下去。据波列伏依所说,每年发表在一些苏联著名杂志——如《火星》《新的一代》《苏维埃战士》《劳动妇女》《农民》《青年集体农场场员》及其他一些杂志上面的数百个短篇小说中,"有着许多原始的,无力的,内容贫乏的,形式枯燥幼稚的作品"。我想,我们的情况,在这一点是大致类似的,而且问题还要更严重。即使是比较好的一些作品,也大抵思想性和艺术性不能很好地结合,除了寥寥可数的几篇(如《李有才板话》和《无敌三勇士》),大半都经不起推敲,使你不想再看第二遍。如果比较严格地重选"人民文艺丛书"中的短篇小说,那恐怕有很多是难免落选的。

因此,我们短篇小说的水准还是很低,还是大大落后于客观的需要,应该积极设法在现有的水准上提高一步。至于所以会有这种现象的原因,我想不外乎是以下几个。

二

首先,是由于对短篇小说没有正确的看法。有很多作者,至今还认为短篇小说只是中篇或长篇的缩短和节略,只是一个中篇或长篇的片断和构成部分,并不是一种独立的文学形式;因而不把短篇小说的写作看成为本身就是一个完整的、艺术的创造劳动,而只把它看成练习写作中篇或长篇的准备和"阶梯"。他们把自己的主要希望寄放在未来，以为只有中篇或长篇——特别是长篇的形式，才能表现自己的才能；因此缺乏把它当作终身事业的长期打算，而只认为是暂时性的工作。这种看法，显然是极错误而很陈旧的，因为，正如波列伏依所说，短篇小说是一种意义巨大的、重要的，而且是极其难以驾驭的创作形式，并不如有些人所想象的那么简单和容易，与尚未经过精细加工和再三琢磨的素描是应该严格地区别开来的。而且，由于短篇小说特别富于单纯性和统一性、集中性和典型性，一个优秀的短篇小说作家，也特别需要敏锐的感受力和观察力，他必须极善分析、比较、抽象、综合和概括，必须具有高度的思想水平和艺术修养。自然，我们并不否认中篇或长篇在反映丰富多样的生活上，确有其方便之处，能够表现某一时代的纪念碑性的作品，也确实多半是大部头的东西，但这毫没有减少短篇小说的重要性和独立性。关于这一点，鲁迅先生曾很明确地说过如下一段话：

……但至今，在巍峨灿烂的巨大的纪念碑底的文学之旁，短篇小说也仍然有着存在的充足的权利。不但巨细高低，相依为命，也譬如身入大伽蓝中，但见全体非常宏丽，眩人眼睛，令观者心神飞越，而细看一雕栏一画础，虽然细小，所得却更为分明，再以此推及全体，感受遂愈加切实……（《近代世界短篇小说集》小引）

这种看法，确是对于短篇小说的极其正确的了解。如果没有这种正确的认识，不把短篇小说看成一种独立的形式，不用坚定不移的毅力来从事这一种特殊困难的，要求极高的，需要千锤百炼，逐字逐句地琢磨推敲的创造劳动，那么写出来的东西，绝不可能是完整的艺术品，绝不可能写成内容充实、形式生动，使读者能够"借一斑而窥全豹"的短篇小说，最多只能写出一些比较像样的素描、速写，或报道之类的散文罢了。

除了这种由于轻视短篇小说写作上的困难或低估短篇小说所能发生的作用，因而率尔操觚粗制滥造的现象以外，也还有一种人，却恰恰相反地过于强调了这一文学样式的困难，因而往往因噎废食，视为畏途，不敢尝试；或者，即使已经写了不少作品，也往往提心吊胆、战战兢兢，束手束脚，不能放手大胆地冲破旧形式，创造自己独立的风格，结果是辗转抄袭，互相模仿，弄得千篇一律，毫无生气。而短篇小说却是特别需要作者自己独立的风格，自己特有的个性、语言和面貌的，一涉雷同，便乏生趣，因此不论是哪个优秀的短篇小说家，都应该是设计师（当然，现在一些短篇小说之所以缺乏风格，还有其他的原因，这不过是原因之一）。我们应该打破短篇小说陈腐观念，不应把写作短篇小说看成只是少数人的专利，以为有的人只宜于写中篇或长篇，有的人只宜于写短篇，而写短篇的人更需要天才。这完全是资产阶级学者的胡说八道，也可以说是纯技术的观点。其实短篇小说更需要洗练和简洁，虽则各有各的特点，但与中篇或长篇既然同属一个文学种类,都是小说,其中当然没有绝对的界限,不可逾越的鸿沟,既然有写中篇或长篇的勇气,当然也可以写短篇;只有在创作的实践过程中,才能确定自己究竟是否长于写短篇。如果在写作过程中确实发现了自己缺乏高度集中和概括的能力,缺乏简洁生动地叙述故事和描写人物的才能,那再放弃也不迟,反正这种尝试对于写中篇或长篇也有好处,不会白白浪费时间和精力,因为至少可以积累一些写作的经验。但如太强调短篇小说写作上的困难,是会使一些初学写作者丧失勇气,望而却步的。

三

其次,是由于生活之不够深入和广泛。现在常常听到有人说:"我缺少生活,恐怕只能先写写短篇。"言外之意,仿佛写短篇小说的人,就是缺乏生活经验也是没有关系的,而要写中篇或长篇则万万不能。这当然也有片面的理由,因为写中篇或长篇的确需要更多的材料。但如果根据这个理由,就认为写短篇小说的人可以不必深入地广泛地接触生活,体验生活,以为单凭技巧,或随手抓到一些极其浮浅的、表面的生活现象,只要随手拈来一点琐碎零星的素材,就可以写出好的短篇小说来,那是非常错误的。其实写短篇小说的人,同样应该具备多方面的生活知识,同样应该极其熟悉和透彻了解要写的人物和他们的环境,因为,正如波列伏依所说,"在短篇小说这个小小的地盘里,是需要说出许多东西来的"。换句话说,就是要因小见大,见微知著,要在狭窄的天地中,展开和显示非常丰富生动的生活内容、矛盾和斗争。如果对生活浅尝辄止,对人物不求甚解,那又怎么能达到这个目的?如果真有这样的方便,那么又怎能写出像鲁迅的《阿Q正传》和《孔乙己》,像高尔基的《二十六男和一女》,像契诃夫的《套中人》等等那样充满生活色彩的,使人永远不能忘却的伟大作品来呢?

鲁迅先生写了几十篇短篇小说以后总结出来的经验,第一条是"留心各样的事情,多看看,不看到一点就写";第二条是"模特儿不用一个一定的人,看得多了,凑合起来的";第三条是"宁可将材料缩成 Sketch(梗概),决不将 Sketch(梗概)材料拉成小说";而要做到这三条,就得深入生活和熟悉人物,想取巧是此路不通的。高尔基会告诉我们要善于分析事物和选取题材,要区别现象和本质、主要和次要,警惕我们千万不可把鸡毛和鸡肉混在一起来炒。而我们的有些短篇小说作者,却往往一方面由于理论水平太低,另一方面也由于生活范围太窄,生活经验太少,逢到写作的时候,不得不随手抓取材料,不加认真选择,科学分析,就盲目地、糊里糊涂地把各种材料拼凑起来,真像是把鸡毛和鸡肉混在一起来炒,如此而想炒出一盘可口美味的菜来,当然是戛戛乎其难了。

还有一种似是而非的见解,以为短篇小说不必创造典型的人物和典型的环境,因而就是生活不深入、人物不熟习也不要紧。但这只是相对的说法,依然只是片面的理由。事实上,难道阿Q和孔乙己不是典型人物吗?难道《套中人》里面的别里可夫,不是很鲜明地集中地表现了当时俄国的没落封建阶级的,特别是当时知识分子的共同性格,而斯大林同志不是曾经把他引为譬喻,用以讽刺那些屈服于环境而不知奋斗的可怜动物吗?难道《二十六男和一女》里面的金绣女工——塔涅那高傲的、旺盛的、旷阔的、年轻活泼的性格,不是刻画得那样鲜明,使你读了以后,眼前老是浮现着她的声音和笑貌,浮现着这样一个完整和突出的,虎虎有生气的形象吗?……当然,短篇小说有各种各样的写法,有的着重于写人物,有的着重于写故事情节和生活环境,有的甚至只着重于气氛的渲染,使它成为散文的诗篇(例如《二十六男和一女》,高尔基就自称为诗篇),以短短的篇幅要写出典型人物和典型环境,确实也比中篇和长篇困难得多,这需要极大的概括能力和高度的表现技巧,但我们怎能因此就放弃了向这一个方向努力呢?谁又能否认写出了人物性格和生活环境的短篇小说,是更有生命的更好的作品呢?认为短篇小说不必或绝对不能写出典型来的论调,又有什么切实具体的根据呢?

我以为持这种论调的人,也许是由于懒惰,以此为粗制滥造的借口,也许的确是由于技巧修养太差,缺乏塑造艺术形象的才能,但另一个主要的原因,恐怕还是由于虽则自己的生活圈子很狭窄,生活知识很贫弱,但还是不自觉,而盲目地崇拜技术万能的结果。记得高尔基曾经将契诃夫的小说比成许多小瓶子,说是容积虽小,里面却尽是装着从生活中提炼出来的酒精。既然是生活的提炼,首先当然应该广泛地深入生活啊!

四

再次,是由于批评与自我批评还没有很好地展开。在这篇文章的开端,我就指出了我们有些比较优秀的短篇小说,很快就得到了反应,获得公平的批评和介绍;但这并不是说我们的批评工作已经做得很充分,因为事实上,对于短篇小说表示冷淡或轻视的倾向与现象,还是存在的,甚至有人公开说这一文学样式只是雕虫小技,无足轻重。同时,虽则现在已经没有捧杀或骂杀的现象,但与此类似的思想和作风是没有完全消灭的;例如有的人主张只说好话或多说好话,有的人主张只说坏话或多说坏话,而不是有区别地、有原则地、具体切实地,应该说好话的地方才说好话,应该说坏话的地方才说坏话,像这样,所谓是非又怎能分明而不混淆呢?在去年一年中,不但推荐优秀作品的文章很少,而且批评坏作品的文章也不多见,更不能及时和充分地批评,例如对《金锁》那样歪曲生活现实和劳动人民形象的、名为通俗其实是很庸俗的恶劣作品,就批评得很不彻底,未曾征求各方面的意见,展开应有的讨论和研究。还有对于一些不好不坏的，中等水平的，占绝大部分的作品，虽不能批评，但也该尽可能地给以应有的注意，作适当的批评，用简单明白的理由，诚诚恳恳地指出优点何在，缺点何在，使读者有所遵循，作者得以改进。

批评工作的缺乏，其他文艺部门自然也有类似的情形，但在短篇小说这一范围内，有这么一个比较特殊的情况，就是，由于对短篇小说有不正确的看法，认为这是一种技术上最高的最困难的样式，不可能或不应该批评过严，求全责备，因而无形中放宽了批评的标准，甚至采取比较马虎的态度。这也是要立即加以纠正的，否则更会妨碍到这一领域中的批评工作的开展。

同时，我们的短篇小说作者本身，也是没有尽量发扬自我批评精神的，有的人根本不接受批评，不表示态度，或者虽表示接受而其实不大愿意，因而不能做出诚恳的深刻的自我检讨，有的反而在心里多长了一个不痛快的疙瘩，多背上了一个思想的包袱。我认为这些不好的现象，是再不应该让它存在下去的。除此以外，有的作家也还缺乏学习的精神，很容易满足于已有的成就，甚至自高自大，一味地自我陶醉，除了自己的作品，一概瞧不起，既不看旁人作品，也不读外国名著，更不知接受我国一般的文学遗产和短篇小说的优良传统——其实在唐宋传奇和笔记小说中，确是有些不但文字很洗练，结构很紧凑，情节很曲折，就是人物也很生动的，值得我们镜鉴的作品。即对于鲁迅先生的小说，有些人也表示不感兴趣，不作研究，这种故步自封不求进步的态度，实在是足以令人吃惊的。高尔基曾说一个好的作家为了培养和发展自己的想象力，除了增加直接体验和直接感受的生活知识，还得广博地深湛地读书，以丰富间接的生活经验。鲁迅先生在答复《北斗杂志》的问题时，把多看外国短篇小说列为搞好创作的必要条件之一，并不是偶然的；从这里可以看到他的学习态度和创作态度。在《鲁迅书简》中，他还说过这样一段意味深长的话：

……本来，有关本业的东西，是无论怎样节衣缩食也应该购买的，试看绿林强盗，怎样不惜钱财以买盒子炮，就可知道。然而文艺界中人，却好像并无此种风气……

后面两句话，实在是颇沉痛的，足见文艺界不爱读书的风气，由来已久。但以前，尤其在鲁迅先生写这封信的当时，文艺界朋友大都辗转于国民党反动派的沉重压迫之下，这种缺乏学习精神的现象，还情有可原，但现在不应该再有了。

五

根据以上的简单考察和分析,我们可以知道:如果要把短篇小说在现有基础上提高一步,首先必须纠正错误的看法,树立正确的认识;其次应该扩大短篇小说作家们的生活圈子,多方面地深入生活;再次还得加强批评与自我批评,同时也要积极提倡作家们好好学习,多多读书,不要片面地依赖狭隘的生活经验和感性知识。人民对短篇小说的需要是迫切的,短篇小说的前途也是无限的,问题全在乎我们能不能和有没有决心把自己提高一步。

是的,现在我们的国家正在伟大的变动中,一切都在飞跃地进展,日日夜夜都有新的景象、新的人物、新的生活,川流不息地呈现到我们的面前,可供我们写作的新的题材,可以说是取之不尽,用之不竭,这正是作家们大显身手的时候。我们固然需要用长篇来描写生活的全貌,但也需要短篇来表现生活的横断面;而且,由于变动得剧烈和迅速,短篇小说也许更为人民所需要。因此,我热烈地希望短篇小说的作者们抓紧时机,从各个角度,用各种形式,来正确地生动地表现我们这一伟大的时代、伟大的祖国、伟大的人民,特别是及时地真实地反映目前正在轰轰烈烈地进行着的土地改革,如火如荼的抗美援朝,和大张旗鼓威震四海的镇压反革命的运动!

关于口语和文章里的新词新语

吕叔湘

去年夏天文怀沙先生拿一篇文章来给我看,我曾经写了一个跋,这就是本刊三卷十二期里刊出的《大众语言与文法》。事隔半年多,我把我的跋语再看一遍,觉得我的话还是说得不周到,容易引起误会(尤其是因为登载在《文艺报》上),想借这个机会自己检讨一下,并补充说明几句。

首先我要指出,文先生在《附记》里特别提出我的跋语里的半句话——"抛开活语言而依据主观的意见去'制定'。那就岂但'不可死守',根本不该承认。"——来重言以申明之,是不大妥当的。读者看我跋语的末了一段,一定知道我的主要的意思是反对"文法应该活用,不可死守"的说法。只是附带说明有些所谓文法规律并不正确,那自然不必遵守。把这附带的说明特别提出来着重地再说一遍,不免有断章取义的嫌疑,仿佛是说"有人在那儿依据主观制定规律了,咱们别承认它"。问题由王春先生提出的六个例子而起;照我看来,他也只是提出六个词语来批评一下,并没有制定什么规律。

这里转入本题,就是对于语言里初次出现的新词、新语,包括一个词的新用法——总括起来,也可以管它叫"新玩意儿"——一般人采取什么态度,文学工作者和语文工作者采取什么态度。一个新玩意儿出现,有些趋时的人就会立刻采用,但是大多数人比较守旧,他们的态度是"等等看"。所以一个新玩意儿必然要有一个时期停留在"同行语"的阶段,然后才会变成民族语的一部分——如果它终于变成民族语的一部分的话。问题就在这里,我说的话欠周到也就在这里。我那篇跋语很容易使人误会,凡是大众里边出来的新玩意儿都会站得住。其实不是如此。这种新玩意儿天天在那儿产生,可是终于变成民族语的一部分的只是少数;有好些只在少数人里边流行一阵,过后就销声匿迹;好些流行得广一点、久一点,可是始终属于"同行语"的范围。谁让它们有这样不同的结果?还是大众。因为它们必得通过一个很厉害的考验,这就是大多数人的"等等看";除非一个新玩意儿恰好满足了某种客观的需要,它是不容易让大家接受的。所以大众不但是伟大的创造者,他们也是伟大的批判者。我那篇文章里说"大众的智慧是可以信赖的",应该包括这两方面。

对于语言里的新玩意儿,文学工作者和语文工作者也可能有各种不同的态度。一般来说,文学工作者,尤其是年轻的文学工作者,比较容易接受这些新词新语,拿来装点他们的作品。语文工作者比较保守。其中语言学者,包括研究语法的,倾向于"等等看",他们知道这就是一种考验;可是修辞学者就常常要出来批评一下。当然,这只是大概的说法,反应会因人而异,更会因物(哪个新词、新语、新用法)而异。文学工作者也会有不赞成的新玩意儿,他们用沉默来表示不赞成;修辞学者也会有赞成新玩意儿的,他们用沉默来表示赞成。这里可以顺便说一说语法学和修辞学的分别。这两门学问不但对象不全相同,看法也不一样。语法学只管"大多数人是怎么个说法儿",不考虑,至少是不首先考虑价值问题。而修辞学的任务却正是评价,它要问"这么个说法儿好不好"。哪怕十个人里头九个人都这样说,他认为不好还是要说不好。我在那篇跋语里虽然指出"动态度"等等是修辞学范围以内的问题,可是底下说的话还是没离了搞语法的人的态度。我对于修辞学没有研究,也没有在这方面写过文章,虽然文先生在《附记》里给我加上个"修辞学家"的头衔。

修辞学者的批评有用没用呢?有点用处。让说话留意的人知道何去何从。可是就大众口语而论,没有太大的影响,因为大众不大有机会听到他的意见,而其中说话留意的人大概率本来就在那儿"等等看"。

但是——很重要的一个"但是"——把这些新词、新语、新用法写进文章里去,这是另一回事。写文章跟说话毕竟不同,应该更加慎重一点。这不是说,只有写文章要讲究,说话可以马马虎虎;最好说话也不马虎。不过说话是口耳相传的事情,事实上不大容易去干涉,所以只能把批判的责任交给大众。而且,一句话说得不合适,听到的,就是直接受到影响的,只有少数人。一篇文章可能有几万个读者,影响大得多;尤其是文学作品,指导作用更大。所以,写文章应该比说话讲究,写文学作品应该比写一般文章讲究,已成名的作家更应该讲究。文学的语言应该是提炼过的语言。岂但文学的语言,一切写下来的都应该是提炼过的语言。这就是说,凡是流行不广不久,没有站住脚、扎下根的新玩意儿,如果自己还不能肯定它的价值,且慢往文章里写,先让大众批判一番。在这种场合,修辞学者的批评是有点作用的。这也是我前次那篇文章里没有说到、应该在这儿补充的一点。

1952 年

《太阳照在桑干河上》在我们文学发展上的意义
冯雪峰

丁玲同志的这一本为广大读者所重视的作品,是我们一个重要的收获;我现在想来谈一谈的,也就是关于这一个收获在我们文学发展上的意义。

这本小说,大家都明白,是写土地改革的,它的内容,读者都熟悉,这里不必再叙述。但我们现在要来谈论它,就不能不回想起它的情节和内容来。因此,我也得先讲一讲我的印象。

大家都记得,小说是从一个后来被"马马虎虎""划成了富农"的富裕中农顾涌开头的。这个顾涌,作为像他这样的一个富裕中农,是被作者写得很成功的。还有一个胡泰,富农兼小商人,是顾涌的亲家,在小说中关系很少,但轮廓是清楚的。这两人是小说中出现的富农及接近富农的富裕中农的人物。这是作者所布置的一条线索,在这条线索的开头我们就注意到几点:第一,顾涌从他的亲家胡泰家里,同他的大女儿回到自己的村子暖水屯去,是驾了一部胶皮轮车的,这部胶皮轮车不仅联系着胡泰和顾涌两人的阶级意识,而且也联系着当时的环境与时代,因为这原是胡泰听到了土地改革的风声,怕被没收而偷偷地叫顾涌带回来寄存的,这正是蒋介石想进攻解放区而我们正在开始并要迅速完成这一带土地改革的时候。第二,顾涌和他的大女儿一路上谈的是路旁的肥沃的土地和庄稼,而这个顾涌是以怎样的羡慕的、含着无尽止的欲望的眼光望着这一带的土地呵。第三,以顾涌和村中的恶霸地主钱文贵的亲戚的关系,展示了这个富裕中农与恶霸地主之间的矛盾。作者从这条线索开始,以舒徐的富有诗意的笔,深刻地展开着这个富裕中农的灵魂的同时,也就布成了影响及于全书的一种气氛,使你感觉着地主、富农、中农、贫雇农各自对于土地的深切的关系,感觉着他们之间的阶级的矛盾,感觉着时代与环境的空气(暖水屯的土地改革是比它的四邻村庄稍后开始的,因此在开头它被一种暴风雨的预感笼罩着,就在这种预感中村中各阶级人物开始展开)。

恶霸地主钱文贵,这是第一条重要的线索,因为钱文贵是地主阶级的代表人物,是农民要斗争的主要对象。他联系着全村中所有的人物,并且也从他身上反映着当时的时局。为了展开这个有政治意识和谋略才能的地主阶级的性格及其活动,作者特别替他创造了一个人物——小学教员任国忠。这个充当地主分子的狗腿子的小知识分子,作为独立的一个人物也写得相当成功,但他主要是为了钱文贵,一部分也为了地主李子俊而创造的。还有钱文贵的侄女黑妮,是作者主要地为了雇农程仁而创造的,但一部分也为了钱文贵。地主江世荣及"破鞋"白娘娘也因为和钱文贵有联系而显得重要。在这条线索上,作者展开了农民阶级与地主阶级的主要矛盾,同时也展开了地主与地主之间的矛盾及地主们的家庭生活。

但我们特别注意到,对于这个诨名赛诸葛的奸诈的地主钱文贵,作者既没有把他丑角化,也没有把他写得非常穷凶极恶;作者只是依照这一类型的恶霸地主原有的实际情况来处理,同时在描写中也尽力守着严格的现实主义的态度。作者写这个人物写得成功,证明她对于农村有深刻的观察与分析,因为这一个"深谋远虑"的恶霸地主,早已有"应变"的准备,使自己成为"军属",并且收买了村干部,态度又镇静而且表面上显得"开明";同时他土地也不多,而他秘密进行的破坏活动也不算最为穷凶极恶的,连土改工作组的文采都把他看成为中农了。然而只有他,沉重地压在农民群众的心头,他们甚至不敢提到他的名字。正是钱文贵,才是地主阶级几千年来的统治权力的缩影;同时也正是他,才是一条还没拔除的、通到国民党反动政权去的蔓藤的根。这个缩影和这条根,就是农民们的种种个人的顾虑、变天思想、宿命论观念的现实根据;而农民们的种种个人的顾虑、变天思想、宿命论观念,也都成了地主阶级还存在的"威势"在起作用。所以,钱文贵,虽只是一个中等的恶霸地主,他的势力可并不小。因此,我觉得,作者在依靠其他具体的条件之外,又着重地从地主阶级权力在人们心理上的这种影响来看问题,这是非常深刻而正确的。作者描写这个地主时着重地注意到这种影响,描写农民时也着重地注意到这种影响,并都写得很深刻,这是这部小说及其人物写得成功的重要原因之一。农民和钱文贵的面对面的斗争,是在以后的事情;钱文贵开头就进行破坏活动,当初农民们也还不知道,但农民们也都在开头就在心底里感觉到了这是他们主要的敌人。因此,阶级斗争,很早就在两方的心理上开始着,而后一步一步紧张起来。我以为,作者这样安排,很符合实际情况,同时也带来艺术上的效果;加以作者同时并用人物分析与气氛制造的两种手段,来展开她的主题,就使这个阶级斗争的发展过程能写得很深刻。

地主江世荣的面目及其在地主阶级中的地位,也是写得明确的。不仅因为他和钱文贵属于同一阶级,而且因为他和钱文贵相互勾结,所以他是属于钱文贵的势力。

本身不是地主阶级的"破鞋"白娘娘,被写在小说中,不仅为了写社会,为了表示这是旧社会的一角;同时也不仅为了写地主,也为了写斗争,为了写农民群众。她在小说中是有机的存在,因为她联系着地主阶级,也联系着农民群众,而且在阶级斗争中也有她的作用,她和小学教员任国忠占的是同等地位。

地主李子俊,写得极少,但这个地主是怎样一个人,读者是明了的。不过,写得非常出色而成功的,还是李子俊的老婆。全书中,有好几个人物写得最有特色,这就是其中的一个。

但是,钱文贵的侄女黑妮,我觉得没有完全写好。对于这个人物,作者的注意力似乎有一点儿偏向,好像存有一点儿先入之见,要把这个女孩子写成很可爱的人以赢得人们(书中人物和我们读者都在内)的同情,但同时,关于她与钱文贵的矛盾和这个社会根据及其本身的矛盾,却没有加以充分注意和深刻的分析;因此,这个人物和小说中故事的联系是有机的,但说到以她的性格去和她的环境、事件及别的人物相联系,则其有机性就不够充分和深刻。作者描写人物,一般都能把人物内心的矛盾作为客观现实的矛盾之反映去写,所以大都不把人物性格的发展脱离事件与客观的矛盾斗争的发展而孤立地表现,这是作者写性格成功的根本方法。这方法,我们平日就称为现实主义的方法。作者差不多对所有人物都能这样做到,但对于黑妮,我觉得她没有完全做到。(这是第二条线索。)

再说第三条线索,是从区委会派下来的土地改革工作组。工作组的组长文采,是一个不务实际的、完全不接近群众因而非常不了解群众的浮夸的知识分子。其他两个青年,杨亮与胡立功,虽然也缺少经验,但能够比较深入群众,逐步地了解了村干部和农民群众以及全村的实际情况。作者固然用了工作组来展开农民群众斗争的步骤,但也借助于杨亮、胡立功与组长文采之间的意见的分歧,来展示农民群众的思想与情绪以及斗争的困难与阻碍的症结之所在。这三个人物都被写得生动,而且作者对于文采的批判和对于其他两人的描写,对于实际工作也都有教训的意义,但我们可以看得出来,作者在这部小说中是不以写这些干部为主的,这些人物在这部小说中只是被放在次等地位上的角色。关于他们,我们的印象也是深刻的,但可以不多谈了。

全书最主要的一条线索当然是以张裕民(暖水屯党支部书记)、程仁(农会主任)、赵得禄(副村主任)张正国(民兵队长)、董桂花(妇联会主任)以及其他许多人组成的一群村干部,他们是农民群众的领导人物。这些干部和农民群众是这部小说的主角。作者生动地描写了所有村干部以及和他们相联系的许多农民。谁都知道,这部小说是以写农民(村干部当然在内并为其代表者)为主的。

在这条主线上,作者深刻地解剖了张裕民、程仁以及其他许多人的思想意识,使干部们与农民群众展开了自我思想斗争;作者把农民的这个思想斗争的胜利,看得和对地主斗争的胜利同样重要。作者的中心意图是写农民,但更正确地说,是写农民怎样在斗争中克服自己思想中的弱点而发展和成长起来。在这里，作者在社会的深广的基础上写了农民因自觉而发展的力量。我们知道，假如在反动政权还在高压地统治着的时代与地区，那么，农民起来斗争不容易，主要是因为他们自己的力量还不够；但在已经解放，并且经过几次斗争的地区，他们的力量要斗倒地主阶级是绰绰有余，可是斗争仍不容易发动起来，这时候就最容易了解他们脑子中的个人顾虑、变天思想和宿命论观念等包袱的实质及其势力了。这些思想上的包袱，无疑一方面是有历史的根据，另一方面又是现实上地主阶级的势力还存在的反映。所以，要拔除这些思想，自然必须要拔除现实上的根，斗倒地主阶级，但必须用农民自己的力量去斗倒它。如果不是农民自己觉悟，用自己力量去斗倒，则即使地主们已被打倒了，而农民们的脑子里还有变天思想等存在，那就是地主阶级的势力还残存在农民的脑子里。这样，要斗倒地主阶级真不是一件简单的事情，第一，不能由别人代替，而必须由农民群众亲自动手；第二，要农民亲自动手，则农民就非在现实上进行阶级斗争的同时，也在自己脑子里进行阶级斗争不可了。只有脑子里的阶级斗争也胜利了，农民才算真的觉悟了，同时也才算是真的绝对地打倒了地主阶级了。作者对农村社会与阶级关系及农民思想有深刻的了解，对党在土地改革中的群众路线的指示也有深切的体会；所以，从以土地的关系决定了农村的阶级关系这一个根本点出发，关于人们对于土地的依存性的深刻，关于地主阶级从各方面对于农民的影响与束缚，关于农民的斗争的出发点及其力量的来源，以及关于各阶级各阶层的人们相互关系的复杂性，都能够有具体而深入的分析与描写。作者对于农民们，了解得深刻，是由于她了解了土地改革这阶级斗争的复杂性与深刻性，她在社会的、历史的深广基础上和生活的复杂关系中，去看阶级斗争及农民自身的思想斗争的展开，于是农民群众的面目及其很实际的力量就亲切地展开在我们面前了，使我们只觉其真实，而找不出其夸张或虚假的地方。

　　从写人物来说，作者的精神也更加贯注在农民干部和群众的身上。以个别的形象而论，几个主要分子，如张裕民、程仁、赵得禄、张正国、李昌等人，都以真实而有各自的特色的性格给予我们深刻的印象。而农民妇女中的董桂花和周月英，则实在写得生动、出色，使读者不能不叫好。但我们可以看得出来，比起写个别人物，作者是更注意写一群人。除了对于张裕民和董桂花，作者多给他们一些分析、叙述与描写，使读者觉得她在写他们以外，对于其他一切农民群众，读者都没有这样的印象，只觉得作者在分析斗争的发展，描写斗争的发展，而并不是在写人物。但就是对于张裕民、董桂花，也只是因为故事需要他们出场的时候多一点，所以作者用笔的机会也就多一点的缘故，作者也并不曾为了要写他们而使他们多出场。可是，虽然作者没有对个别的人多写，而几乎所有的这些农民干部和群众，不管重要不重要，只要在书中出现过，即使占的篇幅极少,都能留给我们清楚的印象;就是说,几乎所有的人都有清楚的个性,这确实是作者成功的地方。

自然,这是因为人物多的缘故。人物少,就自然可以对每个人都多写了。就是人物多,假如布局不同,则至少对于主要人物仍可以多写。这是由作者根据需要决定的,我们也不是要谈这一类问题。

我觉得可注意的,是这样一种精神:显然,作者写人是为了写斗争,也就是为了写社会或写生活;就是说,写人是服从于写社会或写生活的目的,在这里,就是主要服从于写农村阶级斗争(土地改革)的目的。文学作品必须写人,如果没有写人,则这样的作品的价值是很低的;但写人不是目的,而是一种非有不可的必要手段。文学作品必须写人是因为人的内容是社会,是人在生活着,人在斗争着的缘故。社会上的一切都是经过人的。在文学上,不写人就写不出社会来。所以,文学上的所谓形象,就是指的人。这样,无论文学的目的,或文学的手段,都规定了一种必经的道路,就是:从社会和生活的基础上,从斗争的发展上,去写人。这是根本的道路,也就是现实主义的创造典型性格的方法,如恩格斯规定的有名的公式("典型环境里面的典型性格")所说的。《太阳照在桑干河上》这本小说,作者在写人物上面,已经基本上走上现实主义的道路了。

我们现在,有不少的作者还不善于写人,还不能写出富有生活或社会内容的真实的人来。同时又有不少的教人如何写性格的非现实主义的理论还在发生影响,例如有的是教人找外在的特征去写个性,而把个性和典型性分离开来,并且只限于个人的身体上的外表或没有什么意义的细小的习惯了(如长短肥瘦与说话时爱摸衣扣子之类)。有的则过分地强调了写典型,好像典型是文学的目的,于是脱离社会目的也脱离实际生活地谈典型。这种关于典型的说法和这样的提倡法,照我看来,影响很不好,并且现在也还有残余势力;会有一个时候,连刚会拿笔的人,也开口典型闭口典型;写批评的人也这么乱叫,好像我们的文学已经到了典型时代。但实际上当然不是,倒反而因此连平常的真实的人都不善于写了。因此,我觉得像《太阳照在桑干河上》的作者这样写人物,就值得我们注意了。

其实,这也是最实际的办法。照我看来,作者在这方面有这么显著的成就,不外是:对生活有比较深入的体验,对社会有过研究,看人看得多而且熟悉他们,知道他们的生活和斗争,他们在斗争中怎样行动和思想、起什么作用,于是在社会与生活的基础上,在斗争的发展中去写他们。我看,作者很遵守这一条规律:人物性格的发展要一步一步跟着斗争的发展,要紧紧地联系着斗争;人物的特征只选用其重要的、有社会内容的,而凡是和斗争的发展规律不相符合或没有有机地需要的行动、说话与思想,都不勉强放进人物身上去,否则就是不适合,失去有机性或多余了。但如此说,人物并不是处在被动的地位上,这是用不到解释的,因为斗争是人在进行的,而人是在矛盾斗争中发展的。其次,作者又时时注意自己人物的真实性,即现实性。

作者笔下的人物都有个性,也或多或少地都有典型性;典型性就在个性中表现出来,也当然只能在个性中表现出来。所以能够有个性又有典型性,道理一点也不深奥(但是,空洞说理论的人却把它说成了"深奥",至于使人摸不到头绪),而只是根据一种平常的办法,就是:一个一个的人你看多了,你就看出了他们的个性,同时也看出了他们的共同性(典型性,阶级性是其主要的内容)了。于是无论写个性写典型性,都同是根据你所知道的现实的人物。只要你是根据现实的人,写出他来,当然就有个性也有典型性;而你越写得好,那么,个性和典型性也就越明显越深刻了。我们根本的要求,是写真实的人;无论写个性写典型性,那出发点和目的都离不开这一点。

是的,作者还没有在这本小说中带来那么了不起的、非常高大的典型人物,使我们非惊倒不可;但是,她已经有本领地、现实主义地写了真实的人,这是我们文学成长上不可少的必要的基础和第一步,也就是高大的典型人物的创造所必需的基础和第一步;同时也不能否认这本书中已经有不可磨灭的典型。对于我们现在的文学水平和文学能力,达到这必要的基础与第一步,比忽然从天外飞来什么高大的典型人物,意义要重大十倍。

加以这些真实的人是农民群众。如果作者只会写文采似的知识分子,而不会写农民,那我们就不像现在这样注意了。又如果她成功地写了钱文贵,写了李子俊老婆,又写了顾涌及其两个女儿,却不能成功地写出张裕民、程仁、赵得禄、张正国和董桂花、周月英等人来,那我们也同样不像现在这样注意了。

还有一层,我们是把作者的这个显著的成就,当作我们文学上一些成就的一种代表看的。近十年以来,我们的无产阶级的现实主义(也就是社会主义的现实主义)的文学在成长着;几个优秀的作家和一些比较优秀的作家,都已经能够或逐渐能够写真实的人,丁玲的这一本小说不过是这一方面的一个更为显著的成就。我们注意到这一个成就,同时也注意到了所有优秀和比较优秀的作家的成就,为的是要肯定与发展我们文学上正在成长着的一种现实主义。

这个作者在这本书中应该做而没有做到或做得不充分的地方,假如留心找起来,那也一定会有的;但我们注意的是根本的路线。我只留心到了一个人物,她没有完全写好,那就是黑妮,我在上面已经说过了。关于黑妮;我觉得,这也许和作者初期所受的旧现实主义的影响有关系。旧现实主义(资产阶级古典现实主义,或称批判的现实主义),通过人物的内在矛盾与心理分析去写人物,这在基本上是正确的,是我们可以取法的;但旧现实主义作家,在进行分析时也常有把人物的心理脱离社会而孤立起来的那种错误,这就和无产阶级的现实主义不同。自然,我也觉得,关于这一点,如果我说得合于事实,对于我们的作者已经并不严重,只要留意到就能够克服了。

此外,还有一点,我们也注意到了,就是在这本小说中,作者是根据于农村阶级斗争的内在的联系,把党的领导(无产阶级的领导)和农民自身的斗争相结合,当作农民之阶级的要求及其革命力量成长的历史条件来写的;这样,就是说,党的领导就不会被写成为对于农民没有内在的历史联系的外在力量了。这也是这本书很重要的一个优点。(为什么很重要呢?就因为有不少人只从表面上认识到没有共产党的领导,农民就不能翻身,于是甚至会把农民看成为纯粹的被解放者,好像农民是本来不革命、不斗争一样;却没有认识到农民阶级是革命的、斗争的阶级,无产阶级——共产党的领导就是农民阶级在这时代所以起来斗争的一个历史条件,所以无产阶级——共产党的领导对于农民的革命斗争是有内在的历史联系的。这样,要认识共产党的领导的必要性,就必须认识工农两阶级相互间的这种内在的历史联系;就是说,必须认识工人阶级的领导及工农联盟是有其强固的内在的历史联系的必然性的,而不可以认识为两种相互没有内在的历史联系的外在力量的相加。于是,有的人离开阶级去看个别农民,这是缺少阶级观点;有的人不从历史的发展及相互关系上去看革命及工农的关系,这是缺少历史观点,因此都会发生错误,把工农并立起来,而把共产党的领导看成为对于农民的外在力量,把农民看成为纯粹的被解放者。但实际上是:工人阶级是把农民的革命力量算在自己的革命力量之内的,农民也把共产党的领导当作自己的力量的;共产党解放了农民,同时又是农民解放了自己。)

这样,在这一条主线上,我们看见的,是作者在写真实的社会与真实的阶级斗争的基础上,写出了一些真实的农民。

组成这小说的最后的一条线索,是县委会的宣传部长章品。他来到暖水屯,既很晚,停留的时间又很短,我想,正如俗语所说,"万事俱备,只欠东风",作者不过请他来在已经堆积如山的柴草上擦一根火柴罢了;就是说,作者用了章品的口,最后点破了主题思想,指出了农民的真实的历史性的胜利。因此,章品虽然是一个对于暖水屯土地改革斗争有头等作用的指导者,同时作者也用了不多的笔墨就把他的高贵的品质和可爱的性格生动地写出来了,但他仍然不是这部小说的主角——主角是村干部和农民群众,我已经说过。

以上就是我对于这本小说的印象。当我回想全书的内容和述说我的印象的时候,也不能不时刻感觉到作者的可以说已经到了高强地步的艺术的表现手腕。没有她的艺术表现的高强手腕,当然就没有这一本小说的像现在这样的成就。作者在这本小说中,用的可以说是油画的手法。但是,在以语言的彩色涂抹成的画面上,景色的明丽还是居于第二位的,那居于第一位的是形象性的深刻、思想分析的深入与明确、诗的情绪与生活的热情所织成的气氛的浓重等。全书当作一幅完整的油画来看,虽说还不是最辉煌的,但已经可以说是一幅相当辉煌的美丽的油画了。

对于这种油画式的表现手法,和对于炭画式的表现手法,我们在语言上的要求,应该采取有分别的态度。我也希望作者更多注意语言的洗练和文字的大众化等功夫,但必须同时保证刚才所说的这些艺术上的优点不受牺牲。对于这作品,我个人是首先注意到它的油画性的形式以及它的诗的性格。像书中《果树园沸腾起来了》这一章,这样美丽的诗的散文,我相信没有一个读者读了不钦佩的,这是在我们现在还很年轻的文学上尚不多见的文字。

总之,这部作品,带来了像我们已经接触到的这样的真实性和艺术性,使它对于我们伟大的土地改革,也已经在一定的高度上成为一篇史诗了,虽然它的规模并不宏大,写成之日又在全国大部分地区都还没有进行土地改革的时候。

说是在一定的高度上,当然有这意思:对于我们伟大的土地改革来说,如果说是应该有史诗来记录它,那么,这部作品,当然还不是最辉煌的史诗。因为我们的国家是这样大,中华人民共和国成立后进行土地改革的地区是这样广阔,所牵涉的社会关系是如此复杂,这个阶级斗争的历史意义又是这么巨大。——对于这样伟大的土地改革,现在人民还在期待着能够更综合地、更高瞻远瞩地反映它的全部的纵横关系和它的全貌的作品的出现,这是我们可以理解的。但这里,主要的是人民对于文学的更高的要求的表示。

我们现在已经出版的几种写土地改革的作品,也都已经为人民所重视;而且人民重视土地改革这样伟大的题材,根本上还是因为重视我们这样的伟大的历史时代的缘故。只要能够反映我们的历史时代,则这样的作品将都有史诗的意义,人民所重视的也就是这样的作品。因此,《太阳照在桑干河上》这作品,对于我们所以是一个重要的收获,就不仅因为它是几部写土地改革的作品中更为优秀的一部,在一定的高度上反映了土地改革,而且还因为这标记着我们的文学在反映现实的任务上已经有一定的成就和能力,标记着我们文学的一定的成长的缘故。

以上就是我对于这部作品的印象和看法。

那么,什么是这部作品在我们文学发展上的意义呢?在上面,我的意见也差不多都说了。

我认为这是一部艺术上具有创造性的作品,是一部相当辉煌地反映了土地改革的,带来了一定高度的真实性的、史诗似的作品;同时,这是我们无产阶级现实主义的最初的比较显著的一个胜利,这就是它在我们文学发展上的意义!

这部作品的这个现实主义的成就,主要地表现在这几点上:第一,从对于人民的生活与斗争的深入的观察、体验与研究出发,对于社会能够在复杂和深广的基础上进行具体的和比较全面的分析,而排斥那从概念(不管哪一类概念)出发以及概念化的道路。第二,从写真实的生活和社会的要求出发,对社会的内在的矛盾斗争的复杂关系进行具体的分析,同时也这样地分析人的思想与行动及相互关系,以写真实的人,从而奠定了现实主义的写人和写典型的基础。第三,艺术的表现能力已达到相当优秀的程度。

因此,这个现实主义的成就,对于我们文学发展的意义,可从两方面看:

一方面,这本作品的成就只是更为显著的,而绝不是孤立的。我们现在的一些优秀的和一些更年轻的有前途的作家,各人都在无产阶级现实主义文学上有或多或少的建树;我在这里也不必一一列举作者和作品的名字,有成绩的这些同志一定每一个都知道自己是在这里面的。因此,这有代表或标记无产阶级现实主义文学的初步的成长的意义。

这些作家都是毛泽东同志亲自教育、改造、培植出来的。因为我们这里说的无产阶级现实主义(也社会主义现实主义)作品,只能从一九四二年延安文艺座谈会以后算起,而不能从鲁迅算起。鲁迅后期的杂文,作为艺术的创作看,当然是无产阶级现实主义的作品;但以小说和剧本等为代表的文学创作,则在延安文艺座谈会以前,并没有有创造性的可称无产阶级现实主义的作品。因此,这方面的意义是更为重要的,这是说,在工农兵的方向之下,在创作路线上也有了初步的成就。

另一方面,我们目前文学创作界依然有脱离生活和脱离群众的现象,同时也存在着反现实主义的、主要是概念化的创作路线。不少空洞说教的理论和不少简单化的批评,也在赞助和"开辟"反现实主义的、主要是概念化的创作路线。这是一条有害的、我们应该反对的创作路线。因此,把《太阳照在桑干河上》以及别的一些比较成功地反映了现实的作品的现实主义的创作方法与路线,加以明确化,则在我们纠正目前创作与理论批评中的反现实主义的错误倾向的工作上,是有作用的。

评《暴风骤雨》

陈 涌

《暴风骤雨》也和《太阳照在桑干河上》一样，是新中国最初出现的反映农民土地斗争的长篇小说。虽然这两部小说的特点和成就并不相同，但在《太阳照在桑干河上》和《暴风骤雨》出现之前，中国还没有过像这两部作品一样的、从整个过程来反映农民土地斗争的作品，这两部作品的出现无疑是我们文学上的新的现象。但这两部作品之所以有很大的意义，不仅因为它们是最初出现的，而且也因为它们至今仍然是中国反映农民土地斗争的代表作品。

《太阳照在桑干河上》和《暴风骤雨》这样的作品生动地说明，我们的在思想上和文学上有准备的作家，只要到实际中去，和实际生活结合，便有可能产生成功的或比较成功的作品。在这方面，这两部作品始终保持着它们深刻的示范意义。

周立波同志在他的《暴风骤雨》里，比较完整地表现了农民土地斗争的整个过程，也相当真实地表现了农村各个阶级的面貌和心理，和它们之间的斗争。成为我们的作者在创作上比较显著的特点的，是他对于生活的热情和敏感，对于新人物的美好的品性的着重加以发扬，以及在艺术上的单纯性，等等。这些，都是这篇短文所要加以介绍的。

周立波同志在他的创作活动里特别显著地表现了他的强烈的政治热情。这一点对于我们了解周立波同志是格外重要的。对于一个作家来说，没有革命的热情，便不可能有艺术的生命，没有革命的热情的作者，即使他在生活里也是和实际的斗争貌合神离的，不管他怎样努力于"收集"农民的语汇和热烈的斗争场面的材料，他也很难写出真正感人的作品，过去有许多经验都证明这点。周立波同志是有着强烈的政治热情的，这热情，推动他投入群众的斗争生活，使他成为现实斗争的参加者，而不是群众语汇和写作材料的简单的收集者。周立波同志曾经告诉过我们，他的《暴风骤雨》上卷的写成，几乎没有根据任何书面记录的材料，而主要的是根据现实生活所给他的感受，以及这些感受所提升起来的认识。他的《〈暴风骤雨〉的写作经过》一文里曾经说过："当时我只想到全身心地投入这场激烈的阶级斗争，并没有想到很多个人的创作问题。""在实际斗争中和创作实践中，我深深感到，为要反映农民的生活和斗争，自己首先要热爱他们，熟悉他们，和他们的思想感情打成一片。"周立波同志这些话是真实的。最好的证明，便是作为这次参加农民土地斗争在文艺上的收获的《暴风骤雨》。

在我们读着《暴风骤雨》这个作品的时候,作者对新的人和新的事物的热情是很容易令人感觉得到的。作者对农民的热爱,给读者留下难忘的印象。这种爱充满字里行间,成为这部作品的一个显著的特色。作者总是热情和亲切地描写农民的一切,描写他们的家庭生活、他们的关系,以至他们的机智和幽默。我们现在还有许多文艺作品,虽然作者用了很大的注意去表现他所肯定的英雄人物,但由于作者对于他的英雄的本质并不了解,他自己的感情并没有和他所要表现的英雄人物的感情结合,虽然作者是极力表现英雄人物的许多轰轰烈烈的事情,但他的作品还是不能感动别人,不能收到应有的效果。但在《暴风骤雨》这部作品里,作者所认为是可爱的美好的人物,读者也同样会感到是可爱、美好的。原因就在于作者真正理解他的人物,爱他的人物,而且在他的每一个人物身上都贯注了自己的真实的热情,这种热情不仅表现在作者对像赵玉林、赵大嫂、郭全海等等先进的人物身上,而且也表现在对那些暂时还残存着落后、自私的缺点的人物身上。"人民的缺点主要是侵略者剥削者压迫者统治他们的结果,我们革命的文艺家们只应该把它作为侵略者剥削者压迫者的罪恶去暴露,而不应该是什么'暴露人民。'"(毛泽东)作者正是用这样的态度去描写快乐的老孙头,同时也带着真诚和善意去批判他身上的胆小、自私等等的落后性。只有对于农民中的败类,像韩长脖和杨老疙瘩一样的人,作者才是用隐瞒不住的憎恶和鄙夷的态度去表现的。

由于对生活和对新人物有着真正的热情,作者对生活和对新人物的感应自然也特别敏锐。在《暴风骤雨》这个作品里,我们不但看到作者对于新的人物的热爱,而且也可以看到作者对于新的人物有一种特殊的敏感,并且,也看到,作者对这些新人物的优美的本性竭力地加以表扬。这也是《暴风骤雨》的一个很重要的特色。

周立波同志显然是把创造新人物的美好的形象作为自己的艺术创造的十分重要的任务。创造新人物的美好的形象,便不是现实人物的简单的摹写,而是现实人物的更集中更理想的表现。这是符合文学的要求也符合广大读者的要求的。如果我们对于现实人物仅止于简单地摹写,那么,结果只能是暗淡无力的。毛泽东同志说的,"加工后的文艺却比自然形态的文艺更有组织性,更典型,更理想,因此就更带普通性"。便包括这个真理。但在文学上,我们所能看到的理想的人物还是很少很少的。虽然周立波同志在尝试创造新人物的美好的形象,还有着许多我们后面将要提到的显而易见的缺点,这主要就是作者未能充分地表现新人物发展过程中的矛盾和斗争,因而使这些人物有些地方显得简单化、概念化,但和这些缺点同时,作者在创造新人物时给我们带来了一些不可否认的新的积极的因素。

我们来看看他笔下的几个具体人物吧。首先,赵玉林和他的年轻的妻子的形象是令人难忘的。这两个贫苦农民在旧社会里的命运是极端悲惨的:没有起码的生活条件,五年不会吃过一顿白面,由于夫妇二人只有一条裤子,因而做丈夫的过去被人称作"赵光腚"。然而,正是在过着最悲惨的生活的人身上,作者看到了最崇高最理想的品性,并且带着无限赞美的笔调在他的作品里强调地表现。在作者笔下,赵玉林具有坚强的性格,他并不因为自己有过无数悲惨的经历便失掉了自持的能力。他诉说自己过去的苦难时,他痛苦,他愤怒,然而并不流泪。"穷人要是遇到不痛快的事就哭鼻子,那真要淹死在泪水里啦!"赵玉林在最困难的环境下也没有向谁低头,也没有做过足以损坏劳动人民的道德品质的事,"可是穷人要有穷人的骨气。我那媳妇也和我一样。不乐意向谁去低头。咱们一不偷人家,二不劫人家,守着庄稼人本分。"而当地主韩老六企图用污辱他的妻子来作为给他放债的条件时,赵玉林因为拒绝他的要求而遭遇了许多不幸,却因此保持了他的性格的完美。赵玉林和贫苦农民患难与共的阶级友爱的精神,也得到了作者的赞扬。当农会的另一个积极分子郭全海因为参加农会工作而被地主赶出家门以后,赵玉林把他拉到自己家里,虽然他那时全部的粮食只有一斗多了。

作者在上卷第十九章里表现赵玉林为工农解放事业而牺牲,成了赵玉林性格发展的最高点。当胡子来袭击这个刚翻了身的村子时,所有正直的农民都愤怒,都动员起来了,村子前面高举着"元茂村农工会"的红旗,我们最可爱的主人公在和敌人作战中牺牲了。这是一个动人的富于诗意和富于浪漫色彩的场面,也是有独创性的很能表现作者在艺术上的特色的场面。

但过去曾经有人怀疑:表现我们的主人公刚翻身以后便牺牲是否适当,是否会引起农民对于革命事业发生所谓"出头的橡子先烂"的感觉而畏缩不前,这种怀疑是没有根据的。如果在我们的文学作品里只告诉农民翻身对他自身和他家庭如何有利,而不同时对他们进行更高意义的革命教育,那是显然不够的。正是在描写赵玉林的死这一章里,作者深刻地歌颂了赵玉林为工农解放事业牺牲的崇高意义。赵玉林的死是悲壮的,就在他倒下去的那一瞬间,他的形象也是崇高的。由于作者在实际的表现里充满革命的乐观主义的精神,而不能不使读到这个场面的人都受到鼓舞和激励。

作者特别表扬农民的美好的品性,这个特点还可以在表现农村妇女的一些章节里看到。作者对农村妇女、对农民的家庭关系的那种积极的因素也特别加以发扬,也企图给我们创造这方面的崇高的美好的形象。在关于工作队员小王的不幸的母亲的介绍里,作者便给我们显示了他的这样的观念:中国妇女有着高尚的品德。作者认为这位长久没有穿过一件好衣裳,没有吃过一顿饱饭,在千灾万难中认死也要把小王抚养成人的半小脚的不识字的母亲,正是"继承中国妇女高尚品德"的,当然,对于小王母亲的这种描写,还只不过是达到一种比较简单的概念。但在赵玉林的年轻的妻子赵大嫂的身上,我们便看到比较感性的有血肉的表现了。赵大嫂同样被描写为有高尚品德的,跟她的丈夫"吃尽千辛万苦,也不抱怨的好心眼的女人"。她是平凡的,并没有做过什么轰轰烈烈的大事,但她信赖和了解她穷苦的丈夫,虽然她没有很多地参与他所参与的解放事业,但她分担了他的忧虑,当他为了工作而无法和过去一样地照管家庭时,她是了解的。她默默地承担了家庭生活的重担。她和她丈夫的关系是建立在巩固的互敬互爱的基础上的,当她丈夫能够在工作中抽出一些时间来,他也决没有忘记尽可能帮助她,减轻她家庭生活的负担。

赵大嫂在赵玉林为工农事业牺牲以后,在许多地方可说是继承了她丈夫的优美的品质。她被表现为完全没有自私心的、一直保持刻苦朴素作风的烈士的家属。她宁可让自己的孩子多受些苦,让他在很冷的天气光着脚丫子,但对那个寄住在她家里的无依无靠的猪倌,她是尽可能让他穿上棉鞋,让他过得好些。

不但对于赵玉林和他的妻子,而且对于白玉山和白大嫂子,作者也同样抱着无限真挚的热情,也是写得令人感到十分亲切的。白玉山由一个在旧社会里以贪懒著名的农民变成为一个积极分子,并且最后成了一个好干部,他和他妻子白大嫂子的关系是在土地改革开始以后经过工作队的帮助而变好的。白玉山的变化以及白玉山的家庭生活的变化也可以看出中国农村的变化。作者相当细致地描写了白大嫂子的单纯、善良的农村妇女的心理,也相当细致地描写了他们那种新的和睦的农村家庭关系。

当然,作者不但在写着农民的时候,才想到创造美好的为我们所理想的形象,而且在写着干部,写着农村土地改革的领导人物时,作者也同样想到并且实际去创造美好的为我们所理想的形象。表现干部,表现农村土地改革的领导人物这问题,对于《暴风骤雨》这作品具有特别重要的意义,因为如大家所知道的,《暴风骤雨》是表现初期土地改革中比较成功的典型的,在这里,如果没有强有力的令人信服的关于领导人物的表现,要想令人信服地表现土地改革的成功的典型,是很困难的。但作者在这里可说是顺利地完成了他的任务。这里的领导干部和共产党的代表人物主要就是工作队长萧祥。萧祥这个人物同样是作为一个比较正确、比较理想的人物来表现的。而且对于他的描写的实际成就甚至许多地方可以说超过了对于赵玉林的描写的实际成就,这也许可以从作者对于干部更熟悉这一点来解释。

萧祥是一个很老的干部,是一个久经磨炼的、思想和作风都比较成熟的、具有一个党的领导干部的风度的人。虽然工作队的另外两个干部都是单纯、热情的,但由于缺少锻炼,便往往不免显得急躁和幼稚,而善于自我克制、善于在群众热烈的斗争中间保持冷静的萧祥在他们中间便很容易使读者确信他是一个最合适的领导人。萧祥这个人物虽然还不算是被表现得十分丰富的,但他的特征是确定的、真实的。体现在萧祥这个人物身上的党在农村阶级斗争的领导作用,大致是正确地、明显地被表现了的。

我们在上卷里便看到萧祥如何了解群众,启发群众,在斗争的重要的关节替群众撑腰,以及实际领导群众进行每一个斗争,只是作者为了使下卷所发生的事件成为可能,有意表现因为萧祥离开了村子地主便实行"翻把",只有萧祥重新回到村子以后村子里才又恢复了正常的秩序。这里作者强调共产党的代表人物的萧祥的领导作用,却令人感到有了组织也曾有过斗争的群众十分软弱。这可以说是一个显著的缺点。

整个看来,《暴风骤雨》的人物是比较单纯的,整个作品的情节和结构也是比较单纯的,也因为这样,它比较易于为一般读者所把握。许多好的艺术作品都具有单纯这个共同的特点,它也成为《暴风骤雨》的一个优点和特点。《暴风骤雨》这个作品里,没有那种冗长、沉闷、令人厌倦的叙述。在这方面,我们只要举一个例子便够了。在这个作品里,作者几乎对每一个人物都追溯到他过去的身世,但作者不采用简单、冗长、沉闷的叙述,而只选取一两个对这一个人物来说是突出的典型的事件而加以客观描写,使读者有可能沉浸到这些动人的情节里。例如作者介绍赵玉林,主要是再现了赵玉林被摊劳工以及回来以后和已经沦为乞丐的妻子见面的情景,也再现了"赵光腚"这个绰号的起源以及赵玉林向地主借债、地主意图侮辱他妻子的情景;而对于郭全海,作者只集中地描写了他的父亲的被害和他受了地主无耻的欺骗这两件事。所有这些,都可以见到作者那种单纯、细致的表现能力,而给读者以鲜明的印象。

作者的语言也是比较单纯的。这里没有太过复杂,太不合中国习惯的语法,也很少有由于缺少洗练和修饰而留下的语言的杂质以及过分累赘的痕迹。正如对于群众生活一样,作者对于群众语言也是热爱、敏感的。在这个作品里,作者吸收了不少群众的语汇和群众语言的长处,而脱离了知识分子语言的干瘪和贫乏。例如,作者描写被地主用酒肉勾引了的杨老疙瘩说:"三二樽酒,就把杨老疙瘩灌得手脚飘飘,不知铁锹几个齿啦。"在和胡子的战斗结束以后,群众方面俘获很多,却不见了胡匪头子韩老七,花永喜说这是"跑了一条大鱼,捞了一网虾",而另一个接着说:"韩老七可狡猾哩,两条腿的数野鸡,四条腿的数狐狸,除了狐狸和野鸡,就数他了。"这都是十分生动,同时又十分自然和准确的。而这些语言,都是来自群众生活中间,在群众生活中间经过选择和磨炼的,如果作者不曾生活在群众中间,是很难想象能够学习得到这样的语言的。

但是,在语言方面,作者在吸收群众语言时,也采用了一些使别处人难以理解的不必要的方言,如意思相当于"蹲"的"猫"字(如"猫在那里"),相当于"肮脏"的"埋太",相当于"冷不防"的"冷不丁"以及其他,等等,都是有很大的地方的局限性,很少可能成为大家都采用的民族的共同语言的。过多地使用这类方言,势必使读者对于作品的理解受到限制或发生误解,这是《暴风骤雨》在语言方面的一个缺点。

《暴风骤雨》整个上卷都给人以一贯的单纯的感觉,但在下卷里,虽然也有成功的章节,也有像郭全海和刘桂兰这样比较能引起读者注意的人物,而且根据作者自己的表白,作者在下卷所花费的精力远超过上卷,然而因为作者在下卷企图表现当时农村生活的一切问题,结果便使下卷变得臃肿、累赘,整个说来没有做到像上卷一样的单纯、调和与集中。

现在有一些读者,也有一些文艺理论无限制地要求一个作者像写普通教科书一样在他的作品里毫无遗漏地描写一切。这样的要求是错误的。这样的要求之所以发生是由于不理解文艺作品之成为"教科书",它的意义到底和普通教科书不同,文艺作品有文艺作品的特点、长处,同时也有它的限制。现实生活并不是一切问题都可能和必要在文艺作品里表现的,更不要说把一切都集中在一个作品里表现了。但是像上面那种要求那种认识有时也不能不影响我们的作者。正因为作者企图在他的文学作品里像在普通读物里一样表现现实生活中所发生的一切问题,因而他便不能不在自己的作品里用科学的逻辑来代替艺术的逻辑。这可说是下卷所以没有得到预期的成功的重要原因。

除了以上所提到的以外,整个《暴风骤雨》还有着一个本质的缺点,这缺点是和作者的优点联系着的。对于生活的热情和敏感,对于新人物的美好的品性加以表扬以及艺术上的单纯性,正如前面所谈到过的,是这个作品的优点,而这一切,本来和冷静的观察,和把握现实的复杂的关系并不是矛盾的,但《暴风骤雨》却表现了作者在这方面留下了比较显著的缺点。

《暴风骤雨》表现农村阶级斗争的复杂性是不充分的。农村阶级斗争的复杂性是由农村阶级关系的复杂性决定的。地主与农民的矛盾是土地改革以前的中国农村的主要矛盾,而这种矛盾的表现往往不是简单的,而是错综复杂的。而且,环绕这个主要矛盾同时也和这个主要矛盾相联系,农村往往还表现着地主与富农之间、地主与地主之间、大小地主之间以及这种农民与那种农民之间的矛盾,而且,这些矛盾并不是不变,而是随着运动的发展在不断地变化推移的,这一切复杂多变的矛盾和斗争组成农村阶级关系和阶级斗争的一幅丰富多样的图画,表现了现实生活的无限丰富的辩证法。但在周立波同志这个作品里,这些丰富多样的关系是没有得到充分表现的。作者在上卷里也表现到地主对农民的许多阴谋破坏,表现农民翻身斗争的许多曲折,但他所表现的地主的阴谋破坏,看来都是毫无例外迅速地而顺利地被克服,我们很难想象现实生活正是这样的。也因为这样,这些地方便未能使我们充分地认识农村阶级斗争的复杂性和激烈性。

作者表现"元茂村三大户"韩老六、杜善人、唐抓子之间是看不到什么差别与矛盾的,他们看来只有身体肥瘦(杜善人是胖子,唐抓子是瘦子)和生活习惯和爱好的不同。

甚至,连这里所写到的富农李振江也几乎没有他特定的阶级地位所决定的特定的阶级意志,而只成了韩老六的简单的附庸。所有这些,都是不能不减弱了这个作品的现实性的。

在农民方面,作者是比较有分析的。作者表现了农民中几种觉悟程度不同的类型。其中对中农刘德山的特性的刻画是比较真实的,对农民中的中间分子老孙头的描写则有着更丰富的色彩。但对于先进人物赵玉林的表现,如前面所提到过的,还保持着相当显著的缺点。

如前面已经提起过的,赵玉林这个人物的缺点是他被表现得过分单纯,作为一个被压迫的农民,他的觉醒过程,他在这过程所经历的内心的矛盾和斗争,是表现得不够的,是多少被简单化了的。也因为这样,他还没有成为一个十分坚实的典型。一个在封建社会受过种种压迫的三十多岁的农民,他的思想感情要比现在所表现的复杂得多,他所走的前进的道路也比现在所表现的复杂得多。我们有权利在自己的作品里肯定他的一切美好的品质,但他的斗争的意志,他的果敢的精神,是需要在实际斗争过程中逐渐培养逐渐形成的。周立波同志也表现到赵玉林在决心参加革命生活时的自我斗争,但这个斗争是在一个夜里很快地自我完成,而不是在实际运动中逐渐完成的。显然,为了爱护像赵玉林这样的新人物,为了发扬他的单纯、美好的品质,作者有时是放松了现实主义的表现了。

如同前面已经不止一次地提起过的,也如同许多熟悉他的人所了解的,周立波同志具有无比的真挚的热情。他是不能掩饰他的爱憎的。而且他的敏锐的感觉能力,他在艺术表现上的单纯性,也是他的才能中的重要的方面。但有时过分的单纯也妨碍了他更深刻和更冷静地观察生活。《暴风骤雨》的本质的缺点,根究起来也还是对现实生活认识方面的缺点,也还是对生活认识不足的缺点。

一个作家的热情,如果和更深沉更实际的观察相结合,那么,这种热情也将更深沉、更凝练,因而在创作上的成果也将是更大更瑰丽的吧!

笼统地写从落后到转变不能解决根本问题

周良沛

最近,读了《矛盾论》,使我对最近的文艺创作(主要是戏剧)有些感想,感到最近的戏剧创作自提出反对由"落后到转变"的创作倾向后,却走入另一个公式主义。昨天,我读了第六十二期《文艺报》上的《关于创造新英雄人物问题的讨论》,使我对一些问题更明确起来了。

我不是个专业文艺工作者,但作为一个战士,我愿意将我所知道的一些写在下面,来参加这个讨论。

一九五〇年,我们部队进入了城市,一些部队的文工团、队也在城市演出,有些文工团、队远离了我们连队,在城市搞"剧院化"。在这个时期,我们部队正在开展文化学习,有些部队作家配合这个任务写了不少东西。这些作品,有的确实鼓舞了我们的学习情绪和明确了为什么要开展文化学习。但却有很大一部分不被我们所欢迎,甚至是不能被人所容忍,因为它完全站在另一个立场来辱骂、嘲笑我们。我记得,当时有一个演得很"红"的剧本,叫《学文化》,那时,一个很小的城市,就有三个文工队同时上演它。它的故事大概是这样的:

有一个战士,一贯不爱学习,在进入城市后,周围的环境已经"不容许"他这么做:他走到大街上想大便,因为不认得字便走到女厕所里面去了(当时,女厕所里面的人还大叫大喊)。工厂门口明明挂着"禁止参观",他还硬往里边走。同志们写快板骂他,他也不知道。老婆来信,他也不认得,叫同志们念,同志们却故意戏弄他。他又把女厕所的门拿来架铺,被女老板大骂一顿。——最后,他受了"刺激",就"转变"了。

以后,这样的剧本陆续不断地大量出笼了。在一九五〇年三月,我看到一个比上面更恶劣的剧本,叫《×××归队》。它写一个战士因为怕苦想家,就想开小差,他怕一个人走没伴,还劝另外两个落后分子和他一道开了小差。结果,在路上又没吃的,地方的组织也严密起来了,他感到"逃不了"啦,思想也就"转变"了。

那时,我觉得我们的文艺创作已经形成一种倾向。这倾向就是站在小资产阶级立场上,否认事物的本质中的主要方面,错误地夸大和渲染"光明中的黑暗面"和凭空臆造不合理的"落后到转变"。针对这种倾向,提出了"写英雄,写光明",要作家写新人物、新感情,是很对的,必须想办法来解决当时创作中的落后现象。可是,当时只笼统、概念化地提出"创造英雄人物是我们的创作方向"和单纯地反对写"落后"和"转变",

却没有解决创作中落后现象的根本问题。"落后到转变"被另一种公式主义、概念化的创作倾向所代替了。"三反"中,许多搞创作的同志都不敢写官僚主义和一些干部的贪污现象。当然,这种不敢写固然是作家本身的思想水平问题,但也不可否认,有些同志确实是受这种理论的限制。当时有些配合"三反"的剧本,虽然当时没有给予批评,有些人却说:"这是活报剧,赶赶任务就过去了。要写就写资本家怎么向我们进攻,而我们的干部却怎么坚定才行。"当时,我自己也认为这种说法是对的。现在想起来,这种看法是片面的。同时,"三反"运动就给这种片面的说法以有力的反驳。明明这是现实生活中所存在的重大问题,而不去写它,这与现实主义要求创作忠实地反映现实生活是不相容的。所以,我认为不加具体分析地把"落后到转变"当作一种"创作方法"来反对是不妥当的,因为这使人以为只要不写"落后到转变",写新人物,他就算是有了正确的创作方法了。而事实说明,如果不是真正从思想上和创作方法上有所改变,即使写英雄人物,也是一定写不好的。而且,这种理论的片面性,使我们不少同志产生认识上的偏差,否认我们现实生活中新旧事物的矛盾与斗争,也否认揭露批判我们工作中的缺点的必要。

"三反"运动前,我们对文艺创作有着这么一句话,叫作"条条道路通向'歪曲英雄形象'"。有些作品确实是歪曲了英雄形象,但有些却并不是这样的。很多人不加分析研究,便说"歪曲英雄形象""非本质""是'暴露'""不典型""是写'转变'",或者说上句"这种思想难道是属于我们部队里的吗?"或"这难道是我们人民部队的英雄吗?",等等。同时,说这些话的人也感到自己是有"理论根据"的,所以,这些"帽子"似乎扣在任何作品上都"合适"。有一次,我们看了一个描写少数民族的小歌剧,歌剧里面有一个苗族少女在碾米的时候是赤着脚的。接着,就见一个师文工队长提意见,说:"这只是表示了少数民族野蛮、贫困,是歪曲了劳动人民的形象。"再有一次,有个同志看了一个剧回来,我问他:"怎么样?"他只说:"是个'转变剧'。"当时,这一句话,使我们俩感到不需要再谈什么就完全知道了,因为这话就意味着:"写转变是创作思想的错误,不说也就知道其恶劣的程度了。"读了毛主席的《矛盾论》后,我才感觉到从前思想上的片面性。

我们反对用小资产阶级、资产阶级的创作思想来歪曲生活,反对用"第三者"的立场来嘲笑我们内部存在的一些缺点或夸大和故意渲染我们的缺点,也反对脱离生活地捏造矛盾的恶劣作品。但我们不能因为这就否认生活中的矛盾与斗争,而要创作"无冲突"的作品,那是不对的。因为"无冲突"是不存在于我们生活当中的,而"矛盾存在于一切事物发展的过程中,矛盾贯串于每一事物发展过程的始终"(引自《矛盾论》)。

我认为不论作品缺乏新的人物、新的感情、新的事件,夸大与渲染生活中的缺点和新人物写得概念化、公式化……其根本问题都在于作家深入生活与自我改造的问题。作家只要以正确的立场、观点来认识生活,忠实于生活来进行创作,那创造英雄形象和公式化、概念化的问题就都会得到解决。因为我们的生活本身就是一支美丽的颂歌,这支颂歌就是由无数的英雄和英雄事迹所构成的。同时,生活本身也给作家提供了极复杂与曲折的斗争和可歌可泣的事迹,它对那种用公式来代替我们多样的生活的创作方法是最有力的反驳。同时,只是笼统地反对写"落后到转变",把这种现象当作"创作方法"的本身来反对,我认为是不能解决创作中落后现象的根本问题的。

关于小说《荷花淀》的通信

孙　犁

编者按：平原省安乐镇师范文艺研究组的同学们，在阅读了孙犁同志的小说《荷花淀》之后，对这个作品提出了一些问题。我们将他们的来信转给作者，并由作者作了答复，现一并发表于后。我们觉得，读者与作者之间的这种通信，是一种很好的联系方式。这种联系可以使作者更直接更多方面地了解读者对作品的意见，也使读者在研究上得到帮助。我们希望读者与作者之间的这种联系能够加强起来。我们希望读者们能对作品多提问题和意见，作者们能耐心回答和讨论，并希望能把这种通信中有重要意义的寄给本刊发表。

孙犁同志：

我们读过你的《荷花淀》后感到非常满意：文字简练而不粗糙，细腻而不烦琐；里面的人物都如活的一般。正是在这种基础上引起了我们对你这篇作品的更进一步研究的兴趣。研究的结果使我们知道了在抗日战争中，我们的上一代是怎样地付出了鲜血和智慧，战败了敌人，换来了我们今天的幸福。但与这同时也遇到了一些疑问，我们自信没有批判的能力，然而我们希望通过这一次讨论能使我们更进一步了解这个作品，我们相信您是肯帮助我们解决这些疑问的。下面是我们的意见：

一、有点嘲笑女人的味道。当水生离家他往后，妇女们前去探望，作品中说"女人们到底有些藕断丝连"（重点是我们加的，下同），这句话是说明什么问题呢？人是有感情的动物，当人刚离开自己的同伴时双方都是有些恋恋不舍的心情，尤其是青年夫妇。这种感情不应当单独存在于男方或女方，亦不能偏重于男方或女方。但是你的作品中却说"女人们到底有些藕断丝连"，这显然是说明妇女在这方面更较男人为甚，同时也否认了这些"藕断丝连"是青年们应有的情感，认为这是可耻的，是女人们特有的至少是较甚的卑鄙的弱点之一。

"女人们尤其容易忘记那些不痛快"，作者用这样的话来说明女人们没有找到自己丈夫而失望以后又变得愉快的情况，并且是用在"可是青年人永远朝着愉快的事情想"的下面。青年人永远朝着愉快的事情想，这是事实，是青年人的特性，但是"女人们"为啥"尤其"是这样呢？莫非是她们的脑子比男人简单吗？她们没有永不忘却的不合自己心意的事情吗？事实证明不是这样，刘胡兰、郭俊卿等英雄，她们对民族敌人和阶级敌人的仇恨,并不亚于男人,她们对自己过去所受的压迫亦不比男人们易于忘却。是的,过去是有人认为女人的脑子是简单的。"红玉娥"为了爱罗章的容姿,而不报杀父之仇、亡国之恨(旧剧《秦英征西》);在农村中也普遍地流行着"女人挨打睡一夜就好"的嘲笑妇女的谚语。但是今天我们谁也知道这种观点是不对的,是吃人的旧礼教使妇女那样,并非妇女的本质。但你的作品中却依然存在着这种味道,不知用意何在?

二、拿女人来衬托男子的英雄,将女人作为小说中的牺牲品。水生等隐在荷叶下打伏击的时候,女人们也刚巧来到这里,作品中形容当时的情形,"……战士们正在聚精会神瞄着敌人射击,半眼也没看她们"。当然,被高尚的爱国主义精神所鼓舞着的作战的人们是不能为自己的爱人而忘掉战斗的,但他们并非不爱自己的妻子,而作品中却说"半眼也没看她们",这是否暗示着水生这些英雄看不起这群落后女人呢?否则为啥不说是"没有顾得看她们"呢?

"都是你村的?""不是她们是谁?一群落后分子!"这是结束战斗后区小队的队长和水生谈论女人们的话。这话我们认为也不够恰当,我们想把女人们这次行动的动机、她们这次行动所招致的结果来研究一下。根据作品中的叙述"几个青年妇女们把掉在水里又捞出来的小包裹丢给了他们",由此可知女人们此次前来的动机,除了青年夫妇的爱情,还为了自己的丈夫们作战。她们为了怕自己的丈夫受冷,不避艰难危险前来送衣,但结果却遭到了嘲笑、咒骂。她们前来使整个的战斗受到了损失吗?没有。相反地,"不是你们我们的伏击不会这么彻底",她们说拖尾巴的话了吗?从女人们的谈话中没有半丝的透露。她们给自己的丈夫送来了衣服,使他们直接受到了物资的支援,那么水生他们说这些话是为了什么呢?水生是作者心中所崇爱的人物,对我们读者也是如此。大家所以爱他的原因是因为他能起来保卫祖国,而不是因为他能够给远来送衣的爱人以凶相。那么作者想塑造水生的英雄性格,就应当着重描写水生如何以忘我的精神杀敌才是。但是您却在表现他杀敌的同时加上了些如何对自己的爱人耍凶以衬托水生的英姿,这样写法我们不赞成。

三、不是郑重地反映妇女们的事迹。在文章的最后,作者对女人们好像有些正确的积极的描写:"……她们学会了射击……她们配合子弟兵作战……"但我们觉得还不够。因为这不是郑重地反映女人们先进的一面,而是作者为了掩饰自己的轻视妇女的观点,不得不这样。这可以从女人们建立自己武装的动机得到证明:"你看他们那样子见了我们爱搭理不搭理的!""刚当上兵就小看我们,过两年更把我们看得一钱不值了……"抗日战争中,以至于今天的人民起来自卫,打击民族和阶级的敌人,是为保卫自己的国土,是为了使自己得到解放,正是以这种伟大的意志作基础,所以能拿出忘我的精神来和敌人作你死我活的斗争,妇女们同样是爱好和平的,她们同样乐意更好地活下去,所以她们在遭到敌人的迫害时也要起来自卫,来消灭自己的敌人。但作者将这些妇女武装自己的动机,没有放到这一正义的伟大的基础上,却将它写成是为了个人争口气,为了使自己的丈夫看得起自己。当然,个人的利益能够和民族的利益结合起来,并在这种基础上发挥积极的作用,那是好的。但是作者却将她们建立武装的动机放在渺小的为个人争口气的基础上,这样就势必使人认为女人们虽然积极行动起来了,但她们总不如男人们伟大。

最后,还有一点小地方,就是当水生由区上回来和爱人谈话的时候,"水生指着父亲的小房,叫她小声一点",怕惊醒了父亲的困头吗?前面已经和爱人谈了不少的话,从文字当中也看出以前的谈话用的声音小。是怕父亲知道后来阻止自己吗?那么当水生离开时父亲是那样积极慷慨:"……我不拦你,你放心吧。大人孩子我给你照顾……"若说水生对自己的父亲不够了解,也说不过去,当儿子的还能不了解自己的父亲吗?或者是水生对自己的父亲进行了说服,但文字中却始终没有丝毫描写,请您解释一下。

我们的意见不够成熟。我们是青年学生,相信您是能够谅解的。

平原省聊城专区安乐镇师范文艺研究组

安乐师范的文艺研究小组:

你们给我的信,由《文艺报》转给我了。很感谢你们对《荷花淀》这样地精细研究。对于你们提出的问题,我谈一点自己的意见:

第一,你们根据文章中间有一句"女人们到底有些藕断丝连",就说我"有点嘲笑女人的味道"。

"女人们到底有些藕断丝连"这一句话的上面下面还有文章。这一句是在一定的情节下面写出来的。那情节是这些女人要去看她们的丈夫。既是写的这些女人,我自然就说"女人们到底有些藕断丝连",这里所说的"女人",是指小说里的那些女人,"到底有些藕断丝连",是指她们在当时的情况下到底有些牵挂她们的丈夫,这样写是可以的。如果不根据上下文,不根据故事发展的整个情节,单单摘出这一句话来,并把这句话理解成为"一切女人在一切的情况下都藕断丝连"的意思,并根据这种理解说我"嘲笑女人",说我"显然是说明妇女在这方面更较男人为甚,同时也否认了这些'藕断丝连'是青年们应有的情感,认为这是可耻的,是女人特有的至少是较甚的卑鄙的弱点之一",那就完全不是我的原意了。自然,我是应该把字句的意思表现得更明白一些的。但是,如果为了避免误会,把文章中的那句话写成"人是有感情的动物,男女双方都有些藕断丝连,所以……",我想,你们也会觉得不很妥当吧?我以为看文章,应该从全篇着眼。在《荷花淀》里,我自认是对祖国的妇女同志们,抱着歌颂赞扬的态度的。即使写了一句"女人们到底有些藕断丝连",我想女同志们也不会就抗议,因为"藕断丝连",从什么字典上查,它也不是"女人们特有的至少是较甚的卑鄙的弱点之一"。

同时,你们根据文字中有一句"女人们尤其容易忘记那些不痛快",就问:"莫非是她们的脑子比男人简单吗?"其实,《荷花淀》全文,和我的全部作品,都没有说过女人比男人的脑子简单。

然而你们的理由也是很多的,如你们来信所说。但请你们注意,我所写的女人要忘记的事,并不是什么"杀父之仇",也不是什么"亡国之恨",要忘记的是找不到丈夫那点小小的不愉快。忘记这个不愉快,才能有利于民族解放战争。忘记了比不忘记好。这不是证明她们脑子简单,而是证明她们很会运用思想情感。问题在于为什么加上"尤其"二字。天津市塘大中学翟钟瑞同学也提出这个问题,他的理由是:"就女人的天性是比男人爱想事的,不痛快的事一般的是比男人难忘的。"现在,一并在这里答复一下吧。

这还是和上下文有关。问题在于上面有一句"青年人永远朝着愉快的事情想",下面接上一句"女人们尤其容易忘记那些不痛快",就使你们怀疑:好像我把"女人"和"青年"对立起来,或者好像把女人从青年里特别强调出来了。

这里边有强调的意味。因为是写的女人,而又是在歌颂她们。我以为不能把男人和女人对比,问他们究竟谁忘记得快些。不分男女,谁思想开展,谁就忘记得快些;谁思想不开展,谁就忘记得慢些。既然写的是进步的妇女们,所以说她们容易忘记是没错的。

但问题还在这个"尤其"上,为什么她们就"尤其"? 这是因为在我的印象里,解放区的女人们聚在一起的时候,好说好笑,愉快活泼,所以就这样写出来了。这可以说我在生活认识上还不够全面,也可以说我在文字技术上还不够确切,但并不是轻视妇女,嘲笑妇女。

第二,你们说我"拿女人来衬托男子的英雄,将女人作为小说中的牺牲品",是因为文章中的一句:"战士们正在聚精会神瞄着敌人,半眼也没看她们。"

你们的理由是:"当然,被高尚的爱国主义精神所鼓舞着的作战的人们是不能为自己的爱人而忘掉战斗的,但他们并非不爱自己的妻子,而作品中却说'半眼也没看她们',这是否暗示着水生这些英雄看不起这群落后女人呢?否则为啥不说是'没有顾得看她们'呢?"

"半眼也没看她们"这一句,丝毫也没有暗示民族英雄们看不起女人的意思。你们也知道在大敌当前,间不容发的当儿,青年们不能像在戏台下面一样可以东瞅西斜,飞眼吊膀。既是非常紧张,我写的一句"半眼也没有",就觉得比你们提出的修改办法"没有顾得"更有力量,更能把战士们的"聚精会神"形容出来。

因为队长问:"都是你村的?"水生说了一句:"不是她们是谁?一群落后分子!"你们又说这是对女人的"嘲笑、咒骂",是给"远来送衣的爱人以凶相"。

水生这句话可以说是嘲笑,然而在当时并不包含恶意,水生说话的时候,也没有表现"凶相"。他这句话里有对女人的亲爱。这并不等于给她们做鉴定,肯定她们是"落后分子"。在日常生活里面,夫妻之间是常常开这样的玩笑的。

我们看作品,不能仅仅从字面上看,还要体味一下当时的情调,理解人与人之间的关系。不只和概念理论对证,还要和生活对证,就是查一查"生活"这本大辞书,看究竟是不是真实,如果不是这样,许多事情都是无法理解的。

第三,你们说:"不是郑重地反映妇女们的事迹。在文章的最后,作者对女人们好像有些正确的积极的描写……是作者为了掩饰自己的轻视妇女的观点,不得不这样。"

这是从你们的以上的观点,最后达到的结论,我认为《荷花淀》是一篇短小的文章,它只能表现妇女生活的一部分。在这个部分里,我觉得是郑重的。当然"学习射击""配合作战"更为郑重,但是这些内容还可以写成别的作品,不一定都要写在《荷花淀》里。就《荷花淀》这篇文章来说,它的重点并不在后边那几句抽象的叙述,那几句叙述不过是补足文章的意义而已。

你们又检查她们建立武装的动机。以为她们说了那样几句话,"就势必使人认为女人们虽然积极行动起来了,但她们总不如男人们伟大"。

我以为在一个具体的场合下,妇女说这样几句话,并不掩盖更不抹杀她们素日的抗日要求。这个要求,就是你们说的"正义的伟大的基础"。在这个基础上,还可以有临时的刺激和临时的影响的作用。

最后一个问题,就是水生叫女人说话小声一点,我的意思是水生从军,还有点担心父亲难过,我这只是从水生这一方面着想,就是说这样一个青年,有时对自己的父亲也可能有些感情上的牵挂罢了。

《荷花淀》只是一篇短短的故事,它不足以表现我们时代的妇女们的多方面的伟大的生活面貌。它只是对于几个妇女的简单的、一时一地的素描。它自然是有缺点的。我本来可以不谈它。今天我所以详细地和你们讨论,是因为我看到,我们的同学在读书的时候,常常采取了一种片面的态度。一篇作品到手,假如是一篇大体上还好的作品,不是首先想从它那里学习一点什么,或是思想生活方面的,或是语言文字方面的,而是要想从它身上找出什么缺点。缺点是要指明的,但是,如果我们为了读书写字,买来一张桌子,不先坐下读书写字,而是到处找它的缺点,找到它的一点疤痕,就一脚把它踢翻,劈柴烧火,这对我们的学习并没有帮助。在生活里或者不致如此,对于作品,却常常是这样的。在谈作品中的问题的时候,往往不从整个作品所表现的思想感情出发,而只是摘出其中的几句话,把它们孤立起来,用抽象的概念,加以推敲,终于得出了十分严重的结论。这种思想方法和学习方法,我觉得是很不妥当的。我们对一篇作品所以不能理解,或理解得不对,常常是因为我们对作品所反映的当时当地的生活缺乏理解和知识的缘故。但愿你们不要根据这个说我反对批评。

　　总起来说,对于同学们这样热忱地关心我的作品,使我知道有这些同学在读它,研究它,我是很感激的。但我希望同学们在练习批评分析的同时,养成一种实事求是的读书态度。不知你们以为怎样?

孙犁

1953 年

青年们希望作品中表现什么样的人物?
韦君宜

一年来,青年们阅读苏联文艺作品《卓娅和舒拉的故事》《普通一兵》等,形成了热潮。他们读这些书不是以一个普通文艺爱好者的态度去读的,许多中学里全班、全校人手一册,拿这些书当作青年人的经典。他们读过这些书之后,联系到自己的思想实际,从作品中的人物的优美品质得到启示:不用功的变用功了;抄旁人课卷的不抄了;过去宿舍窗户没有人糊,读了《普通一兵》后,大家立即抢着去糊了;过去游泳时没有人愿意代大家看管衣服,读了这些书以后,就有人自动去看管了。送同学毕业、远行,都以《普通一兵》为礼品。有人说:"某某人向来不喜欢文艺,可以送吗?"主张赠送的人便说:"这样好的书他还可以不喜欢吗?"结果,果然是无论什么人都喜欢。

不但在学校里,有许多工厂、文化馆或图书室,最受青年工人欢迎的书也是这几本。

进行推广、介绍工作的人,也从来没有比推广这些作品得到更大的效果。以前有的同志说,在翻身农民当中,《白毛女》《血泪仇》这些作品起过招兵买马的作用,农民看了戏就要报名参军。这几本苏联作品在今天的青年们当中也起这种作用。不少青年决心要参加青年团,也是受这些书的影响。

为什么这些书能够有这样的魅力呢?这里边有什么东西是我们的作品里所缺少,而正是青年读者们所渴望的呢?

青年们在生活中间需要榜样,在前进的道路上,需要活的、能够学习的榜样。许多地方的青年团组织和学校教师向青年们推广这些书,是由于他们需要用共产主义思想、用共产主义人生观来教育青年。对于青年,不仅要进行理论的教育,还必须进行道德的教育,他们就找到了这些书。

今天的青年们,是特别热爱理想、爱前途、向往最美好的先进的事物的。在工厂里调查工人思想情况的同志说:尽管老工人和青年工人同样爱祖国、拥护革命,但是想头就有点分别。许多老工人常常是拿过去的悲惨生活来同今天对比,由这里涌出对祖国的热爱。而年轻人,尤其是其中的进步分子则是更多地想到祖国的社会主义前途如何伟大、自己发展前途如何美丽等等问题。他们对于过去的伤痛感觉不及老年人深切（现在十七岁的青年，在全国解放那年才只是十三岁的孩子），他们生命的主要部分还是在将来。在这一点上，他们甚至和中华人民共和国成立前参加地下反蒋斗争的青年们的革命动机都有些不同。蒋介石反动派可恨，他们是懂得的，但是主要还不是蒋介石的可恨直接启发了他们今天来喊"共产党万岁"，而是如日方升的祖国、美丽的前途，更有力地鼓起了他们的热情。他们光亮的眼睛注视着将来，注视着理想。而理想的生活、理想的人物该是什么样子呢？最美好的思想和行为该是什么样子呢？他们从卓娅、马特洛索夫……身上就具体地看见了。所以，他们爱这些人物、爱这些作品，是十分自然的。

青年们不大喜欢这样的作品，这里边的积极人物说不觉悟也有些觉悟，说觉悟可又常常想停住不走，经常前怕狼后怕虎，经别人一再发动才肯起来动一动，走两步又发生动摇，经常把革命利益与个人利益两样东西放在天平上称来称去。这样的人物也是实在有的，但是青年们不喜欢，因为这样的人物不足以作为青年的楷模。青年们甚至也不大爱那些品质写得像也不错的人物，他们服从组织拼命干，够个英雄，但是木头木脑没有理想，像我们有些作品中描写的工农兵英雄那样。青年们爱那些有理想、爱思索，而且思索得很丰富很深刻的英雄人物，他们之所以愿为祖国牺牲是有一定道理的，不是毫无道理、糊里糊涂、盲目的。马特洛索夫只是一个十九岁的、才从艺徒学校里出来的青年，他对祖国的命运、战斗的任务有很深刻的思索。我们的许多英雄，有着从奴隶变成主人的丰富经历，为新生的自己的国家献出生命，也正如同马特洛索夫一样，有着很丰富的思想内容，怎么会是木头木脑的人物呢？

马林科夫的报告中，对于如何表现先进人物与落后人物有着明白的指示："我们的作家和艺术家必须在作品中无情地抨击在社会中仍然存在的恶习、缺点和不健康现象，必须创造正面的艺术形象，表现新型人物光辉灿烂的人格，从而帮助培养我国社会的人们具有与资本主义所产生的毒疮和恶习完全绝缘的性格和习惯。""现实主义艺术的力量和意义就在于：它能够而且必须发掘和表现普通人的高尚的精神品质和典型的、正面的特质，创造值得做别人的模范和效仿对象的普通人的明朗的艺术形象。""在创造艺术形象时，我们的艺术家、文学家和艺术工作者必须时刻记住，典型不仅是最常见的事物，而且是最充分、最尖锐地表现一定社会力量的本质的事物。依照马克思列宁主义的了解，典型绝不是其统计的平均数。"这是什么意思呢？我想这就是说：所谓积极的典型，主要的就应该是那"值得做别人的模范和效仿对象"的最优秀的先进人物。还应该有消极的典型，就是生活中间那些"偷偷摸摸的人、升官发财主义者、拍马屁者、官僚主义者、骗子手、个人主义者"这类落后人物。不应该以那些说不觉悟也有些觉悟、说觉悟又不行、半冷不热、趑趄不前的人物,当作我们作品中积极的典型。我们描写先进人物,应当着眼于那些最优秀、最先进的人物,应当从这些人物的表现看出来,今天在各个战线上,我们的为保卫和建设祖国而斗争的最高水平的人物都是些什么样子。这样的人物今天可能还不是占大多数的,但是,这样的人物却是代表我们的劳动人民性格中最本质、最优秀、最有前途的部分。这些人物被称为先进人物,是因为将来我们的人民都一定要向这个方向走。应该成为积极的典型的,正是这些人物,而不是那些按照"统计的平均数"计算的,数目最多的人物。有个青年同志下厂回来,会提出一个问题:"马列主义书上所列举的工人阶级先进性几大特点,看起来并不是每一个工人身上都完全具备的。譬如有的工人也有散漫的毛病。那么,书上所列举的那些特点是否有些不合乎实际呢?"我们问他:"从全厂工人总的来看,这些特点有没有呢?"答:"一般地也有。"又问:"在英雄模范身上有没有呢?"答:"那是很完全、很突出的,的确使人敬佩。但是这样很完美的人很少,恐怕不能以他们来代表工人阶级。"但是,为什么这样的人不能代表工人阶级呢? 正是这样的人,把散在普通工人身上的一般特点集中地表现了出来,因而最能够代表工人阶级。

　　文艺界曾经有人提出:人总是有缺点的。如果写英雄人物写得太先进、太优秀,不写缺点,恐怕就写得不近人情、缺乏个性了。我们不清楚这所谓人总是有缺点是指的什么。如果是说工作有做得不够尽善尽美的地方,考虑问题不能十分透彻、毫无漏洞,工作未能完全符合原有的计划……这在工作中间确是难免的。正因为如此,所以一切共产党员都必须经常进行批评与自我批评,以不断改正我们工作中的缺点与弱点,因而能不断进步。但是,文艺界有不少主张必须写英雄缺点的同志的议论却不是指的这些,有的说:英雄在下牺牲决心时岂能没有一分钟动摇? 有的说:英雄一面想为祖国战斗,一面岂能不想想还是掉队回家好? ……这些说法很显然是指的英雄的革命意志总会有不坚定,英雄人物的品质总会有问题,政治上总会有些动摇——简直就是认为英雄也不可能是全心全意忠于革命的。这种想法,实在是表现了对于我们这时代的英雄的品质的无知。这不但是过低估计了英雄人物的觉悟水平,而且应当说是过低估计了人民的觉悟水平。近一年来,我们已经清清楚楚看到新的品质在青年当中生长起来了。譬如,以我们所了解的青年学生思想情况而论,前三年,有不少想做工程师的青年学生,心里是的确以汽车、小洋房为目标的,在他们中间流行着"学了数理化,谁来也不怕"的说法。但是目前在许多学校里,多数学生对于"学习是为了祖国"这句话基本上是理解了。最近有一个同志给青年们讲演,他提到:"二十年前,我自己在青年时代,就有各人自扫门前雪的思想。"接着就批判这种思想。但是听他讲演的这群青年乃是读过了《普通一兵》后深为感动的一批十几岁的中学生。他们听完了,疑惑地摇着头说:

"我们……我们就没有这样的思想呀！"这位同志对青年的思想情况不够熟悉，他没有了解，今天已经不是二十年前，今天青年的觉悟已经不能和当年的自己相比了。这些青年是幼稚的，但是他们很想向上。读了描写英雄人物的书以后，他们自己就是经常在深思熟虑，想自己将来究竟能不能成为一个英雄，自己究竟要怎样学习才能成个英雄。许许多多青年都是有这个志向的，怕的只是自己还做不到，锻炼还不够。读完了这些书之后，提得最多的问题总是：应该怎么锻炼意志才能更加坚强起来？在日常平凡生活中应该抓住哪些点去向英雄学习？可是，我们的作品中间提出的给青年们做楷模的英雄人物，如果倒是一面想战斗，一面想掉队回家，对于是否忠于革命还要发生动摇的人物，或者是盲目的，其所以干出英雄行为并不是出于自己的深思熟虑的人物，这就无怪乎青年们不喜欢读这样的作品了。严格些说，那些主张"英雄也会有动摇"的作家，应当说是自己的觉悟水平实在太低，赶不上人民的觉悟水平，因而不能理解什么是共产主义的理想，不能理解什么是我们的理想人物。

英雄性格的成长可不可以写？我想当然是可以和应该写的。但是这应当是英雄性格的成长，从幼弱到完美，从不定型到成型。像马特洛索夫，本来是一个不懂为什么要做工和学习的流浪儿，只想逃出教养院。但是他性格中间向上的萌芽是有的，经过启发就很快丢掉旧想法，成长起来了。这和那些所谓英雄必有品质上的缺点、英雄必有动摇的说法，是没有什么相同之处的。那种在斗争中有动摇的人，在现实生活中自然是存在的，也是可以写的，作品本来应当反映复杂的现实生活中的各种各样人物，但是，以这种人来代表我们祖国的最先进、最优秀的，代表着千万青年的理想与希望、为青年领路的人物，这就不合现实了，所以是不对的。至于说，如像英雄作风上有毛病，思想方法上有缺点（如像有些作品写的，英雄很粗暴或很狭隘之类）……这在有些英雄身上是有的。这些也不是一定写不得。但是这些并不是构成他们成为英雄的要素，也不是他们所以能近人情的条件。这是很明显的道理。

除了先进人物的典型，还必须有落后人物的典型。这些人物是我们讽刺的对象。作品中应当有矛盾，有斗争。要做到这样，更不可以把先进人物写得和落后人物差不多，根本不像什么先进人物，根本不足以作为率领大家同落后做斗争的楷模。因为这样写得模模糊糊的，也就无法展开什么斗争。在生活中间，落后的现象的确是有的。有过一个时期，有些人一碰到作品中写到落后现象就有人骂："工人阶级还有这样的吗？革命干部还有这样的吗？"这种责备的确正如苏联《真理》报社论所批评的一样，是错误的。我要举一个自己比较熟悉的例子，记得在前年大批青年参加军干校的时候，出现了许多宣传剧本。许多人曾批评这些剧本是歪曲了人民的形象，因为它们写到了家长拉后腿的现象。批评者断定说：现实生活中没有这样的现象，家长们都是一致热烈送子弟参加军干校的。实际上,凡是当时参加过那一次的实际动员工作的人,都会觉得单从这样的论断来批评那些剧本是没法使人心服的。克服家庭的阻拦,实际上算得是平时思想动员工作中比较重要、比较普遍的一个问题。各地的青年报刊都在组织文章谈"怎样说服家庭",而文艺批评者却断定这样的问题根本不存在!这怎么说得过去?那些剧本,确实是不好的,没有如实地反映现实,没有起到鼓舞作用。我觉得它们主要的毛病恐怕还在于没有深刻地反映出来现实生活中真正先进的、蓬勃向上的人物,没有反映他们的思想感情,没有表现出这些先进的思想与人物怎样放射出光辉,克服那些落后的现象。实际上,那时候参军青年中间,很多真是梦想着祖国的前途,激动流泪地跑来献出自己的一切的,那种热情,使成年人看到,都不能不受感动。作品应当十分热情地表现这些先进青年,也只有这样才能够表现得出先进与落后的斗争。

我们的青年非常爱那些出色地表现了先进人物的、清清楚楚地给他们指出前进道路的文艺作品。在这方面,青年们对我国的作家们寄予了很热烈的希望,他们的希望应当是对于作家的一种鼓舞。据说,有的同志在创作时顾虑到,有些青年读者在某些教条主义思想影响下,动辄断章取义地套一两句公式来指摘"歪曲人民形象",而且谈起来比别人更厉害,因而退缩、不敢写了,或者写成公式化了。我想这样的顾虑是不必要的。大部分青年不是这样。有些青年这样,那也不过是因为幼稚。一个作家,应当是比青年更成熟、思想更深刻、更懂得现实生活的,对于幼稚的青年所应当负的是教育的责任。因为青年幼稚的挑眼而退缩,我想,不是一个对自己所描写的现实有着深刻认识的作家所应取的态度。

屈原作品在中国文学上的影响

郑振铎

屈原的作品,在中国文学上的影响是既广大又深入的。王逸说道:"自孔丘终没以来,名儒博达之士,著造词赋,莫不拟则其仪表,祖式其模范,取其要妙,窃其华藻,所谓金相玉质,百岁无匹,名垂罔极,永不刊灭者也。"刘勰说道:"枚、贾追风以入丽,马、扬沿波而得奇,共衣被词人,非一代也。故才高者菀其鸿裁,中巧者猎其艳辞,吟讽者衔其山川,童蒙者拾其香草。"王逸、刘勰说的是,"著造词赋"的作家们都受到屈原作品的形式与辞华的影响。在这一方面,屈原的影响的确是极为深刻的。司马迁说道:"屈原既死之后,楚有宋玉、唐勒、景差之徒者,皆好辞而以赋见称。"这指的是楚国作家们直接受屈原的影响的。《汉书·艺文志》著录屈原、唐勒、宋玉以下作赋者凡六十六家,七百七十一篇,又杂赋十二家,二百三十三篇。我们可以看出从战国到西汉末,这四百多年间,屈原的影响有多么大!王逸所编的《楚辞章句》十七卷,前七卷是屈原的作品,其后十卷则载宋玉、景差、贾谊、淮南小山、东方朔、严忌、王褒、刘向以及王逸他自己的作品。这也不过百中取一而已。其后经东汉三国六朝唐宋,他的影响总是绵绵不绝,直到清代的末叶还不衰。宋代的晁补之择后世文辞与楚辞相类似的,编为《续楚辞》二十卷,收二十八家,计六十篇;又择其余文赋或大意祖述《离骚》,或一言似之的,为《变离骚》二十卷,收三十八家,计九十六首。朱熹将晁氏二书,加以增删,所取凡五十二篇,编为《楚辞后语》六卷。他们所选的,也只是取十一于千百而已。

我们可以说,在中国文学里的名为"辞赋"的一个"文体"是在屈原影响之下而发展的。一部"辞赋史",可以说,就是一部受屈原影响的一类特种作品的历史。

在其间,值得特别提出来的,首先是宋玉。今天我们在《文选》《古文苑》诸书里所见的宋玉的《风赋》《高唐赋》《神女赋》《登徒子好色赋》以及《大言》《小言》诸赋,实际上都不是他的作品,都是后人所依托的。他的《九辩》乃是一篇很成功的好作品,不愧是屈原的好弟子。《九辩》以九则或九篇的诗歌组成,每一则或每一篇都是晶莹的珠玉。这些,乃是屈原《离骚》和《九章》的"亲骨肉"。

> 重无怨而生离兮,中结轸而增伤。岂不郁陶而思君兮,君之门以九重;猛犬狺狺而迎吠兮,关梁闭而不通。
>
> 何时俗之工巧兮,灭规榘而改凿。独耿介而不随兮,愿慕先圣之遗教。处浊

世而显荣兮,非余心之所乐。与其无义而有名兮,宁穷处而守高。食不偷而为饱兮,衣不苟而为温。窃慕诗人之遗风兮,愿托志乎素餐。蹇充倔而无端兮,泊莽莽而无垠。无衣裘以御冬兮,恐溘死而不得见乎阳春。

满怀伤感而又孤高不屈,的确是屈原作风的一个承继者。他绝不是一个谄媚取容的人。把后人伪作的什么《风赋》《高唐赋》《大言赋》《小言赋》都作为他的作品,那自然便要把他看成非屈原的同俦了。

贾谊是汉初受屈原影响很深的人。他的身世很像屈原,所以对于屈原是十分同情的。他过湘水,作《吊屈原》,居长沙三年,又作《服赋》。"服"是一种鸟,似鸮,是当时以为不祥的鸟。在《服赋》里,贾谊倾吐出他的世界观与人生观。他说道:"至人遗物,独与道俱","真人恬漠,独与道息"。也只是悲伤至极而故作旷达而已。

《服赋》的格调是拟仿《卜居》《渔父》的。像这样的一种问答式的赋,在后来流行极了。差不多每个文人,要申诉他的愤懑,他的不平、不满,他的不幸、不安,换言之,即要诉说他的"怀才不遇之感"时,总是采取了这个体裁。东方朔有《答客难》和《非有先生论》,扬雄有《解嘲》,崔骃有《达员》,张衡有《应闲》,班固有《答宾戏》,王褒有《四子讲德论》,直至唐代的韩愈,还写着《进学解》。

汉代的好些文人所写的《九怀》(王褒)、《九欢》(刘向)、《九思》(王逸)等,都是从屈原的《九章》、宋玉的《九辩》一脉相传下来的。但写得都不太好,大都是无病呻吟之作,徒求貌似而失去真挚的情感的。朱熹编《楚辞集注》和《后语》便老实不客气地删去了它们。扬雄的《反离骚》《广骚》《畔牢愁》,也是空虚无物,徒知追摹形式的东西。难怪洪兴祖编《楚辞补注》时,对《反离骚》大加讥弹。

但像庄忌的《哀时命》,班婕妤的《自悼赋》,王粲的《登楼赋》,王维的《山中人》,韩愈的《复志赋》,柳宗元的《招海贾文》《惩咎赋》《梦归赋》《吊屈原文》等,却都是有血有肉之作。柳宗元的"招海贾文",给予清代的汪中以相当的影响。汪中的《哀盐船文》是一篇力作,它是瑰丽而凄楚的诗篇,是以血泪写成的描写人间地狱的控诉状,是值得特别提出来的一篇近代的重要作品。

《招魂》所给予后人的影响是源细而流长的。像那样的细腻的深入的描写,铺张夸大的形容,乃是后来赋家所竞为取法的。首先是枚乘的《七发》,可以说是一篇很高明的拟作。从《七发》发生了更大的影响,曹植有《七启》,张协有《七命》。《隋书艺文志》著录有谢灵运辑的《七集》十卷,无名氏集的《七林》十卷,可见《七》的一体的流行。

还不止于此。后世文学上的一支大宗的"赋",从司马相如的《子虚赋》《上林赋》《大人赋》《长门赋》,扬雄的《羽猎赋》《长杨赋》,班固的《两都赋》、张衡的《西京赋》

《东京赋》《南都赋》,左思的《三都赋》,到专门描叙一件事,像班彪的《北征赋》、潘岳的《西征赋》,一个宫殿,像王延寿的《鲁灵光殿赋》、何晏的《景福殿赋》,一个自然现象或景物,像木华的《海赋》、郭璞《江赋》、谢惠连《雪赋》、谢庄《月赋》,一个人的哀伤的情感,像曹植的《洛神赋》、陆机的《欢逝赋》、潘岳的《怀旧赋》《寡妇赋》,江淹的《恨赋》、《别赋》,一个动物,像祢衡的《鹦鹉赋》、张华的《鹪鹩赋》、鲍照的《舞鹤赋》,一件器物(特别是乐具),像王褒的《洞箫赋》、马衡的《长笛赋》、嵇康的《琴赋》、潘岳的《笙赋》,乃至论述文学批评的文章也采用"赋"的形式,像陆机的《文赋》,都是由《招魂》那样的描写方式引申出来的。这些大赋(像《两京》、《三都》)和小赋(像《月赋》、《恨赋》),格调虽然是套用了屈原的,但其所叙写的、所表现的,所蕴蓄的内容与情绪,已经不是屈原的同调了。他们另外走上一条道路,这条道路未必是很宽敞的,但还走得通,走得很远。他们记录了他们那个时代的生活,也抒写了他们自己的情感和所要说的话,甚至在恣意地呈现出他们的绝代才华和广博的知识,在极力地施展出他们的优美的写作的技巧。这些由附庸蔚为大观的赋,是有其好的,而且是有用的一面的。不过推演到宋代吴淑的《事类赋》之类,便成了干燥无味的有韵的辞书、类书之流了。

在其间,具有活跃的生命的东西很不少。有好些作品乃是文学史上的杰出的不朽的著作。刘安(淮南小山)的《招隐士》叙述幽山荒谷的恐怖,要求隐士回到人间来,和《招魂》异曲同工。班固的《幽通赋》力拟《离骚》,张衡的《思玄赋》意远情长,王粲的《登楼赋》具真实的情感,向秀的《思旧赋》抒伤逝的悲痛,鲍照的《芜城赋》怀古伤今,笔力独健,而沈炯的《归魂赋》和庾信的《哀江南赋》尤为悲恻动人。他们均经历艰苦绝伦的境地,身为羁囚,目所见的都是异族之人,耳所闻的都是胡语之声,或得归而追述逆境(像沈炯),或竟被羁留,欲归不得(像庾信),情动于中,不得不发,所以,都是言之有物,不仅貌似《离骚》,实可说是神意相通,情感相近。在那个大变乱的黑暗时代,产生出这两篇大作品,留下深刻感人的悲戚的故事与生活情况,正与战国时代的将趋灭亡的楚,留下屈原的伟大作品相似。六朝以后,赋的作者还相继不绝,好的作品也不少。在唐宋二代还产生了一种"律赋",那是应试之作,形式刻板,只以音律谐协、对偶精切为工,没有丝毫的情韵。宋代的几个古文家,又创作了"文赋",即有韵的散文的赋。像欧阳修的《秋声赋》、苏轼的《赤壁赋》,都可算是抒情的好文章。

屈原的《天问》是最奇谲而不容易学的东西,但在后代也还有人在亦步亦趋地模拟着。像江淹的《遂古篇》便明说是"兼象天问"的。他把域外的异人奇物和《山海经》上的怪现象都写上了。像柳宗元的《天对》,便句句扣准了《天问》而答,显得食古不化。

在赋的体制之外,屈原的作品对于后来的诗歌、散文、戏曲、小说各方面的影响也是深入而普遍的,像水银泻地,像丽日当空,像春天之于花卉,像火炬之于黑暗的无星之夜,永远在启发着、激动着无数的后代的作家,特别是在大变动的时代,像唐代的天宝之乱,南北宋的末期,明帝国的覆亡,写出类似的不朽的作品出来。他们虽不袭用屈原的形式和格调,但那悲愤、那牢骚、那穷愁的号呼,那忠贞正直的不屈的心,那爱国、爱人民的真挚的感情,那疾恶如仇、独立不移的精神却持续上下两千年,一直是一脉相通,绵绵相继的。举几个重要的例子。像汉末的《孔雀东南飞》,曹植的煮豆燃萁之叹,晋代嵇康的《游仙诗》,阮籍的《咏怀》,左思的《咏史》,刘琨的《赠卢谌》诗,陶渊明的《停云》《时运》《归园田居》,唐代骆宾王的《帝京篇》,陈子昂的《感遇诗》,李白的《古风》《蜀道难》,杜甫的"三吏""三别"、《自京赴奉先县咏怀》《北征》《寓居同谷县作歌》,宋代苏轼、陆游的许多诗篇,辛弃疾的词,文天祥的《指南录》,谢翱的《晞发集》,元代关汉卿的《窦娥冤》,王实甫的《西厢记》,康进之的《李达负荆》,施耐庵的《水浒传》,明末黄道周的《石齐先生集》,王夫之的《姜齐诗文集》,吴伟业的《榆村家藏稿》和《通天台》,陈忱的《后水浒传》,清代孔尚任的《桃花扇》,曹霑的《红楼梦》,吴敬梓的《儒林外史》,李汝珍的《镜花缘》,等等,都是震撼读者心肺的出于真性情、大手笔的作品。

甚至一处拂逆之境,便也不由得不想起屈原来,而写作着类似的作品,像嵇永仁的《续离骚》四剧,便是一例。这样的例子多极了。许多文人学士们的发牢骚的讽刺的作品,都可归到这一类里来。

把屈原的故事写为剧本的,有元代的睢景臣的《屈原投江》,可惜已经不传于世。明代的郑瑜有《汨罗江》,叙述的是,屈原在汨罗江上遇到渔父,写出《离骚》来。他把《离骚》的全文都引上了。清初的尤侗,写了《读离骚》,也是借着屈原的悲剧的生活而发泄他自己的牢骚的。周文泉的《补天石传奇》八种,想把古来的好些悲剧都变成了"皆大欢喜"的团圆的结局。其中有《纫兰佩》一种,就是写屈原的故事的。他叙述:屈原投江时,为仙人所救。徒步赴赵国乞师,大破秦兵。楚怀王亦潜逃回国,以屈原为令尹。张仪、靳尚均得到应有的下场。这剧虽离开事实太远,但表现出作者对于屈原的同情与其主观的愿望。

还应该提起嘉、道年间的一个女作家吴苹香写的一篇《饮酒读骚图》(一作《乔影传奇》)的短剧。这个短剧把封建社会里的女子被压抑的感情,尽量地倾吐出来。她欣羡男子的自由的生活,自己悲叹着"束缚形骸",竟改扮作男装,穿戴巾服,一边饮酒,一边诵读《离骚》。她幻想着种种的男子世界的自由奔放的生活,但立刻便警觉道:

"咳!一派荒唐,真是痴人说梦。知我者尚怜标格清狂,不知我者反谓生活怪诞。"像这样的情调,在好些女子写的弹词,像《天雨花》《笔生花》里,也都沉痛地表现着。

为什么屈原的作品会在后代发生了那么大、那么深入、那么普遍的影响呢?

首先,屈原的悲剧的生活,悲剧的死,和他忠直不屈与贪污腐朽的执政者反抗到底的精神,感动了后代一切有正义感、有良心的作家。在封建社会里,在专制的封建王朝里一个有正义感、有良心的作家是最容易遭受到和屈原同样的命运的。他们不由得不同情屈原,乃至模拟屈原,而发出同样的哀弦促节的歌声来。屈原成了后代封建社会里一切不得志、被压抑,甚至在大变动时代里受到牺牲、遭到苦难的人的崇敬和追慕的目标。

其次,屈原的惊人的精湛清丽的作品,在艺术上有伟大的不朽的成就。谁读了《离骚》《九章》等诗篇,便都会为其绝代辞华惊人秀句所捉住。班固道:"宏博丽雅,为辞赋宗。后世莫不斟酌其英华,则象其从容。"他的遣词造句的"美",是不朽的,是具有永久的人民性。因此很自然地,它们便成为后来作家们的追求、模仿的对象。不是楚地的人,便也都拟楚语,作楚声,纪楚地,名楚物。固然后代的模拟的作品,有不少是"貌合神离"的,但实在有许多是真实的伟大的著作,不仅"貌合",而且也是屈原的真实的承继者。它们成为后代作家们吸取不尽的泉源。

再次:屈原的作品是出自民间的。他是采用了楚地人民的歌曲的格调,而加以洗练提高的。而楚地的歌,在秦汉之际最为流行。刘邦把项羽围困在垓下时,刘邦的兵在四面唱着楚歌。刘邦最喜欢楚歌,而且他自己也会写。"大风起兮云飞扬",是脱口而出的歌声。刘彻的《瓠子之歌》和《秋风辞》乃是两篇很好的诗。在这个基础上,屈原的作品在汉代初期便大为流行,而成为许多文人,像贾谊、枚乘、司马相如辈追模的对象了。由于他们的模拟和仿作,屈原的影响便一天天地更加扩大,更加深入。

屈原的传统是一个好的传统。在长期的封建社会里,这个优良的传统整整地保持了两千多年的深入而普遍的影响,对于历代的文人们不断地给以启发,给以激动,给以力量,给以崇高的规范。在这个优良的传统的影响之下,我们产生了不少好的作品。这是我们在读着中国文学史的时候,会时时有所发现的。

到群众中去落户

丁 玲

　　文学创作是一种很复杂的劳动,能写出好作品,一定要具备很多条件,从好多方面去努力。我不能在这里把各种问题都谈得很仔细,我只想讲一个问题,也是我认为在目前的创作情况中还是最主要的问题。

　　关于"生活",我们平常谈得很多。但我感到现在似乎有些人在过分强调对生活的分析和研究,并且把分析、研究和生活机械地分开。这种看法影响了一些青年的作者。最近我听到好几个同志同我说,说他们的问题主要是对生活认识和分析的能力问题,并非生活不够的问题。他们还说:别人到生活中只去了三五个月,就写出了一部好作品,他们去了一两年,还是得不到东西,他们看主要还是自己认识生活和分析生活的能力太低。

　　老实说,我不同意这种看法。对生活当然必须有分析和研究,可是以为我们生活已经够了,而问题只在于马列主义、政策思想的问题,我觉得不是这样。我甚至以为这种看法现在在传染着很多人。这样的结果,就会使得许多人对于深入生活这一最主要的原则发生动摇。

　　关于这一点,我可以举最近讨论得很热烈的《三千里江山》作例子来说明。《三千里江山》一发表,很受读者欢迎。为什么呢？因为它写了我们所最关心的人们的生活。杨朔同志有意识地要向人民歌颂这些抗美援朝中的奋不顾身的具有英雄品质的人,这些人的行为对读者起着鼓舞的作用,因此它受到欢迎是应该的。杨朔同志在朝鲜一年多看到、听到的动人的故事是太多了,这些人感动了他,他要求表现他们。杨朔对于书中的生活,还是有些了解的。这是它成功的原因。但为什么又为许多读者(开始较少,慢慢地多了起来)感到不满足呢？那是因为看完了回头一去想,就觉得还是不够味,总觉得只是些生活表面现象,而这些又是与人物思想、事件发展关系不多的一些无足轻重的琐碎事件。于是我们就会一连串地发出很多问题,正如文协创作座谈会上所提出的许多问题一样。于是许多人就说《三千里江山》从题材上来看是好的,但它的主要缺点是结构问题。我是不同意这种看法的。杨朔同志还是有写作经验的,从他过去的作品来看,杨朔同志对事件的发展过程,一般地说,还是有组织才能的。我以为《三千里江山》的缺点,还是由于生活不够。生活少,一定就理解不够,能就手的材料、能运用自如的材料就少,写起来就只好跟着自己的想法走,写起来就不敢去触到较深的问题,当然这里也还包括生活态度的问题，如果生活方式是正确的话，在比较短的时间里也可以接触到较深的问题，如果只是看生活，听生活，记录生活，他所理解的东西，总是表面的。所谓结构，总得有东西才能结构，《三千里江山》里面所表现的生活，并不是臃肿，而是使人感到很多是表面的东西。

我并不打算批评《三千里江山》，只是因为要说明我不同意很多同志的对《三千里江山》的看法，和我认为今天创作的问题主要还是生活这一点联系起来，顺便作为一个例子来谈的。

为了再说明我的看法，另外有几个人同我说到的一些话，很好的意见，我觉得也不妨公开了出来。他们同我说：托尔斯泰、契诃夫、曹雪芹之所以写得那样好的原因，固然由于他们有伟大的天才，有学问，有修养，但他们有一个方便，他们是写他们生活周围的人，他们所写的人，都是有模特儿的，他们的模特儿不是堂兄，就是堂弟，不是表姐，就是姨妹，自幼就和他们生活在一起，他们把这些人都摸透了，自然写来顺手，写得那样亲切。我们现在写的是什么人呢？写的是工农兵，写的是英雄，这些人在生活中是离我们很远的人。我们要"下去"才能看到，才能听到；临时要写了，临时才去找典型，我们同他们一起时也可以把面孔搞熟，却不太熟。而我们身边的人，大部分尽是小资产阶级出身的知识分子、机关干部，也许这些人是可以写的，不过，我们现在还不想写他们，也觉得没有写头，也不怎么爱他们。我们是没有亲戚的，一般同志关系的同志、朋友也少，老亲戚、老朋友也是旧人物，也不是我们书中的主人公。我们在这样一种环境里，却要写作，要写新人物，要创造英雄典型，的确是很难的。

这些话我很懂得。这就是说，我们今天的作家，不敢说大多数，就说少数吧，是这样的一种情形：世界虽然广阔，可是我们活动的范围却非常狭窄；生活虽然是蓬蓬勃勃，丰富而绚烂，可是我们日常的生活却非常贫乏。我们既然生活不多，就主观地在屋子里谈天说地，纸上谈兵，以弥补我们的空虚。譬如这样的人吧，我想是有的，谈典型的时候，脑子里是连一个人物也没有的，至少人物不多，影子很模糊；我们谈主要矛盾，谈事物本质，而我们是连很少的群众斗争生活都不知道的。这好有一比，就像瞎子摸象，这个说像是一个柱子，那个说像是一堵墙，都自以为摸着了，摸对了，看准了，大家扬扬得意，可是旁边的人是明白的。这也好比一个大闺女，她连对象也还没有找到，却自以为很会生孩子，老说着怀孩子是什么味道，应该怎样生，怎样养，而且就凭空要生孩子了。在很狭隘的环境里，过着单薄的、没有光彩的生活，而要创造人物，创造典型，这是不可能的事。我以为这不只是我这几个朋友所感到的痛苦，而是很多的作家（很少的也行，把我自己包括在内）所感到的，这是今天的实际情况。因此，我觉得这是一个非常重要的问题，所以我今天只谈这一个问题。

对于我们来说,生活是最重要的。这句话我们听得很多了,但为什么问题还是严重地存在着呢?这是一个思想问题。一下也不见得就能弄清楚,也许还有人也并不想弄清楚。不过我们总得慢慢说通它。在这里我不妨再举一个例子来说明,就是徐光耀的《平原烈火》。这是一本很好的书,当徐光耀写《平原烈火》时,他的文学的水平是不如现在的,但他在冀中平原上跟着打游击十多年,那些生活惊心动魄,那些人生龙活虎,都时时激动他,在他的脑子里挤来挤去,都要他写,他就凭着他的感受去写了。他只觉得要写的太多,他对人物和事件是不犯愁的,他努力的只是一点,如何克制着自己的感情,割爱一些,多剪去一些,使其精练。徐光耀能写出《平原烈火》,主要他是从生活中来的(这里当然不否认他的文学的才能)。但徐光耀这几年来文学修养、理论水平都提高了,他也到朝鲜去了一年,也写了几个短篇,却都不及《平原烈火》,原因就是他对新的生活还不如他对抗日战争那段生活熟悉。所以我叫他不要着急写,他应该再回到生活中去,这几年的学习会帮助他在生活中有所收获,但仅仅只有学习,不下去,是不能创作的。

　　这也许还是不足以说明问题,那么我再从几个我们都很熟悉的概念来谈谈。

　　第一,我们可以谈谈常常说到的"体验生活"。"体验生活"这个名词不知道是什么人创造出来的,开始创造这个名词的时候,它的含义也许同现在所讲的不同吧。但它现在不但已成为一个很时髦的名词,而且也成为一种生活方式了。我们常常遇见一些人,问他到哪里去,他随即就会答道:到工厂体验生活去,到部队体验生活去。或者问他从哪里来,他也回答体验了生活回来。我们的确经常碰到一些体验去、体验来,体验了一次又一次的人。但是,当我们问他到底体验了一些什么回来的时候,他就答不出所以然来了。他会罗列地叙述一些生产中、工作中的琐碎事迹,或者就感叹地笼统地称赞一阵子劳动人民的伟大。这些也只是平日在报纸上就可以常见的。这些还没有去生活,就抱住"体验"观念的人,他们的生活方式是:站在生活边缘上,看着,在生活的表面上晃荡着,听着一些极为概括了的、简单化了的、不知重复了多少次的报告、发言和谈话,他就更为简单地记录了下来,这些小本本就是所谓材料,就是满载而归的财富。自然,这种"体验生活"比坐在北京的房子里好,要好得多,可是,作为一个作家,这种方式要不得。什么是体验呢?我的理解是:一个人生活过来了,他参加了群众的生活,忘我地和他们一块前进,和他们一块与旧的势力、和阻拦着新势力的发展的一切旧制度、旧思想、旧人做了斗争。他不是一个旁观者。他在生活中不是一个游手好闲的人,不是一个说轻松话的人,不是要把群众生活用来装饰自己的人,不是一个吹嘘的人。他踏踏实实地工作着、战斗着、思想着。他在生活中碰过钉子,为难过,痛苦过,他也要和自己战斗,他流过泪,他也欢笑,也感到幸福。他深刻地经历了各种感情,他为了继续战斗,就必得随时总结,而且继续在自己的思想有了提高的情况下再生活,当他这一段生活告一个段落的时候,而他又是一个文学工作者的时候,他就必须来反刍一下,消化一下这段生活。在消化这一段生活时,他就感到涌起了更新鲜的感觉,更深刻的认识,他就感到的确体验出一点什么东西来了。所以说,体验生活应该是先去生活,参加战斗,然后才有可以体验的,才谈得上体验;不是用体验两个字去生活的,也不是跑跑逛逛,走马看花可以体验到什么的。

第二,"下去生活"也是一句常用的话。为什么要下去呢？那就是因为我们的日常生活是在上边,是脱离群众的,而我们又要写下边的这些人,因此要下去。于是,写作之前就先下去生活几个月。这里说明一个问题,就是我们还是要牢牢地、长期地坐在上边,而真正到群众生活里去,只是短期的、暂时的,有所需才去取的。而且有时是去工厂,有时是去农村,好像样样都知道一点。过着这样的生活方式,而又不想有所改变,那么研究研究他基本的想法还是：人应该长期地、安逸地在没有生活的地方藏着,像鸽子一样和平地过着,而只在需要写作时,才去赚点生活本钱,把一些只能看到的表面的生活,拿来作为资本,作为创作原料。我想曹雪芹、施耐庵、托尔斯泰、高尔基都不是这样的,他们是把所有的时间,所有的生命力都贡献在生活里,他们是写他生活里、毕生的生活中所最感到有意义的人和事,这些人和事都被借用来表现自己几十年的感情和生活的总结,他们是从生活中证明了,也发现了一些真理,要为这些真理去宣传,为了宣传得好,才采取了文学形式,不是为成家才写作,也不是要写作才去找主题,有了主题才去找材料的。这都恰恰与我们相反,我们走的是同这些伟大作家相反的路。现在我们是又要写伟大作品,写英雄人物,创造典型,我们却又舍不得长期地与我们要写的人生活在一起。我们明明知道我们要写的人对我们是生疏的,却又不愿熟悉他们。我们明明不愿写我们周围的小资产阶级知识分子出身的生活比较单调的人,而我们却安于这种环境,安于互相空谈。我说,如果真的要创作,想写出几个人物或一本书出来,就必须要长期在一定的地方生活,要落户,把户口落在群众当中,在那里面要有一种安身立命的想法,不是五日京兆,而是要长期打算,要在那里建立自己的天地,要在那里找到堂兄、堂弟、表姐、姨妹、亲戚朋友、知心知己的人,同甘苦,共患难,我们要成为他们的支持者,最可亲信的人。他们愿意向我们坦白他们最先想到的东西。当他们最快乐的时候,会想到我们;当他们最为难的时候,也首先想到我们。我们在那里是一个负责任的人、严肃的人、热情的人、理解人的人,而且最重要的是没有私心的人。我们慷慨地、勇敢地把力量拿出来,我们也将会得到最多的、丰富的、各种各样的情感。到那个时候,我们就不贫乏了,我们就富有了一切生活中多彩多样的人的心灵的、生动的生命的跃动,我们就会觉得写不胜写,而且写得是那样顺手,写得是那样亲切了。

我们不要太容易自满,我看见有些人刚刚同工人见了几次面,或者通了一两封信,就常常夸耀,说自己如何了解工人,说交了工人朋友,这自然是好的,可是还只能说是开始。我们投身到群众生活中去,第一要老实,要踏踏实实。

第三,关于"我有生活"。我们常常听到一些农村中或部队中的青年同志说:"我有生活,就是不会写。"他们的确在农村中、在部队中住过一阵子,他们也的确懂得一些、熟悉一些农村中和部队中的生活情况和事迹,他们也比较容易接近群众。我们要接近人,首先要熟悉他的一些生活,才能谈话,才谈得起来。如果你什么都不知道,你是提不出问题,开不开口的;就是你提了些问题,一听就知道你是外行,也引不起别人谈话的兴趣,谈话不能投机,就根本不想多说了。会接近群众,这确是我们很多青年同志的长处。我刚到华北来的时候,晋察冀的文艺工作者给了我一个很好的印象,我觉得他们比延安的文艺工作者要更会接近群众些,比我就强些。这一点本领也是要花许多时间才学得来的。譬如巴金同志的《黄文元同志》这篇文章最近也有许多人说好,我也觉得巴金的散文是好的,而且他写出了他对于我们志愿军的热情,从巴金来看,能够在朝鲜生活那样久,努力歌颂我们的志愿军英雄,实在可以鼓励很多人。不过从《黄文元同志》这篇文章里看巴金同战士的生活,还是很有趣的。我觉得可能巴金的办法还不多,他还不很会和黄文元谈话呢。我们知道黄文元对巴金很好,但每次只见巴金感动得说不出话来,或者巴金正要和他说话时,他就走了。巴金现在还在朝鲜,他再住一个时期,他就更可能写出比较有生活的作品来。这只是一段插话,无非想证明一点,要熟悉一些生活,要会接近人也不是容易的。可是我们这些年轻同志,虽说很会接近群众,但生活方式还是比较简单和极不深入的,他们只了解农村的极小的一个角落,一个村子里的几个村干部,一些工作和运动的进行概况,对这些工作和运动也没有及时总结,只是得到一些自然状态的或刻板式的经验。有些村干部也许正从这里向我们学习一些八股,一些公式化,有些人却又原样照搬过来。应该说,由于我们经验不多,人生的经历极少,政治理论水平也不高,我们不能很好地加以分析,加以总结。我们提不高,于是我们在生活中只看见一般的现象,顶多只看见别人都看得见的东西,甚至因为我们的思想水平低,还会把一些比较低级的东西,当成美好的去歌颂。我以为这些同志并不十分理解全面的、丰富的、变化着的生活,而只具有一些生活知识,这样是不能说有生活的。虽说也常和各种人在一起,却是环境狭窄、经验狭窄。在这种情况下如果以为自己有了生活,只是写的技术问题,其实是一个错觉。

怎样才能提高自己的分析能力呢?这也只有在生活中才能提高,把理论与实际结合起来才能提高。我们要在生活中经历各种事情,要在生活中当家做主,因此就不得不研究政策,总结经验,决定办法。分析生活,批判生活实际与生活是同时进行的。当然也可以回到屋子中再总结,不过总没有不去生活而总结的。当然,有许多负责同志当他总结时,也不一定是生活过来的,但,他会生活过,而且他也不断地设法下去接触一些实际,更重要的是他本来只在思想上求得结论,而并不需要再用形象,再用生活本身去表现。

情形既然这样,就不可以再继续,就要自己主动地、积极地跳出这狭小的圈子。环境是可以改造的,是可以自由选择的;生活方式,去生活的办法是可以自己决定的,是可以为自己打开生活局面的;主要的问题是在自己是否有决心和积极性。而且应该争取主动地去做,所谓争取主动,并不是不守纪律、自由散漫,而是说明我们有决心,有计划,有步骤。并且这里包含了一种坚持的毅力,与惰性斗争。我们也知道打仗是要主动的,被动一定要挨打,那么我们去从事一个艰巨的创作事业,怎么能够被动,或懒于动弹呢?我想强调一下主动,强调一种积极性,对我们生活散漫的人会有好处的。

我们曾经有过这样的经验,当我们一下去之后,就觉得天地一新,就觉得有那么多形形色色的、可爱的、吸引我们的人,就使我们有继续跟着生活追踪下去的欲望,就使我们乐而忘返,就使我们想动手动脚、要发言。我们对生活是有热情的,那么为什么不任我们的感情奔放下去呢?为什么不让我们把现实抓得更紧呢?我们不要做一个随风飘荡的小船,在这个码头上停一天,在那个港口上待一夜;我们要在那里发现新大陆,要开辟、要建设、要在那里把根子扎下去。每一个人要为自己创造一个环境,一个比较长期的生活圈子,这个生活圈子是和我们要写的生活相一致的。现在我们没有,因此就更需要我们自己来创造。也就是说,我们要钻到我们所写的生活里去,钻得深些,沉得长久些,同时还要跟着那个圈子逐步扩大。譬如我们写合作社,深入一个合作社,同时还得多了解些合作社,还得和各种各样与合作社有关的人联系,凡我们的生活里所积累的都能联系起来,我们脑子里所装的东西都是有用之物,很少废料,那就好了。而且一个作家也不可能只写一种人,一篇作品里,也不止一种人,所以又要有圈子,又要不把圈子弄得很小。生活越多,了解人越深,看东西越敏锐,这里面是极有乐趣的,而且会提高自己,并且保险是没有妨碍的。这几天也有人向我说工作太多了,忙得连创作的情绪也没有了。我想是不会的。生活,并不等于事务,并不要你事务主义。生活本身就是创作,而且作家是在任何时候也在进行创作的。一个普通人在生活和工作中,常常有所感,有种诗意,也想写点什么,有创作的冲动。我们常常碰到这些人,他们向我们倾诉,常常惋惜他们不熟悉文学形式,无法把他们所感受的写出来。他们也向我们求教,想知道一些表现的办法。可见生活并不会消灭人的诗情诗意,生活只有给人以灵感,给人以创作的欲望和材料。生活既然是创作的源泉,怎么会妨碍创作呢?

不过工作过多、工作时间较长，使人无法进行比较细致的创作的组织工作，没有时间写，那是有妨碍的。这就不是生活妨碍创作情绪的问题了，那只是想出一个具体办法，如何使得你有时间来写的问题了。

现在我们有着极好的条件和宽广的道路，你走到哪里，你都会被欢迎，没有一个地方是例外的。各地的负责同志都懂得文艺工作的重要性，他们都乐于帮助你，尽可能地帮助你理解生活，理解政策，给你最好的条件，所有的群众也都是希望你能写出他们来，为他们写出好书，他们以最迫切的心情等着你，期待着你，他们愿意告诉你一切，就希望你留下来，不愿你走开。我们写得不好，他们也原谅，我们写得有一点点可取，他们就会给你无限的报酬和鼓励。在历史上文学家曾经有过这样的幸福吗？被看成这样重要过吗？人民是这样可爱，周围是这样可爱，时代是这样伟大，我们如果不写出一本好书，如果毫无贡献，还只是上来下去的，我们是如何愧对人民、愧对国家、愧对领袖、愧对党啊！

在这样英雄的时代里，我们也应该具备着理想，也就是具备着英雄的心，我们应该有一个奋斗的目标，写出一本好书，不是马马虎虎的书，而是要具有高度的思想性、艺术性的；不是只被自己欣赏，或几个朋友赞美，而是要为千千万万的读者爱不释手，反复推敲，永远印在人心上，为人所乐于引用的书；不只是风行一时，而且还要能留之后代的。它是既能教育今天的人民，也能启示后代的书。我们要从《红楼梦》《水浒传》《儒林外史》中学习，并且还要向着这些伟大名著的水平前进，向着鲁迅的水平前进。让我们把我们所有的写作都当习作，从今天开始起，为着将来的、最好的一本书，而积蓄力量做好准备吧！不管我们结果如何，但一个理想是应该有的，如果是有这样理想的，我就还重复一句，改造自己的环境，让自己在广阔的世界里去行进，为自己创造新的生活。我们离开了旧有的狭小的生活环境，我们是失去不了什么的，一切理论、政策、技巧、创作方法、文学作品，凡可以提高我们的东西，都是公开的，它们在什么地方都可以得到，只要我们决心去获得它们，它们是既不秘密地藏在什么地方，也不在某一个人的口袋里，也不拒绝我们去获得它的。所以我向大家，特别是年轻的作家们，我的亲爱的弟弟妹妹们发出这样的号召。

我并不反对我们现有的创作组这一类组织。但我认为一个创作者时刻也离不开领导是不对的。作家并不像孩子那样离不开保姆，而要独立生长。因为创作无论怎样领导，作品是通过个人来创作的。集体主义并不意味着永远要集体创作。创作组有很重要的作用，它究竟应该采取什么工作方式我不能在这里多谈。但绝不应该是紧紧抓住几个人。要采取多种多样的社会方式，而不是采取家长制度。作家并不是某一个人可以培养出来的，作家要在群众中生长。

我自己看我自己,作为一个作家来说,要达到我的理想,我也有许多缺陷,我特别感到我还必须作很大的努力,但我愿意和你们在一起,努力改变我的环境,找我的道路去。我更悄悄地告诉你们:我还有一点雄心,我还想写出一本好书,请你们也给我以鞭策。

1954年

评路翎的三篇小说

侯金镜

《洼地上的"战役"》(《人民文学》一九五四年三月号)

《战士的心》(《人民文学》一九五三年十二月号)

《你的永远忠实的同志》(《解放军文艺》一九五四年二月号)

路翎曾经到朝鲜战场,在中国人民志愿军中生活了一个时候,参加和体验了伟大的抗美援朝的斗争。以后,他就陆续地写出了一些作品,其中有一些是写得比较好的,像在一九五三年所写的几篇散文和小说《初雪》,这几篇作品是有积极意义的,因之也是应当受到欢迎的。但是同时也发表了一些作品,像《洼地上的"战役"》《战士的心》和《你的永远忠实的同志》却有着严重的缺点和错误,对部队的政治生活作了歪曲的描写。我自己,作为一个读者和人民军队的政治工作人员,有责任指出在以上作品中间的错误和缺点。尤其是这几篇作品在部队中间已经发生了不好的有害的影响,那么就更有必要把我的感想和意见提供给作者和文艺界的同志们来共同研究,以廓清那些影响。

路翎在《洼地上的"战役"》里安排了朝鲜姑娘金圣姬和志愿军兵士王应洪的恋爱故事,从中展开了纪律和爱情的冲突,并且想从这冲突的发展和解决当中描写兵士王应洪和他的班长王顺的精神状态,从而表现他们的国际主义和爱国主义精神。

我想,恐怕许多读者都知道,这种爱情是为部队的政治纪律所不容许,是不利于战斗,因之也是和国际主义的精神实质相背驰的。想通过这样与纪律相抵触的事件来描写中朝人民用鲜血结成的友谊是不可想象的事情。但是作者热衷于这个特殊的事件,一定要让作品的主人公们的国际主义精神和战斗热情,在爱情中燃烧起来。

不过作者也知道,部队的纪律是玩忽不得的,于是对爱情故事的展开就下了苦心来经营,把爱情的主动安放在金圣姬那一方面,细腻地描写这个姑娘简单而又赤诚纯朴的心地,和火热的一往情深的不可遏止的感情,使读者对金圣姬的爱情不能不同情,不感叹。对爱情的另一方面又是怎样写的呢?兵士王应洪在理智上似乎一直没有接受金圣姬的爱情,他曾经退还了她第一次爱情的赠物,可是当他发现了第二次赠物——绣花手帕的时候,"他顿时心里起了惊慌甜蜜的感情"(第一〇页),在一种匆忙而又偶然的情况下把手帕收留了。这种"惊慌甜蜜的感情"又把爱情的线索联结起来,爱情没有中断,又向前发展了。

爱情还影响了第三者——班长王顺,他和王应洪进行了谈话,提醒王应洪不要犯纪律,但是"他心里也还是一种模模糊糊的他也说不出来的感情",金圣姬的爱情又使他想起自己的家庭,"使他感到模模糊糊的苦恼"(第六页),后来侦察班出发的时候,金圣姬哭起来,王顺"回头望着她,叹了口气",想道:"这姑娘呀,我也不是没有妻子儿女的人,这叫我怎么才能跟你解释呢?"(第九页、一〇页)连队的指导员,在爱情迹象已经很明显的时候,到金圣姬家里帮助碾麦子,他不但不向她讲明部队的纪律,负责地、积极地讲清道理,使她放弃这爱情,以免以后发生更大的痛苦,反而"也因了这姑娘的忧愁而有些不安"(第九页)。

就这样,作者把由于爱情所引起的几个人的纤弱的感情写得千丝万缕,百无聊赖。于是爱情和纪律的冲突在这几个人的心灵深处就暗暗地,却又是有力地展开了。

现在,再让我们跟作者一道来看这矛盾是怎样解决的吧。

王应洪在胸前口袋里揣着绣花手帕——这爱情的象征,和他们的班一道出发到敌后侦察去了。抓了俘虏,打胜了一个洼地上的"战役",后来他和班长王顺一道掩护战友们撤退,被截留在敌后。天亮了,他俩躺在一条长满野草小花的小沟里隐蔽起来。在这四面无援的十分紧急的情况下,矛盾的一个方面,爱情的力量上升了,在他俩的心里发生了巨大的影响。

他俩躺在湿泥里,班长王顺的"眼前出现了那姑娘的闪耀着灿烂幸福的面貌"(第一七页),而且,"说来奇怪,他所担心,所反对的那个姑娘的天真的爱情,此刻竟照亮了他的心"(第一八页),王应洪在假寐中看到金圣姬在天安门前舞蹈,舞蹈完了,"金圣姬扑到母亲跟前,贴着母亲的脸,说:'妈妈,我是你的女儿呀!'……于是他坚强而快乐……"(第一九页)还有"说来奇怪"的是,王应洪把绣花手帕的事情向班长汇报了,班长王顺说:"回去我汇报给连部,我想连部会同意你收下的,……在这件事情上,没有哪个同志会批评你不对的。"(第一八页)班长王顺又折下小沟边的金达莱花插在王应洪的衣袋上,"并且开玩笑地说,'替咱们那姑娘带朵花去,气死敌人吧'。"(第二〇页)在王应洪提出要牺牲自己掩护班长,让班长一个人爬回自己的阵地的时候,班长王顺"忽然微笑着非常柔和地说:'你还想着金圣姬那姑娘不?'"虽然接着也写到王应洪要表示没有爱上那姑娘,但是班长王顺把金圣姬"巧妙地拖到他的论据里面来,他迫切地希望打动这青年战士的心,使他放弃那些苦痛的思想"。(第一七页)

故事发展到这里,个人温情主义已经战胜了集体主义,和纪律相抵触的这种爱情已经冲破了纪律的约束,"照亮了"他俩的心,并且帮助他俩生长了不可战胜的力量。

故事发展到这里,已经把作品中的人物和读者引导到这样的逻辑中去:似乎纪律不能成为大家自觉遵守的、成为战斗生活的一个部分,成为人民军队的集体主义的最高表现,成为保证战斗胜利的一个决定因素。相反地,纪律却成为强加到战斗生活中的一种冰冷无情的东西。如果发展着与纪律观念相抵触的自由主义思想和温情,不但不会影响战斗,反而可以使兵士们的国际主义爱国主义思想燃烧起来。班长王顺机械地要求部属执行纪律,但是在困难的时候他就用爱情的力量向部属和自己做政治工作,用爱情来鼓舞战斗。

王应洪牺牲了,而同时"鼓舞"他们前进的爱情也破灭了,故事结束时的感情就不能不是阴暗的。这也正是为什么有些读者对这悲剧式的结果久久不能释然于心的缘故。这篇作品实际上在某些读者的心灵深处也形成了一个"战役",在那里攻击了工人阶级的集体主义,支援了个人温情主义,并且使后者抬起头来。

路翎在这几篇作品里努力追求着的,是一种什么样的动力使中国人民志愿军产生了超人的力量,在三八线上站住了脚,并且打败了美国帝国主义呢?

《洼地上的"战役"》是接触到这个主题的。但是,作者无论怎样描写王应洪的勇敢和自我牺牲,描写王应洪牺牲以后金圣姬的坚毅和自持,但是由于作者立脚在个人温情主义上,用大力来渲染个人和集体——爱情和纪律的矛盾,前者并且战胜后者的结果,无论如何也无法弥补金圣姬心灵上的创伤,无法改变在战争中丧失了个人幸福,而造成的个人悲剧。这种把人民军队所进行的正义的战争和组成人民军队的每一个成员的理想和幸福对立起来的描写,是歪曲了士兵们的真实的精神和神圣的责任感,也是不能鼓舞人们勇敢前进,不能激发人们对战争胜利的坚强信心,不能照亮王应洪和他的战友,以及青年读者们的前进道路的。

《战士的心》也是企图表现这个主题的。它从头到尾描写一个战斗的进程,这个进程又是用发起攻击、冲锋肉搏、追击、爆破等十分紧张激烈间不容发的场面来构成的。路翎通过这些场面去发掘兵士们的精神状态和他们的思想本质。

作者对人物的描写方法是:差不多每一个人物在完成一个艰巨的任务或是在紧张的情况下面,都做一次有关个人幸福和个人痛苦的回忆,然后这个回忆就产生了战斗的力量。

敌人的密集火力阻拦了我们一个班的前进道路,兵士廖卫江跃上交通沟向前冲击。这时候他的脑子里闪过了"……姐姐在地里拔草,黎明时候的田地,邻家的姑娘的调皮的大笑,以及姐姐的家屋门前……清澈的小河……"于是他的紧张的头脑里忽然闪过了一个鲜明激动的思想:"将来他要回到家乡,要再去摸鱼……",而且"这思想恰恰是在远远地看见了大地堡的火力点,强烈地意识到战斗的紧张的时候出现的"(第一一页)。

兵士张福林在冲锋的时候,他想到"如果他牺牲了,他的年轻的妻子当然要痛苦起来,……谁来帮助她收割呢?……在间不容发的瞬间里……生活里的最好的东西就来到了自己的心里……心中,闪耀着他的健壮、快乐的妻子的亲爱的脸……"(第一三页)

兵士吕得玉只有一个九岁的女儿,所以他和敌人肉搏的时候,脑子里才出现一个被敌人炸死的朝鲜女孩面影,这个面影又"和他过去的回忆交织在一起"。(第一五页)班长吴孟才似乎是没有家的,那么,什么力量支持着他呢?廖卫江牺牲了以后,他忽然发现他臆测的廖的唯一的亲人——守寡的姐姐的面貌,正是他二十几年所想象的母亲的面貌,于是"他心里非常安静了",并且对自己说:"母亲啊,保卫你!"(第一八页)作者从吴孟才死去多年的母亲的联想上,非常牵强地给吴孟才的心灵找到了通向国际主义和爱国主义的桥梁。

兵士张福林在向敌人攻击的时候想到牺牲后妻子怎么办,谁帮助她收割。作者对个人幸福憧憬的描写已经发展成为动摇了。作者大概不知道在战斗中产生了这种想法,是要发生犯罪行为的。新入伍的兵士们由于缺乏战斗经验,在战前战后可能产生恐惧心理,但是在千钧一发的把全副心灵和意志力量都投入战斗当中的时候,这样具体地想到死、老婆怎么办,他是会举不起自己的武器而临阵脱逃的。作者是怎样解决这个可怕的想法并把他引导到集体的战斗行动中去呢?兵士张福林又继续想道:"一定会有人来帮助她收割的,是的,这一切原来是很简单的。"(第一三页)作者也无能为力了,"一定会"和"很简单"根本不可能给张福林增加什么力量,作者的描写已经成为无可奈何的解嘲了。

等到路翎对人物的精神状态作更深的发掘的时候,就又回到他创作的老路上,个人幸福的追求形成了个人狂热和个人对生活的冲击:他写廖卫江:"儿童时代的生活,他留下了凄惨的、长期饥饿的记忆",但是"出现在他心里的却完全不是这个","他意识到自己的青春和流注在他的胸膛和四肢里的热烈的生命","一阵欢喜的战栗,使他非常单纯地面对着迫近着他的危险和死亡。"(第一一页)作者自己又堕入主观主义、神秘主义的泥沼中去了。

从以上的举例,我们可以看出来,在作者的笔下,志愿军兵士们的精神生活的境界是怎样狭窄,这种心境和他们的高贵的品质、高度的阶级觉悟与大无畏的自我牺牲的行为是怎样的不相称。

许多战斗英雄不止一次地向我们阐述过:由于祖国现实生活日新月异的面貌、伟大的社会主义建设,人民的理想一天天变为现实,把每一个人、每一个家庭的命运和国家的建设紧密地联结起来,同时也把中朝人民不可分割的战斗友谊紧密地联结起来,正是这一些才给了人民军队的军官和兵士们以最大的鼓舞,才成为人民军队战斗力量取之不尽,用之不竭的源泉。……这种阐述不是抽象的公式,而是一切斗争、一切工作的宏大的背景和动力,它对每一个斗争、每一件工作都有决定的影响。也许这种影响有时不是直接的,而是曲折地通过各种斗争的特殊的形式表现出来的,但是如果在生活中间感受不到这种影响,或是在作品中不能深刻地表现出这种影响,那么他就不能正确地反映今天的现实生活。路翎的作品中就恰恰把这一影响放在无关重要的位置上,而孤立地、突出地描写个人的幸福或痛苦的体验,似乎只有这种个人的内心体验才是推动人们前进的决定的力量。

孤立地描写个人内心的世界,是不可能表现出志愿军的伟大理想和坚强的信念的。沉湎在个人意识里面,是产生不出集体主义和爱国主义思想来的。个人意识绝不能成为集体主义和爱国主义的出发点,否则,小生产者就用不着经过经济上和思想上的改造,只要他们固执着个人幸福,那么就可以自发地走向社会主义,就可以生长共产主义的品德了。加里宁在论"共产主义教育"中曾说过:

> 共产党员之慷慨赴义,并向敌人喊出"我虽死,但我们的事业永远活着"这种充满深刻信心的语句,绝不是偶然的。在这片刻间,他本人的身心已与团体完全融成一片。在他看来,团体的利益高于一切,为了团体的利益不惜一死。正是这样的自觉意识,使苏维埃人成为大无畏的战士。(青年出版社版,第二三五页)

我们的爱国主义思想基础是在个人幸福与整体利益的一致上,而且是在不断克服各种个人意识的斗争中产生的。热爱一条小河、小河里的鱼、健壮的妻子,不一定就是爱国主义,只有把这一些和"团体的利益"发生紧密的、不可分割的联系,它们才发出爱国主义的光辉,才能给人以勇敢战斗、自我牺牲的力量。但是路翎的作品不是这样,他抽去了集体主义和阶级觉悟的巨大的力量,而代以渺小的甚至庸俗的个人幸福的憧憬,并且把它当作人民军队战斗力量的源泉,可以说路翎的这几篇作品是宣传了个人主义的有害的作品。如果读者们遇到困难的决定关头果真像路翎的小说所描写的那样尽想着个人的一切,那么,我可以断定,所产生的绝不是战胜困难的坚强意志,而会是一种相反的力量,这就是犹豫、动摇、萎靡不振和退缩不前。

《你的永远忠实的同志》对兵士之间政治生活的描写,也有着很大的歪曲。化学迫击炮连班长朱德福是个参军十年负过七次伤的老战士,因为不愿做炮兵,不安心。班里面的同志大部分也是新手,思想都不稳定。只有张长仁是一心一意的老炮手,但是他对新调来的赵喜山不满意,因为赵喜山浮躁,常常指指画画。而班长朱德福因为过去和赵喜山一起工作过,赵又年轻,所以一开始对赵喜山有些偏爱、姑息。这样,就在他们几个人之间发生了不团结现象,展开了思想斗争。

一次执行战斗任务的时候,班长朱德福因为兵士张长仁没有回答他的质问,就吼叫起来,接着他自己觉得不该这样吼叫,又激动地跑到连部去要求调动工作,但是看到连部在开会,也觉得自己太莽撞,于是坐在坑道口上发起痴来。以上是发生了困难的时候的表现。在顺利的时候,炮打得很准确,他又飞跑着、在泥泞里滑着、喊叫着,向班里的同志们"分散他的香烟,对这个人那个人都甩一根,急急忙忙的,有的就落在泥里了"(第二一、二二页)。

而他又怎样对待同志们的缺点,怎样领导他们呢?"他决心去找张长仁谈一谈",并且提出大家都是党员,应该帮助年轻的赵喜山。谈话的结果不好,于是"这以后的几天,朱德福就不再和张长仁谈什么,他的神色很冷淡"(第一七页)。在检讨会上,张长仁批评了他,但是他"神色非常痛苦地站在一边,一句话也没说"(第一八页)。"会后张长仁和赵喜山争吵起来的时候,他心里又升起一股压制不住的怒气,全身颤抖着吼叫着申斥赵喜山,使赵喜山觉得事情是这样意外和不可理解。"他为什么要吼叫呢,作者解释道:"他要对革命、对战争负责。"(第一九页)在这个时候张长仁却发现了班长在困难中显出了他的正直无私的心肠,"心里突然出现了抑制不住的欢乐的感情"。年轻的赵喜山睡着了,"大声地呼噜着,显然那一场风暴完全过去了"(第二〇页)。……于是,大家团结了,愉快地战斗着。

纠纷在个别谈话中、在会议上,都不能解决。大家在工作中彼此都不能互相了解,也不愿互相了解。可是却在冲动、吵嘴、大声呵斥的情况下解决了,在任性、神经质的叫喊、任凭自己感情泛滥的情况下互相了解了。

不论这样的事情在部队中是普遍的还是偶然的,路翎是歌颂了这样的"政治生活",以为这样反常地、歇斯底里式地发泄他们的感情,正是兵士们真实的纯朴的感情的流露。各种非组织意识自发地在那里互相斗争,是不必按照组织原则,不必经过严肃认真的批评和自我批评,就可以达到政治上的团结,就可以在同志们的心灵中间架起阶级友爱的桥梁来的。很明显,这种歌颂是错误的。作者把小资产阶级集团之间人和人的相互关系硬塞到有高度的阶级政治觉悟和严格的组织纪律生活的人民军队中间去了。

只看到部队生活的一些表面现象,是无从理解它的本质的。碧野的《我们的力量是无敌的》犯了这样的错误,路翎今天又来重复它。应该懂得:人民军队并不是农民、工人、知识分子等成员的数量上的总和,再加上一些部队的独特的生活样式,人民军队的本质方面，有一个十分重要的特点，就是部队所特有的、表现于部队生活各方面并且通过各种条令规定起来的历史传统作风——忠于祖国、忠于人民的高度责任感，中国共产党坚强的有高度威信的领导，严肃自觉的纪律观念，军民一致和官兵一致，强烈的荣誉感，等等。这种历史传统从各方面深刻地影响着部队每一个成员的战斗、生活和他们的精神状态，虽然在每个成员身上所表现的程度有所不同，但也是一定要发生影响的，部队的政治工作就从各方面来加深这个影响。不理解或是不去认真研究这一方面，就不可能真正地热爱人民军队，就无从正确地表现人民军队，所创作的军官和兵士的形象就会是空泛的、貌合神离的，不可能有历史的深度，甚至会像路翎那样歪曲了他们的形象。

路翎这几篇作品在主题思想上所以有严重的错误和缺点，最重要的原因，就是违反生活的真实，以自己的臆测来代替生活，以自己不健康的感情代替作品中人物的思想情绪的违反现实主义的倾向。

路翎的作品中许多细节也都是不真实的，例如《洼地上的"战役"》中侦察排在深夜侦察二线上的自己人，摸自己的哨。实际生活中也许会有这样的个别事件发生，但这事件是应该受到严厉的斥责，并且应该被认真学习和贯彻条令的正规的方法所代替的。但是路翎通过它来歌颂侦察兵的机智和哨兵的勇敢。

《战士的心》一开始为了刻画兵士张福林缺乏锻炼和不沉着，文中写道他弄响了敌人的照明雷，一个连已经暴露在敌人面前了，副连长就擅自决定提前五分钟发起攻击。在现代化作战的情况下，这种违犯纪律的决定是会使他的连全部牺牲在自己炮火下面的，而这炮火是在发起攻击的时候，用来摧毁敌人的前沿阵地的。

类如这些不真实的情节就降低了人物和事件的描写的准确性，读者也有必要来指出细节中的任何最小的错误和疏忽。但是这究竟是次要的，严重的问题是作者对人物精神状态的歪曲，以主观的错误的幻想代替现实生活发展规律的倾向。

《洼地上的"战役"》就是一个典型的例证。这个畸形的不真实的故事，如果说前半段还有些耳食或目见的依据，等到王应洪和王顺隐蔽在小沟里的时候（这个小沟离山头上敌人的地堡仅仅三十米），除了一开始描写他弄一些杂草小花进行伪装，王应洪曾提出用自己的生命来掩护班长撤退以外，用了几乎占整个小说五分之一、约五千字的篇幅去描写他们谈论金圣姬、怀念家乡和梦寐。趴伏在那阴湿的小沟里，这种时时刻刻都有生命危险，而兵士们神圣的责任感，又要求他们必须集中一切注意警惕任何变化的紧张情况，在路翎的笔下却是"耀着阳光的五月的天空下面"，似乎比在自己的阵地还要安详和平静。到这时候人物已经变成了傀儡，只剩下作者的幻想在作品里驰骋了。

《战士的心》里面，干脆就在冲锋、追击、肉搏的时候，给每一个人都塞进一段冗长的回忆。离开了紧张的战斗着的环境，离开了人物的行动，使情节和人物的精神状态分离，战斗也写得支离破碎。兵士们的责任感，和在各种情况突然变化下面的勇敢机智，都被抽象的架空的心理描写所代替了。这种把战斗和人物的行动当作躯壳来塞进作者抽象的观念的做法，正是所谓"追求自己所空想出来的结构与人物"的描写方法，和创造典型环境中的典型人物的现实主义的创作方法是相背离的。

兵士们是自觉地拿起武器进行战斗的，战斗进程中的千变万化迅速地在他们心里反映出来，甚至在最紧张的冲锋肉搏中也不是没有心理活动的，脑子里也不是真空的。但是不要忘记了兵士们是在进行战斗，作者首要的任务是要在对敌矛盾的展开中描写兵士们的行动和由这行动所直接引起的心理活动。而不应像路翎那样，把他自己的非工人阶级的思想情绪，硬塞到最可爱的人的心里，把他们崇高的品质，写成庸俗的、不健康的，甚至是丑恶的。

这几篇作品说明了路翎还没有彻底抛弃他的错误思想和错误的创作方法。所以希望路翎在继续深入生活和认真地改造自己的过程中，能彻底纠正错误的思想和错误的创作方法，写出真实地反映现实的、健康的、正确的、有益于广大读者的好作品来。

最后，我也恳切地表示，欢迎路翎继续到人民军队中深入生活，创作反映人民军队的斗争和生活的作品，使它们有助于人民军队的政治工作，成为鼓舞军官和士兵们勇猛前进的力量。

关于对《农村散记》的批评的感想

秦兆阳

编者按：这篇文章是秦兆阳同志在读了今年第六号《文艺报》上浦存伍同志的《谈秦兆阳的〈农村散记〉》一文后的一些感想。秦兆阳同志对自己的这些作品作了一些自我批评，同时也对批评提出了不同的意见，特别是指出了在批评的方法上所存在的问题。我们认为，在文学创作和文学批评的具体问题上的不同意见的讨论，对于我们的工作是有益的，所以发表这篇文章，希望能引起一些讨论。

读了《文艺报》第六号上浦存伍同志谈我的《农村散记》的文章，我有以下的感想。

我这六篇"散记"确实是平平常常的、非常浅薄的东西，我所以题为"散记"，就是不敢当作小说创作。我写它们时，下乡才三四个月，对农村认识很浅，又由于自己各方面的修养很差，常因不能在较短的篇幅里表现较为重大的问题而烦恼（当时我很愿意多写些短篇）。这几篇发表以后，当我重读它们时，又发觉其中在应该稍加发展的地方未曾加以发展，应该深刻化的地方未能深刻化。从此以后的一年多以来，我一直在企图把自己的创作提高一步。为了更多地经历一些生活，曾到邢台县山区去了一趟。但知道的生活事项越多，就越感觉到自己的消化能力和表现能力很差。我是在摸索再摸索，学习再学习的过程中。最近两三个月来，我又改变了主意，正在试着在较长的篇幅里表现我所感觉到的生活和问题，这是一个不自量力的大胆尝试，但我相信是能够从失败中取得一些经验教训的。浦存伍同志这篇批评文章提醒我不要满足于《农村散记》这样的内容和情调，要求我写得更深刻一些，要求我表现农村中更为重大的问题，其总的精神是给我以帮助，无形中对我正在进行的这个大胆的尝试给以鼓励，这我是十分感谢的。我所以要对浦存伍同志的批评文章谈谈感想，并不是因为《农村散记》有什么值得讨论的价值，而是我认为浦存伍同志的批评方法有可以商榷的地方。

为此，我不得不从那六篇具体作品谈起。

先说《偶然听到的故事》吧。浦存伍同志说："作者把小韵母亲阻拦女儿婚姻自由的封建思想，仅仅归根到'想招进个女婿来，守着她'，这就冲淡了矛盾，降低了这种矛盾的社会意义。"在这篇"故事"中，女儿小韵有一段介绍母亲的话，计二十余行，四五百字，浦存伍同志似乎一点也没有注意到。小韵的母亲是个什么样的女人呢？她自年轻时守寡，遭受过大的苦闷，因而性情怪僻，对儿和女有一种自私的占有的心理，这是故事发展的重要基础之一。由于这种心理,所以她对儿媳妇是忌恨的,对儿子是不满意的,逼得小两口不得不和她分家过活,这就更加造成了她的不幸。这种更加不幸又使得她"可就对我(女儿小韵)管得严了"。这母亲的苦闷和她的怪僻性格是封建社会造成的,也正是女儿小韵所反对的东西。小韵同情母亲的痛苦,但又反对她"自私自利",等等,这是写得很明白的。而这也就是真正的"根",真正的"矛盾"。浦存伍同志问:"母亲为什么不可以向女儿打听一下凤奎的家庭情况",看"可否把他招为女婿"呢?为什么总是要哭闹……呢?这"故事"中所写两村离得很近,凤奎又在小韵的村子里有亲戚,打听不打听可不必说。但母亲所以要"招进个女婿来守着她",既是出于上述的心理,她之不会让女儿自找对象,恐怕是很自然的事情。她会被逼不得已地让小韵的哥哥自找对象,而落了不幸的结果。因之她的哭闹和阻挠,就不是无所谓的了。另外,怕女儿做出丢丑的事来,也是这种寡妇必然有的封建心理,这"故事"中也是写到了的。

从上述的事实来看,我有一个怀疑:浦存伍同志似乎要求别人在作品中表现矛盾时不要拐弯,而要直截了当;不要包含在形象本身之内,而要表白于文字之外;不要超出他个人所知道的范围,而要合乎他的常识和意图。我认为这是用一个固定的简单的框子在套创作。他在对其他几篇的评论中似乎也有同样的情况。

在《秋娥》中,浦存伍同志以为:"有些农村妇女阻碍丈夫在村里担任工作和学习,多半是因为怕影响自家生产,怕得罪人,怕费力不讨好",认为应该"把这种思想当作带有普遍性的社会问题给以批判",认为只有这样才能"接触到问题的实质"。我想分为以下几点来谈:一、如果按这样的规定来写,则另一些人又会提出质问:"为什么担任村里的工作就会影响自家的生产和得罪人呢?"在农村中,这是因为对生产、对互助合作不领导,或领导得不好,而盲目地忙于"五多";另外,就是干部的作风不好。如果是前一原因,那另一些人又会问:"为什么会盲目地忙于'五多'呢?"这就要牵涉到对农村的领导问题,就不是老婆反对丈夫参加工作的"秋娥"了。如果是后一原因——干部的作风不好,那么,我们所应该批评的就主要不是秋娥这个女人了,也就不会适合于浦存伍同志的意图了。二、反言之,如果干部对生产和互助合作领导得好,而作风也不错,则不光不会耽误自家的生产和得罪人,反倒可以提高自己和群众的生产,因而得到群众拥护。这样的农村和这样的干部也是很多的,农村中并非都是那么糟糕的。可见写老婆反对丈夫参加村里工作,并非只能写那么一种情形。三、这篇作品中所写的秋娥,是个有些娇惯的任性的青年妇女,她反对男人对家里担水和喂牲口等事不管,她希望丈夫与她日夜厮守,她不参加社会活动和田间生产,不问政治,不爱学习,不懂工作。我想,这是小农经济和旧社会的传统习惯给予妇女的影响(使她们的眼光只看到自己的家,使她们不参加社会活动,不参加田间生产),也许这是一个"普遍性的社会问题"吧?

当她转变了以后,家庭生活和夫妇关系里有了新的内容,这也是今天农村里并不少见的有意义的现象吧?如果浦存伍同志指出这篇《秋娥》对于小生产者家庭中旧式的庸俗的夫妇关系,以及在这种关系中妇女(附属于男人)的地位批判和揭露得不够,因此作品的意义还不够深刻,那我是完全同意的,这实在是这作品中的大缺点。可惜他没有就作品论作品,却给人提出了难以照办的要求。正因为如此,所以他对促成秋娥转变的情节,和秋娥的性格是不理解的,认为那不过是"故意安排"的,为了让秋娥数次红脸,为了"有趣"。

其次再谈谈《刘老济》。浦存伍同志对《刘老济》所指出的缺点是:"借开会的方式来'打通'他(刘老济)的思想,则使人感到把对农民的教育问题简单化了。仿佛我们只要对个体农民多开几次会'打通打通'思想,他们就会转变过来。"这也是因为"不够注意在这种斗争中所含的深刻的社会意义"。接着,他又不满意对李德才这一人物的描写。这也需要分几点来说:第一,浦存伍同志曾说到"对刘老济的刻画也是比较成功的。过去艰苦的生活经历形成刘老济倔强的性格……"我认为对刘老济性格的刻画离"成功"还很远,但我所注意的是这一性格的"社会意义"。刘老济的性格的意义是:分散的、生产落后的小农经济,使农民极不容易摆脱贫困和走向富裕,使农民在受了千辛万苦以后,觉得日子过到有碗杂面汤喝是很难得的,就产生了患得患失不敢前进的保守思想。其意义不在于浦存伍同志所说的"始终不愿意放弃自己的看法",不在于所谓"倔强",等等,而在于小农经济的苦处——性格形成的原因。刘老济自己有一大段话,计三百余字,就是在对落后的小农经济诉苦,就是在说明这一性格形成的原因。第二、这一意义在对王老春的描写以后,就更明显了。王老春与刘老济相反,他从自己的经历里看出了小农经济的不稳定性(受不了天灾人祸的摧残),而要寻求出路,而且也找到了出路。他的一段话有六七百字(四十行),不仅是对小农经济诉苦,而是控诉,他最后说:"集体!集体!……我就是这样思想!"第三,这篇作品是表现这两种思想两种个性的斗争片断,以刘老济和王老春及刘凤阶为代表人物。它并不是像浦存伍同志所想象的那样——写刘老济的转变过程。直到最后,刘老济并未彻底转变,他只不过是"开始对旧的道路发生了怀疑,在寻找一种新的出路,但又并没有完全认清楚新的出路该怎么走"。它暗示刘老济必将转变,暗示新的思想必将胜利,暗示农民——个体的小农经济是需要社会主义改造的。它说明应该了解农民的痛苦并积极去改造他们。这才是它的"社会意义"。如果浦存伍同志指出对王老春和刘老济的儿子刘凤阶——这两个主要的正面人物刻画得不够,这两个形象没有刘老济那么完整鲜明,因而作品仍很浅薄,那我是同意的。但他竟将作品加以出人意料的曲解,对作品本身客观存在的内容加以抹杀,甚至将对王老春那么长的一段描写完全视而不见。第四,"刘老济"并不是只写开了一个会,果如此,则它应该缩短将近一千字的篇幅。它更不是作者企图通过一个会来打通刘老济的思想,而是写到作品中的人物会企图开会打通刘老济的思想。第五,农民是不能用开会来打通思想的吗?是不听道理的吗?这种思想我认为不但主观,而且危险——似乎有点阴暗。开会,说道理,并不是浦存伍同志所想象的那样——与所谓"事实"是对立的,也并不是空洞的教条,并非与农民的利益无关。开会,说道理,其内容也是事实。王老春的话是事实,刘老济自己的话也是事实,都是农民的切身经验。如果绝对不用开会、不用说道理来教育农民,试问,将如何对农民进行领导?新的、正面的、应该让农民看见的"事实"将何由发生?第六,至于李德才这个次要人物,这作品并未靠他来打通刘老济的思想,是不用多说的。

最后,关于《两代人》。浦存伍同志说:"读者很难从小两口与老两口的关系中看出矛盾的深刻的内容和它的社会意义",看到的只是大清和小娟指出了这两位老人的缺点,"仅此而已"。在这六篇"散记"中,《祭灶》写了两代人,《偶然听到的故事》写了两代人,《刘老济》也是写了两代人。这几个两代人是各不相同的。农村中是有各种各样的两代人的。这各样的两代人又在各种各样的事件上表现各种各样不同程度不同性质的冲突,这些冲突又各有各的意义。这篇《两代人》中的老一代并不是一般所谓落后人物,也不是刘老济那种人物。他们是翻身农民,参加了互助组,生活是上升的,对目前的世道是满意的。老两口子中的老太太,一辈子没有过过和美的家庭生活(包括与公婆与丈夫的关系),因此看不惯老头子对儿媳妇,和儿子儿媳妇之间的新的生活状态;同时又对过日子兢兢业业。同时,老头子则对目前感到满足,欢喜夸耀。这作品的意义正如浦存伍同志所说的:"反映社会生活的进展在两代人精神状态上引起的不同的变化,以这种变化来描写生活中新的东西。"至于说这老一代的"态度""是农村走上合作化道路的一种障碍",说只有这样写才有"深刻的社会意义",才算对这老一代作了"严格的批判",那是我所难以同意的。因为,如前所述,有各种各样的两代人在各种事件上的各样的冲突;因为,即使照浦存伍同志的规定写了,他仍然会不满意,《刘老济》就是例子。

浦存伍同志对六篇"散记"是当作总体来要求的,他的意思是,因为这一篇是这样——没有尖锐的矛盾和斗争,那一篇也是这样,所以《农村散记》里所反映的农村是"太平无事"的,是"一片升平气象"的,是"即使有些矛盾与冲突,也像微风掠过平静的河面"一样。我前面已经说过,这六篇东西确实有很大的缺点,它没有展开描写更广阔更深刻的矛盾,没有抓住更重大的问题加以剖析;它在应该加强刻画的地方未能加强。这是我今后应该努力改进之点。我很感谢浦存伍同志给我的提醒和帮助。

但是,从他的这篇批评中,我也有责任在批评方法上对浦存伍同志提出几点小意见,以供他参考。

浦存伍同志并没有仔细读这几篇"散记",或者是不能仔细去读。无论这些作品多么坏,既是要评论,总是应该仔细去读的吧?他所以没有或不能仔细去读,原因在于他对每篇作品有个主观的固定的要求,即无论作者的意图如何,总应该合乎他的要求。他的要求是,不应该写与这样一种封建思想做斗争的"偶然听到的故事",而应该写与那样的封建思想做斗争的"时常听到的故事"。不应该写不问政治、不爱学习、不参加生产的"秋娥",而应该写怕得罪人和怕耽误生产的"秋娥"。不应该写开会的"刘老济",而应该写不开会的(有转变过程的)"刘老济"。不应该写基本上和睦的"两代人",而应该写矛盾得难以解决的"两代人"。如果作品不合乎这些固定的框子,他就会对其中所写的东西视而不见,就或对每一篇作品都加以曲解,并根据这种视而不见和曲解得出结论,说别人所写的是"一片升平气象",是"太平无事"。

正如浦存伍同志自己所说的:"农村资本主义倾向与社会主义两种社会力量的冲击,旧的习惯与新的思想的斗争,在目前是以极其尖锐、复杂的形式浸透在生活的各个方面,斗争的形态也是千变万化的。"——这个前提是不错的。在这个前提之下,我们应该努力表现农村中广阔的画面和尖锐的矛盾。但是,在这个前提之下,就不应该用开会来打通农民的思想吗?如果写了开会,矛盾就不尖锐了吗?就一定要写某个人物的转变过程——只有这样才有深刻的社会意义吗?写一个农民"倔强"得不易被说服,就算是写得"成功"吗?就不能写多种多样的夫妻关系和多种多样的两代人吗?就不能写多种多样的婚姻故事和反对封建的故事吗?就一定只能写某些人所知道的"尖锐的矛盾",而不能写作者自己所看见的东西吗?

农民要看事实,这个前提也是不错的。但是,当碰到某一个问题时,开会和说道理不是事实吗?

封建的婚姻制度是什么呢?在浦存伍同志看来,也许就只是"包办婚姻"四个字。那么包办婚姻的内容和实质又是什么呢?也许是"封建思想"吧?这种逻辑是抽象的,所以碰到"具体"的时候就会视而不见。

农村的斗争是尖锐的,这个前提是不错的。但是,不是写落后人物的转变过程,不是写怕耽误生产和怕得罪人的妻子,不是写合作化道路上的障碍,就没有了"深刻的社会意义"吗?

我想,如果用这样的曲解和这样的框子去对待每一篇作品,则每一篇作品都是可以否定的,因为搞创作的人是很难事先就知道这些框子并按照它去写作的。

浦存伍同志是以矛盾得尖锐不尖锐,及其社会意义如何为尺度来衡量作品的。反映矛盾,这个前提也是不错的。但是,这里又有一个令我怀疑的问题,就是他对六篇中的另外两篇《祭灶》和《晌午》并未指出缺点,相反地倒有所表扬。其实,这两篇中所反映的矛盾较其他四篇是更不尖锐的,尤其是《晌午》,几乎没有他所要求的矛盾。如果按他对其他四篇的逻辑,则《祭灶》中不应该写一个终于没有祭灶的老太太,而应该写农民在防旱中对封建迷信思想的斗争;《晌午》中不应该写秀妮很容易地和胡诚会面说话了,而应该写她碰到了自己内心和周围环境(比如她的母亲)的百般阻挠。衡量作品恐怕是不能像这样去应用"矛盾"论的吧? 一篇作品的意义,有时也许并不完全是因为它反映了某些人所知道的矛盾,而是因为它除此以外还有自己的东西。安东诺夫的《在电车上》,因为是个极短的短篇,只写了一个青年人内心状态(矛盾)的片断,并没有像一般人所知道的那样,写先进工人和落后工人在生产改革中的斗争。他的另外一篇作品——《舍格洛沃车站》,也并没有如一般人所知道的那样,写大家都来对那个自私自利的人作尖锐的斗争(所谓"浪花四溅"),也没有写这人的自私自利给了工作多大的损失(所谓"深刻的社会意义")。像这样的例子在苏联作品中是很多的。同时我们也知道,苏联还有专门正面揭露官僚主义及工作中的缺点的作品。我认为这些作品都对我们有益,我们都应该向之学习,我绝不是用他们的作品来替我自己作品的缺点辩解。但同时又应该注意,即或是对于完全以揭露缺点为主旨的作品,也是不能用一个简单而主观的框子去硬套的。

前提——帽子,是对的。但把这个帽子简单化,并用之去对每篇作品"削头适帽",这正是教条主义的特色。

我自己仍然在学习和摸索的路程上,在创作上经常碰到一些问题,自己不无苦闷;过去我在创作上会有过错误,将来还可能会有错误。我在工作的这个县是个比较落后的县,但农业生产合作社已由一九五三年的一个而发展到了今年有八十四个,即多了八十多个,现实是进展得很快的,我常感到自己无力去消化它。我热忱地希望批评家和广大读者给我以指教。

论《保卫延安》的成就及其重要性

冯雪峰

　　作者对于周大勇,是集中地描写的,是把他作为一个连营级的指挥员,也作为一个普通的战士来描写的;周大勇是连长,后来被提拔为营长,但在他的身上集中着我们军队中的普通战士的精神、人民战士的精神,也集中着普通革命人民群众的精神。

　　周大勇、王老虎、李诚、卫毅、张培等,都是作者把连、营、团级的指挥员、政治工作人员和普通战士们在这次战争中所发扬的精神,在他们身上加以集中描写的人物。他们都是典型人物,都是这次战争的伟大精神之突出的体现者、胜利的突出的创造者、战争的最强的脉搏。

　　我们在周大勇身上,能够强烈而亲切地感觉到在战争全过程中战士们的思想情绪。从周大勇所属的这个纵队西渡黄河来作战的时候起,即从作品开头起,读者可以强烈地感觉到,这样的军队是完全用对于人民解放事业的忠诚和坚决战斗到底的精神武装了起来的,尤其是以保卫延安战争的正义性、参加这样战争的光荣感和在毛主席亲自指挥之下的胜利信心,以及对于敌人的无限的仇恨,武装了起来的。战士们走近延安一步,他们为对于敌人的仇恨和对于保卫延安、保卫党中央、保卫毛主席、保卫人民的民主幸福生活的神圣的正义感情所燃烧更多一点。待到这个纵队已经到达了延安正东八十里的甘谷驿镇,正集结在该镇西面的山沟里待命时,却传来了我军撤出延安的消息,这时候就差不多每一个人的灵魂都在自己神圣的正义感情和愤怒的煎熬里极端地痛苦着了。我们看一看当连长周大勇向战士们传达了消息时的情形吧,作者的描写显然是很真实的:

　　　　周大勇……他平时开言动语嗓门总是洪亮的,可是目下讲话开头说了声:"同志们……"喉咙里就憋了一团东西。他看不见战士们,听不见风吼声,也不知道自己要讲什么。停了一两分钟,直到教导员提醒他,他才从牙缝里挤出了这几个字:"我军退出延安……"

　　　　战士们像听到什么命令一样,哗地一齐站起来。

　　　　五六分钟的时光,讲话、听话的人,都不作声。大伙都轻轻地短促地呼吸着,像是只要有一个人开口,或有人咳嗽一声,就有什么好大的东西要猛烈爆炸。

　　　　一阵阵的大风,沉重地滚转过山头、沟渠呜呜地吼叫着。风沙漫天,天昏地暗。

猛然,一个战士打破让人耐不住的闷气,问:"我们党中央和毛主席住的延安……可真的……说呀,连长!"

会场鸦雀无声,战士们呼哧呼哧地出气,心脏孔咚孔咚跳动像擂鼓一样响。他们都两眼发黑,脑子里轰轰作响,脚下的土地像春天的雪在化消着。

周大勇也像木头人一样站在那里,脑子里乱成一片。他觉得,好像有谁用铁锤敲着他热腾腾的心。滚热的眼泪,忽地落下来!

有人低声哭了!眨眼工夫,全场人都恸哭起来。有的战士还跺脚,抽噎着哭。眼泪滴在手上,胸脯上,冰冷的枪托上!

张培看周大勇讲不下去,他走到战士们面前。他要说话,可是好一阵也说不出话。他寻思:人民解放战争打了八个多月,难道我们放弃的地方少吗?有许多战士亲眼看见自己的家乡放弃了,可是谁淌过一滴泪呢?自己参加人民军队十年开外,也没见过战士们这样哭过!……

张培一清二楚地知道我军退出延安的目的和意义,可是这一刻他和战士们一样,眼里滚着泪花子。他声音抖动地说:"同志们,坐下!同志们,我们确实退出延安了……"

战士马长胜站起来,喊:"报告!……延安是我们的……我们党中央和毛主席在延安住了……延安……党中央……毛主席……"他用拳头猛烈地捶打自己的胸膛,像是胸膛里有什么东西要爆炸一样。

张培压制着自己涌动的感情,强忍住眼泪,说:"同志们,党中央已安全地撤离延安。同志们放心,旅首长传达说:毛主席还继续在陕北指挥全国人民解放战争,并亲自指挥我们;毛主席和我们在一起……"

二班长马全有猛地站起来,喊:"报告!教导员,我说一句话。我……我们共产党员,革命军人,没日没夜从山西赶来,赶来……赶来保卫党中央,保卫毛主席,保……保卫延安……如今……我们算什么共产党员呢?算什么革命战士?"

一个战士喊:"教导员!为了我们毛主席……下命令呀!去拼,去跟敌人拼呀!"

战士们雷一样的声音爆炸开来:

"拼呀!拼呀!"

"我们豁出来咯!拼呀!"

"拼……拼……拼……"

"为党中央……我们……去收复延安……去……去……"

"为毛主席……"

"去呀！……去呀……"

"党中央……毛主席……毛主席……延安……"

哭声变成喊声，喊声变成一片宣誓声。大风越刮越大，宣誓声也越来越高。

张培说："同志们，不要难过，不要流泪，听我说。同志们！我们爱毛主席，我们就应该……"

战士们大声地喊："保卫党中央……保卫毛主席……"

喊声像滚雷一样响。山头上、沟渠中滚转的大风，把这吼声带到远方去了。

（以上引用，中间略有省节。——引用者）

"党中央……毛主席……延安……"这声音喊出来的，是怎样神圣的感情呢！

关于延安，关于这个历史性的延安，作者在第一章第三节中曾作了一段最优美的描写，这里我不引用了。这一段诗的散文，是我们所看见过的描写延安的文字中最美丽、最动人的文字。作者所描写的是人们心灵中的延安，因而也是最真实的延安。这样，他就写出了这个历史性的延安，同时也写出了人们的灵魂。

这就是战争开始时战士们实际的思想感情，也是指挥员们实际的思想感情。了解这种实际的思想感情，是我们了解人物的灵魂和性格所必需的，也是体会这次战争的精神所必需的。作者根据人们的这种实际思想感情来开始和展开关于周大勇和其他人物的描写，这是和他要掌握人物的力量的要求完全相一致的。

周大勇是一个连长，一个指挥员，同时也仍然是战士中的一个。在我们革命的军队中，指挥员和战斗员的思想感情本来是完全相通的，因为战斗的目的和意志是完全一致的。指挥员们也都保持着战斗员们的特色，因为指挥员们的优秀精神就是从普通战斗员精神中提炼和提高起来的东西；无论指挥员还是战斗员都来自人民群众，都为党的教育、部队教育和革命斗争所培养和锻炼，同时大部分指挥员就都是从战斗员中成长起来的。在周大勇身上，普通的然而英勇非凡的战士的特色尤其鲜明；他是我们人民战士的一个典型。他的性格的成长，体现着一个普通的勇敢的战士怎样成为一个英雄和出色的指挥员的成长，而尤其体现着一个普通人怎样成为一个不能摧毁的坚强的革命战士的成长。周大勇成长的具体历史，反映着人民革命的一长段艰苦斗争的历史。他是红军长征时投军的，那时他还只是一个十三岁的孩子，而在他投军前，他已经吸了革命的乳液，尤其是喝够了革命受挫折后的灾难的苦液；在投军后，党和部队的教育以及一次一次的艰苦斗争把他逐渐炼成了具有铜筋铁骨和钢的意志的人。他的成长也可以说明：他是那种除了自己的部队就没有另外的家，也不相信还会有比这更好的另外的家的人中的一个。在这些人的心目中除了党,人民,祖国,人类实现社会主义理想,就再也没有别的什么了。在他们,唯一快乐、光荣的事情,就是为人民而战斗,而牺牲。这样的人,看起来诚然是单纯的,却是内心最富有的人,是真正有信仰的人,是体现党性的人。因为他们最深刻和最密切地联系着人民的苦难和希望;他们任何一个行动和思想,都会先去体会党的教育和党的意志(为人民服务)。他们是亲身地体验着被压迫劳苦群众的切身要求的,也是亲身地体验着劳苦群众只有在党领导之下团结起来斗争才能解放自己的实际的革命道路的;因此,无产阶级的理想,党的领导,人民的胜利,就成为他们的最坚强的信仰力量,这使他们在敌人和困难面前成为大无畏者。这是真正的人民战士和英雄,是千锤百炼出来的英雄,而不是仅仅立了一两次功的英雄;这样的英雄,只要在内心上不失去和人民、和党、和自己部队的联系,不失去信仰力,是无论放到什么地方去都不会被毁灭的。在这部作品中,作者所描写和歌颂的英雄和战士,在根本上就都是这样的人物。那些经过长期的锻炼和考验而已经成长为出色的指挥员的人物固不用说了,像老炊事员孙全厚和周大勇连的许多老战士也不用说了,就是李明山和宁二子,甚至连宁金山,也正在逐步被教育和锤炼成为这样的战士。又如卫生员三牛,勤务员小成,他们是周大勇八九年前的影子;在我们的部队中这样的少年又怎能数得完呢?

  周大勇就是这样的人民战士和英雄中的一个典型人物。作者是确实写得成功的。

  这样的人,当听到敌人接近党中央和毛主席住的延安时,自然全身心都要给"惨厉的痛苦和愤怒"煎熬着的;这样的人,也自然会本能地以自己的身体去挡住敌人的子弹对于儿童和妇女的射击的;这样的人,更不用说,无论在怎样的强敌中冲锋陷阵,也不会稍露怯色,无论受了怎样的重伤,陷于昏迷状态中,也不会失去战斗的意志的。这样的人,也是时刻能够接受人民的教育、党的教育、部队的教育,时刻在提高自己,时刻在成长中的。在这部作品中,作者全面地写了周大勇的这样的性格和他在这次战争中新的结结实实的成长。

  作者为了展开对于周大勇以及王老虎、马全有等等这一群人的英雄性格的充分的描写,除了各章都有描写外,还特别选择了周大勇连和自己部队失去联络而单独跟敌人艰苦作战的情景,写了第五章《长城线上》整整的一章;我们觉得,这一章在全书的现在这样的结构上是统一的,而在这次战争的艰巨性和气氛的表达上也还是有作用的。最有关系的,是在这样的描写中,周大勇等人的性格就确实能够最充分地展开了。把这样紧张的、接连不断的、以少数人对抗多数敌人的不可想象的战斗,加以充分描写,我们觉得,无论为了真实地表现这次战争的精神,还是为了人物的典型化,都是有用的,而且是有必要的。读者也许会觉得作者写得太多了,可以和应该加以压缩;我在几次阅读时也曾几次想过可否压缩的问题。但我们仍然觉得,在现在这个样子的这部作品中,加以压缩是不容易的,而且会有损害的;这些人物就是这样的人物,他们的战斗就是这样的战斗;为了要充分真实地描写他们,我们不得不同意(而且佩服)作者的这样的描写。我们仍然会读下去,要读下去,这些人物有力量使我们不能不读下去。我们读的时候,心是紧张的、跳动的,——同时也确实几次引起过以为周大勇等人很快就会摆脱敌人了吧这样的念头。可是,我们仍然不愿停止地一口气读完了这一章,而人物的重量,也就让我们真正感觉到了。

这样,由于全书各章的描写以及这一章的这种充分的描写,周大勇(和王老虎等这一群)的人民战士的形象就确实强有力地在艺术上描写出来了。

关于王老虎,我们可以不多谈,要之,这是大家知道的我们军队中许多惊人的战斗英雄在艺术上的一个不会加过怎样夸大的写真。我们军队中许多全国闻名的英雄的战斗事迹,确实是像王老虎这样惊人,甚至还有比这更惊人的;这部作品写了这样一个人物,给我们这些永远光辉的战斗英雄描下了一幅图影。王老虎性格中有最可贵的纯朴和坚毅的精神;他还正在成长着,还要更坚强起来,这在书中是有描写的。

这部作品中,加以最充分的描写的,除周大勇外,还有一个李诚。这个典型人物被创造出来,也是这部书的一个重要的成就。

这是可以代表中国人民解放军中政治工作干部的坚苦卓绝精神的一个典型人物;是那些真正不知辛苦、不知疲倦地惊人地工作着的政治工作人员的一个生动的灵魂;是一个以特殊材料造成的——然而完全可以了解的——真正的共产党员的一幅图影。

从这个人物身上,人们能够最深切地了解到为什么党的政治工作是我们部队的生命和胜利的保证,以及怎样地使它成为部队的生命和胜利的保证。在这里,我们就看见我们从红军时代起在长期中所创造出来和积累起来的部队中政治工作的传统和一些模范的图形。但是,这些工作,正如这部作品所成功地、出色地描写的这样,在我们的部队里绝不是生硬或枯燥的,而是部队的活生生的精神生活,是使战士们的思想感情和整个灵魂活跃起来、发展起来、提高起来、相互团结起来和相互友爱的力量;我们的政治工作是部队的深刻、活泼、愉快的生活的组织者,是战士们的自觉和一切生活的意义、一切力量的启发者。这样的政治工作就决定了人民军队的性格,它不仅是战士们都有政治自觉的部队,而且是战士们都有文化生活、都有相互关心和友爱的温暖而深刻的精神生活的部队。这样的政治工作也培养出这种工作所要求的我们工作者的最艰苦的革命英雄主义的精神,像这部作品中所写的李诚、张培等人这样的精神。这样的工作者是战士们的首长和教师,同时又是战士们的亲密的同志、朋友、保姆和勤务员。(在我们部队里,政治工作是每一个共产党员和普通战士都要做的;同时,每一个军事指挥员也都负有政治工作的责任,正如政治工作人员也要负责军事指挥一样。我这里说的政治工作人员是指例如连指导员、营教导员,团政治委员等等负有政治工作主要责任的人。)这部作品鲜明地描写了我们部队在连部中的党的政治工作;这些描写,为了反映部队生活,或者为了反映这次战争的精神(这次战争的胜利以及我们每次战争的胜利都是和书中所写的这样的政治工作分不开的),都是必要的;而为了描写像李诚这样的人,当然更是必要的。可是,这部作品能够反映了这样的政治工作(也就是部队的政治生活和精神生活),是因为作者真正写出了我们政治工作的精神,真正写出了战士们的政治生活,真正写出了可叹服的我们政治工作人员的精神。作者当然是为了写人们的战斗精神和这样的战斗的人们,而不是为了写一些政治工作的事例,这是用不到说的。这样,作者就写出了李诚这样的人物,写出了我们政治工作的精神和政治工作人员的灵魂,把这些人的惊人的革命英雄主义的品质,最生动地从一个人物的身上刻画出来了。把政治工作者写得这样深刻、充分、突出、动人,——这也是我们在别的描写我们的战争和我们部队生活的作品中还不曾看见过的。

作者能够创造出李诚这一个典型人物,也是由于作者最充分地描写了李诚这类人的那种不知辛苦、不知疲倦的,真正是非凡的工作精神的缘故。如果我们读者自己的精神没有深入人物和我们部队的这种精神里去,那我们也会觉得作者写得太多了。并且还会奇怪:怎么能有这样的人,能有这样的精力,真正连吃饭睡觉的时间都没有,只是工作,工作;而且一个人能够注意和知道那么多的事情,战士们随时发生的任何一个小问题,一件小事情,任何一个战士的情绪的变化,他都注意到,他都知道,而他的指示和解决问题又都迅速,正确,使人信服。但我们如果进入这种人物的精神及这样的部队和当时战争的环境中去,就会觉得作者写的一切都是最真实的;这些人就是拿这样的精神在工作,就是用这样的具体工作在保证战争的胜利。我们读下去,读下去,也就一步一步地感到了李诚这个人物的深刻性和生动惊人及其重量了。

我想,有的读者也许还会觉得,作者太把李诚这个人物写得可敬可畏,却似乎不是一个可亲可爱的人了。就是说,李诚什么时候都是这么严格地要求别人,什么时候都这样严肃,而对于同志们的困难以及缺点或弱点却太缺乏体贴心或同情心了。或者说,李诚是一个最严格地要求自己的人,是一个真正以身作则的人;可是他太像要求自己那样要求别人了,别人会觉得有些吃不消,觉得他是一个缺少温暖的人。他什么时候都在指出同志的缺点,头头是道地加以批评;同时又时刻在对同志们指出任务,简直不让同志们对工作能有稍稍马虎一下或偷懒一会儿的可能。他确实有些"克人"。但是,这种严格的要求(对己对人)和看来缺少对同志的体贴心的态度,即使真的是这样的人的性格上的一种缺点,那也只是一种表面上的、不重要的现象;也就是说,这不是重要的缺点,至多是工作和斗争紧张时谁都不可避免的缺点。在这个人物的根本精神上,即以这个人物的灵魂而论,我们觉得,他不但是应该被崇敬的人,而且也是可亲可爱的性格。凡是受过革命的训练,真正忠实于人民事业的人,都知道这个道理:革命无论什么时候都是只有在坚决克服困难中前进的,因此,对于困难表示软弱的态度就是对于革命的罪恶;同时,每一个人都有缺点和弱点,这是可以了解的,也应该了解的,但为了革命,必须以坚决的态度去克服自己和别人的缺点和弱点,如果对于缺点和弱点采取不坚决克服的、婆婆妈妈的温情的态度,那也是对于革命的罪恶。李诚就是富有这种精神的人物,就是在党的教育,革命的训练,工作和战斗的要求之下所培养出来的一个新的革命者的性格。我们觉得,作者是掌握了这个人物的精神和性格的。这个人物是可敬可畏的,然而也是可亲可爱的;他的严肃的精神和严格的要求,发生于革命的任务以及他的革命的意志和对于工作的责任心,但也发生于他对于战士们、同志们的爱和热情,以及对于人民和祖国的爱和热情。读者完全可以感觉到,李诚的内心里蕴藏着对战士、对部队、对党和人民的火似的热情;而对于同志们,也经常保持有像张培那样温暖可亲的心境的,只是他的表现方式和张培不同罢了。但这是革命者的热情和爱;不用说,一切懒惰者,一切散漫者,一切自由主义者,一切保持有小资产阶级软弱性的人,仍然会觉得他是缺少温暖的;可是,战士们却是敬他又爱他,周大勇在心底里敬服他、学习他,更在心底里爱他、感激他;别的人们对他也如此。要之,李诚是一个新的人,一个模范的革命干部的性格。

作者在艺术上真正体现了这样的一个革命英雄主义者的性格,一个党的政治工作者的性格,我重复地说,这是这部作品的一个重要的成就。

关于卫毅,作者写得并不多,但作者也深入人物的内心掌握住了人物的精神及其英雄的性格,并且已经在艺术上把人物的精神和性格都体现出来了。这是一个令人爱慕的动人的英雄人物。张培也是写得成功的,他的精神和个性也是读者不容易忘记的。

陈兴允旅长,作为一个能干、坚决、勇猛的我们的优秀指挥员,是显得真实而生动的,但作为一个艺术上的人物而论,并从这个人物在书中的重要关系而论,我们会觉得重量仿佛还太轻一点。其实,作者写到陈兴允的地方已经不少;我们只能说作者写得还不够有力吧。但虽然如此,这个人物还是显得真实而生动的。旅政治委员杨克文,团长赵劲,指导员王成德等,也都是鲜明生动的人物。

孙全厚是我们部队中炊事员、饲养员以及其他勤务人员中的感动人的无名英雄之一。李振德老人是革命根据地人民不屈不挠和以自我牺牲精神克服困难的一个英雄形象。

在这部作品中,作者让宁金山的故事和他的性格也占了一个地位,是有意义的。

此外,马全有、李江国等等一群生龙活虎的战士以及其他的人,都可以说是生动鲜明的。我们觉得,这是一部让这些战士和英雄能够如他们在战场上一样活跃的书,是在英雄人物的创造上打了一个胜仗的书。

所有人物在作品中都作为这次战争的一个脉搏而跳动,同时都有自己生动的面目和个性。由这些人物和全部作品所反映出来的革命英雄主义精神,也是具体的,最富于实际精神的;它是普通人所不可企及然而却是普通人在革命斗争中所表现出来的,因而它也最能感动人和鼓舞人。

以上就是我对于这部作品的看法和主要的印象;我相信这样的印象也是大多数读者都会有的。

作者的描写手腕也已经达到了高强的地步,全书大部分在描写上都是深刻有力的,有不少地方还描写得特别精彩。语言,总的来说,是能够适应所要表现的内容和全书的思想情绪以及气氛的要求的。因此,全书的语言也显得生动、有力、有深刻性、有节奏、富有诗意,使我们觉得这书中的语言已具有和作品所要表现的内容及精神相一致的性格。

但也是从整部作品来说,它显然还可以写得更精练些。如果更精练些,它的艺术性也一定更提高,更辉煌。以这部作品所已达到的根本的史诗精神而论,我个人是以为可以和古典文学中不朽的英雄史诗(例如《水浒》《塔拉斯·布尔巴》《战争与和平》等)比较的,但在艺术的技巧或表现的手法上当然还未能达到古典杰作的水平。也就是说,在艺术的辉煌性上,还不能和古典英雄史诗并肩而立。但这部作品有使它的艺术性更提高而达到更辉煌,以至接近古典杰作水平的可能性和基础,因为它已具有坚实的英雄史诗精神,同时在艺术描写上留有今后可以一次一次加以修改和加工的余地。如果作者愿意并认为有必要,在将来是可以再加工的,主要的就是使作品的结构能够更适合于一些主要人物之更集中的描写,以使作品更能在人物的集中描写上去反映战争的精神。这种加工,以及全书描写上更精练些,我觉得是完全可能的。

但是,即使再加工,也不是在现在,应该在作者的才能更成长和成熟的时候。我们现在应该先满意于这样的成就。

这样,这部作品对于人民的文艺生活和我们的文学工作都有重要的意义,是很明白的。

首先,这部作品由于它的内容和它的鼓舞力量,对于读者的教育影响无疑将是深刻而广大的。它出版还不久,已在引起读者的注意。文学作品的这种革命的鼓舞和教育作用,是最为我们所看重的。对于这部作品,我们就应该热心地把它介绍给一切能读和愿读的人,使读者的范围更推广。当然不仅这部作品,一切好的作品都应该被介绍给广大的读者,使文学作品的读者一天一天地扩大;而有鼓舞力量的好作品,更应让它很快就拥有最多数的读者。

其次,这部作品带给我们今天文学的意义,又显然是不小的。我们已经有不少反映人民革命战争(我的意思是从红军时代一直到最近的抗美援朝战争的一切革命战争)的作品,其中有写得比较优秀的,也有写得极平常的,但都为读者所欢迎,起了鼓舞教育的作用;从艺术成绩上说,这些作品的总的成就也是显著的;在我们十年来的文学成绩上,这些作品就占了很大的比重。但真正可以称得上英雄史诗的,这还是第一部。也就是说,即使它还不能满足我们最高的要求,也总算是已经有了这样的一部。这当然是一个重要的收获;同时这不仅说明我们走的路是正确的,而且也说明我们的文学能力在逐渐成长起来,已经能够真正在艺术上描写新的人民英雄。我们知道,这部作品的作者——比较起来说——还是一个年轻的作家,他的艺术修养并不比我们许多作家高;他的这部作品显然是在我们年轻文学的已有的成就的基础上写出来的。他的——现在看起来已经不是平凡的——才能,也是和我们许多作家一样,在我们的文学运动中逐渐培养起来的。具体地说,我们文学上近年来现实主义的一些成就,以及我刚才说过的许多描写人民革命战争的作品,都是帮助了这部作品的成就的。(这里且不谈鲁迅和苏联文学对于作者的并不例外的鼓舞和影响)这是说,我们的文学能力是一般地在逐渐提高起来的。而这部作品,比起许多已有的描写人民革命战争的作品来,又是大大地前进了一步;它给我们的现实主义文学带来了新的成就,主要的就是它真正在艺术上成功地描写了我们的人民英雄。这个成就是重要的,是有推进我们创作的作用的。

我们必须承认,在这部作品之前,我们许多作品所创造的英雄人物,虽然多少都有一些成就,但究竟还不能说已经在艺术上真正有力地、成功地反映了英雄人物,究竟都还不能给读者以深刻的、强有力的、持久的鼓舞力量。我们只要把许多作品和这部作品,比较地读一读,就会得出明白的判断。这样,这部作品是我们新的成就;这个新的成就,对于我们创作所以重要,是因为创造正面人物,即描写先进分子或英雄人物,乃是我们的现实主义——社会主义现实主义文学的最根本的任务;同时,这个任务是艰巨的,要求着作家们的战斗的精神和真正的创造性。这部作品在英雄史诗上的成就,在我们创作上就有一种新纪录的意义;它的显著的创造性,显然有推进我们现实主义创作运动的作用。(用不到解释,这绝不是说创造反面人物的典型和发展讽刺文学,就不是我们现实主义创作运动的极重要的任务)如果我们联系到更贴近一些的问题,则例如目前在作家们中间关于描写英雄人物就有各种问题在提出来,也存在着不正确的、非现实主义的倾向。这部作品就显然能够很有力地回答了一些问题。

　　再次,我们觉得作者的战斗的创作精神,确实是最可宝贵的。大家可以判断,这部作品的成就,和作者对于这次战争的亲身体验分不开,同时也和作者掌握现实的精神不可分离。作者曾经比较长期地在部队里工作,曾经参加过多次的战斗;在这次保卫延安战争中,作者就是在战斗部队里参加工作的。这是作者写这部作品的主要的资本。但如我们在前面已经分析过,作者掌握现实的正确的、现实主义的方法和精神,也是这部作品成功的一个根本原因;而作者对于现实和创作的那种战斗的态度,则还要更加重要。作者是全身心地在体验、肯定和歌颂这次战争的伟大精神的,他和战争的精神之间没有任何的隔离;他在创作时,也仍然是在和战争同呼吸,同跳动的。作者描写英雄人物,完全深入人物的灵魂中去,和人物同跳着脉搏,并以自己的意识到或意识不到的全部热情去肯定和体现他所认为应该肯定的东西;这样就使作者能够把革命人物的灵魂和精神真正体现了出来。这种对于生活的无隔离的精神和战斗的态度,是我们最需要的精神,也是现在我们不少作家还缺少的精神。

　　总之,这部作品的成就和它的创作精神,都值得引起我们今天文学界的注意和重视。

试谈殷夫的诗

牛 汉

殷夫是中国无产阶级的优秀战士和诗人。一九三一年一月被国民党反动统治者杀害,年仅二十二岁。他牺牲时虽然如此年轻,却忠诚而丰富地完成了可贵的一生;他遗留给我们不少的作品,其中主要是诗。这些诗,可以说是五四以来中国诗歌创作中宝贵的一部分遗产。它们真实而具体地反映了当时中国的社会和历史的风貌。

殷夫的诗,是中国五四以来有代表性和富有战斗特色的现实主义的创作。他的诗,使我们看到一九二七年蒋介石集团叛变革命以后,年轻一代的知识分子在最黑暗的年代,由苦闷彷徨到挣扎奋斗,终于坚决地投入战斗的发展过程。鲁迅先生在《无产阶级革命文学和前驱的血》一文里说:"中国的无产阶级革命文学在今天和明天之交发生,在诬蔑和压迫之中滋长,终于在最黑暗里,用我们同志的鲜血写了第一篇文章。"又说,"知识的青年们意识到自己的前驱的使命,便首先发出战叫。"而年轻的殷夫,就是勇敢地站起来用火热的心声"战叫"的一个战士和诗人。一九二七年殷夫未到上海之前,从诗里看,他还是一个沉湎在个人伤感和天真的幻想里的少年,但到了上海,很快参加了实际工作,在一九二七年被捕过一次,严酷的战斗使他逐渐坚强起来。在一九二八年以后的极端困难和危险的斗争里,他更加迅速地扩大了自己的生活的和感情的领域,逐步锻炼与提高了自己的创作才能。这中间,不待说,他的自我思想斗争是异常尖锐的。

一九二八年到一九三一年,是中国最黑暗的一段时期,毛主席在《论联合政府》中谈到中国当时的情况时说:"从此以后,内战代替了团结,独裁代替了民主,黑暗的中国代替了光明的中国。但是,中国共产党和中国人民并没有被吓倒,被征服,被杀绝。他们从地上爬起来,揩干净身上的血迹,掩埋好同伴的尸首,他们又继续战斗了。"殷夫正是在这个血火交流的环境里无畏地站立起来迎接战斗的革命青年之一。他全身心地投身在战斗里,他和他的诗,挺进在战斗的前列。在短短的几年里,他写下了几百首锋利的抒情短诗,这些诗集中地反映了中国这二十多年里时代的、社会的矛盾和冲突。殷夫直接继承了五四以来现实主义的战斗传统,并在工人阶级的思想照耀下加以发展和丰富。他的诗,与当时资产阶级颓废主义"新月派"的诗和看起来道貌岸然、实际上内容空虚猥琐的"方块诗"是迥然不同的;他的诗是时代的号角,它们号召人们去战斗。

殷夫的创作活动,大致可以以一九二八年为分界,划为两个阶段。一九二八年以前是他创作的初期,这一时期有许多诗是他在家乡写的,充满了纯真的幻想和内心的矛盾,是对当时的封建社会的反叛的真实而沉痛的宣言。诗中也流露着为了挣脱封建家庭与旧中国的历史给予他的沉重压抑而感到的苦恼和彷徨。他是用一种对生活的纯朴的热爱和天真的幻想开始创作的,这时候他的诗大半是对爱情、母亲、故乡的赞颂,以及对革命的向往和呼唤。

殷夫在少年时期,就生活在苦闷和陈腐的浊气里。在《祝——》一诗里,他就表白了自己的这种处境和心情。尽管这首诗的诗意还不甚明朗,但是我们还是可以从中感到诗人的孤苦奋斗的情绪的。他自喻为"河中最先的野花","孤立摇曳放着清香","枝旁没有清鲜的荫叶","四向尽是干枯的沙砾",近处也没有"泉源"灌溉她的嫩根。但是野花是勇敢的、孤傲的,她并不寂寞,也不喟叹。这里虽然写的是野花,但并无空虚和低沉的情调,也绝不是像某些田园诗人那样逃避现实地咏叹自然景色,而是借着野花的形象抒发诗人对生活的坚强的信念和他的渴望"何时死漠重苏苏"的理想。

在另外几首诗里,诗人更坚实地迸发出最初的呐喊,这是诗人对斗争的追求,也是时代的预言:

> 任暴风在四围怒吼,
> 任乌云累然地叠上。
> 不是苦难能作践我的灵魂,
> 也不是黑暴能冰冻我的沸心,
> 我要,冒雨冲风般继着生命。
>
> ——《孤泪》

这种响亮的革命的呐喊,使人锐敏地感到了当时战斗即将来临的征兆与革命者充满热情迎接时代风暴的心情。鲁迅先生在《孩儿塔》的序里说:

> 这《孩儿塔》的出世并非要和现在一般的诗人争一日之长,是有别一种意义在。
>
> 这是东方的微光,是林中的响箭,是冬天的萌芽,是进军的第一步,是对于前驱者的爱的大纛,也是对于摧残者的憎的丰碑。一切所谓圆熟简练,静穆幽远之作,都无须来作比方,因为这诗属于另一世界。

《孩儿塔》虽写于一九二九年,它在风格上却比较接近于第一个时期,鲁迅先生对这首诗的评价,实际上概括了殷夫的诗在第一个时期的特色。诗人把他的心灵全部袒露在时代的暴风雨里,述说自己的矛盾、苦恼,甚至一时的消沉和绝望,一点不加掩饰。但是这里也包含着对战斗的热望。

在这一时期的殷夫的诗里,感情表现得很不平静,有缠绵的爱情,有对母亲的眷念,也有对革命的向往和追求,照诗人自己的说法,是"枕着将爆的火山"激动不安地生活着的。在一首诗里往往就会同时交织着痛苦、失望和反抗的心情。

一九二九年到一九三〇年,是国民党反动派黑暗统治的高潮期,同时也是中国工人阶级和全体劳动人民更加奋起反抗、迎接革命深入发展的年代。一九二九年以后,殷夫离开了学校,专门从事青年工人运动,当时这种历史情势激发了他,并在他的诗里得到了强有力的回响。就在这两年中间,殷夫激情而勤奋地抒写了更加猛烈的战斗的诗篇,如《血字》《一九二九年五月一日》和《我们的诗》等。这些诗达到了更新的和更高的境界,较之诗人前几年的诗更加壮丽。在当时,无疑的是最有力的诗篇。它们是震撼人心的战鼓,是集合进军的号音,我们读的时候会深深感到诗人的灼热的赤心。从这些诗里,我们感到的是全新的声音,是他过去没有歌唱过的。如果说,诗人以前的诗的意境还有些晦涩,感情不甚明快,追求的东西嫌空泛些,那么现在,他的个人的激情已融合于实际的群众的生活和战斗里。他歌颂的是工人斗争的行列,他赞美的也是这些真正的历史的主人,他的每一句诗都具有实在的形象。

诗人在诗辑《血字》里,热情地歌颂了血的"五卅"。

"五卅"哟!
立起来,在南京路走!
把你血的光芒射到天的尽头,
把你刚强的姿态投映到黄浦江口,
把你的洪钟般的预言震动宇宙……
今日他们的天堂,
他日他们的地狱,
今日我们的血液写成字,
异日他们的泪水可入浴。

这种充满历史感觉的诗句,是投向帝国主义和反动统治阶级的炸弹,是招引工人阶级的旗帜。炸弹是为了敌人的死亡的,而旗帜是为了我们进军的。这是宣布敌人死亡的正直的声音。

诗人在《一个红的笑》里描写了当时工人阶级的英雄形象,工人群众游行在上海示威时的姿态:

  一个个工人拿着斧头,
  摇着从来未有的怪状的旗帜,
  他们都欣喜地在桥上奔走,
  他们合唱着新的抒情诗!

在《一九二九年的五月一日》这篇长诗里,诗人更具体地真切地描写和赞美了"五一"示威游行时的情景,诗人首先描写了示威前上海的清晨:夜还未完,马路还是"死一般的荒凉",但诗人起来得最早,他是去迎接"风暴"的。诗人在这首诗里给我们展示出一幅中国当时都市的动荡不宁的社会生活风貌,那是多么疲倦的一个早晨,"惺忪睡容的场车夫,坐在大饼店前享用早点",而年轻的男女工人们,"半睡的眼,苍白瘦脸",他们的"鲜血,青春","润着资产阶级的胃肠"。但是,就在他们的"疲劳"里蕴藏着多么巨大的钢铁般的力量。

  怒号般的汽笛开始发响,
  厂门前涌出青色的群众,
  天,似有千万个战车在驰驱,
  地,似乎在挣扎着震动。

工人们去参加"总同盟罢业",这里,"被压迫着的活力","被囚困着的精神"都解放了。人们在高呼,"满街上是我们的呼声!"诗人预言,这就是"新时代的呱呱的声音","他们是奴隶,又是世界的主人"。诗人也描写了他自己当时的欢乐的心情,"我在人群中行走,在袋子中是我的双手,一层层一沓沓的纸片,亲爱地吻我指头"。他把自己融合在罢工工人的洪流里,他与千万个工人是"伟大的一个心灵"。诗人深刻地感到了集体的力量,"我已不是我,我的心合着大群燃烧"。

这首诗,不论思想上与艺术上都是深刻有力的。在艺术形式上,仍然保有着诗人一贯的严谨的形式。这首诗,可以说是诗人诗篇里的一座壮美的高峰。

诗人沉浸在火热的复杂的斗争生活里,他的每一篇诗,也反映了不同的生活情态。在《静默的烟囱》里,诗人写出罢工期间的工人的决心:工厂的汽笛不是为资本家而鸣,而是为歌颂胜利的欢欣的。《让死的死去吧!》一诗里,又写出不畏牺牲的战士的决心,这里充满着血泪的呼喊,它们是对那些懦弱者、变节者的警告,同样也是激励勇士们的誓言。诗人在"我们"一诗里,又用坚定的声音,写出工人阶级的坚决乐观的战斗性格:

　　我们的意志如烟囱般高挺,
　　我们的团结如皮带般坚韧,
　　我们转动着地球,
　　我们抚育着人类的运命!
　　我们是流着汗血的,
　　却唱着高歌的一群。

　　诗人同时更集中火力描写当时的半殖民地的糜烂的都市,抨击资产阶级的丑恶。在《梦中的龙华》里,他描写出上海的一片可怕的景象:

　　呵,吃人的上海市,
　　铁的骨骼,白的齿,
　　马路上扬着尸尸的泥尘,
　　每颗尘屑都曾把人血吸饮。在这首诗的最后一节,诗人预示着革命的远景:
　　你(指龙华塔——本文作者)高慢地看着上海的烟雾,
　　心的搏动也会合上时代的脚步,
　　我见你渐渐把淡烟倾吐,
　　你变成一个烟突,通着创造的汽炉。

　　在这两年的严酷的战斗里,诗人的立场和思想感情有了显著的变化。他的诗不仅表现出在复杂的社会斗争里工人阶级的战斗性格和坚定信念,同时也述说了他对自己的亲人和他出身的阶级的关系的根本改变。在《别了,哥哥》一诗里,他坚决告别了他的"哥哥",这告别,不只是向"一个人"告别,诗人把它当作"向一个'阶级'的告别词"。他彻底地背叛了自己的出身阶级,而成为一个自觉的无产阶级战士。
　　诗人还写了《赠朝鲜女郎》这样一篇充满国际主义精神的作品,在诗人的诗稿中还是第一次出现这样的主题。在这首短诗中,诗人不仅表达了对被压迫的朝鲜人民的同情,也鼓舞朝鲜人民奋起打击侵略者:

　　女郎,愤怒地跳舞吧,

> 波浪替你拍着音节,
> 把你新生的火把燃起吧!
> 被压迫者永难休息!

从这里可以看出诗人的抒情世界更扩大了,诗人从中国人民的苦难,感受到国际被压迫民族的相同的苦难。他鼓舞被压迫者不倦地去斗争,"被压迫者永难休息",这是多么有力而沉痛的一句警语!

诗人在他短促的一生里,完成了自己的完美的战斗性格与创作风格。在他这两年间的全部诗作里,充满了高度的政治敏感和热情,一方面是向敌人的无情的抨击,另一方面是对同志们的热爱和鼓舞。而这两者,都是为了当时斗争的前进和胜利。随着内容的丰富,在艺术的表现上也有了明显的变化。本来他的诗的形式一向是较为严谨的,每节有一定的行数,一般是四行一节,并且大体上押着韵脚。他承继了五四以来中国新诗的这一"形式严谨"的传统,同时,他也吸取了当时外国诗人的一些表现手法。但只有在实际战斗里,这传统和经验才得到进一步的发展。他的诗的形式才更加自然和多样化,形成了自己的风格。《血字》和《我们的诗》就是这样的。这一形式上的变化,显然是由于诗人的生活更加丰富。生活要求诗人不断地"唱新的歌",而诗人也就责无旁贷地、忠诚地一支接一支为战斗而歌唱了,而且一支比一支新,一支比一支有力。从写作时间上看,诗人这时候差不多三五天就要写一首诗。诗人的思想感情天天在突向新的境界,他的诗,也必然会日益体现着现实生活的新的特征。

诗人殷夫和他的作品,是值得我们学习的榜样。他遗留给我们的不仅是美好的诗,重要的是诗人的前进和战斗的精神。在他短暂的一生中,他一直站在斗争的前列,是"第一个百灵",他热情地为劳动人民歌唱新的抒情诗。因此,前进和战斗是殷夫的诗的基本特征和风格。

今天的中国,就是殷夫二十多年前流血奋斗、梦想过千百次的新社会,解放了的人们正在从事着自由的创造性的劳动,诗人们可以自由而纵情地歌唱了。我们应该学习和继承殷夫的战斗精神和他的勤恳的写作态度,我们需要这种品质。

殷夫未唱完和没有唱过的歌,我们应该接着唱下去。

1955 年

生活永远是紧张的战斗
——读吴运铎的《把一切献给党》
杜鹏程

我有一位亲近的同志,我常以尊敬的心情想起他,因为他是我生活中的一位教师。他告诉我:什么是爱和恨,什么是欢乐,什么是幸福,什么事值得痛苦。

我没有见过他,但是通过《把一切献给党》这本书,我认识了他——吴运铎同志。

我以前读《把一切献给党》时,它已经简略而朴素地告诉了我那么多惊心动魄的事情;现在当我读新出版的修改本时,我就更充分地了解了吴运铎的生活和时代环境,更深刻地认识了和他同生死共患难的战友;而吴运铎同志也带着他的全部思想和内心力量,更生动地站立在我面前了。

吴运铎是一个平凡而又不平凡的工人阶级的儿子,是我们集体事业的一个细胞,但又是如此光辉的一个细胞。

这样的人,他顽强的工作精神,坚韧的生命力以及他的感情,可以作为我们工人阶级战斗性、顽强性的一个生动的注解。他的经历是中国工人阶级受难、成长和战斗的一个侧面。在抗日战争初期,日本帝国主义的铁蹄踏遍华北,伸向中原,国民党军队不战而逃,到处是枪声、火光,到处是成千上万背井离乡、失去亲人的难民,祖国在受着蹂躏和苦难。这时光,吴运铎和他的矿工朋友们,不是向安全的地方逃命,而是向那起火的地方、危险的地方、战斗的地方,去投奔共产党领导的抗日军队——新四军。他在那种生命随时可能遭遇危险的时候,所感到的痛苦是:

> 我在废墟里站了好久,心里非常沉重。帝国主义要毁灭我们,国民党政府不管人民的死活。……到处都是难民,到处都是惶惑的眼睛。听着病人的呻吟,听着孩子的啼哭,听着母亲的叹息,我的心几乎要崩裂了。

工人阶级的子弟们,他们是背负着阶级仇恨和民族的灾难,去投入革命斗争的。他们不像有些人那样:到革命队伍中去找个人出路,去避难,去追求名誉或地位。因此,他们把革命事业看作是自己的切身事业。他们即使蒙受多大的艰难甚至粉身碎骨,也甘心情愿。如果说,"伟大的精力是为伟大的目的而产生的",那么,我们就能理解吴运铎和他的战友们的那顽强意志和无敌力量的一部分原因了。

吴运铎和他的战友们,有些是从来没有造过武器的,但是当组织上要他们造武器时,他们毅然把这个任务接受下来。因为他们不光有伟大的理想,而且能切切实实进行眼前所能进行的具体工作——哪怕这些工作"琐碎""枯燥""默默无闻"——来为革命事业服务。他们不幻想什么空空洞洞的轰轰烈烈,因为:

一个工人懂得一枚螺丝钉有多大意义,他们是从生活中懂得的。一枚螺丝钉虽然小,可是少了一枚,机器就不能正常地运转。

伟大的革命事业,就是靠这无数的,为共产主义思想鼓舞而愿意做螺丝钉的人,用双肩支撑的。

组织上要他们去造武器,难道真的有什么大工厂吗?没有。在那草棚子里,除了一些极简单的工具外,其他一无所有。他和他的战友们在徒手起家的条件下,要造枪,造子弹,造手榴弹,造地雷,造炮弹,甚至造大炮,自然是十分艰难的,但是,他觉得自己的工作已经和人民的革命事业联系起来了,觉得个人真正和集体合为一体了,工作起来,也增添了更多的力量。

吴运铎和他的战友共同战斗,共同劳动,共同创造生活。他们的血流在一起,汗滴在一起,智慧交织在一起。因此,吴运铎的劳绩和创造是和他的战友们的劳绩和创造合而为一了。

从集体中吸取力量,又毫不保留地把自己的一切交给集体的人,"他能在患难时挺身而出,在困难时表现出最大的责任心"。他和他的战友边打仗边工作,有时是在飞机轰炸下、在战火纷飞中,夜以继日地工作,有时昏倒在机器旁边,有时就在机器旁边睡那么几分钟。当他挖出雷管里的炸药时,"明明知道这样做就可能在火光的闪耀中停止呼吸",但是他和他的战友不仅不逃避,而且是争着去干。当时雷管在吴运铎的手中爆炸,他倒在血泊中了,接着,他被送入医院,可是他在昏迷状态中,常常猛地从床上跳下来,一直向大门外跑着高呼:"我要回去!前方等着要炮弹哪!"多年来,他和同志们一起,刻苦钻研,创造了许多种武器,并且从无到有,建立了数处军火工厂。他一再冒着生命危险,突击完成紧急任务,三次负伤,砸坏了左腿,炸断四根手指,炸瞎了左眼,炸坏了右脚,全身伤口一百多处。他多次地战胜了危险和死亡。

这样不避艰险,全心全意地投入斗争,因此他变得最愉快最坦白,内心生活丰富而性格又是那样单纯。

会战斗的人,也是会生活的人,因为他有建设的热情。所以残酷的战争也不能使战士们的生活黯淡。他们整整挖掉半个小山,开辟了运动场,在工厂周围的空地上栽花种菜。他们唱歌、演戏、办墙报,还举行体育比赛。看到这些活动的时候,你不会想到下一分钟这里也许就发生激烈的战斗。

即使在绝路上,在生命最后的瞬间,你也在吴运铎和他的战友们的情绪中看不出些微的阴暗的情绪。他们这磅礴的正气、充沛的生命力量,以及如旭日东升般的创造热情,正是体现了工人阶级的本性。这种感情,我们在《真正的人》一书中的主人翁身上看到过,在保尔·柯察金身上看到过。

这样的人,也只有这样的人,能那么热爱劳动:机器永远对我有一种魔力。当它平平稳稳地转动,就像琴键弹出一个个动听的音符的时候,心里就愉快;当它发出杂乱的噪音,就像一个醉汉发着呓语的时候,心里就不安,好像是亲人得了重病,恨不得把自己的心掏出来,放进他人的胸膛里去。

这样的人,也只有这样的人,才能够有那种想把人类所有的知识和精神财富化为自己的思想养料的崇高愿望。这就能说明他为什么躺在病床上时,几乎是生命奄奄一息时,还学习科学知识,还学习外国语,还要科学实验,还要把自己想到的工作方法告诉别人。

难道这样的人没有烦恼,没有痛苦,没有低沉的叹息和悲伤的眼泪吗?有。大哥在武汉被敌人逮捕,二哥死在敌人刺刀下,妹妹逃难到广西,年老的母亲流落他乡沿街乞讨时,这一切不幸使他心情沉重过。但是,多少个家庭在战争中毁灭了,多少人丧失了亲人!可是个人的不幸,不过是我们祖国人民经受苦难的一部分,结束这种苦难,就靠我们舍生忘我地战斗,彻底消灭敌人,以战争来消灭战争。他有过不眠的夜。那时他在极困难的条件下,造出了三百发炮弹,但是这些炮弹只能打三十米远。炮弹退回来了,这个制造似乎是失败了:他下定决心,即使失败一百次,也要做第一百零一次的尝试。……又是一个难耐的不眠之夜。他刚上床,又跳起来,点起油灯,想了一阵,再躺到床上,盯着屋顶,眼睛都发酸了,还是不能入睡,好像那些打不响的炮弹直在眼前晃来晃去。而他最大的欢乐就是在他遍体是伤而又接受了艰巨的任务以后:让一个战士去执行严重的战斗任务,这是党对他最大的信任,因为党相信我们不会碰到困难就向后转,成为可耻的逃兵。我们来概略地看看,他无限力量的泉源是什么?他生命的火,为什么燃烧得那么强烈?他自小挑煤、捡煤砟子、做工……一家人在饥饿中挣扎;父亲在悲惨痛苦的生活面前哭泣,一直到穷困而死。当他还没有来得及理解那暗无天日的生活时,生活的重担已经落到稚嫩的肩上了;当他还没有意识到人生道路应该怎么走时,他便踏上了艰难的人生道路:生活也正如那险恶的旋涡,人一陷进去,就跟着旋转、挣扎、呼喊……他在生活的激流中,左冲右撞,冒着风险,步步搏斗,总摆脱不了悲苦的命运。幼小的心灵过早地成熟了。这原是那可悲的生活的结果。而透过这种生活环境,也显出中国工人阶级,在身受几重压榨下挣扎的情形:每天,工人一进窑,母亲和妻子就在家烧香求神,祈祷亲人的平安。……他在矿上,眼见许许多多伙伴残疾了,流落在街头要饭,晚上躲在市场里卖肉案子的旁边,和狗挤在一起过夜。眼见许许多多人的妻子成了寡妇,流落为娼妓。有些人灰心丧气,喝酒赌钱去了。痛苦的生活可能把有些人征服、压碎,但更重要的是它促使人走向斗争。

吴运铎亲眼看见过,工人阶级的先进分子,为铲除吃人的社会制度而怎样浴血苦战:矿上的一个工人领袖杨士杰,被官僚资本家和军阀的走狗拷打了七昼夜以后,用烧红的铁钉钉住他的四肢和胸口,而他还忍痛呼喊着未来的胜利。革命的疾风暴雨过去了,那血的记忆却永远不能从他幼年的心里抹去。从那时候起,他渐渐知道一件事:世界上有种特别的人,只要是对穷苦人有利的事,他总走在前边,即使自己受苦受罪,流血杀头,也不畏惧。这是世界上最有志气的人,这种人就是共产党员。

后来,在那叫人热血沸腾的抗战爆发的日子里,他在矿山遇见一个刚从国民党监狱出来的张明同志。这是一个撒播革命种子的人,这是那以自己信仰的火去点燃别人的心灵之火的人。他告诉吴运铎工人阶级痛苦深重的来源,解除这种痛苦的途径以及中华民族向何处去,像吴运铎说的一样:他讲的道理,虽然是最平常最简单的道理,但是跟我的经历一对照,它却有非常强烈的说服力。是的,是那贫困、痛苦和饥饿的地狱般的矿工生活,决定了他应走的道路,而重要的是,那工人阶级的先进分子——英勇战死的和活着的共产党人,唤醒了他的心灵,赋予他思想:即使我变成一撮泥土,只要是铺在通往真理的道路上,让我的伙伴大踏步走过去,那也是莫大的幸福啊!

一个普通工人,就是抱着这样的内心力量投入战斗的。

"革命队伍",这是多么崇高、神圣的名称。生活和战斗在这当中的人,都是那样清楚和坚定,勇敢无私,忠诚纯洁,热爱人民。这里没有"尔虞我诈",而是舍己为人;这里是战争的血与火,但是这里有着崇高的心灵和鼓舞人的思想。这里有许多人边打仗边劳动,有的人牺牲自己护卫机器,有的边做工边吐血;这里有那屡次救过吴运铎生命的广大的人民群众。在这样的群众中和这样的环境里,我们不是看到和感觉到吴运铎的血管、神经和许多人的血管、神经联系着吗?

从而,我们也看到:那决定吴运铎成长的党的力量是呈现在多方面的,呈现在许多事情和许多人身上的。

我们看吧:我们部队的高级将领给了吴运铎多么亲切而深刻的教育。那直接领导吴运铎的军工部长吴师孟,他从井冈山开始一直战斗到最后一分钟。但是当他离开这世界的前一分钟,还惦记着工厂的生产。这些人以他们光辉的一生和忠诚的精神,照亮了吴运铎所行进的道路。

当吴运铎一被分配到工厂,首先和他接触的工人是罗克绳同志。这个十七八岁的小组长,很小就参加了红军,父母亲都为革命而战死。他像母亲一样教导和爱护吴运铎,教吴运铎掌握造枪技术。像吴运铎记述的一样:

> 罗克绳的一言一行,都给我留下了难忘的印象……他的刚毅沉着,跟他的年龄很不相称。他总是把最困难的工作留给自己,从来不叫苦。他诚恳谦虚,关怀别人。他又是那样单纯,就像一池清水,清可见底。他对我有一种强烈的感染力量,甚至使我在不知不觉中模仿他的一举一动。

我们不能忘记书中吴运铎入党的场面——因为这是吴运铎变成一个英雄人物的关键之一。但是介绍吴运铎加入中国共产党的战士,正是那年轻的战士罗克绳。其后在严重的战斗中罗克绳负伤以后和其他几个同志一道被捕了:

> 敌人把被捕者捆在大庙的柱上,一个个严刑拷打,要他们供出新四军活动的情况。同志们被打得死去活来,大殿上溅满了血。但是没有一个人屈服。在他们心里,有一道攻不破的防线,这就是对革命事业无限忠诚的意志。敌人要活埋他们,但是:战士永远是战士。罗克绳走在最前面。他们喊着:"中国共产党万岁!""毛主席万岁!"从容跳进了土坑。

这一切:共同理想,集体事业,党的抚育,上级的教导,战友的关怀,斗争的锻炼,英雄事迹的感染,甚至那朴素忠贞的爱情,形成一股强大的共产主义的思想力量。这种力量使吴运铎的生命发出了那样强烈的光彩。

这就是为什么《把一切献给党》这本书在为时不长的时间里销了三百多万册的原因。这就是为什么有的人把这本书寄到朝鲜战场,寄到海防前线,寄到康藏公路建筑者的手中,寄给朋友,寄给爱人的原因。这就是为什么青年们拿吴运铎作为他们学习的榜样的原因。

《把一切献给党》是工人阶级战士的英雄经历记录之一,是共产主义思想威力的一个体现,是生活的教科书。

《三里湾》写作前后

赵树理

一、为什么要写《三里湾》

中国革命从反帝、反封建、反官僚资本主义的新民主主义阶段转入以社会主义建设和社会主义改造为内容的过渡时期开始,全国人民在这种新的历史任务之下都经过了个创造新经验的时期。在这时候,文艺界在创作方面虽曾有一度不太活跃,可是作家们并没有闲着,大部分都到各种社会主义工业或农业建设的业务中,跟着大家摸索经验。我是愿意写农村的,自然也要去摸一摸农村工作如何转变的底,于是就在一九五一年的春天又到我所熟悉的太行山里去。

这地方是抗日战争初期就开辟了的老解放区,群众觉悟较高,在抗日战争和解放战争时期,长期保证着战争的一切需要,而且在战争中老早完成了土地改革工作;在农业生产组织方面,自一九四二年减租减息(土改的初步)开始后,就出现了初级形式的互助组织。可是在革命由新民主主义性质转变为走向社会主义的过渡时期性质的时候,领导这地方的农业生产工作者也曾有一段觉着工作不太顺手:第一,在战争时期,群众是从消灭战争威胁和改善自己的生活上与党结合起来的,对社会主义前途的宣传接受得不够深刻(下级干部因为战时任务繁重,在这方面宣传得也不够),所以一到战争结束了便产生革命已经成功的思想。第二,在农业生产方面的互助组织,原是在克服战争破坏的困难和克服初分得土地、生产条件不足的困难的情况下组织起来的,而这时候两种困难都已经克服了,有少数人并且取得向富农方面发展的条件了;同时在好多年中已把"互助"这一初级组织形式中可能增产的优越条件发挥得差不多了,如果不再增加更能提高生产的新内容,大家便对组织起来不感兴趣了。第三,基层干部因为没有见过比互助组更高的生产组织形式(像农业生产合作社这样半社会主义性质的组织,在这时候,全国只有数目很少的若干个,而且都离这地区很远),都觉着这一时期的生产比战争时期更难领导。

我到了中国共产党的一个地委会(山西长治专区),碰到他们也正在研究上述那个不太容易解决的问题。他们根据当地的情况,又参考了一些苏联和各民主国家的办法,拟定出一种合作的形式,决定在本专区试办十个农业生产合作社。我也参加了他们的拟定办法和动员工作,并于动员之后往两个愿试办的农村去协助建社。

这次新的试验,果然给领导生产的县区级干部开辟了新道路,给附近农村增加了发展生产的新刺激力——虽然生产动力和土地所有制没有变动,但以统一经营的方式增加了土地、劳力、投资等的生产效率,以土地、劳力按比例分红的办法照顾了土地私有制,保证了增加产量和增加每个社员的收入——试验的结果良好,附近农民愿意接受,中央也批准推广。

我从前没有写过农业生产,自他们这次试验取得肯定的成绩后,我便想写农业生产了,但是我在这次试验中仅仅参加了建社以前的一段,在脑子里形不成一个完整的社会生活面貌,只好等更多参加一些实际生活再动手,于是第二年便仍到一个原来试验的老社里去参加他们的生产、分配、并社、扩社等工作,一九五三年冬天开始动笔写,中间又因事打断好几次,并且又参观了一些别处的社,到今年春天才写成《三里湾》这本书。

二、为什么写了那样几个人

在农村领导农民走社会主义道路的,自然是共产党。有些好党员,在办社的工作中显示出高尚的品质、丰富的智慧和耐心、细致的作风——他们都是不脱离生产的人员,但是能够把领导工作放在第一位,把个人的生产放在第二位,经常为了会议,为了计划,为了解决个别问题而废寝忘食。他们的文化程度一般都不甚高,但是对人对事都能实事求是地分析研究,做出非常实际的具体对策。千头万绪的事情碰在一个时期,在他们是见惯了的,可以分开轻重缓急地一件一件处理,不会弄得手忙脚乱。正因为农村中到处有这样一些好党员,才把推广农业生产合作社形成一种全国性的运动。为了表现这种人,我才写了王金生这个人物。

接受党的领导参加农业生产合作社最快的是翻身贫农,而就我见到的翻身贫农参加社的,更有两种可爱的人:一种是在生产上创造性大的人,这种人每遇到传统的生产技术不如自己想象的顺利的时候,就产生改良工具或改变做法的念头。他们做些新的研究、试验,得到一些成功,从而把自己的兴趣逐渐从生产自己的(经济收入)转移到生产工作本身上来;只要新的试验有成绩,赔一点本也满意。他们在个体经营的小块土地上耕作,那些发明创造一来需要有限,二来试验的地盘太小,三来也得不到鼓励或帮忙。入社以后,社是新扩大了的生产组织,有些地方常感到在经营小块土地时候的传统办法不够用,须要接受一些和创造一些新的事物来补那些空子。领导者把这些责任委托了他们,鼓励他们,给他们必要的土地和材料、用具,使他们发挥其才能,所以他们都觉着参加了社如鱼得水,都以忘我的精神时时为这种新的生产组织增加新的生产效能——这种效能,在动力未变之前,对增加生产是有重要意义的。再一种是心地光明维护正义的人,这种人往往是在解放以前和地主阶级斗争最激烈的人。他们经过了斗争的锻炼,受到了解放区民主生活的教育。他们在长期斗争中,认识了地主阶级假公济私、损人利己、见利忘义、爱财如命种种丑恶的品质,并且恨之入骨,久而久之,便给他们自己造成一种疾恶如仇的性格。他们对一般农民的错误也恨,不过很自然地和对付地主阶级有所不同。不论哪个农民,只要想发展资本主义,在思想上就有和地主阶级相同的一面;不过当他还没有发展到变质的时候,他仍然保有与一切劳动人民相同的一面。上述那种维护正义的人,对待一般农民的错误,往往恰好掌握到这个分寸。他们有个说法叫作"对事不对人"。他们对一般人没有什么私仇,只是见到不平的事他们要说话。这种民主精神,大为农业生产合作社这样的集体生产组织所需要;而他们也乐于参加到这种容易发挥民主精神的集体生产组织中来。以便逐渐消灭他们自己所痛恨的事。为了表现这两种人,所以我才写王宝全、王玉生、王满喜等人。

在办社工作中还有一种新生力量是青年学生。这些人,不一定生在贫农家庭,自己对农业生产工作也很生疏,然而他们有不产生于农村的普通的科学、文化知识(例如中国、世界、历史、社会、科学等观念),有青年人特有的朝气,很少有、甚而没有一般农民传统的缺点。一个由社会主义性质的农业生产组织逐渐向着完全社会主义化方面发展,对这样的新生力量是应该重视的——因为社会主义事业的任何部门都是需要一般知识的。为了表现这种新生力量,我所以才写范灵芝这个人。

但原来的农民毕竟是小生产者,思想上都具有倾向发展资本主义的那一面。所谓社会主义改造,正是为了逐渐消灭那一面。但是那一面不是很容易消灭的。目前的农村工作中,几乎没有一件事可以不和那一面做斗争。那一面对农业生产合作化是一种离心力,而这种离心力时时影响着一部分社外群众,侵蚀着一部分社员、一部分青年,甚而侵蚀着一部分党员。在办社工作中,党对于这种离心力也几乎是无时无刻不在斗争。为了批评这种离心力,我所以又写了马多寿夫妇、马有余夫妇、袁天成夫妇、范登高、马有翼等人。

三、写法问题

中国在1949年以前,文化很不普及,人民大众所享受的传统文艺作品,大部分是通过戏剧和曲艺艺人口头的传播才领会到的;五四以来,中国文艺界打开了新局面,但是过去这种新的作品还只能在知识分子中间流行,广大群众依旧享受的是原来享受的那些东西。这样一来,中国过去就有两套文艺,一套为知识分子所享受,另一套为人民大众所享受。

既然有这个差别存在,写作品的人在动手写每一个作品之前,就先得想到写给哪些人读,然后再确定写法。我写的东西,大部分是想写给农村中的识字人读,并且想通过他们介绍给不识字人听的,所以在写法上对传统的那一套照顾得多一些。但是照顾传统的目的仍是为了使我所希望的读者层乐于读我写的东西,并非要继承传统上哪一种形式。例如,农民在传统上也听评书,也听鼓词,也听识字人读章回小说或说唱脚本,也听口头故事,也唱民歌,也看戏;有创作才能的人,也把现实中的特殊人物、特殊事件加以表扬或抨击,加油加醋说给人听,编成歌曲到处传唱。这一切都是他们自在的文艺生活,我究竟继承了什么呢?我以为我都照顾到了,什么也继承了,但也可以说什么也没有继承,而只是和他们一道儿在这种自在的文艺生活中活惯了,知道他们的嗜好,也知道这种自在文艺的优缺点,然后根据这种了解,造成一种什么形式的成分对我也有点感染,但什么传统也不是的写法来给他们写东西。同时我这种写法也并不能和大多数作家的写法截然分开,因为我虽出身于农村,但究竟还不是农业生产者而是知识分子,我在文艺方面所学习和继承的也还有非中国民间传统而属于世界进步文学影响的一面,而且使我能够成为职业写作者的条件主要还得自这一面——中国民间传统文艺的缺陷是要靠这一面来补充的。

中国民间文艺传统的写法究竟有些什么特点呢?我对这方面也只是凭感性吸收的,没有作过科学的归纳,因而也作不出系统的介绍来。下面我只举出几点我自己的体会:

(一)叙述和描写的关系。任何小说都要有故事。我们通常所见的小说,是把叙述故事融化在描写情景中的,而中国评书式的小说则是把描写情景融化在叙述故事中的。如《三里湾》第一章写玉梅到夜校去的时候,要按我们通常的习惯,可以从三里湾的夜色、玉梅离开家往旗杆院去写起,从从容容描绘出三里湾全景、旗杆院的气派和玉梅这个人的风度仪容——如说"将满的月亮,用它的迷人的光波浸浴着大地,秋虫们开始奏起它们的准备终夜不息的大合奏,三里湾的人们也结束了这一天的极度紧张的秋收工作,三五成群地散在他们住宅的附近街道上吃着晚饭谈闲天……村西头半山坡上一座院落的大门里走出来一位体格丰满的姑娘……"接着便写她的头发、眼睛、面容、臂膊、神情、步调以至穿过街道时和人们如何招呼、人们对她如何重视等等,一直写到旗杆院。给农村人写,为什么不可以用这种办法呢?因为按农村人们听书的习惯,一开始便想知道什么人在做什么事,要用那种办法写,他们要读到一两页以后才能接触到他们的要求,而在读这一两页的时候,往往就没有耐心读下去。他们也爱听描写,不过最好是把描写放在展开故事以后的叙述中——写风景往往要从故事中人物眼中看出,描写一个人物的细部往往要从另一些人物的眼中看出。

(二)从头说起,接上去说。假如我在第一章里开头这样写:"玉梅从外边饱满的月光下突然走进教室里,觉着黑咕隆咚的。凭着她的记忆,她知道西墙根杈丫零乱的一排黑影是集中起来的板凳……"这样行不行呢?要是给农村人看,这也不是好办法。他们仍要求事先交代一下来的是什么人、到教室里来做什么事。他们不知道即使没有交代,作者是有办法说明的,只要那样读下去,慢慢就懂得了;还以为这书前边可能是丢了几页。我觉得像我那样多交代一句"……支部书记王金生的妹妹王玉梅便到旗杆院西房的小学教室里来上课"也多费不了几个字,为什么不可以交代一句呢?按我们自己的习惯,总以为事先那样交代没有艺术性,不过即使牺牲一点艺术性,我觉得比让农村读者去猜谜好,况且也牺牲不了多少艺术性。在每一章与另一章衔接的地方也有这样性质的问题。我们通常读的小说,下一章的开头,总可以不管上一章提过没有,重新开辟一个场面,只要等把全书读完,其印象是完整的就行,而农村读者的习惯则是要求故事连贯到底,中间不要跳得接不上气。我在布局上虽然也爱用大家通常惯用的办法,但是为了照顾农村读者,总想设法在这种办法上再加上点衔接。如我写《三里湾》的第二章从玉梅回家写起,就完全为了照顾农村读者这个习惯,否则这一章尽可以一开始就写打铁的场面,而且根本不让玉梅在这一章出现也可以——因为这一章没有表现玉梅特点的地方。

(三)用保留故事中的种种关节来吸引读者。评书的作者和艺人,常用说到紧要关头停下来的办法来挽留他们的听众(如说到一个要自杀的人用衣衫遮了面望着大江一跳的时候便停下来之类),叫作"扣子",是根据听书人以听故事为主要目的的心理生出来的办法。这种办法不一定用在每章章末,而有许多是用在中间甚而用在开始的。例如有一本说秦琼打擂的评书,说秦琼一上了擂台就被早已要捉拿他的官府捉进狱里去,并有消息说第二天午间就要斩头,他的一个朋友听了这消息,就赶往各处通知他的许多英雄朋友第二天到刑场来抢救他,就借着这个机会来一个个地写他的英雄朋友,并且每个人初出现都附带着一些小故事,说起来要说两礼拜的工夫才能说到刑场抢救的事,而在每一段落上又都各有些"扣子"。这种办法的作用很大,但有个毛病是容易破坏章节的完整。我在不破坏章节完整的条件下也往往利用这种办法,不过不一定用在章末。在《三里湾》中我也试用过一些——明显的如"刀把上"的一块地、一张分单、范登高问题、灵芝与有翼的关系等就是——不过远不如评书伏下的"扣子"那样有力。

(四)粗细问题。细致的作用在于给人以真实感,越细致越容易使人觉着像真的,从而使看了以后的印象更深刻。我们看一张细致的油画,见到画面上的人物神情、服装、所携用具、周围景色以至远处的水光、山色、青天、白云……件件逼真的时候,有时觉着自己也可以进到画中去,看了以后可以很久或终生忘不了。我们读了写得细致的小说也有同感(当然艺术品的细致都应是有选择的而不应是自然主义的堆砌)。不过小说和画究竟有所不同,因为小说是用文字写成的。看一张细致的画,在细看的时候固然一花一草都能看到,但即使在粗心大意的时候,也可以领会了其中突出的事物,而读小说却不能很自然地把次要的事物跳过去而看出突出的事物,因而就要对不同习惯的读者对象作不同的安排,以便于使他们愿意从头读到尾——读完以后领会得深浅,也和看画一样是各有不同的,不过要不能使他们读完,就会连个浅的印象也没有。前边谈到叙述和描写的关系中,曾提到中国评话式的小说是把描写情景融化于叙述故事中的,但为了少割裂故事的进展,为了使读者于尽可能短的时间内读完,在通常小说写得细致一点也不算过多的地方,在这种形式的小说中可以简到很少甚而不写。例如,我在《三里湾》中第一次写到马家院,只写了它的大门上的闩子、搭子、腰闩、楔子、顶门杠、黄狗等而没有写院内秋收时候应有的景物、马多寿家几个人的声音、面貌等。本来院中的景物和这些人物的外观写上去也不为多,有好多地方还可以使人对马家的印象更深刻,但不写上去对于了解马家的影响也不大,而且可以节约读者多读几百字的时间。过去的评书艺人在这些地方是描写的,而且有时候写得很长——相传有个艺人说《西厢记》中的莺莺在进一重门的时候,说了一个礼拜还没有进去,而听众还不觉得厌烦。我以为这是过去评书的一种毛病:过去在茶馆里说书的评书艺人是每说一段收一次费的;而听众又有些是有闲阶级(可以说是职业听众),每天可以误上整工夫来听书。这一类听众,要求的是轻松扯淡的小趣味,而并不打算在其中接受什么教育。艺人们为了照顾到这一批长期顾客,有时候就得添油加醋以适应他们的需要。不过一般听众仍是要求故事进展得快一点、主要的内容厚一点的。今天那样一类有闲的听众没有了,所以写莺莺的时候,写到她突破封建婚姻制度的地方不妨多花点笔墨,而对她进门的姿态、风度尽可以少写,至于有闲阶级要求加入的色情的部分则要去掉,以便于使我们的新的听众尽可能在少的娱乐时间里,可以接受一整本足够深刻的西厢故事。

究竟什么地方应粗,什么地方应细呢?我以为在故事进展方面,直接与主题有关的应细,仅仅起补充或连接作用的不妨粗一点;在景物和人物的描写中,除和以上相同外,凡是直接的读者层最熟悉的可以不必细写(只要提及几点特殊的东西,读者就用他们的回忆把未写到的给补充起来了),而他们较生疏的就须多写一点。我一向是这样做的,只是在应细的地方而材料不足的情况下则做得不够。

关于写法我谈这几点。中国评书中的技术有它自己已经形成的比较完整的道理,只是这一套道理还在好多艺人同志们的头脑中,没有人写成书。以后我还准备向他们作一次全面的学习。

此外还有语言问题。我对运用语言方面的看法,一向不包括在写法中。我以为这只是个说话的习惯,而每一个国家或民族,在说话时候都有他们的特种习惯,但每一种特殊习惯中也有艺术的部分,也有不艺术的部分。写文艺作品应该要求语言艺术化,这是在每一种不同语言的习惯下的共同要求,而我只是想在能达到这个共同要求的条件下又不违背中国劳动人民特有的习惯,结果在"艺术化"方面只是能花多少便花了多少力气(根据我的能力),而在保持习惯方面做得多一点而已。

四、还有几个缺点

我在抗日战争初期是做农村宣传动员工作的,后来做了职业的写作者只能说是"转业"。从做这种工作中来的作者,往往都要求配合当前政治宣传任务,而且要求速效。这种要求本来是正当的,是优点,可是因为自己的努力不够,所以又存在着以下三个缺点:

(一)重事轻人。在实际工作中,任何事都是多数人做的,其中虽然也有骨干,而骨干也是多数,每个人发挥出他一部分积极作用就把事办了。在一个作品中自然应该集中一些、节约一些不必要的人物,突出几个有代表性的人物。要做到这一步,自然就应该更深入一些去体会每个人的积极面。我因为在这方面的努力不够,所以常常写出一大串人,但结果只有几个人写得周到一点,把其余的人在故事中用一下就放过去,给人一个零碎的印象。

(二)旧的多新的少。在转业之前我接触的社会面多,接触的时间也长,而在转业之后恰好正和这相反,因而对旧人旧事了解得深,对新人新事了解得浅,所以写旧人旧事容易生活化,而写新人新事有些免不了概念化——现在较以前好一些,但还是努力不够。

(三)有多少写多少。在一个作品中按常规应出现的人和事,本该是应有尽有,但我往往因为要求速效,把应有而脑子里还没有的人和事就省略了,结果成了有多少写多少。

这三个缺点,见于我的每一个作品中,在《三里湾》中又同样出现了一遍——如对魏占奎、秦小凤、金生媳妇、何科长、张信、牛旺子……就只是见了见面而没有显示出他们足够的作用。又如写马多寿等人仍比金生、玉生等人突出。再如富农在农村中的坏作用,因为我自己见到的不具体就根本没有提之类。

这一切都只能说是在创作之前的准备不充分。为了迅速地配合当前政治任务,固然应该快一点写,但在写作之前准备得不充分的时候,正确的做法是赶紧把不充分的地方补充准备一下然后再写,而不是就在那不充分的条件下写起来。我愿意在今后努力克服这些缺点,准备以缺点更少的作品和大家再见。

农村社会主义高潮到来的图景
——读中篇小说《冰化雪消》
于 晴

李准的中篇小说《冰化雪消》(《长江文艺》今年七、八月号)是一篇好作品。作者用饱满的激情,为我们画出了农村社会主义高潮到来以后的欣欣向荣的图景。

正像李准以前的几篇作品里所表现的那样,作者对于沸腾着的生活的新的变化,有着敏锐的感觉和巨大的热情。他善于从浪花四溅的生活激流中,抓住那激起动荡波纹的主要的冲突,而且响亮地唱出了推动这激流前进的新事物的凯歌。他的作品能够及时地提出生活里正在发生的新的问题,而且用生活本身的逻辑,对它们做出有说服力的回答。我以为,这正是李准的作品在思想意义和艺术力量上获得成功的原因。

如果说,在他以前的一些作品里,作者告诉我们的是,农村中的社会主义的萌芽,是怎样通过曲折的斗争而青春焕发地生长,那么,在《冰化雪消》里面,我们就看到这萌芽已经在迅速地茁壮起来,披拂着饱含生命液汁的青枝绿叶;我们更从这里看到,它将开出鲜艳的花,结成丰满的果。

小说所描写的郑家湾,是一个农业合作化运动已经蓬勃发展的村子。在这个八百多户的村子里,已经办起五个农业生产合作社和几十个互助组。农业合作化像一块巨大的磁石,吸引着所有的人。农村伟大的社会改革——社会主义改造的壮阔的波澜,以磅礴的声势冲击着整个农村生活,改变着生活的轨道,使它永远摆脱小农经济的不可避免的风雨飘摇的运命,走上共同富裕的幸福的大路。社会主义高潮所带来的,还不只是农村社会经济因素的变化,它也改造着人的灵魂。小说里描写的这些景象,不仅在我国的许多农村里已经出现,而且即将在更广大的土地上蓬蓬勃勃地出现。

但生活永远也不是风平浪静的。就是在农村的社会主义高潮到来以后,农村的阶级斗争——两条道路的斗争和它的通过各种形式的反映,也绝不会因之而缓和,相反地,它将更加深刻,也更加复杂地在人与人的关系中,在人们的意识中尖锐地表现出来。作者通过这个作品,提出了一个新的问题:在农村的社会主义高潮到来以后,应当用怎样的积极精神推动这个运动向前进,阶级斗争在思想上的反映又是怎样地更加深化,需要我们用怎样的态度来对待我们所面临的新的形势。

现在,这个新问题就摆在作品的主人公——郑家湾的乡支部书记、这个村子最早成立的"红旗"农业生产合作社社长郑德明的面前。

问题是这样被提出来的:郑德明和他的伙伴们办起这个农业社,是走过了一条"有甜有酸,有苦有辣"的路子的,他们克服了各种各样的困难,而且也忍受了单干户们的讽嘲和打击,终于坚持了下来。不仅他们的社得到了巩固和发展,而且也推动了整个村子的合作化运动的浪潮,他们用坚韧的信心和刻苦的劳动,证实了他们所选择的道路是唯一正确的道路。但是,当他们为自己的成就而感到光荣和幸福的时候,他们中间的有些人,却滋长了严重的骄傲自满和本位主义的情绪,他们忘记了他们是这个村子里最先的社会主义的堡垒,忘记了自己对于整个村子的农业合作化运动所负的重大责任——用社会主义的思想影响和自己的先进经验,从精神上和物质上来帮助走在他们后面的弟兄们。

  这种骄傲情绪和本位主义虽然有时候是同那种正当的自豪感和荣誉感同时存在的,但这是非常危险的东西。它使他们中间的一些人,对别的农业社和社外的农民采取了排斥、轻视和打击的态度。在这里,作者用生动的笔触刻画了"红旗"社副社长刘麦闹这个人物。他年轻,有热烈的对于社会主义的向往,而且在这几年的办社中,学到了一套精明能干的本领,但他没有学会谦逊。你看,他是在用怎样的口吻,在别的区的几百个劳模面前夸耀自己的庄稼,有意地挖苦别的农业社,他又怎样处处想高出别人一头,着急地要成立集体农庄,为的是不甘心"他们是互助组的时候,咱们是社,现在他们转社了,咱们还是社"!作者对于另外一个青年社员小森的年轻好胜,也作了出色的风趣的描写和善意的揶揄。他们社新买来一头大骡子,他也要故意把它套上车,坐上一群小孩,满街去跑着"亮亮风";就是赶车时打鞭子,也要打出各色花样,打得特别响,不忘记出出风头;别的社向他们借胶轮车去使使,他就要在旁边说几句刻薄话:"你们有这么大的骡子没有?别拉不动再送回来。"对于别的社,他们总是开口闭口"我们老社怎么样!你们新社怎么样"!这自然就引起了人们的反感,发生了各种纠纷。这不仅对于"红旗"社本身是不利的,而且影响了全村的团结,阻碍了大家在合作化的道路上的互相帮助和共同前进。这种骄傲情绪,归根结底,也还是资本主义思想——小农经济所产生的狭隘的个人主义在新的形势下的表现。

  郑德明,这个久经锻炼的、对于社会主义事业有着无限忠诚的老共产党员,是敏锐地察觉了生活里发生的新的问题的。他把社外的人们对他的冷淡和反感,同自己社里的干部和社员的行动联系在一起,感到了问题的严重。他的心沉重起来。他思索着,他要找出问题发生的原因。从这里开始,从他在以后的复杂冲突中的行动,作者展开了对于郑德明的成功的描写。

  这是在我们广大的农村中处处可以遇到的那种农村老干部中间的一个。粗粗看起来,他也许没有什么可以吸引人的特点,但是只要和他稍稍接触,你就会感到他有着你还远不能达到的那种高尚的灵魂和坚定的生活信念。党正是依靠了他们,通过他们引导着群众，才取得了革命的再接再厉的胜利的。今天，他们是农村社会主义革命风暴中的战斗的旗子。在李准的笔下，郑德明的形象像浮雕一样可以触摸，使我们久久不能忘记他的声音笑貌，感到他的温暖和动人的思想力量。

作为乡支部书记，同时又是"红旗"社社长的郑德明，是清醒地认识到他在生活里所负的责任的。现在，在新的形势面前，他不仅要把自己的社办得更好，而且还有更大的责任去推动整个生活在党所指引的轨道上前进。他敏锐地注视着生活里发生的变化，而且用积极的、战斗的态度来对待它们。当他看到刘麦闹因为夸耀自己而受了打击，想把"红光"社借去的橡子讨回来的时候，郑德明的愤怒是很自然的，他制止了这种无理的行动，而且严肃地批评了他："这能算咱们帮助大伙走社会主义应做的事？……别把自己送到云彩眼里，咱们这个社往前走一步，挪一步，都是党的扶植帮助，都是大家的力量。"当他看到受了讽刺的"红光"社社长魏虎头也因为赌气而把长得油光笔直的小桐树硬斫下来，还他们橡子的时候，他的愤怒里更透露了他的深刻的感情：对于劳动、对于社会主义事业的深厚、执着的爱，他不容任何人来稍稍侵犯它。

斗争在继续着。和集体主义相对立的资本主义思想是不肯轻易从生活中间退让出去的。两个社在抢着犁河滩地的时候又发生了纷争。郑德明又一次在这样的事件面前表现了他从集体事业的整体来考虑的忍让精神和大公无私的品性。

这时候郑德明所决意要做到的，是首先来克服自己社里有些人的骄傲自满的情绪。他也决意要用实际的行动，树立起无私地援助其他的社的榜样，他很懂得，实际的行动是最有说服力的。但这引起了刘麦闹的误解，以为他是为了想和魏虎头结成亲戚——他的女儿和魏虎头的儿子正在恋爱——怕得罪了人，才这样做的。这种误解，在郑德明心里是引起了焦虑的，他进一步看到了问题的复杂性。但他丝毫也没有在这样的问题面前退缩，他深深思索着，感到自己所负的严肃的责任，也为发生了这些事情而感到惭愧。他知道应当怎样入手来克服他们前进道路上的障碍。郑德明对于刘麦闹所进行的说服是有力的，他怀着深深的感情把刘麦闹引到当前的这个问题上来，而且向他提出了一个他完全意料不到的责问："……可是咱们社领导大伙走社会主义，别的社都是领导大伙走资本主义？咱们搞好生产支援国家，别的社搞好生产能是为支援美帝国主义？"郑德明非常清楚，对于像刘麦闹这样一个虽然有着弱点，但是也有着高度的社会主义积极性的青年党员来说，这责问是最能触到他的痛处的。凭着他的清醒的党性立场和对于人的深刻理解，郑德明取得了第一步的胜利。

郑德明是正确的。但现实斗争是这样错综复杂，问题还有另外的，更本质的一面。那就是，这个村子虽然在合作化的道路上走在前面，但资本主义的自发势力还在深深地影响着一些人，甚至也影响着个别经过长期的党的教育的共产党员。"红光"社社长、副乡长魏虎头就是这样一个人物。他曾经是土地改革斗争中的骨干,是全区有名的农会主席,但在革命胜利以后,他的思想渐渐落在时代的后面,在他身上还没有真正的社会主义的自觉。当郑德明他们开始办社而遭到各种困难的时候,他就在旁边替郑德明气馁,自以为好意地劝他把社散了,"把个人的地好好种住"。但郑德明并没有因此而动摇。社坚持了下来,用事实证明了自己的优越性,这时魏虎头也被它所吸引,他也下劲办起了合作社。但是他实际上所走的,还是资本主义的老路。他把一个小商人——资产阶级分子拉到社里来当副社长,把农业生产交给他经管,而自己抓副业,想在搞运输、烧砖上来发大财。他妒忌"红旗"社,想用资本主义的手段来和它竞争。这是一条和社会主义相敌对的、必然失败的道路。这条道路也势必要和社会主义的道路发生不可调和的冲突。两个社发生的纠纷,虽然也由于"红旗"社的骄傲自大所引起,但更根本的原因,则是这种资本主义的自发倾向对于社会主义改造的一种本能的敌视。

郑德明是曾经和这种倾向进行过斗争的。当"红光"社办社之初,魏虎头想把一户富裕中农拉进来,利用他的牲口和大车大搞运输的时候,郑德明就制止了他们这样做。但也因此使魏虎头对他积下了很大的不满。问题更重要的根子是在这里!事实也证明了,当"红旗"社已经开始改变了自己的态度,加强了和其他的社的互助和团结之后,"红光"社还是对他们怀着敌意,甚至蛮横无理地挡住"红旗"社的大车,不准它从自己的地里走过。对于这,郑德明在开始的时候,是认识得不够的。他把问题的发生看成主要是由于"社员们过去是对单干户有很大抵触,他们受过单干户的嘲笑、打击。可是现在这些单干户变成了生产社,而社员们在骄傲情绪支配下,这种抵触还没有扭过来"。但是他是富有斗争经验的,他不是那种在复杂的阶级斗争面前变得麻痹、迟钝的人。他能够立刻从县委书记的谈话里深刻地领悟到这一点:虽然村子里形式上成立了几个合作社,但"和资本主义斗争这个仗还没有打完,这个仗还是要打"。党的指示使他更加清醒,他从这里得到了更多的勇气和力量。

在斗争的开展中,郑德明的性格进一步深化了。他一方面继续对自己社里的骄傲情绪进行了斗争,用大公无私的行动来帮助别的社,而且在党内展开了对于魏虎头的批评。对于面临着的斗争,他变得更稳重,更镇静。当"红光"社拦住他们的大车,小森生气地问他,他们能不能也去拦别人的大车时,他笑着说:"小森,咱不挡他。就是他挡咱也不对,晚些时他就不挡咱了。"这是一个对于生活的方向有着高度的确信的人的声音,这种确信,也正是他的开朗、乐观和镇静的原因。

郑德明并不是容易地得到了胜利的。魏虎头不但不能认识自己所走的错误道路,反而以为郑德明是怕"红光"社搞大了,有把"红旗"社"压下去"的危险,才故意和他为难。习惯的小生产者的自私观念使他抱着这样的看法:"车多碍辙,船多擦边!"郑德明对于这样的话出于自己的老战友的嘴里,是感到愤怒的,他正气凛然地对他作了有力的回击:"只有资本主义思想才碍咱们走社会主义的辙,咱们走社会主义也碍走资本主义的辙。可是咱们不但碍他们的辙,还要把它堵死!"在他和魏虎头的这次谈话里,他用深情的话语激起了魏虎头对于过去的斗争的荣誉感,而且这样斩钉截铁地掏出了他的肺腑:"……你被资本主义思想圈住了,我要把你拉出来,哪怕你打我的手,咬我的指头!"这使魏虎头不得不在他面前低下头来。作者所描写的他的高度的党性精神和对于同志的真正的关怀,使郑德明这个形象发出了更强烈的光彩。

但这还是开始。在以后的事实的教训中,魏虎头才真正有了悔悟。当"红光"社为了急于还债而企图把应该分给大家的粮食留下来,引起了群众的愤怒的时候,有着群众威信的郑德明站了出来,明智地做出了果断的、受到群众拥护的决定,而且号召大家帮助"红光"社解决由于走错了路而遭到的那些严重困难。作品的这一场景中对郑德明的那种农村老干部的果敢和风趣的刻画,应该说是非常出色的。作者鲜明地表现出:他的行动的本身,就是对于那些对社会主义怀着二心的人的有力的教育——集体主义思想的教育。

就这样,作者在社会主义高潮到来的背景中,突出地塑造了郑德明这个人物的明朗的、使人热爱和受到鼓舞的形象。他的形象是高大而美丽的。那个悔悟了的魏虎头最后对他的印象,也正是人们对他的共同的印象:他"像在汪洋大海里的老船夫一样,和风浪搏斗着,并且是那样坚决,有力"。

由于作者对于他所描写的对象的深入体会,由于作者遵循了正确的创作方法,他善于把他的人物放在交错着的斗争的尖端,放在最足以显示他的性格特征的行动里来加以刻画,这样,无论是对于人物的歌颂或批判,就并不是矫饰的和缺乏血肉的,而是以它的全部的真实使人信服和得到由衷的感染。

作为郑德明的性格的对比和陪衬,小说里许多人物的描写,也都是有性格的。作为这场斗争的插曲的小松和秀芝的恋爱,由于它和整个斗争比较紧密地联结着,也富有诗意。作品的结尾也有着深长的意义:斗争教育了人们,资本主义思想又一次成为生活中的战败者。人们在为社会主义而奋斗的基础上更加亲密地团结起来,村子里各社的社长和重点互助组长组成了一个"互助合作委员会",这种组织形式使整个农业的社会主义改造更有计划地、更进一步地开展了。

读完这篇小说,在感到满意激动的同时,也还感到它有不足的地方。这明显地表现在作者对于体现在魏虎头这些人物身上的资本主义自发倾向的批判,还不是更加尖锐和有力的。

在作品的全部描写中,作者在形象上比较侧重地刻画了那种和社会主义的自豪感同时存在的骄傲思想,而对于问题的更本质的一面:对资本主义的自发倾向的斗争的刻画,就显得有些薄弱。作者批判了魏虎头的那种个人主义(他对于"红旗"社的妒忌,企图高人一头,等等)的思想作风,但对于他的那种对资本主义道路的向往,和在斗争中资本主义思想的必然的顽抗,就没有能够在思想上作更深入的挖掘,也没有展开更丰富的描写。我想,这也许是由于作者虽然敏锐地感受到了生活中的新的冲突,但对它的分析还不够透彻,或者也是由于作者所处理的题材在规模上比较大,因而在艺术结构和情节的开展上,还不能更好地掌握自如。而如果作者在这方面能够有所加强,作品的思想意义和对于郑德明形象的刻画,无疑地将会更加提高和丰富。

尽管有着这些缺点,我们却衷心地热烈地欢迎这样的作品,而且盼望着能读到更多这样的作品。

1956 年

要更多地和更深地理解生活
——评刘绍棠的小说
萧　殷

刘绍棠的小说于1951年出现之后,就开始引起了读者的注意和重视;到去年夏天,他已出版了三本小说集(两本短篇集《青枝绿叶》和《山楂村的歌声》以及一本中篇小说《运河的桨声》),而且都博得读者的一些好评。总的来说,读过他的小说的人大都首先有着一个相同的感觉,都认为他的作品有一种吸引人的清新气息——不仅有着生活气氛,而且还洋溢着作者对于先进事物的热情。

我们从作者笔下的人物形象中,看到性格单纯的根旺是多么无私(见《布谷鸟歌唱的季节》),看到桑贵老头对他老伴的"无原则"的想法,表示得多么坚决(见《大青骡子》);俞青林这个小伙子多么淳朴、热情,而又多么忠于整体利益(见《摆渡口》);周虎山为了走社会主义的道路,对他父亲——新富农展开了多么曲折的斗争(见《不疲倦的斗争》)……作者对于这些人物,这些具有社会主义积极性的人物,总是和他们站在一起,并尽情地称赞他们。正是因为这样,所以作者对于那些妨害社会主义事业迅速发展的现象和人物(如王六老板、田贵、麻宝山这类人),就不会冷眼旁观,也不可能冷眼旁观,而是采取了尖锐的批判和无情的揭露的态度。

我们在刘绍棠的一部分作品里,也发现了作者是能够通过生活真实的描写来反映生活真理的,即通过活生生的有个性的人物的描写,来体现生活本质方面的特征的。

让我们看看《大青骡子》吧,这篇小说的主人公桑贵老头,是一个性格善良的老农民,他爱合作社的骡子几乎超过了爱他的闺女。这个老头子独特的个性:善良、热情、乐观、诙谐……都给读者留下了一种亲切的印象。透过桑贵老头的富有个性特征的表现,那些长期在田地里"受累"、现在已经体会到合作化优越性的农民的一般特征,使我们看得更清楚了。也就是说,我们通过他特有的脾性,不仅看到桑贵老头对公共财产的具体态度,并且也感觉到他的高贵的气质——集体主义的精神。

刘绍棠在他的作品里,给读者带来了生活气息。作者能够把某些场景、人的活动以及某些生活细节生动地表现出来。从这类描写里,可以看到作者有一种能够用感性形象的方式去感受生活的本领。但是我们还应当指出,作者仅只注意景色、场景以及某些生活细节等表面现象的感受,是不够的;应当把"触角"首先深入生活的深处,深入矛盾的根基里,深入人的内心世界里去;只有这样,艺术的感受力才能得到正当的发挥,蕴藏在生活里面的复杂多彩的血肉内容,才有可能被更好地揭示出来。

显然,他的作品中也存在着很大的弱点。

我们没有理由说作者的小说没有反映生活,但是较深刻地反映生活,特别是对生活矛盾中较复杂的部分或者较内在的部分的反映,十分不够。

翻开这些小说,我们的确看见了一些矛盾以及解决这些矛盾的情况;不过,有些矛盾的产生,在作者笔下好像只是由于偶然的原因促成的,因此解决起来就使人觉得"过分"容易。在小说里,常常只让读者看见矛盾发展中的一些现象以及矛盾解决过程中的一些场景,到底它们发展的内在原因是什么,却没有得到较充分的描写。因而,场景与场景之间的内在联系,常常是难以捉摸的,有的甚至是彼此脱节的。结果,给人一种这样的印象:在作品里尽管已把问题提出来了,也解决了,事件也有头有尾了,可是,作品的生活内容与思想内容却仍然非常单薄,作品显得分量不厚,显得轻淡和飘浮。

什么原因呢?我以为,最主要的原因,是由于作者缺乏生活经验;因此,斗争中一些复杂的或内在的生活内容,作者就很难了解和难以掌握了。

我们不妨看看《修水库》这篇小说吧。这个短篇的主人公四喜子,"他一心想把读报组改成俱乐部,搞得火爆起来,瞧着今年的庄稼,快活得从心眼儿里乐,可是一想起这条河五年一大涝,正赶上今年,热火似的兴头,当头泼了一盆冰水"。他特别担心沿河那道堤,要求将堤加高二尺,他不赞成挖水库,认为水库不保险。这是这篇作品提出的主要矛盾。次要的矛盾呢,是四喜瞧不起妇女们,认为她们"平日里叽叽喳喳,山喜鹊似的,到正事上,就未必能行"。他不相信青壮年都去挖水库时,她们能单独担当保苗护堤的任务。为了这两件事,他还憋了"满肚子意见"。

这个矛盾是如何解决的呢?

作品中描写了桂来对他不常看报的缺点进行的批评,告诉他治淮工程比他们要挖的水库大上千百倍,都顺顺当当地完成了,还出现了不少妇女模范,于是主要的矛盾就这样解决了。四喜子的思想疙瘩解开了,而且变成为修水库的积极分子。至于次要的矛盾,解决得更加便当,只让赐福老头到工地来报喜,说"前天半夜,窗花逮住了一个破坏河堤的特务,听说是个不算小的反革命。……"于是四喜子对妇女的成见解除了,举起胳臂大喊:"咱们加油干!争取第一,要不然就没脸见这群山喜鹊啦!"

在这篇作品里,作者既然把这种思想与偏见作为矛盾的起因提出来,照理应当深入地发掘一下;可是作品只轻轻地接触一下,又轻轻地滑过去了。结果,把生活矛盾中最内在也是最重要的内容抛弃了,把作品所描绘的生活图画,从根基上作了简单化的解释。

这种对于生活的简单化的描写,其所以值得提出来,是因为它已经不是作者笔下的偶然现象或个别现象,而是相当普遍地存在于他的好些作品当中。而产生这种情况的原因,当然并不仅仅是技巧问题。作者之所以对生活作简单化的描写,主要原因绝不是由于技巧的不熟练,而是由于作者生活不丰富、不深入和对生活的了解太表面。

在许多作品里,作者是很注意作品的思想意义和教育作用的,这是好的。但问题是这种思想意义是从生活的深处体会出来的呢,还是从一般的原则概念中取得的呢?如果作品的思想意义完全是从抽象的概念中取得,那么,不管作者运用如何高妙的技巧,他也无法掩饰这种空洞的思想。

刘绍棠虽然有着一些生活的感受,可是这些感受并不丰富和深入;对于生活深处——构成生活矛盾和引起斗争的内在的活动,不仅感受得太少,理解得也很不够。正因为这样,所以作者不能经常地从生活深处去汲取思想意义,也就是不能经常地从对生活的深刻的理解中去挖掘出思想意义,而常常不能不借助于一般性的规律和概念。

结果就往往是这样:虽然有些章节写得生动,可是把全篇作品读完之后,却又使人觉得内容单薄而又肤浅与飘浮。

作者只注意矛盾的提出与矛盾的解决,而很少注意矛盾中的人物的描写。还是以《修水库》为例吧。在这篇小说里,作者围绕着"矛盾"安排了一系列的现象和一系列的人物;可是,读者只看见人物在做着什么,却不知道他们为什么要这样做(而不那样做);也就是说,人物在一种什么样的精神状态支配之下说出这样(而不是那样)的话和做出这样(而不是那样)的事呢?作者似乎就很不注意了。

譬如站在四喜子对方的白窗花吧,按照作者的意图,显然她是一个先进的人物。她不仅反对四喜子的"老经验",而且也勇于承担各种艰难的任务,在群众中间有很高的威信,同时,窗花还在一个深夜里"逮住了一个破坏河堤的特务,听说是个不算小的反革命",为了这,她还受到了区上的表扬。

毫无疑问,白窗花所说的话,读者是听见了,她所做的事,读者也看见了;但是,是什么支配她做出这样的事和说出这样的话呢?她的言谈和行动是由什么样独特的性格和什么样独特的精神面貌所支配的呢?读者却完全看不见和感觉不到了。既然如此,那么,作者笔下的白窗花所表现的那些行为,不仅不能从她的性格与精神面貌的特征中得到合理的解释,反而好像都是偶然现象了。

是的,人物的言行举止本来是最能表现人物自己的性格和精神面貌的;但是也必须指出,如果那些言行举止只有一般的特征,而没有个人的独特的特征,那么,"这一个"人的性格和精神面貌的特征,还是不能鲜明地表现出来的。白窗花的情况恰恰就是这样,她说的一些话和做的一些事,只具有先进人物一般的特点,换句话说,白窗花所说的话由任何一个先进人物的嘴里说出来都是可以的,她所做的事放在任何一个先进人物的身上也是可以的;既然这样,那么这样的一些言行举止,又怎么能够说明非发生在"这一个"白窗花身上不可呢?

我们以为,生活在同样经济基础上和同样的具体历史条件之下的人们,是会形成某些共同的特征的,也即集团的(或阶级的)特征;不过,尽管如此,在表达这种特征的时候,却不是每个人都以同样的方式显现出来的。由于各人的经历不同,具体的生活方式不同以及各人的文化教养不同于所受的外来影响不同,等等,形成了各人不同的个性,因而,在表现集团特征的时候,各人有各人不同的程度、色调与方式;也就是说,由于"这一个"人和"那一个"人之间有着不同的个性,因此,在他们身上虽然存在着共同的集团特征,而表现出来的却有着各人独特的方式、色调与程度。并且也只有这样,集团的特征才能通过活生生的个性化的人物体现出来。

白窗花的一些行动和言谈,所以会使人觉得不够真实和没有必然性,我以为最重要的原因,是这些行动、言谈与人物的个性游离了,与"这一个"性格的特征游离了,也就是说"个性溶解于一般的原则之中"了。这些言行仿佛不是由人物的个性化的性格所支配,而是更多地服从了作者的热情和作者事先构思好的情节;仿佛作者要人物说什么,他就说什么,要他做什么,他就做什么。因而,白窗花这个所谓"人物",实际上只是一个抽象的"影子"。这种情况不仅表现在白窗花身上,而且也表现在同一作品中的四喜子和赵桂来身上。既然人物的性格与精神面貌的特征没有揭示出来,结果自然也就使得这几个人物之间的关系与矛盾,都好像只是缺乏个性基础的偶然的现象,使得生活矛盾中的复杂性和内在规律无从揭示出来。同时也正因为这样,作品中作者围绕着"矛盾"所安排的一系列的现象,不仅很难看出它们之间内在的联系,而且也缺乏"必然性"的基础。

值得警惕的是,这种现象,在刘绍棠的小说里,已经不是个别的现象了。

现在大家所关心的,不是作者过去的作品有没有缺点,而是作者有没有在最近的写作中克服了过去的那些缺点。为了探讨这些问题,我想扼要地谈到中篇小说《运河的桨声》。这是作者1955年5月完成的小说。如果要考察作者最近的创作倾向,这部作品大概最能代表作者的观点了。

就题材来看,在《运河的桨声》中所展开的矛盾与斗争,比起以前的短篇来,的确是复杂得多和尖锐得多了。从反映生活的广度上来看,也显然有了值得注目的进展:作者在这里不再是反映生活的一角,而是企图把社会主义改造时期中发生在农村里的各种主要事实展示出来。这些描写，在一定程度上反映了农民社会主义的热情和积极性。一些生动的场景描写，在这里也仍然吸引着读者。但是，用现实主义的观点来考察一下这部作品，我们发现作者不仅没有克服过去曾经出现过的缺点，有些缺点甚至更突出了，更发展了。这是不能不引起作者严重注意的。

现在让我们先看看这部中篇中的人物之一赵明福吧。据作者介绍，赵明福是山楂村党龄较长的几个党员之一，在过去斗争的年月，他经历过风霜雨雪，出生入死；后来跟一个地主的女儿结了婚之后，逐渐消沉下去；更严重的，是他偷挪了社里的公款，在镇上倒卖粮食，而且跟粮行老板王六（后来成为一个凶恶的反革命分子）勾搭上了；当时赵明福怕出头露面有危险，就暗地加入了王六粮行，合伙进行投机倒把，扰乱市场；不久，政府发现了王六的罪行，没收了王六粮行的粮食（其中除王六一百多石粮食外，还有十五石是赵明福的）；赵明福的罪恶勾当虽然没被发现，但是他的辫子从此被反革命分子抓住了。

赵明福的这个秘密，山楂村的党员和干部全不知道，除了村支书刘景桂对他在工作上拖泥带水的作风有过不满之外，旁的什么也没有发现。可是使人奇怪的是，当春宝去清查赵明福的账目时，春宝却好像已经发现了对方的秘密一样，对赵明福完全失去了冷静的态度……

当读者看到春宝的态度时，是觉得突然的。但是为什么作者这样去处理他的人物呢，是春宝的性格使他自己这样唐突吗？可是春宝的性格并不是这样，那么是什么呢？只有一个根据，那就是因为作者已经知道了赵明福的罪恶勾当，或者更确切些说，作者为了要表现生活的复杂性而又缺乏生活经验，就不能不按照一般的概念和公式安排了赵明福这样一个人物及其罪恶行为，同时又为了要表现先进人物的立场和情感，就又按照一般概念安排了春宝的"未卜先知"，人为地去支配了他的人物和人物之间的冲突与斗争的发展。

单从这个例子来看，似乎仅仅是生活细节的问题，好像并不重要；可是问题在于作者对于好些人物的言谈和态度，都是用这种从概念出发的主观安排的办法来处理的。

譬如，有一次刘景桂对张顺说："……你难道看不出来，富贵老头背后一定有人挑拨他"（见八七页），春枝甚至直截了当地问富贵老头："大爷，告诉我，是谁背后说了坏话？"（见八八页）在现实生活中，这样的话出自村干部的口里，一般说是不错的；但问题是在作品里的人物还没摸到头绪的情况下，作者突然叫人物说出这样肯定的而又唐突的话，却是什么原因呢？原来又是因为作者自己知道了在约莫半小时之前，麻宝山暗地里向富贵老头进行过挑拨（见八四页）。

又一次，刘景桂说："快收秋了，今年又是五谷丰登满堂红，敌人早恨得眼红了，一定要放火烧场"(见一五七页),不久果然烧场了(见一六〇页)。这里能不能解释为刘景桂有预见性呢?似乎也很勉强,因为预见性是从熟悉情况和善于掌握运动规律产生的;然而我们还不能从刘景桂身上发现这样的性格,也没有看见他掌握了这方面的情况。那么这种"预言"的根据是什么呢?原来又是因为作者自己知道了在大约半小时之前,反革命分子王六会悄悄地对田贵说过他想放火(见一五六页)。

如果说,在过去的作品中,作者在描写生活中的矛盾的时候,还只是存在着没有深入进去发掘矛盾的深刻内容的缺点,那么我们可以看到,在这个作品中,作者对生活的矛盾采取了更为简单化的处理,人物与人物之间的矛盾和各种复杂斗争的解决,不仅离开了性格的内在的真实,也离开了生活的真实逻辑,以致矛盾的提出和解决也失去了可信的基础。试想,这怎么可能反映出生活的真实面貌来呢?

这种现象之所以必须指出来,是因为它会把我们的作者带进公式主义的泥坑里。这种创作方法不仅不可能帮助我们真实地去表现人物,而且相反,它只会歪曲人物,歪曲人的性格和精神面貌,歪曲人与人的真实关系,以至于歪曲了生活的真实。

事实上,《运河的桨声》已经受到公式主义的损害:人物的丰富的精神面貌不仅没有揭示出来,并且在很多方面流露出了人为的概念的痕迹;而对于极其复杂多样的生活冲突和斗争,在主要的方面也是只作了一般化的简单的描写。

据作者谈,开始写《运河的桨声》时,是想把主人公们的性格——精神面貌写出来的,但是结果并没有达到预期的目的。原因在哪里呢?

应当注意到,在《运河的桨声》中曾出现不少对私生活(爱情)的描写。这类描写在作者过去的短篇里,只是偶尔出现的,在中篇小说里,作者比较注意这方面的描写,其目的,显然是想借助于对私生活的描写来突现人物的性格和精神面貌。这自然是可以的。但是问题在于作者放弃了对人物性格主要特征的深入发掘,只企图以私生活(爱情)的描写来润色人物。

以春枝为例吧,从情节发展的过程中,可以看得出来,春枝是一个很重要的人物:她在斗争中常常起着决定性的作用,而且她在群众中也有很高的威信。但是很可惜,这样主要的人物,除了让读者常常听到她一些很正确的话,以及对她有一个极模糊的漂亮、能干的印象之外,她就再也没有什么较深的特色了。

刘绍棠已经意识到需要塑造人物的形象,但是他在创造形象的时候,却选择了一条抵抗力最小的道路,即企图以一种较轻便的"写作技巧"来达到目的,而避开了认真地研究生活和研究人物的正确途径。作者这样做可能还没有意识到它的危险性,但是如果让这种情况继续下去,不仅不可能创造出激动人心的艺术形象,恐怕还可能连起码的生活真实也很难表现出来。

这种现象,在《运河的桨声》里,已不仅仅表现在春枝身上,同时也表现在俞山松、春宝和刘景桂等人的身上。这说明这种做法不是偶然在作者笔下出现的,而是一种值得警惕的倾向了。

虽然作者的创作实践中还存在着这么多的缺点,但是,我们仍然有充分的理由相信作者一定能够克服这些缺点。因为,所有缺点的产生,其主要症结都是由生活不足而来的。只要作者能够真正地深入生活中去,能以生活创造者之一的身份深入历史变革的旋涡里去,深入矛盾斗争的最底层去,我相信,作者不仅有可能洞察生活深处的秘密,而且也有可能洞察人们灵魂深处的秘密的。如果对生活能理解到这样的深度,那么,作者决不会容许他的人物只像"人影子"那样出现在读者的眼前,也不会容许自己像现在那样简单地去处理矛盾与斗争了。

深入生活吧!更多地和更深地理解生活吧!这是作者目前最迫切和最应当解决的问题。当然,这不等于说可以放松对马克思列宁主义和文学技巧的学习。

传记文学的真实性

张 羽

编者按：近年来，传记文学作品发行数字很大，如吴运铎的《把一切献给党》总印数有三百多万册，高玉宝的《高玉宝》达七十多万册，梁星的《刘胡兰小传》有近七十万册，其他如《青年英雄的故事》《董存瑞的故事》《不死的王孝和》等，也都是数十万册。这些作品在相当广大的读者当中起着深远的影响。不久前，本刊编辑部曾就传记文学创作问题举行过一次小型的座谈会，现将会上的发言选出三篇，经发言人修改补充后，发表在这里，希望能引起作家们、业余写作者和文学评论界更多关心这种文学样式，使它更加发展、更加繁荣起来。

一

传记文学描写的是真人真事，它的最大的特点是真实。真实是一切优秀文学作品必不可缺的因素，但对传记文学来说，更有其特殊意义。它不但要求生活的真实，艺术的真实，还要求事件的真实。真实，是传记文学的生命，是传记文学的灵魂。高度的真实性，它不只告诉读者，我们生活中会有这样的人，而且雄辩地告诉读者，我们生活中已经有这样的人，甚至今天，有的人还和我们生活在一起，和我们共同前进。

传记文学作品中要求真实，这是无可争辩的。但是究竟是怎样的真实，却往往有不同的看法。最常见的一种想法，是要求作家像照相机、录音机那样，去给事件作记录，不容许作家有任何的想象和创造。要是有个作家，把几件零星的事作了有机的联系，写在一起，就有人会说："错了，这是几件事啊，怎么跑到一起了？"要是作家考虑到人物性格的发展，把某些事件发生的次序，作了适当的调动，把某些细节作了若干改变，就会有人出来质问："你这是'客里空'，是对英雄的污蔑！"个别报刊的编辑，常常给作家提出不适当的要求。有个作家给一个报纸写了篇战斗英雄的故事，报社编辑看了，觉得不满足，他说："那个英雄立了五次大功，你怎么只写了两次，我们还要去调查，看他最近还立了什么功！"他还根据档案、登记表指出这件那件不对头。事实上，就是照相机和录音机，恐怕也不能保证把人物和事件的面貌全部如实地记下来。譬如说：一个英雄对你讲述童年时代生活的时候，不管怎样，他这时对你讲的，大半是经过选择和加工过的事情。他是以现在的眼光来叙述、分析、评论童年时代的事情。特别是牺牲了的人物,你又怎样去处理呢?恐怕连照相机和录音机,在这种事上也没有用处了。

可是,的确也有些作家受到这种思想的影响。反映在他的传记文学作品里的,就是不加分辨、有闻必录的描写,也就是烦琐地罗列现象,甚至流于自然主义。在一本描写刘胡兰的剧本中,作者为了追求"真实",当刘胡兰就义时,把铡刀也抬上台去,而且用了机关布景,把刘胡兰的头铡下来,弄得鲜血直冒,把观众吓了一跳。在一本描写王孝和的书中,作者为了追求"真实",他写王孝和慷慨就义一节,特别加了个小标题,叫作《连开四枪!》,作者淋漓尽致地描写王孝和在身中四枪以后,还未断气,医生揉着他的肚皮,直到把血挤尽了,人也断气了,敌人才离开刑场。这样的描写,从表面上看来,作者好像是在歌颂英雄,又像是要暴露敌人,而实际上除给读者以感官上的刺激以外,并不能帮助读者对英雄人物的性格有更深刻的了解。

和前一种看法和做法完全相反的,是有些作家在写作时,不去认真地搜集、研究真实人物的材料,而企图把英雄人物按自己的想法写成"理想人物"。作家的头脑中,早就有个框框,他定出几个条件来,列出英雄人物应该有哪些高贵品质,然后去照单配药,进行采访,合乎他的要求的,就记下来,写作时,只是分别地插上自己的标签。在这样的传记文学作品中,常常出现一些天生的马克思主义者,天生的英雄人物。这些人小时都受过磨难,从小就仇恨地主,长大就参加斗争,后来就立功入党,再后来,大约又是一次一次的立功……这些作品,使人看了,就像一份功劳簿。人们看了,只觉得那是天上神仙,不是地上凡人,觉得可望而不可即,只能顶香膜拜,学是学不来的。

这样的作品的作者,当他进行访问时,只是不惮其烦地打听英雄的功勋,很少触及英雄的内心世界。有个作者,描写黄继光的英雄事迹时,他唯恐黄继光的英雄事迹还太少,还不够味,就又给他增加了活捉敌人飞行员的情节,他不去着重写英雄的品格,而是想用无数的功劳堆砌成英雄的形象。另一个写弹词的作者,描写王孝和在狱中的斗争时,为了使王孝和更突出,就给王孝和增加了个联络难友给特务头上扣马桶的情节。当然,这些作者的用心都是好的,他们是想使我们的英雄更英雄,使我们的模范人物的模范事迹又多又突出。但这种苦心孤诣努力的结果,却适得其反。关于黄继光活捉敌人飞行员一事的效果怎样,姑且不说,在王孝和身上增加了给特务扣马桶一节,却恰恰违反了王孝和的性格,破坏了他的形象的完整性。从许多材料中可以看出:王孝和是个正直、善良、坦率而刚毅的人,他在领导工人进行斗争时,就很注意斗争形式和客观影响。他不会也不肯用这种方式去"打击"敌人。扣马桶事件与他的战友吴国桢的性格倒更相近些(事实上也是他领头干的),把这件事也扯到王孝和身上,是完全不必要的。

要求把英雄人物写成"理想人物",甚至在一些编辑里面也成了选稿标准。有个作者写了篇丁佑君的故事,送到一个编辑部,编辑只看了"地主,盐商"几个字,就惶惑地叫起来:"丁佑君原来是个大地主兼盐商的女儿,盐商是剥削阶级,这个成分不好,会在读者中起副作用!"在这个编辑的笔下,丁佑君的家庭成分划掉了。编辑为了怕找麻烦,就把这个虽然复杂,但是很有意义的问题回避了。其实,我们经历过的激烈、复杂、尖锐的阶级斗争中,的的确确有成千上万的剥削阶级的子女,在党的教育下,背叛了本阶级,投进了革命队伍。这是历史的真实。认真的作者,应该通过这些人物的具体事例,揭示那些剥削阶级的分崩离析和人物的思想变化,如果能真实地描述了这个过程,难道不是更有教育意义吗?

这种企图创造"理想人物"的写法,就是一些较优秀的传记文学作品中,也还难免它的影响。许多读者都知道,当吴运铎写《把一切献给党》之前,曾多次把他的亲身经历给人讲过。有些他早期经历过的自我斗争,那些遭遇,那些具体情节,会给人以深刻的感受。但是写成书以后,有的回避了,有的简略了。这样,就使这本本来更能激动人心的作品,留下了某些简单化的弱点。

我反复地提出以上的情况,并不是要求写英雄人物一定要写弱点,也不是要求作者简单地、自然主义地去写英雄人物性格上的弱点、思想上的弱点。我以为,重要的是描写他们怎样对待自己的弱点,怎样勇敢地进行自我斗争,怎样克服了自己的弱点成长起来。这样写出来,不但不会损害英雄人物的形象,相反地,倒会更丰富、更多彩,使读者知道,英雄并不是天生的,而是和他们一样,是从生活斗争中经过艰苦锻炼成长起来的人物。这样,他们才会感到更亲切、更真实。生活是复杂的,现实生活里充满了矛盾斗争。而企图创造"理想人物"的作者,实质上是无视生活,把生活简单化了。他们有意无意地变成了"无冲突论"者。

二

传记文学作品既然是描写真人真事的作品,为什么还要强调作家的创造呢?这是因为:从文学这个范畴来说,它不同于一般狭义的传记,不只是要写出真实人物的经历,要作一般事件的交代,以及人物外貌的描写,更重要的是,它必须透过这些表面的东西,揭示人物的内心活动,揭示人物精神世界的奥秘。要完成这个任务,就要碰到重重困难。首先是材料的困难。因为即使最能传达自己感情的被访问者,最熟悉人物事迹的见证人,都无法供给作者全部需要的材料。"要是他能讲得那么详尽、那么细致、那么娓娓动人,他早已是半个作家了。"(爱伦堡语,大意)尤其是牺牲了的烈士,他的事迹还可由旁人介绍,他的心灵活动,就只有由作者根据材料去研究,去探索了。就只好用合理想象补足材料中的"空白点"。丁洪等写《真正的战士》时,就因为"年月隔久了,时过境迁,人们的记忆有限,有许多细节都无法知道了。要把英雄的一生完整地写出来,就不能不借助想象、集中和创造"。《青年近卫军》《高玉宝》《海鸥》《古丽亚的道路》等书的作者,都以他们亲身的经验,说明了传记文学中艺术想象和创造的必要性。

传记文学作品和一般文学创作的想象有什么不同呢?这里所说的想象又和前边讲过的那种企图制造"理想人物"的做法有什么不同呢?传记文学作者根据什么去想象呢?

传记文学作者最重要的根据是真实人物的材料。他必须从许多纷繁、复杂、琐碎甚至矛盾的材料中,从他采访时所接触的人物中,精细地、耐心地观察、分析、思考,找出最真实、最本质的东西来,从表面现象深入人物的内心世界里去;这样,他才能依据所写人物的真实性格,依据真实事件的进程,依据人物所处的现实生活的基本面貌,以及作者对这种生活的亲身感受或者间接了解的生活知识,去进行创造和想象。丁洪等写《真正的战士》,李南力、吴锐写《一个普通战士的成长》,他们差不多都走遍了英雄们走过的地方,访问了英雄的亲人和战友,研究了各种材料,最后才了解了英雄的道德面貌和性格的特征。但是写成的作品还是有强有弱,也都说明了作者对人物的理解还有着程度上的不同。像《一个普通战士的成长》,第一部写得细致深刻,第二、三部就比较简略粗糙,也说明作者对人物的理解上,对生活的体验上还有着不够的地方。这些弱点,直接地限制了作家想象力的发挥。

怎样去检验传记文学中的想象和创造的真实性呢?材料中的"空白点"是否可以去随意"推测"呢?《真正的人》这本优秀的传记小说里,一开始,就展现了那幅森林风景的画卷:寒风掠过树顶,森林苏醒了,喧闹起来。群狼争吵声,狐狸吠叫声。啄木鸟啄木声。……饥饿的熊,用脚掌把雪堆里的人翻过来,再用脚爪撕扯了一下飞行衣……这段出色的描写,在密烈西叶夫苏醒以前,怕连他自己也无法知道吧!但是,这段描写,即使最幼稚的读者,恐怕也不会对作者提出任何疑问吧!波列沃依忠实了事件本身,同时也运用了作家的想象,使这部作品增加了魅人的力量。电影《董存瑞》里那个精彩的摔跤场面,摔得那么机警灵活,摔得那样层次分明,给王平、连指导员,特别是给观众留下了难忘的印象,董存瑞的性格得到了深刻有力的描绘,这当然是作者和导演根据董存瑞真实生活进行的创造。但又有哪个观众去追问过:当时王平是否在场、董存瑞有没有参加这次摔跤呢?这些基于生活的真实的艺术创造,是会为群众所承认的。它和企图制造"理想人物"的那种瞎编硬凑的做法,是有本质的区别的。

因此,在传记文学作品创作中,强调人物和事件的真实性和强调作家的想象和创造,不应该是矛盾的、不可调和的两极,而应该是相辅相成、相依为命的血肉关系。如果阉割了一面,都会斫伤传记文学的生机。

三

我国近几年来,传记文学作品的创作中,已有了一些可喜的收获。《真正的战士》令人信服地描绘了董存瑞的好动、倔强、机智而勇敢的性格;《把一切献给党》表达了一个忠心耿耿的阶级战士的感情;《高玉宝》朴素而亲切地刻画了一个青年农民的经历和他的觉醒。从另外一些著作里,我们也看到了帅大姐的顽强不屈的性格,刘胡兰的果敢的、烈火般的性格,刘子林的单纯的、坚韧的性格,王孝和的刚毅的、浑厚的性格……虽然这些东西,有的还很粗糙,有的还很幼稚,但在这个新的园地里,已开始出现一些花卉。我们应该爱护它们、关切它们、鼓励它们的成长。过去会有人认为传记文学作品不是什么文学创作,现在这种声音已不大听见了。但一般作家似乎还不够重视这方面的工作。

在这件工作上,法捷耶夫、波列沃依给我们树立了很好的榜样。很多的记载中都提到过:法捷耶夫很早就打算写一部描写苏联新一代青年人的作品,克拉斯诺顿青年近卫军给他提供了和作者意图"不谋而合"的题材,作者在苏联共青团中央的协助下,胜利地完成了这个任务。在他的笔下,再现了新一代青年人的光辉形象。直至现在,我们这些不同国度的读者,掩起书来,还能想起他们的面貌。法捷耶夫忠实了真实材料,他书中的人物差不多都用的是真名实姓,但这并没有约束了作者的想象才能。相反地,作者在这个和自己意图"不谋而合"的题材和人物上,大大地发挥了他的艺术才能。在我们这个英雄辈出的国家里,如果作家们留意一下,恐怕随时都有施展他的艺术才能的机会。

此外,我以为写作革命先烈的传记和故事,例如描写李大钊、恽代英、瞿秋白、彭湃、方志敏、邓中夏、叶挺、关向应、杨靖宇等革命先烈的传记和故事,今天也应该提到日程上来考虑了。这些革命先烈的生活态度、工作态度都能给青年以崇高的榜样。如果作家们能把他们的事迹写出来,将对读者造福匪浅。

1957年

《文艺杂谈》读后

光　年

陈沂同志最近写了一篇文章,题目是《文艺杂谈》,登在《学习》杂志今年第四期上。这篇文章虽然也谈到了"百花齐放,百家争鸣"的好处,可是字里行间,流露出一种担忧的、戒备的情绪。

陈沂同志很怕大家乱"放"乱"鸣";怕大家"误用'百花齐放,百家争鸣'"或"超出'百花齐放,百家争鸣'之外";他提醒大家:"决不能在我们的土壤上搞反社会主义建设的宣传","搞宪法不允许的事"。

"百花齐放,百家争鸣"是人民内部的自由;反革命分子是不能享受这个自由的。要是有人利用它来进行反革命的阴谋活动,那自然是违法的,宪法不允许的。然而陈沂同志指的不是这个。

陈沂同志对文艺界的公民们这样说:"你总要把你弄出的东西来对人民有些教育意义,教育他们向上,为建设社会主义前进;我们总不可以说,……我们搞文艺工作的可以不管社会主义建设,把它抛开,也不为它服务。至少,宪法不允许。我们搞文艺的也是公民,总不能搞宪法不允许的事。"

且不说他把文艺界公民们的觉悟程度估计得太低了;且不说用法庭的压力、命令的方式来强迫觉悟低的作家担负起教育人民的责任显然不是一个好办法;单说把人民内部思想落后、思想错误的现象和违法乱纪的行为混为一谈,就是绝对需要加以更正的。

陈沂同志既然把"百花齐放,百家争鸣"想象为后患无穷,那么,为了防患于未然,他就定出一套指导原则来。

他特别强调"百花齐放,百家争鸣"的"同一性";他要求大家有共同的思想立场,有共同的目的性,在统一的领导下,好的"放"出来,坏的不要"放","争"有分析地"争","放"要有区别地"放"。

关于思想立场,关于领导,关于同一性,我们后面还要谈到的。先来看看,应当怎样有分析地"争",怎样有区别地"放"呢?

他举出同是有鬼神出场的两种戏曲为例。前一种,"给观众不仅是恐怖,而且是毒。这就不应该拿出来'放'。"后一种,"使观众看了之后知道爱和恨。所以就可以拿出来'放'"。之后又举出好与坏的两种电影为例。接着说:"'争鸣'就要这样有分析地'争','齐放'就是要这样有区别地'放'。"

要是艺术问题、学术问题都像所举例子这样简单,那就好办了。可惜事情并不都是这样。

人们的主观认识和客观事物的实质可能是不一致或不完全一致的。譬如,有的人自己认为他坚持的是马克思主义的正确原则;实际上,他坚持的可能是教条主义——马克思主义的反面。又譬如,在教条主义(或机会主义)占优势的场合,真正马克思主义的东西反倒认为"是毒","不应该拿出来放"。这样的事情在世界上并不是没有发生过。

就拿陈沂同志选择的最简单的例子来说。像《活捉王魁》,他认为是一出好戏,可以拿出来"放",我是赞成的。可是在教条主义占优势的场合,这出在民间流行了几百年的好戏,一直被认为"是毒",不准它"放"。可见事情也不那么简单。

又如《四郎探母》,陈沂同志认为有"毒素",我也是同意的。可是随着人民觉悟的日益提高,这出戏的毒素逐渐失去时效,或者说大大减轻了;而它的"艺术性"(艺术家的才能和劳动的结晶)可供今人欣赏和借鉴的东西因此变成了主导的方面。就是说,条件变了,事物的性质也发生了变化。这一点是陈沂同志没有注意到的。

如果不这样看,我国历史上的许多哲学和文学的遗产就会受到排斥。孔子、孟子、老子、庄子,《水浒传》《三国演义》《红楼梦》等等,难道说没有封建主义、唯心主义的"毒素"吗?可是今天人民血液里的"抗毒素"日益增强了,我们有马克思主义的分析、批评的武器,可以避免受到毒害;而这些遗产里面包含着说不尽的对我们有益的东西,就会变成十分宝贵的养料。(遗产中间,例如戏曲中间,有些可以肯定是有害无益的糟粕,自然又当别论了)

可见,事物是复杂的,不能简单地对待。这类问题只有通过"百花齐放、百家争鸣"才能得到正确的解决。而陈沂同志的公式"是毒。这就不应该拿出来'放'"是解决不了问题的。

可见,陈沂同志的指导原则:"有分析地'争'""有区别地'放'",他所说的"分析"和"区别",只不过是形而上学的分类法,和马克思主义的思想方法是大有区别的。接受了这个指导原则,定会发生不好的影响。

转回来谈谈思想立场问题,领导问题。

所谓共同的思想立场,如果指的是大家都必须有马克思主义的思想立场,那显然是过于理想化了;因为我国今天的知识界,并不是大多数人都取得了马克思主义的思想立场;而"百花齐放,百家争鸣"却有利于大家在长时期内逐步地解决这个问题。陈沂同志要求的是:"必须要有一个起码的爱国主义的、拥护社会主义的立场"。那么,我要说,经过中华人民共和国成立后一系列的社会改革和思想改造的运动,我国知识界、文艺界的大多数人,已经在爱国主义的,拥护社会主义的基础上团结起来了,这正是"百花齐放、百家争鸣"的方针在我国的条件下所以切实可行并且行之有效的原因。对这一点,应当有足够的信心。不用说,我们还要通过"百花齐放、百家争鸣"不断地巩固这个基础,增强这个团结;如果有了看人家不起、总是说人家不行的宗派主义情绪,就会妨害这个团结。

陈沂同志在谈到领导问题的时候,也表现出他对文艺界的觉悟程度估计不足和缺乏信心,流露出宗派主义的情绪。他愤愤不平地说:"现在我们文艺界还有一点就是:既然'争',既然'放',就应该绝对自由,为所欲为,也即是古话说的'好坏由之',有点不大赞成领导,当然更反对所谓干涉。"对于这种现象,陈沂同志斥责道:"这就有点超乎我们国家建设社会主义的宗旨。当然,也就超出'百花齐放,百家争鸣'之外。"

这段话说得很不好。他把个别的或局部的现象夸大成整个文艺界的过失了。如果文艺界的情况是这样地一团糟,那还能"争"出什么名堂,"放"出什么好东西呢?

为了防止"为所欲为"的"乱放""乱鸣",陈沂同志主张作家和领导"结合"起来进行创作。陈沂同志介绍自己领导创作的成功经验说:"看近年来流行的几个片子如《董存瑞》,如《渡江侦察记》,如《上甘岭》,都是由于领导与作家的结合而成功的。"他紧接着说,"只有在这个意义上,并且尊重这个的意义上才能谈得到作家的创作自由。"

怎样"结合"?即怎样取得这样的创作自由呢?按照陈沂同志的解释,就是领导同志"对一些正在进行的创作中的一些不健康的因素或不能达到更高的艺术效果的作品提出一些'干涉'"。

党是要领导创作的。作家是愿意接受领导的。陈沂同志的领导经验也一定有不少可取的东西。可是如果这里有一位作家,他要创作,他接受党的方针、政策的指导,而独独不欢迎领导同志对他正在进行的创作提出哪怕"不是横加"的"干涉"。按陈沂同志的说法,他还谈不到创作的自由。按我们的说法,他是有充分的创作自由的;任何人不能干涉他的创作自由。

陈沂同志要"干涉"的东西太多了。例如他说:"而你还必须要把你的才能逐渐用到表现现代和现代人的生活和斗争,这甚至就是那些古今中外还没有马克思列宁主义思想时代的一切浪漫主义、自然主义、现实主义大师的良心。这是艺术家起码要具备的良心。"

我也是爱读现代题材的作品的。我希望文艺界通过各种方式提倡和吸引作家更多地描写现代人的生活和斗争。可是,采取什么题材,这究竟是作家的自由,怎么能说不写现代题材就是没有良心呢?郭沫若写了不少历史剧,没有写出现代剧,可是他的历史剧中闪耀着时代的精神和良心。至于中国或外国古代的现实主义大师(且不说那些惯于采用历史题材的浪漫主义作家了),那么元朝的施耐庵和罗贯中写出了《水浒传》和《三国演义》,都不是当时的现代题材;莎士比亚的剧本,也采取的是历史题材。谁也没有权利说这些大师没有良心。

最后谈谈"百花齐放,百家争鸣"的同一性。

懂得了陈沂同志关于"百花齐放,百家争鸣"的见解和主张,也就懂得了他所说的"同一性"的实质,懂得他为什么那样强调他的"同一性"了。他所说的"同一性",和我们所说的矛盾的同一性,互相依存而又互相转化的对立物的同一性,是根本不同的。陈沂同志所要求的,实际上是同一立场、同一目的的人在统一指挥之下的齐步走。一句话说破了,他主张的无非是"一花独放""一家独鸣",而且是在种种清规戒律的防范下,在严格的训斥和管束下的"独放"与"独鸣"。当然,那是完全行不通的。

决不怀疑陈沂同志的一片好心肠。他希望我们的文学艺术在正确的轨道上前进。可是为什么要对"百花齐放,百家争鸣"怀着戒备的心情呢?把一切爱国的、拥护社会主义的文学艺术力量统统动员起来,有什么不好呢?自然,各种性质不同的花朵也会开放出来;可是在不断的比赛和锻炼下,马克思主义的、社会主义的花朵将日益显示出它的无穷的生命力和吸引力。小孩子长成青年人了,他要投身到社会生活中去,去观察、去学习、去锻炼、去交朋友、去打敌人。你还要把他拘束在幼儿园里,拘束在保姆的看管下,那是很不合时宜的了。

不识陈沂同志以为然否?

从几篇作品谈艺术的真实性问题

敏　泽

　　随着人们在情感上对教条主义和公式化概念化的厌弃,艺术的真实性问题,越来越多地受到了作家和批评家的注意。这是十分自然的。因为在创作上,无论是要克服公式化概念化,克服虚假的粉饰生活现象,争取艺术地和真实地反映生活;也无论是为了克服思想平庸,增强作品的思想感染力量,艺术的真实性问题都是至关重要的。虚假和现实主义的精神根本不相容,深刻的思想内容和美的艺术形象都只能产生在巨大的真实基础上。"酌奇而不失其真,玩华而不坠其实。"前人所说的真实和我们今天所要求的艺术真实虽有很大的不同,但是,真实对于艺术的重要性,确是在很早以前就被艺术家们从实践中提出了的。

　　在最近一个时期的创作中,由于限制创作的种种清规戒律开始被打破,公式化概念化和粉饰生活的现象确实在一定程度上有所改变,我们可以在很多作品中感受到前所未有的强烈的生活气息,这是我们的文学艺术在现实主义道路上进一步发展的征兆,是值得珍视和高兴的。

　　但是,我们也不能不看到对于真实性的追求过程中所产生的消极现象。教条主义曾经严重地危害过我们的创作,对我们许多人说来,它仿佛是一场噩梦,今天一觉醒来,有些人大步前进了,有些人却不免怀着一种踟蹰、犹疑的心情:往者已矣,但新的应该信守的原则又在哪里呢?在探索中,有人躲进了自己的狭小的感性世界里,再不相信此外的一切;也有人认为真实就是不加选择地描摹生活,生活是怎样,就怎样摹写;也有人认为艺术作品的真实性就等于它的思想性,因此,写了"真实"就有了思想……这些在我们的创作中都有不同的表现。它们都是来源于对教条主义的反动,但是,它们却又偏到了另外的一面。

　　这一些问题虽然是探索前进过程中的缺点,但是,如果我们不予以及时注意,在我们的创作中,就会出现一种和简单地、教条地看待艺术的思想内容完全相反的另一现象:排斥和贬低艺术的思想要求,为艺术的无思想性打开方便的大门。这两种情况在我们的创作中,常常是互相依存的:艺术的无思想性给教条主义提供口实;而右的方面又借反对教条主义的存在以伸张,因此在目前我们大力地向教条主义斗争的同时,也必须注意进行另一方面的斗争。

　　当然,这些问题是牵涉很多复杂的理论问题的,这里不可能去仔细地作很多理论上的探讨和分析,我只是试图通过对于一些创作现象的简略分析,提出这方面的问题来,以便引起大家深入一步的研究和讨论。

《雨花》9月号上发表了一篇黄清江同志的小说《死亡》,它是写地主胡老相垂死之前的报复性搏斗的。曾经有"说不尽的威风"的地主和保长的胡老相,他的权势和剥削都一齐随着解放的到来而终止,他的三个儿子(其中有两个是反革命分子)也相继死去,只剩下他一个人怀着深仇和孤愤潦倒在病床上。小说的情节是从胡老相卧病,他的侄儿、乡指导员(他曾经是土改中的积极分子)去探望他时展开的。作品有它的长处和特点,作者的艺术才能在对于胡老相的凝练、扼要的描写中,显出了锋芒。当作品写到胡老相摇晃着死尸和幽灵般的躯体扑向胡文素时,我们看到了他对新世界的仇恨之深到了怎样的程度,对于被剥夺他是怎样地死不瞑目。假若可能的话,只有把新世界在他的双手中扼死他才甘心。"人之将死,其言也善"可见抽象的善恶在活生生的阶级斗争面前根本不适用的。

但是,这作品也有严重的不足和弱点。它不仅表现在作者对于胡老相的描写上,没有在某些方面加以更有意识的强调和烘托,使作品达到更高的水平;更主要的,是作者对于另一主要人物胡文素的描写缺乏一种爱憎鲜明的态度。作品中的胡文素,仿佛只是一个被动的存在,用以承受和表现胡老相的凶狠。至于作者是想歌颂他呢？批判他呢,还是又歌颂又批判呢,我们一点也看不清楚。作者不仅没有向读者交代和胡老相"甚至形式上"的亲族关系早已消失、视若路人的胡文素,为什么突然对老相亲近起来;甚至在他去探望胡老相,胡老相喷射着仇恨的火焰拔刀相见,一阵混战之后,读者们是多么迫切希望了解在阶级敌人的报复面前我们的乡指导员的态度呀,但是胡文素的心情读者们依然不了解,也无从了解,他只是处在迷蒙模糊的状态中。接着,作者除了着意刻画他的生理上的恐怖感,他怎样"失神落魄"地跑出来,心里怎样"混乱""那张恐怖的脸还在眼前晃过""恐怖的沉寂"等等之外,就一直让他神思恍惚迷离地蒙在谜里:

"一个已经临近死亡最终边缘的人,还要用刀来杀害他的生命,这是怎么一回事呢？

"这个病人对他抱着怎样的仇恨,至死不忘的仇恨！……从什么时候在他心里积下来仇恨呢？

"难道说,刚才是病人病中昏了头脑吗？病得发疯了吗？病得神态错乱了吗？

"不可想象的、在将要断气以前,人会有这种疯狂性的举动,这是不是一种可以解释的现象呢？"

这就是作者对于胡文素——乡指导员的全部精神状态的描写。这个谜,对于我们任何稍微懂得一些阶级斗争常识的人,谜底本来是十分清楚的,但是,唯独我们在斗争中成长起来的乡指导员一直被疑虑缠绕着,找不到问题的答案;特别是作者的这一部分描写里所表现着一种客观主义的态度,人们看不到作者的爱憎在哪里,看不到作者对于整个事件的鲜明的态度。

在作品其他部分的细节描写里,也有类似的现象。

那么,为什么会产生这样的现象呢?

人们也许会做出各种各样的分析来,但是,作者的意见是更能启发我们思考的。据方之同志的转述,在南京市举行的一次座谈会上作者谈到他是在怎样的情况下写作这一作品时这样说,"在写作时并没有考虑到要批判什么,要给读者什么,并没有考虑到什么主题",等等(见《雨花》4月号《〈死亡〉读后感》)。

作家,作为人类灵魂的工程师,他写一部作品,是想用怎样的思想来教育同时代人,给予读者一些什么,他自己事先竟然没有"考虑"过或没有很好地"考虑"过,这看来是不可思议的。但是,我们的某些作品正是这样写出来的。其所以这样写,而不那样写,在我看,它是和我们目前流行的一种对于真实性的看法和追求态度分不开的。这就是,我们想极力避开公式化、概念化这个缠身的蒺藜,结果却对一切理性的东西背过脸去。仿佛一切与理性相联系的就必不可免地公式化、概念化,只有与感性相联系的一切才是最真实的。大家知道,这种看法在我们的理论上也有相应的反映。

《死亡》的作者对现实是有所感的。据接近作者的同志们说,小说的故事就是以苏北某地所发生的真实事件为基础,原来的情节并且基本上被保留着。问题是在于这种感受是朦胧的和不明确的,作者不曾,也不想把事件的全部意义弄得清楚和明确,就凭着对生活的这种朦胧的感性写了。因为对事物的初步感性也是一种认识和判断的形式,因之,凭着这种感性,作者可能在一定程度上真实地反映现实生活,但是,只依靠对生活认识的初步感性,毕竟不能够真实地、准确而明晰地反映并解释复杂的生活现象,这也是最明显不过的。《死亡》中和它的成就同时出现的严重的弱点,正反映着作者的认识情况。

感性是形象思维自始至终所具备的特点之一,没有感性就不可能创造出具体的、优美的、感性的艺术形象来。在过去,我们常常是过于不信赖自己的感性,只是凭着几条抽象的概念的框框去套生活,合则留,不合则去。例子之一就是《春暖花开》的作者在他那篇创作体会的文章(载《剧本》月刊1955年11月号)中所提到的,作者下去生活和进行创作时,他所依赖的仅仅是几条抽象的一般的概念,至于自己在实际生活中的感受,只有当它和概念相一致时,才被看重,稍有差异,就遭牺牲。这自然不可能不产生公式化概念化。而当他一旦认识并改变了这种情况,剧本的面貌就有了很大的不同。这例子并不是奇特的,它只不过是无数同类现象之一。这做法对于我们创作带来的后果是大家都了解的。

现在,我们抛开了那种框框,睁眼去看世界,重视自己实际的感受,这是一种进步,但是,重视感性,绝不能也不应该排斥理性,否则就是一种倒退。如果说,过去我们是使理性失去感性的基础和特点,使理性变成了悬空的观念;那么,现在的某些做法就是感性失去理性的眼睛,丧失前进的方向。而这同样只能对创作带来不利的结果。在这一点上,过去的许许多多的现实主义作家、理论家从文学的发展中,给我们提供了丰富的经验。为文学的高度思想内容而斗争的别林斯基、杜勃洛柳波夫关于理性对于创作的重要性的许多话是大家所熟知的。《文学研究集刊》第 4 期发表了一篇列夫·托尔斯泰的《〈莫泊桑文集〉序言》,这是一篇十分生动而又深刻的文章。在这方面它对我们今天也是极有教益的。他从对莫泊桑的作品的详尽的考察中,令人信服地证明了缺乏"客观的理智愿望",即对于莫泊桑这样伟大的作家带来了怎样的损害,怎样影响到他的某些作品的"极不自然和极不真实"。但是,一直到今天,我们似乎都还没很好地吸收这种经验和教训。

事情也不只是发生在比较年轻的作家如《死亡》的作者黄清江同志的身上,在我们某些有修养有经验的作家那里也在宣传着同样的理论。

岳野同志最近的新作《同甘共苦》曾经引起热烈的争论。它生动、新颖,突破了创作上的公式化,很有自己的长处和特点,但也有自己的弱点和不足,如很多人一致指出了作者对于华云和孟时荆缺乏一种爱憎鲜明的态度。作者着力批判了华云,但是,华云的怎样性质的缺点引起了家庭的冲突和不幸,是她的丧失前进要求、安于生活琐事吗?不是的;是她在爱情上不忠实吗?也不是的;总之,引起他们之间冲突的根据是不明显的;作者作为他自己作品中的人物的法官,对于他们双方在冲突中应该分担的思想上和道义上的责任的判断,也是既模糊而又不公平的,缺乏一种深沉的冷静的理智。对应该批判的没有批判或批判不够,对不应该批判或不应该着力批判的倒着力批判了。人们自然也可以说这是反映了作者对于这一事件的认识——事实上也不能不如此,任何作品,它所表现的主题思想,不管作者意识地或不完全意识地,明确地或不明确地,总是反映着作者对于世界的判断。例如曹禺同志当初写《雷雨》时,虽然他说冲动他的只是几个人物,几段情节,并无怎样明确的目的,等等,但我们从作品中依然可以直接间接地感到作者对于他所表现的生活的认识和判断。但是,仅仅这样说,似乎还不能最好地解释为什么《同甘共苦》会发生上述的现象。在《剧本》月刊举行的关于这一作品的讨论会上,作者关于他是怎样创作这一剧作的发言,给这种现象的产生事实上作了回答,他说:

"对于这个戏的主题,我现在还不能很清楚地说出来。写这个戏的时候,我没有定几条,定几点,要解决个什么问题。坦白地说,我写的时候完全是感性地写,我想怎样写就怎样写的。……所以事后作理性分析就困难了。"

问题就出在这里。没有"定几条,定几点",把文学看作简单的政治图解,这当然是对的。《同甘共苦》的长处和特点可以信赖正是这样取得的。但是,不把文学创作看成简单的政治图解丝毫不意味着可以排斥艺术创作的鲜明目的性。许久以来,关于文学的形象的创造是目的还是手段,存在着争论。把形象的创造仅仅看作手段的人,常常忽略艺术的特殊性,对创作采取一种庸俗社会学的态度;而把形象仅仅看作目的本身的人,又常常排斥艺术创作的政治目的性,为性格而性格,最近,《文艺月报》第5期上钱谷融同志的文章的某些论点就给人一种这样的感觉。其实,文学的形象既是目的又是手段,目的和手段是统一在一起的。艺术创作的中心任务当然是创造出不朽的典型,但从文学和现实的关系来说,典型如果没有社会内容,它也就不可能具有深刻的认识的和美学的意义。忽略任何一方面都是不对的。岳野同志的发言,事实上也反映了后一种情绪,而这只能降低文学的思想要求。座谈会上有一位批评家想为作品的这种弱点辩护,他说:"我们不能'很明确地抓住这个戏的主题思想',是因为作者在追求更深的哲学概括。"其实,这正好是以另一方面证明了作品的弱点。因为作品愈富有哲学概括的高度,作品的思想就应该愈清晰、愈鲜明,而不是愈模糊。造成思想模糊的原因,恐怕更多的是"完全是感性地写"的这种理论。

艺术家应该是思想家而不是匠人。中外过去的伟大的世界文学名著,它们之所以直到今天仍然对我们有着强烈的吸引力,最重要的就是直到今天我们还可以从中看到伟大艺术家的思想的光辉。没有深厚的思想内容的作品无论它刻画得怎样精致,也不会怎样扣动人们的心弦。这也就说明了:寻求真实和排斥公式化概念化,都不能够靠排斥、牺牲理性和艺术的思想内容来取得,因为感性并不比理性的眼睛更智慧,更能够洞察秋毫之末,或看到真实的全貌。在真正的现实主义的艺术创作中,这两者的关系是互相渗透在一起的,因此,它的描写既是具体的、感性的,同时又是深刻的为理性所照耀的。排斥感性会为艺术造成公式化的说教,排斥理性却会降低艺术的思想内容,这方面是都不应该被偏废的。

和排斥理性相类似的又一种主张是,排斥艺术概括,认为生活是怎样的,就怎样摹写,这其实是放弃作家的责任,把艺术家的任务看作仿佛只是捡贝壳似的集纳一些生活现象。生活是怎样的,就怎样写,这本来是前几年苏联文艺界反对无冲突论对于生活的粉饰而提出的,要求文学面向生活和干预生活,对生活作真正的现实主义的反映。但是,这说法在我们某些人中间被曲解了。把它理解为对生活的无选择的自然主义的描写,生活是怎样,就不加改造,不经提炼、不加选择地加以反映。这看起来好像是抵抗了粉饰生活,并把艺术引上绝路的无冲突论,但事实上,照相式地摹写生活同样会以另一种方式、以烦琐的描写掩盖起生活中真正巨大的冲突,并把艺术引上另一条绝路。

人们最近对陈登科同志的短篇小说《爱》批评得很多。不过这些批评多半偏重于对思想的分析,说作者趣味、格调不高等等,这自然是正确的。但是在我看,这一作品之所以发生错误,除了一般的思想原因外,也还有创作方法上的原因。曾经写出过真实、动人、流露着强烈生活激情的《活人塘》《杜大嫂》等作品的作者陈登科,为什么会写出《爱》这样气质和格调都不相同的作品呢,难道只是由于作者思想趣味方面的原因吗?显然不是的。从《淮河边上的儿女》经过几次修改发表后,作者在创作上就碰到了一个新的强烈的苦闷:怎样在创作上向前迈进一步,加深自己作品的思想内容和提高它的艺术技巧呢?在《文艺报》1955年下卷发表的陈登科同志的《我们需要学习》,就清楚地说出了作者这一方面的苦闷。此后,作者开始了新的艺术追求,有抱负的作家总是应该有追求的,没有追求就不可能有艺术上的不断长进。但是,在追求中作者走了歧路,离开人物的行动去虚构和铺排大段冗长、虚假的所谓"心理描写"的"离乡"是一种情况,这种情况在同志们的批评和作者自己的策励下,得到了改变;但此后作者写出的《黑姑娘》以及再以后的《爱》等等,这些作品却表明了作者前进中的另一种情况——对生活不经提炼、不经加工地照相式摹写。这也表明了一个作者在艺术上的前进是多么不易!

1954年6月号《人民文学》上的陈登科同志的《黑姑娘》,是一篇曾经引起争论的作品。在这篇作品中,作者是想表现治淮工地上的一位性格倔强的先进妇女的形象的,但是,作者不加选择、不加提炼地堆砌了很多细节。这样,作者本来是想歌颂黑姑娘的勇敢刚强的,在很多情节上却给人一种蛮横、粗野、不讲理的印象;作者企图表现她的质朴、坦率之处,也由于一些不必要的细节描写,给人一种俗野的感觉,结果,黑姑娘的形象的真正的光辉受到了掩盖,艺术家的这种描写生活的方法,使他的艺术形象的真实性,它的思想和艺术力量受到了很大的损害。——本来是可以写得很好的作品,却使它的一些光彩的东西被淹没在烦琐的细节里。当时所举行的关于这一作品的讨论会上,很多人都一致地指出了这一点。而据说,当时作者的意见就是:生活是怎样,他就怎样写的。

现实主义要求艺术忠实地反映现实,但是,这绝不是说它只是对生活的照相式的摹写,生活本身的一切现象都可以不经作家的选择、提炼,原样地被描写在艺术之中。作家的任务就是善于概括复杂的生活现象,以帮助人民对于现实的认识和改造。艺术家的灵魂工程师的作用,正是表现在这里。把自己降低为生活的照相式记录者,事实上正是放弃了作家的责任。

难道说陈登科同志的《爱》就是某些批评家所斥责的,是在故意贩卖色情,宣扬低级趣味吗?没有理由和根据可以使我们相信作者倒退到这样的地步。从作品的表现来看,我们不能说,作者对牛玉山那样丑恶的灵魂没有激愤,或者说,他不想揭露牛玉山的卑鄙和无耻。但是,为什么他的揭发那样软弱无力,他的激愤表现得那样不鲜明,并且,使作品在客观效果上表现出一种卑微的、不健康的格调呢?我看,这和作者的错误的表现生活的方法是分不开的。据了解,作者所表现的故事是生活中有原型的真实的故事。这样的题材在作者的水平上也是完全有可能写得很好的,只是由于无目的地展览情节,对应该强调的,没有予以强调(譬如说,对牛玉山的灵魂的揭露是这一小说的主旨。但作者既没有很有意识地去安排一些最有典型性的情节,来揭露这样的思想,也没有在已有的情节里作充分地发挥和表现),对不应该着重描写的描写得很多(如花了很多篇幅去写浴池调情的一段),这样,就使得真实的生活被做了不真实的表现,使作品的主题不能被充分地表现出来。这里,当然不能说这些现象的产生和作者的思想情绪、和他偏爱什么无关,但是,他的这样的描写方法却也不能说不是他的作品失败的原因之一。假若作者不是采取一种对待生活的客观主义的态度,而是更加有意识地去安排和处理情节,使它们为作品的中心思想服务,那么,可以相信,这一作品一定可以达到比现在更高的水平。

有人说,这一作品是不真实的,理由是:在我们的社会中,坏蛋杀妻是偶然的。说这一作品不真实,这是很对的,但是,他的不真实并不是因为他写了偶然的事情,而是因为它没有通过人物情节的合乎逻辑的发展,揭示出牛玉山的行为及其性格的必然社会原因来。这样,文学作品的认识作用就不能不受到影响。

可见,不正确的方法对于一个有才能的作家也会造成损失,而对生活采取一种客观主义的态度,也并不能解决创作中的真实性问题。

但排斥艺术的思想要求,认为"生活是怎样的就怎样写",只有这样写才是真实,写了真实也就会有社会主义思想的说法,在我们目前却特别地流行,在关于社会主义现实主义的讨论中,不少人从理论上提出了这样的主张,而在我们的创作中,也不止一篇作品实践着这样的看法。

引起了读者很大兴趣的邓友梅同志的《在悬崖上》,有不容争辩的长处,它细致、动人,富有浓厚的艺术感觉,等等。作品中的人物在某种意义上也是十分真实的。但是,他的作品在思想上也有极为明显的弱点,这些弱点在张天翼同志给作者的那封信(见《文艺学习》1957年第1期)里曾经婉转地、然而却是尖锐地指出了。邓友梅同志构思这篇小说,并不是没有作者的意图和打算,从作者所写的《致读者和批评家》的文章(载

《处女地》1957年2月号)中,我们知道,夫妻生活中的道德问题曾经长期地激动着作者。作者说:"我懂得每一张申请离婚的纸条后边隐藏着多少辛酸、失望、眼泪和痛苦的不眠之夜。我常想,今天,党和国家给了我们创作幸福生活的法律保障,我们为什么不生活得更幸福些呢?是一种什么力量在毁坏着生活呢?"《在悬崖上》显然就是作者对苦恼着他的问题的答案。但是,这答案是如此无力。他的作品的思想内容和艺术描写的生动性是并不相称的。作者对作品中的"我"缺乏鲜明的批判,没有充分地去揭露他灵魂中阴暗的东西。对作品中的另一主角加里亚,从作品的艺术描写里,也看不出作者鲜明的爱憎——是真正从情感上憎恶生活中的这号人物呢,还是偏爱她的某种独特的风韵。在这里,除了思想上的原因外,表现方法上的弱点也不能不说是使得他的作品在思想上没有达到应有的高度的重要原因之一。

就在《致读者和批评家》的文章中,作者曾经这样说,我"不能保证在对人物的观察和理解上没有片面性,我只有一个办法,尽量忠实于生活的本来面貌,也许读者会理解得比我更深,看得更明确。"作者想极力克服观察生活的片面性,这努力是非常值得赞许的。因为只有全面地观察生活才能深刻地表现生活。但是,克服的办法是没有捷径的,根本的解决问题的方法是提高作者对生活现象的判断能力。假若从对于现实主义忠于现实的基本原则的片面理解出发,只是按照生活的本来面貌摹写生活,在某些重要的描写上,不努力把作者所要表现的主题突现出来,这虽然也是一个办法,但这并不是最好的办法,它并不能帮助作者克服观察和表现生活的片面性。假若在表现生活时,《在悬崖上》的作者不是采用这样的方法,而是更加明确、更加有意识地对他所表现的生活情节加以推敲、研究,作品的价值不是可以比现在更高吗?

公式化和概念化以及粉饰生活的现象是应该反对的。但是,为了反对公式化和概念化连理性也要排斥掉,为了反对粉饰生活,却走进了照相式地描写所谓生活的本来面貌,这不仅是不智的,而且也不可能收到切实的效果的,加强艺术认识中的理性作用和公式化、概念化并无必然的关联,如果是如此,那么真会走到如某些唯心主义理论家所主张的那样:人对现实愈冒昧、愈缺乏理性,就愈会创造出伟大的作品来;而且,用感性来克服公式化概念化也是克服不了的。对于粉饰生活的现象也是如此。

在这里,王蒙同志的富有特色的小说《组织部新来的青年人》和作者关于写作这一小说的回顾——他在《人民日报》上发表的那篇《关于〈组织部新来的青年人〉》中,从自己的切身体会中所总结出来的经验教训是很值得我们珍视的。他说:这一小说的缺点的产生,除了作者思想上模糊观点外,还由于"在写这一篇小说的时候,作者对于生活真实,有一种孤立的、片面的看法,有一种'迷信'"。"作者过分地相信自己的艺术感觉,他以为,靠这种艺术感觉,忠实地、大胆地再现生活当中的形形色色的人物和矛盾,就是为读者作了最好的事情。他以为,既然生活比理论更丰富、更生动,既然生活当中的一切矛盾未必都经过马克思主义经典作家和党中央的分析,那么作者就更未必分析得清楚,还是大胆地去写真实吧,把真实写出来,让读者去作结论吧,也许,话说到这里还有一些道理,但是作者由此引申了一些错误的想法:作者以为有了生活真实就一定有了社会主义精神,其实是不去自觉地追求社会主义精神;以为有了现实的艺术感受就可以替代无产阶级的立场、观点、方法,似乎那只是写政策论文的时候才需要,写小说的时候用不上;以为反映了生活就一定能教育读者,其实是不去自觉地评论生活,教育群众。作者是坚决反对把社会主义精神与生活真实隔裂开来的,反对作品中外加的'教育意义'的。但因此作者陷于另一种片面性中,只要生活真实,不要社会主义精神,其实,这也正是把社会主义精神与生活真实隔裂开,把'生活真实'孤立地'圣化'起来。"

这是十分值得我们思考的,我们必须在反对公式化和概念化和无冲突论的同时,保持清醒,反对降低文学的思想要求。这样我们才有可能少走弯路,更为顺利地前进。

我们的创作中,也有这一方面的现象,就是由于作者的思想感情不健康,对生活作了这样那样不真实的描写和判断。因此,严重地影响到了作品的真实性。

去年8月号《草地》上曾经发表过李仑同志的一篇小说:《在执行命令的过程中》。小说是想通过一个排长和连指导员在行军途中的冲突,来批判排长对战士的无原则的爱护,和歌颂指导员的坚持原则的精神。但是,在作者的描写过程中,表现出一种不健康的思想和感情。

作者笔下的一排长是一个战士出身、久经战火锻炼的指挥员。在作品中作者所赋予他的感情却是和他的经历、出身不相称的。他对战士是那样的"温情"和"慈祥",甚至当他发现放哨的战士小王失职在岗位上睡着时,他不仅对小王这种在干系全排人安全的重大问题上的严重错误没有批评,甚至连一丝责备的意思都没有,并且"脱下大衣给小王披上,把小王轻轻抱起,准备把他送进帐篷里去"。连哨兵都不要了。而他对指导员,对命令、纪律却又是那样反感和格格不入。当指导员命令他叫醒战士擦枪时,他是那样粗暴地、"气冲冲"地和指导员辩论,不愿执行命令,当指导员说明这是命令而不是"在市场上做买卖",要求他服从命令时,他却感到是"违背他的良心""非常矛盾,非常烦躁";在进军途中,一排长心中"烦闷"要抽烟解闷时,为了避免暴露目标,遭到了指导员的禁止;但作为军人和指挥员的一排长仿佛对这一切都毫无所知,还气愤地斥责:"我的天呀,叫我怎么活得出来!"他抗拒命令,而且向指导员提出严厉的质问:"你为什么对他这样狠心?你说!你为什么?"……在所有这些描写里,我们很少能够感觉到一个久经锻炼的战士的气息,更不用说指挥员了。一排长的这种浓厚的小资产阶级思想感情,正是反映了作者的思想和情绪。对于没有经过彻底改造的小资产阶级知识分子来说,在革命的,特别是要求严格的部队的铁的纪律面前,确实很容易有这样的情绪,容易觉得它是不人道的、"狠心的"或"违背良心的"等等。这大概是很多人都经历过的。

同样的思想感情也反映在作者对另一主要人物指导员的描写上。指导员是被当作正面的、党的代表来描写的。但是,实际上他被描写成了一个冷酷无情的人物。排长对待战士如果说是温情,是无原则的爱护,不值得和不应该同情,那么,指导员却仿佛只是正面的冷酷的符号。我们知道,我们部队的纪律和无产阶级的人道主义是并不矛盾的,铁的纪律正是为了保证我们事业的胜利,这对人民来说就是最大和最高的人道主义。但我们某些人,在感情深处实际上是把它们看作是对立的和互相矛盾的。因此,像《在执行命令的过程中》这样的作品,虽然是想要歌颂我们部队的纪律,实际效果上却给人一种不人道的感觉。从作品开始描写战士们疲乏不堪,排长要他们休息,而指导员却要让他们擦枪的冲突开始,一直到行军途中,到部队在山上遇到风暴,等等,作品中都没有能够在描写指导员在执行命令和温情主义的排长做斗争的同时,充分地写出他的内心对于战士们真正的、严肃的阶级友爱,加上对温情主义的排长写得比较生动、细致,而指导员却写得概念化,并且,他的某些行动(例如在山中遇到风暴而指导员却不许战士们找比较安全之处躲避)又没有充分地写出他是在怎样一种条件下不能不这样做的,而且只有这样做才最合理的,这样就使得作品在客观效果上把人道主义和纪律作了某种程度上的对立。使得作品的真实性和思想性都受到了很大的损害。

这样一种观察和表现生活的观点,应该说在我们目前的创作中也并不是个别的、偶然的现象,大家批评得很多的《吻》《草木篇》等等,从它们所体现的思想感情方面来看,虽然表现的方式、方面、程度都是很不相同的,但是,用一种不健康的思想和情绪来表现生活,都有共同之处。这是不值得奇怪的,我们的现实生活中有着大量的小资产阶级存在,这种思想总会直接间接地表现到创作中来。对这种思想的出现大惊小怪,或者采用一种"围剿"的办法,像我们现在在某些报刊上所看到的那样,这自然是不对的,但无视这样思想的存在,也是不对的。

无为同志的《在干旱的日子里》(载《江淮文学》2月号)最近在安徽文艺界引起了热烈的争论。据作者说,《在干旱的日子里》是作者的长篇特写的一个片断,我们没有看到特写的全部,无法全面地来考察它。我们不能像某些批评文章所指责的那样,由于作者写了乡干部的堕落,就不加具体分析地认为这是作者在诬蔑我们的农村干部。但是,在这一作品里,我们确实也可以看到作者对待生活的不健康的情绪和态度,这表现在两方面。在对待乡长和洋货的关系上,作者的热情和兴趣集中在他们两人之间的调情上,作了淋漓尽致的描写,但对乡长这个人物的堕落的社会的和自己的原因,他曾经是怎样的人物,他在怎样的情况下灵魂开始堕落,这一切都不在作者的视野之内,几乎没有作任何描写,乡长一见洋货就调情,就魂不附体,最后就和她发生了不正当的男女关系。我们并不是清教徒,并不反对在作品中描写这类关系,但这样的描写并不能够真正地帮助读者认识生活。而在围绕着对于洋货的描写里,作者对她的鞭挞和揭露很没有力量,有时甚至还流露出一种作者的欣赏,表现出一种不健康的、格调很低的趣味。

傻老二是作者笔下的正面人物和英雄。但是,在对他的描写里,我们事实上也可以感到作者的这种情绪。作者尽情地渲染了傻老二的"古怪"、粗野。从他一年四季穿在身上的"也不知道是几百年前的,是高祖穿的,还是曾祖的遗产,补补缝缝到如今已有千层之厚了"的棉袍的描写开始,到他的"女人式的头发"的装束,一直到屋里藏着家蛇等等,都给人一种"古怪"的感觉。而作者对他性格中的光辉的一面在作品所描写的范围内,却没有给以比较充分的表现。在我看,这是反映了一种对于所谓英雄的看法。在我们的某些人的心目中,英雄大概就是从装束外形到性格都很"古怪"、很不近人情的人。当然,在这里,我丝毫也不是要求作品的正面人物都有一定的格式,或者必须像旧的章回小说所描写的那样,一出场就是脚蹬云靴,头戴桂冠,相貌堂堂,仪表非凡的人才那样。但是,作者这样的描写,事实上体现了作者的美学观点,在他看来,这是美的性格,然而他却不能给人一种美的感觉,并且使人感到虚假和不真实。

在这里,也就接触了一个根本的,也是老生常谈的问题——作者的思想感情的修养锻炼的问题,这问题在今天仍然具有普遍的现实的意义。它不只是表现在我们上面谈到的两篇作品中,在我们前面谈到的许多作品中,有不少都是除了创作方法上的问题外,同时还表现着作者的思想感情是否正确的问题的。由此看来,只强调写生活真实,认为生活真实就是一切,反对对生活进行思想的判断,这是不行的。要克服公式化概念化,解决艺术的真实问题,就必须进行两方面的努力:加强思想锻炼和改造,因为只有正确的立场、观点才能正确地评断怎样才是真实的,怎样才是不真实,或者如高尔基所说的,分辨两种真实。但只有正确的立场观点还不够,还必须相应地克服创作方法上的种种对真实性的不正确看法,只有同时改变了种种对真实的片面性的看法或王蒙同志所说的"迷信",才能够创造出富有更高的真实性的、优美的艺术形象,既克服了公式化概念化,也提高而不是降低了文学的思想要求。

1958 年

一篇幽默、生动的好小说
—— 读马烽的小说《三年早知道》

阎 纲

马烽的短篇小说《三年早知道》(载于《火花》1958年1月号),一开头,就把人紧紧地吸引住了,越往下看,越想看,看完了,又想看第二遍。这是一篇好作品呀!

小说里的人物中,我们感兴趣的恐怕要数外号叫"三年早知道"的赵满囤了。这个人有点小聪明,办事又有远谋,因而讲起话来句句不离"我早就知道……"但是这个人的私心太重了,同样一件事,给他自己做,就做得出色;给别人做,却耍奸取巧、损人利己。入社以后(当然是勉强加入的),赵满囤耍奸取巧的事就更多、更好笑了(真要笑得人肚子疼)。例如当饲养员时,把社里的牲口喂得皮包骨头,自己的牲口,却吃小灶饭,另眼相待;叫他赶车,他却拿社里的车跑生意赚钱;最可笑的是偷偷拉走人家过路的巴克夏猪配了种,自以为给社里办了一件聪明事(这时候的确是开始为社着想了),但害得太平庄的猪只生了几个"小老鼠"。这些事出在赵满囤这样一个自私自利的老中农身上,其实一点也不奇怪。这样的老户中农的思想,一般比较复杂,要完完全全改造过来自觉地走合作化的道路,是不大容易的。为了改变赵满囤好占便宜怕吃亏、处处投机取巧的坏作风,社员们不知批评过他多少次(给他编快板、开大会、起外号……),社长不知劝说过他多少遍,但是总改不过来,一回接一回地犯错误,正像他自己讲的,是"鬼迷心了""私心还在"。可是在党的耐心教育之下,"就是块石头,怀里抱上三年也温热了"。赵满囤终究变成了合作社的主人,兴修水利、规划远景、忘我地从事创造性的劳动,他的那些长处,也发挥出来了。赵满囤发展和成长的典型事例,具体地体现出农业合作化的无比优越性,和农民思想中社会主义和资本主义斗争的必然性:"经济基础变了,人们的思想意识也要逐渐起变化的。"

赵满囤在作品中活动的时间,有六七年之久。在一个短篇中写一个人这么长时间的活动,是困难的,但是赵满囤这个人写得很好。作者并没有把赵满囤在六七年中的表现详详细细地记录下来,作者熟悉短篇小说的形式和容量。而是精选了这些年间最足以代表赵满囤各个时期性格特点和思想状态的情节或事件,既具体而又概括地写出赵满囤这一长时期突出的表现,体现出赵满囤入社以来思想发展的全部过程。不经过长期深入细致的观察、积累,是难以达到这样的水平的。

在对待精选出的这些事件时,作者固然是通过社长几次耐心的说服教育和赵满囤几次出自衷心的检讨,以及收入不断增加,等等,为赵满囤后来的转变的逻辑性和必然性打好了基础,但是对于赵满囤思想如何转变的具体过程,仍然是着墨不多的。作者把重点放在赵满囤入社初期和"现在"这两个时期内富有特征性情节的描写上(这些情节十分生动、幽默,感染力很强),然后通过"我"的追溯和交谈,巧妙地把这两个时期中赵满囤截然不同的表现紧密地穿插起来,交相对照、两相衬托,使它们在赵满囤的身上形成一个尖锐的对比。

1959 年

略谈短篇小说六篇
巴 人

人民文学出版社为"文学小丛书"编了一本短篇小说集,都是反映一年来农村生活面貌的。一共有六篇,曾分别发表在 1958 年的几个文学刊物上,它们是《老长工》(李束为作,《人民文学》3 月号),《风浪》(沙汀作,《人民文学》6 月号),《锻炼锻炼》(赵树理作,《火花》8 月号、《人民文学》9 月号),《典型报告》(李德复作,《长江文艺》4 月号、《人民文学》5 月号),《新结识的伙伴》(王汶石作,《延河》11 月号、《人民文学》12 月号)和《胡琴的风波》(徐银斋作,《长江文艺》8 月号、《人民文学》11 月号)。凑巧《人民文学》1958 年 12 月号《短篇小说的收获》一文中也提到这些篇目。正如这位作者所说,从这六个短篇中,是可以得到这一年多来农村生活飞跃前进的清晰印象。但由于没有包括特写和通讯,所以它们还不能说及时而且丰富地反映农村的生活面貌。只要谁到我们农村去"走马看花"一下,就会感到这里所反映的农村现实生活,较之实际看到的远为"贫弱",也远为"落后"了。比如说,从 1958 年秋季开始的人民公社运动,以钢为纲的全民炼钢运动,在工农业并举的号召下的投资建厂运动,接着技术革命高潮而来的"文化革命"高潮……这一切,我们还没有看到作家集中地反映。这里六个短篇应该说还只反映了 1958 年秋季以前的一些农村现实生活。但这并不是说,这六个短篇因此就失却了作为生活教科书的重大意义了。

文艺是现实生活的反映,创作往往总落后于现实;但文艺又是生活的教科书,是鼓舞生活前进的一种力量,又不能不先行于现实生活。这真是一个矛盾。作家们将怎样来解决这个矛盾呢?

高尔基告诉我们:作家必须比现实站得更高,看得更远。这也就是说,作家必须从现实的革命发展中来描写现实,善于写出人民"所愿望的"和现实发展中"所可能的"。而作家要做到这点,就得有共产主义的世界观,善于在现实中发掘它本质的东西,发掘它现在还处于萌芽状态但具有无限生命力和远大前途的东西;并从而予以形象化和典型化。这里,就有我们的革命现实主义和革命浪漫主义相结合。这里,文艺作品就不仅是现实生活的反映,而且是先行于现实生活的了。

但要把"处于萌芽状态的东西"予以形象化和典型化，是并不容易的。因为这"处于萌芽状态的东西"既不能离开大量的、带有广泛普遍性的现实生活的基础，但又必须高出于这大量的、带有普遍性的现实生活基础之上，而显得特别鲜明和突出。作家要做到这一点，不仅仅要用夸张的手法，使这"处于萌芽状态的东西"有所扩大，有所提高；而且还在于作家能够通过人物形象的性格刻画和描绘，把人物的精神境界推得更广，推得更远。换句话说，如果我们要描写一个英雄人物，我们不仅要写出他有坚定的自觉的阶级立场，而且更其重要的是要写出他有远大的阶级抱负和阶级理想。这样，这个人物就将超越历史时代的现实局限性而前进了。高尔基的小说《母亲》中那工人阶级的儿子巴维尔的形象，就是这样塑造的。

在艺术作品里，理想不是理论的叙述，而是人物形象的创造：在典型化的生活现象中突出人物的鲜明的个性。这里，也就有典型人物。

《短篇小说的收获》一文的作者龙国炳同志，在论述上列六个短篇小说时，特别指出《典型报告》的思想意义，他说：

> 作品通过第一人称的乡支部书记的切身经验告诉我们：最重要的是要紧紧依靠马列主义的党和具有社会主义思想觉悟的群众，不断地解放思想、不断革命，由被动转为主动。在党的正确领导下群众的创造力量是无穷不竭的。思想解放是无止境的，跃进也是无止境的，作品就这样敏锐地抓住了时代精神，深刻地反映了时代精神，将读者引入一个很高的思想境界。……我听说有一位乡支书读了这篇作品激动得一夜没有睡觉，第二天接连召集群众开大会，修改他们乡的生产指标。好的作品总是对群众有用的，谁如果具有时代的最先进的思想水平，敏锐地描写了生活中那种代表整个时代精神的东西，谁如果帮助广大群众开通了思想路子，使他们的思想升到更高的阶梯，那么他的作品就起着指导生活的作用。

这一见解是对的。但我还想补充一点：《典型报告》的作者是创造了一个农村干部的典型形象，就是这个名叫小杜的乡支书，一个通讯员出身的普通劳动人民，现在是站在国家重要的基层领导岗位上，一心只想为人民谋福利，一心只想为党的事业创造出奇迹，而不甘落后于他乡；终于他在党的教导下，解放了思想，并依靠群众的智慧和力量，发现了无数的"月亮潭"，使山区改种水田计划，从五亩跃进到一万五千亩，这是何等伟大的壮举！我们是不是可以设想：正是这些基层领导干部体现了我国农村生活不断革命的精神；也正是这些基层领导干部是我国农村建设和"大跃进"的发动机。作者所塑造的这个乡支书小杜的形象——那种一股蛮劲、敢想、敢做，善于克服自己保守思想并有顽强的力争上游的性格,我以为是有典型意义的。只是由于作者为便于集中题材,用第一人称的自述方式来描写,形象的客观性就不很突出了。

我以为在这六个短篇小说中,无论就艺术的完整方面或作品的深远的思想意义方面来说,《新结识的伙伴》这一篇是最好的。这篇作品写的是两个女生产队长争夺红旗的故事。作者并不正面地来描写生产怎样"跃进"、一队赶上一队,并且怎样鼓足干劲、大伙儿为争夺红旗而奋斗的场面;恰恰相反,作者使两个女生产队长——张腊月和吴淑兰,在一次棉田管理现场会议上碰上了头。作者就趁此展开她们不同的个性的刻画:一个是怎样泼辣、大胆和赤诚待人,一个是怎样文静、怕羞但又对任何事都坚定不移。两种性格,非常显明地对照着。就在这种非常显明地对照着的性格里,都各自透露着一种共同的理想的光辉。这个共同的理想的光辉就浸染在这两位女生产队长相互之间的那种亲密而又热情、争胜而不嫉妒的关系上,也浸染在这两个女生产队长的周围人们的相互关系上——吴淑兰和她丈夫的关系以及张腊月和她的婆婆、她的丈夫的关系等等。特别是张腊月的婆婆对待张腊月和吴淑兰这一对年轻人的那种欢欣、爱护和关怀的精神,就更衬托出我们这社会的人和人之间的关系是如何和谐而愉快!这里就有共产主义的理想的光辉了。

在我们的社会里,就是在过去,也常常可以在农村中看到像张腊月和吴淑兰那样的两种不同性格的妇女,但是她们性格发展的方向,她们性格中所闪烁着的光辉,则同旧社会的那种性格是完全不同的!一个大胆泼辣的"赤诚女人",一个温柔、沉着的"好女人",现在是都为生产的"跃进",都为世界的改造而趋向一个共同目标——红旗。这是什么力量使她们的精神世界这样阔大了呢?作品就这样提供读者去深深思索。但作品并不只是限于这两个人物的描写,还在这两个人物周围描写出社会气氛和社会关系,读者的思索就透过这些周围关系的描写,看出了我们社会的完全崭新的生活面貌:一种有"矛盾"、有竞赛然而却显得非常和谐和十分幸福的生活面貌。作者并不需要用"说书人"的口气告诉读者,像张腊月和吴淑兰那样的人是有怎样怎样高尚的共产主义的品质,也并不需要指指点点地告诉读者,像作品中那样地展开着的人与人的关系就是社会主义社会的人与人的关系等等;而读者自然而然地会浸沉在作品中所刻画的张腊月和吴淑兰的精神世界里,和自然而然地会浸沉于她们周围之间的人与人的关系的和谐与幸福的情调里,并且将在现实生活里去追求这一切了。作品就在提高读者的精神境界中而发挥了指导生活的积极意义。

我以为,这作品是共产主义萌芽的一幅鲜明的图画!人物性格的生动和作品艺术结构的完整,语言的简练与个性化——这一切艺术上的成就,可以列入过去杰出的语言大师的杰作中而毫无愧色。

结构作品的要素,正如高尔基所指出,不外三点:一、语言,二、主题,三、情节。但我以为主题是这三者的灵魂。主题不仅仅是作品的题材,主题而且是促使作者去摄取题材、剪裁题材,形成艺术结构和故事情节的一种思想力量。主题是怎样形成的呢?主题是作者在生活实践中、在劳动斗争中,从生活本身里发掘出来而为作家所深切地感到和理解到的生活意义,也就是鲁迅所说的"一点意思"。这个"一点意思"从生活中来,转过来又变为作家要写成一篇作品的主题思想,并且借它来剪裁题材,发展情节。它就这样成为作品构思的"原动力",成为作品本身的灵魂了。

　　如果让我们来分析《锻炼锻炼》和《风浪》这两篇作品的主题和构思过程,可能是这样的:《锻炼锻炼》的作者大概在他一个时期的农村生活中,看到了这样一些生活现象,在我们农村生活中,还有一些贪图便宜、好吃懒做的人,但在我们农村生活中,却更多是热情洋溢、一心为共同福利和集体事业而积极工作的先进分子。但在这两种社会力量之间,后者的"正气"有时得不到发扬,前者的"邪气"得不到克服,这是什么原因呢?于是作者在这种生活现象中得到一个"结论","一点意思",一条道理:领导的保守思想,就是导致落后现象得以生存,先进力量不得发扬的原因。作者就以这个意思为主题思想,展开了故事和情节。用杨小四的快板为引子,写出"吃不饱"和"小腿疼"两个落后人物。用高秀兰的快板为引子,写出社主任王聚海的保守、片面和主观。之后,就使社主任和乡支书借故走掉,让以杨小四和高秀兰为代表的先进力量暂时当了权,同那以"小腿疼"和"吃不饱"为代表的落后力量,展开了一幕戏剧性的斗争:打击了"邪气",发扬了"正气"。这作品对我们建设农村社会主义生活是有它积极意义的。虽然作者所塑造的先进人物杨小四和高秀兰,还只停留于"王满喜"和"范灵芝"一类人物同样的精神状态里,没有给以应有的提高,提高到有更远大的理想境界,这是一个缺憾;但这也许由于作者所构造的情节太过戏剧性了,因而主题思想的发挥受到情节的限制——情节也可以转过来局限主题思想的发挥的。

　　《风浪》描写的是农村展开大辩论前夜的一段生活小插曲。这篇作品的构思过程,看来同《锻炼锻炼》的有所不同。有经验的作者大概可以了解:从生活中看到"一点意思",把这意思作为主题思想来创造作品,这是创作构思的一种过程。但也有一些作者,在生活中从某一特定的人物身上,发现了她或他的一种社会力量,因而对这人物发生"兴趣",就以这人物为中心来编造故事,发展情节,写成作品。作为这样写成的作品的主题,就是这个中心人物所表现的"社会意识"。作者抓住了这种"社会意识"在描写这个人物同其他人物的矛盾和斗争,使作品具有现实的战斗意义,看来《风浪》的构思过程是这样的。

　　但也无疑的,《风浪》的作者,和《锻炼锻炼》的作者一样,是为我国农村生活中两条道路——社会主义思想和资本主义思想——斗争这个巨大的主题思想所推动的。可是如果让我们更深入地来看《风浪》，也可以理解为在人和人之间进行着社会主义思想和资本主义思想斗争的同时，还应该同那人和自然斗争相结合，即同集体劳动相结合。这就是说，在改造自然的斗争中也改造了人，在改造人的斗争中又更发挥了改造自然的斗争的力量。《风浪》在描写了生产队会议的场面以后，接着就描写到去磨盘山的改造土地的场面，似乎可以推测作者正是抓住了这个主题思想的。但这个主题思想在作品的情节的发展过程中表现得并不显豁，使读者难于捕捉到。所以我们只能作为一种推测。但应该说这个主题思想是有巨大的社会意义的，是我们社会主义文学的创建者所应该留意的。

总之，一篇作品写成了，并且发表了以后，它总客观地显示出主题思想而影响着读者的思想感情。在这里，作者对现实生活的艺术概括的本领，就显出它的重要性来了。

体现作者对现实生活的艺术概括的本领的，就是作品的语言和情节。作品中这两个要素，就是作者企图以主题思想去感染读者的重要手段。语言和情节是直接构成作品的体裁和风格的。好的作品总是革命的政治内容与尽可能完美的艺术形式相结合的。我们决不应该忽略作品的艺术形式。我们之间有这样一种风气：如果有人在文艺评论中一谈到作品的艺术形式，那就可能会被认为形式主义的美学观点。这风气是并不好的。高尔基劝人多读古典作品，为的是可从其中学习艺术技巧。而古典作品被高尔基重视，正因为它们中间的优秀作品，都是有完美的艺术形式和精深的艺术技巧的。我看，这正是高尔基的独到见解。这里六个短篇小说，就艺术形式和技巧方面来说，除《胡琴的风波》外，都是相当精练、相当成熟的。但从它们中也可以看出作为作品的体裁、作品的情节的处理方法，是各不相同的。大致可分如下的三种：

有的作品是以述说故事的形式同场面的戏剧性的展开相结合，来构成作品的情节，形成作品的独特的体裁和风格。《锻炼锻炼》和《典型报告》就是如此。其实《锻炼锻炼》的作者的其他短篇小说，也往往用这一种艺术手法。这一艺术手法的优点就是容易为广大的读者群众所接受。就是不识字的人，也可以在别人朗诵时来欣赏作品。它的教育作用是广泛的、普遍的。但使用这种艺术手法时，如果毫不注意生活的规律，就会损伤人物形象的完整，使人觉得人物不是客观地自行生存、活动和斗争着的；因之，也会减弱人物的典型性，缺乏足以感人的力量。

有的作品的体裁则是以生活本身样式为基础，加以剪裁而形成的。《风浪》和《新结识的伙伴》就是如此。《风浪》作者的其他短篇小说，也常常用这种艺术手法：使作品的情节发展，尽量同现实生活的体裁相一致。生活的体裁也就是作品的体裁，并且以一个人物作为主线，展开一幅幅的生活画面。例如，在《风浪》这篇作品中，作者着力写的是申大嫂这个劳动妇女,从她参加生产队会议的描写中反映出她同王家福这一类人物的矛盾,之后,又写到第二天在去磨盘山进行土改工作的路上所发生的事件和矛盾,看来就像按着生活本身所进行的规律来发展情节。其间虽然也插叙一些申大嫂一家的过去和王家福的过去,但这些都仅仅作为人物描写的补充手段而使用的。这种艺术手法的好处,在于能使读者感到好像自己也生活在这作品所展开的场面中,得以比较清晰地接触到人物的形象和性格。如果有高度的艺术概括,作品中的人物就好像会从书本中跳出来,在读者面前说他所说的话,做他所做的事——就像活着一样吸引着读者去爱他,或者愿同他做朋友,拜他做老师。我以为《新结识的伙伴》中的张腊月和吴淑兰这两个人物形象就是这样生动;她们的不同的性格,她们的共同的崇高品质,会给人以长久忘不了的印象。但这种艺术手法也有缺点:过分强调了作品的体裁与生活本身体裁相一致,而又以纯客观的叙述和描写来塑造人物,就会使作品的思想性减弱,或者会使人物形象没有"自行存在"的独立"意志"(性格)而显得不够突出、不够生动。而人物形象的"自行存在"的独立"意志"(性格)往往是在同其他对立的人物形象的"自行存在"的独立"意志"(性格)的鲜明对照中或冲突中表现得更为突出的。张腊月的泼辣性格就衬托出吴淑兰的这个"好女人"的性格更为鲜明,反过来也是一样。《风浪》在描写申大嫂和王家福这两个不同阶级性格的人物时,就缺乏这种鲜明对照的力量。人们只看到王家福的一般的思想面貌,没有给以突出的刻画,这样,就不能对照地衬托出申大嫂的正直、大胆和斗争的坚决了。这是由于作者在会议场面这一段描写中,没有以稍为多一点的篇幅让王家福自己来活动、自己来"诉苦",而是以叙述的方法和通过申大嫂所看到的情形来刻画他们这一伙的缘故。可是这样对立面就消融于申大嫂"主观的印象"中,对立面的人物形象就不能像一面镜子一样来反映出申大嫂的精神面貌了。这小说的对立面的描写只在"路上"一段较为明显,但依然没有揭露对立两方面的思想本质。就是申大嫂这个人物本身,我们也只能看到她那劳动人民的优良的阶级本能,也还显不出她在新社会生活中,在我们党的教育下所成长起来的阶级自觉性。所以,这种按照生活本身样式来构成作品的体裁的艺术手法,有时往往会使作品带上自然主义或客观主义的倾向,缺乏高度感人的艺术感染力。

构成作品体裁的方法除上述两种外,却还有以第一人称为线索而展开描写的。《老长工》就是如此。这种体裁,大都用第一人称的"我"的行动,展开生活画面,这种画面一般是按照现实生活的体裁进行的;但其间往往用说故事的形式,插叙主人公的故事或展开主人公的行动。这种艺术手法常被过去的杰出的短篇小说家所爱用,而在我国目前的短篇小说中似乎也更多采用这种体裁。王愿坚的短篇小说集《党费》,全都是如此。这种体裁的好处,在于它便于把所要摄取的题材用"第一人称"给它连贯起来,同时,这个第一人称的"我"的感情也容易浸沉在所描写的人物身上,使作品更多抒情的调子,加强作品的艺术感染力。鲁迅的《祝福》就是用这一种艺术手法写成的。但如果运用这一艺术手法时,把第一人称的"我"的地位写得过分突出,那就会使所描写的主人公的形象被淹没于"我"的叙述中而失却生命力,或者会使那主人公变成为"我"所任意安排和牵引着行动的"傀儡"。《老长工》这作品的动人,就在于通过这第一人称的"我"的"目睹"和亲自"接谈"这一线索,把大量的篇幅用来刻画郭在先老汉这个形象;并且把郭在先这个人物,放在同一个地主分子"老生姜"姜成金尖锐地对立的地位上,来展开故事的叙述。而这种尖锐的对立——实际上就是敌我的矛盾——却偏偏被工作人员王正民所忽视。王正民痛斥郭在先这一段短短的描写,却相反地衬托出老长工郭在先阶级立场的坚定、阶级嗅觉的敏锐和对党领导的无限忠诚。老长工郭在先这个形象就在读者面前成为一个非常可敬的人物了。这种以第一人称为线索而展开人物的描写和刻画的艺术手法,往往很容易将这个第一人称的"我"的同情或憎恶和"我"的"是非"观点带给读者,增加作品的吸引力。《老长工》就做到了这一点。

很多采用这种艺术手法来写短篇的作者,似乎还没有从我们艺术大师鲁迅的创作中学取更多的东西,就以《祝福》为例吧。这作品在描写祥林嫂的悲惨命运中,是紧紧地同第一人称的"我"的同情,和形成祥林嫂悲惨命运的环境描写相结合着的。环境描写能够使人物形象更为丰富,这种手法,似乎还没有为我们的作者所足够重视。环境的描写是传达时代的脉搏、社会的风习与气氛的要素,是使人物从社会背景上显得更为突出的一种手法,也是使作品的生活画面更为完整和生动的一种手法。《老长工》这短篇的第一段环境描写,看来好像同老长工的故事无关,但实际上是相照应的。蓬勃的生产气氛正是从像老长工那样的人的斗争中得来的。可惜的是在以后的描写和叙述中就被忽略了。如果作者在王正民回来后也加上一段环境描写,比如热烈的生产场面的描写,这就更有力地说明了我们生产"大跃进"正是对敌斗争的胜利成果,这样,这个老长工的精神境界将更为开拓,更为阔大,这作品的思想意义也更为深刻。但这也许是我个人不适当的设想。

最后,我还想谈一谈我们农村的现实生活。在我仅仅是"走马看花"的短短接触中,我深深地感到我们农村生活中共产主义精神正在萌芽和茁壮,这不仅表现在像一些民歌中所具有的共产主义的豪迈气概上(像这样的一首民歌:"大红旗下逞英豪,端起巢湖当水瓢。不怕老天不下雨,哪方干旱哪方浇"),还表现在农民群众对集体生活的热爱和对建设幸福生活的无私关怀与忘我劳动的崇高精神上。在全民炼钢运动中,在工农业并举的建厂运动中,我就看到农民群众献出了许多东西来投资。我看到安徽巢县司集乡的一个小小博物馆里,陈列着一座描绘司集乡十年建设规划的模型。工厂区,住宅区,大、中学校,托儿所,敬老院等等规划和工农业的生产指标,都十分清晰地展示着。从这里,也可看出我们的农民群众是有远大的理想的。在那里,所有的墙头,都已成为诗廊、画壁。我同一些农民诗人座谈一次,我问他们怎样会想作诗并且是怎样开始作起来的。他们几乎一致回答:在生产中感到高兴了、带劲了,在生活中感到幸福了、甜美了,诗就从心头吐出来了。诗是"即景生情"中产生的。他们几乎都是出口成章的诗人。他们当场就能念出他们的诗来。这使我深深地感到,现在是要对像我们这样的知识分子进行扫盲的时候了!这是一种色盲,对现实生活的色盲。我们只要想一想:有这样的"个人为大家、大家为个人"的道德品质,有这样的对生活前途的远大理想,而又有这样的触机即发的像电力、像火花、像流星一样的美丽智慧的农民群众,不是充分证明了共产主义的精神正在他们的身上生长和茁壮吗?我们的作家,近年来的确写出了不少反映农村生活的好作品,长篇的和短篇的,我们也在那些作品里看到了农民群众的阶级本能是敏锐的,自觉的阶级立场是坚定的,他们确是经得起生活和斗争的考验的英雄人物;但我们也在那些英雄人物中感到似乎还缺少一些什么。这就是缺少一分阶级的抱负、阶级理想的光辉。怎样创造出有坚定的自觉的阶级立场并还渗透着阶级理想的光辉的英雄人物,那该是我们作家的重大任务吧!在这六个短篇里,我特别喜爱《新结识的伙伴》,就是因为它在描写人物性格和人与人相互的关系中,已透露出了共产主义理想的曙光了。

《锻炼锻炼》和反映人民内部矛盾
——在一个座谈会上的发言
王西彦

几个月前,我在《人民文学》上读完赵树理同志的《锻炼锻炼》时,内心充满喜悦,觉得这是一篇很好地反映了农村人民内部矛盾的作品。因此,最近又读到《文艺报》上武养同志关于《锻炼锻炼》的读后感,认为那是"一篇歪曲现实的小说"时,的确有些意外,而且吃惊于不同的读者对同一篇作品的看法,距离竟会这样远,真所谓"见仁见智",太不容易一致了。刚才听了几位同志的发言,大家虽然不完全同意武养同志的看法,可是也认为《锻炼锻炼》是一篇有缺点的作品,因为它把我们新农村的落后面写得太多了,不很符合现实——其实,这样的意见,仍然是重复了武养同志的看法的,不过不像武养同志那样把作品全盘否定而已。

武养同志的确是给《锻炼锻炼》以全盘否定的。你看,他举出这篇作品的三大罪状:第一,里面所写的像"小腿疼"和"吃不饱"那样落后自私的妇女,"不是占农村妇女的大多数";第二,出现在作品里的干部,如正副社主任和支书等,本来应该是"党的化身"的,在作者笔下"却成了作风恶劣的蛮汉至少是严重脱离群众的坏干部";第三,"从总的来说",作者"所持的态度是错误的",因为"支持和同情"了几个主要干部的坏作风。于是,武养同志连声发出责问道:"难道这就符合农村现实吗?""难道这就是农村妇女的真实写照吗?""这就是社干部的形象吗?""这就是农村现实情况的写照吗?"甚至认为作品"是对整个社干部的歪曲和诬蔑",等等。按照武养同志的逻辑和情绪看来,赵树理同志这次是给了读者一棵毒草,我们应该把它铲除掉才好。

那么,《锻炼锻炼》究竟是怎样的作品呢,是不是一棵应该加以铲除的毒草? 在回答这个问题以前,我想谈谈文学作品怎样反映人民内部矛盾的问题。

在我们社会主义社会里人民内部存在着矛盾,只有解决了矛盾,生活才能前进;而在前进的生活里,又会出现新的矛盾,需要再给以解决,使生活继续前进。这个道理,大家都知道,用不着多说。这里就关系到这样一个问题:我们为什么要去反映这种矛盾? 当然,是为了能够很好地解决它,为了促使生活前进——也就是为了保卫我们的社会主义,保卫我们的社会制度。我们就是站在保卫社会主义社会的立场上,来观察生活,发现矛盾。我们通过对矛盾现象的形象的描写肯定生活里面的积极的东西,否定生活里面的消极的东西。在这肯定和否定中间,就无可掩饰地显露出我们的爱和憎,我们的动机和目的。我觉得,怎样反映人民内部矛盾的关键问题,就在于我们所采取的立场。

　　过去现实主义的作家,那些生活和战斗在旧社会里的前辈他们所写的作品,大都是暴露和讽刺;高尔基不是曾经把19世纪资产阶级文学中的现实主义称为"批判的现实主义吗"?不是曾经把这种批判的现实主义作家称为"自己阶级的叛逆者,自己阶级的'浪子'"吗?他们揭露出自己阶级的社会生活的黑暗和丑恶,批判着这种黑暗和丑恶,因为他们憎恶它们,企图否定它们。他们中间写得最深刻的已经达到了否定整个社会制度的深度。出现在他们笔下的一些被侮辱与被损害的人物,都有着洁白的灵魂和善良的人性,只是因为社会制度的腐朽不可救药,才使得人们受苦遭难,甚至为非作歹。他们要证明:责任不在这些不幸的人,而在社会制度——为了援救这些不幸者,应该摧毁整个社会制度。这是我们读西欧特别是俄罗斯19世纪现实主义作家的作品时,所能明显地感觉到的。拿我们中国的情形来说,例如《水浒》和《红楼梦》,出现在前者里面的那些武松和李逵,不都是一些心地善良的人吗?为什么他们不得不"落草为寇"呢?出现在后者里面的贾宝玉和林黛玉,他们的爱情不是很纯真吗?为什么会落到一个悲剧的结局呢?从这些人物的遭遇,我们读者将得出一个怎样的结论,如果我们再来看看鲁迅作品中的人物,不论是农民阿Q、闰土、祥林嫂也好,知识分子吕纬甫、魏连殳、涓生和子君也好,他们不都是无辜的好人吗?他们的命运为什么会那样悲惨?他们身上为什么会有那么多缺点,我想,我们每一个读者都会回答——责任不在于他们,而在于那个可诅咒的社会,那个陷害善良的社会制度。

　　过去在旧社会里的作家是那样做的,他们做对了。那么,今天我们已经在新社会里了,该怎么办呢?高尔基曾经劝告青年作家们,不要把自己的注意力仍旧放在"批判的现实主义的旧轨道"上,不要像批判的现实主义者那样"专门"去描写"生活的坏现象"。高尔基的意见是很清楚的,他告诉生活在新社会里的青年作家们,应该去描写新生活,去给新生活唱赞歌。这也就是一个爱憎问题,一个根本的立场问题。我们今天当然不应该再把注意力放在"批判的现实主义的旧轨道"上了,我们今天即使去描写生活里面的消极现象,当然也是为了爱护我们的新生活,为了保卫我们的新社会、新制度。

　　现在,我们就可以回到赵树理同志的《锻炼锻炼》上面来了——在这篇作品里,作者是站在怎样的立场上面的呢?我想,关于这一点,我们每一个人都对赵树理同志怀有充分的信任。就是武养同志,不是也说在这篇作品里,作者的爱憎是很分明的吗?这种分明的爱憎,就说明了作者正确的立场。作者把生活里面的消极现象,确实写成消极现象,而且是前进中的新社会里面的消极现象,也就是正在被克服的消极现象,而不是把它写成好事,或不可克服的社会制度的产物。我认为,如果作家有了这种正确的立场,就不会写出"歪曲现实"的作品。由于武养同志严重的指责,这一次,我又仔仔细细地读了一遍《锻炼锻炼》。我觉得,赵树理同志在这篇作品里很成功地描写了农村社会里两个落后的妇女,"小腿疼"和"吃不饱"。她们好吃懒做,损人利己。她们这种从旧社会里带来的坏思想和坏行动,不仅表现在农业生产上,也表现在家庭生活里。作者通过生动细致的刻画,对她们作了揭露。可是,作者并不是孤立地描写这样两个落后分子的,更写到了她们中间的硬牌子"小腿疼"的靠山,写到了她不仅"年纪大,闯荡得早"而且"又是正主任王聚海、支书王镇海,第一队队长王盈海的本家嫂子"——写到了在争先农业社里所以能够一直容许像"小腿疼"和"吃不饱"这样的落后分子存在的原因。原来问题都出在正主任王聚海身上。这个老中农出身的王聚海,一向"好给人和解个争端",是个"会和稀泥的人",虽然在抗日战争中"作各种动员工作都还有点办法",土改中,"斗争地主还坚决",入了党,当了社主任,但老脾气还是不改:好研究每个人的"性格",主张按性格用人;给人们平息争端时,也主张"和事不表理",只求能"了事"。一句话,他是个不讲原则、不按照原则办事的人。因此,在他的领导和工作作风的影响下,社里就容忍甚至助长了资本主义思想。这突出地表现在关于生产和整风的问题上。季节已经到了快上冻的时候,妇女大半不上地,棉花摘不下来,花秆拔不了,牲口闲站着不能犁地。面对这种情况,支书主张用整风的办法来解决,可是社主任却有他自己的办法,"整风是个慢工夫,一两天也不能转变个什么样子;最救急的办法,还是根据去年的经验,把定额减一减——把摘八斤籽棉顶一个工,改成六斤一个工"。这就展开了两条路线的矛盾斗争——整风和采用鼓励资本主义思想的"老经验"的矛盾斗争。后者就是"小腿疼"和"吃不饱"两个落后分子的问题的根源。从这里,作者给我们指出了农村人民内部矛盾的复杂性。我们都已经知道,正在这个解决两条路线的矛盾斗争的关口上,作者让那位只知道研究性格而不能掌握原则的社主任王聚海跟支书一起到城关一个社里参观整风大辩论去了,因此,解决矛盾的责任就落到了副主任杨小四身上。这杨小四是个青年人,他和另一个女副主任高秀兰,曾经由于年龄和性别的关系,被王聚海认为不能负责任,什么事也不让他们做,只可以跟着"锻炼锻炼"或竟连锻炼也没法锻炼的。可是,这一次,杨小四却在高秀兰和另一个副支书的合作下,很快就给了"小腿疼"和"吃不饱"两个落后分子以斗争和批判,把她们的邪气压下去了……

　　为什么我要在这里复述一遍作品的故事呢?不用说,是为了更清楚更有力地肯定这篇作品的价值。不错,我的确只是把故事复述了一遍,并没有加以详细的分析。但即使只是这样的复述不是就有足够的理由给作品以肯定吗?赵树理同志不愧是描写农村生活的能手,他在这篇作品里,一点也不利用叫喊和说教,却运用他那一贯的朴素的白描手法,通过生活形象的描绘和情节的巧妙安排,揭露出农村前进的生活中所产生的矛盾,给了社主任王聚海那样的人物严峻的批判和讽刺。我想,我们读者当读到王聚海从城关参加整风辩论会回来,发现社里正在开会,也不打听究竟,就主观地拿出他那套"和事不表理"的老经验来应付,结果却碰了一个不大不小的钉子时,总是禁不住会心地微笑吧?不掌握原则,却以摸别人的"性格"为能事,在社里迁就甚至助长落后思想,这样的人,当然和他的老中农的出身有关,难怪支书最后要给他指出,应该"锻炼锻炼"的不是别人,正是他自己了。我认为,赵树理同志这篇作品,是既写得生动而又深刻的。

我这样粗略的看法,也许还不能说服武养同志以及跟他抱着同样见解的同志们,因为并没有正面讨论他所举出的那三大罪状。那么,现在我们就来谈谈那几个问题吧。

首先,是多数和少数的问题。这是一种相当流行的论调,认为作家只能描写实际生活里占大多数的人物。武养同志说:"'大跃进'中的今天农村,或者就退到1957年秋末的那个时期,像'小腿疼''吃不饱'这样的典型的、落后的、自私而又懒惰的农村妇女虽然会有,但不是占农村妇女的大多数,而是极其个别的。"为什么"不是占农村妇女的大多数"的"小腿疼"和"吃不饱",就不能被当作文学作品的描写对象呢?按照这种奇怪的逻辑,那么我们就没有办法来反映人民内部矛盾了,因为,在我们的社会里,消极现象是正在被克服的现象。对一个热爱我们的社会制度和社会生活的作家来说,即使是"极其个别"的消极现象,也是眼睛里的一粒尘沙,要把它反映出来,给以批评和讽刺,使它更快地被克服。这是我们的责任,也是我们的权利。这跟那些"右派"分子所提倡的什么"暴露黑暗"等等,完全是两回事情,不能混为一谈。不错,赵树理同志的确写到"争先农业社"里那种"大半妇女不上地,棉花摘不下""摘头遍花能超过定额一倍的时候,大家也是这样来得整齐""一听自由拾棉花时,就什么事也没有了",而拾二三遍花时,却是"说来说去,来的还是那几个人"等等的现象,但这是由于社主任王聚海不能坚持社会主义原则办事的缘故,作者要通过这种种现象的描写,指明农村改革中两条路线的矛盾斗争的严重性。而且,更重要的还在于,在作品里,我们读者清清楚楚地看到,这不过是暂时现象,只要领导思想一得到改正,问题也就会得到解决的。在1957年那个时期,农村群众中间特别落后的分子,和特别先进的分子(作品里是以高秀兰为代表的)一样,只占少数;占多数的是中间分子,他们可以跟着先进分子跑,也可以受到落后分子的影响。这里就显示出领导思想和领导作风的重要性。这一点,正是赵树理同志所要证明的。这是指描写消极现象说的。至于描写先进人物,描写生活里面萌芽状态的新事物、新因素,那自然更不能要求大多数了。

其次,是描写领导干部的问题。武养同志认为,既然是领导干部,那么,"无论从哪方面说,他们都应该是党的政策的具体执行者,是贯彻党的群众路线的具体人物,在大多数情况下,在他们身上所体现的应该是党的化身"。这里,就关系到作家应该怎样描写人物的问题:按照党章或团章的各项要求去编造理想人物即"党的化身"呢,还是按照生活实际去刻画有个性的活人呢?依我看来,赵树理同志一直是走后一条道路的。也正因为这样,他才给我们写出了小二黑、小芹、李有才、铁锁、李成娘等等活生生的人物。至于《锻炼锻炼》里面有缺点的干部,王聚海是作者主要批评的对象,他的思想意识有毛病,工作作风不对头,可是他也是忠心耿耿的,也想把工作做好,并不是应该全盘否定的"坏干部"。杨小四是个年轻人,当然有些像王聚海所说的,锻炼得还不够,处理问题有些急躁,有些犯强迫命令。应该承认,在动员劳动力这件事情上,武养同志对他的批评是对的——他的确没有"通过摆出问题,发动和组织群众进行鸣放辩论,从而提高社员的觉悟,使他们自觉地上地",却采取了另一种"速效"的办法,使得解决社内存在的生产问题和整风分割开来了。这的确是杨小四的缺点。可是,武养同志的批评应该到这里为止,不能再跨前一步,加以夸大;遗憾的是,他竟因此得出什么杨小四和社员的关系,是"民警与劳改犯的关系"的结论,还指责到作者"这样描写社干部和解放了的农村妇女,的确是一种诬蔑"等等。这就未免太过火了,就远离了作品所描写的实际情况。

在这里,我愿意说一说自己的经验。去年夏天,我回到浙东家乡去,刚好碰上"双抢"(抢收抢种)大关。社里种第二季稻,领导上号召密植,可是有些社员口上答应了,实际却不按照规格行事,担心过密了不能发蔸。社长是我的一个堂弟,才二十来岁,工作热心,为人大公无私,不过性子比较急躁,他就亲自到水田里去巡逻,督促大家按规格密植,一遍一遍地宣传密植的好处。如果一发现社员们不按照规格密植的,他就会把已经插好的秧苗拔掉,要求重新插;同时,口头上也威胁着说:"哪个不按照规格密植,就是违反政策,要送乡政府!"到了晚上,他跟我谈起这事,一面擦汗,一面哑起嗓子说:"真没办法!对付这些顽固分子,你就是要点子强迫命令!"老实说,当时我完全没有批评他的意思,只觉得他年纪轻轻的,能够这样任劳任怨,实在难得。当然,我并不是赞成这种简单得近于粗暴的工作作风,他对政策的理解也有些片面。只是杨小四的情形引起我的联想,使我不忍把他说成是什么"作风恶劣的蛮汉"而已。年轻,经验不足,还有些急躁情绪,应付困难问题时办法还不多,容易犯强迫命令;但热心,积极,坚持原则,不能容忍坏人坏事,敢于作正面斗争——这就是杨小四!像这样的年轻人,不用说还需要锻炼锻炼,从实际锻炼中使自己逐渐成熟;可是,"无论从哪方面说",也总不能把他斥为"蛮汉",以对待劳改犯的态度对待社员的民警吧?

说到这里,我们就可以进一步来讨论"作者所持的态度"是不是错误的问题了。武养同志认为,作者的错误,是对几个社的领导干部惯用捉弄、恐吓、强迫命令的作风,"给予极大的支持和同情"。我们这里,也有同志责备作者,为什么要把杨小四他们在解决问题时写成不是采取整风的办法,却采取压服的办法。文学作品的描写,究竟不是工作方法的介绍。一篇小说和一篇工作方法介绍是不同的。作家所写的人物,是可以有优点也可以有缺点的人物,是有血有肉有个性的人物。只要设想一下,如果作者在那种情况下,把杨小四写成一个毫无缺点的完人,好不好呢?依我看,好不好还在其次,首先那就不是杨小四了。特别使我感到不解的是,武养同志从哪里看出作者在"支持和同情"杨小四的强迫命令作风呢?我却只能看出,作者的确是在"支持和同情"杨小四,"支持和同情"他的年轻、积极、斗争性强;至于杨小四的强迫命令作风,作者倒是在批评的——作者写出了他跟王聚海完全相反的缺点。不错,支书是这样说的:"这些年轻人还是有办法!做法虽然说有点开玩笑,可是也解决了问题!"这几句话的意思很明显:跟王聚海那种一味迁就的做法比起来,这些年轻人倒是坚持了原则,把"小腿疼"和"吃不饱"的邪气压下去了;但毕竟只是年轻人的办法,有点开玩笑。怎么能够从这里得出作者是在进行"对整个社干部的歪曲和诬蔑"的结论来呢?赵树理同志不过没有像有些作者那样,让支书发表一通正确的堂皇的大道理而已。

有人认为,反映人民内部矛盾的作品,在写到正面人物的缺点时,应该把它写成"可爱的缺点"。这个意见是很好的。而且,这也是我们古典文学的传统。我们的前辈曾经创造出像李逵、武松、鲁智深那样的人物,我们读者的确喜欢他们——连同他们的缺点,有时更单纯地由于他们的缺点。刚才也有同志提起肖洛霍夫的《被开垦的处女地》,我觉得我们也的确可以好好研究这部出于大师手笔的名著,这对我们反映人民内部矛盾是很有借鉴之用的。你看,出现在《被开垦的处女地》里的人物,不论是集体农庄主席达维多夫也好,党支书拉古尔洛夫也好,村苏维埃主席拉兹米推洛夫也好,他们哪一个没有缺点呢?他们身上的缺点,有些的确是能令人感到可爱的,但也有的并不能引起我们读者同样的感觉。把缺点写成可爱的缺点,这当然有助于正面人物的"正面性";不过,有时候,作家也应该有勇气去写正面人物身上比较严重的缺点。我们就拿达维多夫作例子吧。达维多夫是一个钳工出身的下放干部,是一个党的代表,在格内米雅其村的集体农庄里,是最高的领导。可是,在残酷的阶级斗争的情况下,在富农反革命分子疯狂进行破坏的时候,他却不能抗拒放荡女人路希卡(在第一部里译成罗加里亚)的诱惑,跟她发生了关系。我们不能忘记,这路希卡是富农反革命分子铁摩菲的姘头。我不知道武养同志有没有读过这部被称为"描绘人民及其争取新生活的斗争的广阔史诗画卷"的作品。如果他读过,是不是也会认为肖洛霍夫是在进行"对整个社干部的歪曲和诬蔑"呢？可是，在我们大多数读者看来，肖洛霍夫是一个真正的深刻的作家，《被开垦的处女地》是一部有着"十分大的、复杂的、充满矛盾的、冲向前去的内容"（卢那察尔斯基语）的作品，肖洛霍夫在他的作品里一点也不掩饰前进生活中的矛盾。在他笔下的达维多夫，是一个有显著的优点，但也不免犯错误的活生生的人物。我们读者即使在他犯错误的时候，也深信他一定能够克服自己身上的弱点。事实上，到了作品的第二部里，他也的确克服了自己身上的弱点，成为一个意志更加坚定和性格更加丰富的人物。如果说到教育作用，这样的人物，岂不是很能给我们读者以激励吗？

对一篇作品，读者的实际感受和作者的主观意图可能有距离，甚至相左。而且，不同的读者，看法也不同，正如我在一开始时所说的，撇开文学修养上的原因，恐怕就在于对作品所描写的生活熟悉程度不同，尤其是理解程度不同。在这一点上，我要说，就《锻炼锻炼》所反映的人民内部矛盾而论，赵树理同志对生活的熟悉和理解，是远较我们深刻的，至少我个人的情况是这样。这也就是为什么，当我们评论作品时，应该采取一种谨慎严肃的态度。我们要力戒轻率和粗暴。我们太习惯于使用"难道这就符合农村现象吗"和"难道这就是农村妇女的真实写照吗"之类的诘问，太习惯于使用"这是对整个社干部的歪曲和诬蔑"之类的专断了。我们应该通过作品和对作品的讨论，来培养读者实事求是的精神和严肃负责的态度。反映人民内部的矛盾，这对我们的作家来说，还是一门新功课，一项新任务。一方面，我们的作家应该有勇气，敢于尝试，决心当闯将，能深入"禁地"；另一方面我们的读者和评论家也应该避免随便给人家戴帽子，挥棍子。读了手头这本《文艺报》（本年第7期），由郭开同志所引起的关于《青春之歌》的讨论还没有结束，又开始了有武养同志参加的关于《锻炼锻炼》的讨论，我很有些感触。能对一些有影响的具体作品展开讨论，当然很好；只要想一想，关于《青春之歌》的讨论，弄清楚了文学上多少重要问题，使多少读者获得了益处啊。不过，也说明了，在我们的评论界，曾经流行过怎样轻率而粗暴的风气，给了读者怎样的影响。可以说，关于《青春之歌》的讨论是一场对《青春之歌》的保卫战。现在，《文艺报》编辑部以《锻炼锻炼》作实例，发起关于文艺作品怎样反映人民内部矛盾的讨论；我愿意参加讨论，先来充当一名保卫《锻炼锻炼》的战士。

《白洋淀纪事》读后

石 燕

一

　　无论是描写十年内战,还是描写抗日战争,也无论是描写人民解放战争的文艺作品,任何革命作家都必须正视和面对着艰苦困难的现实,都无法回避敌我之间的严重的残酷的斗争。但是,同是一个艰苦困难,同是一个敌我之间的残酷斗争,不同的作家有其不同的处理方法。一种作家是:把艰苦困难、残酷斗争,人们在肉体上精神上所受的折磨,血淋淋地呈现在读者之前,从而激发你的民族仇恨、阶级仇恨。这个仇恨是刻骨铭心的、深入肺腑的,甚至从头发到脚后跟都充满着仇恨,它给予你一种忠奸不两立的斗争力量。我读这类作品,往往有两个感觉:其一是"不忍读下去",因为实在太残酷了;其二是,又"忍不住要读下去",因为它往往有种揉碎了你的心,又仍然要你非读下去不可的艺术魅力。另一种作家是,对艰苦困难、残酷斗争并不是尽情地加以描绘,以至不忍卒读,而是字里行间常常流露出幽默乐观的风趣,随物赋形的流畅自然,清新活泼的笔调,善于勾勒肖像的白描手法。那些善于克服困难的人,那些在残酷斗争中不断地争取胜利、取得胜利的人,是善良的、质朴的、勇敢的、机智的、乐观爽朗的、感情丰富的,同时是不可轻侮的,他们对明天有一种坚定不移的信念。孙犁同志的《白洋淀纪事》可以划入这一类。我读这类作品,通常是在逗人喜爱的心情下一口气读到底。我对这两类作品并无扬此抑彼的意思,它们各有各的特色和所长。

　　《白洋淀纪事》中回避了艰苦困难、残酷斗争了吗?没有。作者写着:

　　"小胜儿放下活计,转过身来,她的眼睛在黑影里放光。在这样的夜晚,敌人正在附近村庄放火,在田野、村庄、树林、草垛里搜捕杀害冀中的人民……"

　　是的,土地被敌人占领了,粮食被敌人抢走了,房屋被敌人烧掉了,有成千成万兄弟姊妹在敌人的屠刀下牺牲了……所有这些,没有把人民吓倒。人们并非终日愁眉锁眼地在过日子,而是苦难中有欢乐,酷残斗争的另一方面,正是晴朗的青天,充满着希望。人们找到了党,找到了八路军,找到了人民政府,也就是找到了走向胜利的可靠支柱。因此,说话声音响了,走路腰杆直了,久被压抑的革命积极性,突然从地层里爆发出来,到处开花……

　　青壮年都参加了革命武装,打敌人去了。乡里剩下的是老人、妇女、小孩……我们常说"老弱妇孺"。老、妇、孺是和"弱"连在一起的,其实他们并不"弱",他们担负着青壮年所留下的全部劳动,身居敌后,还得随时与敌人展开正面的、直接的斗争。……

你看看那位十九岁的小女孩吴召儿吧:聪明伶俐、泼辣大胆、乐观自信、天不怕地不怕。你从她身上,可以看出到处深藏着青春的活力。你忧郁吗?她给你欢乐;你胆怯吗?她给你机智和勇敢。顽石听她的指挥,强敌在她前面却步。

高山挡住了去路:"它黑得怕人,高得怕人,危险得怕人,像一间房子那样大的石头,横一个坚一个,乱七八糟地躺着。一个顶一个,一个压一个,我们担心,一步登错,一个石头滚下来,整个山就会天崩地裂,房倒屋塌。她常领我们往上爬,我们攀着石头的棱角,身上出了汗,一个跟不上一个,拉了很远。她爬得很快,走一截就坐在石头上望着我们笑,像是在这乱石山中,突然开出一朵红花,浮起一片彩云来。"

山是那么高,吴召儿比山更高;顽石是那么险,吴召儿发出了征服艰险的胜利欢笑。

敌人跟上来了,我们只听到"吴召儿在前山连续投击的手榴弹爆炸的声音"。

一个小女孩,稚气得可爱;但她又是那么高大,使你从心底里感到可佩可敬!甜中有辣,那性格有着值得反复咀嚼的余味。

看看另一个小男孩黄敏儿吧:爸妈都到延安去了,把他留在敌后。他遇到一个汉奸,汉奸向他打听抗日干部的所在,他语言支吾,所答非所问;汉奸进一步追问,他用嬉笑怒骂的方式,把汉奸奚落了一顿:"你敢和我说谎?"那汉奸说。"为什么就不敢和你说谎,你知道现在的情形,汉奸这么多,我知道谁是汉奸哩!"

敌人把他推到水塘里去,他从水塘这边钻进去,又从水塘那边钻出来了。

敌人要把他活埋,他坦然以赴,嬉笑地问敌人:"你当真要埋我吗?"

敌人把他带到敌据点的监狱里,他又和另外三个儿童团员巧施小计,逃出了虎口。

他和敌人的斗争,是那么机智、风趣,他的父亲、母亲,他的老师——老一辈革命工作者的革命意志、风格和斗争艺术在新的一代身上获得了继承和发展。我们不难想象:老一辈对年轻一代的教育和潜移默化的力量。当然,黄敏儿毕竟是个小孩,他的斗争方式具有小孩的特点。一方面你看到敌人步步紧逼他,另一方面你又看到敌人是何等愚蠢地被一个小孩玩弄于手掌之上。企图利用黄敏儿年幼无知的敌人,他的愚蠢企图正好被黄敏儿利用。

还有那么个老艄爸,六十多岁了,在芦花荡里生活,芦花荡就得听他的指挥。水淀出入,往来自如。他总是那么心境悠闲,编算着使自己高兴也使别人高兴的事情。他把敌人引诱到预设的陷阱里,用钩子钩住了他们的大腿,他们越是挣扎,钩子也就越紧。然后老者"举起篙来砸着鬼子们的脑袋,像敲打顽固的老玉米一样"。

离别八年的战士一天回家了。他看到他的妻还是那么年轻,眼睛里的光还是那么强烈,他突然发现了什么哲理似的:"不论是人的身上,人的心里,都表现出是叫一种深藏的志气支持,闯过了无数艰难的关口。"

正是这样。作者以抒情的笔触,从各个方面、各个角度、各种人物身上来歌颂、来发扬那种钢铁般的革命志气!这志气可以使眼泪化为欢笑,可以在深夜里看到黎明,可以从暴风雨中洞察"雨过天青云破去"的胜利曙光!

二

"树有根、水有源,共产党的恩情说不完"。劳动人民一经党的领导,方向明确了,心里亮堂了,这才敢于和善于与敌人进行斗争,敢于和善于起来保卫自己的胜利果实,敢于和善于缔造自己的新生活。"共产党的恩情说不完",那是朴素的真情流露,由衷的肺腑之言;而共产党、人民政府、人民解放军所以有力量,所以立于不败之地,正由于他们生根于人民群众的深厚土壤里。

我们要像保护自己的眼睛一样,任何时候都要保护党群之间、军民之间的团结一致。作者生动地描写了党群之间、军民之间的革命友爱。爱得那么深沉、那么细腻,一言一笑、一举一动、眉毛一扬、眼睛一闪,也可以看出那爱的力量在跳动。

人民解放军亦称子弟兵,他们是人民的儿子,是在人民的襁褓里吸乳汁长大的。也难怪人民是那么爱他们。

子弟兵在战斗的时候,人民冒着枪林弹雨去支援;平时在村里,子弟兵走到哪一家就是那一家的人;子弟兵负伤了,人民更是无微不至地关怀和爱护。

这真是惊心动魄的一幕:

敌人包围村子了,子弟兵在房顶上抗击着敌人,正当子弟兵口渴、饥饿的时候,而水缸里恰恰没有了水。井呢?被敌人的火力封锁住。

作者写着:"我想,能有个什么管子通到我这里来就好了,痛痛快快喝他两口,那井水多么甜呀!

"我听见房门吱的一声响,我吃惊问:

"'谁开门?'

"小鸭的娘提着昨天买来的新柳罐,从屋里爬出来,我急忙压低嗓子喊:

"'大嫂,不要去,快回来!'

"'不要紧',她轻轻说,爬到井边去,把柳罐挂到井绳上,她是那样迅速地绞起了一罐水,当敌人发觉,冲着她连开三枪,她已经连跑带爬提进屋里来。"

作者写着:"他们的生命是这样可贵,值得尊敬,这生命经过长期的苦难,正接近幸

福的边缘。我的责任是什么?我问着自己。我大声说:'小鸭,我们就要冲锋了!'"(《纪念》)

通过这一段简明扼要的对话和动作插写,通过这一段有声和无声(想说而又未说出口)的语言,感情的交流、革命的友爱,深深打动你的心弦。使你深深感到:"我们就要冲锋了"这句话里面所包含着的分量!

重伤员李丹被抬到乡里来了,香菊日夜守护着他:伤员的伤势减一分则喜,增一分则忧。

她提着脚跟走路,压低声音讲话,为的是使伤员能够安静休养。

伤员昏迷不醒,她饭也吃不下,觉也睡不好,对一切都感到无味。

伤员的眼睛睁开了,她暗暗地高兴得发笑。

伤员要辣椒,但辣椒对伤口不利,她为他摘下鲜嫩的茄子。……

她关心伤员的健康,伤员关心她的生产。……

这难道是男女之间的儿女情吗?不,这是革命感情的升华、阶级友爱的结晶!

环境是困难的,斗争是艰苦的:人民宁可自己吃树叶野菜,把粮食省下给子弟兵;人民宁可自己没穿的,把布省下来给革命干部做袜子;人民宁可自己受冻,把柴草省下来给子弟兵生火取暖;人民宁可自己睡在锅台上,为子弟兵让出了热炕;如果心可以掏得出来,那么,心掏出来也是愿意的。

我永远不会忘记那位对抗日工作上了瘾的邢兰。

一切重活他一手承担,一切危险的工作他当头阵。他穷到连小孩裤子也没穿的,他却把柴草、黄菜、干粮慷慨地送人。他受过冻,最懂得别人受冻的难受;他儿时是个雇农,完全被剥夺了生活的愉快和欢乐,因此他特别热爱生活,为缔造新生活而战斗。在战斗中他受到了磨炼,党和八路军又点燃着他的心灵。就这样,他把生活的意义提升到一个新的崇高的境界。他那自成曲调或不成曲调的口琴吹奏,是旧世界的葬歌,是新生活的召唤。……

子弟兵说:"老百姓是水,我们是鱼。"群众说:"你这比方打错了,为什么?这为的是你们把我们救了出来!"

其实是:共产党,人民解放军和觉醒了的广大群众结合在一起,彼此交心,互相友爱,就爆发出革命的熊熊炬火!

三

《白洋淀纪事》中有不少篇幅,可以说写的是"家务事、儿女情"。但是,这"家务事、儿女情"和整个民族解放、社会解放斗争紧紧相连。不,它是民族解放、社会解放斗争的一部分；不，它也从这"家务事、儿女情"中在一定的深度和广度上反映了时代精神和时代面貌。

《钟》里的慧秀，再也不要像陈妙常偷偷地逃出尼姑庵，追随着那位公子远走高飞。时代毕竟不同了：整个社会的力量在同情她、支持她，她完全可能正面地起来斗争，而且果然起来斗争了。尽管在她的旅途中也有曲折，也有磨难，也有暂时地处在劣势的地位。在尼姑庵那个具体环境里，一方面是林德贵、老尼姑像毒蛇一样地紧紧缠住她，另一方面，她的情人大秋，由于顾虑到群众影响不好又不便公开支持她，如果她是一个弱者，也是可能向恶势力屈服的。但是，她对恶势力恨得入骨，她对大秋爱得深沉，她有着追求自由的顽强意志，使她在危难的时候，抱定了"宁为玉碎，不为瓦全"的决心。而且当她把自己的命运和整个民族解放斗争、社会解放斗争联系在一起的时候，这就大大增强了她的斗争力量和自求解放的信心。因此，封建习俗、封建礼教、封建制度、敌伪刺刀的威胁，终于被她一层层突破。社会承认她和大秋之间的夫妇关系，而且欢庆他们的新生。慧秀"满脑袋黑油油的头发"，可不简单，它标志着时代的转换，标志着新生活的到来！

《藏》里的浅花和新卯，《光荣》里的原生和秀梅，《小胜儿》里的小胜儿和小金子，《正月》里的多儿和刘德发……这一对对夫妻或情侣，也都刻着抗日战争时期特有的时代烙印。

作者塑造了一系列的个性明朗、泼辣大胆的妇女形象：《正月》里的多儿，《山地回忆》里的妞儿，《藏》里的浅花……她们彼此之间尽管存在着差异，但是，有个共同的特点：都有一种飞鸟跳出笼子、自由自在的豪迈之气，豪迈之中还带有女性所特有的纤细感情。她们的动作是干净利落的，她们的笑声是清脆响亮的，她们的心灵是高尚纯洁的，有着质朴的、健康的、清新的美。她们挣脱了旧时代、旧社会所给予的重荷，向着广阔幸福的天地飞翔，她们是解放了的人！

《白洋淀纪事》中有不少篇章有着浓郁的诗情画意。《采蒲台》《芦花荡》《荷花淀》描绘的景物，很容易使人联想起《水浒》中的某些场面来。那芦苇，那港湾，那"嗖"的一声从河汊里撞出的一只快船，难道不使你想起这样的诗句："战船来往，一周围埋伏有芦花；深港停藏，四垄下窝盘多草木。"

《嘱咐》中有这么一段："她轻轻地跳下冰床子后尾，像一只雨后的蜻蜓爬上草叶。轻轻用竿子向后一点，冰床子前进了。……她的围巾的两头飘到后面去，风正从她的前面吹来。她连撑几竿，然后直起身子来向水生一笑。她的脸冻得通红，嘴里却冒着热气。小小的冰床像离开了强弩的箭，摧起了冰屑，在它前面打起团团的旋花。……"真是情景交融，彩色宜人。

《白洋淀纪事》中许多篇章又都是一幅幅玲珑剔透的小品画。遣词用语,十分精练。打开目次一看,也都是一个字、两个字的居多:《藏》《钟》《碑》《看护》《正月》《浇园》《纪念》《嘱咐》……

每一种文体都有其难以突破,但并非根本无法突破的局限。短篇小说、特写也是这样。《白洋淀纪事》从深刻地概括一定时期的时代面貌来要求,那是不能完全满足的。尽管如此,就目前的水平说来,它仍然应该列入难得的佳作之林。我们期待着孙犁同志脍炙人口的新作问世。

谈"细节"
——杂感二则
荒 煤

一

时代在不停地发展,生活在不断地前进,而一个人的生活又总有一定的局限性;因此,我们在欣赏文艺作品的时候,不可能一开始就能够完全理解作品中所描写的一切。比如读古典的作品,往往是通过许多详尽的细节的描写,随着情节的发展,才逐渐进入作品所描写的世界:慢慢地熟悉那个时代,那各种生活场景,那种种风俗习惯,那各种各样的人物,以及主人公的处境和他周围人物之间的相互关系,他的性格,他的思想感情,趣味爱好,然后才能懂得他的命运和遭遇,为什么会发生这样或那样的悲剧。

这一切:生活场景、风俗人情、人物形象和内心活动、社会背景、时代气氛等等,都需要详尽的细节的描写。这种描写愈真实、愈准确、愈鲜明,就愈加容易像磁石一般把读者吸引到作品所描写的世界里去。

艺术的细节的描绘,是艺术家再现生活的首要的手段。一部作品,无论是揭露生活的矛盾,刻画人物的性格和情节的展开,都不能缺少细节的描写。人物的外貌,从形象的特征、服装、衣饰、动作、手势、表情到一闪即逝的眼光中所流露的欢悦和悲凄;从大自然的种种景色,气候的变化万千,到一片落叶的声音和姿态……都需要非常真实、准确和鲜明的细节的描写。

一部伟大的作品,好像在我们面前展开一幅壮丽的、丰富多彩的生活的图画,但是,要通过无数的真实、准确、鲜明的细节的描写。没有具体的生动的细节的描写,就不可能成为一部艺术形象十分丰富和完整的作品。

一幅巨大的、完整的、生动的图画,无论我们从那一部分切一块下来,作为一个单独的局部的细节来看,它仍然是一块真实、准确和鲜明的图画:尽管它只是风景的一角,或是人体的一个部分。一个美丽的雕塑的一肢半体,一个头部、半截胸脯、一只胳膊……也同样会给我们真实感、美感。——电影在介绍一些美术品的时候,经常做这样的工作:用镜头分割、突出某些局部的东西。而真正好的作品是经得起这种考验的。事实上,我在莫斯科画廊中也看到过,像列宾等艺术大师们,在创作一幅巨大的油画之前,已经非常鲜明地画了无数的速写,人物的肖像,甚至是一只手的姿态。相反,一幅巨画中,由于艺术家的疏忽留下了一两处明显的败笔,就使我们永远遗憾和惋惜。也好像在美妙的歌声中突然掺进了一点沙哑的声音,会在我们心灵中(这时候,整个心灵打开了,战栗着,迎接着歌声所带来的一切)留下了难以磨灭的裂痕一样。

有些小说,尽管故事早已熟悉了,情节的发展、人物命运的结局也知道了,可是随时信手翻来,都能叫人看下去,不忍丢手,这也就是细节描写的一种力量。因为,即令是一个局部,也有着吸引力,真实可信,有艺术的魅力。也有的小说,只要我们把故事情节了解之后,就没有再继续读下去的兴趣了。

看一部作品能否深刻、生动地描写生活,揭露矛盾,区别一部作品的技巧的高低,识别一个作家的才能,有一个重要的衡量的标准,这就是要有详尽的细节的描写,以及细节描写的真实、准确和鲜明。自然,这种细节描写,不是指那些自然主义的烦琐的细节描写,不是为了追求某种效果,为细节而细节去进行细节描写。我们需要能够再现生活真实的细节,足以充分描写典型环境中的典型性格的细节。

许多伟大的作家,在追求细节的真实、准确和鲜明方面不知道要花多少劳动。

托尔斯泰的《复活》,从酝酿、结构到写完,有十几年的时间,稿子前后修改了二十遍。仅仅关于喀秋莎在小说中第一次出现在读者面前的形象的描写,托尔斯泰也是到第二十次修改时才把她的外貌最后确定下来。第一次和第二十次稿子里所描绘的形象,简直没有丝毫相像的地方。现在,我们看到的形象是:

> ……这女人的面色显出长久受着监禁的人的那种苍白,叫人联想到地窖里储藏着的番薯所发的芽。……两只眼睛又黑又亮;虽然浮肿,却仍旧放光(其中一只眼睛稍稍有些斜睨),跟那惨白的脸儿恰好成了有力的对照。

可是第一次手稿上却是这样写的:"她是个瘦削而丑陋的黑发女人……因为扁塌的鼻子。"但是又随即改成了这样:"高高的个子,带着凝视和病态的样子……"这之后,托尔斯泰在多次手稿中反复地修改这个形象。也写过"她的脸可以说是美丽的",又写过她的脸本来并不漂亮,而且在脸上带着堕落过的痕迹。有时写成:"美丽的前额,鬈曲的头发,匀正的鼻子,在两条平直的眉毛下面有一双秀丽的黑眼睛。"有时又写成:"长着一张使男人见了不得不再回顾一下的富有迷惑力的脸。"有时也写成:"带着一副憔悴的病容,一双乌黑的微微浮肿的眼睛斜视着。"

从一个完全堕落、丑恶的面貌到完全恢复喀秋莎年轻时代的美丽(没有丝毫堕落的痕迹),又从放荡的神情变为憔悴的病容,一直到最后成为浮肿的,但是又黑又亮的眼睛,那种番薯发芽的苍白的病态。总之,不过是几十个字的描写,但是经历了十多年时间,二十次的修改。这是一个细节的描写,但是反映了作者对这个人物的认识,经过多么复杂的过程。这自然由于作者对《复活》这题材的提炼、主题的改变的缘故。可是,这也正好说明了,虽然是一个外貌的细节的描写,却是关系作者对人物命运的看法:是肯定喀秋莎的堕落呢?还是肯定她是一个无罪的人?

只有当托尔斯泰有了这样觉悟的时候:

"我懂得了应该从农民生活写起,他们是主体,他们是积极的人物,而我现在所写的,他们却是影子,是消极的人物……""一想到开头写得多庸俗,就觉得惭愧。"他才不能把喀秋莎描写成一个完全堕落的女人,不把她的过去表现为堕落,而表现为被欺骗、被遗弃因而陷于贫困和悲惨的命运。

这可能是一个比较特殊的例子。但是,我们可以体会到在一部伟大的作品里,几十个字的细节的具体的描绘,却有多大的分量,要花费多少劳动!

二

前些时,在旅途上重读了一遍《复活》。

我记不起来,第一次读这部小说是在什么时候。也记不清是在什么时候看过无声影片《复活》。可是,这次读完《复活》之后,突然在脑海里涌现出许多电影镜头来。

我看过两部《复活》的电影:一部无声片,是墨西哥女演员桃乐丽丝·台尔莉奥演的(现在正在放映的《被遗弃的人》这部影片的主角就是她演的)。一部是俄罗斯女演员安娜史坦主演的有声片。前一部影片查了一下材料,知道是1929—1930年间出品的。我是1931—1932年间看到的。相隔二十七八年了,回忆起这些镜头还很清晰——可是对有声片《复活》,却很难回忆起什么镜头来了。

没有重读《复活》小说之前,不论对于小说或电影,除了一个故事的大体轮廓外,我很难讲得出来小说和电影的全部情节的发展、作品的结构等等。无论过去和现在,我都不喜欢聂赫留朵夫这个忏悔式的人物——尽管这个人物身上可以看到托尔斯泰这位艺术大师自己的浓厚的影子。

但是,无声影片留在我记忆中的,有许多具体、生动的镜头。

我记得这些场面:例如,喀秋莎在她的小屋子里,一盏小灯在一张小木头桌上闪耀着;河上的冰块在流着、分裂、冲撞着。聂赫留朵夫突然来到窗前敲着窗子。

聂赫留朵夫探监的时候,喀秋莎向他贪婪地索取金钱,拿到手之后,那么迅速地把纸币藏到袜带里去。我还非常清楚地记得这样一个有象征性的镜头:喀秋莎站在监狱里那些粗木头柱子做的窗户下面,忽然间,她背后窗户格上粗圆的木头阴影渐渐消逝了,只留下正中一个十字形的木头阴影,这样,便在卡秋莎的头顶上出现了一个沉重的大十字架。我也很清楚地记得喀秋莎来到车站寻找聂赫留朵夫的那些镜头:她好容易发现他的车厢,看见了他,她敲着窗子,可是大雨也敲打着窗子,一个人把窗帘拉了下来。火车开了,她追了一阵,倒在地上,火车愈走愈远,她匍匐在泥泞的雨地里变成愈来愈小的一个黑影子……

这些十分清晰、鲜明的记忆,恐怕不能简单地认为是年轻时代记忆力比较强的原因;因为我想了又想,却记不起有声影片的某些镜头来。这绝不是偶然的。

我觉得这就是细节的力量。由于细节描写的真实、准确和鲜明,尽管它只是一些局部的细节的描绘,可是它像烙印一样打在你的心灵深处。有时候,它好像是完全被忘记了,但一旦被什么新的因素所激发,立即在脑海里涌现出来,形成汹涌翻腾的波浪,还有冲击我们情感的力量。

正如我们在生活中常有的情景:一首久已忘记的歌曲中的某一个旋律,会突然敲打着耳膜,某一个诗句会突然来到我们的嘴边,某一个演员的表情会突然出现在眼前。

这就证明了:有些作品可能被遗忘,一部好作品的某些情节和人物也可能被遗忘,但是一些动人的细节的描写,是令人永远难忘。比如读过《红楼梦》的人总不会忘掉贾政鞭打宝玉、晴雯被撵出大观园,以及"林黛玉焚稿断痴情"等那些场面中的一些细节描写,看过《水浒》的人都记得鲁智深拳打镇关西、林冲被逼上梁山、智取生辰纲、武松打虎这些情节中的细节描写,这自然是因为有性格、有情节、有冲突。可是,如果没有真实、准确、鲜明的细节描写,性格、情节和冲突就都出不来。好故事、好题材、好情节,但由于作家的粗枝大叶和粗糙轻率地描写而失败的作品,难道还少吗?

所以,细节是细节,可是,它所能产生的冲击我们心灵的力量却是无穷的。可惜,我们有许多作家还没有充分认识到这个力量。

茹志鹃作品中的妇女形象

魏金枝

最近我读完了茹志鹃同志的全部作品,这些作品给我的最主要的感觉是,作者有一种热烈而且集中的愿望,想把在新中国成长起来的妇女们的喜悦,尽情地告诉给她自己所有的读者;因此在她的全部作品中,几乎每篇都描写到一些年老年少的各色各样的妇女形象。其中像《关大妈》《妯娌》《新当选的团支书》《高高的白杨树》和最近发表在《文艺月报》今年5月号的《如愿》,固然都以妇女为作品的主人公,以极大的篇幅来描写形形色色的妇女,甚至像《澄河边上》(见今年《人民文学》7月号)那篇作品,作者的本来意图,只想用她的全部力量,来描写一支后撤部队的英勇故事的,但作者忍不住忙里偷闲,给一个抱着"光荣人家"的匾额的老大娘,给一个高高大大扛着三八枪、枪尖挂着一串晃晃荡荡的煎饼的年轻妇女,写上疏疏落落的几笔。虽然写得不多,却写出了她们轩昂的气概、自信的神情和鲜明的形象。再则是她那脍炙人口的《百合花》(见《延河》去年3月号),作者的主要意图,也完全在于描写一个在男女交往上这样拙笨,而在与敌人斗争中又是那么英勇的小通讯员;但在这同时,作者却以偷天换日的手段,在不知不觉之中,把一个也在男女关系上这样羞怯,而在扶伤救死中又是那么勇敢的新媳妇,轻轻地引导出来,而且把她写得那神情婉妙,仿佛就是小通讯员同一父母的孪生姊妹,显现在我们的眼前,也就是这个新媳妇,当她和小通讯员交涉借被的当时,她是如何娇羞、犹豫和不自在;但一到知道了躺在她面前的伤员,就是不久前向她借被而她不曾借给的小通讯员时,她就把那层曾经笼罩在她心上的薄薄的羞怯,一把扯开,显出了她对受伤者的庄严的敬佩,和无间的友爱;就以一种弥补歉疚的真诚,细心地给死者缝补他肩头上的一块破绽——这个破绽本是她一直想替他缝补的。而且还坚决地把自己新婚的百合花被,送给死者成殓。在这时际,尽管一个英勇的男战士牺牲了,在我们面前忽然倒了下去,但另一个女战士已突然成长起来,填补了男战士所遗留下来的岗位。她,不但屹然站立在我们的面前,以她自己光辉的身影,掩盖了死者的惨痛,还把我们读者心上的悲伤也一把抹去,而代之以一种胜利的喜悦。作者这种渴望表现新式妇女的成长的迫切心情,不能不令人想起托尔斯泰对于契诃夫写作《宝贝儿》的心情所做的比喻。比喻是这样说的:一个驾驶自行车的男子,尽管他爱坐在他前面的姑娘,不想把车子冲到她的身上去,却到底因为急于想亲近这位姑娘,在不知不觉之间,自行车却到底倾斜到她的身边去了。那就是说:作者契诃夫在写作《宝贝儿》的开头,他是对"宝贝儿"这个女人,怀着厌恶的心情的,但是写着写着,作者在不知不觉之中心情改变了,竟由厌恶而怜悯而同情了。我们《百合花》的作者,也仿佛如此,正当作者在酝酿这篇作品的开头,显然是想竭力颂扬小通讯员的,然而正当这位小通讯员的形象显现到相当显明的时候,另一个本来在作者头脑中活跃的妇女形象,也就是和小伙子同样羞怯同样勇敢的新媳妇的形象,要求作者把她表现出来,以和小伙子一比高下,于是作者不得不和自行车的驾驶人一样,改变他的初衷,掉转他的车向,向姑娘的身边歪了过去,因而就在作品的后半部,几乎把她当为作品中的主人公,着力地描写了她,也尽量地歌颂了她。

作者为什么这样兴高采烈地去描写妇女们的形象呢?主要的自然因为作者也是妇女,因而曾经体验过妇女在社会中遭遇过各种各样为男子们所体会不到的特殊境界。然而尽管你是妇女,假如不以妇女细致的观察和熨帖的同情,特别是自己不以一个新妇女的立场观点,去观察社会,进而去描写妇女形象,那也是无济于事的。作为一个短篇小说的作者茹志鹃同志,却应该说是自从中华人民共和国成立以来很能发挥她的妇女天赋中的一个。自从她写作《关大妈》以来,竟可以说是一贯地在探索着长久以来深深地蕴藏在妇女心灵深处的思想活动。她探索过作为革命母亲的关大妈的心灵,她探索过作为一家之主的婆婆的赵二妈的心灵,她探索过作为缺少领导经验的团支书小何的心灵,她探索过养兔新手张爱珍的心灵,而最近又探索过作为可以享清福而不愿享清福的年老母亲何大妈的心灵。在这么一连串的探索活动中,自然也并不是一帆风顺的,有时也不免碰到许多不如意的事情,然而有一点却是非常可贵的,那就是作者的努力从未间断过,就因为她从未间断过自己的努力,她的成就也应该说是可宝贵的。譬如描写婆母赵二妈的《妯娌》,描写年轻支书何小仙的《新当选的团支书》,都应该说是比较成功的作品,特别是最近在《文艺月报》发表的《如愿》,无论从思想的深度、人物的刻画、艺术的造诣上来说,都已经达到相当高的高度。从一般原则说,作家的选择题材,选择他自己用以表现人物的方法,都是属于作家的自由范围以内,只要他的作品有益于我们的社会,我们都是欢迎的。假如如此,那么我就得说,我们的作者茹志鹃同志,她的力量的最大部分,正用于从平凡的或许也还有些落后的人物的心坎里,去发现她们羞怯的却又勇敢的积极因素。在我看来,这是一种有意义的工作。因为在现在,正有很多的文艺工作者,往往站在某些惊天动地的英雄人物面前,觉得手足无措,寻不到这些伟大人物的思想情感的根源,无法表现他们灿烂瑰丽的伟大精神。譬如我们的青年英雄向秀丽,我们的钢铁战士丘财康,他们的雄伟的气概,崇高的品德,难道只是在火将成灾,钢水横流的刹那间,才突然爆发出来吗?我说绝不,绝不是如此。然而我们有些年轻的文艺工作者,还没完全学会从平凡的人物中去寻找蕴藏在他们心灵中的珍贵的宝藏。这并不是说,我们不要表现我们已经成名的英雄人物,我只是说,我们为了要更好地表现我们的英雄人物,我们必须习惯于在复杂、隐蔽而难以发现其中奥秘的事物中间,去挖掘出真正发光的宝藏来。在这里,牛顿的两个猫洞的故事,是可启发我们的。大猫洞既然可以让大猫走过,那么小猫也就一定可以从这里走过。假如我们的作者,既已习惯于从复杂、隐蔽而难以发现其中奥秘的事物中间,发现出奥秘,那么,对于已经表露在我们面前的事物,我们自然更能胜任愉快地处理它。从这个角度来说,我以为作者茹志鹃同志的道路不但走得非常踏实,而且走得相当顺利。就举作者的《如愿》来说,这是她的近作,也是她的比较成熟的作品。从这篇作品来看,作者确已深深地挖掘到人物的思想根源,而且用细致周密的笔触,如生地刻画出人物的精神面貌。这是她在从事文学工作中的一个收获,也是我们所有文艺工作者值得注意的一种工作方法。在"大跃进"的今日,我们决不能说这是最好的一种方法,然而她的这一工作方法却已行之有效,这就不能不说是一个可喜的好消息。

我们已经听到许多人的埋怨,甚至包括我们一部分作家在内,往往轻易地把没有写作资料的罪责归之于他自己所生活的现实,却不肯从生活的现实中深入下去,发现本来非常丰富、复杂的人们的精神世界。这样的一些同志,他们即使到某个里弄的玩具制造小组里去,考察一下在这里活动的妇女,而出来招呼的又是一个非常普通的头发花白的老年妇女——作品《如愿》中的主人公何大妈,恐怕也写不出人物的闪光点。这个人物也确乎一点也没有出奇的地方,不但在外貌上,就是在她现在的生活中也是如此。她的儿子已经在工厂做事,是一个小小的领导人,他也已经娶了媳妇,媳妇也在工厂工作,相当孝顺婆婆,并且还给老祖母生了一个可爱的孙女。对于这样的一个年老妇女,有什么可写呢?要写,除非写她的幸福,除非在她平平淡淡的不大不小的幸福之上,加上一些轻快的笑声,几乎没有什么可写了。至多,也只能把她的艰难的过去,和如今勤奋的工作联系起来,写一幅新旧对比图。然而我们的作者茹志鹃同志却不以这样的浮光掠影为满足,她进一步更进一步地探索到人们灵魂的深处,于是她发觉,在这个看来非常幸福的老人的心坎里,还有着非常苦闷的东西存在。而这些苦闷,即使她的最孝顺最亲近的儿子也不知道,媳妇呢,更不必说了。你能说她的儿、媳不进步吗?自私自利吗?不能,他们是最能体贴老人的人,也是相当进步的人。然而他们却在不知不觉中伤害了老人的自尊心,伤害了她的独立的精神。这就是要把她在温暖的家庭中禁闭起来,伤害了她的美好的也是远大的理想。原来她是有理想的,而且她的理想也是跟着时代的诱导,一直在向前延展。怎样才能满足她的理想呢?具体的一个一个的条件是无法来作为保证的,只有一个原则——自由、独立才可以完成她的心愿。然而她的儿子阿永却不是这么想,他以为只要自己能够工作,能够使家庭中的人过得温温暖暖和和睦睦,便可以偿还夙愿,可以使老人心满意足了。却不知道这正好是轻视了老年人,是用老眼光来看老年人,用扶养残疾的心情,来对待具有勤劳、奋发、创造世界意图的工人,这使真正具有独立精神的人何等气愤和烦恼啊!然而在我们这样的新社会里,却正在不断的进步中发生这样一些可喜的新鲜的然而也不能不设法加以解决的问题,假如我们的作者稍加留心,总有不知多少的题材等着我们去写作。我们回想一下,正当"大跃进"的风潮把一切有觉悟的妇女推向社会生活中去的时候,何大妈总算达到了心愿,寻到了工作,可以发挥自己的力量为国家服务,而且取得了成绩,得到了奖赏。何大妈在这时际,正是兴高采烈,把她所得到的奖赏放在自己儿子的面前,那时候,她多么希望儿子了解她,说一句知心话啊!但她的儿子阿永和媳妇一道,仍然看不出来在这些菲薄的奖赏的背后,具有如何宝贵而重大的意义,仍然以微不足道而且烦厌的一声"妈妈"来对待她。这在旧社会来说,儿子劝妈在家享福,自然还是温暖的小康家庭的无上至乐,但在我们今天一日千里地发展着的新社会里,却确乎是个进步与保守的思想斗争的问题,是一个非常重要的思想问题。我们的作者茹志鹃同志却将隐蔽在人们心底深处的奥秘,挖掘出来而予以宣露,从而得到解决。虽然解决的方法,还不能达到预期的效果,却不能不说这在我们文学事业中是一大胆的新式的尝试。而对于埋怨现实生活中没有什么新奇事物可写的同志,更是一下有力的棒喝。

自然,我们的作者茹志鹃同志还是一个非常年轻的妇女,她对于人们精神世界的探索,还是刚刚进行的第一步工作,以她的作品的成就来说,也还是处在稳步前进的阶段上,过分赞扬和过分批评,对于她都是没有好处的。然而有一点却可以在最后提它一提,那就是作者的不少的作品中,总是交织着一种如水始流如火初燃的盎然的生意,这显然是时代所给予作者的力量,而作者又把这种力量给予她自己作品中的人物。这可以从关大妈何大妈等等老年人的身上看出来,更可以从新媳妇何小仙等等青年人身上看出来。就是这股活泼向前的青春力量,我想就可以保证作者今后无可限量的前程。祝愿我们的作者勇往直前,继续努力,攀上我国新文学的高峰。

1960 年

初读《创业史》

冯 牧

作家柳青同志不久以前在《延河》文学月刊和《收获》上发表了他的近作《创业史》的第一部；这是作家在近几年来以实际工作者的身份（并不仅仅以作家的身份），深入农村生活以后的又一次辛勤劳动的成果，也是他在继《种谷记》和《铜墙铁壁》之后创作的、以我国西北地区农村劳动人民生活和斗争为题材的第三部长篇小说。现在我们所读到的，还只是这个气魄宏伟、规模巨大的作品的第一部，而且，据说在这部作品出版之前作者还要进行某些必要的修改，因此，现在我们自然还难于对整个作品做出详尽而准确的判断；那种全面而精当的思想和艺术上的评价和分析，恐怕只有在作品最后完成并且经过广大读者阅读的考验之后，才可能做出来。

但是，虽然如此，我觉得，对于像《创业史》第一部这样的作品，这样的虽然暂时还不能使我们窥见全貌，但从一开始就能够以它深刻的主题思想和强烈的艺术力量打动读者心灵的作品，及时地谈谈我们对于它的最初的印象和感受，仍然是一件有益的事情。

在近几年以来，我们曾经兴奋地读到过许多成功地描写了我国农业合作化运动的作品。我们有许多作家长期地生活在农村当中，并且把反映我国广大农村所发生的轰轰烈烈的社会主义革命运动作为他们创作的主要题材和内容。这一类的反映农村中两条道路的斗争，反映新旧意识的斗争和冲突的作品，已经构成了我们文学创作中的极重要的内容之一。但是，几年来在我国农村中所进行的社会主义革命群众运动，无论从它的斗争的尖锐、剧烈和复杂的方面来看，或是从它的影响的巨大、广阔和深远的方面来看，它都是那样丰富壮丽，那样深刻生动，以致我们不能不承认这样的事实，这就是：虽然我们有着许多正确地反映农业集体化运动的好作品，但是，那种能够丰富地深刻地反映出农村社会主义革命运动的真实面貌的作品，那种能够全面地历史地描写出合作化运动在广大农村中所产生的深远剧烈的影响和变化的作品，无论从数量或质量上来看，都还是不能满足广大人民的要求的。就这一意义上来看，《创业史》在刚一发表之后立即赢得了广大读者的赞扬，也是十分自然的事。

但是,《创业史》第一部受到了读者的赞美难道仅仅由于这方面的原因吗?自然不是。《创业史》之所以为人所称道,主要是由于作品所达到的毋庸置疑的高度的水平,由于它的深刻的主题思想和丰满的艺术形象。我觉得,虽然在《创业史》第一部当中所表现的,还只不过是全国农村进行全面社会主义改造以前的那些年月的生活,而作品当中所集中描绘的,也只不过是以西北终南山麓农村中一个劳动互助组的成长和发展为中心的斗争故事,但我们可以毫不迟疑地肯定:这部作品,是一部深刻而完整地反映了我国广大农民的历史命运和生活道路的作品,是一部真实地记录了我国广大农村在土地改革和消灭封建所有制以后所发生的一场无比深刻、无比尖锐的社会主义革命运动的作品。

《创业史》里面所反映的是农民的生活和斗争,但是它是那样气魄宏伟地为我们描写了农民的生活和斗争。在作品里,作者为我们所描绘的,并不只是一幅简略而单纯的关于农村合作化运动的平淡无奇的图画,而是一幅深刻地展示了广大农民的历史命运和前进道路的色彩鲜明的生活画卷。《创业史》第一部当中所描写的,还只是农村互助组的巩固和发展阶段,而且其中也并没有多少令人惊心动魄的事件和曲折离奇的故事。作品的情节几乎可以说是简单的:它的中心内容,只是表现了在土改以后农村中开始了新的阶级分化的时候,一个村庄里的几家农民的生活变迁和思想行动。故事是围绕着贫农出身的共产党员梁生宝所领导的互助组的巩固和发展来进行的。在新的革命运动来临之前,这个主要是由贫农组成的"穷棒子"互助组,在农村自发势力日益滋长的形势下,受到了严重的威胁和包围;这片坚持在个体所有制汪洋大海当中的社会主义阵地受到了自发势力的冲击;然而坚强的共产党员守住了阵地,在党的领导下,他们击败了自发势力的进攻,发展了集体事业,终于以实际行动为广大群众指出了前进的方向,开辟了通向社会主义的道路。故事情节确乎是平凡无奇的;但是,我觉得这丝毫也不能影响作品的丰富的历史内容和深刻的思想意义;因为作者在这里所要表现的,不只是现在人们都做了些什么事情,而是通过人们的劳动和斗争,为我们指出了生活河流的来源和去向。作者把他的作品题名为《创业史》,我想绝非是偶然的,他在作品里所描述的全部内容,不正是农村劳动人民怎样创造了和将要怎样创造着自己的事业的历史吗?在中华人民共和国成立前的世世代代里,包括作品主人公梁生宝的父辈祖辈的年代里,人们为了创造事业而奔波,而斗争,但是,人们劳碌终生所苦心追求的,只不过是一份小小的个人产业,一份能够使自己安身立命的可怜的生产资料和生活资料;但是,在旧社会里,劳动人民的这种卑微的理想,也是难以实现的;在旧社会里,大多数农民的创业史,只不过是一部劳苦史、辛酸史、一部被剥削和被压榨的历史。而在中华人民共和国成立后的年代里,人们仍然为了创造事业而劳动,而斗争,但是,人们辛勤劳动、孜孜以求的,已经是另外一种事业:社会主义的事业,集体劳动和共同富裕的事业,永远根除剥削和贫困的事业,并不是所有的农民都很快地懂得了这种历史发展趋向的。在他们当中,有着决心为创人民之业而奋斗的人,有着企图为创个人之业而奋斗的人,也有着在二者之间动摇徘徊的人;在他们之间,就不能不展开一场广泛、尖锐而错综复杂的斗争。在《创业史》第一部当中所集中描写的,就正是这样一场历史性的尖锐的斗争。在这里,作者把他笔下的一个村庄——终南山下的下堡村——当作了整个社会的一个缩影;并且通过了这个村子里的一些不同阶层,不同性格的人之间的矛盾和冲突、喜悦和痛苦、团结和分化,鲜明地、刻画入微地反映了这样一场尖锐的围绕着"创业"问题上所发生的革命变革的全部运动过程。

说《创业史》这部作品能够使人感到深刻地反映了农村的革命斗争,是不是意味着这部作品的主要成就仅仅是为我们揭示了问题和矛盾,或者仅仅是描写了一些足以反映斗争过程的事件和生活图景呢? 当然不仅仅是这样。我在这里所讲的深刻的斗争,并不只是指的某种不同观念的差异和冲突,某种事件的转换和发展,而且也是指的各种不同人物和不同性格之间的矛盾和冲突;因为只有通过这种不同性格的矛盾和冲突,才能真正具体地、富有说服力地表现出斗争的全部深刻性和尖锐性来。而《创业史》的作者就主要是通过这种方法来为我们揭示生活的丰富内容,为我们展示这一场决定了农民生活命运的惊心动魄的历史进程的。

《创业史》当中成功地塑造了许多人物形象。它们当中,包括了几乎是农村里各种不同阶层和阶级地位的人物的形象;他们不仅是富有阶级特征的人,而且是富有性格和个性的人。作者就正是依靠了对于各种不同性格的人物刻画的途径来完成他的再现历史面貌和时代精神的繁重课题的。比起对于故事情节和事件发展的叙述来,他更着力于对于人物的精神面貌和心理状态的描绘。关于这种做法在艺术技巧上的得失,我们且不必先妄下判断,但有一点是十分明显而确切的,就是:这种对于人物精神活动的淋漓尽致的正面描写的结果,使作品中出现了一系列有血有肉的、富有现实意义的人物形象。而且,并非由于别的因素,恰恰正是由于这些描写得生气蓬勃、有声有色的人物形象,正是由于他们的性格所决定的他们的思想和行动,使我们生动地看到了农村阶级分化和阶级矛盾的鲜明图景,使我们深切地感到了广大农村历史发展法则和走向农业集体化道路的必然性。当我们读罢作品掩卷凝思的时候,在我们的脑海中首先映现的,并不是什么引人入胜和新奇动听的故事情节,而是一系列活跃如生的农民人物群像。他们当中,有农民当中的先进分子:像坚决领导农民走合作化道路的共产党员,平凡而又光辉的英雄人物梁生宝,像具有强烈的阶级情感和高贵品质的贫农积极分子高增福,像聪明敏锐、求知若渴的新型农民欢喜。他们当中,有坚持走资本主义道路的代表人物:像饿狼一般顽固而阴险的富农姚士杰和贪婪成性、损人利己的富裕中农郭世富。他们当中,有突出地表现了农民的两面性的代表人物:像徘徊在集体事业和个人发家的歧路上的新中农郭振山。他们当中,还有着许多形形色色的不同性格的人物:像美丽、勇敢和富于幻想的农村姑娘改霞,像淳厚、正直而又带有浓厚保守思想的梁三老汉,像封建意识和奴才思想的维护者、可厌而又可怜的"古时人"王瞎子,像生宝娘、任老四、梁秀兰、酢培生、拴娃等等一些各具特色的人物。这些人物,不管他们是贯串全书的主人公,在斗争中扮演了重要的角色,或者只是在书中偶然出现,只发出了流星般的闪光,却都能够在读者的思想里印下了深刻而清晰的印象。这一批或繁或简,却同样鲜明的人物群像,构成了作品的主要内容。这些人物形象,以他们各自的命运,深深地吸引着读者,把我们带进他们复杂而激烈的斗争中间去,使我们对他们产生了深挚的感情,或是强烈的憎恨,或是出自关切的惋惜之情。这些人物形象,以他们之间的纷繁万端的阶级关系和阶级矛盾,为我们织就了一幅色彩斑斓、炫人眼目的农村革命斗争的广阔的生活图卷。

这些人物形象,就其思想深度和艺术创造方面来看,有不少都是值得我们来做深入的研究和分析的;但是,其中,对于读者最富感染力和教育意义的,应当说首先是那些正面人物的形象,或者说,首先是以梁生宝为首的几个体现了我们时代的光辉思想和品质的先进人物的形象。我们以为,这几个先进的普通劳动者的形象,尤其是农村共产党员梁生宝的光辉的形象,应当被看作是十年来我们文学创作在正面人物塑造方面的重要收获。在有些反映农村斗争生活的优秀作品里,我们往往会遇到这样一种现象:这些作品相当真实地再现了合作化运动,相当成功地刻画了一些人物;但是,它们当中写得最生动的,都大多是属于那种反映了中农的两面性和某种落后因素的农民的形象;人们也曾努力来写好农民中先进人物的形象,但它们和上述那些形象相比,却往往相形见绌。这种现象(即使是暂时的现象)说明,对于我们某些作品,如何创造农村中的社会主义新人和描绘新事物的萌芽成长,仍然是一个亟待解决的重要课题。应当说,我们从《创业史》当中,却获得了和上述截然不同的印象。这部作品里对于落后农民和反面人物的刻画是出色的,但是,作品里对于正面人物的描绘,焕发着更为耀目的光彩。

在众多的正面人物当中,写得特别出类拔萃的,是英雄人物梁生宝的形象。

谈到梁生宝这个人物形象,就不禁使人想起毛主席的一段话来。在一篇关于合作社的通讯的按语中,毛主席曾这样写道:"现在全国农村中,社会主义因素每日每时都在增长,广大农民群众要求组织合作社,群众中涌出了大批的聪明、能干、公道、积极的领袖人物,这种情况十分令人兴奋。"在《创业史》中给人带来了深刻难忘印象的梁生宝,不正是这种农民当中的新的领袖人物的一个生动逼真和富有典型意义的写照吗?当然,梁生宝这个人物的重要意义,还不只是因为他代表了一种新生力量和新的思想,而且也在于从这个人物的思想和行动当中,我们看到了一个血肉饱满的、真实而丰富的新人的艺术形象。在梁生宝身上,我们可以看到:一种崭新的性格,一种完全是建立在新的社会制度和生活土壤上面的共产主义性格正在生长和发展。是的,作为一个英雄人物,梁生宝在作品开头给人的印象是平凡的:他只不过是一个既没有文化又没有工作经验的普通农民。但是,生活给了他严峻的锻炼。在中华人民共和国成立前所过的"地下农民"的生活,应当不只是考验了他的生活意志,而且也提高了他的阶级观念和斗争观念。因此,在中华人民共和国刚一成立后,这个懂得事情还不太多的青年农民立即投身到战斗的革命队伍中来,是十分自然的事。他的阶级地位和生活经历使他很快地就抛弃了对于有些农民是很顽强的土地私有观念,而接受了一种新的革命无产阶级的观念。在他身上固有的那种劳动人民的美好品德,一经和战斗的革命思想结合,就立即发出了新的耀目的光辉。而作者在整个作品中,就正是通过了对于这种新的光辉的反复的多方面的描绘,来刻画他的典型人物形象的。他并没有让这个人物的活动占去作品中太多的篇幅;但是,通过"买稻种""割竹子"这样一些精彩动人的章节以及关于他在互助组工作上坚持党的路线、和一切困难进行顽强斗争的那些篇章的深刻描写,这个体现了崇高共产主义风格和新的性格特点的人物形象,就十分突出和高大地在读者眼前站立起来了。在读完作品以后,我们不能不从这个形象受到深深的感动和教益:在这个貌似平凡的普通劳动者身上,蕴藏着多么深厚而崇高的新的思想和品格啊。那种战斗的无产阶级的风格,那种忠心为党、大公无私、坚忍顽强、朴素勤劳和乐观主义的精神品质,在他身上是表现得多么自然而单纯,又多么鲜明和丰满啊!高尔基曾经说过这样的话:"社会主义的个性,只有在集体劳动的条件下才能发展起来。"我觉得,在梁生宝身上所表现出来的全部精神状态,都体现了这种在集体事业中发展起来的、社会主义的崭新的个性。正是这种社会主义的个性,才构成了这个人物形象的富有典型意义的深刻内容。

在《创业史》中另外一个正面人物的形象——贫农高增福的形象,也是值得我们重视的。这是一个虽然在精神面貌上不如梁生宝丰富,但同样写得光彩照人的形象。高增福是一个中年的贫农,有着比梁生宝更为长久和更为痛苦的生活经历;残酷的阶级压迫给了他一个沉默寡言的性格,他既不诉苦,也不埋怨,只是"用咬牙切齿的沉默来抵抗命运的一切打击"。这是一种妥协的性格吗?不是。在高增福身上你根本找不到一丝妥协的影子,渗透着他的全身的,是那种和任何剥削者势不两立的阶级本能和阶级情感。因此,虽然他缺乏独立工作的能力,但他给自己规定的生活道路是坚定不移的。"世上只给他留下一条路——跟共产党走!"他暂时还不是共产党员,但他一直把自己看成一个思想上"在党"的人。他之所以还没有入党,一方面固然是由于有些人错误地认为他"能力低,起作用不大",但另一方面也是由于他对党的由衷的爱护,害怕由于自己水平低而降低了党的威信。但不管怎样,高增福所走的是一条坚定的道路——从半无产阶级走向无产阶级队伍的道路。可以认为,高增福这个人物在精神上是梁生宝的血缘兄弟;但是,不同的生活经历使他们形成了不同的性格:一个是在社会主义阳光下茁壮成长的崭新的性格,而另一个,则是一种正在竭力从旧社会的一切精神上的负载中彻底解放出来,并且坚决走向社会主义道路的性格。

作品里还有一个重要的具有深刻教育意义的人物,这便是新中农郭振山。郭振山是共产党员,是农民当中的一个精明干练、精力充沛的基层干部。他也有过自己的光荣历史:在土改时期,他是在群众运动中起过骨干作用的威信卓著的积极分子,这使他一直置身于全村的行政领导职位上面;不论他自己或是他的全家都以此自豪。但是,当革命运动进入了一个新的阶段,他的思想和他的生活同时发生了变化;现实生活对他提出了新的问题。他原是为了推翻封建制度和争取个人解放而参加到革命队伍里面来的,但现在,生活法则迫使他必须回答这样的问题:你往何处去?是服从党和人民的意志,和人们一同走集体富裕的社会主义道路呢?还是服从个人的欲望,带领全家走个人发家致富的资本主义道路?他是珍重自己的荣誉的,这一点使他和党组织之间还存在着一种他不愿意割断的联系;但他的世界观和人生观又执拗而顽强地把他拉向背离党的方向上去。在口头上,他是乐于拥护国家的政策法令的,但在实际上,他是在国家开始了第一个五年计划之前就实行了他个人创家立业的小"五年计划"了;他的一切热情和精力都在为了赶上富裕中农郭世富的生活水平而奋斗。这一切不能不使他的思想充满了矛盾,不能不使这个全村最老的党员和另一个党员梁生宝之间发生了尖锐的冲突;这种冲突,虽然暂时还由于合作化运动的高潮尚未到来而没有达到正面决裂的程度;但不管怎样,坚持个人发家致富的强烈欲望已经在他思想中生根发芽;在他的头脑里,富裕中农的思想已经把他的少许共产党员思想排挤得丧失殆尽了。等到这个徘徊在歧路上的人物在作品的最后章节里出现时,他实际上已经成了一个富裕中农思想的代表者了。因此,尽管作者对于这个人物的批判和指责自始至终都还带着略嫌温和的口吻,尽管作者在作品尾声中还给了他一个重整旗鼓、改弦易辙的机会,但是,由于这个人物的心灵深处已经浸透了富裕中农的思想意识,看来是已经难以把他从那条歧路上拉回到社会主义道路上来了。在整个作品里,郭振山这个人物占据了相当重要的篇幅;在许多章节里,作者对这个人物灵魂的剖析,是深刻的、尖锐的。应当说,作者为我们塑造了一个具有典型意义的、体现了农民两面性的新中农的艺术形象。

关于《创业史》当中的其他人物,我们在这里就不准备一一加以论列了。我们之所以比较详细地讨论上述几个人物,主要是由于这几个出色的人物形象能够具体地说明整个作品获得的令人欣喜的艺术成就;同时也是由于对这几个置身于阶级斗争和新旧思想斗争激流中心的人物的深入的剖析,可以帮助我们理解在整个作品当中被反映得那样深刻、那样丰富的农村斗争生活和社会主义革命运动。

有人也许感到:在《创业史》当中,作者几乎是把绝大多数篇幅放在对于各种人物的身世经历和思想性格的正面描述上面了,那么,这会不会使整个作品的故事情节显得冗赘和沉闷呢?这确实是一个值得我们研究的问题。当然,我们应当承认,《创业史》在艺术结构上和艺术技巧上是表现了作家的接近成熟的艺术风格的;在作品中,对于人物个性和心理状态的刻画入微的剖析,对于农村生活场景的优美的抒情的描绘,洋溢在字里行间的充沛的政治热情,生动而洗练的群众化和性格化的语言,这几者紧密地交织在一起,构成了作品浑然一体和无懈可击的细密的艺术结构。但是,和这一切同时存在的另外一种情况是,作者只着力于人物精神面貌的正面描写,比较忽视情节的构思,因而给读者带来了一种事件发展比较缓慢、故事情节比较沉闷的感觉。这一缺点,不能不使作品在争取更加广泛的读者群众方面,受到一定的影响。

在人物创造方面,也还不能说已经达到了完美无缺的境地。作品里的重要人物之一改霞的性格特点,是使人感到不能满足和难以理解的。作者尽力细腻地描写了这位农村少女的细微的精神状态;但是,作者似乎是把这位纯真的少女的隐秘的思想活动渲染得有些过分了,这就使这个人物身上染上了一层和农村气质不大协调的色彩;过分纤细、过分动荡的情感多少使这个人物形象在完整和统一方面受到了一些损伤。

有一些读者感到,作品的最后部分结束得过于匆忙了。作品以实行统购统销、准备迎接社会主义改造的高潮而告终;但是,对于这个曾经震动了广大农村的重大事件,在这里解决得似乎是过于轻易和匆促了。读者原是希望能够看到关于这一事件的更为丰满和深刻的描写的。不过,这一点,对于《创业史》第一部的主题思想的完成,也许是无关宏旨的。按照作品内容的发展来看,作家原来并没有准备在第一部当中把他的笔触放在合作化运动的高潮上面的。显然,作者在作品的第一部里,并不打算把读者引上这场革命运动的高峰。第一部的任务,除了塑造人物形象以外,只是为读者描绘出这场革命运动的时代背景和发展动向,只是让我们看到这场翻天覆地的暴风雨来临之前的变幻的风云和隆隆的雷声,而这一任务,作者显然是已经很出色地完成了。

读《山乡巨变》续篇的人物创造
细 言

《山乡巨变》上篇发表时,我曾经有机会写过一点简短的读后感,表示自己的喜悦。这部反映农业合作化运动的长篇小说对我是有强烈的吸引力的。现在,《山乡巨变》续篇出版了,读了以后,我忍不住要再来写一点读后感。这不但因为续篇的故事情节是上篇的继续和发展,人物也是上篇里出现过的;尤其是因为续篇弥补了我在读完上篇以后的某些不足之感,在人物性格的刻画上有了新的成就,给了我新的喜悦。

在上篇里,作者以浓郁的乡土气息和鲜明的地方色彩,给我们描绘了湖南省那个僻静的山乡——清溪乡农民在党的领导下组织农业生产合作社时所发生的重大变化,描绘了农业合作化运动中资本主义和社会主义两条道路的矛盾斗争,以及环绕着这种矛盾斗争的其他一系列的矛盾斗争。到了续篇里,农业合作化运动已经进入新阶段,农业生产合作社已经由初级升为高级;这样,两条道路的矛盾斗争以及环绕着它们的其他矛盾斗争也就更加深化了。只有解决了这些矛盾斗争,社会主义制度才能获得胜利,合作化运动才能在农村里继续健康发展。这种种矛盾斗争的深化和解决,自然也就改造了人,改造了人的思想和感情、生活方式和劳动习惯。社会制度的改变,总是促进了人的改造;或者说,社会制度的改造和人的改造根本不可分。《山乡巨变》续篇就描写了这种变化的继续发展。而就文学创作来说,发生在前进生活中的一切矛盾斗争,当然要通过人物的活动来表现;同时,也只有在尖锐复杂的矛盾斗争中,才能把人物写活,使人物具有自己的生命和性格。这就是为什么在评判一部作品的价值时,我们总是着眼于作者塑造人物的努力。现在,我们就来看看立波同志在这一方面的成就和不足之处。

出现在续篇里的人物,全部都是我们已经在上篇里碰过头的,我们大致都熟悉他们的经历、面貌和性格,他们在农业合作化运动中的作用,他们对待这场深刻的革命斗争的态度。也许,使我们不无遗憾的是,在上篇里那个上级派到清溪乡来领导合作化运动的干部邓秀梅,已经和我们告别了,不再在续篇里露面,我们也无从知道她的领导艺术进一步提高和她的性格更趋成熟的新历程。还有那个莽撞而正直的青年积极分子陈大春,也只在续篇里稍一露面,就被调到别处去了。跟他同时被调走的,还有符贱庚,那个曾经跟在富裕户屁股后面跑过一阵的贫农,我们也只能间接地知道他变得有出息了,走上一个贫农应走的正路。他们的性格,都没有在新的斗争里得到丰富。作者这样做,自然是为了使自己的笔墨能够更加集中。那么,我们就来跟那些继续留在常青社里的熟人重新会面吧。

农业合作化运动是中国共产党领导的社会主义革命的一个重大步骤。描写农业合作化运动的作品,就要很好地描写出党的领导作用,描写出党员领导干部的形象。在续篇里,原来的乡支书兼乡主席李月辉已经当了撤区并乡以后的大乡支书,常青高级社的实际负责人是社长刘雨生。这个绰号叫作"雨瞎子"的共产党员,他那种说话不多,埋头实干,性情温和,却经受得起打击和挫折的好品质,是我们已经熟悉的。在续篇里,他的性格有了更大的丰富,优良品质得到进一步的发扬。他成为合作化运动新阶段的一个中心人物。他的眼睛近视,但他的思想并不近视,对待社会主义的革命事业,他站得高也看得远。续篇第二章,小标题就是《社长》,作者使用了比较集中的笔墨,描写了他任劳任怨,大公无私,自奉俭约,有涵养,能自我控制,对社会主义前途抱着坚定不移的信心,碰到困难总是先把责任推给自己。新建立的高级社在组织生产上缺乏经验,开始有些混乱,别人问他:"这个局面几时得清闲?"他蛮有信心地回答道:"不要紧。头难头难,过一阵子就会好的。当然,也要怪我没调摆。"他到乡支书那里去汇报工作,也把混乱局面归罪于自己的没调摆。他从来不夸夸其谈,却专心地做着看起来有些琐碎的日常的革命工作,连眉头也没有皱过一下。同是党员干部的谢庆元因没有当上正社长跟他闹不合作,他就耐心地主动地去团结他,去"相机设法融化他心里的冰块,激起他的工作的热情"。在这一点上,作者显然是拿正副两个社长做鲜明的对照的。作者还写到谢庆元在受到挫折寻短见时,乡支书李月辉批评他道:"为什么不想想老刘从前的事呢?他受的磨,比你多吧?腰子一挺,工作一做,他又出了青天了。"我们不会忘记,刘雨生曾经忍受过堂客张桂贞跟他闹离婚的痛苦。这自然也是一种对照。正当禾快装苞时节,天下暴雨,溪里涨水,为了堵塞通往田里的水管,刘雨生不听劝告,跳进汹涌的浪头,几乎丧失性命。原来这个平时显得那么温温和和的人,到了紧要关头,就自然而然地表现出共产党员崇高的自我牺牲的精神。难怪他被人搭救上岸,恢复清醒后,就问:"管子不出水了吧?"到了回社的路上,有人探问他在水肚里塞管子的情形,他也只"简简单单讲了几句,就偏过头去,跟支书商量工作"。这种情况,跟他一心一意为社会主义事业的行动和朴质无华的性格,完全统一。刻画得更为动人的,是他去动员爱人盛佳秀出借肥猪那一幕。社里借猪是为了鼓舞社员们的生产情绪,盛佳秀喂的猪是为了跟刘雨生结婚时请客。这是个小小的矛盾。就在解决这个矛盾时,作者写出了刘雨生对社会主义事业的忠贞不贰,也写出了他爱情生活的一个方面。在关于刘雨生和盛佳秀的爱情生活上,和上篇一样,续篇里也有不少细致动人的描写。上篇先描写刘雨生和张桂贞的婚变,接着就描写他和盛佳秀的恋爱。作者用了

《回心》和《捉怪》等专章来描写他们两人爱情的萌芽滋长。我们只要仔细地读一读《回心》那一章里刘雨生去劝告盛佳秀入社的情景,就可以看出,跟张桂贞吵着离婚相对照,作者在努力证明一个真理——即使是人类最细微也最强烈的男女爱情,也莫不受阶级关系的制约。爱情其实也就是一种阶级感情。续篇里刘雨生动员爱人出借肥猪的描写,把这种感情更提高了一步。刘雨生和张桂贞及盛佳秀的一离一合,那个感情变化的决定因素,乃是阶级利益,而不是什么抽象的"人类本性";盛佳秀政治上的进步,也和刘雨生通过爱情关系给她的影响不可分。总之,作者从各个方面,丰富并提高了党员干部刘雨生的性格和品质,虽然在这个人物的内心活动方面,写得还稍嫌少一些,给了我们不足之感。活跃在社会主义革命战线上的党员干部,是各色各样的。刘雨生不是那种叱咤风云的人物,却是一个优秀的普通劳动者的形象。当然还不能说这个人物已经写得很成功,已经概括得很高;但这样的人物出现在我们社会主义文学作品里,就是一件很有意义的事情,很值得我们重视。

  比起刘雨生,那个可以作为他的对照的党员干部谢庆元的形象,就显得较为逊色。农业合作化运动是一场深刻的社会主义大革命,它遭遇到的阻力,来自各个不同的方面,具有各种不同的性质。资本主义自发势力和社会主义势力之间的矛盾是农村中阶级斗争的主要内容,固然会形成两条道路的斗争。地主富农阶级以及其他反革命分子的破坏活动,固然也有严重的危险性,但在农民和干部队伍里面先进和落后的矛盾斗争,也会对其他的矛盾斗争起着推波助澜的作用。在上篇里,谢庆元已经显露出工作上的冷热病,给合作化运动带来不利的影响;到续篇里,这个落后的党员干部的不良表现,有了新的发展,招致了更坏的后果。高级社建成以后,谢庆元当了副社长,责任不能说不重;但他竟和社长刘雨生闹不合作,不但遇事往往站在不正确的立场,满脑子尽转着自私自利的念头,甚至做出不利于集体事业的事情,结果在归他照看的耕牛被砍伤后,竟弄到吃水莽藤自杀的地步,简直完全抬不起头,在群众中间威信扫地。他身上,既反映出先进和落后之间的矛盾,也反映出集体主义思想和个人主义思想之间的矛盾。作品里描写这样一个人物,通过他写出农村中两条道路斗争在共产党内的反映,说明了作者眼光的锐利。可惋惜的是,作者描写他种种不良表现时,未能更深刻地挖掘出他的思想活动,显得有些简单化。翻开续篇第一章,我们就看到新成立的高级社在安排生产上的混乱景象,身为副社长的谢庆元竟带头发牢骚;随后,生产队犁耙组收工顶早,也是他带的头。接着,作者就用了《副手》一章的篇幅来写群众对他的反映,却没有直接去刻画他的心理状态。这在作者,也许有他情节安排上的匠心,我们读者却难免产生不满足的感觉。以后很多场合,也往往是这样。社里烂了秧,谢庆元却把归自己护的好秧让给单干户,这个错误自然是很严重的,社管会开辩论会斗争了他,作者也很少写到他的思想活动。到了他吃水莽藤时,他觉得"工作压头,威信扫地,堂客翻脸,牛又坏了,里里外外,没有一个落脚地方了",因而想到"人生一世,不过是草长一春",忽然萌起短见的念头来了,却又偏偏碰到个亭面糊,跟他胡扯了一通,当时当地的情景和谢庆元徘徊在生死之间的复杂心理,倒是写得很生动逼真的。不过,这种较为细致的描写,对突出人物性格的作用究竟不大。作者终于描写了他的最后转变,这个转变的场合,应该是很重要的;可惜在这关键问题上,作者原是细致的笔触,却变得较为粗率了,我们只看到他在自杀未遂之后,工作变积极了,显出一个劳动能手的本来面目。在《双抢》一章里,乡支书李月辉来到田间,参加集体割禾。大家看见谢庆元劳动得汗爬水流,气也不歇,就议论开了。李月辉说:"这个家伙挨了一下子斗,比以前好得多了。"刘雨生说:"是呀,功夫专挑重的干,牢骚也不大发了。"于是,李月辉就下了个结论:"可见人是能够改造的。"这样的结论当然正确,但转变后的谢庆元,作为一个人物形象,是缺少艺术光彩的。

在贫农方面,上篇里已经成为非常出色的创造的亭面糊,续篇里继续得到了丰富。熟悉农村生活的人都知道,像亭面糊这样的角色,在农民中间并不是罕见的,他反映出老一辈农民处于剧烈的社会变革中所表现的两面性——旧的思想习惯的包袱很沉重,但已经接受了新事物的冲击,感染到新社会的影响。因此,隐伏在灵魂深处的私有观念随时显现,自我防卫几乎成为本能,有时更出之于荒唐可笑的形式;可是,他毕竟是一个贫农,长期处于受剥削和被压迫的地位,受过旧社会旧制度所给予他的深重的痛苦,这种痛苦的经历,自然促使他认识到新社会新制度的优越,启发了他的阶级觉悟。经过土地改革的暴风骤雨,在农业合作化运动的巨潮里,他也在向前移动——即使是姿态摇摆,脚步蹒跚,进度非常缓慢,简直是一步一回顾。写出这样的人物,也就写出了农民长期受剥削压迫的悲痛历史,自然更写出了他们命运的根本转变。可以看得出,作者很熟悉这样的人物,对这样的人物也满怀兴趣。据作者自己说:"面糊是我们这带乡间极为普遍的性格,我们一位邻居恰巧是具有这种性格的鲜明的特征的贫农。"(《关于〈山乡巨变〉答读者问》)因为熟悉他,充分认识到他的性格形成的土壤和条件,作者使用在这个人物身上的色彩,才能这样鲜明丰富,使得他的形象在我们读者面前栩栩如生。亭面糊刚刚出现在上篇里,跟上级派下乡来领导合作化运动的邓秀梅谈话,他就把自己土改时分得一幢一色青瓦的横屋,归因于"搭帮共产党、毛主席";到了续篇里,跟乡支书李月辉谈话,也说:"娘亲爷亲都不如党亲,没有党,就没有我盛佑亭。"这种认识,出于一个贫农的亲身体会,表达了他的真情实意。可是,一临到生活里发生矛盾冲突,他就变得糊涂了,就完全不能辨别人和鬼,是和非,正和邪了——他称赞单干户王菊生的苦干,佩服谢庆元的技术,甚至社里的水牯给破坏分子砍伤了,还在治安主任面前替龚子元讲好话,更不必说他的封建迷信,还有对不肯徇私借钱的当会计的二崽的可笑的怀恨了。谈到发生在农业合作化运动中的各种矛盾斗争,亭面糊这个人物,也往往起了作用——有好的作用,但也有不少时候是坏的作用。这也反映出他自己身上那种先进和落后的矛盾。即使糊涂可笑,我们也的确看到了他性格中的矛盾现象是在发生变化;尤其是,这种变化,起初是比较细微的,后来就愈益明显。刚入初级社时的重重顾虑已经消除,他在高级社里的确竭力做到"以社为家",不再只看到自己鼻子尖上的利益。在生产战线上,他也算得上是一名老战士,他对使用耕牛很有办法,也的确热爱耕牛,口口声声"人畜一般同",认真把它看成是有灵性的动物。过去,他答应在自己家里住干部,而且以此为荣;现在,他也答应在自己家里办托儿站,同意堂客当站里的保姆。一方面他在牛伤时曾给龚子元讲过好话,另一方面也还是参加了破案工作,不仅负责监视龚子元的活动,还能够发现像小半撮箕烟蒂之类的重要线索。总之,这位老倌子是愈来愈站到农业社这边,愈来愈走进社会主义革命队伍里面来了。在作者生动而略带诙谐的描绘里,亭面糊的若干言行,仍然难免使我们发笑,例如社里烂秧后谢庆元主张缩小播种面积,他也不假深思,就糊里糊涂地同意道:"也是一法",等等;不过,这个人物可爱的那一面,的确在我们读者的印象里增加了分量和比重。无论就典型意义的深刻和描写的生动出色来说,亭面糊形象的创造都是作者的重大贡献。

贫农亭面糊的形象的继续得到丰富,他的性格变得更加鲜明完整,是《山乡巨变》续篇在人物描写上一个不小的成就。可是,亭面糊的面影诚然在我们读者的脑子里日益深厚了,另一个老贫农的面影却仿佛变淡薄了。我说的是陈先晋。上篇里,这是个写得很出色的人物;其中《恋土》一章,细致,生动,真实,富于感染力。在保守固执这一点上,作者作了相当深刻的发掘和刻画。读完上篇,我对这个人物在续篇中的发展,抱着很大的希望。可惜,作者虽然企图使他在合作化运动的新阶段里显出一个老贫农的积极性,例如写他和亭面糊、谢庆元以老作家的资格,包下了春耕中的重活,等等,但显得很平面,不突出,不能在读者面前站起来。比起上篇里作者简直是钻进人物灵魂深处去的情形,到了续篇里,却好像只满足于表面的观察了。

值得特别一提的,是单干户王菊生。两条道路的斗争是农村的社会主义革命的主要内容。其他的矛盾斗争,跟它都是密切相关的,是由它引起,或是借它而存在的。《山乡巨变》上篇描写了两条道路矛盾斗争的初期的表现形式——私有观念和集体观念的剧烈冲突;到续篇里,合作化程度又提高了一步,因此,两条道路的斗争就有了新的表现形式——在合作化运动初期保留下来的顽固的单干户和合作社的和平劳动竞赛。"在中国的农村中,两条道路的斗争的一个重要方面,是通过贫农和下中农同富裕中农实行和平竞赛表现出来的。在两三年内,看谁增产:是单干的富裕中农增产呢,还是贫农和下中农组成的合作社增产呢?"(《中国农村的社会主义高潮》第777页)作品虽然没有明白写出谁增产,却描绘了从积肥、插田到双抢一系列的劳动竞赛,实际上已经回答了"谁增产"的问题。在合作化运动中,富裕的或比较富裕的农民,"他们是动摇的,有些人是在力求走资本主义道路的"(《关于农业合作化问题》)。王菊生就是力求走资本主义道路的顽固派。上篇里,他使用装病和跟堂客假闹离婚的办法,千方百计要留在社外,当个单干户。这样的人物,到了合作化运动更深入时,当然要成为农业社在劳动竞赛中的劲敌。打仗要打得热闹出色,正面的力量固然要强,反面的力量也不能太弱。立波同志用在王菊生身上的笔墨,收到了很大的效果。我们只要仔细读一读《老单》和《竞赛》等章节,就能充分领会作者观察和描绘的能力。在《老单》一章里,你看王菊生把自己的家业安排得多么有头有绪,他又多么勤快肯干!田是好田,肥料又足;水车、扮桶和尿桶都上过桐油,"黄嫩嫩的,好看又经用";猪栏里有成对的壮猪,鸡笼里有成群的鸡鸭,一只大黄牯他原来占有两腿,最后又完全受了下来。于是,"他安心满意,把力量完全放在功夫上",虽然辛苦,也很称意。正如他的绰号叫"咬金",他是一点亏也不肯吃的:听说要封山,他就赶快砍树;社里要照价买下,他坚持自己挑上街去赚点脚力钱。作品里描写他跟李月辉关于这件事情的谈话的场合,非常生动地反映出一个富裕中农顽固的自私心理。接着,剧烈而持续的劳动竞赛开始了,作者有力地描写了挑塘泥、插田和双抢等一系列竞赛场面。这些场面,一方面可以说是一幅幅关于劳动生产的美丽的图画,另一方面也就是一首首对于社会主义制度的热情的颂歌。就在这些图画和颂歌里,顽强的单干户王菊生不管怎样努力,怎样辛劳,怎样把堂客累得直不得腰,把女儿累得吃不下饭,还是无可挽救地打了败仗,最后不得不缴械投降——决定牵牛入社。作者并没有把这种竞赛简单化。比起农业社,单干户在根本上虽然是很脆弱的,难逃失败的命运;但在某个时期和某些方面,单干户也有它的"优越"和顽强。在绰号叫作"菊咬金"的这个富裕中农身上,就同时体现出单干户的"优越"和脆弱。在作者笔下,王菊生的失败过程,充满了复杂的斗争,经历了好几场硬硬扎扎的较量。作者也并不是仅单纯从劳动力的组织分配的优势上描写他的失败,更从农业社领导干部广阔的胸襟和大公无私的行动上去感化他的心灵,启发他的思想。作品中《竞赛》《插田》和《双抢》等章节劳动竞赛的场面,固然描绘得有声有色,突出了王菊生作为一个单干户的顽强性格;在《认输》一章里,社长刘雨生为了援助陷入困难的单干户去找王菊生谈话,自动提出帮他收谷插秧,接着就派出最好的劳动能手去参加他的双抢工作,那经过情形,也描绘得相当动人,表现出建筑在王菊生这个人物心理上的抗拒社会主义的堤岸的最后崩溃。王菊生认输时,带起一副腰舌去给刘雨生送人情,为的是"一定要跟上头的搞好",这个情节,也写得很好,可以说恰如其分地刻画了脱离集体的人思想意识上的落后状态,因而大大地增加了人物形象的艺术光彩。作者说过:"王菊生的形象,有些是我的一位堂弟的缩影,有些是另外两个富裕中农的行状。"(《关于〈山乡巨变〉答读者问》)可见,这个人物的成功并不是偶然的,作者有着比较深厚的生活基础。

比起两条道路的斗争的描写,续篇里关于敌我的矛盾斗争的描写,要逊色得多。这也不仅是由于前者更重要些,作者使用的笔墨更多一些。这里面还有个人物塑造的问题。我总觉得,龚子元这个人物,在上篇里就不是很出色的;到了续篇里,情形也并没有改变多少。我们社会主义文学的主要任务,当然是创造正面的英雄人物;但这并不是说作家就可以放松对反面人物的刻画。反面人物也有他们独特的生活经历,独特的面貌和性格。就两条道路的斗争说,王菊生是个反面人物;也正因为写好了这个顽强的单干户,才使得出现在续篇里面的主要的矛盾斗争显出它的深刻性。龚子元是个怎样的人呢?据治安主任盛清明从县公安局得到的材料,"这个家伙是地主兼绸布商人出身的恶霸,早年襄办过南县的团防,手上染了不少党员和进步人士的鲜血。解放军过江以后,他晓得事态不好,跟姨太太一起,预先化名装穷逃匿在这里,不久,他和国民党军统特务又联络上了"。这样一个大有来历和背景的人物,他在清溪乡的反革命任务,也不只在挑拨干部和干部以及干部和群众的关系,在劳动生产上磨磨洋工,破坏森林和砍伤家畜,而更主要的是,他和他的同党,"准备趁我们庆祝夏收的会,在杨泗庙和清溪乡两处,同时暴动,再拉队上山"。所以,在他家里,才暗藏着那么多武器。我想,当我们读到这个反革命案件的最后破获,再回顾一下从上篇开始的对案件主角龚子元的描写,就不能不产生不满足的感觉。简单说来,作者笔下的龚子元,只具有破坏分子的一般特点;从他言行里,看不出和他独特的生活经历的联系,性格也不突出。尤其是,他既然参加或竟是策动着相当规模的暴动阴谋,作者却并没有写出他的准备活动。只要想一想,他连一个张桂秋也没有拉到手,怎样能够暴动得起来呢?自然,反革命分子往往单凭主观愿望行事,在合作化运动的新阶段里,群众的觉悟已经普遍提高,像龚子元那样的人企图举行暴动是很困难的,破案的迅速和简单,也就反映了我们人民民主专政的巩固。不过,按照小说的描写,发生在合作化运动中敌我矛盾斗争的严重性,未免减弱;同时也就不容易把人物写活。作者说:"没有接触和研究过的人最难描画。"(《关于〈山乡巨变〉答读者问》)这句话大概可以用来说明描写龚子元这个人物的缺陷。

也许会有人问:你谈了刘雨生和谢庆元,谈了亭面糊和陈先晋,也谈了王菊生和龚子元,为什么不谈一谈年轻积极分子例如盛淑君呢?不错,在上篇里,盛淑君这个聪明、活泼、积极向上的姑娘,是写得很可爱的。她跟陈大春的恋爱生活,也真实动人。到了续篇里,尽管作者让她当了妇女主任,给她安排了不少"用武之地",形象还是不见太多丰富,性格也没有什么显著的发展。这也许和她的恋爱已经有了结果,政治上已经参加了青年团、工作上也已经当上妇女主任等等有关系吧?我们都记得,盛淑君刚刚出现在上篇里时,她是一个正在焦灼地追求着的少女——她焦灼地追求着进步,追求着爱情,焦灼到了不能忍耐的程度,甚至对初次见面的邓秀梅就负气地表示希望离开"冷冷清清"的乡下。就在这种热切的追求里,这个农村姑娘不仅表现出她体格的美,更展露出她灵魂的美。她和陈大春的恋爱生活,已经超出那种单纯的男女关系,包含着饱满的政治内容。她对陈大春和对符贱庚那种截然不同的态度,就说明了她抉择的标准。在续篇里,刚一开始,陈大春就调走了,爱情的线索中断了。政治上的追求也不明显。因为合作化运动的进程到了农业社跟单干户和平竞赛的阶段,她就投身在生产劳动的热潮里。作者安排了《女将》一章来描写由盛淑君带动的妇女积极分子的活动;后来,在《大闹》一章里,她又对谢庆元作面对面的斗争。这些,当然有助于增强她给我们读者的印象。她斗争谢庆元的场面也写得很精彩,充分表现出她的大胆、正直和机智。不过,作者的描写止于表面,未能像上篇那样深入灵魂的奥秘。到了解决敌我矛盾时,这位年轻的妇女主任好像就不大能够起作用了。比起盛淑君,我觉得倒是另外两个妇女盛佳秀和张桂贞,在续篇里有了较出色的描写。盛佳秀参加农业社后,由于对刘雨生的爱慕,在生活上百般照顾这个因公忘私的独身男人,当农业社和单干户展开劳动竞赛时也是一名出色的女将,后来更把辛苦饲养起来作为结婚请客之用的肥猪也割爱借给社里。至于张桂贞,她原是企望生活舒适的女子,但也被卷进了集体的劳动热潮里,从思想到外貌都起了变化,"晒得黑皮黑草,手指粗粗大大的,像个劳动妇女了",不再以劳动为耻辱;到了后来,龚子元的案子被破获,秋丝瓜因受震惊而来找她老妹时,她已经能够要他相信人民政府,劝他入社了。和政治上的进步同时,她们的性格也都有了发展,能从她们身上体现出集体的力量和社会主义制度的优越。

跟上篇一样,《山乡巨变》续篇的艺术力量,也显著地表现在人物塑造上。虽然在不同人物身上,作者的描写有着不同的成就;但从作者的塑造对象,我们却可以发现几个共同的特点,它们有的属于思想和生活修养,有的偏于艺术技巧的范围。不待说,一个作家的艺术修养,又跟他的思想和生活修养不可分。

在塑造人物时,立波同志总是力求从阶级观点出发,一方面写出每个人物鲜明的阶级性,另一方面又竭力刻画他们独特的个性。这在亭面糊身上表现得最为明显。就阶级地位而论,他是个贫农,所以他根据自己的阶级本能,拥护党,赞成社会主义,愿意走合作化的道路;他那种热爱劳动和耕牛的习惯,往往以是否能劳动作为评判人的标准,也符合一个年老的劳动者的身份;但他究竟有他漫长的生活经历,这种经历在根本上自然跟他的阶级地位相适应,却也有一些比较独特的东西,形成了他鲜明的独特的个性。富裕中农王菊生,他那种出奇的狡诈和贪婪,他对待他满爷和满婶的虚伪的态度,他脑子里顽固的发家致富的观念,自然是他的阶级地位的产物;但他毕竟又是个劳动者,他性格里,有很多属于劳动者的生活习惯所养成的东西,例如他能劳动,爱惜农具,等等。自然不止亭面糊和王菊生,其他人物,凡是写得好的,大致都是这样。作风不好的党员干部谢庆元能够最后转变,曾经跟在单干户屁股后面跑过一阵的贫农符贱庚也终于改邪归正,都是符合他们的阶级地位的。《山乡巨变》在这方面的成就证明,阶级性和个性是很好地统一在每个人物身上的,鲜明的个性绝不会损害他们的阶级性,反过来说,那作为根本的阶级性也绝不会淹没个性。

跟上述一点有关系的是,出现在《山乡巨变》里的人物,大都具有较高的概括性。可以看得出,作者安排人物很慎重,竭力做到使自己的舞台上没有可有可无的角色。从上篇到续篇,凡是比较重要的人物,几乎都有鲜明的性格。就续篇而论,只有陈大春的老弟陈孟春,正如支书李月辉所说的,跟他哥哥"一模一样",两人性格相同,未免重复,其他的人物都达到了相当高的性格化。同是党员领导干部,李月辉正派、诚实、沉着,只是性子比较慢,作风好像不够明快,在较老一辈的农村党员里,是有他的代表性的;刘雨生的年纪较轻,性格和作风属于另一种类型。同是老年贫农,亭面糊和陈先晋又有着多少不同,两人却都有其典型意义。贫农之中的符贱庚,性格和行径都非常突出。中农王菊生和张桂秋,也各具性格,在抗拒社会主义这一点上,表现也就各不相同。青年积极分子里面,陈大春和盛清明不同,盛淑君则又和陈雪春不同。盛佳秀和张桂贞这两个农村妇女,都经过婚变,也都走上社会主义的道路,彼此性格和生活经历却有很大距离。在创造这些人物时,作者都根据他们不同的阶级地位、不同的生活环境,作了适当的概括。这一步概括的功夫,就显示出作者对农村生活的熟悉程度。如果不熟悉自己所描写的人物,单凭理论分析是没有办法进行这种概括的,虽然这里面理论分析的作用也不能忽视。

刻画人物性格时,立波同志又总是着力于生活气氛和与人物息息相关的生活细节的描绘。他善于利用生活气氛和生活细节来衬托人物的性格,有时做到非常细致入微。上篇小标题叫《张家》的那一章,描绘张桂秋一家(包括他勤俭发狠的安氏老婆和刚离了婚回娘家来寄住的老妹张桂贞)的生活图景,从屋檐低矮的茅屋、门前用竹篱笆围住的小地坪和小地坪里成群的鸡鸭鹅,到屋子里面的种种陈设和老妹张桂贞骑着打草鞋的木马,再加上安氏老婆对张桂贞的指桑骂槐和张桂贞的伤心哭泣,自然还不能没有符贱庚再次来借柴刀——这一切形形色色的安排和活动,造成一种浓郁的气氛,使我们读者对那些人物的一举一动，一言一笑，都如闻其声，如见其形，自然也就接触到了他们的性格，窥见到了他们的心理活动。在续篇里，类似的描写也不少，虽然出场人物的生活环境，大都已经在上篇里作了交代。《社长》一章，是从正面描写刘雨生的，作者不忘记再一次写到他那独身汉的家屋，甚至不漏过他吃的饭菜。谢庆元服了水莽藤自杀，被救活了，刘雨生要去劝慰并批评他的堂客，"跨进房门，他就看见，在桌上一盏小灯的闪动的光亮里，桂满姑娘披头散发，背靠床架子，坐在铺上，身上拥一条绣花红缎子被窝，它和补丁驮补丁的白粗布褥子是一个对照"。这里两样看来不很调和的被褥，也就点出了谢庆元夫妇生活上的改变——作为一个贫农，在土改分得果实以前，"家里从来没有荤货的衣被"。这个细节，对谢庆元的思想活动和心理状态也是一种衬托。我们如果再去仔细读一读关于刘雨生的爱人盛佳秀的家庭环境的描绘，就更能发现作者在这方面的努力和效果。

　　立波同志在描写人物的手法上对民族化的追求，也很明显。这个问题，又跟他的整个艺术风格有关。立波同志是一位具有独特风格的作家，《山乡巨变》更是一部作者的风格渐趋成熟的作品。风格虽然是表现特定生活内容的形式上的特点，但一切属于形式范围以内的东西，都依附并服从于生活内容。不能把风格完全理解为作家的个性或气质的表现，它有更深远的时代精神和阶级基础的根源。个人的修养和气质当然也对风格的形成起作用，可是作家总是时代的阶级的人。对于气质，立波同志有他自己的解释："气质是你要表现的群众的思想感情，在你自己心里的潮涌和泛滥"；所以，"要写农民的悲喜，你自己的思想情绪就得和农民的思想情绪打成一片，换句话说，要有农民的气质。"（《〈暴风骤雨〉创作经过》）可见，气质是个人的，也是群众的——或者还不如说，是把群众的化为自己的，虽然这里面也保有个人的因素，保有固有个性中某些特点。从这样的观点看《山乡巨变》，就能发现，它的独特风格，首先是作者深入群众生活的结果。我们说作者的风格朴素而隽永，这还是从农民生活里来的，自然也还适合描写对象的需要。我们觉得作者的描写有时朴素得近于拙笨，有时却又闪发着机智幽默的光辉，这也就是农民气质的流露。同时，作者风格的形成，跟他在艺术表现上追求民族化的关系，也是我们很容易就看得出来的。在作品形式上追求民族化，就是民族形式的创造。但民族形式绝不是旧形式，它一方面固然是民族固有传统的承继，另一方面更重要的却是新的人民生活的根据。人民生活在日新月异地发展和改变，旧形式当然不足以充分表现。在这一点上，立波同志走着一条正确的成功的道路。在这里，我们并不打算详细讨论《山乡巨变》的风格和形式的特点，只是试图指明作者在人物描写上所做的民族化的努力。

　　在谈到《山乡巨变》上篇显得有些零散的结构时，作者举出中国古典小说如《水浒传》和《儒林外史》的例子，因为它们都着重于人物的刻画，不大注意结构："我读过这些小说，它们给了我一定的影响。"(《关于〈山乡巨变〉答读者问》)不用说，这种影响绝不会止于结构，更在于人物创造。首先，就人物的具有较高的概括性这一点说，中国古典小说的优良传统，看来对作者是有影响的。中国古典长篇小说例如《三国演义》，在人物创造上就有着优异的成就，一些重要人物都具有很高的概括性。其次，立波同志曾经写文章评论过罗贯中高明的手法，认为罗贯中描写人物，"不只是正面地刻画人物本身，还从人物的行动、环境，以及他和社会的关联来描绘。他使他的人物生活在错综复杂的社会关系里，把他们安置在各种处境中和一定地位上。"(《论〈三国演义〉》)这种手法，也是《山乡巨变》的作者所努力探索的。人物的概括性高和从人物的行动、环境，以及他和社会的关系来描绘，可以说是中国古典小说一般的特色，也不止《三国演义》是这样。中国的古典小说，不采用那种由作者出面来对人物作冗长的心理分析的方法，人物的心理活动，总是通过人物的行动和人物的语言来表达。此外，每一个章节差不多集中描写一两个人物这一点，据作者说，是受了《水浒传》和《儒林外史》的影响的。其实，在《山乡巨变》里，也采用了通过不同事件和行动，多次地反复地描写人物的性格特点的方法，刘雨生和亭面糊都属这一类，而这，也是中国古典小说的传统，例如《红楼梦》。其他如语言的个性化，口头禅和绰号的应用，都和中国古典小说的传统有关系，中国古典小说的作者都很重视语言的个性化，《水浒传》里的每个重要人物都有绰号。不过，一个作家在创作方法上接受民族传统，是一件复杂的事情。立波同志固然在接受民族传统方面作了显著的努力，但不能忘记，他也曾经热衷过欧洲文学，做过翻译工作，当然也就吸收了外国文学的优点。而且，描写人物的方法，就其重要的方面说，中国古典小说和欧洲作品有着很多共通的东西。作者在谈到技巧的运用时说："我以为文学的技巧必须服从于现实事实的逻辑的发展。"(《关于〈山乡巨变〉答读者问》)在人物创造上，甚至在整个作品的艺术表现上，无论是学习中国古典小说的民族传统也好，吸收外国文学的营养也好，如果脱离了人民生活的沃土，就不会有真正的民族特色，也不会有具备民族特色的个人风格。《山乡巨变》在人物创造上所获得的成就，作品里面重要人物的声音面貌和举止行动都具有浓厚的民族特色，使我们感觉到都是自己所熟悉的，都是实际存在于现实生活里的，就由于作者熟悉中国的农村生活和农民性格。"有这么几年，我经常地接触书本，终于有些迷信它们了。向中外古今的各家们进行学习，原是应该的，但如果一味迷信，对于创作就会有害。"(《周立波选集》序言)这是作者自己的说话，对于探讨他创造人物的手法，甚至理解他的整个风格的形成，都有帮助。不然，就难免陷入穿凿附会的困境。

1961年

题材的处理

田 汉

读了《文艺报》第3期关于题材问题的专论,觉得问题提得很及时。作为这篇专论观点的拥护者,我也来发表些"愚者一得"。

对于我们剧作者来说,表现时代的精神面貌,歌颂伟大的革命斗争,歌颂人民群众的革命干劲和英雄事迹,都是我们不容旁贷的责任。为了反映我们的时代,剧作家们选择生活中重大的、关系到千百万人命运的事件,作为创造典型人物和典型环境的素材,是完全必要的,我个人也曾经试图写抗美援朝战争,后来也有写"人民公社万岁"的野心,为此做过一些努力,自恨还没有搞出较有分量的作品。但中华人民共和国成立十一年来,我的一些战友在这方面是获得不少成就的。

敢写重大题材是好的,应当受欢迎的;但不要把它绝对化,以至于说"只要题材是重大的,作品就成功了一半"。题材虽也有关系,但作品成功与否主要看作者如何处理题材。"三面红旗"是重大题材,但作者如果理解错误,做了不恰当的处理,不只糟蹋了题材,也毁了作品。

处理题材的关键问题首先是正确地深刻地研究题材,认识题材。如你要写好人民公社,先得很好地研究人民公社,认识人民公社。我们虽能迅速报道关于人民公社的一些人物事件,但要对人民公社发展中的问题和人物事件进行概括,这就必须有一个较长研究、认识的过程。因此迅速及时反映虽是必要的一种方法,但不是唯一的方法,有人甚至说:"不迅速及时反映就违反多快好省,违反总路线。""多快"是指数量,"好省"是指质量,质量是主导的方面,多与快的程度得服从质量的要求,我们需要迅速及时反映当前斗争的创作,但把迅速及时反映强调到不恰当的程度就成了荒谬了。

衡量一部作品思想性的高低,绝不能单凭题材的重大与否。有重大题材的剧作思想性也非常高,也有题材重大而思想内容不高甚至低劣的,写"三面红旗"的剧作中就有不少这样失败的例子。有些作品,题材看去并不重大,它只接触了当前斗争生活的某一细小的侧面,但由于作者对事物的本质有较深刻、较全面的认识,他能让观众从细小处窥见事物矛盾斗争的全貌,所谓"一花一世界,一叶一菩提"。一花一叶只是客观世界的一个微小的组成部分,作者却能使人从小见大,见微知著。可见一个作品反映时代、概括生活本质的深度和广度,并不太取决于题材本身,而取决于作者的世界观,取决于作者的艺术概括能力,也取决于作者的艺术技巧。不同世界观的作家,可能把同一题材处理成两个完全相反的东西。如果作者对重大题材缺乏深刻的感受和理解,艺术概括能力又差,写出来的作品仍然可能是肤浅的、概念化的、不现实的东西。同时,如果作家是站在时代的最前列的,能够掌握生活发展的规律,正确认识生活的本质,那么尽管不是太重大的题材,也可以同样表现出重大的主题,表现出生活本质的某些方面。把题材当成衡量作品的政治标准,把作品的价值高低和作品的题材重大与否等同起来,是不符合创作实际的。

戏剧艺术的根本任务是塑造出能够概括地反映生活本质的典型人物。如上面所说,典型人物可以活动在重大的事件中,也可以活动在日常环境中。作家选择题材恰当与否在于怎样认识它的典型性。不同的作家有自己特别熟悉和喜爱的题材,通过这些题材,可以创造出典型的性格。某个题材是否适合于表现某种典型,是作家在创作中反复思考的问题。

在现代剧创作中,有些同志喜欢当前某些真实的事件和人物。一般地说,生活中某些英雄人物和英雄事迹,对于我们的时代来讲,是具有典型意义的。但是,生活中的典型事件、典型人物并不等于艺术上的典型。生活中的典型性是就它的社会意义来说的,艺术上的典型却是作者把生活中的事件和人物加以艺术概括、集中的结果。生活中的典型事件、典型人物为艺术上的典型提供了很好的蓝本和线索,但是要把这些变成艺术上的典型环境和典型性格,需要作家突破真人真事的限制,对它做很大程度的加工。新闻报道式地把生活中的事件和人物生硬地搬上舞台,是难以创造出有血有肉的典型形象的。特别是作者对所表现的这个真人真事并不太熟悉,又缺乏对同类生活的丰富积累,仅靠临时短期的访问,是无法把它的内在意义深刻地发掘出来的。有些同志以为只有把运动中出现的新人新事迅速搬上舞台,才能发挥戏剧艺术的战斗作用,因此要求剧作者按照某一个先进人物的材料写成戏,而且还要求用真名实姓。但作为一个艺术品,它常常是一个不成熟的、畸形的产物,往往写出来的一个多幕剧不见得比一篇几千字的新闻报道更动人。有时还由于戏中的人物、事件和生活中的事件与人物有出入而惹出一些麻烦,东北某写女劳动模范的剧本,因其对立面是虚构的,引起她丈夫、她婆婆以及工厂负责方面的不满便是一例。看来运用报告剧或其他短小形式迅速反映生活中的新人新事,特别是在群众业余戏剧中,及时地把本单位的真人真事编演出来,作为宣传鼓动之用是必要的。但是,专业的戏剧工作者,同时在深入生活的基础上,突破真人真事的限制,对现实做更高的概括,使我们的戏剧中出现越来越多的动人的典型形象,对人民起潜移默化的作用,毕竟是我们主要的能事。

那么是不是一切新闻报道都不能成为戏剧的题材呢?那又不然。

当然有些事件是更带有戏剧性、适于剧作题材的。但广义地说,一切事物都可以成为戏剧的题材,我们没有理由说攀登珠穆朗玛峰不能成为戏剧的题材,也不能说世界乒乓球比赛不能成为戏剧的题材。人类生活的领域已经开始扩大到地球之外的宇宙空间,戏剧的题材只会越来越广阔,而不是越来越狭窄。但是,不论选择什么样的题材来写戏,都不能不掌握戏剧艺术的特点,不能不遵守戏剧艺术的客观规律。否则,写出来的就不是戏,至少不是很好的戏。除了前面说到的,戏剧艺术要创造典型之外,还有戏剧冲突问题也是剧作家们要着意经营的。"没有冲突就没有戏剧",这是我们的常识。但近年来有人觉得这个看法"过时了"。他们有的错误地认为新的社会除了人与自然的矛盾,就不存在矛盾了;有的也承认社会主义社会,如毛主席所分析的,还存在人民内部矛盾,但他们回避这样的矛盾,只写人与自然的矛盾;当然也有人把人民内部矛盾缩小成为领导与被领导的矛盾,但这一情况近来不是主要的,主要的还是不敢写矛盾。也有某些戏剧和电影作品只写新社会积极愉快的生活面和富于新的风格品质的新人物,像电影《今天我休息》《五朵金花》,戏剧《英雄列车》和《为了六十一个阶级弟兄》等,这些作品很少甚至没有人与人之间的矛盾斗争,活动在剧中的多是正面人物,没有一般的对立面。强调写矛盾冲突,是否就排斥了这类题材,贬低了这类戏呢?照我看,提倡题材多样化和强调表现矛盾冲突,并不相犯。只注重巧合、误会而没有严重的矛盾冲突的喜剧是古已有之的,今后也可以作为一个戏剧品种存在和发展下去。但不能因此就认为"今后的戏剧可以不要矛盾冲突,写矛盾冲突是过时了"。那样把问题绝对化倒是妨碍题材的多样化。

我们一定要表现新社会乐观积极的生活面,我们在进行前人所不曾梦想过的伟大事业,在建设一个史无前例的新社会,刻画这一新社会的新戏剧不可能不具有新的面貌,但绝不能认为新社会不经任何阵痛就能在曾经是半殖民地半封建的中国大陆诞生下来,相反地,现在和将来都有许多困难摆在新中国建设者的面前,等待逐一加以克服。

我们是革命的乐观主义者,但我们不是天真的梦想家。我们要鼓舞广大人民的建设热情,但我们要把当前和今后还会存在的矛盾,还待克服的困难告诉人民,提高人民的斗志。人们对于《英雄列车》《为了六十一个阶级弟兄》等一系列的戏是有进一步要求的,这些戏写了一些事,完成了新闻报道式的任务,但没有塑造出鲜明的人物。正因为这样,演员们感到苦痛,即他们费了很大气力,但人物常常树立不起来。

毛主席说过:"没有什么事物是不包含矛盾的,没有矛盾就没有世界。"必须从事件中找出隐藏在它的深处的矛盾,从矛盾的发展中刻画人物性格,塑造出既有共性又有个性的艺术典型。也正是在这个意义上,才能说一切事物都可以成为戏剧的题材。如果谁把攀登珠穆朗玛峰的英雄事迹搬上舞台,而不敢摆脱真人真事的限制,没有通过性格冲突概括出爬山队员们在征服自然过程中的英雄品质,而只是单纯地表现他们如何爬山历险,那就完全没有必要写成剧本,因为爬山队英雄们征服自然险阻登上顶峰的动人事迹,《人民日报》早就告诉我们了,还有十分动人的五彩纪录片。如果不能根据戏剧艺术的规律,在矛盾冲突中更深刻地揭示人物的心灵,塑造出比实际生活中的爬山队员更有普遍意义的艺术典型,我们又何必花那么大的气力把这个众所周知的事情再搬上舞台呢?

人们往往为了回避人与人之间的斗争,而去写人与自然的斗争。但在过去时代人与自然的斗争也常常带有阶级斗争的性质。中国人民过去长期与黄河洪涝等自然灾害做斗争。历代统治者真正能关心河患、采取一定治标措施的不多见,一般的是借河患来剥削人民,加深人民的苦难。国民党反动派一面收治黄捐税,一面在战争中决黄河之堤来淹死人民,破坏生产力。在一九三六年黄河鄄城段出险,微山湖淮河泛滥的时候我曾到徐州看灾区,写了一个剧本叫《洪水》,也涉及了一下治黄的问题。那时候我也痛切地感到,黄河的为患不只是天灾,也是人祸。直到中华人民共和国成立以后人民掌握政权的今天我们才看到黄河的根治。

今天,社会主义建设中人与自然的斗争,包含着重大复杂的社会内容,这是很多同志已经谈到过的。

下面,我想谈谈历史剧。

有些同志因强调反映当前斗争生活为政治服务而轻视历史剧,仿佛因为历史剧只能间接地配合今天的政治斗争,它的地位要低一些,因此曾经有"历史剧不能与现代剧平起平坐"之说,这显然是一种偏激之论,现在也没有人再坚持此说了。也曾有人称现代题材的戏剧为现实剧,仿佛只有现代剧才有现实意义,而历史剧没有现实意义一样。我们很早就反对这样的看法。但这样的看法看来相当根深蒂固,很多人只承认现代题材的戏能反映现实,他们习惯于把题材的现代性和作品的现实意义等同起来,而不知现代性不就是现实性。许多现代题材的戏由于处理的是当代的生活斗争,作者和观众都耳闻目见,容易写得生动真实,也的确有许多是有现实意义的,但也有一些现代剧尽管写的是当前斗争,而现实意义不强,甚至是反现实的。

历史是过去,现代也是明天的历史。过去、现代、未来是有所区别但又不可割断的历史长流,我们要求剧作家以同样的现实主义态度去处理历史题材和现代题材,因此绝不能说对现代题材才要求有现实意义,而对历史题材可以不要求有现实意义。

广大人民对戏剧的要求也不是如此,他们要求有反映当前生活斗争和当代英雄人物的戏,同样要求有写前代生活斗争及英雄人物的戏,好的历史剧对今天人民的教育意义有时不下于现代剧。我们从写明代苏州知府况钟故事的《十五贯》得到了很大的教育,不只是况钟的公忠精敏、为民请命的精神值得学习,就是常州知县过于执泥的官僚主义、主观主义的坏作风也成了我们深刻的反面教材,这不是对历史剧有无现实意义和教育作用的有力回答吗?

俗话说:"观今宜鉴古,无古不成今。"不懂得历史,就不懂得今天,也可以说不懂得如何去建设我们的明天。青年一代历史知识甚少,也被一些简单化的思想所误,对历史不感兴趣,这是很值得忧虑的缺点。如何克服这个缺点是历史教育家的责任,也是剧作家的责任。过去中国老百姓的一些历史知识,除了几部历史小说和唱本之外,主要是通过历史戏得来的。老百姓看历史戏很认真,他们也要求演员们以高度严肃的态度来演出他们所熟悉的历史人物。历史剧是艺术作品,当然不能像要求历史教科书那样要求它。但历史剧也必须大体符合历史的基本真实。过去,许多历史剧很能代表人民的观点,但由于时代和作者世界观的限制,有些历史戏作者对历史掌握不够,有的甚至严重歪曲了历史。我们要求新的史家、戏剧家对过去浩如烟海的史剧或者说历史故事剧进行一次周到的审查,内容好或者无害的历史剧都应当批判地保留下来,有些十分不好的可以去掉或改写,以期有助于正确地对广大人民、对青年一代进行历史教育。

当然,史剧作家的任务不只是传达给人民一些历史知识,认真说,这不是他们的主要任务。史剧作家的主要任务是在于根据历史事实创造出足以教育今天人民的动人的历史人物形象。五千年来伟大的祖国人民进行了多少次壮烈的斗争,产生出无数杰出的儿女,创造了灿烂的文化,对世界产生了巨大的影响。中国戏剧家对反映历史事件和人物有过优异的成就,但还有许多应该写的没有写,或没有写好,特别是直接关系中国人民命运的近百年史,和党领导的新民主主义革命和社会主义革命斗争,我们只接触过极小的一部分题材,还有非常广阔的天地可供史剧作家的才笔纵横驰骋。

中国舞台上演得最多的三国戏、水浒戏,不只以智慧和勇敢教育了人民,其中的人物如赵子龙、武松曾经在义和团一类的运动中成为鼓舞农民战斗意志的军神,就是在一九五八年"大跃进"以来,赵子龙、黄忠、武松,以及《杨家将》中穆桂英的名字也被用为工农业生产红旗单位的称号。

再次,历史剧比起现代剧来有较多的娱乐性。古代的服装、布景、道具和化装都跟今天不一样,还有古代的音乐、舞蹈、语言、歌唱都可以处理得很美丽。人民喜欢好的现代剧,但也比较喜欢历史题材的戏是可以理解的。

但历史剧的几方面的作用中,主要的还是教育鼓舞作用,就是用前代的英雄形象来教育鼓舞今天的人民。以他们的高贵品德作为楷模,从他们的智慧经验得到启发。

要比较成功地创造足以教育鼓舞今天人民的历史人物形象，看来是十分艰苦的工作。首先要求有历史唯物主义观点，其次要求充分占有史料（包含传说），研究分析史料，再次驰骋你的想象。在具体创作实践中也未必要照这样的顺序，可能是观点、史料、想象相互影响、相互刺激的。这里有一个问题，写历史剧要不要生活呢？我看不只写史剧要生活，演史剧也要生活。侯方域写的《马伶传》说昆伶马回回在一次演《鸣凤记》的竞赛中败于李伶之手，便不知到哪里去了。三年后他回到南京再向李伶挑战，结果戏没演完，李伶已经认输，拜马回回为师。原来，马到北京投到当时权相顾秉谦的门下当了三年差，对这权相的语言、动作、精神、气派揣摩得十分细致深刻，因此他有可能惟妙惟肖地创造出严嵩的形象。可知道演好严嵩也不是单凭观点史料和想象能够办到的。拿我自己的经验说，我若没有在抗战时期在国民党统治区搞戏剧运动的生活，就很难写出《关汉卿》的某些场面。

由于党提倡自力更生，发愤图强，勤俭建国的精神，人们从历史上找这种精神的体现者，有的人找到了唐太宗，有的人找到了越王勾践。特别是因勾践从姑苏被释回国有卧薪尝胆的故事，所以很容易被剧作者们选为主题人物。各地一时出现了几十部《卧薪尝胆》剧作。

对这同一历史题材的不同的处理，使越王勾践以不同的面目出现在我们的舞台上。勾践在历史上是一个封建农奴主，他的卧薪尝胆、发愤图强只是为动员全国上下休养生息，战胜吴国，雪会稽之耻，以巩固他的封建统治，和我们今天为人民利益发愤图强有本质的不同。因此古人的思想觉悟不能与今天的我们相比，我们学习古人，也只是取他的某一点，如学勾践只取他的坚忍不拔，完全不应该把这个农奴主过分美化，仿佛他真是与人民同甘苦共患难的"四同干部"。

通过某些描写"卧薪尝胆"的失败之作，我们看到反历史主义倾向一定程度的复活。而这个倾向又是对"古为今用"的简单理解的必然结果，古为今用是从"厚今薄古"衍变来的。"厚今薄古"的提出是完全必要的，但若是把"古为今用"理解为让历史直接为当前政治服务，就必然会走到反历史主义的歧路上去。

在过去跟国民党反动派斗争的时代，剧作家借古喻今、指桑骂槐是难免的，甚至一些史家的著作也采取这样的不得已的手段。但在中华人民共和国成立后的今天就不能再用这样的手段了。这对我们的历史教育不利。

我们一定要以历史主义的态度来从事史剧创作，正确地处理历史题材。不要混淆现代题材和历史题材的界限。倘使在"古为今用"的口号下可以主观主义地任意滥用题材，那还有什么题材的多样化呢？

关于孙犁作品的片断感想

黄秋耘　杜鸿年

一

当我在一个明净的秋日黄昏,从苍茫的田畴上默默地缓步走回家去的时候;当我在一个幽静的月夜里,独个儿凭栏远眺,看着银灰色的山峰在云端浮动的时候;当我在江阔云低的客舟中,忽然听到一支熟悉的深情的乐曲的时候;当我在炎热而尘土飞扬的旅途中遇到一位热情的农村姑娘,她亲切地请我喝一碗清凉而略带甜味的井水的时候;当我蹲在炕头上跟我那位老房东挑灯夜话,听着他恳切而和悦的声音,看着他善良、正直而又有点严肃的面容的时候……不知道是什么原因,我会自然而然地联想起孙犁同志的作品中的某些人物和景象、某些气氛和情调,而在那一刹那,我就感到仿佛有一股暖流灌入我的心。

据我所知,好些读者也和我有着同感,他们都爱读孙犁的作品,而且给这些作品的艺术魅力陶醉了。

我喜爱孙犁的作品。但是对这些作品进行全面研究和综合分析,说出个所以然来,这不是我所能胜任的事情。在下面,我只记下了一些片断的、零碎的感想。

二

我觉得,孙犁的作品,虽然绝大多数都是小说,却有点近似诗歌和音乐那样的艺术魅力,像诗歌和音乐那样打动人心,其中有些篇章,真是可以当作抒情诗来读的,当作抒情乐曲来欣赏的。作家在艺术上所追求的,似乎是一种诗的境界,音乐的境界。假如要拿文学作品来比拟,它们的浪漫主义色彩,使我想起高尔基早期的作品,比方说,《草原的故事》;它们的精致而明丽的笔触,使我想起梅里美;它们的浓郁的诗情和富有风趣的幽默感,又使我想起契诃夫的某些短篇。(在某些方面,孙犁同志可能受过这些作家的影响,但是他已经加以融会贯通,有所发展,有所创造,而形成一种他个人所独有的而且具有民族特色和时代特色的艺术风格了。)当然,这些印象大都是自我的直觉的、粗浅的感受,不一定准确。不过,我问过几位爱读孙犁的作品的同志,他们也有类似的感受。比如有人指出过,像吴召儿和双眉这样的人物形象,像荷花淀和芦花荡这样的生活场景,都是被充分浪漫主义化了的。乍一看起来,好像不大真实,其实这比真实还要真实,比真实还要美。也有人说过,孙犁的作品大都是以抗日战争时期和解放战争时期冀中军民十分艰苦的斗争生活作为题材的,但是它们更多地去歌颂坚定乐观的战斗精神,军民之间和劳动人民之间的阶级友爱,用痛苦换来的欢乐,在战斗中赢得的幸福……这样的浪漫主义精神无疑是健康的、积极的、革命的。

三

孙犁的作品具有强烈的艺术感染力,不错,这不能不归功于他在艺术技巧上的圆熟。单就文学语言而论,也可以看出他的功力深厚,独具匠心。孙犁的文学语言,可以说得上是一种美的语言,它们不但能够准确地表达出作者的思想感情,描绘出鲜明的生活图景,刻画出生动的人物形象,而且还能够赋予作品以一种独特的诗意和艺术魅力。有些好词佳句,例如《铁木前传》开端和结尾的那几段,《芦花荡》和《荷花淀》中那些情景交融的描写,真是写得情意酣畅,色彩鲜明,只要你读过一两遍,就会产生深刻的印象,甚至可以背诵出来。散文的语言,能够这样精熟,有声有色,既多风趣,又富抒情味,确实是不可多得的。

不过,要使作品产生打动人心的艺术感染力,不可能完全依靠艺术技巧,更主要的,还得溯源于作家对人民的热爱,对生活的深情和激情。我们从好些作品中都可以感触到,孙犁同志跟冀中人民有一种血肉相关的战斗感情,一种在长期同甘苦共患难中建立起来的阶级感情。比如在《山地回忆》这一篇中,作者就把这种深情厚谊抒发得淋漓尽致。故事是从阜平乡下有一位农民代表到天津参观,去探访作者,作者想买几尺布送给他开始的。一开头,作者就用饱含感情的笔触写道:

为什么我偏偏想起买布来?因为他身上穿的还是那样一种浅蓝的土靛染的粗布袄褂。这种蓝的颜色,不知道该叫什么蓝,可是它使我想起许多事情,想起在阜平穷山恶水之间度过的三年战斗的岁月,使我记起很多人。这种颜色,我就叫它"阜平蓝"或是"山地蓝"吧。

接下去,他写到自己在打游击的征途上怎样和这家人认识了,并且成了老交情;这家人的闺女妞儿起初怎样责骂他,教训他,后来又心疼他在寒冬里光着脚,给他做了一双新袜子;他怎样帮妞儿的父亲去贩枣,赚了钱给妞儿买了架织布机子。这一切虽然都是些生活琐事,但在作者抒情的笔墨下,又是写得多么亲切啊!这双作为深情厚谊的象征的袜子的下落,也是写得十分动人心弦的:

……从此以后，我走遍山南塞北，那双袜子，整整穿了三年也没有破。一九四五年，我们战胜了日本强盗，我从延安回来，在碛口地方，跳到黄河里去洗了一个澡，一时大意，奔腾的黄水，冲走了我的全部衣物，也冲走了那双袜子。黄河的波浪激荡着我关于敌后几年生活的回忆，激荡着我对那女孩子的纪念。

也许我们这一辈人，谁都或多或少地经历过艰苦的战争生活，受到过战地人民这样或那样的爱护和帮助吧，一读到这些篇章，就会情不自禁地想起许多往事，记起许多故人，回味着那种令人神往的深情厚谊。这些作品的艺术感染力量，我以为主要是建立在这样的基础之上的。作品中最能打动人心的地方，也正是那些焕发着劳动人民的人性美和人情美的地方，那些激荡着强烈的、亲如骨肉的阶级感情的地方。

四

一个作家的艺术风格，尽管已经达到相当成熟的境界，总还是不断发展、不断提高的。从孙犁同志最近的一部作品——写成于一九五六年初夏的《铁木前传》——看来（从此以后，他就病倒了，一直到现在还没有完全恢复健康），他不仅在艺术修养上更趋于圆熟，同时对社会的观察和对生活的认识也更深一层了。从表面上看来，《铁木前传》所着重描写的似乎只是老年人之间的友谊，青年之间的爱情，平静的农村日常生活和劳动，甜蜜而又有点辛酸的童年往事，在人生历程中常常会遇到的一些离合悲欢……可是它的思想意义却是十分深刻的。这部未完成的中篇小说真实地动人地写出了农村在土地改革后的阶级分化，农业合作化初期社会主义和资本主义两条道路的斗争，以及这些变化和斗争怎样渗透到生活的每一个角落中，影响着人与人之间的关系。细心的读者不难看出：黎老东和傅老刚友谊的决裂，六儿和九儿爱情的波折和分离，黎老东和四儿父子间的龃龉，甚至小满儿那种奇特的性格和命运……无一不是和整个社会的阶级关系息息相关。尽管作品中写得比较含蓄蕴藉，但是在深刻和动人的程度上，远非那些浅入浅出、一览无余的作品所能并比。作品一开始就不遗余力地描写木匠黎老东和铁匠傅老刚之间的深厚友谊，那是多么动人的劳动人民的友谊之歌啊！然而，即便是这样真挚、深厚和美好的友谊，这样在长期协同的辛勤劳动中建立起来的友谊，也终于不得不由于阶级分化而趋于决裂，这里所提出的社会问题，正是作者对生活进行了深刻的探索和认真的科学分析（阶级分析）所得出来的结论。作品的深刻的思想意义和严峻的现实主义精神也就在于此。作品的第十二章，也就是写这两位老朋友最后决裂的那一章，几乎一笔一笔都是丝丝入扣、力透纸背的，就连傅老刚最后说的一句话："亲家，我不是到你这里来逃荒啊！"也使我们很自然地回想起鲁迅先生在小说中所惯用的那种写实手法。像这样曲尽幽微、鞭辟入里的笔墨,在作者过去的作品中倒是比较少见的。

如果拿《铁木前传》和《白洋淀纪事》中的某些篇章对照着来看,我们就可以更清楚地看到作家所努力走过来的道路。从双眉(《村歌》中的人物)的身上,我们不是可以看到小满儿的影子吗？从老木匠全福的身上,我们不是可以看到黎老东的影子吗？从吴召儿(《吴召儿》中的女主人公)、妞儿(《山地回忆》中的人物)、小胜儿(《小胜儿》中的人物)这一类女孩子的身上,我们不是可以看到九儿的影子吗？但是《铁木前传》中的这几个人物,写得比他们的"影子"丰满得多、完整得多、有分量得多了,特别是他们的内心世界显得更加丰富了,他们的性格中的社会内容也更加深刻了。从这里就可以看出,作者对生活长期探索、反复玩味的过程,对提炼题材、进行艺术构思所下的勤勉功夫。无论在思想性和艺术性上,《铁木前传》都突破了作者原来的水平,而迈进了新的一步。

如果说,在《白洋淀纪事》的许多篇章中,浪漫主义还是基调,那么,到了《铁木前传》,浪漫主义和现实主义就有了进一步的结合,作品中的现实主义因素有所发展,作品的思想内容也更加深厚了。这标志着作者的艺术风格产生了新的变化,在原来的基础上增添了一些更深沉、更扎实的东西。

五

有些同志认为,孙犁在创作上的艺术成就,固然是值得击节赞赏的,但可惜他的作品太缺乏时代特色了,这大概指的是他较少去正面描写我们时代的巨大斗争生活,而他那种纤丽的笔触和细腻的情调,又和我们这个高歌猛进、挥斥风雷的时代有点不大相称吧。关于这点,我有一些不同的看法。

是的,就孙犁的大多数作品来说,它们比较擅长于描绘生活长河中的一朵浪花,时代激流中的一片微澜,或者是心灵世界中的一星爝火,若是用绘画来比拟,它们近似一幅幅色彩宜人、意境隽永的"斗方白描"。但这样的"斗方白描"也可以从各个方面、各个角度来反映革命历史和现实斗争,如果将它们放在一起来看,又何尝不足以构成一定历史阶段的时代风貌的画卷？在读着《白洋淀纪事》的时候,冀中军民的斗争生活——战争、土地改革、初期的合作化运动,以至农村中的日常生产劳动……不是都历历如绘地展现在我们的眼前吗？这些作品固然有不少都是以"儿女情、家务事、悲欢离合"作为题材的,可是这些"儿女情、家务事、悲欢离合"又是和革命斗争血肉相连、息息相关,我们往往可以从一个人或者一个家庭的命运中看到当时斗争生活的风貌。比如在《嘱咐》这一篇中,作者所写的岂止是一个妻子对即将出发到前方去的丈夫的嘱咐,其实是整个解放区人民对前方战士的庄严的嘱咐,作品深刻动人地体现了人民和军队、后方和前方那种相依为命同生共死的亲密关系。怎么能够说这样的作品缺少时代特色呢?

至于纤丽的笔触和细腻的情调,正是孙犁的艺术风格的特色,我们既然提倡艺术风格多样化,就不应对此责备求全。我们的生活是多姿多彩的,既有烈火狂飙的一面,也有光风霁月的一面;既有铁骑奔腾的一面,也有飞花点翠的一面。如果要全面地反映我们整个时代的风貌,就不仅要容许而且鼓励各种不同的艺术风格百花齐放,各尽所能,"既能以金钲羯鼓写风云变色的壮丽,也能用锦瑟银筝传花前月下的清雅",何况孙犁还是善于"用谈笑从容的态度来描摹风云变幻的"(以上引文均见茅盾:《反映社会主义跃进的时代,推动社会主义时代的跃进!》),稍稍偏重于柔和之美,恐怕还不能算是"白璧微瑕"吧。

六

自然,这并不是说,孙犁的作品没有美中不足的地方,在我看来,他的弱点倒表现在另外一些方面。比方说,出现在他笔下的人物性格是不够多样化的,作品中所反映的生活图景也还不够广阔,因而有些作品就显得重复,前一篇往往好像是后一篇的素材或者雏形,这大概和作者的生活积累还不够丰厚有关,对他的创作来说也是一种局限。若是要求他对我们时代的风貌进行更广泛的描绘和更高度的艺术概括,对人物性格进行更完整、更深刻的刻画,那恐怕还不能完全满足。特别是在长篇小说《风云初记》中,这样的弱点就显得更加触目了。因此,在长期积累生活经验的劳动上,在更深入地观察和研究各式各样错综复杂的矛盾斗争的工作上,作家似乎还有做进一步努力与开拓的余地。

以孙犁同志的艺术才能,以他对待生活和创作的严肃的态度,要想突破这种局限,并不是太困难的事情。在《铁木前传》中,可以看出他已经取得了重大的进展。我们相信,只要他能够早日恢复健康,《铁木后传》和今后的作品一定会写得更加出色的。作为一个忠实的读者,我殷切地期望着!

1965年

热情的鼓励,有力的鞭策
——在《艳阳天》农民读者座谈会上的发言

浩 然

《艳阳天》的第一卷出版以后,我参加了几个座谈会;同时,还收到许多来信。这一次又有机会跟农村的读者交谈,心里边又激动,又高兴。

热情的鼓励,中肯的批评,殷切的希望,是会议和信件的全部内容;而这些又来自工农兵的各方面。真有"听君一席话,胜读十年书"之感。

这个农村读者座谈会,给我启发和教育很大。我生长在农村,也当过基层干部,我知道各位同志该有多么忙,特别在这新的生产"大跃进"和社会主义教育运动里,你们的时间又该是多么宝贵,看这么厚厚的两本书,会耽误你们多少休息和睡眠!你们把它看完了,而且看得那么仔细,实在让我感动。这是因为你们关心社会主义的文学,你们关心自己的文艺工作者。我想起一个战士来信里的一句话,他说:"我们看小说,不是为了消遣和解闷儿;就像每天练刺杀一样,我们要拿起文艺这个武器!"那么作者呢?我们国家里没有一个革命作家是为了"饭碗"而写作的;我们拿起笔来描写我们的新英雄,歌颂我们的胜利,为的是推动革命事业前进。我希望自己的每一篇作品都是真正的阶级斗争的武器。因此,我们时代的作者和读者,完全是一种新型的关系,是同志,是战友!

我刚开始拿起笔来,党就教导我:要跟工农兵结合。我初步这样做了,有时候还觉着做得不错。这一次,同志们的发言启发了我,使我认识到自己做得很差。回想起来,自己不仅深入工农兵生活不够,而且过去只有搜集素材的时候才跟服务的对象结合;在进行创作的时候,不是把自己关进小屋子里,就是在自己的朋友和同事的小圈子里转弯儿;作品出版后也很少去搜集工农兵读者的意见。《艳阳天》的修改过程和出版以后的许多事实教育了我,使我觉悟了。这是实心话。光拿这次农村读者座谈会来说吧,你们的意见该是多么好哇!一个作者最苦闷的事情,一是自己想到的表达不出来或者表达得不深刻;二是意思表达出来了,但不被别人所了解。可是,从同志们对《艳阳天》的意见看来,作者想表达的,你们全看到了;作者没有想到的,你们给指出来了(包括长处和短处)。这一回我找到了最好的、真正的知音和老师!今后,我要做到不仅在积累创作素材的时候跟工农兵结合,而且在创作过程中也要跟工农兵结合,无保留地结合。我正在改下一卷,不能等它出版以后再听你们的意见;原稿改完了,就请你们审阅,你们说改,我就改,你们说行了,我就出版。作品的"验收证",要由工农兵来开。评论家的话也要听,可是,要听真正代表工农兵说话的评论家的话。

  我的感想是很多的。我想,表白不如行动,实际行动才是最实际,也是最可靠的。那么就往后看吧!《艳阳天》的第一卷缺点不少,我想把大家的意见尽可能体现到第二卷里去。等这一卷写完以后,我要长期地深入农村第一线去,改造自己的思想,积累斗争生活素材,并且锻炼艺术表现能力,努力写出不愧于我们这个时代、不辜负同志们期望的作品。

1966 年

《欧阳海之歌》的酝酿和创作
金敬迈

一、学习英雄

一九六〇年军委扩大会议《关于加强军队政治思想工作的决议》,为我人民解放军的革命化现代化建设,制订了一套万年大计。这就是:读毛主席的书,听毛主席的话,照毛主席的指示办事,做毛主席的好战士。这也就是永远突出政治,进一步用当代马克思列宁主义发展的顶峰——毛泽东思想,来武装人民解放军。部队遵照军委的决议,在非常无产阶级化、战斗化的道路上,迈开大步,向前飞跃。正是在这个大好时机,我从战士话剧团演员队调到创作组。按照军委《决议》的要求,"部队的文艺工作……必须密切结合部队的任务和思想情况,为巩固和提高战斗力服务"。领导让我到连队进行锻炼。我在连队当兵、蹲点,和战士们一起学《决议》,先后参加了"两忆三查"运动,创造"四好"连队运动,备战和训练、施工、生产,等等。我曾试着把自己的一些体会写成几个小东西,但大多失败了。这本来是自己思想不过硬、生活不过硬的必然结果。但是,由于自己对此认识不足,反而认为部队现实生活不好反映、难写,思想上很苦恼。

在创作人员文艺整风学习中,我和同志们一起反复地学习毛主席《在延安文艺座谈会上的讲话》。毛主席在讲话中指示我们:"必须到群众中去,必须长期地无条件地全心全意地到工农兵群众中去,到火热的斗争中去,到唯一的最广大最丰富的源泉中去。"毛主席的这一教导,我学过不止一次了,几年来自认为是遵循了毛主席指示去深入生活的,为什么仍然写不出东西来?认真一检查,原来自己没有带着阶级感情学习毛主席的《讲话》,没有在"用"字上狠下功夫,所以对毛主席的这一教导领会不深。下去生活走马观花,往往只看到生活中的一些表面现象,"观察、体验"不深,"研究、分析"更不够。这使我领悟到,要想作为一个毛泽东思想的宣传员,就必须按照毛主席的教导,"把自己的思想感情来一个变化,来一番改造。没有这个变化,没有这个改造,什么事情都是做不好的,都是格格不入的"。

紧接着我回到一个比较熟悉的连队,尽管是同样和他们一起出操上课,但这一次的感受大不相同。三年前在这里结识了一位副班长,记得他总是笑呵呵的,班里来了新兵,他第一个把新战友迎进门来,教他们如何打背包,如何系鞋带。这次去,看见他正在向当年的一个新战士请示工作。原来那个新战士已经担任排长了。他呢?还是当副班长,还是笑呵呵地在教另一批新战友如何打背包,如何系鞋带。事后我问他是怎么想的,他简简单单地回答了六个字:"为人民服务嘛!"

同是在这个连队,我又认识了一个新同志。他是个炊事员,总是闷声不响地光着脚丫子挑水。他是一位家在高山顶上的苗族青年,没有文化。收到家信了,他求别人念;要回信时,也得请别人代写。有一天,家里来信要他别干炊事员了,多学点技术。班长刚把这信念完,他就火了,闷声不响地趴在床沿上,就着小油灯,花了一个来钟头写出他平生的第一封信,信上只有七个字:"这是为人民服务!"

"为人民服务嘛!"和"这是为人民服务!"给了我很大的震动。部队大学毛主席著作以来,涌现出这样一批战士:他们参军前的文化水平不高,能讲出的道理也很少,来到革命队伍后读完的第一本书,就是《为人民服务》。但是,他们学一句,就能用一句,毛主席怎样说,他们就怎样做,全心全意地做,真正做到了毫无自私自利之心。这是六十年代出现的一批新人,从刚刚懂道理起就用毛泽东思想武装起来的新人。

这时,我好像领悟到一点什么东西了,也似乎比较理解我们的战士了。我开始懂得了:不学好毛主席著作,不彻底改造自己的世界观,不努力缩小自己和这些战士思想上的差距,就根本无法理解用毛泽东思想武装起来的新人,更谈不上如何去反映他们。当时我最强烈的愿望不再是急着考虑写什么,而是首先老老实实地蹲下来,跟他们一起学习《为人民服务》。从此,我在连队生活期间,除努力做到"同吃、同住、同操课"外,特别注意了"同学习"。通过学习,我深感到从这些平凡而伟大的战士身上,我能学习到一些最宝贵的东西,而且是一辈子也学不完的。

就在这一年的冬天,正当我在部队参加野营合练的时候,欧阳海舍身救列车的英雄事迹出现了。根据广州部队的指示,我立即转到该部队去生活。在短短的时间内,欧阳海生前的战友向我介绍了他的数以百计的生动的事迹。且不谈他在千钧一发的时刻抢救列车和上房救火、下水救人的英雄行为,就以他在日常工作、生活中的一些平凡的小事来说,也使我激动不已。

一个阴雨天的下午,我在一条简便公路上,参观了欧阳海生前所修的一个涵洞。这是一个很小很小的涵洞,不经同志们指点,过路的行人很难注意到它。在洞口,当我看到欧阳海亲手刻写的"干革命"这三个大字时,思潮翻腾起伏,心情久久不能平静。尽管这只是偏僻山区简便公路上的小涵洞,不是长江大桥,可是欧阳海把它看成是宏伟的社会主义建设不可分割的组成部分。他细心地塑造它,勤勤恳恳地通过这小小的涵洞来为社会主义建设服务,为人民服务;他真心实意地通过"干革命"这三个常见的字,抒发出了一个共产主义战士对待革命事业深厚而崇高的感情。

一九六二年,因工作需要,欧阳海由副排长改任班长。有的同志说把他给"降"了。欧阳海听罢哈哈大笑:"为人民服务,有啥'升'呵'降'的!""干革命""为人民服务",多么熟悉的话呵!这每个字都有千斤分量,代表着最浅,也是最深的革命道理。欧阳海的话,使我想起了那个年年热情接待新战友的副班长,想起了那个每天勤勤恳恳挑水的苗族战士,还想起了许多辛勤为人民服务的干部和战士,他们都在我的脑海中活动起来。我虽然没有看见过欧阳海,但通过同时代很多普通战士的高大形象,我仿佛也看到了欧阳海的音容笑貌,看到了栩栩如生的英雄形象。在这个伟大的共产主义战士面前,我首先感到的是自己和他的思想差距很大,必须很好地向欧阳海学习,以欧阳海同志为榜样,重新学习"老三篇",把世界观这一根本问题来一番认真改造。

经过一个阶段的学习和对欧阳海材料的反复研究,逐渐地,我发现自己起了一些变化,在思想感情上和欧阳海靠近了一些,从而产生了通过文艺作品来表现欧阳海光辉的一生的强烈愿望。

二、理解英雄

有了强烈地表现欧阳海这一英雄人物的愿望,还不等于已经真正理解了欧阳海。学习英雄,理解英雄,也是经过若干次反复,逐步加深的。开始时,对小说的主题思想的设想也比较简单,只是想写欧阳海想当英雄,而不是英雄。后来他知道了怎么才算是英雄,结果成了英雄反而不知道。这时,领导指出:"写英雄,是为了写我们伟大的党,写我们的时代。要通过欧阳海的成长写出部队几年来的变化。"怎样消化和落实领导的这一指示呢?周总理给雷锋同志的题词给了我很大的启发。周总理号召我们要学习雷锋同志:"憎爱分明的阶级立场,言行一致的革命精神,公而忘私的共产主义风格,奋不顾身的无产阶级斗志。"这四句话不也正是对欧阳海同志伟大一生的最高的概括吗?接着我又重温了陶铸政委在"欧阳海班"命名大会上的讲话:"欧阳海同志能够这样牺牲自己,绝不是偶然的,没有党的培养,是不可能的。我们的这个社会制度,会不断出现欧阳海这样的人物!"首长的指示,使我加深了对欧阳海的理解。

在收集材料的过程中,我首先接触到的,是欧阳海对旧社会强烈的阶级仇恨,对新社会的无比热爱。欧阳海的家乡——桂阳县山区,中华人民共和国成立前十分贫困。欧阳海一生下来,给全家带来的不是喜悦,而是"两丁抽一"的威胁。他七岁就冒雪讨饭,小小年纪就担炭沿街叫卖。残酷的阶级压迫,养成了他敢于斗争、毫不妥协的性格。共产党、毛主席把他从水深火热中解放了出来,他对新社会,对党和人民有着深厚的阶级感情。在农村中,他是走合作化道路的积极分子。在部队中,他带着阶级感情耐心地帮助每一个阶级战友。一九六二年,当农村刮起一股黑风,社会主义道路和资本主义道路激烈交锋的时候,欧阳海回去探家,会到了分别多年的哥哥。但是,欧阳海见面的第一句话就是"你忘了本!"。在欧阳海的心目中,从来都是骨肉亲不如阶级亲呵!"憎爱分明的阶级立场",正是欧阳海最鲜明的性格特色。因此,这就要求在作品中,必须首先把欧阳海作为一个阶级的化身来写,写出他朴素而坚定的无产阶级立场,爱憎分明的阶级感情,写他在社会主义时代兴无灭资斗争中成长,这才能如实地反映出欧阳海的本质来。

欧阳海不是战争时期的英雄,是在轰轰烈烈的社会主义革命和社会主义建设时期成长起来的英雄。英雄和英雄行为不是一个抽象的概念,而是打上鲜明的时代和阶级的烙印。英雄形象的高大,不在于他是否"身长丈二,力举千斤",而是在于他的一切言语行动,都是和当时重大的国内、国际事件息息相关的。英雄人物都是在不同岗位上,用自己光辉的行为回答了时代提出的问题。雷锋是这样,欧阳海是这样,大庆、大寨人也是这样。这也就促使我有意识地把欧阳海的成长放在鲜明的时代背景上来描绘,这就有可能使得欧阳海这一艺术形象,不仅是阶级的化身,而且是社会主义时代精神的化身,也就有可能在他身上集中表现出社会主义时代英雄人物的特色来。

作为阶级的化身,时代精神的化身,欧阳海"言行一致的革命精神"的力量是从何而来的?自一九六〇年底部队掀起活学活用毛主席著作的高潮以来,部队广大官兵直接从毛主席著作中吸取精神力量,大大加速了革命化的步伐。欧阳海文化低,学习毛主席著作时有不少字不认识,但他捧着一本《新华字典》,一边认字,一边学习,常常一个人苦学到深夜十一二点,在学习中表现了惊人的顽强和毅力。他带着炽热的阶级感情学习毛主席著作,做到了边学边用,贯彻始终。就在他牺牲时,他的挎包里还珍藏着带着他体温的毛主席著作。毛主席著作,是我们同时代任何一个革命者能够不断进步的力量源泉。要写好英雄,就必须写好欧阳海是如何活学活用毛主席著作的。生活在社会主义时代的欧阳海,十分幸福地直接从毛主席著作中吸取了精神力量,直接用毛泽东思想这一强大的精神武器来改造自己,改造社会,使自己成为一个十分自觉的、目标十分明确的无产阶级战士。正是在毛泽东思想的光辉照耀下,欧阳海才成为一个"身在连队,胸怀世界",时刻关心着世界上三分之二受压迫受剥削的阶级兄弟的命运,一颗红心为全中国人民和全世界人民服务的共产主义战士。这也正是欧阳海不同于过去战争年代英雄人物的一个最主要的特色。

应当把欧阳海写成阶级的化身,应当在小说中体现强烈的时代精神,通过欧阳海的成长充分写出毛泽东思想的威力。这三个方面,开始并不十分明确,经过反复学习毛主席著作,学习军委扩大会议决议,才逐渐领会的。这样,理出了作品的一条思想的红线,也就完成了对欧阳海这一英雄人物的基本理解,形成了作品的构思。这也同时是自己政治水平和思想觉悟进一步提高的过程。

三、表现英雄

(一)真人真事与艺术加工的问题

生活中的欧阳海本人,就是一个光芒四射的共产主义英雄人物。同志们向我讲述了他的一百多个故事,小说中只选用了六十多个。事迹的安排大致保持了原来的顺序,小部分做了一些调整。目前小说中除了《天兵天将》一节写他被救出火坑是虚构的以外,其他都是有真实的生活依据的。英雄的事迹如此动人,事实上也不需要再搞什么虚构的东西了。

小说中写的大多是一些平凡的生活小事,如捡一粒茶籽,买一本书,省一碗饭,等等。我试图通过这些小事来体现英雄人物的阶级感情和毛泽东思想。我认为透过这些"小事",可以显示出我们社会主义的时代风尚。千千万万个好同志,正是在从事这种伟大而平凡的工作,在各自的岗位上埋头苦干,当一颗永不生锈的螺丝钉。尽管他们并没有立下什么"丰功伟绩",可我们的社会主义事业却非常需要这样一些同志。因此,对于欧阳海这一人物是否要进行艺术虚构的关键,在于能否把这些"小事"的伟大意义挖深挖透。英雄本身的行为已充分体现了伟大的共产主义思想品质。所以摆在我面前的课题,不是去重新硬编什么情节,而是力求在现有的动人事迹的基础上,深挖一步,以期保持英雄的本来的面貌。

至于欧阳海周围的一些人物,由于创作上的需要,做了比较多的虚构和艺术加工,也都没有用真实姓名。小说中出现的其他人物,不少是生活中欧阳海的战友,更多的是我几年来深入生活时积累的人物,同时也大量地调用了几年来的生活库存,几乎是把历次在部队中的感受都写进去了。这又一次证明了毛主席所谆谆教导我们的真理:生活是艺术创造的唯一源泉。假如我没有前一段较长时间的参加部队火热的斗争生活,也就没有今天进行虚构和艺术加工的可能。

(二)如何写英雄人物的成长问题

在创作过程中,重学了毛主席关于阶级和阶级斗争的论述,思想上有所提高。我觉得应该用阶级斗争的观点来看今天的现实。社会主义革命是革资产阶级的命,革个人主义的命。写英雄人物就要写他是怎样参加兴无灭资的斗争的,既写他参加社会主义的斗争,改造客观世界,也要写他在自己头脑中进行兴无灭资的斗争,改造主观世界。写和平时期的英雄,脱离开兴无灭资的斗争是不可想象的。英雄人物也正是在不断学习毛主席著作,不断改造自己的过程中成长的。因此,在小说的前半部,我写了欧阳海的争强好胜,一心想当英雄,想冒尖。有人说写了不好,我觉得如果不写,就显示不出党的力量,显示不出这一块好铁,是如何在革命熔炉的冶炼中,克服自己的某些弱点而成为纯钢的,也显示不出我们社会主义制度的优越性。因为正是在社会主义制度下,大搞人的革命化,才使我国人民的精神面貌发生了巨大的变化,欧阳海并不例外。写英雄不是目的,写英雄是为了更好地歌颂我们伟大的时代,伟大的党,所以在小说的前半部坚持了写欧阳海的成长。

但是,由于欧阳海的贫农家庭出身,由于他从小就有了朴素的阶级觉悟,写他的成长,写他成长中的若干缺点,又必须掌握分寸,写得恰当。开始时自己掌握得不够好,写他争强好胜写得过火了一些,带有较浓厚的个人英雄主义的色彩,这就脱离了人物的阶级本质。这是过分追求人物成长前后对比的鲜明性,而忽略了生活的真实性。在领导指出后才改正过来。

(三)如何写出英雄人物的思想高度,也就是如何塑造社会主义时代的新英雄的问题

这个问题实际上是前一个问题的继续。最初,小说写到第五章,欧阳海已经入了党,明白了什么是真正的英雄,确立了为人民服务的世界观,应该说作为一个人民战士,他已经成熟了,接下去写第十章抢救列车,似乎也可以。但是今天的时代,是社会主义时代,今天的英雄是毛泽东思想武装起来的英雄,仅仅写出他个人的成长,还远远不够,必须写出毛泽东思想在他身上所产生的巨大威力。为此,重写了《骨硬心红》,通过欧阳海来描写自力更生和反修的斗争;安排了《火车头》写他如何活学活用毛主席著作,带动后进战士;《家乡行》写他参与国内两条道路的斗争;以及第八、九两章,他正确处理了一场部队内部新旧思想的斗争。试图通过把英雄放在国际国内的重大斗争中、新旧思想的斗争中来考验,来充分展示一个共产主义战士的思想高度。

由于自己的思想水平不高,毛主席著作学习领会得很差,写这些章节也都走过不少弯路。为了在严峻的困难考验中突出欧阳海的形象,我把周围的人物和客观环境都写得够准确。如第五章,曾把修正主义的气焰写得过分嚣张了些;第八章中的后进战士,《家乡行》中的大哥,第八、九两章的薛新文等人物的问题,也都写得过重,这样,虽突出了欧阳海,却过于贬低了上述陪衬人物,对客观环境的描写也有些不够真实了。当时听到的这方面的意见比较多,自己对如何反映反修斗争和处理这一系列人民内部矛盾把握不住。我把这些问题向广州部队政治部文化部领导汇报时,领导给了我很大支持:一方面鼓励我大胆地写,只要方向对头,有真实生活依据,不要怕犯错误,出了问题由领导承担责任;另一方面指示我反复学习《关于正确处理人民内部矛盾的问题》等

文章,力求分寸得当。在毛主席著作的启示下,在领导和同志们的不断帮助下,这些困难逐步得到了克服。但是,如第八、九两章关于欧阳海和薛新文的关系问题,虽然几经修改,至今仍未得到自认为满意的解决。从这里我深深体会到,能否写出英雄思想的高度,根本问题是自己的思想能否过硬的问题,也就是能否活学活用毛主席著作来解决自己世界观的问题。

(四)关于提高技巧的问题

我是话剧创作队伍中的一名新兵,从未写过,也没想到过写小说,技巧问题是摆在面前的又一难关。小说的初稿,对话过多,别人看了说话剧不像话剧,电影不像电影,自己也很苦恼。在创作过程中我深深体会到:明确的主题、丰富的素材固然是创作的灵魂和基础,但是,如果不注意艺术性,语言干巴单调,结构平铺直叙,没有艺术感染力,同样不能"作为团结人民、教育人民,打击敌人、消灭敌人的有力的武器"。

学技巧首先还是向生活学习、向群众学习,反复进行写作实践的过程,也就是锻炼和提高技巧的过程。这部作品中的一些情节安排,以至于不少语言,都是从生活中,从群众中得来的。写出来以后再拿去由群众鉴定,哪些章节他们爱听,哪些他们不爱听,哪些人物、语言他们说像,哪些说不像,我都一一记了下来,经过修改,加工,再念给他们听,批准了,作品这也才算"过关"了。其次是求教于身旁的专业同志,他们极其热心地对我进行帮助指导。我们话剧团创作组的同志、文化部创作组的同志、解放军文艺社和《收获》编辑部的同志等等,都对作品的结构、语言加以详细的指点,有的同志甚至在个别字句上帮助我反复地推敲。为了抓紧时间对基本功进行补课,我阅读和分析了一些作品,特别是在尽可能地找那些描写英雄人物的传记文学和小说进行学习。如《董存瑞的故事》《刘胡兰小传》《黄继光》《杨根思》等作品,学习这些作品是怎样表现英雄人物的思想感情的,是如何写英雄人物成长的过程的。从这些作品中我借鉴和吸取了很多有益的东西。当然,我学习得还很差,又处于"临阵磨枪"的状况,因此,小说在技巧上还有很多不成熟的地方,特别是运用战士和群众的生动形象的语言上很不够,这是需要我今后努力解决的问题。

(五)核实和提高的问题

由于小说是在真人真事的基础上加工的,因此核实材料的工作十分必要。当时我以为核实只不过是核对书中所描写的主要事迹是否有出入,殊不知在核实的过程中,我等于重新生活了一次,找到了创作这部小说的无数的"合作者"。我带着小说初稿下去核实,从军政治委员到欧阳海同班的战友,从县委、公社干部到欧阳海家乡的群众和亲人,我从头到尾念给他们听。这些人或者是和欧阳海朝夕相处,或者是眼看着欧阳海长大的,他们最熟悉、最了解欧阳海,他们是我最好的老师,也是最严格的审稿者。

由于有了初稿,引起了他们很多联想,唤起了他们很多回忆。战士们向我介绍了欧阳海的言谈笑貌、性格特点;领导干部们向我描绘了欧阳海的成长过程,也谈了应该如何反映这一时期部队的精神面貌;欧阳海家乡的群众向我介绍了桂阳县在中华人民共和国成立后生活面貌的巨大变化,介绍了欧阳海入伍前的很多故事,以及农村阶级斗争的面貌,等等。这些都大大地丰富和补充了我的生活,对小说思想性和艺术性的提高起了重要的作用。像这样逐级核实,我一共进行了三次。每改完一遍,就要下去一次;每下去一次,也正是自己重新深入生活,加深对英雄理解的过程。小说前后大改了三次,也全面地核实了两次。这对我来说是个比较艰巨的工作,要不是学习毛主席的《实践论》,明白了"实践、认识、再实践、再认识,这种形式,循环往复以至无穷,而实践和认识之每一循环的内容,都比较地进到了高一级的程度"这一真理,这一所谓"核实"工作,我是做不好的。经过几次核实,凡是了解欧阳海的人,都认为事件上没有什么大的出入,基本上写出了欧阳海的精神面貌。这对自己也是一个很大的鼓励。总之,我觉得这种做法,是创作人员和群众相结合,在创作中走群众路线的一种很好的方式。

以上,就是我学习写作《欧阳海之歌》的一个粗略的过程。

1978 年

革命的现实主义力量
——读近年来的若干短篇小说

洁 泯

现在我们来谈谈现实主义,并且要以此为起点,用以观察我们的文学艺术。不幸的是,我们可珍贵的现实主义传统,特别是革命的现实主义传统,在"四害"横行的时候被糟蹋了。贺拉斯在《诗艺》中所嘲笑过的"在树林里画上海豚,在海浪上画条野猪"的那种文艺,竟在二十世纪七十年代的中国文坛上出现过。自然,"四人帮"的阴谋文艺的要害首先是政治上的极端反动,但是它在艺术上的彻头彻尾的反现实主义,却给文艺带来一股十分恶浊而可怕的空气。他们可以不顾生活的真实而生造故事,也可以违反现实的发展臆造什么主题;他们可以随意创造自天下降的通晓一切"革命道理"的天才,也可以把曾在枪林弹雨和革命的惊涛骇浪中经历过来的老一代的革命家,一律描写成革命的对象。它的荒诞无稽,并不下于"在海浪上画条野猪"那样的可笑。

我们如今葬送了这种文艺,而恢复了文艺的真实性。文艺之所以有认识生活的作用和教育人们的作用,并且之所以有动人的感染力,首先是因为它真实地反映了丰富多彩的现实生活。文学的现实主义原则是真实地反映现实。在批判"四人帮"在文艺问题上各种谬论的时候,一个集中的问题就是要不要现实主义,是真实地反映生活还是歪曲生活。"帮文艺"之所以在艺术上苍白无力,是因为它是虚假的。马克思和恩格斯曾指责那些"形象被夸张了的拉斐尔式的画像",使"一切绘画的真实性都消失了"。恩格斯为了强调现实主义创作,还提醒过"不应该为了观念的东西而忘掉现实主义的东西,为了席勒而忘掉莎士比亚"。如果说革命现实主义和革命浪漫主义的结合有个基础的话,那么这个基础是革命现实主义;革命浪漫主义之所以成为主导,也正因为它植根于革命现实主义的基础上。一切没有现实做基础的想象、幻想、理想,都不过是沙漠上的建筑,是虚无缥缈的云雾。

我们文艺的革命现实主义精神,将因"四人帮"的被粉碎而重整旗鼓。革命的文艺正如燔火之不熄,它的旺盛的生命力是不可估量的。四凶破灭,硝烟甫息,革命文艺的新芽俏枝,就随之破土而出了。以短篇小说来说,近来就有不少苗秀的佳作出现,足以引起人们的兴趣。

这些短篇的题材,大致都同反对"四人帮"的斗争有关。但不论是人物与故事,并无什么雷同的地方,因为它们来自生活的不同方面,反映着绚丽斑斓的众多的生活面,不消说,也就饱含着极浓的生活气息。至于小说的思想内容,常常包容着一些令人深长思之的问题。其间,可以看出我们生活中可喜的一面,自然也还有可悲和可憎的一面。可以说,这些小说展示着生活中尖锐的矛盾,迸发着斗争的火花,由此激起人们不尽的思绪。

在这些小说里,我们集中地看到了矛盾的扭结,就是我们的党和国家的命运的问题,是一个坚持毛主席的路线,周总理的指示,让我们祖国强盛起来,还是按照"四人帮"的意旨,为非作歹,残杀忠良,把我们革命先烈用鲜血换来的河山一旦丧失,回复到旧时代去的问题。不少同志为此而遭迫害,受冤屈,有的甚至献出生命,为人民的利益做出了贡献;也有人左顾右盼地在十字路口徘徊趑趄,或者逃避斗争,寻找避风港;还有少数人为利欲熏心所误,在逆流中投机取巧,亮出了他的卑劣的心。

大家所熟知的《班主任》,它揭示的主题是深刻的。教育下一代,挽救已经堕入深渊中去的青少年,这个现实课题,有着很大的社会吸引力。但是生活告诉我们,对于宋宝琦这类孩子,尹老师可以充耳不闻,学校的空气是唯恐避之不及,这种现象,人们往往习以为常。这里写了一个平凡的老师张俊石,他独有那种知难而进的高度责任感,显示了他在教育战线上中流砥柱的崇高形象。他把教育后代和仇恨"四人帮"并决心肃清它的毒害联系得那么紧密,对我们国家的命运和下一代的成长更是深谋远虑。他在公园里坐着独自思考的一段描写,无疑是一篇向"四人帮"夺还青少年的英勇的挑战书。如果说,我们的时代是英雄辈出的时代,那么张俊石就是教育战线上当之无愧的英雄人物。

作者刘心武的另一篇小说是《没有讲完的课》,它表现了和"四人帮"帮派体系的直接斗争。小说中的徐愫珍和丁朵两个教师,在平凡的岁月里也许是不容易看出什么重大差别的,但是在政治浪潮中分了高下。在抵制还是屈服、迎合"四人帮"意旨的风浪里,徐愫珍的执着和不屈,丁朵的曲意逢迎,分明勾勒了政治上的分野。类似的画面还有张有德的《辣椒》,王双合和李冠一是自小相好的朋友,到了严酷的政治斗争中,能够挺直腰杆的王双合和违背政治良心的李冠一,终于泾渭分明。老农宋大伯的严峻的态度,对李冠一灵魂上的撞击,从作者的意图看来,算是一种惩前毖后的规劝吧?

十一次路线斗争,贯穿在现实生活中,激起了怎样尖锐而复杂的矛盾,于短篇小说中表现得也是比较充分的。吴强的《灵魂的搏斗》(见《上海文艺》),写了一个令人肃然起敬的老干部丁一飞,他在"四人帮"迫害下的庄严的身影,表现了老一辈革命家的崇高气节。《献身》(陆文夫)和《高洁的青松》(王宗汉,见《吉林文艺》)不约而同地以夫妇关系为素材展现了斗争画面。《献身》中的卢一民，在"四人帮"反对第四届人大关于四个现代化的宏伟目标时，以一个正直的革命知识分子姿态出现，坚信科学一定同祖国强盛的命运联结在一起。妻子唐琳的飘然远行，并不能改变他的初衷，他身受迫害，几乎丧命，这一形象在科学战线上有着普遍的典型意义。《高洁的青松》则是写工业战线上的老干部杨建夫，矛盾直接联系着他的妻子陈静一边，杨建夫的降职和陈静的"升官"，宣示着一场正义和丑恶的搏斗。至于《队长、书记，野猫和半截筷子的故事》（王蒙）、《取经》（贾大山，见《河北文艺》）这两篇农业战线上的斗争画面，更显示了两种思想、两个阶级的较量，是美与丑、善与恶的交战。《人民的歌手》（莫伸，见《陕西文艺》）热情歌颂了一个青年歌手以舍生忘死的精神爱戴我们敬爱的周总理的高尚品格。文学作品中描写这个惊涛骇浪的斗争不是偶然的，现实主义艺术必须反映时代的强音，要它不反映是不可能的。所以一点也不奇怪，现在出现的一些引人瞩目的短篇，说明作者对于这个重大问题多么关注。

  自然，可喜的还不只短篇小说的作者们写了这个斗争中足资楷模的人物，从斗争的侧面，还描绘了一组奇瑰的图景。我们看到了《窗口》（莫伸）中的韩玉楠，她为革命而勤学苦练，不因那种恶意的讥讽和打击的"帮风""帮气"所动摇，是我们铁路战线上的一颗小小的红星。茹志鹃的《出山》（见《上海文艺》），故事平凡，但小说中对于万石头的热爱社会主义和敢于同资本主义作风做斗争的精神，写得丰神迥异，画出了劳动人民大公无私的光彩。《丹梅》（叶文玲）写了一个我们仿佛并不陌生的姑娘，她只有为人民服务的心意，并无半点私利和虚荣。当那个杨秘书要把她引向所谓"反潮流"的邪路时，她愤然地辞去了知识青年大会的代表，这个行动，给人们送来了一股异样的芬芳。刘心武还写了一个意味深长的人物邹宇平（《穿米黄色大衣的青年》，见《北京文艺》）。倘说人物的从落后到进步的转变，正是现实生活发展所昭示的一个方面，那么小说的描写不仅无可非议，而且是一个不容忽视的题目。那种认为作品只能以英雄人物为主角的立论，不消说，显然是有悖于"二百"方针的。只要作品的思想和艺术于人们有益，为什么要限制题材的范围以致限制作品中的人物呢？如今刘心武的这篇小说，回答了这个问题。作者写了这一方面的人物并列为主角，对于人物思想转变的情节构思，虽不免有些失之匆忙，但大体是反映了生活的真实。邹宇平一度只是关心自己，注意穿着，但是"四人帮"妄图迫害敬爱的周总理的时候，他奋臂而起，激发了朴素的革命怒火。人民的自觉的革命性常常是为敌人所逼出来的。我们看邹宇平的成长，有一种倍觉亲切之感。这样一些可爱可喜的人，是我们时代的珍宝，比之"四人帮"的所谓"起点要高"的虚假人物，实在不可以道里计。只有真实地反映现实的艺术，才会产生深刻的社会教育作用。

那些短篇小说,还给我们提供了一些为时代的洪流冲击而下的人物。历史是无情的,不能因为他们的灵魂卑微而不去描写他们,现实的矛盾把他们推上了现实斗争的舞台,文学作品不去描写他们,就无异于无视了现实的矛盾。况且,揭示他们的灵魂深处,给人们增长阅历和见识,一样是有益的。

不必说像哈皮敦、谢力甫(《队长、书记、野猫和半截筷子的故事》)这些浸透了"帮风"的反面人物,和马天水式的何必礼(《灵魂的搏斗》)这样的败类,这样的人物,我们是熟悉的。值得深思的是像陈静(《高洁的青松》)这个人物,从一个革命干部堕落为出卖灵魂、出卖丈夫的帮派人物。文学作品中出现这样的人物是先前所少有的。不过作者在处理陈静这个人物时,也颇费心机。她为自己写下了一场悲剧,在小说的最后笔墨里,那个陈静"来回走了三趟了","一个人提着个旅行袋,孤零零地站在路灯底下"。她想回家,但是尽管近在咫尺,她却永远也走不进家门去。这个艺术处理是好的,让这个灵魂留给读者去诅咒吧。《献身》中的唐琳,作者对她离开丈夫是有谴责的,但是毕竟给予了某种宽容,让卢一民和唐琳的重叙,造就了从隔膜进入某种和解的气氛,作者的立意看来是让唐琳去默省自己的内疚,在艺术上也许更符合生活本身吧。自然,他们夫妇关系的前途未卜,读者可以去做自己的猜测。

可是有的作者在谴责这类人物时,也有使用了温和的笔触的,例如《取经》的文笔就是。虽然如此,但也并未掩盖了作者的爱和憎,倒是在读完小说后,那种辛辣的含意也随之溢流而出了,让人们去领受爱和憎的感情。作者对于王清智这个人物,看来是意在使他及早反省,即使是墙头草,也还是寄予改正错误的希望的。

现在我们来谈谈《班主任》中的谢惠敏。

这是一个纯朴的青年,把她放在反面人物中去是不适当的,但是在是非面前,她又远非一个称得上的正面人物。她把穿小碎花衬衫、带褶子的短裙,谁唱什么新歌,都看作是"沾染了资产阶级作风";《青春之歌》《牛虻》这些书,在她看来是"黄书";对于被"四人帮"搞乱了的事物她一律视之为正当。用作者的话说,这些是"'四人帮'在她身上播下的病菌"。所谓纯而又纯,"左"而又"左",生活告诉我们,这其实并非什么真"纯"和真"左"。现实生活中我们可以看到谢惠敏式的人物。但是人们是容易痛责宋宝琦而宽恕谢惠敏的,这很容易理解,谢惠敏没有犯罪,谢惠敏总是个好同学。不过倘说要治理毒害,在某些方面,谢惠敏的改变,可能比宋宝琦还困难一些。作者从生活中塑造出这一个人物的形象,实在有着甚深的社会意义。

读完这些小说,一些问题立刻萦回于我们脑际:为什么我们这个经过了社会主义革命二十多年的国家,却出现宋宝琦这样的小流氓?同"四人帮"的社会基础应不应该联系起来看?怎么改造这些人和怎样才能根本解决这个问题?谢惠敏式的青年究竟怎样才能从"四人帮"的精神枷锁下解放出来？从革命的征途上过来的陈静式的人物，为什么会在"四人帮"面前摇尾乞怜？对有唐琳式的软骨病与投机心理的人，究竟怎样才能驱使他们重新获得对于人格尊严的认识？诸如此类。

自然，这些问题作品是不能解决的，看来要留待人们在社会实践中才能解决。不过，作品提出了问题，引起人们的思索，也就算完成它的使命了。

大约是久不读好小说了，现在看到了这些优秀的短篇，它们掩映着的一抹异彩，使人感到难以抑制的欣喜。自然，这里涉及的只是读到的有限的部分作品，远非当前值得称道的短篇小说的全部。虽然如此，但也可以看出短篇小说这片园林的茂盛气象了。对于这新气象，有心人都会用足够的热情去估计它们的成就。不过，我们今天来不及去评述它们的不足之处了，因为这是次要的；作品的主要方面是它们触及了时代的脉搏，真实地描写了现实。那些小说里面写了张俊石、丁一飞、杨建夫、卢一民、徐愫珍、李黑牛这样的人物，他们在六十年代的文学作品里是没有也不可能出现的，到了七十年代才呈现出他们的英姿。我们过去熟悉的文学作品中的人物如梁生宝、李双双、杨子荣、秦德贵等等，这些形象自然也长存于人们的心中，但是他们的精神面貌所刻上的时代的阶段性，也是很显然的。七十年代出现的新人物，已经不只是这样的面貌了。现实生活已经向我们的作家提出了塑造新人物的新课题。同样，像王清智、李冠一、何必礼、陈静、唐琳、丁朵这另一类的形象，过去文学作品中也是不曾有过的。但是读者对他们并不陌生，因为人们在生活中已经见到过他们。

一些现实生活中的新主题和新题材，常常需要作家在艺术上不断地探索才能丰满起来。二十多年前文学作品在描写工人阶级的问题上，也曾经经历了艰苦的艺术实践的探索过程。今天文学艺术在探索批判"四人帮"这个重大的新主题时，文艺家们做出了不少可贵的艺术尝试，戏剧工作者在塑造无产阶级革命家和革命的新人物等方面，做出了新的示范；我们的短篇小说作者，在反映多样的题材方面，展示了丰富多彩的斗争画面，描绘了我们曾经熟悉的但是比之生活更集中、更强烈、更典型的人物。这些良好的艺术上的探索的开端，这些已经达到的和可以想象将要达到的成就，正显示了我们的文学艺术和革命现实主义的思想力量和艺术力量。

（文中作品未注明出处的，均见《人民文学》）

> 1979 年

关于《大墙下的红玉兰》的通信
孙犁　从维熙

维熙同志：

你以前来信,叫我注意你在《收获》上发表的作品,我是记着的。我收到刊物也比较早,翻了一下,你的小说是写监狱生活的,而老干部的遭遇又不幸,我就惘然地又把书本合上了。书放在准备阅读的书中间,告诉家人不要拿走,但一直没顾得看。昨天上午收到你挂号寄来的刊物,我知道这是对我无声的督促,不能再拖了,从下午开始阅读,晚上读到十一点。我平日是八点半就上床睡觉的,不敢再多看。留下两节,今天早上读完。

我读书很慢,但是逐字逐句认真去读的。文字排印上还有些技术问题,不一一指出了。第二十页"看透这层窗户纸,葛翎血如潮涌","葛翎"二字应是"路威"之误。

你的小说能一下子就把我吸引住。它的生活的真实背景、情节的紧凑衔接、人物的矛盾冲突,都证明你近来在小说艺术探索方面的努力和成就,是非同一般、非同小可的。我一直兴奋地高兴地读下去,欲罢不能,中间有些朋友来访,我拿着书本对他们说:"从维熙这些年进步很快,小说写得真好!"你反映的是一个时代的、生活方面的真实面貌。对那两个运动员的描写,使我深深感动,并认为他们的生活遭遇、思想感情是典型化了的,是美的灵魂,是美的形象。但是,你的终篇,是一个悲剧。我看到最后,心情很沉重。我不反对写悲剧结局,其实,这篇作品完全可以跳出这个悲剧结局。也许这个写法,更符合当时的现实和要求。我想,就是当时,也完全可以叫善与美的力量,当场击败那邪恶的力量的。战胜他们,并不减低小说的感染力,而可以使读者掩卷后,情绪更昂扬。

我不是对你进行说教,也不反对任何真实地反映我们时代悲剧的作品。这只是因为老年人容易感伤,在现实生活中见到的,或亲身体验的不幸,已经不少,不愿再在文学艺术上去重读它。这一点,我想是不能为你所理解的吧?

我当继续读你的新作品。

专此,祝

全家安好

孙犁
四月廿七日下午

孙犁同志:

从西影修改电影剧本回来,从许多来信中,抽出您的来信,先睹为快了。

读着您的来信,我心情十分激动。您对小说的赞誉,我理解是对我的鼓励和鞭策,是对我提出更严格的要求,并不是小说真正写出了水平。您在信中提到小说悲剧性结局问题,使我感到有许多话想和您说……

从我是个文学婴儿,牙牙学语、蹒跚学步时起,您就是我敬爱的文学前辈和引路老师,对您谈谈自己的一些想法,您是会理解的,因此,写起来像和您促膝谈心,心中十分愉快而毫无顾忌……

我也是很怕看悲剧的,小时候常因看一些悲恸的小说和诗歌而落泪。唐代大诗人杜甫诗中"朱门酒肉臭,路有冻死骨"的名句,变成自己头脑中的一幅画面时,也能使我黯然神伤。中华人民共和国成立那年,我年纪刚刚十六岁,看见我们伟大的党驱散满天阴霾,中国的天空豁然开朗,我和绍棠这一代少年,是怀着怎样一颗狂跳的赤子之心,欢呼中国革命的伟大胜利呵!

激情的泪水变成文字——这就是最早我们呈现给您看过的小说。虽然,这些作品分量轻些,却如早晨喇叭花上滚动的露珠,清新透明。那是从我们童年心河里流淌出来的真情水花。您把这些东西发表在您主编的报刊上,成为我们文学初步的领路老师。

但就是这样对党一往情深的青年作者,一九五七年也没有被放过去,和文学创作的同辈人——燕祥、绍棠、友梅、蓝翎、王蒙……一起被划为"右派",当时的市文联青年创作力量,几乎是全军覆灭。我们像黎明时滑落向四面八方的星斗,陨落到每个人应当去的那些地方。

二十年的时间,我当过煤矿、铁矿工人,当过车工、铣工、化工、农田工、园艺工,从农业干到工业,从旱田干到水田。在"四人帮"制造的这场十年浩劫中,我辗转在"大墙"内外,接触到了许多我从来接触不到的人物:被抛进"大墙"里的真正的共产党员,品格高尚的革命青年,执行政策的劳改干部,以及形形色色的社会渣滓。这就是出现在《大墙下的红玉兰》小说中的葛翎、路威、高欣这样的社会中坚,和章龙喜、马玉麟、俞大龙一类的人物。我在作品中,尽量保留这些生活原型,其中个别人物,我在小说中不但忠实地描绘了他的音容笑貌,连极其细微的手势动作,也写进了字里行间。

处理这样的题材,我心里不是没有余悸的。但是当我想到万恶的"四人帮"无所不用其极地折磨革命者——特别是老一代革命者的时候,我的勇气油然而生。我力图从社会的最底层,较深刻地写出当时路线斗争的实质,而这场极其尖锐复杂的生死搏斗中,那些社会渣滓,充当了"四人帮"的最好帮手。这绝不是作者根据概念图解政治,而是这个特殊年代的历史真实。沈阳市公安局副局长刘丽英(女同志),被"四人帮"投进监狱之后,"四人帮"的喽啰派一个被判处死刑的杀人犯看管、折磨她,叫死囚在共产党员身上立功,这不但是无产阶级专政性质的根本颠倒,而且是令人不能容忍的法西斯暴行。最近,报纸上刊载女共产党员张志新被"四人帮"残酷枪决一事,更加使人触目惊心。读这篇报道时,我的心在跳,血在涌,悲愤的泪水盈满我的双眼——我深感《大墙下的红玉兰》没能写出应有的深度来,对不起许多被"四人帮"折磨而死的革命者。

诚然,要写这样题材的小说,笔力是比较难掌握的。但最近《光明日报》特约评论员在一篇文章中,说得很好:题材无禁区,作家有立场。一个深爱社会主义国家的作家,手中的笔是受马列文艺观所制约的,正因为自己坚信这一点,自己写了《大墙下的红玉兰》这个中篇,对某些题材禁区进行了冲刺。

小说发表之后,收到了许多同志来信,比较一致地赞誉了这篇东西,这给了我莫大的鼓励和支持。荒煤同志读完小说后,立刻打电话给北影,北影同志马上给我往西影(当时我在西影改剧本)打来长途电话,表示愿意从小说直接分镜头拍摄《大墙下的红玉兰》。使我深受感动的是,许多读了小说的同志,为葛翎这个人物默然泪下,为葛翎所受的折磨满腔怒火。六十二岁的老导演葛鑫同志对我说:"我是很少落泪的,但读《大墙下的红玉兰》我掉泪了!这不是伤痕的泪水,而是仇视'四人帮'的泪水!我老伴读到下半夜两点,再也不能入睡,一直失眠到天亮!"

孙犁同志,我想这不是我的作品的艺术功力所致——我只不过写了"四人帮"屠杀革命者罪行的沧海一粟——而是通过小说使许多同志,联想起刚刚流逝过去的那个年代中的许多事情,更加痛恨吃人不吐骨头的衣冠禽兽——"四人帮"。

泪水是可以分成许多种的,有悲泣的泪水,有愤慨的泪水。悲悲凄凄的伤痕作品,我无意去追求。但是在特定的历史条件下,悲而壮,慨而慷,给人以鼓舞力量,给人以美好情操的东西,还是我力求的。我们伟大的人民,在党的领导下与"四人帮"的斗争,是一场极其复杂而艰苦的斗争,不付出牺牲,是不可思议的。因而我写了在那样一个典型环境中的悲剧性收尾。

我很怕写悲剧,写时感情上是非常痛苦的。写到葛翎在"引黄"大堤上被折磨,特别是写到葛翎攀梯子去摘那一两枝探进墙头的玉兰花时，自己如攀登高山峻岭，心在战栗——因为我热爱葛翎这样纯粹的共产党员。我是多么希望他能活下来，跟随华主席进行伟大的、新的长征呵！

孙犁同志，这么多年，您一直鼓励我在文学上刻苦登攀。山西前辈作家马烽、西戎、胡正、郑怀礼等同志，在"四人帮"最猖獗的年代，置风险于不顾，把我从靠近"大墙"的地方调了出来，也希望我在文学创作上有所作为。因此，我倍感手里这支笔的分量。前辈作家的希望，同辈作家的督促，读者的鼓励，都使我感到很大的压力。我只有竭尽生命的全部热能，努力追赶时间，争取写出无愧于时代的作品，才能不辜负大家的希望。

《大墙下的红玉兰》后几节写得略散了些，将来我修订时要再作润色。《十月》今年第一期，发表了我另一个中篇《第十个弹孔》，这是《大墙下的红玉兰》的姊妹篇，希望您能给我一些指点。

给敬爱的艺术前辈写信，心里怎么想就怎么写了。我希望您仍把我当成文苑中学步的婴儿，给我批评指正。

正给上影搞《大墙下的红玉兰》，紧张过后，我想去天津看看您，因为我惦记着您的身体健康！祝您夏安！

从维熙
六月于北京

乔光朴是一个典型

刘锡诚

青年作者蒋子龙的新作《乔厂长上任记》是一篇难得的优秀小说。作者笔下的主要人物乔光朴,电器公司经理,自愿要求到两年六个月完不成国家计划的电机厂去当厂长。上任伊始,他就披荆斩棘,大刀阔斧地整顿企业。他的精神面貌,他的所作所为,使许久以来已经变得相当陌生的,我们党在革命战争时期的那种革命精神、革命干劲、革命情操,又复活起来了。我们无意夸大某一篇短篇小说在整个文学领域的地位和作用,要概括一个时代的生活面貌,塑造出有划时代意义的艺术典型,自然还有待于中长篇小说作者们的创作实践;但我们也无须否认,《乔厂长上任记》是正当社会主义现代化建设开始的时候文学创作领域里具有重要意义的一篇力作。它的不可低估的积极意义,甚至不仅表现在对文学创作本身的推动与发展上,而更重要的也许是表现在对现实生活的能动的影响上。

一

小说的主要成就在于为我们塑造了乔光朴这样一个在新时期现代化建设中焕发出革命青春的闯将的典型形象。现代化建设是一场深刻的革命,无论就其深刻性与广泛性而言,这场革命比起过去的任何革命来,都是毫不逊色的。革命需要英雄,时代需要主角。文学应该塑造出新的英雄人物来,激励人民群众奋勇向前,建设美好的明天。过去革命中的英雄,并不都是当前这场深刻的革命中的"当然英雄",如果把乔光朴看作是一个体现着时代精神的当代英雄,我以为并不为过。

乔光朴这个典型,至少是由这样一些性格特征构成的:他无私无畏,既没有躺在过去的光荣资历上自吹自擂,裹足不前,也不借"四人帮"给自己身上留下的创伤、泼上的污水而哀叹不已,而是义无反顾地全神贯注了现代化建设,表现出一个革命共产党人的党性、高度事业心和责任感;他富有果断而进取的性格,不拘泥于现成的陈规旧章,敢于破除现代迷信的精神束缚,从实际出发研究新情况,解决新问题,而且言必信,行必果,雷厉风行,具有革新家的雄心和信念;他既经受过革命战争的洗礼,对事物有强烈的爱憎,又受过正式的高等教育,懂得经济规律,通晓社会主义工业管理之道,对金属学、材料力学等技术知识也有所研究;他不是迂腐的书生,也不是空喊革命口号的政治家,而是智勇双全的、富有实干精神的企业家;他有常人都有的喜怒哀乐、七情六欲,有自己独特的精神生活以及处理爱情和婚姻问题的方式,有自己的爱好乐趣。作者笔下的这个典型的出现,是对我国革命现实主义文学的一个贡献。当然,随着现实生活进入了一个新的历史时期,作家们还可能而且必然塑造出各种各样的当代英雄来充实我们的文学画廊,如工人、农民、知识分子、基层干部中的英雄人物,但乔光朴无疑是其中的一员,而且是极早出现于文学作品中的成功的典型形象之一。

作为一个艺术形象,乔光朴虽然与《机电局长的一天》中的霍大道的形象有某些相似的特点——有必要指出,作家应当把自己笔下的形象的重复看作是创作道路上的禁忌——但细细玩味起来,则突出地感到作者在塑造乔光朴这个当代英雄,刻画他的个性特征时,不仅付出了艰辛的劳动,而且做出了可贵而有益的探索。

经过提炼的艺术情节,构成人物性格的历史。典型化的情节和巧妙的构思,往往能使人物的性格鲜明、集中、突出、令人难忘。作者在这篇小说里十分注意选择若干典型化了的情节,以显示乔光朴性格中有典型意义的特点。作品一开头,乔光朴毛遂自荐,自愿请行,甘立军令状的一段情节,给人以非同凡响的艺术效果,勾勒出一个不仅忧国忧民而且用自己的行动和一腔热血拯救祖国于落后混乱局面的共产党人形象的轮廓。这种毛遂自荐的举动,在社会生活中也许会引起某些人的讥笑或嫉妒,可是在机电局的会议室里引起的却是意外和震惊。那个在《机电局长的一天》里就为读者所熟悉的徐进亭副局长就惊诧地说:"光朴,你是真的,还是开玩笑?"乔光朴的举动之所以出人意料,是因为以他现在所处的地位,在这世风日下的特殊时代里,在某些人看来已经是一个享清福的"美缺"了,而要去电机厂当厂长无疑是自讨苦吃,甚至是自我毁灭。乔光朴却逆潮流而上,宁愿放弃这样的"美缺",走一条泥泞、崎岖、艰难而且充满了危险的道路。这一情节的处理,使乔光朴的形象从画布上突现出来。在这里我们看到的乔光朴,是在经历过一场大动乱之后,许多人由于受林彪、"四人帮"之害导致出现神经萎缩的时候,一个仍然不屈不挠地冲锋的战士。

乔光朴上任后,在极其复杂的矛盾中,抓了几件大事。如果从整顿工厂的实际需要来要求,也许乔光朴的做法有人会提出若干质疑,而使作者处于非常尴尬的境地;但凡是略知文学的性质和职能的人,大概不会提出这样超出一个作家所能做到的要求,工业整顿和工厂管理的问题,应当由经济领导和研究部门去解决。作者在小说里塑造的是一个文学形象,他遵从文学创作典型化的原则,完全可以忽略一些现实中存在或可能存在而在艺术创作中可以忽略的事情,而只选取一些能够描绘出人物性格及其发展的事情。这就是为什么作者在写乔光朴上任厂长之后,没有写批判林彪、"四人帮"的三个战役,没有写如何传达贯彻党中央的整顿工业的每一个指示、文件,而只写了大考核、大评议,成立编余的"服务大队",初步整肃工人队伍中的无政府主义思想,撤换前厂长冀申,提拔年轻有为的郗望北当主管生产的副厂长,改造干部队伍("往后光靠混饭吃不行!"),抓产品质量,制订明年计划,等等。作者所选取的是最能体现出人物性格特征的事件,使他的人物在这些事件的进程中充分显露自己特殊的个性,而通过这个特殊的个性去体现出社会生活的普遍性。这就是艺术的辩证法。这些情节在开拓乔光朴作为一个大厂的厂长的魄力和革新家的特征方面,起了决定性的作用。作为一个区县局级领导干部,四化建设的闯将,只有战士的勇敢和韧性是远远不够的;在这个形象身上,革命精神、才干、魄力、知识、智慧和斗争是结合在一起的。他是一个讨厌恐惧、怀疑、阿谀奉承、互相戒备,抓起生产来每个毛孔里都是心眼,浑身是胆的无产阶级实干家、企业家。

任何有成就的小说作家,都重视对人物精神面貌的挖掘,努力刻画人物的灵魂。蒋子龙在写他的时代的闯将的时候,赋予了他的人物以鲜明的时代特点,使他不同于过去文学上出现的类似的人物。由于庸俗社会学理论的影响,不少作者在写这类人物时,往往把英雄人物写成只知吃苦流汗,不知有精神生活的机器人。这种倾向在反映工业战线的作品中表现得尤为严重。而乔光朴则不同,在他的精神面貌上,处处显露着时代的印记和鲜明的个性。比如乔光朴在党委会上突然宣布已与童贞完婚,看起来近乎荒诞、轻率,却不失为作者的艺术奇想,因为这件事本身既表现出乔光朴的果断,又表现出他的深谋远虑,这样一来,可以让童贞全心全意地辅助他开展工作,而不必再顾虑那些"杀人"的谣言。又比如,他在同童贞的谈话中,表现出他的思想境界的高远非凡。他思考的是,如果电机厂这样的企业老是一副烂摊子,国家的现代化岂不成为画饼!他从不喜欢站在旁边敲边鼓,而喜欢当主角。他敢于摸世界最先进的工业国家的机电工业发展的脉搏。他蔑视政治衰老病和精神萎缩症,他不仅千方百计地试图点燃起石敢这个党委书记心中的革命朝气之火,而且事实上也点燃了童贞心中的革命朝气之火,使她感奋起来。他的名言是:"雄心是不取决于年岁的,正像青春不一定属于黑发人,也不见得随白发而消失。"

十九世纪中叶,车尔尼雪夫斯基写出了拉赫美托夫这个典型后,他的一个同时代人曾说:"车尔尼雪夫斯基……似乎在利用这个……形象从阴森森的监狱中对我们说'这就是俄罗斯现在特别需要的真正的人,效法他吧,如果能够做到,就走他的道路吧,因为对我们来说,这是能够引导我们达到我们所希望的目标的唯一道路'。"时代虽然不可同日而语,但这话用在乔光朴身上,大约是非常恰当的。乔光朴是我们今天搞现代化建设特别需要的人,是中华民族从"四人帮"的惨重破坏中得以振兴所特别需要的人。我们的生活里,有许许多多庸庸碌碌,思想僵化,口头上马列主义,在新事物面前畏缩不前,不求有功但求无过,无所作为,用蜗牛壳把自己保护起来免受不测的攻击,没有革命的事业心,没有雄心壮志,不为人民、国家、民族的前途命运思虑,只为自己和妻子儿女操心的官僚主义者在领导四化建设,他们就像小说里写的冀申以及那个秃顶的行政科长那样,与其说是在干革命,不如说是在"混"革命更恰当。读者们面对着这样一些生活中的人物感到无奈的时候,在文学作品中一下子接触到乔厂长这样的以四化建设为己任的英雄人物,他们是何等兴奋呵!

二

粉碎"四人帮"以来,文学恢复了写人的命运的现实主义原则,是一件冲破教条主义文艺理论束缚和创作禁区的好事,应当加以充分肯定。但一个时期以来,文学评论文章较多地阐发高尔基关于"文学是人学"的观点,又有可能把文学创作引向另一个错误的极端。诚然,文学以人为描写对象,但不应忘记,这个作为文学描写对象的人,是社会的人。文学还有一个任务:反映社会,提出社会问题。这是列宁提出的一个命题,我们不能忽略或有丝毫的曲解。

《乔厂长上任记》的另一成就,正是表现在反映社会生活的深刻性方面,在一定程度上如实地再现了粉碎"四人帮"之后一段时间里我国社会生活中复杂的现实关系,刻画了几个在这现实关系的蜘蛛网上活动着的各色人等,如石敢,如童贞,如冀申,如郗望北,如杜兵。短篇小说毕竟是短篇小说,它的取材角度、容量、人物,都得受到体裁本身规律的制约,不能期望它能在更大的范围内再现生活的全部复杂性。但作者没有忽视在有限的篇幅里尽可能地真实描绘出这现实关系的一端或几端,读者则可从这一端或几端而见社会生活的全貌。作品所反映的时间是一九七八年六、七月间,其时思想上政治上对林彪、"四人帮"的批判固然取得了很大的胜利,但理论上路线上一些重大是非还没有划清界限,"凡是派"以"砍旗"为名掀起一股逆流,于是出现了真理标准问题的大讨论。党中央提出号召要我们思想更解放一点、胆子要更大一点、办法要更多一点、步子要更快一点,从现代迷信和各种习惯势力的禁锢下解放出来。在经济领域里,生产关系的某些方面严重地阻碍着生产力的解放,企业管理上问题很多,按劳分配的社会主义原则被曲解和破坏,工人队伍里的无政府主义思潮相当严重,由于种种原因老干部敢于大胆抓工作的还不是很多,加上官僚主义和不正之风的蔓延,总之,林彪、"四人帮"的流毒充分暴露出来,使工厂长期完不成计划,就如小说里乔光朴进厂后碰到的那个局面:一个"大难杂乱"的"烂摊子"——"千奇百怪的矛盾,五花八门的问题"。工人思想混乱,一些人失去了过去崇拜的偶像,一下子连信仰也没有了,连民族自尊心和社会主义的自豪感都没有了,群众像一盘散沙。干部几乎是三套班子:一年以前的一批,"文化大革命"起来的一批,冀申到厂后又搞了自己的班子。在这个杂乱无章的蜘蛛网上活动着的头面人物冀申,既是一个看风投机的风派人物,又是一个道道地地的所谓官僚派。他到电机厂并不是为了把电机工业的混乱局面扭转过来,而是把厂长的位子看作是一个"肥缺",可以作为晋升的手段,他不仅没有花费精力于生产建设,连那批到乔厂长家里要求复官的中层干部都没有落实政策(后来乔光朴把他们编入服务大队是量才录用,无可非议)。他的长处是精通七十年代的关系学,"在全市是个有特殊神通的人":他靠谣言、猜测和小道消息审时度势,决定行止;靠翻阅报刊、文件提口号,搞中心,开展运动,领导生产。面对这样一个寄生虫,乔光朴当然要扳掉他,靠这样的人怎么能实现四化?后来他偷偷摸摸爬进了外贸局,仍然养尊处优,吃了饭不干事。粉碎"四人帮"已经两年多,各项政策都不落实(经济政策姑且不说)。过去的"十二把尖刀"四散在各个角落,好钢不能用在刀刃上。童贞有理想、有技术、有计划,但没有被摆在能发挥作用的岗位上。郗望北的问题还没有"解脱",他既然上与"四人帮"一伙没有私人关系,运动中又没有搞过打砸抢,为什么长期关起来"停职审查"不予解放?年轻人,应允许他们犯错误,允许他们改正错误,这是党的一贯方针。揪着不放,对谁有利?杜兵一类工人,号称"鬼怪式",开车床六年没有动闸把,不知膏油孔为何物,车好的叶片随地乱扔。有人指责小说不批林彪、"四人帮",这些现象以及这种现实关系的形成,不就是林彪、"四人帮"为非作歹的恶果吗?正是对这样的一种现实关系的真实描绘,才使乔光朴这个人物的出现不使我们感到是天上掉下来的神物,而是"乱世"中产生的"英雄"。

三

作者以真正艺术家的勇气提出了一些生活中的有深刻意义的社会问题,以鲜明的爱憎"干预"了生活,甚至以独特的方式描绘了自己的"理想国"。

例如,作者通过乔光朴这个艺术形象向读者展示出他的这样一个政治见解:在当今的大工业生产中,搞多头领导的结果是无人负责,公文划圈、议而不决、决而不行的官僚主义作风严重地束缚着生产力的解放,必须实行乔光朴那样的厂长负责制,即列宁主张的一长制,才能迅速扭转生产中的无政府状态,才能适应大工业生产的规律。

又如,作者把乔光朴写成一个受过高等教育,一九五七年又在彼得格勒电力工厂担任过助理厂长的人物,他有现代技术知识的修养,又懂得现代企业管理中的均衡生产、标准化、系列化等等。但他还缺乏现代发达国家的技术知识和管理知识,他还准备出国去考察一下。现实生活中有很多勤勤恳恳、胸有大局的厂长,曾在社会主义企业管理上干出了大事业,干得有声有色,贡献突出,人民是感激他们的。但生活中也不乏庸庸碌碌、鼠目寸光、不学无术而又刚愎自用之辈,他们既不懂技术,也不懂管理,干了十年、二十年、三十年的厂长,仍然是个外行,却大言不惭地喊着外行能够领导内行的信条,把生产搞得一团糟。如果我们的理解不错的话,作者通过具体的艺术描绘向读者强调了这样一个思想,即一个大厂的厂长必须是像乔光朴那样具有现代科技知识和管理才能的人才能胜任。

再如作者设计的"服务大队",在现实生活中也许会碰到重重的困难和阻力,但是面对着人浮于事、机构臃肿、层次繁杂的局面,小说不是也可以对我们当前正在进行的调整、改革、整顿、提高有参考的价值吗?

文学的职责不仅仅是消极地反映生活,还应能动地推动生活、促进生活。文学要干预生活,要文学不干预生活是不可能的,不是这样干预,就是那样干预。而《乔厂长上任记》由于塑造了乔光朴这样一个形象,已经在生活中起了干预的作用:人们在街谈巷议,在效法,在学习。

四

《乔厂长上任记》并不是一篇没有缺点的作品。正常地探讨其中的弱点,肯定是一件有益的工作。但不能攻其一点,不及其余,上纲上线,全盘否定。说到小说的缺点,最突出的莫过于作者为乔光朴安排的环境过分顺利了些,对他的命运的处理也未免过分乐观了些。事实上乔光朴上任之后的困难,绝不会比小说作者所设想的来得简单,也绝不是通过一次大考核、搞一个服务大队、批评一个杜兵所能解决的。乔厂长决心一下,只要大刀阔斧,问题就能迎刃而解了?不见得。在这一点,应当说还不是充分现实主义的。如果作另一种设想,乔光朴在电机厂遇到更多的麻烦或更大的困难,他虽然尽心竭力最终一筹莫展,或遭受失败的考验,甚至导致悲剧结局,也许比收到几封控告信更符合实际生活发展的逻辑,因而也更具有振聋发聩的感人力量和教育作用。作者虽然写了乔光朴与童贞的无可厚非的爱情生活,但我们感到,乔光朴的精神世界仍然显得苍白了一些。只写或侧重写他如何势如破竹地解决工厂的问题,喊一些政治口号,发表一些激昂慷慨的演说,终究不免露出某种熟悉的写作程式的影响的破绽,而使他的性格的丰满和形象的成就受到限制。

郗望北是一个争议最大的人物,这种争议之所以出现,除去作品以外的因素,恐怕这个形象本身存在的缺点,不能不引起作者的注意。郗望北是造反派头头,如果把他脸谱化,或把他写成"四人帮"的小爬虫、代理人,那就未免落入俗套。作者没有选择这样一条省力的道路,而是把他写成一个当过造反派头头,已经回到革命路线上来,又有工作能力的青年干部。作者的匠心应该得到肯定。而事实上也绝不是所有造反派都是坏人。但问题是后来乔光朴起用他和他的管理才能的发挥,缺乏必然的生活逻辑,起码是前面对他的性格交代不清,铺垫不够,致使读者读到后来令人确有大惑不解之感。从这一点来看,郗望北的形象是小说中最不成功的形象。

任何事物都不可能是完美的,这些艺术创造上的缺点,不应当改变这篇小说的成就和价值的基本估价。

1980年

独树一帜
——评高晓声的小说
谢永旺

一

高晓声写农村生活题材,别开生面。他的作品是独树一帜的。

他第一篇引人注目的小说是《李顺大造屋》(《雨花》一九七九年七月号)。随后又陆续读到他的一些新作,越来越感到他的作品深刻、浑厚、质朴、凝重,风格独特。这些作品有《"漏斗户"主》《漫长的一天》《拣珍珠》《柳塘镇猪市》等(依次见于一九七九年《钟山》第二期、《人民文学》八月号、《北京文艺》九月号、《雨花》十月号)。在短篇小说创作中,高晓声是一位重要的开拓者。

在《系心带》这篇小说里,有这样几段话值得玩味:"总以为被丢进大海里淹死了,结果双脚却站在坚实的土地上。""生活好像要结束了,其实它永远不会结束。不过是被推移到了一个新的站头,向你展示出另一方面而已。""这里的人民已经把他像纸鸢一样放到一个位置上了,而他也习惯于让人民用一根线牵住他,使他能够固定在那个位置上……即使他这次走了再没有机会回来,他也不会忘记这个地方永远是他的起点。他和人民的关系将始终千里姻缘一线牵,这一条红绸丝带将随时传递双方脉搏的跳动。"(见《上海文学》一九七九年十一月号)作品写的是受林彪、"四人帮"迫害的一位科学家落实政策后将要离开农村回城时的一段沉思和回想。作品中的人物当然并不是作者自己,但不妨把这些话看作是作者的自白。这对我们理解他的作品是有帮助的,因为,作者也曾被"丢进大海里""双脚却站在坚实的土地上"了。我以为是这样。

高晓声是二十世纪五十年代初的一位"文学新人"。然而不幸,由于他和几位同道者主张创作要有探求精神,要揭示生活的新矛盾新问题,大胆干预生活,最终被一场疾风暴雨推出了文学界,打到了生活的最底层。他在文学方面沉默了二十二年,但沉默并不就是创作生命的结束。"艰难困苦,玉汝于成。"他像一颗种子,在人民生活的深厚土壤里默默地吸取营养和水分,正像他自己说的,在农村"交了几个患难朋友""命运相同,呼吸与共"(《也算"经验"》,《青春》一九七九年十一月号),因此,当阳光重新温暖祖国大地，春风吹拂文艺园林的时候，他重新执笔，创作的激情就像开闸的河水一般喷涌。他怀着深沉的感情，写他那些"患难朋友"的命运、他们的欢乐和痛苦、他们善良的灵魂和高尚的精神境界、他们的愿望和要求。他写得很成功，在描写农村生活的作者中，他登上了新的阶梯。

二

高晓声的小说大多取材于农村的日常生活。他的创作的聚光灯所集中照射的是人，人的命运。他致力于在人的命运中探求生活的真理，概括深厚的历史内容。这种探求是清醒的、严峻的，同时又是热切的、充满激情的。

农村生活从来不像过去的有些作品所写的那样，是"江南春色浓于酒"一类的田园诗，在农村实现社会主义，又是经历了多少风风雨雨、惊涛骇浪！过去那种模式化的对农村阶级斗争的描写，远远没有反映出农村的真实。高晓声用自己的眼睛，正视严峻的生活，正视那些牵动着千百万农民群众切身利益的生活问题，深情地关注他们的境遇和命运，探索他们在坎坷的生活道路上精神世界的变化，并从这里反映出我们农村的兴衰际遇和令人深思的历史经验。

《李顺大造屋》写的是盖房。翻身农民盖房子本来是平常事，然而在李顺大这个忠厚老实的农民身上，围绕着盖房问题却演出了触目惊心的悲喜剧。中华人民共和国成立后，只有一间草房的李顺大，下决心靠自己一家的辛勤劳动和节衣缩食盖三间砖瓦房。经过六年的努力，他果然置办了三间屋的建筑材料。可是，那股席卷全国的热风吹来，他的砖头造了炼铁炉，木料做了推土车，瓦片上了集体猪舍的屋顶。他确曾"肉疼得簌簌流泪"，但他相信天下大同的幸福即将到来，又"异常快慰"。不久，曾经是轰轰烈烈的战场留下来的却是倒塌的炼铁炉和丢弃在荒滩上的推土车，当他去凭吊的时候，不禁"想起了六年的心血和汗水，想起了饿着肚皮省下来的粮食，想起了从儿子手里夺下来的糖块，想起了被耽误了的妹妹的青春……"他流下了辛酸的泪水。李顺大的命运毕竟是和社会主义事业联在一起的。当我们搞社会主义时，他又一次积攒了盖房的钱款。谁知一场"红色风暴"，"造反的当权派和当权的造反派"又一次"革"掉了他的希望，使他又经历了一次大痛苦。直到一九七七年冬，乾坤初转，几经周折和碰壁，他的造屋理想才真正地有了实现的可能。然而在他去运砖的时候，还不得不"顺应潮流"，以血汗换来的"礼品"作为贿赂。在欢乐与忧愁的交替中，李顺大这个人物如此逼真、动人地站在我们面前，使我们不仅看到他脸上深深的皱纹，而且感到了他内心的跳动和颤抖。这些叙述和描写都是紧紧地放在颠来倒去不断变化的时代环境中的，放在农村社会的巨大历史背景下的，因而具有强烈的历史感和现实性。小说的笔法平静而幽默,夹叙夹议,娓娓道来,然而又是渗透着酸苦的泪水,痛乎言之。

时代不同了,李顺大虽然同样善良而勤劳,但他不是闰土。闰土的命运是悲惨而绝望的,而李顺大则仍怀有希望,所以他对党是忠诚的。但是,他虽然有条件可以掌握自己的命运,可命运又是多么曲折!爱其善良,悯其坎坷,从而激发了我们心头的巨大责任感。这就是这篇小说力量之所在。

《"漏斗户"主》写的是吃饭问题。有人可能要责怪:"农民吃饭还成问题吗?"请不要一概而论。小说中的农民陈奂生就愁吃饭。原因很简单,他的口粮不够吃。怎么不够吃的?作者以他丰富的农村知识,精细地一笔一笔地写得清清楚楚,热心于农村社会学和统计学、关心农村政策问题的读者可以去读,读了会长见识的。而作者所着力的,却在于满怀情意地刻画这位普通社员的心理和思绪。"他总是低着头,默默地劳动,默默地走路。他从不叫苦,也从不透露心思,但看着他的样子,没有一个人不清楚,他想的只有一样东西,就是粮食。有些黄昏,他也到相好的人家去闲逛,两手插在裤袋里,低着头默默坐着,整整坐半夜,不说一句话,把主人的心都坐酸了,叫人不由得产生'他吃过晚饭没有?'的猜测,由衷地发出一声轻微的叹息。而他则猛醒过来,拔腿就走,让主人关门睡觉。这样的时候,总给别人带来一种深沉的忧郁,好像隔着关了的大门,还听得到夜空中传来他的饥肠辘辘声。"这是一方面。另一方面,陈奂生对农村粮食问题以及与粮食有关的诸如什么是社会主义、什么是资本主义的见解,又是何等正确而丰富!然而没有人要听。如果他托人写信把真实情况向上反映,还会落得"永世不得翻身"的悲惨下场,因为那时"事实是为需要服务的",凡是不能证明社会主义形势大好的就都"不是事实"。十年颠三倒四、倏忽万变的政策在陈奂生他们心上的投影太浓了,十年浩劫给农民群众带来的苦难太大了!直到一九七八年秋收分配,这个问题才初步得到解决。当大堆的粮食真正分到农民手里时,陈奂生他们心头的冰块才真正消融。作品不追求离奇的故事情节,不做血淋淋的描写,只从日常的实际生活,把那艰难岁月中农民的境遇和情绪活生生地端了出来,达到了震撼人心的艺术效果。我们读过不少揭露和控诉林彪、"四人帮"的作品,但写农民的生活实情又写得这样真实、这样深沉、这样痛切的,却很罕见。农民栉风沐雨,春种秋收,以辛勤的汗水养育着我们,而他们有些人却经历着如此不堪的遭遇!作品巨大的现实主义力量使我们震动,使我们醒悟,使我们振奋。

高晓声忠实于现实,他不做过去习以为常的"金桥""天堂""恩情"等浮泛、廉价的歌颂,而是真实地刻画了农民和党的血肉联系,表现了他们即使在不幸中也从不动摇的对社会主义的信心。高晓声忠实于现实,他从根本上破除了那种对政策的拥护者为先进、怀疑者为落后、反对者为富裕中农、破坏者为地富反革命之类的公式,而把笔触伸向农村中人的命运,解剖农村的生活,探求我们的社会到底给群众带来什么样的真实利益,又有哪些东西损伤了他们的幸福,这就不但帮助我们清醒起来,而且含蕴着强大的感召力量,呼唤我们关心人民的疾苦,爱护人民的利益,为改变人民的贫困生活而斗争。

三

高晓声的作品尖锐地提出了农村的社会问题,但不同于我们有时见到的那种"问题小说"。那种小说往往观点多于形象,它们引人思索,却未必感人肺腑。

这是因为,高晓声着力于写人,写人的内心世界。这是因为,高晓声对农民爱得深,看得真,理解得透。

农村劳动人民勤劳淳朴的美德和坚强的生命力,是高晓声现实主义的源泉。即使是李顺大和陈奂生,经历了那么多沉重的忧患,他们的脊梁骨仍然是挺着的,他们对党和社会主义事业始终有着深厚的感情。写普通的农民,写普通农民身上的高尚的精神世界,写他们的美好品德在艰难的岁月里或庸俗习气的浸染下仍不失其动人的光泽,可以说是高晓声小说创作的另一特色。

李顺大和陈奂生这样的农民,是顶天立地、高大完美的英雄人物吗?显然不是。是一眼盯住个人的狭小利益不放的落后人物吗?也不是。简单的、形而上学的人物分类法不适用于文学的现实主义。作家应当从无比生动、无比丰富、无比复杂的生活本身,去提炼、去概括、去把握人物的多种多样的性格。像一切成功的、有典型意义的艺术形象一样,李顺大和陈奂生都有着自己的独特经历和性格特点,但都是我们走进任何一个村口都会碰到的那种人。他们朴实、善良、厚道,就像他们脚下的大地那样实实在在。他们同社会主义有某种天然的联系(所谓朴素的阶级感情),有基本的思想觉悟(用作者的语言,所谓"跟跟派")。他们自己以及亲戚朋友、街坊四邻们在旧社会的苦难历史,决定他们"没有办法怀念过去""能够寄托希望的只有现在"。所以,陈奂生"既不松劲,也不抱怨""仍旧是响当当的劳动力,仍旧是像青鱼一样,尾巴一扇,往前直蹿的积极分子"。当然,"这使同情他的人十分心痛"。他只知贡献,一点儿不肯做伤害社会、难为别人的事情,即使不得不到市场上卖五斤米换点盐吃的时候,也要"跑到老远,还总觉得像有人拿着保险刀片在一小块一小块割他的心"。李顺大要圆通些,心思复杂些,但老书记退职后和他相约,请他做第一个不拉私人关系的人,他高兴地照办。后来不得不买几条好烟才把退赔给他的砖头运出砖厂时,他羞愧,不敢告诉老书记。他觉得这是"腐蚀别人"的事,"他的灵魂不得安宁,有时候半夜醒过来,想起这件事,总要骂自己说:'唉,我总该变得好些呀!'"在由于"四人帮"的破坏而世风日下的年月里,这种精神简直令我们肃然起敬了。作品洋溢着对农民美好灵魂的挚爱,因此尽管揭示了人物的诸多不幸和一些社会问题的不易解决,我们仍然感到人民的力量,感到我们社会的前途是光明的。

《一支唱不完的歌》为农村中的先进人物画出了较为生动的图像(见《钟山》一九七九年第四期)。《拣珍珠》则把劳动人民的灵魂的美升华了,全篇闪耀着诗意的强烈光彩,而又与那种"莺歌燕舞"式的粉饰决然不同。这一篇写的是婚姻问题。婚姻从来不是必须鄙夷的"儿女情",而是普通人生活中的大事。写新婚之夜必须去夜战,或将新床作为苗床而终夜不眠,以显示人物之先进,不过是些对生活的歪曲和嘲弄。从婚姻问题上的悲与喜、乐与愁,也可以鲜明地看出人,看出社会,看出光明与黑暗、良善与邪恶、高尚与庸俗的搏斗。这篇小说中李国明的母亲李大婶的形象很出色。像民间传说中那些善良的母亲一样,李大婶没有一丝儿私心。孩子国明十七岁了,舅舅介绍他去学手艺,说只要讨得师傅的欢心就学得到本领,李大婶想了三天三夜回绝了,她不爱"讨人欢喜"那一套。国明二十五岁了,家里没有人当工人挣钱,被人看不起,找对象困难,舅舅说托人找干部说说情、请请客、送送礼,设法送个孩子上工厂吧,李大婶又想了三天三夜,回绝了,她做不来那种"锅屑灰涂心"的事情。但现实终究不是这个清爽人家所希望的那样清爽。若干年来,庸俗的社会风气弥漫开来,毒化生活,侵蚀人们的心灵。许多姑娘家攀干部,找工人,鄙视农民,国明的对象也退亲了,这使李大婶十分忧愁。就在这种情势下,作品笔锋一转,酣畅淋漓地描绘了妇女主任刘新华和李国明的似乎突然而其实并不突然的爱情。刘新华已经到了再不结婚就算"耽误"的年龄了,她还没有认真想过自己的婚事,然而就在帮助李大婶解决儿子婚姻问题的过程中,她忽然发现,李国明正是她没有特别瞩目过,但是可以信托的一颗闪光的明珠。刘新华和李国明都是普通人,同时又是珍珠般闪光的新人。而这样的珍珠,在农村到处都是。灰尘掩不住耀人的光华,问题是你有没有一双善于发现的眼睛。表现农村爱情题材的作品不算少,但这篇作品把农民的爱情写得如此质朴、深沉、贴心,如此具有我们民族的女性性格的美,也是一颗闪光的珍珠啊。作品的构思,重点在"拣",也就是发现,有哲理性。读了这篇小说,犹如经历了"蓦然回首,那人却在灯火阑珊处"的境界。

我想起已故诗人、理论家何其芳同志的一个精辟的论断:"那些最能激动人的作品常常是不仅描写了残酷的现实,而且同时也放射着诗的光辉。这种诗的光辉或者表现在作品中的正面的人物和行为上,或者是同某些人物和行为结合在一起的作者的理想的闪耀,或者来自从平凡而卑微的生活的深处发现了崇高的事物,或者就是从对于消极的否定的现象的深刻而热情的揭露中也可以透射出来……总之,这是生活中本来存在的东西。这也是文学艺术里面不可缺少的因素。这并不是虚伪地美化生活,而是有理想的作家,在心里燃烧着火一样的爱和憎的作家,必然会在生活中发现、感到,并且非把它们表现出来不可的东西。所以,我们说一个作品没有诗,几乎就是没有深刻的内容的同义语。"(《论〈红楼梦〉》)我赞成这样的美学观点。高晓声也正是一位有理想的、从平凡的生活深处发现崇高事物而不是给生活以廉价的赞美和虚伪的粉饰的作家,他的作品饱含着魅人的诗情画意和泥土的芳香。

四

《周华英求职》(《安徽文学》一九七九年十一月号),读后未免有低沉压抑之感。作品写农村小镇上一位妇女谋求职业的一段痛苦经历。作者描写了周华英这个被生活的困苦挤到角落里的人物,意在通过她的遭遇,从一个侧面展示种种世相。这不仅是无可非议的,而且正显示了作者敢于正视生活的严肃态度。但是大概由于作者过于突出了周华英的善良——善良到懦弱、糊涂甚至混混沌沌的地步,而且看来她将不易逃脱不幸的命运,因而使人感到过于低沉而缺少应有的感奋。不过,作品对人物关系的描写(正是人物关系组成了具体的社会环境),有值得称道之处。周华英所要求的,无非是得到公社干部早已答应她的一个就职的机会。她的要求合情合理,她的困境使人同情。然而,她的工作虽然曾经安排过,但品质恶劣的民政股长拿自己的儿子把她顶替了。公社姚书记明知李股长掉了包,不敢也不便于揭露,因为李股长不是孤立地存在着的,"咸淡多少大家蘸点,要揭他还牵动大局呢"。以特殊理由破例安排了吧,也不行!"百分之七八十头面人物都会紧跟上来,找到种种特殊理由去安排他们的小舅子和鬼孙子,表嫂子直到破鞋子……类似的事情过去发生过何止一次?"姚书记生活在这样的现实环境之中,只好用"研究研究"的空话搪塞了事;周华英生活在这样的现实环境之中,只得等下去,再等下去。最后,我们听到周华英内心的呼喊:"让我的希望快点实现吧,我实在等不下去了啊!"我们的心都紧缩了。小说的气氛是黯淡的,按我们的心情来说,希望明亮些,然而这是现实的一角,是我们社会生活中阴暗面的一个侧影。我们不能不叹服作者的现实主义态度。由这里我们看到,作品在接触到我们社会现实生活中的缺陷、弱点、阴暗面的时候,不单单归结为个别品行不良的人为非作歹,而是通过环境和人物的真实描写,作为社会问题提出来,引起疗救的注意。

这样,我们就接触到高晓声小说的另一特色。他总是把他的人物放在社会现实的种种关系之中,放在由人物关系组成的社会环境之中。也就是说,人物的思想情绪和行为总是受到社会条件的制约,总是同环绕他们、限制他们的社会环境密不可分地联系着的。他不人为地割碎生活,不把人物简单化,不把现实简单化。作品中的生活世界是完整的,就像是在实际生活中是完整的一样。因此,作品的内容深厚,耐人寻思。

《漫长的一天》是一篇出色的作品。小说中的公社书记刘和生,比那个姚书记好得多,是个有所作为的干部。他的党性一再鼓起他的勇气,要快刀斩乱麻,解决工作中头绪纷繁的矛盾,然而"乱麻"不是死物,决不会静待他去"斩",而是活生生的社会消极力量。它们一层一层地缠他,力图使他无所作为。在这种缠绕中,公社书记的一天过去了,漫长而烦闷。要解决问题,把生活推进一步,难啊。可贵的是这位书记没有心灰意冷,决心"让明天有一个新的开始"。尽管那些"乱麻"还会来缠的,第二天可能又是一个"漫长的一天",但生活前进的脚步终究不会停止。一篇不足万字的小说,写了县、公社、大队诸色人等的几层关系,互相制约,上下掣肘,像麻团一样千丝万缕地纠缠着、牵扯着,内容真实而丰富。公社书记刘和生是千万个朴实忠诚、脚踏实地的农村实干家中的一个。他不是什么"叱咤风云"的英雄,他这样的人是和虚假的"浪漫主义"绝缘的,他是一个忠于党的事业的朴朴素素的共产党员,他在进行着和过去年代不同形式的艰苦的斗争。他是一个使人同情又令人感佩的人物,他战斗得很艰苦,但是我们从他身上看到了希望,他遭到的腐败事物的缠绕毕竟是暂时的,他必将战胜它们。

高晓声对于社会矛盾的解剖是深刻的。他不停留在事物的表面,他决不皮相地把生活中的消极现象仅仅归罪于单个人。因而他的这类作品就和我们当前出现的某些近乎"谴责小说"的作品有质的区别。唯有探索生活的底蕴,唯有从纷繁的世相中洞察人物命运的社会根源,唯有从一时的生活现象中看到生活发展的规律,这样的作品才可能是坚实的,才会具有现实主义的感人力量。

五

同内容的浑厚、坚实相适应,作品的文笔朴素而凝重,很有表现力。作者注意小说形式的群众化和民族特点,又有所创新。不尚华丽的铺陈,不作夸张的饰词,行文多用叙述,喜爱白描手法。叙述中,有时融合精辟、幽默以及讽刺性的议论;白描中,间或糅进细密的心理分析和刻画。叙述和描写交错使用,往往以相当简练的笔墨就勾勒出人物的性格特点和内心世界。他笔下的人物,有自己的鲜明个性。李顺大和陈奂生都是善良、勤劳、质朴的农民,但李顺大显得精明而通达,陈奂生则由于长期缺粮造成精神负担,深思寡语,憨直而拙讷,两个人物的性格差异十分显著。《周华英求职》和《漫长的一天》里的公社书记都是好人,但一个圆滑消沉,一个积极进取,而又绝不类型化。《柳塘镇猪市》中,干练、遇事理出一个头绪就果断行动的书记张炳生,活泼、为了求得复工机会不得不讨好上司但仍洁身自爱的女推销员刘玉梅,都活灵活现,呼之欲出;就是那三个供销社干部,也以其拥护好领导、应付坏领导的不同方式,几笔就点染出个性色彩。此外,江南平原地区农村的风俗画面和生活场景,历历如在目前,引人入胜。所有这些,都显示了高晓声不平常的艺术才能,形成了他特有的坚实的风格。

在《也算"经验"》这篇短文里,作者讲了一个很别致的小故事:"摆渡"。其中说:作家要"以真情实意享渡客,并愿渡客以真情实意报之"。又说:"创作同摆渡一样,目的都是把人渡到彼岸去。"高晓声正是这样一位创作态度严肃、有庄严的责任感的勤于探求的作家。在重新执笔的一年间,他已经为我们贡献出许多独树一帜的篇什,相信在八十年代的第一个年头,他会取得更大的成就。

关于《许茂和他的女儿们》的通信

周扬　沙汀

沙汀同志：

殷白同志寄给我他写的一篇评论，推荐了蜀中一位值得注目的新作家周克芹同志的长篇小说《许茂和他的女儿们》。他对这篇小说热情称赞，他的文章是有分析的，写得也生动，没有像某些评论文章的那种公式化、八股气。我已读了这部长篇的大部分，的确是一部引人入胜的书。故事发生的时间是在一九七五年我国人民和"四人帮"激烈斗争中的一个短暂的曲折时刻，地点是四川的一个偏僻的农村。历史背景回溯到农业合作化初期，展示了从那时以来的时代风云的变幻莫测和农村新旧势力的反复斗争，描绘了各种人物之间错综复杂的关系。每个人物的面貌都不相同，亲近如父女之间、姐妹之间的关系，也由于每个人的性格、遭遇和觉悟水平的不同，心灵深处各藏有自己的秘密，彼此也并不能完全开诚相见。人物的命运，和当时我们整个国家的命运一样，走在坎坷不平的道路上。他们的生活中经受了多少的颠簸，心中有多少良好的愿望，他们的思想感情又是多么丰富啊。作者对农村环境和人物个性的描绘是栩栩如生的。谁能说农村不是一个广阔的天地呢？谁能说这些普通的每天从事平凡劳动的农村男女特别是青年男女不是足以震撼大地的伟大力量？当然，我并不是说这部小说已经充分地把农村的广阔天地展现在我们面前了，但是无论如何，已使我们多少看到了这片令人神往的天地，看见了在其中活跃的一些充满活力的可爱的人物。小说也描写了我们农村中、社会中的不少消极面、阴暗面，但并不给人以消沉的感觉，相反给人以鼓舞的力量。这是我们现实生活中所蕴藏的无穷潜力。我们的文艺作品应当努力表现劳动人民中的这种真正的力量。

这篇作品中是否发议论和抒情的词句多了一点，就是说写得太显露了一点，不够含蓄，给读者的想象没有留下足够的余地呢？这是值得作者考虑的。但有一点我是相信的，作者抒发的是自己的真情实感，所以不论怎样，它还是能够感动人的。

我还没有看完这部长篇，我现在谈的只是读后一点初步的印象。我将很快地把它读完，然后再通盘思索一番。

现在我把殷白的评论文章和发表在《内江三十年文学作品》上的这篇小说统寄给您看。我看的是《红岩》上转载的据说稍有修改的本子，您如有时间，可以对照再看一遍。您对四川的作家，包括这位年轻作家，想必有所了解。您对故乡的人情风俗，都很娴熟,您创作上又素来以现实主义手法见长,您是最有资格来评论这篇小说的。我盼望能听到您的宝贵意见。

发现人才,爱惜人才,十分重要。爱惜人才不只要热情鼓励,还要严格要求。对有希望、有才能的作家,也不能乱捧,乱捧只有害处。

殷白同志的文章,请您阅后转罗荪同志,看能否在《文艺报》上摘要发表,以引起大家的注意。我觉得《文艺报》应该更多地注意地方上的作品。

此致

敬礼!

周扬

二月三日

周扬同志:

花了两三天工夫,总算把周克芹同志的长篇小说《许茂和他的女儿们》读完了。的确是本好书,无怪《红岩》编辑部、《四川文学》编辑部都先后向我推荐,您又特别寄来《沱江文艺》特刊和殷白同志根据这个特辑版本写的文章,并告诉我您读了大部分后的感想和对作品的初步评价。我读完全书后的印象是,它不只是一年来反映在"四人帮"阵阵妖风横扫下四川农村生活的佳作,就从三十年来反映农村生活的长篇说,也相当难得。因为尽管还不能说它已经达到某些早有定评的名著的水平,但也有所突破。

这部小说,可以说是为中国农民写的一首颂歌,他们是热爱党的,愿意走社会主义道路的。尽管"四人帮"不断刮起的妖风弄得他们困苦不堪,疑虑重重,他们却都情不自禁地缅怀土地改革、合作化高潮那些兴旺年代。作者写了他们善良、朴实的一面,同时也写了他们的坚强和巧于抵制邪恶势力的侵犯。群众在一次会上对郑百如大吹大擂的冷漠态度,以及暗中支持金东水和代理支书大搞"两面政权"就是明证。至于许茂老头儿的自私自利,投机倒把,那是"四人帮"的走卒把生产糟蹋得不成样子,把农民的生活摆布得难以过活的结果。为此,当一个由靠边站的县委女同志颜少春领起工作组来到了葫芦坝,开始除旧布新时,他也逐渐清醒过来,对他一向视同路人的女婿金东水和他大女儿两个遗孤产生了应有的爱怜之情。而且,因为感到羞惭,他尽力回避那些为了集体利益活跃在葫芦坝工地上的人。

许茂的刻画是成功的。被风派人物打下台的支部书记金东水的形象虽然还欠丰满,却也有血有肉,不是概念化的人物。就是那个反面人物郑百如,作者也没有简单行事,把他漫画化。我们不妨说,全书十来个人物,例如三辣手夫妇、七姑娘许真、九姑娘许琴等等,也都性格鲜明,写得不错。这既需要生活,也需要一定政治思想水平和写作才能才办得到。当然,写得最好,最叫人同情的是四姐许秀云,她是郑百如被糟蹋、被侮辱的前妻,又是前支部书记金东水的小姨子。而主要的故事,就是在一场政治风暴中,从这三个人物之间的关系上发生和发展起来的。特别得提一句,金东水在郑百如不断陷害下,尽管妻子病死,房舍焚毁,那个最小的遗孤,也在流言蜚语中被迫从许秀云抚养下领回来自己照顾,处境十分困难,但他对党所领导的社会主义农业的信心毫不动摇!他日夜为解决水利问题设计蓝图。

这本小说有它自己的特点,主要方面也就是我前面说的有所突破。它对农业生产方面写得不多,也没有着重写群众运动,作者把他的注意力主要集中在许茂同他两三个女儿和两位女婿的个人遭际上,写他们在那些灾难年月里的悲欢离合和对生活的思考。可以说,故事主要是以四姑娘许秀云为中心展开的,因为她的遭遇最惨,牵涉的方面也多,特别牵涉金东水和郑百如这两个在思想、政治、作风等方面尖锐对立的人物,而前者是铁铮铮的丈夫,名实相符的共产党人,后者则是流氓加恶棍的双料坏蛋!

全书结构,除开后面一部分,一般说也相当谨严,经历的时间无非一二十天,故事就结束了。这主要是作者抓住了一个个较好的时机:正当我们党和国家在长期动乱中出现转机的一九七五年冬;许茂正准备过生日;许秀云同郑百如离婚不久;一个新的工作组即将到葫芦坝。这后一点很重要,因为它引起了群众的揣测,特别是风派人物郑百如的嗅觉更灵敏了:担心政治气候会有变化,于是为了堵塞漏洞,大耍流氓手段。

在今年二月六日《人民日报》五版有一篇介绍《许茂和他的女儿们》的文章,不知您看过没有?刚才我又找来翻了翻,作为简介,基本上我觉得不错。但是,它丝毫没有触及作品的弱点和不足之处,这不大好。首先,全文倒数第二段的说法,我就认为值得商讨。

我的看法恰好同晓凡同志相反,而同您的意见倒比较一致,觉得这部小说的缺点之一,正在于作者用"哲理性的抒情笔调"来刻画人物的内心世界,至少是太多了!您知道,我是在所谓十九世纪俄罗斯文学的染缸里泡过来的,特别推崇托尔斯泰,因此,我一向以为,作家应该从所选择、塑造的人物自己的生活、性格和处境出发来刻画人物的内心世界,判断么,让读者去作,更不必担心他们不会了解作者的政治思想倾向。可是《许茂和他的女儿们》中人物的内心世界,乃至人物在一定条件下的所作所为,作者似乎总喜欢解释一番,评价几句。由作者出面评价、解释人物的思想和作为,当然并非绝对不行,但是得看情况,而且要适可而止。有些篇章,作者是用讲故事的口气写的,有些地方,又是用的第三人称。在前一种情况下,作家不妨有所选择地发表意见,在后一种情况下可得慎重行事。

当然,我上面提出的看法可能是一偏之见,而且正像您说的那样,作者抒发的是自己的真实感情，它将增强作品对读者的感染力量。我说一偏之见，因为正如来信所说，我在创作上长期倾向于现实主义，喜欢写得含蓄一些，自己从不轻易在作品中流露感情，抒发己见。但正如茅盾同志指出过的那样，有时含蓄过甚，致使读者猝难理解。由此可见，即或含蓄是优点吧，用过头了，也会变成缺点。这个道理我想同样适用于用抒情笔调刻画人物的表现手法。我希望我的这些意见不致有碍于周克芹同志通过创作实践，逐步形成他自己独特的艺术风格。

我对《许茂和他的女儿们》一书，还有点意见，就是第五章以后，四姑娘许秀云、金东水和郑百如之间这根主线，有点被其他矛盾掩盖，或者说冲淡了的情势。例如连云场赶集那天，为了描写许茂搞投机倒把的全过程和撞下的烂摊子，以及七姑娘许真在"耍朋友"上的出乖露丑，作者花费的笔墨似乎多了一点。这些情节不是不可以写，突出郑百如向老丈人讨好，并帮他解围，就很有必要。但是也以写得简要一些为好，力求节约些篇幅来刻画其他主要人物。作品后面一部分之所以显得松散，金东水这个正面人物形象之所以不够丰满，可能就是这么来的。

紧接着连云场赶集引起的纠纷，此后一些人物的遭遇，作者在艺术处理上，似乎有点追求情节，让读者感到紧张和惊奇的意图。例如，四姑娘许秀云因为受辱离开会场后的一连串行动，特别是她在短暂时间内接连两次投水自杀，是否合乎人物在其处境中性格发展的需要呢？值得考虑。当然，第五章以后，扣人心弦的篇章也很不少。应该说，这部小说，比之于我三十年代在上海期间所写的作品，不管思想水平、写作才能，都高明多了。我所感到的缺点和不足之处，即或比较准确，也是一个作家成长过程中不可免的，而且一定能够逐步克服。只是得注意一点，作品写成后，必须舍得下功夫进行修改。我在这方面是有过教训的，切忌仓促发表。艺无止境，更不宜故步自封。

此外，我还想指出，书中有些概述一般情况的措辞，也值得考虑。如像"沿铁路线历史性的饥饿大军"之类，是否可以建议作者出单行本时把分量减轻点呢？因为据我所知，虽然当日沿铁路线逃荒、乞讨和做转手生意的人们不少，却还不能称之为"历史性的饥饿大军"。因为谁能说葫芦坝之外，不会存在"两面政权"式一类的抗争呢？而且这种说法同全书总的倾向也不怎么一致。听说《红岩》全文发表时有些修改，我想，如果所作修改，是作者根据编辑同志的建议，或者编辑部取得作者同意后进行的，这是一种对作者、读者负责的好办法。而且，就我所看的《沱江文艺》特辑的版本来说，倒也的确应该修改、加工，因为有的缺点相当明显。我倒真想照来信所说，再看一看《红岩》上修改过的全文，查对一下，可惜《红岩》是新五号字排的，同时也没有这份精力。

我可能见过周克芹同志，据说，现已四十一二岁了。高中毕业后，一直在简阳工作，先在城镇做团的工作，随又长期住在农村，当过生产队长。我想，这个简历多少可以说明作品取得成就的主要因由。读了他的作品,我是很高兴的,因为它出自一个六十年代初开始写作,在"四人帮"横行时停笔多年的业余作家之手,特别难得。还有,他所反映的农村生活,证实了党中央的判断是正确的:我国的农民已经是社会主义的农民了!如果把他们看成旧时代原封未动的小生产者,我们将不可能较好理解在党中央"八字方针"的指引下,近两年来我国社会主义农业恢复和发展速度的迅猛,并将影响我们对四个现代化的信心。

  当然,在读完这部作品以后,我也不无忧虑,担心这位大有希望的作者是否经受得住考验。但望他能够在群众和专业评论家的赞扬面前,永远保持清醒的头脑,记住这个成就从何而来。一定要像多年以来那样,长期地、无条件地、全心全意地作为农民群众中的一员,和他们同甘共苦,为社会主义农业的现代化而奋斗!

  罗荪同志来,我们已经约定,等他们看完作品后,就派人来同我就作品和殷白同志的文章交换意见。这事您就暂且不必管它,安心做您目前更为迫切需要您做的工作,等您有了时间,再看那剩下的一部分,然后对作品进行通盘考虑吧!祝健康!

沙汀
一九八〇年二月十八日

1981 年

何士光和他的短篇小说
蹇先艾

近四年来,在文艺的春天里,贵州出现了一批文学新秀,何士光就是其中杰出的一位。我在这里不顾自己能薄材谫,写此小文,介绍一下这位青年作家和他的一些主要作品。

他发表在一九八〇年八月号《人民文学》上的《乡场上》,已经引起了全国广泛的注目,文艺报刊纷纷发了评论,《红旗》杂志、《新华月报》(文摘版)在不久前还推荐了这篇作品。尽管如此,我还是要不避重复地从它谈起。

《乡场上》是一篇不到七千字的短篇小说,情节集中、紧凑,比较深刻地反映了贯彻中共中央关于农业问题的两个文件以后,实行了各种生产责任制,调动了农民的积极性,农民生活逐渐改善,精神面貌随之而起的新变化。小说通过梨花屯场平凡的纠纷,刻画了一个忠厚老实而又可爱的老农民冯幺爸,在所谓乡村"贵妇人"和曹支书双重压力下,经过剧烈的思想斗争,最终他还是冲破了包围,勇敢地作了真实的见证,狠狠地打击了母老虎罗二娘和她的帮手的威风,伸张了正义。

这篇小说还揭露了"四人帮"横行时所造成的"穷过渡"的惨案。由于农村经济发生了变化,冯幺爸这个破了产、东挪西借、靠吃回销粮、被人看作没有丝毫价值的庄稼人,才挺起了腰杆,恢复了他长期被践踏的尊严,解放了他的精神世界。

冯幺爸对乡场上的纠纷做证时,有两段话很有代表性:

"老子前几年人不人鬼不鬼的,气算是受够了!——幸好,国家这两年放开了我们庄稼人的手脚,哪个敢跟我再骂一句,我今天就不客气。"

"……只要国家的政策不像前些年那样,不三天两头换,不再跟我们这些做庄稼的过不去,我冯幺爸有的是力气,怕哪样!"

他对今昔所做的鲜明对比,表达了广大农民的心愿。他们只要手头有粮(这是他们的物质利益),脚踏实地,自然心里不慌,喜气洋洋。小说形象地显示了经过人民实践后的新的农村经济政策的正确性,但是,它着重刻画的,是人物的精神世界的变化,与那些干巴巴地图解政策或者图解已经做出的结论的小说,毫无共同之处。

这个短篇,截取生活的片断,从侧面来反映今天农村的新变革,调整了生产关系的农村新景象,从小见大,用相当精练的笔墨,勾勒出了梨花屯这个小乡场和场上的几个人物,特别是农民形象、语言和习俗,都富有浓厚的贵州的地方色彩和乡土气息,并且具有较大的思想容量,使人读了以后,受到鼓舞,感到农村确实是现出了光明和希望。

何士光的短篇小说,到现在为止,我见到的共有十六篇,大都发表在地方刊物上。远在十八年前,这位青年作家还在大学读书的时候,就已经开始学习写作了。《山花》一九六二年第十二期上曾登过他的处女作《卖瓜记》,当时还没有引起读者的注意。一九六四年,他从大学毕业以后,被分配到贵州凤冈县,先后在凤冈中学和琊川中学担任语文教师。他非常热爱农村,不久就和琊川公社东风生产队的一位回乡女知青结了婚。从二十一岁起到今天,他在偏僻的乡场上安家落户已经十六年了,对农村的一切人,诸如村姑、老伯妈、老农、小媳妇、基层干部、生产队长、支书、小学校长、回乡知青,都相当熟悉(这些都是在他的小说中常见的人物)。他一面教书,一面参加一些劳动,不仅积累了生活,而且认真阅读了许多中外名著。他尤其爱读屠格涅夫、契诃夫的小说,泰戈尔的诗,不断加强艺术修养。"四人帮"粉碎以后,一九七七年他就正式从事业余写作了。他在一篇《自述》中说:"我写一点东西,大抵取材于我置身其间的农村,写我每天都见到的农民和农村生活,写出他们之所热爱和他们之所切恨,在这一点上,我和他们总是一致的。也正是这一点,才使我提起了笔。今后我还要这样做。"事实告诉我们,很多写农村的作家都有同样的经验:只有自己的思想感情和农民的思想感情打成一片,和他们同呼吸,共命运,才能把农民的形象写得有声有色。

除了《乡场上》外,何士光的主要作品,还有《秋雨》(《山花》一九七九年第三期)、《春水涟漪》(《山花》一九七九年第十期)、《乡情》(《贵州日报》一九七九年十二月)、《山林恋》(《山花》一九八〇年第七期)等篇。

《秋雨》是"十年浩劫"结束后,何士光的第三个短篇。在这篇以前,他还发表过控诉"四人帮"罪行的《风雨乐陵站》(《贵州文艺》一九七七年第五期)和《银杏树下人家》(《贵州文艺》一九七八年第四期)。《秋雨》在刊物上一发表,就博得读者们的好评。这篇小说触及了现实生活中一个大家普遍关心的问题,揭露了教育战线上一场小小的矛盾、冲突,作者确是有感而发的。他写了一个性情傲岸的女知青齐凤容想考大学,屈辱地去走后门而碰了壁的故事。情节虽然简单,但是结构紧凑、精致。小说把情与景融合在一起,作者对环境和天气的渲染,完全达到了为主题服务的目的,因此就增加了这篇小说的艺术魅力。另外,他还给了我们一个发人深省的启示,就是在这个新旧交替、复杂纷纭的社会中,我们固然要与习惯势力、歪风邪气和恶劣的行径坚决地做斗争,另一方面知识分子也要克服自己在困难面前顾虑重重、摇摆不定的弱点。齐凤容如果不经过内心的搏斗,她就根本战胜不了那种不正确的思想。在这点上,何士光对生活的发掘,是有一定的深度的。他逼着我们不得不去理解和思考隐藏在事件里的深刻意义。用"秋雨,变得像春雨一样"这样一句话作结,就透露了光明,显得余味悠然。

《春水涟漪》的内容,是中年夫妇吴培生和树惠一天晚上散步街头,看见一个年轻姑娘和情人约会的情景,树惠不由得就联想到她青年时代和另一个男子恋爱的"悲剧",她十分伤感,便把往事原委告诉了她现在的丈夫。她后来和吴培生结婚,是因为她自身的软弱,屈从了父母之命。事隔多年,他们已经有了两个孩子。虽然她一直不爱吴培生,但又觉得青春时期的理想,早已付诸东流,只好随遇而安地把没有爱情的、不愉快的漫长岁月打发下去。小说含有一点哲理,就是说,由于春风(党的新的政策精神)的吹拂,人们被冻结了很久的感情复苏了,被扭曲了的性格和生活,就像解冻的春水,又泛起涟澜。这个充满激动情感的夜晚,只是一个缺口。即使涟漪平静下来,也不会是原来的样子了。这点哲理,倒也耐人咀嚼。令人难解的是女主人公的哀愁,压抑在心头这么多年,为什么今天才发泄出来? 其次,有些地方,好像不是树惠在抒发她的情怀,而是作家在那里发议论。有一位小说家认为《春水涟漪》中的两个人物的道德情操不高,不值得同情,不能起到鼓舞和推动人民前进的作用。这种看法究竟对不对,还可以研究。

《乡情》是一篇三千多字的短篇小说,写一个责任感很强的北方老干部杨平山,被迫害了二十年,平反后,又自愿回到原来工作过的小乡场,去帮助农民治穷。主题很有现实意义,也涉及了一点农民怕纠偏、怕多变的思想。杨平山书记和农村妇女桂芬在井边相遇的两个场景,写得娓娓动人。结尾,杨平山一面喝着井水,一面静听田野上农民搞生产用来助威的锣鼓声(这是黎花屯的习俗),他想起了二十年前的一支歌子:"好久没到这方来,这方凉水长青苔;拨开青苔喝凉水,凉风悠悠吹进来。……"正是此情此景的好写照。它把我们带进了一个充满诗情画意的境界。何士光对我们说过,在他的小说中,他自己倒偏爱这一篇,这是他写小说从自发到比较自觉的开始;文章虽短,写的时候,他却费了功夫。

《山林恋》是一个美丽的爱情故事。何士光用第一人称,写了城里一个"不小的干部"的儿子(路线教育工作队的副队长),爱上了杉树沟的一个农家姑娘,想同她结婚,却遭到他父母的反对。("因为那时的人情,对待农村的人很冷酷和歧视。一个城里的人听说自己有可能去当农民,就恐惧得浑身发抖,下放到农村已成了一种惩罚。")作品提出了引人重视的"城乡差别"问题。这个问题很复杂,短时期是解决不了的,作者没有作出解答,其实,一个作家也不一定负有非解答自己提出的问题不可的责任。

《山林恋》比作者过去的短篇小说跨了一大步,从这篇起,何士光更注意了刻画人物。他以前的小说,多半着重情致、情趣,有时人物显得淡了一些。在《山林恋》中,他对周正良一家人都有所描绘,对惠姑娘也描写得比较细致。艺术的手法,比过去更精练了,黔北山乡的景色,历历如绘,使我们不啻于身临其境。但读者中有一个共同的反映,就是女主人公对年轻副队长的感情,作者写得还不够丰满,使惠姑娘的被逼出嫁造成的这个悲剧的艺术力量,就相对减弱了。这正是这个短篇不足的地方。

总起来说,何士光在短篇小说的创作上已取得了一些优异的成绩。首先因为他深入了生活,同农村中各种人物经常保持接触,理解他们也比较深。取材又多从实际生活出发,不赶浪潮,不粉饰现实。事情看来好像很寻常,但他都是经过细致和深刻的观察以后才下笔的,每篇都有不同的社会意义。何士光有自己的创作个性,从来不追求大起大落、离奇惊险的情节甚至刺激人、麻醉人那一类的事件(这当然与作家的生活环境有很大的关系)。他的笔锋随时流露出真实的情感,所写的故事又都出自他亲身的经历感受,经过带有哲理的思考、分析,透过现象抓住了生活的本质,所以写来,自然、隽永、生动,发人深思,耐人寻味。对社会过去的阴暗面,他常常都是透过今天的光明来看的,这也与众不同。他在小说的艺术构思和概括上,很用了一番力气,着重凝练、深沉,从不作连篇累牍的冗长描写,而是把错综复杂的社会生活通过一件平凡而有意义的小事或者一个场景表现出来,基本上掌握了短篇小说的艺术特点,做到了"借一斑略窥全豹,以一目尽传精神",他学习和追求的是短篇小说大师契诃夫和鲁迅的手法。

何士光的作品,也存在一些缺点,我觉得抒情的笔调多了一些,有时不免流于感伤;他喜欢用散文式的叙述来代替细节描写;有些小说写农民的性格语言也还不够(《乡场上》除外);这些无疑地都会影响到作品的艺术感染力,不能等闲视之。目前,何士光深入了黎花屯和杉树沟(可能不是真实地名)的生活,这当然很好;我们希望作者今后扩大他的视野,不断熟悉新的生活,在创作实践中多作一些试验和探索,促使题材与思想日趋广阔深化,正确认识和反映我们这个时代,塑造社会主义新人的生动形象,取得更好的艺术成果。

> 1982 年

撒得开,收得拢

李健吾

散文的爱好者和作者,我愿意追随在同好诸同志之后,经常练笔,注意文采,使笔锋常带感情。

讲到写散文,对我影响最大的,头一个就是鲁迅先生,当时我在师大附中念书,老师把他请来,在礼堂给我们做报告。听的人多极了,简直可以说是密不透风。鲁迅先生的教诲对我走上文学道路,影响极大。

另一位对我影响最深的,就是我的中文系老师朱自清先生。当时我在清华大学念书,他总是字斟句酌地帮我修改文章。后来我上了西洋文学系,念了些法国东西、英国东西,可是私下里总要找朱老师请教。我是在他的熏陶之下成长起来的。

写散文,文章要短,要由小见大,要有清新之感。记得很早以前,我就在《人民日报》上发表过一篇小东西,叫作《竹简精神》。后来沈从文给我写信,说我有一个字写错了,我马上给《人民日报》写信,请他们更正,这是我读书有限嘛。

所以读书要广,要尽可能地多读一些书,就是读了几本坏书也不怕,沙里淘金么,总会有金子淘出来的。鲁迅先生能写出那么多出色的杂文,就是读书多。他老人家知识的渊博是惊人的。只有多,只有杂,才能有所选择、有所比较。读书不能老拣自己爱读的书读,不能光挑对自己路子的书去读。那就等于缩小了自己的天地,捆住了自己的手脚。当然,读书必须读透,浮皮潦草是不行的,要好读书而"求甚解",久而久之,就能使自己充实起来,深邃起来。

可是写文章,就不能广阔无边了,特别是写散文,更要注意自然、平易、亲切、深入浅出,撒得开,收得拢,像说书讲故事一样,让人读起来没有吃力的感觉。说到说书,我想到了"抖包袱","抖包袱"的本领就在于能把意想不到的东西抖出来。我们写文章也是如此,我把这叫作奇峰突起。

法国十七世纪的散文作家拉布吕耶尔(LaBryère)的《性格论》无所不谈,谈人、谈事、谈物、谈社会……娓娓叙来,最后笔锋忽然一转,你才明白,他的真意另有所指。这之间,仅用一句话就把内藏的包袱突然抖了出来,又自然,又精练,又奇峰突起,把它们辩证地统一起来了。正好和由小见大一样,于平凡中见真本领,这就是艺术。

写文章是给人看的,为谁写,写什么,你心目中至少总得有那么一个人,包括自己在内。既然对象的存在是个客观事实,你就不能不考虑他们的需要、趣味。写出的文章不为人喜闻乐见,谁愿意看?现在要求作家写东西要注意社会效果,考虑人民利益,考虑国家利益,我看就和这个原因大有关系。

写文章题材要开阔,不能老是那么一套。可是同样的题材,有的作品叫人兴味索然,有的作品却使人百读不厌,获益匪浅。即使相隔多少岁月,读起来,也仍然是耳目一新,回肠荡气。道理何在呢?这就牵涉到了艺术——独特的艺术手法、艺术风格的问题了。风格问题并不神秘。人活着,总是要受时间和空间的控制,历史控制着你,现实生活控制着你,艺术和思想就在这种错综复杂的影响、制约中统一起来,构成了风格。风格就是时间和空间相互制约的结果。风格就是一个人的一种偏爱,你喜欢什么。不喜欢什么,就是个性。个性表现在文章里,就成了风格。

谈 散 文

吴组缃

我一直在学校里,没有多少写作实践,对所提的问题一定谈不好。

昨天看到《人民日报》登的新华社成立五十周年纪念会消息,中央领导同志讲话,说近年新闻报道成绩很大。我有同感。许多报道揭发、表扬,还有回忆文章,读后很叫人感动。我是把这些文章看成散文的。我觉得跟过去的散文比,不仅思想观点好,表达方面也不差。当然,也不是没有可议论的地方。

最近,接触一些搞自然科学和哲学的,听说有个所谓"模糊学"。大意说,一个人,你一见面就认识,是从模糊认识的。如果把他的特点放在显微镜下仔细看,人人差不多,就不能叫认识。我们日常认识的事物都是这么"模糊"认识来的。只有"模糊",才能认识事物。我想拿这个理论来谈散文体裁。我认为散文包括的范围很广。许多报道,我认为也是散文;回忆文章当然是散文。

我在大学念书的时候,对散文很注意,因为我国有悠久的散文传统;五四以后,据说最有"实绩"的也是散文。那时理解散文,有广义、狭义之说:广义的,是对韵文而言;狭义的,有人叫"随笔"或"抒情散文",英文有所谓 familiar essay。其实散文何止抒情?它也叙事,也说理,也描写。古代散文名篇是如此,看《古文观止》就知道。

自古文史不分。《史记》是史还是文?毛主席在《为人民服务》这散文名篇中说:"古代有个文学家叫作司马迁的说过。"说司马迁是个文学家,最初我心里有抵触,后来细想,他确是文学家。你看《史记》跟《汉书》就不一样,写人,把项羽、刘邦都写活了,好像活生生地站在我们面前。《汉书》也写相同的题材,但它记事,不写人。以后写史都是记事,不写人了。比方说《史记》中《高祖本纪》《魏其武安侯列传》,不都是散文吗?

魏晋六朝,就是"志怪""志人"。这是鲁迅取的名目,现在我们也改不掉。它很好地把这类作品都概括在内了。后来发展到唐宋传奇,就成为像样的小说了。可传奇一度繁荣到宋代就完了。宋代传奇不写现实生活,只写那些隋炀帝和杨贵妃等的史事,干巴巴的没感情,也就没有生命。但志怪志人并没有结束,它还在继续发展着,一直发展到晚清,像王韬和第一批留学生薛福成等,还是写志怪志人。这大量志怪志人作品,过去都叫作"笔记小说"。它常记一点传说,记一个人,记一点见闻和感想,很简单的几笔;我以为都是散文。有时哪是小说哪是散文,我也分不出来。你说《一件小事》是散文,但它就放在小说集子里。契诃夫和莫泊桑有许多作品是散文,可就收在小说集子里。你如果不是学究头脑,就只能承认它是散文,也是小说。

以上是谈散文的体裁。

在新华社纪念会上,习仲勋同志对新闻报道提出五条:真,短,快,活,强。我认为挺好。但"快"和"活"似乎应放在"短"的前面。这几点也适用于散文。

刚才同志们也谈到散文要"真",实际不光散文要真,文学作品都要真。鲁迅说必须有"真意"。我想所谓"真意"有两条:一是真情,这是作者主观方面的。你写的内容,真正使你感动了,否则不成其为动人的作品。二是要有实感,这是客观的东西为你主观所感受或认识到的。必须有真情,必须有实感,就是这两条。装模作样不行,言不由衷不行,人云亦云不行,干喊干叫不行,臆想生造不行。

苏东坡有一首题画雁的诗:"野雁见人时,未起意先改;君从何处看,得此无人态?"这是对画雁高度的赞美。李卓吾也讲过这样的意思,所谓"化工"之笔,就是"造化"功夫之笔。这"无人态"说法很好。我们有些作品,往往陷入"有人态",就是不真实,装样子,主观臆造。对散文,这一点显得更为重要,写的必须是自己的真情,自己的实感。

现在,我们还是看到有些评论,怀疑写真实,反对写真实。

有的说,写真实,就是自然主义。也许是我弄错了,对"自然主义"可不是这样理解的。"自然主义"是欧洲十九世纪后期自然科学发达起来,尤其达尔文生物学理论兴盛以后,有些作家接受这种影响,把它生搬硬套到人类社会生活上来。与所谓社会达尔文主义和机械唯物论几乎同时,错误地把人类社会也看成一个生物世界,无视人类社会特有的规律,抹杀人之所以为人的主观能动作用,把社会的人完全跟一般生物等同起来,把人类社会跟自然界等同起来。像"自然主义"小说流派的创始者法国的左拉,他的《洛贡玛卡丛书》包括大小二十篇小说,标明"第二帝国时期一个家族的自然和社会的历史",作品写的盗窃、卖淫,他认为由于先代的遗传,而不是社会的原因。他声言自己是个科学家,他搜集材料写小说,犹如在实验室作客观的实验记录。由此可见我们说的真实,不能叫作自然主义;相反,自然主义正是歪曲了人之所以为人的真实,抹杀了社会生活的真实。胡适说《红楼梦》的描写自自然然,是"自然主义"。这也是随口乱说,我们不要上当。

还有的因为曾有人借口写真实写出内容很坏的作品,所以听到写真实就紧张,好像这是为居心不良的人开绿灯,那还了得!我以为不能因噎废食。我们当然要美要善。真不是唯一的,却是最基本的。它是一切文艺生命之所系。离了真,美和善都无所附丽;不真的美、不真的善能成个什么东西?可掉过来就不然。为很好地使用文艺这个人民的器具,首先要尊重它的性能。不真的文学,缺乏真情实感的作品,就像没锋刃的大刀、没弹性的弹簧,有什么用处?

在日常生活和工作中，说真话、办实事，不说谎、不作假，本是人之常情，也是公民应有的基本品德。可是多少年来，尤其"四人帮"时期，形成了一种恶劣风气，说假话，做假事，你哄我骗，颠倒是非。人与人之间听不到真话，看不到真情。报告工作，满口假话；外宾参观，也要装假。其实人知我知，骗得了谁？真是"愚而诈"！一个人自欺欺人，这个人算完了；一个民族社会谎骗成风，这个民族就没有希望了。"四人帮"倒台，党中央拨乱反正，要根本扭转这股歪风邪气。提倡精神文明，这应该是首要的大事。

五四以来，散文有很好的成就，以鲁迅为首，像郁达夫、谢冰莹、丰子恺、朱自清等等。夏衍同志的《包身工》，我以为也是散文。可中华人民共和国成立以来，散文就显得很衰落。这跟上述逐渐形成的风气不无关系。写作上，又有一种无形的清规戒律，据说不可以写个人的真知灼见，不可以表现个人的思想感情。一写，问题可大了，那是原则问题！这样，散文首先受害。别的也受害，但散文更突出。因为好的散文就是要写自己的真知灼见，要写个人的思想感情。

现在提倡散文，恐怕还会有余悸。吐露内心肺腑感见，难保不说错话。那么，等思想改造好了再写吧。说实在的，我就不相信有什么思想改造好了的一天。局限性谁都会有的。"后之视今，亦犹今之视昔。"我们谁不热爱新中国，谁不拥护社会主义和四化建设，谁不想振兴中华，祖国富强？有的，极少极少。划了那么多"右派"，不是错划，没有平反的，到头有几个？当然，自己的心要紧贴着人民的心；要用功学习，不断丰富知识、提高认识；要开阔眼界、努力站在时代的前列；还得把概念的道理化为自己的生活感情。无不正确，那是妄想！人类历史是不断犯错误又不断纠正错误的历史，人类的文明由此积累而来。承认错误，纠正错误，前程光明，鹏程万里！"君子之过也，如日月之食焉，人皆见之；更也，人皆仰之。"但提防造成压力，教人作假！

"人心不同，各如其面。"人各有自己的灵魂。殊性正反映共性，没有个性的个体组成的集体是没有生命的。"人格即风格"，五彩缤纷、千红万紫的散文风格，正表现生动活泼、朝气蓬勃的政治局面。

以上算是谈散文的风格。

散文的题材，按上述体裁所说，应该是最自由、最广泛的。因此最适合于及时反映迅速发展的社会主义社会的现在生活。什么题材可以写，什么题材不可以写，不要绝对化地理解。清代有句诗说："苔花如米小，也学牡丹开。"最能代表春天的应该首推牡丹。但不要绝对化。苔花也能表现春天。这不是菜薹的花，是苔藓的花；它像米粒那么小，人们看不上眼，可是它自管跟牡丹那样开得起劲，就使人感到其动人之处反倒是牡丹所不能表现的。

还有个写正面反面、歌颂暴露的问题。这也不能看死。《人妖之间》是暴露，但它岂不是也歌颂了人民的力量和党的政策的胜利吗?《乔厂长上任记》是歌颂,但另一方面岂不也批判了许多许多厂长的官僚主义吗?凡事总有个对立面。武松打虎,总要有个虎。题材是次要的,不是主要的。血管里流出来的是血,主要还在于思想感情。

题材或素材还有个提炼的问题。黄豆要磨碎,要去渣,制成豆腐豆浆才好吃,才养人。"走渣"的豆腐,也不为人喜爱。豆沙、枣泥也是如此,你吃过自会知道,这不须多谈。

以上算是谈题材。

评长篇小说《沉重的翅膀》

陈骏涛

张洁同志的长篇小说《沉重的翅膀》（以下简称《翅膀》）在一九八一年第四、五期《十月》连载后，我怀着极大的兴趣读完了它。我并不认为《翅膀》是一部完美无疵的小说，但我确实认为，这是一部反映四化建设的，有才气、有特色的作品，很值得我们重视和研究。

反映工业战线四化建设的小说，当然并非自张洁的《翅膀》始，在这以前，蒋子龙的《乔厂长上任记》和《开拓者》，以及《祸起萧墙》（水运宪）、《三千万》（柯云路）等，就都是写的这类题材，也都是有影响的作品。不过，无论从表现主题之尖锐、反映生活面之广阔、描写人物之众多、艺术上的独特追求诸方面，《翅膀》都显得更为突出一些。而且，它毕竟是长篇小说反映四化建设的第一部！

党中央号召作家要努力表现四化建设的题材，塑造四化建设创业者的形象，以激发广大群众的社会主义热情，推动四化建设事业的前进。张洁同志以一个革命作家的责任感和使命感，积极响应党的号召，率先以长篇小说的形式，试图描绘四化建设的宏大主题，这种热情和努力，是首先应予以肯定的。

一

《翅膀》的主要情节，是描写一九七九年冬至一九八〇年冬，发生在国务院一个部里的一场复杂的斗争。这场斗争主要是围绕着工业经济体制改革问题进行的。改革是一项重大而又严肃的任务。它将远远越过经济领域，而涉及政治、思想意识形态、人与人的关系等各个领域；它将动摇若干年来根深蒂固地渗透在许多人的意识里的一整套相互制约着的旧观念。这就必然要经历一场复杂的斗争。《翅膀》正是在这样一个广阔的历史背景上，通过形象化的艺术描写，试图反映出这场斗争的某些本质方面。

环绕着上述的中心情节，《翅膀》展开了广阔的生活画面：上至中央一个部里的高级干部之间的矛盾和斗争，下至一个普通的工人家庭里夫妻之间的矛盾和纠葛，而且广泛涉及家庭婚姻、道德伦理以及哲学、经济学、文学艺术诸方面的问题，使人读来并无枯燥乏味之感，有一种逼着你非读下去不可的魅力。

《翅膀》塑造了众多的人物形象，其中特别是塑造了郑子云、陈咏明、贺家彬、叶知秋、杨小东等老中青三代的四化创业者和排头兵的形象，生动地表现了他们思想解放、以四化建设为己任和披荆斩棘的创业精神,热情地讴歌了这些中华民族的"脊梁骨";同时又对党内阻碍改革的守旧势力及其各层代表人物,对存在于我们社会里的种种阻碍改革的消极因素,进行了勇敢的揭露,把歌颂和暴露较好地结合了起来。它事实上是为党的三中全会路线、为四化建设的创业者和排头兵所谱写的一曲高亢的颂歌。某些同志认为,这是一部揭露我们社会弊病的作品。这样的论断是不符合事实的。

小说的主人公——重工业部副部长郑子云和部属曙光汽车制造厂厂长陈咏明等一批四化创业者,遵循着三中全会路线的精神,不顾一些守旧势力的反对,正在探索如何以较快的速度和较好的办法来促进我国国民经济发展;其中心的一环就是如何重视人的价值,如何发挥人的作用,如何最大限度地调动人的积极性和主动性,使他们能以高度的责任感和荣誉感投身于四化建设中去。这就牵涉到如何做好人的思想政治工作的问题。郑子云等人主张使思想政治工作更加科学化,其基本出发点就是关心人,爱护人,把工人作为国家的真正的主人,而不是唯命是从的奴隶。他们认为应该改变那些已经过时的,特别是笼罩着"左倾"阴影的思想政治工作方法,而代之以新的、科学的、能够真正发挥其效能的思想政治工作方法。在这方面,他们试图借鉴国外企业管理采用的行为科学理论(企业管理心理学)中的合理部分,把现代心理学、现代社会学的一些科学研究成果吸取过来。

毛泽东同志曾经说过:"世间一切事物中,人是第一可宝贵的。在共产党领导下,只要有了人,什么人间奇迹也可以造出来。"这是至理名言。然而,若干年来,在思想政治工作中,却或多或少地违背了毛泽东同志的这个正确的意见,而受到了"左倾"思潮的干扰。不重视人的价值,不注意发挥人的作用,不知道关心人和爱护人,甚至亵渎人的尊严的现象随处可见,这在十年动乱中发展到了登峰造极的地步。在这种情况下,小说特别突出地表现了政治思想工作应该科学化,应该重视人的因素的思想,这无疑是正确的,应予以肯定的。

正是在这个最基本的问题上,部长田守诚、副部长孔祥等人与郑子云、陈咏明发生了重大的分歧。他们实际上对三中全会路线持保留和反对的态度,因此就把坚决执行三中全会路线的郑子云、陈咏明等人视为眼中钉,总想排除掉。改革的最大阻力也就在这里。

《翅膀》正面描写了这场实质上是改革反改革的斗争,对一批抵制三中全会路线、阻碍改革的守旧势力进行了有力的揭露,而对坚决执行三中全会路线的,力主改革、筚路蓝缕的一批四化创业者则进行了热情的歌颂。我们从小说中感受到一种强烈的爱憎、磅礴的正气、高昂的激情,这是任何不怀偏见的人都能看到的。

因此,我认为,《翅膀》的总的思想倾向是积极的,健康的;当然,它也存在着一些值得研究的问题。

首先,这部作品中有些地方涉及思想政治工作方面的问题,涉及对三十年经济建设成就估价的问题,涉及党和国家政治生活中的一些重要问题,涉及对马列主义、毛泽东思想的一些基本观点的认识问题,都有一些描写和议论,是缺乏分寸感,不够严肃和准确的,并没有热衷于枯燥的斗争过程的描写,而是把主要注意力放在人物形象的刻画上,通过人物描写,来体现作品的思想。它一共才二十六万多字,却写了五六十个人物(有的人物只描了几笔,但也还是活的)。一部长篇小说,把它的主要笔墨倾注于人物描写上,这个方向是完全正确的。黑格尔曾经把性格(人的完整的个性)作为"理想艺术表现的真正中心";恩格斯提出了"典型环境中的典型人物"这一著名的原理,肯定了典型人物的创造应该是现实主义艺术的描写中心。俄国的别林斯基也有类似的思想,他认为:"如果长篇小说或中篇小说里没有形象,没有人物,没有性格,没有任何典型的东西,那么,不管其中所说的一切是怎么忠实而精确地从实物摹写下来,读者还是不会觉得这是真实的……"

张洁同志是一个擅长于描写人物,特别是擅长于描写人物内心深处的感情的细微变化的作家,在这部长篇里,也发挥了她的所长,以一个女性作者的独到的体察,探幽入微,深入人物内心的深处,细致地表现了人物感情的波澜,这就使她笔下的十几个主要人物形象,都具有比较鲜明的个性,而不是某种概念的单纯的传声筒。

在许多人物当中,郑子云和陈咏明是作者特别用力刻画的两个主要人物形象,两个"铁肩膀"式的干部,作者心目中的中国真正的"脊梁骨";但又不是恩格斯所批评的那种"脚穿厚底靴,头上绕着灵光圈"的"拉斐尔式的画像"中的人物,而是有着鲜明的个性特点和丰富的内心生活的人物。两个都是"敢干、肯干、思想解放的领导干部",但比较起来,郑子云身上更多一些知识分子的气质,他为人正派、思想机敏、知识渊博、精通业务,期望在人生的战场上再多跑几步,在企业管理方面闯出一条新路。但由于他在上层领导机关待得过长,平时与群众的接触很少,家庭生活又不愉快,因而在性格上显得内向,而且多少有些忧郁、寡断。然而,在关键时刻,在大是大非问题上,他还是很果决的,例如在选举十二大代表的问题上,当认识到田守诚明目张胆地违反选举规定、耍弄权术的阴谋后,他毅然决定要与田守诚面对面地展开斗争。比起郑子云来,陈咏明在考虑问题时,也许思想不如郑子云周密,但他更有朝气,更有雷厉风行的气魄,在他身上,有一种坚毅、果敢、忘我、实事求是的实干家和改革派的气质,与群众的关系也极为密切。在生活上,他虽然是一个大而化之、不拘小节的人物,但对妻子充满了柔情蜜意,表现出非常丰富的感情。像郑子云和陈咏明这样有鲜明个性特点和丰富的内心生活的创业者的形象,在近年来的小说中还是不多见的,因而,他们的出现对于文学的人物画廊来说,无疑是增添了光彩的。

除了郑子云,《翅膀》还刻画了好几个高级干部的形象,如部长田守诚,副部长汪方亮、孔祥,都是各具鲜明的个性特点的人物形象。作者以她的犀利的笔触,对这几个人物的内心状态,做了相当细致的解剖,常有使人惊叹之笔。在一部小说里,写了这么多高级干部形象,在当前的文学作品中,还是少见的。

汪方亮也是一个改革者。他认为改革是势在必行的,因此他支持郑子云的改革主张。但他对改革的前景并不乐观,他深知各种力量之间将要进行长时间的较量和角逐。在这种情况下,他发挥了一种"适者生存"的才干,企图周旋于各种矛盾之中,获得两全其美的结果。他待人处世十分练达,就思想的锐敏和知识的渊博来说,并不亚于郑子云,对某些问题的看法上,他甚至比郑子云更为深刻,但他的处世哲学是为郑子云这样的正直的共产党人所不取的。这个人物,阴阳怪气、媚上压下的何婷……在一部规模不大的长篇小说里,能创造出这么多鲜明的人物形象,不仅表现了作者对生活的独到的观察,而且也表现了作者在艺术上的功力。

然而,问题也就在于:篇幅有限,而人物又过多,过于分散,这就不能不影响到形象的深度。有的同志认为,小说中不少人物都只具有素描或剪影的特点,而不是多侧面的、形象丰满的雕像,我认为是颇有道理的。另外,不少人物的性格没有发展或缺乏前后的照应,对有些人物,采取"招之即来,挥之即去"的做法,这说明作者在创作时也许缺乏完整、严密的艺术构思。

在人物描写上还有一个问题是典型化的功夫不够,即在艺术上的集中、提炼、概括的功夫不够。小说中的不少人物可能在生活中都是有原型的,这是创作中的正常情况,不应该有所责难;但问题是,作者在进入创作时,也许还不能完全从原型中摆脱出来,做更高更广的概括。这就不能不影响到形象的深度,同时也容易造成许多本来可以避免的人事纠纷。

三

《翅膀》在艺术上的一个重要特点是把议论带进了小说,形成了小说的一种思辨性和哲理性的色彩。

关于小说中能不能有议论,以及议论多少才更适当,我觉得是不应该做硬性规定的问题。一般地说,传统的现实主义小说,都是讲究倾向应该从人物、场面和情节中自然而然地流露出来,而忌讳作者的特别指出,但也并不笼统地反对议论,如果这种议论是与特定的场面和情节、特定的人物的心境密切联系在一起的话。然而,那种离开情节和人物的议论,却是向来不为人们所称道的。托尔斯泰的《战争与和平》这部现实主义巨著,有许多议论是很精辟的,包孕着深刻的人生的哲理,至今读来,犹令人赞叹,但也有不少议论是离开情节和人物的借题发挥,纯粹是作者的说教,冗长、沉闷,难以为人所卒读。近年来,在我们的一些小说中,心理的描写加强了,议论的成分加多了。这种现象我觉得不值得大惊小怪,应该允许作家去做各种各样的探索。创作技巧上的多元化现象,是创作思想活跃的表现,它只会促进创作的发展,而不会对创作起倒退作用。莫泊桑说过:"一个明智的批评家就应该研究那些和已经写成的小说最不相像的东西,并且尽可能地鼓励年轻人走新的道路。"这也应该是我们的态度。我们所要做的,是应该对一些艺术现象做认真的、实事求是的具体分析,而不是用一种固有的框框去限制它们的发展。

张洁同志这部小说中的议论,大致说来,有这样三种情况:一种是通过人物的对话而说出的,这种议论大多是与小说的情节扣得较紧的,它构成了小说整体的不可缺少的部分,很有一些新鲜的、隽永的、值得回味的东西。一种情况是通过人物的内心活动而发出的议论,这些议论大多也是与人物在特定环境下的心境相联系的,它有助于深化人物的性格描写和人物内心世界的展示,而且也颇含哲理的意味。但是,这两类议论中,也有一些冗长的、沉闷的、不成功的,例如郑子云在政治思想工作会议上长达一万六七千字的报告,即属此例。这在作者也许以为是得意之笔,但读者认为是败笔。还有一种情况是作者的介入,是与整个情节的发展和人物的思绪流动扣合不紧的,或者干脆就是游离的。这部分的议论大多是政治性的,虽有一些比较精辟的、富有启示意义的东西,但大多是作者在借题发挥,而且还包含着一些过头的、甚至错误的东西。

邵燕祥的诗

晓 雪

在我国当代中年诗人中,邵燕祥是成就比较显著的一个。

早在二十世纪四十年代后期,他就在当时北平的报刊上发表了多篇散文、小说和诗歌,揭露了国民党反动统治下"白日黑如夜"的社会罪恶,反映了国统区人民饥寒交迫的苦难生活,歌颂了中国共产党领导下的人民为打倒蒋介石、建立中华人民共和国而作的英勇斗争。随着中华人民共和国的诞生,诗人从少年跨进青年时代,他以更热情饱满而又豪壮嘹亮的歌声,歌唱解放,歌唱胜利,歌唱"金黄的太阳"和"人民的春天",歌唱"北京城十月满城春风""永定河从此真个永定"……一九五一年,华东人民出版社出版了他的第一个诗集《歌唱北京城》,那时,诗人刚满十八岁。

我跟燕祥是同辈人,年纪相仿,但当我还在高中和大学里念书的时候,他已经是一位活跃于新中国诗坛的、引人注意的青年诗人。我和我的许多同学都喜欢他的诗。"我们是火,燃烧着火热的青春。"他的诗,如火焰般点燃着我们的心灵。记得当年在那红叶满山的美丽的珞珈山上和碧蓝透明、垂柳依依的东湖边,我们曾一次又一次地朗诵他那些豪情满怀、鼓舞人心的诗篇:《到远方去》《英雄碑下》《青春进行曲》《中国张开了翅膀》等等。

——我们的年纪十八、十九,
顶多不过二十挂零;
有一个波涛澎湃的大海,
歌唱在每个人宽广的前胸。
——《在夜晚的公路上》
中国的土壤是温暖的土壤,
有什么样美好的种子不能发芽?
——《我们爱我们的土地》

美,哺育着一代又一代的作家。近七十年来,在中国革命风暴中,湖南有着可歌可泣的斗争历史,和众多杰出的英雄人物,给我们的社会主义文学提供了取之不尽的创作源泉。

我感到,正是在周立波身上,集中了湖南优秀文化的一些特点。因此,在湖南出现一个作家群,是有着历史、地理、文化方面的基础的,因而也是有生命力的。如果周立波同志能够活到今天,亲眼看到湖南的文学创作这两年突飞猛进、方兴未艾的发展情况,他的遗憾一定会减少,他会露出更多的诚挚幸福的微笑吧。

"从你,我看到了那在入海处逐渐宏伟地扩大并展开的河口。"我想起了惠特曼《给老人》这首诗。

> 一九八一年九月二十五日
> 周立波同志两周年忌日于泰山下
> 大踏步地跨过高山,
> 跨过河流、洼地和平原,
> 跨过农业合作社的田野,
> 跨过重工业城市的身边;
> 跨过阴雨连绵的秋季,
> 跨过风刮雪卷的冬天,
> 跨过高空、跨过地面,
> 大踏步地跨过时间……
> 在我们每一步脚印上,
> 请你看社会主义的诞生!
> ——《我们架设了这条超高压送电线》

这样的诗,反映的是一个崭新的伟大时代的精神风貌,表现的是一个新生的社会主义国家的朝气蓬勃的青春形象,抒发的是已经成为国家主人的社会主义新一代的革命情怀。这样的诗,歌唱的是祖国的青春和青春的祖国,描绘的是创造春天的人民和人民创造的春天,赞颂的是排除万难胜利前进的社会主义创业者的豪迈步伐和坚定信心。

在中华人民共和国成立初期那热气腾腾的火红年代,我们年轻的诗人同解放了的人民一起前进,同新生的祖国一起歌唱。他风尘仆仆地奔走在"夜晚的公路上",他迎着东升的朝霞"登上脚手架",他冒着风霜雨雪劳动在"大伙房水库工地",他也曾同鞍钢的工人一起欢度五一的夜晚。诗人火热的心贴着祖国的胸膛,他"伏在沙岸上倾听着"黄河那像"万马奔腾的"涛声,他了解祖国"昨天和今天的道路",也了解祖国"明天的走向",所以他是那样深切地感受到人民的呼吸和时代的脉搏,又是那样强烈地表达出最能集中反映一个民族和时代的精神面貌的年轻一代的志气、理想和感情……

让我们再一次朗诵这一篇篇铿锵作响、激荡人心的诗章吧：

"展开在眼前的不是袖珍的地图,这是广阔的大地、高山和长江,一百条道路呼唤着我们上路,呼唤我们去为祖国奔忙。为祖国寻金的,要是真金！为祖国炼钢的,要是纯钢！吸引我们的是光荣的,又是困难的,光荣和困难,我们都要承当！"（《朗诵诗》）

"我们还要攻克无数的堡垒,做一切敌人的顽强的敌人。胜利的酒绝不能使我们沉醉,只能使我们的热血沸腾再沸腾！灯红酒绿,从没有花过眼,万水千山,从没有灰过心。今晚啊,我们欢乐歌舞,明天,看我们冲锋陷阵！"（《英雄碑下》）

"如果我是一只船,我就背着货物和欢乐,停泊在每一个码头；如果我是一棵树,我就到新建的厅堂去做栋梁,或是到铁路新线去当枕木。我们远征千里万里,攀登凌云的高空,潜入幽深的地底。不寻求轻松的生活,而申请艰苦的岗位。"（《抒情断章》）

诗人就这样,通过各种各样的题材,从各个不同的角度,深入地开掘和充分地表现着我们为建设社会主义祖国而冲锋陷阵的青年一代的凌云壮志和战斗情怀、他们的崇高的内心世界和忘我的献身精神、他们的壮丽的青春和灵魂的美。

车尔尼雪夫斯基说："美即生活……但生活必须是我们理想的那种生活。"邵燕祥这些写青年、为青年而写的充满激情的诗篇,之所以受到读者喜爱,之所以能够那样强烈地感动人、鼓舞人,就是因为他反映了新中国如朝阳般出现以后,我国青年一代那充满理想、铺满阳光、富有诗意的生活,并深入地揭示出和自豪地歌颂着这种生活的美,和创造这种生活的人们的精神美。这就是我们时代的人民"所理想的那种生活",在这种生活中人民已经砸烂了多少年代以来束缚自己的脚镣手铐,已经结束了扼杀一切创造和生机的反动统治,已经摆脱了受压迫受剥削、被侮辱被损害的奴隶地位,而真正成为国家的主人、社会的主人,而在一种崇高的理想鼓舞下,自由地呼吸、忘我地劳动和大胆地创造。在这种生活中,当然也还会有困难和挫折,还会有矛盾、悲伤和痛苦,但人们彼此用革命的友谊、高尚的情操和光明的前途互相激励着,人们自信、乐观而又坚韧不拔地劳动着、创造着,人们同心同德而又勇敢顽强地战斗着、前进着。人们知道自己今天所从事的一切,都是为了造福子孙万代,为了一步一步地在祖国大地上,建立起共产主义的人间乐园,因而他们的生活是那样有意义,他们的双手是那样有力量,他们前进的脚步是那样地不可阻挡。"风天雪夜滴水成冰,他们的汗水滴在冻土上——他们的热情用到哪儿,冰雪也融化,岩石都冒火光。"（《在大伙房水库工地上》）"歌声起落在脚手架上,脚手架披满了金色的阳光……光荣的劳动——歌中之歌,呼唤着每个人参加合唱！"（《晨歌》）这就是我们的祖国,我们的人民,我们的理想！这就是我们祖国人民朝气蓬勃、欣欣向荣的"理想的生活"！这样的生活是美的,这样的人民是美的,反映和歌颂这样的人民生活的充满青春活力的诗,当然也是美的。

由于大家知道的原因,这样一位以高昂充沛的革命激情,高唱着我们时代和人民的"青春之歌"的有才华的青年诗人,在一九五七年那场扩大化的运动中,却被推向敌人一边,被剥夺了放声歌唱和发表作品的权利。可喜的是,诗人的赤胆忠心使他无论如何不能同人民分开,正如他一九七八年在《致人民》一诗中所表述的那样:"即使把我放逐到别的星球,我也不能忘怀我祖国的命运。抛我于天之涯地之角,举目无亲,我仍然依傍着、亲近着我的人民。可以剥夺我的一切权利,也割不断我与人民的血缘。"诗人在被开除党籍的年代里,仍深情地唱着党的颂歌,在被自己的同志"列入另册"的日子里,仍从心底里为人民发出"真诚的歌哭,激情的呐喊"。他心里的岩浆永远炽热,我们的诗人对祖国人民的深情,即使在他的生活处于冰封雪冻的时刻,也仍然是火红火红、滚烫滚烫的。"我们要超越我们的前辈,我们要无愧于我们的后人,千秋万世将流转而过,我们时代的荣光永不消退。""如果我是一颗卫星,我就永远围绕着地球旋转;如果我是一颗行星,我就忠诚跟随在太阳身边。"假如我们知道这样的话是在诗人头上还戴着右派帽子的一九五九年二月,它所表达的对党对人民对我们时代的真诚深挚、强烈炽热的感情,不是更加难能可贵、深刻感人了吗?!

在不久前出版的诗集《献给历史的情歌》中,我们读到了一部分这样的诗。在即将由云南人民出版社出版的诗集《为青春作证》里,我们读到了更多这样的诗,而且由于这个集子集中编选的,是三十年来诗人写青春和为青年而写的各种题材的抒情诗、朗诵诗,一口气读完之后,就更突出地感到诗人对我们伟大时代的饱满的政治激情,他对自己的祖国和人民的深挚的爱,他对献身于祖国社会主义建设事业的年轻一代和创业者的歌颂,他对当代各种现实问题的深切关注,以及贯穿和闪耀在他的全部作品中的那种实现共产主义壮丽理想的坚定信念,都是一贯的。

早在一百多年前,俄国文学批评家别林斯基就说过:"如今,做一个诗人——这意味着用诗的形象去思索,而不是像小鸟一般以美妙的声音去鸣啭的。要想做一个诗人,不需要那炫耀自己的琐屑的意愿,不需要那无所事事的幻想的梦、陈腐的情感和华丽的忧郁,需要的是与当代现实问题的强烈的共鸣……凡是不扎根于当代现实的诗,凡是不照明现实、解释现实的诗——都是无事忙,是一种天真而无益的消遣,时间的浪费,无聊人们的把戏而已。"(《一八四五年的"流星"》)"只有当诗人所表现的信念是发自衷心,而这信念又扎根在他那时代的历史和社会土壤里的时候,他才能是真挚的,从而是赋有灵感的。"(《杰尔查文的作品》)燕祥同志所以"赋有灵感",他的诗之所以真挚感人、始终燃烧着火热的青春,就在于他有一颗始终同人民贴在一起的赤子之心,就在于他有着热爱祖国、热爱人民、歌唱时代、歌唱生活的永远充沛的激情,就在于他始终保持着"扎根在他那时代的历史和社会土壤里的"革命信念。从五十年代初的《到远方去》《五月的夜》《我们架设了这条超高压送电线》,到七十年代末的《地质队员的欢乐》《和家住在山外山》和《列车上》等等,我们的诗人三十年如一日,写青年、为青年而写,唱青春、为青春而唱,颂祖国、为祖国而歌,他不愧为祖国忠诚的儿子、热情的诗人、青春的歌手。他歌唱我们祖国的青春、人民的青春、正在建设社会主义的整整一代新人的青春。而"青春是不会消逝的",歌唱青春的诗也必将永远在广大青年和各族人民的心灵中回响。

燕祥同志的诗中,没有什么"无所事事的幻想的梦"和"陈腐的情感",没有任何"天真而无益的消遣"或"无聊人们的把戏",也没有那种使人如堕五里雾中的故作深奥的晦涩。他决不把远离时代生活、无视祖国命运、逃避现实斗争的所谓"自我",当成诗歌探索的"广阔天地"。他只是脚踏实地地,在我国源远流长的现实主义的广阔道路上,一步一个脚印地前进着、歌唱着、创造着。正是这一点,使他的诗早在五十年代就赢得了那么多的读者(特别是青年读者),而今天仍具有如此动人心魄的力量,获得了比某些朦胧诗要长久得多的艺术生命,让我们再朗诵一首他最近歌唱"社会主义列车"的诗吧:

> 向远方,向高山,向大地的纵深,
> 赶快把失去的时间捕捉,
> 火车大声叫着,叫着,打着拍子,
> 伴我唱《地质队员之歌》。
> 左窗外,群山如奔马驱驰,
> 右窗外,群山如巨鲸出没,
> 马蹄可踏中了地下的瑰宝?
> 鲸鱼背上可有石油喷射?
> 我要跨上这马背,跨上这鲸背,
> 飞驰过蓝天大地,飞驰过大海碧波,
> 飞驰,飞驰,我背着的不仅是贵重的矿样,
> 飞驰,飞驰,背着我贵重的、亲爱的祖国。

这篇短文,无法对燕祥同志诗歌创作的思想艺术成就做比较全面的分析,但我相信,当读者读完燕祥同志的诗作以后,会像我一样由衷地感到:我们的时代,我们的青年,我们正在为建设社会主义现代化强国而稳步前进的人民,是多么需要这样的诗啊!我们迫切希望,燕祥同志和我国的当代诗人们,都按自己的方式继续写这样鼓舞人心的诗,写得更多更好!

1983 年

谈《高山下的花环》
刘白羽　闻言

（1982年12月19日下午，刘白羽同志在寓所同济南部队青年作家李存葆畅谈了他对中篇小说《高山下的花环》的看法。下面是这次谈话的详细记录。各段标题为整理者所拟。）

关于《高山下的花环》

刘白羽：我听说你这次到北京来，是讨论如何把《高山下的花环》改编成电影的问题，谁来导？定了没有？

李存葆：电影局希望谢晋同志搞。他决心也很大。

刘白羽：那好，你这个作品有一个好处，里面有些是电影里面可以突出感人的东西。我想可以拍出一部好电影。听说你最近收到了很多读者来信？

李存葆：三百多封。《十月》《工人日报》也收到几百封。

刘白羽：部队内部有哪些反映？

李存葆：有连队干部、高干子弟，也有些老同志，都鼓励我。

刘白羽：你这部作品能够让人一口气读下去，而且有震撼人心的力量。

李存葆：怎样写部队内部矛盾问题，我开始有些顾虑。但读者来信说看了作品，更觉得部队的干部、战士可爱。

刘白羽：我读了以后也有这个感觉。你这个作品的第一个特点是很努力刻画人物。我认为你塑造得最成功的是梁大娘。梁大娘应该说是一个典型人物。而且是只有经历了长期的战争，经历了社会主义年代，经过马列主义、毛泽东思想哺育，才能成为这样一种人。而且是老区的，有沂蒙山区的特色。在我们中国文学的长廊里，塑造了很多不同时代的女性。鲁迅写了祥林嫂，鲁迅那个时代只能写祥林嫂，那是一种反封建的妇女形象，她是不朽的艺术典型；赵树理写了抗日战争时期的农村妇女形象，也是成功的；《苦菜花》《槐树庄》《霓虹灯下的哨兵》中也写了很好的农村妇女形象。梁大娘应该说是社会主义新时期的一个农村妇女的典型。你这部作品为什么催人泪下？

我觉得与这个人物塑造得很成功有关系。这是我读后最满意的一点。不知道你自己有怎样的感觉。

李存葆:我写到这里时动感情了。

刘白羽:读到后面,有几次忍不住感情上的激动。有些细节,我们这代人很理解,而且感情上很容易引起冲动。写梁大娘两个儿子的死,老伴的死,她没有流眼泪,但是你写她讲到"四人帮"时一些老同志受摧残,她流眼泪了。这些地方确实是写得细,人物性格出来了。虽然她的吃穿很俭朴,但是品德很高尚。比如你写她走路来连队,吃煎饼屑,但把省下来的钱都交出来,很符合她的性格。梁大娘的形象很高,像泰山一样,确实是中华民族的一个形象,只有我们中华民族,才能产生这样的形象。我认为,塑造了这样一个妇女形象,其意义绝不仅仅限于这篇小说,这是军事题材文学创作的一个重大收获。

第二,我感觉敢于写矛盾是这部作品感人的一个重要原因。从1979年全军文化工作会议,我们就提出写矛盾的问题,今年军事题材文学创作座谈会又提出写矛盾。为什么一再提这个问题?因为摆脱过去"左"的思想影响,敢于正视并深刻反映现实生活中的矛盾冲突,是提高军事题材文学创作水平的关键。借口写矛盾冲突背离四项基本原则的资产阶级自由化倾向是要反对的,但艺术上的墨守成规、概念化,也不可能给人以感动和教育。一定要充分认识"左"的思想在军事文学创作上的影响,一定要从旧的框框里头解放出来,敢于写矛盾。我认为,把高尚的道德力量、情操的力量掌握住了,可以放手写消极的东西。你写赵蒙生的妈妈搞不正之风也好,写赵蒙生的"曲线调动"也好,写柳岚不愿意留在边防也好,这都没关系。你写了他们的转变,虽然有些地方有点生硬,但读完之后,那些东西没有产生消沉的作用。应该说,敢于写矛盾冲突,这是军事题材文学创作方面的一个突破,是你成功的第二点地方。

第三,你写了新的一代人。写社会主义新人,小平同志在第四次文代会上就提出来了。我们响应了这个号召,写军队的社会主义新人。你写了梁三喜、赵蒙生,写了靳开来,还写了薛凯华。你塑造的几个部队中的新人形象,各有各的性格,但写得最成功的还是梁三喜。他是农村出来当兵的,后来当了干部,跟农村有感情上的联系。梁三喜这个英雄人物,写得比较饱满,有崇高的精神境界。你这个写法很好,透过赵蒙生的谈话,把梁三喜的形象、内心都展示出来了,特别是前半段形成了一个对照,两个人还有不同,有一点距离。后来,在梁三喜的影响下,赵蒙生的性格得到了发展。现在我们搞四化建设,应该歌颂这样的干部,赞美这样一种艰苦奋斗、公而忘私的崇高的共产主义思想品德。特别是那张欠账单,真是惊人之笔。过去写英雄,牺牲后留下的遗嘱,大概有这样几种:没有入党的要求入党,或者是我有多少钱,交党费。但你的写法很特别,梁三喜留下的是一张欠账单,一笔债务,而且安排好家里给他还。按照规定,烈士欠债国家偿还,他却不要国家来负担。这样,这个人物很高尚的精神境界便写出来了。现在我们国家,要争取实现四化,二十世纪末国民经济总产值翻两番,我们还是要有这么种精神的。因此,我觉得这个人物不仅在军队有教育意义,在社会上,在农业、工业等各条战线都有教育作用。

赵蒙生,虽然你把他作为一个叙述故事的人,但是很感人。他一面叙述他的战友,一面从他的叙述里表现他的心灵的美。对寄钱的问题,对自己母亲的看法问题,这个人从小说开始到后来,有一个转变的过程。人物性格发展了,才有曲折性,才能感动人。"牢骚大王"靳开来,写得很生动,个性鲜明,几笔就刻画出来了。比较弱的是"北京"(薛凯华),"北京"篇幅也少。在"北京"身上,你有一个"企图",想把他作为一个接班人来写。但这个"企图"似未圆满完成。"北京"的线条还不够清晰。你把描写的重点放在战后,他在战争中牺牲了,你没用多少篇幅去写他。作为一个作者,如果经验再丰富一些,可以想办法安排得更好,用典型的情节,突出典型性格,可以写得更深刻,后面也就会更感动人了。不错,你后面做了补充,后面有两封信;但人物形象内心的东西不像梁三喜、赵蒙生那样饱满动人。玉秀写得是好的,好在哪里?好在迟迟不讲话,她没有多少话。老实讲,处在那种情况下是讲不出什么话来的,但你用行动来表现她。我读到玉秀那个地方,心情是很激动的。她摸那件大衣,是典型的细节。这些地方你都写得很细,你前面铺垫了,大衣前面点了一下,后面又写了。你写她手一摸大衣就出去了,这种写法好,很干净,很简朴,很洗练,很能渗透人心,一个简单动作,表现了丰富的感情内容,这就是用艺术的魅力打动人心的地方。

第四,我觉得你整个写法是比较朴实的,不是单纯地去追求技巧,陈列很多新奇的手法,炫惑人的耳目,但你这里头有技巧,有很多精彩的细节。第一遍看过的时候,感到只是个粗线条的轮廓,但里面也贯穿着很多典型、动人的细节、语言、情节。我觉得你用的手法是革命现实主义的。

李存葆:严格地说,我只是刚刚开始学习写小说。我自己感到,《高山下的花环》还很不成熟。

刘白羽:你这篇作品的创作路子是对的,但在艺术上的确还有点粗。前几天我见到丁玲同志,她说你这个作品是"新的萌芽"。所谓"新的萌芽",我理解就是一个新的开端。她说,如果按照这样一个路子发展下去,文学大有希望。她也讲了作品的不足,就是有些人物写得匆忙了一点,可以更舒展一点,展开来写。我赞成她的意见。你这部作品写得仓促了些,所以还没有来得及仔细推敲。我举例子来讲,雷军长到坟上去,就到他儿子坟上,如果他在到儿子坟上之前,或者之后,起码到梁三喜坟上去看看,让读者感觉雷军长不仅仅对他儿子有感情,而且对连长这样的烈士也抱有同样的感情,这样,雷军长的形象就更丰满了。同样,那个"北京"为什么简单了一点?好像你想写他"文武全才",但还没把这个人物放在矛盾当中,因此,他的性格没能展开。你还没有把这个人物同其他人物串联起来,对照起来,这样对这个人物的精神境界就开掘得不深。你只平面地写他做三件事情,一次是地图,一次是提出仗怎么打……现在大家都感到后半段动人,为什么?那意思就是说前半段还不够动人。这就值得作者考虑。前半段,我的设想,战争中的人物还可以写得惊心动魄一些。现在给人感觉,好像有点写前面只是为了写后面,这是结构上的一个弱点。重点在后面,这是对的,因为作品主题的设置必然是在后面。但前面也要用饱满的语言,当然也并不需要多少篇幅。前面比较平淡,后面比较深刻,出奇制胜在后面,但线索是从前面整个地发展下来,前面写充分了,后面才能更动人。我的意思是,在结构跟人物的刻画上,整个情节跟矛盾,还可以写得更完整。我说的完整指艺术上的完整。要讲你这部作品的不足,我只有这么几点意见,供参考,不一定改。

我说,《十月》发表这个作品,并且请冯牧同志写了推荐文章,这很好。军事题材文学创作座谈会之后,中央专门下了文件,现在不但军队重视,全国都重视军事题材文学创作,这是好事。军队写了好作品,不能只给军队看,还要交给社会,要为社会广大的读者所接受。《十月》杂志发了这个作品,我们很高兴,很感谢。

我觉得,这个作品在党的十二大之后发表出来,是有特别重要的意义的。梁三喜、梁大娘、雷军长这些人物,都是具有共产主义思想的艺术形象。有人说共产主义是渺茫的,这是不符合事实的。我们搞了几十年共产主义运动,共产主义不是可望而不可即的。十二大提出了建设两个文明的伟大战略任务,强调要加强以共产主义思想为核心的社会主义精神文明建设。你这篇作品很珍贵的地方,就在于它有利于社会主义精神文明建设,有利于培养一代社会主义新人。这要给予充分的肯定,充分的评价。

关于总结经验,保持和突破创作水平

刘白羽:你这部作品反映了当前军事文学创作的一个新的水平,一个新的成就。我希望你的,就是你起码要保持这个水平。突破水平不容易,保持水平也不容易。搞创作的人很多,有几种类型。鲁迅、郭沫若、茅盾,他们的作品一直保持着一个高水平,他们是长期积累出来的;但也有不少人,像天上的彗星,闪了一下就过去了;还有一种呢,就是第一篇小说写得突出,再写就比较平庸了。现在你要考虑这个问题,不过我觉得你可以保持。我今天和你见面,是祝贺你写了这部好作品。今年秋天我在济南见到你,就感觉你很淳朴。你自己很淳朴,因此你写出来的作品也比较淳朴。这是你的艺术特色。我觉得应该保持这种特色,好好总结一下经验。你那篇《篇外缀语》写得是好的,自己要总结经验,保持水平。不要太着急,创作急不得。不要作品一出来,大家都要拍电影,到处都评介、转载,就急着赶写。创作是急不得的。不能要求一篇比一篇好,但起码能要求保持现在已经达到的水平,还要努力突破这个水平。刚才我为什么说有信心呢?你有几个条件:一个生活比较深厚;一个因为你掌握了一定的技巧,你是在写过一些报告文学的基础上,才写了这部小说,你有一定的表现能力;第三个,你这个人本身很淳朴,这个很重要。所以文学史上常常讲"人品与文品"的问题。歌德讲过嘛,要写出雄伟的风格来,首先作者要有雄伟的人格。把这两句话解释一下,就是说作家要有伟大的人格,作品才能具有伟大的风格。

李存葆:对越自卫反击战打响后,总政文化部和解放军文艺社先后两次安排我到前线去。今年四月召开军事题材文学创作座谈会时,《十月》的一位编辑向我约了稿。没有领导上的关怀和多方面的支持帮助,我是写不出这个作品的。

刘白羽:那次组织你们上前线,我在三〇一医院住院,到前线去困难了,但雄心还有。当时,不断地看到前线来的电报,我内心十分激动,便提出了关于自卫反击战中部队文艺工作的几点意见,其中之一,就是组织全军的创作人员到前线去。因为描写打仗的事情,我们军队作家是义不容辞的。后来我也跟文联的负责同志谈了,也组织军外作家、艺术家去了。但是军队的作家首先应该去,应该作为部队的一员去参加这场战争。

要写生活里闪光的思想,就要深入生活。深入生活并不等于就能得到生活当中最宝贵的东西。我刚才讲作者的人品问题,作者要有一种情感,然后再加上自己敏锐的观察能力,才能够透过生活的表面,抓住生活中本质的东西、闪光的东西。战争当中闪光的东西一瞬即逝,稍微一松懈、一疲倦就过去了。长期战争当中,哪里会不疲倦?凡是自己疲惫的时候,精力不够的时候,许多东西就很容易被忽略过去了。但这些都服从于自己思想感情的深度,没有思想感情的深度,那些东西摆在你面前,你也不会感动,不感动就抓不到。有的同志说:"你老要我深入生活,我深入了十年,还写不出东西来。"确实有这个问题。如果生活像宝石花一样,摆在那里,你一抓就抓住了,就可以写出一部好作品,那当作家也太容易了。其实,这个宝石花是在矿藏里面,深深地埋在大地的底层,但它又时时刻刻闪耀在你的眼前。你要是能够掌握住这个东西,你的感情同它共鸣,这种东西让你睡不着觉,你才能写出有感情的东西。所以,我说,作家对生活感动不感动,这是一个根本的东西。眼泪也是血呀,你自己对生活就没有感动,没有流过一点泪,流过一点血,你怎么能写出有血有泪的作品来?这是第一;第二,你自己感动的东西并不等于读者也感动,这就有个艺术表现问题。你这部作品写得非常感动人,这是不容易的。所以要重视艺术技巧。现在,我们的评论比较大的问题,就是缺乏艺术分析。要做艺术分析是不容易的,评论家要有一点社会生活的实践,还要了解作家的实践,要懂得创作者的甘苦,才能理解作品的得失。

作家生涯是很艰苦的呀,我是深知其中甘苦的。一开始,在三十年代我专门搞创作,参加革命以后,大部分时间是做文化行政工作,现在我又恢复了创作生活,在家里写东西。我感觉这几十年来的经历对自己有很大好处。现在跟三十年代不同了,生活积累丰富多了,思想感情各方面都得到了锻炼,但遗憾的一点是年纪大了,体力差了,脑子也迟钝了,不过这可以锻炼,可以恢复。我从济南回来以后,在家里写点散文,练练笔,主要是想恢复创作生活。

胡乔木同志在军事题材文学创作座谈会上作了一次很精辟的讲话,他指出:对军事题材文学的含义要有一个更加广泛的认识,要把题材的范围放得更加广大、广阔。乔木同志强调:军事题材文学创作要扩大题材面,不一定非要写火线的才是军事文学,也不一定非要写军队练兵的才是军事文学。因为你有生活积累,有一定的创作经验,因此对乔木同志的讲话就能吸收,吸收以后就能付诸创作实践。你这篇作品就有这个好处,你把视野拉得比较广,你没限制在火线,没从头到尾都写火线,而是从火线拉出来,一个从地理上拉出来,拉到沂蒙山区;一个从历史上拉出来,不但写对越自卫反击战,而且写了抗日战争、解放战争,写了中华人民共和国成立后,写了"十年内乱"。你这种写法显然是受乔木同志讲话的启示。

李存葆:到对越自卫反击战前线去生活和参加军事题材文学创作座谈会,使我受到很深刻的教育。

刘白羽:在军事题材创作里,描写矛盾,界限比较难掌握。一方面,要避免无冲突论,敢于接触矛盾;另一方面,又要避免丑化军队。《高山下的花环》应该说较好地解决了这个问题。在我们心目中,我们所期望的,就是这样的作品。所以,我刚才第二点就谈到写矛盾的问题。军事题材文学创作要解放思想,敢于和善于写矛盾。只要抓住矛盾的主导方面,写出人物的正气,写出时代正面的力量,写好像梁大娘一家这样感人的人物,那么写消极的东西不会让人消沉的。比如,梁三喜欠债还债,你敢不敢写?如果不敢写,催人泪下的东西就都没有了。又比如,你作品里还写了靳开来牺牲了,却没给他记功;薛凯华因"批林批孔"时出厂的"臭弹"而死,这些都没有使人感到消沉,通过批判阴暗面,使主题思想深化了,使作品意境提高了,使人物形象深透了。这些都是现实生活的产物,你怎么能回避?!还有雷军长去看他儿子的坟时那样痛哭,过去我们框框很多,敢这样写军长痛哭吗?我们军队创作方面,好多东西不敢写。解放思想,就是要突破这些框框,但这不等于说要写消沉的东西。你如果被那些消沉的东西所淹没、所俘虏了，单纯展览那些东西，就会产生不良的社会效果，使亲者痛，仇者快。如果你写这些东西，是为了写出我们这个军队最深刻的本质，写出他们更崇高的心灵，写出这个军队不可战胜的力量，那就没关系。所以，关键还是能不能掌握住先进的力量和因素。我觉得你这个作品，比较典型地解决了写部队矛盾冲突的问题。比如你写了赵蒙生的妈妈为儿子搞"曲线调动"，最后带了一笔，写她受了梁大娘的教育，离休以后又到沂蒙山去看梁大娘，写她改变过来。另外，你也有一个伏笔，赵蒙生的妈妈在过去战争年代里本质上是好的嘛，本质上并不是坏的。你的作品可以作为一个例子，研究如何写矛盾的问题。我看要敢于放手写，不要怕。不写正反两方面的对比，就难以表现正面的东西。我们的文学，假如没有光明与黑暗搏斗的对比，没有生与死搏斗的对比，怎么能把人物心灵深处的东西写出来？就是写大自然美的一篇散文，也还要有衬托、有对比嘛，你一个劲地从头到尾美、美、美……怎么个美法呀？没有曲折变化，就不能引人入胜。所以，如果不解放思想，创作路子就很狭窄；如果敢于解放思想，我们的创作路子就会很广。不久前，报上发表了耀邦同志的《坚持两分法，更上一层楼》的文章，这对我们写军事题材文学非常重要，我们要很好学习。关于写爱的问题，就是什么样才是爱，仅仅男女之爱才是爱吗？还有更崇高的爱：祖国之爱、人民之爱、革命之爱。比如梁大娘对赵蒙生这种爱，是错综复杂的，她是养过他、喂过他奶的，她有这方面的爱，又有革命的爱。梁大娘的精神状态升华了。

关于写缺点、写错误这个问题，确实要解放思想。要敢于写人物的缺点错误，当然也不是每个人物都必须写缺点。梁大娘你就没写她什么缺点。要放手，不放手就不能实事求是，不能实事求是，就看不到今天的现实生活，就不能写好今天的现实生活。所以要解放思想，要冲破旧框框的束缚。你这个作品可以说是解放思想的产物，不解放思想是写不出来的。

创造具有更大艺术魅力的军事文学

刘白羽：最后，我想离开你的作品，谈一谈军事文学创作问题。军事题材文学作品，很容易写得刻板、枯燥，要有一种艺术的魅力，才能吸引人，感染人。军事文学怎样才能产生艺术魅力？我最近读了一些作品，有这么几点感想：

第一点，语言要美。美并不是一定要很华丽，朴实与华丽都可以，个人可以有个人的风格，百花齐放嘛。你的语言是朴实的，也是细腻的，使读者看了感到很真实、亲切。这是你的作品赢得广大群众喜爱的重要原因之一。一个长篇，一个中篇，一个短篇，要引人读得下去，必须有好的语言。语言是文学的要素。提高军事文学创作的质量，要考究语言。这是一点。

第二点,意境要高。耀邦同志讲过,思想境界要高嘛。所谓意境,从作品来看,就是要有新的思想、新的哲理;提出对社会、人生的看法,表现共产主义的美好情操。意境高的作品,能发人深思。还要动之以情,要写出人的心灵美,要从内心里打动人,让人流眼泪。马克思主义的审美观点,并不是仅仅要求作品让人流眼泪,不是这个意思。要看流的是什么眼泪,是激情的还是感伤的?比如我们读《红楼梦》,读到林黛玉死了以后,我们流眼泪,那是一种惋惜、感伤的眼泪;我们读《高山下的花环》流眼泪,是出于一种革命的激情、一种热情、一种壮怀,充满了美好的感情。

第三点呢,就是艺术上要完整。艺术的完整性,是对作品很高的要求。你比如一个雕塑,一个名家的雕塑,我举罗马圣彼得大教堂里的米开朗琪罗的《母爱》雕塑为例,你从局部看是美的,但更重要的是你从整体看是完整的,它达到了多么精确完美的高度呀!艺术要达到完整是不容易的。我们的作品,比如有的长篇小说,常常开头写得很精辟,后面写得很粗糙,那就不能说它达到了艺术的完整。艺术的完整,就是结构、情节、人物性格要有发展,前后有呼应。比如我墙上挂的这幅字,广东名书法家黎二樵写的,你看它头两个字是用枯笔,但最后三个字用的是浓墨,整幅字很和谐、相称,没有败笔,后边没有压不住的感觉,我常常看这幅字,觉得它很有章法。我们讲的艺术完整,过去的习惯叫作章法、布局。要有章法,要有布局。《高山下的花环》在艺术上算是比较完整的,前有伏笔,后有呼应。艺术上完整,才可能使人物性格的发展合乎逻辑。我非常喜欢玉秀这个人物。如果说梁三喜等几个干部、战士是部队里一代新人,玉秀就是农村里的一代新人。不要看她穿得很朴素,但她有新思想。包括她后来的再婚,应该这样处理。她没有封建观念,她很美。

上面,我从三个方面来谈军事文学如何产生艺术魅力的问题。这三个问题,包括语言的问题、意境的问题、艺术完整的问题,我觉得要在这三个方面下更多的功夫。当然,从根本上说,都是为塑造典型环境中的典型人物。中国的战争文学,不但要如实地反映革命的战争,而且要比现实的战争写得更典型、更丰富,这是军事题材文学工作者的伟大而艰巨的任务。你不能要求把红军二万五千里长征原原本本地写出来,你必须通过典型环境、典型人物、典型细节,艺术地再现长征,使人感觉到你写的长征,比真实的长征还要惊心动魄。军事文学不是枯燥乏味的,而是震撼人心的。军事文学的美,是壮丽的美,因为我们的战争就是壮丽的生活。

我希望你同大家一起研究一下,如何使军事文学让人爱不释手。像你这个作品发表之后,收到那么多读者的来信,得到那么多读者的喜爱,确实是军事文学的成功。1979年全军文化工作会议到现在已经三年了,现在我们应该对军事文学创作提出新的更高的要求了。那时候,我们要求大家不能满足于写战役、战斗的过程,要重视写人,写人的内心;现在,必须进一步要求大家努力创造一种具有更大魅力的军事文学,要提高质量。当然,强调质量,不是否认数量。但目前更突出的问题是质量的问题。我讲的艺术魅力,换一句话,就是指作品的思想性和艺术性的完美的结合。甚至还可以更加强调艺术性的问题,这并不是说不强调思想性。我觉得,过去由于思想上不够解放,在艺术上不大胆,缺乏创造性。不管写什么东西,不敢谈创新,不敢谈艺术性,形成了一种套套,要突破不容易。我觉得要解放思想,要大胆创新,要敢于强调艺术性,使我们的军事文学成为被男女老少、中外人民所热爱的一种文学样式。现在,不少青年不爱看军事文学作品,这当然跟社会风气有关系,但反过来也加重了我们从事军事文学创作的作家的责任感,迫使我们不得不考虑艺术性问题,不得不考虑如何用强大的艺术魅力去吸引广大读者。

李存葆:您谈的这些问题,对我很有启发。

刘白羽:今天,我本来自己没有准备讲的,想听你谈谈如何深入前线,如何创作的,特别是你在《高山下的花环》中把对越自卫反击战同沂蒙山区农村联系起来描写,这种巧妙构思,是怎样酝酿、怎样产生的,请你谈谈吧!

李存葆:我在艺术上还不成熟,主要是靠生活,没有生活写不了。我过去就喜欢去农村看看,多感受感受。沂蒙山是我去过最多的地方。沂蒙山里的人特别勤劳、朴实,对党、对部队、对战争年代的老同志怀有很深的感情。战争年代,沂蒙人民支援了革命;十年内乱,沂蒙又是山东最乱的一个地区,军民损失都很严重。三中全会后,我又去过鲁西北,那里变化很大,动人的事迹很多。对越自卫反击战时,我们奔赴前线,我先是到云南边防部队,后来又到广西边防部队。"曲线调动""批林批孔时的臭弹""烈士欠账单"等情节和细节,都是从前线生活中得到的。

刘白羽:你的经验很重要,为部队作家提供了一个重要的启示,就是首先要熟悉部队,同时也要了解农村、工厂,才能开阔视野,也才能深刻地反映时代精神,写出无愧于我们伟大时代的作品。你年轻,正处在创造力旺盛的时期。一部中篇很快就写出来了。这不容易。希望你戒骄戒躁,继续前进!

(闻言整理)

1984 年

幸存者，但不是苟活
——张贤亮《绿化树》读后

邵燕祥

一个好的文学作品总是立体的，不同的读者从不同的角度，可以得到各自不同的感受。比方说张贤亮的"系列中篇"九部中首先发表的《绿化树》(《十月》1984 年第 2 期)，对于研究政治经济学、现代史、社会学和民俗学的学者，就可以提供这样的第一手资料：在 1961 年底至 1962 年初"七千人大会"前后，中国西北高原一个基层农业生产单位的生产力和生产关系水平，劳动状况和食物构成，遍及全国的政治运动在这里的影响，科学社会主义原则在这一隅的实际地位，所有这一切同《共产党宣言》指明的"每个人的自由发展是一切人的自由发展的条件"那样一个"联合体"的辉煌目标的距离，等等；对于文学家们，它可以引起关于典型环境中的典型人物的论证，关于历史感与现实感的统一，当代性与同步性的联系和区别，乃至真伪现实主义的分野的思考，还有在结构、手法方面的切磋琢磨……而对于我这个读者——由于职业关系常常不得不读一些没有激情的"抒情诗"、没有哲理的"哲理诗"、浮光掠影的所谓"生活诗"的人，它却以融合在一起的热情、思辨和生活本身的迫人力量，把我推入回忆之中。

二十世纪五十年代末、六十年代初，我们还是三十岁以下的孩子，谁没从那段年月经过，谁不知道那段历史？然而经过、知道并不就是认识。在缴过昂贵的"学费"之后，真正要从使人痛苦的回忆里面学会评价历史和生活，比起"缴学费"来也不见得轻松多少。

小说唤起我的回忆：那断断续续延续了二十年的"左"的错误；在特殊际遇中结识的、不能简单以"左"右善恶来标记的活生生的人们；我的甚堪告慰的正直与不堪回首的卑怯……不过，惭愧得很，我首先回忆起的却是饥饿。

"生活难道是这样的吗？"只有在极端艰辛的劳动中同历史一起跋涉过的人们，只有和普通劳动者在普遍贫困的生活条件下共过忧患的人们，可以理直气壮地回答这个问题，而其中许多人已经不在世间了。今天和未来有幸无虞于温饱的青少年，倘要知道什么是 1960 年前后的困难时期，什么是饥饿，什么是当时与天灾俱来的人祸，并且探究这一切的根源，那么他们于不加雕饰的真正的文学作品中得到的，恐怕远远比一般历史课本的概略叙述要具体得多,深刻得多。当代人的记忆最好由当代人在书面上保存下来,后人对前事的杜撰、附会、歪曲,我们看得太多了。我们多么需要史笔啊!

严峻的现实产生严峻的现实主义。然而如果没有逼视生活的勇气,就不可能有审视、解剖生活的魄力。人们在今天需要现实主义,是需要它捧出真相、真情和真理。张贤亮不是从上面来"下生活",从旁边来介入生活,从外面来体验生活,而是被迫在生活的底层"清水里泡,血水里浸,碱水里煮";反复的煎熬,使他把目光投向了"不在书本本子上,不在报纸上",而就在身边的乡亲,即作为体力劳动者的人民[①];在人民的疾苦、人民的命运面前,"个人任何巨大的痛苦都是渺小的"[②]。

不毁灭过去,怎么能重新生活?所以,我要写,要写,要把过去的事写出来,为了她,为了我,为了有权利生活得好一些的人。

这是作者1980年秋写的《土牢情话》中主人公的自白[③],毋宁视为作者的自白。

唉,我们的人民!把稗子炊成主食,聊得一饱,一时竟会有陶醉的感觉……酒足饭饱而侈谈体验生活的清谈家们,可有过这样的"体验"吗?

《犯人李铜钟的故事》《远去的白帆》,都出色地写到过饥饿,当然不仅仅是写饥饿。而《绿化树》的作者在写到物质的贫困和生理的饥饿的同时,更以深邃的目光和犀利的笔锋写出了精神上的贫困和饥饿。

对于中国,对于中国人民,什么是精神上的财富和营养?

在那荒村的土坯小屋里,昏暗的油灯下,一个除了可怜的身份以外几乎一无所有的年轻人,每晚来到这里享受一个中国当代文学中从未出现过的女人的恩惠。她以单身和姿色的优势,狡黠的匠心和清醒的权宜之计,取得定量外的粮食,在一碗杂合饭中注入了温情和仁爱,然后一边俯身炕上做她的针线,一边让那青年在找补一顿以后,"好好地念你的书吧!"她不知道他读的是什么书。他读的是在劳改农场刑满释放那一天,从一个原来在大学教哲学的"右派分子"那里接受的馈赠——为了让他也许能从中知道,"我们今天怎么会成了这个样子",而"个人的命运和国家的命运是联系在一起的"——那是《资本论》第一卷。

这是在《资本论》第一卷问世九十四年之后,在宪法上铭刻着以马克思列宁主义为指导思想的中国;这是在林彪取代彭德怀主持军委工作,开始雷厉风行地阉割、肢解、取消马克思主义,反对学习马克思主义经典作家原著而另辟"立竿见影"的"捷径"以售其奸的时刻;这是在甚至某些负责干部的书橱里,《马克思恩格斯选集》《列宁选集》《毛泽东选集》,以及早年指定阅读的几部马列著作的单行本,竟还保持着出厂时的崭新状态,而什么"问答""解释""提要""十二讲"等小册子的某些答案上倒画着红杠杠的年头[④]。——此时此地,作为马克思主义在中国的传播史上的奇特的一页,这难道不使每一个真诚信仰马克思主义的同志辛酸、愧汗、痛心吗？

不用说人们首先必须吃、喝、住、穿，然后才能从事政治、科学、艺术、宗教等活动，这是马克思观察社会历史的基本出发点，仅仅记住"民以食为天"这一千古以来成为常识的格言，难道需要多深的理论修养吗？《绿化树》虽然是以一个知识分子的灵魂中的扬弃和转变为主线的小说，但它首先以黄萝卜、高粱面、羊杂碎与饥肠辘辘相对照的真实画面，揭穿了一切"左"的、反马克思主义和假马克思主义的高论。

在五十年代中、后期膨胀起来的"左"倾错误，不仅伤害了知识分子，而且紧接着使灭顶之灾及于以亿万计的体力劳动者。于是，首当其冲的"大""小"知识分子中的受害者，其中相当大量的是当时二三十岁的青年，随之在饥荒的年代、苦役式的劳动中发现：

"劳动人民"绝不是抽象的，他们就是马缨花、谢队长、海喜喜等这样的人！尽管他们和那些文学艺术作品中的劳动者的庄严高大形象相差甚远。

生活是检验现实主义文学抑或伪现实主义文学的试金石。

马缨花！她的名字是作者代取的（因为在小说描写的那片西北高原似乎绝少有这种落叶乔木），这个人却绝非赝造的。她容光照人地出现在当代文学的人物画廊中。我不愿意轻率地使用最高级形容词来论定她的品格，寻索她和我们这个同时具有古老文明与古老野蛮的东方传统的精神联系；我只能说她这一形象的价值超过了一般所说的认识意义。这是使二十世纪六十年代一个落魄的无名诗人"令人惭漂母，三谢不能餐"的又一位"五松山下荀媪"，而又确确实实集母性、妻性、女儿性于一身的，没有所谓文化素养却有一点暧昧的名声，不无心计却又天真未凿，自有其温良又粗犷的情义的特殊魅力的年轻女人。如同我们说好诗都不是诗人硬"做"，而是自然迸发或流露出来的一样，这个人物也不是作者张贤亮刻意构思、设计、拼凑、剪裁出来的。她是从真正的生活中，从作者的心坎里自己走出来的，她身上有《土牢情话》中的乔安萍、《河的子孙》中的韩玉梅的影子；更确切地说，乔安萍、韩玉梅是她的某一个侧影或背影，她却活灵活现地站在我们面前，喊叫着、戏谑着、沉默着、轻声款语着、讥骂着，乃至用全部的灵与肉发出山盟海誓："就是钢刀把我头割断，我血身子还陪着你哩！"……马缨花是《杨花似雪》中的杨思萍、《草青青》中的小萍的同命的姐妹，不过马缨花就是马缨花，就是她自己；她以不可替代的声音笑貌、性格和命运攫住读者，令人心折，令人悯然，令人深思。

不管今后在作者的"系列中篇"的其他各部里，这个马缨花是否还会出现，在《绿化树》中，这个人物形象的最后一笔，已经完成在我们似乎看到了的、她留在茫茫雪原通往山根的那一串长长的脚印上了。

相对来说,作为表现一个中国年轻的知识分子的"苦难的历程"的第一人称,"系列中篇"的主人公"我"——章永磷——的形象,在这一部中当然还不可能完成;不过我们已经看到了这个以忏悔录式的真诚袒露出的、接受过封建的、资产阶级的文化熏陶的知识分子灵魂深处的每一次震颤;这种震颤是他身边的人物,首先是劳动人民,更其切近的是马缨花所激发的,也是他所开始阅读的马克思主义经典著作所激发的。

这不是天主教徒的忏悔,不是儒家的"吾日三省吾身",更不是一度流行的"活学活用"和"狠斗一闪念"。这个知识分子一心想要"和人类的智慧联系起来",从而"超越自己",以求精神上的绝处逢生。直到最后面对着马缨花的献身爱情,他才痛切地感到:"我的心里只有我自己,即使想'超越自己'也是为了自己。这就是我和她之间最大的差距!"

《绿化树》并不以爱情为唯一的主题,但它在这方面的抒写,不像有些趋俗之作那样,满足于重温和传达一种爱情经历中的甜蜜或辛酸的体验,而是歌颂了一种超过情欲之上的、甚至也不仅是一般的男女互相倾慕爱悦之情的、"一种纯洁的,神圣的感情"——"有限的爱情要求占有对方,无限的爱情则只要求爱的本身。"这种感情,恰恰不是萌生于仿佛不食人间烟火的超尘脱俗的高人雅士的身上,却自然地燃烧在像马缨花这样不得不为升合之米折腰的普通劳动妇女心中!

在小说前半部分,主人公关于堕落,关于理想和生活目的,关于自己的出身教养,关于趋利避害的劣根性,关于感恩,关于对"体力劳动者"的态度,关于爱情和道德观念,以及关于知识分子对人生和生活的不切实际的自省和剖白,其诚挚是使人信服的。这些心理活动表述带着很大的纯思辨性,不过它与主人公所处的社会环境、具体处境丝丝入扣,因而不仅合乎这个人物的性格和思维逻辑,并且折射出时代的、历史的光痕。如果没有主人公基于自己全部教养和特定历史条件的这种思想上、道德上的探索、追求,则小说后半部中他从《资本论》第一卷里有所领会和顿悟,将是不可想象的。

作者在前言中预告这个"我"将最终变成一个马克思主义的信仰者。这一部虽仅见其端倪,我们却已经从中感到,马克思主义诚然是这样的火种,即使在党的组织力量极其薄弱甚至瘫痪的时候和地方,它也会点亮人们的心。它使人清醒、高尚、充实、向上,呼唤人们去改造自然和社会,并在这个过程中"展开各种睡眠在他本性内的潜能"。这样朴素动人的真理胜过了连篇累牍强制改造的训诫说教。我们多年来的文学,还没有一篇像《绿化树》这样发自内心的,富于生活底蕴的,又是有血有肉地对马克思主义作为一种精神力量的颂赞。它也写出了我们是多么需要马克思主义。能够震动人的心灵的强音不一定是高音;忆旧如果是为了汲取历史教训,就会赋有迥异于怀旧的召唤、前瞻与前行的力量。

我虽从1957年就知道因《大风歌》罹祸的张贤亮同志,却从未谋面,仅从他部分作品中想见其人。也许真的是"人,经过炼狱和没有经过炼狱的大不一样"吧⑤(恕我在与他原意略有不同的意义上引用这句话),我以为张贤亮也像许多经历类似的同志一样,得到的毕竟比失去的多,他曾经可以说输去了一切,但也赢得了生活,尽管生活——活着,并且建设新的生活,——要比死去或沉沦困难得多。不只是个人的,而且是波及千百万人的患难玉成了张贤亮。我们绝不情愿再以如此沉重的代价去造就作家,由此却倍加显示了幸存的作家们社会责任的沉重。然而"文章得失不由天",多少人身经安史之乱,可是有几个杜甫和李白呢?张贤亮目前达到的和可以预期的成就,来自于他起初也许并不自觉的同人民群众在特殊条件下建立的血肉联系,来自于他对马克思主义的如饥似渴的潜心学习。没有这两者,他就没有反"左"的胆识和武器,也就没有他的小说中体现出来的严峻的现实主义。而有了上述两者,张贤亮的作品能够有助于我们比较深刻地认识生活,比较正确地解释生活,鼓舞我们热爱"艰辛得和美丽得都使我(们)战栗的生活",去改造和消除生活中的阴暗面,推动历史前进。

　　"我们应该给人民做些什么?我们能够为人民做些什么?"张贤亮的近作《男人的风格》中那位志在改革的主人公同时也是作者自己这样问道。

　　历史是向前发展的,生活是向前发展的,马克思主义是向前发展的,文学艺术中的现实主义也是向前发展的。我们历经劫难的人民,包括我们与人民生死与共的作家,是幸存者,但不是苟活者。这就是我们对民族、对国家、对党、对现代化进程中方兴未艾的伟大变革,也对我们的文学事业满怀乐观的根据。

注:1984年4月6日。
① 张贤亮:《河的子孙》,《当代》1983年第1期,第96页。
② 同上,第137页。
③ 张贤亮:《土牢情话》,《十月》1981年第1期,第28页。
④ 张贤亮:《男人的风格》,《小说家》1983年第2期,第187页。
⑤ 同上,第31页。原上下文为:"人性中的弱点——残存的原始兽性已经暴露过了。人,经过炼狱和没有经过炼狱的大不一样;从炼狱中生的人总带有鬼魂的影子。"

且说《棋王》
王　蒙

我许久没有见这样的文字、这样的文体、这样的叙述风格了。

我写"评论"是最懒得抄引的,对于阿城的《棋王》(《上海文学》1984年第7期),我却想只管抄下去。比如,王一生的爸爸说:"你不知道酒是什么玩意儿,它是老爷们儿的觉啊!""知青"打牙祭时,"巧克力大家都一口咽了,来回舔着嘴唇。麦乳精冲得稀稀的六碗,喝得满屋喉咙响",都令人叫绝,而且如此佳句摘不胜摘,美不胜收——口语化而不流俗,古典美而不迂腐,民族化而不过"土",嘎嘣利落但仍然细密有致,刻画入微却又惜墨如金。它很难归类,异于现时流行的各家笔墨,但又不生僻。

一个三十六岁的作者的处女作,难得!

可惜竟在一个细处栽了跟头:在该用"令尊"的地方用了"家父"(编辑居然没看出来),贻笑了大方,甚至让人觉得是露了破绽。

《棋王》的文很有特点,质也很独特。

"知青题材"小说多矣:多写农村的严酷现实对天真烂漫的城市知识青年们的考验,或发出弱者的呻吟乃至血泪,或叹息农村之落后贫困,或描写绝望中的希望、黑暗中的光明,或赞美大地与人民、抒发忧国忧民之思,或归结为这种考验终是有益的。不管是从消极、从积极还是多面地去写,在这些小说里,城市知识青年上山下乡这个事件是绝对的主角,是一切人物命运、纠葛、悲欢离合的主宰力量。如写一对男女青年,在下乡后的寂寞空虚中冲动相爱,在一方回城后爱情破灭。或者写一个青年下乡后物质上虽然匮乏,精神上却仍觉充实,回城后反而耐不住小市民的俗恶,以至于决定再回乡下去。二者思想倾向自有高下、强弱之别,但相同的是,事件支配着人,人的变化与事件的变化紧紧相随。

这样写当然有道理,在急剧的社会变动中,在动乱中,在数千万城市知识青年上山下乡这样的史无前例的"壮举"(当然也有人认为是狂举)中,个人委实常常变成了小船,而事件变成了大涛大浪。

但是《棋王》不同,虽然这篇小说同样相当真实地反映了当年知青生活的若干画面,但它的人物和故事有大得多的独立性。在这篇小说里,"棋呆子"王一生的身世、性格、下棋故事是真正的主体,知青上山下乡事件是背景。我们也许可以说,这篇小说突出了人是自己的主人、人不会仅仅是被历史的狂风吹来卷去的沙砾的思想,表现了一种新的强力。这篇小说取材角度之特别,也会给人们以相当的启发。

王一生这个人物与众不同。他出身贫苦,有自己的务实、克己、生活上很不讲究、做人上又严格得近乎古板(例如他不参加地区象棋决赛)的一套完整的性格。他说:"……'忧'这玩意儿,是他妈文人的佐料儿。我们这种人,没有什么忧,顶多有些不痛快。何以解不痛快? 唯有象棋。"他吃相很恶,因为他挨过饿,不是一般的饿而是真正的饿。别的知青对乡下生活叫苦连天,他却知足常乐。知足常乐却并非麻木不仁。第一,他"呆亦有道",实质上十分自尊,知道倪斌用家传的棋做礼换取他参加比赛的权利时,他严正声明:"我反正是不赛了,被人做了交易……被人戳脊梁骨。"第二,他有他的"二元论",物质上知足常乐,但精神上自有追求、自有境界。最后由小说中的"我"概括说:"衣食是本,自有人类,就是每日在忙这个。可囿在其中终于还不太像人。"这其实也是王一生的心声。

凡此种种,都与我们习见的那种文艺作品中的知青形象不同,那些知青或弱或强,其敏感多感易感则是相同或相似的。他们其实都出身于中上层人家,才把上山下乡看得如此之重,看得如此之可怕或如此之伟大壮烈。其实广大农民家庭的子弟,包括其中上过学的子弟,是不会也无法这样看的。在这个意义上,王一生的形象是一个发人深省的补充或者匡正。

王一生不是农民子弟,但出自城市下层人家。这种不同的人对同一历史事件的感受之不同,王安忆在她的《墙基》里曾写得很出色。如今又有了《棋王》,这说明经过沉淀,人们的思想——包括青年的思想,进一步成熟因而公正些、也深刻些了。

《棋王》的主要特色还不在于此。它的主要事件不是像一般"知青"题材小说那样:离家、进点、劳动关、生活关、与农民的关系、与干部的关系、恋爱、上调、不正之风……而是下棋。下棋不是什么了不起的大事,茨威格在他的名著《象棋的故事》里把下棋写作一种机械的、缺乏创造力的技巧,写作一种法西斯统治下智能积蓄的一个突破口,一种可怕的体验。而王一生的下棋不然,他讲的是棋道,而且是"中华棋道"。在这里,本体论与方法论完全融合,道德、人格、哲学、智慧、经验、技巧……完全融合,"大道"与"小技"完全融合,大道是小技的主宰、小技的本源、小技(无道小技)的克星。这是非常中华式的理论,中国不论是讲文艺、讲武术、讲医,都是这样讲的,是至今仍然给人以启迪的一套思想系统。

这样,才出现了扣人心弦的王一生与九个人同时下盲棋的精彩描写:

"王一生孤身一人坐在大屋子中央,瞪眼看着我们,双手支在膝上,铁铸一个细树桩,似无所见,似无所闻。高高的一盏电灯,暗暗地照在他脸上,眼睛深陷进去,黑黑的似俯视大千世界,茫茫宇宙。那生命像聚在一头乱发中,久久不散,又慢慢弥漫开来,灼得人脸热。"

这是一幅画,也是一种境界,是对人的智慧、注意力、精力和潜力的一种礼赞。

于是,下棋的故事就有了某种象征的意味,作者当然是在写下棋,王一生当然在下棋,这并不晦涩朦胧。但它使读者想到的不仅是下棋,从来不下象棋、不知象棋为何物也不准备从此学棋的读者仍然会对这个故事、这些描写感兴趣。

何况这故事发生在那种背景、那种年代下面!

下棋的故事还包含着两层值得重视的意思。第一,王一生强调他迷下棋,但下棋不能当饭吃,自幼他的母亲就有血有泪地教育他不可为下棋耽误了正事,正事便是"真人生",便是每人要忙的"衣食之本",也就是劳动生产。同时王一生也决不用自己的棋艺去换取更好的生活,如果目的不纯、手段不当,他宁可不参加比赛。这样,既把下棋摆到了一个适当的地位,不可玩物丧志,又反转过来捍卫住了"棋道"的纯洁。这样一种思想态度,既迂直又浪漫又拒俗,对于有知识有技艺有本领的人来说,对于那些以自己的知识技艺本领来逐名寻利的人来说,是有着某种教训意味的。

当然,王一生也不是伯夷叔齐式的采薇而食的"超现实主义"人物。现实和理想、义务和爱好、争强与忍让,他似乎分得蛮清,心里有数。

其次一层意思是作者也罢,王一生也罢,他们相信人民中间的智慧,相信卑贱者最聪明。例如王一生的一位同学的父亲"国内名手",要收王一生为徒,反被倨傲地拒绝:残局尚且未通,"那我为什么要做你的徒弟?"而与"名手"对比的是捡烂纸的老头儿,其技也精,其论也高,令王一生五体投地。再如"脚卵"倪斌,其实是"蛮好"的一位同学,但与"棋呆子"王一生一比,便觉逊了一筹。最后车轮大战的故事,对地区比赛前三名,"棋呆子"不怕,而不知从哪里杀出来的六个人倒使王一生沉吟。他还有一个说法,叫作"怕江湖的不怕朝廷的",这也值得玩味。

当然,说下大天来,象征也罢,寓意也罢,棋道也罢,下棋毕竟就是下棋,谈不上"重大题材",《棋王》这篇小说无法完全摆脱它的题材的局限性。它和《烟壶》等,都是奇文。文坛上会不时出现反映现实斗争的时代之强音,代表了文学发展的主流,同时文坛上也会出现各种奇文。"奇文共欣赏,疑义相与析",本是传达读书的快乐、文学生活的快乐的名句,六十年代这两句话旧案新翻,被赋予特殊的含义。在我们谈论《棋王》的时候,我想起了这名句本来的美好含义。

最后我要说一下,王一生的信条里确也存在着消极的东西,他的下棋似乎首先是为了自娱,为了"解不痛快"。他似乎在追求一种自我解放、解脱、精神的享受。他强调"待在棋里舒服",说"我在心里就能下,碍谁的事儿啦?"……这当然有其不足为训之处。只是考虑到中国知识分子渊源久远的这一套处乱世的自解的本领,考虑到王一生的具体状况和具体处境,考虑到《棋王》只是一个年轻作者的计划中的系列小说的第一篇,我们在明确地指出王一生的思想的消极面的同时,似乎更有理由祝贺他的"一鸣惊人",并对他今后的创作寄予殷切的期待。

1985年

"妙在似与不似之间"
——评中篇小说《透明的红萝卜》

李 陀

前不久出版的《中国作家》第二期上发表了一个中篇小说,题目叫作《透明的红萝卜》。

萝卜能够透明,还是红色的。这已经是个意象,一个富于诗意的意象。它使人想起童话。然而,按照通常的说法这应该算是一篇反映农村生活的所谓农村题材小说。但凡是读过这篇小说的人,恐怕都要犹疑,它究竟能不能算是反映现实农村生活的农村题材小说?小说的主人公是一个十岁左右的男孩子。这孩子刚出现的时候普普通通,赤着脚,光着脊梁,穿一条又肥又长的白底带绿条条的大裤头,细长的脖子支撑着大脑袋。但是越到后来,这孩子越像个小精灵,还透着几分神秘。他从来不说话。他从不怕冷,当十分强壮的老铁匠都穿上棉袄时,他仍然光背赤足,且没有半点瑟缩。他用手去抓热铁,让热铁像知了一样在手里滋啦滋啦地响,把手烫得冒出黄烟,可他还不慌不忙,仿佛那皮肉的灼痛中有一种快感。他在一个夜晚看见了透明的红萝卜,那萝卜晶莹透明,尾巴上的根根须须像金色的羊毛,萝卜里还流动着活泼的银色液体。于是孩子便着迷地去寻找它,以至于到萝卜地去,把每一个萝卜都拔下来举到阳光下端详,最后把一片地的萝卜全部拔光……这的确很像童话。然而,这些非现实的童话因素在《透明的红萝卜》中只是其艺术形象构成的一种成分。与这种童话式的非现实因素相交织,小说中又有很多十分现实的农村生活描写。凡是对我国农村生活,特别是对"文化大革命"期间的农村生活比较熟悉的人,都会承认这些描写既丰富多彩,又生动准确。例如小说作者对公社副主任刘太阳的刻画,用墨并不多,只寥寥几笔,然而活灵活现,一个本质还不算太劣,却已经习惯于欺凌百姓的小官僚跃然纸上。小说中的其他几个人物,还有小说所展现的一幅幅农村生活图景,也都写得十分生动,散发着一股温馨的泥土气息。读这些地方的时候,我们几乎会忘记小说中的那些童话式的非现实的因素,以为自己在品味一篇风格上非常"写实"的小说。如此,《透明的红萝卜》多少给人一种迷离恍惚之感。它所描写的一切,似乎是现实的,又是非现实的,是经验的,又是非经验的,是透明的,又是不透明的。小说这种独特的艺术形象和艺术效果,使我们获得一种新鲜的、陌生的审美经验。它使我们有些困惑,但也使我们享受到一种"别是一般滋味在心头"的愉悦。

或许有人会问,为什么作者要这样写小说?是否有些故弄玄虚?我以为读者发此疑问是合情合理的。但要回答这问题比较困难,因为很难用简单的几句话说清。首先,这篇小说所蕴藏的含义似乎与我们通常所见的农村题材小说有很大不同。虽然它也写了贫穷落后的农村状况,也写了农村生活的"阴暗面",还有农民作为小生产者的种种心理,他们的狭隘、愚昧、纯朴、善良等等;但是,我们越仔细解读小说,就越相信这些都不是作品的主旨,作者无意于使自己作品的主题拘束于社会学范围之内,这大概正是使许多读者困惑的原因所在。许多年来,不仅文艺作品对生活的表现形成一定的模式,读者的欣赏习惯和心理似乎也形成了一定的模式。其实,倘若我们有意不像通常那样到《透明的红萝卜》中寻找我们所习惯的主题,这篇作品的解读相反会比较容易。关键是对小说主人公黑孩的理解。从表面的层次上说,这是一个具体的人物形象,一个倔强顽强、饱受困苦的农村孩子,他的性格和命运中都有一种悲剧色彩,令人同情,读者也许会通过他思索很多的东西。但是如果仅仅如此,那这思索就会与小说中类似这样的形象所引起的思索大同小异。然而,正是渗透于这个形象的那些童话式的非现实因素,使我们对黑孩的理解有可能进入更深的层次。黑孩形象中的非现实色彩,使他在一定意义上成为一种抽象和象征,这和《西游记》中孙悟空的形象是一种抽象和象征有些类似。只不过孙悟空是人们在专制压迫和长期压抑下所形成的那种造反情绪和愿望的抽象、象征。而黑孩却是中国农民那种在任何严酷的条件下都能生存发展的无限的生命力的抽象和象征。无论黑孩那种超自然的、神秘的承受苦难和忍耐痛苦的能力,无论黑孩那在刚刚能活下去的恶劣条件下仍能保持那么多幻想,仍能顽强地去追求的炽烈感情,我们都不能把它们只看作是人物性格,而是应当看作作者对中国农民的反思。其中有他的热爱、理解和信任,也有忧虑、怀疑和批评。

因此,《透明的红萝卜》并不玄虚。作者想表现他对生活的一定感情和态度,但是他没有采用人们都十分熟悉的写实方法,而是借一种特定的表现形式,将现实因素和非现实因素融成一体,形成一种十分特殊的小说艺术形象。这种小说写法自然与追求"如实"地反映现实生活的方法,有明显的不同。不过,如此处理艺术与现实生活的关系,我国伟大画家齐白石曾有一个很好的概括,叫作"妙在似与不似之间"。或许有人认为这原则只适合于中国画的画理,用于文学则不然。这看法恐怕可以商榷。我国古典小说中的皇皇巨著《红楼梦》,从大的情节构架至小的生活细节,都有现实因素和非现实因素的交织,其遵循的原则恐怕也正是"妙在似与不似之间"。倘再研究其他小说,如六朝志怪、唐宋传奇乃至"三言""二拍"等等,就更可看出这是我国小说艺术的独有传统。说起来,《透明的红萝卜》还应算作是恢复这个传统的一个很有成效的努力呢。

地火依然运行
——近年诗歌的发展
谢　冕

从单一向着多元

　　伴随着令人纷扰的挫折,诗歌似乎显得平静甚至有点沉寂了。但一场受到深刻的历史必然性鼓舞的艺术革新,是难以为外界条件的影响而止息的。如同地火,炽热的岩浆的喷突,不会因一时的风雨而窒息。一些人感到了整个中国文学艺术悄悄进行的"绿色革命"。这一革命始于诗。它以原有艺术的极限为始发点——当然不是从零开始的重新铸造,它无疑继承了传统的有益养分。但整个气氛是以不驯的挑战姿态,向着趋于固化的传统诗艺。它旨在更新不适应时代的那些艺术方式和艺术技巧。艺术发展的规律向人们如是启示:任何一场认真的艺术变革,不包含有对于原有艺术模式的批评成分是不可想象的。诗歌在进入社会发展新时期以来的失去平静,其动因盖在于它敏感于艺术变革的不可不进行以及进行这种变革对于原有艺术状态的必然的质疑。

　　全民性的思想开放,为诗歌的变革提供了有力的支持。中国固有的传统艺术因自身在发展的特定阶段产生的歧义而受到怀疑。人们通过向世界开启的窗口得知世界诗歌发展的现状,于是再也不能满足于原有的艺术封闭状态。"用横的眼光来环视周围的地平线"或"新诗也要来点引进"这些不准确的概念是在这样的氛围中提出来的。其实质在于中国新诗再一次向着民族文化本源之外寻找"充氧"的机会。新诗敏锐感应了二十世纪中西方文化的又一次大融汇的时代气氛。在新的历史时期,文学和诗的目标首先是改变与世隔绝状态而走向世界,取得与世界诗歌的同向发展。这一阶段诗歌的骚动不宁,原系受到世界性现代诗歌潮流的鼓动而产生的变革要求所驱策。改变诗歌的单一结构而向着艺术的多元化发展,这是当前诗歌运动的关键性要求。

真实生命的回归

　　开始的时候,人们的注意力被诗的懂与不懂所吸引。尽管由此引发的争论,涉及诗歌观念的巨大差异,但这显然不体现当前诗歌变革的实质。诗歌变革始于谴责历史倒退而来的深刻反思。公刘和白桦亢进的激愤的呼喊,无疑是当代的强音。随后,诗的主题有了明显的倾斜。人们由于对神的弃绝而关注人的存在及其价值。凝聚了时代悲欢的普通人的命运和追求，一时间成了最动人的题目。

从艾青的《鱼化石》的写作到曾卓的《悬崖边的树》的发表，突如其来的灾难造成的悲剧性命运使这些普通人成为抒情诗世界的合法公民。从那里我们看到扭曲的年代给予平凡心灵的投影。有的诗人并不直接写"我"，但那些花鸟，那些虫鱼，都深深地传达出人间的悲欢。邵燕祥的《燕子的歌》，其实就是"我"的歌：燕子带着伤痕歌唱春天的喜悦以及喜悦中流露的隐忧，寄托着他所体察和拥抱的人生。更多的诗人则直接地写入自身坎坷曲折的身世。这类诗如冀汸的《回响》《回答一个不知道名字也不曾见面的少年》，都是离乱之后对于召唤的回答："你也不必为我的死担心，即使我变成了一束枯草，只要还剩下一粒草籽就永远蕴藏着青春的消息。"许多诗篇都传达着这种悲凉中奋起的激情。顾城的著名诗句："黑夜给了我黑色的眼睛，我却用它寻找光明。"这是年轻的"一代人"经过黑夜之后执着的寻找，其不甘于沉沦的信念与他们的前辈相同。

最集中也最充分地展现了苦难而扭曲的心灵的，是流沙河的"归来"之作。《故园九咏》《故园别》均是以凄楚的心境怀想那些艰辛的岁月的。有一段相当长的时间，诗歌排斥了诗人的自我抒情，越是他人的就越是健康的。如今的自我复归，正是对诗的反常秩序的矫正。在新时期文学中，诗最早实现了普通人形象的占领。当然，作为普通人就不会是完人，却是真实的、摒弃了虚假的人。流沙河受屈辱者的委曲求全，那种宁肯被儿子"当马骑"免在外面受人凌辱的"弱者的自强"，梁南的《我不怨恨》的那种鲜花遭马蹄践踏并无怨恨反而"抱着马蹄狂吻"的扭曲心灵，都是作为活生生的人而在诗中存在。北岛的《青年诗人的肖像》《履历》中所包含的嘲讽和揶揄，都合理地包含了诗人自我的不完善。这些与过去要求抒情形象高大完整形成的悖逆，体现了诗歌真实生命的回归。

这一特异现象的革命意义在于，诗歌的觉醒是与现阶段全民意识的觉醒协调一致的。人的觉醒是诗的觉醒的精魂。舒婷在青春诗会发出的要求人彼此了解的呼唤，"人们迫切地需要尊重、信任和温暖，我愿意尽可能地用诗来表现我对'人'的关切"，可以认为是诗在新时代价值转换的最简明的宣言。她的著名诗篇《致橡树》是这一创作思想的实践和体现，作为树而不是作为攀缘的草和另一棵树并肩而立。诗中凛然凸显的是不可侵犯的人的自尊和自立。诗在经历了至少十年的变异之后，宣告了一个人性的复归，这是诗歌对于自身产生的异变的战胜。它衔接并丰富了五四"人的文学"的传统。它体现了我国诗歌在历史的偏差之后沿着正常轨道的伸展。

自我否定与自我更新

当人们的心灵在长久的封闭之后自由开启时，传统的规范化艺术思维便失去了约束力。在不违背人民根本利益的前提下的无拘束的多种情感的多种方式的抒发,便成为引人注目的诗歌景观。诗歌以追求人的内心真实性和丰富性而向着长久封闭的艺术世界索取自由。这也许是对传统诗歌的最鲜明的逆反和冲击。这种受到开放性的社会现实鼓舞的诗歌一时所呈现出来的兴盛是五四之后罕见的。

一部分诗人以自觉的人民性为指导,在现实使命感的驱使下,拥抱着现实并无畏地向着现实发言,这是一些热情的理想的歌者。他们的诗情可以溯源到屈原《离骚》式的苦恋与追求,他们也合理地继承了五十年代的早春情调的歌唱传统,更多的诗人在多个领域以各种方式进行艺术的"探险"。西北一批诗人立志于对西部精神的开掘,他们把现实的执着热情注入充满悲慨雄阔情调的自然场景中,把诗写得粗犷阔大而富于野性美。校园里的无以数计的青年,用主要是世界现代诗所启迪的方式抒写他们充满幻想的动态的"满不在乎"的心境:一种情节性的带有嘲谑氛围的校园诗,正在为诗歌的多样化做着有益的补充。

热情依然是一种美好的情感,然而冷静甚而平淡也要求得到承认。充满激情的昂扬并没有失去价值,但北岛式的冷峻的思索,舒婷式的美丽的忧伤,乃至顾城式的天真单纯的幻想,都经历了由引起惊异到受到默认甚而引起青年一代的狂热的过程。一种合理的格局已经出现:在诗歌这文艺的一隅,已经没有一种统一的艺术规范可供遵循。多种艺术方式的纷陈杂现构成了诗美天地新的生态平衡,留给人们的只有竞争。要么自然地被淘汰,要么是在不断的自我否定和自我更新中充分地发展。

克服褊狭的批评和欣赏习惯以后,人们在如今这样多种选择的诗面前会感到无所适从。但时间会给人们以机会,让人们学会宽广的包容性和适当的宽容。由于了解和沟通,人们不禁会被舒婷的搁浅的《船》那种大海近在咫尺而不能到达的悲剧性遭遇唤起人生际遇的共鸣,而且,也不再对北岛的《迷途》中那种缥缈的寻找和追求感到意外。一旦人们从外在世界的繁复多样和人的内心世界的广阔自由,推衍到诗的情感的多色调秩序的确认,那么,迄今为止的无数论争都会失去意义。

要是我们把这些诗歌现象加以概括,便可觉察到渴望自由表达的心灵对于久经封闭的世界做着的有力冲击。社会进步了,不能不把前进的身影留给敏感的诗人。当然,诗歌艺术的不断更新是迄今为止诗歌变革中最令人激动的内容。诗歌从过去基本依靠散文式的叙述逻辑的"意义的文学"演进为着重以超越具象的多层思想内涵合成的立体的象征式建构的确立。诗歌意象化的进程加速了,寻找准确的意象而使人的情绪和情感找到它的合适的对应物,使诗的审美空间得到相当的扩展。意象之间的自由组合和交叠、时空观念的不确定的转换和有意的模糊化,促使诗向着主题的多义性和情感的多向性发展。从这个意义上看,告别了情感的平面铺排和情节的线状结构的诗歌,它的变得难懂和它的朦胧性乃是艺术内在运动的自然趋势。

追求着新的力度

显然,关于个人命运的吟咏并不是现阶段诗争取的最终目标。诗的深入在于通过个人的和家庭的悲剧揭示历史的前进或倒退的真谛。不少诗篇把思考的触角伸入久远的民族心理文化结构。他们的历史观念渗入了鲜明的批判色彩。在他们的笔下,长城依然是民族的骄傲,可是当诗人的手"把长城庄严地放在北方的山峦",却似在"晃动着几千年沉重的锁链"(江河《祖国啊,祖国》)。北岛的《古寺》,通过一组尘封的没有记忆的意象组合,暗示久远历史的麻木和漠然。王小妮从碾子沟里蹲着的一个石匠那"棉衣跟石头一般颜色,眼光跟石头一般颜色,身躯跟石头一个形状"的画面中,无言地传达出对于民族历史和文化心理的思考。这种思考是包孕着沸腾的情感的,却以透彻的冷静显示出批判的倾斜。至于韩东那首著名的《山民》,已经对于"山外面还是山"的结论感到怀疑,从而确认了海的存在的山民,无疑体现了一种蒙昧中的猛醒。

诗已经实现对于现实摹写的超越,它在相当程度的"超脱"之中却展现出深沉的思考。这种摆脱了单纯的欢乐感所透出的浓重的忧患意识,说明了几代人以至全民族的成熟。要是在这样的背景下来体察新诗潮涌现的情绪的"低音区",那么,人们得到的将是了解而不是指责。一个经历了严重挫折的民族,当它从噩梦中醒来时,发出的沉重的呼声应当被认为是一种必然。而后,我们才有可能谈论奋起或者振兴。因为这种重新振作的信念是挫折的给予和培育。

诗最先传达了中国文艺变革的信息。尽管历尽艰辛,却仍在坚韧地跋涉。沉寂是表面性的,而地火般运行则是实质性的。诗的触角已不再满足于做实有的生活现象的单纯的描写或直接的抒情。由于切入动乱年代而开始的历史性反思,进入探寻民族心理文化的根源——它的光辉和它的局限,使诗的视点有了一个大的转移。诗变得"古老"起来。许多诗表现了与现实的"间距"和向着传统文化的"贴近"。这一切都在短短的时间内几乎与其他诗歌现象同时产生又同时完成。

其实,在诗歌表现了浓重的走向内心的个人化倾向的同时,一部分诗人正向着无视"小我"的写出人民和时代的"史诗"目标前进。江河是较早提出现代史诗的概念的一位,不论是《纪念碑》还是《祖国啊,祖国》,他很早就自觉致力于诗的"非个人化"。早期的史诗创作有很强的现实感,多半起于现实的感触;近期的史诗,不论是杨炼的《诺日朗》还是江河的《太阳和它的反光》都明显地趋向超脱化。《太阳和它的反光》一组十二首,均借中国古代神话以写现代人对于世界、自然和人生的思考以及一个并不平静的诗人的内心世界,但表现出来的是冷静和沉稳的当代人的反思,过去那种强烈的公民情绪淡化为对幽远的民族性格的力度的追求。太阳的光和热作为生命、历史的原动力受到了重视,神话中的民族魂在今日的再生,即使是失败的英雄,也体现一种坚韧和执着的民族性格。他把今日人的反思与原始的生命力的冲动加以结合,造出了令人警醒的崇高美。这是《开天》:

> 巨大的黑色的蚌喘息着张开
> 黏稠喑哑的弦缓缓拉直开始颤动
> 他的胸脯渐渐展宽郁闷地变蓝

　　苦难似乎是无边的,但痛苦中挣扎而出的是民族精魂的诞生。一种强健的再生力启迪着这个民族的伟大。诗人把历史低回的哀音包裹起来,展现其不屈的悲壮美。就整个诗坛而言,似乎都在追求新的力度。不仅现代史诗的追求者在这么实践,更多的诗歌探索者都在实践。这一经历了"横向扫描"之后向着东方文化的纵向寻求,是探索性的和非排他性的,它将有益于当前诗歌走向丰富。

我是不是个上了年纪的丙崽？
——致韩少功

严文井

少功兄：

你七月八日的信很快就收到了，十一日我就找齐了三篇小说，并立即开读，印象颇佳。为了证实我不存偏见，我发动老伴也来阅读它们。她的勇敢的称赞使我信心加强，我决心再一次阅读，目的是为了仔细品味，在十七、十八日这两天里，全部工程俱已完成。回信则晚了几天，这是不得已。说不出个所以然来的"无事"之"忙"把我捆住了。

确实，近年来，我也有了些不合乎我性格的交际应酬，但这个界限很不好定。对于和朋友们的互相探讨，我从来没有列入"应酬"范围。和朋友交谈，兴之所至，天南地北，海阔天空，不知晚之将至，也不知晨之将至，我不大想到掌握时间，因此老伴又颇以为我是喜欢谈和听废话，喜欢浪费光阴，说而不能行（未抓紧写）的，给了我不少好心的埋怨。扯得这么远，不过是想说明，我本来还可以，还应该早有几天给你写信的。

话又说回来，拖几天再动笔也许有些好处，让我可以肯定地回答自己，我下面的话，是用近于极端冷静的态度来说的。

近年来，你的一些有关美学的议论，只要能碰到，我都看了。我的印象，你和另外一批年轻朋友，不约而同地在思考一些严肃问题，不人云亦云，不自卑自贱，也不自高自大。你们各有所得。我认为你的一些想法，已在这三篇新作中得到了体现。这是功有应得。

下面，我只以一个读者的身份来谈自己的感受。这样做，对我说来，也许比较省力。

我是一个苛刻的读者，不喜欢阅读任何变相的抄袭（哪怕是抄袭自己）之作。我听了一辈子训斥，也不喜欢任何人在作品里继续训斥我，尤其接受不了那些浅薄之辈引用自己并未读懂的中外圣人的片言只语来吓唬人或讨好人，我很怀疑他们这样做的动机。丙崽如果也写作品，他那种不是称人为"爸爸"，就是骂"×妈妈"的白痴式的简单态度，给予即使是另一个白痴，可能也接受不了。

我欣赏你这三篇新作，认为都超过了我所读过的你那些值得称赞的旧作。你逐渐变成了你自己，实现了你自己；不多不少，正是你自己。前人给过你不少东西，那些东西现在只是你脑内构成新的意识的一些正面、反面或中性的材料和符号。你编成了自己的软件,运算了复杂生活的某些难题,用自己独特的方式给以表现。这种从习见常闻的事物中化出的独特并不悖于生活,而是作者接触生活层次的提高或深入的结果。因此,作者敢于能于见人之所未见,表人之所未表,而且十分精细(这个"精细"绝非指"烦琐"),结果使有些读者不免大吃一惊,使有些读者不免瞠目结舌。前一部分读者可能借光,从那些"独特"的"新"里得到启发。什么启发?多半不会是某种新闻报道所企图达到的"目的",而有些像听一个好的交响乐对人精神上以至情感上、情绪上引起的一种"兴奋"(所有引起欢乐、悲壮、哀愁、沉思等等心境这一些可以说是相似但又不同的精神上的真正反应,我一律简称为"兴奋";因为,我不承认艺术的效果是为了引起"抑制")。我不准备猜测那后一部分人的内心。但我想,如果你这三篇新作被斥责为晦涩难懂,如何如何不好,等等,那也是意料中的事。更重要的是前一部分读者。这也是无可奈何的事,鸡头寨的人尽管都是刑天氏之后,到底也能分得出几大类来,多数都比丙崽要强一些。

我相信凡是耐咀嚼的东西都要经过很多人长期的咀嚼才能品出味来。你这三篇作品,特别是《爸爸爸》还经得起下几代人的咀嚼。我这样说,好像在算命,有些可笑。其实我是乐观的,悲观里的乐观。

你有些令人害怕,因为你"发现"了那个早已存在但很少人谈到的刑天氏的后代。更叫人震惊的是你发现了丙崽。你描画的这个白痴现在一直在威吓我,令我不断反省我是不是一个上了年纪的丙崽。这个毒不死的废物,一直用两句简单的话语(态度)在处世混世,被人嘲弄,而他们的存在却又嘲弄了整个鸡头寨以至鸡尾寨。我仿佛嗅到了那股发臭的空气。悲哉!

你画出了丙崽,帮我提高了警惕,首先是警惕我自己。你这个丙崽和阿Q似乎有某种血缘关系。凡中国的土特产,自然有些共同点,我们不必为此去做什么考证。丙崽当然不是阿Q。这个怪物更可怕,他看来最容易对付,实际你无法对付他。即使那次天不打雷,拿他的脑袋祭了神,他的鬼魂仍然会在山林间徘徊。

"爸爸,爸爸!"

"×妈妈,×妈妈!"

一卑一亢,一个乞怜一个蔑视,态度倒是鲜明,却再也没有别的语言、别的态度。不被别人欺负便欺负人,只是短缺平等,这也算是一种华夏文化吗?

正是:真事荒诞得十分出奇,怪事又真实得十分确凿。我越来越感觉在真实与荒诞之间难以画出界线。

你的寻根,得到了成果。你对根并未预先决定褒或贬,而是找出来让大家思考,这比简单地进行褒贬有意义得多。这种中国的历史产物永远也不能从地球上悄悄抹掉;

相反，从人类多元的文化结构看，中国作家有责任把自己的根挖掘出来，正视它们的特色，既不迷信瞎吹，也不盲目护短。长就是长，短就是短。我赞成你严格冷峻地对待事物的态度。

《爸爸爸》的分量很大，可以说它是神话或史诗。如果给它戴帽子，说它是现实主义或象征主义，或二者的结合，都无不可。它里面包括了好几个几乎都不是"正面"的因而难以赞扬的典型，的确又都是典型。丙崽那个怪物，它会引起一些什么样的议论，我无法猜想。我只知道，谁也无法取消他的存在。可怕的就是这一点，他还要存在下去，至少还要存在一个时期。

《归去来》和《蓝盖子》都是独具眼光独具风格的艺术珍品，我的玩味不能在这里细说了。

极希望有一个时间能见面详谈。我没公开写文章，其实，几年来，我的着力点之一，也是在寻根。可怜得很，我不能像你那样，直接去研究生活。我只能倚仗书，可是，书也没有你读得多。可能只有这一点，对我们自己的问题在没弄清楚之前不服输，是和你一样的。

专问近好。

一九八五年七月二十二日

1986年

"连续性"的中断
——当代小说创作中的叙事变化
程德培

作为叙事时间,小说在本质上是一种线性的表现,不论是顺叙、倒叙、抑还是插叙,不论是单线、复线还是草蛇灰线、伏脉千里,讲究的都是线性运动的变化。

过去小说创作的规范,对于"线性运动"的理解,基本上停留在言语符号表意的连续性上,比较多的还是拘泥于因果逻辑链。小说的叙事"法则",不仅要求写"张三高兴,李四悲伤",而且还要写出"因为张三高兴,所以李四悲伤"。于是,"连续性""完整性"成了衡量小说叙事时间的价值观。

值得注意的是,当前这种"价值观"在富于变化的小说实践面前开始动摇了,富有实验精神的作品所获得的赞誉,使得富有"指导意义"的理论黯然失色。规范一旦失去了它的常态,一切就变得严峻起来。阿城的小说至少表明了"一日三餐"有时比"生离死别""破镜重圆"更具小说价值;莫言的《透明的红萝卜》和王安忆的《小鲍庄》以截然不同的风貌同写农村,同发一个刊物,同样受到不同程度的击节,至少表明了艺术真实的力量与作家如何看待世界的方式、怎样看待经验的意义,如何正确地运用象征是休戚相关的。过去作家们不以为然的,现在却变得如此重要;而过去认为至关重要的,现在则变得无足轻重了。至少小说叙事的"连续性"和"完整性"是如此。

许多宏观文章谈到当前小说的变化倾向时,总不外乎"诗化""散文化""抽象化""象征化"几种说法,其实,此中的核心便是"情节淡化"。以小说叙事时间的线性角度看,变化中的小说开始贬低段落之间的因果性,作品强调一种自由散漫的总的气氛、段落与段落间的相对独立性,追求重结构而轻情节的自然状态。也就是说,以往小说创作所热衷的连续性开始中断,完整性开始破碎。

贾平凹的《商州》和王安忆的《大刘庄》都是写两大块的生活,作者运用两脚行走时交替运动的方式,追求艺术视野的无拘无束。特别是王安忆的近作表明,结构并不是作品情节的派生物,而是具有自己的独立意义。支撑作品重心的结构形态的多样性,取决于作者对于现实生活的态度,而不是什么别的。《小鲍庄》之所以引人注目,一个突出的原因便在于它叙事体态的共时性,作者追求一种表现的自由,即文学手段有更充分的自由,同时表现两个或数个互不接近、互不依赖、互不成因果的事件,它们之间有的只是一种序列的结构状态和隐含在背后的文化的"同一性"。

如果以上所讲的连续性的中断是一种间隔的或者是套层的艺术的话,那么讲究省略叙事情节的中断则是一种"空白"的艺术。

何立伟近年许多为人称道的短篇便是这种"空白"艺术的典型,他的短篇由记叙某种场景和人情交相辉映开始,然后用反复的方式把人和自然景物之间的交融、对话不断地渗透开来,把它扩展为有意义的叙述。情节是微不足道的,可以详尽叙述的故事是省略的,而各种可能发展的故事出路被作为多种可能的发展留作空白,赋予读者的想象之中,而文学所要表达的则是一种节奏的变化,通过诗意的升华,逐渐达到隐喻的层次,隐语则含有更多的可悟性。总的来说,小说的空白艺术是一种讲究间接的叙述。连续性的中断,主要表达为叙述视角的非全知性,正如福克纳所认为的那种最高明的办法,表现"树枝的阴影,而让心灵去创造那棵树"。

当然,这种叙述上不连续现象的出现,在更开阔的范围中来看,还可以包括更多的现象,例如系列性组合小说的出现,篇章与篇章之间保持相对的独立性和阅读上的相对完整性,但它们在同一背景之中又可以经过想象进行组合。这类作品不仅是指大家比较熟悉的王蒙、高晓声的作品,更值得注意的还是指阿城的《遍地风流》,赵长天的《苍穹下》,陈村的《初殿》《小品》……一些篇章更短小、关系更松散的无主题系列。这些小说讲究在同一背景之中,运用综合的观点,同时讲述几个或更多的故事,为读者再现一个密集的世界。其中的每个故事、每个人物、每个场景又都是必不可少的,而且各自又具有各自的审美独立性。这些中国盒式的结构,即以一个大盒装几个小盒子的结构方式不同于以前锁链式的情节式结构。

自然,关于连续性的中断我们还可以联想到更多的因素,甚至包括对小说语言组合所追求的弹性。张力、密度、错位、逆反、有意残缺不全……都是和小说创作中的破连续性意识有关。

从文学作品的层次现象来看,一部小说作为一个完整结构至少应该有两个层次,一个是被再现出来的客体层,这是讲由叙述语言所表达的意义层,这也是作品本身要体现的物象的层次,如小说家的世界,作品的中心人物、背景,等等;另一个则包括了读者在阅读中的主观参与过程,这是接受过程的创作层次,是读者按照有意识的形式进行意向性的综合活动。

我们所讲的连续性的中断,正是对前一层次讲的,也即是从作品的叙事顺序上讲的。以往的旧顺序之所以特别讲究连续性,根本之点就在于作者要独揽创造性活动,而读者则扮演着一个极为被动的角色,仅仅是一个"听故事"者而已。所谓"连续性的中断"这种"破坏性"工作的目的并不是不要顺序,而是要突破旧有顺序的时空局限,建立一种新的顺序,骨子里是为了追求一种更有力度、更有弹性的连续性,这种连续性已经涉及上面讲的第二个层次,即包括了读者主观参与过程的层次。《小鲍庄》描写了一个村落各种人的自然生存状态,五六个家庭间没有情节关联的芸芸众生相,主观的滤色感降到最低度,反而刺激读者的主观参与。相反,《透明的红萝卜》则是运用一种超越常人感觉的主观视角来写农村,同样也刺激常态的主观参与。

物象世界的不连续性,一个直接的发生便是读者的参与。叙事的根本意义在于通过"顺序"的作用与读者进行"对话"。我们读小说的一个基本引力就在于要知道下一步将发生什么,一旦"顺序"有障碍,读者就必须启用自己的"全部经验"来加以补充。这样,有障碍和没有障碍的接受方式是不同的:前者是弹性的,需要想象的创造活动;后者则是被动的理解,比较多地停留在由不知道到知道的过程。这种接受的变化,是由单一的明白变成对"无言"的感悟和对潜在表述的种种设想。

这种接受方式的变化也反映了小说创作整体构思重心的转移。对当代作家来说,物象世界的"完整性"再也不能成为完成小说的标志,重要的是由读者参与过程的那个综合世界的完整性,这种完整性是包括了对读者的考虑、承认和尊重的。

读者为了把打断传统的自然顺序时间流的叙事因素加以汇集,便在自己心中建立了一种连续性,这种连续性便是读者在瞬息之间把中断的空白加以弥补,把分散的叙事线索和层次汇拢,仿佛这种时间的断裂,由于意识的活动而加强了连续的力度,而且由各种读者的想象而产生的各种可能性,导致连续性的线条多变和整个隐语部分的开放性。

整个世界并不是由一个"情节"的原因组合起来的,生活呈现在我们面前的时候,也不是"有头有尾"的,那种完整的故事对活生生的大千世界来说,恰恰是最不完整的,那种小说家喜欢流露的"全知态度"恰恰也是表现了他的不全知。如果在"连续性"中断的背后包蕴了这样一种小说的自我反省,那才是真正意义上的小说观念的变革。

《隐形伴侣》:人与人性的艺术洞察

周政保

在北大荒知青题材的小说创作度过了一段沉思与自省的时光之后,现今冒出了张抗抗的长篇小说《隐形伴侣》(载《收获》1986年第4期、第5期)。这是一部思路独到、现代气息相当浓郁的新派作品。但我说它是"新派作品",并不是因为或并不仅仅因为这部长篇小说运用了梦境、幻觉、荒诞的联想、大幅度的跳跃等意识流或其他现代小说的语言叙述方式,而是因为作品充分体现了作者的文学意识的自觉与审美观念的富有开拓意义的彻悟,以及那种现代眼光诉诸生活之后所带来的不可忽视的成功。

从二十世纪七十年代末到八十年代的开始几年,出于一代青年作家的独特的生活经历,特别是那种严峻的历史现实给他们受创的心灵所留下的强烈印象,致使他们写下了大量的知青题材小说,并经历了一个从伤痕到反思的精神与文学的自省过程,其中产生了不少具有不可动摇的文学史地位的优秀作品。然而就是这些优秀的作品,也很少超越题材的局限而进入那种对于人与人性本身实现更高层面探索的、真正具有普遍的人类生活意义的文学追寻轨道。也正是从这一角度审视,我们才悟到了张抗抗的《隐形伴侣》的价值。《隐形伴侣》的全部描写说明,作者对于北大荒知青生活的风貌及其题材的一般意义,已经不是那么充满浓厚的兴趣与忠实的描写欲望了——她所要寻求的,是一种从生活的压抑与苦恼中滋生出来的认知,一种从人类的精神情感历程中领悟到的深深的理解;她所要表现的,则是人的自身本质力量的双重性,是传统的心理禁锢与虚伪的理想主义的罪恶,是人性的真假、善恶、美丑的对立及不可调和的永恒的生死搏斗,是那种处处存在但又难以真正把握的关于人与人性的奥秘。不难见出,这部小说的北大荒生活,仅仅构成一种艺术表现的外壳或框架,而作为小说寓意的审美目标,则在强大的思想探究力量的推动下,进入了一个真正体现了现代小说精髓的、富有人性与人类生活的观照意义的艺术境界。尽管这部小说的某些部分,可能会给读者带来一种鉴赏的费力及难解的困惑,但平心而论,这种困惑恰好反映了我们的日常思路的程式化与世俗化,以及那种对于"我"这一存在主体的认识的不自由状态——我们也许不会想到,在纷繁复杂的现实生活的笼罩下,那个真实的、始终处于和谐的对立统一状态的"我"之中,还会存在一个张抗抗所认定、所发现的"隐形伴侣"。但这的确也是一种更真实的存在。我想,只要我们在耐心仔细的阅读中,不断把自己的灵魂摆进去,那一定会对这部长篇小说产生一种新的启迪情智的认识,一种开拓思路的人的哲学的理解。

我不想对作品进行过多的复述与阐释，但有必要探究一下这部长篇小说的题目，即"隐形伴侣"所包孕的内涵。从整个作品的描写与寓意来看，所谓"隐形伴侣"，就如小说中的另一人物陶思竹的"疯话"所暗示的："就好像是，好像我不是一个我，好像有两个我，两个我叠在一道，你要往东，他就要往西，你要往南，他就要往北，专门同你作对。"或者说，不管人自觉与否，他总是由两个"我"组成的：一个是自觉的、被意识到了的、可感可触的"我"；另一个是不自觉的、没有被意识到的、难以感触的"我"，这个"我"就是张抗抗要在她的长篇小说中展现与揭示的"隐形伴侣"——这个"我"不因"隐形"而失去行动或思想的意义，相反，他作为"伴侣"而不断左右，甚至主宰着一个人的思维逻辑与行为走向，以及作为社会道德的实际判断准则。这种人与人性的两个"我"的描述，无疑更真实、更富有哲学意味地体现了人的灵魂世界的客观存在状况。而张抗抗的"隐形伴侣"，即那个"隐形"的"我"的寸步不离，主要是一种人性恶的体现，一种潜在的扼杀正义理性的意识活动……我想，假如我们能够正视人与人性的这种严峻现实，那就可以意识到，人类仅仅呼吁美好的理想是怎样不健全——传统观念的致命弱点就在于人自己欺骗了自己，以为自己是那么完美，而且是可以那么完美。这种完美的传统观念恰恰违背了人的最基本的人性内容。当然，当人发现自己的"隐形伴侣"的时候，也就可能陷入极度的苦痛之中，甚至会像陶思竹那样经受不起这种苦痛的折磨而导致精神失常，但人为了完善自己，为了保证这个世界的可能实现的和谐与平衡，必须不断唤醒这种承担苦痛折磨的自信心，否则，这个以人为主体的世界就会陷入黑暗的混乱之中。

现在我们再来谈论小说。这部小说的"故事"脉络应该说是清晰的，它描写了一对伴侣——女主人公肖潇与男主人公陈旭从相爱到结合到离异的过程，但这是一个极为复杂的人性及人的心灵变化的过程。肖潇与陈旭"相爱"，不能说是一场世俗意义上的误会。在那黑暗的动乱的岁月里，他们曾真诚地爱过，即使是陈旭的谎话，也奇迹般地构成了一种畸形的爱的方式。然而这种爱与爱的结合的可悲性，即爱的审美价值，并不在于爱本身，而在于他们各个以"我"的一部分——那个非"隐形"的，但也是真实的"我"作为互相倾慕与互相结合的依据的全部过程。实际上，他们谁也没有自觉意识到对方的真实的内心世界，而且也不清楚"我"是什么，"我"的"隐形伴侣"是什么。或者说，肖潇没有发现陈旭的那个躲藏于人性之中的丑恶的"隐形伴侣"，而陈旭也没有发现肖潇的那个同样作为人性存在形态的、显得更为不自觉的虚伪的"隐形伴侣"——既然如此，当他们在生活的摇晃中互相有所察觉的时候，分道扬镳也就是必然的了。当然，《隐形伴侣》绝不是一部仅仅描写了爱情与婚姻的小说，也就是说，作品的旨意并没有直接瞄准爱情与婚姻方面的探索。如上所述,《隐形伴侣》所要追寻与表现的,是人与人性的洞察与透视,是那种被称为天堂的、雅典娜女神式的灵魂世界的两面性……

张抗抗的这部长篇小说的出众之处,不仅仅在于作者从人的社会行为及复杂的人性内容中发现了"隐形伴侣",而在于以一种独特的叙述语言方式描写与表现了这个"我"的客观存在,而且如此令人惊叹与信服,如此充满反省与思索的艺术力量。不言而喻,这种力量主要来自男女主人公的心理刻画与灵魂展现——

肖潇与陈旭是两个具有不同的人生追求及理想世界的人物。陈旭崇信"真实",但这种"真实"在肖潇看来未免丑恶,而肖潇所要寻觅的那种"纯真美好",在陈旭眼里也未免虚伪。生活经历及世界观的不同,使他们的"隐形伴侣"也不尽相同:陈旭的"隐形伴侣"是以恶为善、以丑为美的人性的一部分,而肖潇的"隐形伴侣"则是人性中的自觉与不自觉的虚伪与造假。相比之下,陈旭的"隐形伴侣"多少有点儿"以毒攻毒"的意味,尤其是在那样一个特殊的时代,因而这个人物的灵魂世界似乎是从"人性恶"的急剧膨胀中给我们提供了某些发人深省的思想材料。诚然,他又是一个肖潇的艺术展示的参照系,即没有他就不会产生肖潇的两个叠合的"我"。但从作品的整体而论,真正显示题旨寓意的是肖潇这个人物的灵魂异变历程,即她的"隐形伴侣"——那个伴随着她的、虚伪的,但又确是"隐形"的"我"的逐步被展现与揭示的过程。在我看来,这个过程不仅具有人与人性的认识价值,而且充满了理解整个人类生活及社会现实的真实面貌的启迪意义。

肖潇曾是一个生活在梦幻般的理想中的人物,但人又不可避免地要从理想走向严峻的现实,作品也正是经由这一轨迹而确立了她的"隐形伴侣"的全部内容及其社会审美价值。如果说,陈旭的心理世界是一种赤裸裸的白日梦式的利己主义与悲观主义,那开始阶段的肖潇的微妙心理世界则显现为一种梦幻式的不自觉状态,也就是说,肖潇的"隐形伴侣"的艺术完成,不能不是一个被现实唤醒、被严峻的生活不断塑造与深化的神不知鬼不觉的发展过程。特别是在她离婚之后所经历的生活内容中,各种各样的刺激诱惑,使她的"隐形伴侣"变得越来越趾高气扬了:写报道、扎根签名……直至大堤焚于一旦而"萝卜头"又离她而去的时候,她才隐约觉察到了"好像我不是一个我,好像有两个我",似乎彻悟了"人最可怕的是自己骗自己。这么看来是有两个自己的,糟糕的是它们往往谁也不认识谁"。可以说,肖潇的心灵异变,即她的人格力量的被扭曲与那个"隐形伴侣"的逐步强大,并不仅仅由于陈旭式的人性之恶,而是出于一种社会人性内容中的虚伪。当然作品中的肖潇最后是有所领悟的,但这种领悟并不是人性的抽象的自我完善,而是虚伪的恶果(如河堤的土崩瓦解)所致,是人的真诚(如"萝卜头")所致。也正是从这方面说,《隐形伴侣》在对于人与人性的两种对立力量的书写中,并没有放弃活生生的社会内容的融入,假如我们能顾及作品描写的整个社会文化背景,那我们就能发现生活力量及传统心理潜结构对于"隐形伴侣"的制约作用与浇铸可能。因此,张抗抗的这部长篇小说,不仅写了人与人性的若干内涵,而且写了整个人类社会的若干善恶意蕴,写了人、人与人、人与社会之间的某种调节的可能性及前景。一句话,《隐形伴侣》是作者对人与人性、对整个生活的洞察与思考的精神结晶。

挚爱到冷峻的精神审判
——评王蒙的《活动变人形》
刘再复

在新时期的小说创作中，王蒙取得了很突出的成就，尽管如此，从他显示出来的创作潜力来看，我又觉得，他过去业已问世的长篇《青春万岁》以及他的其他中、短篇小说，未必是他的真正的代表作，他可能会有更宏伟的、更深厚的作品问世。读了《活动变人形》，我的第一个感觉，是他的更高层次的代表作产生了，一部将经得起推敲、经得起人们用多种尺度加以密集检验的作品诞生了。尽管我为他的匆匆结束的续篇感到不满足（这个续篇本来可以成为与上篇一样有分量的下卷），但我敢说，这部作品是我国当代文学杰出的长篇之一。

一

我读了这部长篇后，第二个感觉是觉得需要再读几遍，但又一时害怕再读了。鲁迅曾说，他读了但丁《神曲》的《炼狱》之后，就"停住"了，没有能够走到天国去，因为它太惨苦了。我读了王蒙这部小说，觉得它是燃烧着中国的当代精神的，但是，它又总是使人想起世界上一些文学大师的作品，除了想起但丁的《炼狱》篇，还想起卡夫卡那部在异化社会重压下人的《变形记》，想起了陀思妥耶夫斯基笔下的精神审判所和被拷问的那些极端痛苦的灵魂，还想到鲁迅那句令人触目惊心的话："我先前读但丁的《神曲》，到《地狱》篇，就惊异于作者设想的残酷，但到现在，阅历加多，才知道他还是仁厚的了：他还没有想出一个现在已极平常的惨苦到谁也看不见的地狱来。"（《且介亭杂文末编·写在深夜里》）。所以我不敢马上读第二遍，就是因为，我不愿意再去观赏王蒙所设置的精神地狱，不愿意观赏王蒙对这些精神囚犯热到发冷的拷问。这些被拷问的灵魂，痛苦地呻吟着、挣扎着、惨叫着，不仅令人战栗，而且让观赏他们的人也不知不觉地和他们一起受到审判。这个精神地狱正如作品中所说的，如果那些人物知道他们降生之后立足的是这样的地狱，他们可能连降生的勇气都没有。这是王蒙式的三维精神地狱，即由恶劣的社会环境、古老的文化观念和自身的心灵所构成的地狱。王蒙在这部小说中说："每个人可以说都是由三部分组成的。他的心灵，他的欲望和愿望，他的幻想、理想、追求、希望，这些是他的头；他的知识，他的本领，他的资本，他的成就，他的行为、行动、做人行事，这些是他的身；他的环境，他的地位，他站立在一块什么样的地面上，这些是他的腿。这三者能和谐，能大致调和，哪怕只是能彼此相容，你就能活，也许还能活得不错。不然,就只有烦恼,只有痛苦。"《活动变人形》中的人物,处于三重的精神牢狱中,这是由他们的社会文化环境的外地狱与心灵的内地狱构成的。王蒙比一般描述人间痛苦的作品更深刻之处,就在于他不仅描写人间表层性的痛苦,即物质性的外地狱的痛苦,而且,他还写了深层性的痛苦,这就是中国几千年来的封建文化观念所积淀成的内心地狱。在这个地狱里,一方面是旧的文化观念在蚕食着人的心灵、人的欲望;另一方面则是未被消化的新文化观念和旧文化观念的冲突、厮杀和拼搏,又使人彷徨、困惑,感到醒来了而无路可走,不如糊糊涂涂地沉睡更好。王蒙对这些人物的审判,不是以一种政治法官的身份,而是以一个大爱者的身份(甚至本身就是在这地狱中生活的一员)。因此,他既憎恶着,又同情着;既审判着,又辩护着;既拷打着,又抚慰着,他无情揭露着笔下人物内心一切的丑恶,又穿过丑恶,硬展示出这种丑恶底下的善良的残迹,于是他不仅拷问着一切罪人,而且自己也是受拷问者和受审判者,他与这些人物共苦乐,在精神上承担着他们的一切痛苦和罪恶,甚至比身受痛苦的人物还要痛苦。他最终宽恕了一切被拷问的人,因为他的拷问,本来就出于炽热的爱,他的精神审判乃是挚爱到冷酷的精神审判。

二

在精神苦刑中受到最惨烈的折磨,并因此而变形得最厉害的是小说主人公倪吾诚,这是一个文学典型。他不断地变形,他不是变成甲虫,而是一个从聪明、活泼的少年,变成一个只有躯壳,而几乎淘尽了智慧、心灵、理想、欲念的魂灵,几乎是一个仅存人形而最后几乎淘空一切美好东西的躯壳。他比作品中其他人物多了两层的痛苦:他到西方留学过,被西方文化所唤醒,因此,一旦醒了,就很难在原来的土地生活下去,醒了而又无路可走,这是人生最大的苦痛,他与静珍、静宜等人物不同,这些人物,在很大的程度上还是本能性的痛苦,或者说,是微弱的理性的痛苦,而倪吾诚却是理性的痛苦,即新旧价值观念冲突的痛苦。静珍、静宜等女性,一是未见到比她们生活的世界更好的世界,二是一旦痛苦时便有积淀于心中的旧文化观念可作麻醉药。而倪吾诚则没有这种药。他的母亲出于对他的爱,曾用鸦片来麻醉他,但没有成功,于是,倪吾诚不仅失去鸦片的麻醉作用,也失去旧文化的麻醉作用。这样,现实的每一种刺激,都使他敏锐地感到彻骨的疼痛。他接受一些西方文化(这种文化和我国传统文化发生强烈的冲突,其强烈的程度并不低于阶级斗争)。西方新的价值观念不仅没有给予他的痛苦以抚慰,反而造成他的一种幻想和欲望,一块可望而不可即的"肉"——一种高悬于空中的缥缈的希望。这种希望,给予他的是永无穷尽的诱惑,这种诱惑时时折磨着他,造成他的主客观世界之间深刻的分裂。他的一切欲望、理想全部粉碎在现实的地面上,理想愈高,就粉碎得愈加沉重。王蒙把它比成巴甫洛夫的狗:巴甫洛夫做过一个实验,把一块牛肉吊在狗的面前,摇铃,向狗发出去吃这牛肉的指令。狗撒了欢,扑上去要吃肉,实验者就在狗已经接近了肉的一刹那突然把肉一撤,使狗吃不着肉。这样的实验进行了若干次,后来狗就疯了。倪吾诚阴沉地承认"我就是这样的一只狗"。物质上的极端匮乏,这是痛苦的。如果仅是一种绝望的饥饿,其痛苦也不过是默默地等待死亡,但如果偏偏有一块"肉"无穷尽地刺激着饥饿,饥饿就会像醒来的饿狼一样撕咬着自己的心。这才是倪吾诚最深的苦难。这种特殊的惩罚,在人类的受难史上早已发明,杨周翰主编的《欧洲文学史》(上卷第15页,人民文学出版社,1964年)引述过一则神话:"国王唐忒斯受到神的惩罚,浸在齐颈的深水中,身旁有果树。他低头喝水,水即退去;伸手取果,树就避开,他永远受着饥渴的煎熬。"这则富于哲理的故事描绘了在自然和社会中受到折磨并感到迷惘的古希腊人的形象。国王所受的刑,不仅是肉的惩罚,而且是灵的惩罚,神使国王永远渴望着,又永远绝望着,并在渴望与绝望的双重煎熬中受尽刻骨铭心的痛苦。倪吾诚所受的大苦痛,正是这种苦痛。这种荒谬的人生苦刑,被法国荒诞派大师贝克特特别看重,他在《哑剧 I》中,就描写了一个被抛到荒漠的人,他饥渴着,寻求着,他在东边听到神秘的哨声,就跑到东边,但那边什么也没有;他又听到西边的哨声,跑到西边,但仍然什么也没有,他一而再,再而三地被哨声所诱惑,所嘲弄。他饥渴,并发现有一个水瓶已悬挂在他的面前,他伸手去拿,但够不着。水瓶又在眼前,他拿了一个立方体去垫脚,仍然够不着。他把一些立方体叠起来,眼看抓着了,但还是抓不着。就这样,他徒劳地、无休止地追求着,又徒劳地被欲望无休止地嘲弄着。最后,他又听到哨声和看到出现在面前的水瓶,但他再也不动了。他拒绝了面前一切诱惑,扑灭了一切欲望,转入虚无,于是,他发现了安宁。贝克特所塑造的这个人,是完全抽象化了的人。他置身于自然与社会之外,周围只是一片茫然无际的荒漠。他没有时空感,没有自我意识的思维能力和控制行为的调节能力,他机械地重复一些无意义的动作,却永远不能自我实现。不过,在整个剧中,我们虽然听不到他的一点声音,但又似乎听到他的灵魂饥渴时痛苦的哀叫。《哑剧 I》尽管蕴含着深刻的悲剧内涵,但在审美方面则表现出闹剧的荒诞形式。这种闹剧,试图撕毁的是恰恰使人无法逃脱、永无休止的悲剧命运和人的生存世界的荒谬性。这种艺术,虽然进入人的本体世界,但又是相当抽象的象征性艺术,是抽象意义上的主客体冲突,是一种完全超越具体现实的形而上的悲剧。而王蒙的《活动变人形》则是具体形态的主客体冲突,是深深地扎进具体社会环境的现实主义作品,并且是深化到民族文化心理深层之中的现实主义。他展示的是特定的社会制度和特定的文化观念所造成的人生的悲剧。而倪吾诚这个人物,也是在特定社会文化环境中的典型性格。他是一个完整的艺术形象,一个有血有肉有灵有气的形象,他的痛苦是活生生的,我们既看到他的肉的痛苦的抽搐,也看到他的灵魂深处令人伤心惨目的颤动。如果他的母亲用鸦片麻醉他的计划成功,倪吾诚倒是可以几乎无事地死亡,但是,他偏偏到西方去看到另一种世界,不看则已,看了之后又回到自己的故土,他再也无法安静地生存和安静地死亡了。他清醒地看到了血淋淋的现实,这种现实是这样贫穷、肮脏、龌龊。整个社会是个大地狱,而他的家庭是一个小地狱。每一个人都在自造地狱,也同时为他人制造地狱。他的岳母、妻姐为他制造着痛苦,他的妻子也为他制造着痛苦,连他唯一的精神寄托、真正挚爱着的孩子,也在无意中为他制造着痛苦,他那样爱孩子,"我宁愿自己下地狱,但求我的孩子们能生活在天堂"。但是,连孩子也在无意中加入欺负、污辱他的"统一战线",也在嘲笑、欣赏、玩弄他的痛苦,这种幼小者的蛮横与残酷,不可理喻的愚昧与野蛮,对爱的歪斜的回答,把他的痛苦推到顶点。"甚至小小的孩子、天真无邪的女儿也能用一把匕首刺入他的灵魂,绞过去,旋过去。似乎每个人的存在都是为了伤害别人。越是亲人伤害得越深、越狠,越是他爱的人就越能够对他下毒手。"很明显,倪吾诚的心灵历程,正是二十世纪中国知识分子心灵历程的缩影,这是非常深刻的悲剧性历程。这种悲剧精神,完全是现代中国的悲剧精神。尽管倪吾诚的悲剧形式,带着世界艺术的现代形式,但其内在精神则是我国特定的时代精神。这种精神的批判锋芒既指向中国旧的社会环境和旧的封建文化观念,也指向没有与中国具体现实找到结合点的西方文化。总之,他不是用荒谬的手法写出现实的荒谬,而是基本上用现实的手法写出现实的荒谬。小说有人物,有情节,有时空顺序,有现实与超现实的界限。倪吾诚这种典型有着阿Q精神胜利的影子,但与阿Q的精神胜利又很不同,阿Q缺少自我意识,而倪吾诚则有清醒的意识。他的性格核心不是"精神胜利",而是"精神失败"。尽管阿Q的精神胜利实际上也是失败,但阿Q毕竟通过精神胜利找到了精神的逃路,而倪吾诚却没有精神的逃路,他的逃路被他所了解的表层的西方文化所堵塞,这种堵塞使他精神更加窒息,更加痛苦,因此,他的一生充满着失败的悲喜剧,他的所有美妙的人生设计都粉碎在现实的地上,他的任何一种文明的非常光辉的欲求,都被他的妻子的很现实的一句话"钱呢?"撕得粉碎。这种失败使他徒有理想,但一事无成,使他成为理想是悲剧性的,而行为是闹剧式的人物。这种精神失败的承受者,比屠格涅夫笔下的罗亭还要苦痛。

三

除了倪吾诚之外,其他人物的变形记也是令人惊心动魄的。特别是静宜、静珍和倪萍,其心理变态写得十分精彩。

最为成功的还是静珍这个人物。她的"骂誓",是从一个活人身上发射出来的具有强大杀伤力的毒焰。一旦喷射出来,是那样残酷,那样恶毒,那样惨烈,简直非把人从灵到肉全部烧成灰烬不可。她有蛇的毒焰,然而,她又是人,是旧社会的受害者,她的内心充满着巨大的痛苦。这种痛苦,使她变形,使她不得不用诅咒、吵架、攻击、挑衅来发散她心中淤积的能量。

小说通过这个人物对我国传统文化心理进行一种很深刻的反思和很无情的批判。静珍首先是"被吃",即被旧文化观念所吃。她被"节烈"这种封建伦常观念所支配,十八岁结婚,十九岁就守寡(自己称作"守志"),从此,她就充当一个坚定的寡妇主义者,一个封建伦常的牺牲品。她的青春,她的生命,乃至整个人生,就被这种观念所吞食。但她是一个活人,常常有活人的欲念在身内汹涌,因此,她每天都在梳妆镜面前进行自我搏斗,诅咒镜子里那一个背叛守志观念的、不忠于寡妇事业的静珍,那一个诱惑她的魔鬼。但她也常常动心地怀念起和她夫妻一场而后随着时间的推移开始像她儿子继而又像她孙子的丈夫,她的心灵在被吃时是充满着哀痛。但是,她又是极端自私的,她想把这种痛苦发泄到别人身上,于是,她又"吃人"。她对人世充满着仇恨、嫉妒、神经质的敏感,她只有诅咒别人,自己才能得到心理的平衡,只有玩弄别人的痛苦才能减轻自己的痛苦。她对别人愈是疯狂地打击,造成别人愈大的不幸,她的内心就愈痛快。她在"吃人"中仍然不可能完全放射出内心所有痛苦的能量,仍然有一些不甘心死亡的欲念永远煎熬着她,因此,她又必须自我扑灭,自我克服,必须"自食"——自己吃自己。所以她每天都经历着一场令人战栗的自我拼搏的过程,即每天对着镜子中的自己,疯狂地咒骂镜子中的自己,"你丧尽天良,衣冠禽兽,欺负我寡妇事业"……这种无情地撕咬自己的场面,叫人惊心动魄。除了梳妆场面之外,她有时会失声痛哭,不由自主地想起那个称她为姐的丈夫,但她无法把这种怀念告诉别人,她觉得这个叫作周少华的俊小子没有死,而是她自己和她的妹妹、母亲死了,她们才是鬼。这种灵魂是怎样惨痛呢?一个青年妇女,遵循封建伦常的教导,以一生的代价来完成一生一世的寡妇事业确实是不容易的,她既被食,又食人,又自食。五四时期,鲁迅先生在《狂人日记》中,就揭示了狂人发现自己被吃,而且也参加"吃人",而他在另一些文章中又揭示人不得不"自食"。被吃,吃人,自食,这正是封建文化观念的罪恶。

我国的封建文化,很讲究道德。人确实是道德生物,但是封建文化中缺少一种正确的衡量道德行为的价值准尺,这种价值准尺,应当是人格的平等,应当是对人的尊严与价值的充分尊重。可惜,封建文化中却没有人格平等的观念,因此,曹娥投江和郭巨埋儿便是符合孝道,张巡杀妾便是"忠",而妇女自我杀虐便是"节烈"。静珍是旧道德的牺牲品,但她没有人格平等的意识,所以她觉得以自己的尊严和价值作为代价(被吃)来赢得守节的名声是值得的。她不知道尊重自己,也不知道尊重别人,她剥夺自己,也剥夺别人,而在残酷地剥夺别人中又更彻底地剥夺自己。封闭的封建文化,就是这样在一个很残酷的圈子里进行着恶性的循环,给中国人民制造着种种精神的牢狱。

四

王蒙笔下这些人物,都是一些非崇高的人物,甚至是丑恶的人物,他们的人生是可怕的,荒谬的,但是,《活动变人形》没有像叔本华那样悲观,达到人生毫无意义的结论和消灭人生欲望的结论。相反,它是对"灭人欲"的抗议,是对埋葬人的理想、欲望的社会现象的抗议。它不是消极的反抗,而是通过对荒谬人生的揭示,激发人们去对我国传统文化进行反思。小说主要人物倪吾诚与他的儿子被设置在中西文化对比的宏观背景中也正是激发人们去反思。倪吾诚最后悲愤地对史福岗说:"当中国人生活得这样痛苦的时候,当我生活得这样痛苦的时候,你在那里不住地赞美……对不起,我不能苟同,比如说,我要告诉你,在中国,几千年来,根本就没有幸福,也没有爱情。我已经苦死了!你倒说我幸福,好像你欣赏我的痛苦一样。"王蒙的这部小说,正是激发人们去反思造成中国人痛苦的文化,以激励人们改造这种环境,以赢得生存和发展的自由。

王蒙大胆地写了社会的丑恶,我们在作品中看不到古典式的壮美、优美、崇高,但是我们仍然感受到作品充分的审美价值。

传统的壮美是通过侠义精神、崇高精神克服主客体的矛盾,而优美则无视这种矛盾,超越这种矛盾。王蒙的这部小说给人看到主客体的极其深刻的矛盾,看到主体受到压抑后所经受到的痛苦的冲突、挣扎、胀裂,这种巨大的人生裂缝,不是献身精神(崇高)可以弥合、可以解脱的。当我们看到丑,看到主客体尖锐矛盾后的变形了的人物,并不感到可爱,而且,如果去掉审美的意义,把他们还原到现实中去就是非常荒谬的。但是,在作品中,作家清醒地看到这种荒谬,并清醒地描述、精彩地揭示这种荒谬。作家自身主体意识觉醒了,主体性解放了,因此,他清醒地看到他笔下人物主体意识的受困、受囚,看到他们的变形、变态、变质对人的解放的呼唤。于是,我们在作品中就听到作家的潜台词,这就是作家对人的主体意识的呼唤,对人的正常生活和正当权利的呼唤,总之,是尊重人、热爱人、肯定人的呼唤。对象主体的荒谬并不等于创造主体的荒谬。生动地描述这种荒谬,恰恰是作家挺进到人的灵魂世界的表现,是作家本身超越了现实的荒谬,并穿透了荒谬,进而驾驭了荒谬的表现。因此,我们在听到人物的心灵痛苦的呻吟同时,既听到作家的呼声,又听到作家幽默的笑声。我们获得的审美体验是作家对丑的精彩批判,是作家的审美意识在对消极现象的鞭挞中反映出来的积极人生态度。

我从王蒙的这部作品中看到新时期长篇小说某种新的跃进,所以不能不作以上的评论。

1987年

小说中的性描写刍议
季红真

如今写性是一大时髦,这不奇怪。"饮食男女、人之大伦",连我们古代的圣贤大儒也不回避这一人类生命现象中最基本的真理。那么,作为人学的文学,也就难以回避性的问题。

然而,文学毕竟不同于生理学和心理学。尽管现代生命科学已经向我们展示了生命内部无穷的奥秘,尽管由弗洛伊德所开创的泛性主义精神分析学遍及全球,遇到形形色色的诘难、批判与矫正、补充,以至于他晚年连自己也有些动摇,认为那更多的是艺术想象。无论人们在现实生活中,对性持有什么样的见解:理性的、中性的、无性的;无论人们持有怎样的性道德:禁欲的、爱情至上、发乎于情止乎于礼,以及男权中心、女权主义、性解放等等,人类的生命都世世代代地繁衍着,并以艺术的形式留下自己的印痕。

古来已有的斯芬克斯之谜,至今仍困惑着人们。每个时代都有自己不同的解释及求证方式。因此,在社会历史激变的时代,作为社会伦理规范的道德必然要发生相应的变化,就像恩格斯在《家庭、私有制、国家的起源》中描述过的那样,两性关系经历了对偶婚姻取代杂婚,继而又被一夫一妻制的婚姻所取代的发展过程。就像薄伽丘的《十日谈》、拉伯雷的《巨人传》以及卢梭的《忏悔录》所表现的那样,人们对新道德的呼唤总是以旧道德自身的腐败僵死为前提。而兰陵笑笑生的《金瓶梅》,说不清是暴露还是欣赏的大量性描写,则显然以明代从经营到消费商业高度繁荣的市井生活为基础。它既是封建礼教日趋式微的反映,也是对英雄史诗、志怪传奇等叙事文学传统艺术反动的结果。因此,即使是极度暴露性的伦理小说,如果在某个时期大量涌现,其中必有深刻的社会历史根源。因此,我们必须加以相应的研究,既不能像道学先生那样,一言性便以为天崩地裂世界的末日来临,也不必出于简单的逆反心理,以为是人性解放的极致。

作为社会伦理的表现,性道德总是和整个社会的物质、精神生活方式密切相关。在我们目前这个刚刚经历十几年禁欲主义的禁锢,目前又处于东西方文化八面来风冲击下的开放时代,性道德的千差万别也是非常自然的。不是伦理学家,难以为人们设计一个完美的道德模式。但有一点,我想是较为清楚的。那就是人毕竟不是性的符号,他是历史和文化的产物,同时又在历史文化的制约中,创造着新的历史与文化。因此,在性的问题上也就最多地积淀着文化。也就是说,人无论如何只不是性的符号,而性却最多地体现着不同的文化特征。

以美国六十年代风靡一时、影响波及整个世界的性解放思潮为例,造成这种现实的历史、文化原因很多,但有几点是显著的:两次大战对西方社会心理的震荡,使占统治地位的中产阶级的价值观念(包括伦理道德观念)迅速崩溃;战后经济的恢复、科学技术的迅猛发展,造成物质对精神的压抑;战争前后出生的一代人较少传统的羁绊,这些都使人们对物质的反抗、对灵魂的追求、对个体自由的追求,以性解放的形式表现出来。除此之外,还有欧洲文化的久远渊源。而我们这个具有几千年封建传统的民族,一夫一妻制的婚姻还仅仅是人们不到一个世纪以前的新鲜记忆,男权中心的思想深入民族的心理。如果不正视这些,生硬地套用所谓必然律的逻辑推理,只能得出非常残酷的结论:既然恩格斯曾讲过人类婚姻的两次进步,都是以妇女权利的丧失为前提,而且称赞妇女为人类文明的进步做出了伟大的牺牲,那么,伟大的妇女们,为了"历史的进步",你们再牺牲一次吧!

这样的结论常常掩饰着男权中心的社会最深的偏见。特别是在今天,由于科技与文化水平的发达,弥补了妇女体力的天生弱项,越来越多的妇女已经和男子一样承担着各种工作,它对妇女及整个社会创造活力的发挥不仅是极为有害的,同时,也很滑稽。耳闻某次国际学术会议上,与会的女代表因为妇女代表数量少而抗议大会组织者性歧视。男代表则愤然回击,口号是不能让那些平庸的女人走进会场。平庸和女人这两个概念放在一起,而且用在这样的场合,就把问题复杂化了。如果是学术问题,当然与性别无关,只应考虑是否平庸的问题,如果是诸如洗澡一类的问题则无所谓平庸或优秀,重要的只是性别,至少在我们这个文化中至今还是非常必要的。这是以极粗暴的方式将两性之间的差异绝对化。尽管西方有女权主义者认为男人和女人是世界上两大对立的阶级,然而有史以来的所有战争却没有一次是在两性之间爆发的。我们在中国当代许多女作家的作品中所感受到的抗争与愤怒,都反映着中国妇女在追求和男子平等的创造权利时,对和谐美好的两性关系的向往,尽管充满了迷惘、迟疑与感伤。这是他们的作品不同于女权主义的重要标志。人既然不是性的符号,那么,女人也就不是女性的符号。

文学毕竟不是伦理学的教科书,更多的时候,文学作品中的性描写并不是出于对社会伦理规范的探讨,因此,我们也很难从道德的角度去探讨性描写的正意义或负意

义。统观中外文学,不外乎以下几种情况:

其一,是为商业盈利的目的,以粗野下流的色情暴露,迎合一些读者的低级趣味,激刺社会视听。这样的东西难以入流,任何严肃真诚的作家都不会以之为上品,我们也就更不必取法乎下。

其二,是在严肃的写实性作品中为了服务于总题旨的需要,作者以理智或揭露的目的,表现一种特定的生存状态,这是无可厚非的。从巴尔扎克、左拉、福楼拜到俄国十九世纪批判现实主义的大师们,都是以这样的态度,在自己的作品中涉及两性关系,包括一些直接的性行为。而批判的总体倾向则表达了作家们严肃的主体意向。在我国近年比较活跃的作家中,如韩少功的《爸爸爸》、王安忆的《小鲍庄》等作品,则大多以认知的态度,通过对某些特定性心理的揭示,描述出一种特定的生存状态。而前者的主题意旨带有对这个民族文化生态与心态的忧患,后者则充满温情地表达了理解和怅惘。这样的作品和第一类作品有着审美本质的根本差异。尽管这些作家更多地借鉴了地方民间文化的韵味和二十世纪现代主义文学流派的结构技巧,但就其在小说中表现性的目的与节制态度来说,都没有超出写实的需要。而其总体意旨也没有使性心理的揭示限制在一般生理学和心理学的常识范围。

作为写实的需要,重要的不在于是否写了性,而在于写得怎么样。也就是通常人们说的写什么和怎样写的问题。尽管性是全人类都具有的普遍人性,但由于文化渊源不同,各民族的性意识及由此形成的心态也是不一样的。曹雪芹的《红楼梦》,对大观园中少男少女的情感纠纷用了不少笔墨,其中有许多细节都涉及各种性心理,可以在现代心理学中找到科学的依据。但其表现的含蓄与节制,既符合特定环境中性格发展的逻辑,又有老庄一派古典哲学生命意识的文化渊源。它对今人的启迪是,即使言性写性也不一定要那么赤裸裸,认知与情感的协调是审美表现的必要前提。

与此相反的另一个例子,是辛格的《卢布林的魔术师》,在这部作品中,作者叙述了一个完全不信神的犹太魔术师的故事。其中有不少性的描写,但作者的兴趣显然不在于性本身,整部作品的意旨相当严肃。雅克聪明过人,从不去教堂而且敢于亵渎神灵,被教区的善男信女们视为与魔鬼打交道的人。然而,一次偶然的事件,却使他内心深处的宗教意识猛烈地爆发出来,转而成为一个虔诚的苦行者。如果了解一下欧洲中世纪与文学中灵肉二元的传统,就不难理解,作者在这部作品中揭示的并不是一个简单的道德真理。而是在以《圣经》为代表的希伯来文化影响下,犹太民族心态中难以克服的宗教意识。因此,作者的全部性描写,意义都不限于性本身,尽管他在描写过程中充满了审美的激情。近年不少国内作家也都在探索包括性意识在内的民族文化心态,也就是把性意识与性心理作为民族文化心态的一部分来表现,这是一个很好的路子,既可以深化表现人性的深度，又突出了民族的特征，可以避免东施效颦式的性描写时髦。如果能把理智的严肃与故事的生动性，在审美表现中结合起来就更好了。林斤澜的《溪鳗》应该说在这方面成就突出。他以扑朔迷离的风格，演示起男女主人公之间的真切的恋爱故事，而包括性心理在内的地域和民族文化心态，不着痕迹地融化在故事中。

其三，在许多作品中性是一个艺术的符号，而它所负载、传达出来的意义却带有作者各自不同的意向。这在二十世纪大量具有象征意味的作品中较为普遍。一个例子是劳伦斯的大量作品（声明一点，《查泰莱夫人的情人》我没有看过），从国内出版的集子看，他对性的表现并没有多少涉及性行为本身的内容，而是两性之间各种各样微妙的气氛，推而广之为生命自身的魅力。这不仅是他艺术思维的特点，同时也表达了他对人性的审美理想，因为他认为只有在两性关系中，人们可以实现在社会生活中难以实现的平等理想，因此一切争斗、摩擦、痛苦、欢乐才具有了诗的韵味。性在他的作品中，意味着生命最自然的魅力。阿西亚·马尔克斯在性的表现上要比劳伦斯直率得多。《百年孤独》即使从国内出的删节本看，也充满了大量性行为的描写，带给人的也很少有美感，但这个作者性意识的严肃性毋庸置疑。性在这部作品中是个明显的符号，象征乌苏娜家族原始的生命活力。这个家族的每一代成员中，都有一部分人被粗野的原始本能驱使着盲目地生存。相应作为理性的代表，另一部分人则几乎是在禁欲的状态中，一代一代不屈不挠地研读着羊皮书，等到羊皮书所象征的家族命运终于被读懂的时候，这个家族的生命力也已经衰弱不堪，应验了"猪尾巴孩子"的遥远传说。作者从而表达了对拉丁美洲百年历史的孤独感受及未来命运的巨大忧患。正是这样严肃的主体意识，把大量性行为的表现，限制在象征的意义中。

在我们现当代作品中，也在这方面有一些引人注意之作。从沈从文一系列以湘西社会民俗民风为素材的作品，到贾平凹的《商州初录》、阿城的《遍地风流（一）》，莫言的《枯河床》《大风》，郑万隆的《异乡异闻录·黄烟》，李杭育的《土地与神》等一系列作品，在涉及两性关系、性行为和性心理的时候，也都有着不同程度和意向的象征意味。或寄托着浪漫主义的激情，或表达了自然舒展的人性理想，或者是充满本能反抗的生命活力，或者是和谐恬淡的生存愿望。很难从性本身的意义上进行道德的理解和评价。

综上所述，文学不可能也不必要讳言性，但在任何层次上也不必把性奉为玉尊。初民文化的时代毕竟已经过去了，而现代社会的性崇拜狂热又并没有给人们留下什么伟大的作品。特别是我们这个至今没有摆脱贫困的民族，有才华有追求的作家，应该立足本民族生活的土壤，不必为了迎合外国读者或赶浪头，去模仿国外二、三流小说中那些恶俗不堪的性描写，这样既会失去本民族的读者，也会糟蹋自己的才华。同时，作为文学的小说,也没有必要把作品等同于生理学或心理学病案的琐细罗列,而是应该以审美的理想为中心,通过洞察人类的历史与现状,通过对中外优秀文学传统的扬弃与吸收,更富于创造性地开拓自己的艺术思维,以创造越来越多的好作品,丰富民族乃至世界文学的宝库。

质朴深沉的悲剧美
——评朱晓平的《私刑》和"桑树坪"系列中篇
缪俊杰

一部优秀的文学作品,它的艺术魅力不只是给人以愉悦或痛苦的感染,还迫使人们对生活去做更深的思考。朱晓平的中篇小说《私刑》(载《北京文学》1986年第12期)就是这样的作品。这是他继"桑树坪"系列中篇——《桑树坪纪事》《桑塬》和《福林和他的婆姨》之后的又一部中篇力作。它仿佛把我们带到了陕北林游山区那块古老而贫瘠的黄土地,使人看到十年动乱时发生在这里的种种惨象,听到那古老的历史的回声和作家发出的深切的人道的呼喊。

也许有人会说,朱晓平的这些作品不新鲜,内容无非是描写人民的"伤痕",手法是传统的现实主义。但我想为他申辩几句:"伤痕"为什么不能再写,现实主义有什么不好呢?现实主义作为一种艺术原则,不是简单地摹写生活现象,它包含着作家对于生活的深刻体验和思考,包含着作家的理想和追求,同样可以寄寓深刻的哲理和意念。在表现手法上也可以是丰富多样的。朱晓平的《私刑》以及"桑树坪"系列中篇,在现实主义艺术探索上就有新的发现和新的超越。

《私刑》以及"桑树坪"系列中篇对现实主义的突破和超越,在于作家打破了粉碎"四人帮"初期"伤痕文学"的传统写法,把艺术的视角从政治斗争转向广阔的社会,从审美的角度对历史和现实进行多方面的观照。这些作品虽然都以十年动乱为背景,但作家把笔触伸向社会生活和群体意识的深处,在更深的层次上开掘题材和主题,通过对发生在林游山区农民生活的解剖,深刻地揭示出十年动乱期间那些目不忍睹的人生悲剧,以及各种残酷的反人道的行为,不完全是"四人帮"的倒行逆施,或者是"左"的路线所造成的罪孽。在这个独特的环境里,政治的氛围被淡化了,社会文化心理则被强化了,揭示出经济的贫困和社会长期封闭状态所形成的传统的习惯势力,是那些残酷的、反人道的行为的深厚土壤。作者是从社会心态和文化背景上进行深刻的历史反思的。因而作品的悲剧美的艺术力量也显得更为深邃和强烈。

在《私刑》里,作家以舒缓从容的笔调,展现了发生在那个偏僻山区的悲剧。整个艺术氛围显得深沉而凝重。"裤带出山,大山漂船",一场瓢泼的大雨,把桑树坪二百来亩麦子冲刷得一干二净。生产队长李金斗决定派汉子金同和后生福龙驱着两头小驴驮着全村仅有的二百来斤救济粮上了官道,"下甘州"去换苞谷种。不料在陕甘道上大车店里宿夜时,一群以女色诱人上钩行窃的花花贼把他们劫洗一空,他们还遭了一顿毒打。金同和福龙丢了队上的两头驴和二百来斤救济粮,就是犯下了弥天大罪。悲剧就从这里开始了。按照桑树坪的山理山规,金同和福龙回到村口就开始"请罪"。从村口到塬上一里多地,他俩一路磕头,血迹斑斑到了桑树坪。见了李金斗,两人捣蒜一般磕头不止,高呼请罪。因为赔不起罚,李金斗和村里人决定用"私刑"处置他们。于是,他们由几个壮汉用麻绳捆着推搡到每家每户去挨毒打,有的用铜烟嘴磕打头,有的用锄把打腿骨,汉子后生用巴掌扇,婆娘女子用鞋底抡,娃娃拧,小女子掐,两人被打得鼻青脸肿,像杀猪一般死号。第二天开始用绳子绑起来吊,叫"挂身子"。两人被吊得屎尿乱流,死去活来。这就是具有蛮荒色彩的惨无人道的桑树坪的"私刑"!这些惨象的酿成,却不是"四人帮"与"左"的路线所直接造成的,而是经济贫困和落后的群体意识所种下的"苦果"。想当年,当村主任的李金斗,因为跟上面顶嘴理论,曾被"挂"得屁滚尿流,头大腿重。桑树坪的人却认为李金斗就是被"挂"出来的精明强干的好队长。过了多少年,李金斗又沿用这种"私刑"来整治那些被认为犯了族法族规的汉子婆姨。历史就这样循环下去,而在桑树坪的人们眼里,这是天经地义。读着这些充满血泪(但不是血淋淋)的篇章,人们不能不反思,要结束这野蛮的"私刑"的时代,光打倒"四人帮",实现政治上的解放是不够的。作家充满真挚感情的描写,是力图用深沉的人道主义的呼声,唤醒愚昧的群体意识。一种真挚的历史反省精神在作品中激荡,震撼着我们的心灵。

同《私刑》一样,《桑树坪纪事》等三个中篇也贯穿着强烈的悲剧意识,同样回荡着中国古老历史的回声和强烈的人道主义的呼喊。《桑树坪纪事》里"金斗""桑塬麦黄""李家老叔""六婶子""漆水静静流""窑客老吕"所记叙的故事和人物都具有深刻的悲剧性的典型意义。在桑树坪这个封闭落后的小村里,李言是个最早逸出常规的人。他因为不顺从天命,追求爱情,不满足于在这方寸的故土,曾混迹于天涯,也有一副侠骨衷肠。中华人民共和国成立后,五十多岁年纪的李言,带着一身与庄稼人格格不入的流浪汉习气回到了故乡桑树坪。正因为他有个性,被长期处于封闭状态的农民视为"叛逆",虽然回到故土,却成为族群之外的孤独者,遭到生活的沉重打击。在"文革"清队时,他被列入清查的对象。他的一颗善良的乡土之心,最后无处安放。李言死后,一群活着的人们,虽然同李言同族同宗,但因为都认为李言不是本分的庄稼人,"吃吃喝喝浪球了一辈子",再不是他们的"同族人"了,无法沟通他们血脉上的联系。李言是以悲剧结束他的一生的,尽管他在年轻时挣扎过,仍然无法改变桑树坪这个封闭的世界安排给他的命运。

如果说,在《私刑》中,落后的群体意识,是那样残酷地戕害着像金同、福龙这样的无辜者的话,这种恶习再加上封建的宗族观念对王志科的迫害就显得更加惨无人道了。善良忠厚的王志科没有杀人,他也不会杀人。可是桑树坪那些同是在穷困中挣扎着求生存的庄稼人,有意无意地残杀了这样一个可怜的人。为了两孔破窑、些许小利,硬是把这个善良的外乡人说成"来路不明""一身匪气",全村人几乎全部签字盖手印,告他是"杀人犯",对他实行"群众专政"。村里人用各种方法置王志科于死地,断了他的生路。每天不足半斤的口粮,要他干最苦最重的活路。他愤怒地挣扎过:"你们是人?一群畜生。天底下有你们这号人,顶上家(上级干部)的眼睛都瞎咧……"这可犯下了"十恶不赦"的大罪,被逮捕法办,最后死于非命。他的遗孤小绵,被改名为李小绵,在李福龙家没住几天就跑了,村里人好骂了一句:"养不顺的狗儿种!"小绵还是像他父亲一样,怀着一线光明的希望,在这个林游山区挣扎活着……小说质朴、自然深沉地描写了发生在桑树坪这个小山村里的笼罩着浓重的封建宗族意识的亲亲仇仇、恩恩怨怨,在较深的层次上揭示了这些反人性、反人道的社会悲剧的历史根源。

在《私刑》和"桑树坪"系列中,作者的悲剧意识和对历史的反思还集中表现在对于畸形的婚姻形态的描写上。在《私刑》里,那些"被爱情遗忘的角落",像福龙这样一些山里后生,爱情的贫乏使他们的性意识呈现出一种极为蛮荒的低级的状态,不过,也无非是"上房揭瓦看人家夫妻做事",以及一些想入非非的梦幻而已。而《桑树坪纪事》和《福林和他的婆姨》里所描写的婚姻形态则是十足野蛮和非人道了。贫困落后的经济和近乎残酷的封建婚俗,使这里的青年男女的人性、爱情受到难以想象的摧残和扭曲。长期以来,这里的汉子后生或者以低微的代价,收留下一个要饭的"寡妇",或者出高价买一个黄花闺女。没有钱寻不下婆姨的就成为"闲荒汉"。六婶子正是导演一幕幕婚姻家庭悲剧的典型人物。她充当媒婆,四处撮合那些没有任何爱情的婚姻。但在桑树坪人的眼里,六婶子是个"大能人""大恩人"。作家通过一系列女子的悲剧命运,不无讽刺地对这个人物做了道德的审判。作家在道义上审判了她,也原谅了她。因为她本身也是个悲剧人物。当然,最有典型意义的悲剧人物是彩芳和青女的悲剧,是桑树坪的女儿们命运的缩影。作家以浓烈的真挚的感情,描写了彩芳的命运和她爱情的悲剧。彩芳十二岁跟着母亲进山要饭,被精明的李金斗认作干女,实际上是买下做童养媳,十七岁成婚,十八岁就守了寡。年纪轻轻,秀眉秀眼的彩芳失去了爱的权利,被逼着和前夫满娃的弟弟、一个患着"柳拐病"的侏儒仓娃成婚。她为了追求自己真正的爱情,一次又一次地遭到金斗一伙人的毒打,最后无可奈何地投进桑树坪村口那眼深井,结束了她年轻的生命。更可悲的是这个弱女子的悲惨的遭遇,没有得到同情,没有激起星点波澜,因为那井太深了,这是富有寓意性的。事实正是如此。你看当金斗以非人的手段,残酷虐待彩芳时,村里的婆娘们还眉开眼笑,吆喝着让金斗"往死里打"!彩芳葬身苦井,村里人还咒骂她"死了还糟害人哩"!因为彩芳长得漂亮,愚昧的村民们说她是"太真妃转世",日后要给人惹祸。一句话"女人就是祸水"。这种愚昧落后的群体意识,是造成彩芳悲剧的根源。作品对这点写得既深刻又深沉。青女同彩芳的遭遇在表现形态上有一些不同,然而她们的悲剧命运又何其相似。青女这个美丽俊俏、贤淑、温柔的女子,被二百元的大价钱轻而易举地卖了出去。她的父母认定,"能出得起大价钱定是富好人家",连起码的"相亲"风俗也被免了。庄重的婚姻这样荒唐可笑地决定了。随着走下"喜车",一幕幕悲剧就临到青女的头上。近乎残酷的山区婚俗的折磨,"假新郎"替"阳疯子"拜堂给她精神上的刺激,"阳疯子"福林对她精神和肉体的摧残,封建宗族的族人对她的专横摆布,愚昧而可笑的行政手段以及杀人不见血的公众舆论,硬是把一个好端端的青女逼成了"阴疯子"。青女对这残酷的现实也有过反抗。她曾跑回娘家去躲,但没过两天,娘家又把青女送回桑树坪,因为"家里使唤了婆家一千多块钱,事闹大了还不起";青女也提出过离婚,但公社干部以荒唐的理由驳了回去。因为在山民们,包括那些愚昧无知的干部看来,"女人认命,忍耐是她们的美德,逆来顺受是她们的妇道操行"。可悲的是,那些和青女、福林同样命运的人们——桑树坪的男男女女,完全处于不觉悟的状态,他们以他人的悲剧寻欢作乐,甚至自觉不自觉地在导演着新的悲剧。

在《私刑》和"桑树坪"系列中篇里,作者对生活中的许多丑恶现象做了深刻的揭露,但在写法上不仅仅是暴露,也寄寓着深切的同情和改变这种状况的美好愿望。作者没有简单地把人分为好人或坏人施之于褒贬、歌颂和批判,而是以真正地再现生活的现实主义的艺术手法,质朴自然地去描绘山村里的人们的如同黄土高原一样裸露着的本色。桑树坪的村民们的脸上和性格中,既有辛勤劳作的红扑扑的光彩,也有封建愚昧涂抹的污垢,既有善良、坚韧、无私的美德,也有残忍、自私、狡黠的劣根性。他们的性格、感情写得那么自然,毫无矫情的雕琢。作品暴露了那么多丑恶现象,但几乎没有写一个完完全全的"坏人"。从道德的、伦理的角度来说,金斗、六婶子是应该受到谴责的人。金斗残酷地迫害他的养女彩芳,可说是桑树坪封建残余和小农意识的代表人物。然而作者也没把金斗写成十恶不赦的坏人。他的许多折三换五的鬼主意,占些小便宜,也是为队里群众谋些福利。尽管在金明的工伤问题上,金斗显得心黑手狠,在对金同和福龙实行"私刑"时,金斗是那样残忍。但是,在落后的群体意识的历史氛围里,在那个年月,金斗又有多大的能耐改变这种状况呢?因为那年月,人的价值比不上牲口,"头牯(牛)比贫下中农的命还值钱",群众吃得还不如红卫兵贴大字报的糨糊。"那个年月,庄稼人用枯瘦的脊梁负着这个国家,这个多灾多难的国家。"作品与其说对金斗的谴责,不如说通过对金斗这个性格复杂的人物的塑造,寄寓着对我们这个灾难深重的国家的历史反省。同样,对于桑树坪那些处于悲剧命运中而又参与制造悲剧的麻木不仁的人,既有惋惜,又有同情,也包含着对于这种复杂的社会现象的反思。马克思说:"当旧制度本身还相信,而且也应当相信自己的合理性的时候,它的历史是悲剧性的。"又说,"历史不断前进,经过许多阶段才把陈旧的生活形式送进坟墓。"(马克思:《〈黑格尔法哲学批判〉导言》)朱晓平的《私刑》和"桑树坪"系列中篇,具有震撼人们灵魂的艺术力量,也正是通过他所展现的艺术世界,使我们想到我们这个国家的过去和现在,想到千百年的文化积淀和今天的社会主义精神文明建设。我们通过作品所开掘的现实主义悲剧艺术的美,可以进一步激发人们努力奋斗,去改变那些丑恶的现象,使人们生活得更美好,更文明,更有价值。

[注]:《桑树坪纪事》载《钟山》1985年第3期,《桑塬》载《中国作家》1986年第2期,《福林和他的婆姨》载《小说家》1986年第4期。

1988 年

人生命运的变奏曲
——刘恒小说散论
王必胜

  人们在感叹小说创作疲软,文学轰动效应渐成弱势时,刘恒信步徐来,近年内发表了一系列不同体裁(长、中、短篇)的小说,犹如集束手榴弹,引起了不大不小的反响。

  刘恒早先是以冷峻描绘现实的沉重人生展开他小说的艺术世界的。他的得奖小说《狗日的粮食》,写的是农民与维系其生命基本要求的饮食生计的关系:因了粮食才得以生存和生息,也因了粮食农妇瘿袋含愤而亡。刘恒把困扰农民生存的获取粮食的艰难作为小说的艺术生发点,从人类生存的基本要求——"食"的角度来剖析粮食对于生命的延续和发展的重要。他是把严酷的现实问题隐退在一个大的背景中,只让那作为粮食的主人们惨象难睹的生存贫困状演示着生命的困扰和不幸,于此,我们不难看出农民生存需要上的沉重包袱,并折射出历史的不幸和人生的艰难。

  《狗日的粮食》对农民生存状况的冷峻审视,实际上提示出一个重要的主题,即人生主体情感如何在生命的基本要求和保障面前,释放出精神的能源,成为完整的人生。瘿袋本来是一个敢言能干的女性,但沉重的生活负担挤压得她性格乖戾、生命消亡。尽管作家隐隐地描绘出时代的背景,饥饿荒年,历史沉疴导致的人生人情的萎缩,却也分明透示着摆脱痛苦的物质束缚和思想奴役对于人生发展来说如何至关重要。

  中篇小说《力气》也可看作是同一精神主题。八十三岁的杨天臣一生力气过人,并因力气经历了许多化险为夷的场面。他得心应手成为洪水村人们敬仰的大力神。出于本能,他疾恶如仇,从善如流,但在每一次生活突变面前他都是盲目地依顺。早年并没有因力气慷慨地付出获得精神境界的充实,老来后因力乏不支而身心俱损。杨天臣的人生是一个精神悲剧者的经历。刘恒把他作为象征,实际上是对主体精神与客体生命的发展不平衡(前者在后者役使下)所导致的精神状态的揭示。杨天臣大力神的精神悲剧还在于对农民文化局限的喻示。在自然形态上,他们历经世代,形成了对社会历史和自然人生的一种强韧的适应力,并为落后的历史文化提供了基础,同时,又形成一种思想定式,一种现代文明的发展的障碍物。由此作者从精神内质上对形成中国农民文化的重要成分——妄自尊大、守成冥顽的心态,进行了辛辣犀利的解剖。

由"粮食"问题触及力气体质,可以看作刘恒对不正常年月袭扰农业生存状态的"食"和"体"这两个基本的生命元素所进行的艺术观照。由此把人生的基本要求(食)同人生的基本功能(体)勾连起来。它们同是生命发展中重要的物质条件,但因主体精神的制约,不可避免地使人生发展沦为畸形,人生成为历史的殉道者,生命情感归于失落。

这种精神上的缺憾多是从社会历史的艰辛繁难的对立中表现的,在客体(社会历史)对主体(人生)的美学效应上较为简洁。同时,作为对人类的精神缺憾和人的主体精神的淡薄开掘的艺术主题,在新近一些探索小说家的笔下也多有所见。但刘恒并不仅仅在此抖开他的艺术包袱。他从"食"和"体"又进入人生另一个潜藏的生理层次——性,把生命的自然情感同生命的社会情态联结起来,形成一个混沌而圆润的主题。

中篇小说《伏羲伏羲》中杨天青同王菊豆的情爱,是近乎畸形的有悖于伦理的叔婶之恋。刘恒并非描绘一个男女性爱的故事,他通过那热烈而又苦涩的生命感受,那活泼的情感冲动和生命体验,包括男女做爱的大胆和狂躁,蕴含了人生无拘无束的追求。作者似乎不去构想当事人的结局,而对他们生命感受中的过程予以充分地展示,在杨天青高扬其生命的情感时,他有着男子汉刚毅猛烈之气,当行则行。他的生命力强烈精壮,之所以成为村人们所崇敬的一种象征,以致在他死后若干年,村中稚童们还流传关于他的传说,是因为他把生命主体感受自然充沛地表露出来,让一种压抑自在的生命力得到宣泄和认可。当然,刘恒把杨王之间性爱的悲剧又限定在同伦理道德冲突的框架中来表现,既表现了作者对性意识的传统和现实主义的认同,又使他的可能被视作乱伦之恶的杨王爱恋悲剧得以一层合理的外衣。抛开这一点不说,我们看到的是一个关于性与人生的原型神话,即使那发生在杨天青或者杨金山抑或王菊豆身上的事理,在我们生活的视野中或可目及,而作家更是从这层爱的不幸悲剧中,观照人生的爱同人类的性这一纠结繁杂的情感心态。杨王的爱情悲剧作为一个现代的神话象征了生命力的雄壮蓬勃,又无不受制于那萎靡卑琐的却又自认为合理的现实,痛苦咏叹的是热烈的生命追求,潜藏的是人生主体情感的得到确认。所以,《伏羲伏羲》的命意不同于那仅仅把性意识作为故事情节展现的小说。

如果把人生的生命感受和其中的性意识上升到文化的高度,可以看到,性意识的社会内容在不同的人生、不同的时代有着不同的表现。《白涡》中的周兆路是一个精神灵魂极为传统的现代人。他走出厚重的精神壁垒成为婚外恋者,由于骨子里传统血液的浸润,他在精神变异后仍是一个怯懦而空虚的、戴着枷锁又戴着面具的现代伪君子。他这种暂时满足的婚外恋,是以不危及自己的利益为目的,一旦影响升迁、名利后,他可以成为始乱终弃的杯水主义者。周兆路逸出生活常轨而同华乃倩的暗合,心理上满足了潜藏在生命灵魂中骚动不宁的欲望,却又摆脱不了名利的缰索,尽管他对于华不乏真情,而这种怯懦的真诚客观上是一种玩弄。在文化性格上同属于封建文化,恪守着男人对女人的征服和占有。《白涡》似乎是对一个时期以来,文人小说追慕西方精神放逐的开放生活有些冷静的审察,即使在中国文人的生活圈里,那种以冠冕堂皇的方式来博取女性的情感来牺牲他人的情感为其找到"两全"(满足欲念,保全自己)的方法仍是重复着中国传统文化性格中的糟粕,造成了人格的精神悲剧。从这个题旨看,《白涡》也许并不独特,但刘恒的贡献在于把性问题作为当代人健强生命中不可忽视的一面揭示出来,及时地捕捉住一个时期人生骚动的灵魂,在探索人生情感的复杂性方面,有了更丰富的内涵。

就此前诸篇看,刘恒把人生的生命情态依托在一定的物质形态(食、体、性)上来进行艺术观照。小说涉及的是生命历程中人生的一种豁然可视的生命形式,在新近的中篇小说《虚证》、长篇小说《黑的雪》中,刘恒直接解剖人生复杂的精神心态,让生命在各种困惑沉重的重负面前碰撞激扬,小说潜沉到人物心理的各种隐秘复杂的精神现象中。

《黑的雪》说是"精神分析"小说有些勉强,但它又不是完全意义上的写实,或者说人物情节的展开具有极大的纪实效果,但人生情感的展示又颇具抽象性。主人公于慧泉解除劳教后面对生活的冷暖凉热,面对自己生理和心理躁动不安的情状,他又是无所依傍无所指归的精神浪游者。曾经因打架而被劳教三年的于慧泉,当了个体商贩,贫匮的物质生活和贫乏的精神世界,他从业、交友、婚恋、过日子等都有难言的苦楚和不便。过去哥儿们情义、眼前孤零冷落的境况,青春期的勃然骚动,他默守着命运的安排,又悖于那管片民警、街道老主任的期望,在空虚、孤独、自怜、自信的各种思想情状交错冲击下,孑然自得而又凄然自叹地生活着,迷途羔羊似的懦弱心态而又兼有自强不息的勇者不倦似的追求。于慧泉精神生活和物质生活如同拘囿于一个自我封闭的怪圈里,既不接受世俗的浊流,又找不到解脱的方法,他所追求的自以为神圣的其实是虚幻的东西。小说对于慧泉作为精神孤独者封闭心灵的刻画,挑开了走向开放和发展的社会中,人生面对物质文化的光怪陆离、多彩多色,认识自己思想上的误区。认识自己封闭的灵魂,是人生发展、生命完善的极重要的条件。

同样,《虚证》中,因自我精神信念的丧失、自我情感的不确信而自袭自毁的郭普云也是因思想的误区酿成了精神的悲剧。郭普云是一个工厂的宣传科长,有身份也有能力,又进入了业余大学补习,因生理功能的先天缺陷,也因为一次事故中眼睛受伤留下伤痕,在众人面前自尊受到打击,他失去了生活的信心,走向了自我的毁灭。精神灵魂在沉重的心理负担中不得解脱,却用极致——死亡——的办法来保存自己"灵魂角落里的洁身自好"。这种毁灭生命赎回精神的安宁,显然是十分可笑而荒谬的。这两部作品,探索当代人生精神领域中畸形的现象,由封闭、孤独到自戕(无论是郭普云摆不脱顾影自怜的精神抑郁,还是于慧泉的落落寡合,都是精神主体的失落和毁灭),笔锋直指现代人生精神生活的"盲点"。诚如西方哲人所说,认识你自己,从精神的误区走出来,使人生价值得到更充分的确认。这或许正是刘恒探索郭、于二人精神悲剧的价值所在。

刘恒的小说在艺术形式上很讲究变化,几乎每一部作品都有一个新的支点。写实的冷峻和严厉,写意的浓郁现代味和神话意蕴;调侃中咏叹人生命运之艰(如中篇小说《四条汉子》中弟兄四人对传统偶像和现代观念的不同态度,此篇风格属于现代幽默式);有时描绘人生的横断面集中展现生之艰难和死之不幸;有时勾勒出一个生命旅程的奇异历史。

不过,在众多小说高手树立起来的一个个建筑群面前,刘恒突兀特立,却有他自足自成的艺术境界。他既不师法拘谨的写实主义,以原生态(或还原法)来写历史和人生,尤其不着重写人的外在形态和刻意塑造典型,他也不模仿现代派假以神秘玄妙之态来点缀本是极刻板的世俗生活,他也不空泛地注入文化意识来兜售作者表层的哲理意味。他着意挖掘人生的感受,把小说的内涵支持在一个活生生的人生之中,哪怕是世俗的混沌的。就小说内蕴来说,刘恒走的是心理现实主义的路子,从精神灵魂中开掘人生的不同境界。无论洪水峪村的农民,还是都市大邑中的知识者,都化为一个现代人情感生发的艺术契点,负载着作者对人的生命情态的悲怜、欢娱以及沉思。作者对生活中故事发生发展的关注似乎是为了对人生命运的追究,对命运的探求又是从生命本体出发。小说深重的历史情态又使生活的故事得到超越。

刘恒很讲究小说语言的修炼。如果看作是文体自觉的追求似乎题目大了一点,而且文体的确定也多是语言的功绩。读刘恒小说,也许不一定先受其故事蕴含的感染,却可能先受其语言风格的吸引。刘恒小说语言的凝练和典雅,是他自己的语言形态,既不是古雅的艰涩,也不是白话式的浅薄。他追求语态效果,把情节的展开用精致语句来概括,而后又注意语言质量(语值)。当然有时候由于语态进行中缺少中介(《力气》中尤为突出),往往留下了阅读空白而容易陷入费解之中。讲究"语值",当今作家们是很少做到的,白话不必说了,即使古典韵味浓郁的语言风格也不能够做到,而刘恒似乎很注意这一点。

文学:失却轰动效应以后

阳 雨

大概我们可以用"记忆犹新"四个字来回忆一九七七年《班主任》的发表、一九七八年《神圣的使命》的发表——为此《人民日报》还发表过一篇署名"本报评论员"的文章呢——一九七九年《乔厂长上任记》发表时的盛况。争相传诵啦,纷纷给作家写信啦,刊物销量大增啦什么的。就连当时对这几篇作品持严峻的批评态度的人,"批"的劲头儿也是热烘烘的。

二十世纪五十、六十年代,同样不乏这样的盛事。一九六〇年困难时期,《红岩》出书,新华书店前排的队绝不比糕点铺前的队短。《青春之歌》《林海雪原》《红旗谱》《创业史》以及一些引起过争议的作品都掀起过热浪。连这些作者得了多少稿费也被一些人津津乐道。

记忆犹新而又恍如隔世。现在呢,作家们写什么,怎么写,似乎已经很难出现那种"轰动"的效应。一九八四年,出现了《百年孤独》热,并由此而出现了王安忆、郑万隆等人的一批作品;一九八五年出现了"寻根"与"新方法论"热,并相应地出现了韩少功、冯骥才、郑义等人的一批作品;一九八六年,又出现了文化热,出现了许多"文化发展战略"和诸如"现代主义与东方审美传统的结合"之类的命题,据说现代派已经穿上了中国道袍,羽扇纶巾,扇子上画着八卦,阿城的小说便是代表。所有这些热,已经大体是文人、文学爱好者圈内的事了,很少涉及圈外人。于是有人干脆提倡起画圈子来了。

到了一九八七年,连圈内的热也不大出现了。不论您在小说里写到了某种人人都有的器官或大多数人不知所云的"耗散结构",不论您的小说是充满了开拓型的救世主意识还是充满了市井小痞子的脏话,不论您写得比洋人还洋或是比沈从文还"沈",您掀不起几个浪头来了。不是吗?

是不是作家与作品产生了退步现象呢?很难这么说。比较一下本文开始时提到的一些"热"过的作品(这些作品也是从大量平庸的一般的作品中筛选出来的)与当今的一些代表性的作品,还是当今的一些作品写得更活泼、更富有艺术个性因而从总体上更给人以多样与开放的感觉。但同样的事实是,八十年代中期以后,突出的好作品似乎是逐年减少。到了一九八七年,值得称道的好作品就更少。富有激情和感染力的作品似乎确不如前。从外部条件找原因未必是符合实际情况的,因为写作周期要比外部条件发生变化的周期长得多。愈是好作品就愈不是某种条件或气候的产物。条件愈好,厚积薄发的作品就愈容易比"薄积多发"的作品少。

怎么回事?试析如下:

首先,社会的安定化正常化及其对读者心态的影响。起码从二十世纪三十年代,革命、抗战、胜利、解放、改造、运动、动乱、反帝反修、"一举粉碎"、拨乱反正、改革开放……中国的这一段历史是充满了政治激动性的。本文开始时涉及的一些文学热浪,无不与政治热浪有关,无不体现出一种理想主义色彩相当浓重的政治激情。全民的热点是为中国找出路,为一次又一次找到了金光大道而激动,为不能走另一条和又一条路而激动,为从今走向繁荣富强走上金光大道通向胜利而激动,为一次又一次地非昨而是今而激动。

当然,这样的激情这样的理想如今也有,也许更深刻了。但毕竟今天的情况是空前安定、稳定。现在的热点是改革,没有错。但改革的热点是经济,人们对改革的看法要务实得多,思想准备要长得多。一九四九年全国都唱"解放区的天是明朗的天",一九五八年全国都唱"社会主义好",一九六六年都唱"大海航行靠舵手",现在却不会也不必要吸引组织大家唱"改革了的体制放红光"或者"改革就是好,敌人反不了"。如果说现在整个的社会都更加稳定,人们的心态,相对来说更缓和与宁静一些了,我们只能额手称庆。中国是个古老的大国,近百年由于屈辱困苦而变得相当易于冲动……不是吗?

人们变得日益务实以后,一个社会日益把注意力集中在经济建设、经济活动上而不是集中在政治动荡、政治变革和寻找新的救国救民的意识形态上的时候,对文学的热度会降温。很遗憾,似乎事实如此。不知道这算不算什么"规律"。二十世纪五十年代或者更早,青年人希望通过文学作品来确立自己的人生道路、价值观与政治方向。有不少人看完了一本书就离家出走,就冲破婚姻罗网、背叛剥削阶级家庭投入革命队伍。二十世纪七十年代后期人们通过"得风气之先"的作品来体察一下社会的新的萌动。例如,远在中央做出正式决定以前,《于无声处》就上演了,能不轰动吗?以后还能常常是这样或者有必要这样吗?现在呢,未必有太多的人希望通过文学作品来帮助他们理解或者解决人们最关心的物价、劳动工资、职务提升与职称评定、购买商品房或者考"托福"出国的问题。包括翻两番与赶上中等发达国家的大目标也未必需要文学的诠释或"吹风"。

不能笼统地慨叹"世风日下,人心不古",不能笼统地埋怨读者的"素质低下"——不看自己的巨著却去看通俗武侠言情小说。甚至也不能笼统地责备作家没有去写改革写聘任制写横向联合写合营旅馆写中纪委正在处理的大案要案。现在写更大得多的贪污案也难以收到一九七七年的轰动效应,即使写得更深刻精彩。这里,笔者想冒说一句,如果一个社会动辄可以被一篇小说、一篇特写、一个文学口号所激动所"煽动"起来,只能说明这个社会的运行机制特别是言论与决策状况不大健全,不大顺畅。说明这个社会的人心不稳,思想不稳,处于动荡之中或动荡前夕。反过来说,如果一个社会的许多成员只是为了"解闷儿"而读文学作品,冷落了一些救世型的思想家与惊世玩世型的艺术家的巨作,也并非完全可悲。要求增加工资的人去找人事科财务处,要求民主参与的人去找市长区长政协委员人民代表,要求惩治坏人的人去找律师检察院,要求打发时间的人干脆去看《卞卡》,他们都没有必要一定去找作家找文学作品。

当然,这不是说作家将会失业。文学的功能是各种社会机构所无法代替的。难以因非文学的"形势"而获得轰动式的成功,这只能要求严肃的作家拿出更加有独特的艺术成果与经得起历史考验的真实货色(包括思想的、政治的、经验的、学识的、技巧的)的作品来。这也必然会使本来就不严肃的作家去搞些噱头性的东西,他们也许会变得更不那么严肃。界限渐趋分明,也好。

其次,开放的结果会使人们见怪不怪。封闭的结果当然是少见多怪,大惊小怪。开放环境中的人比封闭环境中的人更不易激动,不知道这是不是也是"规律"。例如看惯了人体画的人不会因看画而产生邪念,而男女授受不亲的结果,谁碰谁一下都能令人联想到性关系。回想二十世纪七十年代末八十年代初,朦胧诗与所谓"意识流"小说居然能引起不小的波澜,能就"看得懂还是看不懂"而论辩一番。此后的一些年,一些文学作品如马原、残雪之作,在形式的怪异乃至内容的晦涩方面走得远多了。相比之下看得懂与看不懂、赞赏与斥责的声浪却低得多。当今文坛上,走爆冷门的捷径去争取一鸣惊人、一举成名天下知的效果是愈来愈困难了。禁区愈少,闯禁区的诱惑力便愈低。途径愈多样,走捷径的方便就愈少,当然,这也不是坏事。

前些年出现了许多热,从"蛤蟆镜"热到"寻根"热,从邓丽君热到琼瑶热,从萨特热到拉美文学热,从办公司热到自费留学热。有的热得有理,有的热得没劲。易热的结果必然是易冷,而易热易冷反映了一种"初级"心态。

这说明我们的开放才刚刚开始,还不那么成熟那么善于消化选择,还不那么清醒稳重。降点温以后,会不会更好一些呢?当然,开放的幼稚性只有靠进一步开放来解决,靠边开放边消化选择来解决,而不是靠停止开放来解决。

在谈到"凉"的问题的时候,我们还得考虑一下作家本身的状况。有相当一批中、青年作家,这几年写得很快很多。要说的话说了不少。他们需要的是某种新的调整、充实、积累、酝酿、蜕变。作家正像油井,不可能总是喷涌。即使有的作家如王蒙、刘绍棠每年仍是新作不已、持续旺盛,但也有一种实际上的危机或者"颓势"在等待着他们——他们的新作有可能只是旧作的平面上的延伸与篇数字数的递增,而平面延伸与字数递增并不值得任何作者与读者羡慕。

另外还有一批比较年轻的作家,有的是出手不凡,有的是迭出佳作,文坛上评评论论还是相当红火的,但已陆续露出了后力不支的样子。这方面王安忆讲得最为诚实。最近她在香港说:"我在农村插队落户时,常有多种遭遇,因而产生各种心情;回城后当刊物编辑时,也有各种际遇,时有所感。写作的要求都是在这种场合产生的。现在则经常坐在家中写稿,既无谋生要求,又无当初各种苦闷的心情……"她又说,"不幸的是我过早成为专业作家。文学本来应该是人生的副产品……不料我先成为作家,生活倒成为我的次要东西了。因此,我感到困惑。"(见1988年1月3日《文汇报》三版)说得何等好啊,王安忆!你说出了我国"优越"的专业作家照拿工资制度的弊病。你有勇气说出真相,可敬!你有没有勇气甩掉这个"专业作家"的空架子,去追求实实在在的人生,并从而出现副产品呢?

再如阿城,"三王"写罢,海峡两岸一片喝彩。但他早在两年前的《遍地风流》里,已经重复《棋王》里"喝得满屋喉咙响"之类的受到激赏的句子了,这不是吉兆。如果他相当长一个时期拿不出新的好作品来,对于他,完全不应苛求或者责备,倒是一些喝彩者值得想一想,文坛固然需要当场起立的叫好者,不也需要一慢二看三通过的评论家吗?

近年又有新作者涌现,某些作品向怪向粗野等方面发展。有的还自称什么第五代作家。成绩如何?还需要再看看。这里要说的是,不论什么新观念新手法新流派新句式,都不妨试验,裤衩当手套领带裹脚,也可以试,但这都不能代替真货色。真货色是作家的真才实学,真情实感,是作家的全部才能学识,经历经验,灵魂人格。如果您和您的读者确是吃得过饱,当然也可以写出一些撑出来的作品。如果您和您的读者确是太闲,当然也会写一些闲出来的作品。如果您和您的读者确实是才思如流星飞瀑如钱塘江潮,当然也会写出一些大破条框的作品。怕的是您刚够卡路里就超前打饱嗝,刚旷了一天工就炫耀无聊,二等的才华却具备头等的疯狂和痛苦。

文学当然会有新的高峰和新的突破,只是得来不会如此廉价。年轻人会成长起来,通过自己的坎坷的路。减少他们的曲折和坎坷是可以理解的,该说的话总归该说,回避文坛现状的矛盾是不可以的。但谁也无法代替他们前进,代替他们突破或诈诈唬唬地自称突破,也不能代替他们跌跤和碰壁。

文学热确实在降温,无须着急也无须生气。我们的国家正在发生巨大的、历史性的变化。社会心态也在变,这种变必然会反映到文学领域。从不同角度出发怀旧,不喜欢目前的种种文学现象是可以的,但谁也无法不让它变化。凉一凉以后也许会进入新的阶段,新的境界,出现新的人才或老人才焕发出新的活力。也许凉一凉以后才会出现真正的杰作。但愿如此。但也许这种相对疲软的局面会延续乃至加重,谁能说准呢？连副食供应都那么难预测,何况虚无缥缈多了的文学？当然,从长远来说,前景仍然是乐观的。能不能预测一下今后一些年代文学发展的趋势呢？更难。但不妨试一试：

一、文学的进一步分化：尽管把通俗小说与"严肃小说"结合起来做到雅俗共赏、曲高和众是诱人的理想,但这二者的进一步分化、文学的双向发展与作者读者在这二者之间的摇摆恐怕是难以避免的事实。类似的双向发展还有洋与土,纪实与幻想,巨型与微型,道德与非道德,极端与中和,高尚与俗鄙,艰深与浅白等。包括一些长年以来没怎么发展起来的形式,如推理小说、自传小说、历史小说等,都会得到长足的发展。

二、深沉化,这是最重要的。一方面表现为思考得更加理性、更加深邃、更加全面多侧面；另一方面表现为对人的灵魂的进一步关注。在描写一些重大历史事件一些典型人物的时候,不论是对战争、土改、"大跃进"、"文化大革命",乃至于写今天的改革,不论是写什么样身份的人物——红卫兵也好、老干部也好、资本家也好、佃农也好,将愈来愈突破简单化程式化与脸谱化的模式,将不再是某个口号或理念的图解,而日益反映出我们的民族已经在变革与建设的道路上走了一大段路的成熟性与更深刻、更宽阔的概括力。深沉在于写出人的灵魂,叫作"触及灵魂",当然不是用"大批判"。文学将更深入生动地描写人的喜怒哀乐,描写人们的(当代的、现代的、古代的,特定的与普遍的,特定历史时期与永恒的)困扰与激动,写人的内心需要,写人的内心的痛苦与追求。这些,当然具有社会的与历史的内容,但这种社会的与历史的内容是通过或往往结合着人性的内容、生命的内容来展现的。这里要说的一句话是,无神论者也需要拯救(包括安慰、净化、超脱、激励)自己的灵魂,当人们寄希望于文学家的时候,一篇又一篇小说不能仅仅用一些粗鄙的脏话或者梦呓式的咕哝来搪塞读者。也许一个时期以来作家努力显得比读者高明比读者先知先觉未必总是对的,但也不可能走上在作品中显示作者比读者更白痴或者更提不起来乃至更流里流气的路子。从长远来说,在实现"全民皆小说家"之前,读者需要的仍然是亲切的、诚实的、精神上更多而不是更少有力量的作家。我们的文学界内外已经饱尝"假、大、空"的超级口号之苦,人们厌烦了洋洋洒洒的空论,这是可以理解的。但反过来以为堂堂中华文学要走犬儒主义、玩世不恭的无理想无追求无道德的道路,也是荒谬的。这种赶时髦也很可笑可悲的。

三、民族性与时代性的结合。经过一段初级开放的多方引进多方寻根以后,在一大堆洋玩意儿古玩意儿土玩意儿都不再新奇了以后,在创作上那种急于甩出去、争当第一个或者见到新玩意就痛心疾首义愤填膺的心态渐趋平稳以后,有可能出现新的更加民族也更加时代的作品。在一大批涌潮又退潮的作品沉淀下去以后,也许这几年不那么"活跃"的老人或者这几年尚未露头的新人之中会出现几部真正能留在文学史上的巨著,谁知道呢?文学与生活一样,人们当然寄希望于未来。

文学的黄金时代确实是来了,黄金一样的作品却不会因时代的黄金而自动涌现。《红楼梦》的出现恰恰不是时代黄金的结果。我们需要观察,我们需要思考,我们需要探讨,我们更需要潜心全面努力。

在沉沦与期待的界面
——读王朔近作
王鸿生

　　王朔的耀眼魅力是放肆。在矫饰、精致而萎化的文明人群中,放肆是一种很率朴很粗蛮很具爆发力的性格。它不仅带来了原始男性倾向的直接表达,而且,也意味着纯粹生命情绪的自由和高涨。

　　因了这一放肆,王朔举重若轻地打开了一片凹凸镜下的都市风景。他借助现实的时间逻辑,对生活施行了整体变形手术,把那个一向喧嚣着又沉默着的世界重新放回到你我的眼前。尽管其故事陌生而又荒诞,其场景可笑甚或狰狞,但那些年轻主人公的形神、动作却熟练得令人愕然,你不能不正视他们的存在。

　　迫于他们的狂浪不羁,一切习常的儒雅、矜持及面世时的畏首缩颈、巧于周旋全变得一文不值。由此,一层层高贵者的油彩剥落了,一张张伪善者的脸皮纸片般粉碎了,一个个渺小怜弱的祈愿肥皂泡似的破灭,雾一样散去了,而你久积在胸的恶心、狂躁、郁闷,终于获得了一次罕有的痛快淋漓的宣泄,……然而,就在你为他们成套成串的痴言癫语而乐而叹而惊讶的时候,世界却顽固地缄默了。你忽然领悟到,当下人生不过是一枚可怜的双面币,一面是塞得满满的轻松,另一面必有掏空了一切的沉重。王朔递给你的风景,是一片黑白相间、明暗交织、喧热中透出荒凉、真诚里不乏残酷的风景,一片双色风景。

　　有了这样的整体感受,就不能不把王朔的主要作品归为一个基本故事,一个现代人精神沉沦的故事来解读。我知道,谁若想由此再度进入并希图向王朔本人讨取一点批评的信心,他一准会扬长而去,只把一长串无所顾忌的笑连同那句"傻×",抛给你!

　　也许,最好的办法还是让我们重返文本,并对他所说的各种故事作一番还原性的转述。试试看吧。

　　不知人们是否已注意到,王朔作品的所有主人公几乎都遵循着特定社交圈内的言语习惯。无论其是男是女是"顽主"是"橡皮人",也不管他们叫方言、高洋、刘炎或别的什么,仅凭说话人的口气、表情、节奏直到常见句式、惯用语码及其所负载的心理内涵,你都很难对他们做出个性化的区分,这即是说,这些人物的私人言语已高度类型化。这个现象饶有趣味,它揭示出王朔叙事语言中"自述"与"仿述"相同一的特征,同时也表明,他笔下的大部分语言主体实质上可以归为一个——"我"!

　　这个"我"不呆不傻不刻板不孱弱,而且智商甚高机灵诙谐精力充沛,他能吃能喝爱玩爱乐既做梦也掉泪,高兴了还会和你扯尼采、扯萨特、扯弗洛伊德,即便是流窜闯荡坑蒙拐骗报复行凶,也能干得异想天开、专心致志、非同凡响,其手段之精湛自如非常能体现技术化、自动化的工业文明特点。这算哪路人?是乖戾的孩子信口雌黄的骗子,还是酒鬼赌棍罪犯梦游症患者妄想型病人?抑或,他不过是一个假面舞会的常客、狂欢节上的"愚人"?

似乎全像,又似乎全不像。如文本喻示,"我"是一头差一步没能走出荒原的幼狼,一只栖息于悬崖鸟瞰着人生而无动于衷的飞禽。仿佛是经历了一系列"父亲"的"修改"和"出走"的失败,仿佛是过多的道德欺骗淹没了关于人性的温暖记忆,现在,"我"已断然关闭了自己的灵魂,再也不愿让思想之光亮投入这黑暗的幽禁,再也不愿去谛听那里面发出的每一丝响声。这种因疲惫而安宁、因绝望而超然的态度,显然只属于那种想过找过也希望过的人,在这个意义上,"我"的沉沦无疑是一种自觉的沉沦。

也许,在日益被"白日化"的都市风景里,你随时都可能遇见"我"的踪影,他不辨是非不讲廉耻无所谓教养,感情麻木但表情自如,四处碰壁却活得自自在在。作为一个无所系念无家可归的"浪子",他选择了一种奇特的以自我分离又自我圆满、自我消解又自我建构为其基本特征的存在方式,他自吹、自擂、自嘲、自讽,自得其乐自饮其悲,自个儿对自个儿保密,自个儿揭自个儿老底,以自虐来自娱,由自弃而自足,一切生活戏剧皆由自己编导、自己表演、自个儿品评。而这种绝对统一的自我感的虚设之所以可行,乃在于"我"所采取的两种基本策略:一是把自己"非人化",从而彻底剥夺了社会意志统治"我"这个人的任何可能;二是把现实"虚无化",这就便于"我"把世界秩序加以瓦解,并拒绝对它的意义做出回答。

这里我们看到,一种以他人为本位的社会中心主义已经悲剧式地结束,而另一种以个体为本位的自我中心主义却喜剧式地开始了。不是羊,便是狼,这是上帝在捉弄人还是人在捉弄着自己呢?

别问"我"!那是"精英"们在考虑的事情,只有他们才乐于在各种外来的、本土的历时性文化的共时性挤压下呻吟,"我"却只服从本能,只需对形形色色的流行观念做出下意识的反应。令人惊讶的是,这个从不曾进过书店、图书馆的"我",居然是在显示我们这个时代多元文化草率混合的特征:他既奉行"什么都是假的,掏出银子来是真的"这一犬儒主义经济动物原则,他也具有"一个人对另一个人永远是陌生人"的现代主义疏离感,同时,因"不知道该做什么从而什么都可以去做"的行为倾向,又使他合格地加入了后现代主义过程人的队伍。

由此可以认为,这个时而是叙事人时而是当事人、既能够带入读者你也能够带入作者他的"我",乃是一种破碎的时代精神的共相,一个隐蔽又触目地镶嵌在所有中国当代城市文化背景上的"新青年"的集体原型。如果一定要命名,也可以说,"我"是一个恶劣的破坏者、一个畸形的反抗者、一个智能性迷失的范本。

他想"穿"了。他的座右铭是:"只要舒心地活,什么都不在乎!"

人原本是劳动着也游戏着的生物,甚至在其没有学会劳动的时候首先学会了游戏。游戏把生命兴趣引向生命自身。游戏是人的快乐天性得以展现的基本形式,在人类文明史上,游戏本能始终是各民族文化创造的重要动因。王朔小说中极有吸引力、诱惑力的地方,常常是"我"在游戏过程中表现出来的非凡智慧与饱满活力。然而,游戏并不生产生命,非但不生产而且还耗费着生命。生产生命的只能是劳动,劳动的集体性必然把相当部分的生命兴趣纳入社会,不管这种纳入怎样令人难以忍受,但它的无可辩驳的现实性恰在于离开了他人就无法生存。

而"我"却只游戏,不劳动!

只要闭上眼搜寻一下记忆的屏幕,你很快会发现,王朔的主人公干了无数事又等于一件也没干。他们兴致勃勃竭尽心智没日没夜地奔忙,只是交替不迭地穿梭于各种女人与牌桌之间,把生命时光的绝大部分投骰般抛掷于一场场无法下注也无所谓结局的"赌博"之中。"性游戏"满足了生命自我嬉戏的需求,"牌游戏"则以隐喻方式传达出"我"与他人的本质关系,两者共同构成了"我"知觉人生的基本图式,绘制出一幅"人世一切皆游戏"的生存景象。所以,"我"发女人就像发牌一样大大咧咧满不在乎,不就是一个女人、一张牌嘛,抛出它吃进她甩了它让了她又有什么当紧?!这里,人即牌、牌亦人的二位一体,不知是来自混沌未分的儿童式的认知幻觉,还是产生于扭曲变形的现代人的异化心理?然而有一点已经明白:一种被"我"抗拒着、逃避着的不公正的现实以更加率直、更加疯狂、更加无耻的方式被强化了。罪恶通过厌"恶"者复活,败坏的世界因"我"的败坏而更加不堪……

但这一切与我无关,"我"所关注的只是"打赢",谁是赢家?"赢家就是那个欺骗战术使用得最得当最先出光手中牌的人。"假如把这儿的"出光""没有"读作"结束"读作"空无",那么,这句话的确切意思应当是:游戏的最终胜利取决于谁最先抵达死亡!

玩的就是心跳。

当死亡向沉沦的生命投来狞厉的一瞥时,"我"不禁惶悚了,出汗了,游戏者的无尽快感倏忽间灰飞烟灭,被游戏者的恐怖则传遍全身每一根神经,那是被死神之手拨动的神经。因未卜胜负而紧张兴奋的心跳终于翻转因预卜大限而畏惧不已的心跳,长篇小说《玩的就是心跳》中方言前半夜"浪"着打牌、后半夜第一个被"抽立"的开篇叙述,正隐喻着对这种人生牌局的悲凉警叹与不祥预感。

但对"我"来说,死亡也可以被当作一个不言而喻的问题悬置起来。确乎如此,按李江云的概括,"我"一生中最恐惧的不是死亡而是"白活"。由此可见,"我"之所以不可遏止地执迷于一种不现实不可能不道德的"人生游戏"并声称"我们有权支配自己的梦",还有更为深层的心理动因可以寻索。

怎样才能不"白活"?"我"缓解焦虑的方式是做"英雄梦"。原来,"我"对冲突、侵犯、暴力有一种本能的倾向,"我"渴望小说成为游戏中"最出风头最有创造性"的"好汉"甚至"凶手";原来,"我"想"飞",想"给世界一个印象",想当一个"惊天动地万人战栗的主角",想使活着的人为之"不安"为之"心烦意乱"!……然而,"我"深知自己的卑微,作为一个处在社会底层的平头青年,"我"一无权二无钱,既不具旷世之才又拿不出济世良策,只怕"命中注定……是掀不起大浪的泥鳅"。如此,"我"除了在幻想中对人生加以改变,并力图按自己的意愿"大大演义一番后全部当事实接受下来",似乎已无路可走。

绿林式的英雄冲动就这样织入了现代都市风景。现在,"我"必须重编自己的人生故事,或曰必须以自我折腾的故事来实施"我"的计划,并保证自己在故事中成为中心化的主体施展卓绝的才干以达到超越性的满足。这样,一种新的游戏就发明出来了,那就是"顽主"们开设的替人排难、替人解闷、替人受过的"三T公司","痴人"们洗心革面去污除浊骤长慧根的"气功救国论",以及一帮哥们姐们分派各种领导职务的"内阁例会",而最为动人心魄的自然数那件周密策划长达十年却纯属子虚乌有的"谋杀案",在这个漫长的恶作剧中,"我"竟愧疚一生没敢杀人而数度渴望:自己就是那个凶手?

英雄梦,在游戏中破产了。

这引发了一种反思:"我"固然没有用刀子杀过人,但是否用游戏杀了自己和别人呢? 依此探寻,《玩的就是心跳》透露了新的消息。

一个人偶因一段过去生活的牵连而被怀疑犯有谋杀罪,人们要他提供"案"发的那七天之内干了些什么的证明。但是,这个"玩了就忘"的人丝毫记不起十年前的事情,他根本不知道生活一旦被"玩"出来就变成了实际进入了历史,并构成制约其今后命运的无法摆脱的力量。由此,梦魇般纠缠着他的问题便成为:"我"过去究竟有没有罪?而这个过去真正存在过吗?

为了弄懂这一切,"我"开始追忆既往,呕吐般倒出沉醉的荒唐之举,并不断地一个一个地访问旧友、觅寻旧踪,企图复现流逝的岁月,拼出时间的图像,弄清自己的面目。然而,使"我"深感迷惘的是,无论自己怎么点点滴滴地聚集从前日子的每一个细节,也无法将过去和过去的自我加以整合,生活的破碎状态零割了时间的连续性,一系列表面上互为因果的事件宛如一个庞硕的具有系统性的假象,在这个假象的笼罩下,"我"

的面目是那样闪烁游离混沌莫辨。而全部的自信和自我统一感便在冷森森的自我逼视中崩溃,令人沮丧万分。

假如认知也是一种权利,那么竭力想弄清自己的"我"正是在收回一种对自身的权利,他开始有了重新把握自己的期待。这时,他久已关闭的灵魂便不得不再度开启,也只有在这时,他才可能嗅到从自己身上发出的生命腐烂的气味。他应当确认,自己曾经死过,那是浑然不觉的死亡,一种真正令人惊骇的死亡!

到最终,"我"也没有找到那足以证明他存在着的"七天"。但为什么一定是"七天"呢?

七天,是上帝用来造人的时间!

中国乡村小说里的若干现代主义倾向

吴 亮

众所周知，"现代主义"在当代的文论中一直是个含义不定、众说不一的概念；尤其是在中国，这个概念在不同的时期、不同的理论家那里被赋予过不同的解释和价值。但是，尽管如此，这一状况的存在并没有妨碍人们在他们认为是必要的某些场合继续使用"现代主义"这个概念。在人们的一般理解中，"现代主义"乃是某些只需凭直觉和经验就能体会并予以把握的艺术倾向或特征，并不需要严格的学术论证和史的复述——如果不是这样，"现代主义"就只能成为少数专家所感兴趣乃至垄断发言权的一个深奥概念，而与普通的读者隔离了。事实上，对当代的中国读者来说，"现代主义"于他们已经是很不陌生了，只是在他们的理解里，西方现代主义和中国式的现代主义作为两个概念还是浑然不清的。但不管怎样，只要他们读过若干西方现代主义作品和若干中国的带有现代主义倾向的作品，便很容易将它们和以往的西方其他文学潮流以及中国其他文学样式区别开来。这区别的理由，一部分得之于他们读到过的不系统的学术研究撰述，然而远为紧要的还是那些作品本身显现出来的艺术特征。

因此，在考虑中国的当代文学和现代主义的关系这一问题时，我注意的重心，就不是去追索"现代主义"的本义；而往往是另一些方面：中国的作家和他们的作品，究竟是如何理解"现代主义"的，又是如何程度不等、特征不一地表现出"现代主义倾向"的。它既无疑是非中国莫属——带有中国特殊情境和文化背景的，又无疑是纯属个人的，即渗透着中国当代作家个人的创造、人格特征和想象力的。

围绕着本文的论题，现在需要补充的是对题目中另一个概念的解释，即什么是"中国乡村小说"？

应当坦率地承认，从字面上看，"乡村小说"和以往教科书中所谓"农村题材小说"并没有什么两样。但是我个人以为，在以往所谓"农村题材小说"的总题目下，总或此或彼或兼而有之地包含着诸如阶级斗争、土改、农村改革、包产到户、个体经营和联营等等三十余年中不断的政治或经济的活动与事件，这些政治变动和经济迂回发展的进程又反过来影响农村人民的日常生活、人际纠葛及其精神面貌。这些所谓"农村题材小说"通常都有意无意地顺应着一时一地的流行观念，用情节和形象的虚构来阐释作家对农村生活现实及农村历史的见解与价值立场。与此不同的是，这里所说的"乡村小说"中所描绘的，并不受上述所指范围的限定。在这些小说中，乡村不单单是个政治舞台或经济舞台，更不单单是政策和法令的舞台。在他们的"乡村小说"中，乡村是一片民族不断重复自己命运的轮回之地，也是一块有可能使民族得以更新的再生之地，乡村成了种族和文化的象征。在那里，乡村充满了神秘的意象，充满了历史的游魂，充满了童年的梦；也充满了荒谬、凝滞、愚昧、恐惧、嗜血、浪漫、性爱、预感、危机和另一些不可名状的、难以衡度的精神禀性。

在中国乡村这块广阔的土地上，南与北、东与西、沿海与内地、平原与山区，生活状况和文化都有着极大的差异，泛泛地论及中国乡村和乡村文化显然是这篇短论所不能囊括的。但是，这里我想先指出一个有趣的现象：从我目前接触到的部分文学事实来看，那些沿海的较早和工业城市有商品联系、交通相对便利、较多接受工业文明影响并倾听外部世界声音的乡村，迄今为止还没有产生过具备"现代主义倾向"的文学作品；倒是另一些地处内陆的、闭塞的、千百年来一直停滞不前、保有自己固定生活方式、习俗、民间故事、传统和宗教意识的乡村，在近几年里却陆续地涌现出带有较明显的"现代主义倾向"的文学作品来，如山东的莫言、湖南的残雪和韩少功、西藏的马原与吉林的洪峰等。相对而言，沿海的或是开放较快的乡村，由于受外部世界的全面冲击，还由于现实生活的逐渐演化，那些描写它们的文学作品多少处于一种工业革命和商品化过程来临之际的启蒙主义精神状态中。这些文学作品所面临的主题，不管是如何顺应历史潮流还是人心向背，都是指向经济生活及一切由此派生的精神问题的。对这两种不同情况，我并无抑此扬彼的意思，而只是想进一步探讨为什么在闭塞的乡村反而会产生带有"现代主义倾向"的乡村小说来，特别是，这些倾向是以怎样的特征体现出来的。

在中国乡村小说中，莫言、残雪和韩少功的作品就它们的现代主义倾向而言是有着代表性的。这三位小说家，都曾不同程度地有过乡村的梦旅。童年期或是青春期的艰难历程，乡村或乡镇生活的贫困、重压、封闭所导致的纤敏而刻骨铭心的情感记忆，均非常个人化地镌刻在他们的内心深处。从个人的心理冲动来说，回溯往事的巨大诱惑和写下那些久久纠缠在脑际的童年观察、幻想与青春时期的经验，把那些激动人心的、迷人神奇的、反常的、窒息的和极富象征性的乡村生活记录或再造出来，据此体验到个人的生命冲动，将之尽情宣泄而出；回述一遍人在其中的处境和命运，对之持一种超离的立场远远地以陌生的眼光重作审度，等等，这些便成了他们无意识地趋同的一个相似理由。在莫言那里，意识流和浪漫主义是混淆不清的，他的大部分乡村小说里通常流动着中国农民的精血，他在处理和构造他的小说时，可能考虑过要用文字描绘出一个类似福克纳笔下的乡村来（莫言称它为高密乡），但是这种纯粹对外表相似感兴趣的猜测与我所说的现代主义倾向并无逻辑联系。莫言的小说，在极端地崇尚感觉和意象的同时，主要体现出某种扩张型或外溢性的神经冲动，他总是在失控的时候闪现出灵感,写出令人惊讶、出人意料的段落,并且也在这个时候由于非理性状态的来到而写出另一些难以卒读的文字来。我个人尽管不能忍受莫言的一篇题目为《欢乐》的小说所给予我的冗赘之感,但是它的确是一篇称得上是意识流十足的典型之作。在这之前,意识流作为一项手段或一种方法曾被许多中国作家所采用,然而那些初期的尝试之作,多半把意识流简单地理解为时序的颠倒或交叉性的重组,以为在原先的因果性明显的叙事结构上做若干旨在使读者感到扑朔迷离的调整,并在某些场合掺入一些思想的闪回、语无伦次的梦话和印象的捕捉,就是在运用意识流了。在此我想略做一点发挥,在广泛接触西方现代主义文学后的中国文坛,存在着一个普遍的误解,即以为任何一种主义和方法都可以轻易地借鉴过来,为我所用;而另一个远为重要的因素却被忽视了——作家作为独特的个体有无他的固有限定?他的潜能是无限的吗?人可能向所有的其他人学习吗?在我看来,莫言小说中的现代主义倾向(我提到的意识流),与其说得益于西方现代主义文学,不如说直接得益于莫言的天性。那些有可能触动过莫言想象力的西方现代主义作品,不过是一个契机,点化了莫言的创造力并让他自识到并予以娴熟地运用罢了。

莫言的乡村小说除了上述那种潜意识的变本加厉的发作,还表现为浪漫主义的梦想。莫言的浪漫主义是进攻型的:嗜血的场面体现出莫言对生命的崇敬与战栗,他还以一种自由无拘的方式来描写中国乡村中的性爱,这种性爱完全不同于我们通常认为的那样是含蓄、端庄或温柔敦厚的,相反,莫言乡村小说里的性爱场面都有着自然的倾向,它很少受到文化的禁忌。从这方面看,莫言的想象力无疑是十足浪漫的。正是这种意识流中的非理性倾向和浪漫主义中的人本倾向,构成了莫言乡村小说的一个矛盾方面,所谓的现代主义倾向就是这样在他的小说中面目不清地显露出来了。

与莫言相比,残雪更是一个沉溺于梦中的小说家,而且她还是个多半在做噩梦的小说家。如果说莫言的梦一般呈现出进攻性的画面的话,那么残雪的梦境则是防卫型的,而且是无效的防卫。严格地说,残雪的乡村小说应该归之于乡镇小说才对,因为她的小说里通常不出现土地和耕耘于土地之上的典型农民。但从中国的实际生活状态来考虑,乡镇是更接近于乡村而不能和城市同日而语的。因此,残雪无论如何都是一位值得研究的中国作家,而且她的小说也的确是很具有现代主义倾向的。她的作品一开始就以她小说中独特的恐惧感让人难忘。这种恐惧是很有卡夫卡意味的,这是一种弱型的,对外来伤害措手不及,时时感到被入侵,得不到保护,时时觉得有"他人在场"的恐惧。她的小说里,不断地出现孔洞、孔穴、缝隙的视觉图像,这无疑指喻着被窥探、被窥测的担忧,害怕裸露和泄漏,以及由于这种害怕和担忧而加剧的窥探狂,相互搏斗以至于达到登峰造极的地步。《苍老的浮云》和《黄泥街》就集中地体现了这些特点。

残雪的作品提供了某种过敏的心理经验和描绘这经验的乖戾方式,她用一种近乎胡言乱语的梦话向人们显示出一个失态得畸形的真实心灵,这心灵恰恰是因为极度纤敏对丑陋现实及现实的丑陋部分极具反感的精神后果。残雪以她晦涩的语言向我们陈述的一切,以清醒的意识来处置最不可思议的梦觉,陷于反反复复的自我分析里,这无疑是为我们敞开了一条"通往内心之路",那里面的世界彻头彻尾是属于残雪个人的。

这种完全执着于个人的噩梦运作,我以为是接近于现代主义的某些主张的。但是,残雪是个在文学潮流之外的人,不清楚她读过谁的书,接受过谁的启发,但她的小说绝不是借鉴的结果。尽管中国和西方现代文学已有了日益深入的接触,可是它并不必然导致中国式现代主义作品的产生;我们固然可以从中找到部分的相似,然而难道我们不应当将这种相似的主要原因归结为人性的相通吗?只要人处于被袭扰的危险地带边缘,只要人和人之间永久地存在着那种彼此的防范,残雪式的梦语和残雪式的恐怖幻觉就有了被理解的可能。我并不认为残雪的小说不过是现代心理学即精神分析主义的一个精彩注脚,也不认为残雪的小说仅是接受了卡夫卡的梦魇方式。我宁愿以中国乡镇生活、乡镇人际关系中的那种僵滞、窒闷、冷漠、敌意为背景,来解释残雪小说的成因。

与残雪不同,韩少功的小说虽然也充满着预感,但这种预感更多地指向普遍性,表现为一种超个人的忧虑。

《爸爸爸》是韩少功乡村小说中的代表作。通过这部小说,韩少功透彻地看到了历史的噩梦里潜藏着关于人类种族无力性的某些令人不安的事实,如迷信、昏睡、愚昧无知、自相残杀和无效的乞灵术。在中国年轻的乡村小说家当中,韩少功是一个较多接受外来思想的人,也是一个从来不脱离中国历史及现实问题的人,而后者,往往是那些一味模仿所谓西方现代主义的人所经常忽略了的。在《爸爸爸》中,韩少功以民间故事、寓言、族谱、传说和荒诞剧的方式,在与被他建立起的那个世界之间造成了冷漠与无动于衷的审美差距;丙崽用自己无所不包的傀儡形象把韩少功以往小说中经常出现的性格化角色断然替换下来,根据那现代神话剧剧情发展的需要轮番起着各种作用,时而成为道具、成为台词、成为布景中的一个图案,时而又成为主角、成为情节推进的动力。丙崽身上隐含着祸殃、神启、占卜、滑稽、领袖、灾变、病根、预言等等几乎全部人类群落社会乃至现代社会的文化信息。经由这么一个十足面具化符号化的人物,韩少功塞进了他大量的想法和混沌的预感,游刃有余地把中国乡村社会的畸态文化模式迁移到他的笔下,纳进了一个小小的由语词构成的虚构空间里,这不能不说是个奇迹。

韩少功乡村小说中的现代主义倾向(我指的是象征主义类型的现代主义倾向)和中国知识分子惯有的那种早熟的忧虑及近代民主思想有着奇妙的混合。在一些场面,韩少功曾多次婉言批评过中国文坛上方兴未艾的对西方现代派艺术的浮躁模仿运动，这显然表明韩少功小说的现代主义倾向仅仅是倾向而已。和前面提到的莫言和残雪相比，韩少功在现代主义的接受和推动方面做得并不是很彻底的。

在非常扼要地描述了对这三位小说家及作品的印象之后，我想再重申一下我的观点，关于西方现代主义对二十世纪八十年代后中国文学的影响，我个人愿意保持谨慎的态度，而不想将在中国当代文学中出现的所有新迹象都归因于现代主义的影响。不过，我像所有关心中国当代文学和西方现代文学的人们一样，是不可能完全孤立地来考察中国当代文学的。因而从总体上说，我是在如下含义中考虑西方现代主义对中国当代文学影响的：由于接触了那些作品和有关的理论，中国作家个人生活历程所原有的含义被改变了；在此同时，对当代生活的再思考、对小说的再思考也相继发生；最后，由于生活及写作赖以存在的现实根据仍然无可辩驳地是属于此时此地的，因此无论如何，所有能够打动人的中国当代文学——包括我简要论及的中国乡村小说——不管是否拥有或拥有多少现代主义倾向，它首先是面对中国的。

我想这一点不会有例外。

1989 年

一个新主题的出现
——评刘震云中篇小说《单位》
蒋原伦

这小说语不惊人却绝不乏味。内中见多不怪、无动于衷的叙述态度和伴随这种态度而来的简洁利落、毫不拖泥带水的笔触比任何劳神费力的夸张和铺陈都有力地凸显出一个新的主题。

小公务员,就个别形象而论,在新时期文学中,尤其是微型小说和讽刺小品中不可胜数。阿谀奉承、巴结上司、唯唯诺诺、亦步亦趋、胆战心惊——这种种姿态和特征在一些行家手里三笔两画就处置妥帖了,毫不费事,且不落前人窠臼。可是,论到把小公务员本身作为一个大题目,去描述那制作和生产成批量的小公务员们的作坊(机关单位),刻画他们的趋同性和自甘沉沦,暴露小公务员们时不时为他人也为自身设置种种障碍的难以理喻的行为的当代作品,笔者尚未读到过,因此当"单位"两字映入我眼帘时,突如其来的预感已怂恿我从这一方向寻找文本的意义。读毕,我惊异于这种先入为主的阅读的成功。

小公务员们没有名字,只有姓氏之分和老少之别,如男老何、女老乔、女小彭,等等,似乎有点滑稽,其实合尽情理。当然他们也没有业务特性,即便把每一页都凑到灯光下透照,也弄不清他们是哪个"衙门"来的,化工部、煤炭部还是机械工业部?自然,这些都无关紧要,正如他们没有名字一般,小公务员们不需要有个性特色,他们的存在是以群体存在为标志的。他们最能够惺惺相惜。如小说中老孙关心老何的住房问题,老何便拥护老孙提干,投桃报李、同舟共济,最默契不过。所以不必开会讨论决议表决,他们就能找到共同的纲领、共同的旗帜,而这面旗帜照例风雨不动地飘扬在每一幢机关大楼的顶端,几十年如一日。

小公务员们自从借契诃夫之光,居住到文坛后,这一称号不只是表示一种职务和身份,它更主要表示某类平庸的人格和一种特定的消极生活态度。现在,时过境迁,一切皆变,当代小公务员已不必整天惶恐不安,畏惧上司大人,由于体制的优越,女小彭等还能够有几分抗颜犯上的表演,把应该就近捎给副局长老张的梨扔到墙角里,说是不当三孙子。不过,既然都是小公务员,古今中外必然有相通之处,那就是都有一颗逐渐萎缩的心灵。导致当代小公务员心灵萎缩的原因是一代一代小公务员重复操练"扫地—入党—提干"三部曲或"思想汇报—入党—提干"三部曲。他们把三部曲当成代表生活全部价值的音符来弹拨,排除其他不和谐音,久而久之,心田便干枯如古井,不能洋溢起任何激情。即如那位老张,风霜雪雨已攀到副局长的位置,几近曲终,但是对于他,漫长的人生旅程体验只有一个"熬"字最值得传授,他把此赠送给因未爬上正处长交椅而抱怨的老孙,真是推心置腹。只是赠送的场合很是不雅,两人当时都在厕所里大便,庄严的传道解惑之业极凑合极简便地进行着。这里,作者是颇恶作剧的,但是又体现出某种永恒的、山高水长的意味来。

也有人不屑于演奏这三部曲,譬如刚从大学毕业的小林,初来乍到一派洒脱,对党员同志以"贵党贵党"相称呼,大有天马行空之势,但是几年下来就难以自持了,结婚生子,他要住房,要住房就离不开提干,要提干就应该入党,要入党就不能不先扫一阵地或打几壶开水,于是他无法再洒脱下去。一个月一份思想汇报,手勤脚快,讨好领导,讨好所有与他入党有关的人,甚至在搬家中帮着擦洗厕所,以换取好评。他无法不演奏这前两部曲式而径直跨进第三部,生存境遇规定了这些过程,使他难于超越,物质生活条件也逼迫他就范。然而,更加不幸的是小林据此有了这样的体会:"世界说起来很大,中国人说起来很多,但每个人迫切要处理和对付的,其实就身边周围那么几个人,相互琢磨的也就那么几个人。任何人都不例外。……你雄心再大,你一点雄心没有都是那样。……想混上去,混个人、混个副主任科员、主任科员、副处长、处长、副局长就得从打扫卫生打开水收拾梨皮开始。而入党也是和收拾梨皮一样,是混上去的必要条件。"小林的这种体会权当是对小公务员本性的初步的理性认识,同时也表明这类生活方式对个人意志具有难以抗拒的销蚀力。

且莫以为这三部曲一定枯燥乏味、平淡无奇,其实那里边同样充满着冒险的乐趣和游戏的乐趣。因为小公务员们有足够的时间把他们的全部才华、心智和想象力统统投入其间,他们可以在演奏的每一个连接处埋藏进许多丰富的、难以一言道破的内容,使每一部曲式都具有多种变奏的格调,并且善于把每一个过程无限制地拖长、重复演奏,在重复中发掘出新的意义来。

女老乔就是这方面的典范,她虽然自己早已入了党,可是待到发展小林,她是拿足了架子。小林出差回来将蝈蝈送给女小彭——她的冤家对头,于是乎她不依不饶,在他入党问题上横挡竖拦,设置暗礁。关于她的这种不通人情的行为,小说有所暗示:是"子宫出了毛病"。意思是生理病变引起精神病变。苛刻、刻薄小气、缺乏修养等统统与毛病有关。殊不知女老乔们即便生理上没有毛病也同样会如法炮制的,这是小公务员们打发时光的良方。她们的特长就在于把简明的事情烦琐化,使自己的价值在琐碎无边的冗事中得到实现。因此,逢到这类事就不是某人的什么生理病变造成,而是一群人的社会通病。如此来看,也就会恍然大悟,那位组织处长不肯提拔老孙,表面理由是老孙不够稳重(在揭发老张的错误时满嘴唾沫星,过于积极)。实际上那位处长本身的小公务员习性决定了他必然要以考察考察为名尽量拖延时间,否则一切都那么顺利,人生的历程不是太苍白、太缺乏刺激了吗?而入党一提干的曲式不是太单调了吗?这是不符合小公务员的胃口的。并且一切顺利的话,小公务员式的机灵和才智就无发展的余地。所谓抽刀断水水更流,正是漫长路途的多重阻隔,老孙等才煞费苦心,利用共同出差的机会凑近刚当上副局长的老张,套套近乎,表表忠心。而那屡头般的老何把老张搬家当成好消息来传播,毕竟在搬家中出点气力又构成一个接近上级领导的机会,而丧失掉这样一个机会,就如同错过某一重大历史时机一样不可饶恕。

　　也许换一个角度,我们便可以这么说,操练三部曲的熟练程度决定了小公务员们的异化程度和自我丧失的程度。因为他们把自我的一切要求、物质的要求(分房子、长工资)和精神的要求(少年时代的理想,偶尔萌发的带浪漫色彩的心愿)都折算成很具体的曲式演奏。这样在表面上每一种旋律和节奏,每一个音符都不差,实质上真正的内蕴已荡然无存,或彻底变质。入党不是为共产主义献身,提干也不是为当好人民公仆,当然也不是另有一番事业的雄心或篡权的野心(若有野心和雄心倒有救了)。所有的神圣的带光环的东西,所有的炫目的激荡心魄的东西都不过是幌子,只是为了使自己最平庸最实际的生活问题得到最快的解决而已。

　　读罢小说,忽然有一种深深的恐惧袭来,小公务员,原以为在契诃夫时代之后已经绝迹,却不料他们卷土重来,而且阵容是那般庞大,坚不可摧。再者,笔者感到奇怪,这部小说居然有如此切实的操作功用,如果谁刚从校门跨出、踩进刘震云笔底的单位,那么他完全可以依照小说所提供的经验去实践而绝不会吃亏。小说成为生活的教科书是艺术的荣幸还是艺术的悲哀?是生活的荣幸还是不幸?呜呼!

1990年

我看张立勤

铁　凝

　　张立勤祖籍山东,生长在河北,是河北文坛近年来逐渐显露独特艺术个性的青年散文家之一。一九七八年张立勤开始文学创作,这之前她是塞外山城张家口一个电厂的工人。再往前,她还做过建筑公司仓库搬运工,在一间货场的铁路两旁搬了好几年石头。那年她才十五岁,因为父亲的历史问题,她获得了搬石头的待遇。

　　如今已是张家口市文联编辑的张立勤,白皙、纤小,令你怎么也想不到她和石头有过什么,只待她锁起眉头倔强着思考时,你才不疑她曾经有过好几年的壮工生涯。她告诉我说她的青春期是同石头一起度过的,她常常忘记究竟她是石头还是石头是她。

　　并不是所有的苦难都能使人同文学结缘,但说起张立勤的散文创作就不能不谈及她的死,张立勤死过一回。

　　她在散文《望不见望不见望不见》中这样介绍说:"那年秋,我的手臂患恶性肿瘤。手术前,往血管里注射了一种从牛身上提取的物质做成的药,可以在激光下显示癌细胞以确定切除范围。打了此药要求严格避光三个月,否则,眼睛会坏,皮肤溃烂。"癌使张立勤在医院躺了半年,在密不透风的黑房间挨过一百天。服药使她的长发全部脱落,她曾经为她这不期而至的"秃头秃脑"悲痛欲绝。如今一切都已成为过去,穿越了死亡的张立勤又长出很好的黑头发,活得无所顾忌,写得也无所顾忌了。

　　从死的牢狱里出来就不再怕活了。

　　从死的牢狱里出来才知道什么是活了。

　　因此我老是习惯把张立勤的散文创作分为两个阶段,即她"死"之前和死而复生之后,并且我更加偏爱她病愈之后的那些新作。这个话题涉及张立勤在一九八八年的表现。

　　迄今为止,张立勤已在《人民日报》《光明日报》《散文》《随笔》《河北文学》等报刊发表散文六十余篇,而在一九八八年一年间她就发表散文十八篇,约占她全部作品的三分之一,其中包括《痛苦的飘落》——这篇宣布了她肉体的新生和灵魂的新生的文章。可以说,张立勤一九八八年的作品汇聚了她第二阶段创作的主要品质。

把《痛苦的飘落》看作张立勤散文的代表作也许不为过分,它比较集中而鲜明地体现了作者对于青春岁月、生命状态的所感所悟,生死的和解与冲突,新鲜、蓬勃的艺术想象力以及她始终追求的那种"有我之境"的个性特征。这里她披露了一个面临死亡之门的少女从哀叹秀发的脱落、悲悯青春的枯萎到坦然面对死神、面对自己如黄土一般的光秃头顶,直至战胜这一切并热情地重新生活的心路历程。她把她的秀发比作青春的旗帜、少女的江河,她说:"我的长发,是我女孩子的生涯;我的长发,是我女孩子的格调;我的长发,是我女孩子的魅力。"

长发的飘落无疑是痛苦的,但当有一天她终于敢面对镜子看见自己秃头上生出如新草一般的茸茸黑发时,她突然发现那飘落的也许是痛苦,于是她开始了她的新生。在看清了生与死两个世界壮观的临界点之后,她被她自己所发现了。她决意抓紧时间真挚地活着,并在有一天妩媚地死去。于是对青春柔情似水样的热恋和对死亡近乎狂躁的坦荡构成了张立勤散文创作的主要情绪特征,隐匿的狂躁和赤裸的柔情被她巧妙地结合在叙述之中。

狂躁起来张立勤觉得"风把大地掀上了蓝天",而她多么"想把这破碎的生活组合";似水的柔情使张立勤觉出匆忙的青春期一件旧军衣也自有它的可爱:"腰带把发白的军衣束成了超短裙",而"树叶分明是生命的衣裙"……当"少女的江河"又在少女头顶汩汩流淌的时候,她愿意宽容她那简单、乏味的青春,那曾经被她苛刻难为过的青春,她愿意宽容她的许多纯真的错误,告别那一份"太不懂得生活分量的稚嫩",她发现"什么样的命运都可以哭,可以歌;也如梦,也如醒;不顾你怎样生活,若有知、若无知;也必死,也必生。"

她的心胸就随着她的病痛渐渐宽广起来;她的情愫就随着她逝去的苦难渐渐深厚起来。她甚至微笑着认可了血管中流淌着牛身上的物质:"今后我是否有牛的成分?谁知道女孩子有了牛的韵味会变成什么样子?牛的缓慢、牛的嗓门、牛的眼睛吊一点很亮很美。牛的气质与性情也会有,憨厚大度傻乎乎也很倔。我与牛融为一体,牛的天空太阳乌云,牛的犄角尾巴哞哞地歌唱。我想象着牛和我,我和牛,果真像了牛那样去忍受。我仿佛开始坦荡甘愿向那一个地方走去,听说要越过一个门槛,牛越过它的时候,便痴情地哭……"(《望不见望不见望不见》)

张立勤的目光也不再限于病情和复生,笔触伸展到苍山、古镇、老街、故土以及将军的旧居、广袤的草原……在草原的蒙古包里饮酒之后她发现"醇甜的沉醉容易忘却,却催生了被忘却的沉醉"(《草原印象》);当她觉出山脚下那个小镇的滞缓时则说:"小镇的憨闷,还有山的宽容;城市纷繁的浓密,只有心的宽容了。"(《拼贴的情愫》)

"有我之境"自古造就了不少名句,比如"泪眼问花花不语,乱红飞过秋千去"什么的。比之此境,张立勤则少有无可自拔的缠绵,更多些生机勃发的意气。世间万物启迪着她的觉悟,她在这觉悟之中真切地尊重独属自我的生命体验。

这使她能够从散文之路出发后就不会染上为了寻找而预先造出的"灵感",以及情感的表面与浅陋。她的字里行间似乎有着这样一种努力:不忸怩地倾诉着人生的诸多难处与尴尬,不掩饰地诱惑读者依旧随她一道度过喜悦人生。她的叙述时显纷乱却不琐碎;她的思绪每每沉郁却不颓唐;她的段落常呈大的跳跃却有序地袒露着最深处的精神实质。她愿意把散文变成她的存在方式;她说过"我仿佛一种媒介,生活穿过我走到了纸上,那纸上就有了我的血脉和气息。"要紧的不是生活走到了纸上,要紧的是在于"生活穿过我"。

我曾经问及张立勤最初写散文的契机,她说也许因为她贪婪地读过《反杜林论》,恩格斯让她明白了,其实在很深的层次上哲学与情感是那样融为一体,她相信散文能够表现这种美妙的融合。她又说她的散文是新的情感形式与新的生活不断的撞击。

要紧的是你的灵魂果真产生着这种撞击,还有你对新的情感形式的领悟。

也许这就是散文的难处和散文的魅力吧。人们常说如何地作小说却不曾讲起如何"作"散文,足见散文的不可制作。又每每觉得小说是该阅读的,而好的散文本可以倾听,因为它其实是一条生命里流出来的心声。只有不断探求这种艺术形式的独特前景,散文才有可能不断获得新的地位。

一九八七年秋作协河北分会和张家口市文联联合召开了张立勤散文讨论会。《痛苦的飘落》被转载五次,于一九八九年获得"第三届河北省文艺振兴奖",她的两本散文集也即将出版。张立勤已不是初涉文坛,她的丈夫却依然为她保留了"记账"的习惯:他为她订制了一个小本,每寄出一篇新作,他都要为她写上寄出时期、内容提要、收到编辑部回信日期以及编辑评语……张立勤默许了丈夫这份看似幼稚的热心,他们毫不敷衍地生活着,写着。

这样地生活着是幸福的吧,才生出了那么认真的诉说。

我的生活信念和文学追求

秦　牧

在我几十年的文学生涯中,经历自然是坎坷不平的。在这么悠长的历程中,不言而喻,我走过风雨泥泞的道路,也度过一些日丽风和的岁月,我应该说,自己也受过很多认识或者不认识的人的鼓励和帮助,我也想借这个机会,向这些前辈、同辈和中青年朋友表示深深的感谢。能够表达这种感谢的机会并不是很多的,况且我已经七十一岁了。表达了这种由衷之情,并且学习他们的样子去关怀帮助其他的人,心境会更加平和一些。

曾经有一份杂志交过一张表格给我,询问我对一些事物所持的基本观点。我对他们的回答是这样的:"我最珍重的品德是:尊重真理。我最厌恶的是:恃势凌人,作威作福。我对不幸的理解是:甘于当奴隶。我的座右铭是:学习,前进。我对幸福的理解是:对人民事业有所贡献,又受到人民的爱护。"以下还有许多项,这儿我就不再一一列举了。现在我之所以举出这几段话,重点在于说明我对幸福的理解是:"对人民事业有所贡献,又受到人民的爱护。"我因为多少做了一点儿工作,好些单位为我举办了这么一个盛会,这对我来说,可以说既是一项殊荣,又是一次很好的学习机会,我是把它当作人民的爱护来看待的,因此,这也可以说是我一生中的十分幸福的时刻之一。

但是,我并不把这样的庆祝会和研讨会当作是仅仅关于个人的事,它毋宁说是一项社会的文化活动。通过对一个人的评论和对他的作品的研讨,从另一个方面来推进社会的文化事业。这对中青年的文学工作者也是一种激励。瞧,一个人只要多少做了一点工作,他常常就会得到一定的评价,有时,这种评价还常常超过了他实际所做的贡献。

在这么一个场合,我当然应该把自己的一些基本情况向大家做一番剖白。

关于我的生平经历,这儿我就不絮絮叨叨地叙述了。1988年和1989年,人民文学出版社刊行的《新文学史料》季刊分七次连载了我写的《文学生涯回忆录》。这部回忆录17万字,明年将由人民文学出版社辑成单行本出版。在这部稿子当中,我已经详细叙述了自己的生平经历和创作状况,这里就用不着再谈了。

但是,几十年间,我究竟写了多少东西,写些什么? 在这儿自白一下,我想还是有必要的。

在旧时代,我在重庆、香港当过好几年职业作家。那时为了应付生活,不少作品写得很粗糙,总是随写随丢。中华人民共和国成立以后,直到我六十岁以前,我一直忙着上班下班,只度过三年专业写作的生涯,后来又碰上了一场历史浩劫,完全搁笔十年,直到最近这些年,六十多岁以后,才有了比较充裕的创作时间,所以,我真正从事文学活动的光阴并不是很多。在断断续续的写作生涯中,我大概出版了这么一些东西:内容互不重复的文学著作,解放前后合计,是散文、杂文16部,中篇、长篇小说3部,艺谈、文论3部,儿童文学1部,合计是23部。假如连同文集、选集,其他人为我编的集子,非文学类的著作一起计算,那就约莫是45部。我的创作活动是以散文(包括杂文)为主的,我的作品,约有十分之七是散文,我写过600至700篇散文。

以上就是我的创作活动的一个轮廓。

我出身于一个华侨破落商人的家庭,并不是劳动人民的家庭。由于母亲是婢女出身,我青少年时代曾经度过相当艰难竭蹶的生活,我在贫民窟居住过,刮台风屋子塌下来的时候我曾经被压在床底下。抗战时期,我在困顿的旅途中又曾经步行几千里,在公路旁的茅寮中和乞丐一起,躺在稻草堆中,也曾经饿过肚子……总之,我不是在温室中成长的人物。这样的生活,加上优秀书籍的指引,使我从青少年时代起,就有一种向往真理、向往正义、向往公正之心,追求民族翻身,追求社会解放,总想为人民的幸福出一点力。我就从这一点点儿觉悟开始,一步步走过自己的道路。有一位画家给我画过一幅油画肖像,我为此而作的一首自题小像的诗是这样的:

  认真学习,不辜负做万物之灵,辛勤奉献,报答祖国的深恩。
  倒不是为了什么名垂青史,重要的是:俯仰无愧于人的一生。

这就是我内心里的思想感情的独白。

人类的历史是一部血淋淋的相砍书。就是到了今天,文明已经初露曙光的时候,地球上大量地方的人们仍然是生活得相当悲惨的。剥削、压榨、奴役、欺凌,每天许多地方都在上演大量的悲剧。就是我们初步摆脱了枷锁的国家,尽管也取得许多成就,但是,在我们周围,贪婪、愚昧、自私自利、传统恶习,仍然是相当巨大的势力。我认为,一个文艺工作者如果对社会没有使命感,对人民没有责任感,是断然写不出任何优秀的作品,对他所处的时代,也是起不了什么积极作用的。

各个国度的优秀作家,不管他们所处地位如何,生长在历史的哪一个阶段,都是在若干程度上具有人民观点的人。

在现代史上,中国大量进步作家,都参加了民族解放和社会解放的斗争,许许多多的人还为此做了壮烈牺牲。苏联的作家,为了参加反法西斯战争,两千作协会员中有五百个献出了生命。在英国,拜伦为了希腊的民族解放而流血牺牲,狄更斯为穷苦人的不幸长期呐喊。在法国,左拉为德雷夫斯的冤案而奔走呼号,废寝忘食;巴比塞声援了十月革命,并为此受到许多的抨击。在美国,马克·吐温伸张正义,公开声明他要做"有益于社会的事",当中国发生义和团运动的时候,他高度赞扬了中国农民的爱国斗争,声称自己"也是义和团"。他大声呐喊道:"为什么不让中国摆脱那些外国人,他们尽是在她的土地上捣乱,如果他们都回到老家去,中国这个国家将是中国人多么美好的地方啊!"义正词严的气概,溢于言表。杰克·伦敦为了报道英国穷人的生活,穿上乞丐一样的衣服,长期和流浪汉们生活在一起。海明威为了伸张正义,加入当年的西班牙政府军,和法西斯叛军进行战斗……这些事例说明,作家应该作为人民的喉舌,作为社会的良心而存在。我举出这些事例,当然不是拿自己和他们在艺术上作任何比拟,如果这样,那就太无聊也太可笑了。我只是想说,前辈作家的足印,怎么能够不引起我们的思索呢?他们生活在那样的环境中尚且能如此大义凛然,我们生活在社会主义革命时代,怎能不感到肩头的一份重任,并渴望对人民有所报效呢?

农民耕田,工人造房子,医生看病,战士维护公安……他们的劳动无一不是有利于他人,有利于群体。我们每个人家里用的一切东西,身上的衣服鞋袜眼镜钢笔,也无一不是他人劳动制造出来的。我享受了别人的有益劳动,我将如何以另一种有益劳动还报于他人,还报于群体!这里包含着人类社会的公理,对这些公理的心悦诚服和敬畏尊崇之心应该支配我们的一生。从这个意义来说,作家不过是普通劳动者的一员罢了。尊重这些公理,才能进而谈到政治觉悟和共产主义道德。不尊重并践踏这些公理的人有没有呢?有的。掠夺者、奴役者、盗匪、骗子、贪官污吏、卖国贼、流氓、毒贩,都是践踏这些社会公理的人。赌徒、懒汉、寄生虫、享乐主义者,则是一批"边缘角色"。正是因为这样,本来应该作为人与人之间互助组织形式的社会被涂上了光怪陆离以至于灰暗难看的色彩。脑力劳动者如果不警惕这一点,例如炮制色情文艺,宣传颓废虚无思想,和公然抵制为人民服务观点的人,就大有可能和那些人类渣滓抱在一起,沉到污水潭中去了!

正是本着这样的观点,在邪恶的诱惑之前,我能够保持有所不取、有所不为的态度,而不至于像一头猪那样,滚下斜坡。这一点倒是差堪自慰的。

进步人类在长期社会实践中形成的道德观点,我们姑且称之为人民观点,像火炬接力赛跑一样,是世代传递下来的。我认为这种传统道德观念有许多是可以继承的。对于那种以为新时代到来了,传统道德观念一无足取,完全不能继承的观点,我个人觉得十分错误和荒谬。试想想,新时代来临前夕,大片土地之上,一个个城市之中,未曾接触新思想的人,难道千千万万人都变得微不足道,道德荡然了吗?不,情形绝不是这样。"己所不欲,勿施于人""民为贵""天下兴亡,匹夫有责""幼吾幼以及人之幼",以及外国格言中的"愿意人怎样待我,我也要怎样待人",里面都包含有一定的朴素的集体主义因素,这就体现了一定的人民观点。集体主义思想,"一人为众人,众人为一人""为人民服务"的道德观,正是以传统的人民观点为基础发扬光大起来的,问题是它以共产主义理想为目标,更加科学化和系统化罢了。

正像绘画艺术并不和照相机争功一样,文学并不和社会科学争功。无论卷帙如何浩繁的文学巨著,都不是社会科学的图解,它也不可能设计新社会的整个建设过程。文学的思想使命是:宣扬一种道德精神,使它和我们所要建立的社会经济秩序相适应。封建主义的文学,宣扬的是人的等级观念,宿命论思想,以此来巩固封建社会。资产阶级的文学,宣传的是个人主义,纵情任性,以此来维护资本主义社会。无产阶级的文学,宣扬的是集体主义、利他精神,以此来捍卫和发展公有经济,以及推进社会主义建设。从这一观点看来,各个历史阶段的正宗的文学,都发挥了一定的社会推进器和润滑剂的作用。同时,任何社会都存在两种艺术,一种是代表人民的,一种是反人民的。唯其如此,任何历史阶段,都有一些文学作品,为我们所接受;也唯其如此,即使到了社会主义社会,也仍然有一些不良的作品,是足以腐蚀、败坏人民事业的,有待我们进行严肃的相应的斗争。

正面讴歌光明和鞭挞丑恶的作品,固然头等重要,而一些能够增进人民高尚情操,提供审美享受、学习或者加强辩证唯物主义思想的题材,我们也应该有所接触和表现。知识小品,谈天说地的东西,凡是能揭发事物本质的,都有利于人们唯物观念的形成。从这一角度来看,不仅题材和艺术手法应该多种多样,思想的潜移默化,天地也应该非常广阔。

艺术宣传思想不是依靠说教和叫喊口号,而是通过形象和艺术手段。正因为这样,作家必须是直接知识和间接知识非常丰富的人,才能够借助于各种形象进行文学创作,题材才能够像喷泉一样,源源不竭,才能够厚积薄发,有所选择,才能够信手拈来,涉笔成趣。因此,读书学习是非常重要的,通过广泛阅读,读文学名著,读历史,也读社会科学和自然科学,才能够以人类积累起来的知识武装自己,博古通今,并加深对世间万千事物的规律性的了解。在这方面,我当然也付出了一定的努力,但是,我应该惭愧地说,自己做得非常不够,因此,仍然时常有内心空虚之感,并且往往感到内疚。

我觉得除了有字的书以外,我们还应该读一本无字的大书,这就是多多接触、了解社会和自然。有字的书,是从无字的书那里来的,它记录了历史和当代人类的足迹和智慧,世间书籍可以说"汗牛充栋",浩如烟海。我们即便穷毕生之力,也难以读完它的几万分之一。但是尽管如此,我们仍得时常读那本无字的大书,经常品尝一下知识源头的甘泉。

因此,我是把参加实际斗争,以及和人家谈话,旅行,逛动物园、植物园,游商场,看展览会、博物馆,都当作学习来看待的。我发觉,这可以学到大量平素所不懂的东西。就是以和人家谈话来说,几乎人人从他们的本行上都可以告诉一些我们原本茫然无所知的事物,开阔了我们的视野和活跃了我们的思想,而且他们所谈的,有一些,比书本所说的还要精确。真是"三人行,必有我师焉!",这对于创作是大有帮助的。

况且,文学是"人学"。像高尔基所说的,"人,一半是神,一半是兽"。最少,对于大量并非充分克服自己弱点的人来说,情形正是这样。了解人的学问,在我看来,恐怕是世间极艰深的学问之一了。有不少人聪明一世,到头来仍不免常常失败在缺乏知人之明和自知之明上头,摔了大跤,一蹶不振。而要提高对人的理解,不经常接触社会那本无字的大书,也包括严格解剖自己,就断然无法办到。

这里我谈的是自己积累知识的一点体验。接着,我想谈谈我对文学艺术手段的看法。

掌握艺术手段,通过艺术手段来表现事物,才能够使艺术成为艺术。

文学手段的探求,正和许多学问一样,可以是十分深邃的。文学工作者在具备思想、生活内容的前提下,自然在一定程度上得讲究技巧,尽管有许多熟练的前辈作家,运用技巧到了炉火纯青的境界,"蜜成花不见"。作品浑然天成,人们从中看不到技巧运用的痕迹。因而有人说了这样的俏皮话:"最高的境界是'无技巧'。"但是,事实上技巧是有的。首先,必须从认识文学的特征来掌握技巧。

文学是讲究形象、个性、感情的。我们自然必须在文学创作中注意形象的描绘,注意在共性基础上的个性的发挥,以及倾注感情,以情移人,等等。

事物是辩证的(这也就是说矛盾无处不在),表现事物也必须采取辩证的手段。继承和发展,写实和夸张,粗犷和细腻,口语和书面语,等等,都必须兼顾,如果把其中一方的道理片面地绝对化起来,而完全不谈另一方面的道理,就不利于真正具有魅力的艺术的创造。

艺术是讲究创新的。前人论诗的句子:"一语天然万古新。""天工人巧日争新。""海棠起社斗清新。"它们都突出了一个"新"字,优秀的文学作者,不论他写的是什么题材,甚至对大量的人写过的题材,他写了也必定能够给人以新鲜感。没有新鲜感的文学,应该说是失败之作。艺术之所以能够不断创新,是因为,事物是变动不安的,而且又总有它们相异的地方,各个人的观察、思想、感情、文笔,只要达到一定水平的,又必定有其独特之处,因此,艺术的创新也就永无止境,总可以花样翻新了。

我还要说,理解文学的多种功能,就会调动多种手段来表现它。对它的功能理解得狭隘了,在艺术手段的运用上就必然相应存在缺陷。

文学有教育、形象欣赏、传播知识、审美、文娱以至于文笔借鉴等许许多多方面的功能,如果只谈教育功能,完全不及其他,就会写出干巴巴的说教的东西了。再说,如果忌谈文娱功能,当然就会排斥一切情趣、幽默的文笔手段了。

文学是语言的艺术,使用语言必须大讲究,特讲究,我认为最好的语言是以口语为基础,加以提炼的生动、活泼、简洁、优美的语言,这是行云流水、自然朴素的语言,它就是老舍所说的:"把大白话炖出味道来。"没有一个优秀的作家是不注意语言修养的。在这方面,同样值得我们进行毕生的追求。

各位文学界的新老朋友,以上关于文学创作的思想、生活知识和语言技巧的见解,就是我的一些最基本的观念,多年以来,我就是本着这种观念来创作,希望以自己的劳动,对社会主义事业做出一丁点儿贡献。根据我的体验,我也取得了一些成果。我见过不少读者,他们都说,见到有我署名的文章,他们一定阅读。我有一些作品,被纳入全国大、中、小学的教材,在香港、澳门,也被纳入教材。近些年,黑龙江、福建、广西、广东,陆续出版了五本各地学人研究我的作品的专著。这说明我的创作经验也许有可供参考的地方。我提到这些事情,是向大家作一个汇报,并不是我有什么自得之处。恰恰相反,当人们称赞我的时候,我觉得心虚甚至害怕,觉得名实不称,名过其实。我们这个世界,多的是"四舍五入"的事情。"四"和"五",相差很小,但是五进而为十,四舍而为零,就仿佛相差很大了。其实,这并不是很公正和科学的。处于"五人"状态的人,赢得的常常有相当部分只是虚名。我多少,也有一点自知之明,我写的长篇巨著很少,大量的都是些短小篇章。我生性相当粗疏,有些作品写得草率和浮浅。有的作品句子很长,而且举例有时重复,这些都是失误和缺陷之处。我希望在这次集会上,也能够听到批评和指摘,以便吸取经验教训,使自己能够像巴金老人所号召的"变得更善良些,对人民更有用些",不至于掉队落伍,使自己在处于暮年的时候,还能够不断进步,有一分热发一分光。

(本文系作者在"庆贺秦牧同志从事文学创作 50 周年暨秦牧文学作品研讨会"上的发言,有删节)

报告文学要走进生活

徐 迟

关于报告文学,有几句话想说:一、这是报告文学的时代;二、我们要写我们的时代的报告文学;三、我们的报告文学要赶上时代;四、报告文学要走进生活。现在简单说明一下。

一、这是报告文学的时代。从来没有一个时代是这样日新月异、波澜壮阔的。一个人、一个县、一个省,以至全中国全世界都有不断的变化,甚至从宏观的宇宙到微观的粒子、quazks(夸克),都有最新的震撼人心的消息要发布。

光辉的事迹到处都有,等着报告文学为它们广为传布。这真是报告文学时代来临了。

二、所以说,要写我们时代的报告文学,只有这种文学形式能最快地反映我们时代。它是今天最好的文学形式。但是我们的时代发展得这样猛迅,速度非常,已接近于光速,变化之大,目不暇接,出其不意。几乎无所不能,因此要写我们时代的报告文学是并不容易的。

三、我们要赶上我们的时代,不赶上不行。我觉得我们有点赶不上。报告文学应当具有灵敏的消息,不能容许把最新的事物、最新的发展遗漏了,遗漏了就是失职。然而并不是赶不上,赶上去了也还是可能的。

四、为了赶上我们的时代,报告文学必须走向生活并且走进生活,但就是走向生活也不容易,许多事牵绊着你我,使你我不能出来,许多条件限制着你我,出去了也困难重重。人又都有惰性,喜欢安于现状。报告文学作者必须克服惰性,尽量地出去,走向生活,并走进生活,一进去就四通八达了!

走向生活,走进生活,是我一生奉行的格言。我的志愿是要写两本书,一本叫《建设一个新中国》,一本叫《建设一个新世界》。没想到我衰老得这么快,一眨眼都七十六岁了。但我仍然要履行我的走进生活的格言。去年我在一次腹部手术痊愈以后,去了那个全国最穷的省——贵州省,考察它的磷矿资源和开发的情况,以及考察了乌江、赤北河的通向海洋的内河航运。终于我发现它是一个富贵省。不幸受了风寒,病了四个月。今年痊愈以后,静养了四个月,我又跑进来了。到了山西的一个世界第一流的露天煤矿去,进行了采访,看到那里的煤层的储量之大,几个世纪也采不完。巨大的运输车载重一百七十吨,轮子高三米,我一人一手还摸不到橡皮轮胎的上面。我知道,我还在走向生活,走进生活去,因此我还可以写点报告文学,聊尽我的职责。我诚恳希望比我年轻的同志,你们比我幸福得多,你们还能跑,还能大跑,大写,写我们时代的报告文学。关键,在于走向生活,走进生活!干什么工作都要这样,报告文学尤需如此。

这四句话说过了,又觉得还要说两句。那是:五、报告文学是文学;六、天下没有不可写的报告文学,就看你如何写。

五、报告文学既是报告,又是文学。归根结底,它是文学。只有发挥文学的优势,才能有更大影响,更能感人,更起作用。在这文学的一点上,要精心构思,精心结构,精心写作,精心修改。丰富的联想,优美的辞藻,语言的音韵,对仗的工整:文章千古事,得失寸心知。

六、有些报告文学很不好写,我却一直认为,天下没有不好写的报告文学,就看你如何写。文章有种种写法:这样写,那样写;正面写,侧面写;顺序写,倒叙写。哪样写最好?要思考,研究,做出决定,再动手写。若写光明面,千万不要认为光写光明面就行了,光明只有和阴暗对比了,才能显现,但光明应当是主要的。反过来,你写阴暗面,它也只有和光明对比过了,才显现出它的阴暗来。但每夜都阴暗,而每天都明亮。光明仍然是主要的!写《哥德巴赫猜想》时,我其实就在写一篇伤痕文学。但它不仅仅是伤痕文学,我写了伤痕锻炼了人,伤痕又如何被克服,被超越,被升华。后来有些伤痕文学却忘记了每天都有一个太阳升起来,光照万物的,结果它们这些作品往往是徒然使英雄气短。而后就是儿女情长了,终于发展到不忍卒读的性文学去了。

文章是最美妙的事物,可以有多种多样的写法。世世代代的文学精品很多,都可以给我们借鉴。文章的奥妙,千变万化,正如世界上的人和事的千变万化一模一样。究竟怎么写,是很大的学问。努力钻研,自然会尝到甜头,其乐无穷。

让我们的报告文学乘胜前进!

1991年

让我们再唤新人
——《沙迪克的婚礼》序

李 瑛

地处我国西北边陲、中亚腹地的新疆,有着浩瀚、磅礴、神奇、美丽的自然风光,有着十三个民族一千三百多万人民在劳动和创造中生息繁衍,正像有人曾说过的,在这里,贫穷与富饶、封闭与开拓、阴柔与阳刚、古老与年轻竟那么和谐地统一在一起,它的丰饶深厚的生活矿藏自是作家成长绝好的膏壤。

在我国为数不多的长期战斗生活在新疆边陲和兄弟民族地区、以反映边防战士和少数民族人民生活为己任的作家中,李宝生同志是热情勤奋并取得出色成果的一个。至今我仍然记得,二十世纪六十年代初我在部队文艺刊物编辑部工作时读到他的成名小说《神枪手和万里云》时的喜悦激动的情景。后来这篇小说在全军乃至全国引起很大反响。如今,近三十个年头过去,尽管这期间我们国家经历了太多的磨难,宝生同志又一直是在繁重的工作之余,在时间和创作条件都受到很大限制的情况下仍然坚持笔耕不辍,并且表现出多方面的兴致和才能,不能不使人感到高兴。他既写小说散文,也写诗歌,十年浩劫结束不久,就相继出版了小说集《风雪马蹄声》、长叙事诗《鹰笛》和散文集《远去的军马》,近年来,又先后出版了小说集《皑皑的雪山》、散文集《西部军旅风情》。从这些作品中,可以看到一个革命战士和作家对生活执着而顽强的信念,以及对文学艺术锲而不舍地追求的热情。

最近解放军文艺出版社又将出版他的小说散文选集《沙迪克的婚礼》,他要我为他这本三十年的作品选集写几句话,我尽管对小说散文缺乏研究,却还是毫不迟疑地答应了。之所以如此,一是因为我和他一样,在部队几十年来都始终是在繁重的行政工作之余坚持写作,是同行,他比我更接近基层,也正因此他的本职工作就比我更繁杂、更琐细,我深知他写作的甘苦;二是因为他所写的绝大部分是以军事题材为内容的作品,这是我长期以来接触较多、兴趣较大也比较熟悉的方面;三是因为我曾经三次入疆,对他笔下所描绘、所点染的为大西北地区所独具的性格、景色,以及那里的战士和人民在生活中所表现出的气质和风貌有着强烈的兴趣和热爱,我向往那里军民有声有色的生活,敬佩他们创造的伟业,我喜爱那里壮美的史诗和迷人的歌舞,那里的雪岭、黄沙、雄鹰、骏马,甚至一朵野玫瑰、一棵芨芨草,都曾引起我无限诗情和遐想。我发现,在那里,当生命具有了科学的信仰和崇高的理想时,会表现得何等顽强和神勇!因此,在他经过认真遴选编完这本选集、在他回忆和总结自己军旅生活和创作实践三十年虽获丰收却不无坎坷的道路时、在他进行再思索再认识并瞻望前程准备开始新的起步时,我作为一名老兵,作为他的一个同行和战友,应该表示贺忱、希望和祝福。

收在这本书中的十一篇小说和十九篇散文,虽然形式不同,表现方法不同,却从不同侧面、不同角度,使人清晰地看到新疆军民在祖国四化的历史进程和社会变革中所迈出的巨大步伐,显示了生活在那里的战士和各族人民的新生活、新的矛盾冲突、新的道德风尚和新的社会关系。这些作品以饱满的革命激情、浓郁的生活气息和闪光的人物形象,使我们受到深刻教育和鼓舞。

这是一本有生活、有激情、有特色的书,高歌英雄人物的书,激励人们奋进的书。

我想在这里突出强调,也是我觉得最为可贵的是,这本书中,无论小说或散文,也无论写军写民,几乎每篇作品都给我们介绍了一个或几个个性鲜明、形象生动的人物,这些可爱、可尊敬的、看似平凡却又感人至深的形象,使人读后心潮久久难以平复。这些人,民族不同,经历各异,他们憨厚而质朴,却有一个共同点,就是为保卫和建设社会主义祖国,不计报酬,不计得失,在艰难困苦的环境中,在各自的岗位上,数年如一日默默地无私地奉献着自己,甚至献出宝贵的生命。他们是真正懂得人生价值和如何实现自我的人,他们是我们时代很少为人所知却是真正的当代英雄!

闪现在我们面前的这样众多的英雄人物,是我们整个具有人性道义能爱会憎的民族的代表。他们的思想特征集中到一点,就是崇高的爱国主义、革命英雄主义情怀和舍己为人的无私奉献精神。书中有的散文即使未着重刻画某一具体人物,在写法上只是对某些生活片断或感情做了自然的描述,或抒情,或记事,但通过直观的生活形态予以哲理寓意的表现,最终也还是给予了人的精神、人的意志、人的风格、人的品德礼赞。这一点,在全书中表现得十分鲜明而突出。

大力塑造社会主义新人形象,表现社会主义人性的崇高和优美,表现当今新人的巨大人格力量,今天对于我们建设新世界是多么重要!

书中有不少作品是表现骑兵战斗和训练生活的,特别是几篇写骑兵生活的小说,无论是赞歌、战歌、挽歌或悲歌,从中都可看到,其所表现的思想内容的深度、生活的浓度、对火热斗争生活的深刻思考和对人物形象的塑造,比起同样题材的散文来更显得丰满和深厚。他在二十世纪六十年代初所写的《神枪手和万里云》中战友间产生的思想矛盾,三十年匆匆流过,如今读来,仍然具有积极的现实意义,那些绘声绘色的人物仍然闪射着耀眼的光辉;而在另一篇《风雪马蹄声》里,新分到骑术标兵班的老骑兵班长王铁鹏,细心耐心地帮助新班长胡树才纠正只抓骑术单项而忽视全能训练、实际是缺乏整体观念的思想,同样也给人莫大启迪、激励和美感享受。连同他所写的其他几篇反映骑兵斗争生活的小说,特别是那篇把大白马和小黑马写得活灵活现的《硝烟散尽马嘶鸣》,在西北地区冷峻的色调和严酷的边防现实背景的衬托下,骑兵战士粗犷豪迈的性格和英武机智的形象,表现得何等突出,他们对人民的庄严责任感和强烈的爱,他们的壮烈情怀,深深地震撼着我们。

  在这类题材的作品中,我十分叹服作者对军马的细腻的描写。他笔下所写的"雪里白""黑骏马""万里云""追风马""四蹄雪""枣骝马"……无论在战斗中血溅沙场,还是在草原上乘马斩劈;也无论是写调教烈马时上嚼备鞍,还是为战马梳鬃扎尾、添料谈心,他都以极大热情,描绘马的形态、马的神韵、马的个性和马的情感,或暴烈强悍,或稳重深沉,无一不刻得栩栩如生,呼之欲出,它们都善解人意,对主人无限忠贞。这使我想起法国作家布封在他的《自然史》中,用一个科学家的眼光和高超优美的文笔,写狼,写马,写鹰,写狗;特别是对狗,他的笔筒直像一把长着眼睛的手术刀,把狗从外观到统治生命的心灵和情感都做了细致的解剖,真是描绘得淋漓尽致!宝生在这里写的是自然界的马,他的笔间充满大自然的感应;但他所写的又绝不仅仅是自然界的马,而是闪烁着人性光辉、赋予它以人格化了的马,表现了强烈的爱憎之情、对生活的眷恋、对美和自由的渴望、对光明的憧憬和追求,成为一种动人心魄的美。他写的是他生死与共的战友和他自己。宝生是陕西人,1961年入伍就到新疆当了骑兵,在瀚海戈壁,在高山牧场,在"掺杂着牛羊马匹和各种动物的粪尿味、尸骨味、交配繁殖期弥漫的臊腥味的草原",和战马军刀一起守卫着祖国的边防;后来虽然调离骑兵到部队机关工作,但三十年来迄未离疆;严酷壮烈的大西北骑兵生活,茫茫风雪边防线,已经渗入他的血液成为他生命的一部分。他曾说过,"我是用一个骑兵的目光审视世界的";他写道,"战士爱马是因为战马有着百折不挠、一往无前的顽强精神,有一种敢于冲锋陷阵、赴汤蹈火的献身精神""万马奔腾那种壮观场面,我是司空见惯的。奔腾的马群那种震撼力,摧枯拉朽力,绝不亚于狂怒的海啸和电闪雷鸣,它会荡涤一切污泥浊水,它会把一切阴暗和丑恶踏得粉碎",并说"我以马为楷模,我会在激战厮杀的沙场上中途阵亡,也许我会像我所敬重的'无言战友'一样,因各种各样原因而被宣布退出我军的战斗行列,但是我的头颅是高昂的,我的人格和品行是不容侮辱的"。他对马的热爱和敬重如此强烈,他甚至下定决心,"等天下太平了,我就解甲归田当一名马夫,伺候马一辈子……"。

  读罢这本书,我不禁想到,当前在我国的社会主义精神文明建设这个长期的、渐进的、累积的、发展的过程中,文学的根本任务;想到如何提高社会主义文艺使之具有历史的最大深度与广度;想到社会主义文艺该如何表现新的矛盾、新的时代精神,如何塑造出各种各样的人物,特别是如何塑造出更多的社会主义新人形象,这种形象不是简单的和贫乏的,不是假大空、高大全一类的,也不是那种非英雄化的写一些卑琐的小人物,而是具有高度真实的有个性、有血肉、有极为丰富的内心世界的人,有坚定的社会主义信念和为崇高理想而勇于献身的人,有高尚的道德精神的人,用以教育我们的人民,鼓舞和激励他们,有助于他们的心灵建设,为实现社会主义理想而斗争。今天,在我们这叱咤风云的伟大时代里,在我们这日新月异急剧发展和变化着的壮丽现实生活中,各条战线上这种新人何止千万!这就要求我们作家怀着最大的热情积极深入生活中去,去发现他们并艺术地表现他们。宝生同志的这本书,就是他长期深入生活实践和对生活做了细致的观察、感受、研究和思考而获得的丰硕成果。

宝生同志是在紧张严格的部队生活中开始自己的文学生涯的。他热爱人民军队,热爱西北边疆,热爱各族人民,他的脉搏始终和他们一起跳动。在部队这座大熔炉里,在轰轰烈烈有声有色的战斗生活中,他的人生观、艺术观得到了锻炼,三十年来他积累了大量丰富的第一手生活体验和创作素材,他对历史、社会和人生的感受和领悟也年复一年地更加深沉了,虽然他过去所熟悉的骑兵这种乘马作战和行进的兵种,如今已为新的科技发明和应用所取代,但历史故事并没有写完,骑兵战士那种威武气概和骁勇精神仍然需要发扬光大。

虽然这本书中有些作品还存在这样那样的不足,比如有的篇章略显单薄,有的结构似觉雷同,有的人物还可进一步加强典型化的深度,但由于本书是三十年来所写的作品的选集,自然难免受历史的局限,也就不能完全以今天的认识来做苛求了。重要的是,宝生同志的创作道路是健康的,脚步是坚实的,并已取得可观的成就,因此,我相信,在此基础上,在不断总结自己的创作经验中,在更加勤勉地学习、思考和获得更加深刻的艺术概括能力之后,宝生同志一定会写出更成熟更优秀的作品来的。

1992 年

神奇的土地　素朴的作家
——读《云南边地短篇小说佳作》
彭荆风

云南多山、多水、多民族,又地处边陲,不仅那特异的风俗令人眼花缭乱,就是从每一件民族服饰上扯下一块花边放在一起展示,也是那么绚丽。

当然,真正能体现这边地特色的,不仅是那处于表层的山、水、服饰、竹楼、野寨,还有生活在这地方的人。

新时期的 10 年(1979—1989),云南边地文学一个显著特点,是大批少数民族作家和自小生长于这块土地上的汉族作家的出现。

这些作家不仅发展了云南边地文学,也给当代中国文坛灌注了一股特异的活力。

素朴、单纯、挚厚、超脱大胆,甚至有几分野性,似乎也是当代云南边地作家的特点。

因为坚持走自己的路,云南的作家们曾遭到一些只草草读过几篇云南作家的作品、在云南的交通干线上快速遛了一趟的所谓"评论家"的非难,他们认为:云南作家没有急速加入某一行列的呐喊,是"观念上落后"的表现,将难以"尽快跃升为全国小说界的一支劲旅"。

我却不以为然。我认为,作家观念的调整虽然有许多因素(包括理论、创作的启示),但是最根本的还是要从生活出发,生活发生巨大变化时,如果艺术表现能力较强,笔下自然会放射异彩。

因此,这新时期的 10 年,云南边地作家有如处于横断山脉的分水岭前,形成了两种走向:

一类是急于往外走,声言只在用弗洛伊德、萨特、尼采等的学说更新自己的观念。

我不反对作家广阔接触社会,有机会四处走走可以启发自己更深刻认识脚下的那块土地,但是,我认为诱惑年轻作家过早离开自己刚开始熟悉、还需要更深入了解的地方是不对的!

另一类作家不趋时、不媚俗,对新观念也并不囫囵吞枣,而是认真读书、细心比较,更不抛弃自己的生活根据地,有的还继续往横断山深处走!

这本小说集里的黎泉、马宝康、徐刈、袁佑学的结伴沿金沙江徒步远行,吉霍旺甲久居城市后又迁回彝族聚居的小凉山上,岳丁每年寒暑都要回到他的景颇村寨住几个月,祁加福一直生活在以元谋猿人闻名的土林边,马明康、查那独几、邹长铭这几十年都是在他们的故乡工作,还有许多作家经常深入边地,就很有代表性。

他们与边地生活的变革紧相联系,不仅作品的"边味"浓郁,各有特色,而且富有时代气息。

岳丁是位想象力丰富、文笔简约的景颇族年轻作家,他的小说大多是三五千字,几乎每篇都如一幅浓淡相宜的水墨画,看来清逸,却深含着诱人的魅力。他写稠密的森林难以透进光线,就与众不同,"山冈把月亮举过了头顶。树枝争着把一缕缕光线抽进自己的枝叶间"。我曾长久惊异这个当时还只21岁的小青年怎么这样善于观察事物和酌字用句,一个"抽"字用得多么生动形象。

而那个藏族作家查拉独几,描写高原大江边上的人们,在变革中新的生活时,依然是"藏味"盎然。

写过《高宗堡要塞"司令"》《朋友,你没说错》等精巧短篇的回族作家马宝康,目睹了改革开放的艰难、人性的善良与丑恶又在严峻较量时,以愤激的心情,在《红山羊》中写出了那些利欲熏心的歹徒、四处偷偷剥羊皮卖给商贩做皮夹克,损害了朴实山民的利益。他善于写情写景,也很懂得色彩的运用,以求加深读者的印象。

笔触仅只一个老人一群羊,却把恶势力进入偏僻山野的惨景,写得那么深透。读来令人不寒而栗。

另一位回族作家马明康,对农村妇女,一向有较细腻的观察,在《剑麻女》中,主人公依然不放弃她对美的追求,这只有对自己民族的姐妹充满了爱心,才能写得那么动人。

这种对边地人民的爱心,在久居边地的汉族作家的笔下也是时时凸显,年轻女作家彭鸽子的《穿猩红筒裙的姑娘》,就把往来于中缅边境的傣族生意人写得美丽而又多情,尽管那些小商贩为了赚钱,有时会不择手段,但是她们终究是出身于朴实的傣家农村,作家不愿抹杀这些姑娘义利明辨的本色。

而另一个受过"知青"生活之苦的汉族作家张蠡在回忆他生活过的"蛮蛮坝人物"时,也是一往情深。

作者的笔触看来轻松,实际是深含积愤。穷困的蛮蛮坝葬送了一代又一代人,不久前还做着少女天真的梦的莲子自觉这一生也完了,她只好把希望寄托于那个还住在马厩里接受"再教育"的可怜"知青",希望能帮他生个"白、聪明,将来不在蛮蛮坝"的儿子。

这多么值得人深思!

黎泉是位刊物负责人。他的《白虎》写改革初期,朴实的山民还来不及从剧变中苏醒,被刚从牢房里放出来、绰号"弯脚捍"的坏人,以包购铅锌矿的手段残酷盘剥时,是那么传神:

山里人穷昏了,穷伤了,一见大扎大扎的票子哪个不眼红?挖!满山昏挖都是矿。用背篓把矿石背下山,倒进车厢,弯脚捍便当场数钞票,一背篓一块钱。

寥寥几笔,就把山里人穷昏了、穷伤了的苦状写了出来。

袁佑学是位有生活,又长时间被文艺界一些奇谈怪论所撞击,常常处于动摇困惑中的朴实作家。他的《江鳅》可说是一个摆脱了那些"评论家"华而不实的指点的一次小小收获。这个不足7000字的短篇没有故作惊人之笔,更没有用"文无定法"为借口,不顾生活真实乱涂抹,他只是细心地从庞杂的生活中选择可以表达这些人物个性的细节,予以合理的安排,以推动读者的想象并给予启示。这果然引起了我们的深思、叹息!

年轻的作家怎么更贴近生活?不仅要有毅力,同时也要多读文学名著,才能头脑清醒地认识、分析、表现生活。

祁加福在这方面是值得称道的。他的小说,几乎全是写于耕作之余。他明白,有生活还得读好书,才能开阔视野。他勤奋读书写作,作品的艺术技巧也日有长进,《野山的风》就写得意境深邃。如写马小山从城里回来,与和他相恋又无法成为夫妻的女人见面时的场景,就颇别致:

马小山循着歌声找到一个女人,跟着她来到树林边。风儿轻轻吹着。月光非常柔和。两人对面站着。谁也不出声。

"你回来了?"女的耐不住寂寞,先开了口。

"我想你想得要死。"

"嗯。"

"你……怎么不说话?"

"我说什么呢?"

"你不喜欢我了?是吗?"

马小山没有回答。他惘然地依在桃树上,望着灰蒙蒙的野山。

这一问一答,这月光下的山野景色,给了人一种凄凉冷寂的压抑感,也勾勒出了有情人难成眷属的痛苦。

作者写马小山恋的女人被她丈夫折磨,也是令人心寒。

从凄惨的哭叫到咬住牙不哭了,作者把这个命运悲惨而又倔强的女人的性格,写得很是鲜明。

对于山野里的另一类封建余孽的势力的淡化消亡,熊望平在他的《土黄天》中却写得很有趣。

"祭司"这过去被人看作法力无边的神秘人物,本来在山民心目中充满了神圣感。

但是,当改革开放的浪潮触及这山乡时,大山上也出现了出外经商的人,他们带回了令人迷惑的录音机。录音机录下了老祭司的祈祷和幽幽长歌,老祭司的庄严、神秘也逐渐消失,最后连他自己也相信自己老衰是因为被这玩意儿勾去了魂、耗掉了精血……

作者的笔虽然始终围绕着祭祀的事来写,却让我们透过这些场景,看到了那偏僻山乡的传统的积习虽然一时难以根除,人们的生活却在悄悄地改变。

徐刈的小说和他的外貌内心一样,都能给人一种强有力的感觉;他徒步金沙江时,写了《金王》等一批佳作,这里选辑的《走向太阳》,通过矿洞垮塌的那几十个小时,把一些人不择手段求生存的狰狞面目表现得那么淋漓尽致,可说是社会一角的缩影。

年轻的彝族作家吉霍旺甲作品不多,《山里的女人》却写得颇有情调,既有趣又令人叹惜。

邹长铭在创作上虽起步较晚,这些年却写了不少以金沙江流域为背景、具有乡土特色的作品,只是他读的书不广博,文笔有时古旧,但他熟悉这一带的人和事,这篇题为《野寨》的小说本名《老屋》,就写得十分精彩。

四大爹这看来是个"喜剧"人物,读来却深感凄凉,这种吃国家的蛀虫,又何止这《野寨》里的人?

壮族作家黄懿陆,这些年目睹了原来朴实地埋头种三七的壮族药农,在改革开放浪潮的冲击下,也如同浮沉在一片陌生的大海里,在扬帆驶向那富裕彼岸的同时,还要接受伦理道德和价值观念变化所带来的一系列冲击。如何利用风势又闪过恶浪,这是不得不正视的现实,药农们的心态也就纷纭繁复。他的《龙家女》写的是种三七富裕后,几对青年男女的爱情,他(她)都有着有情人难成眷属的苦恼。这种"三角""四角"关系,如果换了某些热衷于写性苦闷的人,可能又会邪魔走火。懿陆难以忘怀自己壮家姐妹的朴实本色,他写汪霞这个女子在衣衫弄湿后,不得不穿上男青年韦苇的男装时的心情,笔调就充满了真诚。

这些年，我阅读了许多青年作家写云南边地的小说，有的人佳作连篇，有的人仅有一篇闪光，有的人却多数是平庸之作，还有的人路子越来越不正；一个作家怎么才能认识生活，表现生活，把丰富的素材剪裁成精彩的篇章？这不仅是青年作家的苦恼，我们写作多年也常为此嗟叹，似乎正患着"营养不良"症，记得有位生物学家说过有关"食物链"的话，作家也同样有条"食物链"，这就是读书，如果不能持之以恒地多读文学名著，以补充营养，怎么能把人事写好？更谈不上文思如涌，并在某些人"指鹿为马"的导向中，不致迷路，误入窄巷、深渊。

把处于苦难中的人物写得美而善良，又不抹去苦难的辙痕，这是一部分从事云南边地小说创作的作家的又一特色。

这与那些提供赤裸裸写云南各民族的愚昧、落后、性乱、民族劣根性的人的观点是大相径庭的，那些人把追求美、用美来涤荡人们的心灵、用美和丑恶作比较、让读者去明辨是非，都看作是"成腐的、僵化的观点"。他们之中的一些人主张"审丑"，还认为只有用粗鄙的语言才能表现所描写的粗俗对象。他们认为云南边地比外地落后、闭塞、愚昧，更应以丑为主。这当然是对云南边地人民缺乏了解所致，许多名作家的作品写了流氓盗匪以及男女性关系，语言并不粗俗，如果按照他们的"审丑"说，也就难以成立了！云南的年轻作家不一定每个人都知道川端康成那句名言："民族的命运兴亡无常，兴亡之后留存下来的就是这个民族具有的美。"但是他们生活在这美而朴实的民族当中，也就能诚挚表达他们是爱而不是嘲讽唾弃的感情。

这些年轻的作家久居深山大泽，山野的宁静，已使他们甘于寂寞，在前一时期中国文坛旗号林立，这里"寻根"那里搞"非理性"时，他们还是在默默地读书、观察、写作，这种清醒、稳重是很难得的。

云南新起的优秀作家不少，这十几篇小说仅表达了一部分人的创作特色，限于篇幅（还有着我的偏爱），并不能完全代表云南作家的水平（特别是那些写了不少优秀中长篇小说的作家），而那些年过半百的老作家如苏策、李乔、张昆华等人的作品，文坛已有定论，我也没有选辑。所以，这本书只不过是横断山南北的几簇鲜花，要想把那云雾深处的辽阔原始森林也纳入却不是这本书所能承载的！

熠耀着时代的光华
——读石英的两本散文新著
古 耜

石英同志新近出版的散文集《多情集》(济南出版社出版)和《魅力集》(文心出版社出版),所收入的百余篇文章,皆气血充盈,格调清新,技法纯熟,辞采飞扬,映示出散文佳作每见的风神韵致。这些精品佳制在各呈风姿,在一展斑斓的过程中,不约而同地表现了一种对于当代散文创作健康发展不乏启迪与示范意义的美学追求。这就是:既注意生活主题的提炼和时代精神的摄取,又讲究文思语体的营造和艺术韵味的形成,并努力使二者互渗互融,最终实现"质"与"文"的统一和"神"与"形"的整合。

在我国文学发展史上,散文是有"合为时而著""当为事而作"的传统的,一些匡世济时、激扬慷慨的名篇佳作,曾广为传咏,经久不衰。然而,进入二十世纪,尤其是近十几年来,散文领域里的经天纬地之思、阔大沉雄之气明显稀少,取而代之的是童年记忆的追溯、心灵絮语的流潺、身边琐事的体味、草木虫鱼的品发、游踪屐痕的描绘……总之,是一种以"小、巧、轻、柔、慢"为基调的审美意趣。如此取向的形式固然有多方面的原因,如文学分工的越发精细、社会生活的空前繁复、作家情感的日趋纤敏,等等;而这样写成的作品亦有着属于自己的、无法否认的艺术价值,不过,倘若从文学创作应当与时代同步、与生活同频的角度看,上述作品过分走俏,毕竟是散文的疲软和遗憾。相比之下,石英的散文创作直接承接着、弘扬着我国古典散文的洪声大器,具有丰厚的精神含量和鲜明的时代风采。而这一点在《多情集》和《魅力集》中表现得极为突出和充分。翻开这两本散文集子,我们根本看不到时下散文创作中比较常见而又颇显时髦的象牙塔里的哼哼唧唧与"小我"天地的唠唠叨叨,迎面而来的是波澜壮阔的社会风云和缤纷多彩的时代印象,是弥漫着文化氛围、牵动着历史思绪的人杰地灵,是富有精神提升价值和人生启迪意义的人物、事件与场景,是与祖国、人民息息相通的一腔真情。请读读《多情集》中《信念》题下的一组作品吧!《我耳边,响起社会主义的晨钟》在对首都的感怀中,浮现出坚定的共产主义信念;《我与延安》于往事的回顾间,展露着与无产阶级革命事业的心缘;《劳动与绿荫》《亚运村的树》透过林木的成长,赞美着生命的勃发与创造的辉煌;《天尽头、思无涯》《民族尊严的雕像》《锈迹斑斑的数字》凭借历史的反观,呼唤着民族的崛起和祖国的振兴……所有这些汇聚一体,便构成了一个党员作家特有的博大、充实和强健的精神空间。两本集子中约有五分之一的篇章是描写乡风与乡情的。它们不曾一味沉溺于游子感怀的抒发和童稚趣忆的撷拾,而是就中渗入了清醒的历史思考和强烈的时代精神。不是吗?《乡城神思》《乡村银幕之梦》《从瓦房到楼房》传递出中华大地的前进步履和时代变革的崭新风貌,进而实证着某种历史的必然;而《山林的儿子》《我从母校门前经过》《远望着,我家那小南门》则描绘了从职业革命家到普通劳动者的美好心灵与高尚情操,由此揭示了中国革命之所以成功的一个重要原因。具有如此内涵的作品无疑更接近深沉旷远的境界。至于书中那些正面状写人物形象、直接记叙人生经见的作品,更是挟裹着浓郁的生活气息,运载着丰腴的社会蕴含,其中《二十三秋"灯笼"红》《动乱年月中的倔苗苗》《花王,不只是牡丹》《北国新星:"葡萄花"》等文,简直就是历史与现实的聚光镜,其格调无疑是昂扬而质实的。总之,在《多情集》与《魅力集》中,拥抱生活,切近时代,直面人生,始终是宏壮有力的主旋律。

  石英的《多情集》与《魅力集》无疑属于植根生活、跟踪时代、观照现实的作品。不过,在它们的字里行间,我们丝毫看不见以往某些同类作品比较容易出现的或空泛、或矫饰、或雷同的弊病;相反,有一种颖异质实、趵踔不羁的精神个性蓬勃张扬。而一切之所以如此,盖由于作家在表现社会、描写生活时,既不曾局限于世态物象的浮光掠影,又反对仅仅做精神观念的图解演绎,而是努力透过鲜活灵动的艺术形象和浓郁独特的艺术氛围,传达属于自己的生活感受和审美启悟,同时发掘和弘扬与人民、与时代同频共振的真、善、美。譬如,两本集子中有若干记叙故国沧桑、旅程闻见的篇章。这类文字若让庸笔写来,既可能因单单写景和泛泛抒情而导致轻浅,又难免因一味赞美江山壮丽和平面咏叹事业辉煌而落入俗套;但在石英笔下,却由于人文内涵的深入发掘和精神容量的潜心熔铸而显得格调沉挚,各具风采:《西安归来忆长安》将神州一隅三千年的风风雨雨、兴衰际遇尽遣笔端,使人感受到了邈远悲壮的历史心音;《三峡情态》《都江堰情思》《独乐寺漫笔》让奇景异观与心灵感悟相互生发,彼此辉映,引人咀嚼到深沉醇厚的人生况味;而《九曲溪与白洋淀》《猛峒河的鸳鸯》《武陵山的评价》则于如画的景物中引出了新奇的生活与艺术哲理,贻人以灵智的昭示与启迪。显然,它们是同类文学中的上品。《魅力集》中的《友与情》《侦察兵——忘年交》,《多情集》中的《我的个体户朋友》《希望》等,均系作家对朋友的素描。不过,这种素描没有着力于一般意义上的人物形貌和行为状态,而是意在启动主体的目光,寻找对象身上特殊的光点。于是,人们看到了卑微者的善良纯朴、笔耕者的执着顽强、炮火下的崇善爱美、秤杆边的信义公道,这样的篇什往往显得充实而富有个性。此外,《多情集》中《人杰》题下的一组散文,《魅力集》中《窗外那片树林》《泰山的肩膀》《大海,单调的大海》等文,或在历史空间里注入独特的当代意识,或在现实的画面中揭示新奇的生活命题,其时代风标与灵性特征的交汇和整合,均臻于完美。面对这样的散文结集,读者感受到的是真正的现实主义文学作品所具有的撩人心魂的艺术力量。

"美文",是二十世纪二十年代周作人送给艺术散文的另一种称谓。对于这一称谓,如果做完全绝对的理解,固然有唯美主义和形式主义之嫌,但倘若仅仅从散文需要特别讲究文本美感的意义上把握,却不失为一种正确而有益的提示。因为作为一种完全靠语言征服读者的文学样式,散文确实应当具备更为精美的形式因素。然而遗憾的是,近些年来,随着新闻纪实成分对文学的渗入,有一些散文作家在不同程度上忽视了这一类,他们笔下的散文作品每每因缺乏美的辞采和韵致,而混淆于通讯报道。显然,这是散文世界里的另一种误区。相比之下,石英对散文的文体之美有着十分明确的认识。他说:"我在很大程度上赞成散文应是美文的观点。试想,如果一篇短短的散文缺乏较充分的美感,还有多少看头? 当然,这里所说的美文不应是刻意雕琢的同义语,而应是韵味美和意境美的同义语。"(《应命三题——〈多情集〉代后记》)他的《多情集》与《魅力集》恰恰可以看作上述观点的成功实践。

首先,《多情集》与《魅力集》很善于通过精巧而又天然的艺术构思,增强自身的美文效应。石英的散文一向讲究构思。不过,这种讲究在早期作品里,每每表现为玲珑剔透,刻意求工;而到了两部近作中,则更多映示出因文成思,随情运笔,不拘一格,挥洒自如,而又最终不失法度的特点。如在《魅力集》的《武夷山的雨》《桃花源的魅力》《庐山——绿色的天宫》《秦岭继趣》等篇中,我们几乎感觉不到通常所说的文脉的起承转合和笔法的点染呼应,但那摇曳多姿的辗转腾挪和无拘无束的斜出旁逸,又分明环绕着一个中心,透示出某种严整、精妙与和谐,显示了艺术的高超与纯熟,进而贻人以既匠心深蕴又浑然天成的审美感受。还有《多情集》中《花王,不只是牡丹》《落笔黄河入海处》《香满亳州城》等文,粗粗一看,完全是叙事与记感的自然交织,但细细一品,便知内中同样包含了精致的熔裁、妥切的剪接和起着提纲挈领、画龙点睛作用的"文眼",只是所有这一切因远离了人工的斧凿而更接近文学的化功,同时亦更具有清水芙蓉般的艺术感染力。

其次,《多情集》与《魅力集》很善于通过统一而又丰富的笔调营造、增强自身的美文效应。所谓笔调,是指作家流贯于作品叙述语言之中的那种相对稳定而又充满个性的审美情绪。它对于一切成熟的散文作家和优秀的散文作品来说,都是必不可少的。石英的两部散文近作亦不例外,它们始终回旋缠绕着作家特有的情感驱动下的声音。所不同的是,这种声音不像某些散文作品那样既是个性化的,又是单一化的,而是呈示了一种统一中包含多样、稳定中富有变化的态势,决定和制约此种变化与多样态势的,则是作品不同的表现对象与创作意向。譬如《鹰厦线上》《湘西一个字》《苏州风韵》等记游篇章,贯穿着清新明丽的情绪基调,它与自身运载的春意盎然的湖光山色、风土人情相相辅相成,相得益彰。《海上求师》《环旋升华》等直抒胸臆之作,涌动着雄放刚健的文笔气势,这与它所表现的革命者、改革者的精神世界,互为表里,高度契合。反思历史的《袁崇焕元韵歌》,慷慨激昂,愤怒沉挚,这种笔调是一代英杰的悲剧命运铸成的。讴歌故乡的《啊!胶东》,舒婉深切而又不乏怡悦豪壮,如此声音生成于那块染血的土地以及作家对故乡的恒久眷恋……所有这些变幻演化着的笔调,都有效地丰富着并和谐地统一于作家固有的以阳刚之气为本质特色的基本语言调式。这样一种艺术追求无疑使作品倍添美色。

总之,石英的《多情集》与《魅力集》以时代光华和美文风采的交相辉映,为当代散文世界增添了一束既华艳瑰丽、又高蹈流俗的奇葩。愿人们在奇花的观赏中,既感到性情的陶冶,又获得文心的感悟。

通俗小说的新尝试
——《雷神传奇》后记
马识途

三十几年前预约的一本小说《雷神传奇》终于写完,今年将要面世了。

现在我敢明目张胆地宣告:《雷神传奇》是一部以四川茶馆里摆"龙门阵"的通俗小说形式,向"下里巴人"讲述一个革命传奇故事的书。一曰"通俗小说",二曰"革命故事",如果在前几年,就凭这两点,在某些从西洋借来评价"砝码"以衡量中国作品的评论家的秤盘上,这样的作品,自然是不屑一顾,无足轻重的了。

然而我不会为此而自惭形秽,更不会为此而痛哭流涕。

我行我素!

我坚持认为,一个中国作家用中国文字写中国作品,总是给中国人看的,是为中国老百姓服务的,总应该有一点中国味儿,也就是为中国老百姓喜闻乐见的中国作风和中国气派。我是为此而走上文学创作道路的,我曾为此而努力过,成绩虽然不大,可是初衷不改,至今老而弥坚。如果不是想给中国的"下里巴人"提供一点健康的精神食粮,我七老八十,如日薄西山的人,何苦还要像老黄牛一样,在砚田里笔耕不辍呢?

听说有些青年很不愿意听老头子摆革命斗争故事,说那些陈古八十年的老调子该休息了,他们要听最新的故事。这当然无可厚非。作家也应该使用各种新的艺术表现形式,多写反映现代生活的作品,作为主旋律。但是我以为,现代许多青年之病就在于他们太缺乏中国的历史知识,特别不大了解中国近百年来的革命斗争历史。他们十分羡慕现代西方某些人的富裕生活,似乎那里的月亮也比中国的圆些。然而他们却很少知道那些国家今日的富裕,是建立在向我国这样的半殖民地和许多殖民地国家实行惨无人道的掠夺的原始积累基础上的。他们更少知道中国人曾经经历了多少代人的前仆后继的英勇斗争,几乎每一寸土地上都洒下烈士鲜血,才取得了今天自主地来建设自己国家的权利。然而就是这点权利,还时常在西方某些人的虎视眈眈之下,必欲剥夺之而后快。青年们有权利向往美好的将来,也有权利对我们工作的失误提出批评,但是如果不知道前辈是在怎么样荆棘丛生、没有道路的泥泞地上寻找道路前进的,他们就很难理解我们现在的落后和困难。不知过去,怎知现在?不知现在,怎么希望将来?所以我始终相信列宁那句话:"忘记过去就意味着背叛。"据说有人考证出列宁并没有说过这句话,但是列宁说过没说过这句话,其实无关紧要,要紧的是这句话是不是真理。我相信这句话的确是真理,特别是对我国的青年来说,忘记了祖国的过去,"就意味着背叛"是真理。从一些空有向往幸福生活的愿望,却忘记了祖国苦难的过去,结果始乱终弃,背叛祖国而去的某些年轻"精英"的情况看来,不就证明了"忘记过去就意味着背叛"这条真理吗?所以我认为,向我们的青年进行革命传统教育,是至关重要的,而革命传统小说对于青年进行革命传统教育,无疑是很有作用的。因此我乐于在这方面贡献自己的一分力量。

这本《雷神传奇》是用通俗小说的形式写的,这也可以说是我的"发愤"之作。为何发愤?前几年,在我国有两种势力冲击着社会主义文学的堤坝,使中国文学特别是小说出现了大滑坡。一种是气势汹汹、趾高气扬的"西化"倾向,另一种是"剑仙与奇侠共舞,蝴蝶与鸳鸯齐飞"的"黄化"倾向。对于"全盘西化"倾向,我自叹无能为力。至于面对"黄化"潮流,用真正的通俗小说来和那种庸俗的黄色小说争夺读者,我以为我还可以有所作为,因此我在几年之内连续发表了几本通俗小说。这一本《雷神传奇》是又一本通俗小说。

有的作家很看不起通俗小说,认为那是低档次的作品,不能代表一个国家的文学水平,这样的作品是没有资格进入神圣的文学殿堂的。只有那些没有能耐的作家,才愿意去写这样的低级作品。别的作家怎么看这个问题,我不知道。至于我呢,我写作品,从来没有想过要成为不朽之作,去代表什么国家水平,传名万世,也从来没有想要在缪斯那神圣的殿堂里占有一席之地。我只想到据说我的带有中国作风和中国气派的革命现实主义的通俗小说,对于教育青少年有点作用,于是我就写起来了。

如果要按有些人说的"雅"文学或"纯"文学的标准说来,我写的其实不能叫"小说",而应该归入"讲故事"一类。前几年,不是有人在给"小说"和"故事"寻找新的定义和界限吗?好像小说只能是那种抒发主观感情的文字,是心造的幻影,只要信笔所至,催动感情的野马,驰骋于遐想的云雾中,尽兴而止便得了,什么人物、性格、情节,都不必要,更不用管什么社会效果了。如此说来,"典型环境中的典型性格"之说自然不能成立,小说的社会功能之说,更不值一提。而外国的巴尔扎克、托尔斯泰这些大师,中国的鲁迅、茅盾、巴金、老舍等大作家写的作品,都不能算是小说了。但是我不想参加这种拾人牙慧的海外奇谈式的争论,也不想跟在那些雅文学或纯文学大师的屁股后面,去追求那种高而又高、雅而又雅、纯而又纯、洋而又洋、怪而又怪的"不朽"之作,去攀登那些在虚无缥缈中的艺术顶峰,成仙得道,永世不朽。我在 1986 年出版的一本不算小说的故事的后记里就说过:"我从来没有想去追求不朽,也不相信世界上有永远不朽的事物,有万世不朽的文学作品。我只相信文学总是反映一个特定的历史时代又为那时代的人民服务的。我的作品能在有限的历史时期中发挥一点社会正效益,就心满意足了,我望其速朽。"我还说"我倒乐意于被革出雅小说的教门,而跻身于'说书人'之列,把自己的作品直称为'故事'(或者按四川话叫'龙门阵')而不以为羞"。

这一本《雷神传奇》正是在四川茶馆里摆龙门的故事书。这个龙门阵摆的不是什么海外奇谈,不是绿野仙踪,不是姨太太和马弁通奸的艳闻,也不是那种三角四角公式化出的缠绵悱恻的悲喜剧,而是发生在我们中国这一片贫困悲怆的热土上,一群最普通的老百姓为自己的命运而抗争的故事。他们曾经盲目地自发地进行了孤单的或集体的斗争,英勇顽强,前仆后继,然而往往是失败的。无穷的眼泪和鲜血流淌在这贫瘠的土地上,但是许多人至死还怀着永不熄灭的希望,虽然他们不知道希望到底在哪里。直到他们终于找到了领路人共产党,举起了红旗,才在依然不免成功与失败、痛苦与欢乐相交织的反复斗争中,找到解放自己的道路。这样的普通中国人是中国的脊梁骨,我是亲眼得见的,虽然他们之中许多人已经牺牲了,他们的鲜血却使我们的红旗更加艳丽了,我永远不能忘记他们。我曾为他们英勇悲壮的牺牲而痛哭流涕,我发誓如果我有一支笔在手,我一定要把他们的故事告诉后来的人。我感到痛苦的是我这支拙劣的笔不能把他们的形象在纸上鲜活地立起来。这一本故事书也仍然是我的力不从心的记录。

但是我不骗人,我也没有想把它作为进入文学殿堂的敲门砖。如果有人从这里得到一点对于过去中国的理解,甚至得到一点艺术的享受,那就是对我的最大安慰,也将鼓舞我把这样的龙门阵摆下去。

1993 年

秀才人情纸半张

刘绍棠

新年前夕,士华来到舍下,原来他调到华文出版社主管和承包文艺作品的审定与出版,每年必须赚取一大笔纯利,才算完成任务。然而,他在具有创业远见的社长吴修书支持下,上阵头一炮就要出版我的一本书。

文学从"轰动"降入低谷,我的书已经连当数年"赔钱货"。虽然我有不少朋友在出版社当老板,出书之声却决不轻言。人家不开口,我从来不张嘴,以免令人尴尬。士华是我的学生,我不该在他的沉重的承包之上,再增加负担。尽管他现在手中有"权",但是挣不来承包的那么多张人民币,就得引咎"下野"。我不能耽误了他的前程。然而,他立意已定,又有社长作后盾,非要出版这本必定赔钱的书不可。他说,赔了的钱他能赚回来。出版这本书就是为了表明他们既讲经济效益,也重视社会效益,两手抓两手硬的态度。

我见他一片赤诚,当然马上照办。于是,便有了《如是我人》这本正在征订、即将出版的散论随笔集。我已经出版四十多本书,这本书的出版却令我心情激动,感慨良多。这不仅因为是我的学生策划此书的出版,更由于这本书里,收入我悼念胡耀邦同志的两篇文章,并且附录胡耀邦同志给我的一封信。

1989 年 4 月,胡耀邦同志逝世时,我虽已出院回家,但是只能瘫卧床上,不能下地走动。我的儿子代我到胡耀邦同志家里吊唁。二十世纪五十年代在共青团中央工作过的老同志,共同决定每人写一篇回忆和敬悼胡耀邦同志的文章,编成一本纪念文集,交给出版社尽快出版,寄托哀思。家里人把我从床上架到窗前的写字台,我强忍着心里的悲痛、头脑的昏沉、半身僵麻的痛苦,花了几天时间,停歇喘息十几回,写出《怀念耀邦同志》一文,心里仍旧堵得慌,挣扎奋起又写了《难忘的谈话》。谁想,齐稿之后出版社变了主意,我只得交给《文艺报》和《报告文学》发表。一年半后,有个出版社找我编个集子,我当然要把这两篇纪念文章编进去,他们也没有表示不同意。但是,书出一看,这两篇文章却被抽掉了。现在,士华决定出版《如是我人》,我首先提出收入纪念耀邦同志的文章,他不但一口答应,而且问我是否保存耀邦同志给我的信件,在此书公开,更有意义。从五十年代到十年浩劫之前,耀邦同志给过我几封信,可惜在天下大乱中被家里焚烧。只有粉碎"四人帮"之后的一封信,原件保存在北京通县"刘绍棠文库"。于是,由文库工作人员复制此信原文,在本书中附录。

我认识耀邦同志37年,记不得他说没说过夸奖我的话。这封信里他称赞了我几句,是对我的更严格的要求。1962年4月他找我谈话。引用司马迁《报任安书》中的一段话:"文王拘而演《周易》,仲尼厄而作《春秋》,屈原放逐,乃赋《离骚》,左丘失明,厥有国语,孙子膑脚,兵法修列……"激励我发愤埋头写作。因而,在1966年的血雨腥风十年里,我写出三部长篇小说《地火》《春草》《狼烟》,虽不能比演《周易》、作《春秋》、赋《离骚》、著《国语》,但毕竟留下了小小的文字成果。我中风偏瘫,丧失正常人的行走能力,比不了孙膑刖脚也有类似之处,修不了兵法也还能写一写小说、散论、随笔。所以,耀邦同志对我的影响,数十年后仍在我的身上起着主导作用。

我从没有把耀邦同志当大官、首长和伟人,只把他当作我的老师。

民族传统的"天地君亲师"观念,深入我的脑髓。天就是自然规律,地就是生养活命之土,君就是人民大众,亲就是父母和长者,师就是一切教育、培养、引导过自己的人。我跟我的小、中、大学老师经常联系,逢年过节祝拜问安。因而,我对耀邦同志,更不会忘记。他已作古,无权无势,沉默不语,我对他的感念也就超脱了利害。如果他还活着,我不会写我跟他的交往,也不会把他给我的信公布于众。他活着的时候,我不能不提到他,只称他是"当时的团中央负责人",从不说起和写出他的名字,这有我发表和出版的作品可证。

《如是我人》者,我就是这个样子也,正是以这个样子存在世上,才可算没有白认识耀邦同志一场。

真知灼见在于长期积累
——读钟敬文先生《兰窗诗论集》
蓝棣之

我们生活在一个快节奏的社会里。去年买的衣服,今年就穿不出去了,刚刚学会的流行歌曲,转瞬之间就过时了。流行色、排行榜、换代商品,时尚、时髦、新潮,的确在不断地刷新我们的生活和文化。但是,请注意,这不是说我们要抛弃过去,不是说要全盘否定历史遗产。我们任何时候都不是在从零开始。对于往昔的优秀遗产,一定要加以聪明的辩证的继承,否则我们就真正糊涂了。要知道,在文化方面,很难做一个暴发户,随便抓住几本流行的理论小册子,就想出人头地,成名成家,喧嚣一时,那是很可笑也很可悲哀的。

我认为,这是钟敬文先生近期印行的诗论集给我们的最大提示。

钟敬文先生1903年生,已经过了九十岁的高龄,二十世纪二十年代即有诗名,迄今已经七十年了。他同时又是史册留名的著名的散文家,此外,还是著名民俗学大家,我国人文学科的"博士后"导师。现在,我们要介绍的是,这样一位高龄的诗人和民俗学学者,对于诗的观感。

近期出版了钟敬文先生近七十年来的诗论选集《兰窗诗论集》(北京师范大学出版社1993年版)。这本书从诗学、古典诗与民歌、鲁迅的古体诗、现代诗人诗歌、西方诗人诗论以及钟先生本人诗集序跋等几个方面,展示了钟先生博大精深的诗歌见解。拜读这本不寻常的书,最大的感触,就是作者深厚的积累、深厚的根底、深厚的蕴藏。他早就说过,所谓"特出",与其说是质的差异,倒不如说是量的超越(《诗心自序》1942年)。量的超越就是积累。钟先生早就注意不断积累。他从一开始就没有急功近利,急于求成。七十年来的诗论文字,仅留下这二十七万言,真可谓是厚积薄发了,然而我从其中看到了渊博。诗学上的诸多困难课题,他都能加以渊博的讨论,表现出深厚的积累,例如诗的主体与时代性关系问题、诗的逻辑问题、诗史问题、从表现形式上讨论杜甫诗的人民性问题,等等,都是这方面的好例。关于诗歌的功用,钟先生认为,诗歌是人们心灵的产物,同时又是通过文字或语言形式传播的社会人文现象,因此兼具有对于创作主体和社会客体双重功能,既是诗人心理迫切需要的产物,好像孕妇生产,同时又在一定条件下影响、启示于社会成员。钟先生认为此两种功能之间的关系是辩证的,前些年我们强调诗歌社会效果,忽略了它对于主体的功用,后来又有些只看重对于主体的功用而看轻了对于社会的功用,都不免是片面的。钟先生之所以把这个可以说是常常困扰我们的重要难题讲得如此全面而深刻,有说服力,是因为他在这个问题上长期地积累了自己的观感和思考。诗的逻辑问题是诗学的一个重要问题,钟先生对此问题的讨论也是很渊博的。他说诗的逻辑不是科学的逻辑,可以不符合平常事理,甚至互相水火不容。而作为这个论点的前提,钟先生从根本上讨论了诗的特性,并为此提出了诗的特性在于它的那种情绪性、主观性上面,诗中的想象和真理都必须是饱含着情绪的。诗的主观性除掉情绪想象等以外,还有"欲求",跃跃欲动。钟先生还顺带批评了五四前后新诗一方面泛溢着感情主义,另一方面却又昂扬着唯理主义、唯实主义的倾向。最后,钟先生还引证克罗齐对于人类智识的直观的和逻辑的两种样式,说明诗是直观的,而非逻辑的。对于诗学上一个根本性问题,钟先生做了如此彻底和融会贯通的讨论,确是使人顿开茅塞的。

钟敬文先生是一位很善于积累的人。我们说他积累深厚并不仅仅是说生命的岁月悠久因而积累自然就多。假如一个人不善于积累,即使活到二百岁,到头来也可能两手空空。我的故乡常用"猴子搬苞谷:搬一个,丢一个"来形容那些不善积累的人。如果我们一味求新,唯新是从,每天都在匆匆追逐新潮,这对于人类文化的积累来说,肯定不会是好事,相反会把本来可以理解的事转化成了坏事。钟先生不是这样,他甚至从成为历史陈迹的文艺思潮吸取东西,甚至是吸取一些根本性的东西,而且使这些东西成为他身上的血肉,成为他身上根本性的东西。但这一点也没有使他成为一个过时的迂腐的书生,而是使他更完善了,更完美了,既富现代感,又有历史的深度。在这方面,他对待波亚罗的诗学理论著作《诗的艺术》的态度和方法,是一个好例。《诗的艺术》是西方古典主义的"圣经",但古典主义早在浪漫主义起来之时即已成了文学的陈迹。然而,钟先生认为,只要真正有价值的著作,它的意义绝不会"完全地"属于一定的历史时期,它是时代的,也是超时代的,它有它"现代的"意义,它对于今日大部分诗人、艺术家,还是有相当的教育作用的。新的文化是在旧的文化的废墟上建筑起来的。我们可以看得出来,钟先生从《诗的艺术》领悟到,创作并不是纯然情感的、兴会的事情,如果认为清明的思想是用不着的,那是一个重大误解。受此影响,钟先生说他粗杂的智力被洗练了,半做着梦的心,变成了早晨的清明。钟先生受益匪浅,他的诗迄今仍保有清明的风格。另外,在"艺术的目的是给予快乐呢,还是给予教训"这个问题上,钟先生认为古典主义所说"避免无用的娱乐而希望从游乐中得到有益的东西"的主张,是比较健康和适合艺术实际的,但对于"教训"不可看得呆板与狭隘。总之,钟先生阐述了古典主义诗学著作的"现代意义",因而把古典主义所包含的优秀智慧辩证地继承下来了,并转化为自己的一种积累。

钟敬文先生的积累不仅是纵向的,不仅是在岁月的流程中注意积累,同时又是横向的,即把不同领域的智慧知识互相沟通,互相生发,使得所有这些东西之间形成一个活的结构,从而加深对每个东西的阐发。例如,钟先生是我国民俗学大师,因此,他的最初涉足诗论领域的活动,与他当时所从事的民俗学活动分不开。他这类诗论的论点和例证都跟他当时所具有的口头文学知识密切相关的,他在古典文学的探究上采用了一种新的方法——民俗学的方法,而且较多费力气去加以适用。在这方面,例如他讨论绝句与词发源于民歌,讨论《诗经》的比兴,讨论竹枝词,讨论复沓章段等的文章,都是好例,从方法到材料都很有新意。在后来的诗论中,虽然已经大体上淡化了这种学艺上的亲密关系,但作为一种思想因素,民俗学知识还是无意之中起着潜在的或显著的作用。例如,《诗和歌谣》与《谈王贵与李香香》就表现了民俗学学者对于诗歌与民歌的渊源、对于学习民歌的文人作品提出了难得的创见和深入的分析。这种交叉学科的研究方法,很值得我们今天好好借鉴。

钟敬文先生又是一位史册载名的现代诗人,他先后出版了《海滨的二月》(1927年)、《未来的春》(1940年)、《脚印》(1943年)等新诗集,刊印过《天风海涛室诗钞》(1982年)等旧体诗集。在近七十年漫长的始终未曾中断的创作活动里,他积累了丰富的经验和深刻的体验。他用这方面的积累来谈诗,那就非常内行、新颖、充满创见。例如,关于诗的音乐性这个人们谈得很多却又谈得很不得要领的问题,他就谈得很地道。他说,别以为诗的音乐性是一种外在的、形式的东西,好诗的音乐性必然是一定内容、思想、情绪等在声音方面的"表情",它不是独在的、机械的,诗句的声音在许多地方可以确切地传达某些内容的意义,"声情吻合"正是许多优秀的民间歌谣或文人诗作的优点。在谈日本俳句的翻译时,他内行地谈到感叹词在诗里的作用。他说用口语和散文体来翻译日本的俳句,可以尽量保存原文所有的那些表示感情的感叹词,如"呀""加那"等,因为在这种小型抒情诗里,这类感叹词的存在,往往有着传神的作用。又例如关于诗怪李金发的诗,钟先生一方面说它还未做到十分成熟,但同时又极有意思地谈到一个诗人读另一个诗人时的感受:觉得虽每一篇作品,重读过两三次,还是不大能懂,可也不知为何的,只是愿意阅读,绝不生出一点憎恶来。而且每度读后,脑子里总有一股凝重的情味,在那里悠然地浮动着,浮动着,经时而始消失。这种谈诗方法,比起那种离开具体感受的空论,自然更可以给人启发了。再例如关于日本俳句的特点,由于钟先生曾经创作过类似俳句的小诗,积累了体会,因此谈得尤其准确。他说俳句的产生,是源于要求表现的刹那情思,而所表现者,又要求极简单的压缩的,它只能极简洁地含蓄地去表现那些片断的、一闪即消失的景象情思。它像花瓣和色香都没有怎样展开和放出的含苞欲放的花朵。它对读者的作用,主要是暗示的或触发的,阅读时得有相当的生活体验,并善于思索与体味。

钟先生之所以能在诗论和诗创作上达到如此高深的造诣,他的积累之所以能够如此深厚,是因为他对于诗的挚爱和眷恋,而在这个过程中又逐步建立起来了对于诗的透彻的深刻理解。在这方面,他的论述使人们至今仍然深受启示。在他看来,诗不是一种职业,而一种宗教,诗人是苦修的头陀,往往还是一个殉教者。他说诗是他最初的爱,然而,最初的爱往往是最固执的爱。因此,诗是他多少年以来的爱宠,对于它,比起别的事物来,他要注意得深些,思索得多些。

许多年来,诗和他的生活绞缠在一起,简直是他精神生活的一切,他总是把那有韵律的语言,跳动着生命脉搏的语言,吟咏着,创作着,陶醉在语言的世界里。那么,诗到底给了他些什么呢?诗锻炼了他的智慧,开拓了思想感情的境地,教他怎样观看人生和尊重人生,教他怎样理会自然、欣赏自然,教他爱、恨、忍耐、梦想。诗是他的逻辑、他的哲学,是他实用的社会学和伦理学。诗使他在艰难的生活经历中能够翘然自立而举步向前。但诗并不是一杯完全没有苦味的醴酒。诗哺育了他,也苦累了他,局限了他的生活,使他在某些方面显得孤独和痴愚,给他以物质上的牺牲,给他以不能言说的精神疾苦。我想,一位九十高龄的诗人对于诗的这些深切体验和感受,对于当今正在追求诗歌的我国广大青少年,一定是一个非常有意思的启示!

文艺报70周年精选文丛

文艺报

70

周年
精选文丛（7卷，12册）

《时代之思》（理论卷）（上、下）
《文学天际线》（文学评论卷）（上、下）
《艺术经纬》（艺术评论卷）（上、下）
《世界的涛声》（外国文学卷）（上、下）
《彩练当空》（作品卷）（上、下）
《未来永恒》（儿童文学评论卷）
《文学之思》（对话卷）

WENXUE TIANJIXIAN
WENXUE PINGLUN JUAN XIA

文学天际线

文学评论卷 下

文艺报社 ◎ 选编
梁鸿鹰 ◎ 主编

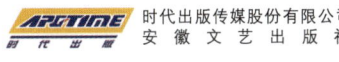

时代出版传媒股份有限公司
安徽文艺出版社

图书在版编目（CIP）数据

文学天际线：文学评论卷：上、下/文艺报社选编；梁鸿鹰主编. —合肥：安徽文艺出版社，2020.12
（《文艺报》70周年精选文丛）
ISBN 978-7-5396-6845-1

Ⅰ.①文… Ⅱ.①文… ②梁… Ⅲ.①中国文学－当代文学－文学评论－文集 Ⅳ.①I206.7-53

中国版本图书馆CIP数据核字(2020)第013390号

出 版 人：段晓静
出版统筹：刘姗姗　宋潇婧　周　康
责任编辑：张妍妍　宋晓津　姚　衍
特约编辑：刘　颋　行　超
装帧设计：张诚鑫　吴　臣

出版发行：时代出版传媒股份有限公司　www.press-mart.com
　　　　　安徽文艺出版社　www.awpub.com
地　　址：合肥市翡翠路1118号　邮政编码：230071
营 销 部：(0551)63533889
印　　制：安徽新华印刷股份有限公司　(0551)65859551

开本：710×1010　1/16　印张：47.75　字数：880千字
版次：2020年12月第1版
印次：2020年12月第1次印刷
定价：156.00元(上、下)

（如发现印装质量问题，影响阅读，请与出版社联系调换）
版权所有，侵权必究

目 录

梁鸿鹰：回望如歌岁月　开创全新境界——《〈文艺报〉70周年精选文丛》总序 / 1

上

1949年
许广平：从鲁迅的著作看文学 / 1
艾　青：谈大众化和旧形式 / 4
老　舍："现成"与"深入浅出" / 13
郭沫若：论写旧诗词 / 17
何其芳：话说新诗 / 19

1950年
郭沫若：简单地谈谈《诗经》 / 29
周立波：谈方言问题 / 31
徐光耀：我怎样写《平原烈火》 / 33

1951年
何家槐：我对于短篇小说的一些看法 / 37
吕叔湘：关于口语和文章里的新词新语 / 43

1952年
冯雪峰：《太阳照在桑干河上》在我们文学发展上的意义 / 45
陈　涌：评《暴风骤雨》 / 54
周良沛：笼统地写从落后到转变不能解决根本问题 / 61
孙　犁：关于小说《荷花淀》的通信 / 64

1953 年

韦君宜:青年们希望作品中表现什么样的人物? / 70

郑振铎:屈原作品在中国文学上的影响 / 75

丁　玲:到群众中去落户 / 80

1954 年

侯金镜:评路翎的三篇小说 / 88

秦兆阳:关于对《农村散记》的批评的感想 / 96

冯雪峰:论《保卫延安》的成就及其重要性 / 102

牛　汉:试谈殷夫的诗 / 112

1955 年

杜鹏程:生活永远是紧张的战斗——读吴运铎的《把一切献给党》/ 118

赵树理:《三里湾》写作前后 / 123

于　晴:农村社会主义高潮到来的图景——读中篇小说《冰化雪消》/ 130

1956 年

萧　殷:要更多地和更深地理解生活——评刘绍棠的小说 / 136

张　羽:传记文学的真实性 / 143

1957 年

光　年:《文艺杂谈》读后 / 148

敏　泽:从几篇作品谈艺术的真实性问题 / 152

1958 年

阎　纲:一篇幽默、生动的好小说——读马烽的小说《三年早知道》/ 163

1959 年

巴　人:略谈短篇小说六篇 / 165

王西彦:《锻炼锻炼》和反映人民内部矛盾——在一个座谈会上的发言 / 173

石　燕:《白洋淀纪事》读后 / 180

荒　煤:谈"细节"——杂感二则 / 186

魏金枝:茹志鹃作品中的妇女形象 / 190

1960 年
冯　牧：初读《创业史》／194
细　言：读《山乡巨变》续篇的人物创造／201

1961 年
田　汉：题材的处理／212
黄秋耘　杜鸿年：关于孙犁作品的片断感想／218

1965 年
浩　然：热情的鼓励，有力的鞭策——在《艳阳天》农民读者座谈会上的发言／223

1966 年
金敬迈：《欧阳海之歌》的酝酿和创作／225

1978 年
洁　泯：革命的现实主义力量——读近年来的若干短篇小说／233

1979 年
孙犁　从维熙：关于《大墙下的红玉兰》的通信／238
刘锡诚：乔光朴是一个典型／242

1980 年
谢永旺：独树一帜——评高晓声的小说／249
周扬　沙汀：关于《许茂和他的女儿们》的通信／257

1981 年
蹇先艾：何士光和他的短篇小说／262

1982 年
李健吾：撒得开，收得拢／266
吴组缃：谈散文／268
陈骏涛：评长篇小说《沉重的翅膀》／272

晓　雪：邵燕祥的诗 / 277

1983 年
刘白羽　闻言：谈《高山下的花环》/ 283

1984 年
邵燕祥：幸存者，但不是苟活——张贤亮《绿化树》读后 / 292
王　蒙：且说《棋王》/ 297

1985 年
李　陀："妙在似与不似之间"——评中篇小说《透明的红萝卜》/ 301
谢　冕：地火依然运行——近年诗歌的发展 / 304
严文井：我是不是个上了年纪的丙崽？——致韩少功 / 309

1986 年
程德培："连续性"的中断——当代小说创作中的叙事变化 / 312
周政保：《隐形伴侣》：人与人性的艺术洞察 / 315
刘再复：挚爱到冷峻的精神审判——评王蒙的《活动变人形》/ 319

1987 年
季红真：小说中的性描写刍议 / 325
缪俊杰：质朴深沉的悲剧美——评朱晓平的《私刑》和"桑树坪"系列中篇 / 330

1988 年
王必胜：人生命运的变奏曲——刘恒小说散论 / 335
阳　雨：文学：失却轰动效应以后 / 339
王鸿生：在沉沦与期待的界面——读王朔近作 / 345
吴　亮：中国乡村小说里的若干现代主义倾向 / 350

1989 年
蒋原伦：一个新主题的出现——评刘震云中篇小说《单位》/ 355

1990 年
铁 凝:我看张立勤/358
秦 牧:我的生活信念和文学追求/361
徐 迟:报告文学要走进生活/367

1991 年
李 瑛:让我们再唤新人——《沙迪克的婚礼》序/369

1992 年
彭荆风:神奇的土地 素朴的作家——读《云南边地短篇小说佳作》/373
古 邦:熠耀着时代的光华——读石英的两本散文新著/378
马识途:通俗小说的新尝试——《雷神传奇》后记/382

1993 年
刘绍棠:秀才人情纸半张/385
蓝棣之:真知灼见在于长期积累——读钟敬文先生《兰窗诗论集》/387

下

1994 年
管 桦:源于生活的艺术——谈文坛新人关仁山及其创作/391
凌 力:从历史文学评论走向历史文艺学研究
　　——读吴秀明的《文学中的历史世界——历史文学论》和《历史的诗学》/394

1995 年
吴秉杰:九十年代小说现象和课题/397
张同吾:文化性格的情感意蕴——1994 年诗歌剪影/402

1996 年
胡 军:论"意识到的历史内容"/406
张志忠:周大新:在新的台阶上/410
范培松:散文——小青的"家"/413

1997 年
丁　帆:"最后的浪漫者"的心灵叩问——储福金《心之门》读后 / 416
石一宁:失语:苦难与尊严——读东西小说《没有语言的生活》/ 419
张　韧:'96 现实主义小说的回思 / 421

1998 年
陈世旭:生命的燃烧和呼啸——陈忠实和他的《白鹿原》/ 426

1999 年
高小立:姹紫嫣红都是诗 / 429
李国文:大树这样长成——五十年短篇小说回望 / 434
陈建功:共和国五十年中篇小说一瞥 / 440

2000 年
孙绍振:当代学者散文的出路——从南帆的散文兼论审智散文的审美逻辑转化 / 445
郭宝亮:灵魂的忏悔与拷问——评铁凝长篇小说《大浴女》/ 450
阎晶明:无畏的欲望及其他——从《上海宝贝》和《糖》说起 / 453

2001 年
李洁非:城市文学及其意义 / 456

2002 年
王先霈:历史小说作家的历史观——由熊召政《张居正》引发的思考 / 461
金学泉:观照民族精神的历史走向 / 465

2003 年
於可训:文学的双刃剑——从最近十年来的文学时尚谈起 / 468
顾　骧:作为批评家的王蒙 / 473

2004 年
陈　超:"反道德""反文化":先锋"流行诗"的写作误区 / 477
郜元宝:期待新的"文学自觉"时代到来 / 482
贺绍俊:在路上还是在土地上 / 485

刘　颋:难为情:一种日渐稀缺的文学表情 / 488

2005 年
木　弓:杨少衡笔下的两个县长 / 491
范咏戈:底层写作:对小说的一种召唤 / 494
李敬泽:知中国人之"心"——王蒙长篇小说《尴尬风流》/ 496
曾镇南:显示人的灵魂的深——陆天明长篇小说《高纬度战栗》/ 499

2006 年
张　柠:《兄弟》和当代文学批评的残局 / 502
陈忠实:中国乡村形态的智慧表达——孙见喜长篇小说《山匪》/ 508
李炳银:呼唤报告文学的刚性品格 / 511
朱向前:向着广度和深度的文学长征——"长征文学"与王树增的《长征》/ 516

2007 年
陈建功:慧眼只须顾盼间 / 521
翟泰丰:神奇灵性的圣地——读韩美林《天书》有感 / 523
汪　政:成长是不能僭越的——王安忆长篇小说《启蒙时代》/ 526
吴秉杰:"80 后"及其创作现象研究 / 530

2008 年
陈晓明:过剩与枯竭:文学向死而生 / 540
张燕玲:片面的深刻——阎真长篇小说《因为女人》/ 548
樊　星:永不熄灭的人性之光——新时期文学的人道主义研究 / 551
阎晶明:鲁迅自序里的自谦 / 556
雷　达:近三十年长篇小说审美经验反思 / 558

2009 年
郭宝亮:《一句顶一万句》与"刘震云现象" / 568

2010 年
雷抒雁:诗人要有远大的志向和抱负 / 574
吴义勤:莫言长篇小说《蛙》:原罪与救赎 / 578

晓　华：鲁敏中短篇小说：日常生活的戏剧化 / 582

2011 年

张新颖：王安忆长篇小说《天香》："一粒粟子"的内与外 / 586
韩作荣：诗毕竟是诗 / 591
何言宏：深入现场与发现问题——关于新世纪诗歌精神走向的讨论 / 596

2012 年

王必胜：散文创作需要品位和风骨 / 600
丁晓原　王晖：新世纪报告文学二人谈：大时代的主旋律与多声部 / 604
朱向前　傅逸尘：英雄主义精神向度与现实主义写作伦理 / 610
阿　来：谈谈小说 / 618

2013 年

刘慈欣　吴岩　韩松：中国作家网第六期网上学术论坛——走向世界的中国科幻文学 / 621
何　平：金宇澄长篇小说《繁花》："慢"节奏与"漫"声腔中的奇观 / 630
张学昕：《黄雀记》：变动时代的精神逼仄 / 633
饶　翔：从"芳村"到京城：照向精神隐秘的微光 / 638

2014 年

张　莉：与时间博弈 / 643
梁鸿鹰：《瞻对》：历史如此尖锐地通向现实 / 648
梁　鸿：徐则臣长篇小说《耶路撒冷》：花街的"耶路撒冷" / 652
邵燕君："正能量"是网络文学的"正常态" / 658
陈晓明：贾平凹长篇小说《老生》：告别20世纪的悲怆之歌 / 663
陈思和：从《红楼梦》到"法自然"的现实主义 / 667
孙　郁：宁肯长篇小说《三个三重奏》：在没有光泽的所在寻觅真相 / 669

2015 年

孟繁华：迟子建长篇小说《群山之巅》：这是"未名的爱和忧伤" / 672
陈福民：阎真长篇小说《活着之上》：天问的回声 / 676
雷　达：文学批评的"过剩"与"不足" / 680

2016 年

方　岩：王安忆长篇小说《匿名》：叙事迷局如何取消世界的边界 / 682
南　帆：博弈场中的文学视角 / 686
徐　刚："冷门"的启示——从鲍勃·迪伦看当代文学评奖 / 690
何向阳：南丁的中篇小说：弱者的胜利 / 692

2017 年

金　理：无能的力量 / 696
岳　雯：《北鸢》：人的消失，或曰美的困境 / 700
李伟长：又说崇高美：英雄，好久不见 / 704
何同彬：关于青年写作"同质化"：作为真问题的"伪命题" / 709
马　兵：青年写作的同质化与美学共同体的悖论 / 712
胡　平：铁凝短篇小说集《飞行酿酒师》：生命的瑰丽生机 / 715

2018 年

李师东：梁晓声长篇小说《人世间》：百姓生活的时代抒写 / 718
黄德海：逝去时代的样貌 / 721
行　超：重新发现"真"与"美" / 725
王　干：改革的呼唤　小说的开放——论中国改革开放四十年的小说 / 729

编者的话 / 737

1994年

源于生活的艺术
——谈文坛新人关仁山及其创作

管 桦

十几年来,我接触了全国各地的一些中青年文学工作者。有的在农村、工厂,有的在机关。我们之间有的成了好朋友,有的是我的晚辈,但我们也能谈心、探讨,使我也年轻了许多。我从他们身上感受到青春的活力,也学到不少东西。党的改革开放政策和"二为"方向、"双百"方针,使他们的思想比较活跃、开放,有独特的见解。他们吸引我的共同特点是那种灵气、勤奋笔耕和热爱生活,在艺术上重视传统和创新。他们一方面攻读中外文学名著;一方面学习马列主义,在作品中追求哲理和思想深度,有较强的社会责任感。

1989年的秋天,我和陈大远同志到河北省丰南县,听县委书记王士义同志介绍他们县如何从一个全省看来比较穷困的县,经过全县人民奋发努力,坚持走社会主义道路,走集体富裕的道路,而成为今天比较富裕的县。谈及他们一手抓经济建设,一手抓思想精神文明的时候,书记曾热心地提到他们培养的一位青年文学工作者,说他二十六岁;利用编辑刊物《芦笛》培养辅导作者之余,创作并发表了两百多万字的作品。他名叫关仁山,这一点引起了我的注意。可是当时小伙子正随他与刘宝池编辑的电视剧《小镇风流》剧组拍摄活动,只与我匆匆打了个照面儿,未能畅谈。1990年的春天,我又应丰南县委邀请,采访该县走社会主义道路的好干部唐惠民镇长,晚饭后在招待所休息时,年轻英俊的关仁山笑眯眯地来看我,还送了我两本他出版的书,我们畅谈了一个晚上。他的淳朴、灵气、勤奋及思路的敏捷,多么像年轻时的浩然。第二天,我准备回北京时,又抓紧跟他谈了两点:第一,你的基层,是生活的第一线,又是在巨大变革的丰南县,你要表现现实生活;第二,作品多产的同时,应注意在艺术上多加工,提高作品的力度和审美品位。同时,我鼓励他向《人民文学》等一些刊物投稿。我介绍我年轻时就是这样一步一步走过来的。

几个月之后,关仁山果然精选出一篇短篇小说,向《人民文学》投稿。这篇题材新颖、构思独特、思想内涵丰富的小说,很快通过终审。小说题名《苦雪》,发表在《人民文学》1991年第2期上。《小说月报》第5期转发。编辑部同志们从作品中发现了他的才能,马上给他任务,让他采访河北玉田县党的优秀宣传员傅显忠的先进事迹。关仁山在寒冬腊月天里,在傅显忠的故乡三里屯蹲点采访半个月,写出了中篇报告文学《播火者》,在《人民文学》第3期头条发表后,反响很好。近来,又有他的中短篇小说在《青年文学》等刊物上面世,我真为他的进步高兴。

最近,读了他的中篇小说新作《太阳滩》(载《长城》1991年3期),我在这里谈谈基本看法和感受。

《太阳滩》是一篇描写渔民生活的作品,通篇浸润着大海的鲜活气息。腥鲜湿润的海风,荡荡涌涌的潮汐,充满灵性的太阳滩和挂着三角旗的老船,都给人留下很深的印象。但作者并没有把笔墨停留在浅层描绘上,而是以太阳滩及龙帆节的演变,截取了一个历史横断面,宏观开凿古老文化岩层,寻找民族文化赖以生存、繁衍的土壤,表现出了原始蛮荒状态下诞生的古老文化与现代文明的交融、冲撞。在很浓的文化氛围里,关仁山以太阳滩当参照物,来写人与命运、人与自然的抗争,既弘扬了民族传统文化,又讴歌了渔民的生活情趣、人生智慧和美好情怀,也表现了更为复杂多样的人生。

"太阳滩"既是写实,又是象征。千百年来,海潮送到黑泥滩的礼物"太阳滩"随时代变迁而显现出不同意蕴来。她像一面镜子,凡雪莲湾必得流传的故事,都将从这里得到明鉴,寻到发源。这是一种自正、自朴和自化文化形态。改革开放的春风吹遍雪莲湾,太阳滩上就会繁衍出可歌可泣的新故事来了。种种压力、诱惑和较量,势必影响着世道人心躁动和变更。变更的时期,老忙子从大海爬上太阳滩,又从太阳滩蹒跚着走向新世界。他是一个血肉丰满的人物,他热爱大海,热爱人民,又与"太阳滩"有着"剪不断、理还乱"的特殊情感。他渴望在龙帆节这个古老壮烈的礼仪中品味获得渔人坦荡、剽悍和骁勇的尊严。他终于迎来龙帆节,又重新得到村人的尊敬,被群众推选为村主任。现今农村的确有这样一些问题。如干群关系紧张是一值得深思的问题,这是复杂的。是干部执行党的政策,因干好计划生育、平坟打狗等扎手工作疏远伤害了群众,还是干部自身行得不正做得不端造成的?小说恰恰客观地表现了这一问题,引人思索。老忙子上任后,公正廉洁,艰苦创业,凭一股渔人的强力计划着实现着一套一套的改革富民宏愿,赢得了村人的敬服。但现实生活毕竟不像与大海搏击那么单一,是纷繁复杂的。他得到许多,又付出许多心血和代价,在苦闷困惑中艰难行进。他没有去想自己能力不足的问题,始终在人生错位中感悟追求。这就很有农民的特点了。人的精神演变过程中,人的塑造也像无边的海,没有尽头。作品里的罗大疙瘩和红蓼也是有特点的人物,他们与老忙子的人物关系,就像大海与陆地。大海与陆地之间的太阳滩昭示着他们的命运,凝聚着渔人绵长、倔强、顽强的生命足迹,呼唤着文明。老忙子不断跨越世俗内耗的沟坎,并再一次认识大海、认识龙帆节,并从大海中获取新的生命力量。生机和活力是于平静中传递出来的……

　　关仁山生长在农村,去年年底,又到渤海湾黑沿子渔村兼任副村主任深入生活。他熟悉渔民生活。小说里的兜蟹、捞虾、打狗、挂旗和赛船等风俗描绘,都充满生活情趣。但他毕竟还年轻,作品还有不足之处。我觉得只要小关踏踏实实扎根于生活土壤中,坚持继承传统又不断吸收新的文化,经过未来岁月的培育和磨炼,会一点一点成熟起来,写出更好的作品。

从历史文学评论走向历史文艺学研究
——读吴秀明的《文学中的历史世界——历史文学论》和《历史的诗学》

凌 力

近十多年从事历史文学创作的朋友们,大多熟悉吴秀明这个名字,因为他们的作品或是经他选编成集出版,或是经他评论而受到鼓励。我又听说他曾身体一度欠佳。去春便去拜访他,他正在病中。令我感慨不已的是,一谈起文艺评论,一说到文学作品,他便又神采飞扬、滔滔不绝、妙语连珠,不难想见他在杭大中文系讲堂上讲课的风采和感染力。所以,一年半之后的今天,当我收到他寄来的共五十余万字的这两本厚厚的专著,其中《历史文学论》封面上还标明是"国家哲学社会科学八五规划课题研究成果"时,确实是既出意外又在意中,既感慨又敬佩。

以历史小说、历史剧为主体的历史文学,在中外文学史上可以说是源远流长、地位显著,从莎士比亚、巴尔扎克、雨果、托尔斯泰、井上靖到罗贯中、孔尚任、洪昇、鲁迅、郭沫若等大师和名家,都曾为我们留下璀璨篇章。但因为它兼挑文史两门学科,较之一般的文学研究多了一道令人犯难的"历史关",所以至今从事者寥寥。久而久之,此领域的研究工作相对冷寂,也就谈不上把它当作一个独特的形态理论全面系统地展开探讨了。时下正值急功近利的浮躁之风弥漫,吴秀明能不畏艰辛、惨淡经营、历时多年,拿出这样两部结实而有分量的研究成果,作为从事历史文学创作的一员,我感到由衷的喜悦,深为这一领域中有这样一位虔诚的理论批评家而自豪,为他对历史文学的敬业精神所感动。

吴秀明的历史文学研究,给我最鲜明的印象,首先是它的开拓性。

过去对历史文学创作问题也曾有过较为集中的研究和探讨,如20世纪五六十年代的历史剧问题大讨论,不过那基本局囿于真实性和古为今用的范围;在西方,从古希腊的亚里士多德到19世纪的黑格尔、近世的卢卡契,他们的不少有关论述虽可称得上是经典性的箴言,但总的看来思维和视野不够宽阔,未能对历史文学形态进行全面周到的理论阐释,而吴秀明在他这两部著述中涉及的范围就广大得多,也更加立体丰厚。它包括了历史文学从题材内容到艺术形式,从创作到接受,从自由到限制以及内在真实与外在真实、历史感与现实感、艺术表现与创作方法、翻案问题、影射问题、现代化倾向问题、深入历史问题等各个方面,而且都提出了自己的见解,许多见解很有价值并未曾为前人所发现。这突出表现在《历史文学论》这部专著中,如该书前三章有关历史文学题材属性的知名度高,可辨性强,哲理值重与其惯守性、隔膜性、受制性的正负两极的概括;有关外在真实与内在真实结合的艺术中介机制以及结合时的具象世界、表象世界、幻象世界的阐述;有关现实感对历史感的催化作用以及彼此"结构—建构"过程的弥顺性、硬掺性两种图式的论析,都足以资证。即使如影射、现代化倾向等类传统的老问题,他也有独到的发现。比如影射,他明确提出其"非历史非审美",因而是"不可取的",在今天的时代"应为我们的作家所摒弃";但同时他又联系具体的社会时期,承认它在某一特定历史条件下具有进步性、合理性,指出有些作品甚至还具有一定的真实品性和相当的审美价值;他还将影射的表现形态进而分为叙述语言、语义结构和模式体系三个层面,反对不加区辨、简单地予以斥批和禁行。这样一来理论就显得公允,也比较符合历史事实。

在历史文学研究相当分散、形态理论的构建无可借鉴的情况下,吴秀明这样全面系统地展开探索,并自成体系,大到整体框架的设置,小到具体艺术规律的阐发,都做出了超越前人的贡献,初步形成了历史文艺学研究的基础,这不仅是历史文学研究的新开拓,对整个当代文学的多学科建设,也具有积极的促进作用。

当然,学科的开拓既需要创新,更需要有雄厚扎实的理论根基。开拓性与理论性,只有互渗互融、相辅相成,才能使这开拓性研究跃上一个新境界,真正具有恒久的学术品格。我觉得吴秀明的历史文学研究具有这样的长处。这两部专著所针对的虽然是历史文学具体的创作个性和特色,但并不就事论事,而是以辩证唯物主义和历史唯物主义为指导,把问题提高到相当的理论高度来进行剖析,既能高屋建瓴,又能深入透彻、举一反三。如在论述"作家的艺术转化"时,一方面充分肯定了作家审美趣味、审美个性和早先体验等主观情感、直觉因素对艺术转化的潜在的深刻影响,另一方面又结合我国历史文学创作实践如实指出:"这一转化过程始终离不开作家理性知解力的渗透和干预。"并进而按照哲学认识论、艺术美学原理以及现代科学依据,对此做了深入的论证和分析;最后还对创作中出现的理性倾向模糊、不经知解力的判断就直接向本质意义彼岸转化的特殊现象做了辨析。这样的论述既新且深,很具逻辑性和说服力,其结论也就较为辩证和科学,跟一般的创作论相比,其内在的理论含量和深度的超逸是明显的。

长期以来,历史文学研究基本上是作家作品论或现象综述性研究。这是十分需要且必不可少的,它是作者个人最欢迎、最具"急功近利"色彩,也是针对性最强的文学批评。在我从事历史文学创作的十多年中,几乎每部作品都因评论界朋友的批评而能有新的收获:从给予的肯定和揄扬中得到鼓舞;从指出的缺欠和不足中得到感悟和提高。然而,对于整个历史文学事业而言,仅有这样的文学批评显然不够,我们希望它上升并形成"放之四海而皆准"的完整的理论系统,承担起指导和推动整个历史文学继续发展的大任。吴秀明的研究着重在这里下苦功夫、花大力气,终于把它推进到现在这样的带有体系特征的本体形态理论构建,跨出了可贵的一大步,完成了自我超越。回想他在20世纪80年代初期初涉历史文学领域时,也是以作家作品论和现象综述性研究为主的,反观他现在这两部专著固有的理论性特点,可以想象这之间他在理论积累方面付出了多么艰苦的努力,积累至今的理论水平又有了怎样的提高!

值得注意的是,吴秀明论著的理论性不仅具有相当的学术深度,而且颇富时代内涵。它跟传统的研究不同,不是将历史文学只限于认识论、反映论的视角进行观照,而是充分调动哲学、史学、社会学、文化学、心理学、阐释学、符号学等方面的知识,对其做立体多维的考察,传统与现代、民族的与世界的,在他笔下被综合为一。在《历史的诗学》导言中,为了说明历史与诗学的"异质同构"关系,他不仅从中西文学的演变发展,从中外古今诸多名家,如司马光、鲁迅、闻一多、钱锺书、亚里士多德、黑格尔、屈维廉、罗素等有关论述中找到立论根据,而且还借助现代脑科学的研究成果,从人脑左右两半球既分工又相互配合的功能定位入手,从生理学、心理学机制为史、诗之间"不尽同而可相通"的特点作有力的论证,视野的开阔、方法的多元复合,大大深化、细化了对问题的探讨。在《历史文学论》"作家的艺术转化""读者的艺术接受"两章中,这种综合性的特点表现得尤为突出。除社会学、美学之外,其中融合的心理学、接受美学等方面成分就更多了。可以说,这样的历史文学研究立足于传统而又超越传统、创新求新而又不盲目追赶时髦,给人的印象是厚重的,又是时代的。

作为一个热心的读者,也还有不满足的地方。如对历史真实与艺术真实的关系,对历史小说创作的内在规律等一些历史小说作者较为关心的问题涉及不多,或虽提到却未能谈深说透。

自然,一门新学科的开拓之作,有欠缺有疏漏应该可以理解可以原谅,只是不可以就此罢休。值得欣慰的是,吴秀明刚过不惑之年,他在历史文学方面取得的令人瞩目的成就,已向人们充分证明和展示了他的才识和勤奋,相信他会继续探索研究,使历史文艺学走向成熟,成为一门更加完整、系统、全面、精确的学科。我和许多历史文学的作者一样,对此学科的建设发展,对吴秀明本人寄予厚望。

1995年

九十年代小说现象和课题
吴秉杰

经历了1985年以前文学的社会"轰动期",和20年代80年代后期以先锋实验小说"回归文学本体"、语言及"叙述革命"为代表的"颠覆期",90年代文学进入了一个平稳发展的阶段。没有"热点",因而也没有"轰动";没有新的强大精神意识的支持,因而也没有追求的激情;面对新的生活态势,多数创作表现出了一种悲喜掺和的复杂的审美意识,由于尚没有形成确定的价值体系,它们同时便丧失了悲剧精神与喜剧力量(指鲁迅先生所说的"把人生有价值的一面毁灭给人看",或"把人生无价值的一面撕破给人看")。90年代涌现的"新写实""新体验""新状态"等小说固然体现了主体调整和视角转换的特点,可一般还处于某种过渡和不完备的形态。一个例证是,迄今为止那些有影响的长篇小说,就没有一部能归属到它们名下。

描述20世纪90年代小说现象,探讨其发展趋势和存在问题,这篇短文不可能囊括所有的作品,自不待言。它不可能覆盖艺术中一切差异纷呈、自出机杼的个体追求与特色,恰恰相反,它需要取消一些差异,并在差异之上建立起某种共识,因此,我们在出发之初,首先需要建立起一些认识的前提。

第一个前提是,20世纪80年代的伤痕文学、反思文学、改革文学及种种问题小说作为一个文学运动都已告终结。这并不是说文学不再反思历史与"伤痕",不再反映改革时代与探索问题,当前许多作品尤其是中、短创作中的相当一部分仍是近距离和有力地反映着改革现实与生活,而正如勃兰克斯所说,"在现代,文学的生长,是以它所提供的问题而决定的……文学提不出任何问题来,就会逐渐丧失它的一切意义。"重要的差别是,20世纪90年代文学对于原有问题都采用了新的态度和眼光,它导致了过去那些主流文学的阈值模糊、模态消失,旧质变为新质。

文学的轰动效应消失了。这不能仅仅归结为市场经济与商品化——市场法则同样能造成畅销与轰动,也不能简单归结为通俗文学与纯文学两种话语的分流。对于大多数作家来说,由于都受一种统一的社会思潮影响,你也很难区分他们的作品是"通俗的"还是"纯文学"的。以往反映现实的小说创作基本上是与生活、社会发展同步的,轰动之作则往往"超前半步",也是时代精神酝酿日久后厚积薄发的结果,并产生了新闻效果。当今信息时代在反映现实的层面上与生活大体同步而厚积薄发获得新闻效果,已不可能。对社会生活的普遍参与使每一个人都成为主体,文学的"代言人"角色也失去了意义。文学的普遍规律本来并不是与生活同步,精神生产要领先于物质生产,如何在反映现实的同时又超越现实,获得艺术的飞跃,这是20世纪90年代文学面临的课题。

第二个前提是,随着改革开放而一度汹涌涌入的西方哲学精神、艺术理论、现代主义潮流和更为庞杂的后现代主义思潮到20世纪90年代亦告一段落。经过吸收和整合、选择与改造,它们大多分解、融合到了一种更具民族形态的创作之中。形式主义、唯美主义和肤浅地模仿西方现代主义的小说受到读者的抗拒,迫使小说创作和现实生活中读者的审美要求相结合。20世纪90年代最引人注目、受重视与为读者所欢迎的作家往往是一些注意到了民族形式,从民间生活及其艺术精神中吸取了养分的作家。这说明在艺术要超越生活的同时,生活又在不断矫正艺术的航向。审美视角是主体和生活联结的桥梁,反映作家对于生活的关注点、敏感区和动情处,它不可能从西方移植。生存状态不是一块遮掩生活舞台的幕布,生命更不是单调一律的时间滴壶,于是,从域外借鉴的小说创作必然要演化、调整,20世纪90年代小说的变化发展便在于这种审美视角的改变。

第三个前提是,考虑到任何文学的变化、革新,它最初的表现方式往往都是一种形式革命,但它内在的动力和真正意义却始终反映了一种思想和精神的变异。从文学史上看,无论是西方的文艺复兴到各种现代主义、后现代主义创作,都是借助于一种形式变革而传递出了新的文学精神;我国的词、曲、话本小说直至五四文学革命,也都是由语言形式的变化着手而植入了不同的文化含义。对于创作的争论与批评从来就不在于形式和技巧。小说家不可能凭某种形式冲动而创作,在这方面作家和评论家一样。小说以语言为材料、为情感与意蕴载体的形式创造,又不同于绘画的色彩、线条或音乐的天籁这些自然因素,语言本身便是社会化的,并已包含着先于个人的生活中交流的信息,它不可能抛弃思想内容、社会内容、文化内容而抽象化出来。一切叙述革命、开放结构、陌生化的努力、技巧与风格的变异,最终都要回到思想和精神的追求上。

确立了这些前提的认识,我们下面可以简略地概括一下20世纪90年代文学的六个方面的特征和艺术趋向。

一、从改革者到被改革者

确切地说,以前的改革文学实质是写"改革者"文学,不仅在改革与反改革的斗争中塑造顶风逆浪的改革者的理想形象,而且作品常常包含着改革的纲领、设想、预测等等。这些作品90年代消隐,逐渐转向描写改革时代的社会生态与心态,它四处奔注流泻,深入了社会生活的每一个角落。这种转变与其说是受了西方解构主义对二元对立意识形态模式消解的影响,不如说来自生活自身的力量。当改革大潮裹挟着、驱策着每一个人,改变着千万人的生活和人生道路时,改革者与非改革者或反改革者的固有界限不复存在,改革者同时也是被改革者。"干预生活"的文学演进为更广泛意义上的"参与生活"。改革是不以个人意志为转移的事业,人们并不能完全驾驭它,个人的生活和命运的轨道有时要被打破。于是有了《一种尴》《不惑而惑》《邻居》《家道》《摇荡》《尴尬人》《天凉好个秋》《海南的大陆人》《没戏的日子》《村支书》《凤凰琴》等作品,它们表现当代人生活的困惑、矛盾、苦恼与追求,表现各种精神的震荡,艺术视角和重心由改革者转移到了被改革者。我认为,这对于反映我们当今生活来说,或许具有更为普遍、深广和深刻的意义。

二、从寻根到寻梦

寻根文学以牺牲时代色彩来换取历史深度,淡化具体社会背景以突出恒久的文化精神,其固有矛盾使他们的创作由强势转为弱势,难以为继。改革时代的物质与精神发展是不平衡的。眩变而又难以把握的生活命运,使人们重新认识传统,力求从中汲取新的力量;缠绕难解的现实又使这种精神的寻求很难与物欲横流的当今生活协调、对位。"风情小说"开始流行,人们回头看,以过去的历史生活、地域风情、人格禀性为表现对象而"寻梦"。《好梦难圆》《祖父活在父亲心中》《戴白兰花的姑娘》《松雪图传奇》《清凉之河》《清唱》《市井人物》等,可以看作这方面的一部分例证。它们对于现实的参照意义,就是在于体现出了一种"失落的追求"。

三、从解构到建筑

解构哲学从分析语言的链索着手,指出语言和它认定的对象之间不仅缺乏同一性和完整包容性,而且本身是暧昧的和有着无限不确定性的,由此消解了一系列已有意识形态的结构模式。它们在一些先锋实验小说和强调生活"原生态"的新写实作品中有着较多反映。消解故事、消解主题、消解意义等说法一时流行。但是正像结构主义的弱点在于它把一切文学要素孤立起来并抽象化,它可以把任何一部平庸的作品都和优秀作品一样做同等的分析;解构主义作为一种理论虽然具有颠覆和矫正我们习惯性思维的意义,具有追根究底的思辨的价值,但它不能作为创作的指针和代替具体的批评,尤其以一定的情感反应、价值尺度为基础的审美批评。按照皮亚杰的发生认识论、苏姗·朗格的形式理论和恩斯特·卡西尔的理论,没有一定的结构支撑,一切艺术都不可能产生。甚至于我们将会丧失一切概念、范畴和判断等思维认识的可能性。语言和对象的关系问题实际上是一个实践的问题。在解构的过程中总是酝酿着新的建构。

用不着多举例子,20世纪90年代小说创作中故事性逐渐加强已是不争的事实。完整的故事有时被打散再串珠般连系起来,包含着特有的意义;更有一些小说借用了传奇小说、侦破小说的结构,又焕发出新的意义。系列小说的创作在中、短篇中成为潮流,如陈建功的《谈天说地》系列、储福金《心之门》系列、南翔《海南的大陆人》系列,以及《市井人物》系列、《吴越风情》系列、《雪莲湾风情》系列……系列的创作已预示着一定的结构意识,而一部分中篇系列又最终以长篇形式出版,更表明了它们向某种体系性的建构靠拢的倾向。在艺术建构的后面,更重要的是一定思想、精神、价值体系的建构,引起争议的作品又正缘于此。

四、文化态度和道德精神

文化态度不同于政治态度那样拥有比较直接的功利性指向,不像道德态度那样拥有善恶对立的鲜明分野,这儿说的文化态度在主体审美把握的评价系统中有着更为宽广的意义。它既是一种对待现实的态度,又是通向内心的追索,重点在于对人生行为的选择和评价,因而也是一种人生态度。它本身已隐含着对社会制度、权力结构、道德现状等一定的情感倾向,而那些尚不能包容于此的有关民族的生存状态、民族心理、生活方式和思维情感方式等内容又区分并突出。小说中的文化态度联系起历史传统与现实状况,常是主体参与生活的一种普遍价值取向。20世纪90年代小说总的来看表现出一种平民化的态度,那一度宣扬的高出芸芸众生一筹的精英文学与精神贵族态度至今已显得越来越苍白和软弱,作家们对于民众生存处境及追求充满着同情、理解与宽容,而很少有道德的指责,毕淑敏的《原始股》,陈建功的《前科》《要叉》《放生》,刘醒龙的《白菜萝卜》,何申的《穷县》,赵光的《复习班》都如此。这并不意味着放弃了道德追求,恰恰相反,在商品化形势下,道德精神受到了新的、严峻的冲击,20世纪90年代小说大都向传统回归,歌颂人性美、人情美,形成一种美学上的倾斜,关注道德、情感、人格和心灵的完善,这又有了张宇的《乡村情感》,李佩甫的《无边无际的早晨》,梁晓声的《老师》《白发卡》,刘庆邦的《水房》,张欣的《真纯依旧》等作品。

仅仅回到传统及其优秀道德精神,也多少有些回避矛盾。黑格尔曾把道德理解为"全体自我意识"。马克思更强调:"政治解放本身还不是人类解放,人类解放是人类从金钱中获得解放。"20世纪90年代小说需要寻找新的精神的土壤,阎连科的《寻找土地》便显得意味深长。

五、文体变化和艺术传达

小说文体变化和叙事革新都是源于情感表现与艺术传达的需要。上述许多作品调整叙述方式，把作者或叙事人的生活与感受直接渗入小说故事之中，在虚构小说中掺入了自我的和纪实性的成分，既增加了真实感，又使叙述更富有交流的意味。而分析、议论和抒情性的插入还使作品形成了一种张弛相间的结构。20 世纪 90 年代小说中一个较普遍的现象还有，人物语言多数转化成了叙述语言，直接引语通常改换成了间接引语，它突出了作者主体性的介入，付出的代价则是削弱了人物的个性化表现和性格塑造。

文体变化的另一个动力是一部分小说探索中寓言性品格的加强，它们需要打破时间和空间的固有框架，形成一种新的语感氛围，于是倒错、重叠，把真实的现实和虚幻的幻景组合在一起，或是表现历史的随机性与无理性可言，或是表现人生的不确定性和两难处境。实际上，作为新的情感和心理传达的需要，我们的文学从来就没有进入过一个纯技术主义的时代。

六、主题的跃进

20 世纪 90 年代小说存在着其自身软弱的一面。近年小说创作的一个基本主题意向，是要在一个加速发展与变化的时代寻求一种更为持久、稳固的精神价值，灵魂寄托的家园。如果说 20 世纪 80 年代小说有着许多突破的成果，那么，当前文学又正面临着一次新的主题的跃进。

文化性格的情感意蕴
——1994年诗歌剪影
张同吾

　　1994年诗歌创作就总体而言，依然显得贫乏，这是指诗歌出版物虽有上千种之多，报刊发表诗作计几万首之巨，但其中力作和佳作甚微。然而这并不意味着诗的僵滞，相反，有着较高的思想素质和美学素质的诗人们，却不断地开拓精神视野和文化视野，努力表现时代风貌，试图更深层地开掘潜藏于生活世界与心灵世界中真善美的丰富性。去年10月在新疆石河子召开的全国诗歌报刊协会第九届年会暨第二届绿风诗会和12月在深圳召开的华文诗人笔会，是两次大型诗歌研讨会，大陆的诗人们和来自中国台港及海外的诗人们，都从不同的诗学角度阐述了一个共同的愿望：在世纪之交积蕴诗的情思，以时代精神观照民族文化和现实生活，重铸中华民族的诗魂。从接受美学来看，一种普遍的心理趋向，是既拒绝艰涩虚玄，又排斥流俗肤浅，这种心理趋向呼唤诗人们既需要翱翔于广阔的哲学的天空，去探寻世界与自我的奥秘，又需要投身于抒情的海洋，以时代精神重塑人格模式，以柔情抚慰心灵。于是在诗的分流中有整合，从题材到语言，从形式到情韵，有相当大的数量的作品，或弘扬苍雄器宇，或思索人生真谛，或探寻文化源流，或抒发柔情蜜意，往往都浸润着东方式的浪漫情愫和古典主义的雅致意蕴。

　　在大量作品中，较有诗艺韵味的是那些开掘中国文化、表现爱国情愫和陶冶情操性灵的作品。巴音博罗的《悬挂生命橡头的风灯》（《诗潮》3、4月号），描绘出风灯以永不熄灭的光焰和魅力，在无数村庄的上空飘荡，招引着人们依恋和向往："那丝绒似的雪原还安睡着洁白的童话/笛音是歇憩的姑娘啊你远在何方？/那开着碎花的马蹄一路漫过了天涯/还有遍地月亮，扇动羽毛的灵翅/美丽修长轻轻啼叫或亲昵依偎/生命的阴影可在宽敞的光辉里渐渐缩短。"风灯是土地的象征，是爱和希望的象征，它饱含亲情，便成为苍老而又永恒年轻的瞩望：它是传统而又新鲜的月亮，"那金灿灿的容颜沉甸甸装满什么/土地盛在一只碗里/梦想痛在一颗心中"。王忠范的组诗《草原，我们的草原》（《绿风》第2期）生动地表现了马背上英武的民族，在奶茶中滋润着岁月，在牧歌里灿烂着青春，在马蹄声中和血的奔腾里熔铸了一种强悍而又潇洒的性格："披红衣的神女们曼舞草地/血色的姿势是一种再生的歌唱/柳条节回答银杯般的牧包/每片叶子都吸吮湿润的太阳。"冯杰的组诗《在中国作一次茶的巡回》（《诗刊》1月号）是写龙井、蒙山云雾、君山银针、铁观音和毛尖五种茶叶，其中他这样写"第一茶·龙井"："无论伸或缩/都属远古整齐的钟声/自天堂之左汉唐之右/龙从此在水中/惊起了云//若有佛的轮回/来生来世我只选择中国/仍是你身上/最瘦的一枝。"如此简约而又余味无穷,只有浸润了中国文化才会有这出神入化的感觉,才会有视觉与听觉的混融,才会让灵魂升华为峻拔的风骨和飘逸的情韵。朱增泉的组诗《我从草原归来》(《解放军文艺》5月号)和《草原》(《人民文学》6月号),从表面来看是这位将军在戎马倥偬之余的遣兴之作,然而他却是随着肃穆而忧郁的驼铃,感受文化放牧灵魂,面对着历史的荒原,重温"血统里有过崛起的辉煌":"北方骑马的先民/曾用天苍苍野茫茫的古老诗句/叩响中原田园小村的每一扇门扉/惊醒的赵武灵王/脱下长袍改穿短衣/背上箭囊/在夜里练习骑马。"这是雄性的追思,感悟到富有危机感和紧迫感的民族才有希望,同时又是一种人格精神的向往,让遒劲的灵魂在挟带着雷鸣闪电的大草原上驰骋。程维的《古典之光》(《绿风》第1期)是从谢灵运、貂蝉、秋瑾和荆轲不同的精神气韵中,去发掘共同的侠义之胆和悲慨之风。王鸣久的《青铜手》(《诗潮》3、4月号)是在历史钩沉中感受苍凉和悲壮,这是千年美丽的血色落花,在女性的婉媚之中,能使"古今肝胆一齐温柔",而以中国文化陶铸的诗人则应"怀抱一腔情恋/饮惯百年苍凉/一粒名字,注定是千年一碗清水/滴指上血啼心头血/为那轮美月且行且唱"。桑恒昌的《爱之痛》(《诗林》第2期)和《桑恒昌怀亲诗》(《黄河诗报》第2期)便是这样,他把爱之深、情之烈写到极致,便与生命相依存相枯荣,思之殷、念之切如丝如缕融入心象化为幻觉,生命有尽爱却绵长。他的爱情诗和亲情诗的本质,是表现中国文化之泉浇灌的人格精神,因而方有隽永的情感魅力。周拥军的《纯情的歌唱》(《诗神》4月号)可视为土地的恋歌,从一曲歌谣中可听到月亮和水的声音,思乡恋土之情像一辆穿透苍茫的马车,"以不可抗拒的力量/载着黄金的歌谣抵在灵魂的深处",因为歌谣的光芒可以"洞照今生今世的骨骼和智慧/把爱情和伤感同时攥在掌心"。林染的《蒹葭苍苍》(《人民文学》4月号)和《西藏的雪》(《星星》2月号)、田橵的《远方,我接近泥土》(《诗林》第3期)、汤养宗的《伟大的蓝色》(《诗神》8月号)和《倾听与歌唱》(《星星》9月号)、耿翔的《茶道》(《青年文学》7月号)、任先青的《鹤舞》(《黄河诗报》第4期)、何来的《火山口的晚餐》、葛玄的《抒情十四行》(《诗神》2月号)、刘征的《沙漠梦幻曲》(《星星》4月号)、刘新泉的《民间事物》、梅绍静的《山川》(《诗歌报》5月号)、陈觉晗的《家园》(《诗神》8月号)、韦丘的《端州今古》(《黄河诗报》第3期)等篇什在表现手法和艺术风格上各相迥异,却共同表现出中国文化所滋养的人文精神。同时应该提及的是当前大量乡土诗的创作,是把土地视为生命之根和文化之源,揭示人与自然、人与历史、人与文化的内在潜连,为诗的创作提供了更深层的内蕴。

诗是最有灵性的文学样式,它便应该更灵动地表现人的美好的情愫,表现人对崇高的精神境界与人格价值的追求,表现错综复杂的人生现象中所包含的哲学思辨、文化积淀和个性风采,从而汇合成民族情绪的历史。诗的题材的丰富性和无确指性,为诗歌创作提供了更宏阔的美学空间。青海诗人昌耀的组诗《听从内心》(《作家》6月号)和《遣兴四首》(《诗刊》5月号)在他的作品中并非上乘,然而却能感受到深邃与丰厚,其中《唐·吉诃德军团还在前进》更能代表他的艺术风格,让凝重与疏淡错落有致,庄严与戏谑水乳交融,它启示我们去审视历史的真谛,历史评价与人性光彩虽属两个范畴,却是人的知性和理性支配历史,唯有人的成熟方有历史的成熟。李松涛的长诗《警惕月色》(《鸭绿江》10月号)以人所熟稔的貂蝉悲剧为引线,却赋予人物以新的文化内涵,与其说是表现女性心理在功利枷锁中的扭曲,莫如说是对男性文化的批判。他从这个视角窥探历史伴随文化源远流长:为什么在"寒气中、杀气中、血气中/不时冒出一股脂粉气";为什么出色者同样入色,"看不清进朝的路了/找不着回府的路了";为什么"谁把握了今晚的月亮/明天的太阳就是谁的了"。这部长诗的深刻之处,并非是揭示了性别心理的差异,竟使千古英雄在女色中消融,其警世意义则在于:"预约的花期无法抵达/季节的叮嘱遂成遗嘱/天地相拥——/目光苦觅最后的童贞/心光照耀仅剩的痴情。"郑敏的《诗人之死》(《人民文学》1月号)是由十九首十四行诗组成的抒情长卷,像流淌的哲学之河,每朵浪花都是精致的生命,在她笔下时间与空间、生命与自然、局限与自由、暂时与永恒的对峙与统一,都是千变万化、栩栩如生的。对诗的寻章摘句式的诠释会使诗意死灭,唯有心灵的感悟才能让诗在心灵里复活,"你的理想只是飘摇的蛛网/几千年没有人织成/几千年的一场美梦//只有走出祭坛的广场/离开雅典和埃及的古城/别忘记带上夜行的马灯",这样的人才会获得永生。傅天琳的组诗《在维也纳》(《星星》4月号)和《多瑙河之滨》(《中国作家》第3期)都是以细密而舒放的笔致,描绘出心灵与对象世界相浑融的五彩缤纷,在音乐之乡谛听音乐,也许更能贴近音乐的本质,"像白色马蹄莲列队走上虹霓","七个数字,组成生命的痛苦/反复咏叹,回旋/传递时空的花环";"温柔时刻,殉情者/躲进七只耳朵哭泣/用一种特殊的密码交谈/暗示出语言的全部芬芳/七盏灯,伸向旷远和幽深"。诗是心灵的音乐,音乐对诗的启示是缩短了从感觉到智慧的行程,不是让感觉排斥理性,也不是让理性解说感觉,而是以理性之光烛照感觉,又在感觉体验中升华理性。雷抒雁的组诗《杂色风景》(《星星》9月号)是以宁静心态描绘世间冷暖,面对一种情感的飘落与迷失,却是默然处之,表明了人生的另一种成熟走向,因为"瞬息万变是山顶的气候/风雪的哀歌日夜不休/白色的雪片是不是那只蝴蝶/苍山依旧云也依旧"。庄生蝴蝶的千古哲学,已然融入今人的血液,影响着当代人的人格模式。李瑛的组诗《给我的心脏》(《中国作家》第1期)、《风雨人生》(《昆仑》第4期)、《祁连山寻梦》(《当代》第3期、《人民文学》3月号)和《刘公岛的涛声》(《解放军文艺》9月号)可谓历史风云、文化积淀与人生感悟相熔炼的审美具象;王一兵的《我的河流》(《诗歌报》9月号)、黄恩鹏的《星光下的鹰群》(《解放军文艺》4月号)、沙鸥的《寻人记》(《中国作家》第4期、《诗潮》3—4月号)和《无花果》(《华夏诗报》7总88期)、邹荻帆的组诗《黑海行吟》(《人民文学》2月号)和组诗《和平颂诗》(《中国作家》第4期)、吕进的《风雪俄罗斯》(《诗刊》7月号)、《俄罗斯奏鸣曲》(《星星》7月号)、晏明的《一束野蔷薇》(《诗林》第1期)等诗作,从中均可以窥见中国文化浸润的诗歌意蕴,正在悄悄地孕育。

  我想着重指出,当前构思雷同、意象平庸之作确有相当大的覆盖面,特别是语言的粗糙和芜杂,已形成普遍缺憾,不中不外、非驴非马式的句子,无节制地调侃喧叙,都是对诗歌审美特征的残害。纵有诸多缺憾,我们仍能看到诗在沉寂中默默孕育,在分流中悄悄整合,它不会丧失精英文化的品格,它将以更鲜明的民族特色、东方情韵和当代意识,谱写在历史变革中降临的春天的奏鸣曲。

1996年

论"意识到的历史内容"

胡 军

恩格斯虽然已逝世整整一个世纪,但这位先哲遗留给我们的思想文化遗产并没有因时间的流逝失去睿智和璀璨。深入研究他的艺术理论不仅很有必要,而且具有不可低估的现实的理论意义和实践意义。恩格斯的文艺思想是一个内涵丰富的体系,它最集中地体现在被称为是"戏剧的未来"或"艺术的理论"的概括性的论述中,即"较大的思想深度和意识到的历史内容,同莎士比亚剧作的情节的生动性和丰富性的完美的融合"(《马克思恩格斯全集》第4卷,第343页)。本文试图对"意识到的历史内容"做出辨析,并由此引发和演示出对时下一些文学创作和文学评论中所表现出来的历史观念进行梳理和评估。

"意识到的历史内容"实际上维系和包含着主客体两种尺度,是创作主体头脑中以观念或观念体系反映出来的社会存在。社会历史本身与"意识到的历史内容"实质上是在文学领域所表现出的社会存在与社会意识的关系。然而"意识在任何时候都只是被意识到存在"(《马克思恩格斯全集》第3卷,第51、30页),具有能动性的创作主体对客观事物的反映不可能是刻板直接的摹写,而是一种体现主体的价值选择和主观评价的自主性、创造性的能动反映,通过对客观对象"移入"主体的观念即由知情意诸多要素组成的意识结构中,经过加工改制,与主体因素融合或凝结成意识的统一体。换言之,作家在表现客观社会历史生活时,必然按照自己独特的视角和思维方式来感知世界,把客观社会历史本身从观念上加以创造,使之转换为能够体现主体价值选择和情感意志的"意识到的历史内容"。

"意识到的历史内容"作为思维的成果,往往渗透着主体所企图建构起来的理想的观念对象。诚然,恩格斯是反对所谓"理想化"的,但他并非一概反对理想本身,只要是从客观社会历史本身出发,而不是依照个人的好恶剪裁现实,文学完全可以并应该使作品中的生活比客观实际生活更理想。恩格斯肯定合理的想象、虚构和假定对表达理想的作用。他没有一味地指责和批评拉萨尔《济金根》一剧存在着不符合历史本来事实的虚构,认为拉萨尔假定济金根和农民有某种联系时究竟有多少历史根据,这个问题是无关紧要的。关键是拉萨尔的悲剧所塑造的济金根本来是"垂死阶级代表",却被打扮成铲除诸侯割据、统一德国的"民族英雄",从根本上扭曲了人物的本质;他所"意识到的历史内容"完全不符合"历史的必然要求和这个要求的实际上不可能实现之间的悲剧性的冲突"(《马克思恩格斯选集》第4卷,第343、346、345页)。可见,正确地理解和把握"意识到的历史内容"并不意味着文学创作必须抄袭实有的生活现象,而在于是否反映出社会生活的内在联系和历史发展的本质规律。

  我们注意到,当今中国文学创作和文学评论中所表现出来的历史观念的变异和偏执,同没有正确地理解恩格斯关于"意识到的历史内容"是紧密相关的。一些作品由于受到西方所谓"新历史主义"思潮的影响,不是从客观历史本身出发进行创作,而是从自己的意欲出发,为了表现自身的主观好恶和爱憎,从历史或现实生活中寻找某些个别的、偶然的、片面的和零散的材料充作自己"意识到的历史内容",随意地加以阐释、图解和演绎。须知,"为了观念的东西而忘掉现实主义的东西"(《马克思恩格斯选集》第3卷,第345页),必然会堕入历史唯心主义的迷雾之中。有的作家不承认归根结底意义上的历史客体对创作主体的决定作用,相反,认为创作主体主宰历史客体,而历史客体本身则是混乱、无序的,毫无真实性和规律性可言,历史被认为只存在于人的意识中,于是把历史转换为观念化的历史,"意识到的历史内容"变成了"意识化了的历史内容"。这种被主观化、观念化、意识化了的历史内容作为体悟性的精神存在,通过个人的想象而铸成艺术形象。某些作者有意剥离和背叛传统的历史观念,热衷于将确定的实在的历史事实和历史过程假乎于阐释学、叙事学的功能,变成一种主观的诉说,或逃逸,或改写,或消解,或颠覆,或重构,变成适合于自己的需要、为自己所利用的被自我化了的历史。这种肆意将历史主观化、内向化、心灵化的做法,把历史变成可以听命于创作主体表现自我意欲的物质载体和物质化手段,可以随意涂抹。在一些人看来,人们不可能真正如实地表现过去,只有对历史的不同发现和阐释。一些作品中的历史只作为潜隐的、模糊的、被淡化了的背景飘忽显现,对历史本身的描写也变成了"戏说"和"虚拟",各种人物和事件的碎片听命于主体的意欲,堆积和编织于作品中。历史内容失去了既成的实在性、独立性和不以人们意志为转移的客观确定性,而变成了主体"对话"的受体,不断涌动着比历史本身更为复杂乖戾的主体心灵历程。这些作品中"意识到的历史内容"实际上是作家自我主观随意地对历史的打碎和重构,甚至是臆想和改写。这种随意性的历史观念给创作主体通过对历史的诉说和阐释来表现自我,提供了豁阔的飞地,这很大程度上应了胡适的一句话:历史变成了被随意打扮的小姑娘(大意如此)。如此评说并不为过。正是由于这种历史观念的变异和偏执,使一些作品中的历史内容违反常理常态,变得面目全非,令人难以理解。

在我们看来,"意识到的历史内容"是"与物质前提相联系的物质生活过程的必然升华物"(《马克思恩格斯全集》第3卷,第51、30页),尽管隶属于意识形态和观念形态的范畴,势必带有创作主体的情感态度、精神意向、价值选择等属性,但主体能动性并不能等同于主观随意性。作为主体尺度的"意识到的历史内容"必然要求与客体尺度即社会历史本身具有总体上的一致性或统一性,否则主观意识上的"真"一定会蜕变成总体上的"假"。

文学作品作为一种高级的精神产品,具有深刻的社会意识形态属性。作为创作主体的作家生活于特定的社会关系中,都自觉不自觉地充当着一定阶级或阶层的代表,对他周围的社会现象流露和表现出这样那样的政治的、伦理的感情态度和对历史发展的前景前途的憧憬。创作主体通过对"意识到的历史内容"的发现、开掘和升华,反映到作品中去,形成思想倾向性。因此,恩格斯强调作者捕捉"意识到的历史内容"的同时,诱导他们借此表现出"较大的思想深度",后者是从前者提炼和概括出来的,前者给后者提供了基础和源泉。艺术表现的深度和广度取决于对"意识到的历史内容"的艺术体验的深度和广度。

由于受到后现代主义思潮的影响,一些评论家通过对新历史主义和新写实的文学创作的阐释,订立了一套非历史化、无思想性的文学观念。他们将作品还原为生活中具有"毛茸茸质感的"、保留着"原汁原味"的"原生态",即"纯然事实",要求文学创作以"情感零度",采取"冷面叙述""中止判断""削平价值"达到"消解思想的深度"的目的。这种文学意向是虚假的,实际上不可能有完全无思想的作者和评论家。文学创作文学评论必然或显或隐、或强或弱、或直或曲地流露和表现出一定的思想倾向。我们注意到,正是在新历史主义和后现代主义等社会文化思潮的诱导下,涌现出一批批本质上非历史化、无思想性的作品。这些作品对历史的描写消解了唯物主义的历史观念,表现出对历史传统和传统历史的怀疑、嘲弄和愤懑,甚至对带有严肃、正义和崇高意义的历史事件的反叛、冒犯和亵渎,实为一种虚无主义和颓废情绪。当这些创作反映现实生活的时候,肆意破除"罗格斯中心主义",躲避规律,将生活浮面化、浅层化、庸常化甚至鄙俗化,带有浓重的自然主义的色彩。所有这些文学现象的出现,表明和确证中国当代文坛的人文精神的委顿、坠落和滑坡。

正是因为一些作者失去了对社会存在和历史发展的信念,产生出一种惶惑不安的、浮躁的虚无感和幻灭感,被他们的意识所肢解的"历史内容",恰好成为借以证明人生的无目的和无意义。他们冷淡和忘记了马克思的话:"历史不过是追求着自己的目的的人的活动而已。"(《马克思恩格斯全集》第2卷,第118—119页)主体的创造性的思维和行为只有介入和参与历史活动,才能构成促进历史发展动力系统,推动社会的全面进步。因此,躲避、拒斥和消解历史的人文精神是软弱、苍白和虚幻的表现。我们必须用历史发展的眼光面对当今的中国社会。随着改革开放的深入和市场经济体制的确立,中国社会结构发生了重大变化,需要重新认识人的尊严、价值和权利,重新确立自身的社会地位。这要求我们的作家要通过发现和开掘世纪之交中蕴含丰厚的"历史内容",意识到自身的历史使命和社会职责,努力将人文精神和自身的历史使命完美地结合起来,创作出无愧于我们伟大时代的精品,使"意识到的历史内容"尽可能全面地接近并最大限度地反映出客观社会历史本身的面貌。

周大新：在新的台阶上

张志忠

　　以描写南阳盆地的民情风俗、乡土人心见长的周大新，年富力强，创作势头一直不减，表现出极大的创造活力。而且，他是一员"福将"，新作一出，不是被电影导演看中，搬上银幕，就是被几家全国都很有影响力的文学选刊转载，把他的作品的功效放大了好几倍。他为什么能够在各个方面，在普通读者、电影界和文学圈中都一再获得好评，不断有新的收获呢？周大新有一篇近作，叫作《向上的台阶》，我转借过来，用作描述他近年的创作态势——周大新是仍然在孜孜以求地攀登文学的台阶，继续向高处行进的，是在发展中获得新的成就的。

　　拿他的长篇小说姊妹篇《有梦不觉夜长》与《格子网》来说，这对于一向以中短篇小说见长的周大新，显然是一次突破。其意义不是说作品的篇幅长了，就一定比微篇短制要好，或者把中篇拉成长篇；而是说，作家是从文学的规模与表现对象的相互适应上，从反映宏伟的世纪风云上，实现了一次积极的开拓，推出了自己的重量级作品。

　　这两部长篇小说，描写的是从清朝末年到20世纪六七十年代，一户世代以纺织丝绸为业的人家的兴衰浮沉，并且以此为一个侧面写出了南阳古城的历史风云，折射出在这战争和动乱频仍的岁月里民族手工业者的一部辛酸史。南阳尚家，自从唐武德年间建起织机房，历时一千余年，曾经有过辉煌的时代，以"霸王绸"名扬中外。但是，往事已经遥远，留给后人的，只是一个再造辉煌的梦幻，成为他们一代又一代人永远无法实现又永远不肯放弃的奋斗目标。清末民初的官场腐败、军阀混战、日寇入侵……一次又一次地毁灭了尚达志一家人的不懈努力，而正是这种绝望中的抗争，构成了一种超越于有限现实之上的可贵的精神追求。人的心灵是任何灾难也难以摧毁的，只要心中梦想犹存，那么，时代的动荡、命运的悲哀都不是决定性的力量。为了积蓄钱财以扩大机房的规模，他们达到了人所能达到的极限：父亲尚安业死前留下遗嘱，不许用棺木埋葬，只能用席片卷埋；如果说，达志为了机房而放弃了自己的心上人，还是迫于父亲的压力，他为买纺织机器而把女儿卖作童养媳，则是自觉的选择，家族的精神禀赋，就是这样一代一代地传下来。这大约可以说，海明威所言，人是可以被消灭的，却无法被打败，在东方亦不乏印证吧。

　　在《有梦不觉夜长》中，周大新结构作品，沿用的是他已经得心应手却又有模式化之嫌的方式，以一个具有涵盖力的意象的反复出现，表达一种象征意味。这样做，强化了作家的主观意念,却也容易在多次反复中显得单调。在《格子网》中,他一反常态,把在上一部作品中作为象征着尚家纺织业的那个刻在石头上的经纬图,做了新的丰富和发展,让不同的人对它做出不同的解释,关涉到人生的种种蕴含,成为斯芬克斯之谜——人之谜的难以穷尽的象征,这样,作品的视野变得更加开阔,内涵也得到新的开发。

对于人物心灵的开发,对于人的精神状态的关注,使得周大新在一如既往地关心家乡人民的命运和农民文化的变迁的同时,在近年似乎更注意个体的人,着意于探求作为具体的个人在具体的生存环境下的心理反应。他的中短篇小说《银饰》《向上的台阶》《病例》《瓦解》等,就表现出这种倾向。

《银饰》可以说是写得最出色的,作品中的几个人物——碧兰、吕道景和小银匠少恒,他们各自有不同的生命欲求,而且具有各自的行为合理性。南阳知府吕敬仁的儿媳碧兰,作为一个年轻女性,要获得性爱的权利,而且在实行过一次并不成功的自杀之后,她的行动就变得肆无忌惮;吕道景的心理变态,虽然有些不堪,却又令人同情;还有少恒,被卷入这样的性爱的冲突,实现富贵之家的儿媳与贫寒青年的结合,也并非罕见。银饰和砒霜,前者作为妇女儿童的生活装饰品,是美好和富裕的象征,后者则代表了残忍和谋杀,是死亡和邪恶,这两种互相对立的事物出现在他们的生活中,而且互相换位,改变了他们的命运。从情节结构上,严丝合缝,互相缠绕,是难得的佳作——碧兰因为独守空房由怨生恨,意欲与毁了她一生的吕道景同归于尽,要买砒霜,求助于少恒,少恒的父亲郑恒良出于人生阅历让少恒使出调包计,用灰土替了砒霜;碧兰死里逃生,感谢少恒,因此与少恒有了亲密关系;具有扭曲的女性心态的吕道景,名义上是碧兰的丈夫,在发现妻子和少恒偷情以后,暗自欢喜,不但摆脱了碧兰的纠缠,还借机敲诈他们,以满足自己喜爱女性装饰品的心理;碧兰被逼无奈,去偷婆婆的银子,而被公婆发现真情;心计歹毒的吕敬仁设计,用砒霜暗害了少恒;郑恒良误以为是碧兰所为,又用精心制成的银饰杀死碧兰,自己也服毒自杀;吕道景知晓祸由己起,亦自缢而亡……故事一环扣一环,波澜曲折,但是又在为人物心理的刻画服务。

还有《向上的台阶》,作品的主人公廖怀宝,出身于一个以代人写各种文书为业的家庭,粗通文墨。在偶然的机遇下,他得以跻身于刚刚建立的新政权,成为柳镇的干部。在各种力量的辏集和他自身的选择之中,他在干部晋升的台阶上不断得到提拔;他的各种算计、抛弃未婚妻、出卖朋友、假报产量"放卫星",直到"文革"初期的装作身患重病,和在干校当副校长的时候,为受迫害的干部网开一面,都是为了保护自己的乌纱帽,为了得到更高的权力,而且一次次地如愿以偿。这样的人物,在生活中和文学中,都不是第一次出现。周大新的独到之处在于,他为廖怀宝设计了一个具有破落文人性格的父亲廖老七,是他,把对于权力的崇拜和掌权的欲望从小就灌输给儿子,又是他,在各个重要的转折关头,替儿子出谋划策,用他有限却又实用的历史知识,用他对有识之士的慧眼识珠和用其所长,用他的老谋深算——作家用力刻画的,是廖怀宝这样的善于审时度势、常常能立于不败之地的时代的幸运儿,可是,我更看重的是"无心插柳柳成荫"而写出的廖老七。他是一个新的文学人物,他表明,中国传统文化中的权力学政治学和民间的政治智慧,不但影响了许多在朝的高层领导,还沉积在乡野之中的民间人士之中,构成一种独特的文化心理和人生哲学,一种面对时事变迁而总是如鱼得水的从容和权变。虽然,由于环境、地位和条件的限制,廖老七终身不过是为儿子摇羽毛扇而已,但是不容忽视的是,廖老七这样的人物所表明的是中国数千年之间积累起来的权术,不只是我们通常所说的帝王学,还有与之相应的权臣学、进身术,而且它的深入民间、深入人心、腐蚀社会、危害民族,它的绝情寡义、不择手段,成为一种心灵的癌变,而且极易传染,极易流行,并不比我们经常提到的封建专制主义轻微多少。如果说,在《银饰》中,周大新是于刻意之中见功力,那么在《向上的台阶》中,在揭示廖怀宝的心灵历程的时候,无意之间塑造了廖老七这样的更富有典型意义的艺术形象,也在证明周大新确实是取得了新的长足的进步。

散文——小青的"家"
范培松

范小青写散文的历史并不长,量已不少,出版了一本随笔专集《花开花落的季节》。现在又见到她的另一本集子。她自称:"我没有很正规地写过散文,我甚至不知道该怎么写随笔,我想也不必有什么规范有什么套路,我只是把自己的生活和自己对生活的一些想法写出来吧,没有什么准备,也没有更多的考虑,匆匆忙忙我就上路了。"(《花开花落的季节·作者自白》)读完她的所有散文就可知道,这一"自白"是真实的,没有掺任何水分。严格地说,她的散文创作还刚刚开始,路还远着呢。在这种时候,对她的散文下一个什么断语还为时尚早。但"匆匆忙忙"地"上路"又"匆匆忙忙"地"走路",这实在是一种难能可贵的投入,正是这种投入激发了我,要对她的散文进行一番评估。

读完小青的散文,总的印象是明确的,可用一连串的否定句来表达:没有大呼大叫,没有大悲大恸,没有大喜大怒,没有大起大落,没有大难大福……这种感觉的恰当表达文字,可借用张爱玲的话来形容:"安稳。"不管自觉也好,不自觉也好,她是以一种市井女子的心愿来注视和探索人生中有关"安稳"的东西:诸如道德、伦理、愿望、审美追求等。她有一种布道般的虔诚,所以,那些脾气火爆的,或心情不平衡的,我奉劝来读读小青的散文。它是繁华喧嚣都市中的一小片绿洲,你在这里可以自由地驻足,歇一歇,叹口气,把神经松弛一下,作片刻的休息。这倒应了汪曾祺的一句名言,他认为散文应该向读者提供"文化的休息"(《当代散文大系总序》)。小青的散文,就是读者的一块理想的"文化的休息"场所。

小青的散文离不开"家"。她的第一本散文集《花开花落的季节》中专门有一部分是"家常里短",以"家"为话题,并自称"写得最好的是第一部分'家常里短'"(《花开花落的季节·作者自白》)。事实也确如此,其中的《肚兜的遐想》《镜花水月》《头头是道》写得非常潇洒大方,称得上是其散文中的上乘之作。散文集中大多数篇章也与"家"有关。《体验》写外出离"家"的体验,《山外青山楼外楼》写装修"家",《童年记忆》中写昔日"家"的生活,《待客》写他人来"家"的种种。另外,如《牵手》《满足》《各行其是》《上帝的惶恐》《不该痛苦》《旧藤椅》等都在念着一本"家"经,均是说的家长里短的、屋前屋后的家常事、家常话、家常情,主角是父亲母亲、丈夫孩子、外公外婆等,内容是饮食起居、穿着玩乐,无倾向、无目的、无主张,显示出一种"家"情结:以"家"为本,以"家"为安,以"家"为乐。读完小青的散文,我强烈地感受到,小青是为"家"而写散文,因为她的父亲母亲、丈夫儿子等都难以直接进入她的小说舞台,充当主角。因此从心理学角度考察,她写散文是一种补偿,是她的"家"情结的显露。她必须营建另一个舞台——散文舞台,让她现实生活的"家"中的主角出场。她的散文舞台就是"家","家"也成了她的散文舞台。我们要解读欣赏她的散文就必须认清她的"家"。小青心中的"家"是这样的——

> 在家里,女人不必把自己伪装起来,女人还自己以本来面目,你可以不化妆就走出卧室,可以蓬头垢面就吃早饭,可以不假思索就对任何问题发表任何看法,卫生间若是不通风,你可以不关门就方便,你可以无缘无故哭起来,你可以笑得龇牙咧嘴,将脸笑歪了也无妨,你可以光着脚在地上走来走去,脚丫子长脚板子大无碍。
>
> ——《家是什么》

这是小青心中的"家"。它为"我"所主宰,"我"在"家"中可以呈现出自然态、原生相,人性可以得到自由的复归。她创作散文就是返"家",不化妆,不伪装,尽情地释放,尽情地倾诉:在《待客》中她向你坦露待客欠真诚的狼狈;在《交朋友》中如实托出她和丈夫的交友之道;在《家是什么》中极写在家之舒坦,等等。总而言之,在这本散文集中,小青的神经是松弛的,心情是轻松的,态度是诚实的,款款地谈,静静地诉,使你感受到安稳的家庭氛围,形成一种特有的家庭式的亲切温柔。

小青的"家"有其理想境界,那就是宁静。她宣称,"家"就是"最宁静的一片天地"(《家是什么》)。为求如此,她信仰老子的"道,可道,非常道",恪守的哲学是"顺其自然"(《顺其自然》),这使她的散文创作形成一种退而求其次的柔滑的思维定势。这种思维定势求调和,求平衡。如她对"家"的要求:"女人需要丈夫的呵护,如果没有怎么办呢,那也无妨,家仍然是家,在家里你可以自己呵护自己呀。女人希望孩子听话,如果孩子调皮吵闹怎么办呢,那也没事,家仍然是家,是你最宁静的一片天地。女人也愿意家里的老人通情达理,但是如果老人有时候不够通情达理呢,那也无所谓,家仍然是家,是情感和事理都最最通达的地方。"(《家是什么?》)似乎有些难以自圆其说,但小青把它调和起来了。这种调和与平衡,把她的柔滑的思维机器变得威力无穷:它既听"命"又支配"命"。从本质上看,这种思维定式是属于传统型的,但小青毕竟置身于开放的现实世界中,平衡是暂时的,调和是有限的,而不满足却是永远的,所以她断言"人自自在在地活着,得给自己找点儿不自在;人找到了不自在,便才知道什么是自在;人再努力地去争取自在,这就是人的生活的意思吧。"(《红装素裹》)因此她的散文又显得生机勃勃,富有活力。

　　小青散文富有"女人味"。"女人味"决不是搽抹到作品上的香水,而是指内在的气质。这种气质,有时几乎就是女人生来具有的一种天性,是天生的自然本性。

　　小青是天生的"人母",有天生的为人母的慈性。本文集中有较多篇章以"子"为题材,如《满足》《牵手》《旧藤椅》《体验》,等等。她几次写到和孩子去逛街,高兴地去,却因兴趣不同,败兴而归,发誓"下回再不去了",虽如此,"到了下次,还是会去的",这种健忘,这种盲目,这种不协调,正显示了母亲对孩子的爱之"痴"。尤其是《牵手》,是一篇值得反复诵读的佳作。文中显示的人母对儿子的要求是这样"低":儿子的一句亲热的比喻——"儿子是妈妈的大衣",母亲"心里真是有些感动";星期天牵着孩子在街上走,在母亲看来,"这一份亲情一份感觉,会永远温暖她的心"。这种不分青红皂白、糊里糊涂的易陶醉易满足,正是作为人母的小青对孩子的极度的爱、深沉的爱。不过,小青散文中的母与子为轴心体系的家庭观念,依然是"家"情结,说来说去,小青的散文终究离不开"家"。

1997年

"最后的浪漫者"的心灵叩问
——储福金《心之门》读后
丁 帆

我曾经一再戏说储福金和张承志一样,是世纪之交最后一个浪漫主义作家,其实我从心底里亦是这样认为的。几乎是和20世纪80年代崛起的那一拨"知青作家"一样,储福金虽然在痛定思痛的"伤痕"舔舐中透露出社会文化批判的锋芒,但在他的作品中却自然而然地流溢着一种挥之不去的浪漫主义人文情怀。那种人性的穿透力和人道主义的民间本位立场,足足撼动了几代人的心灵。而20世纪90年代以降,那一批"知青作家"中除少数人还葆有那份浪漫主义情愫以外,恐怕绝大多数人已经洗刷掉了20世纪五六十年代由于俄罗斯文学和西方文学,而根植于这批作家"少年印象"中的浪漫风情和理想情操。而储福金则是那极少数坚守乌托邦精神城堡中的一员。

人们一直都以为储福金永远是在寻找一种属于他的那份江南士子柔弱纤细的感觉,永远在如花似玉的女子身上寻觅人生的禅悟。几乎是从成名作《石门二柳》开始,储福金的创造审美心态就被人们定格了,不管他怎么变,这总体格局是变不了的,这起码是我这十几年来对储福金小说发自心底的成见。因此,储福金的长篇小说《心之门》(《当代小说文库》,作家出版社)出版后我偶然翻起,才惊诧不已,感到心旌摇动,豁然开朗,参悟出了储福金这些年苦心孤诣追求的缘由。

储福金的小说亦是靠着智性和诗性来构筑的。《心之门》之所以和储福金以往的小说不同,是作者找到了开启形式和内容和谐统一的"心之门"之钥匙。作为他的得意之作,不为别人所重视,似有遗珠之憾,但细想起来,亦不足为怪。在如今,还有多少人能抽出大量的时代和精力来解读这种精细的"艺术品"呢?"即时性消费"的"文化快餐"特征就是产生泡沫作品,所谓的"大众文化话语"已难以与艺术精品媾和。然而,他永远不甘于那种平面化的写作,追求艺术审美的向度和心灵的颤动,是"灵魂工程师"毕生的蓝图坐标。《心之门》的意义就在于,在一些作品愈来愈放弃艺术追求和灵魂叩问的小说形式和内容向度时,它俨然能傲视世俗和俗世,以卓然不群的姿态执着于一个"最后的浪漫主义者"的心灵叩问。

《心之门》在储福金小说中的最大变化首先来自它使人难以理解的形式结构之门

的光怪陆离。这不仅表现在他的小说中用中国干支的指代来象喻着某种形式下的内容和内容外在的形式；也不仅仅是因为小说中不断出现的"意识流"成为切割现实世界的人物内心世界的剖白，这些在伍尔夫、乔伊斯、福克纳的小说中已层出不穷，储福金不过是模仿而已；重要的是，储福金在《心之门》中运用了巴赫金的"复调"小说理论，将小说置于"人物主体性"的内心独白之中，使之成为一个个独立内心世界向外部世界不断构成冲击的"重金属交响乐"。然而，这又和巴赫金在阐释陀思妥耶夫斯基小说时所形成的理论有所不同：第一，这不是"一个没有指挥的乐队"，虽然每一"干支"中的人物由内向外辐射的内心独白都可构成一个相对的独立世界，但作为叙述者的作者，却明显地注入了他的浪漫主义人文情怀，这种情绪化作一种"形式"线索外壳，贯穿于全书之中，尽管它是隐形的；第二，它和"复调"小说不同的是，在形式上亦创造了一种特有的体式（因为就我的目力，尚未见有此"形式"）——在一部长篇小说若干个"干支"章节中，写完一两个人物就连同其故事情节全部抛弃，再重新构成一两个新的人物和故事，在"复调"小说之中又带有略萨"结构现实主义"的意蕴。但仔细回味，你却可以从中体味到相互游离、毫不相关的人物和故事关系中有着一种难以分割的文化纽带关联。显然，正是叙述者的那种对人生和对世态的人文关怀和文化批判精神的内因勾连着那个表面上散在的人物和故事。我难以分清形式技巧和内容之间的艺术性粘连，正因为两者之间的融合，才使我们更能体会到储福金的"匠心"所在。

读着《心之门》里大段大段的人物独白，我似乎并不感到乏味，就仿佛是推开了一重重锈蚀沉重的"心之门"。用作者自己的话来说："《心之门》我写了七环。我用七种笔法写，我写出了七种调子。有清冷的、有热烈的、有低沉的、有奔放的、有琐碎的、有幻象的，也有抒情的。一重重的心之门开开来，一重门套着一重门。那便是信仰之门、愿望之门、爱情之门、社会之门、成功之门、幻想之门、幸福之门。"其实，我以为这"七环"之门中的人生世相和哲理性的内心自由并不是于每一章每一节中呈单一表述内容的，而是互为交叉、互为因果的。从陈菁、冯增高到苏艳红、林育平，再到江志耕、童秀兰，又到刘国栋、万丹，虽然每组人物中有个过渡人物引出下一组人物和故事，但重要的却是，作者用他那鲜明的文化价值判断，以及那奔突涌动着浪漫情怀做整个小说内在的依托，抒发了"心之门"中进出来的人生喟叹。

我一次次地被小说中人物的内心视界所激动，譬如冯增高和陈菁活着的那份无奈；譬如林育平和苏艳红无望情感中的那份禅意；譬如江志耕与童秀兰之间形同尤利西斯笔下夫妻情感的那份隔膜；譬如刘国栋和万丹之间永远不能被世人所理解的那份绝望……都通过一段段内心独白，如"蒙太奇"手法一样闪回勾连出一幕幕跨时空背景以及人物之外的"时代故事情节"，足以使人激动不已。当我读到陈国栋自述的那一幕幕故事时,我仿佛从他的心灵话语中看到了《红与黑》中于连·索黑尔的面影,仿佛谛听到了《牛虻》中亚瑟对琼玛叙述"另一个人"苦难悲剧经历时的那触人心魄的足音。所有这些,我在这形式技巧的背后,在这现实描写的彼岸,看到了一个真真实实的作家面影——"最后的浪漫者"对这个充满着物欲的世界的心灵叩问!

失语:苦难与尊严
——读东西小说《没有语言的生活》
石一宁

东西是近几年在文坛崭露头角的。20世纪60年代出生的东西以其文学个性被有的论者封为"先锋派"。然而东西迄今最为成熟的作品,当是他的很大程度上属于现实主义手法的近作、获1996年度《小说选刊》小说奖的中篇小说——《没有语言的生活》(以下简称《没》)。

《没》叙述的是这样一个故事:王老炳和他的聋儿子王家宽生活在一个闭塞落后的小村子里。一天,王老炳在除草时不慎被马蜂蜇瞎了双眼。家宽喜欢上了姑娘朱灵,他因不识字便请村小教师张复宝代写情书。张偷梁换柱,落款处写上自己的名字,使家宽从求爱者变成了"邮递员"。朱灵被有妇之夫张复宝搞大了肚子,为了遮人耳目,她将赃栽到家宽身上。家宽娶了漂亮的哑巴姑娘蔡玉珍。朱灵投井自尽。王老炳一家搬离村子。蔡玉珍在一天夜里被人强奸,王老炳哀叹无法报仇。王家有了第三代王胜利。王胜利上学第一天,从同学们那里学回一首歌谣。在被王老炳打了一顿后,王胜利理解了歌谣的意思,从此变得沉默寡言了,跟瞎子、聋子和哑巴没什么两样。

《没》这篇小说吸引读者之处,首先是它的生动而精练的故事。"小说的基本面是故事,而故事是对一些按时间顺序排列的事件的叙述"(爱·摩·福斯特《小说面面观》)。"讲故事"乃小说一大常识,本来不需再特别指出,然而这一常识近年来似乎被不少小说家所遗忘甚至不屑。东西过去更醉心的是不受任何规矩范式束缚的"先锋"写作,在他的大多作品中,故事这一"小说的基本面"也不同程度地受到冷淡。《没》所叙述的故事平常而又奇特。平常,是因为它所描写的人物和事件读来并不令人感到陌生,仿佛是某种特定环境下的日常生活的一部分;奇特,是因为这些人物和事件纠结一起产生了某种特殊性和奇异情调。同时,作者是以极为认真的态度讲述故事的,除了通过一些较大的事件(如家中失窃、家宽受诬、蔡玉珍被强奸),还辅以一些生动细节(如王老炳让家宽买肥皂,家宽理解成买毛巾;家宽编竹席,王老炳用手一摸觉得质量不行而摇头,家宽误解为他要他把即将完成的席子再拆掉),表现王老炳一家滑稽而又悲惨的生活。故事开合有度,当行则行,当止则止,显示出作者首先是把故事当作故事来经营,而不是简单地当作某种理念的载体来虚应敷衍,体现了对故事的自足性的再认识。故事的精练使得作品在结构上也极为紧凑、缜密,环环相套,首尾呼应,给人以完整和圆满之感。"一种真实的也就是具体的内容既然应该有符合它的一种感性形式和形象,这种感性形式就必须同时是个别的,本身完全具体的、单一完整的"(黑格尔《美学》第1卷,第88页)。《没》的"单一完整的形式"消除了东西以往的小说给人的手法驳杂凌乱的印象。民族的审美趣味是历史文化淀积而成的,无视或忽视这一事实,作家劳动的意义将会大打折扣。《没》贴近普通读者的阅读意向的叙述方式、结构方式以及塑造人物性格的追求,显现了现实主义的色彩,标志着东西创作的一个新的转折和反拨。

不过,《没》这篇作品之所以值得注意主要并不在于其营造了一个精致的结构,有声有色地讲述了一个动人的故事,而是在于它的故事层面所覆盖和含藏的意蕴。作品令人战栗地揭示了"失语"的不幸与苦难。王老炳一家人承受着双重的失语痛苦:病理性损伤的失语和心理因素导致的语言能力衰退。病理性损伤使王家宽只能说不能听,使蔡玉珍只能听不能说,语言对他们只具有一半的意义;王老炳能听能说却不能看,因而他完全的语言能力在家庭里作用甚微,有等于无。但对王老炳一家来说,最致命的并不是这种病理性损伤的失语,而是恶浊人世的语言压迫和随之而来的人身凌辱。偷窃、栽赃、强奸、诅咒、嘲骂……人们运用自己的语言能力和行为能力优势不断制造和加深王老炳一家的苦难。作品还惊心动魄地写出了王老炳一家为维护尊严而展开的悲壮抗争。最初他们还幻想融入"健全人"的社会,家宽买回一个小收音机,企图摆脱残疾的孤独,把人们吸引到自己身边;他还大胆地爱上了朱灵。然而他的善良卑微的愿望换来的是人们的恶语侮辱、拳脚相加,换来的是算计诬陷。希望破灭后的家宽悲愤地割下了自己的纯粹是摆设的一只耳朵,并从此不再与"耳聪目明、伶口俐舌"的"健全人"交往。在朱灵母亲不分昼夜的"王家宽害死了朱灵,王家宽不得好死,王家宽全家死绝"的诅咒声中,为了不"被脏水淹死",王老炳一家迁出村子。一家人不等新居盖好即搬家。彻底地离开老屋是在一天晚上,他们在河边把脚洗干净,把脏东西洗干净,"把过去的那些全部洗掉"。王家宽手中的火把照耀着家人走向河对岸的新居,人们站在自家门口看着一个几十年的邻居从村庄消失。夜色遮掩了逃离的仓皇和悲怆,却彰显着弱者反抗的凛然不屈。新垒的两间泥房与村子隔河相望。在蔡玉珍被强奸以及抓获了另一个图谋不轨的无耻之徒后,王家愤怒地拆除了河上那座联系他们的新居与村子的木板桥,表示了与恶浊世界的决绝。王家的下一代王胜利是健全人,上学第一天学到的竟是咒骂自己一家人的歌谣:"蔡玉珍是个哑巴,跟个聋子成一家,生个孩子聋又哑。"这首歌谣再度印证了河那边的世界的可怕和邪恶。王胜利最后的"失语",既是语言迫害的结果,也是人性尊严意识不自觉萌发的必然。

"语言乃是存在的家园(海德格尔语)。"语言的剥夺乃是家园的剥夺,失语乃是家园的丧失。创伤之巨、哀痛之深,莫过乎此。失语的苦难与尊严的双重命题,启示着读者对人类生存与命运的不尽长思,这一切构成了东西这篇小说的独特性和深刻性。

'96现实主义小说的回思

张 韧

现实主义仅仅是一种创作方法吗？不，它是文学与现实生活关系的一种思维方式与文学精神。

新时期文学与改革开放的现实的关系历经了三个阶段，'96出现的现实主义新景观(即第三阶段)是水到渠成的文学选择，而非对前两阶段的"复归"。

在过去一年的多样纷呈的文坛上，现实主义新浪潮可以称作是最引人瞩目的一个文学现象了。近几年来还不曾有过如此纷至沓来的中短篇及长篇小说，如此视野凝聚地关注浪涛汹涌的改革，佳作联袂，反响热烈，有人说这一浪潮是现实主义的"回归"与"复兴"，是现实主义"高潮"的到来。果真是这样吗？今天当我们对'96文学新现象回思的时候，充分肯定它的同时，不能不追问与探询这一现象究竟是怎样发生的，它给当下文坛提供和带来了什么新特点，从文学的明天发展要求，又有哪些得与失。

如果说现实主义有一个"回归"和恢复期，我以为那是新时期伊始，针对"四人帮"制造的背离现实主义的瞒和骗的反动文艺。二十年来，现实主义虽然浪波起伏，但在多元多样文学竞争中，它处于主导或主流的位置。恢复的现实主义有着双重的使命：一是频仍回视，反思历史；一是直面现实，尤其关注改革开放，否则在"伤痕""反思"潮流之后怎会涌现"改革文学"大潮呢。现实主义如果对它不仅仅视为一种创作方法，而是作为文学与现实生活关系的一种思维方式与文学精神，我认为新时期文学与改革开放的现实关系历经了三个主要阶段。先是以《乔厂长上任记》《新星》为标志的充满浪漫的阶段。20世纪80年代初期，改革初见成效与开放的社会气氛，给刚从"文革"阴影走出来的人们点燃起希望与浪漫的情怀，认为只要像乔厂长那样锐意革新的官员"复出"或"上任"，"小康"仿佛一夜之间就会降临。这篇作品的鼓舞效应是巨大的，乔厂长这一叫响的名字，曾唤出一大批"上任"小说，但它们并没有摆脱贤官良将、出山上任的传统模式。第二阶段社会心态由浪漫趋向务实。商潮冒出的光怪陆离现象令人困惑，新旧体制嬗变中暴露的腐败弊端与金钱至上享乐主义，泛起了重私利与实惠主义之风。它推使20世纪80年代后期90年代初的文学疏淡社会，退回自我与回归家庭。新写实小说有其缺陷，但像《烦恼人生》《风景》等原汁原味描述普通人怎样过日子的琐琐碎碎，与改革现实仍然存在或隐或显的联系。况且，方方、池莉后来的《一波三折》《你以为你是谁》等小说，无不蕴藉着现实改革的辐射波。

第三阶段即'96出现的现实主义新景观,文学注视点由家庭又回到社会。这是不是否定之否定、文学又回到第一阶段了?题材虽然同属改革,但文学精神大为不同。将《大厂》的厂长吕建国与乔厂长二者形象稍加比较,你就会发现文学由浪漫色彩而求实求真、直面重重矛盾的社会现实了。'96现实主义的小说与其说它"回归"传统,不如说是前一阶段新写实的延伸与拓展。《分享艰难》《九月还乡》《大厂》《穷人》《扶贫》这些小说怎能纳入那种强调艺术典型的传统现实主义的经典规范中去?那么多的人物有哪一个算得上典型形象?它们的叙述特点一是不回避世俗性,一是其乐不疲地描述"原生态"的生存本相,这跟新写实特性何等相似。不过,历经十多年的改革,变革中的包括作家在内的多阶层的人们在走向成熟,参与意识与使命感在增强,于是文学由小家庭小日子走向大社会大改革,勇于正视由计划经济向市场经济转型所发生的艰难。因此,当文学与现实关系经历了第一、二阶段而后跨入第三阶段,这恰恰是水到渠成的文学选择。现实主义"复归"是一个美好的愿望,但现实主义与历史时代、与社会心态思潮是一起流变的,它的表现方式与艺术特征也在这一漫长过程中悄然而又明显地演化着。它承继着优秀的传统,但绝对不可能回归过去的原位,它在新写实、现实主义与后现代主义多元多样的竞争中,已是相撞互补的开放的现实主义了。

关注现实不仅仅是现实主义创作方法或题材层面上的问题,而是一条创作规律,关系着文学的生存和生命。文学与现实是互动的。

文学不能滞留于现实断面,要从历史的纵向上去把握当前,在大的时代背景下关注凡俗人生。

文学与现实的关系,不仅仅是"写什么"的题材层面上的问题,它关系着文学的生存与生命。如今有一种错觉,认为关注与贴近现实只是现实主义一种创作方法的要求。事实并非如此,现代主义与其他艺术派别也不是与现实隔离的。如存在主义作家保罗·萨特,他主张文学必须反映人生,干预生活,如他所言,"写作是揭示世界又是把世界当作任务提供给读者的豪情"。大名鼎鼎的现代派作家阿尔贝·加缪1957年给厄普萨拉大学讲演时说得明白:"没有现实,艺术就是子虚乌有的东西。"因此,文学"应当表达大家都明了的东西,表达我们大家都密切相关的现实。"而且他还警告文学家们,"一旦与自己的社会相隔绝,他就只能创作出形式主义或抽象的作品"。可以这样说,关注现实不是哪一种创作方法问题,而是关系着文学的命运,也是创作的一条规律。

'96现实主义新浪潮的文学现象,再一次向我们提醒这一规律的重要性。文学与现实二者当然是互动的,现实不是被动的描写对象,现实对文学拥有永恒的魅力。刘醒龙、谈歌、关仁山、周梅森等,他们的文学起步或起家,或热衷于先锋,或对通俗小说操作自如,或长于历史,但很有意思的是,他们不约而同地在改革这一现实焦点上聚拢起来。周梅森谈他创作长篇小说《人间正道》时,为什么写下《感谢生活》的标题,因为它实实在在地道出了改革开放对文学的馈赠与现实的巨大魅力。

然而,当文学凝视现实的时候,不能滞留于现实某一横断面或角隅之中,需要的却是历史眼光与纵深的把握。'96这批改革小说的得失因素自然是多方面的,而缺乏历史深度几乎是它带有普遍性的弱点。《分享艰难》应一分为二,一是这类作品不回避乃至意在揭示现实改革中所面临的重重艰难;一是对艰难的分享,从村民到村、镇长,从一厂之长到众多职工,无不苦熬苦想着如何分担一点艰难。阅读这类小说,对于那些心地善良的平民百姓和基层公仆,你怎能不为之感动与激动呢?可是当沉静下来做一点深层思考时,你就会发问,这"艰难"为什么会发生。是改革还是旧体制酿造的苦酒?要回答这一连串问号,文学就不能拘囿于一厂一村,不能不把现实的横断面与深远的历史相衔接,从当代中国(甚至更为古老的)历史的曲折道路中,才会深深认识到这场改革有其历史的必然性,是改变贫困落后的必由之路。这艰难是新旧体制转型期的"阵痛",它不仅需要"分享"与心理承受,更需要深化的改革。还有的批评作品把现实生活写得琐琐碎碎,发不出工资、缺房、报不了医疗费以及男男女女的个人欲望等,太细碎了。我认为历史上的杰作并不拒绝琐碎细节,关键在于它是纯属私人化的琐屑,还是表现与大时代相联系的人之生存状态。说到底,一部作品的成败取决于历史意识,取决于从现实横剖面,从城乡各样人物、"从琐碎的个人欲望里",是否探掘出使其"浮在上面的历史潮流"(恩格斯语)。

丰富的生活积累是重要的,但更重要的是作家的思想深度。

探索新的价值理想,是现实主义创作的一项任务。

人物形象还要深入挖掘。

我们需要平民意识,但更需要高于生活的现代哲学意识。文学的突破从某种角度上讲,就在于哲学思想的突破。

当注意了现实的魅力和文学与现实的紧密关系的时候,我们不能忘掉了思想,不能轻忽了作家思想深度对于艺术高度的特殊意义。对于'96表现改革的现实主义小说,如果说它缺少什么,我觉得缺少的不是生活、不是艺术技能,而是思想。有些作家拥有的生活及创作素材太丰富了,几乎不太注意或不大懂得吝惜生活材料。有些小说叙述的生活故事显得很拥挤,如果从中撷取一两个人物和情节,足够营造另一篇小说了。艰难与分享主题的作品一时间联袂而至,说明多了一点相同的、流行的思想模式,少了一点独特的、新鲜的思想智慧。的确,作家对生活没有深切的体验,不大可能写出好作品,但那些直感的情感或情绪性的体验,仍然需要经过作家思想的感悟、咀嚼和透视,才会在创作中升华。

眼下小说在缺乏思想深度方面至少不能忽略了这样两点:其一,作品在接触新旧思想冲突与社会弊端时虽有一定的批判,但因缺乏思想深度而大大削弱了文学批判功能的力度,甚至那些无论道德还是法律都不能容忍的举动,一旦因了为村镇为企业为一个社区解救经济危机或别的不能免俗的缘由,也就变成可以理解可以通融以至可以赞许了;其二,作家从改革的历史进程中寻找新的观念和思想支撑点的时候,往往情不自禁地又回到原有道德观和价值观,把它当作小说价值判断的底蕴了。面对转型期的种种艰难与沉重,文学固然承担着延伸传统,从怀旧与历史传统中汲取壮丽与豪情,但是不是还应注意从改革的现实和明天中探寻与时代相通的新的伦理、信念和新的思想支撑点呢?

从现实关系探索新的价值理想,在这一点上我比较欣赏李佩甫的《学习微笑》,女工小水在艰辛磨折中,曾有的"我是国营的自豪感消失了,合资的梦想也破灭了"。当然她也会得到伙伴们的"分享"与互救,但她凭自己双手走上了自救与自立的人生道路。我想,砸碎了计划经济下的"铁饭碗",在日趋深化的改革进程中,《学习微笑》在参与和竞争中所把握的自立自救的人生价值理想,或许尤为可贵吧。

不少评论指出当下的改革小说缺乏印象深刻的人物形象。我觉得缺乏对特定人物心理性格的思想穿透力是主要的原因。如《分享艰难》的洪塔山和《大雪无乡》的潘老五,二者颇为近似,他们私欲膨胀、为所欲为的性格背后,蕴藏着历史与人性的内容,可惜小说未从思想上深入把握,使其形象显得简单化了。关仁山是一位有才华有创作潜力的年轻作家,善于敏锐捕捉生活初露的新东西。《九月还乡》是较早发现农民土地观念新变迁的一篇小说,仁山笔下的乡下女九月,由乡村到都市后又回到了乡土,创办了新型的农场,这不仅是谋生所经历的圆圈,更是标志她重新找回一度失落的人生价值。潘老五这个人物也是作者的一个发现,这个乡镇企业主为什么那样颐指气使? 小说已经注意并记下了他的一句话——"老子打下的天下",可是作品却停住了追询,未能充分撕开他的灵魂。潘老五说的那句话,潜台词是说,天下应由"我"说了算。潘老五式的身影在今天的生活中并不乏见,改革初期他们凭胆量"闯"办了企业,现在以"打天下"自居,霸气十足,那种小农经济孕育的守成守旧意识,在今天已是粗放型转向现代科学经营管理型的一种抵制力量。就是这样一个可以成为艺术典型的人物,被仁山发现了,但又失之交臂。这一遗憾在别的小说中也不无存在,它要求对人物对生活的把握,文学亟须强化思想的深度与力度。

有的文章还谈到这一批小说的成功,在于作家的"平民意识"或"公民意识"。作家们对于改革大潮表现出执着的参与精神,与小说人物平等地、同命运地分享着艰难,这一切为作品增添了不少动人之处。我想补充的是,作为"人学"与揭示人物灵魂的作家,不仅要具有一般公民意识,进入生活,还要超越、要把握时代的制高点,以思想的电击,穿透笔下人物和情节故事,才有可能出现震撼性的力作。即使呈现的是像福克纳所说的"邮票"大小的生活场景,作家腹内仍应是一个时代的整体;当审视时代整体的小小"邮票"时,需要平民意识,但更需要超越意识,从历史与时代中汲取精华,需要那凝结着经济、政治、文化和伦理为一体的现代哲学意识。常常听到作家朋友说,如何突破自我,如何突破现有文学水平。我想,从特定意义说,文学的突破在于哲学思想的突破。'96现实主义新浪潮的现象向我们提示,作家拥有了生活沃土与丰盛的艺术,再拥有跨越世纪与时代的思想,形而下与形而上如果高度完美地融合,且不说众所希冀地多出精品,现实主义经典作品也不会十分遥远了。

1998 年

生命的燃烧和呼啸
——陈忠实和他的《白鹿原》
陈世旭

白鹿原在西安东郊。唐朝的白居易到这里闲游时写道:"独寻秋景城东去,白鹿原头信马行。"这道原东西长七八十华里,南北宽四五十华里。原的西坡下是浐河,北坡下是灞河。两条河水滋润了古原,也滋润了文学的想象与创造。

倘翻唐诗,便不可能避开灞陵。灞陵是长安送客的最后一站。所谓"灞浐别离肠已断"(唐·武元衡),"灞桥攀折一何频"(唐·裴说),"灞原风""灞陵雨""灞岸柳",都是惜别的代词。灞陵自然是繁荣过的:"飒飒风叶下,遥遥烟景曛。霸陵无醉尉,谁滞李将军?"(初唐·长孙无忌)灞原自然也是衰败过的:"浐曲雁飞下,秦原人葬回。丘坟与城阙,草树共尘埃。"(晚唐·赵嘏)整个关中,整个灞原原本是一个千古不断的文化堆积。而这堆积不是僵死的,它必然要孕育出新的烂漫生命来。毫无疑问,将会有许多人来承担这光荣。

陈忠实应该是其中一个。

陈忠实祖居老屋的门前流过灞河,背倚着白鹿原。

事情的发生并没有什么异象,一切都像庄稼从黄土里长出来一样自然。生活并没有给陈忠实以"特别的厚爱"。作为农民的儿子,他从小割草拾柴。毕业后穿着一双没有后跟的烂布鞋,第一次走出家门,到历史名镇灞桥去投考中学。三十里砂石路把他的两只脚板磨得血肉模糊。整个中学时代一直从家里背馍上学。高中是在西安上的。背一周的馍步行到五十多里远的西安去读书,夏天馍长毛,冬天又冻成冰疙瘩。高中毕业时为了照一张体面的毕业照,才第一次穿上洋布制服。然后他回乡当农民,除了种地,他选择了文学。这是一个有高中文化的农民很容易做出的选择。生活的唯一不同之处是在把他造就成一个像祖辈一样刨土挖地的农民的同时,给了他一种想成就文学事业的热望。没有电灯,没有钟表,他把墨水瓶改装成煤油灯,熬干了灯油即上炕睡觉。烧焦了头发、熏黑了鼻孔,落下了至今不能早眠的习惯。冬天笔尖冻成冰碴使他一筹莫展,夏天的酷热和蚊虫则使他几乎窒息。他"不问收获,但问耕耘",然后有了愈益丰硕的收获。几十年过去,他发表了"为数不少的中、短篇小说",多次在全国获奖。

但他觉得"从真实的文学意义上来审视便心虚",觉得没有写出一部令自己满意的作品。四十四岁那年,他经历了一次重大的心理危机,对即将来临的五十岁这个进入老年生命区段标志发生了强烈的恐惧,他"清晰地听到了生命的警钟"。他担心"万一身体发生不可救治的灾变,死时真的连一本给自己做枕头的书都没有"。这是"迷恋文学而不能称情的悲哀","正是在这种纯粹的个人兴趣的自我指向的悲哀中,激起了为自己做一本真的要告别世界也告别生命兴趣时可以做枕头的书的自信"。

事实上事情远没有如此简单。在处于创作思想成熟并且极为活跃的高峰时期的作家心里,"一个重大的命题由开始产生到日趋激烈日趋深入",那便是"关于我们这个民族命运的思考"。这个时候,《白鹿原》的基本构思刚刚完成,即将开笔起草。他已经下定了决心,"充分地利用和珍惜五十岁前这五六年的黄金岁月,把这个大命题的思考完成"。

当时的文坛,浮躁之风已开始日盛一日,"各种欲望膨胀成一股强大的浊流冲击所有大门窗户和每一个心扉"。已经成为作协主要负责人的陈忠实静静地收拾了自己的行囊,带上他认为必须的哲学、文学书籍,以及他这之前收集整理的史料,静静地回到灞水河边已经完全破败的祖居的老屋。

这一次回归故园对陈忠实的一生无疑有着极其重大的意义。他在后来的文章里这样写道:

"当新的一年的艳丽的太阳把阴坡上的积雪悄悄融化的时候,对生理不幸的畏怯心理完全被汹涌着的创造欲望彻底扫荡了。把那种只属于自己的独特体验倾泻出来展示出来,自信那种生命和艺术的深沉而又鲜活的体验只属于自己,强烈的创造的欲望既使人心潮澎湃,又使人沉心静气。当我在草拟本上写下第一行字的时候,整个心理感觉已经进入我的父辈爷辈老老老爷辈生活过的这座古原的沉重的历史烟云之中了。这是1988年4月1日。"

当年的白居易在白鹿原信马由缰的时候自谓"宠辱忧欢不到情,任他朝市自营营",一千年后的陈忠实那份超脱是有的,却没有那份闲适。他是负了写出民族秘史的沉重使命来穿越一条幽深漫长的似乎看不到尽头的历史隧道。

三十年后重新蜗居老屋,躲开了现代文明和城市喧嚣,连电视信号也因为高耸而陡峭的白鹿原坡的阻挡而无法接收。最近的汽车站离这个孤单的不足百户人家的村子还有七八里土路,一旦下雨下雪,就几乎出不了门。他重新呼吸的是左邻右舍弥漫到屋院的柴烟,出门便是世居的族人和乡邻的熟识面孔,听他们抱怨天旱了、雨涝了、太失公道之类。

除了思想,他完全绝对地封闭了自己。他给自己立了三条约律:不再接受采访;不再关注对以往作品的评论;不参加应酬性的集会和活动(他后来说"三条约律拯救了我的长篇,也拯救了我的灵魂")。从 1988 年春到 1991 年深冬,他全部记忆中最深刻的部分是孤清。冬天一只火炉夏天一盆凉水,他每天趴在一张小圆桌上,"连着喝掉一热水瓶酽茶,抽掉两支以上雪茄,渐渐进入半个世纪前的生活氛围"。白嘉轩、鹿子霖、朱先生、小娥、黑娃……《白鹿原》上形形色色的人物从黑暗的历史深处一个个被召唤到他的面前,进入他的写作。此外,唯一的消遣是去河边散步,在院子里弄果木,甚至,夏天的夜晚爬上山坡,用手电筒在刺丛中捉蚂蚱,而冬天,则放一把野火烧荒——

"我在无边的孤清中走出屋院,走出沉寂的村庄走向原坡。清冷的月光把柔媚洒遍沟坡,被风雨肃蚀冲刷形成的奇形怪状的沟壑崾梁的丑陋被月光抹平了。我漫无目的地走着,走到一条陡坡下,枯死风干的茅草诱发起我的童趣。我点燃了茅草,由起初的两三点火苗哧溜哧溜向周围蔓延、眨眼就卷起半人高的火焰,迅疾地朝坡上席卷过去,同时又朝东西两边蔓延;火势骤然腾空而起,翻越着好高的烈焰;时而骤然降跌下来,柔弱的火苗舔着地皮艰难地流蹿……遇到茅草尤其厚实的地段,火竟然呼啸起来,夹杂着噼噼啪啪的爆响……我在沟底坐下来,重新点燃一支烟。火焰照亮了沟坡上孤零零的一株榆树,夜栖的树杈里的什么鸟儿惊慌失措地拍响着翅膀飞逃了。山风把呛人的烟团卷过来,混合着黄蒿、薄荷和野艾燃烧的气味,苦涩中又透出清香。我沉醉在这北方冬夜的山野里了。纷繁的世界和纷繁的文坛似乎远不可及,得意与失意,激昂与颓废、新旗与旧帜、红脸与白脸,似乎都是另一个世界的属于昨天的故事而沉寂为化石了。"

这是生命的燃烧。因为这燃烧,灵魂便也升华了。

整整四年,陈忠实领着《白鹿原》上三代人穿行过古原半个多世纪的历史烟云,让他们带着各自的生的欢乐和死的悲凉进入了最后的归宿。

作家实实在在地获得了预期的成功。《白鹿原》终于获得国内长篇小说创作的最高奖。陈忠实自然是欣慰的。为此,访问台湾的归途,他放弃了在香港作短暂逗留的计划,如期赶赴北京领奖。对一个寄望甚高、筚路蓝缕的作家,这欣慰自然也是可以理解的。

珍惜这奋斗,珍惜这生命的燃烧,珍惜这创造力和生机。一个民族倘泯灭了,失却了这奋斗、这燃烧、这创造力和生机,这民族的生命也便止息了。

这才是社会和历史的责任所在。

注:除唐诗外,文中的引文均见自陈忠实所著散文集《告别白鸽》。

1999 年

姹紫嫣红都是诗
高小立

改革开放二十年,新诗几乎是在不间断的争论中走过来的。中国诗坛从来没有像这二十年这么热闹这么活跃过,也从来没有像这二十年这么高产这么引人注目过。

这二十年先后举行过三次全国性的新诗研讨活动,最近的一次是不久前在张家港召开的全国诗歌座谈会。这三次活动无疑都不同程度地牵动着中国诗坛,产生了积极的影响。

寒梅已作东风信,要说近二十年的中国新诗,不能不先说说 1980 年。

粉碎"四人帮"不久,《一月的哀思》《周总理,你在哪里》《小草在歌唱》,这些广为传诵的诗篇活跃了沉闷已久的中国诗坛,可是诗人们还来不及清点一下上路的行装,却突然被一匹杀向诗坛的"黑马"打破了传统的宁静。这就是所谓的朦胧诗。当年 4 月号的《诗刊》以《新人新作》为栏题,集中发表了顾城、王小妮、傅天琳等人的《眨眼》《碾子沟里,蹲着一个石匠》《一个快乐的音符》等;8 月号的《诗刊》又推出《春笋集》专栏,发表了北岛的《迷途》、杨炼的《织与播》、舒婷的《馈赠》、王小妮的《印象二首》等;到了这年 10 月,《诗刊》做了一个震惊诗坛的大动作,推出了后来已成为每年惯例的《青春诗会》,一举发表了 17 位青年诗人的新作,其中有相当一部分是朦胧诗。一年之内,朦胧诗向古老的诗国发起了三次冲击,怎能不激起轩然大波? 当时的诗坛像一锅翻滚的开水。诗人雷抒雁的一段话大体可以概括那个局面:"诗坛的重心失去了平衡,读者、作者以及历来不甘寂寞的评论者发出了各种各样的反响。正如一场奇特的新戏开场,有喝彩的,有鼓倒掌的,有愤愤不平拂袖而去,亦有熙熙攘攘拥挤而来的。争吵从福州闹到北京,又闹到南京,之后又是昆明。而今,一谈到诗,没有不谈到这场争论的。"

回过头来看,那场争论还是很有意义的,尽管有些意见很对立,如有矫枉过正的偏激,也有固守传统的执拗,但更有许多有分析和比较客观的意见,对中国新诗如何在坚持传统的基础上发展,在发展的过程中坚持,以及诗歌与生活、时代、大众的关系等一系列根本问题上做了一定程度的澄清。公道地说,那个引起轩然大波的朦胧诗,实际上存在着两个类型,一类是以含蓄为朦胧,在歌唱大千世界时,注重诗人自身的生命感觉,注重意象,注重借代和强调诗艺的多义与开放;而另一类则以晦涩为朦胧,他们刻意地追求"不同凡响",直至远离时代、远离大众,有些呓语普通读者乃至文化人也不知所云。朦胧诗一登上诗坛,就已经潜伏着自身分裂的胎芽。二十年的实践证明,远离大众注定要遭到大众的远离。

近二十年来新诗伴随中国政治生活和经济生活的脚步,从封闭状态步入开放状态,从一枝独放发展到七彩纷呈,从一锤定音发展到八音交响,从只有春风唱主角到四季风都有唱主角的机会,从偏爱"国花"到容纳"百花"。这些都是改革开放给新诗繁荣创造的土壤和气候。北师大教授吴思敬总结说,历经了整整八十年的新诗共有过三个发展高峰期,而新时期二十年应是新诗发展最重要也是最活跃的阶段。1978年,伴随着改革开放的春雷,首先迎来了从梦魇中归来的诗人群,他们重新焕发了诗情,唱着心中的歌回来了;紧接着是现实主义诗人群的崛起,他们早已摩拳擦掌,一开始就以不凡的实力冲向了诗坛。如以雷抒雁《小草在歌唱》等为代表的作品;再就是刺向诗坛最耀眼的朦胧诗群,尤其是20世纪80年代中后期出现的更年轻的被称为"新生代"的诗人群体,使各个诗派相继出现,个性的张扬在这些诗人身上表现得淋漓尽致,后虽多数自消自灭,但其中一些诗人和他们的作品在诗坛上留下了脚印。中国新诗在经历了痛苦的寻觅和踏过崎岖的道路之后,终于迎来了这一时期历史性的飞跃。万木逢春树有荫,二十年来新诗繁荣是不容置疑的。作品数量的猛增,形式、风格、流派之多样,体裁、题材之丰富,都是前所未有的。据不完全统计,目前全国有专业诗歌刊物及刊载诗歌的文艺刊物三百余家,每年刊发各种诗作五六万首,出版的诗集数量几千册。群众性的诗歌社团和民间诗报在全国数以千计,并且每年都有相当数量的青年诗人踏入诗坛。

1998年5月号《诗刊》以优秀作品回顾选展的形式,刊出了《纪念中国改革开放20周年诗歌专号》。专号充分展示了诗歌以英勇的先锋姿态,真诚而深情地拥抱了梦想已久的改革开放,拥抱了中华民族的觉醒与腾飞。这些诗仅仅是二十年来中国新诗的一个缩影,还有《星星》《诗潮》《绿风》《诗林》《诗神》和《华夏诗报》《诗歌报》等诸多诗刊诗报,二十年来都发表了大量优秀诗歌。他们已经雄辩地显示出新诗从形式到内容都比任何时候更广阔了,并且走出了单一唱"赞美诗"的狭隘,社会和人生的画面鲜明了也鲜艳了,主体意识成了诗人不可或缺的意识。真可谓百花争艳,万紫千红。

凡是发展和进步的事物,大多是喜忧参半的,诗歌的繁荣也同样伴随着一些令人忧虑的问题,诸如一些诗远离时代、远离生活、躲避崇高;有的人把诗歌的个性化解读为"个人化""私语化";有些诗题目怪、用语怪、造句怪,怪得除了"诗人"自己谁也不知所云。这些诗人和他们的诗歌走进了"象牙塔",走进了死胡同,也败坏了新诗坛的声誉。

或许正是由此,一时间新诗差不多已经面临着四面楚歌的局势、各种谴责,各种发难、种种"会诊"一拥而上;《书摘》从没摘过诗歌,《读书时间》几乎没有诗的时间,《阅读走廊》里诗没有立锥之地;一些文学期刊发表诗歌只是作为点缀。

诗坛到底怎么了?如何客观地评价新时期二十年诗歌创作的发展?几位从事诗歌研究的专家学者谈了自己的看法。中国人民大学教授程光炜说,新时期二十年诗歌发展在各方面都有进步,当前一些人认为诗坛比较寂寞,我认为这是一种陈旧的观念在作怪,并非写的多、出的多、热闹了就是繁荣,诗和小说不一样,它不是大众化的艺术,现在叫响的诗歌太少也很正常,因为好诗太难写了,诗歌本身就应该是非常少的一部分人创作的,我更不赞成现在那些简单的排名次、打分和各种不负责任的问卷调查。程光炜说,进入20世纪90年代,突出的是青年诗人的诗歌创作水平远远高于80年代,他们的作品既能表现时代又能超越时代,各方面都比十年前要成熟,甚至比朦胧诗好。就这个话题吴思敬认为,20世纪90年代的诗坛并非像一些人说的那样糟,这一时期恰恰唱出了诗歌的多种声音。作品一改80年代只注重借鉴和模仿,而出现了回归传统吸取古典的现象,同时作品对现实、对时代更加关注了,加强了诗歌中的叙事成分。对青年诗人的探索,我们要有一种宽容的态度,应鼓励不同流派的艺术探索,真正形成有利于诗歌创作的良好氛围。清华大学教授蓝棣之针对诗坛存在的问题谈到,在我们这个古老的诗国里,诗歌是永远不会消亡的,但现阶段的确缺少真正的诗人和懂诗的读者群,要改变这种现状,诗人们首先要跳出自己狭小的生活圈子,要关注生活,提高素质,找准诗人的位置,鼓励艺术探索,不断地推陈出新。针对诗歌读者越来越少的现状,蓝棣之认为,面对当前影视压倒一切的文化现象,对诗的读者要慢慢培养,不能急于求成。

一位诗人就诗歌读者流失的问题曾冷静地分析:文学作品的受众不外乎三种类型,一是消遣者,二是从关心社会问题出发而关心文学者,第三才是以审美眼光作纯粹的艺术欣赏。第一种读者占了受众的绝大部分,他们读故事,读兴趣,却不可能花几个小时去反复琢磨8行小诗,而第三种恰是极小部分的人。因此,诗歌本身就无法与通俗小说和喜闻乐见的影视去攀比、去竞争,诗歌读者的分流和话剧、歌剧等观众的分流应该是一样正常的。如果12亿人都读诗,那就出毛病了。

诗人舒婷面对现状倒是心静如水,她认为,诗的困难不仅是中国,而是世界性的问题,诗集的销售应该是细水长流,不可能像畅销书那样,一夜之间销售一空。诗要耐得住寂寞,要潜移默化地影响人们的精神。

尽管人们对新诗有着车装船载的议论，却否定不了仍有许多老中青诗人在坚守着诗的阵地，青年诗人于坚更有一句掷地有声的话：如果真的有一天诗不能养活诗人的时候，诗人要用自己的血肉养活诗。再有收听率很高的中央人民广播电台的子夜诗会，光听众来信就可以用麻袋装；北京朗诵艺术团走遍全国二十多个省市，十余年间演出了近千首诗歌，共 2800 余场；广东有人正在启动一个专营诗歌的书店……这都足以证明诗歌的魅力。

为推动诗歌发展，《诗刊》《星星》等诗歌刊物更是功不可没。尤其可贵的是，能始终在风吹雨打中坚守这块阵地，乐此不疲地经营着诗的园地。《诗刊》主编高洪波介绍说：《诗刊》是在中国作协主办的文学期刊里具有权威性的特殊性刊物，20 世纪 80 年代曾有过五十余万的发行量，可谓是最辉煌的时期，诗人以能在《诗刊》上登诗而感到自豪。随着各种文化的冲击，和诗歌走向越来越高雅，《诗刊》的作者和读者都在分流已是一个不争的事实。为此，编辑部积极探索办刊新路，及时提出了贴近时代、贴近人民、贴近生活的"三贴近"口号，近几年，《诗刊》社从理论、评论到社会活动总有大的举动吸引读者，还陆续开辟了"青春诗会""老知青诗选""抗洪诗选""迎接新世纪""五十年大庆"等专栏或专刊，老中青三代诗人都纷纷在此亮相。此外，《诗刊》不忘把目光关注在青年诗人上，举办青年辅导班引导开拓诗文化，追求艺术探索，这一切都在社会上引起了反响，读者来信源源不断。新中国诞生的第一家诗歌杂志《星星》，面对诗坛现状更是从容自如。主编杨牧介绍说，《星星》的办刊宗旨一直坚持"双百"方针，既不因循守旧，也不追浪赶潮，始终遵循着"定位要准、点子要新、人气要旺"这三句话，并赢得了相对稳定的读者群。最近他们又提出了三个转向，一是从绝对的个人体验转向关注时代、贴近读者，新增了 12 个栏目，力求推出关照社会生活的厚重作品；二是从狭隘的个人小圈子转向引导鉴赏、读者参与的开放式办刊思路，请青年读者参与"我所喜欢的诗"，开辟了"下世纪学生读什么诗"的大讨论，继续举办由作者和读者自由推举的"中国星星跨世纪诗歌大奖"，这项连续了四年的活动吸引了许多上乘作品，提高了刊物的质量和品位；三是由传统编辑型转向编辑经营型，编辑部主动出击，到基层为诗歌爱好者讲课，当场约稿，当场定稿，当场发稿。今年他们又提出了加重理论色彩、加重文字色彩，并准备出一期《世纪之星》专刊。

待到山花烂漫时

不久前召开的全国诗歌座谈会（张家港诗会）可谓是诗坛的一次盛会。它开在世纪之交，开在改革开放已有二十年实践之际，开在呼唤大诗人和诗歌精品的迫切中。会议理清了一些问题，统一了一些思想，探讨了一些歧义，取得了一些共识，为新诗的繁荣掀开了历史新篇章。

诗歌必须紧紧地拥抱生活,这是座谈会取得的重要的共识。诗歌创作要反映时代,贴近大众,而首先要无条件地拥抱生活,因为生活反映的就是活生生的时代、生活又是人民大众创造的,只有在火热的生活中才能寻觅到感人的诗情,尤其是年轻的诗人更要到生活中找诗。诗人即使是写心灵深处的东西,也应是打上了生活烙印的心灵。任何一位天才的诗人,都不可能是与生活隔绝的。哪怕是一种情绪,一种态度,一种表达,都应是诗人的心境对客观事物的一种反映,总不会既不鼓掌也不落泪吧!

诗歌创作同一切文学艺术门类一样,需要继承,也需要借鉴。这也是与会绝大多数诗人的共识。古为今用,洋为中用。大家认为,关键要在"用"字上下功夫。对传统的东西一定要继承,但又要有艺术上的突破;不但对外来的东西要善于借鉴,各流派之间也要互相借鉴,不应相斥。要多研究一些流派艺术,少一些宗派情绪,他山之石总是事物发展和进步不可或缺的重要因素之一。有的诗人说得好,我牛奶也喝,面包也吃,为的是长壮自己的身体,却不能因喝了牛奶、吃了面包就变成黄头发、蓝眼睛。

许多诗人、诗评家在座谈会上为繁荣新诗提了不少建议,如加强理论修养;从民谣中汲取营养;提高诗人的自身素质;诗人首先要做好"人";增强诗人对社会的深刻思考;鼓励写大事大情大理;努力把诗的含蓄与晓畅结合起来等。这些提议都不失为繁荣诗歌创作的良策。

21世纪正在向我们招手,富有诗情的新时代正在向我们走来,姹紫嫣红总是诗。

最后记者想引用诗人曹宇翔的一句话:人类不绝,诗亦不绝。

大树这样长成
——五十年短篇小说回望
李国文

五四以后，最早出现的文学品种为短篇小说，似偶然又非偶然。因为每个时代的文学发展进程，总是与整个社会的人文环境相对应的，由于短篇小说能够像轻骑兵一样，起到斥候的作用。特别在混沌沉滞的文学氛围中，作家渴望有所蜕变和突破时，往往采用具有短平快特点的短篇小说体裁。《狂人日记》在五四新文学潮流中横空出世，自是顺理成章的事情。

如果回顾一下《小二黑结婚》对于解放区文学，《华威先生》对于大后方文学，《组织部来了个年轻人》对于1956—1957年的短暂繁荣期的文学，《班主任》对于新时期文学，也就不觉得奇怪了。因此凡文学革新运动，风起青萍之末，总是短篇小说首先崭露头角，随后而来，才是中长篇小说的风云涌起，才是诗歌、报告文学、戏剧、影视的波升潮涨，一部当代文学史就是这样表述的。到了1985年前后，先锋文学的成功实验，毫无疑问也是肇始于短篇小说。所以，不妨这样说，短篇小说某种程度上还担负着文学启蒙者作用。

无论如何，时代呼唤着文学，新中国成立伊始，文学之树也就在大地上萌芽，承续解放区文学特色的《晌午》(秦兆阳著)、《粮秣主任》(丁玲著)等作品陆续出现，给文坛吹来一丝清风。这些较有素养的作家，以健康的感情色彩，来描写田园牧歌式的农村大地，创造了中国文学中农村题材的主线。荷花淀派的河北作家群、山药蛋派的山西作家群，在20世纪五六十年代里，也曾是文学视野里一道亮丽的风景。

回忆50年代，扶持工农兵作家走进文学领域，也是一时间的文坛新气象。其中以高玉宝刚刚读完速成识字班就写出的《半夜鸡叫》，是最为脍炙人口的一个例子。

50年代初期作品，自然留下了那个时代的简单化的印记。那一时期，一方面，被蓬勃向前的火热生活所激动，作家的政治热情燃烧创作欲望，当然无可厚非；一方面，政治需要宣传鼓动，呼唤紧密配合政治的文艺作品出现，也是很正常的事情。但急功近利，往往是作家的致命伤，为求快捷应时，"萝卜快了不洗泥"，也就跳不出公式化、概念化的窠臼。但文学作品与政治宣传品究竟存在着本质的区别。几十年后，翻将出来，几乎不忍卒读。《不能走那条路》(李萝著)可以作为那个时代创作的留影。

这篇也许是最早的比较旗帜鲜明鼓吹农业合作化的小说，由于作家的生活基础丰厚，人物性格鲜明，成为这一时期作品中的佼佼者。如今，虽然作品中文学以外的附着物早已时过境迁,面目全非,但作者笔下的泥土气息、乡民风采,还能够留在人们记忆之中,颇能说明一个深刻其实也很浅显的道理——只有文学之树常青。

经过了初步的摸索以后,这棵文学之树进入了新中国成立后的第一个高峰期。任何文学的繁荣都是与时代大背景的宽松相对应的。20世纪50年代中期以后,朝鲜战争结束,国际地位提高,五年计划开始,百花方针确立,作为时代测温仪的敏感作家们,自然耐不住寂寞。其实,作家的良知既表现在社会使命的忧国忧民的一面,也表现在追求艺术的尽善尽美的一面。

于是,1956年至1957年,从《三月雪》(萧平著)淡淡的哀伤开始,到奥奇维金式的《在桥梁工地上》(刘宾雁著)的报告文学,随后就是这一时期的代表作《组织部来了个年轻人》(王蒙著)的问世。这篇令文坛也令国人刮目相看的小说,直到今天,我也相信与当时所谓的"干预生活"无甚关联,只是作家在洋溢着浪漫主义的《青春万岁》以后,一次面对现实、直面人生的文学尝试,但却给作家们一个启示——小说可以这样写,也应当这样写。后来,一大批被称为"毒草"的小说,便是这样产生出来的。

这两年里,各式各样的小说、各式各样的写法展现在中国文坛。作家的文学触角,自由地临场发挥,往往是出于良知的选择,而不大受外界这种潮流或那种潮流的影响,这也是《小巷深处》(陆文夫著)把笔尖伸向一个绝对禁区的原因。事实上,常常是笔驱使作者,而不是作者驱使着笔,所以《红豆》(宗璞著)把一段缱绻的爱情故事,以很古典色彩地讲出来,大悖于当时流行的痛快麻利的"革命"感情,其实作家对那时的价值取向也未必是茫然的。

短促的繁荣,如流星般匆匆而来,又匆匆而去,一批作家的名字从文坛消失了,另一批作家的名字又出现在读者面前。好像这也是一条规律,每当作家们在探索的路途上走得太远,不但不受鼓励,反而招致质疑棒喝,处境危殆的时候,最有安全系数的做法,便是退回到出发点去,田园牧歌和战争礼赞常常是作家的一块福地。《七根火柴》(王愿坚著)以极短的篇幅感人至深地传达出革命火种传递中的圣洁感情,因而编入教科书中,被千百万学童琅琅诵读。而茅盾先生为之评价推荐的《百合花》(茹志鹃著),以行云流水般的散文笔法,使人们重温了炮火洗礼中挚爱的鱼水情深。《央金》(刘克著)写出了人格的尊严与革命觉醒;《新结识的伙伴》塑造了意气风发的女性形象;《达吉和她的父亲》(高缨著)以一波三折的笔墨,描绘出了儿女情长;"锻炼锻炼"(赵树理著)中那幽默的语言,写出了对庄稼人的温情调侃;《山那边人家》(周立波著)的浓郁乡土味、《我的第一个上级》(马烽著)里的干部的高大形象,《新生》(林斤澜著)中善良农民的素朴心灵以及《羊舍一夕》(汪曾祺著)诗化了的夜遇场景,这些作品,比起当时正叫座的长篇小说盛况,也算一个不弱的景象。

20世纪60年代以后，中国社会的政治生活发生剧烈变化，使得作家们来不及招架，真有不知所措之感。仅以农村为例，一会儿"深耕密植"，一会儿"公共食堂"，一会儿粮食多得吃不完，一会儿又赶上三年灾害，害得小说《李双双》（李梦著）在改编电影时，为跟上形势，不得不更换其中的故事情节。这虽是一则文坛逸事，但也说明作家彼时的共同惶惑，不仅把握不住自己手中的笔，连个人如何去适应这个"一天等于二十年"的激进得过头的社会，都无从谈起。因此，只有《陶渊明写〈挽歌〉》（陈翔鹤著）、《杜子美还家》（黄秋耘著）等回归史实、伤时感世的篇章，《卖烟叶》（赵树理著）、《赖大嫂》（西戎著）等写出真实农村、真实农民的作品，《彩霞》（浩然著）中那农家女如歌的行板以及《长长的流水》（刘真著）里那描述同志情谊和些许惆怅的漫想，还值得一读。

到了十年"文革"期间，文学之树进入了冬眠期，绝大部分作家被批挨斗，关进牛棚，短篇小说虽然能在《朝霞》一类杂志上看到，但受到样板戏和高大全式小说的影响，一副造反面孔，满嘴"文革"腔调，除令人憎恶外，别无可取之处。甚至当年那些作者，如今对自己所写过的"文革作品"，也讳莫如深，努力忘却。这十年里，一篇《机电局长的一天》（蒋子龙著），可作为那荒漠年代里的见证。这篇作品与作者稍后的《乔厂长上任记》所塑造出的硬汉形象有异曲同工之妙。但由于比揭开新时期文学帷幕的《班主任》（刘心武著）早了一年，于是领一时风气之先的荣耀，便不是机电局长霍大道，而是谢惠敏等女中学生了。《班主任》在中国当代文学史上，标志着文学这棵大树从沉睡中一觉醒来，重新振作，也体现了短篇小说这一文学样式，不辱她应负的先锋作用和启蒙使命。

中国文学的每一步进展，都与国家的政治生活所发生的变化攸关。《机电局长的一天》是在1975年邓小平同志主持中央工作期间文艺政策有所松动时，在复刊的《人民文学》上登出的。而《班主任》刊出后一年，则是1978年十一届三中全会的召开，党的方针路线作出更大调整。如果互换一下背景，《机电局长的一天》也能文起十年之衰，而开创新时期文学的大繁荣。

新时期文学开头几年，造成"轰动效应"的文学作品，一时"洛阳纸贵"者，皆短篇小说，这很令人振奋。但是，若不看到"乍暖还寒时刻"，这些作品还存在着相当粗糙疏率的毛病，还留有思想禁锢太久的痕迹，错误地以为全是成功的作品，那就错了。

20世纪80年代开始，若用王蒙这时期写的《夜的眼》和《春之声》两篇小说的标题，来形容"乱花渐欲迷人眼"的局面，倒是非常形象的譬喻。新时期文学的早期繁荣，确有穿出隧道尽头，顿现一派光明之感。文学之树至此才表现出枝繁叶茂、茁壮成长、生机无限、无所羁缚的生命力来。五十年来，还不曾有过如此精彩纷呈的盛况。

我们看到，《陈奂生上城》（高晓声著）里那个具有阿Q基因的农民，堂堂皇皇地进城了,再没有卫道士在他头上抡起"中间人物"的棍子。《鲁鲁》(宗璞著)是新时期较早以动物为描写对象的作品,也无人振振有词地指责那只小狗,违背"三突出"的创作规律;甚至作者的《我是谁》,是比较早地借鉴西方现代主义文学经验的小说,也不至于被加以离经叛道的罪名。这一切,固然标志着思想解放的成果,也应赞赏作家们往禁区迈出第一步的勇气。今天的一小步,常常是明天的一大步,到《受戒》(汪曾祺著)问世,那个小和尚出现的意义更是非同小可,他开拓了我们当代小说的写作路数,可以有"大达"的目标,也可以不一定非"大达"不可。

于是,《被爱情遗忘的角落》(张弦著)里所表现的农村里男女情爱的悲剧,《飘逝的花头巾》(陈建功著)里现代人城市中的校园浪漫史,也可以缠绵悱恻、潇洒风流地从容写将出来,对比把爱情视同罪恶的"文革样板",这是一个了不起的进步。《寻访画儿韩》(邓友梅著)则以浓浓一笔掀开了传统文化复归的一页,与20世纪二三十年代建设民族风格的文学的努力,构成了薪火相传的关系。此风一开,逐渐自成乡土文学体系,其中京味小说一派,应者甚众,也是以往所没有的现象。两位女作者的早期的成名作,《本次列车终点》(王安忆著)和《哦,香雪》(铁凝著),则有助于我们了解此间作者成长的过程。

到了20世纪80年代中期,短篇小说加之中篇小说进入了收获的大年,新人佳作,纷至沓来,真有"山阴道上,应接不暇"之感。也无妨如此断言,20世纪的最后十年和下世纪初的第一个十年,活跃在文坛、富有生产力的作家,都是这批在80年代中期崭露头角,而后成熟起来的作家。

《小D》(孙犁著)里的深刻的世相观察和用词遣字的精到,《溪鳗》(林斤澜著)里浪漫的小镇风情和国画式的点染手法,《清高》(陆文夫著)里感慨知识分子进入物质社会的惶惑无奈和冷峭的幽默风格,都显示着年长一代作家的老当益壮。《坚硬的稀粥》(王蒙著)的机敏文思,调侃词语,并非作者的最佳篇什,但正如那"诗中有画"的《画眉鸟婉丽的鸣声》(叶楠著)一样,都有其一定的史料意义在。而《减去十岁》(谌容著)所引起人们的会心一笑,《柯先生的白天和夜晚》(张洁著)那位洋人的百无聊赖,与她们早期作品里的诗意与激情相比,多了一份冷峻和尖刻,也说明作家不会是一条停滞的河,总是在进展着、在变化着的现实。

《辉煌的波马》(张承志著)里那无言交流的契合之情,令人心醉;《父亲》(梁晓声著)里那骨肉连心的亲情,使人想起朱自清的名篇《背影》;而《厚土》(李锐著)里那土地的厚重感,和《一天》(陈村著)里的小市民的烦琐感,都给人留下了最普通的老百姓那生计艰难的印象。那么,《马车》(陈世旭著)里教书人的蝇营狗苟、奔逐竞争,与《汉家女》(周大新著)的光明磊落、无私胸怀,又表明了世态人情的复杂多样及性格志趣的各种色彩。继20世纪50年代作家群后,知青代作家群在这个丰产的年代里起到了顶梁柱的作用。

但这一批作家普遍地表现出学养不足,是那个时代对他们的负疚之处。加上忙于写作,而补充不够,因此一鼓作气,再鼓而竭,难以持续,黯然失色,很快成为明日黄花者,也就不少见了。

少数民族作家描写本民族的小说,如《系在皮绳扣上的魂》(扎西达娃著),如《琥珀色的篝火》(乌热尔图著),读来视角独特,别开生面;具有浓郁地方特色的作品,如《老棒子酒馆》(郑万隆著),如《年关六赋》(阿成著),令人浮想联翩,情味盎然。《满票》(乔典运著)、《五月》(田中禾著),还包括《长乐》(聂震宁著)、《那人那山那狗》(彭见明著)、《一潭清水》(张炜著)、《狗日的粮食》(刘恒著)等农村题材,也不再重奏五六十年代的牧童短笛,给人看的是严峻的真实和在发生巨变的土地面貌。《命若琴弦》(史铁生著)、《绝唱》(赵本夫著),还包括《归去来》(韩少功著)、《火纸》(贾平凹著)、《贤人图》(聂鑫森著)等带有文化意味的小说,也为这棵文学大树推进了对于这个古老民族精神的追寻,增添了文学深度。至于《游神》(马原著)、《山上的小屋》(残雪著)那种新锐小说文本的实验;《你不可改变我》(刘西鸿著)、《无主题变奏》(徐星著)等新潮小说的时代气息,都给读者带来以前少有的美学思考。

20世纪80年代,像《塔铺》(刘震云著)、《鲜血梅花》(余华著)、《女人之约》(毕淑敏著)的作者这类知青和知青后的作家,写出越发成熟的篇章。进入90年代像《幼儿园》(丁天著)、《雾月牛栏》(迟子建著)的作者这批60年代70年代出生的作家走上文坛,使文学更加充满活力。作家的年轻化、知识化和对世界文化的了解,促使文坛出现了令人欣喜的变化。作家写作的个人化、自我意识的突现,使文学日益多样和丰富起来。虽然商业行为使一些作家面对市场而转产,但对艺术的追求,仍是大多数作家刻意为之的事情。有的营造个人独特的写作风格,有的进行小说文本的改革试验,有的摆脱传统束缚,私人成为写作的主体,有的虽还恪守现实主义,但也不再是旧日模样。

《热也好冷也好活着就好》(池莉著)里城市生活的素描,《日午》(林白著)里艺术学徒的行止,《夜鱼》(莫言著)里那想象力的扩张,《鸟粪》(徐坤著)里的寓言意味,包括《银盾》(徐小斌著)、《是谁在深夜说话》、《鞋》(刘庆邦著),等等,都有很多与众不同也与前不同的耐人寻味之处。现在,已经很难用鲁迅先生那时所提倡的"大达"或者非"大达"的分类,对作品进行排比。总之,大树正丰华,因此我相信,出色的小说会越来越多,小说的变化会越来越大,小说的发展会越来越好。这是毫无疑义的。

新一代作家更热衷与世界接轨,更关注世界文学的进展,从中汲取有益的滋养成分,使中国文学更加丰富多样起来,所进行的各式各样的文学实验,绝对是一件好事。

汉唐文化的兼容并蓄,南北朝时各族文学的交流证明了这是古已有之的做法。但借鉴与生搬硬套,学习与囫囵吞枣,终究是不同的概念。一些作品中所追求的意趣,与读者的距离渐渐拉大,一些作家的小圈子化或贵族化和这块现实土地所负担的沉重,变得风马牛不相及,也许应该有一些认识。当然,也不必为之忧心忡忡,中国的小说在中国一代代的作家手下,经过这五十年的磨炼,会像一棵大树一样,终归要茁壮成长的。

共和国五十年中篇小说一瞥

陈建功

　　检阅1949年至1999年中国文学的收获,我们没有理由不为中华人民共和国五十年来,特别是新时期以来文学事业所取得的成就而兴奋。以笔者的阅读感受,共和国五十年来的短篇小说当然美不胜收,堪称经典的名作佳篇也时有出现,但小说家们对短篇小说文体特殊性的思考、研究乃至创作实践上的探索似乎还缺乏普遍的自觉。而短篇小说这种格外体现"以一当十"艺术功力的样式,如果没有更多小说家在文体上尝试的自觉,不能不说在走向成熟的道路上尚有一段距离。共和国五十年来的长篇小说创作当然也堪称硕果累累,特别是近年来长篇小说的创作,可谓风行一时,我们也从中欣喜地看到了其辉煌的前景,然独步于世界文学之林的名著的出现,仍有待于时日。而中篇小说,尽管在"文革"前的十七年间不甚发达,在进入新时期文学的二十年间,却异军突起。或许因为在一个革故鼎新思想激荡的时代,在文学资源如飞瀑湍流的历史环境中,在一个人人急欲借重文学的酒杯,浇淋自己心中块垒的时刻,短制显得单薄而工巧,难于承担思想和情感的重量,鸿篇又有待于酝酿和打磨,而中篇,恰恰因其能够承载厚重又可以比较快捷、自如地抒写作家的情感,便成为了新时期小说家们最为得心应手的武器。20世纪70年代末80年代初应时而盛至今不衰的中篇小说,其主要特征是:以充沛的时代精神和对现实生活的密切关注,展示了多彩的生活画卷和凝重的人生图景;以独特的创作个性的充分呈现,显示了风格各异、别具神采的叙事魅力;以现实主义为主体的创作方法的多样化尝试,大大激发了作家的想象力和创造力,大大促进、丰富了现实主义和各小说流派的表现力,为新时期小说的多样化开创了宝贵的探索之路。以如此广阔的社会生活画面和如此厚重的人生图卷为背景,以独具个性魅力的叙事为特征,以多样化的艺术追求互为竞争和补充,中篇小说创作佳绩的取得自为题中应有之义。近二十年来,就我之视野所及,窃以为,不少篇章置之于世界中篇小说的佳作之列,也毫不逊色。因此,评估五十年来特别是近二十年来我国中篇小说创作成就,大可不必妄自菲薄。

　　尽管中篇小说创作最活跃的时期和最丰硕的收获只是近二十年间的事,而从新中国成立到"文革"浩劫的十七年间,中篇小说也的确是一个不甚活跃的品种,然而我们还是不应忘记,不少作家从那时起就奉献了优秀之作,他们对新中国中篇小说的开创之功,是不应被埋没的。我们所见到的新中国成立后的第一部中篇小说,是刘白羽的

《火光在前》,该作品发表于 1949 年 10 月创刊的《人民文学》上。这部以解放军南下渡江战役为题材的作品,完成于渡江战役结束后一个多月,因此,至今读起来,仿佛还闻得到战斗的硝烟,听得见泥泞中行进的战士们的脚步声。刘白羽是一位以反映时代、讴歌英雄见长的小说家,他说他期待着那样一种作品——"多年以后把它打开来,从那书页上,还能散发出那个时代的英雄的气息,还可以从中听到那个时代的迈进的步伐,从中实现那个时代的创始者,克服困难,战胜敌人的非常激动人心的形象。"《火光在前》应该说就是这种追求的结晶。此后十七年间中篇小说的扛鼎之作,应推孙犁的《铁木前传》和杜鹏程的《在和平的日子里》。发表于 1956 年的《铁木前传》描述了当他们面对新时代做出不同的人生抉择后所导致的友情亲情的瓦解。作品对两家矛盾的社会背景的设置虽然带有"两条道路斗争"的痕迹,表现了作家认识生活的历史局限,然而在当时那样的历史条件下,通过作品,作家又显示了其对独特的艺术风格的追求和深刻的现实主义艺术胆识。首先作家不像同时代某些作品那样直露地正面展开"两条道路斗争",而是着眼于人生抉择的苦闷、人情冷暖的失落,这使该作品给我们留下的不是历史的是是非非,更多的倒是人生的叹惋。至今读起,仍然觉得具有艺术的感染力;其次,作家对人物的处理遵循了严格的现实主义原则,对正面人物并不像当时流行的作品那样一味地做"英雄"状,而是真切地面对生活中的普通人,通过对铁匠傅老刚及其女儿心灵的刻画,可信地反映了刚刚获得解放的农民对新生活素朴的期盼与追求。对非正面人物,譬如对既放荡又苦闷的农村少妇满儿的形象塑造,针砭中寄予同情,表现了作家见解独到的艺术勇气。发表于 1957 年的《在和平的日子里》,也是一部经得起历史考验的中篇力作。杜鹏程以充满诗情的叙述和蕴含哲理的议论,以粗犷豪放的笔触表现了沸腾的社会主义建设工地上,面对艰险的勇敢与退缩,面对献身的坚定与犹疑,展现了在和平建设环境中两个老战友思想境界和人生追求的分野。难能可贵的是,在知识分子多以被贬损被歪曲的形象出现在文学画廊的年代,杜鹏程塑造了张如松、韦珍等新老知识分子形象,把他们作为社会主义建设大军的中坚加以讴歌。这种忠实于生活真实、忠实于作家良知的坚定,使《在和平的日子里》所反映的思想矛盾和人物风貌基本真实地反映了那个时代。当我们把这部作品和同时代的某些作品相比较而阅读的时候,不能不对作家充满了敬意。

如前所述,中篇小说真正丰收的时代是和我国社会主义建设的新时期一起来到的。经过十年"文革"的摧残,广大作家和文学爱好者已经积累了丰富的阅历和太多的人生感慨,一旦思想解放的潮流冲决禁锢的堤坝,文学势必当仁不让地成为呐喊者和鼓吹者。开风气之先的,是短篇小说。其实,看看当时风行的短篇小说就不难发现,其思想含量、人物安排乃至情节设置,与其说是短篇小说,不如说更具有中篇小说的美学特征。那些产生了巨大影响的短篇小说,更像是作家们为了赶上狂飙突进的时代而急急讲出的一部中篇小说的梗概。那么,几乎与短篇小说的风行同步,中篇小说的时代就自然而然地到来了。

1979年,是中篇小说创作以丰厚的创作实绩引起文坛关注的一年。张炯在《文艺报》发表《1979年中篇小说的崛起》一文称:"一年间中篇小说发表和出版的数量,超过新中国成立以来的任何一年,在题材、主题、人物、形式和风格上都有新的开拓,思想和艺术也明显在提高。佳篇络绎不绝,令人目不暇接。新老作者竞相以自己辛勤的劳作,为中篇的繁荣做出贡献。"如果说,从维熙的《第十个弹孔》、鲁彦周的《天云山传奇》、冯骥才的《铺花的歧路》等1979年引起读者注意的佳作还较多地带有"伤痕文学"和"反思文学"的特点的话,到了1980年以后,中篇小说的题材又有了新的拓展。徐怀中以《西线轶事》掀开了新时期军旅文学的新篇章;谌容以《人到中年》发出对知识分子命运的感喟;刘绍棠以《蒲柳人家》重现运河人物的神韵和运河乡土的风情;王蒙以《蝴蝶》对一个革命者的人生轨迹作检索和反省;蒋子龙以《开拓者》继续对改革大业投以热切的关注……正经历着思想解放运动的文学界既表现了拓展文学题材的活力,也开始展示了对生活、对历史、对人生的独立思考,开始寻找个性化的艺术表现的途径。王蒙的《蝴蝶》堪称中篇小说体裁里这种展示和寻找的开始。随着20世纪80年代的推进,也随着更为年轻的一代作家的成长,中篇小说创作在保持其关注时代关注生活的敏锐触角的同时,寻找更为个性化的叙事方式和语言方式已经成了作家们的自觉。我们从张承志《北方的河》中,领教了汪洋恣肆的叙事和激情饱满的语言;我们从史铁生《关于詹牧师的报告文学》中,读出了貌似平静的叙述后面的幽默,以及这幽默背后的冷峻;我们从莫言的《红高粱》中,感受到了意象的冲击和色彩的热度;我们从刘索拉的《你别无选择》中,品味到了幽默的无奈与残酷……就这样,近二十年间,中篇小说的创作一直保持着多样化发展势头经久不衰,不断有新的优秀作家在中篇小说领域雄踞一方。

值得注意的是,多样化的文学时代所给予作家们的,有"抱玉握珠"的追求,也有"五色眩迷"的惶惑。批评家们开始为各色各样的小说"册封""流派"。比如"新写实派",据说代表人物为方方、池莉、刘恒、刘震云等。他们的确都是独具特色的优秀作家,但笔者宁可认为他们是一个个有个性的作家,而不敢苟同某些批评家的"册封"。因为把他们不同风格的作品硬拉成一种流派,说成是一种"主义",除了故弄玄虚之外,既无助于对这些优秀作家的认识,也无助于对创作的推动。也有的"册封"来自编辑部,他们急于打出一个旗号,以促进刊物的销售。"册封"的结果是读者们眼花缭乱,作家们也心慌意乱,对文学创作来说,实在是得不偿失的事。与"册封"的"主义"一起泛起的,是批评界的各种名词与术语。缺乏定力的作家安能不手足无措?在社会主义经济形态由计划经济向市场经济转化的时代,这样一个喧嚣与骚动的时代,这样一个每个人都要面临着各种诱惑的时代,中篇小说的创作和其他文学门类一样,面临创新的急切,也面临着浮躁的困扰。特别是当创新的愿望像一条狗,追得作家们东奔西窜的时候,作家们是否还能清醒地保持着艺术追求的独立意识,是否还保持着对自己的艺术天地的固守与执着?一个写作者,既要有创新和探索的无尽的激情,又要有区分艺术与非艺术、真艺术与伪艺术的清醒。这些说起来都是不难的,难的,是实践。作家们面对的,既有风格、流派多样化带来的五彩缤纷,又有名词轰炸、旗帜林立带来的惶恐与迷乱。因此,中篇小说作家们此时面临着和其他文体的作家们一样的困惑,即:怎样循着自己的情感方式的独特性,寻找出一条艺术地把握世界的道路。这条道路既属于自己,又属于民族,既属于中国,又通向世界。可贵的是,一批优秀的小说家们有着艺术追求的执着与清醒,在佶屈聱牙的作品被主义们包装风行于市时,他们坚持自己的艺术发现与表现,继续推进着小说特别是中篇小说艺术的发展。如前文所举的方方、池莉、刘恒、刘震云就是这样一批作家,他们继《风景》《烦恼人生》《伏羲伏羲》《单位》等作品后,不断推出新作。

与此同时,一直坚守着现实主义创作方法的作家们在各种流派熙熙攘攘的洪流中也毫不示弱,他们一方面吸纳其他流派所长,一方面坚持密切关注现实、塑造典型人物的方向,以一批被称为"现实主义冲击波"的作品引起了文坛的注意。这些作品包括:何申的《年前年后》、谈歌的《大厂》、关仁山的《大雪无乡》《九月还乡》等。被称为"三驾马车"的三位河北省中青年作家以对现实生活的密切关注为共同特点,同时又各具所长:何申善于以幽默风趣的语言塑造丰满复杂的人物,谈歌具有更多直面生活矛盾的锐气,关仁山则在融合各流派的叙事风格方面多有尝试。一些评论家称这一现象为"现实主义的回归"。其实,在中国当代文坛,现实主义的创作方法从来就没有"走失"过。以中篇小说创作为例,现实主义小说一直风头颇劲,他们在和各流派的共同发展中吸纳他人所长,丰富了现实主义作品的表现力,不断取得成功。比如邓友梅的《烟壶》、陈源斌的《万家诉讼》、叶广芩的《祖坟》、阎连科的《黄金洞》、林希的《小的儿》、李国文的《涅槃》,又何尝不是现实主义的结构?当然,只要我们稍稍留意一下就不难发现,新近现实主义文学创作上的收获,不是旧有的现实主义文学的重复和回归,而是现实主义经历了"主义"林立的洗礼后,对自身模式既有继承又有突破的结果。是现实主义思考自己、审度自己,对其他流派有所吸收,对自己作了否定之否定以后的新的肯定。翻开任何一本当今最受好评的现实主义作品不难看出,从叙事结构、叙事角度、叙事态度直到语言感觉,从人物刻画的深度到时空跨越的广度,新的现实主义佳作无不从形形色色的文学流派中汲取养分,用以更真切地反映真实,更深入地刻画人生。因此,现实主义对其他文学流派的开放性、借鉴性,是它得以以生气勃勃的姿态重新成为话题的奥妙所在。可见,现实主义话题的升温,非但不应该也不可能否定各种各样的文学探索和形形色色的文学流派,相反,坚持现实主义创作原则的作家、评论家,对待不同的文学流派应该采取格外谨慎的"兼容并包"的态度,珍惜"百花齐放、百家争鸣"氛围,以熔铸百家、发展自己,不断开创现实主义文学的广阔道路。同样,我们也不妨看看那些一开始以较为"先锋"和"前卫"的姿态进军文坛的作家。其实在他们的艺术实践中,也同样没有停止过对现实主义和其他流派的摄取。读过余华的《活着》和鬼子的《被雨淋湿的河》,是否可以看出他们把现实精神和现代叙事相结合的努力?他们同样以自己的创造性劳动,为丰富我们民族的情感宝库和审美经验做出独到的贡献。

五十年岁月,弹指一挥间。从五十年前的《火光在前》,到五十年后依然洋溢着时代激情充满了现实精神的一批批中篇佳作,从当年小心翼翼地探索着尝试着却难免批判厄运的《铁木前传》,到如今目不暇接、美不胜收、流派纷呈的各色各样的小说,我们既可以从中看到社会主义文学一以贯之的传统,也可以看出社会主义文学经历艰难曲折不断探索走向繁荣的轨迹。

总结这一切,思考这一切,对走向未来的社会主义文学,或许不无裨益吧。

2000年

当代学者散文的出路
——从南帆的散文兼论审智散文的审美逻辑转化
孙绍振

20世纪学者散文的风起云涌,无疑是中国当代散文的一大景观。从历史过程来看,这是对于五六十年代抒情散文一统天下的反拨;在散文观念上,也是一种解放。20世纪五六十年代的散文观是纯审美的,抒情几乎是审美价值的唯一的选择,对于概念化的提防导致了对于智性的排斥。情感与智性的矛盾在理论上被绝对化了;连鲁迅那种张扬智性的杂文能不能列入文学之列,在理论上都有相当巨大的分歧。但是20世纪后半叶现代和后现代派文学反滥情、反浪漫、追求智性的潮流高涨,形而上的思考在当代世界文学大师的杰作中不可或缺。这一切对于当代散文作家和理论家构成了挑战。在学者散文中,事情很快走向了反面,很大一部分学者散文智性泛滥,情感被忽视,审美价值倒成了问题,许多学者散文似乎很难融入文学范畴。但是,要把如此众多的学者散文驱逐出文学谈何容易?批评家们不得不向现状做出妥协。而学者散文家们也就落得省心,暂且不去理睬什么审美不审美的问题。

但是,理论上的妥协加剧了实践中的偏颇。许多学者散文作者已经忘记了学理与艺术之间最起码的界限。把学者的智慧化为艺术的审美肯定需要特殊的才能。严羽说"诗有别才,诗有别趣",不能以才学为诗,散文何尝没有别才、别趣,以才学为散文何尝不是一条死路?不能因为在学术上有了一点名气,就有权不把散文作为一种艺术来追求。令人忧虑的是,学者散文泥沙俱下,鱼龙混杂,艺术生命面临危机。大发议论到无所节制者有之;满足于堆砌历史故事者有之;掉书袋掉到如老古董者有之;一味以抄古人诗句为荣,而不怕给人以酸腐之感者有之。背离审美的追求,放弃艺术追求的现象已经见怪不怪。学者散文家的队伍越是广大,在艺术上有追求的学者散文却越来越少。对于这种现象光是从理论上呼吁"净化文体"是消极的。事实上审美与审智冲突已经在实践中产生了融合的倾向。

正是在这种意义上,余秋雨和王小波显得特别珍贵,他们的历史功绩在于:调节了学者的智性与艺术的审美的矛盾。余秋雨把他的文化思考的智性和诗性的激情水乳交融地结合起来(不管一些对他怀有成见的评论家对他如何苛求),而王小波则难能可贵地把智性和幽默的荒谬逻辑结合起来,开辟了一种深邃和悖谬结合起来的境界。

除了他们以外,还有一个学者散文家开辟了另外一条独特的散文艺术道路,这就是南帆。也许是因为南帆在文学评论方面的声誉较高,遮蔽了他在散文方面的成就。近五六年来,他出版了六本散文集:《文明七巧板》(上海文艺出版社,1994年)、《星空与植物》(河北人民出版社1997年)、《沉入词语》(浙江文艺出版社1997年)、《追向往昔》(湖南文艺出版社,1998年)、《自由与主享用》(百花文艺出版社,1999年)、《叩访感觉》(东方出版中心,1999年),他回避了现当代散文艺术积累最为丰厚的审美基地——抒情和幽默,在余秋雨和王小波的境界以外,创造了一种南帆式审智的天地。

审美与审智的交融,成为南帆的一大发明,也成为中国当代散文的一大突破。

他的审智的优势和他的散文的审美艺术追寻显然存在着矛盾。南帆那些抽象成分压倒感性成分的作品,尽可以从罗兰·巴尔特那里得到经典性的支持,甚至以一种"文体的突围"来辩护,但是,突围的英勇和风险同在。巴尔特对于文学与非文学界限的挑战只能是一种实验,其对散文艺术的破坏和建设同样值得分析。南帆的确有一些沉迷于审智的散文,给一般读者以一种不可亲近之感。许多读者并不否认南帆散文的独特创造,但是总有保留地怀疑南帆的散文的"晦涩"。好在南帆写得最好的散文并不是巴尔特式的影响特别强烈的作品。他的创造在于为智性散文向审美转化开拓了一条特殊的道路。这大致有两种表现形式:

在比较感性的散文中,他的审智话语一开始就有某种感性的色彩。

当他冷峻地将对象的特点概括出来的时候,总是情不自禁地把感性和诗性渗透进去。例如,对于眼睛,他说:"眼睛是一个野心勃勃的感官,它贪婪地射出视线,企图将宇宙尽收眼底。人们甚至制造出望远镜纵容眼睛远征。"说到耳朵的时候,这样的议论更加洋溢着诗性:"耳朵是一个可怜的器官。耳朵长于头颅的两侧,时常被当作头颅的把柄作用——谁的耳朵没有被爷爷或者先生揪过呢?……耳朵的童年塞满了呵斥、责难和詈骂。人们可以从'耳提面命'这个词里体会到耳朵所遭受到的虐待。其实,即使长大成人,耳朵也没有改变它的'被动角色'。"(《叩访感觉》中之"叩访感觉")

把耳朵和眼睛都拟人化了,也就具有了相当程度的审美的诗性。但是用了这么多诗性话语,却并不完全是抒情的,因为其间潜藏着从统一中寻求对立的辩证逻辑的线索,思路中饱和着一种演绎的深邃;把眼睛与耳朵的互补的关系转化为矛盾对立的范畴;这种对立不是一般的感性的分立,而是哲学意义上的高度概括的对立;南帆事实上在做着审智的分析,而不是审美的描写。从分析中衍生出来的不是情感,而是一系列的观点。这就使感性的审美话语深入了智性的逻辑系统。

在南帆感性比较强的作品中,他的诗性话语就这样和智性交融起来:在微观话语上,是不乏感性的、诗性的;而在宏观上,观念是沿着对立统一的逻辑系统生发的。诗性的话语是显性的,而对立统一的逻辑结构是隐性的,这种二重结构的功能使他的观念和感性一起不断衍生,而且达到自洽。就在这样的感性与智性交织和分化中,层层衍生的观念借助于南帆式的隐喻长驱直入;在宏观和微观的临界点上,理性概念和诗性话语猝然遇合的地方,南帆成功地使审美和审智同步升华。

审美的诗性和审智的思辨就这样达到统一,他的逻辑具有审美与审智的双重性能。从严格的智性价值而观之,它并没有完全达到智性的全面和客观,因而是一种亚智性逻辑;而从审美价值而观之,亦未充分达到审美的超越于理性的自由变异(感觉的和逻辑的),因而只能是一种不完全的审美价值,或者叫作"亚审美逻辑"。

在南帆另一类智性比较强的散文中,虽然在表层的话语上,感性比较弱,审智的逻辑是对立统一的,拥有客观的、逻辑的全面性,但是,对其逻辑做更为深层的分析,其客观性和全面性却并不是完全的,恰恰具有抒情逻辑所特有的单向、线性,亦即主观率性的,具有某种审美与审智,情趣与理趣交融的逻辑。

这种亚审美逻辑以潜在的、隐性的形式存在着。如在《一握之间》中,先是分析了动物和人在占有上的不同:动物用嘴巴,占有即是吞噬,颇有点野蛮,人用手,不那么粗鄙。这是正面的立论。接下来,引出反命题:人类的嘴巴却不同,"含在嘴里"表示无比珍爱。这就从物质层次引申到精神层次,人类无须用牙齿也能占有宝石。情侣的手使得"躯体互相占有",具有"精神旨趣"。对立面转化的结果是:"手的相握使躯体卷入了两人的情意",也就是躯体向灵魂转化;接下来又是"言辞的承诺置换为手的承诺"——这里又转化为灵魂的(言辞)向躯体(手)的升华。"拥抱让自己胳膊接纳了另一个躯体",这是躯体和精神的接纳,"同时将自己的躯体交付给另一双胳膊","这是手与躯体之间一个奇妙的悖反":接纳就意味着交付,而不是占有。——在一系列矛盾得到反复揭示之后,接着是矛盾的统一:拥抱是"手与躯体之间的一个奇妙的配合"。

不管是"占有""抓""握""承诺",还是"悖反"都是抽象的概念,并没有描述眼睛、耳朵时那样的感性话语,而其逻辑又是一分为二的,至少不是明显片面的,其智性成分是显而易见的。但是,这种智性只是在显性形式上,具备了客观的、全面的概括性,而在实质上,也就是在潜在内容上,却并不是这样。

首先,大前提就是并不是全面的:动物使用嘴巴占有对象,但是,动物也经常用相当于人的手的爪子来搏击对象。而"人含在嘴里怕化了"是一个特殊的含义,并不具有普遍性,在更多的时候,人和动物一样,也是为了粗鄙的生理的需求的满足;含在嘴里怕化,作为珍爱的含义,是巧合,从逻辑上来说是孤证,不是逻辑的覆盖,而是擦边。

南帆在做审智的思考时,惯于以逻辑的表层全面掩护深层的片面。他并不是不知道:在攫取食物的时候,人的嘴巴的功能和动物并没有什么不同;如果同时引用"民以食为天",可能是更为全面了,其理性大放光芒了;对于散文艺术的亚审美逻辑来说,就大煞风景了。幸而他采用了并不全面的擦边逻辑,才使他的表面看来是智性的思辨,隐含着不智的逻辑,构成了南帆式的情与智的交融。

这种南帆式的逻辑,以单向的大前提、线性逻辑为起点,向纵深层次做层层推演,而其主观色彩依次递增:智性的逻辑变成了多少有点率性的、带着南帆不可重复的个性。

在这样的形式中,演绎出警策的见解来,构成了一种"片面的深刻",警策而又不无蹊跷;深刻为智,蹊跷为趣,二者结合起来,这就是通常所谓的理趣,或者智趣。

这种理趣不同于抒情的趣味,也就是所谓情趣。虽然它具有抒情诗性在逻辑上的某些特点:不全面,以相近、相似作为联想、想象的中介,但是它的表层不完全是抒情的单向直进的逻辑,而是接近于智性的正反递进的分析模式。这种模式与纯粹理性逻辑也不相同:它深层的单因单果式的推演与表层的智性的矛盾统一模式构成张力。它的和谐与自洽借助在逻辑上的擦边,把握住这种擦边的机遇,就是机智。正是机智产生了趣味。很难说它接近于情感的抒发,还是说它接近于智性的激发,这就使南帆的亚审美逻辑永远不能脱离审智而存在。

他不以通常所说的情景交融,以情趣取胜;而是以情(智)理交融,以理趣取胜。

这种理趣,或者智趣,是很经得起欣赏的。因为,在初始层次还是隐性的,在推演的过程中,隐性和趣味越来越转向显性。推演的层次越多,一方面,其自洽性和辩证性递减,而在另一方面,其任情率性的成分,也就是亚审美因素也逐步递增。在《寓所的矛盾》中,他在一系列的推演中,阐明寓所的功能就是个人的物质庇护,转化为个人的精神空间归宿,而寓所的固定性又转化为违反人类自由本性的限制——由此,他悄悄地运用抒情极化的逻辑,引申出:室内了无新意的程式化的陈设,引人烦厌。"为了防御这种厌烦的侵害,人们竭力企图将外部世界引入寓所。从电话、电视到报纸、期刊,外部世界的信息乃是寓所内部沉闷空气的调剂。"

这样的因果显然是随意的,但是却充满了机智的(审智的)趣味。在这种趣味里,虽然没有情感的成分,但是,却有一种与情感造成的趣味相通的东西——在逻辑上的率性。事实上,南帆也并没有把逻辑的严密看得太过拘谨,他在《寓所的矛盾》中公然宣称,他"仅想表述……随意的联想"。这种随意性并不完全是随意的,同时又是巧合的,巧合由于惊险地切合逻辑,因而并没有成为呓语。所有的趣味,就是从这样的惊险地抓住巧合的机智中产生的。这种巧合对于文化学来说,显然不无损失,但是这种损失却为审美的新异性所弥补。不管把它称作亚审美逻辑,还是称作亚智性逻辑,都可以说明,在南帆的逻辑中二者总是不可分离的。在许多情况下,亚审美逻辑还占着优势。

对于父母对孩子的感情总是超过孩子对父母的感情这样一个现象,他的解释是这样的:"这包含了父母的歉疚之意——他们总是专断地把子女送往人间,从不在事先征询当事人的意愿。"(《我们从哪里来》)关于成人有时弓着身子睡觉的姿态,他的理由是:"为了重温在子宫里羊水里的快乐。"所有这一切都经不起纯智性的逻辑的检验,它在逻辑上的单向性、随意性、个人化的特点,与反复的辨析表层形式形成对比,这更强化了他亚审美逻辑的诗性特点,使得他的逻辑在到达高潮的时候,有一种审美压倒审智的倾向。这种倾向在写到晕车的感觉的时候,最为明显了——他甚至宣称晕车不是生理反应,而是情绪和意志的发现。乘公共汽车的速度不是自己自由创造的,因而躯体有被人接管的屈辱感。晕车是一种反抗,而呕吐则是更为坚决的抵抗,真正意图是,"夺回速度生产的权力"。(《安装了轮子的世界》)

亚审美的情趣与审智的理趣优势动态消长正是南帆的一大发明。

正是由于有了这种渗透着审智趣味的亚审美逻辑,南帆率性的审美联想联系着智性和情感两个极端。一方面是现代西方哲学形而上的生命和自由,一方面是形而下的躯体和感觉。我国清代诗话家吴乔分析诗的逻辑为"无理而妙",南帆在许多地方与这种无理而妙的逻辑息息相通。不过严格地说,不是"无理而妙",而是"不智而妙,因妙而智"。令人深思的是,正当我们在当代散文中,思想容量和深度都不如诗歌和小说的时候,他用这种无理的逻辑,为当代散文扩充了思想的容量,在这一点上,他决不亚于余秋雨和王小波。

灵魂的忏悔与拷问
——评铁凝长篇小说《大浴女》

郭宝亮

长篇小说《大浴女》的作者铁凝以舒缓平淡的叙述，以"极尽现实的普通"，为我们营造了一座"亲切的遥远"和"熟稔的陌生"的"内心深处的花园"。它那通贯全篇的忏悔意识与无处不在的对灵魂的拷问，使得这座"内心深处的花园"充满了喧哗与骚动，以及由这喧嚣而最终达到的丰富的痛苦和深沉的宁静。

书名取自塞尚的名画《大浴女》，显然是取其"洗浴"的象征意，那是将灵魂和肉体完全敞开于大自然之中的通脱和酣畅，在全无遮拦的透明性存在中，达到灵与肉的统一，从而成就高贵灵魂皈依真善美的人性至境。

因此，整部小说就是尹小跳心灵的痛苦的蜕变过程，而在这一过程中，忏悔意识一直就是尹小跳灵魂蜕变的内在动力。小美人尹小荃扬起两条胳膊，像要飞翔一样一头栽进污水井这件事，成为尹小跳灵魂中的一个终生难释的结扣，一个拷问灵魂的起点，一种"原罪"。尹小荃仿佛就是那个特定时代的人性恶的试剂，她的出生连接了章妩和唐医生以及他们背后的荒唐时代，同时又令尹小跳、尹小帆和唐菲们的灵魂永不安宁。然而灵魂的不安与忏悔意识是两码事，虽然她们都参与了对尹小荃的"谋杀"，但三人的作为是各不相同的。尹小帆对待尹小荃的死，是将自己择出来，她宁愿也变成一个受害者，而将所有的罪过都一股脑儿地推给姐姐尹小跳，因此，在以后的美国岁月中，她的生活并不幸福，但她却不敢承认自己的不幸，她遮遮掩掩，暗中嫉妒姐姐的生活，并抢夺姐姐之所爱，成了姐姐的竞争对手。实质上，尹小帆的这种心理正是不敢正视自己灵魂的虚弱表现，将阴暗的恶遮蔽在灵魂深处，靠外在的"施虐"而浪得一个"强大"的虚名，这显然是很可悲的。尹小帆的意义也许就在于，任何向外扩张的人，都是有着程度不同的心理障碍的人，一个不敢敞开灵魂的人，一个没有忏悔意识的人，她其实是很软弱的、无助的。她的灵魂不可能得救。

唐菲是《大浴女》中一个最具个性的形象，这个形象的复杂性在此前的文学作品中还不多见。我们很难用固有的道德眼光来评价这个独特的形象。也许在《永远有多远》中的西单小六身上我们看到了唐菲的影子，她也许是那种没有多少道德重负的另类女子。她放荡妖冶，又善良纯真，洒脱而又沉重。可以说，她就是那个特定的荒唐年代的恶之花。她生来就没有父亲，母亲为了保护她而甘愿受辱，最终不得不含恨了却一生。与舅舅相依为命的唐菲，又看到了舅舅与章妩偷情的罪恶。她的心灵被严重扭曲了,她的对男人乃至整个社会的偏执狂式的疯狂报复,没能为灵魂找到一个出路,她的灵与肉是分裂的,肉体的敞开不能代替灵魂的敞开。应该说,她对尹小荃的死,是应负全责的,如果说尹小跳和尹小帆,只是间接"谋杀"了尹小荃,那么唐菲就是"直接谋害"了尹小荃。但是我们没有看到她的忏悔,虽然她在临终弥留之际印在尹小跳脸上的那个无言的唇印,也许表白着某种灵魂的向善本质,不过,它已来得太晚,而且向善的本能与通过大幅度的灵魂的忏悔所达到的心灵的深度是有着巨大区别的,因此,唐菲的最后结局也预示着灵魂拷问的矢量与灵魂救的比例关系。

　　尹小跳作为小说的主人公,她的勇于承担罪责,使她同尹小帆和唐菲有了区别。而事实上,尹小跳的起点并不比她们高,当她由对母亲章妩的厌恶而迁怒于无辜的尹小荃时,她在心理上占据了道德的绝对优势,她是在她的家庭消灭"不光彩",而尹小荃长得愈来愈像唐医生,则使这种"不光彩"日益显露,因而小荃的消失明显地使除了章妩以外的所有人松了一口气。首先是尹亦寻,他的受害者的身份,使得他的轻松显得理所当然。然后就是唐菲,唐菲的轻松加重了尹小跳的内心沉重,使她的孽感从此滋生。于是,漫长的灵魂洗浴开始了,尹小跳独自背负起沉重的人生十字架,忏悔的种子在生命中生根发芽,并开花结果。方兢在情感上所给予她的爱恨交织,只是惩罚的第一步,方兢的无赖式的爱情逻辑无疑是对尹小跳纯真情感的捉弄。然后便是妹妹尹小帆的"施虐",还有家庭不和所带来的种种烦恼,母亲章妩为改变自己而艰苦卓绝地对自我形象的修改而造成的肉麻等都构成尹小跳生存的背景。由于有了尹小荃,尹小跳的摆脱外在干扰而专注内在灵魂的飞升和拯救的工作才有了沉甸甸的实质性生命内容。仿佛是人性固有的晦暗不明与恶的下旋力使人有一种不由自主的堕落欲望,战胜自我,提升自我,没有触目惊心的忏悔意识和灵魂拷问,是不可想象的。尹小跳的可贵之处就在于,她在自觉地对自我生命晦暗的清理中,完成了人性提升的三级跳,即由恨到宽宥,由焦躁到平静,最终达到对所有人的理解与平和的爱。于是在对存在的去蔽过程中,方兢的情感捉弄已不再是伤害,而是恕罪的磨炼,尹小帆的"施虐"已不是"施虐",而是值得同情的可以理解的行为。甚至对章妩的过激的自我形象修改,也能敏感地感受到章妩内心忏悔的深深不安。而当她找到自己的真爱陈在时,万美辰的内心痛苦,又使她主动放弃自己的幸福追求,而主动让位。我们在尹小跳身上,感受到生命的澄澈与灵魂的博大,美和善就这样冉冉升起,内心深处的花园开满了缤纷的鲜花,那种对自身猫照镜式的遮挡式观照,换来了敞开的诗意栖居。是的,"在每个人的心中都有一座花园的,你必须拉着你的手往心灵深处走,你必须去发现、开垦、拔草、浇灌……当有一天我们头顶波斯菊的时候回望心灵,我们才会清醒那儿是全世界最宽阔的地方,我不曾让我至亲至爱的人们栖居在杂草之中"。这就是忏悔的力量,忏悔意识是对自我灵魂的拷问,归根结底是对生命的善待,也是对存在的独特领悟。头顶波斯菊正是我们这些有终结的存在者的现实处境,面对着生命的有限,还有什么不可释然,爱的普照与灵魂的宁静,正是尹小跳对生命和存在之真谛的彻悟。

如果说尹小跳的忏悔意识是对自我灵魂的一次主动洗浴,那么,以尹小跳为叙述聚焦的对其他人的审视,则是铁凝对人性的颇具深度的一次灵魂拷问。尹小帆、唐菲、方兢、章妩、唐医生、尹亦寻等,都在尹小跳的审视下,一一显形。方兢作为名人,生活的苦难给他以魅力,但同时也给了他一颗残缺的心。当他连五分钱的车票也要拿去找"他们"报销的时候,当他喊出"我要搞遍天下所有的女人"的时候,方兢的那颗疯狂的丑陋的畸形的灵魂便暴露无遗,"那是一个遭受过大苦大难的中年男人,当他从苦难中解脱出来之后,向全社会、全人类、全体男性和全体女性疯狂讨要的强烈本能"是那样迫切。这是一个不健全的灵魂,这样一个不健全的不思忏悔的灵魂是可怕的。

章妩、唐医生、尹亦寻都属于那个多灾多难的时代,苇河农场山上的那间小屋标志着那个时代的非人道特征。章妩与唐医生的关系充满了功利与欲望的相互满足和情感慰藉的复杂色彩。在这里,作为聚焦者的尹小跳由对章妩和唐医生的厌恶到最终的谅解和同情的动态化过程,表明隐含作者的态度不是纯粹道德的,而是生命意义上的。尤其是唐医生,他的出身带给他的不公和焦虑在与章妩的偷情中暂时得到缓解,但他终于一丝不挂地暴死于众目睽睽之下,所拷问的恰恰是那些"捉奸者"的丑恶的却自以为十分正常的灵魂。在少年尹小跳看来,章妩也许是所有这些罪恶的起点,她的慵懒萎靡、缺少责任心,她的对丈夫的不忠,的确又使她看起来十分邪恶。然而,章妩的爱情难道不是合理的吗?她与唐医生那样不顾一切地生下他们的女儿,又使她显得多么大胆,但是没有人可以容忍她,甚至包括她的女儿,她的丈夫尹亦寻以受害者的身份对她的折磨其实更为残忍。章妩晚年疯狂似的整容,既显示出她对自己往昔的痛恨和否定,同时也是她对丈夫一生内疚的极端化形式。章妩的悲剧也许就在于她一生都找不到自己的真正定位,她的婚姻和爱情都是畸形的,她不满着什么又想抓住点什么,但总是事与愿违。晚年的整容,掺杂着不满、内疚、无聊以及对自己的彻底失望等复杂情感就显得顺理成章。按理,尹亦寻是个受害者,但有时候受害者也可以变成迫害者,当尹亦寻察觉了章妩与唐医生的暧昧之事,他没有大发雷霆,而是沉默着,他坚持不问是为了掌握主动,永远坚持不问就永远掌握了主动,尹小荃的死使他紧巴巴的心一下子放松了,但他那明显虚伪的表演,制造了章妩一生对他的内疚感,为了自己的自尊,他控制了自己不爱的章妩并君临着她。这是一种残忍的报复。相比之下,陈在在小说中并不十分鲜明,也许他过分理想化了,他更像是尹小跳精神上的"教父",或者说是尹小跳的一个"自恋"对象。正是这种完美无缺,反倒使他的形象模糊起来。这是很令人遗憾的。

无畏的欲望及其他
——从《上海宝贝》和《糖》说起
阎晶明

棉棉和卫慧的小说出笼后，发展了二十年的新时期文学好像开了一个新天地，引得那么多人纷纷争说。什么"70年代出生的作家群"、什么"另类作家"、什么"新新人类"，名词术语准备了一大堆。我知道，如果再不读这些人的小说，自己对新时期文学的认识就会出现"断裂"现象。于是，《上海宝贝》（卫慧）、《糖》（棉棉）就这样走进了阅读视野。

我不知道批评家是怎样评析这些小说的，我想他们无论作什么评价，都只能从总体上、从现象上谈一些看法，如果有谁能以细读的方法对这些作品作出充分而耐心的阐释，我必须承认，那可够得上是中国批评"成熟"的标志。人们为这些小说惊呼什么呢？她们的艺术外衣其实够得上是"老土"，我不相信把感官刺激当作生活主题的人能有多少耐心用在阅读文学经典和提高艺术素养上；语言的色彩单一得像同这些作家本人同时出生的"伤痕文学"作品；她们的故事反反复复，有点像一个老太婆叙述自己年轻时曾经有过的"疯狂"。她们的生活品位其实也受了小女人散文的影响，再加上《格调》之类的书，足够吓住一般的读者。但我以为，她们笔下的都市氛围比起王唯铭那样的都市文化批评家的描述还有距离，并算不上什么独特。她们故意把小说写成"自叙传"，留下强烈而明晰的履历印迹，其实就是怕读者的瞠目结舌不到位，而且也主要凭这一点，把自己的作品同地摊文学区分开来（"自叙传"的另一个形成原因是，由于缺乏最起码的艺术想象能力，她们除了抛售自己的生活之外一无所有）。关于这一观点需特别说明，地摊上的那些破烂故事，往往要包上一个简单粗糙的道德谴责或法律惩治的外衣，作者的口吻也是尽量装得像法官一样，这种做法十几年来几乎成了"八股"，不可能进步。"新新人类"则刚好相反，道德的外衣和其他任何必要的或不必要的包裹全部被抛弃，她们赤裸着身体冲着行人大叫，以便充分引起旁人注意，由于这种举动在一定程度上被视作是"行为艺术"，所以便不会被"警察"制止。

我觉得这两部小说都有点虚张声势，一般的读者对"派对策划""DJ"这样的职业还相当陌生，对酒吧、迪厅里的气氛也不是特别熟悉，更不用说群居、同性恋、吸毒那样的"另类"生活，同普通的庸常生活之间的距离了。这两位年轻女作者，正好利用和满足了部分读者的这种"窥探"欲望，让他们看到了一个群魔乱舞的特殊的人生世界。除了酒店、酒吧、床铺、霓虹灯这样的场景；除了游荡、喝酒、抽烟、性往来、吸毒这样的行为;除了冷漠、若无其事这样的"零度叙述",这些小说别无其他。我的意思是,这些小说看上去庞杂,除了作者的结构能力有问题外,其实暴露出她们艺术表现力单调枯燥的弱点。我甚至认为,她们未必讲得好一个简单的童话故事。这种"前卫艺术家"的无根基性,早在中国美术界、诗歌界就有所表现,现在小说界也来了,不知道人们会形成一个怎样的定论。

　　类型化的人物,根本用不着拿来同张爱玲、王安忆的小说比附,无论是《糖》里面的赛宁还是《上海宝贝》里的天天或马克,也一样干瘪而无灵性。如果两个自叙性很强的女主角是被性和毒品掏空的躯壳,那么小说中的男性人物则从一开始就只是躯壳而已,区分他们的主要标准,只有性能力的高下。的确,两部小说在表达感官刺激上空前的一致和彻底,她们小说中的人物几乎与世隔绝,因为他们从来都离不开享乐场。为了这个,作者为自己的人物设置了一个非常有趣的前提,让他们一开始就拥有可以在享乐圈中进行到底的能力。他们几乎用不着任何劳动,却有花不完的金钱。《糖》里的赛宁是个爵士乐手,而且是个有欧洲血统的混血儿,钱自然不会有多大问题。《上海宝贝》更明显,天天单纯得让人可怜,但他远在西班牙的母亲定期会给他寄来相当数量的美元,倪可(小说里的女一号)和他可以尽数用在享乐上面。小说里还有一个叫马当娜的风尘女子,早些年南下,做了富翁的老婆,富翁一死,便有大笔天上掉下来的财富,所以她有闲也有钱陪倪可、天天昏天黑地。这种设置使小说人物可以从第一章起就进入感官享乐的旋涡,而在逻辑上又可以自圆其说。这是我从两部感官至上的小说里读出的最富"智慧"色彩的情节。在这一点上,她们甚至比王朔还要聪明。早在十年前,我在一篇论述王朔小说的文章中就曾说过,王朔笔下的那些无业人物频频出入各种娱乐场所,却很少交代他们的消费来源,卫慧们下笔之前就意识到了这一点,早早地做了"安排"。

　　这是两部长篇小说,但人物情节只在一个狭小的空间打转,如果有什么不断丰富的东西,那就是,从吸烟、喝酒到吸毒、抽大麻;从无性之爱到无爱之性再到群居、同性恋。这种"升级"过程,是推动小说前行的唯一动力。

　　前两年文学界还在讨论"60年代出生的作家",并称之为"新生代",现在已经开始讨论"70年代出生"的"新新人类"了。文坛的变化真的很快。如果简单概括20世纪60年代作家和70年代作家之间的区别,我觉得有一个显著的差别值得讨论。20世纪60年代出生的"新生代"写灵与肉的冲突,写物欲横流、金钱至上的社会里,一个寻求精神归宿的灵魂如何被扭曲、挤压和打击,灵魂滑落的轨迹还是很明晰的;但70年代出生的"新新人类",如果以卫慧和棉棉为代表,则放弃了灵魂的"拷问",把肉体直接贴向物质世界,在感官的通道里随风飘零。灵魂是什么呢?这些作家大概是会表示不屑和嘲讽的吧。两个群体无法对话，而且有点像时尚的潮流，越靠得近越互相排斥。

从创作上看，卫慧们的"自叙传"写法更应被看成是一种写作策略，而且与商业运作过程中的经营效果相关。所以谁也别用简单的道德批评来看待这些小说，70年代出生的人，他们的聪明是"前人"无法比也无从学起的。

不知道这些小说在哪些方面击中了这个时代的神经，这是需要批评家及更多的人来思考的问题。我只记得，《上海宝贝》的出版者曾以百万元征求一部反映纯粹伟大爱情的长篇小说，重赏之下却落空而归。在继续等待纯情故事的过程中，他们推出了表现"无爱之性"的《上海宝贝》，并获得了成功。别以为这是对一个出版商的讽刺，更重要的是，我们的时代精神凭此可见一斑。

2001 年

城市文学及其意义
李洁非

编者按：城市文学的崛起和持续发展已经越来越突出地成为我们这个时代文学发展的重要特征，因此，考察城市文学的文化意义及美学特征，以及它的欠缺和不足，就成为文学批评的当务之急，为此，我们特意开辟了"城市文学讨论"专栏。

虽然城市文学的意义正被慢慢察觉，但总的来说，我们对它的认识还很不够。过去的十年，文坛热闹和被炒作过的话题不少，奇怪的是，城市文学却不在其内。我个人自 1993 年起持续地关注这一问题，然而应者寥寥，迄今，我写于 1998 年的《城市像框——对一种新兴文学的印象》一书，似乎仍是仅有的已出版的城市文学研究专著。无论如何，我是颇感困惑的，因为在我看来，近二十余年的中国文学，如果说 20 世纪 80 年代最重要的文学现象是现代主义，则 90 年代居于同等地位的现象非城市文学莫属，《城市像框》有一句话："自 90 年代起，中国文学必以城市文学崛起和持续发展为其主要特征之一。"直到现在，我对这观点不但不弃，并且益发坚定了。

1994 年，我曾为《中华读书报》撰写个人专栏《城市漫笔》，历时半载。这个专栏的开篇，是题为《陌生的风景》一文。此前不久，《废都》出版，这实在是个大信号。因为对贾平凹这个作家，我一直不断地读他的作品，虽不是熟悉到如数家珍的程度，亦可说了然于胸——《废都》以前，贾氏虽然也在城市住了好些年了，但笔下却只有乡村，并且因为写得极好，使我一直认为他注定会一直这样写下去。等到读了《废都》，我的吃惊真可以用"目瞪口呆"形容了，这固然跟小说的"大胆笔墨"有关，但也是极度意外、极度陌生所致——那样僻野、那样泥土、那样闲远的贾平凹，竟突然间转身扑向红尘滚滚的欲望之都，这个反差实在过大了。我仔细研究了小说后，有两个问题萦绕心头：其一，贾氏的突然变向提醒我注意到，他身上的情形具有一种广泛的代表性，即作家们就其个人生活来说，十之八九都是城市居民，然而，也十之八九选择乡村为自己的文学的表现对象。老一代作家不必说了，所谓"新时期文学"以后，居于主流的知青作家群也几乎没有什么例外，尽管他们通常出生在城市并在城市中长大，但显然，城市引不起他们的注意,这不能不说是耐人寻味的。而现在,《废都》的例子说明了一点:以往作家日夜身处其中却从来对其无动于衷的城市突然具有吸引力了,令他们感到了某种挑战(王安忆90年代后创作上的变化,在这一点上也表现得很典型,人们能够清楚地看到,城市和它的氛围,是怎样给王安忆崭新的灵感,并帮助她迈入自己创作生涯的一个新阶段)。其二,作为惯写乡村的贾平凹,《废都》对其个人创作诚然要算一个突破,但是,这本书的面目还是让人强烈觉察到了一点:中国既往城市文学资源是何其贫乏!感受到20世纪90年代城市文化转型的剧烈冲击的贾平凹,明显苦于没有恰当的表达方式,他的理解和对语言的选择,一下子反映到了晚明市人小说上。虽然庄之蝶时髦地骑着小型摩托车,可他的言行以及内心却跟几百年前在勾栏瓦舍出入的人没什么两样。小说基于现实,却未能掌握现实,它笼罩在15世纪的目光之下,尽管读者被告知"废都"是指20世纪90年代中国的某城市,但作者的描写却只是使人们感觉它活似一座出土的明代城池。这两点合起来,使我痛感城市之于中国文学,是不折不扣的"陌生的风景":对象陌生,表达陌生,理解陌生,底子非常之薄,经验非常之少,基本可以说是一方未垦之地。

从历史上看,以往中国城市文学最雄厚的积累是宋元明三代的"市人文学"。从宋话本到"三言"之间,出现了很多生动描摹市井众生相的作品,不过,由于它所产生和所表现的古典城市与现代城市分属两个根本不同的经济文化体系,这一资源对于今天的城市文学发展,几无实际意义(《废都》就证明了这一点)。而现代意义上的城市文学,大抵只是20世纪30年代在上海施蛰存、曾今可、刘呐鸥等人手中曾昙花一现,除此之外历来沉寂,直到80年代中期,才因《蓝天绿海》《无主题变奏》等露出些许萌芽的迹象,随后王朔出现了。从文学史研究的角度说,我们不妨把当代城市文学的滥觞追溯到刘索拉、徐星、王朔一线,不过,需要讲清楚的是,当时无论创作者还是读者,都没有"城市文学"的明确意识,那些作品是作为"反文化小说"撰写和传播的,只不过它们的情节里面包含了一些中国城市社会和文化转型的信息。

城市文学在20世纪90年代崛起,有两个背景:一是中国自身经济改革向纵深发展所引发的城市化过程,一是世界范围内的经济全球化浪潮。就前者论,中国虽自宋明起,因手工业和贸易的发达而有过古典城市的繁荣期,但是,这种初步的商品经济未能实现向资本主义的过渡,发展空间非常有限,很快就停滞不前。由是之故,中国古典城市既未完成从结构上向现代城市的转型,也没有能够对中国社会施加整体影响,形成近代西方那样的城市化过程。迟至正式实行"改革开放"政策的80年代之前,中国城市化率仍然非常低,而在全国所占比例很低的城市本身,除了具备不同程度的现代工业因素外,从其他一切方面看、功能、性质和成分仍是古典的。可以说,改革开放的确在中国历史上彻底画出一条线来,由于它的缘故,一个城市化过程急剧地展开了。大片大片的乡村迅速变成新兴城镇,非农经济和人口的比例大幅提高,尤为关键的是,城市内在结构在向现代类型转变。与此同时,八九十年代之交,经济全球化浪潮,真正在世界范围铺开……在此形势下,中国于90年代初正式地公开地接纳市场经济,提出了社会转型、文化转型的命题,这虽然一方面是前十年改革开放的自然的延续,另一方面,也是对来自发达资本主义的冲击的回应。在经济全球化的现实面前,尽管中国并未如西方那样按部就班地经历从前现代到现代、从现代到后现代的历史步骤,但在当今这样一个全球经济一体化和超级跨国资本势力面前,这是微不足道的。90年代中国城市,特别是超大城市很快形成了后现代文化特征,这种文化的冲击不仅给城市文学时代的到来以强有力支持,它本身其实就是城市文学的酵母和表现对象。透过以上两点,我们看见,城市化进程的迅速铺开令城市文学在20世纪90年代的中国有了广泛的社会背景,经济全球化及其文化上的后现代本质则赋予并加强了城市文学在90年代文学里的核心和焦点地位。

可见,城市文学的巨大活力来自目前中国汹涌澎湃的城市化进程,来自以市场经济为背景的文化转型趋势,所以它跟人为制造的文坛"热点"不同,绝不会昙花一现,而是具有时代的深刻底蕴。

正像现代主义潮流在20世纪80年代盛极一时并成为那个时代文学精神的代表者,城市文学则是现在文学的核心:摧毁一些价值,创造另一些价值。20世纪90年代以来,就文化建构而言,没有别的创作能跟城市文学文本相提并论,它在文学商品化、文学消费主义、文学大众化、文学时尚化、文学欲望化等多个层面直接推动了当代文学从现代主义向后现代转变,这些因素渗透在它所谓的"白领文学""打工文学""美女作家""青春文学""网络文学""校园文学"等亚现象之中。起初,人们并不知道先锋文学是怎样从一种巅峰状态突然衰退以至消失的,但到今天,个中奥妙无疑昭然若揭了——它的掘墓人正是借城市化浪潮和文化转型的庇护而崛起的城市文学。可以说,从来没有哪一种文学给我们造成过如此严重的价值情感上的混乱。我曾读到过一份校园文学刊物对文学的"主张":"文学不拒绝呕吐,不拒绝大便。文学绝不龌龊,但可能也没有那么神圣不可侵犯。写作只是一种手段,表达的手段而已。无论何时,它表达的只能是自己,而不是什么少数人或多数人。你代表不了别人,只代表自己。"这样的文学观,不必说早已把古典时代的载道或唯美弃如敝屣,便是现代文学之根本——精英主义文学观,也完全被它摒斥在外了。于是,人们读到许多令他们目瞪口呆的作品,这些作品不光是离经叛道的问题,有的甚至到了让人"不齿"的地步,引起仍然遵奉传统文学观的读者道德上的愤怒。然而,如果问题只是道德层面上的倒简单了——那样,"健康舆论"可以轻而易举地使这些"不道德"的作品化于无形——可惜不是这样;不论愿意与否,我们不得不看到,这样的作品来源于文化转型的现实,它们的情绪和趣味,也不是由作者个人文学修养欠佳所致,而是秉承于文化转型本身正在孕育着的新的普遍文学价值观。对已经发生的上述重大改变,很多人还浑然不知——这由他们指责城市文学创作倾向时所调动的理论资源可以看出来。弗里德里克·詹姆逊的《文化转向》指出:"城市是逃离土地、摆脱封建劳动和农奴地位、摆脱封建主专权的空间:根据这种看法,对于马克思明确指出的'农村的愚昧'、乡村风俗习惯的狭隘性、农村的地方性、农村固执的观念和迷信,以及对差异的憎恨,'城市的空气'恰恰变成了它的对立面。这里,与农村压抑的一致性相对(不管多么不确切,农村也被幻想为性压抑的地方),城市在传统上允诺多样性和冒险,并且常常与犯罪相关,就像伴随享乐和性满足的想象不可能与越轨和犯法脱离一样。"由此可知,欲望化叙述之于城市文学本是互为表里的题中之意,享乐、放纵、狂欢、戏仿……一类表情的出现,并非由于道德防线不严(或者反过来,可因道德防线加固而拒之于门外),城市文学的审美文化特征便是一种广义的"纵欲主义"。它对"诱惑"和"冒险"一类主题有天然的亲缘关系,这种关系所肯定的是城市的本质。当人们离开乡村来到城市,所追求的或等待他们的就是这一切,这不是什么道德问题,而是生活方式问题。在城市的空间而想回避这种生活方式,就等于在大海里游渡却不想弄湿头发一样。简单地说,站在乡村立场,城市的许多方面无疑都"不道德",但是别无选择,你让一个城市文学作家笔下出现乡村式的谨慎、平静、忍耐、单纯的场景和情调,虽然并非不可能,但那显然是一种偶然性的东西。

应该看到,城市文学对我们审美的挑战,显示了一种文化裂变的事实,它不仅正在悄悄置换着文学创作背后的诸观念,也对我们的文学解读——即文学理论文学批评——的有效性产生严峻考验。过去一百年中,中国文学理论和批评也经受过许多重大考验,并在考验中一步步从古典形态走向现代形态。但需要指出,在那些危机之间,尚一直存在隐隐的桥梁,使得新旧思想得以过渡。换言之,它们之间虽然有着各种抵牾冲突,但骨子里却仍信奉同一种逻辑,主张同一种秩序,这就是承认艺术的"等级",并通过"等级"来确立审美价值的高低大小,亦即确立权威的理论原则。迈克·费瑟斯通于其《消费文化与后现代主义》里对此有精辟的分析:"对文化资本的拥有者、知识分子与学术研究人员来说,特权、合法性相对稀缺,以及由此显示出的文化资本的社会价值,有赖于文化产品对市场的否定,有赖于对文化资本转化为经济资本的相关性与必要性的否定。当认定不存在交换率,或特权的文化商品不可以兑换为金钱时,这说明文化资本的拥有者在维护一种'高贵'的、'神圣'的文化领域,即艺术家、知识分子们拼命生产所谓的'天生的'天才产品(卡里斯玛型意识形态)的文化领域。它也说明,他们要求符号产品拥有与经济产品相同的特权,表明知识分子已经能够在文化领域确立起定义合法品味的垄断地位,说明他们能够在什么是有品味的与什么是无品味的之间、在纯粹审美凝视与庸俗观赏之间、在距离审美与直接感官享受之间,做出区分、判断,并赋予等级序列。"现在,在消费主义的后现代的城市里,上述等级序列已无法维持。市场作为当下现实之"人猿泰山"吞没了一切,它不赞成文化仍旧成为知识分子手中的垄断之物和特权象征,竭尽所能将其商品化;资本介入之后的文化,不再是知识分子愿意解释成的精神领域内的活动(追求、寄托、表现和玩味,等等),而成为一种"无烟工业",按照工业标准和程式批量地制造和生产,然后被出售、赢取利润。这样一种目的和过程,势必排斥知识精英加诸文化的种种限定,或者说将其从知识精英的清规戒律中"解放"出来,用大众消费需求的原则重新规定文化的性质。很明显的,在后现代的今天,大众文化、流行文化已经推翻了数千年来知识分子对文化的统治,并使后者正沦至边缘。城市文学在文学领域所扮演的也是同样的角色,它使文学理论陷于困境;批评家对近年城市文学创作的解读,视线单调,见解狭窄,手法陈旧,其症结是传统的纯文学批评已不足以涵盖这种创作,必须代之以跨领域、跨学科的文化审美批评,但文学批评自身却未能实现功能上的拓展和转换,致使现有的城市文学作品只能在老的文学框架内得到一些隔靴搔痒的评说;不唯如此,文学批评还因其自身的陈旧对城市文学作品做出了许多错误的判断。例如,批评家常常会指责这类作品"文学成就"不高,且以此对它们表示轻蔑,殊不知,在这样一种新概念的文学跟前,"文学性"已退居次要的位置,其含义、价值往往是在"文学"之外的广阔的社会文化层面上,并且,这恐怕将是现在及将来文学变化的一个趋势:文学,将不仅仅是为满足人们"纯粹"文学的趣味和目的而产生,文学写作和阅读本身已具有跨文学的意义。中国介绍和谈论后现代理论也非一朝一夕,但一直从理论到理论,很少运用到实际文本批评上。最早或许缺少合适对象,但近几年城市文学起来了,可以说是最合适最恰切的对象,然而城市文学批评总体上仍未出现从文学批评到文化批评的转化。

不过,这一转化势在必行,就近年城市文学发展所提出的各种问题看,中国文学的基础自20世纪80年代之后的又一次转移已迫在眉睫,我预感到由此引发的观念大裂变和文学话语导向之争,将比"八五新潮"有过之而无不及。

2002 年

历史小说作家的历史观
——由熊召政《张居正》引发的思考

王先霈

熊召政的长篇历史小说《张居正》系列,是当代长篇小说中不可多得的佳作,本文想谈谈由阅读《张居正》引发的对于长篇历史小说美学的一点思考,寻绎作家的历史观在历史小说创作中的作用。

我以为,长篇历史小说写作要获得成功,有两点是其关键:一是题材上对历史时段的选择,一是从性格类型考虑对主人公的选择。当然,更重要的是,选定之后对这两个方面的艺术处理。在这两个方面的背后,做支撑的就是作家的历史观。

中国的历史那么悠久,是历史小说取之不尽的源泉。凡有艺术匠心的历史小说作者,动笔之前、斟酌取材的时候,对各朝各代是不会一视同仁的。毛宗岗伪托金圣叹写的《三国演义》序言里说,周秦以上、汉唐以下,依史演义者甚多,何独奇乎《三国》?在漫长的中国历史中,选择这一段决不是偶然的。他认为这是因为,"异代之争天下,其事较平",而"三国者,乃古今争天下之一大奇局"也,乃苍天之所造,搜集史料之后,不需要穿凿附会,只要"错踪始末",就足以构成有吸引力的故事情节了。

但原因不止于此。我们可以继续追问,历代争天下的"奇局"还有不少,何以大家的目光都集中在三国呢?选材标准更重要的一条是:过去的历史事件引起当代人情感共振的广度和强度的潜力如何。三国史所包蕴的分而有合、合而有分、兴而有衰、衰而可振的历史辩证法,足以引起各个时代人们的同思共鸣。

到了20世纪,人们的目光转移了,文学家们和兼及于文学的历史学家们,对明史情有独钟。郭沫若、吴晗、陈寅恪、黄仁宇的相关著述影响远远超出史学界,姚雪垠的《李自成》在20世纪60年代前期尽管不合时宜却使文坛刮目相看,而到70年代后期更风靡天下,还有孟超的《李慧娘》……这些关于明代的文学或史学作品的命运,各自又都足以构成一部史著的材料。与别的朝代相比,明代不见得"奇局尤多",明史为什么会受到今人如此之关注?主要是因为,明朝是中国古代社会的转折时期,社会结构不声不响地发生了前所未有的巨大变化,秦汉以来的体制丧失了创造的活力,各种社会矛盾充分暴露——这是一个急需要大的变革而变革又面临难以逾越的阻力的时代。

现代的人们以欧洲史、日本史为参照,由明代历史发掘一个大问题:在相近的机遇面前,中国为什么没有走出中世纪、走向现代化?中国怎样从一个世界强国开始沦落,落到世界潮流的后面,以至后来积弱不振、遭受外强的欺凌?对于往古的回顾和对于现代的沉思,于此汇合到一处。《甲申三百年祭》被毛泽东列为延安整风文献,体现了跳出历史循环怪圈的愿望。《海瑞罢官》《李慧娘》之被曲解和遭到非美学、非文化的批判,显示了历史的强大惰性和它的逆现代化的力量。对明史的审视观照,与当代前进的步伐及回流曲折多次纠结裹缠。

张居正发动的"万历新政",被专家们列为整个中国古代史的百件大事之一,认为只有王安石的改革可以与之并论。他不是基于儒家传统政治理想,对官场浊流的一次"拨乱反正",不是以回复到昔日旧轨为目的的一次整治,而是对前面说及的历史深刻变化的一种回应。20世纪80年代开始,中国社会启动了一次新的转型、一次新的改革,全球为之瞩目,万众与之连心。这次改革的内容是如此深刻广泛,必须积几代人之力进行,同时,必须吸取域外历史的正反两面的经验与智慧。熊召政的小说,正是在这样的大背景下,体现了对中国历史的深沉思考,这种思考和百年来志士仁人对中国命运的思考具有同构性,由此而产生出厚重感。

关于明史的广为人知的著述,还有关于张居正的。朱东润在烽火连天的抗日战争后期,撰写出版了《张居正大传》,他说:"我想从历史陈迹里,看出是不是可以从国家衰亡的边境找到一条重新振作的路。我反复思考,终于想到明代的张居正,这是我写作《张居正大传》的动机。"又说:"为什么我要写张居正?因为在1939年到达重庆以后,我看到当时的国家大势,没有张居正这样的精神是担负不了的。"熊十力在百废待兴的50年代之初,作《与友人论张江陵》,他说:"二三千年间政治家真有社会主义之精神而以法令裁抑统治层、庇佑天下贫民者,江陵一人而已。""中国之衰,必有所以衰。吾侪怀固有之长,亦不可以不明固有之短。江陵见摈于中国社会,是中国所以衰也。"两位并无直接交往的学者,有这样相近的学术见解,以同一个对象做以古启今的研究,难道纯粹是巧合?严谨的学术研究与炽烈的现实关怀很自然地融合在一起,使这两部著作至今仍闪耀思想的光辉。

作家在构思过程中审视历史题材的现代目光和现代立场,需要与历史主义的意识和审美的态度水乳融合。历史题材的作品,遗神取貌的牵强比附、借古讽今的影射之作也可能取宠于一时,但时移势异即迅速被遗忘、被厌弃;就古说古、与时无涉,或可为闲来无事之人添茶余酒后的谈资,却没有思想情感的启悟性和震撼力。

《张居正》的创作,有别于此二者。读《张居正》,找不到影射的痕迹,却能感受到对历史真相与规律的探究、对小说艺术魅力的追求和对今日民生国运的执着关注,感受到这几个方面的自然融合。

  历史小说,尤其是现实主义的历史小说,选取了恰当的历史时段作取材范围,就要在写作中准确地抓住和生动地再现出这一时段的本色、特色。恩格斯赞扬巴尔扎克的《人间喜剧》提供了一部法国的社会,特别是巴黎上流社会的卓越的现实主义历史,他指的主要是作家抓住了时代的基本矛盾,把上升的资产阶级在大革命前一时期对贵族社会日甚一日的冲击描写出来。我们说《张居正》在相当的程度上提供了万历时代京城官场的现实主义画卷,那是因为它折射出中下层百姓的利益与皇族官僚集团利益的矛盾,中下层百姓的利益、新兴的商人阶层的利益,由经过科举正途踏入政坛的有志于改革的官吏来代表,小说由此透视到明代中后期的根本性的社会冲突。张居正采取了厚商利农的政策,与此同时,他要求穷奢极欲的皇族官僚有所节制,于是,他把自己置于历史的前进和停滞、倒退的激烈矛盾的中心。熊召政把历史上两种力量的冲突化为小说情节中具有强烈戏剧性的冲突。张居正甫就首辅之位,他所物色的新任户部尚书王国光就紧急报告:国库告罄!他们想的救急之策:以胡椒、苏木代替官员们的俸银,激起轩然大波。在看不见刀光剑影的生死较量之后,两个敢作敢为、计算精密的决策者黯然神伤——政敌不足畏,贪官不足畏,但是,皇权却是他们无法绕过又无法突破的拦路巨石。在《对帐册王部堂蹙眉》一回的末尾,王国光的脸上和张居正的心上罩着阴影:"他什么都可以碰,唯一不能碰的是皇权;他什么都可以改,唯一不能更改的是皇室的利益。"历史前进的必然要求与这种要求之一时无法实现,是悲剧的根本原因。这种冲突的内容随历史的步伐而变化,但类似的冲突是会一再重演的。后世历史前进的要求,与几百年前有了完全相异的性质,但改革一定有阻力,改革越深刻,冲突也越深刻激烈,则是共同的规律。几百几千年的悲剧人物,能够赚得今天读者的眼泪,其原因盖在于此。

  在选择历史时段之后,接着就是选择主人公了。熊召政在明史中挑出张居正来写,固然是因此人位居首辅,一举一动关乎全局;另外,从艺术角度讲,张居正是一个功过并著、毁誉丛集的人,无论是对于艺术家还是对于欣赏者来说,复杂性格比单纯性格都要有意思得多。张居正的悲剧既是命运悲剧又是性格悲剧。以他为小说中心,有助于全方位地展示社会生活,有助于深入挖掘题材的时代内涵,也有助于情节的紧张性、错综性的强化。

  中国古代历史小说普遍存在的缺点是人物性格单向度、单色调。历史小说人物描写上的失误,究其原因,往往不只是由于艺术观念偏颇,历史观的不当更是症结所在。

  儒家讳言贤者、尊者、亲者之缺失。唐代的刘知几在《史通·疑古》篇里说:"在于史籍,其义亦然。是以美者因其美而美之,虽有其恶,不加毁也;恶者因其恶而恶之,虽有其美,不加誉也。"60年代作家喜作翻案文章,翻案的背后,是以历史题材作品为当前政治服务,文学作品的人物成为传达作者历史观点的一个符号,而这种历史观点又是从一个片面到另一个片面。当然也有写得好的,有意思的是,写得好的往往不是作者着墨最浓、下力最多的。《李自成》里,作者钟爱李自成、高夫人,颇遭评论者疵议,而崇祯皇帝则被写得栩栩如生,这个亡国之君的宵衣旰食、励精图治,被表现得真实可信。原因或者是,在中心人物形象塑造中,作者被固有的历史观控制太严,而在稍稍次要的人物那里,审美创造的直觉得以脱颖而出。熊召政受"美者尽美,恶者尽恶"的传统观念束缚较少,《张居正》里对抗的两方——高拱和张居正,都属圆形人物而不是扁形人物。我们不能用"忠""奸"将他们区分,更不能用"好""坏"将他们判别。对于这样的历史人物,作品要表现的是他们在历史进程中所起的作用:是起着推进的作用还是起着阻塞的作用,作家着力的是历史的估量而不是伦理的评价。

  从历史观点评价人物,很重要的是恰当看待公德与私德的关系。早在战国时代那次社会变革中,韩非子就论述过公德与私德的对立。《五蠹》篇里,他用儿子告发父亲偷羊、儿子为了赡养父亲而当逃兵两个相反的例子,说明某种境遇下公德和私德的尖锐对立,既是直臣又是暴子、既是孝子又是背臣——对同一个人可以做肯定或否定两种评价,看你从公德或私德哪个角度去衡量。熊召政在历史的旋涡中描绘张居正,而不是在静止的常态的"人性"层面上描绘;是从历史的功过、从居高位而有无作为的角度,而不是从通常所谓好坏善恶的角度展现这位宰辅大臣。但凡历史的转折关头,在评价政治人物的时候,这种区分公德私德的观点在不得已的情况下宁肯在私德上有所退让、以换取改革大局进展的观点,会被有识之人鼓吹和实行;在相对平静的时期,儒家传统的偏重以私德衡人的观点则占压倒优势。近代启蒙思潮中,梁启超作《论公德》一文抨击这个传统,他反对只看官吏的"清、廉、勤"而不问其为国民建了什么功、立了什么业、办了什么事。时隔不久,梁启超从这一观点退缩了,可能是传统观念给予他心里的压力太大吧?

  历史题材的文学作家,要面对文学批评和史学批评两方面的检验,这两者并不总是一致,过去和当前对于历史题材作品的争议,有不少导源于此。历史小说作家的历史观和史学家的历史观,应该是有同有异。我对"历史小说作家至少应该是半个历史学家"的说法,颇存疑虑。这毕竟是两个领域,各需专攻,很难兼擅,极少的兼擅者又并非至善。但是,选择了历史题材就应该尊重历史,对于历史题材文学家,正确的历史观非常重要;而什么样的历史观最为适合,是当前需要探讨的课题。

观照民族精神的历史走向

金学泉

没有哪一种形式比文学更能集中、真实、生动地反映一个民族的心路历程和精神世界。因为,文学是民族精神最直接、最形象、最完美的构筑。文学,丰富深刻而艺术地展现民族风情和情感世界,一直是古往今来许许多多的人梦寐以求的雅事,其成就也就自然地成为标志一个人或一个民族文明程度的几近神圣的境界。事实上,文学作为民族精神的载体,随着民族的发展而发展,反过来又昭示和促进着整个民族的繁荣和强盛。于是,文学以时代的政治、经济、文化背景为依托,打造出人类的历史、现实和未来所特有的貌似平淡却是典型的情境,执着地宣示作为主观的精神的足迹和作为客观的社会的轨迹,企图以此不断扩张自身的限界,以期自由地扩充丰富的内涵和揭示无限的外延。

持有这种见地,当我们走进 21 世纪,就不能不对一个民族的历史做一次短暂的回望。

中国的朝鲜族自朝鲜半岛移居中国的历史,大概可以追溯到唐朝或更早,但大批地迁徙到中国当是 19 世纪后半叶,特别是 20 世纪之初开始的日本对中国东北和朝鲜实行殖民吞并政策的时期。在日本军国主义的残酷统治下,中国和朝鲜之间像是没有了边界,两国的人民几乎是可以自由过境的。由于连年灾害和苛政所迫,20 世纪二三十年代开始,大批的朝鲜难民背井离乡,举家涉过图们江和鸭绿江,到中国落户定居。这样,在中国东北的白山黑水和广袤的黑土地上,朝鲜族人民与汉族及其他民族的人民一道,开山劈水,流血流汗,全身心地投入中国人民的解放和建设事业中,共同开垦、建设、保卫了家园,成为中华民族大家庭中的一员。从 19 世纪末、20 世纪初开始,崇文重教的朝鲜族中就有相当数量的知识分子写出大量与当时的现实相关的诗文,讴歌友情,纵情自然,干预社会,针砭时弊,形成了具有进步思想倾向的中国朝鲜族文学的雏形。其中,金泽荣就是一个杰出的代表。金泽荣在朝鲜王朝官至三品,后看透朝廷腐败,社稷倾斜,便借出使中国之机,于 1905 年流亡到江苏南通定居,与当地的名流绅士和文人骚客以文会友,过从甚密,结下了深厚的友情。金泽荣于 1912 年加入中国国籍,1927 年辞世,写下了大量思想进步、具有很高艺术价值的诗文,与当时的柳麟锡、申圭植、申采浩、金鼎奎等人,共同用古体汉语诗文奠定了中国朝鲜族文学的基础,成为中国朝鲜族文学的先驱。后来,一批朝鲜族作家也开始用母语创作,使中国的朝鲜族文学进入了以母语创作为主体的新阶段。

新中国成立以后,朝鲜族的文学事业有了长足的发展。特别是1956年8月中国作家协会延边分会(即现在的延边作家协会)成立以来,作为至今为止在全国地区一级行政区域唯一的中国作家协会直属团体会员单位,与全国各省、市、自治区的作协一起共商我国文学大计,目前已发展成为以朝鲜族为主体的多民族、多语种、多门类的,在全国拥有近六百名会员的省级作家协会。

朝鲜族母语文化非常发达,且体系相当完备。从幼儿园、小学、中学一直到大学的教育以及广播、电视、新闻、出版乃至体育运动、医疗卫生、文学艺术,都已形成了极为完善的母语文化系统。以延边作家协会会员为主体的中国的朝鲜族作家,目前几乎百分之百地用母语进行创作。毋庸置疑,在知识经济和多元文化共存的当今世界,固守、坚持和发展、繁荣民族文化,有着极其重要的特殊意义。然而,如果仅仅满足于固守和坚持民族文化,忽略从主流文化中汲取养分,丰富自己,进而向更高的平台登陆,那么终将被历史所淘汰。于是,目前中国朝鲜族文学的发展不可回避地要面对既要固守又要开放、既要继承又要创新的挑战和机遇。不言而喻,少数民族文学在我国文坛上是一个弱势群体。因此,文学界甚至全社会要更多地关注这个群体,即便是有别于主流文学,也要耐心地听听来自这个弱势群体发自内心的真诚的表白和倾诉。一种语言就是一种思维方式,一种语言开辟了一个新的窥探世界的窗口。我们不应该关闭这个窗口,相反,要大大地敞开这个窗口,这才是明智的选择。当21世纪徐徐拉开帷幕,新千年的黎明在东方的地平线上缓缓地朝着我们相拥而至的时候,朝鲜族文学面对我国绚丽多姿的主流文坛,更多的是需要瞩望、畅想、奋进。朝鲜族文学在保持自己民族特色的前提下,要努力逾越文字障碍,把优秀的文学作品高质量地翻译成汉文,同时积极倡导文学新人更多更好地直接用汉文进行创作。从严格的意义上说,只有这样,中国的朝鲜族文学才能真正走向全国,才有可能与其他民族相互交流,做到与时俱进,共同繁荣。

历史与时代在这百年一遇、千载难逢的世纪之交对中国的朝鲜族文学提出了跨世纪的发展命题——以精品创作为主体,以文学评论和文学翻译为两翼的繁荣和发展中国朝鲜族文学的雄鹰战略便应运而生,为跨世纪中国朝鲜族文学的繁荣发展制定了可持续发展的新思路,也为全国其他专事母语创作的少数民族文学提供了一个足可借鉴的发展模式。为此,一方面延边作家协会近年来积极开展多种形式的内容丰富的文学评论活动,从宏观上把握和揭示了文学思潮的发展脉络与规律走势,为创作实践起到了很好的理论先导作用,有力地推动了精品力作的创作,使朝鲜族文学作品在数量上、质量上都有了明显的提高。另一方面,延边作家协会加大力度抓好朝译汉翻译工作,使优秀的朝鲜族文学作品更好地翻译成汉语出版,扎扎实实地推动了朝鲜族文学走向全国的步伐,从而加强了与各地民族作家的交流和联系。

这次用汉语翻译出版分为小说(上、下册)、诗歌、散文、评论、儿童文学等五卷(六册)的《中国朝鲜族文学作品精粹》,有史以来第一次逾越文字障碍向全国的广大读者大规模地集中展示朝鲜族文学,不啻是实施雄鹰战略的一个具体过程。对于历史上始终是用母语进行文学创作的朝鲜族来说,这无疑是一次零的突破,是一次前所未有的举动,是在中国朝鲜族文学发展史上筑起的一座承前启后的纪念碑。今后,应努力将这样的事情持续不断地做下去,五年一次或十年一次,以物化的形式将中国朝鲜族文学的发展轨迹呈现给世人,供广大的汉语读者阅读、参考、研究。

《中国朝鲜族文学作品精粹》的筛选翻译、编辑出版,是一项历时很长、耗费大量精力和心血的庞大而繁杂的系统工程。自1997年初开始,有关人员就着手做相关的筛选翻译和编辑出版等方面的准备工作。此间,如果没有国家民委、吉林省民委、延边州委和延边州政府多方面的关心支持,如果没有广大文学工作者的热忱参与,如果没有相关部门及领导的鼎力相助,如今这套书的问世是不可能的。

由于绝大多数的朝鲜族作家用母语进行创作,《中国朝鲜族文学作品精粹》中的绝大多数作品也就只能译成汉语来编辑出版,这在很大程度上限制了把原作原汁原味地、尽善尽美地表现出来。换言之,本书中的作品质量除了要受到不同时代的局限之外,除了要受到原作水准的先天性影响之外,似乎更多地还要被制约在译者的水平上。尽管翻译家们使出了浑身解数,但由于各种原因,可能仍然存在诸多不尽如人意的地方。这是令人感到遗憾的、尴尬的,甚至是无奈的。好在《中国朝鲜族文学作品精粹》的面世,能够给广大的读者和研究人员展示哪怕是依稀可辨的中国朝鲜族文学的发展脉络,从而提供若干有关中国朝鲜族民族精神历史走向的第一手资料,也是令人万分欣慰的。至于中国朝鲜族作家的审美视角和中国朝鲜族文学的历史的文化的艺术积淀,以及与此相关的这个民族的沧桑和底蕴,相信广大的读者通过这套书中的作品,将会有更直接、更真实的感受和了解。

2003 年

文学的双刃剑
——从最近十年来的文学时尚谈起
於可训

  我不知道人们所说的"文学的时尚化"现象和"时尚化的文学",是指哪些具体的文学现象和文学对象。在我们的一些文学评论和文学讨论文章中,具体的对象往往是缺席的,所见的只是一些没有具体所指的空洞的能指(概念)在表演。一些论者力求运用某种业已成为时尚的流行的西方社会学的和大众文化学的理论,来印证和"批判"发生在我们身边的文学的时尚化现象和时尚化的文学,把文学的时尚化问题有意无意地替换成了一个社会学的或大众文化学的问题,以对文学的时尚化的批判来表达对商业社会和商业文化的批判,却忽略了一些基本的事实和前提:即当今中国社会的商品化进程和大众文化的发展,究竟造就了哪些文学时尚和时尚文学;这种文学时尚和时尚文学对当今文学的发展究竟起着一种什么作用;是否真的存在着一种文学的时尚化现象和时尚化的文学;如何看待大众生活时尚和大众文化时尚与文学时尚和时尚文学的关系;大众生活和大众文化的时尚化是否一定会导致文学的时尚化和时尚化的文学。凡此种种,我以为都是讨论文学的时尚化问题不可不面对的一些基本的事实和前提。
  谈到最近十年来的文学与时尚的关系和文学的时尚化问题,往往离不开市场经济建设和物质生产领域的商品化的影响。就最近十年这一特定时期而言,时尚显然主要是特指受市场经济建设和物质生产领域的商品化影响而形成的一种大众生活和大众文化的商业化风气,这种商业化风气进而影响到文学领域,使文学这种精神生产活动也出现了一种类似的商业化倾向。包括某种受大众文化的影响而形成的文学时尚和时尚化文学现象,虽然另有现代资讯发展的技术背景,但从根本上说,仍然是在市场经济建设过程中,开放文化市场所带来的一个必然结果。从这个意义上说,讨论最近十年来的文学时尚和文学的时尚化问题,就不能不以市场经济建设和物质生产的商品化进程为转移。
  20世纪90年代初开始的社会主义市场经济建设,虽然就改革开放的深入发展而言,是一种历史的必然,但对于文学界而言,仍然缺少应有的思想和心理准备。因而当市场经济的初潮涌起,随着物质生产领域的商品化和社会的商业化进程的飞速发展,文学领域也出现了一种盲目追随市场化潮流、片面追逐文学的商业效应和商品利润的极端化倾向。这种倾向的一个集中而突出的表现,是这期间的作家、作品在走向市场的过程中都在自觉不自觉地追求一种商品化的制作和包装。这种制作和包装,既有完全等同于商品的制作和包装的外部形式,即从选题策划到广告宣传等完全按照商品生产和销售的一套程序来运作,也有表面上虽不同于商品的制作和包装,骨子里却依旧是根据商品生产的原则(生产使用价值)来制作和包装的文学产品,即用那些最具感官刺激性和诱惑性、业已取得持久的商业效应的现代通俗文学和大众影视作品的某些情节要素组合成篇,或以之融入"纯文学"的情节,以取得类似的商业效应。包装文学产品(包括它的制作者——作家)于是就成了市场经济兴起之初的一种文学时尚。包括一些"纯文学"的出版物(例如一些文学期刊)也有意无意地采取这种方式包装自己,在这期间纷纷打出一些新的旗号,如"文化关怀""新状态""新体验""新市民""新历史"等,以广为招徕,目的无非是引起读者(买方市场)的阅读注意,以求在市场经济的条件下,保持一块固有的生存领地。这种包装文学的时尚虽然主要目的是追求文学的商业效应和商品利润,由此也带来了一些不良影响和负面效应,但这种为着适应市场经济的生存环境而实行的商业化操作,却从根本上改变了长期以来在计划经济背景下形成的完全不问买方和市场的文学活动方式。文学作品作为一种物化了的精神文化产品,本身就具有双重属性,它以艺术的审美方式所表达的思想情感虽然具有超越物质功利的精神价值和审美特征,但它的物化形式在进入市场和流通的过程中,却兼具类似物质产品一样的商品属性。因此,对文学产品这种特殊商品进行适度的包装,本属文学产品的销售和流通的题中应有之义,这种包装文学的时尚也因此而成了在此后的文学出版活动中普遍流行的一种运作方式。最近十年来风行一时的"秋雨散文""美女作家""少年(文学)军团""身体写作",包括其中的一些个案等,在不同程度上,都带有这种文学包装的性质。如同商品包装存在着一种良性包装和恶性包装的区别一样,对文学作品(包括作家)的包装,也有名实相符和名不符实之分,甚至除了正当的商业目的之外,为了追求非法利润,以文学包装为诱饵,设置一种有害的精神陷阱,诱使读者尤其是一些青少年读者受骗上当,则不但有悖于文学良知,而且也有悖于商业道德,是一种应当加以制止的社会丑恶现象。

如果说这种包装文学的时尚,仅仅是最近十年来的文学应对市场经济的生存环境所做出的一种文学活动方式上的调整的话,那么,由市场经济条件下的商品消费活动所激发起来的一种大众生活和大众文化的时尚,则培养了最近十年来另一种普遍流行的文学时尚,即文学的消费性和消闲性。文学作为一种精神文化产品,是以追求其精神价值的永恒性为指归的,它虽然也有一种娱人的作用(娱乐性),但却是以对前者的追求为前提和归宿的(即所谓"寓教于乐")。在这个问题上,文学产品虽然与物质产品存在着本质的区别,但人们在物质产品的消费中所养成的某种日常生活的趣味,却有可能反过来影响人们对文学作品的阅读期待,以至于因为这种阅读期待的普遍存在而形成一种流行的文学趣味。最近十年来的大众生活和大众文化,不但逐渐复活了长期以来为革命历史和革命文化所淹没和覆盖的过去年代的某些生活时尚和文化时尚,而且也同步地引进了东西方发达国家与现代商业活动和技术资讯的发展相伴相生的诸多现代和后现代的生活时尚与文化时尚。为众多论者所引述的诸如快餐文化、时装表演、大众影视、通俗歌曲、流行音乐、卡拉 OK、MTV、足球比赛、NBA、脱口秀、飙车族、拉力赛……都是最近十年来先后兴起、至今不衰的大众生活和大众文化时尚。这种大众生活和大众文化时尚不仅凸现了这个崇尚消费和消闲的年代所特有的一种社会生活特色和文化特色,同时也因为这种时尚的流行而解放了长期以来被各种规范和理性压抑与束缚着的感官和欲望。不是上述大众生活和大众文化时尚本身构成了这个年代的文学时尚,或这个年代的某种文学的时尚化现象,而是因为这种大众生活、大众文化时尚的影响,在这样的环境与氛围中,文学也开始沾染了这种大众生活和大众文化时尚的风气。

受这种风气影响的文学,在创作中的突出表现,是一些作家(主要是某些 20 世纪 60 年代或 70 年代出生的作家)比较热衷于描写这个崇尚消费和消闲的年代某些比较典型的生活事象和文化事象,于是,上述大众生活和大众文化时尚就成了这些作家笔下主要的社会生活细节和人物活动场景,从邱华栋、朱文到棉棉等莫不如此。这些艺术描写一方面固然是这期间流行的某些大众生活和大众文化时尚的反映,同时也是这些作家基于西方现代某种大众生活理念和大众文化理念,对现阶段中国在市场经济条件下的大众生活和大众文化的一种文学想象。从这个意义上说,这种文学想象无疑反映了这期间的文学存在着一种趋附时尚的创作倾向。与这种在一些具体的生活事项、生活场景和生活细节的描写中凸显大众生活和大众文化和大众文化时尚的创作倾向相联系的是,这些作家同时也十分关注在这种有关现代大众生活和大众文化想象中活动着的时尚人物。这些人物往往没有太多的过去经历,因而也就没有多少历史的因袭和负担,他们生活在一个物质丰富、文化多元、信息发达、交通便利、物质文明和大众文化都十分发达的时代,一方面张大欲望的器官,充分享受现代物质文明带给他们的一切感官的满足,另一方面又以他们的这种感官的享受和欲望的满足,创造着这个时代的各种新的和更新的生活时尚与文化时尚,他们的生活方式和行为方式连同他们的生活和行为本身,甚至也包括他们的肉身在内,都成了这个物化(商品化)时代的一种欲望的符号。这些被称作新人类或新新人类的人物出现在这期间的作品中,与那些创造他们的、同样被称作新人类或新新人类的作家一起,构成了最近十年来的文学中最为引人注目的一道时尚的风景。这一时尚风景的深度表现,是在这期间出现的以某些女性作家,例如林白、陈染等的创作为代表的"个人化写作"或"私人化写作"的文学时尚。这种文学时尚所书写的不仅仅是女性个人在这个时代的一种生活欲望和生理与心理欲望,同时也通过这种欲望的书写表达女性企图挣脱长期以来的某些理性和规范(包括男权)的压抑与控制,争取自身独立的生活权利和性别权利的愿望。这种女性写作的时尚因为敢于大胆暴露个人的生活隐私和身体隐私,以及某些异常的性心理和性行为而为人们所诟病,甚至被斥为一种"隐私文学"或"性感文学",但它的终极价值指向却是女性对自我的认识和身心的自由与解放。

在上述被称作新人类或新新人类的作家在他们的作品中,刻意追逐和制造某种带有先锋和前卫色彩的大众生活与大众文化时尚的同时,一种更加广泛的也更带世俗生活意味和传统色彩的崇尚消闲的生活习俗和文化风气,开始弥漫于这期间的文学作品和文化读物之中,成为最近十年来又一种新的文学时尚。这种文学时尚既以复兴现代散文中的某些闲适的随笔小品为先导,又以一些作家的仿作为后援,结果便刺激了一种以报刊专栏文章为主体的消闲的生活散文和文化散文创作的热潮。风行一时的所谓"小女人散文"便是在这一潮流中涌现出来的一种有代表性的文学创作现象。事实上,在这些专栏文章兴起之前,20世纪90年代初,汪国真的那些近似于贺卡赠言式的平实清新、明白晓畅的通俗诗歌作品,就已经把在这期间的少男少女中流行的一种生活时尚和文化时尚带进了诗歌创作之中,使这期间的诗歌创作如同散文创作一样,一反20世纪80年代的那种沉重、板滞的思想和艺术空气,隐隐地透露出我们这个崇尚物质消费时代的一种轻松闲适的生活气息和文化气息。这种消闲的文学,应和着大众影视中的"伦理片""肥皂剧"和某些"戏说"历史、"反串"武侠等以"搞笑"为目的的影视作品,在追求感官刺激性和诱惑性的大众生活与大众文化时尚之外,构成了另一种更加生活化和大众化的生活时尚与文化时尚。

如同现代性问题存在着一种反现代性的现代性悖论一样,最近十年来发生的上述大众生活和大众文化的时尚同时也激起了一种文化和文学的反弹,这种反弹的力量,同时也构成了一种以反对上述大众生活和大众文化时尚为标识的一种深度的文化时尚和文学时尚。这种文化时尚和文学时尚在理论上的集中表现,是20世纪90年代初针对市场经济兴起之后出现的信仰危机、价值失落、道德滑坡现象开展的人文精神的讨论,和在这个过程中对重建文学的人文精神的提倡。在创作中的表现则是以张承志、张炜等作家的创作为代表的,在文学中对各种人文精神的张扬和人文理想的追寻。对人文精神的张扬和人文理想的追寻此后几乎成了最近十年来的文学创作的一个共同趋向。这种趋向一方面有力地消解了上述文学时尚中的某种官能化和平面化的趋向,另一方面也发展了20世纪80年代以来的文学在思想和艺术方面的革新与探索。正是因为有这种高举人文旗帜的本性,才能在这个物化(商品化)的时代固守一片文学的精神家园,继续中国文学在现代化的进程中对审美现代性的历史追寻。

作为批评家的王蒙

顾 骧

王蒙,何许人也?王蒙是蝴蝶,这是夫子自道。你扣住他的头,却扣不住他的腰,你扣住他的腿,却抓不着他的翅膀。你永远不知道王蒙是谁。

王蒙是现实主义作家?是现代主义作家?是幽默作家?是小说家?是散文家?是报告文学家?是诗人?是红学家?是翻译家?……都是,又不仅仅是。可是人们常常忽略了王蒙还是批评家。说王蒙是批评家,也许有人听起来会一愣。当代文学治史,王蒙未入批评家行列,人们盘点文学批评业绩,常常有意无意将王蒙的批评略而不计。甚至王蒙本人,有时也未意识到自己批评家的角色。这大概是被他小说家盛名所掩吧。这也难怪,有多少人注意雨果、托尔斯泰同时也是文学批评家的身份呢?

王蒙没有牛皮轰轰地自诩领军评坛,没有摆出一副理论体系的框架借以吓人,没有动辄大而无当、单纯罗列材料的"宏观"扫描,没有食西不化的西论演绎,没有满纸怪名词术语的狂轰滥炸,没有佶屈聱牙,艰涩难懂,生造词语弯弯绕的文字连缀……单以数量计,他的批评文学结集成书的已有五六部,百余万言,他的这些批评文集多以低姿态,用谦辞如"漫话""谈创作"等命名。语不惊人,貌不出众。然而,它有着独特的批评价值,鲜明的批评个性,自成一体的批评风格。

且谈三点粗浅感受:

一、王蒙的文学批评在新时期文学批评中的历史地位。

兼为作家的批评家,王蒙文学批评的一个明显特色是与文学创作紧密联结,这是大家一眼都能看出来的。这个特色使他少了鲁迅所说的厨师与食客无关系的尴尬。这个特色使他的文学批评对文学创作可避隔靴搔痒,而易入木三分;这个特色使他与作家心灵沟通便捷,创作中甘苦同尝,冷暖共知,不至于使他与作家成为相聚头的一对"冤家",这个特色也影响着他批评审美个性的形成,即强烈的主体性、情感性、艺术性的审美特色。

20世纪70年代末、80年代初,在中国现代历史上开始了一场伟大的新的启蒙运动。这是20世纪继五四运动之后的,第二次伟大的启蒙运动。

这场启蒙运动是重新发现了人,重新发现了马克思主义,一个崭新的马克思主义。涵盖这场启蒙运动的思潮是人道主义。人道主义是泛指强调人的价值,尊重人的尊严,坚持人的自由权利,追求人性的发展和完善的思想或观念。人道主义是一种价值体系，一种价值观念。人们发现，本来完整的马克思主义，不是掐头去尾的马克思主义，从事实际活动的人是出发点，而它追求的目标是一个自由人的联合体，"在那里，每一个人的自由发展是一切人的自由发展的条件"。整个马克思主义理论体系就是围绕着人道主义的目标建立起来的。这个人道主义思潮在"文革"结束后，像决了堤的潮水，不可遏止，汹涌而来。它影响着哲学、伦理学、文学、法学、教育学等一切方面。正是在这个启蒙主义思潮中主体论哲学被发现，被提出。在这个启蒙主义思潮影响下，文学、文学批评领域，将生活强调到绝对化的机械反映论、心物二元对立的机械唯物论、庸俗的现实主义观念，像板结了的冻土被撬开了，一股表现主义美学思潮打破再现主义美学一统天下的局面。现代主义诸流派基本上是属于表现主义艺术范畴，所以包括意识流在内的现代派文艺才应时而生。王蒙最初在文学批评领域的开拓与建树，是新时期启蒙主义运动在这个领域的回声与呼应。它也是新时期启蒙主义思潮的一个组成部分。这就是王蒙文学批评的历史地位与价值。

毫无疑问，20世纪70年代末80年代初的现代派文学或者说"先锋文学""探索文学"潮流是思想和艺术方面带有革命性的变革。不要因为后来它笔走偏锋就低估甚至否定它的价值，对现代主义的文艺批评同样应作如是观。那个时代，作为作家和批评家的王蒙，在创作实践与理论批评上的探索、创新是顶着巨大压力的，是需要很大的勇气的。这里表现出了他批评家的独立的批评品格与独立的审美判断。

事物的发展常常是这样一个顺时从众的过程，当现代主义文学、先锋文学在1985年成为气候，突破藩篱之后，批评界立马出现了一窝蜂、一拥而上、起哄架秧子的吹捧，某些人昨天还在对一些优秀的创新作品骂骂咧咧，以显示正统，以达到大喝一声惹人注目而成名，今天又陡然对现代主义文学狂热唱赞歌。像鲁迅所说，看不到他变化的逻辑，只是善于翻筋斗。

在现代主义文学探索走向旁门左道的时候，在重生命本体性跟排斥人的社会性混为一谈，在重"表现"而对"再现"采取绝对排斥，在一味"向内转"而使得读者"向右转"的时候，在只是生拉硬拽地搬用现代主义文学观念与手法，根本无视我们民族的审美习惯和时代要求的时候，王蒙又一次显示了作为批评家的冷静与成熟。他在1988年以阳雨为笔名抛出的《文学失去轰动效应之后》《自由与失重》，为文学批评界注入一剂清醒剂。这同样又一次显示了他的独立批评品格与独立审美判断。

二、"创作是一种燃烧"——王蒙的文学批评有独特价值的命题。

"创作是一种燃烧"，是王蒙的创作主体心理机制文学批评的一个提纲挈领的概括，是王蒙文学批评极有价值的部分。

创作是一种燃烧，首先驱动力是作家庄严、深沉的社会责任感与历史使命感，这当然非常重要,自不待言。但文学作品毕竟是作家的心灵产物。作家的心理素质既有先验的,也有不完全是天生的。这种既是天生的,又是后生的心理机制,与创作关系极大,可惜以往的文学批评很少深入这个"燃烧"的领域里。王蒙不仅深入了,而且常常是挠到痒处,不是枯燥地搬弄条条,而是结合创作实践,讲得既深刻,又生动有趣。

他分析作家的感受力,即感觉与感情,他认为艺术家应有比常人细致丰富得多的感觉,他肯定了有无感觉是艺术和非艺术的起码界限。艺术里一些细微的分寸只能靠感觉来把握,感觉是艺术的必要条件,但它不是充分条件。对感觉不能强调到绝对化程度,天赋的感觉只有依存在经验中才能灵动起来。

他认为,创作主体在把握生活的心理过程中,始终伴随着情感活动,文学家应有巨大的热情,对人民的热情、对国家的热情,这种热情是真诚的,不可遏止的,这样,文学才能创造美。作家只有对生活的激情,才能对创作抱有一种燃烧的激情,也才能够点燃读者心灵激情之火。观察力是作家用艺术审美的眼睛和特殊的敏感对生活的独特发现,这种观察力要靠作家深刻的思想和独特的眼光。想象力是文学创作最重要的元素之一。在我国长期对生活与艺术关系极端片面庸俗的解析的美学思潮影响下,"想象力"被阻塞了,成了今天文学创作中一项亟待疗救与强化的艺术课题,文学插上想象的翅膀,才能更高地飞翔。

"创作是一种燃烧",是王蒙主体论美学批评生动的体现,它不是文艺学教科书,它是"行动中的美学"。

三、王蒙文学批评一个创造性的独特贡献是论述了"天才"在创作中的作用。

这好像是别人没有涉及过或很少谈论过但确实是一个对发展文学有意义的理论课题。

王蒙是在评《红楼梦》中谈"天才"的,王蒙的评《红》论著不是一般的古典文学研究,应属于文学创作评论,这是它评《红》论著的价值所在。谈"天才"也是王蒙主体性文学批评的必然旨归。

王蒙认为曹雪芹是天才,而天才在文学创作上具有伟大意义。天才有一种超越性,可以不受时代认识的局限,可以不依靠流行理论和观念的恩宠。"对一个大师来说,来自宇宙本体、生命本体、艺术本体的启悟,永远比已有的传统与观念更宽广。"人生的真味、艺术家的心灵、艺术家的天才,远比观念更重要。王蒙还认为社会、历史、文化都不是文学大家能否出现的决定性条件,就看你是否是文学天才。

王蒙的"天才"论,当然不回避天赋的差别,但是,他没有全部归结为"天赋",这就避免了理论上的片面。他说,卓越的艺术家并不是仅仅具有超过常人的、天赋的巨大的才华,他还需要人格、智慧、感觉,如果再加上一个条件,那就是经验。他的遭际、智慧,当然包括他的学识。智慧不是天生,也包括后天的学习。王蒙的"天才"论在于他把创作主体强调到一个极高的位置,也是王蒙将他主体论的文学批评推进到一个新境界。我这里不是全面评论王蒙的文学批评,我之所以写下这些,是为不久前读他写的一篇名曰《极限写作与无边的现实主义》的评论张洁的长篇新作《无字》的文章所引发。

王蒙的文章既非"谀评",也绝非"酷评",而是"诤评"。《无字》确是进入新世纪难得才气四溢的值得认真看待的一部佳作,是张洁用心血写成的、用生命写成的书。王蒙对此书评价极高,对此书的长处热情肯定,他写道:"然而,即使你再挑上一车两车毛病,你无法否认这部书的不凡与独特,这部书的力量、这部书值得一读的价值。"然而《无字》既是一部非凡才气的书,又是一部有着令人遗憾、缺陷明显的书。王蒙不是从枝节上挑毛病,不是从语言、情节、议论上去找"硬伤"。王蒙提出了一个作家如何慎用自己的话语权问题。这甚至是王蒙作为作家兼批评家从本身的责任感出发写这篇文章的道德动机,令人感佩,也值得深思。但我以为这样的批评未完全到位。批评到点子上的是在他生动、潇洒的文字后面点到的审美倾向,审美的"度"的问题。试问天下"情"为何物? 情者,文学之魂。从事文学的人,莫不深谙此道。只有生吞活剥移植现代派在文学中演绎哲学理念,才一度笔走偏锋。"情"有度,这个"度"就是"含蓄"。作为"意境"构成的"含蓄",是中国传统美学最基本的审美原则,"爱有度","怨""恨"也有个"度"的问题。《无字》对书中主人公母女的"钻牛角尖式的怜爱",与对两代男人痛心疾首的怨懑,到了无以复加的地步。主人公吴为那怨毒、愤激、惨烈的感情宣泄,"超出了某些人类尊严与格调的界限","而涉嫌乖戾啦"(王蒙语)。问题在于作者张洁与主人公吴为没有拉开适当的距离,缺少将作品提升到一个新的、更广阔的境界,以致阅读全书,使人有压抑的审美感受。这不能不是作者创作中审美失"度"的失误。

王蒙对张洁《无字》的评论,无论是行为与内容,都可圈可点。

2004 年

"反道德""反文化":
先锋"流行诗"的写作误区

陈 超

近几年来,由于网络成为诗歌的另一个主要的发表"现场",诗坛似乎比 20 世纪 90 年代热闹。但是,我不同意将热闹直接等同于"繁荣",我以为,诗界存在的问题不少,有些甚至是致命的写作意识上的褊狭和迷误。诗歌的繁荣只有一个可靠标准,就是看它出现了多少有价值的作品,而不是发出了多少可称为诗的东西。举一个极端的例子:我们不能说举国铺天盖地的"大跃进"民歌就是诗的繁荣吧?这么说,也不意味着我蔑视"网络诗歌",诗的好坏与发表的方式无关。我只是感到,当下先锋诗歌就其颇有代表性的写作意识及流向而言,呈现出新一轮的狭隘化、蒙昧主义、独断论。考虑到它可能进一步恶性发展,有必要及时提出批评。

就文学艺术的一般规律而言,"先锋"本来就是不"流行"的。先锋就是意识和技艺上超前的先驱的探索。然而,近些年蹊跷频生,我们也见惯不奇了,在诗歌界(大量网络诗坛和纸刊)流行的正是"日常主义先锋诗"浪潮。它们构成了新世纪初的"流行诗"。我命名的"先锋流行诗",其基本模样是这样的:反道德,反文化,青春躁动期的怪癖和力比多的本能宣泄,公共化的闲言碎语、飞短流长,统一化的"口语"语型,俏皮话式的自恋和自虐的奇特混合,琐屑而纷乱的低匍的"纪实性"。它们只有一个时间——现在,只有一种情境——乖戾,只有一种体验方式——人的自然之躯,只有一种发生学图式——即兴,只有一个主题——反××。

我本不是"高雅而严肃"的作者和读者,有我大量的诗文为证。就诗歌阅读而言,我有着不比别人少的世俗趣味。因此,即使是对上述模样的"流行诗",我也并不是完全持批判态度的;相反,从职业考虑我还读了不少——这是我能够发言的基础——有些诗诙谐、尖利、简捷、不装孙子,让人轻松。所以,我认为这种流行诗仍应属于"广义"的先锋诗,而不是被高雅人士斥责的"伪诗"。这篇批评文章潜在的前提或起点是,我局部认同我所批评的对象(它有趣味有价值的方面),而对它的蒙昧之处也不想继续沉默。

就这种先锋"流行诗"的写作意识和文本观感而言,我越来越觉得,诗人们在不少大的意向上,其认识力和写作能力日渐变得狭隘,或是自我减缩、自我剥夺;它们不但给初涉诗歌的文学青年(以网虫为甚)造成了误导,而且带来了先锋诗写作中的新的阻塞。就其恶性膨胀的态势,我们选择两个问题略加辨析或讨论。比如诗歌写作中的"非道德化"与"反道德"的差异问题,就成为流行诗的巨大盲点。"非道德化"与"反道德"是不同的。对这个前提的不明确,导致了一系列不明确。狭隘与教条自然就产生了。

对文学艺术特别是先锋诗歌而言,我一直持一种"非道德化"立场。诗是个体生命的本真展开,它的意味和兴趣是自由的、变动不居的,它应有能力包容个人化的经验、奇思异想乃至自由的性情。将世俗意义上的"道德正确",作为衡估诗品的准绳,会扼杀掉诗歌的活力、经验承载力、求真意志、原创精神。如果只按是否合乎或是否推助了"道德"来要求诗歌,很明显,古今中外(特别是20世纪末以降的现代诗)许多杰出的诗作就要重新评价了。

在过去相当长的时期里,我国新诗中存在"唯道德"倾向。因此,"白洋淀诗群"、后期的朦胧诗和新生代诗歌,都有不同程度的"非道德化"倾向。诗人们真实地写出了对生命和生存的体验,使诗与思呈现出丰富的面目,并由此带来诗歌经验的复杂深度,话语的巨大包容力——这是人们都看到的简单的事实,但是如何厘定这个事实的准确含义?我一直以为无须多说,而目睹当下诗坛的情势,我日益感到有必要将此含义再澄清一下。

在我看来,"非道德化"的意思是,在诗歌写作中,诗人不囿于道德问题,无论它是形而下的实用道德,还是形而上的道德理念,诗人既不去考虑是否合乎它,也不去考虑是否嘲弄、反对、颠覆它。诗歌写作是生命和语言的相互打开,是更为开阔也更为有趣的事,诗人在自己真切的生命体验中自由地游走,将个人的经验和话语才智凝结为丰富奇异的文本,享受自由写作带来的身心激荡和欢愉敞亮。优秀的先锋诗人作为有魅力的"文学性个人",他们的生命经验、书写的活力,均在话语里真正扎下了根,形成了非道德化写作的连续文脉。道德,在他们的诗中,既非依恃,也非对立面,诗人的视域远远超越了它。

由此,我们可以比照出当前日常主义"先锋流行诗"在写作意识及文本显示上的孱弱和单薄。本来可以作为珍贵的经验积累的"非道德化"倾向,到20世纪90年代中后,似乎被一些自诩为"后现代"的口语诗人畸变发展为新一轮的教条——"反道德"。在许多刊物特别是网络上,我看到那些风云人物及大量盲目的随从者,像是一门心思要与"道德"对着干。其题材范畴、主题运思、话语方式、个人趣味,等等,均刻意瞄准了戏弄和颠覆"道德"。

我理解在当下的历史语境里"道德"问题的复杂性,我们确实需要追问"什么是道德""谁的道德",需要对它的细节含义,在历史中的变异,乃至道德谱系学有自觉的思考和批判。而新潮诗歌和诗论写作中的"非道德化"倾向,就与这种自觉的辨析有关。它会带来写作的真实性、人性的魅力与自由。但是,"反道德"写作却是狭隘和蒙昧的,这是一种寄生性的写作,缺乏独立自足的品质,它寄生在其"对立面"——道德身上,如果对立面不在场,作为诗歌它很可能不能自立。我个人认为,这些自诩的"后现代",并未理解何谓反对"二元对立"思维。恰恰相反,他们按照某种贫乏的二元对立的想象力原型,在诗中大量制造并输出一种独断论信念:凡是道德的,就是我们要反对的;消解人文价值,就会自动带来不言而喻的"后现代"精神;人,除了欲望导致的幸福或压抑,不会有其他幸福或压抑;敢于嘲弄和亵渎常人的道德感,才是先锋诗人写作"真实性"的标尺。——也许我这么总结会让某些诗人跳将起来,但读他们大量的文本使我只能得出以上结论。

而抛开这些流行诗恶俗的意趣不谈,仅从写作本身来看,它们也是谈不上真正的自由的,因为它们需要以"反向"的姿态"看道德的眼色行事"。在此类诗人那里,诗仍然是工具,过去是宣扬"道德"的工具,现在则是宣扬"反道德"的工具。诗依然需要"主题先行",只不过这主题由道德变为"反道德"。读这样的诗我常常会感到,某些诗人在"强己所难",他们仿佛如神经质地折磨自己,力求折磨出"反道德"的感受来。怎么样将"恶"玩大,怎么样将"性"(和性别歧视)写得古怪,怎么在诗中发泄个人恩怨诋毁他人,等等,似乎是许多诗人主要的写作"发生学"。这是一种公式化、概念化的作品,它们不指向"日常"(不像诗人所言),倒指向"反常",其经验更多是虚拟的极端鄙俗的"反道德"表演,诗人扮演的是一个戴铃铛帽的小恶人的角色,通过亵渎和自戕,达到满足自恋的目的。

因此,我要说的是,诗歌可以,也应该"非道德化",但是犯不着死认准了"反道德"为写作的圭臬。诗歌没有禁区,故不要将道德视为新的禁区。如果一个诗人始终持"反道德"立场,那他就摆脱不了对道德的寄生或依赖,往好里说这是画地自牢和哗众取宠,往坏里说就是愚昧和欺骗。或新潮诗歌和诗论写作中的"非道德化"倾向,就与这种自觉的辨析有关。它会带来写作的真实性、人性的魅力与自由。但是,"反道德"写作却是狭隘和蒙昧的,这是一种寄生性的写作,缺乏独立自足的品质,它寄生在其"对立面"——道德身上,如果对立面不在场,作为诗歌它很可能不能自立。我个人认为,这些自诩的"后现代",并未理解何谓反对"二元对立"思维。恰恰相反,他们按照某种贫乏的二元对立的想象力原型,在诗中大量制造并输出一种独断论信念:凡是道德的,就是我们要反对的;消解人文价值,就会自动带来不言而喻的"后现代"精神;也许会有人说,这样的"反道德"诗歌读者很多。我的回答是,这说明不了它的价值——如果一个人在光天化日下露阴,或有侵害攻击行为,其围观者也一定极多。我之所以在这里不点名、不引诗,只是考虑到应针对这一广泛的不良现象而不针对具体的诗人,它的确不是个别人的问题。我批评的目的是要提醒,在诗歌写作中不要在粉碎旧的教条主义、独断论之后,代之以新的教条主义、独断论。与上述问题相应,在先锋"流行诗"中,对"超文化"与"反文化"的明显差异,也基本是懵懂无察,时常混为一谈的。这同样给我们的写作带来了巨大盲点和新的阻塞。

何谓"文化"?按照文化人类学者爱德华·泰勒为之下的著名定义是:"人类全部的知识、信仰、艺术、道德、法律、风俗,以及作为社会成员的人所掌握的和所接受的任何才能和教育的复合体。"而在《现代汉语词典》中,文化的词义是"人类在社会历史发展过程中所创造的物质财富和精神财富的总和。时常特指精神财富,如文学、艺术、科学等"。

以这些广阔的定义来看,诗歌无疑是文化中的精髓部分之一。但是,回到诗歌写作特别是先锋诗写作内部的特殊性来看,它显然又不简单地等同于一般的"文化知识"。我们可以说,有效的现代诗写作既不指望得到主流文化的理解和支持,也不会靠仅仅与此对抗来获具单薄的寄生性"意义",它的话语和魅力来源要广泛得多。其实,新生代诗歌以来的中国先锋诗,因其将"生命体验"作为写作的基本材料,所以它们不是唯文化的,而常常是"超文化"的——那些诗人不会考虑甚至有意回避诗歌文本表面上的"文化感","诗有别材,非关书也;诗有别趣,非关理也",它远远超越了既成文化的领域。诗人自由地处理各自的生命体验,只要忠实于心灵,在技艺上成色饱满就是好诗。恰好是这些超越文化的生命之诗,给诗坛带来了某种新异而深刻的"亚文化"成果。重读新生代诗歌,我们会感到题材开阔,话语形式多样,日常生活、形而上奇思异想、大自然及人性的隐秘纹理,乃至某种向度的语言批判、文化批判,都恰当地灌注其间。

然而奇怪的是,这种开阔的"超文化"意识在当下却被畸变为一种蒙昧主义式的"反文化"浪潮。我看到许多在网刊和纸刊上飞来跑去的"骁将",似乎一门心思在展览自己的"浑不懔"嘴脸。他们自诩为"第三代口语诗"的徒弟,却完全误读或篡改了第三代诗的"超文化"倾向,将之减缩为"反文化"。其家常做法似乎是,专找"文化"的事儿,凡是有较强文化意味的理念、遗产、文学文本、习俗,乃至那些文明的、建构性的东西,悉属他们要"反掉"之列。但他们又不具备强大的生命体验动力,和经久锤炼的、货真价实的语言才能,在很多情况下,更像是哗众取宠地在找出名的捷径。由于所寄生的对象的庞大,"反"才最容易引人注目。作为一种临时的世俗功利的成名"策略",我本不想予以干涉；但事实是，长期以来，许多人硬是将"策略"变成了固定的写作品性的准则，并向诗界广泛要挟、推销，形成一种谁不"反"谁就不"现代"的可笑复可悲理论。于是我们看到那些诗人能将几百首诗写成一个模样、一个姿态、一个意味、一个构思、一个语型、一种效果。这是否是流水线作业上可怜的异化劳动？这种统统要"反"的姿态，其写作的真实性又何在呢？

因此，"唯文化马首是瞻"拯救不了诗歌，早有所谓"文化寻根的现代大赋体"的迅速失效为证；"反文化"同样带不来诗歌的解放，与前者一样，它是相反向度的"唯文化马首是瞻"。二者骨子里是异质同构的独断论，其内在依据都是寄生在非诗的文化"观念"之上，离开正/反的文化的"角度"，他们完全不知如何进行自由的创造性写作。这是一种二元对立思维方式，以其狭隘蛊惑了许多在精神和写作技艺上缺乏充分准备的诗歌爱好者——又不需要真正的才能，又能当一把"先锋"，何乐而不为？于是我们看到，现在诗歌界很少有不以"先锋"自居的。而在有些诗人那里，由于自己本来就没什么文化，于是就顺便把自己算到"反文化"的先锋里了。这种贫乏中的自我再剥夺，像是要从一条假牛身上剥下两张皮。对近年诗歌写作中出现的"反道德""反文化"这些新的蒙昧主义或曰"迷信"，我一直没有直接地批评，我在等待。因为许多与我同代的诗人批评家朋友不断对我说："一代人有一代人的事做，让他们同代的诗人、批评家去做吧。"此言有理，因为从根本上说只有同代人才能真正互相对话、理解。但是，我的等待似乎太过漫长了，我期待中的有一定分量的辨析、商榷、批评文章一直没有出现。新一代批评家是否比我等"稳重"？还是不愿"开罪"于各位流行诗先锋？尚不得而知。而更让我失望的是，连"先锋流行诗人"自己写的有分量的理论辩护也同样没有出现，只有一些把诗歌作为名利来经营的小机灵小算计的调侃、谩骂、彼此作践。因此，这里对我本人认为的"先锋流行诗"写作中存在的误区提出批评，欢迎年轻的同行和诗友校正。

期待新的"文学自觉"时代到来

郜元宝

在文学低谷谈文学总有点不合时宜,但也不妨揭示不愿谈文学的人下意识里对文学的理解,正是这种理解和文学的衰落有关。

文学的衰落不是从外部突然降临的事件,而是我们内在生活变化的结果。当代文学的失败不是一小撮作家的失败,不是"他们的文学"的失败,而是"我们的文学"的失败。一大批从事文学研究的人在 20 世纪 90 年代离开了文学,他们认为文学的失败是"他们的"经验而不是"我们的"经验,批评、哀叹、贬低之声此起彼伏,他们希望以此将自己和已然失败或早就失败的文学区别开来,或干脆弃置不顾,然后正正规规做起学问来。文学在 90 年代扮演了被抛弃者的形象:首先是社会大众抛弃了文学,随后是曾经和文学共同走过一段路的知识分子抛弃了文学。曾经是"我们的文学",现在被"他者化",被当作一小撮作家的文学即"他们的文学"了。"知识分子"耍了一个花招,再一次把失败的经验推给别人,自己则跳离文学这艘沉船另寻生路去了。这一回他们似乎又成功——又阿Q式地转败为胜了。

20 世纪 80 年代,我们这一代人于一片凯歌声中加入文学行列,被文学潮流推动着,觉得文学是全民族参与也表现全民族精神的神圣职业,由此轻易获得了文学参与者的身份。那时候文学很红,它是整个人文精神体系的佼佼者,一个杰出的演员,大家趋之若鹜,都要搭这个便车。20 世纪 90 年代,文学衰落了,像冰海沉船一样,每个人都想跳离它。两个年代的文学概念都是把文学当作时尚,不同在于前者是当令的时尚,后者是过气的时尚。把文学当时尚,或者是英雄要做的事,或者是"壮夫所不为"。80 年代有才能的人都搞文学,90 年代有才能的人都免谈文学,似乎不同,其实一样:都只愿在文学中分享英雄气,不肯在文学中承担失败的经验。大家在 90 年代文学的失败中溜之大吉,难道不是已经充分暴露了"知识分子"对文学的浅薄理解吗?

90 年代文学衰落的同时,各种理论、学术进入文化中心,文学研究者都想成为学者和思想家了。鲁迅处理文学和学术的关系时,和同时代人完全相反,他非常重视学习者、失败者、思考者、被压迫者的文学,始终厌恶和警惕体面的绅士或成功人士的学术(不仅警惕国家学术,也警惕学院学术)。在鲁迅身上,我们可以看出中国现代"文学"与"学术"的分途:在鲁迅一生的追求中,存在着"文学"和"学术"的对立。对他来说,"文学"是有特殊含义的,它是承担者的语言,不是英雄的标语口号,而学术则是不愿承担者、不肯承认自己就是阿Q的人的装饰,是急于寻找方案策略的"英雄""志士""伪士""轻才小慧之徒"的宝贝。文学要人忍受,要人低头,甚至要人"朦胧";竹内好把鲁迅的文学和启蒙分开,根据中国现代文学的实际,其实也有必要把文学和学术分开。

在学术普遍繁荣的今天,在国家进行大量投资、教育结构不断"完善"、博士不断产生、"博导"不断被授予的情况下,在建立学术规范、和世界学术接轨的集体"繁忙"中,文学差不多已经成为一部分没文化的人的自娱自乐,成为"他们的文学"、年轻人和少年甚至孩子们的玩意儿(听说已经有"中国少年作家协会"了)。我的问题是:如果一个时代仅有学术"繁荣"而没有文学的自觉,这个时代的整体文化将很值得怀疑。鲁迅写过一篇杂文《算账》,说"乾嘉学派"被五四的国故整理者们吹得天花乱坠,但这是有代价的:他们用学术换来了对现实不说话。顺着鲁迅的思路也可以算一笔账:当学术书汗牛充栋而文学书被挤到角落时,当文学变成"他们的文学"、学术反而变成"我们的学术"时,这时代的总体文化其实已经极其糟糕。但我们大家竟都熟视无睹,舒服地享受着学术"繁荣"带来的"好处"。都是文学的背叛者。

1998年前后,某学者主持出版了"中国现代学术经典"丛书,康有为、梁启超、章太炎、王国维、陈寅恪、顾颉刚、吴宓等人的著作全都网罗进去,也包括鲁迅的《中国小说史略》,大概认为那是鲁迅唯一的学术著作,只可惜太薄,于是就把鲁迅和戏曲学家吴梅放在一起。已故的李慎之先生大为震怒,认为该学者不配讲现代学术,因为现代学术是研究现代中国的学问,既如此,还有什么比《阿Q正传》更有资格成为"现代学术经典"呢? 李先生的文章写得极好,可惜人们仅仅把它看作一种牢骚和幽默。

在文学的失败无人承担的同时,我有幸目睹了老中青三代知识分子对学术繁荣的欢呼、对其实并不怎么辉煌的现代学术传统的追认。90年代,我们一方面讲鲁迅的反抗精神,讲顾准的独立思考,讲张承志的不肯妥协;另一方面,正是那些神话鲁迅、顾准、张承志的文坛"豪迈派""慷慨党"们在为"学术繁荣"添柴加火。于是,陈寅恪出来了,冯友兰、季羡林、金岳霖、熊十力……中国现代的新史学、新儒家全出来了,新一轮的西学热潮也开始了,后殖民主义、后结构主义、后历史主义、第三世界理论接踵而至……在学术的合唱中,文学被日益显得有学识的知识分子再次抛弃、再次出卖;对学术的欢呼巩固了对文学的遗忘、巩固了对中国现代文学精神的隔膜。普鲁斯特说过,学术,或者理性,一直享受着不配享受的皇冠,这个冠冕应该被摘下来;理性唯一的好处就是可以通过自己的反思亲手摘下这顶不该享受的冠冕。这句话正好可以借来观察中国当代文化的变迁。文学衰落的代价实在太大,僭越的理性之冠冕理应受到质疑,只有这样才能重新使人们回忆起文学。

说到文学的重要性,当然可以提问:什么样的文学?现在关于文学的多元化解释似乎已经成为不可摇动的定论,但我想强调:文学可以不必如当前那样狭隘,文学也无须如当前流行的那般精巧和烦琐。已经有不少人指出,中国所谓"纯文学"发展到今天,原本是各种压抑性和诱导性力量共同作用的结果,那么就让我们将文学的视野再展开一点吧:文学完全可以不必等于某种时行文体,完全可以不必等于在某个时期唱主角的诗歌、小说或散文。文学包括这一切却不被其中某一项所包括。文学应该更加宽阔而自由,应该能够像鲁迅所说,"直言其事实法则",即直接说出心中本有的内容,而不必是那种转了无数个弯子最后连出发点也丢掉了的自以为精妙无双的摆设。鲁迅曾经担忧中国人因为有一种根深蒂固喜欢奇技淫巧、不肯直接爽快、爱故弄玄虚舍近就远以艰深文其浅陋的毛病,总有一天会发展到和自己过不去的荒诞地步,比如"农夫送来一粒粉,用显微镜照了,却是一碗饭;水夫挑来用水湿过的土,想喝茶的人又须挤出湿土中的水"。这种担忧在有些作品以及一脸俨然的所谓人文社会科学和"××学"中,恐怕已经应验了。解救的办法只能反一反,"直言其事实法则","放笔直干",而不是照着某种时新的样式描红。我们缺少的是直接爽快的书写和说话,至于当前这种文学,则不是太少,而是太多了。所谓文学的"自觉",并非无条件地尊崇当前的文学,而是唤醒我们心中只有借文学才能表达出来的那些幻想。而且,由于中国现代文学不是可以让我们分享成功的工具,而是逼迫我们承担失败的某种境遇和空气,因此所谓文学的自觉,也不是让我们把现实说清楚从而驾驭现实,而是要我们在还不能完全理解现实的时候进入现实,在尚未找到万验的灵丹妙药之前敢于将自己投入现实的冒险。

但作家们都很自信,在他们的作品里,看不到思考和语言的真诚失败,也不能从中打开缺口窥视并亲近他们的灵魂。曾经得到小小成功的当代作家们都已经成了不肯承认失败也无法占有失败的经验的刀枪不入的胜利者!在今天做一个批评家,或许主要就是看作家们如何表述中国心灵的失败,并由此拷问他们的诚实或判断他们的才能。

在路上还是在土地上
贺绍俊

中国曾是农民的国度,现在呢,我不知道有没有权威的说法。从人口来说,显然还是农民占多数,但从主导的文化、流行的文化来看,我们几乎没有一点儿农民的味道了。在反映当下生活的小说里,我们就很难找到农民的踪影。我说的是真正意义上的农民。说实话,我也不了解真正意义上的农民是什么模样,因为我们离农民太遥远了,也许不是时空上的遥远,在今天信息发达、交通便利的时代,时空的障碍已经微乎其微。这种遥远只能是心理上的遥远,我们并不了解农民真实的愿望和内心感受。更重要的是,我们并不在乎去了解农民的愿望和感受,因为在这个社会价值的天平上,农民已经无足轻重。

按照葛兰西对文化领导权的阐释,现代化造就了现代国家,而"现代国家等于政治社会加市民社会"。政治社会主要指政治上层建筑,市民社会则指民间社会组织的集合体,包括政党、工会、教会、学校等;文化领导权显然体现出政治社会与市民社会的结盟。于是我们发现在这种结盟中,农民被抛弃在权力之外。这并不是葛兰西的疏忽,因为他的理论是针对西方发达国家的,在进入后工业社会的发达国家里,农民的身份已经变得模糊不清,只是当我们把葛兰西的理论搬来解释中国社会现实时,就显得有些尴尬了。

中国正处在现代化焦虑之中,现代化的速度不可谓不快,而现代化的实践也在把一个传统的农业社会打造成越来越吻合葛兰西所言的"政治社会加市民社会"的结盟。也许在一定意义上说,现代化的历史就是改变农民的历史,现代化最终就是在乡村与城市之间建一条高速公路,于是农民舍弃土地,沿着这条道路朝城市奔跑,跑进了城市,也就是跑进了现代化。在现代化的进程中,农民就成了在路上的疲于奔命的追赶者。但对于中国这个有着悠久传统的农业社会来说,社会改革极度不平衡,农民身份的改变不可能一蹴而就,而现代化的车轮不会因此停下来等待,相反只会越转越快,快速的现代化就把迟缓的农民演变成一个时间的链条,有的跑进了城市,挤入现代社会的结盟,可以分享一部分权力的庇护;有的还在路上,更多的还困守在乡村的土地上。眼下的农民已经不是几十年前处在传统农业社会大环境下的农民,因此作家笔下的农民形象也不同于20世纪五六十年代周立波、赵树理、柳青以及80年代高晓声、乔典运等作家笔下的农民形象。不过,我们从当下小说中读到的农民形象还不是十分完整的,我们看不到一个农民的时间链条,多半只看到在路上的或跑进城市的农民形象,而几乎看不到仍困守在乡村土地上的农民是如何生存,特别是如何思想的。

既然现代化在乡村和城市之间建起了一条高速公路,我们要去了解农民不是很容易的事吗?我们可以沿着这条公路一直寻到农舍田头,并不是我们没有去寻找,而是因为这条路是条单行线,这条路只允许农民往城市奔跑,却不让城市人回归到乡村。这正是今天与五六十年代乃至七八十年代的最大不同。那时候也有城市与乡村的差别,但那时候城乡之间是相互沟通的,周立波、赵树理们虽然住在城市,却可以到乡村见到真实的农民,甚至像柳青干脆就长年住在乡村,对农民的事了如指掌。今天的作家基本上生活在城市,这个城市已经与农村没有了交流,虽然有些作家曾经有过农民的身份,但他们顶多保留着旧时代农民的记忆,仍然无法进入当下的乡村。所以他们若要写农民,也只能写在路上或跑进城市的农民。比如刘庆邦所写的小说就叫《到城里去》;或者像陈应松,他一直在农村挂职体验生活,并写了《望粮山》《马嘶岭血案》等反映当下农民生活的小说,他满怀悲愤地写到了农民的苦难,具有一种难得的悲悯情怀,但他的眼光无疑还是城市的眼光,他是以城市为参照去写农民的。阎连科的长篇小说《受活》也是写农民的,他写自己的家乡,他对家乡无疑有着深厚的感情,他甚至敞开胸怀接纳家乡农民的方言,但这并不能改变他的城市思维。他为家乡的苦难而痛惜,于是他写家乡农民改变命运的努力。但他已经无法站在乡村的立场上来理解命运的改变,而只能从城市的立场出发为农民设计,于是他就把这种努力处理为一种荒诞的决定:到俄罗斯去购买列宁遗体。他还让身残的农民表演绝活,去挣一把辛酸的钱。也许是阎连科内心凝结着一股绝望,他只能靠荒诞和辛酸来解决内心的绝望,但我不能因此就认为他写的是真正的农民。他根本不去思考农民脚下的土地,离开了土地,他还能摸到农民跳动的脉搏吗?

但我不得不提到李一清的长篇小说《农民》,它是我目前读到的一部多少贴近了农民真实心理的小说。作者将小说直接取名为《农民》,不要文采,不要诗意,这多像站在裸露的土地上向天一声直白的呼喊,读了小说你就会明白作者的这种表白真情的焦灼。他是写农民与土地的关系的。其实很多人都懂得,农民与土地的关系就是血与肉的生死存亡的关系,没有土地也就没有了农民,它作为一种文学主题,在以往写农民的作品中也屡见不鲜。不过,今天我们对这种关系就有些淡漠了,我们宁肯关心农民生活的疾苦,也不愿关心农民与土地的关系,也许是因为急剧扩张的城市化对土地侵吞得太厉害的缘故吧。所以像李一清这样浓墨酣畅地表达农民与土地的亲情、恋情、生死情,在今天就显得很稀罕的了,而且我以为他的表达还透出一种对城市暴力的抗议。作者一开始就写农民在包产到户时重新分到了土地,牛天才这个地道的农民兴奋得扯过一条床单,来到田野,"我在我们家的土地上过夜了",他进而与自己的女人并排躺在一起,在秋夜的星空下尽情地做爱,"我身下是女人,女人身下是泥土。泥土和我们,我们和泥土,都分不清谁是谁了"。这是一个富有深意的描写,在农民眼里,人的生殖与土地的生长融为一体,农民正是通过土地而让自己的生命不断延伸的。当然,李一清还写到了一种新的现象:农民拥有土地之后的危机。本来农民的幸福是与土地连在一起的,农民的生命也是与土地连在一起的,但在全球化和城市化大潮席卷下,土地不仅不能给农民带来幸福,反而导致贫困。这一特殊的社会现象足以引起我们的警醒。牛天才不得不扔下土地到城里去寻找机遇。如此说来,牛天才也是一位在路上的农民。不过作者李一清并没有停留在往城市的路上,他写牛天才到城里去,最终是为了写牛天才的回归。牛天才舍弃土地的经历却使他更加体会到对土地的依恋。说实在的,关于牛天才在城市的描写是小说中最不成功的部分,作者似乎不知如何控制自己的人物,他的叙述也变得不再流畅,一味靠琐碎的、互不关联的细节来敷衍。这或许说明作者还没有在城市里陷得太深,这为他了解农民提供了可能性。所以当他写到牛天才再次回到自己的土地时,就变得笔下生彩、声情并茂:"这时节,油菜荚鼓饱了,麦穗勾头了,秧子快栽插了,田野一片水汪绿亮,人的肺叶子都跟着水汪绿亮。我眼泪就夺眶而出。我在心里说:牛啃土,牛啃土!我回来了呀!"这真是农民的诗意,也是土地的诗意。作者最终要写到农民的改变命运,他把农民命运的改变仍然维系在土地上。这是他的长处,但我们仍然要对他所设想的改变表示质疑。他的方式就是让下派干部明扬带来新的经济思维,引来投资大款,搞大农业。也许从理论上说,这是现代化的必然归宿,但问题是,我们需要听到农民的声音。面对理直气壮的现代化,农民就像面对一个巨大的推土机,他只能缄默地退缩到一边,小说中的牛天才就是这样的处境。作者固然对牛天才充满同情,但他也无力为牛天才说什么,他只能让牛天才无所作为。这既说明作者对一位农民的诚信,也反映出农民被抛弃在文化权力之外的事实。

  关注农民,特别是关注困守在土地上的农民,这也许是文化建设中的一个必要的设问。我们的民族文化应该说是一种农民的文化。发生在中国大地上的现代化,并不是从本土文化上自然生成的,它像一个突如其来的楔子,嵌入了我们的文化肌体中。显然,我们的文化建设不会像葛兰西所描述的那样单纯,传统文化当然会走向现代化,但传统文化中的农民基因不会像剥洋葱那样一层一层就可以剥去,更重要的是,作为文化的基因,它携带着这个文化的生命信息。所以,即使是在讨论现代化,我们也不应该仅仅从城市出发,也应该包括着从农村,也就是从土地出发。这恰恰是我们的文学应该做的事情。

难为情:一种日渐稀缺的文学表情

刘 颋

时下,青春文学的流行,正像彰显个性的青春一样衣袂飘扬,意气风发。写作者队伍的日渐庞大和读者近乎痴迷的追捧,都成了这个时代一种让人难以忘怀的文学记忆。我为那些怀揣青春梦想的青年写手的激情和勇气而感叹,他们几乎是从厚厚的课业书堆里一转身就毫不犹豫地扎进了书写青春的叛逆、书写青春的欲望的队伍里。反叛和欲望,这两个词似乎天然与青春有着某种联系,而打上青春烙印的反叛和欲望又总会给人以无穷的想象空间。在某种程度上,这种对青春的反叛和青春欲望的书写本身又成了一种欲望和反叛的象征。很多的青春文学,正是以这种书写,来表达着他们自己的现实或理想的愿望。《三重门》是对现有教育体制的反叛和逃逸,《梦里花落知多少》是对欲望的青春书写,《樱桃之远》在梦想和欲望的交错中,表达着作者的古典理想。我们熟悉的还有《陶城里的武士四四》《爱与痛的边缘》《幻城》《点击1999》《只爱陌生人》等,一大批20世纪80年代生的青年写手,他们的文字充满了锐气,他们的表情张扬而自信。他们的出现,的确给沉闷而缺乏创造力的当代文坛带来了活力。这些作品不知道被多少正在奋笔疾书的青少年写手奉为典范,摆放在了他们的床头、桌上。甚至在有的学校里,语文老师出于升学的考虑,鼓励自己的学生放手学习韩寒、郭敬明,不惜牺牲高考前的学习时间给他们的写作提供各种机会。但是,当这种对反叛和欲望发育尚不健全的书写,因为各种原因的复合而成了一种欲望,而这种欲望又不是纯粹的文学表达上的冲动时,青春文学的未来的确有点让人担心。

正是在这个时候,我读到了刘弢的《难为情》。老实说,作家出版社对于该书的宣传定位是不够有力、不够吸引人的。他们显然想打造又一个韩寒(出版意义上的),然而刘弢不是韩寒,他们在很多地方都有着明显的差别。《难为情》写了一个名叫方思哲的男孩,从高二到大二的学习生活经历,其中有朦胧的爱情,有对现存教育制度的反叛,有一个青春骚动中的男孩的热情、好奇和对现实社会的强烈参与的渴望,有与青春一起骚动的心理、生理上的欲望,也有一连串的挫折后的反思。正是这种反思让它有了区别于其他青春文学的可贵表情:难为情。它让我们看到了一个青春个体对自己、对人生的认真思考和想要对自己所作所为负责任的态度。小说中的难为情,既有表层的针对某件没有做好的事、有失面子的事的难为情,比如声势浩大地去参加物理奥赛却空手而归;也有深层的,那就是对自己在较长一段时间内的作为和自己的人生态度的反思和难为情。虽然这本小说用了一种文白夹杂的叙述语言来展开它的故事,而且作者有意让方思哲、秦圣和齐顾用上了《红楼梦》里人物的语言。并且小说中出现的"联句"场景,也很明显地表达了作者在这个方面的努力。当责编向我介绍该书时,也一再强调,小说的语言非常有特色。的确,我承认这是特色,也是一种努力,是当代青年一种生涩而艰难的努力,甚至这种努力里还有一种莫名的力量和类似于困兽要寻找出口的冲动,也正因为这种艰难和生涩,而让人对小说多了几分喜爱。因为它没有语言上的世故和世俗圆滑的。但我仍想说,这并不是这部小说最主要的特点和它最吸引人的地方,它的独特还是在于它的难为情。当小说主人公方思哲浑浑噩噩地过完了一年的大学生活后,他终于开始审视自己的过去,检点被自己挥霍掉的青春时,作为读者,我终于松了口气,起码他还有三年时间不被挥霍掉。我终于看到了一本想要对自己负责任的青春小说。

"反思"可能是当下出现频率高的几个词之一。当下文坛各种各样"反思"的沉渣泛起的时候,我们却发现,当下的文学,尤其是青春文学中,已经很难见到真正的"反思"了。虽然老祖宗说"吾日三省吾身",而自省、自律也向来被视为民族的美德,可现代人似乎已经习惯了在彰显个性的旗帜下,大胆表达欲望,勇敢地表达自己反叛的诉求。那些曾经犹抱琵琶半遮面的东西,现在都可以直白而勇敢地说出来了,尤其在青春文学中。对现实的不满,对现有体制的指责,对现存社会准则游戏规则的反叛,对欲望(虽然欲望有时候是社会进步的动力)或者阴暗的、脐下三寸欲望的毫无顾忌的表达和抚摸,我们看到的,是一片不负责任的面孔和赤裸的表情。于是,在一片尘土飞扬中,文学浮躁了,作者浮躁了,作者不为自己的文字负责,不为自己的欲望书写负责,作品中的人物也只是为了完成一场欲望的诉求或反叛的表演。那么,欲望之后、反叛之后呢?

破坏而不负责重建,表达欲望而不对这种表达负责,这都是我们习以为常了的文学表情。正是在这点上,我们应该感谢刘孜,这位依然在读的理工大学生,他没有被潮流裹挟,而是坚定地表达出了自己对于挥霍青春的难为情。尽管在小说中,我们也能感觉到,作者这种难为情的表情还有那么一点模糊和不确定,这种模糊和不确定可能来源于作者对现有准则、秩序的迷惑和自身参与现实的愿望。但这,已经够了。就像小说中方思哲、齐顾共同完成了那首用来表达他们感情的《难为情》,我们在其中看到了源于青春的冲动、反叛,也看到了与生命同时降临人间的每个生命个体应该有的责任感。对生命负责,对自己负责,对社会负责,这是小说传递出来的模糊却让人欣慰的信息,也是今天青春文学中异常珍贵的情怀。

难为情,是现在社会中一种日渐稀缺的表情。我们现在评价一个好人、一个纯洁的人,往往会说,因为他还会脸红难为情。同样,难为情也正成为当下文学表情中的濒危物种。文学被使命、苦难、腐败、欲望占满了,而在这些拥挤的表情上,是很难看到来自作品人物的、来自作者自身的难为情的表情的。难为情意味着一种最基本的自省和责任感,社会、人、文学如果没有了责任感(不同于使命感,也有别于社会责任感这个偏正词组),那么,所有的书写又是为了什么?难道仅仅只成为一种当下欲望的表达方式?

感谢刘弢的《难为情》,虽然这是一部在语言、结构上都还带着稚嫩的小说,但它却提醒我们:不要忘了还有一种珍贵的文学表情,那就是难为情,它提醒人们对自己所做的事情负责。同样,在今年的青春书写中,还有一些作品也让我们感受到了青春写手们求变的要求,如肖铁的《飞行的杀手》、周嘉宁的《夏天在倒塌》、苏德的《钢轨上的爱情》,他们对原有表达写作深度的改变和对自我的内省,无疑是青春文学,也是读者的收获,让人对青春文学生出新的期待。

2005 年

杨少衡笔下的两个县长
木 弓

  小说家杨少衡写基层干部很到位很绝,从新近发表的中篇小说《林老板的枪》《尼古丁》就可以看出其塑造这类人物形象的独到功力。这两部中篇的主人公都是东南沿海地区的县长,都在为自己的区域经济发展绞尽脑汁,殚精竭虑。《林老板的枪》写县长徐启维与本县重点企业家林奉成斗智斗勇的故事。泼皮出身的大企业家林奉成派出自己漂亮的秘书宋惠云来"公关",一心要把刚上任的县长"拿下",使其成为林老板掌控的小兄弟。几个回合下来,从来目中无人的林老板对县长徐启维佩服得五体投地,甚至有点胆战,因为他从县长身上感受到了共产党人的正气和执政党的力量。在这样的人面前,他不敢再胡来,只能守法致富。《尼古丁》则描写了县长李彬与京城女记者钟路琳的故事。县里要围海建坝发展本县的旅游业,其代价是要毁掉海湾的一大片红树林,可能会带来生态失衡的后果。这个项目由于女记者钟路琳的一篇文章而被中止,从此李彬与钟路琳结下了不解之缘,当女记者发现县长是个一心为民、敬业正派的好官时,渐渐喜欢上了他。但他们两人并没有因此改变自己的观点。李彬经过多方调研论证,得知这片红树林即使不建坝也会在不久的将来自行毁掉时,便一面对红树林进行开发性保护,一面积极让项目重新上马。但是在一次海上考察中,李彬翻船溺水身亡。

  这两部中篇里的两个县长形象,特别鲜明地保持了杨少衡小说人物一贯的思想基础——他们不是贪官,实际上杨少衡很少写腐败贪官;或者说,他不是不会写腐败贪官,只是不愿写。现在写这类题材是个时尚,他不去赶这个时尚。从他对人物环境的许多深刻而到位的描写看,我们完全可以断定,这个作家对当代经济社会的负面的东西非常了解、非常有研究,甚至懂的比那些热心腐败题材的作家还多、还深入。但他不写,或不重点写。他笔下的这些基层干部,通常是那些身处极容易被人"拿下"的环境中而没有被"拿下"的人。他们并不是那种远离改革第一线,躲开现实矛盾冲突,洁身自好的生活旁观者或"清官",而是在这种矛盾中摸爬滚打的实干家。他们要在条件极不完备的情况下完成执政党的任务,为民做事,实现自己的政治抱负,自己又不被"拿下",不腐败,不堕落。在许多人看来,这是做不到的。然而,杨少衡写的,都是那些做得到的人。

作家杨少衡显然有一种坚定的政治信念,那就是中国改革开放能取得这么大的成果,绝不是靠干部们以自己的腐败堕落为代价取得的。我们的确看到许许多多的腐败,也看到过许许多多的贪官,但这只是浮在生活表层上的泡沫和垃圾。如果我们过多地看到这些泡沫和垃圾,就看不到在现实深层中,在时代生活第一线中,许许多多的基层干部和人民一起艰苦奋斗,共同开创新的生活。事实上,正是这些基层干部的努力,才能使代表最广大人民根本利益的执政党的政治理想得以实现,才能使执政党的执政地位得以保证、巩固和延续,才能使执政党的执政能力得以提高,才能使执政党得到人民的拥护。如果所有的基层干部都被"拿下"了,执政党还有什么合法性可言?杨少衡透过现象看到了生活的本质,抓住了生活之魂。这不仅体现了一个作家观察生活的能力和政治素质,也体现了生活和历史发展的真实规律。我们从《林老板的枪》《尼古丁》中的两个县长形象,能看到现实的真实性,能感受到历史前进的那种激动人心的力量。

实际上,写好徐启维和李彬这两个县长是非常不容易的。在我看来,在"腐败"的土壤环境里写腐败并不难,而要在"腐败"的土壤环境里写不腐败,很难。杨少衡是知难而进,勇于接受艺术的挑战。他特别能够在这种令人困惑的现实中发现亮点,创造出与众不同的小说人物。他笔下的这两位县长都不是那种顶天立地、呼风唤雨的英雄,从表面上看,他们和我们现实中看到的庸庸碌碌的饮食男女没有什么两样,甚至有些窝囊。《林老板的枪》中的徐启维,一开始面对目空一切、颐指气使的老板林奉成时,显得有些无能为力。《尼古丁》中的李彬,为了求得副司长二十分钟的接见,在农业部门口整整晒了三个小时太阳。他被女记者的文章整得焦头烂额,也看不出有什么男人气。然而,就是这样看上去没什么个性的人,最终没有被困难吓倒,没有被"拿下";就是这样的人,能化被动为主动,把该办的事办了,达到了执政为民的目的,他们也用行动证明了自己是生活的强者。事实上,这样的人才是生活的强者。杨少衡把握住了基层工作的特点,按照写小人物的手法去刻画人物,结果写出了人物的大格局,写出了人物的精神气。在一般人写不出个性的地方,作家成功地塑造了一种具有内在力量的性格,悄悄地感动着读者。

这两个县长表面柔弱、内在强硬的性格具有相当的真实性、典型性。其性格内涵的两个突出特点构成了人物思想性格之魂。一是无私,二是智慧。无私才能无畏;智慧才能办成事,才不会被金钱美女"拿下"。《尼古丁》中的李彬,其实也是个有缺陷的人。他是学水利的专家,对修大坝情有独钟,也知道要有科学发展观。可对大坝的钟爱就像抽烟,明知尼古丁有害也要狠狠抽一口一样。这样一来,对生态的保护也就不够重视。但并没有影响他的无私所产生的强大的性格魅力,以致女记者钟路琳对他真心实意地爱慕。《林老板的枪》中的徐启维则是一个典型的智慧型人物。他不会以个人的好恶去待人办事,事事从发展建设的大局出发。他知道,本县特别需要林奉成这样的大企业家,但也不能容忍林奉成违法,更不能允许林老板私藏枪支。所以必须运用智慧让林奉成合法经营,又不影响本县的建设大局。而林奉成则想把要把徐启维变成贪官,以便控制起来,就像他控制许多官员一样。当他发现徐启维不容易上当时,就设了许多陷阱,包括人格污辱等逼徐县长就范,结果当然是徐启维把林老板"拿下"。林老板在这位智慧的共产党高人面前口服心服。作品就是在这种一不小心就可能被人"拿下"的严峻的触目惊心的环境中写人写精神、塑造性格。高潮部分非常精彩,徐启维设计了既能让林奉成自然而然交出枪又能保持法律尊严合情合理的办法,真是个大手笔。这是一个具有高超领导艺术的基层领导人,用现在的话就是具有很高水平的执政能力。当代社会纷繁复杂,我们党要在现代社会条件下执政为民,我们的基层干部要做好工作,没有高超的政治智慧就做不到。徐启维这个智慧型的县长形象,揭示着这样一种时代的要求。

《尼古丁》的人物很有情趣、很动情、很有暖意。这在一向以冷静叙述著称的杨少衡小说中很鲜见,也许标志着他的小说语言的一个新拓展。《林老板的枪》则保持了作家以往的冷静叙述的特点,但在深刻性方面较之以往的小说又进了一步。徐启维和林奉成的关系不是敌我关系,他们之间的较量虽然惊心动魄,但不是你死我活。作为一个父母官,他全心全意地保护着自己的人民,但他绝不纵容。他用自己的智慧引导着企业家走正路,守法经营,提高他们的政治思想素质,让他们对社会有奉献,让这些先富起来的人永远是人民的一员,不会走到人民的对立面去。在这里,徐启维除了无私智慧外,还多了一层对人民的深情厚爱。写好县长访贫问苦容易,写好县长关心一个富人则很难。杨少衡分寸把握得非常好,这个人物才合情合理,有血有肉。我愿意说,徐启维是时代应运而生的新人,也是当代小说中的新形象。

顺便提及的是,福建的小说正在全国范围内展示出强劲的势头,杨少衡使福建近年来的小说达到时代的高度。

底层写作:对小说的一种召唤

范咏戈

小说尚存是因为有若干召唤。米兰·昆德拉曾归纳了四种,即游戏的召唤、梦的召唤、思想的召唤、时间的召唤。今日之小说界,"欲望写作"和"小资写作"正大行其道,它们自然构成对小说的召唤。而我们也不能不看到,"底层写作"也是一种召唤。胡学文正是一位被"底层写作"召唤到小说中来的作家。

自然,被"底层写作"召唤来的小说作者绝不仅胡学文一个。"底层写作"成为一些作者的选择,是因为底层极具商业价值。底层故事中有官场黑幕、有美色肉欲……在一些创作中,底层写作已同低俗写作画上了等号。在这样的语境下观察胡学文的创作,就有格外的收获。

胡学文的五个中篇,即《荞荞的日子》《婚姻穴位》《飞翔的女人》《一棵树的生长方式》《极地胭脂》是他"底层写作"的一个横截面。这个横截面所显示的,是作家对大地人间灾难的专注目光,对抗争命运的底层人物的精神关怀。这些小说反映着作者对底层写作的认知:既不是楼上的青眼,也没有空洞的布施,他准备和已经做的,是在严酷的底层社会现实下开掘人性之光。这些小说里充满着"发现"。奥地利小说家布洛赫说:"发现只有小说才能发现的,这是小说存在的唯一理由。"胡学文的小说能发现些什么呢?除了能发现城市的灯红酒绿或乡村牧歌炊烟下的泣血故事,能发现新富人群或小康人家之外的边缘部落,最重要的是能够在极度低下的生存境况下,发现了人的基本感情和精神生长方式。

看看只是因为继父病危无钱治病才嫁给了赌徒杨来喜、苦难便由此而开始的荞荞吧。不论是杨来喜为还债把她抵押给马豁子,不论作为年轻女人的荞荞要在村长和薛书记色眯眯的眼光下受多少委屈,荞荞始终希望自己的丈夫能够弃邪归正,与自己好好过一份安分的日子。她在马豁子的废品收购站任劳任怨,在废品中捡到6000元存款的存折后二话不说就上交了。哪知因拾金不昧成了模范的荞荞却陷入更大的不幸:薛书记要逼她就范。一无所有的荞荞做了一次次抗争,最终却因要救出先后进了局子的马豁子和杨来喜而向薛书记献出了自己的身体。荞荞的反抗没有胜利,但谁能说她不是一个保持住了精神尊严的好女人呢?《飞翔的女人》中的荷子命运似乎就更加悲惨。为寻找被拐卖的女儿家破人散,连自己也被拐卖了的她,为扳倒人贩子大爪,在身无分文流落街头时甚至入了"鸡行"。但可怜的她并不会卖身,最终还得罪了嫖客。这种在尊贵者看去并不养眼的"舍生取义"不是同样让人感受到这个单薄得会飘起来的女人那种让人不容忽视的人性力量吗？同样是女性，唐英同她们比起来总算没有遭遇走投无路、投诉无门的困顿。在《极地胭脂》中，作者依然把她放到胭脂配种站这样一个极地去试炼。于是我们看到的是一个受着情感欺骗的女性在都市生活的边缘那么无怨无悔地做着与年轻女人不相宜的配种工作；看到她的女性魅力足以压出流言与欺骗下的"小"来。《婚姻穴位》和《一棵树的成长》中的底层人物是两个男性。刘好正如他的名字，一个绝对的好人却一直没受过好报。他善待的几个女人离他而去，一生的付出其实简化为一点，就是想听被他养大的别人的儿子叫他一声"爸爸"。然而他付出了，却并没有听到。他的死使"我"再生。"我"发誓"不再逃课，不再去网吧，每天一放学就跑回家去，练习爸爸两个字的发音，总有一天，要对着刘好的遗像喊一百声爸爸"。而姚洞洞是一个从底层压迫中挣扎出来的赢家，但即使他有实力报复有夺妻之仇的孙关水时，他仍没有孙关水那么坏。在孙关水的妻子慧慧真的如约来面粉厂准备献身求他的时候，"他难以控制地哆嗦起来"。他人生这出没有高潮的戏恰恰是他人性复苏的起点。

我承认，阅读胡学文小说产生的快感，多半由于作者没有那种急切的现实的或政治的或其他的非文学的需要——正如一批相当概念化的反腐小说或所谓改革小说所做的那样——因而他的小说才可能从容地展开"原生态"的叙述。他的小说不是新潮文本，却是新鲜文本。小说中一个个未经塑造、未加光环，带着野性、血性和灵性的底层人物正是让人心灵震撼的力量所在。而作者虽感动于他的故事和想象，但绝少那类私人情绪的过度铺张与宣泄，其内敛的叙事策略常常能够使他将"叙述"与"故事"有机结合起来，将"能指"和"所指"有机结合起来，从而证明了他既能"发现小说才能发现的"，又能"叙述小说能够叙述的"创作实力。

知中国人之"心"
——王蒙长篇小说《尴尬风流》
李敬泽

读《尴尬风流》之前,我有重大期待:这是自传吗?或者有自传性吗?是"忏悔录"吗?是灵魂的自白吗?是自我分析、自我发现和自我批评、自我表扬吗?鉴于它的作者在 20 世纪 80 年代以来的文学和思想嬗变中的特殊地位,人们也许希望书中的老王就是王蒙,通过老王,他将把对自我对世界的追问进行到底,直问得月黑风高杀人放火痛不欲生……

但现在,我发现这不是一部我想象中的书或者我习惯的书。老王的"问"是为了认识世界但也把世界搅得更乱,是在求证自我但也使自我四分五裂、六神无主,王蒙看着老王时不时地这么折腾,他向我们提出的问题是:万事万物是否有一个唯一正解?这个正解如果得到了,难道生活就美好了、世界就和谐了?

——这是个重要问题,也是王蒙至少自 90 年代以来的思想关键,他的尴尬与风流、他的令人尊敬和令人气恼皆源于此。

《尴尬风流》的作者和我们订立了一份模棱两可的契约:你应该把它当成独立自足的小说,但若真的把它当成小说,你未免有头脑简单之嫌;而如果你把老王看成作者自我的投影甚至直接看成王蒙,那未尝不可,但对和错你自己负责,而且你的头脑可能还是简单了。

——阅读这部书的重要乐趣就是在这迷阵中冒险。你可以把该迷阵视为王蒙的老于世故,但我认为它也可能是出于真诚的矛盾:通过老王,王蒙探索自我,但同时,他也要通过老王表达对一种自传式探索的深刻怀疑,进而表达他对自我的真实状况的独特看法。王蒙的看法的挑战性早已为人察觉,但是这种挑战的对象一直未被清晰揭示。

从 1910 年开始,中国的大小知识分子渐渐相信自己有一个"灵魂",希伯来式的、基督徒式的"灵魂",这个灵魂像向日葵一样朝向上帝或真理,并因而茁壮成长。这作为一个绝对的前提支配着现代以来尤其是 20 世纪 80 年代以来的文学叙事,我们据此写自传,我们也据此把自传性大规模地带入小说。我们已经忘了,在此之前,中国人从来不这么理解自己,中国古人通常用以表达自我意识的字不是"灵魂"而是"心"。

这个"心"出自与基督徒完全不同的想象,中国古人的"心"是反时间的,所谓"素心""白心""本心""婴儿之心""赤子之心""心如明镜台",等等,都是意在保持自然的、原初的、整全的状态;基督徒的灵魂则在线性时间中前进,堕落—忏悔—救赎,是一个人开着私家车追寻最后找到了上帝或全球化等的过程。而对我们来说,心是空间,是个场所,是"心房""心间""心田",是儒释道并在,是复杂的境遇和选择;这个"心"与他人之心是贯通的,是可以推己及人的,在理想状态下它容纳万物而又澄明如空。

时至今日,"灵魂"对我们来说已经不言自明,很多中国小说家把《圣经》供在案头,文化批评家们动辄逼问我们为什么不忏悔。事情好像是经过了一百年,全体中国人已经有了希伯来式的"灵魂",如果没有就是滑天下之大稽,奇天下之大怪。

而王蒙至少自20世纪80年代以来就拒绝按照《圣经》逻辑理解自我和理解世界。我认为,他的真正志向是超越自传性、离开《圣经》逻辑去写中国人之"心",这是他的"心",但他也相信这也是他人之"心",他不自我崇拜,当然也不崇拜各种面目的"上帝"。

正是在这一点上,王蒙在20世纪80年代以来的文学主流中其实是别调独弹,从《活动变人形》到《季节》系列,我们阅读这些小说时都有一个致命的盲点:这是写"心"的,不是写"灵魂"的。

《尴尬风流》是知中国人之"心"的书。这不是自传,因为王蒙根本不相信《圣经》式的自传性。《活动变人形》到《季节》系列是有头有尾、有逻辑、有发展、有"因为所以"的比较标准的长篇小说,但即使在那里,王蒙横溢斜出汪洋恣肆的空间扩张干扰着、破坏着线性外壳和自我的历史叙述;而在《尴尬风流》中,他一不做二不休,线形的"过程"索性就碎裂了,变成了无数片断,变成无数具体的境遇和疑难的思绪,变成了大珠小珠落玉盘,变成了"明镜"之上纷纷扬扬的尘埃,对此,一个可能的简易解释是,王蒙以此模仿生活的无序流动,但我认为他的真正目的是以此表达老王之心:这个人,他的心是非线性的,是一个巨大空间,是延展的、卷曲的、循环的、挥洒的,但反正不是向着一个目标、一个终极不断前进的。

——老王退休后嗜读古典小说是有道理的,中国绝大多数小说家至今不能从《水浒传》或《红楼梦》中学到什么东西也是有道理的。中国传统的小说精神、中国人对自我和世界的传统想象方式是空间的而不是时间的。《红楼梦》中有个贾(假)宝玉又有个甄(真)宝玉绝非故弄玄虚的闲笔,这是一项根本的艺术设计:两个宝玉相反地生活着,但他们处于同一个空间,是"心"的亦真亦假的可能性,是相反相成。曹雪芹在骨子里拒绝像咱们那些一根筋的红学家一样把贾宝玉当作生活的唯一正解。对王蒙和《尴尬风流》中的老王,亦可作如是观。

那么,好吧,现在的问题是,既然都是传统,是一百年前被杀掉了的传统,那么现在重新把它捡起来有何意义?

我认为有意义，因为传统被杀掉很大程度上只是意味着知识分子们不再像过去那么想象和言说，但事实上，那个中国人之"心"并未死灭，并未西风吹拂一口仙气就脱胎换骨变成希伯来的"灵魂"。

这也是"尴尬"。老王的尴尬之一就是，他有时以为自己很有"灵魂"，结果他最终发现自己只是有"心"。他常常觉得有"灵魂"比较高级、比较现代、比较激情和美，但最终还是发现有"心"比较真实、负责和有勇气。

——在《尴尬风流》中，王蒙对这个"心"作了苏格拉底式的改造。但事情也许早在20世纪80年代初就初现端倪，我至今记得当年阅读《春之声》时的惶惑感受：在春风浩荡的兴奋中，总有一种不确定、一种隐隐的疑问。而在后来，在他的一系列小说中，在那令人眩晕的王蒙式语言汪洋中，涌动着他对人们关于世界、关于生活的各种通行看法的不屈不挠的疑问，他举一反三、声东击西、回旋往复、指意多端，他其实一直在做一件事，就是告诉人们，对于事物的认识和知识和言说，不是只有一个方向一个维度，相反，他让人们看到，众多的价值和意义纷然并陈，有时并行不悖有时相互冲突，真是好的，善是好的，美是好的，但我们至少应该知道隔壁家的大美女可能是蛇蝎心肠，娶过来要当心，我们应该有足够的智慧和耐力经受这种冲突、悖谬和混乱，从中做出审慎和勇敢的选择。

正是在这一点上，王蒙成为一个广受误解的作家，我们经常会困惑于他的态度、他的自我，我们觉得他应该为我们指出道路，如果看上去似乎没有，那么我们就认为他在机智或者狡黠地闪躲。但是，我认为，这恰恰是王蒙的艺术态度的核心所在———一种严肃的认识立场和自我体认，他严肃地确认自己的"无知"，他永远不能容忍愚蠢，而在他看来，天下最大的愚蠢就是无知而不自知；"无知"，这是面对世界的、面对整体的，是最大的"知"，由此出发，他去质疑所有的"知"，去暴露各种"知"的限度，去体会世界的广阔真相，去面对寻求好的、有意义的生活的所有困难，去捍卫人的选择的权利。

由此，王蒙对中国人之"心"的把握同时接通苏格拉底所开创的传统——那是哲学的传统而不是神学的传统，是人面对自己的问题做出思考和选择而非依靠终极的权威。这可能不那么月黑风高杀人放火激越诗意，但其实更为勇敢，人毕竟要学会靠自己，人也应该有勇气承受无解之难。

"无知"，这就是"赤子之心"，是"心如明镜台"，是"破执"，《尴尬风流》由此成为知中国人之"心"的一面镜鉴。

显示人的灵魂的深
——陆天明长篇小说《高纬度战栗》

曾镇南

  陆天明的长篇新作《高纬度战栗》，以处于高纬度的北方省份发生的一起涉及代省长这一高层的腐败大案为背景，从一个独特的角度深刻剖析了我们现实的社会关系，披露了一群在当代政治生活、经济生活和社会发展中起着特殊作用，堪称"一切社会关系的总和"的人物的面目和灵魂，展开了非常规、逾程序的惊心动魄的反腐败斗争的复杂、严酷进程，怀着敬意和感动地塑造了劳东林、邵长水等当代护法、执法的共和国卫士的英雄形象。这部新作，在思想上艺术上都有一些新的东西。它既是陆天明对自己近十年来一直执着垦辟、开掘的反腐败题材长篇创作的一个新的探索，也为我们当代小说创作中最富有政治性和社会性的一个门类怎样沿着现实主义深化的道路取得与其内容的重要性相称的艺术魅力提供了新的经验。

  《高纬度战栗》的"新"和"深"，表现在哪些地方呢？

  首先是它所大胆采取的独特的切入题材的角度。小说始终从两任省公安厅刑侦总队大要案支队负责人——劳东林与邵长水先后赴陶里根市进行秘密侦查的行迹和心踪入手来展开故事，在头绪纷繁、悬疑迭出、扑朔迷离的情节演进中，有条不紊地拨开层层迷雾，掀起重重帷幕，逼现出发生在代省长顾立源、省城副市长祝磊、民营大老板远东盛唐集团总裁饶上都之间的一宗交织着腐败和堕落、阴谋与死亡的惊天大案的真相。祝磊的杀人案牵动了顾立源的受贿案，引发了劳东林的被谋杀案。邵长水在省公安厅领导袁厅长、赵总队长的支持下，在复杂、微妙的政治形势下，抓住劳东林的被谋杀案盯紧不放，终于使这个案中有案、案外套案的连环大案内里隐藏着的侦破和反侦破斗争的严酷本质水落石出地呈现出来。至于顾立源和饶上都的发迹史，他们在改革、开放、发展的时代条件和社会格局中兼具功罪的双重作用，顾立源隐蔽的受贿经过，饶上都巧妙的行贿手段，他们陷害祝磊谋杀劳东林的罪行等，则不正面展开叙事，只是在各个涉案人——曹楠、劳东林、寿泰求、曹月芳、余达成等人在不同场合的叙述、证词中随处点染、异词互见，使之渐渐清晰、明朗起来。一直到故事终了，被刑拘的饶上都指使亲信谋杀劳东林的确凿罪证也还没有完全呈现。但这一场以特殊形式进行的侦破与反侦破的殊死搏斗的社会深层意义和人性深层蕴含却已纤毫毕露地揭示出来了。所有这一切使从事刑侦工作的当事人心灵战栗，也使读者震惊战栗。这铁铸一般的社会事实告诉人们：在伴随着改革开放的历史机遇而出现的一代改革弄潮儿、闯将、风云人物中,不可避免地也出现了一批投机牟利者、蜕化变质者。他们凭借自己的社会地位、经济实力的优势,不择手段,罔顾法纪,贪婪地攫取私利,形成了我们社会中共荣互保的高级犯罪、腐败团伙。他们的腐败劣迹一旦面临暴露,代表私人利益的仇神就会把他们心中最卑鄙、最凶残、最冷酷的情欲激发出来,驱使他们投入杀人灭迹、负隅顽抗的血腥战场。这真是一场殊死的战斗,其酷烈的程度远远超乎一般善良的人们的想象。

陆天明在这部新作中选取的这一新的、独特的叙事角度,看起来似乎只是反映了他在长篇小说的结构艺术、叙事手段方面的新探索,但实质上却是他对严刑峻法也难以遏制的社会腐败现象产生的土壤、根源的新的认识的艺术升华。他下笔解剖这一社会现象时,不再把重点放在所谓官场的清浊斗争上,也不放在对腐败现象内部的溃烂过程的揭示上,而是放在对特定历史时代社会关系、世风时潮的演进变化的揭示上,放在对人的灵魂的深度透视上,放在对人心、人性的深刻而微妙的艺术掌握上。

《高纬度战栗》所选取的这种独特的叙事角度,自然使它有了一副刑侦故事、推理小说,乃至悬疑小说的框架或外观。但究其创作方法的实质,却与一般公安或法制题材的侦破推理小说迥异其趣的。小说在典型环境中的典型人物的塑造方面,着重刻画、显现人物的不易捕捉的精神状态,致力于"将人的灵魂的深,显示于人的"的"高的意义上的写实主义"的艺术境界的营造,在现实主义的深化上做了不同凡响的尝试。这是使《高纬度战栗》一书显得"新"和"深"的更为重要的一个方面。这方面的成就主要集中表现在对两个主要人物——劳东林与邵长水的灵魂的绘状与剖露上。

劳东林原是省公安厅总队大要案支队的副队长,出现在小说里时他已经辞职、脱下警服,到陶里根市当了民营老板饶上都的远东盛唐公司的保卫部经理。故事开始时,他已被发现"擅自"在陶里根市对曾在这里任过市长兼市委书记的顾立源代省长的受贿问题进行秘密调查,而且成了省公安厅要派人前往劝阻的对象。在省公安厅以非正式途径派出的邵长水与劳东林做了第一次不得要领的谈话后不久,劳东林就被人为的车祸有意撞死了,而且是死在邵长水怀里,只留下了"谋杀"这两个血字和两件东西:难以索解的小记事本儿和形状有点怪异的钥匙。这个在小说第三章就终结了生命的劳东林,这个神秘莫测、疑云重重罩身的老刑警,却在邵长水展开的执着的侦破工作中,在各种各样的涉案对象的回忆、描绘、记叙中,逐渐清晰地显示了自己的真实面目与神魂——原来这是一个负有特殊使命,有理想,有血性,有担当,面对挫折和危险仍然不失舍身求法的义勇和热忱的男子汉。劳东林是经验丰富、多谋善断、屡建奇功的省"十大神探",又曾获得过"全国二级英模"的称号,虽然一度因"为人太耿",敢于犯上,交友不慎而犯了错误,受到撤销英模称号、开除党籍的严厉处分(后来又恢复党籍),领悟到"夹起尾巴做人"的重要性,但他在骨子里并没有因人生道路上的挫折而磨灭了自己追求理想、忠诚于事业的那股精气神儿。所以,当省里已退休的老书记的秘书余达成以非常规的方式把秘密调查顾立源的任务布置给他时,他在震惊战栗之余,还是慨然受命,毅然辞职脱警,只身潜往陶里根市,开始自己最乐于从事的堪称"伟大"的事业。正如劳东林的人生道路呈现为一条充满波折的曲线一样,通往他的灵魂深处的路也是弯弯曲曲的。邵长水在侦破劳东林被谋杀案的曲折过程中,终于拨开种种假象和疑云,找到了通往劳东林灵魂深处的暗路的入口处。

如果说劳东林的灵魂在大多数情况下始终是在暗昧骚动着,战栗着,亢奋着,后来才以形灭神不灭的方式重生、复现在人们的叙述、回忆之中,鲜明地显现在继任者邵长水的眼前的话,那么,邵长水的灵魂却是始终置于这一场侦破与反侦破的较量的第一现场上,用作家的艺术追求予以照亮、凸现的。邵长水不愧为劳东林力荐的大要案支队队长一职的继任者。他不仅负起了侦破劳东林被谋杀案的使命,而且也承继了劳东林对当前社会生活的思考,承继了他的隐忧和困惑,最重要的是,承继了他的理想和激情。他原是个更严谨、更持重的人,但在劳东林的影响下,在他的自我拷问下,他的灵魂、血脉竟也渐渐劳东林化了,以致接任后队友们说他和"劳爷"越来越像了。他和劳东林一样,显示出的灵魂的深也即是灵魂的真。正是灵魂深处的那么一股子热情、冲动,那么一种近乎赤子的天真,凝成了这两个人物灵魂的光,照亮了他们的整个人生故事,给了我们久违了的感动和暖意,使我们在战栗之余振作起来,直面人生而奋然前行。

2006 年

《兄弟》和当代文学批评的残局
张　柠

从《兄弟》的一些片断中可以看出,余华还在时不时地冒才气,遗憾的是,整体上在冒傻气。间歇性才气和整体性傻气的矛盾,既可以到小说结构里去找,也可以到作者写作意识的病变里去找。

当代文学批评过于依赖某位作家、某部作品,对建构自身的独立价值缺乏信心和热情,而且惰性越来越大。余华对当代批评的拒绝,就是对这种批评惰性的一声棒喝。

小说《兄弟》的促销和争鸣

余华的小说《兄弟·上》2005 年 8 月出版,在大众媒介(包括网络)上引起了第一次激烈争论。待到 2006 年 3 月《兄弟·下》出来,又引起了第二次争论(两本书的印数超过 70 万册)。争论的一方是专业读者,他们尖锐地指出了《兄弟》在技术上的失败之处。争论的另一方是余华和他的发烧友,认为《兄弟》写得很好。一方是小部队,武器是"文学专业问题";一方是大部队,杀手锏是"数量众多、声势浩大",余华还不断在大众媒体上给他们火上浇油:"不管我写什么样子的书,他们都努力来理解……这是我最重要的读者。"余华终于成功地抛弃了专业读者——他昔日的"贫贱兄弟",与阅读市场——他今天的"富贵兄弟"——达成了和解。这让我想起了《兄弟》中的两个主人公李光头和林红。余华的叙事风格很像李光头,余华的文学活动很像林红。李光头一生的行动都指向林红,余华也一样。

在畅销小说《兄弟》的整个促销过程中,余华原有的"文学精英"身份为活动提供了文学上的合法性。与此同时,出版市场提供的数据和大众媒体造成的喧嚣,反过来又在给促销活动护航壮胆。究竟是读者数量和发行量更有说服力,还是专业读者的质量鉴定更有说服力？当代批评似乎已经无力回答。文学批评沦为一个残局,不是"残废的局面",而是摆在大街边上的"象棋残局",看似无望,但尚有一线生机。文学生产是残局秘密的知情人,它正在和围观者谈笑风生。文学批评就像残局的破解者,正在束手无策、抓耳挠腮。

作家敢于抛弃写作成规,该投奔谁就投奔谁,转轨很快,这是它比真正的批评灵活的地方。而批评却一直在形式史和精神史的压迫下墨守成规,用形式,用结构、语言、叙事模式等传统的文学评价标准,对一部时髦的作品进行隔靴搔痒式的攻击。毫无疑问,问题不出在狭义的作品"形式"上,也不出在作者的"叙事能力"上,而是另有蹊跷。是不是先锋作家余华在创造一种全新的写作模式呢?但是,专业常识和市场动态却告诉我们,《兄弟》不是一部好小说。余华仿佛草草地将《故事会》装订成册投放市场,赢得了更多的消费者。余华明明已经迷失在一个通往阅读市场的"宽门"里,却假装走在一个神秘而又庄严的"窄门"里。

读畅销书令人心烦,此前,我试着读国际著名畅销书作家丹·布朗的小说《达·芬奇密码》和《骗局》,没读完就投降了。现在我面对的是一部国产畅销书,一位号称"享有国际盛誉的当代文学大师"(出版社的广告词)写的畅销书,我还是决定迎着困难上。为此我硬着头皮读完了51万字的《兄弟》。尽管从个人角度上,我愿意对余华"单本小说销售量"的新突破表示祝贺,但作为专业读者,我不得不表示对这部小说的失望。我想,难道余华真的江郎才尽了?可是从《兄弟》的一些片断中可以看出,余华还在时不时地冒才气,遗憾的是,整体上在冒傻气。间歇性才气和整体性傻气的矛盾,既可以到小说结构里去找,也可以到作者写作意识的病变里去找。这是一件费力不讨好的事情。但不要以为批评秩序被少数人破坏了,或者市场的数据可以掩盖一些事实真相,就可以无视文学常识和标准,在大众媒体上虚张声势。

知道为谁写,就知道如何写

余华开始文学创作的时候,当代文学正面临一个重大的选择:坚持文学的"工具论"还是"本体论",为多数人写作还是为少数人写作。作为"先锋小说家"中的一员,余华选择了后者,得到了先锋批评家的赏识。余华早期的创作,像许多"先锋小说家"在接受采访时所说的那样,"我为自己写作","读者能否读懂不是我的事",由此表明了他们对多数读者采取决绝态度。文学首先是一种交流。小说创作毕竟不是写日记,也不可能是写给松鼠和山鸡读,它需要读者,先锋小说也不例外。因此,这个"自己"不是单数,而是一个小群体,包括先锋作家,更包括先锋批评家,总之是专业读者。"为自己写作",就是叙述个人那种奇异的、与大众日常生活经验距离遥远的"白日梦",而先锋批评家正是将这种"白日梦"历史化的高手。先锋批评家是不怕怪诞和晦涩的,他们有能力将余华早期小说那种无论怎样飘忽不定的形式和残酷的经验,一一安顿在"历史"之中。于是,余华的早期创作被批评家认为是接续了中断的"鲁迅传统"。这个评价很高,但也有代价,那就是余华自己仿佛变成了一枚闪亮的扣子,在"历史"灰尘中发光,距离现实和普通读者十分遥远。与此同时,批评家的阴影一直笼罩着他。这是一位有个性的作家所不能容忍的。

从1992年的《活着》开始,余华决定为更多的读者写作。他突然抛弃了早期的晦涩和形式探索,变得通俗可读起来了,并成功地实施了对专业读者、批评家的第一次复仇。《活着》的写作手法是"现实主义"的(塑造典型人物),叙事风格是"浪漫派"的(以反讽开场,以悲剧过渡,以牧歌结尾),语言是平实朴素的,接受效果是"哭泣和眼泪"。特别是小说被拍成电影之后,余华的写作动机与效果再一次在"另一个层面上"胜利会师了,他如愿以偿地尝到了众多读者的,而不仅仅是少数批评家的甜头。我丝毫也不怀疑余华在江南小镇写作《活着》时的真诚。只是余华自己在怀疑自己,在怀疑贴近读者的"通俗"手法。特别是定居北京之后,他被几个"精英批评家"团团围住,变成那些人的精英观念试验田,肥料是外国思想和交媾乐。《许三观卖血记》是这块试验田结出的第一个果子。这部小说是早期创作和《活着》的折中,是余华骨子里的原创性、爆发力与所谓精英观念较量的结果,是纯文学形式与通俗细节交媾的产物。至此,余华已经被精英批评家的饶舌和读者的殷切期待折磨得筋疲力尽了。

余华的确需要歇一歇,但他一歇就是十年,而且越歇越"英雄气短",无法构思更长的作品,只能写点随笔,搞一些国际文化交流。当余华再一次决定彻底抛弃专业读者、批评家,一心一意要为多数读者写作的时候,然而世事如烟,一切都变了。今天的"大众"已经不是昨天的大众,今天的"阅读"已经不是昨天的阅读,今天的媒体也不是昨天的媒体。这些变化对于一直沉浸在个人写作逻辑和自我幻觉之中的余华来说,似乎并不重要。于是,他不管不顾,一头扎进了"大众"的汪洋大海。他准备抛弃"小说",为"大众"讲一些既有艺术含量,并且又通俗易懂的"故事"。这种疯狂的念头,往往是"天才作家"晚年常有的惊人举动。但疯狂的作家都相似,天才的作家各有各的尴尬。

《兄弟》与通俗文艺产品的巧遇

明星除外,作家、特别是精英作家,什么时候遇见过这么大的"大众"啊!余华无疑是既感动又惊讶。一些网友和大众媒体将余华比作"远古时代"地位崇高的"讲故事者"。但是,余华却没有像真正的"讲故事者"应该做的那样,及时向听故事的人提出忠告——这个时代已经不复存在——相反,他顺竿子就爬了上来。他在自己的"博客"上,开始扮演一位在篝火边讲故事的酋长。故事、篝火、温暖、回忆、围着篝火的听众、天真的孩子……像天堂再现一样。实际上那堆篝火不过是一个电子时代的技术制品。在网络上,"篝火"是一只整天闪耀着红光的电灯泡;在购书中心,"篝火"是几块小红布底下安装一个小吹风机,远看好像真的是闪烁不定的篝火一样。网民和消费者就是一群天真地围着篝火的孩子,"点击数"和"印刷量"就是"余华的故事时代"的"灵光"。但在这"灵光"照耀之外,依然是大片的黑暗,黑暗中聚集着大批大批孤独的个人。他们吵嚷着不愿意听电子酋长虚拟的"古老故事",而是要求读"现代小说"。电子篝火那边却传来一阵嘘声。

今天有一个更像"篝火"的东西,就是黄金时段的电视连续剧。同时,今天的文艺消费品地质量有了很大的提高,文艺市场也需要很好的叙述能力和想象力,否则你凭什么冒充慈祥的老爷爷呢?"想象力"和"新奇性",正是"符号商品"占据市场的关键元素。不了解这一点,就会将当代文艺市场的生产惯例当成创新和出奇制胜。这正是余华闭门造车给自己带来的又一尴尬。

实际上,只要稍微抽出一点时间看看电视连续剧,就不会闹出这样的笑话。我惊奇地发现,《兄弟·下》的整个叙事风格和节奏跟赵本山的电视连续剧《马大帅》基本接近。悲剧性和喜剧性,抒情和批判,恶搞和升华,《马大帅》中都有,而且收视率很高。在恶搞方面,《马大帅Ⅲ》比《马大帅Ⅰ》搞得更厉害,就像《兄弟·下》比《兄弟·上》搞得更厉害一样。江南小镇的小流氓"李光头"的奇思异想,甚至比不上"辽北地区著名强人"范德彪(范伟出演)那么具有"艺术性"。但要知道,《马大帅》本身就是一个通俗的、消费性的电视肥皂剧;而余华"十年磨一剑",是把《兄弟》当作艺术品经营的。《马大帅》中有很多细节非常感人,将几个进城农民在现代都市和商品市场中的遭遇表现得非常生动。它最大的缺点是没有结构,想到哪儿就演到哪儿,以致难以收场。这正是一般电视肥皂剧的特点。所以,"结构"的要求不应该针对电视肥皂剧,而应该针对艺术性"长篇小说"。然而,小说《兄弟》跟电视连续剧《马大帅》一样,有很好的片断,比如"宋凡平之死""处美人大赛""兜售人造处女膜"等,就是没有结构,想到哪儿写到哪儿。如果不是担心下半部的文字太多,还不知道余华要写到什么时候。

从"兄弟"李光头幼年时代开始,直到他长大成人、经商发财,中间经历了四十多年的时段,叙述横跨了"文革"和"现在"两个历史时段。上半部是带有悲剧色彩的"文革"时代,十七万多字。下半部是带有闹剧色彩的商品经济时代,三十三万多字,结构很不均衡。余华无疑把兴奋点放在了下半部,这都属于他追求阅读营销效果的"策略"。由于阅读效果等外部因素自觉不自觉地在左右着余华的叙事,使整个写作成了表演。整体上看,《兄弟》的叙事属于油腔滑调的闹剧风格。用"闹剧"风格写"悲剧",既热闹,有好的阅读效果,又感伤,有悲剧格调。这就是读者面对《兄弟·上》还能忍受的原因。用"闹剧风格"写"闹剧时代",由于没有高于"闹剧"的整体结构的支配,只能是闹上加闹,滑稽上加滑稽。这就是下半部让人无法忍受的原因。

余华断章取义地引用别人的话认为"看法"靠不住,"事实"最有说服力。没有"看法"怎么能够在混乱现实中发现"事实"呢？对作家来说,在混乱的现实中找到有效的叙事结构(也就是叙事的整体性),就是最大的"看法"。尤其是在今天这个"看法"越来越软弱无力、"事实"越来越嚣张的时代,"看法"显得更为重要。我的"看法"是,《兄弟》的整体结构是一个与当代小说艺术要求相距甚远的"结构"——"葫芦串结构"。首先,它有一条笔直的"历史绳子"作为叙事的支撑。但这条"历史的绳子"一直绷得很紧;而"故事",就像挂在绳子上面一串摇摇晃晃的、诱人的"葫芦"(屁股、斗殴、诱奸、挣钱、商业欺诈、人工处女膜,等等)。余华试图在10万字之内将"文革"时代解决掉,于是直奔主题,就像一支急于占领山头的部队一样,情况很紧急、气氛很紧张。小说的主角看上去是"人物",实际上是"历史""时代"。他急于将一个"时代"的经验抽象地概括出来,从中可以看出作者的浮躁心理,特别是这种浮躁心理造成的大量虚假细节、荒唐情节、油滑语言。于是,这个"葫芦串结构",就像农贸市场的小货摊一样,非常通俗,非常诱人。但挂葫芦的"绳子"是没有买主的,"故事"才有市场。我们看到的正是一串"故事"一样的"葫芦"在招摇。

余华送给读者的奇怪礼物

就今天的阅读市场而言,动辄起印几十万册的通俗小说作者大有人在。这无疑不是余华想要的效果。余华假定今天还有一种笛福、狄更斯、托尔斯泰时代的阅读市场——文学和经济双丰收。余华经常念叨着狄更斯在波士顿码头被成千上万人簇拥着的古老话题(这种场面在今天的网络虚拟空间里也有,知名博主在博客里咳嗽一声都有成千上万条跟帖)。18、19世纪,文学的审美价值和商品的使用价值在某种意义上是同构的。而今天,商品的展示价值(通过征用审美、利用虚构和幻想力而产生的符号商品)已经取代了"使用价值"的概念。针对这一事实,余华不是忽视了它,就是在故意利用它。

在文学史上,有一些小说因为过于另类而成为禁书,导致解禁之后成了畅销小说,比如萨特、劳伦斯、亨利·米勒的小说。这种先犯禁后畅销的小说,生产之初是与文学性相吻合的,到解禁的时候,已经与文学的关系不大了,它变成了一份"解密档案"一样的东西,用于满足后人对禁忌和秘密的窥视。当代畅销小说生产模式恰恰相反,它绕开禁忌话题,避免一种不能及时得到回报的生产模式。这种生产模式的基本策略,就是用一种填补空白的方式来满足"大众"读者,比如纯情、惊悚、武打等。

《兄弟》既不是一部"犯禁"的作品,也不是一部标准的当代畅销小说。它试图制造一种假秘密、假禁忌,也就是将一种曾经是禁忌,但今天已经无所谓禁忌的元素变成勾引阅读的诱饵,以此支配他的文学生产,因此也不是一部纯粹的文学作品。小说《兄弟》中花大力气渲染的"屁股"和"人工处女膜"就是例证,这两个元素在整个小说中占据的篇幅非常大。余华为此找到了一个冠冕堂皇的借口——描写"禁欲年代"和"纵欲年代"。小说一开始就花了三十多页讲述"屁股事件"。我以为只是一个噱头,没想到小说的结尾,"屁股事件"一再成为叙事的焦点。上部整个就是以"屁股事件"为核心。"屁股叙事"是一种短暂的间歇性叙事。先锋作家通过听交响乐学来的、绵长的、具有历史感的悠长叙事,如今变成了这样一种断断续续的、急促的短叙事。

漫长的十年,余华的读者一直在等待、企盼。而余华一上来就采取了他所谓的"正面强攻"战术,送给他的读者一份奇怪的礼物——一排屁股。余华以为"大众"喜欢屁股,他错了。今天的"大众"已经厌倦了无所不在的屁股,他们更渴望"抒情""理想""人文精神""秋雨时分",借此对自己平庸的日常生活予以否定和升华,从而达到心理上的局部平衡。《活着》在这一点上是成功的,因为它有"抒情"、有"人文精神"。市场喜欢他们缺少的,而不是喜欢他们过剩的。

在一个被作者称为"纵欲的年代",也就是"屁股过剩"的年代里反复说屁股,好比逼着富人吃肉饼一样。这不是"犯禁",而是"忌讳"。"禁忌"是强大外力对"大众"进行控制的结果,有强制性。而"忌讳"是"大众"内部的自我设防,没有强制性,靠的是个人的自律,自律的目的在于获得更多的认同,在今天就变成了对市场认同的期待。韩国的畅销小说和电视连续剧在这方面就很讲究,它允许一家三代人共同观赏。市场和"大众"是很讲究卫生的。而余华在小说中津津乐道的屁股、人工处女膜等,不是犯禁,而是无视普通读者的"忌讳",是在对"大众"阅读趣味的挑衅。换句话说,就是"恶心你"。这是一种现代主义的精英风格,而不是当代畅销书的生产风格。这与他急于获得市场的初衷似乎有矛盾。

小说《兄弟》的叙事语言,根本就不是余华所说的"荒诞",而是"荒唐";不是他所说的"反讽",而是"油滑"。"屁股"既不荒唐,也不油滑,是作者的叙事荒唐和油滑。我们从中看不到"存在"的荒诞感,也看不到建立在对自身否定之上的"反讽"。我们看到的只是对读者的引诱、复仇和急切的功利目的。余华就这样与他的大众"恩怨交集地自食其果"。在创作中既想获得市场,又想获得艺术,最终可能会两手空空,除非他把市场和学院、大众和批评家同时忘掉。

最后我想说的是,当代文学批评过于依赖某位作家、某部作品,对建构自身的独立价值缺乏信心和热情,而且惰性越来越大。余华对当代批评(表扬除外)的拒绝,就是对这种批评惰性的一声棒喝。在当代文学和批评纠葛不清、相互挑逗的"残局"面前,目前局势还不明朗。但可以断言,任何将自己的价值捆绑在某种外在的东西之上的人,最终都会被那种东西抛到九霄云外去,文学创作和文学批评都不例外。

中国乡村形态的智慧表达
——孙见喜长篇小说《山匪》
陈忠实

读完孙见喜先生的《山匪》（知识出版社2006年出版）后，一直沉浸在阅读的兴奋和愉悦之中。

关于《山匪》这部小说的内容，如果要用一句话概括，就是：一个历史过程中的中国乡村形态。我之所以这样说，在于这部作品所取的那个历史时段是封建社会解体、新的社会架构没有建立起来之前，确切说就是20世纪前期这一段中国乡村的社会生活形态。我不以为这仅仅只是商州一个村一个镇的生活形态，而是中国乡村社会生活形态的一幅浓缩了的影像。无非是作家孙见喜把他的描写对象搁在他最熟悉也最具敏感情愫的家乡商洛罢了。就跟斯坦贝克一生都把他作品描绘的对象放在他的家乡、那个地球上像邮票大的一块地方一样，而它辐射出来的社会意义和人生形态却是人类共通的东西。在《山匪》里，孙见喜展示出了中国乡村在那个大动荡大混乱大裂变的社会背景里的政治形态、经济形态、文化形态、教育形态、生产形态、道德形态、民俗形态、社会结构和生活运动的形态，我如同领略业已湮灭的那个时代、那个历史过程中乡村生活的百科全书，阅读中可以充分感受和体味上一代人昨天的心理秩序的脉象。

清朝灭亡以后，军阀混战王旗迭变的时段，军阀刘镇华围困西安城就是这种政局在陕西的一个典型事件，它不仅影响的是关中，也影响到商洛和周边地区。这是一个大的政治历史事件，不仅是经济损失，不仅是生灵涂炭，而是更深层地影响到社会结构和民众的心理秩序。《山匪》以几个家庭和各个社会位置上的人物的大起大落为脉象，生动地展现出那些不容置疑的生活景象。我很感兴趣的是，传奇、神话、诡异的传说等，这些在作品里都有详尽描写。小说有一个情节写到孙家老大承礼，一出门头就被割掉了，最后他的头在他媳妇的裤裆里被发现了。类似这种神奇、离奇的情节很多，整个作品弥漫着一种浓厚的诡异气氛，展示了社会发展到那个程度时人的思维方式、精神形态和心理形态，而不仅仅是展示某些缺失内涵的怪异事情。这些我们从拉美魔幻现实主义作品中常能领略得到。但《山匪》不是拉美的魔幻现实主义，跟那截然不同。《山匪》里写那个人物的头不见了，是因为他媳妇在太岁神头上尿了一泡尿，这完全是中国民间神秘的思维方式。作品最后揭示出来的不是尿错了地方，而是有人为的因素，作者的思想是用诡异的形式来展示的。我们知道，缺乏科学的愚昧和落后的社会，是神鬼怪异滋生的土壤，人们以鬼怪来解释许多无法理解的自然现象和复杂的社会事象,这往往给各种图谋者散布下迷彩。孙见喜真实地揭示了这个本相,而不是我们见惯了的、某些作品故意宣示的那种怪异。还有生产形态,那个时代农民怎么种地,写得太逼真了。譬如书中对种植罂粟的精细描写,对罂粟熬制大烟再到销售渠道的准确叙述,真是令我大开眼界,我惊讶作家对生活了解的深度。读到这儿我都有自愧不如的感觉。作品提供的那个时代人与人之间的生活形态,包括礼尚往来、婚丧娶嫁、人际交往、喝酒饮茶吃饭等民风民俗,这些东西描写得非常精到,展示了中国封建制度解体以后到新的政权建立的这几十年间,中国乡村的社会结构形态和生活运动的形态,是怎么运动过来的;我们的上两代人经历了怎样的生活,经历了怎样的精神剥离和心理结构的重建,才到了1949年中华人民共和国成立。阅读并感受这个过程,应该说这部小说是我读过的同类题材小说中非常优秀的一部。

从封建帝制到新的社会诞生过程中的痛苦,不是商洛人独有的,而是我们整个民族共同的;这个历史过程中的时代风貌,我在阅读中既能感觉到一种原生态的陌生,又能感觉到一种原生形态的熟悉;既有一种艺术形态的陌生,又有一种艺术形态的熟悉。这种感受好像很矛盾,原生形态的历史的这种陌生,主要是它和我们今天的生活距离拉得太久远。之所以让我又感受到一种原生形态的熟悉,因为作家所描绘的生活事象和社会状况,是建立在生活真实的基础之上,这就最容易触发读者记忆里最敏感最软弱的那根神经。要让读者对一种陌生的、原生形态的生活发生这种熟悉的似曾经见的阅读效应,最基本的一个条件是真实。我敢肯定孙见喜为获取那种久远而陌生的生活形态下了很多功夫,完成了深入生活调查研究的过程,没有这个过程绝对不可能展示出如此真切如此生动的生活图像。我这种强烈的阅读感受,完全出自自身写作的切实体验,生活的真实和编造的虚假是难得混同的。我也常在某些作品中看到作家在生活描写上的捉襟见肘,硬是把那一点点自以为有趣的细节无节制地显夸,这恰恰显露出作者生活体验的肤浅乃至生活的匮乏。孙见喜对这些生活形态拥有的丰富、内蕴体味的熟稔,确实令我感到惊讶。关于艺术形态的陌生,这一时段的生活形态,不少作品已经涉猎过,但触及这样深的程度、真实的程度,呈现出一派陌生的艺术景致,艺术对生活提升的巨大效果,是别开洞天令人惊讶的新奇、前所未见的陌生,是艺术新景致的前提。之所以说又是一种艺术形态的熟悉,这种艺术熟悉具备了优秀的长篇小说的基本规范。见喜笔下艺术形态的这种熟悉感,使《山匪》这部小说远远地挣脱了一些表现地域性生活形态的作品常常令人遗憾的局限,具备了沟通更大空间读者的品格。我对《山匪》里的人物,像十八娃、孙老者、陈八卦,这些人物自身性格的发展,是从他们的命运机遇里的情感变化过程中完成沟通的。我感觉不到"隔",反过来说,如果让一个中国作家感到"隔",异族外国的读者就很难读了。小说达到艺术熟悉的境界,是难得的大突破。

我特别喜欢《山匪》的语言,一接触文本我便产生了耳目一新的真实感觉,用一句话概括:这是一部显示着耀眼的语言魅力的小说。孙见喜把生活语言变成作家主体的叙述语言,我作为一个作家,从写作实践来体会,觉得这是很见语言功力的,是很难掌握的一种叙述方式和叙事本领。孙见喜在这部小说写作中,不是我们常见的某些作品如加塞一般生硬地塞进一些生僻少见的土语,这不仅产生不了美感,反而觉得别扭。而孙见喜对大量的生动鲜活的民间生活语言不仅完成了提炼,更难得的是他驾轻就熟地进入直接的叙事,这种语言是形象化的叙述,这当是语言的至高境界。打一个比方,这是一种既有钢的硬度又有麻绳的韧性的一种极富弹性的语言。我从写作中感受到,这是作家孙见喜完成了语言上质的飞跃。而且对话语言达到令人叫绝的准确、生动和个性化,其精彩纷呈,常常叫人忍俊不禁而拍案击掌,读者感受的是一种纯粹的语言的魅力。我是从写作的角度去理解,不是从评论家的角度上理解的。我在这种形象化叙述的文本里,处处感知一种语言智慧,他不是猎奇性地挑拣那些稀奇古怪的民间生活语言,更不是完全地照搬。他把民间创造的富于智慧的语言淘采出来,也显示出作家自己的语言智慧,这是不类同于任何文本的鲜活一支。再是见喜这种叙述语言的密度相当大。阅读中间能感觉到他在浓缩,然而又不仅是浓缩,是严格把握着每一个句子的内涵和质量,既是形象的,又是鲜活的,更是含蕴着丰富的意旨,几乎感觉不到任何语言的虚意卖弄,对人物和具体场景的描述恰到好处。能把这样密度的语言保持始终,几十万字不泄气、不松动地持续到最后一行,真是不易。

作为一个同代作家,读完《山匪》颇有一种感慨。已经成为历史的 20 世纪前半叶的生活,已经冷寂到令后半叶出生的人如闻神话,然而却是这个民族艰难踯躅的真实过程。《山匪》不仅把那一过程重现给今天和未来的读者,而且达到一个生活和艺术的真实,这是一个作家的成功,也是一个作家的责任和道义,让他同代的和后代的读者可以依赖无虞地去品咂自己先祖的生活形态和心灵历程。

呼唤报告文学的刚性品格

李炳银

现实的报告文学创作是不很令人满意的。有人认为,报告文学的世俗化色彩太浓;有人认为,文学性不强;有人认为,短篇太少长篇太多,等等。这些看法和意见自然都有道理,但报告文学创作乏力、社会影响力绵弱、读者热情减退的内在原因,我认为在于报告文学刚性品格的消退或遗失,是一种内在社会人文精神的贫瘠造成的。因此,要唤醒报告文学新的生机,单从直观表面形式方面要求是很不够的,需要明确地提出关于刚性品格展现和内在社会人文精神的张扬的呼吁。

所谓的刚性品格和精神,首先是指报告文学必须有新闻一般的社会客观性和现实性。将真实的社会状况和人们真实的生存状态、生存环境以及发展的趋势报告给人们,使人们生活劳动得明白、有志向,这是报告文学在现实生活中最为要紧和关键的地方,也是在诗歌、小说等文学形式之外人们需要、欢迎报告文学的原因。能不能直达现实社会生活真实的现场,能不能敏锐、纵深地参与社会生活的矛盾和变革,也是报告文学是否能在广阔的社会生活场地建立自己的营盘,挥动自己旗帜号召和影响读者的重要方面。对事实呈现的真实和对社会生活的纵深参与,是报告文学刚性品格和精神的组成部分,是直接作用于社会现实生活的报告文学与隐蔽影响社会人生的小说、诗歌所不同的地方。离开了真实事实的基础,离开了对社会现实生活矛盾的关注和介入,报告文学就等于失去了根基和土壤,自然就会消失甚至死亡。

可是,令人遗憾的是,如今在这些对于报告文学来说,像根基和生长土壤一样重要的方面却问题严重,明显削弱着报告文学的刚性品格和人文精神的张扬。现实创作中大量标名为报告文学的作品,有不少是客观性缺乏、社会把握性很差的文字。不少作者和作品为了逃避承担真实客观的责任,就采用虚化人物地点的手段,在一些看似真实的事实中添油加醋,将故事弄得曲折离奇、热热闹闹,让读者无法验证这些故事和人物的客观真实性。还有很多人,以逃避"报告文学"的名义躲避对真实性要求的承担,以为将作品称为"纪实文学"了,就可以对事实有所添加和改变,还有所谓"纪实文学"理论就主张和赞成"纪实文学"作家可以在基本事实真实的基础上对其有所文学加工与修正。这样一来,有的报告文学就成了未经采访的写作,有的就成了各种资料信息汇编整理的记录,等等。这些有违报告文学需要实际采访、需要客观真实性的原则的现象,让读者在本应是真实的对象中产生了疑惑,发现了虚假,严重地损害了报告文学报告的社会声誉。用真实的事实说话,用对真实事实的接近产生力量和作用是报告文学通达读者的主要渠道,若是这样的渠道堵塞了,报告文学还用什么赢得读者的青睐!

报告文学之所以会成为一种独立的文学活动,在其根本上,是因为它是作家借用对社会客观事实的表达而表现出自己的社会角色和社会认识与理解的。所以,报告文学的创作,非有对现实社会生活积极的介入和选择姿态不可。朱自清的《执政府大屠杀记》因为及时介入了当时的社会尖锐矛盾而彰显了作者的性格和立场;埃德加·斯诺的《西行漫记》也因为在严峻复杂的中国社会矛盾中选择了延安、选择了红色中国而表现了作者的敏锐和卓识,从而书写了历史。优秀的报告文学应当是社会生活发展过程中的风向标,是人们行军途中的指示牌,提示和引导人们回避灾难,步入正路。所以,报告文学作家只有不断地拨动人们关注社会的感觉和神经,随时在社会矛盾的焦点上展示自己的身手,表现自己独立而正确的存在,才会赢得读者,实现自己的存在价值。

近年来,报告文学在选择报告对象上显得不够精确,泛化和流俗化的问题比较明显。有关国计民生的大事,诸如中央已经认可的有关教育改革、医疗体制改革不成功等问题,报告文学就缺少关注。而有很多的作家将时间和精力花费到了世俗生活的平面记述,不敢或无意深入社会生活的潜流去观察与发现,去感受和表现时代与民生的潮汐,缺乏震撼人心的激情和力量。也有不少报告文学作品,简单地成了主旋律的民间伴唱,甚至有相当数量的"报告文学"成了企业、官员、老板的功利宣传阵地,成了作者、报刊谋钱的工具。像这样假借报告文学所进行的营私、营利活动,岂不严重地毁坏了报告文学的声誉?在这些作品中,报告文学的刚性品格和内在人文精神几乎消失殆尽,留下的只有可笑的谦恭和媚权、媚钱的嘴脸。

当然,时下的报告文学中也有相当数量的作品,具备认识现实和历史的价值。现在有相当多的行业和地方历史现实风云报告的作品,也不少报告各种重大工程事件的作品。这些作品大多是在历史的追溯回顾中鉴定现实的变化与发展,在对本行业和地区的线性事实描述方面,给人以激发和启示意义的。但是,报告文学不光是一种历史眼光,报告文学最重要的是在对动态现实的观察、理解和判断的过程中,对现实的发现进行鉴定和报告,所以,单是历史和现实的原始记录,对于优秀的报告文学来说,是不够的。

报告文学离不开对真实事实的追踪和记录。但报告文学作家在每天每时都在发生的大量新闻事实面前,不需要像新闻记者那样不停地随着对象的脚步走。报告文学作家在纷纭的社会生活面前,应有自主选择、判断和表达的权利,这正是报告文学和新闻的区别。所以,不要用要求新闻的态度来要求报告文学,也不要将报告文学简单地看成新闻。前面提到的不少书写行业和地方历史与现实变迁的作品、描绘重大事件工程的作品,之所以缺乏对现实社会生活的深刻洞察,缺乏典型意义上的升华和多方面的影响力,刚性品格和社会人文精神欠缺,与只是机械记录而少有作家独立自主的认识判断有很大关系。

具备刚性品格和内在社会人文精神的报告文学,往往是作家在纷纭的社会现象和社会矛盾中,具有奇特的发现和敏锐深刻的判断的作品,是那些最早接触到美好、丑陋、困惑或无奈的对象的作品。最近,《北京文学》发表了朱晓军的报告文学《天使在作战》,在读者中反响强烈。这篇作品,可以说具备了报告文学的刚性品格和内在社会人文精神。作品富有激情地、真实地报告了上海某家医院的女医生陈晓兰不顾个人私利和安危、痛苦而悲壮地与医疗腐败作斗争的无畏精神和行为。像这样敢于深入社会生活的潜流中,给英雄以很大的支持,给腐败以无情的揭露的作品,必然会产生强烈的社会冲击力量。

可惜,这样的作品如今太少,而大量的作品都是一些作者没有经过精心考察和鉴定的题材对象,孤立的事件人物、平庸的内容表现,既缺少社会普遍意义,也不能吸引读者接近和参与。像这样平庸、平淡的创作,作品再多,又能对报告文学的建设与发展产生多少作用呢!更别说,还有不少作品以猎取恶俗和怪异为兴趣。诸如《我的娼妓生活》之类作品,就更是在打着真实报告的幌子,实际上在消解和败坏着报告文学庄重犀利的品格。

报告文学的刚性品格和内在社会人文精神,既表现在题材对象和作家参与社会现实生活的力度方面,更表现在对现实生活事件、人物认识、理解的深刻和理性方面。

真实的事实,是报告文学的基础,这是关系到作品生命和是否能够立足的地方。但是,报告文学立世的基点其实并不完全在事实本身,而在于事实背后作家对事实的描述、解剖和理性的、准确的评判。陈景润在数学科学研究方面所经历的坎坷固然重要,但如果是在正常的环境中,也许就是科学研究道路上的一种必然的现象了。徐迟的《哥德巴赫猜想》的成功,正在于通过陈景润的科研经历,形象尖锐地批判了陈景润所处的那个恶劣的社会环境,用正确的事实人物判断纠正了许多人在政治上、技术上、情感上对陈景润的非议和误解。离开了陈景润这个事实对象,作家就无从伸展;而离开了作家的批判和纠正,陈景润的事迹也会失去警世的力量。很多优秀的作品都是作家在事实基础上放射的理性豪光激动了人们的情感,照亮了人们的心。

如今,也不乏题材对象、事件人物选择不错的作品,可是,遗憾的是很多的作家在报告的时候,大多就事论事,单一地处理题材对象,致使自己的作品成了"私家菜",缺少应有的社会张力,发挥不了典型的作用。报告文学作家不是为了写事、写人才来报告的。报告文学是作家为了社会的文明发展,为了人们的平安和幸福才来写作的。所以,他应当是站在社会航船上的瞭望者,是观察整个社会躯体的医生。报告文学要肩负的不光是某一个人、某一件事的命运和发展结局,而是比一个人、一件事更加广阔和丰富的社会人生内容与任务。事实证明,只有关系全局的问题,只有具有社会人生普遍性的对象,才会引起普遍的社会关注。徐刚持续关注中国生态环境,他急切呼吁人们重视生态环境日益恶化的不少作品能够得到广泛的关注,原因正在于作家思考的深入和内容关涉的全局性。王宏甲的《中国新教育风暴》报告了一股具备全新思维和实践行为的强劲教育风暴对中国传统的、凝固的、死板的教育体制和教育方式的冲击,在所有关注教育和与教育有关的人中间,都构成了冲击与影响,得到了广泛的关注。愈是全局的问题,愈是焦点的地方,就越容易引起更多人的关心。但是,这并不是说,某些单个的事件、人物和对象,就不涉及全局和社会的普遍性问题。问题的根本,在于作家是否有对全局和社会普遍性的感受和了解,是否能够选择那些具有全局和社会普遍性的题材对象,并且有能力将这样的全局和社会普遍性表达出来。何建明的《根本利益》,动情地赞美一个代表社会良知和公正的纪检干部梁雨润的同时,尖锐而充分地报告了社会底层百姓的现实冤屈和痛苦经历。作家报告的是真实具体的事、真实具体的人,但作品在其底色上显示着社会良知和公正的埋没与觉醒,显示着下层弱势人们的不幸和无奈。所以,作品一旦出现,全国上下共鸣,轰动一时。报告文学是大于文学表现艺术本身的特殊文学,所以,作品题材的社会现实性、作家的社会姿态、作品的内涵张力有多大,等等,都会直接关系作家作品的社会价值和意义。

报告文学作家,如果总是写身边那些鸡毛蒜皮的事,写个人私密感受,写男女情感领域的风波等,而没有关系社会进程和转变的成分,对社会和他人没有更多的忧患、承当与促进的精神行为,报告文学就会在性质上失去自己的特殊优势,就会因为抹煞和忽略了自己的性格而变得萎靡和轻微了。

出色的报告文学,是在社会的急风暴雨中挺立的大树,是在人们迷惑时引领人们前进的灯火,是推进社会文明进步和持续发展的加油机,是因为对现实社会生活的积极影响而将成为历史篇章的作品。黄宗英的《大雁情》、柯岩的《奇异的书简》、理由的《元旦的震荡》、钱钢的《唐山大地震》、徐刚的《守望家园》、赵瑜的《强国梦》、胡平的《中国的眸子》、李延国的《中国农民大趋势》、邓贤的《中国知青梦》、卢跃刚的《以人民的名义》、徐志耕的《南京大屠杀》、大鹰的《志愿军战俘纪事》、董汉河的《西路军女战士蒙难记》、陈桂棣和春桃的《中国农民调查》、李鸣生的《走出地球村》、黄传会的《中国"希望工程"纪实》、邢军纪的《第一种危险》、徐剑的《大国长剑》、杨守松的《昆山之路》、杨黎光的《没有家园的灵魂》、刘元举的《爸爸的心,就这么高》、李春雷的《宝山》、丰收的《镇边将军张仲翰》、黄济人的《命运的迁徙》、杨匡满和郭宝臣的《命运》等,就是这样具有现实和历史品格的作品。这些作品题材本身所包含的社会人生内容和作家对这些内容的开发报告与理性的解析,在对现实的影响中,具备和增强历史的价值。更多更大的社会现实性,是报告文学表现自己厚重和生命活力的基本成分。

陆游在提醒儿子如何作诗的时候说:"汝果欲学诗,功夫在诗外。"这样的提示对于报告文学创作来说,也很贴切。报告文学作家光会记事是不行的。报告文学写作其实是对一个人综合社会文化素质的检验,没有比较丰富的社会历史、文化、政治等方面的知识积累,是很不容易写出优秀的报告文学来的。报告文学要有对社会的洞察,要有对人和人的性格命运的深层理解。报告文学作家多出于新闻界,就是因为从事新闻的经历很大地丰富了作者多方面的社会见闻、经历和体验的结果。因此,报告文学写作不是文学习作的途径,而是成熟的知识分子社会发现、社会感知与理解的文学表现。报告文学作品是否具有刚性品格和内在社会人文精神,和作家本身的素质关系很大。

报告文学只有给现实的美以激情赞美张扬、给现实的丑恶以无情揭露鞭笞才会有力,才会以刚性的品格激动读者的思想情感,使人感受到人文关怀与呵护。平常、平淡的事实罗列和堆砌,并不是报告文学的目的。报告文学以激情接近现实,以理性书写历史。

向着广度和深度的文学长征
——"长征文学"与王树增的《长征》
朱向前

在中国当代军旅文学史上,"革命历史题材"是一个宏阔的命题,而"长征"是其中一个丰饶的领域。可以说,"长征"是中国革命历史画卷中最悲壮激烈、最动人心魄的一页,对作者和读者都具有历久而弥新的吸引力。据我所知,围绕今年纪念中国工农红军长征胜利70周年,全国就有两百多部长征题材的图书问世;而依照我的阅读视野和经验判断,王树增的非虚构类纪实长篇《长征》不仅是其中的佼佼者,还极有可能是长征胜利70年来特别厚重的大书之一。

一

我个人认为,70年长征题材的文艺创作大致可以分为三个阶段:第一个阶段是20世纪30年代中期,从长征开始一直到结束,贯穿了长征过程的始终。比如长征途中就有黄镇创作的活报剧《一双草鞋》、陈云(化名廉臣)的纪实文学《随军西行见闻录》,还有毛泽东的《清平乐·会昌》《十六字令·山》《忆秦娥·娄山关》《念奴娇·昆仑》《清平乐·六盘山》《七律·长征》等诗词精品。到了延安之后,1936年8月,由中央军委主席毛泽东亲自发起了长征征文,最后精选100篇定稿为《二万五千里》,作者多是亲历长征的中高级红军将领,突出了时效性和宣传性,艺术性方面相对粗糙。

第二个阶段是20世纪五六十年代之交,以为纪念新中国成立10周年而举办的大型征文《星火燎原》为代表,收录了杨成武等红军名将的《翻过夹金山》《飞夺泸定桥》等记述长征精彩片断的一些名篇,有些篇章此后还被陆续收入中小学课本,在国内外产生了广泛影响。在此基础上虚构、提炼而成的文学作品则有王愿坚的《七根火柴》等短篇小说,标志着此一阶段长征文学的艺术高度。此外,陈其通动笔于1936年的大型话剧《铁流两万五千里》,历经20年,几易其稿,几易其名,终于在1956年改定为《万水千山》成功上演。应该说,这是第一次希图宏观反映长征的艺术努力,她也成了当时对长征的权威解读。稍后不久,由于优美、激昂的音乐旋律的托举,由萧华作词的《长征组歌》迅速传遍了大江南北。《长征组歌》的重要意义在于给出了一个简明扼要、突出重点的叙述长征的经典架构,"遵义会议、强渡大渡河、过雪山草地"等长征题材创作的要点开始突显并固定下来,她和《万水千山》一样体现出长征文学叙述和党史、军史强烈的同构色彩。这一阶段的长征题材创作更加注重艺术形式的多样化和对思想的提炼、对艺术的打磨，同时表现出宏大叙事的明显倾向，但在深度的探索方面稍嫌不够。

第三个阶段是20世纪80年代中期。一个明显的变化是开始发挥文学的虚构特性，小说一度成为了表现长征的主要文体。以乔良的《灵旗》、程东的《夕阳红》、江奇涛的《马蹄声碎》等中篇小说为代表的一批作品开始注意到此前被宏大叙事所忽略、遮蔽了的小人物的命运，着重挖掘人性的深度与复杂。与此同时，董河汉的纪实文学《西路军女战士蒙难记》和黎汝清的纪实长篇小说《湘江之战》等作品则第一次把关注的目光投向红军的失败之役，呈现出浓烈的悲剧色彩。另外，魏巍的长篇小说《地球的红飘带》、李镜的《大迁徙》也都从大全景的角度丰富和拓展了长征文学的表现空间。美国作家索尔·兹伯里的《长征——前所未闻的故事》一书在20世纪80年代进入中国，该书将长征概括为"人类求生存的一曲壮歌"，它超越了中国共产党和中国工农红军的角度，首次从人类精神的高度来肯定长征的意义，这也给当时中国的文学界和思想界带来了不小的冲击，以至于陪同索尔·兹伯里重走长征路的长征文学专家王愿坚不无感慨地说："什么时候我们才能写出一部自己心目中的长征呢？"

是啊，回顾70年的长征题材创作，这其中包括了小说、戏剧、诗歌、音乐、舞蹈、报告文学，林林总总，卷帙浩繁，虽然不乏精品名作，但从广度和深度上都能与长征这一史诗相匹配的鸿篇巨制仍属罕见。如果要说艺术高度的话，我首推毛泽东写于长征期间的几首诗词，虽然短小，但是气魄宏伟，胸襟阔大，意境高远。长征途中枪林弹雨、九死一生，是毛泽东个人乃至中国工农红军和中国革命最艰难的岁月，但压迫愈深，反抗愈烈，越是在艰苦卓绝的环境里越是迸发出生命的华彩篇章，这是毛泽东的个性使然，也是中国革命的象征与缩影。毛泽东诗词超越一己之悲欢，超越政治与宣传，完全进入了一种超迈的、审美的艺术与精神境界，所以能够穿越时空，永葆魅力。这也是值得我们写长征时认真思考与借鉴的艺术经验。

二

综上，可以说以王树增的《长征》和纪念长征胜利七十周年的新一轮出版热为代表，长征题材的文学创作进入了第四个阶段，而此一阶段的主要特点就是在表现的广度与挖掘的深度方面的双向努力。以《长征》的追求为例，可以概括为一句话就是"全景式客观再现，全球化认知高度"。

何谓"全景式客观再现"？第一，《长征》并非像以往那样仅仅满足于对某一局部、某一片断或某个人、某一方面军的长征的描写，小说第一次把参与长征的四支红军主力部队等量齐观，纳入视野，几条叙事线索相互交错、同时推进。作家扮演了总导演、总调度的角色，读来确有一种航拍效果，全景鸟瞰、推拉摇移，东西南北，尽在彀中，全面而广阔地展现了长征宏大、丰饶而复杂的历史图景。第二,《长征》突破了只关注高层指挥机关和重要历史人物的老模式,尽可能多地在历史长河中钩沉、捕捉到了大量的小人物、小场景和小细节,使一些湮没无闻的英烈堂而皇之地走入了煌煌史册,从而建构起了一个从下到上的红军英雄人物谱系,她的"纵"深与前一点的"横"宽,共同拓展了《长征》"全景"式的表现空间。

何谓"全球化认知高度"?那就是挖掘长征精神的普适性,深入作为个体的红军战士的内心世界来探求长征精神的真谛,红军战士的心理和精神空间得到了充分的表现。作者试图探究在艰苦卓绝的战争环境下,红军个体的精神信仰是怎样坚定地支撑着他们完成对自己乃至全民族命运的创造,从而将长征精神升华到了全人类共同的精神财富的高度。长征史诗的意义超越了党派、民族和国家,不仅仅属于工农红军、中国共产党和中华民族,她也是属于世界的,属于人类的。

长征的伟大实践证明了人类无论处在怎样的险境、绝地之中,只要有理想作为支撑,有信念作为牵引,就能产生一种精神,一种一往无前、百折不挠的大无畏精神。有了她,就不仅可以在枪林弹雨、大河绝壁、雪山草地中顽强生存,而且还能英勇战斗并且突出重围,赢得胜利,追求光明,走向辉煌,创造史诗。这就是中国工农红军长征胜利的奥秘所在,也是长征精神不朽的根本原因。西方评选一千年来影响人类历史的大事中,中国入选三件,其一就是长征。这也说明在全球化的背景下,不仅中国,全人类都需要长征精神。而当下中国,在一个物质极大发展了的社会环境中,更加需要打通对于长征的民族记忆,并从中汲取精神营养,强化和振奋国人精神。

饶有意味的是,王树增已然是一个成就卓著的报告文学作家,然而他本人却并不认同"报告文学""纪实文学"的提法,情愿采纳世界通行的"非虚构类"写作之说并有着自己独特的理解:"对曾经发生在历史进程中关乎民族、社会和民众命运的重大的人与事有高度的敏锐性,能够对这些人与事做出作家自己的具有创见的评判,并用具备文学品质的表述风格,鲜明而具有责任感地对人物和事件与读者一起做出饶有趣味的、富于思辨意义的解读。"此中表达了三层意思,一是描写的广度(即"关乎民族、社会和民众命运的重大人与事"),二是思考的深度(即"做出作家自己的具有创见的评判"),三是文学性(即"具备文学品质的表述风格")。前二点已有论述,现在再说说第三点"文学性"问题。王树增之所以如此看重报告文学的文学性,原因就在于他原本是一个优秀的小说家。和大多数报告文学作家的新闻出身不同,他有扎实的文学底子。

王树增的文学底子在"非虚构类"纪实长篇《长征》中有两点突出表现,一是语言,二是细节。王树增的语言脱胎于小说,比一般的报告文学语言更富弹性,更具张力,更加生动鲜活,更加细致入微,更加细腻滋润,更加适合营造气氛、意境和情调。这是他的禀赋所系,与刻苦、模仿、追求无关。这是他的特色,也是他的优势。而至于细节的运用,就是他的小说技法的挪用了,但他比一般的报告文学作家对细节捕捉更敏感,运用更灵活,安放更妥帖并更具匠心和诗意。例如在这部近 70 万字的大书的结尾,却写了一个掉队的名叫朱家胜的红军炊事员独自挑着牺牲了的战友的东西在黎明时分到了陕北根据地,红军战友迎上来接过担子,往他手里塞了个热乎乎的芋头,一个干部还拿出针线包为他缝补那件破衣服——"那是他自一九三四年十二月离开根据地就一直穿在身上的一件单衣。天边那片朦胧的亮色逐渐扩大,苍茫的河山骤然映入红军战士朱家胜流着泪的双眼——雪后初晴的黄土高原晨光满天,积雪覆盖下的万千沟壑从遥远的天边绵延起伏蜿蜒而来……"这是一个经典的王氏结尾,先"尽精微":"担子—芋头—缝补破衣服—泪眼",然后再"致广大":"千山万壑"奔来眼底,最后以毛泽东词《沁园春·雪》收束。此时百感交集,悲欣交集,无声胜有声,四两拨千斤,一人静场反倒比千万人欢呼雀跃、红旗招展更加激动人心,冲击情感。这就是以小胜大、巧用细节的胜利。

大体说来,作家在《长征》中常常用小说的细节来刻画与塑造人物,用散文的语言来写景状物,用议论来表达思辨和评判,用诗情来营造意境和氛围,整体呈现出一种跨文体写作的风貌、独特的个人风格与审美特性。但是过于强调"非虚构写作"或急于与"报告文学""纪实文学"划清界限,也使得作品面目暧昧。比如全书虽然大量引征文献与资料却又不注明出处,实为纪实又貌似小说,说是纪实又无可稽考,容易使人心生疑窦。因为长征史毕竟为国人所熟悉,更何况不少史料还见仁见智,人言人殊呢。作家可以有自己披沙拣金的甄别与选择,但加以注释,既便于读者沿坡讨源,也给自己留下余地与空间,岂不两便?而且真实本身就是一种力量,加强真实性,有百利而无一害。但对于真实、对于历史的还原却必须有作家的甄选和经营,否则深陷其中亦不堪承受其重,譬如书中关于四支主力红军错综复杂、千头万绪的行军路线的精细描画,令人读来就时有晕头转向之感,反而不得要领了。

总之,长征不易,《长征》亦难。王树增为此至少也经历了三层意义的"长征":一个是实地的长征,反复亲临现场考察采风,感同身受;二是调研的长征,大量的采访,长期的积累,240 万字的调研笔记,水滴石穿;三是写作的长征,五载寒暑,废稿 30 万字,也是一场拼智力、拼毅力、拼体力的马拉松。《长征》已经胜利了,但最终的庆贺为时尚早。王树增是个"干大活"、有"野心"的作家,他的宏大计划是用《远东朝鲜战争》(2000 出版)、《1901 年》(2002 出版)、《长征》(2006 出版)和《1911 年》、《抗日战争》五部"非虚构类长篇文学"来构建他个人心中的宽广而有深度的中国近现代史。王树增是一个具备优秀作家的激情、想象与悟性,同时又具有一个军旅作家的英雄情结、使命感和责任感,还兼具一个学者的冷静、理性与学识的难得的文学将才。他向着广度与深度的文学长征已经路程过半,我们祝贺他,我们期待他!

2007 年

慧眼只须顾盼间
陈建功

长江的名字我并不陌生,早在20世纪80年代中期就对她的报告文学作品有很深的印象。后来居然是在中央电视台《新闻调查》上把这位长江"验明正身"——原来时下这位红火的电视节目主持人长江就是报告文学作家长江。长江犀利的采访风格和雄健的思辨力,给我留下了深刻印象。忽然,她似乎又销声匿迹了。未及探明原因,却在《当代》上看到了她的报告文学新作《矿难如麻》。不久,在第三届"鲁迅文学奖"的报送篇目中,再次读到长江的这篇作品。直至晚近又从《当代》杂志上读到《晚来香港一百年》的连载,才知道长江被中央电视台派驻香港,才知道她仍然坚持着"职业之外"的写作。

然而,至今也不曾与长江谋面,甚至连电话也没通过。

把长江《晚来香港一百年》中的五十几篇随笔读过后,倒被这位作家开阔的视野、敏捷的思考和活泼辛辣的文笔所征服,想不说似乎还欲罢不能了呢。

长江这部结集作品的开篇是《在香港"咋"做记者》。开篇便以生动的细节把我带进了文化比较的视界。内地和香港,同文同种,因为政治制度的不同、发展背景的区别,文化上的差异是不言而喻的。难得的是,长江以其独有的记者的敏锐捕捉到了这种差异。更难得的是,长江更以一个作家的深刻自省,体悟这种文化差异背后的东西。换言之,读这篇作品,我敬重她对记者职业的热爱和激情,更钦佩她在"热爱与激情"后面的冷峻。由此我想几乎可以武断地声称找到解读这本书魅力独具的钥匙了——记者的敏锐使五光十色的香港扑面而来,趣味横生;作家的感悟又使凝重深沉的思绪绵延而去,意蕴绵长。

长江笔下的香港的确是趣味横生的。比如香港公共卫生间之洁净,备用手纸之理所当然,大概还没有哪位香港作家为之惊诧。然而到了长江笔下,真是做足了一篇启人心智的大文章。又比如吐痰入纸、垃圾入筒、杂物入屋、巴士排队、如厕排队、游泳排队等等,直说到马路口为盲人过街提示的"当当"声、"天星"小轮上可掉转方向的座椅、人手一卡的"八达通"……对于香港人来说,都是见怪不怪的事情,长江却把它们述说得有滋有味。捧读这部作品,一边兴致盎然地听她讲"景儿",一边反省自己也曾几度游历香港,咋就没有这般敏锐的触角,更没有这般"说演荣国府"的才情。我想,这应该得力于她作为一个记者的职业养成,也得力于"刘姥姥"进"大观园"的"文化震惊",更仰赖其开放的宽容的文化理念。对内地和香港,作家的深情都是由衷的,因此,书中没有必要做权衡利弊的政治考量,也没有必要做礼貌周全的左右逢源。这本书中,毫不讳言内地某些方面的不足与落后,然而这中间不温不火,洋溢着对社会进程的理解和期待。对香港,也不尽然是一味讴歌,有时甚至还有几分调侃。比如作者写到香港人真能"整景儿",调侃得令人忍俊不禁——港府的"城市绿洲"项目,"社会意义"如何如何、"经济意义"如何如何、"环境意义"如何如何,再加上富有诗意的《绿洲号外》,吊足了记者的胃口,临前一看,不过是夹在高楼大厦中间一小块一小块整治的草坪。对于来自广袤的内地的作者来说,她是不能不哑然失笑的,也不能不发出一句调侃:"唉,香港人真能整景儿!"然而,作家调侃过后的感慨却令人感动,她感悟到,"绿洲"之称实在是人烟稠密的香港民众对绿色的期待,侍弄这片"城市绿洲"的小区居民自愿组成的"绿壮士义工行列"也显得格外悲壮起来。作者说,"香港人真能整景儿",这句话到了后来,她渐渐放弃了开始的轻视,另一样东西漫卷而上——敬仰。应该说,读到这里,我对这位作家也"敬仰"起来,我敬仰她调侃的直率,也敬仰她放弃那调侃的坦诚。她的直率和坦诚里有文化的惊异和理解,还有文化的谦虚与善意。这种健康的文化心态属于长江,也属于开放时代的中国人。

  从这个意义上来说,这本书是一本探究香港生活、拓展我们视野的书,也是一本磨洗我们的心性,让我们好奇、开心、谦虚、向善的书。

神奇灵性的圣地
——读韩美林《天书》有感
翟泰丰

今年3月,全国政协十届五次会议期间,我有幸走进了韩美林新开辟的一片艺术灵性彩云世界,踏进了他那神奇的《天书》之林,顿时惊呆了。我似在璀璨的群星中漫游,又似在无垠的宇宙中寻觅上古先人山崖刻画、石岩符号、结绳为政的景象,又好像在神奇的云雾中隐隐望见设八卦图、制文字之师祖伏羲……于是,我的神灵伴着美林走遍祖国的山山水水,山洞、岩崖、峭壁、水涧,感受他在阳虚山拜见仓颉书法、在秦国王宫狂热地评点李斯小篆……

从韩美林怀抱《六书分类》激动地痛哭,到供神般地高擎着《愙斋集古录》《说文古籀》《金文编》而痴迷,我们可以觅见韩美林对祖国文化深蓄着多么感人的血与灵的情感。他常常不禁动情地高呼:"这是文化!是中华民族呀!"于是,三十年如一日,他为祖国远古文字的研究付出了无尽艰辛,终于在远古的符号、记号、形象、图像、线条和点圈中,觅到了"天地大美"的美学家园。

韩美林不仅是著名的美术家、艺术家、书法家,还是一位十分博学的学者。说他是博学的学者,是他涉猎了相当宽泛的学术领域,诸如美术、雕塑、书法、文学、史学、美学、考古学……近来我才知道,他对篆书体等文字书法竟然有三十余年的研究史,难怪他写得一手好书法,并在运笔之中走进《天书》,用一颗无比虔诚的心与天倾谈,伴着千姿百态的远古语言符号,探寻先人在语言符号中创造的原始审美境界,从中挖掘其淳朴多姿、活泼烂漫的文字美学的艺术价值。

"书画同源"之说似已被书画界认同,然而在韩美林的《天书》和近年来考古出土的远古时期大量陶器符号、文饰、石刻图文、峭岩刻画中,我们还可以看到,我们的先人早在远古时期就有了声的交流,"结绳为政"之后就有了图文绘画,直至伏羲创《河图》演义《八卦图》,才出现以龙马毛旋形式为序的线、点、图构成的《河图·洛书》,形成了原始汉字的雏形要素。《河图》《八卦图》虽然仍是点与线组合的绘画,但它们已经可以通过点线的抽象图画形式表达一种观念。在金文出现后,象形符号就如同美林所讲的"它以抽象的形式完成了美的创造",经过数千年的艰辛探索才实现了以象形符号交流意向的心愿。纵观汉字发展史,可以了解是先有图画而后有多种象形符号,因此,研究远古文字史须同时研究远古美术史。我在新疆神奇的阿勒泰考察时,就曾发现一种如同图画般的圈、点、线为一体的远古文字,被阿勒泰的人们称为"镌刻在石头上的岁月";在学习、辨认美林万字《天书》时,我又特意拜托朋友寄来了10张阿勒泰朋友拍自高耸云天峭崖上的图像,其中一张就有韩美林万字《天书》中类似字形的8个字,我当然一个也读不出来,其余9张都是虎、狼、鹿的图形。从画面可以看到,它既是图画,又在表达一种意念,其形体和点线都令人痴迷。由此可以相信,作为一个美术家的韩美林历经三十载,走进这高度抽象、如画如字的艺术群体,他眼里肯定是要滴血的！他以一个美术家敏锐的眼光,勇敢地揭开了远古时代图画与文字并进发展的历史迷雾。

韩美林之所以能够创作这样一部《天书》,揭开远古文字史的迷雾,在我看来至少有三个因素。

其一是学术知识积累之丰厚,为他做史前文字史研究奠定了知识基础。在这部《天书》中,他大胆地冲破了书法理论界从先秦以来在书法审美艺术研究中的原有框子,大胆而又执着,顽强而又虔诚地跨进了结绳治事、岩刻图像、数码标证、语言符号的远古时期美术学和书法学,进而又拜教于伏羲、女娲、神农三皇,走进伏羲"始画八卦,造书契,以代结绳之政"(《尚书·序》)的通神明之德。从而在《天书》中,我们似可以觑见伏羲画八卦图,通天、地、风、山、水、火、雷、泽之神情。线与点相通的汉字书法原始形态凝结着大自然给予人激情之审美成果。

近三十年来韩美林独有见地地做了史前图像与符号的研究。由于他在美术方面有颇深的造诣,与书界理论家相比较,似更注重书法与抽象形式美的研究,注重形、点、线、圈、面,叩问天、地、虚、实、阴、阳,从一个美术家和艺术家的角度走进古老符号的旋律起伏之中,赋予古老符号以活的灵魂,并与它们共舞,体味它们形体美的神灵,把汉字文字史、书法史研究推进到远古时期。

韩美林不是一个文字学家,但是他有丰厚的学术知识积累,特别是作为一个有造诣的美术家、艺术家,他走进了古文字艺术的灵魂之中,与它们对话。面对这一万多个远古符号的发掘,用美术家的视角将图画形式与文字点线统一起来,并将其书写成《天书》印刷发行,又怎么能说他不是一个文字学家呢？

我在这一万个符号、图形里激情燃烧！

我在这一万个符号、图形里透过无数优美动情的线条,望见中华文明的起源之火！

我在这一万个符号、图形里享受着史前图像文字那种神奇、奥秘、灵性、古朴、深邃的艺术之美！

我在这一万个符号、图形里,听到了作为艺术家的韩美林踏入史前古文字学圣地的脚步声。

他在呐喊！他在呼唤！

中华民族应该有自己的《史前美术史》！

中华民族应该有自己的《史前文字史》！

中华民族应该有自己的《史前书法史》！

其二是他在艺术与学术追求上有着"拼命三郎"的执着精神，这为他书写万字《天书》奠定了精神上的支撑。从抱着《六书分类》激动得哆嗦、痛苦，到涉水爬山观岩刻、觅洞壁、读碑文、解陶器之文、化铜器之书，三十多年的灵与情全部痴迷于搜集古文字。

韩美林是一个具有强烈爱国主义精神的艺术家，又是一个有着深厚历史责任感的艺术家，还是一个"发狂"而又痴迷的艺术创新者。在艺术的创作中，他已是登了一峰又一峰的佼佼者，然而我却没有想到他在文字学、书法学方面又攀上了一峰。何以如此痴迷地攀上此峰？在他看来，这是一笔"巨大财富"，"它不仅是中华民族的财富，更是世界人民的瑰宝"。

其三是他具有常人少有的艺术灵魂与灵性，这既是天赋之魂，又是汗与血的灵。天赋给了他艺术大成之魂，艺术生涯中的苦难与苦搏却给了他登上艺术高峰之灵性。正因为如此，他的艺术成就如同泉涌，不停地喷发。每当我走进他艺术的殿堂，常有一种此乃"奇人"之感。每每见到他，你会感到他的生命力之强，令你有灼热之感；他的艺术创造力，令你有难见海底之想；他的艺术天赋，令你有神秘不解之情。

成长是不能僭越的
——王安忆长篇小说《启蒙时代》

汪 政

王安忆新近的长篇小说《启蒙时代》的体量并不算大,但是却让人有读不完的感觉,原因很多。小说的空间转换不大,跑得最远的也不过是南昌和嘉宝过黄浦江到郊县去。当然书中也写到南京、苏鲁、皖北,甚至桂黔等地,但那都是为了交代人物的来历转述或补叙的,并不在作品中人物活动的主线上。从这个角度上说,它同时也是一部并不以情节见长的作品,通篇几乎都是由细节描写所构成。这是典型的王安忆式的叙述速度与叙事密度。小说的故事时间大概是1967年冬与1968年春到1969年初的样子,两年不到,主要人物也就是上海的一群初、高中生,"他们"和"她们"的经历。这群青年生活中的大量细节都被捕捉进来,编织起来,形成了王安忆惯有的细腻而缜密的叙述,几乎密不透风。王安忆反对写作过分地风格化,但对一个小说家来说,他对生活的理解,他的感觉与趣味又不可避免地积淀在叙述之中,从而形成具有特征性的表达,比如苏童的意象化、汪曾祺的散文化等。我觉得王安忆除了上面提到的日常与细密之外,就是她的分析。我称她的叙述是一种"分析性叙述",这种叙述的方向是向内的、深入性的,它不但有记叙与描写,还有议论与说明,更多的是这些不同性质与不同功能的语言手段的交叉综合使用。所以,王安忆的叙述常是停滞不前的,时间的推移、空间与场景的转换都让位于一种静态的反复的言说,一种深入的"挖掘"和不同角度的比对。王安忆的分析性叙述在作品中几乎针对所有对象,从历史、社会、事件、人物、风景到心理、情感、语言文字,抽象的、具体的,都在她的分析与研究中,都在她叙述的解剖刀下。由于分析的加入,叙述的方向与功能都发生了微妙的变化,得到了拓展,它不仅仅是交代故事的进程、人物的活动,再现这个世界的面貌,还要进入一些事物与思想的内部,进行观照与辨析。它被赋予了实验、理论、发现与知识的功能,尽可能地打开事物的细部,发现那些被掩盖的东西,辨别那些被格式化表达类型化了的个性与差异。比如小说一开始对"文革"之初上海街景的描写:"你很难想象一九六六年的狂飙之后,这城市还会有这样清爽的面容。可真是这样的,而且,'革命'洗去了铅华,还它一些质朴,似乎更单纯了。街道和商店的名字换新了,新名字有股幼稚劲,比如'反修',比如'红太阳',比如'战斗',直白至此,倒有几分胸襟。"叙述中的解释性语言很有意思,它可能会让人想到昆德拉,因为他同样对语词相当看重,语词重建了人们对事物新的经验。但是,王安忆又与昆德拉不同,她不是辞典式的,而是将词语、解释、叙述和描写结合在一起，王安忆的方式是镶嵌的、混编的，比如"轻佻"："她们多有些轻佻的生性，但轻佻这一种生性在年轻人身上非但不减损，反而会增添美感，因为是天籁。"这样的辨析是细致的，同时，它们又不是孤立的、纯语言学的，而是作家对生活秘密的发现与思考。这样的例子在作品中真是俯拾即是，革命、历史、代、忠诚、光、真理、语言、教条主义、背叛、成长、青春、爱、恨、厌恶、空想、敏感、脆弱、害羞、轻盈、厚、理解、同情、施痛、受痛、本质、城市、草根、市井、庸俗、小市民、精致、浮华……这些语词在作品中是错综的、重叠的、明灭出没的，但在阅读中，它们又是意义的航标，摇晃闪烁，引领阅读加入与作家的对话当中，加入对存在的勘探之中。

确实如此，上面随意列举出的一些语词已经能够说明王安忆这部小说的语义方向了。正如小说里所说："成长是一点儿都不能僭越的。"如果稍作回顾，王安忆已经写过不少与自己的青春时光同构式的作品，比如她的雯雯系列。但是这一次的写作更为严肃，更具有仪式的成分。这是他们那一代人的事，一代人的情结，作为写作者，回望、整理、反思、传递，这样的写作迟早要进行。

在《启蒙时代》里，我们不但能清楚地看到一个时代的面影，看到一代人青春的生存状态，而且通晓了他们特定年代成长的思想资源，他们"启蒙"的经历。小说实际上是"文革"初期一群青年的故事，其中，南昌最为突出，他不但是作品主要的人物之一，还是一个线索人物。事实上，对于南昌而言，作品中的其他青年比如陈卓然、小老大、嘉宝、阿明等，既是与他一同成长的伙伴，又是他的对象性人物，影响着他的成长。那么，围绕南昌的是一个什么样的世界与怎样的精神空间？启蒙的结果又是如何？

可以对书中的内容进行一些概略的划分。一是历史，包括父辈们的历史。在作品中，这个系列是南昌、小兔子、陈卓然等革命家庭的父母亲，是这些家庭从乡村带来的亲戚与保姆，是丁宜男这种家庭过着小康生活的从旧社会过来有一技之长的父母亲，是嘉宝从浙江到上海打拼成了小资本家、小业主的祖父，是终身未嫁有着宗教背景的高医生，是通达精明幽默谐谑的数学家王校长……这个准父系的世界在作品中所描写的时代里是作为负面形象出现的，他们是革命的对象，何况，从代际关系来看，晚辈对上一代总是充满了叛逆。但是，南昌们总是不容易说服他们的父辈们，相反会时时堕入他们的逻辑。比如对嘉宝祖父的叙述，南昌们一开始是不以为然的，他们是优裕的，自视掌握了批判的武器的，但后来，交锋却变成了对话，变成了知识的考古与语言的游戏，他的发家史说明了什么呢？到底什么是剥削？又如南昌对他的父亲，虽然怀疑、藐视、警惕、居高临下，但父亲的经历却是神秘的、不可把握的，而且，代际间的承传永难割断，用父亲的话说，"父亲对儿子的独裁永生永世"。于是，角色时不时地就要互换，南昌总是要被嘲弄。事实上，南昌在心底也确实不愿意父亲被他人轻易否定，所以，

"父子间养成了一些尴尬又酸楚的亲情"。

第二是语言与文本。南昌首先钦佩甚至崇拜的是陈卓然,这个比他大不了几岁的高中生在初中时就扎进了文学,后来是达尔文的物种起源学说,接着就是马克思、恩格斯的经典著作,到了高中毕业前夕,他已经通读了《资本论》,能自如灵活地在演讲与辩论时运用《路易·波拿巴的雾月十八日》了。语言生活是《启蒙时代》中十分重要的内容,辩论、写作、谈话填充了这批青年人离开课堂后的许多空白。但是,千万不能以为这些语言生活必然与思想和精神有直接的必然的联系,他们实际上是语言的奴隶,他们迷恋的只是语言的形式,特别是以马克思、恩格斯译文为代表的欧式汉语表达风格,一种修辞方式。他们都患上了王蒙所说的"雄辩症"。南昌的父亲曾经嘲弄这帮年轻人说,只要什么东西一披上语言的外衣,他们便视为真理与知识。所以在《父与子》一节中,父亲故意将汇报材料的语言弄得半文半白、古里古怪,以这种归谬的手段来亵渎语言的神圣性,这让南昌意识到了语言的危险与负担。陈卓然后来也将给他带来神圣的语言生活方式抛弃了,启蒙的结果之一是他们走出了语言。

第三是"他们"与"她们"的关系,或者,恋爱。这是作品中写得较为隐晦的部分,如果一定要说是恋爱,似乎一桩也说不上,小兔子、七月与舒娅,南昌与珠珠、嘉宝,都只是异性间的本能的吸引,他们没有成为重复革命加爱情的模式,甚至没有完成一次爱的表达。但是,性别间的交往、相互的吸引与抗拒却使他们互相发现了对方。至于南昌与嘉宝连自己都不能确认的性接触所导致的意外怀孕则让南昌发现了身体与疼痛的存在,对身体物质性与不可超越性有了初步的体认。

最后,就是小市民、城市的隐秘文化与日常生活。按理来说,革命应该是对这群青年的最大启蒙,但实际上他们与革命相距何等遥远,许多都是在想象、自以为是与自我陶醉中进行的,"这到底撑不了多久,青春总体上是浅薄的,浅薄的欲望和浅薄的满足:讴歌、奔驰、叫喊、挥舞旗帜……包含着身体的勃动"。而且,这个社会,这座城市,这时的生活也并不是如他们想象的真的被彻底改变,重新铸就,在骨子里面,它依旧按自己的节律在延续。当然,不能说"革命"对它没有一点破坏,相反,这种破坏可以说是巨大的,但是生活同样具有强大的自我修复与自我替代的功能。当"革命的神圣性逐渐瓦解",并离这群青年远去的时候,生活的这一特质在他们不愿承认甚至在他们的鄙夷中打开了。它可以约略地分为两个方面,一是物质心。陈卓然首先发现了这一点,从革命的大潮中退出来,他看到了长期以来许多被忽视了的身边的人和事,比如大姑,这个从皖南农村走来的妇女。"大姑就是衣食的代表"。在南昌的生活里,类似的角色就是他的大姐。在这座城市里,有多少这样的大姑与大姐呢?正是她们,进行着与革命毫不搭界的事情,但却维系着生活最基本的层面。她们与城市一起成长,她们血液中根深蒂固的"草根性"构成了城市的生活流,并演化为被"革命"诟病的市民心。王安忆通过民间传说将其命名为"一种数米的生涯","有了这实打实的心,才有了一种笃定,可以看着祖宗的房子一寸一寸地败落掉,也可以一粒米一粒米数出饭食下肚"。另一个则是精神层面的。在小说中,这一层面是由"小老大"海鸥打开的。海鸥的母亲原是旧上海演艺界的,后来投身革命,改嫁给了革命军人,自己也成了一名革命者。于是,海鸥拥有了两种生活,一是革命家庭的,一是带有旧上海味道的。海鸥上海家里的客厅就是一个"沙龙",少长咸集的都是有老派意味的人物,传达出的是上海作为近现代工业与消费中心的城市趣味。它让南昌们看到,"这城市表面上看已经没什么颜色,缟素得像戴了孝,内心却不安分"。比如精致,比如浮华,比如颓废。这些在革命的缝隙里时时留下痕迹,氤氲在城市的白天与暗夜。物质也罢,浮华也罢,陈卓然与南昌到后来承认这些才是最有力量的,"他们体现了生活的最正常的状态,最人道的状态"。

这就是南昌们的启蒙时代,可以看出,他们在不同的启蒙路径上的遭遇、感触与体悟并不一致,各种资源、线索、意念处在相互渗透、对话与搏击中,大潮来临,青年们柔嫩脆弱的心智似醒非醒,说清还浊,但它们连同那个时代将伴随着他们融入未来的岁月。有人也许会认为《启蒙时代》是一部"文革"叙事作品,即使是,也是迂回、侧面的,甚至是解构的。它探讨的是"革命"背后的东西,是尘埃落定后的生活,是不变的恒常的累积。如果读过她的《隐居时代》《文革轶事》与《长恨歌》,当会对这部新作有更透彻的理解,这已经不是一个主题延伸与反复书写的问题,而应从中认识到,这已经成为有相当的探讨价值的王安忆的一个重要而成熟的社会观与文化观。

"80后"及其创作现象研究

吴秉杰

"80后"及其创作既是一种文化现象,又是一种新的文学现象。有意贬抑或过分宣扬都无必要。但它确是关系到文学的发展和传承。他们不像十年前的"70后",有"断裂"宣言,然而其作品在同代人中所获得的呼应却是前所未有的。商业运作、偶像制造、媒体炒作,于是人们往往不屑于从文学的角度对此予以观照;但如果我们把文学的作者、受众、出版、宣传看作是一个系统的文学存在,它指向了同一个心理目标,那么对这种文化现象的进一步认识,恰恰要从文学上予以探讨。"80后"并不仅仅是一个时间的概念,还是一个时代的和代际的标志。这一代写作者通常都是通过网络、通过大奖赛(如新概念作文大奖赛)、通过商业运作走向文坛。他们不是依靠别人的提携、依靠组织和意识形态传承,而是通过竞争走上文坛;那是我们曾经畏惧又向往、诟病又终究要面对的一种状况。他们赢得了众多的青少年读者,这意味着他们与受众建立起了一种同构的关系。这一代作家没有历史记忆,也就是说在自己的生活经验中,没有什么经验能和过去那个十分政治化的岁月联系起来,便直接地进入了新的时代和市场经济。金钱已经开口说话,在沉默了近半个世纪以后,而它的另一面,则是精神的匮乏。这一代作家,常被批评为具有一种自我中心的倾向,我认为这多少有些缺乏理解。他们出生的20世纪80年代正是我们开始提倡自我设计、自我实现、自我奋斗的年代。"80后"要自己定义自己的人生,围绕着人生的写作便呈现出了与以往不同的面貌。在我看来,"80后"的写作也许较之以往成人世界的作品更为坦诚、真率、直抵内心,没有那种模式化的倾向,但它却依然让人感觉到有一种单调、重复、精神肤浅的缺陷。"80后"作家带着青春的气息、自由的气息、叛逆与朦胧的追求向我们走来,仅仅提供一个文化背景来解读他们的作品显然是不够的,从文化现象深入文学现象需要我们进一步与其沟通、交流、平等对话。可能我有限的阅读对于评论这一群体的创作有些不自量力,但本文的重点却是要提出问题,而不是回答问题。提出问题是我们讨论的开始。

一、路在何方

读"80后"的作品,感受是与以往阅读相当不同的。回忆(童年记忆或青春记忆)、幻想、移情、怀疑、悲观主义、爱情和对于失去了爱的悲惧,与世界的不确定关系,友情以及对理解、对忠诚的渴望,还有渐渐远去的迷茫中的目标感,等等,这些都是我读他们小说、散文后最初的印象。当然,这些词语并不都是消极的。韩寒说:"思想品德(课)不及格总比没有思想的好。"可以把它看作是他们人生的起点,思想的出发点,一些带有疑问的思想。

听一听"80后"的作家自己怎么说,是相当有趣的。他们自然也重视自己的经验、自己的记忆,然而蒋方舟说:"记忆是最不可靠的。所有大人都喜欢谈论他们小时候悲惨的历史,我妈就说……我总是假装没听到……"这一代人恐怕很少有耐心,"坐在高高的谷堆上面,听妈妈讲那过去的事情"。与此不同,张悦然的《誓鸟》强调个人记忆是人生不可或缺的内容,"记忆如此之美,值得灵魂为之粉身碎骨"。它表明,记忆是我们的根、我们的精神家园,而主人公春迟由于寻获了所有记忆,终于成为"这个天底下最富有的女人"。我自然比较同意张悦然作品中包含的这一理念,虽然蒋方舟所说的也并不全错。我们总是记住我们想要记住的,而忘记自己想忘记的,但记忆仍是表征着过去人生的意义和属于自己的直接的精神财富。刘卫东说:"我每一个十年,都有许多难忘的片断。从父亲母亲和十几年的乡村生活里。"霍艳说道:"很久以来,我试图记忆一些碎片……那就是我十五年的成长经历……突然发现,碎片就是碎片……"春树自述:"有的时候,我的记忆就是由片断组成的","我活在臆想里。在我看来,一本书写的是什么是不重要的,重要的是情绪和节奏,或者说,是气氛"。水格写道:写作"企图把一些东西留下,纪念","站在往事的风里,除了模糊的回忆,其实是什么也留不下来的"。碎片化是他们写作的重要特征。问题是这些碎片、片断能否形成有机的价值联系,通向他人,通向社会,通向历史。

当生活经验、个人记忆不足或明显有限,难以组织起来表达一个有意味的故事或是抒发内心的情愫,幻想、臆想、梦想等便成为创作的重要手段。这些"80后"的作家都有着令人羡慕的想象力,不受拘碍,自由驰骋。想象如风拂过水面,泛起涟漪,雨击打心弦,不时震颤,生活中没有得到证明的东西,在想象中予以证明。一定程度上他们可以说是全凭才情在写作。张吟秋说她"爱做白日梦。爱幻想"。田禾评价:"现实是假的,只有梦才是真的。"张悦然在一部小说的后记中写道:"我是吃人,卖梦为生。"然而她也说:"但我知道梦总有一日会卖完的。那一刻,天光豁亮……视野无比清晰","梦不是我此生的全部"。他们的创作就语言想象力而言弥补了当代文学的不足,以有限的资源从事着无限的创作。才华、默契、心有灵犀、颖悟的联想等对于创作而言无疑是重要的,只是它们还并不是文学创作这一艰苦的劳动完整的、全部的意义。

"80后"的作者的笔触还伸向了历史领域,如胡扬、鲁永志、吴昕晟等,完全不同于已有的历史创作,那本是中国文学强大的传统。既不是钩沉刊谬、寻找历史与现实有价值联系的一面,也不是以民间传奇的方式,以野史补正史之不足,而是借助于古人,在移情中,多少有些随意性地植入了自己的情怀。顾湘的小说《幻想主义》那历史与现实的对接给我留下了较深刻的印象,真切的情感流溢在字里行间,联系起了当代校园生活和历史上西晋石崇和绿珠的故事。适当的变形,隐隐约约地指向了生活的某种真相。自由发挥,出入自如,生活与虚构不分,现实与历史相间,它明显地具有后现代主义解构的倾向。这样的创作在"80后"的作品中时有发生,可不知道为什么也没有见到认真的分析、解读和评论。

爱情或者友情是他们作品中经常写到的内容,有时候径直是他们作品的主题或结构的中心。这大约和青春期生活、写作有关;另一方面恰也深刻反映了在这个金钱说话算数和价值交换的年代,爱的失落与匮乏。不过在他们的作品中,那不稳定的爱情和两性关系中的友情有时是可以转换的。爱情(包括性)不是禁区,爱是成长的过程,爱是理想的寄托。爱情甚至可以提高到一定的高度——人生的高度予以强调。这中间或许还有市场的因素、书商的要求。但无论如何,他们的时代已和我们的时代有很大的不同了。恭小兵、春树、叶子、霍艳、塞宁、白雪、麻宁都写了年轻男女交往充满周折的爱情故事。张悦然在自己的作品中借人物之口写道:"爱情的确是一场场总是失败的寻找,因为我们都太容易彼此丢失","打捞爱情和刻舟求剑真是异曲同工"。颜歌《关于唐卡的一切》以含蓄的意象,表达了一个"寻找"的主题。蒋峰、苏德的作品由此引向了较为广泛的社会生活,折射人生。一草说:"我只是知道这个时代这个城市所谓的真爱已经是一种奢侈的名词……我们这个年龄是无法拥有的,这和信念无关。理由有三:第一为自恋,第二为自私,第三为懦弱。"这话说得尖刻,却也有一针见血的效果。苏德的处女作《我是蓝色》让我读完后颇受触动,从中既看到时尚的生活方式,又看到了内心的孤独,还有异国婚恋。世界变小了,父母分别出国离异,但人性和人的基本需要并没有改变,家庭、安全感等都和传统生活方式联系在一起。虽然富足,但"我"仍然听到"护士说,322的蓝色,真可怜"。传统文化仍然潜在于新一代的心灵之中,构成一种精神的要素。并非不需要传统,需要的是文明的接轨更新。尹珊珊的《灰度18%》和《火速龙舌兰》也是写的男女之情。前者是一个"暗恋"的故事,一旦发生关系后却感到了感情已死亡,便毅然退出,只保留了一份美好的向往。后一篇同样要区分肉欲与爱情。其实什么是爱呢?以前有概念,现在已不能确定。唯一能确定的是即时即刻的"事实"。"一半热情,一半冷漠。这使我联想到这个时代。这个衔接得过于生硬的时代。"怀疑、悲观主义弥漫在这些爱情陈述中。他们所写的爱情几乎都没有结果,没有大团圆的结局。爱情小说(爱情悲剧)也是中国文学的重要传统。差不多的"80后"作家都写了爱情,那么同样的问题是,为什么他们迄今并没有写出真正让人难忘、能产生广泛联想和让人深受感动的爱情小说?

最后一个问题是现实态度。现在人们常说写作姿态,部分牵连到创作论范畴乃至有技巧考量,而态度直接关系到写作者的主体精神的特征。对现实的态度有积极和消极、主动和被动之分,它也在很大程度上决定了作家的创作面貌和创作追求。我们所说的"80后"都是从十几岁中学时期开始写作和发表作品,然后进入大学或辍学、工作的,写作的过程同时也是探求和生活的关系及伴随着精神成长的过程。一些创作谈表达了他们的追求。譬如:"小说于我而言是与世界对话的工具……我试图用小说表达我对世界的理解……同时消解我同生活的紧张关系。"(余晓冬)"对于写作和生活的关系,自始至终我没有停止过摇摆","我的每篇小说之间总潜藏着我对生活方方面面的不确定感,或者说是一种茫然的情绪"。(肖瀚)"……写字是来自自己对眼前生活和他人经历的无法漠视。人最可怕的是冷漠,还有对除了和自己一样的之外的漠不关心。"(尹珊珊)现在已很少有人愿意讲世界观、社会观、人生观这些词语了,或许是为了避免简单化和政治干预,但当世界从一元走向多元,社会转型并迅速变化,我们又在提倡自我实现和为人生的艺术的时候,却要放弃这些主体精神的基本面,我们是否又从一个极端走向了另一个极端。"80后"正处在世界观、人生观形成的过程中,他们自己对此多有反省。董浩说:"如果'80后'文学只是校园文学和奇幻文学的代名词的话,那么'80后'已然没有真正意义上的文学。"霍博表示,"80后"的小说由一贯的青春、忧伤、颓废,转化为纷繁复杂的时候,大家也渐渐明确了自己的方向。何宽提出问题:"当技巧达到一定程度的时候,它是否依然那么重要?"一草讲道:"曾看到一篇报道说'80后'写手的作品缺少精神内核……很多人的思维还停留在好几年以前……或许我们的作品确实缺少足够的深度,但是我们的信心不能苍白。"提出世界观、社会观、人生观问题,我认为是因为它们是现实态度的核心,它们将会影响"80后"创作的进一步发展。

二、"80后"视角和创作的敏感区域

碎片化,在幻想中解构,爱情(理想)的悲观主义,现实态度的不确定性,只是我阅读的一些初步印象,回到评论,从作品出发,还要努力获取一些更具体的看法。

韩寒的《三重门》在2000年出版引起轰动,发行110万册。向"规矩"挑战,"思想品德(课)不及格总比没有思想好","我们之所以悲哀,是因为我们有太多的规矩"。韩寒以叛逆的姿态出现,却在青少年中获得握拨一弹、心弦立应的效果。他的小说充满着尖刻、讽刺、幽默、调侃,旁逸斜出,四处出击,社会、人生、人的心理处处露出破绽,虚伪不堪一击。这是一个十七岁的青年的眼光,他的机智和联想常让人忍俊不禁,会心一笑。对人生一些表象、假象的揭露是《三重门》最主要的贡献,也是作品的"思想

性"所在,虽然它用了比较密集和夸张的方式。我以为随后的有关教育制度的讨论、抨击等是落入了媒体的陷阱,媒体制造的一个热点,反而缩小了小说社会心理学的意义。

在我看来,《三重门》中有两点矛盾现象是最值得关注的。林雨翔和Susan(苏珊)的爱情、感情,是小说贯串始终的故事线索。Susan的名字多少有些小资情调,但却是林雨翔心中的美。她单纯、清纯,乃至头发都散发出清香。她学习成绩好,没有不良习气,对人又充满着善意。她是传统女孩,却是林雨翔心中的火光。韩寒爱上了自己的反面。Susan是小说中韩寒唯一没有嘲弄、亵渎、调侃的人物,隐隐约约让我觉得韩寒心怀中仍有一份传统价值的珍藏。《三重门》的立意是要在成长的过程中剥落成人世界的伪装。它如同一个狙击手,中弹活该。但我注意到它在讽刺、嘲笑的同时,也有着自嘲。那是保留了对自我的一些清醒的认识,远高于成人创作中那种美化自己和自诩的表现。自嘲同时是一种自我保护,间接而又更多一层的情感表述,当然也要放在特定的社会环境中予以考察。这两点至少可以使我们对它不能做出简单化的评价,譬如抨击教育制度、愤世嫉俗、"愤青"之作等等。

"80后"的创作其实是从揭露矛盾和提出疑问开始的。韩寒也许喜欢《围城》,但钱锺书的《围城》有一个中西文化撞击和抗日的背景,这一强大的背景使作品的讽刺有了知识分子自省的意义,而《三重门》却没有一个可以捕捉的重要背景。它有限的视角也没能真正深入当代社会关系之中,甚至于可以说它还没有创造出一个完整的人物,让我们看到的都是人物的侧面。它能算是一部长篇吗?尽管灵感火花四溅,语言才华不输于乃至优于许多成人作家,但人生实践、文化实践、文学创造仍然是青年作家需要依次进入的"三重门"。

郭敬明的《梦里花落知多少》出版于2003年,同样发行了100多万册。撇开法律纠纷不谈,故事内容比"80后"的早期长篇是大大丰富了。因为它更多地进入了虚构创作的领域,不像《三重门》可以按照作者的人生线索对照他创作的故事。这种自由虚构也就更能看出其重心所在与创作情怀。首先给我留下印象的却是它的粗鄙化,充满市井痞语。由于小说的叙述主人公"我"(林岚)是一位女性,便使人(保守如我者)有些不习惯。或许这些粗俗口语正是为了对抗那赤裸裸的金钱利害关系的世界,如同塞林格的小说那样。它迎合读者的兴趣,几位主人公都是"子弟"(高干子弟)的子弟,但是否真正了解这些"子弟"值得怀疑。它还写到了妓女、"鸡头"(李茉莉、火柴),同样不熟悉和没有能力予以真实描写。它只是努力地要给予一些强刺激,也有当今"小姐像大学生,大学生像小姐"云云,以及"当一顿饭吃掉普通人一月工资,而另一些人还要为筹学费而辛苦"的抨击,等等,努力扩大社会空间,可我认为实际扩大的不过是情绪空间,并非真正的生活空间。它最后演变成一出缠绵悱恻的爱情悲剧,包含着伤感、伤害、背叛、出卖和一系列的误解,走的是通俗剧的路子。纯情而又煽情,在小格局小天地内,在几对男女的循环关系中,演出了他们悲欢离合的故事。郭敬明小说的特点之一是,他笔下的女主人公(我、闻婧、微微等)都自由放任,"不装淑女"而耍贫。它要告诉人们:我们放浪形骸、低俗、玩世不恭,但我们内心纯洁。这也符合一些人的自我评价,可能这也是郭敬明要保留的一份价值。

《梦里花落知多少》原来是在网上连载的,作者说因读者猜到了结果才改变小说的结尾,但这仍改变不了故事在封闭的圈子内自我交流的性质。文学作为意识形态的理由是,它表现人的生活、感情、社会心理,同时又是社会情绪、心理、社会意识的反映,组织起来上升到意识形态,这一切都需要感性生活丰富有力的支撑。视角的狭窄与局限性使郭敬明写不出一个新故事。深入生活(不是形式上的),丰富体验,培养起新的感情和认识对于郭敬明这样的写作者而言,可能是一件实实在在的事。当然《梦里花落知多少》也引起了青少年共鸣。不错,它在表达和这个世界格格不入和追求刺激的同时,仍然坚守了忠诚和善良的底线,但这难道就是文学的一切和深度吗?

表现年轻人的情感生活和内心自我交流,是"80后"作家创作的敏感区域。除了《三重门》《梦里花落知多少》之外,《夏天在倒塌》《别走,我爱你》也是有关爱情的故事,前者从悬疑小说开始,后者则是一个刻骨铭心的单恋的悲剧。周嘉宁的《夏天在倒塌》以两个中学生在地铁站看到一个中年男子自杀,捡起他的黑色记事本,开始探询这个世界,引出了一系列残破的单亲家庭,进而卷入少年男女的情感纠葛。小说人物关系交叉、错位,伴随着种种误会、巧合展开故事,其中也有一些明显的不真实或不合情理之处。或许这些不重要,因为它要表明这一代人是被投送到了一个自己不能掌控的陌生的世界,在误解中犯错误,又在试错中成长。他们焦灼:"马路烧着了,城市烧着了,可可烧着了,她是个被烧着了头发的女孩子。"空虚:"一个空壳般的小人儿在马路上空空地走……她已经空掉了。她的身体是个空壳。"成人世界得不到的东西,要在孩子们自己的世界去寻找,那就是爱情与友情,但实际上他们并不了解自己的父辈。在他们的敏感区域内外,有着很多的局限和盲点,影响了他们真实地写出那倒塌的生活和爱情。

董晓磊的《别走,我爱你》,被称为"超酷超炫校园爱情冲击波",被"各大网站疯狂转帖"。可我更看重的是作者自己清醒的认识,她在自序中说:太多商业气息的写作,让人无趣,"疲惫","流行文化即用即弃,所谓畅销书作家的名头不过一张音乐椅,大家轮流坐。'美少女作家'更是提也不要提,丢不起那人"。生活、知识、思想、才情确是对于一个作家能否持续写作和写出好作品的检验。《别走,我爱你》写的是大学校园生活,一个陈默("我"),一个宣桦(恋人)。但沉默和喧哗都走向了自己的对立面。小说语言机智、俏皮,充满反讽意味,嬉戏和耍贫嘴似乎使一切严肃的事物都变得不正经,本意是要把一切虚假伪饰剥落殆尽,无奈心中总还有一支小小的真情的烛光在燃烧,这火光虽弱小而不会熄灭,终于形成了这一爱情悲剧。这个爱情故事有一定的感染力,它进一步写到社会上、娱乐界、选秀大赛,女主人成为平面模特、成为明星的过程。她痴情、单恋又失恋,最终自暴自弃,抵抗不住物质主义的诱惑而走向深渊。陈默和宣桦相爱,是因为他"带点羞涩","一脸清爽",真诚待人;是宣桦说的"因为你傻",且俩人"都爱说梦话"。陈默无所顾忌地调侃一切,却是无助的。缺乏安全感,希望白头厮守,它传递出一种社会信息。我们其实要透过表面现象,透过无休止的语言轰炸,而看到他们真正的情感需求。爱的尽头是毁灭,聪明、活泼、敏感的陈默犯下了一个"美丽的错误","当代的恋爱是一种毫无逻辑的后现代艺术",谁该对此负责呢?"我们想说的,不是我们说出来的。我们所要的,也许都会在一次次的沉默中错过。"另一部在作品题记中写上"爱情,是个难题"的,是蒋方舟的小说《骑彩虹者》。2006年出版的这部作品,是蒋方舟的第七本书。她说:"我是先有潜在理论再有故事本身,我一向喜欢成长的故事。"成长、爱情、天才、梦想是《骑彩虹者》的四个关键词。它从一次有些荒诞的心理测试开始,引出几个中学生男女离家出走,他们迫切地想搞清楚自己是不是"天才",便有了一系列的故事。这些故事比较起来显得简单清浅,可《骑彩虹者》还是同样写到了电视台的《天才向前冲》的知识竞赛,写到酒吧舞女,写到"没有谁对自己的家庭满意"。重要的是,"80后"面对的是一个他们并没有参与创造的世界,而内心另有一个世界。他们迫切希望能预知自己,了解未来。

一位知名作家曾经说:他初在网上看到一些年轻人的作品感到吃惊,因他们文字的冲击力,夸张俏皮与跳跃性的联想。读得多了才发现其单调、重复和空洞("空洞"是我的补充)。我也曾产生疑虑:他们能否写出不同风格的作品?能否用朴素的语言叙述并同样写出富有感染力的作品?读了彭扬、李傻傻的两部作品,我打消了这一疑问。彭扬的《天黑了,我们去哪》是一部口述实录采访而形成的报告文学作品。它写了九个被抛至主流生活之外的同龄人,以真诚换取真诚,在共情的基础上,表达了"80后"对社会和人生的思考。其中有因早恋失败,压抑、缺乏交流而要割腕自杀的;有迫于学习压力,紧张、恐惧,最终得了精神忧郁症的;有幻想一夜成名,参加娱乐新人选拨赛而性格发生了畸变的;还有同性恋、吸毒者;等等。如果说"80后"作家大体上是一些已引起社会关注的成功者,那么这部作品中的人物都是一些没有引起重视的失败者。某些不良的社会导向、媒体导向、他人导向正误导着他们。深深的大海中,暗流汹涌,平静中起波澜,彭扬的写作有一种深思和情感回荡于其中。白烨说:"它以一种介入现实和忧思社会的努力,使当下的'80后'的写作在整体上更丰富了,厚重了,并让人看到了作为文学的'80后'正在增长的活力和正在生长的希望。"我完全同意这一评价。李傻傻的《被当做鬼的人》是一部散文、小说集,一部分记述孩提时期的湘西,童年情趣,有天籁;一部分表述自己的成长轨迹,青春期反省,对家乡父老的感情和感恩心理,充满情理交融的思考。农民家庭要逃脱历史赋予的命运,只有读书,整个家族供养上大学,"亲戚们的资助,让我在享受中承受着不能承受的道德之重"。那是另一世界的标准。亲情难忘,"最感性的人在劳动人民中间",李傻傻的作品不仅写了琐细中时间的流逝,也写了流逝中的各种乡村人物。他还写了自己的妈妈、父亲、爷爷,改变了大城市中的"80后"一般不正面描写自己父母的特点。《一九九三年的马蹄》《火光》写了"我"眼中的父亲,那暴躁的性格,那复杂的隐藏,那是"眼中有火光的人们共同的痛苦"。从中能看出农村生活环境,一种新生活要求,新的愿望包含着追求和千缕情思扑面而来。"80后"的创作毕竟还是多种多样的。

张悦然的《誓鸟》让我真正地感到惊异。不仅是由于它那奇崛的想象、凄美诡异的故事、残酷而又忧伤的抒情,更因为它所表达的"寻找"记忆的主题,隐隐让人感到对历史意识的重视,虽然它采用的是寓言和象征的方式。春迟在一场大风暴中失去了记忆,也就是失去了爱,失去了自我,失去了精神的家园,由此她开始了对那不容轻视的人生遗失的终生的寻找。心灵寄存在海洋贝壳中,贝壳中收藏着我们的记忆,于是她收集贝壳,倾听它的声音。为此她甚至刺瞎了自己的双目,在异国海域、土著部族中,演出并让我们看到了一幕幕摄人心魄的场景。这是一次幻想中的突破,在暴露了单薄空洞的同时,真实的精神也直接裸露了出来,无意中进入人生易被俗世纷繁遮蔽的本质领域。缤纷的想象,含蓄的感情,心理动势,深长寓意,都足以证明张悦然的写作天赋。虽然并非没有缺点,譬如叙事曲折推进中,缺省了不同意味的停顿;故事总体来说远离了真实的人群、丰富的社会和现实背景。尽管如此,它仍有着局部无与伦比的观察力和感受力,那是许多作家已丧失了的。而与弱小生命(如作品中的孩子、女人、野猫)的感受与交流,更是人性维系的所在。只是希望自称"卖梦为生"的张悦然,在经过如此缥缈的寻"梦"之后,重返大地,并不丧失自己的想象力、表现力,而获得现实的价值。"80后"能写出好作品,唯一的疑问也就是她自己的疑问:她能否持续下去?

三、和世界建立什么样的关系

行文至此,在倾听了他们的创作自白,评论了部分作品和提出问题后,按照惯例,仍要做些简要的概括。

1. 首先是爱的弥散。"80后"几乎人人都写了爱情故事,但我们却并没有读到真正感人肺腑、能打动普遍大众、有力量、让人不能释怀的爱情小说。中国文学史上有许多流传后世、优美动人的爱情作品,也纯情,也痴情,从《梁山伯与祝英台》《白蛇传》,到《牡丹亭》《桃花扇》,直至《红楼梦》,都包含着爱情观念、理想的冲突。美国文学史家认为:美国在被奉为经典名著的小说里,找不到一个伟大的爱情故事,这与它不同于欧洲的历史及社会组织、文化精神有关,如没有贵族阶级与新兴中产阶级恋爱观念的冲突。当代新时期文学中也有写爱情的名篇,如《天云山传奇》,却被它突出的政治意味冲淡和掩盖了。"80后"的作家似乎要重新开始一种属于他们自己的爱情书写,纯情的追求、曲折的故事、凄婉的悲剧,可他们却依然忽略了爱情悲剧的核心始终包含着文化的冲突,由此才转化产生性格、情感、理想的冲突。而看不到这一点,爱情便也只能在清清的水中掀起波澜,弥散而缺乏深深的蕴含。

2. 这一切自然缘于生活、经验、思想的局限。它似乎也形成了一种圈子内(一定的生活圈子)的写作、同一类人的交流。我注意到从韩寒开始到"80后"众多新锐作者,在小说中基本上都没有写到父母,或是一笔带过,或仅涉及和自己内心生活有关的联系。我愿意把这视为"80后"对自己的父母辈保存着一份尊重。可另一方面,他们实际上也没有能力深入描写和塑造自己的父母辈,父母代表着历史,而"80后"则没有历史记忆或缺乏历史意识。他们的创作其实也没有真正地深入成人世界,深入社会生活,深入人与人的复杂关系之中。人与人的关系落实到物质生产领域,便是生产关系,广泛地反映于现实生活,便构成社会。人是"社会关系的总和"。我们所说的深入生活当然并不限于特定地域、空间的要求,而是指"80后"要超越有限的生活圈子,进而在关于人的物质和精神的相处中——利益、道德、亲情、爱情、人性——有更多的发掘,以创造出多种多样的人物。"80后"创作的空白使他们对成人世界的抨击,天然地包含着空泛的矛盾。

3. 接下来的问题涉及艺术视角、艺术风格、主体精神与主体生成。努力地把自己从这个已有规范的世界中区分出来,表明自己的独立性,揭穿生活中表里不一的假象,是部分取激进姿态的"80后"的基本视角。这些作品自我形象鲜明,个性突出,这自然是它们的优点。有独具的视角,总比没有自己独到的视角强,这也意味着独具的眼光,至少让我们看到了"80后"眼中的世界,但这不意味着有了自己的艺术风格,因为风格是建立在对作品内容的深刻认识的基础上的。"风格是应该刻画思想的","是由内容的本质里自然而然地产生出来的。"(布封《论风格》)我们知道"80后"的主体是在一个与我们完全不同的历史环境中成长起来的,改革开放与市场经济不断发展,大变革的时代造成了对以往理性精神的动摇,文化价值的怀疑,迷惘中的追求,这些并不奇怪。重要的是,一些年轻朋友已开始有了自觉意识,能投身社会实践,在社会进步中,看到生活的曲折,分清光明和黑暗,此时我们才能说,"80后"一代形成了新的强大的主体精神。

4. 短篇检测才情,长篇考验思想。或者说,长篇也需要更多的生活积累和知识积累,但构思、结构却检验着作家的思想能力和思想水平。"80后"的许多人都已出版了长篇小说,却有仓促上阵的意思。长篇需要对于世界和生活形成一种成体系性的认识和把握,需要一个强有力的出发点,一种可以广泛延展的能力。年轻不是问题,文学史上以鲁、郭、茅、巴、老、曹为代表的不少人在二十多岁时都已写出了他们的代表作和优秀作品。雨果在十六岁时就已完成了一部揭露殖民主义的长篇小说。新时期年轻作家的优秀作品更是数不胜数。但成功的作品无不有着一种目标感和深切的追求。仅仅是嬉笑怒骂、嘲谑讽刺、调侃、解构是不够的,看起来才华横溢,可人们仍要问,"溢"出来的是否都是些没有充分经过生活浸润的多余的部分?我认为,"80后"长篇作品现在整体上面临的最重要的,是思想的突破。

以下一些话,可以供年轻作家朋友们参考:

"艺术不可能成为自言自语的独白","艺术必须反映人生","每一个作家都试图赋予自己时代的激情一种形式"。作家把全部心思放在他应当注意的问题上,也就是真理、人情上。"归根结底,创作的源泉永远是现实","写作不过是将某种经验传播下去……这伟大的喉舌就是一个部族的代言人","伟大的作品是从对于不正义的感觉产生","作家的眼睛应当是有人性的","只有为了别人,才有艺术,只有通过别人,才有艺术","假如他承认自己的弱点……孤独,从而能深入自己的内心世界,不断加深自己的孤独感,那么,他就会发现他和其他孤独的人是心心相印的"。这些话是曾获诺贝尔奖的著名作家加缪、福克纳、马尔克斯、阿斯图里亚斯、海明威、伯尔、萨特、索尔·贝娄讲的。它充分、明确地说明了文学的承担、责任和伟大文学的追求。

文化冲突和文化传承,现实态度与文化态度,艺术视角与艺术风格,主体精神及主体生成,对世界(社会、人生)的成体系性的认识和社会责任感,这些都关系到和世界建立什么样的联系。新时代诞生的这一代作家,需要与世界建立起一种积极的、有价值的关系。

在一次小说年会上,我的同事胡平说,"80后"这一代都是知青的孩子,当时听了十分感动。去年作代会报告中提到改革开放后出生的青年作家,也包含了对"80后"文学的关心。这一代人不可能重复我们的生活,但其文学想象和创作,关系到文学未来的面貌。世界观、社会观、人生观是新时代每一个人都面临的问题,但我以为其中所包含的核心价值体系,将影响深远地成为"80后"今后审美创造的长远的课题。

2008 年

过剩与枯竭:文学向死而生

陈晓明

一

看看每年超过 1000 部的长篇小说在生产和出版,看看中国最大的门户网站新浪网的读书频道,每天数千万的浏览量,加上博客过亿的浏览量,还要加上无数的其他网站,其数字化已经不是传统的计量单位可以计算,阅读和写作如此旺盛,如此狂热,真让人觉得是一个写作和阅读全面兴盛的时代到来了。然而,中国当代文学从未像今天这样遭到严重的怀疑,从怀疑它是不是垃圾到怀疑它是不是死去——这样繁华壮丽的现场,却被人看成垃圾场和祭悼的现场,这实在是让人匪夷所思。对这样的怀疑论,本来可以嗤之以鼻,但无奈响应者云集,看看网络上大张旗鼓的讨伐,动用的板砖、锄头、镰刀、铁锹等杀伤性武器不计其数,就知道火药味有多浓,大有推翻历史之势、炸平文坛之威,真让人捏一把汗。如此说来,我们真的就要在如此悖论的情境中思考——去思考如此悖论的情境,去认识我们身处其中的悖论——除此之外,别无出路。

我们只能这样去思考:过剩与枯竭。当今时代文学生产、传播都处于过度发达的地步,过度也就是过剩,严重的生产过剩、阅读过剩、消费过剩。过剩的另一面就是枯竭,一切都是重复生产、重复阅读、重复传播,这就是严重的过剩。而原创性、创造性却是枯竭了。

过剩容易理解,打开门,睁开眼就可以感觉到过剩。"枯竭"却并不是一目了然的,也不是用多少证据就可证明的。枯竭只能是一种感受,一种信仰,一种敏感。

如果要采取论证的方式的话,那也只好从这几方面来举证:

其一,这是历史的枯竭。这是历史终结之后的枯竭,尽管说福山的论调遭到整个左派的狙击,特别是德里达那本《马克思的幽灵》几乎把福山斩首。但这些盛大的仪式因为人多势众而具有宣判性质,又因为历史本身的诡计使得辩解几无必要,好像福山们落败已成定局。但历史在某种形式上——如德里达所列举的那些形式上并未终结,不等于在某些方面它不可终结。德里达这回也犯了一元主义的错误,历史并不是一个超越的统一体,像黑格尔精神现象学或胡塞尔后期的现象学所设想的那样,历史本身是一盘散沙——这才符合德里达的历史观,它是无限的延异过程。这就使得它在某些方面的终结变成可能。事实上也确实如此——这又只能从体验来理解了。简而言之,文学过去依据的那种历史叙事是枯竭了,历史叙事不再能提供无尽的资源,不再有令人激动的历史景观,也没有面向未来的弥赛亚的降临。德里达把它设想为一种断裂,一种无限开启的历史,德里达也只能在没有宗教的宗教性上来理解它。事实上,我们都知道,没有弥赛亚,那只是信念或信仰,我们会保持这一点,但在作理论思考时,我们又何尝不要理性呢?我们会等待,不等于说我们一定要相信我们的等待可以有结果,有弥赛亚出现。我们只是等待没有弥赛亚的那种结果出现。奇怪,这不就是"等待戈多"吗?历史的枯竭就如等待戈多所表现的那样,从此就是等待,没有结果的等待。行动与等待一样,都是没有结果,这就是历史的枯竭了。

其二,文学文本形式的枯竭。还有多少故事可以讲述?那么多的大师在那里,那么多的经典文本放在那里,还能有什么花样翻新?这就是文学的枯竭了,也就是说文学再也不能花样翻新。这一观点,其实早在20世纪60年代,美国的实验小说家们就感叹过,巴斯、巴塞尔姆、苏珊·桑塔格等人都表达过这样的看法。实验小说并不是一味把文学推高,或玩弄形式主义的花样,另一方面也在玩弄莱斯利说的填平鸿沟、越过界线,那就是走向大众化,与大众文化同流合污,变成群众性的可操作的文本。实验文学在这一方面与装置艺术和行为艺术与其说是相通的,不如说是对后者的呼应。小说、诗歌,更不用说散文杂文、戏剧和电影了,还有多少形式可以翻新,还有什么技法没有被用过,还有什么语言、什么句法会给人以新鲜感。在这个意义上,也可以说是先锋派死去,不会再有什么前卫、先锋之类的说法了,文学不再有什么前沿阵地需要强攻,也没有什么高地没有被占领过。大家都是走卒,都啃得一嘴毛,都被大师和经典愚弄过。除了充当散兵游勇,走街串巷外,哪有什么蹊径给你去独辟?

其三,人心的枯竭。创作者与阅读者一样,心都枯竭了。对于创作者来说,还有多少经验可以发掘?还有多少心灵的奥秘可以出卖?还有多少隐私可以倒腾?雨果当年说,比大海更广阔的是天空,比天空更广阔的是心灵,那是只有法国的古典浪漫派才会说出这样幼稚的话。当然,在他那样的时代说这样的话是蛮可爱的,现在还要这样说,就会让人笑弯了腰。当然,在这一点上,我还是要为创作者多说几句,我以为创作者还是努力去发掘自己心灵的奥秘的,虽然没有多少秘密可言,但写作冲动还是让他自以为有秘密可言,绝大部分还是真诚地要写出原创性的经验——无奈历史已经枯竭,文本已经枯竭,写作者不是堂吉诃德就是西绪福斯。但最不道地就是"读者"这个上帝——所有被封为上帝的都不好惹,都自以为是,都以为自己至高无上,都以为写作者要给他上供献祭。这就是《圣经》里讲述的亚伯拉罕那个故事,克尔凯郭尔对这个故事十分入迷,他在弃绝与信仰的关系里来讨论这个故事。读者就是上帝、创作者就是亚伯拉罕,上帝要他献出一百岁时才得到的儿子以撒。可怜的老人好不容易托上帝之福才老来得子,现在要献给上帝,而且要他亲手杀死儿子献上去。确实,这样的情景令人触目惊心,也只有这样的情景可以建构现代性神话阅读的现场,那是激动人心的悲壮的阅读。但最终上帝还是让亚伯拉罕放下了手中的刀,改为献上那只老山羊。上帝是仁慈的,只有信仰上帝才会得救。但是这个场景可以进行后现代式的改编:上帝嘲笑了亚伯拉罕。上帝并不是当真,只是考验一下,这与游戏何异?后现代的读者,一直在玩弄作者,就像现代主义时期的作者玩弄读者一样(想想达达派折的那些纸鸢吧,再想想荒诞派戏剧和黑色幽默吧),现在历史调了个,成为读者的时代了。后现代就是消费的时代,阅读成为消费,电子游戏、MP3、动漫和嘉年华就是这个时代的象征,如此大规模的游乐,乐此不疲,疯狂刺激,娱乐至死……年轻一代的读者,早就是职业玩手,被游戏、MP3 和嘉年华培养起来的一代读者如果不抱怨文学无聊乏味那才怪呢。要文学去与游戏、嘉年华比拼那无论如何也是不达标的。要命的是,现在的读者还动不动说要"深刻"、要"精神"、要"人类",等等,这多半是叶公好龙,这些东西就是摆在人们的面前人们也无动于衷。

二

当然,还是有虔诚的读者,还是有不是上帝的读者。这些人与我一样,经历了文学渗进骨子里去的那些年月,除了生死与共,以至于再也没有别的选择。但扪心自问,我们已经阅读了几十年的文学,读了成百上千的作品,领略了成百上千的大师的技法,我们还有多少心灵空间能装得下别人?容得下别的作品?我们应接不暇,疲于奔命,还有多少耐性像我们十年前、二十年前、三十年前那么虔诚、认真、细心地去阅读那些作品?如果我们做不到这点,我们有什么资格和理由抱怨现在的作品如何如何?我们说没有美女,可是我们有没有想想我们已经老眼昏花?我们已经没有青春欲望激情?我们甚至连仔细看看美女的面容的耐心都没有,更不用说品味美女的韵味、气息和心灵了。身无彩凤双飞翼,更无灵犀一点通——这就是这些炉火纯青、老谋深算的读者的状态了。现时代的文学写作者还真是不幸,这是一个无人喝彩的时代,这就是一个读者死亡的时代。

历史死了,作者死了,文本死了……所有的这些都还不能做出确定的判断,但读者死了却是路人皆知的事件。现代主义时期的读者多么皮实,甚至有些贱,看看艾略特的那些杂七杂八的诗篇被庞德改得不成样子,就是首屈一指的杰作;波德莱尔的《恶之花》现在读来要多恶心就有多恶心,居然在数年前被法国人评为史上最好的诗作之一;萨特的《恶心》真是恶心到家了,可它在历史上的地位决不是"死无葬身之地"。不用说了,现代主义的那些经典之作,更不用说古典时代了,都有可疑之处,但我们却对它们顶礼膜拜,奉若神明。不是因为别的,因为我们年轻热情,因为历史上还有很多空位,因为现代主义刚开启了一个时代,刚抢下一块地盘。现在,没有了。过去的读者参与到文学中,参与到文学史中。有什么样的读者就有什么样的文学,这话真不假。福柯和罗朗·巴特都说作者死了,但他们还不敢说读者死了。读者就是上帝啊。尼采在他那个时代说,上帝死了,那是严重的事件,尼采要重估一切价值,要开启一个酒神狄俄尼索斯的时代,这个时代被哈贝马斯命名为后现代的开启,也就是说,后现代是从尼采开始的。真正继承尼采的是海德格尔、德里达、巴塔耶这几个人。这几个人与其说干了一桩后现代的事业,不如说只是预言和预演了后现代时代的到来。他们倒是局外人和看客,正如德里达一再声称,他不是所谓的后现代主义者,除非是在行使批判性时找不到其他字眼,他才会使用"后现代"这种说法。罗朗·巴特曾经设想,再也没有可读性文本,都是可写性文本,那就是说,读者就是作者,读者替代了作者。作者死了,被读者替补了。这是什么样的游戏?这是替补的游戏?这就是德里达说的卢梭式的手淫替代的游戏?看来巴特在他的时代也预感到读者也要死去,因为读者填补了作者死去的空缺。只不过巴特把它作为一项革命性的变异,但其本质则是同归于尽。

如此看来,仿佛死亡统治着一切,难怪德里达在 20 世纪 90 年代初要写一本书,专门论述《死亡的礼物》(*The Gift of Death*)。枯竭与过剩就是死亡的礼物,读者死了,作者就要活下来,作者就是读者死亡的礼物。承受着这样的礼物的作者要活得滋润逍遥肯定不可能了,"作者"也只有视死如归了。尽管不绝于耳的声音说:去死,去死吧,死去吧!这倒是一项紧迫的任务——面对死亡是一项责任,只有作者与文学同在了。这就使这样的声音无法催促文学去死,那是外面的声音,那些外在的秩序、制度、人心、现场……都没有什么了不起,文学不会在这些事件死去,这些事件也构不成文学去死的现场。

文学要死,文学将死,这都是即将发生的事件,这样的事件总要到来,就像人之将死,就像鲁迅笔下那个富人家满月的孩子……因为只有人知道人之将死,人当然也知道文学终归要有一死。虽然不是在今天,但我们称为"今天"的时间标记,总是"将死"的一个不可逆的出发点,文学"将死",这是文学在每一场变革时期都面临的问题,只是今天显得尤其紧迫而已。

三

文学将死,不是旧有的制度、秩序即将崩溃,而是文学骨子里的创造性的枯竭。文学,小说与诗歌之类的文体,再也难以在创新性上花样翻新。文学处在各种图像和声音的超级文化符号的挤压之中,处在边缘化的状态,但也正是因为此,文学以其幽灵化的方式获得游击战的那种积极性和生动性。但文学面对自身硬碰硬的创新性,文学在这里真正是面临枯竭,或者说面临"绝境"了。

文学可以说处在一个绝境,不认识到文学"将死",文学如何处于将死的绝境,那绝对不是正视现实的态度。也只有从将死的绝境出发,才能理解当今文学做出的种种努力,也才能认识那些"向死而生"具有"不死"意义的创新之举。

确实,在这个意义上,我愿意去看看一些极为离奇的文学举动。也正因此,王朔的《我的千岁寒》和刘震云的《故乡面和花朵》倒是可以谈谈。不是榜样,也不是反面教材,只是提示一种理解的路径。

王朔的《我的千岁寒》,我们期待了很久,都会想象王朔此番肯定会有大动作,这倒不是因为他事先弄出那么大动静,而是知道王朔的能耐。等读到这本书,还是大跌眼镜,不是说王朔太蹩脚,而是说王朔太高明。真是大手笔!真是无畏之书!可以说这本书几乎弄得所有的人都莫名其妙,除了王朔自己。我相信读过这本书的人都会觉得匪夷所思,如果他凭着第一印象说出感受的话。人们难以理解之处在于,像王朔这么精明透顶的人,对市场有如此的热望和算计的人,何以要写出这样一本不堪卒读的"书"?它确实只能称为书,一篇勉强称为中篇的小说,几个电影或舞台剧脚本、杂文以及女儿的高考复习提纲,没有任何一本书像这样拼凑而成,如此胆大妄为,也只有王朔能做,也只有王朔敢做,但我们能怀疑王朔对书写的虔诚吗?如果从善意的角度来看,那就是王朔已经不能忍受常规的书写,说故事,耍贫嘴,瞎调侃,玩幽默,这些路数都已经不能让他满足,他要一种极端的书写。对于书写,王朔已经老而弥坚,爱之愈深,那是他安身立命之处,他除了以其顶礼膜拜的极端来书写,别无他法。就像多年前同样精明的刘震云——他完全有能力征服市场,他可以讲述辛酸且幽默的故事,然而,他却花去六年工夫写下四卷本200万字的《故乡面和花朵》,没有几个句子几个段落是连贯的——那也是一次荒唐至极的行为。只有荒唐导致的虚无,才是写作的极致,才是绝对写作。对于写作,对于文学本身,王朔与刘震云可谓是异曲同工,那是恨铁不成钢,那是由爱而生的恨,由恨而生的爱。终至于有疯狂的写作,有荒唐的写作。王朔多年前说过,一不小心就写出一部《红楼梦》。作品已经没有意义,但满纸荒唐言、一把辛酸泪却如出一辙。这就是无畏之书啊,无畏之书就是"无谓之书",已经无畏了,无所畏惧了,写作已经变成绝对之事,要绝对地写,那么怎么写和写什么还有什么意义?写作还有什么意义?那就是心之所至,随心所欲了。很显然,这番我真是不能在肯定和否定的意义上来阅读和谈论王朔,他的此番行为实在具有划时代的象征意义。王朔写出一本这样的书,这是穷途末路的祈祷还是诅咒?是解放还是自杀?

确实,《我的千岁寒》我也是拿起又放下,放下又拿起。但那篇中篇小说还是让我读进去了。王朔这回打的是佛教禅宗的牌,说王朔信佛大多数的读者都会疑惑;若说王朔迷禅宗之类的玄机,那就不奇怪了。笼统地说,王朔这本书的写法也可谓得佛家的一些手法,或曰:极其精练,要言不烦,点到为止,顾左右而言他,玄机四伏,稍纵即逝,似是而非,被称为小说的东西,或者说小说的故事元素已经很少了,他叙写的是一种心境、感觉和感悟。王朔这回写小说也一改他过去贫嘴滑舌的特点,叙述上极其节制,文字降低到最简略的地步,几乎不成段落,更不成文,只是文字连接在一起,勉强成句。讲究心性,性之所至,写到哪是哪,说到哪是哪,只可意会,不可言传。但小说却不得不写,只是不得不写,只以写来体味,只以写来感悟。文字都变得不重要,得鱼而可忘筌。

《我的千岁寒》虽然在文本上既不统一,也不完整,既不能说得禅宗精髓,也不能说是王朔的写作有什么惊人发明。以至于这本书在文体上都显得很不协调,它像是为张元写的实验话剧或地下电影的文学脚本,又像是他自己别出心裁搞的文体实验。似乎乱七八糟,又仿佛妙趣横生;看上去杂乱无序,又好像处处机关;可以说是无厘头胡闹,也未尝不是禅宗典故的信手妙用。不管怎么说,这都是一次大胆惊人的文学行动,是对文学以往写作史的大胆挑战。王朔显然是在黔驴技穷之后、狗急跳墙之时做出如此举动。但王朔就是王朔,他是一个高人,他绝不糊弄自己,也不糊弄文学。王朔对文学有着深刻的洞察力,他可以把最俗的最功利的那些规则了然于心,又能对文学最精要的精神孜孜以求。王朔向外界表现出来全然是一个不负责无所谓的职业写客的形象,但他骨子里绝不随便写作,绝不为市场写作。如他自己所言,写不下去,不愿重复自己,宁可去弄电视电影挣零花钱。他把最不负责的和最虔诚的写作混淆于一身,他不是一个精神分裂者,毋宁说是一个神奇的矛盾复合体。

《我的千岁寒》就是当代文学走到绝境之作,就是王朔本人走到绝境之作,王朔居然要向禅宗乞灵,一个领悟了当代写作秘诀的人居然向禅宗乞灵,这无论如何是一件蹊跷的事。

这就是一种向死的写了,向禅宗的写,也是向虚无的写,向虚无的写就是向死的写。王朔的写如此不合章法、不合规矩、不合常理、不合市场、不合目的……这就是向死的写,只有向死的写才能不考虑任何章法规矩,不计后果和前嫌。也只有向死的写,才是不死的写。

实际上,近年来的一些作品,除了刘震云的《故乡面和花朵》《一腔废话》,还有阎连科的《受活》、贾平凹的《秦腔》、莫言的《生死疲劳》,等等,都可以在"向死"的意义上来理解。

2006年获得诺贝尔奖的帕慕克的《我的名字叫红》,开篇就是一个谋杀的故事。这也是在描写绝境,也是在绝境中的书写。

小说第一句话就是:

> 如今我已是一个死人,成了一具躺在井底的死尸。尽管我已经死了很久,心脏也早已停止了跳动,但除了那个卑鄙的凶手之外没有人知道我发生了什么事……

这是一次关于死亡与谋杀的写作,要面对死亡才能写作,似乎小说也处于将死状态,或者说死亡的状态,而小说通过那么多手法、那么多视点的变幻,才让小说起死回生。这就是"不死"的小说,现代主义、实验小说、博尔赫斯的智性小说、大众读物的悬疑小说等因素全部调用在一起。这就像是一场抢救小说的运动,要用如此多的手法来诊治小说,这就是向死而不死的写作,这就是向死而生吗?

如果说这部小说是在向死而写的话,那就一定有一个它在写作上要谋杀的父亲,那就是瞎子博尔赫斯,说博氏是帕慕克的父亲,我想哈罗德·布鲁姆是一定愿意做这样的血亲鉴定的。(布鲁姆有"影响的焦虑"一说,他认为每个诗人或文学书写者都有其父亲,终其一生都在与像样较量,才能创造超出前人的艺术经验。)

我们无须在文本的细密分析中去比照二者之间的同异,或者在帕氏的传记中去建立某种谱系,只要看看他反复书写的细密画的那些瞎子大师,就知道帕慕克心中的文学大师是谁了。那些不断变幻的叙述视点,那些对文化史、艺术史知识的运用,那些对谋杀和悬疑的酷爱,这都是博氏的套路,只是帕氏演绎得惟妙惟肖罢了。《红》里面说过,真正的细密画大师就是不要风格,就是要像前辈大师,那才是伟大的细密画家。真是处于绝境啊,博尔赫斯那里就是帕氏的绝境,那里已经无法拓路,没有通道,只有向死而写,明知是死,依然顽强地写,依然不死,向死而写才能不死,才能苟全性命于文本之间。意识到去死,才能不死,这就是写作的虚无的辩证法。

正如在《死亡的礼物》中德里达所说的那样,亚伯拉罕的传说已经封闭,那是绝境,绝境之中的献祭。它的不可能性给予信仰以极端的形式,我们不可能再现(或重复)亚伯拉罕的献祭,但是正是这种再现的不可能性,使我们明白应该从哪里开始行动。这就使"不可再现"获得了不可能的"再现",这就是边界之外的拓展,是另一条边界的开启。这就是文学写作在今天的拓路。

在不可能性的不可能中去思考文学在今天的创新,就变得有肯定性的意义了。意识到枯竭,意识到读者已经死亡,面对着无人喝彩的现场,固执地在枯竭中发掘,那就是在枯井中的创造,那就是德里达所说的绝境中的思考了。也就是去思考不可能性,不是思考可能性,而是思考不可能性,文学"向死而生"的不可能性,那就是向死的写,如何可以"不死"的秘诀,那就是"生"的可能了。

片面的深刻
——阎真长篇小说《因为女人》

张燕玲

这是一个五十年不遇的寒冬,又读着阎真的《因为女人》,犹如掉进冰洞,身心挣扎却寒冷难耐无处逃遁。这是一部关于女人幸福的长篇小说,细致真切直抵世道人心,冷酷犀利直至剥皮削骨,仿真写实直透心凉齿寒。掩卷难释,心痛,性别的疼痛,身为女性,身为有女初长成的母亲;深刻,片面的深刻,精细而强大的叙述魅力,却未能遮蔽其男性的视角和偏颇。阎真在此以柳依依们的女性悲剧告诫女同胞们,在欲望化的当下,"有了男人自由表达欲望的权利,女人就丧失了爱的权利。"愈是自由解放的时代,女性就愈不自由解放,尤其还承受性别和年龄的挤压,知识女性要寻求生活幸福基本无路可走。阎真还果断地否定波伏娃的女性观,斩钉截铁地论断这种性别悲剧,是"因为女人"。

这种性别悲剧的声音在今天显得残酷,而且男权。尤其在以身心为女性寻找出路的波伏娃诞辰百年之际,女性的自我解放是否要回到起点?男性的欲望化必然是女性的悲剧?不可能平等的男女是否还有寻求和谐的可能性?一如女主人公柳依依在小说最后的追问:"还有没有一条路让女人走呢?"

小说开头,阎真将波伏娃和自己对女性的认识列为两段,在引用了波伏娃的观点"女人并不是生就的""决定女性气质的是整个文明"后,他提出自己的看法:"女性的气质和心理首先是一个生理性事实,然后才是一个文明的存在。""性别就是文化。"由此我们明白,阎真为什么让他笔下的女性在男女冲突问题上、在个人幸福上、在社会生活上永陷困境,万劫不复。首先因为她们是女人,而且,是青春不再被年龄所困还被知识所囿的女人。

阎真以精细的叙述功夫讲述了校园女生柳依依,如何从一个纯情女性在十几年间成为怨妇的故事。故事从年轻漂亮女生的平凡人生展开,点点滴滴,真真切切,文字极具画面感,细节丰富准确。他婉转细腻地讲述着女性的悲哀,女性青春与身体的悲哀,知识女性因难以遭遇知识男性的悲哀。小说揭示出悲哀主要首先来自性别和年龄,来自欲望化的实用社会。情感的实用性导致情感世界坍塌与收缩,情感不以自身为目的,必定狰狞阴森。

于是,作为一个女人,柳依依的性别决定了她所必须扮演的社会角色和她不得不接受的生活方式,一旦柳依依像同学苗小慧那样陷入男人、金钱和欲望的残酷围剿,寻求某种自由和自我价值,便不可避免地被现实撞得头破血流。甚至,在情人秦一星精细微妙的不厌其烦的教唆下——反复不断的相亲讨论,一如通俗歌曲《找个好人家嫁了吧》的写实版(精确地再现令人忽略了其重复啰唆之嫌)。柳依依无奈"下嫁"了。然而,婚后尤其有了钱后,素来卑琐局促的丈夫宋旭升,便有了自由表达欲望的权利和机会,加上他对柳依依曾经经历的耿耿于怀,他一改讨好形象开始了报复,照例以男人的背叛和欺骗来宣示自己男性的主权,这个世界并没有变,也不会变。他恢复了丈夫的镇定——世界仍处在男人的控制之下。之后的变故和轮回,交织着柳依依绝望的痛楚与对此打击的全力抵抗,故事充满张力,也颇具悲剧性。她得悉了自己一直被丈夫宋旭升摆布,投下希望种子寻获的还是荒芜和背叛;她终于知道在这个男性主宰的世界,她的实际价值是微乎其微的;她同时知道了女人若不稳实地扮演性别界定赋予她的从属、弱小尤其不可出错的角色,她便是一个不折不扣的僭越者;她知道这个二元对立下的男权社会给性别僭越者将以怎样的痛击,她们无一例外成为怨妇。在中国的传统世俗里,浪子可以回头,浪女却难以回头,是社会拒绝她回头。"女人已经付了几千年,还要无穷无尽付下去",柳依依的妈妈一再告诫"所有的后果都是女人来承担啊",在当下男权社会与欲望化的语境中,公共领域私人化、私人领域公共化,女性无一例外成了最大的受害者,几乎"所有的后果都是女人来承担"。在夏伟凯、秦一星乃至猥琐的宋旭升志满意得之时,柳依依、苗小慧、阿雨们只能在暗处独舔伤痕,承受委屈。从属被动,绝望希望。

更为悲凉更让柳依依揪心的,是女儿琴琴将来的命运。既然女性的悲剧是宿命,琴琴又怎么躲得过去呢?她唯一呼唤的是:"琴琴啊,你千万不要长大!"她为此抑郁沉默,满心凄凉,力量不再。

这是不断反抗女性宿命的柳依依、苗小慧、阿雨们的宿命,曾经的飞扬和骄傲到迷失和平庸的不甘到生命尊严的失却,柳依依只剩哀怨:"反抗又有什么意义?在这个欲望的世界上,一个女人",如果她也欲望化过,"而且已经不再年轻漂亮,她又有什么理由什么权利要求男人爱她,疼她,忠于她"?欲望的时代是一个悲剧性的时代,她们在人道的旗帜下只能默默地承受着不人道的命运。女性十几年的风华和沧桑,男性的欲望和自私,在阎真对人物心理和情感的细腻捕捉与反复濡染下,我们仿佛读到了各自的痛楚,仿佛读到各自欲说还休的心结。日常细节的仿真,微妙情感的捕捉,近乎冷酷残忍的真实性追求,犀利老辣的男性视角,阎真以透彻而强大的写实主义叙事魅力催开了一朵绝美的罂粟花。

罂粟,深度的美丽,却容易迷失。因为作者深刻表现的只是柳依依这一类知识女性的生存困境,而看不到柳依依或更多女性对个人抉择的坦然面对,更看不到她们内心的力量,看不到她们在不同年龄不同生活层面的魅力。知识女性的生存状态绝不仅仅就是身心耽于梦想的柳依依们,也未必真如柳依依那般溺于情感又缺乏对所作所为的坦然,作者对女人的识见是否有些执拗而褊狭?不是还有稳重而幸福的吴安安、伊帆们吗?吴安安因相貌平凡,"没资本折腾,找了个男朋友也没资本折腾",日子却过得最顺心。伊帆研究生毕业留校与被柳依依否决的郭博士也过得不错。同样是知识女性,她们的女性自我认知并没有把男性当作潜在对手,她们身上比柳依依们多了张爱玲所指的"妇人性",她们比柳依依们多了个人价值和伦理道德上的生命尊严。这样的有尊严的平凡者是大多数,而有"资本"的折腾者毕竟是少数。致命的是"资本"在阎真的笔下是貌与钱,即欲望化的标准。作者不自觉中竟一时迷失于自己否定的物欲,罂粟花香般的迷失。

可见,小说的性别悲剧在于那些同样欲望化,想与男性追求同样"自由"又缺乏勘察自身的知识女性。在法国波伏娃发出女人应当"跟父亲一样担负起夫妻间的物质和伦理责任",应当有"自由的成年生活"而不仅仅承担母亲的功能。尽管几十年非议不断,但她做到了她想成为的人——一个自由的女人。"我想要的是生活的一切"。犹如她妹妹对她的描述"一个人一方面可以做菜,另一方面还是一个自由的人"。作者似乎对一个创造了自己命运的女人还缺乏理解,他没有看到波伏娃走在自由之路上的坦然,因为在中国几千年男权的肥沃土壤上难以成长这样的自由之花。为此,他执拗地深潜女性世界怜惜着忧患着知识女性的困境,这在男权社会已显得深刻而真实,也深得文学力量。尽管他是以男性视角精细刻画了一类女性困境,而且这种女性困境是建立在社会欲望化和男性视角基础上,他关注更多的是现实中女性的性别与年龄被否定的意义,因此具有一种片面的深刻;而日常的女性建立在对人的生活的充分尊重、对时代欲望化反抗、自我创造和内心力量的基础上,它所呈现的意义是各具开放性和肯定性的,因而更具生命的尊严和丰富性。

悲剧的本质是两种片面真理的冲突,女性的悲剧是在两性冲突中的社会建构和生理事实,阎真却认为首先是生理事实。尽管阎真向波伏娃的宣战一厢情愿且具片面性,但片面的深刻总要比肤浅的全面有力量。尽管片面,但他的思想值得我们思考:女性的自我认知是否必要两性对立?女性的自由和幸福是否必须以束缚男性为前提?女性的悲剧究竟是男权的霸道还是女人的宿命?女性自由与男性自由的定义是否不同?"还有没有一条路让女人走呢?"《因为女人》在显示巨大叙述魅力的同时,也把这个命题交给了我们。

永不熄灭的人性之光
——新时期文学的人道主义研究
樊 星

一

整个新时期文学都是围绕着人的重新发现这个轴心展开的,它以空前的热忱,呼吁着人性、人情和人道主义,呼唤着人的尊严与价值。然而,事情还有另一面。在人道主义回归文坛的浪潮中,也产生了非人道主义的文学思潮。从1985年高涨的"新潮文学"(包括"新潮小说"和"新潮诗")到紧随其后、风靡文坛多年的"新写实小说",再到"身体写作"在世纪之交的流行一时,都贯穿了一个思想主题:质疑人道主义。这质疑,不再是来自政治方面的高压(如同"十七年文学"到"文革"那一连串的政治运动一样),而是来自作家对人生的无情拷问。因此,这样的质疑就格外值得注意:这股非人道主义的思潮具有怎样的现实意义?

在许多文学史教科书中,对"新潮文学"的高度评价主要是从文学观念和创作方法的更新角度作出的。这当然是有目共睹的事实,但因此就在有意无意间忽略了现代主义("新潮文学"的实质)的另一面——消极、绝望、阴暗、粗鄙的格调,也就很难发现其中的非人道主义思想内核。早在1976年,美国思想家丹尼尔·贝尔就在《资本主义文化矛盾》中指出了现代主义思潮的危机:"自我无限精神的狂妄自大"必然导致"超越道德,超越悲剧,超越文化",必然产生"在劫难逃的焦虑""人人处于末世的感觉",而这样不断超越、永恒焦虑的"现代性"已经到了"山穷水尽的地步"。以这样的眼光来看20世纪80年代的"新潮文学",我们不难看出:深受西方现代主义思潮影响的中国作家在一系列作品中不断表达了对于人的渺小、阴暗、疯狂、无助的悲凉之情——从《你别无选择》对命运怪圈的无奈到《无主题变奏》对世俗价值观念的不屑,从《女女女》对于一个可怜女人的异化的剖析到《苍老的浮云》对无力摆脱噩梦的情绪渲染,从《1934年的逃亡》《难逃劫数》对疯狂欲望的表现到《来劲》对喧哗与骚动活法的刻画,都在真实呈现现实人生阴暗面的同时也揭示了这样的人生主题:人性的丑恶、欲望的粗鄙、命运的无情、生命的无聊,都昭示了人道主义的苍白。因此,"新潮文学"就成为一个转折点:20世纪80年代的文学从呼唤启蒙到悲叹人性恶的根深蒂固、无药可医的巨变。不要说容易受新潮影响的青年作家了(他们写"人性恶"的主题多少给人以"为赋新辞强说愁"的感觉),就是有过丰富人生阅历的中年作家,也在没有放弃启蒙立场的前提下认同了现代主义的世纪末情绪。例如李锐,就在关于《厚土》("吕梁山印象"系列)的创作谈中这么说:"人只配有人的过程","说到人和人性……不存在任何一种最佳方式,也不会有一种最坏方式。"既然如此,则改革的必要、人性的改良、教育的普及,就都没什么意义了。

"新潮文学"是在改革进退维谷的 1985 年前后迅速崛起的。于是,"新潮文学"的悲凉氛围就正好成了改革举步维艰的重要象征。值得注意的是,当小说界的悲凉之雾越来越浓之时,报告文学界却兴起了勇敢暴露现实的忧患、为进一步推动改革而大声疾呼的空前热潮。被称为"社会问题报告文学"的这一股浪潮显示了那一代报告文学作家的社会良知和历史使命感。但换个角度看,那些报告文学中反映的尖锐社会问题也相当清晰地凸现了许多历史的积弊和现实的忧患——这些积弊和忧患正是人道主义长期缺失的证明。从《土地与土皇帝》(麦天枢)、《希望在燃烧》(乔迈)那样暴露官民对立尖锐矛盾的作品,到《神圣忧思录》(苏晓康、张敏)、《国殇》(霍达)那样反映知识分子生存危机的作品,再到《性别悲剧》(贾鲁生)、《古老的罪恶》(谢致红、贾鲁生)那样鞭挞纳妾、买卖妇女陋习的作品,还有《西部在移民》(麦天枢)、《伐木者,醒来!》(徐刚)那样反映生态危机的作品……都将中国政治、社会、环境等方面的重重问题集中暴露了出来。这些问题使得深化改革的呼唤在 20 世纪 80 年代末达到了空前焦灼的程度。

耐人寻味的是,当报告文学作家们在以启蒙主义的激情呼唤改革之时,小说界的悲凉之雾仍然十分浓厚。继"新潮文学"衰落以后异军突起的"新写实小说"仍然在展示着人心的猥琐和阴暗、欲望的粗鄙与强大、命运的无情与多变。在"新写实小说"的代表作家刘恒、刘震云、方方、池莉、苏童、余华那段时间的主要作品中,审丑、溢恶的粗鄙化现象和叙事的冷漠风格相当突出,成为现实生存质量低劣、人道主义缺失的文学象征。

二

启蒙,对于"文革"以后的中国,就意味着以人道主义的思想感情祛除封建主义的痼疾,但问题的症结在于:当人们在思想解放的天地间与西方的现代主义思潮不期而遇时,当人们对于改革的美好憧憬被一系列积重难返的历史问题(从"官本位"传统的痼疾到"关系网"的不正之风、"瞒"和"骗"的无处不在)和现实矛盾(从人口爆炸、生存竞争激烈到环境污染、犯罪率居高不下)渐渐打破时,人们就不得不面对这样无情的事实:人道主义的思想力量,对于解决中国的重重难题,原来相当有限。

在这样的文化背景中,人道主义的命运发生了怎样的变化呢?

一方面,我们看到,古老的人道主义并没有因为"新潮文学"和"新写实小说"的冲击而销声匿迹。就在"新潮文学"和"新写实小说"的极盛时期,文坛上也会一再升起同情弱者、发现美好、伸张正义的感人旋律——有以史铁生的《我与地坛》那样充满博爱情怀的美文和刘醒龙的《凤凰琴》、李佩甫的《学习微笑》那样体现了作家"底层关怀"的小说,以及黄传会的《希望工程纪实》那样感人至深的报告文学做证。尤其是在20世纪90年代初,随着以《白鹿原》为代表的弘扬传统民魂的作品产生"轰动效应",随着以积极反映现实问题为主旨的"现实主义冲击波"(以谈歌、何申、关仁山的作品为代表)的产生影响,随着上海评论家掀起的"人文精神大讨论"迅速扩展到全国思想文化界,我们都会发现:中国文学家根深蒂固的民本情怀、忧患意识和自强不息的精神,并没有被现代主义的寒雾所窒息。人道主义的精神,在与现代主义的虚无情绪的碰撞中,放出了温馨而璀璨的光芒。

另一方面,随着现代化进程的发展,随着西方文化的幽默感的影响渐成气候,随着"后现代"狂欢文化(其中既有西方"后现代"文化的影响,如摇滚乐,也有港台娱乐文化的影响,从流行歌曲到"戏说"历史的电视剧)的高涨,文学界的世俗化浪潮中,也产生了非常奇特的一股潮头,以1988年、1992年两度高涨的"王朔热"和后来兴起的"王小波热"为代表。其中,"王朔热"体现了"新市民"(也有人称之为"痞子")没心没肺、得乐且乐、躲避崇高、游戏人生的特点,显示了在当代都市生活中通过"找乐"去满足欲望的价值观。这种世俗化的价值观一时间为文学界和广大读者所津津乐道,反映出时代的巨变。王小波的名作《黄金时代》《革命时期的爱情》也再现了"文革"中"落后"青年有意追求个人幸福、恣意嘲弄"革命"压抑人性的喜剧人生,揭示了不曾被"革命"窒息的欲望在那个不正常年代对于强权的挑战,与"王朔热"有异曲同工之妙。应该说,王朔笔下的那些"新市民"和王小波笔下的知青、青工在不虚伪、不委屈自己,进而向扭曲人的正常情感的说教挑战方面,是显示了相当独特的个性的。这个性当然不是一些思想家设计的那么高大、放射出理想光芒的人性(如鲁迅当年所憧憬的"刚健不挠,抱诚守真"的境界),但却是普通人中十分常见的、具有道家文化背景的个性。肯定自我的欲望,知道自己的利益,因而不相信那些压抑人性的高谈阔论,应该也是人道主义的题中应有之义。不过,至少在王朔的一部分作品中,主人公的没心没肺、游戏人生常常伤害了别人的真情,又事实上显示了这种个性的隐忧。这样缺乏责任感的人道主义显然与具有"博爱"内涵的人道主义相去甚远。

但也就在"王朔热"兴起的间隙,因为社会贫富不均问题的日益突出,关注社会底层的呼声也日益强劲。体现在文学界,就是批判现实主义思潮的再度高涨。从1990年代阎连科的《瑶沟的日头》《瑶沟人的梦》《中士还乡》,余华的《活着》《许三观卖血记》,鬼子的《被雨淋湿的河》到新世纪初陈应松的《松鸦为什么鸣叫》《马嘶岭血案》,盛可以的《北妹》(《活下去》),林白的《妇女闲聊录》,阎连科的《丁庄梦》,迟子建的《世界上所有的夜晚》,贾平凹的《高兴》……都在不断展现"底层"艰难活法的同时表达了作家悲悯弱者的人道主义情怀。其中的忧患意识、无奈叹息,都感人至深也发人深省:被现代主义和"后现代"思潮冲击得百孔千疮的人道主义,为什么忽然又焕发出了不可思议的生命力?

正如当代学者高尔泰所指出的那样:"从历史上来看,人道主义思潮的每次高涨,都发生在矛盾激化、原有的社会基础开始动摇的时候。例如基督教、佛教和儒家人道主义,都是在奴隶制度走向崩溃的道路上出现的;人道主义者和启蒙思想家的人道主义,先后发生在封建制度逐渐瓦解的过程中;空想社会主义者的人道主义和民主主义者的人道主义,则出现在资本主义矛盾日益尖锐化和表面化的趋势下面";"马克思主义的人道主义,是无产阶级革命时代的人道主义"。以这样的眼光来看当代人道主义思潮的几起几伏,就不难看出:当代人道主义作为当代"新启蒙"运动的重要思想武器,先是在20世纪70年代末到80年代初反思"文革"反人性本质的思潮中唤回了人的主体性,在呼唤改革的时代强音中解放了人们的思想和欲望,接着又在80年代中期现代主义思潮崛起的时候提醒人们千万不要忘记中国重重的现实问题,然后更在90年代商品经济大潮汹涌、"后现代""狂欢"的声浪澎湃背景下守住了古老人文精神的家园,再次显示了文学的良知。虽然从"极左"思想的余烬中不时也会复燃起对人道主义的质疑与批判的黑烟,虽然知识分子内部关于人道主义已经过时的声音也时有所闻,但历史表明,人道主义的思潮经受住了时间的考验。当现代化社会中"以人为本"的意识日渐深入人心之时,人道主义的长久生命力已经不证自明。

三

那么,又该如何看待反人道主义的思潮呢(这里,那种来自僵化意识形态的教条主义说教已不值一提。真正具有挑战意味的,是来自西方现代思想的反人道主义思潮)?对当代中国思想界影响甚巨的法国思想家福柯就指出:"在我们的时代,尼采又一次地预示了一段漫长旅程尽头的转折点。不过,这一次所断言的与其说是上帝的不存在或上帝的死亡,还不如说是人的终结……"([英]凯蒂·索珀:《人道主义与反人道主义》)事实上,在尼采的"超人"理论中,在弗洛伊德关于"自我不是自己家里的主人"的发现中,在萨特有关"他人就是地狱"的议论中,我们都很容易发现反人道主义思想的幽灵在徘徊。而马尔库塞关于"工业社会的突出特征,便是它有效地窒息了那些要求自由……的需要","单面社会的极权主义趋势使传统的抗议方法和手段无效甚至变得危险"的论断(见《单面人》一书),也是现代化进程难以回避的悲哀。这不能不说是现代思想的迷宫:在不断追问人类的思想困惑和生存困境的过程中,一再发现了人的渺小与可悲;在不断建设现代化的事业中,一再发现了体制的强大与人的异化。现代思想因此而显得比传统人文精神痛苦、无奈。如果说,传统的人道主义或诉诸宗教精神的力量,或企图通过革命去改造社会,那么,至少在今天,试图突出现代思想重围的人道主义真的已经显得相当乏力了。

然而,问题难以解决是一回事,有没有人道主义的信仰、能不能坚守人道主义的家园是另一回事。就像德国思想家雅斯贝尔斯说过的那样:"即使世界末日就要来临,我还是需要对未来抱一丝希望。阻止一件讨厌的事发生。"(《当代的精神处境》)弗洛姆也相信:"将人类从自我毁灭中拯救出来的唯一的力量是理性"。一方面,是人道主义仍然有不可思议的感召力;另一方面,又是人道主义已经难以回答各种现代主义和"后现代"思想的尖锐挑战。这,便是人道主义思想在当代遭遇的困境。而那些虽然有足够的力量向人道主义挑战,却依然无法解决层出不穷的社会问题的现代主义和"后现代"思想,也与人道主义一样,只能站在时代洪流的边上叹息,或静观。这样一来,人道主义的不可取代也就是不言而喻的了。

就这样的匆匆一瞥,已经可以看出这三十多年来中国文坛上人道主义与反人道主义两股思潮的彼此冲撞、此消彼长。看来,在这个文化已经多元化、思想的彼此碰撞也此起彼伏的年代,宣告人道主义的过时似乎还为时尚早。

鲁迅自序里的自谦

阎晶明

凡有人出书,大多要作序,有请名家导师的,也有自己亲自写就的,目的就是一个:说明这书写作的缘起、过程、目的、价值,作者的才华、学识、辛苦、不易,等等。但我以为,同样是序言,前辈大家和今人的做法很不相同。五四那一代大师,他们的序言大多同时就是一篇美文,态度、分寸、自评都让人读来觉得妥帖舒服,作者的苦衷、个中的滋味尽显其中,遣词用语也颇多文采,值得欣赏,所以"序跋"本身也成了文人们的一种特殊文体,令人可观。而今人的著作,无论是序还是跋,大多直白坦然,溢美之词多多,多了几分抢眼,少了许多味道,失了些许亲切,更不见书卷之气和谦卑之态。

也许有人会说,今天是市场经济,好处不说够哪能满足出版家的要求,如果再来点挑剔或自谦,这书可能就不得出版或影响销路。所以从自序、他序到封底、腰封,好话一箩筐地展现着,直让人看得无语。但其实,这要求并非自今日始,即在 20 世纪二三十年代,也是如此。一是人人都爱听好话,二是谁都考虑序的后果和影响。鲁迅曾为刘半农的《何典》作序,结果因其中的批评之语引来刘的不快,鲁迅在其后所写《为半农题记〈何典〉后》一文中"反省"道,作者写作出书"既要印卖,自然想多销;既想多销,自然要做广告;既做广告,自然要说好。难道有自己印了书,却发广告说这书很无聊,请列位不必看的吗?"这的确是作序者的难处。但这矛盾在那些人群中仍是一桩雅事。

其实,鲁迅为自己的著作通常都会写序,而这些序言中,我们读到的除了战斗的风格、妙趣的偶现、心迹的袒露外,一个突出而集中的印象是,鲁迅的"自序"显露着谦逊、自省甚至自嘲的语气。自然,鲁迅不是以谦谦君子的形象出现的,他的序言仍然时现锋芒,但从中却让人领略到一种大家的风范。而这种自谦中展现出的自信,实在值得今人学习。

鲁迅是小说家,《呐喊》是他的第一本小说集,已在当时文坛声名鹊起的鲁迅,在《〈呐喊〉自序》里这样描述自己的创作经历:"从此以后,便一发而不可收,每写些小说模样的文章,以敷衍朋友们的嘱托,积久了就有了十余篇。""至于自己,却也并不愿将自以为苦的寂寞,再来传染给也如我那年轻时候似的正做着好梦的青年。这样说来,我的小说和艺术的距离之远,也就可想而知了,然而到今日还能蒙着小说的名,甚而至于且有成集的机会,无论如何总不能不说是一件侥幸的事,但侥幸虽使我不安于心,而悬揣人间暂时还有读者,则究竟也仍然是高兴的。"他好像很不把自己的创作描述得那么神圣。在为其英译本《短篇小说选集》写的序里,鲁迅又道:"偶然得到一个可写文章的机会,我便将所谓上流社会的堕落和下层社会的不幸,陆续用短篇小说的形式发表出来了。原意其实只不过想将这示给读者,提出一些问题而已,并不是为了当时的文学家之所谓艺术。"

鲁迅是杂文家,匕首投枪式的笔法可谓称奇,但我们看看鲁迅自己的说法吧。在《〈热风〉题记》里,鲁迅说:"所以我的应时的浅薄的文字,也应该置之不顾,一任其消灭;但几个朋友却以为现状和那时并没有大两样,也还可以存留,给我编辑起来了。"《〈华盖集续编〉小引》里自评道:"这里面所讲的仍然并没有宇宙的奥义和人生的真谛。不过是,将我所遇到的,所想到的,所要说的,一任它怎样浅薄,怎样偏激,有时便都用笔写了下来。"

不但对"文体"不自夸,即以杂文的思想论,鲁迅也常以自我解剖的态度审视自己,在《写在〈坟〉后面》里,鲁迅说:"偏爱我的作品的读者,有时批评说,我的文字是说真话的。这其实是过誉,那原因就因为他偏爱。我自然不想太欺骗人,但也未尝将心里的话照样说尽,大约只要看得可以交卷就算完。"在《〈两地书〉序言》里,他这样评价自己的文字:"如果定要恭维这一本书的特色,那么,我想,恐怕是因为他的平凡罢。"关于自己的杂文,鲁迅曾用过一个非常生动的比喻:"我只在深夜的街头摆着一个地摊,所有的无非几个小钉,几个瓦碟,但也希望,并且相信有些人会从中寻出合于他的用处的东西。"(《〈且介亭杂文〉序言》)

用不着举那么多的例子,鲁迅的自序文风已可令我们深受感染。但还是想再进一步说明,鲁迅对自己的严格态度并不只是一种笔法,如他在《中国小说史略》的后记里,就自称自己"识力俭隘,观览又不周洽",因此造成著作的缺憾。说自己写作《摩罗诗力说》因为编辑要求文章要长,所以写作时"简直是生凑"。

鲁迅为自己著作写的序言中,有很丰富的内容,有些自谦也是针对"论敌"的指责故意发出的,不能以"自谦"概而论之。但无论如何,我们仍能从那些文字中,读到一个文学大家清醒、从容的姿态,一种颇具学养的风范。其实,鲁迅那一代人大都具有这样的风采,总是对自己的创作、研究保持着清醒的认识,读来真让人钦佩,令人汗颜。我们都说继承五四传统、学习鲁迅精神,似乎也应从作序等这些"小处"学起并很好地继承,不要为取得一点利益而失了应有的风度。自序其实就是这风度的一个小小的"测试剂"。

近三十年长篇小说审美经验反思
雷 达

近三十年来,中国社会实现了由相对封闭、贫穷、落后和缺乏生机的状态到开放、富强、文明且充满活力的历史性巨变。中国社会的这种空前发展,对于当代文学的影响是深远的,不仅仅为当代文学包括长篇小说创作提供了开阔的、具有多种可能性的外在环境,同时也内在地、深刻地影响了当代文学包括长篇小说创作的新格局。

在我看来,近三十年,就思想文化背景而言,大致经历了三个阶段,三种相互联系又有所不同的文化语境:第一个阶段从20世纪70年代末到整个80年代,文学的启蒙话语与政治的拨乱反正以及思想解放运动,在相当时间保持了同步共进的关系,文学以恢复现实主义传统为中心,反对瞒和骗,呼唤真实地、大胆地、深入地看取生活并写出它的血和肉的说真话精神。随着西方现代哲学和文学被大量译介进来,现代主义与现实主义碰撞激荡,出现了多元发展的新局面。第二个阶段在20世纪90年代,市场经济和商品化以前所未有的规模卷来,中国社会的精神生态更趋物质化和实利化,思想启蒙的声音在文学中日渐衰弱和边缘,小说大多走向了解构与逍遥之途,走向了世俗化的自然经验陈述和个人化的叙述。与之相伴,一个大众文化高涨的时期来到了。第三个阶段是在2000年前后至今,一切正在展开中,全球化、高科技化、市场化、城市化、网络化成为它的重要特征。

一

近年来长篇小说中的一些力作数量有限,却能在相对边缘的状态中寻找位置和转机,不断地增生新的生长点,其艺术概括力、思想内涵、叙事能力,都在逐渐摆脱"引进"与"回归"的依赖性,在形成表达中国经验的独有的、本土化的、丰茂的叙述美学的道路上奋力前行。

首先,有必要对这三十年间的长篇小说做一简要的梳理性回顾,勾画其发展的大致轮廓。长篇小说由于其文体的沉重和庞大,由于生产周期长,所以转身困难,变化较为缓慢。1977年前后,《第二次握手》还在民间流传,丁洁琼说的"一个人的一生,应该只有一次爱情,也只能有一次爱情"成了一些青年喜欢的警句。《许茂和他的女儿们》开始在四川的杂志连载。终于,在1980年到1989年间,长篇小说迎来了自己的复苏,出现了一次大的腾跃和发展。

最初的主要作品有:《东方》《将军吟》《芙蓉镇》《冬天里的春天》《许茂和他的女儿们》。随着第一轮改革潮的来临,以《沉重的翅膀》为代表的一批写改革的作品破茧而出,像《花园街五号》《新星》《男人的风格》等。到了80年代中期,《黄河东流去》《钟鼓楼》等视野更开阔之作问世。再后来,力作联翩,《平凡的世界》和《浮躁》是两部对社会文化心理变化极其敏感、对农民的历史命运极其关注的作品。与此同时,《古船》《活动变人形》《玫瑰门》《隐形伴侣》《突围表演》《金牧场》《洗澡》《少年天子》纷纷涌现,长篇小说的阵容更为壮观,它们均含有对历史的深切反思,并开启了对人性复杂性的揭示和对民族文化心理结构的批判性审视的新路径。

总体来看,这一段的长篇,启蒙性是其武器,反思性是其核心。从政治反思进而到文化反思。如《芙蓉镇》对极"左"路线破坏下的乡土生活悲剧的风俗化描绘;《活动变人形》对中国知识分子弱点的无情解剖;《古船》对"左倾"政治文化的严峻对视;《玫瑰门》对专制与男权、政治与性对女性的双重压抑的思考,都达到了相当的深刻性。这期间长篇的另一特点是由人文主义的反思到文本主义的实验。80年代后期先锋长篇兴起,重语言、重结构、重西化的人文观念和哲学理念,并为之演绎,融入现代主义的某些方法、观念、手法,尤其注重探索心理深度。像莫言的《红高粱家族》,就使感性空间和想象空间大为扩充了。

90年代初,文坛一度沉寂。自1993年所谓"陕军东征"开始,《废都》《白鹿原》和《曾国藩》在同一年头问世并且同时热销,市场的刺激,社会的审美需求,很快酿成了一个长篇创作的竞写潮。长篇的商业化、娱乐化、消费化因素也有明显增长,在某种意义上,《废都》开了商业化写作的先河,当然我也不否认作者的孤愤寄寓。长篇小说在题材撷取上较前更宽泛了。80年代,作家的价值立场大都具有整一性,思潮具有同步性,即使借用外来手法,精神的走向却大致如一;而进入90年代,作家们的叙述立场和人文态度变化微妙,观察生活的眼光和审美意识,特别是价值系统和精神追求,出现了明显分化:理想主义的、激进主义的、文化保守主义的、女权主义的,甚至准宗教的,一齐并存。

这个时段重要的类型和代表性的作品大致是,写家族命运和乡土变迁的有《故乡面和花朵》《白鹿原》《第二十幕》《茶人三部曲》《旧址》《缱绻与决绝》《日光流年》《丰乳肥臀》《战争和人》《最后一个匈奴》《羊的门》《尘埃落定》《英雄无语》《在细雨中呼喊》《活着》《施洗的河》《许三观卖血记》《大漠祭》等;表意性的象征化的写作有《黄金时代》《务虚笔记》《九月寓言》《马桥词典》《废都》《怀念狼》《耳光响亮》等;怀旧反思型的有《季节系列》《凉山月》《菩提树》《青春期》《裸雪》等;社会问题型的有《抉择》《人间正道》《中国制造》《大雪无痕》《国画》《兵谣》等;女性主义型的有《一个人的战争》《私人生活》《破开》等。这个书单开得够长，但已是省之又省了。

90年代的长篇比之80年代的确更为五色杂陈，如烟花喷射般的无序。这与市场化进程的加速和全球经济一体化的大趋势有一定关系。在某种意义上，意识形态淡化的大气候、闲暇时间增多和休闲情趣上升，都在助长着长篇小说文学功能的扩大和创作形态的多样。其中，大众文化的登堂入室，对文化和文学的影响尤其显著。然而，必须看到，尽管市场在诱导人们，只有迎合大众的社会理想、道德范式、审美情趣，才可能占有较大份额，才不致被无情淘汰，但具有孤独的艺术探索精神的作家大有人在，审美含量丰沛的佳构往往是在市场的一片喧哗声中卓然而起。

2000年以来的七八年间，比起90年代，长篇小说的创作似乎规范多了，平静多了，没有多少事件性的轩然大波，却依然势头不减，数量惊人。据不完全统计，从2001年到2007年间，不包括港、澳、台地区和网络，大陆正式出版和发表的长篇小说达6000部左右，每年有800到1000部之多，平均日产两部以上，数量与质量存在严重的不平衡。但也有人认为，这样的状态恰好是市场时代的常态，不可用计划经济的老眼光看问题——不是没有一定道理。在我看来，近年来长篇小说中的一些力作，数量当然有限，却能在相对边缘的状态中寻找位置和转机，不断地增生新的生长点，其艺术概括力、思想内涵、叙事能力，都在逐渐摆脱"引进"与"回归"的依赖性，在形成表达中国经验的独有的、本土化的、丰茂的叙述美学的道路上奋力前行。这一时段重要的长篇大致有：《圣天门口》《无字》《桃李》《东藏记》《历史的天空》《秦腔》《亮剑》《水乳大地》《悲悯大地》《沧浪之水》《湖光山色》《受活》《笨花》《梨花似雪》《生死疲劳》《解密》《平原》《城的灯》《青狐》《命运峡谷》《人面桃花》《张居正》《英雄时代》《藏獒》《白豆》《狼图腾》《乌尔禾》《机器》《额尔古纳河右岸》《赤脚医生万泉和》《无土时代》《园青坊老宅》，等等。

二

注重人的发现，是现今长篇与以往某些长篇的根本区别之一。寻找"人"和"人是什么"不仅是80年代，而是整个新时期包括新世纪文学最根本的精神向度。

当我们面对这三十年的长篇小说时，有一个问题是无法回避的，那就是，它既然有如此长足的发展，那么这种发展和变化主要体现在哪些方面呢？比如，在人文精神、审美意识、思想内涵上，有一些什么样的实质性的推进和变化？

第一，依我看，千变化，万变化，最大的变化是人的变化；对文学而言，就是对人的认识、发现的深刻程度，以及探究能力的变化。郁达夫在谈五四文学革命时说，五四发现了人,这个人不再是为君主活着的人,为国家活着的人,为父母活着的人,而是为自己活着的人。这话是很有见地的,一语点到了五四精神的穴位。"十七年"的长篇小说的致命伤在于,人物的心理和行动极其简单,非此即彼,一目了然。他们是被观念提纯的人,也是被观念操控的人,狭窄化甚至有些僵硬化,严重点说,阶级斗争观念紧紧地钳制了人物的视野,也钳制了作家的眼界,使之既无暇旁顾世界的丰富性,又不能内视自身的丰富性。如果有能力发现人和人性的全部丰富和复杂,那就大不一样了,人和绕系在人身上的生存、伦理、道德、义利、正义与邪恶,也即文化,都会被连根带出来,题材——世界就会变得无比宽广和丰饶。所以,注重人的发现是现今长篇与以往某些长篇的根本区别之一。

人们不会忘记戴厚英《人啊,人》所激起的波澜,尽管现在看来它对人的认识仍限于政治层面。在伤痕、反思、寻根小说和先锋小说里,作家们自觉或不自觉地进入生存深处,在寻找着"人"。与之相伴随的,是关于人性、人道主义和异化问题的大讨论。20世纪80年代,是一个人性、人的权利、人的尊严被不断提起和研诘的时代。事实上,寻找"人"和"人是什么"不仅是80年代,而是整个新时期包括新世纪文学最根本的精神向度。在莫言、张贤亮、刘恒、贾平凹、韩少功、残雪、苏童等作家的一些小说里,人们被带进了一个与以往完全不同的文学世界,生命在最本真的生存中被打开,人与历史的关系、人与人的关系、人与性的关系,以一种紧张的甚至魔幻化的形态呈现出来。

当然,这里的"人"不是抽象的人,而是具体的、现实的、打着民族精神文化烙印的人。例如,《平凡的世界》是一部承继革命现实主义精神但又有很大更新的典型文本,路遥确实从他的文学教父柳青身上学到了不少精髓。小说有一个传统的宏大叙事的框架。然而,它的成功却与它在传统农业社会里发现了一个新的个体意识觉醒的生命有极大关系,只要想一想主人公那"外在的贫穷和内心的高傲"就可以理解了。在王小波的《黄金时代》里,作者发现了王二这个人物,写他以性爱作为对抗外部世界的最后据点,通过他辐射到性与政治、社会、革命的关系,揭示了极端荒谬情景中生命的顽强存在。在女性书写中,《一个人的战争》是一个具有颠覆意义的文本,由于它对女性隐秘心理及其性感体验的大胆书写,曾经引起争议。这一类作品涉及对人的身体、无意识、潜意识、性等隐秘领域的发现,是以往文学所未见的情景。再如余华的《在细雨中呼喊》是以"我"之口发出的一声关于少年成长的呐喊,外部人生以及人的孤立无援、冷漠和缺少理解,是由一个孩子的眼睛与心灵透视而出的,这个少年折射了现代人的困境。面对诸如此类的作品我们感受到,正是因为发现了人和人的发现,多少被遮蔽的世相和人生显现了它原本潜隐的形迹。

第二,文学在历史领域有大面积开掘,有纵深化和多样化的出色表现。众多作品重新诉说历史,重新发掘历史中有益于现代人的精神,作家所持视角和方法却又各异,或还原历史,或解构历史,或消费历史,出现了一个阐述历史的狂欢化的盛大景观。自80年代以来,历史叙述一直占据长篇小说中的突出位置。这是现当代文学近百年从未有过的现象。这究竟因为什么?

事实上,强烈的重诉历史的欲望,正是从传统向现代大转型时代现实精神诉求的反映。大致看来,对历史题材的处理是经历了由当年大写阶级斗争、大写农民战争,到今天大写励精图治、大写圣君贤相的过程,其中伴随着历史观的微妙变化,突出革故鼎新的精神。把圣君贤相纳入人民创造历史的行列之中,并承认其作用,显然是一种历史主义的态度。昔日正统的一体化的历史变成了多样化的可做多重解释的历史,从而展现出历史的丰富性、复杂性、偶然性、甚至破碎性,历史领域因之变得空前复杂,审美趣味变得纷纭多姿,当然可争论的问题也很多。

二月河就显然突破了一些规范。他的清帝王系列,没有那种过于拘泥于史实的板滞之态,相反给人一种龙骧虎步、自由不羁的放纵之感。这就涉及他对真实与想象、正史与野史、雅文学与俗文学、认识功能与娱乐功能等一系列关系的处置了。唐浩明走着与二月河相反的道路,在史与文的关系上,侧重史,以史实的厚积、史识的深湛见长,特别敏感于捕捉凝结着复杂历史关系的蜘蛛式的典型人物。这种人物不是帝王,但在精神和文化的涵盖量上又超过了帝王,他用这样的人作为打开历史厚重大门的钥匙,曾国藩、杨度、张之洞便是。《白门柳》以当代文人的手眼来抒写士大夫怀抱,写出明末之际"天崩地裂"时代一批知识精英的嶙嶙傲骨,也写出大难临头时的巾帼不让须眉,全书浸透浓厚的文化气息,扬厉了中国传统的人文风采。我们曾看过不少作品,历史规律线索过于分明,主要人物作为社会力量的某种代表,符号似的;故事发展也一如"规律"所规定的方向,不敢越雷池一步,人物变成了某种消极的、被动的演绎工具,顶多外敷一层个性油彩。而现在早已突破了,像《圣天门口》,其结构有大历史与小历史的套环;小的,是写圣天门口和大别山的革命史;大的,是写创世史、地域史;作者力求走一条正史与野史兼容并优化重组的中间路子;生存、生命、欲望、求生,成了诸多人物动机的关键词。再像《花腔》,围绕一个革命者的下落,通过几个人的视角,几个人的口吻,几种不同的解读,使之扑朔迷离,真伪交错,以独特的方式完成了历史叙事的一次创新。

第三个突出方面是,乡土叙述的拓展、更新和深化。这是一个老话题,但又是个绕不过去的重要话题。乡土叙事是现当代文学中积累最厚、力作最多、历史最为悠长的一片领域。鲁迅先生开创了两大类型:农民和知识分子。农民与乡村向来是现当代文学的主要表现对象,农耕文化传统是稳固而深厚的审美资源。现在的书籍市场和大众文化领地,"文学都市"无疑已占了优势,覆盖面大,出现了文学想象中心从"乡村"向"都市"的转移,"80后"的写作已基本与乡土无缘。但是,在纯文学领域,乡土叙事凭借惯性仍占有很大比重。许多作家仍坚实地立足乡土,守望乡土,讲述中国乡土的忧患、痛苦、裂变、苏醒、转型,讲述现代性的乡愁和新人格的艰难成长,因为在他们看来,即使描绘现代化的中国也无法离开乡土这个根本通道,不了解乡土就不了解中国。乡土叙述向来有三大模式,即启蒙模式、阶级模式和田园模式,各有一大批代表作。那么现今有些什么根本性的变化吗?

我以为,现在的相当一批作品超越了启蒙意义上的、政治的和经济的乡村,而进入了文化的、精神的、想象的、集体无意识的乡村,很多作品不仅关心农民的物质生存,更加关心他们的灵魂状态、文化人格;文化作为一种更加自觉的力量和价值覆盖着这一领域。由于中国社会向来以家族为本位,家族小说成了传统结构模式之一,也许作家们觉得,唯有家国一体的"家族"才是最可凭依的,故而乡土与家族结成了不解之缘。不妨以《白鹿原》观之,作品以宗法文化的悲剧和农民式的抗争为主线,以半个世纪重大的阶级斗争和民族矛盾为背景,正面观照中华文化精神及其人格,探究民族的历史命运和文化命运。它的创新和超越主要表现在:一、扬弃了原先较狭窄的阶级斗争视角,尽量站到时代的、民族的、文化的高度来审视历史,诉诸浓郁的文化色调,还原了被纯净化、绝对化的"阶级斗争"所遮蔽了的历史生活本相。二、除了交织着复杂的政治、经济、党派、家族冲突之外,作为贯穿主线的,乃是文化冲突激起的人性冲突——礼教与人性、天理与人欲、灵与肉的冲突。这是此书动人的最大秘密。三、开放的现实主义姿态,比较成功地融化了诸多现代主义的观念手法来表现本土化的生存,在风格上,又富于秦汉文化气魄。事实上,看清了《白鹿原》文化秘史式的写法,也就基本看清了90年代以来家族小说审美特色的所在,那就是文化化。《第二十幕》钩沉民族精神中被漠视的工商文化传统,《茶人三部曲》把茶文化凝结为"茶人",并以茶人的命运映带民族的命运,《缱绻与决绝》中的土地意识系结着中国农民的多少辛酸与挣扎……如许多作品虽然各自都是独特的,都离不开人物和血肉,但文化精神无不一以贯之。

还有一点也很重要,那就是对乡土生存中的集体无意识的探究与揭示,这也是以往不曾有的。《羊的门》《日光流年》《檀香刑》等都涉及深层的"权力恐惧"心态。在《羊的门》里,作者从土壤学、植物学入手,把人也视为同一土壤上生长的物种之一,揭开的是民族生存中更惨烈的本相和民族灵魂的深层状态。还应看到,不同历史时期里人们对土地的情感各不相同,也就决定了传统与现代的冲突这一母题具有常写常新的基质。《秦腔》一个最突出的感觉是无名状态,也就是再也不能用几种非常简单而明确的东西来概括今天的乡土了。"鸡零狗碎的泼烦日子"在黏稠地缓缓流动着,作者打捞着即将消失的民间社情和语言感觉,弥漫着无处不在的沧桑感。贯穿全书的意象有两个:"土地"与"秦腔",它们由盛而衰,表现了传统的乡土中国的日渐消解,结构上以实写虚,原生态写法造成了一定的阅读障碍。

第四个突出方面是,这个时期长篇小说的成就如果说有一种可触摸的踏实感,那是因为它们创造了一批"典型"。典型被认为是一个过时的研究对象,以致现在的小说家在塑造人物和镂刻性格的能力上已明显下降了,但真正的典型是不应该被忘记的。有了一批可看作典型的新人物与过去的相比,就有了新颖而深刻的美学意蕴。他们是谁?哪些人物可称为典型?当然也是见仁见智。比如《白鹿原》里的白嘉轩,身上凝聚着传统文化的负荷,他在村社的民间性活动相当完整地保留了宗法文化的要义。他顽健的存在本身,无可置疑地证明,封建社会得以维系两千多年的秘密就在于有他这样的栋梁支撑着,而不绝如缕。再看《曾国藩》中的曾国藩,作为中国封建时代最后的大儒之一,其个性丰富多彩,他于乱世之中,将孔孟之道的积极入世和黄老之术的迂回治世相融合,体现了中国传统文化的某些精髓。小说弥漫着一种英雄末路的悲剧气氛,充分展示了曾国藩在历史洪流中的挣扎与苦撑。这也应该算是个典型。又如《活动变人形》里的倪吾诚,他上演了另一出文化性格的悲剧,他向往西方文化,却无时不在传统文化的包围之中,缚人而又自缚;他被几个乖戾的女性折腾欲死,受虐而又虐人,忍受着无可解脱的痛苦。这也是一个典型。其他还有一些,如余占鳌(《红高粱家族》)、王琦瑶(《长恨歌》)、司绮纹(《玫瑰门》)、福贵(《活着》)、呼天成(《羊的门》)、庄之蝶(《废都》)、张居正(《张居正》)等,也可大致视为典型,或接近于典型。

突出的方面当然不限于此。90年代女性主义的写作潮就很触目,它对启蒙意义上的女性意识解构,突出女性在社会体验、文化构成、身体经验、心理特征上的独立性,反抗男权话语,传达女性成长和立世的另一种呼声。又如,被民族的、国家的、革命的大叙事所覆盖的个人记忆和个体存在的价值,在描写知识分子的作品中另辟新径,也产生了值得重视的文本。这里不一一论列了。

三

作家的根本使命应该是对人类存在境遇的深刻洞察,一个通俗小说家只注意故事的趣味,而一个有深度的作家却能把故事从趣味推向存在。当代性不应该只是个时间概念,主要还是作家对当下现实的体验达到的浓度是否能概括这一时代。很多作家都在情感和故事上浪费了太多。

文体并不是通常意义上形式的同义语。在我看来,文体是作家认识世界、把握世界和表现世界的方式,其重要性不言而喻。具体地说,它是一种艺术地把握世界和言说世界的方式,在优秀作家那里,它总是打着个人的鲜明印记。就长篇小说而言,它与小说的结构方式、叙事组织、语言能力诸因素密切联系。"十七年文学"最主要的成就是以长篇小说来体现的,它那充满理想和激情的宏大叙事和二元对立的结构模式,使它在留下大量"红色经典"厚重文本的同时,在文体上也因其单调和类型化而受到诟病。应该说,新时期以来的长篇不但在哲学内涵和精神价值上有了重大突破,在文体上也有重大的突进。

譬如,在写实性与表现性的关系上发生了很大转变,出现了一些表意性、象征性、寓言型的富于探索精神的作品,提升了长篇小说的艺术品位。很久以来,我们的文学总是缺乏超越性和恣肆的想象力,热衷于摹写和再现,虽有平实的亲近,却难有升华的广涵。说到底,作家的根本使命应该是对人类存在境遇的深刻洞察,一个通俗小说家只注意故事的趣味,而一个有深度的作家却能把故事从趣味推向存在。当代性不应该只是个时间概念,主要还是作家对当下现实的体验达到的浓度是否能概括这一时代。很多作家都在情感和故事上浪费了太多。80年代出现了一批先锋小说,有过一次大规模的冲击,功不可没。然而,不久就因走向形式主义的怪圈,失却了现实生命的血色,那主要还是在中短篇小说领域。90年代以来压倒性的风尚是写实主义。但是,有一些作家不满于写实的局囿,努力拓展小说的功能,追求哲思、诗化、独异、人文情思与形而上意味,强化艺术感觉和语言个性,注重叙述策略,既重视写实,又摆脱写实,注重渗入独特的个人化经验,扩大了时空的涵盖面,使作品面貌一新。

比如,《尘埃落定》借麦其土司家"傻瓜"儿子的独特视角,兼用写实与象征表意手法,轻灵而诗化地写出了藏族的一支——康巴人在土司制度下延续了多代的沉重生活。作者对各类人物命运的关注中,呈现了土司制度走向衰亡的必然性,肯定了人的尊严的宝贵。小说有浓厚的藏文化意蕴,轻淡的魔幻色彩,艺术表现开合有度,语言颇多通感成分。

史铁生的《务虚笔记》的叙述者在一座古园一棵死去的柏树下偶遇两个不谙世事的小孩,思绪如泉,引起了对往事、生命、真实、死亡等人生永恒主题的终极思考。小说艺术上的一个显著特点是结构的自由开放,作者自由地出入于小说与现实、叙事与思想之间,从而形成了一种全息性结构,不可拆解开来分析。另一个特点是悬置现实主义的写实成规,至少包含故事的叙述、对人的命运的哲性思考、对小说艺术的文论性思考等三个层次,彼此交织在一起,不实写故事而虚写情境,离开了日常谈话而大量设置形而上性质的对话。它在文体上是十分独特的,有如空谷足音。《日光流年》创造出一种内在时间,开创了长篇小说中罕见的"倒放"式结构,作者重新编排生活,建立自己的本体寓言框架。生活的正常时序被"颠倒"着进入小说的叙述,时光倒流使故事完全寓言化了。莫言的《生死疲劳》写了五十年的乡村史,他以人变驴、变狗、变猪的六道轮回式的幻化处理,曲折表达了作者对中国农民与土地关系复杂性的深刻理解。这些作品都有足堪称道处。

与文体变化无法拆开的是语言。这是一个较少谈论却是非常根本的问题。汉语的叙事能量有没有提高,在驾驭长篇小说这样大型文体时是否有足够的表现力?回答应是肯定的。这些年来,随着社会生活的急遽变化,随着创作经验的累积和对外来文学的借鉴,以及对民间新语汇的学习,长篇小说从现代性的角度,探索着世界化—民族化的道路。

我们看到,近三十年,汉语的叙事潜能得到了进一步挖掘和释放。一些风格独具的作家,一出手就有自己独特的语感与语调,把自己和别人区别开来。如果留心就会发现,语言的时代性变化是最大的,不管是先锋小说还是非先锋小说,都在变,而传统型的叙述姿态、叙述语调和叙述语汇,不少已濒临消亡,有些语调今天看来甚至是可笑的。在这背后是其语境的消亡。比如,人们厌烦那种教训性、独断性、夸饰性、指路性的语气和语调,与教化性话语保持距离。翻一翻"十七年文学"或更早的长篇,会有一种话语上的隔世之感。莫言的纷繁错杂的语词搭配能力,人们已经熟知。在《马桥词典》里,作者放弃了传统小说的表现方式,借词典的方式为马桥立传,使马桥的人、马桥的物、马桥的历史、马桥的生活方式、马桥的文化思想得以以标本状态存留,汉语这种表意文字与人类生活的互证关系得以阐释。人以鲜活的形象印证词汇的特定意蕴,词汇反过来以自己的含义强化了人物的形象。作者不时渗入对自己知青生活感受的反刍,其思绪因词典的形式和故事的穿插而得以成形固化。贾平凹是一位语言感觉特别敏锐的作家,他在谈及他在小说中越来越自觉地化用家乡"土语"时说,语言是讲究质感和鲜活的,向古人学习,向民间学习,其中有一个最便捷的办法是收集整理上古语散落在民间而变成"土语"的语言,这其中可以使许多死的东西活起来。这可能是他的独特心得。

长篇被称为"长河"小说,所有的观念都在强调它的大,于是,称它为百科全书,为史诗,为交响乐,视它为一个民族心灵史的丰碑和文学的里程碑。这种宏大观念成为长篇的经典性表述,现在仍然是大多数人的共识。我认为,问题的关键不在于长与短,大跨度也并不就是"分量",而在于怎样让历时性的外在变迁以共时性的心灵史诗的密度呈现出来。现在,长篇小说与电视剧的双轨制操作和互相借力已很普遍,也是新问题。

还有一个疑问也许是存在于每个人心头的:为什么自20世纪90年代中期以来,长篇小说一直热度不减?它被人称为"第一文体",中国文学仿佛突然进入了"长篇时代",除了大量单行本行世,还有专发长篇小说的大型期刊,有些刊物办起了长篇小说增刊或选刊,还真能缓解一下经济困境;在文学类读物中,长篇小说忽然成了最有市场号召力的产品。出版者一面慨叹发行困难,一面仍保持着年产千部以上的数量。人们极不满意长篇,甚至以垃圾视之,但某些长篇小说又始终是读者、公众或网民们各抒己见、聚讼纷纭的对象。这究竟是一种人为的虚张声势,还是别有深刻的原因?在我看来,最根本的原因在于需要——时代的精神需要,书写中国经验的需要。中国现当代一百年,历史的曲折、民族的磨难、个人的记忆,真是厚积如山,刻骨铭心,而今天变革生活的落差之大,又让人一言难尽,好像许多东西到了不能不用长篇这种文体书写的时候了。多少年来,我们一直动荡,某些隐秘的经验一直不允许动用,而中短篇小说又无法承载大容量地表现复杂的中国经验。所以今天长篇多了,写长篇的人多了。这可能是诸多原因中最重要的一个吧。不过,今天倾诉百年中国经验的迫切性与今天浮躁时代的干扰又构成了矛盾,不利于杰出作品的产生。

三十年来,随着中国的崛起,中国文学与文学中国正在实现双重超越。新时期以来的长篇小说无疑取得了长足的发展,我们需要总结,既给予求实的肯定,同时需要清醒的反思。把今天的长篇创作放到时间的长河里,放到广大读者坦诚的反馈中,放到世界文学的大背景下将会发现,它还是存在许多缺失和不足。普通读者反映说,他们觉得在不少被媒体叫好的长篇里,很难读到栩栩如生的人物、隽永有味的细节、感同身受的氛围、扑面而来的鲜活气息。这种朴素反映很能说明问题。有人指出,长篇小说的"半部杰作现象"依然没有多少改变。作家普遍缺乏整体性的把握能力和形而上的超越能力,至于空洞化、表面化、复制化的弊病,相当流行。总之,我们还没有多少公认的、堪与世界文学对话的、能体现本民族最高叙事水平的大作品。长篇小说的未来会很远大,要走的路也还会很长。

2009 年

《一句顶一万句》与"刘震云现象"

郭宝亮

一

近一段时间以来,刘震云的长篇小说《一句顶一万句》已成为各大媒体热议的焦点,新浪网还专门为其开设了官方网站。文坛各路英豪纷纷撰文,齐声喝彩,认为该书是"刘震云迄今最成熟最大气的作品",深刻表现了"中国人的千年孤独"云云。与此同时,另一类声音也尖锐刺耳,朱白直言不讳地认为:"明明是肥皂剧的本质,却要打着好莱坞史诗的旗号来卖,不厚道。再加上语录式的语言,教唆犯般地对人生指手画脚,仅凭这些就容易让人想起台湾作家刘墉。刘震云代表的那一代小说家,现在看来基本上已经全军覆没,不再拥有年轻时的嚣张形式和真切内容,留下来的野心倒显得越来越明晃晃和不靠谱。不停尝试,不断经历,以求年富力强显示出一副在路上劲头的中年作家,在我们的华语世界里,有吗?"(《东方早报》电子版)甚至还有人把韩寒与刘震云等知名中年作家在网上销售中出现的巨大反差进行对比,反讽性地证明刘震云等人被韩寒打败了,刘震云等知名的中年作家"过时了"。

当然,一部作品面世之后,众说纷纭,观点各异,实属正常现象,但观点有如此大的反差,甚至到了南辕北辙的地步则令人惊诧。想起去年余华的《兄弟》出版,引发的也是这样的观点反差,其中蕴含的深度文化矛盾难道不值得我们认真梳理和思考吗?实际上,对于刘震云而言,争议并非始自《一句顶一万句》。几年前小说《手机》与同名电影引发的争议我们仍然记忆犹新;再往前的《一腔废话》,还有他的 200 万字、耗时八年著就的四卷本长篇《故乡面和花朵》,评论界反应普遍谨慎,读者更是褒贬不一。《故乡天下黄花》《故乡相处流传》……几乎每一部作品都处在争议的涡流中,可以毫不夸张地说,刘震云是新时期以来颇有争议的作家之一,这种争议已经超溢出作家作品本身的含义,而是涵载了我们这个奇特时代的各种理论和实践问题,我把它叫作"刘震云现象",透过这一现象,我们是否可以从中获得一些深思呢?

二

刘震云自20世纪80年代中后期出道以来,始终处在一种对艺术永不停歇的执着的探索之中。迄今为止,刘震云的小说创作已经经历了四次转向:

第一次为80年代后期的"新写实"转向,这次转向的代表作品是《单位》《一地鸡毛》《官场》《官人》等一批"办公室"题材作品。这些作品彻底刷新了《塔铺》及此前小说的"温情叙事"的痕迹,把都市"小人物"的琐碎的生存现实以及沉沦无奈的存在状态深刻而又生动地呈现在我们面前。正是这些作品为刘震云赢得了巨大的声誉,无论是精英还是大众,大家都普遍认可了他,把他看作是"新写实"小说的扛旗手。

然而,刘震云却没有在掌声与鲜花中陶醉,他一个猛子扎入"故乡",写起了"故乡系列"小说,连续出版了《故乡天下黄花》《故乡相处流传》《故乡面和花朵》等几部长篇小说,以及《头人》《温故一九四二》等中篇小说,从而开始了他的第二次转向:"新历史"转向。这次转向正处在90年代市场经济的转型时期,都市小说似乎已成为文坛新宠,但刘震云仿佛没有顾及这些,他义无反顾地进入故乡,揳进历史,开始了自己对历史的深刻反思,从而奠定了刘震云作为当代文坛少有的思想型作家的地位。不过,刘震云的探索也付出了代价,这些具有深奥思想的小说加上张扬繁复的寓言化、狂欢化的文体形态,不仅失去了许多大众读者,甚至也拉开了他与许多资深评论家的距离,正如雷达所说的:"我熟悉的刘震云,是《塔铺》《新兵连》《单位》《一地鸡毛》时的刘震云,作为'新写实'的扛旗手的刘震云。那时他的每部作品我都写过文章。到了《故乡面和花朵》《故乡相处流传》的刘震云,我觉得我们相距远了,我找不到自己的言说话语。而《手机》《我叫刘跃进》与影视又贴得太近。我看,到《一句顶一万句》才真正回归了,丰富了,发展了。"(《〈一句顶一万句〉到底要表达什么》,《天津日报》2009年6月10日)

20世纪之初,刘震云又出版了长篇小说《一腔废话》,开始了他的第三次转向:新媒体批判转向。这次转向是刘震云由历史反思向现实批判的又一次迁徙,正像刘震云所说的:"我觉得《一地鸡毛》并不是'新写实主义',而是'新理想主义',《一腔废话》才是真正的写实。"(李瑛:《刘震云:年过四十玩〈手机〉》),这里的"真正的写实"说明刘震云对新媒体时代现实文化堕落的敏锐批判精神的增强,但由于小说仍沿袭了《故乡面和花朵》时期的文体探索风格,从而使《一腔废话》依然走在一条荆棘丛生的历险之途上。这是思想与叙事的双重历险。一方面,思想的历险,使他的小说由于承担过分深邃的哲理与思辨性而陷入曲高和寡的境地;另一方面,叙事的历险,又使他的文体创新因不合"常规"而同大众的阅读习惯形成悖论。因此,《一腔废话》出版伊始,就不可避免地被推到争议的风口浪尖,有人激愤地认为《一腔废话》就是"一腔废话","从此不再读刘震云"云云。评论家李建军认为:"刘震云《一腔废话》的写作,仍然是一次失败的努力。透过'废话'的空隙,我们看不到'想象的美妙',看不到独特的'经验',看不到有深度的主题。在沉闷的阅读之旅结束后,我们得到的,除了疲劳,便是失望:这是一次没有收获的阅读。"(《一次没有收获的阅读》,《文汇报》2003年3月16日)

2003年底出版的小说《手机》,仍然是《一腔废话》新媒体批判主题的继续,但由于同冯小刚导演的电影《手机》摽在了一起,它显得通俗了许多。与《故乡面和花朵》《一腔废话》相比,《手机》的确好读多了,有趣得多了。这也许是刘震云的一次有意识的调整。调整意味着刘震云在寻求读者的支持,他有条件地放弃了先前作品的寓言化的形式探求,而追求一种更本色化的叙述,这很有可能是由于电影改编的需要。但同时,刘震云的一贯的对深度的追求、对形而上的思考却丝毫没有减少。可以说,《手机》是刘震云把有趣的形式与有深度的内容有机结合起来的一次新的实验。然而,遗憾的是,大众所接受的只是男欢女爱的浅表层面,而深层次的有关"新媒体时代"对"说话"进行深度哲思的主题却被遮蔽了。另一方面,由于它与影视的亲密关系,也使天生清高的圈内人士忽视了它的思想深度,而把它等同于影视的"跟班"(李建军语)。也许是电影这种传播方式的巨大影响,《手机》的销路也一路攀升,但刘震云对电影《手机》的不满足也是明显的,他在与笔者的一次电话交谈中,几次强调了电影《手机》与小说《手机》的不同。2007年刘震云终于在电影《我叫刘跃进》中既做了编剧又做了制片人,媒体称之为"作者电影",但由于电影与小说的极大吻合,这部小说没有产生预期的影响,也许电影只是一个副产品。刘震云潜心三年之后,带给我们的是沉甸甸的《一句顶一万句》。

《一句顶一万句》几乎可以看作是刘震云的第四次转向。这次转向我姑且称之为:"日常叙事"的转向。它标志着刘震云基本完成了对此前叙事的由繁到简、由张扬到内敛、由奢侈到朴实的转变。实际上,刘震云一直在寻找着对思想的最完美的表达方式,早在《故乡面和花朵》这部四卷本的洋洋大作中,刘震云在最后一章即"第十章插页,四部总附录"中就以"日常生活的魅力"为题,模仿了《水浒传》《三国演义》,还有白居易的《琵琶行》,这说明,即便在如此飞扬繁复的叙事时期,刘震云对"水浒""三国"这种具有鲜明民族风格的叙事作品也情有独钟。终于在《一句顶一万句》中,刘震云找到了属于自己也属于本土的叙事方式。

在该作中,我们的确可以感受到《水浒传》等传统叙事的影子,甚至也有赵树理的口吻:"沁源县有个牛家庄。牛家庄有个卖盐的叫老丁,有个种地的叫老韩。"如此返璞归真的叙述语言,洗尽铅华,饱经沧桑,筋道耐嚼,它是知天命的刘震云长期摸索的结晶。这部小说我曾仔细地读过两遍,读完之后,心中百感交集,可又不知从何说起。它就像这土地本身,你抓一把它是土,扔下去还是土,泥土般的叙述,泥土般的人物,没有时代风云际会,也没有百年历史传奇,波澜不惊、从容淡定、老老实实、细细道来,把最底层、最本色、最民间的五行八作、三教九流的百姓的日常生活叙写得有声有色、魅力无穷。如果说,《水浒传》主要叙写的是江湖的英雄传奇,赵树理叙写的是解放区农民的翻身道情,那么,刘震云则主要叙写的是底层百姓日常生活的琐碎庸常状态。把这种日常琐碎庸常的状态如实地、细致地叙写出来,语言的功力是可想而知的。我觉得,《一句顶一万句》的叙事语言是刘震云继赵树理、孙犁、汪曾祺之后,对现代汉语文学的又一贡献。

与这种本色、素朴、凝练的叙事相对应的是作品所表现出来的深刻繁复的思想。小说继续了刘震云一贯的对"说话"的哲思。"说话"实际上是十分困难的,这其中具有两层含义。一是人和人沟通的困难,知心话难说,知心朋友难找,这是人的孤独的处境。然而刘震云所写的孤独并不是知识分子的孤独,而是百姓日常生活的孤独。正如雷达所说的:"这种作为中国经验的中国农民式的孤独感,几乎还没有在文学中得到过认真的表现。"(《〈一句顶一万句〉到底要表达什么》)写孤独、写人的隔膜,是刘震云一贯的主题,所谓的"面和心不和",人与人的不可沟通,早在"新写实"阶段就开始写了。到了《手机》,刘震云进一步强化了这一主题。《一句顶一万句》把这种孤独、隔膜推广到底层百姓的日常生活,写百姓日常生活的孤独,是人类共同面对的本源性孤独。这种孤独与生俱来,是人的生存的一部分,是不可克服、不可更易的。传教士老詹四十年传教,只在延津发展了八个信徒,第九个"信徒"杨百顺,其实也不是真信主,"话同意不同",杨百顺稀里糊涂地变成杨摩西,进而又成为吴摩西,但他并没有如老詹希望的,像摩西带领以色列人出埃及那样,把深渊中的延津人带出苦海,而是在孤独的苦海中自我挣扎,这种挣扎没有任何自觉的理性意识,完全出自一种生存的本能。对女儿巧玲的寻找,使他走出延津。"你从哪里来,你到哪里去",这句充满玄机的话语,在吴摩西那里,具有了实实在在的生存论意义。多年以后,巧玲(曹青娥)的儿子牛爱国遇到的仍是同样的问题:同样的孤独、同样的生存困境、同样的人生遭遇。为克服这孤独,他东奔西走,最终踏上回延津的道路,一出一回,恰恰是一种"轮回"。刘震云在此要揭示的,正是对人类生存的根本处境的洞透与了悟。孤独只是这根本处境的伴生物而已。

"说话"困难的另一层含义则是"言说的困境",当我们试图言说世界的时候,这个世界其实是很难说清楚的。一句话顶着一万句话,为了讲清这一句话,你必须用另一句话解释这一句话,而这一句话又需要解释,以此类推,以至于无穷,最终,人的言说只能是一腔废话。刘震云在这部小说的叙述中,枝杈蔓生,一件事能扯出十件事,一个人物后面又套着几个人物的这种文体形态,正是言说困境的体现。世界的繁复和不可穷尽,不是语言能够说清楚的。然而,人类又有着强烈的言说世界的欲望,我们固执地相信肯定有一句可以揭示世界真相的"话"的存在,于是,寻找几乎是人的与生俱来的本能。"出延津记"的杨百顺—杨摩西—吴摩西要寻找的是这一句话,"回延津记"的牛爱国要寻找的也是这一句话,但最终,还得找——在路上,这是人类命定的渊薮。杨百顺—杨摩西—吴摩西—罗长礼的名字的变迁,是否象征性地预示了人类寻找的无望,最终只能给自己"喊丧"来结束这孤独的命运呢?至此,刘震云以最朴实的叙述言说了最形而上的命题,小说真正做到了"状难写之景如在目前,含不尽之义现于言外"的审美境界,因此,我完全赞成把《一句顶一万句》看作是迄今为止"刘震云最成熟最大气"的作品的评判。

三

我觉得,刘震云是我们这个大众传媒时代纯文学的坚守者和探索者。他既不逃避也不媚俗,而是一如既往地坚持着自己的审美主动性,他充分利用传媒与网络资源把纯文学的地盘推向广大。大众传媒时代,迅速崛起的大众文化以超强的话语姿态把纯文学挤压到边缘境地,许多纯文学作家纷纷向大众文化暗送秋波,甚或公开投降,争先恐后地加入大众文化的大合唱中。大众文化一方面贪新骛奇,猎奇化、娱乐化是它的基本特征;另一方面却浅俗保守,模式化、标准化是其内在本质。猎奇化、娱乐化是说它往往追求新鲜刺激,更新的周期愈来愈短,对刺激的强度要求愈来愈高,于是艺术成为一种时尚的更迭。然而,大众文化的猎奇化、娱乐化只是一种对外在的感官刺激的追求,它对真正的艺术创造不感兴趣,可以说,它在本质上是反对创新的,因而,骨子里充满了保守性。不管它如何变化多端,骨子里就那么几套模式,因为大众文化生产和消费的是偶像。阿多诺在谈到流行音乐时,就指出了它的标准化与伪个性化特征。大众文化是由各种标准化的配方勾兑而成的,它面对的是观众(读者)的口味,只要观众(读者)喜欢,它什么都可以给你。于是我们看到的是充斥荧屏的各种肥皂剧,《可爱的你》(韩剧)、《银实》(韩剧)、《我的丑娘》《我是一棵小草》《笑着活下去》《金婚》《拿什么拯救你我的爱人》等,还有如今在各个电视台热播的《潜伏》等。这些肥皂剧要么是好人受难,要么是家长里短,要么是侦探加凶杀加情爱。大众文化规约和驯化了观众的审美趣味,大部分观众(读者)已经分辨不出什么是好、什么是不好了。难怪朱白把《一句顶一万句》也看成肥皂剧了。大众文化的伪个性化,指向的只是外在的新奇刺激,而基本不涉猎真正具有个性的创造,真正具有个性的创造指向的是生命体验的力度和思想的深度。一个不需要思想的时代,思想反倒成为奢侈品,它变得多余和不合时宜,因为思想指向的是沉重,它将妨碍大众文化的娱乐化品性。

纯文学的尴尬还表现在大众传媒时代精英批评公信力的弱化甚至丧失。昔日作为引导大众阅读的审美权威的精英批评家,在大众传媒时代却变得面目可疑、行为暧昧。当然,我不是说所有的批评家都是在应景,我不怀疑他们的真诚和对文学的执着,然而,他们的批评已经被纳入媒体批评的麾下,他们不知不觉地成了资本运作的帮手。统一的审美权威已经不存在,这是否是说我们已经进入了文化多元的时代?我的回答是否定的。多元化历来都是一种美丽的想象。大众传媒时代的文化是一种隐蔽的极权主义的控制——资本控制。资本不是以强权的方式,而是以满面笑容、貌似宽松的方式控制着我们。我在《大众传媒时代的无根写作》一文中,曾说道:"资本借技术之手,为我们代理了一切,我们完全可以轻松地不加思想地沉入其中,浑浑噩噩地娱乐至死。"(《文艺研究》2007年第7期)

由此看来,刘震云在这个时代所孜孜不断的探索与追求,就越发显得难能可贵。而"刘震云现象"所折射出的,恰恰是我们这个大众传媒时代的深层文化矛盾。

2010 年

诗人要有远大的志向和抱负
雷抒雁

写作对人来说是一生的事情。我们现在要解决的问题,是在阅读和写作过程中常常感到困惑的问题。不光写诗,写小说也会面临这样的问题——写什么? 写人的心灵,写诗人内心对外部世界的感触和把握。外部世界在诗人的内心所引起的波动,以及内心世界在外部所找到的相对应的形象,就是诗要体现的东西。

诗歌的难度:就差那么一点

我们写诗时,常常缺一点东西。唐诗很少存在这个问题。比如那首大家耳熟能详的诗:"松下问童子,言师采药去。只在此山中,云深不知处。"诗的前三句是叙事,如果只有这三句,而没有后面的"云深不知处"的话,我认为它不构成诗。第四句使这首诗顿时产生一种禅意,它把诗的意境拓展开来,使人产生一种联想:人生不也是悬浮在这云雾之中的吗? 这种"云深不知处"便给了我们一种扩展想象力的空间。我觉得我们现在的诗就缺这么一点东西,没能把一个事件提升到一个诗意的境界。

现在有一种诗叫作无难度写作,我觉得这是不可取的。写作本来是一件困难的事情。没有难度就没有精品,所有精品都是克难之作。古人说什么"两句三年得""捻断数茎须",虽然不无夸张,但是它告诉我们创作是很难的,要写好是不容易的。没有一定难度的话,诗就消亡了。我们读诗时常常觉得,某个诗人很有才气,但是就是缺那么一点点,稍微往前推进一下就能写出一首好诗来。我们熟悉的古诗经常是标一个七言五言,连题目都没有,可是读了都能记住。我们现在写的诗,各种题目五花八门,却记不住,有些句子很精彩,很见才气,但是谋篇不够。我想起雨果的一句话:好的诗句还不是诗。我们买一个手表,各种零件都是黄金造的,可就是走得不准,你能说它是好表吗? 只能说是黄金首饰,因为表是拿来看时间的。所以谋篇的问题很重要,需要修炼。

关于写什么和怎么写,在坚持正确方向的前提下,作家享有自由。但同时,写什么和怎么写,是由作家的思想水准、文学水准、文化积累所决定的。自由是非常美好的词,对于刻苦的有想象力、创造力的人来说,它是个好东西;但是对懒散的人来说,却可能是个有害的东西。所有的艺术都是在自由和约束之间寻找一个平衡,我们自己约束自己。我不会把一首诗写得毫无节制,可以随时起头随时煞尾。我们的语言不能随口而出,而要用艺术的规律去约束,用我们对文化、对生活的整体理解去约束。森林里树木的高度都差不多,那是因为"木秀于林,风必摧之",这就是自然的约束。闻一多讲:"诗是带着镣铐跳舞。"这并不是提倡写旧体诗,提倡押韵对仗,而是诗人内在的一种自我制约。虽然现在写的是自由诗,但仍然需要以诗歌内部的规律来约束、限制,不让它横生枝丫,使诗变得精致,把意境做到极致。约束力能使诗人向更高的境界跨出一步。

诗歌的问题:语言、情感和时代

曹利华是真正生活在农村、在底层的诗人。与其他诗人相比,他对土地更执着,对植物更执着,对在土地上种植的过程更执着。他把棉桃的绽放当作爱情来抒写。但也有一个问题,即过于绵密地把语言摆到了一起,这种绵密对诗情表达是一种妨碍,绵密的叙事和描写恰恰是写诗所忌讳的。随着诗歌的发展,大家写得很细致,细节很多,但如果写得太绵密,就没有空隙了。这好比没有河沟就没有水流动的地方。情感是水流动的地方,你的事件是一个河岸。河岸与河岸之间,是河床,是河流。诗,既要写得执着,同时在语言的跳跃上、对事物的把握上,要随时把叙事变成抒情,要有叹息的地方、赞赏的地方,有呼吸的渠道,不能过于绵密。有一段时间我跟几个诗人聊天,他们说现在时兴这个,但我觉得这恰恰是当下诗歌写作中存在的一个带有普遍性的问题。有些诗从头到尾说一个事件的过程,读下来跟一篇散文一样。

又有一位诗人,对历史的感触比较深,其作品从甲骨文、青铜器切入,能够把握历史的深度,有一种凝重感。但是这样的写作方式也容易出现一个问题,就是这种静态的书写往往造成一种隔离感,让我们很难进入她的情绪。当然这样写还不算太坏的。过去有人写博物馆,写革命战争时期的一口大锅、一根扁担、一双草鞋、一支步枪,等等,你读来读去就像是一段文物的解说词。为什么?因为写得过于静止、过于静态,或者说是过于死板,没能用自己的情感把它激活。情感活不起来,就只能一般地书写。这种静态的写作,难就难在人与物之间的交流。你可以跟它对话,把它当作你的一个朋友,就像有的诗人写农作物,不是客观地说他的麦子长得怎么样、苞谷长得怎么样、棉花长得怎么样,而是把自己的情绪注入这些作物的书写之中。你是在写诗,不是在给读者介绍你的植物,也不是在给读者介绍你博物馆里的东西。所以我觉得,情感的注入和写作对象的激活是很重要的。

还有的诗人,语言挺好,情绪挺好,写在山里生活的宁静、恬适和安逸,和自然的那种交融,都把握得非常好。我唯一感到不足的地方是,读这样的诗似乎觉得跟魏晋时期人们的情绪和对自然的感受差不多,而现代人的现代情绪和时代氛围对诗的渗透就相对缺了一点。这样的诗读起来觉得很美很宁静,但是又觉得离我们很远。这也是一个问题。我们的山永远是这么一个山,我们的水永远是这么一个水,每一个时代的人都写这个山,都写这个水,那我们今天再写的时候怎么写?比如说《蜀道难》,在李白之前,很多人写过《蜀道难》,而李白写这首诗的用意并不是简单说蜀道多么难。后来郭沫若先生写过《蜀道易》,他写铁路通了,蜀道就易了。但我觉得他对李白这首诗的理解不够,李白这首诗写的是政治啊。你看诗的最后:"磨牙吮血,杀人如麻。锦城虽云乐,不如早还家。"四川那个地方快发生动乱了,那地方的社会状态、政治形势很严峻。前面说的是自然,最后则归于他的思想。又比如说王安石写"春风又绿江南岸",看起来是写景,其实也不完全是,是写到景了,但主要写的还是个人的心境。他改革失败被贬,后来又被召回重新搞他的改革,所以说"春风又绿江南岸"。我觉得我们写自然,还是要把人的情绪、人的思想渗透进去,把人性的东西灌注进去。这是很重要的。

我们现在总说诗被边缘化了,诗歌刊物被边缘化了,文学被边缘化了。然后,大家又说,这个边缘化是应该的。为什么呢?因为文学从来就是边缘化的,边缘化是文学回到它的位置上了。我看得问问自己,我们置身于边缘还是中心?我们的诗的选材是边缘还是中心?比如,关于新中国成立六十年的写作,我看过大量的诗,看后觉得有几个很大的不足:其一,六十年从头说到今天,按照历史顺序往下写,这样的叙事不是诗的方式。如果我要看六十年的历史,不要看你的诗,历史学家已经写得很细致了。诗是感情的表达。你要写祖国,我就要看你自己在这当中的独特感受。如果你没有自己的独特感受,只有一个客观的历史叙述,那还不是诗。第二个问题是,总想把诗写得完完整整。一个伐木工可以砍掉一棵千年古树,但他永远成不了艺术家,而一个雕塑家只需一寸木头就可以雕出一个传世之作。艺术不要那么完整。你从感触到的东西切入进去,以小见大,就行了。所以所谓的边缘化,既有时代的问题,也有我们自身的问题。诗人不能逃避自身的责任,不能总是强调别人不关注。老实说,现在的文学创作在自由度上比过去要大多了。

诗歌的未来:依然是认识自己

诗歌很难用"进步"这个词来形容。很难说我们现在比李白进步了多少,或者我们比屈原进步了多少。一个时代有一个时代的诗人,一个时代有一个时代的事物发展过程和生活状态,一个时代有一个时代的风习,一个时代有一个时代的语言。准确地表现了那个时代的东西,就是那个时代的代表了。我们可以喜欢它也可以不喜欢它,但它是那个时代的产物。我们今天要写属于我们今天所处时代的事物。如果我们不能把握这个时代,不能把握我们自己的写作,那就很难说我们能够代表我们的时代。

　　古希腊的阿波罗神庙上写了五个字:"认识你自己。"我们到今天仍然在解决这个问题。我们写诗也要从深层去发掘这个问题,认识自己,在经济上、政治上、文化上、思维上、情感上,有无限的可以开发的东西,这就给诗歌提供了一个广阔的思维和创造的空间。一个人写诗写成什么样子,往往是他自己的修养、情感和理念所决定的。评论诗歌应该知人论"诗",要了解这个诗人的背景。不了解背景,光看诗,有时候确实是很难看清楚这首诗到底为什么而写,是在什么情绪下写的。诗如果是一枚果子的话,诗人就是一棵树。这棵树可能遭过水灾、火灾或冰雹,有一年结的果子小,有一年结的果子大,有一年结的果子很光彩,有一年结的果子带着伤疤。故而,要知人论诗。

　　在青海国际诗歌节上,我读到一个塞尔维亚诗人的诗集,翻开第一页,短短几行诗就震动了我:"死亡/你还在等我吗/我仍然活着。"这位诗人得过癌症,非常瘦,但是他诗歌里面那种精神很强大,表现与死亡斗争,虽然诗里没有意象也没有形象,但是这三句诗就像锤子打在钟上当当地响。李白说,"天生我材必有用",这已经成为我们的格言了。我们在遭遇不幸或者是怀才不遇的时候总是想起它。我们的诗要起到这个作用。现在的新诗还有一个问题,就是我们的诗句、我们的语言很难进入大众语言,很难进入我们的生活。莎士比亚的伟大贡献,在于他的语言很多已成为英语里一个很重要的组成部分,像我们的成语一样。这是一个作家对人类语言的巨大贡献。我国古代诗人对语言贡献很多,今天的诗人在这上面应该感到惭愧。我觉得一个大的诗人,他的胸怀和志向也应该是大的。

　　有爱心、有同情心并以之来抚慰全人类、献给大自然,这是一个诗人应该具备的素质。

莫言长篇小说《蛙》：原罪与救赎

吴义勤

与目前诸多"唱衰"莫言的声音不同，我一直是一个坚定的"唱多"莫言者。当然，这种"唱多"的态度不仅仅针对莫言一个人，而是他所代表的一批中国当代作家以及整个中国新时期文学。我不认同以顾彬为代表的一些人评价中国当代文学时那种否定一切的虚无主义姿态，更对他们那种以"终极性"的、乌托邦化的文学标准来比照中国当代文学的做法不以为然。我觉得，现在很多人的眼光"永远在别处"，永远看不上眼前的作家与作品，长此以往，我们已经不知道他们究竟想从文学中得到什么了。一部作品呈现了 A，他们会要求 B，呈现了 B，他们又要求 A，如果同时呈现了 A 或 B，他们会要求其他。难道文学领域还真的有十全十美、符合所有期待的"经典"？我不知道，我相信他们也未必知道，只不过很多人需要保持一种质疑的姿态来证明自己与众不同罢了。在莫言的问题上，我们遭遇的就是这样的语境，一位作家能够以一种"魔术气质"呈现于中国文坛，能够把中国式的魔幻主义表现得像魔术一样，能够让自己的作品总是以千变万化摇曳多姿的想象、匪夷所思的炫技和灿烂的思想火花给挑剔的读者们带来意想不到的艺术惊喜，这样的作家还不够经典、不够伟大？从这个意义上说，顾彬对于莫言的"评论"实在让人匪夷所思，"写得快"也会成为罪过？难道文学作品的伟大与否是以写作时间长短来衡量的？其实莫言这样的作家早已是刀枪不入了，任何毁誉应该说都早已于他无损，更无须别人饶舌去替他辩护、抱不平，然而，之所以在谈论莫言新作《蛙》之前还是跑题写下了这段文字，主要是因为实在看不懂莫言写的关于顾彬的"呼雷豹"那篇文章，本想看点痛快和热闹的文字，不想太温良恭俭让了，还有点中庸之道，很不过瘾，这哪是莫言啊？！不过，回到《蛙》，我不得不说，这确是又一部能代表莫言创造力与想象力的厚重之作，那种强烈的现实批判精神，那种繁复却新颖的艺术创新能力，那种惊心动魄的思想力量，呈现给我们的无疑是莫言不断被刷新的"可能性"。

《蛙》是一部对中国当代乡村的现实看得很深、思考得很透的作品。"蛙"到底象征着什么呢？那些不断鸣叫、有着旺盛的繁殖能力却又是如此"低贱平常"的生物，承载着莫言的深刻思考。在这些思考的背后，则是对中国现代性命运的深切忧虑和反思——这也是莫言小说的一贯主题。小说的题材有着独特意义和相当的敏感性。计划生育作为基本国策，在中国具有合法性和必然性，因为人口是一个国家走向繁荣的前提,而控制人口又是后发展现代国家实现艰难的现代转型的无奈但必要之举。生育,是人的基本权利;而控制生育,又是人实现理性生存的必要手段——特别是对于中国这样曾经的半工业化的农业国家,也面临着国际上从"人权"角度而来的种种责难与批评,而在此国策的具体执行过程中更是由于文化、传统、伦理、政治、权力、金钱等各种因素而变得异常复杂。在新时期以来的文学作品中,计划生育一方面被作为中国现代化进程的"进步事业"得到充分肯定,另一方面,则成为20世纪90年代以来主旋律乡土文学突出乡村基层政治尴尬现状和困境的点缀性情节。于是,被不理解、不支持的农村群众撵得到处跑的"乡镇干部"形象,就在几分黑色幽默的喜剧色彩中,将计划生育政策与人性的冲突轻松地嫁接为"分享艰难"的主旋律阐释。莫言的《蛙》显然不想漫画化、戏剧性地处理这个题材,也并不是要理论性地探讨、评判计划生育本身的功过是非,而是要把计划生育处理成一个精神事件和精神背景,以此来表现其对中国人的生存、生命以及精神和灵魂的影响。

《蛙》的主题是通过几个典型人物来实现的。姑姑、陈鼻、陈眉、王仁美等人物血肉丰满,栩栩如生,堪称新世纪乡土小说中不可多得的典型形象。主人公姑姑是一位复杂的女性形象,她终身未婚,她所有的人生理想和追求都化为了"一半是海水,一半是火焰"的奇异人生。她是英雄,又是罪人;她活人无数,给无数婴儿接生;她又"害"人无数,用双手强制性让无数孕妇流产,甚至造成过"一尸两命"的悲剧。小说没有简单化地认识计划生育,而是用知识考古学般的勇气和热情努力挖掘数十年来计划生育政策所呈现出来的历史细节。生命之痛、人性之痛与个人的善恶人性和道德无关,姑姑是高度符号化了的时代英雄,是以忘我的甚至无我的"螺丝钉"精神去服务革命或进步事业的,她没有选择,没有退路,她追求人生至善的理想。

《蛙》不仅表现了精神救赎的艰难历程,更有着强烈的现实批判力量和寓言意味。在小说家笔下,某种理性的政策成了某些别有用心者的发财工具,成了某些走投无路的穷人的谋生之道,成了某些有权有势的人物的"特权"。有钱的破烂王用大笔的罚款以公然漠视计划生育的约束,而当代商品经济对人性的控制也到了骇人的地步。袁腮利用代孕谋利甚至带有半黑社会性质,孩子成了被出卖的商品,而陈眉等女子却因家庭贫困被迫沦为"孕奴",忍受着母子分离的巨大痛苦,那在现代作家柔石笔下《为奴隶的母亲》中出现的"因贫代孕,以替富人传宗接代"的故事情节,竟然荒诞地"再次"出现在了我们当代社会,这是怎样的令人震惊!

艺术层面上,《蛙》所创造的"互文对话性文本"也有魔术的光亮。有的批评家曾撰文指出，莫言的小说语言具有极强的"文本可逆性"，可以在同一文本中将内在冲突的叙述声音和叙述姿态融汇为一体，呈现出一种互文性的"深刻的混沌"。例如，小说《丰乳肥臀》《檀香刑》等，可以将不同的意识形态和人性观念演化成一股泥沙俱下却恢宏无比的"语言流"。不过，这种互文性的处理固然可以更为客观地表述历史，传达细微的人性感受，但是，在形成文本的多声部的同时也容易削弱文本的现实批判力量和叙事的硬度。比如，《檀香刑》中眉娘、赵甲、孙丙等不同人物对同一历史事件的不同描述，具有多声部的"互文"效果，但对酷刑的"过度展示"某种程度上也导致了"认同酷刑"的心理弱势。这种情况在随后的《四十一炮》《生死疲劳》等小说中有所改变。《四十一炮》中，莫言利用"肉神庙"形成了叙事的"风流眼"，不同的叙事时空和叙事线索都在这里互相交涉缠绕，最终强化了肉神庙之于中国现代化进程的象征性。而《生死疲劳》则进一步扩大了感受性的互文范围，小说以奥维德《变形记》式的错位性戏拟拓展成了人类和动物之间"生死轮回"的空间化历史绝望感。而《蛙》则又有创新。小说以解放初期、"文革"、改革开放、新世纪这四个不同的历史空间作为小说展开的背景，围绕"计划生育"的不同叙事，努力使得这四个时空的"计划生育故事"形成互文参照性，从而达到历史反思和人性高度的统一。同时，小说中也嵌入了不同的文体，例如，每个章节都以主人公蝌蚪（万小跑）和日本友人杉谷义人的通信形成对下面故事情节的某种"预叙"，又能从一个比较超然的现在进行时角度，对这些历史中发生的故事进行审视。这种以书信体和小说形成互文的方式，在莫言的短篇小说《月光斩》中也有过类似尝试。而在小说结尾，莫言则用戏剧的形式对整部小说的某些故事（如陈眉代孕的悲惨经历）构成某种程度的"补叙"。可以说，不同的历史场景、不同文体之间的互文性冲突、镶嵌、改写和融合，不但没有产生出互相消解的解构作用，使文本呈现出主体间性的交流与对话，反而使得文体狂欢转化成了更为强烈的批判焦虑，强化了潜在的叙述主体的现实批判力量与对人性美的深沉呼唤。特别是小说结尾出现的九幕剧《蛙》更是出彩，它不但再现了小说中陈眉和陈鼻的悲惨遭遇，而且让陈眉打破时空限制，打破舞台的限制，以古代人的口吻出现在现代派出所，以现代人的身份出现在了电视剧中的民国公堂，在历史痕迹的缠绕互文中，以一种朴素的民间道德姿态，既控诉了袁腮之流不择手段的当代物质崇拜，也反思了中华民族为繁荣和富强所付出的巨大牺牲，批判了在中国充满悖论的现代化进程中顽固的国民性痼疾以及由此而来的人性悲剧宿命化的延续性。

　　《蛙》的叙事和语言对比莫言过去的作品无疑是干净而内敛的，莫言放弃了他最为擅长的泥沙俱下的描述性语言流,也没有利用众声喧哗的民间口语,而是力求返璞归真,用超然的第三者视角朴素、简洁、干净地讲述催人泪下的故事。这也许是莫言在批判与质疑声中的自我改造与升华吧。但说实话,我还是不太习惯一个文质彬彬、西装革履的莫言,而更喜欢那个粗野的、狂放的、不按常规出牌的莫言。好在,《蛙》还是贯穿着一片嘹亮的具有穿透力的蛙声,在蛙声中我可以不去想象莫言形象的改变,而是专注地触摸其中华丽却锋利的思想刀锋并久久地感动、沉思。

鲁敏中短篇小说：日常生活的戏剧化
晓　华

鲁敏的乡土小说给人相当深刻的印象。她的"东坝"系列作品以苏北平原为地理背景，对这块土地上的人与事、乡风与民俗做了诗意的描绘，这些小说最大的特色就在于对善与温情的一厢情愿的表现。鲁敏说，这些"具有传统风味的小说，寄托了我心目中'温柔敦厚'的乡土情怀"，"那片沉默寡言的土地上，有着狡黠、认命亦不乏趣味的人们，有着静海深流的情感与故事，有小谎言、小感伤、小爱情以及小小而珍贵的'善'"（《我是东坝的孩子》）。典型者如《逝者的恩泽》，让我们看到东坝人的朴实、淳厚与宽容，红嫂的大度与慈祥、古丽的坦荡与爽朗都足以荡涤尘埃，而陈寅冬的死，如他所愿，最终成了普惠亲人的"恩泽"，每个人物都在以各自的方式演绎着人间的温情。这种充满着美丽人性的理想国在《纸醉》中也得到了诗意的描绘，一个身有残疾的姑娘，一对淳朴、聪明、勤劳的兄弟，一种古老的民间艺术，一段懵懂的青春情愫，鲁敏以精细的白描一样的笔调为这个世界书写了似乎远在天边的童话。

在鲁敏的潜意识里或许存在着一个城乡对立的结构，虽然这种结构并未超出自浪漫主义以来城乡的语义模式，但这只不过再次证明，这一语义模式的经典性以及它对当下阐释的有效性。我们看到，鲁敏总是情不自禁地为东坝打上温情脉脉的色调，而一旦涉笔城市，立即变得冷峻起来。鲁敏有一篇被频频提及的、几乎成为当年流行语的作品《暗疾》，小说以一个大龄女青年的婚姻为叙事线索，而作品的兴趣则在描写各式人物心理与生理的病象与癖好。确实，在鲁敏的小说中，许多人物都是有病的，便秘、呕吐、无法理喻的记账癖、购物狂、窃物症、退货强迫症等，这些都是鲁敏观察的兴趣所在，她就如同她作品《取景器》中的人物唐冠一样："我需要一下子发现拍摄对象与众不同的东西，那隐藏着的缺陷，那克制着的情绪，那屏蔽着的阴影部分。"在这方面，鲁敏使我们想起存在主义，想起精神分析。如同弗洛伊德与福柯一样，鲁敏常常从生活的异常入手，从那些怪异的人物言行入手，去解读那背后的心理世界与精神轨迹，为当下的这个世界寻找可信的诊断。《取景器》《墙上的父亲》《羽毛》《细细红线》等都可以做这样的分析。

《颠倒的时光》也是鲁敏影响较大的一部中篇，发表的当年即成为一个话题，它在虚构的作品里探讨了生态问题。作品写东坝一对小夫妻种植大棚瓜果的故事。在作品中，我们记忆中的自然节气不见了，传统的农事与生活方式不见了，广袤的田野上，是清一色的白花花的塑料大棚。这样的变化意味着人工取代了自然,技术取代了诗意。从表面上看,《颠倒的时光》并没有什么生态矛盾,但背后的东西是很多的。城市人口急剧膨胀,食物消费需求增大,原先的种植方式根本满足不了,而农民需要增加收入也必须适应市场,这就是现代农业工厂化、订单化、规模化的动因。作品中的男主人公木丹通过种大棚富了,但快乐也没有了。小说告诉人们,我们丢失了自然的规律——植物对时间的选择,丢失了祖祖辈辈与自然相呼应形成的生产方式与生活方式,忘记了人的身体在不同时间对植物的吁求,忘记了植物在不同季节如约而至的形状、色彩——它们本来是人类生命的记忆。与通常的生态小说不同,鲁敏并不是想指责什么,也不给人什么肯定的答案,因为农村与农民身份的转型已经是不可逆的了,她关注的是这种转型给人的生活,特别是内心生活所带来的影响。

城市与乡村、传统与现代、人与自然、纷扰的现实与我们的内心……鲁敏以她的敏感、好奇与活力带给人们太多的话题。作为一个近年来影响越来越大、越来越令读者喜爱的青年作家,鲁敏的中短篇最显著的特色有两点:一是小说所显露出的俗世情怀。鲁敏的大部分作品描绘的都是世俗生活,是物质化时代的生活,她以此岸的俗世幸福理想为参照,反映据此产生的欢乐与痛苦、现实与理想等矛盾纠结。2004年,鲁敏以《男人是水,女人是油》引人注目。三个家庭,原先是同学,现在还是朋友,但到了小说的结尾,这样定期聚会的朋友关系再也难以存续下去了,美好的事物正在逝去,纯洁的意愿越来越成为奢望。鲁敏的叙述是家常的,但这家常的叙述具有硎石的锉力,它使得一切光洁的东西失去了光质,它又如刀子,在挑剔砍削中为生活塑形。《墙上的父亲》叙述了一个母亲与两个女儿的日常戏剧,艰难岁月中母女捡着菜叶度日,为了"搞"(偷)一只鸡蛋、几根胡萝卜、几个土豆,费尽心机却又乐此不疲,而母亲为了借得一丝外力,不惧游走刀锋,利用男人暧昧的心理。至于在女儿择亲选婿上,母女的心事更是一言难尽,外在的面子、内心的算计、无尽的欲望与可怜的尊严,让人不得不惊叹鲁敏这个70年代人对庸常生活游刃有余的把握。

相比起这些烦恼与绝望,《笑贫记》《超人中国造》似乎让人感到更多的暖意,小说的叙事语调也相应地要显得活泼与俏皮一点。《笑贫记》是一个城市市民的生活写真。邵丽珍原先在工厂幼儿园做生活老师,下岗后被招聘到一家幼儿园重操旧业,丈夫李大海是一家公司的保安,最让他们操心的儿子在一所旅游职业高中读书。邵丽珍夫妇朴素、节俭,他们没有什么远大理想,也不企慕那些城市新贵、老板官员,他们只想明天的日子能比今天好一点,希望自己的儿子能找到一份工作,按部就班地延续他们的人生。邵丽珍热衷于砍价,赶集似的获取那些促销活动的赠品,当雇主给她一千元的工资,她便惊讶得不知所措。李大海的秘密就是每天到他们单位的隔壁买体彩,希望能有一天中一个大奖。怎么说这也是一个典型的市民家庭，但就是在他们身上，人们可以看到许多快乐、温情与无伤大雅的狡黠，甚至会受到感动。

而《超人中国造》里刘传强的幸福则是虚幻的、想象的，是连他本人也不相信的。刘传强是南方一家玩具厂的仓库保管员，"矮小、没钱、被女人抛弃、拖着个来历可疑的孩子"，又被撞跛了脚。但是他却意外地给他人带来了幸福和成功，在同在底层挣扎的人们看来，刘传强简直就是个超人。其实，刘传强并无能耐，他的失败多于成功，失意多于得意，梦想多于现实……但这并不妨碍他对生活的追求，甚至并不妨碍他的幸福感与成就感。鲁敏试图探寻普通人，那些被抛掷到底层与边缘的人的活法。鲁敏说，起先是她给刘传强编故事，"我想在全球化工业的大流水线上，写这么个薪水微薄的小工人，在最无奈最贫贱的一碗水里，他仍然能有声有色，收获鱼虾与浪花……写了一小会儿，我就发现，是刘传强在代表'城市平民'们给我编故事了，他天生就是那么个人：知足的、小聪明的、自不量力，却又无限乐观的。这种天性像苇，看上去那样弱与细，随时要断的样子，可是不，人家很韧的，结实着呢"。她进而说："许许多多跟他一样的'中国式超人'都是这样的，在他们小小的角落里，用他们小小的智力与努力，像锄草一样，锄掉各样的烦恼与折磨……"（《我有一个梦》）可以说，鲁敏是在对当下生活进行断层扫描，它的每一个层面、每一道皱褶都在鲁敏的小说中成像。

鲁敏中短篇的第二个特色是对小说传统的尊敬和继承。小说的传统很多，书写世俗生活就是中国小说的重要传统之一。对意义与价值的发现、对精神的叩问也是小说的伟大传统。鲁敏从来不回避对意义的书写，甚至为了保有小说的亲和力，她会将作品的语义努力表达得更显豁、更集中。鲁敏的每一篇小说几乎都有一个"想法"，这些想法起于她对生活的观察与思考，实实在在地来自带着温度的生活现场。也许，有些想法并不新鲜，但它们却是与当下生活水乳交融的，是以鲜活的生活显现出来的，是在人们眼前心中的，比如《正午的美德》对宽容的演绎，《企鹅》对梦想中爱情的快乐追求，《离歌》中对死亡的化解，《在地图上》对想象中生活的迷恋，《铁血信鸽》对庸常生活的超越，等等，都在活泼泼的叙说中让人有所领悟。《细细红线》中的人们渴望"生活在别处"，女主人公在市图书馆工作，但对这种文雅、规律的生活，她开始厌倦了，于是突发奇想，午休时跑到肮脏、嘈杂的小餐馆打工，与底层农民工们一起在汗渍油污中大声地说话，将手臂烫得通红，在这种匿名的生活中，她获得了自由与快乐。而男主人公是电台的名主持，但同样厌倦明星的前呼后拥的生活，于是两个人走到了一起，并且约定只以游戏的方式对待这场感情。近作《惹尘埃》在社会诚信问题的大背景下对人与人的关系做了透析，肖黎因丈夫的疑似出轨和"单位"对丈夫意外死亡"善意"的虚假解释而崩溃，她再也不相信真实，社会、人与人，乃至一切的一切都是虚假的。不但自己，她还教育儿子要与这个虚伪和虚假的世界做斗争,然而她这堂吉诃德式的行为在老者徐医生、小伙子韦荣的身上遇到了阻力,问题不仅是他们让肖黎对自己的判断产生了怀疑,让她感到了真与善的存在,而且好像并不是一切的虚假、欺骗都是丑陋与阴恶,都是阴谋与算计。

鲁敏的小说保持着与普通人的对话关系,对读者有一种亲和力。要维持这样的功能与特质必须具备许多的元素,比如与当下生活同位的保真度,对阅读期待视野的尊重,性格独特而丰满的人物,以及引人入胜、布满悬念的情节,错误、偶然、惊奇、意外等戏剧因素。《温情咒语》是鲁敏的早期作品,可以说是她戏剧性叙事的开端。丧夫的华群英与离异的陈高强相识了,华群英为陈高强退伍的女儿娜娜找了一份工作,为的是让开放的娜娜不要"带坏"了喜欢她的儿子小白。几番周折,娜娜替本分的华群英的女儿小青找了一个对象,而这个对象恰恰是真心爱娜娜的人。但为求得婚姻与爱情的平衡,也为了避免爱情与婚姻可能带来的沉闷,娜娜决定将她的爱人给小青,自己随便嫁一个有钱的老头子,然后两个人再续前缘。而为了报复这一切,小青又与娜娜的丈夫走到了一起。这样的转述显然挂一漏万,但在小说中,它确实实现了爱情的阴谋,正是这一环套一环的戏剧性叙事解构了爱情,也解构了婚姻。

这样的叙事风格在鲁敏的作品中几乎一以贯之。她的作品不是宏大叙事,相反都是日常琐事,却写得峰回路转,透迤曲折,戏剧性构思是重要的保障,《白衣》《燕子笺》《风月剪》《思无邪》等是这方面的典型。或许有人会说,鲁敏的这些作品过于戏剧性,偶然、巧合太多,人为的痕迹太重,但是我们不能否认,这些作品确实给人们久违的满足,让人忍不住地去喜欢,并且忆起小说许多被遗忘的本性,这就是小说的奇异性、小说的叙事智力和想象力,在一切都越来越简单、越来越程序化的时代,这种对小说传统的尊重与承继应该是值得肯定和张扬的。不仅日常生活包含着戏剧性,更重要的是日常生活与日常生活中的人们需要戏剧性。

王安忆长篇小说《天香》:"一粒粟子"的内与外

张新颖

通性格人心

《天香》(载《收获》2011年第1、2期)的故事起于明嘉靖三十八年(1559年),止于清康熙六年(1667年)。从晚明到清初这一百多年间,上海一个申姓大家族从兴旺奢华,到繁花将尽。但小说写的不是家族的兴衰史,而是在这个家族兴衰的舞台上,一项女性的刺绣工艺——"天香园绣"如何产生,如何提升到出神入化、天下绝品的境地,又如何从至高的精尖处回落,流出天香园,流向轰轰烈烈的世俗民间,与百姓日用生计相连。这最后的阶段,按照惯常的思路容易写成衰落,这物件的衰落与家族的衰落相对应;倘若真这样"顺理成章"地处理,必然落入俗套且不说,更重要的是,扼杀了生机。王安忆的"物质文化史"却反写衰落,最终还有力量把"天香园绣"的命运推向广阔的生机之中。

其实从家族历史来说,小说开篇,写造园,写享乐,写各类奢华,已经是在兴旺的顶点上了;再往后,就只能走下坡路,只是一开始下坡的感觉不会那么明显,但趋势已成。"天香园绣"生于这样的家族趋势中,却逆势成长,往上走,上出一层,又上出一层。要说生机,这个物件本身的历史亦不妨说成生机的历史。小物件,却有逆大势的生机,便是大生机。

物的背后是人,物质文化史隐藏着生命活动的信息。早在正式从事物质文化史研究之前的1949年,沈从文就在一篇自传里形象地说到这种关系:"看到小银匠捶制银锁银鱼,一面因事流泪,一面用小钢模敲击花纹。看到小木匠和小媳妇作手艺,我发现了工作成果以外工作者的情绪或紧贴,或游离。并明白一件艺术品的制作,除劳动外还有个更多方面的相互依存关系。"对于工艺美术的爱好,"有一点还想特别提出,即爱好的不仅仅是美术,还更爱那个产生动人作品的性格的心,一种真正'人'的素朴的心"(《关于西南漆器及其他》)。说到人,说到性格,说到心,那就是小说的擅场了。"天香园绣"的历史,就是几代女性的手和心所创造的。

先是出身苏州世代织工的闵女儿,把上乘绣艺带进天香园,遇上秉承书香渊源的小绸,绣艺融入诗心,才更上层楼。小绸是柯海的妻子,为柯海纳闵女儿为妾而郁闷不已,曾作《璇玑图》以自寄;若没有妯娌镇海媳妇从中化解通好,小绸和闵女儿这两个连话都不说的人怎么可能合作?哪里会有"天香园绣"?镇海媳妇早亡,小绸和闵女儿一起绣寿衣,这三个人,是"天香园绣"第一代的关键。所以后来希昭对蕙兰说过这样的话:"天香园绣中,不止有艺,有诗书画,还有心,多少人的心!前二者尚能学,后者却绝非学不学的事,唯有揣摩、体察、同心同德,方能够得那么一点一滴真知!""前辈人的心事心知,与咱们不知隔了多少层。"

"天香园绣"要再往上走,发展到极致,就因缘际会,落到第二代沈希昭身上了,集前辈之大成,开绣画之新境。但在希昭从杭州嫁进天香园的前后,申家的败落已经日益外露,申家老爷要一副上好的棺材木头,还是用希昭首次落款"武陵绣史"的四开屏绣画换来的。闺阁女红不但流出了天香园,而且越来越成为家用的一个来源。不知不觉间,消闲/消费的方式,转变为生产的方式。

要说这个方式的彻底转变,就到第三代蕙兰了。蕙兰是从天香园嫁出去的,要了"天香园绣"的名号做嫁妆,果然在婆媳相依为命的艰难日子里,用绣品支撑起稳定的生活。"天香园绣"到了蕙兰这里别开生面,这个生面不是绣品本身技艺、境界上更加精进,这一点在她妯娌希昭那里已经登峰造极,蕙兰做的是把这项工艺与生活、生计、生命更紧密地联系起来,给了这项工艺更踏实、更朴素、更宽厚的力量。她违逆艺不外传的规矩,设帐授徒,其实是生面大开,那两个无以自立的女徒弟将来就要以此自立,以此安身。这是她们的生机,也未尝不是"天香园绣"新的生机。落尽华丽,锦心犹在。这样的生机大,而且庄严。

作品中有一段希昭跟蕙兰说"天香园绣"的来历,从闵女儿说起。蕙兰问:"那闵女儿又是从何处得艺?"这一问真是问得好;答得更好:"这就不得而知了……莫小看草莽民间,角角落落里不知藏了多少慧心慧手……大块造物,实是无限久远,天地间,散漫之气蕴无数次聚离,终于凝结成形;又有无数次天时地利人杰相碰相撞,方才花落谁家!"起自民间,经过闺阁向上提升精进,又回到民间,到蕙兰这里,就完成了一个循环。没有这个循环,就是不通;不通,也就断了生机。希昭把"天香园绣"推向了极高处,但"高处不胜寒";蕙兰走了向下的路,看起来方向相反,其实是条循环的路,连接起了归处和来处。

关时势"气数"

《天香》写的是物,但一部大体量的作品,如何靠一物支撑?此物的选择就有讲究。

王安忆多年前留意"顾绣",不论这出于有意识的选择还是无意识的遭遇,现在回过头去看,是预留了拓展的空间。这一物件选得好,就因为自身含有展开的空间,好就好在它是四通八达的。四通八达是此物本身内含的性质,但作家也要有意识地去响应这种性质,有能力去创造性地写出来才行。

天工开物,织造是一种,织造向上生出绣艺,绣艺向上生出"天香园绣"。但它本质上是工艺品,能上能下。向上是艺术,发展到极处是罕见天才的至高的艺术;向下是实用、日用,与百姓生活相连,与民间生计相关。这是"天香园绣"的上下通,连接起不同层面的世界。

天工开物,假借人手,所以物中有人,有人的性格、遭遇、修养、技巧、慧心、神思。这些因素综合外化,变成有形的物,"天香园绣"是其中之一。这是"天香园绣"的里外通,连接起与各种人事、各色人生的关系。

还有一通,是与时势通,与"气数"通,与历史的大逻辑通。"顾绣"产生于晚明,王安忆说:"一旦去了解,却发现那个时代里,样样件件都似乎是为这故事准备的。比如,《天工开物》就是在明代完成的,这可说是一个象征性的事件,象征人对生产技术的认识与掌握已进步到自觉的阶段,这又帮助我理解'顾绣'这一件出品里的含义。"(《访问〈天香〉》)这不过是"样样件件"的一例,凡此种种,浑成大势与"气数","天香园绣"也是顺了、应了、通了这样的大势和"气数"。作品里有一节对这一通叙述得极有识见和魄力,我以为也是整部作品的一个力量的凝聚点。

这一段出现在第二卷。闵师傅来上海走亲家,在"天香园"随处闲看,见到的是残荷杂乱、百花园荒芜、蜘蛛结网、桃林凋败,申家的境况已经了然。但接着上了绣阁,女眷们集中在一起热闹地织绣,不由得"心中却生出一种踏实,仿佛那园子里的荒凉此时忽地烟消云散,回到热腾腾的人间。闵师傅舒出一口气,笑道:好一个繁花胜景"。闵师傅兴致盎然地和她们聊了一大会儿——

> 闵师傅出绣阁时,太阳已近中天,树荫投了一地,其间无数晶亮的碎日头,就像漫撒了银币。有一股生机勃勃然,遍地都是;颓圮的竹棚木屋,杂乱的草丛,水面上的浮萍、残荷、败叶间,空落落的碧漪堂,伤了根的桃林里……此时都没了荒芜气,而是蛮横得很。还不止园子自身拔出来的力道,更是来自园子外头,似乎从四面八方合拢而来,强劲到说不定哪一天会将这园子夷平。所以,闵师傅先前以为的气数将尽,实在是因为有更大的气数,势不可当摧枯拉朽,这是什么样的气数,又会有如何的造化?闵师傅不禁有些胆寒。出来园子,过方浜进申宅,左右环顾,无处不见桅帆如林,顶上是无际的一片天,那天香园在天地间,如同一粒粟子。

"天香园绣"能逆申家的衰势而兴,不只是因闺阁中几个女性的个人才艺和能力,也与这个"更大的气数"息息相关。闵师傅真是有识见的手艺人,能敏锐感知到"园子外头"那种"从四面八方合拢而来"的时势与历史的伟力。闵师傅的识见,其实是作者的识见,放长放宽视界,就能清楚地看到,这"气数"和伟力把一个几近荒蛮之地造就成了一个繁华鼎沸的上海。

要说《天香》写的是上海,是上海现代"史前"的传奇,那不仅仅是说它写的是"天香园"这"一粒粟子"内部的传奇,还有更大的一层,是造就一座都市的蛮力、时势、"气数"和历史的大逻辑。这更大的一层没有直接去写,却通过"天香园绣"的兴起和流传释放出种种强烈的信息。作品的格局,为之大开。如果没有这一层,就只能是"一粒粟子"的体量和格局。王安忆何等的魄力,敢于把她自己一笔一画精心描摹"天香园"的世界称为"一粒粟子"?因为她有一个更大的参照系,"天香园"外,大历史的脚步声已经轰然响起。

感应天地"生生"之德

"天香园在天地间",天地何谓?五四以来,文学里面少有天地,多是人间。人事已经令人招架不暇,哪里还顾得上天地?所以说这一百年来的文学是"人的文学",大致是个事实。古时候的文学不只是"人的文学",那里面有天地气象。人在天地间,文学岂能自外于天地?

但天地不言,文学又能如何言说?大抽象无法直接说,就从身边可得而观之的天地所生的种种具象、具体的物事说起。举两段花事的描写。

一段出现在第一卷,小绸和闵女儿去看疯和尚种的花畦。两人的情绪都还在镇海媳妇早丧的伤逝之中,之间的关系恰在隔阂将要消除却又无以突破之际,出绣阁,入花田,猛然间一片绚烂至极的景象扑面迎来,来不及反应似的"都屏住了气",忘记在天上还是人间。"天地间全让颜色和光线填满了,还有一种无声的声音,充盈于光和色之中。辨不出是怎样的静与响,就觉得光和色都在颤动,人则不禁微悸,轻轻打着战。"花间还有各种野物在飞舞,活物在拱动——

> 小绸和闵都不敢走动,怕惊醒了什么似的。蝶群又回来了,还有落在她们衣裙的绣花上的。蜂也来了,嗡嗡地从耳边一阵阵掠过,那天地里的响就是它们搅的,就知道有多少野物在飞舞。脚下的地仿佛也在动,又是什么活物在拱、拱,拱出土,长成不知什么样的东西。这些光色动止全铺排开来,织成类似氤氲的虚静,

人处在其中有一种茫然和怅然,不知何时何地,又是何人。要说是会骇怕的,可却又长了胆子,无所畏惧。

繁盛至极的花事,平淡地看不过是天地一景,但若有感知,天地也就在其中了。小绸她们猝不及防地遭遇此等胜景,那感知也就格外强烈一些,虽然言语上表达不出,但身处其中的惊悸、茫然和怅然,确是因为触着了另一层境界——远在家族人事、绣阁怨嗔之上的境界——而产生。有一点感知,就会有一点通,有一点通,就会有一点力——天地传导过来的力,"要说是会骇怕的,可却又长了胆子,无所畏惧"。这就是"生生"。

小说第三卷,又有一段写花事,其时蕙兰婆家家道尚可,但不久之后就发生人亡变故,蕙兰亮出手艺,以"天香园绣"支撑家用。某日阿昉邀几位老爷去法华镇看牡丹,农家以稼穑司花事,园里也没有别的点缀,一色的牡丹。"老爷们都笑:乡下人的一根筋,说种牡丹就种牡丹,养得又如此壮硕肥大,都结得出果实了!阿昉说:庄户人家的口味,都厚重。老爷们道:这就是本意了,怎么说?不是正史,亦不是稗史,是渔樵闲话!"接下来描写,寥寥几笔——

那牡丹花只是红、紫、白三种本色,并无奇丽,一味地盛开,红的通红,白的雪白,紫的如天鹅绒缎。农家人惜地,在花畦里插种了蚕豆,正结荚,绿生生的,真是有无限的生机。太阳暖洋洋、扑拉拉地撒下光和热,炊烟升起来,携着柴火的气味。

小说首卷的花事瑰丽绚烂之至,这末卷的却是简单朴素之至,连语言句式也简单到家,朴素到勇敢的地步:本色的花,"红的通红,白的雪白"。更朴实的是花畦里的蚕豆和太阳下的柴火气味。生活的气息和人间的烟火,与花事合而为一。"天地有大德曰生",太阳"扑拉拉"撒下的光和热,作用于花,也作用于菜;"生生之谓易",蕙兰把"天香园绣"带出"天香园",带进俗世民间,即是"易",也即是带进了未来可能的无限生机。

王安忆写上海,这一回推到了现代的"史前",与此前她笔下的现代都市风貌不同,别有天地。要说明代也算不上古,但对上海来说就是"古"了。在上海的这个"古时候",毕竟人近天地,近天地而有感知,近一点,通一点,就是另一层境界,另一种格局。要我说,《天香》在王安忆的上海写作谱系里,不只是新增加了一个品种,不只是多写了一个历史阶段而已,而是上出一层境界,扩出一种格局。放到少有天地、多是人间的当代文学创作中来看,其意义更不可等闲视之。

诗毕竟是诗

韩作荣

一

新世纪以来,新诗仍旧在诗固有的规律中成熟和发展着。经历20世纪整个世纪精神的血液循环,中国百年的新诗史尽管错综复杂,有过不同向度的求索和探寻,甚至有过几近于灭绝的时日,但总的看来,虽然新诗的步履蹒跚不稳,但在美丽的混乱里诗还是回归了自身。目前,诗人的写作越来越自觉,对诗艺的探求从未终止,不同的诗观与写作方式形成了中国新诗艺术上多元并存的状态。从浩如烟海的诗作着眼,绝大多数分行排列的文字都是平庸之作,甚至和诗没有什么关系,但任何一个时代真正的好诗都不会太多,能够流传下来并成为经典的作品还有待于时间的淘洗和检验。然而,为数不多的写得越来越好的诗人已呈大家之象,大批的中青年诗人和出手不凡的文学新人的佳作,使得中国新诗的质量和数量比以往任何时候都更引人注目,颇有"更上层楼"之感。因而,我仍然认为,目前是中国新诗所经历的好时期之一。

二

我怀疑"网络诗歌"这个概念的有效性。

诗作为语言的艺术,无论记在甲骨、石头,还是绢帛、竹简上的书写,抑或印在纸上、出现在电脑的显示器上,诗还是同样的诗,只是传播媒介不同,而诗的载体只能是替代语言的文字。这就如同媒人不可能替代新郎和新娘入洞房一样。过于强调网络的作用,似也有"买椟还珠"之嫌。

当然,科学技术的发展有益于文化的传播:作品上网的随意,写作的自由无羁特征,网上瞬间传播之快、之广,互动式的交流,人人都是欣赏者与写作者……虚拟的世界,网络上的狂欢,可称为新的文化生活方式。手机作为"第五媒体",传播着一些颇为新鲜、深刻,呈现奇思异想的段子,这些无名者的鲜见才华让一些写诗的人汗颜。可我认为,这些仍旧源于人的智慧与创造力,仍是语言的表达,手机只是提供了便捷的传播方式。电脑、互联网、手机本身并不能给人增强智慧。语言只植根于生活的诗性上,人的主观心灵感受才是语言的终极基础。作为一种心智的求知原则,一种精神的实在建构与发展中的基本功能,"语言在某种意义上是人的一切智力活动的根本"。谁能不通过汉字独特的符号系统来进行内心交流吗？或许，在司空见惯的替代语言的汉字中，那种千篇一律的文字已没有书法般的"形美以感目"了，但美妙文字的"音美以感耳""意美以感心"，在任何媒介上恐怕都有相同的作用。

三

说当下是一个"电脑与网络的时代，一个数字为王的时代"，恐怕主要是指科学技术而言，指其深入地介入生产方式、生活方式而言。虽然生产、生活方式会影响人的思维方式，但世界上起主导作用的恰恰是人文观念，正如原子能既能灭绝人类，也能发电为人类造福一样，还是人文观念起决定性作用。有人称"数字媒介下的主体间性体现了新的文学观"，由"我—他"关系转变为体现本体论的"我—你"关系，成为"自我"与另一个主体的"交往—对话"的互动关系。可这哪里是什么新的文学观？古今中外几乎所有的爱情诗都是"我—你"关系，都是写给心有灵犀的另一个人的；而诸多少数民族以对歌择偶的互动，恐怕是十分古老的表达方式了。至于所谓网络文学与传统文学"在生存样态、生产方式以及审美的偏好等方面的重大美学转向或对立"，更让我迷惑不解，用键盘打字和用笔书写有何本质区别？都是用汉字的语言符号组合成诗的形体，汉字本身便具有天然的民族性，是源远流长的汉语诗歌的延续和发展，用汉语写作便是对有根的传统的继承。所谓不同的美学偏好，即使有重大的美学转向或对立，也与网络的关系不大，只是文学观念的不同。而文学观念的背后支撑，不是电脑、网络，只能是哲学。

诗歌形式的创造不仅是传统表达方式的更新，而且是一种信仰。对于开创新的诗歌形式的价值，阿多诺认为现代经验的基本原动力不是现代科学技术的发展，而是产生于社会环境的改变。在那种冷漠、疏远，甚至相互敌对、压迫，处于命运的挣扎状态的个体感受之中，诗是作为反抗这种状况的现代形式而兴起的。故而那种似乎是远离社会的主观表达，将情感投射于自然世界，也是将"人类因支配欲而从自然身上取走的"尊严与生活还给自然。

四

近年来，底层写作多冠以"草根性"引人关注，出现了大批"打工诗人"，也确有一些动人心魄的作品。或许这就是被阿多诺所称为社会环境的基本原动力催生的现代经验的写作。在打工诗人中，确有着对生活的敏感、对语言的敏感，有良好的艺术直觉和表达力，似乎是天赋资质、颇具创造才能的写作者，写出了具有重要性的、或许可以流传下去的作品，虽然这样的作品并不多。

身上流汗、手脚滴血,在贫困线上挣扎却难以把握自己命运的人,有着丰厚的生存经验与背井离乡的痛楚,因为生活在底层而有了生活的深度、体验的深度,这让我想到叶芝的话:"经受过痛苦的人,诗才配有足够坚实的内核。"或许,正是这种得天独厚的生存状态,加之诗人本身的才能的融合,才诞生了一些真正能令人动容、动心的作品。但总的看来,一些打工族自我命名的"打工诗"虽"独树一帜",但并未形成强劲的潮流,也未产生更多的代表作品。

说诗与人的心灵有关,与人的命运有关,不仅仅是打工者,从事任何职业的人都有自己的喜悦、哀伤、痛楚和命运,故我不愿意用行业、题材等外在的方式命名诗歌。诗没有题材的优劣之分,只有诗与非诗的区别,或者说"没有大题材,只有大手笔"。一些芥微琐事,由于细节的有意味的凸现,却有着洞穿心灵的力量。因而,我认为写什么、怎么写固然重要,但更重要的是你写出了什么,或者说你究竟创造了什么。

五

歌唱般注重韵律的抒情、冷静的客观叙事,注重感情与情绪的暗示,以及意象的明晰、非理性的超现实意味、戏剧性的内心独白、后现代的反讽、互文性写作,等等,这些相互对立的作诗原则,对诗的本质的不同理解,是构成诗的要素的不同手段,而不是诗所要达到的目的。可一己的写作方式也成为有些人固守的美学特征,他们将其视为所有诗歌的唯一标准。即使是纯审美形式,其组合法则,被称为"想象的根本法则",这法则被称为比头脑的智慧优越得多的心灵智慧,蕴含着情感的称号和形式的创造。然而,正如许多美学家所设想的那样,联想意义并不是诗歌含义的一部分,它只是技巧手段,起到扩展、强化诗学结构的作用,甚至诗人的判断、推论也不是诗的目的,只是过程中的表象。对于不同的手段和技巧,诗人可以沉入其中,最大限度地应用它们,也可以无视、抛弃它们。有时,一种技巧、表达方式的选择,会使另一种或很多技巧和表达方式失去必要,如同瓶起子只能开启瓶盖,无法用它来剪指甲一样。故有的美学家认为:紧张、犹豫、挫折或突发的才思、顿生的悟察等等,才是幻象的创造中更重要的因素。因而,我想诗的本质应当超越这些不同的艺术观念和美学原则,同时又从更大范围内涵括它们,那便是体验、洞悟、独特的理解,而最终归结为"创造"那种异于种种既有的诗之原则。写得不像诗的作品,或许具有开创性,蕴含着艺术新质。

六

诗是语言的艺术。诗的"革命"也只能是语言的革命,是对相对陈旧的语言方式的摧毁和抛弃。再伟大的诗人也无法再造一种语言,其改变的只是使用语言的方法,其发明的也只是一种新的技艺。从矫揉造作到简朴单纯,又从简朴单纯转到复杂,从书面语变为习惯用语,又由粗粝转为优雅,从生涩转为柔韧……诗,总是从日久形成的模式中破茧飞出。正如艾略特所指出的:"诗歌领域中的每一场革命趋向于——有时是它自己宣称——回到普通语言上去。"

世界上没有什么纯粹的诗歌语言,诗所用的语言和日常的口语与书面语没有什么本质区别。然而,人们司空见惯的语言一旦进入诗学结构,便有点石成金、使词语复活的效果。在不同的语言方式里安放一个个活着的词,还原其本来面目,让其鲜活灵动起来。或许,诗人的任务就是复活日益僵化、失去原初意义的词语,同时,注重词语在时代环境中的变化与成长。词语越模式化越容易僵死,而日常口语则蕴含着生机,是活的语言,柔软、坚韧甚至是强劲的。只有死去的东西才僵硬、静止乃至腐朽。

或许,和诗人越来越关注日常生活有关,也与诗人更为注重口语的鲜活灵动有关,亦和当下诗坛自由体诗歌成为主体写作方式有关,中国绝大多数新诗已不再歌唱,不再注重韵律,已从"歌唱型"转为"会话型"。这是主要写给眼睛而不是写给耳朵的诗,是通过眼睛抵达心灵最柔软处的诗行,其语言是散文状态的,但本质上却颇具诗性意义,是说的比唱的好听。一种亲切、知心的娓娓道来的语调却更有亲和力,以透彻的能拨动心弦的细节的情感力量取胜,看似淡泊却有耐人品尝的意味,如同那富有营养的鲜美的羹汤。

七

当"会话型"的诗体成了创作主体,叙事、描述、述说便成了当下诗人普遍使用的表达方式。自然,这不是传统意义上的叙事诗,也不是抒情诗中的场景说明以及人与事物之间的关系交代,或介绍某种情境、形象,那只是抒情诗中少部分不得不有的协助方式。可当叙述部分成为诗歌表达的主要倾向时,一个新的要素——情节趣味,改变了主宰作品思维的固有形式。诗不再是一种幻想引申了另一种幻想,甚至抛弃了比喻和核心意象,而是过程、行为、述说成为诗的坚实构架。其实,叙事因素本是诗歌艺术的"伟大传统",是大多数作品得以构思的结构性基础。这种表达方式没有抒情诗中的强烈情感,只是一种塑造、呈现和意味的发现和捕捉,让主观趣味寓于客观描述之中,并不复杂,却单纯、集中,用偶然性将一些事件、细节贯穿起来,使之清晰并充满情趣,形成其独有的诗学结构。

这让我想到杜甫,那种去除矫饰、赤裸的事实呈现和情景的描述,语言的直接性,场景和动作本身便成为诗之内涵,其罕见的深入事物的感受力竟在西方现代诗人中成为新的启示,并被称为"挽歌气质的沉思",已成为当今世界现代诗歌的基本形态。可我们自己却没有珍视和有效地继承这宝贵的精神遗产。

深入现场与发现问题
——关于新世纪诗歌精神走向的讨论
何言宏

　　至2010年底,新世纪文学刚好走过了十个年头,文学界和学术界都曾经以很多不同的方式来回顾与总结,很多文章和很多会议也都以此为主题,这不仅在一时之间非常热闹,也取得了不少实际性的成果,但是在其中,对于诗歌的关注却相对较少,与新世纪诗歌所取得的成就及它的繁荣与活跃极不相称。正是基于这样的想法,《文艺报》希望改变这样的状况,对新世纪以来的中国诗歌加强关注,并且以其以往所罕见的方式开辟关于诗歌的专栏,进行关于新世纪诗歌精神走向的学术讨论,以此来促进诗歌的健康发展。从如此简单和纯正的想法出发,自2011年7月6日发表张清华的文章《多种声音的奇怪混合》开始,一直到11月16日发表我与潘洗尘、阎志和张尔关于民间力量支持诗歌的对话,在近五个月的时间里,我们基本上以每周一期的速度与频率,一共发表了十七篇总字数约六七万字的文章,颇具规模和很有力度地讨论了新世纪诗歌的方方面面,不仅在诗歌界很有影响,还引起了整个文学界甚至是来自社会的高度关注。

　　应该指出,我们的讨论之所以会产生如此广泛和积极的影响,在很大程度上,应该归功于支持我们和参与这场讨论的诸多诗人和诗歌批评家。他们之中,既有像陈仲义和陈超这样在二十世纪八九十年代就很活跃的前辈批评家,也有像张清华、李少君、罗振亚、周瓒和蒋登科等诗歌批评界的中坚力量,还有柳冬妩、傅元峰、刘春、霍俊明、江非和杨庆祥等年轻一代的批评家,韩作荣、梁平、子川、潘洗尘、阎志和张尔则分别以著名诗人和《人民文学》前任主编、《星星》诗刊主编、《扬子江诗刊》执行主编、《星星》诗歌理论批评双月刊执行主编、《中国诗歌》主编和《诗林》双月号主编的双重身份参与和支持我们的讨论,应该说是这些年来诗歌讨论中的罕见阵容。新世纪以来,他们都很积极地活跃于中国的诗歌现场,不仅都是新世纪诗歌的见证者和参与者,还很经常地发表关于新世纪诗歌的观察与思考,各自都有着非常独到的见解和文学影响,这也是他们的讨论在每一个问题上均有所洞察的主要原因,使我们的讨论具有了非常突出的现实指向和很强烈的现场感。

　　较为全面地关注了我们讨论的朋友可能会发现,新世纪以来,中国诗歌的诸多方面,比如对作为一个诗歌时代的新世纪诗歌的整体把握与基本评价,新世纪诗歌的代际格局、精神走向、诗歌生态与建设性力量,新世纪诗歌中的"草根写作""女性诗歌"

"打工诗歌""地震诗歌"和"70后""80后"的诗歌写作,以及诗歌批评和诗歌在社会责任担当方面所出现的问题,包括像民间资本对诗歌繁荣所作的贡献这些人们虽有所闻但却又知之不详的重要现象,我们都进行了专题性的讨论,通过这些讨论,新世纪中国的诗歌现场被我们作了立体和深入的全面揭示,一幅色彩斑斓的诗歌地图也得以呈现,循乎于此,人们基本上能够较有深度地把握住新世纪中国的诗歌格局。

在这场讨论中,人们也应该发现,参与讨论的诗人和诗歌批评家们所秉持的批评精神和批评立场,都具有着严肃郑重和正大光明的严正性的特点。长期以来,我一直在期待和倡导着一种严正的批评伦理。文学批评既不应该不负责任地到处示好和随意"捧杀",也不应该随时随地地站在道德的制高点上貌似良知般地"酷评"与"棒杀",批评的严正性,是我们这场讨论最为重要的基本特点,也是我们每一个参与者的精神追求。在每一个具体的问题上,虽然每一位作者都能自由发表自己的观点,他们的风格和文章的写法也多种多样,但无论是肯定性的评价,还是否定性的意见,都能建立在以理服人的严正性的基础上,这对保证我们这场讨论的学术品格无疑具有着相当重要的意义。

以严正的批评精神深入现场,必然会发现新世纪以来中国诗歌中的真正问题。在我们的讨论中,围绕着很多对中国诗歌的健康发展真正具有重要价值的基本问题,我们展开了自由、热烈和不时也会有交锋的讨论。比如在对新世纪以来我们这个诗歌时代的基本评价上,张清华在《多种声音的奇怪混合》一文中,一方面指出概括和把握新世纪诗歌"总体性状况"的诸多困难,另一方面,却又借用福柯的说法,认为新世纪以来的中国诗歌呈现出"多种声音奇怪混合"的总体特征,这一特征,不仅体现于众多个性独特的诗歌写作,还很突出地体现于由于社会转型、代际变迁和网络的出现及地缘性因素所导致的诗歌美学的新变,在这样的基础上,张清华对我们目前的诗歌时代,基本上持有一种审慎的乐观,认为"汉语诗歌正在临界一个'准黄金时代'";与张清华相比,陈超的评价却更要苛严。在《"泛诗歌"时代:写作的困境和可能性》中,陈超认为,我们正处在一个"泛诗歌时代",在这个时代中,"作为文体的诗歌,其影响力在减弱,但作为一种审美气质,诗歌其实已经幽灵般渗透在生活中,过去内凝的诗意被分解了",我们经常能看到的是"日常生活中'泛诗歌'气质的弥漫化",这种弥漫化"一方面说明人们还是需要诗意的,但是也给今天的诗人们提出了一个新的考验,就是诗歌被'幽灵化'分解的情况下,怎样继续提供更深刻锐利的诗与思"?非常明显,对于新世纪诗歌的总体性认知,不仅涉及对既往十年的基本评价,会为我们每一个诗人所关心,更是关乎着诗歌所面临的基本任务和它的未来。陈超是在相对来说更加"精英"和更高的层面上来要求与考察我们的诗歌,在这样的意义上,"继续寻求写作的活力,介入时代生存和生命的有效性,对母语可能性的挖掘,就应该成为诗人追寻的基本意向";而与张清华和陈超的思路明显不同的是,蒋登科在社会学和诗歌史的视野中,认为新世纪以来的中国诗歌不仅不是有人所认为的新诗史上的"高峰时期",还"甚至可以说是诗歌的无名时代",这种主要体现为"作者的无名"和"作品的无名"的诗歌时代,意味着"诗歌在一个特殊时代的暂时退场和沉寂",它虽然"不一定代表优秀诗人、诗歌的缺乏,但它暗示的是作品与读者、与社会之间的缺乏共鸣"(蒋登科:《诗歌的无名时代:问题与机遇》);不过,情况虽如此,著名诗人韩作荣却在对诗歌现状认真分析的基础上,非常坚定地认为:"目前,是中国新诗所经历的最好时期之一"(韩作荣:《诗毕竟是诗》),这与李少君对新世纪诗歌建设性力量的积极寻找(李少君:《新世纪诗歌的三支建设性力量》)和罗振亚对新世纪诗歌及物意识的充分肯定(罗振亚:《新世纪诗歌的精神担当与诗艺建构》)一样,都是想通过对新世纪诗歌中某些既往经验的肯定与总结,为未来的诗歌实践确认和寻找某种值得坚持的方向。毫无疑问,对于新世纪诗歌的进一步展开,这样的讨论极有价值。

在新世纪诗歌的发展历程中,有一些更加具体的问题亟需讨论。其中一个很多人都很关注的,便是所谓的网络诗歌。在这个问题上,我们的讨论出现了几种不同的意见。像李少君和张清华,基本上都是网络诗歌的肯定者。对于李少君来说,网络诗歌是他所概括的新世纪诗歌三种建设性力量中首屈一指的一种。因为在他看来:"网络解构了文化的垄断,使得诗歌更加普及,蔓延至每一个偏僻角落,同时也改变了诗歌的流通发表形式,原来以公开刊物为主渠道的诗歌流动发表体制被无形中瓦解了","网络释放了自由创造的力量";而张清华却进一步指出"网络时代的诗歌写作所带来的,不止是文本数量的剧增和泡沫化、语言形式上的无限开放化,更重要的是造成了美学上的变化——'网络美学'成为了一种新的美学趋势与形态"。而"狂欢与娱乐化"和"写作的平权",便是他所认为的"网络时代的诗歌美学";在子川看来,网络虽然带来了诗歌的创作主体、阅读与接受和评价等方面的"革命性的变化",但是在另一方面,却也会导致大量的诗歌垃圾和信息泡沫淹没真正的诗歌写作的遮蔽现象,特别是对更需要安静与沉潜的诗歌这一文体来说,情况就更是如此(子川:《新世纪诗歌的遮蔽与去蔽》)!韩作荣先生则更是直截了当地指出:"我怀疑'网络诗歌'这个概念的有效性",认为"所谓网络文学与传统作家'在生存样态、生产方式以及审美的偏好等方面的重大美学转向或对立',更让我迷惑不解……所谓不同的美学偏好,即使有重大的美学转向或对立,也与网络的关系不大,只是文学观念的不同。而文学观念的背后支撑,不是电脑、网络,只能是哲学"。其他诸如在李少君所提出的"草根性写作"和"新红颜写作"等问题上,陈仲义、周瓒和江非都曾表示过不同的意见。陈仲义在《新的契机和"转身"

——有关新世纪草根诗写》中明确指出李少君关于"草根性"的命名"过于强调普泛性而游离特指性,显得宽泛、不够严密",认为"所谓诗歌的草根性,在我看来,是包括了直取自然'在地',根系传统,注重生命冲动、注重底层经验和原生话语的诸多本土内涵。这些,其实也都根植于古老的乡土性";至于对"新红颜写作",江非和周瓒则分别从命名的有效性(江非:《诗歌批评的问题在哪里》)及这样的命名中所隐含着的"女性写作被再次孤立为凝视的客体,成为无关乎更新写作活力的文化消费话语"(周瓒:《新世纪中国女性诗歌的发展态势》)的倾向提出了质疑。

当然,作为一场论题颇多的系列性讨论,很多论者在诸多问题上形成交锋,非常有助于进一步丰富和深化我们对有关问题的认识,但是在另一方面,由于我们的讨论有一个更加系统和全面的构思与安排,还有一个更重要的任务,就是要对新世纪诗歌的主要方面,特别是其中所隐含着的重要问题有所揭示,所以很多文章的主要任务,便是要对我们前面所说的诸如新世纪诗歌的代际格局、精神走向和诗歌生态以及其中的"草根写作""女性诗歌""打工诗歌""地震诗歌"和"70后""80后"的诗歌写作等现象与问题分别论述,在此方面,我们的讨论所取得的成果非常重要,很多见解都非常精辟,不仅令人感到耳目一新,我想对于每一位相关的诗人和有关的研究者,都一定会深具启发。一种以严肃郑重的精神姿态深入现场的文学批评,一定会在发现很多真正具有多方面价值问题的同时,提出很多富有启发性的建设性意见。

还有一个情况应该指出的是,由于时间安排等方面的主客观原因,新世纪诗歌中另外一些现象与问题,比如像牛汉、郑敏、李瑛、邵燕祥、白桦、郑玲等很多老一辈诗人及王家新、西川、于坚、欧阳江河、周伦佑、柏桦、陈东东和藏棣等中年一辈诗人和新世纪以来重新"归来"并被认为是"新归来者"们的诗歌写作,我们都还没有来得及讨论,好在以我们的讨论作为起点和契机,希望引起文学界和文学批评与研究界对新世纪诗歌的进一步关注也是我们的初衷之一,很多方面的进一步讨论,一定还会有另外的场合。在此方面,我们真的是充满了期待!

散文创作需要品位和风骨

王必胜

不管作何解释,散文受到关注,是时下文学不争的事实。凡二十多年,在所谓文学风光不再、日渐边缘化的情势下,散文却保有方兴未艾、高歌猛进的势头。当下的散文创作,可谓泱泱大势,花开四季。仅从其巨大的产量、规模宏大的作者队伍,以及众多文学刊物上的栏目,包括一些专门性的散文刊物,林林总总,可以看出其数量是可观的。而且,从文学的年选、选本、选刊看,散文也占有很大的市场,有很大的销售量和读者群。

据统计,散文的量,仅出书一项,每年都可与长篇小说比肩,达三千部(集)之多。当然,这里是指具有相当的文学性的散文作品。然而,散文最容易成为一种四不像的文体,成为各种文学垃圾的袋子。所以,在这样的既有无限的量的虚高扩张,又有来自评论界对其提出的散文创作纯粹化的要求之形势下,不能不提出散文创作的品位和风骨问题,这也是一个支撑散文创作可持续发展的问题。

品位是指精神气质、品性和德行之类,而风骨则是灵魂,是气质之上的一种骨气。散文如果缺少了风骨,就如同人得软骨病。刘勰在《文心雕龙》中有专篇论及"风骨",在刘勰看来,文章风骨者,"故辞之待骨,如体之树骸,情之含风,犹形之包气。结言端直,刚文骨成焉,意气骏爽,则文风清焉"。

关于散文的定义众说纷纭。与其进行定义,不如在与其他文学门类相比较中认定。散文是文学园林中一株奇花异树,如果把小说比作牡丹,雍容华贵,将杂文比作玫瑰,瑰丽冷艳,诗歌如同月季,妖娆灵动;而散文就可视为桂花,不事张扬,多是暗香浮动,其气清雅,其味浓郁,其形高洁。而这盖源于其风骨与灵魂。

读一篇好散文,我们不满足于其知识的丰富、文献的广博,不止步于其语言的华丽彩饰,不流连于情感的充塞,我们更为看重的是它的思想的分量和题旨的深挚。我们从盎然诗意中看到人文精神,我们从鲜活的纪实场景中看到文化源流的磅礴气象,我们从人物故事中看到了生命精神的传承蕴含,我们从游走行旅中看到了自然与人生的牵连融会,或者,我们在文本中得到的是精神指向上的感悟。我们喜欢这类散文,是因为作者超越语言和故事,有深刻的精神生发和意义表达。我们从中得到了关于自然、人生、文化、情感以至生命,诸多方面的形而上的精神滋润。这就是文字的力量,这就是文章的精神气度和思想的分量。

散文创作是没有题材限制的。所谓花鸟虫鱼,世上万物,无所不包。亲情、历史、生态以及游历、读书之类,成为散文题旨的几大方面。在时下的散文创作中,亲情感悟、历史回思、对思想者精神世界的描绘,以及关注日常生活与现代化发展等诸多现实问题,成为散文创作当下性的重要内容。当然,在散文的创作风格和写作形式上,也有不少作者进行多方试验和理论言说,如新散文写作、大散文的试验,以及在场主义等理论归纳。只是与散文创作的风火强势相比,这些试验和理论主张没有得到更多的呼应,也因为没有文本上相应的变化和出新,而呈现出自说自话、自生自灭的状况。

检视散文近年的创作,我以为,散文恒定的几大类题旨延续了散文创作的基本状态。我们可以为许多书写亲情和逝去的人生、过往的历史的回忆之作击节赞叹;我们可以追寻散文家们游历天下名胜,倾情于抒写者的见闻才情以及独到的感发,为那些华美飞扬的文字而倾倒;我们也可以触摸一些读书思考者阔论天下、纵横时事的一颗颗真诚火热的文心,为那些勇于进取、敢于担当的人文良知和人文情怀而兴奋。所以,散文的高下首先是在思想内涵上、在品位和风骨上,见出特色和斤两,这些也成就了当下散文的标格和气象。

当下的散文,我们看重的是作品的精神内涵,是其风骨刚健的品相,是对社会生活中人文精神的生发和提炼。过去的一年,历史前行遇合了这样一个时间节点,这就是中国共产党成立九十周年、辛亥革命百年。"文章合为时而著"。在两个纪念时间中,作家们应时而作,却有自己的独特感发,有着个人化的主体精神的张扬。在对过往历史的凝视和回望中,有对党史人物和红色历史的重新描摹,有对延安精神的深度阐释,有对辛亥百年人和事的一种当下认知。无论是写人还是记事,无论是对群体形象的描绘,还是对某个史实、某一人物精神的重新开掘和表达,散文的人文精神和历史情怀都得到凸显和高扬。这一绕不过的年代叙事是历史节点中文学书写的重点,也让一些散文特别是"红色散文"有了风骨,见了分量。尤其是几位有着"少共情结"的老作家的文字,情感深挚,在期盼与寻找中,完成红色人物、历史情怀与时代精神的对接。像梁衡的《一个尘封垢埋却愈见光辉的灵魂》、王巨才的《回望延安》、项小米的《曾经有过这样一群人》可作如是观。唯有这样的作品,所谓纪念,才显示出意义。梁文着重于一代伟人张闻天在庐山旧居的寻找,感叹于一个孤傲灵魂的晚景,也感叹于:"历史是一个公正的判官;历史的风雨会一层一层地剥蚀掉那座华丽的宫殿,败者也会凭借自己思想和人格的力量,重新站起身来,一点一点地剥去胜者的外衣。"怅然千秋,一腔情怀,如泣如诉。王文则将延安时期领袖们的民主精神、亲民作风、法制思想以及个人的精神情操一一再现。它是对共产党人的精神源头的回望和凝视,是对深重的人文情怀的呼唤,是对民主和公平的珍视。熊育群的《辛亥年的血》、黄刚的《山高谁为峰》等作品中,一代年轻作家将他们对于革命历史的精神眺望,写得情义充盈,寓意高迈,尤其是对于过往的历史和人物,如何承续其精神,如何在精神方位上进行对接,是这类宏大主题中的人文因子。当然,不独是这类红色风云和革命叙事,散文的题材广泛,题旨丰饶,通过时下驳杂纷呈的生活风景的多侧面展示,通过心灵、情感诸多层面的开掘,散文的当下性和烟火味等,油然而出,丰富了散文的总体面貌。写凡人生活、市井人物,甚至于青春记忆、童年往事等的作品,也使得散文从整体面貌和精神向度上,有了丰厚的灵魂和俊朗的风骨。

作为时下文学多产户,散文作品的铺天盖地、业界对散文的宽容、读者对散文的渴求,种种因素使得散文在这个风云际会的时代有着无限可能。在一个一切都在变异与发展的时代,散文是幸运的。然而,我们也应该警惕散文过度泛化、过度散漫而随意的轻唱浅吟,或小题大做、无病呻吟,这些会导致散文创作的误区和读者的冷漠。同时,我们也不必为抒写风云而硬性地高蹈升华,以宏大叙事为能事,从另一面隔膜读者。正是在这一点上,我们看好时下散文纪实、纪事的真切、直面和赤诚。这种非虚构类的作品受人关注,也许正是散文精神和风骨高扬的一个佐证。

在众多的文化散文中,我们看到,无论考察地域、抒写故乡、描绘记忆,还是关于亲情母爱或家国人生,这类纪事写实的文字,形成了一种风潮。但我以为,只有注入了人文精神的元素,注重对人的精神世界的揭示,所写的内容不虚夸,不矫情,不炫耀,这样的散文才是最有品位和风骨的。比如,在贾平凹的《定西笔记》这个较长的文本中,广袤而开阔的地域方位、广大而粗犷的精神视野,结合真实而流动的生活场景,使我们看到一个既边远辽阔又沉静而滞迟的生活,其间,有黄土地上的人们坚韧中的固执,有底层生活中的放荡而正直的秉性,有自由生命状态下的无奈与渴求,也有原生态文化的粗鄙、结实与淳朴。重要的是,作者在描写这一方有着特殊文化意义的山地风貌、人文景象时,采用了潇洒淳朴的笔调和几近田野笔记式的写实文字,成为时下散文的一大景观。多年前这类散文被当作大文化散文风靡一时,也许已经见惯不怪、了无新意了,而贾平凹此次不惮重复、再续此道,表明作家的自信。他遮蔽了许多主观情绪的表达,以细致的描摹证实了他心中的定西——在这块文化、生命、自然的大地上,活跃着无限可亲可爱的自由精神因子,也为我们现代化发展提供了一个较为特殊的乡土文化标本。而这可能是散文最需要与大地、与人生、与自由生命对接共生的东西。另外,老作家袁鹰的《发热年代的发热文章》从另一方面直面20世纪50年代精神狂热者们的行为,反省作为参与者的过错,并进行精神救赎。一代过来人对于当年种种热昏作为的自觉与自省,读来令人扼腕。历史的进步和精神自强者的自省,成为散文家思想层面的可贵表达,使这类纪实回忆的文字平添了分量。此外,刘亮程的《树倒了》以及冯唐的一组写日常生活的散文,都是在对生活真实的描绘上,显示其性情,虽细琐但不低迷,虽是日常小事,却也有微言真谛,有着别样的精神内涵。

散文这个文学品种业已有了既定的写作路数,即对生活和人事的真诚描绘和书写,因而难以在写作上有多么新的变化。所以,当我们试图在总体上找寻一个年度、一个时段的散文创作特色时,即便是有些微的发现,我们也会欣喜,也会着重地举荐。若当如是,散文的风骨就是我们对过去一年散文精神品质的认定。

新世纪报告文学二人谈:大时代的主旋律与多声部

丁晓原　王晖

丁晓原:我想,没有哪种文体比报告文学与现实社会更具有直接的关联了。"每一个时代产生了它的特性的文学,'报告'是我们这匆忙而多变化的时代所产生的特性的文学样式。"茅盾先生真切地揭示了报告文学这一"时代文体"的独特质性。一个时代有一个时代的报告文学。党的十六大以来的十年,中国社会转型深刻全面,现实生活丰富复杂,激活了报告文学文体发展的动力,使之又呈现出跃动前行的态势。报告文学以自己的方式,记录着一个大时代发展的全景和特写,并且以文体自身的某种优长,参与了新世纪时代精神建构的宏大工程。十年报告文学,是一部激越大气的交响乐,其中有主题鲜明的主旋律,也有变奏繁复的多声部。

王晖:的确如此。与其他文体相比,报告文学对于现实的依存度、切近度和反应度,无疑是最高的。你说的"时代文体"正是对报告文学与现实关系的形象概括。近十年来,中国的高速发展举世瞩目。中国的报告文学作家亲身参与并亲手描绘了这样一个经济转型、社会转型、文化转型的变革时代。我同意你讲的"主旋律"和"多声部"。在我看来,如果从报告文学的书写对象上来看,"主旋律"主要指的是报告文学对于十年中具有全国性影响或意义的事件与人物的再现、对践行社会主义核心价值体系的重要表现,而"多声部"则表示报告文学对于当下现实生活各个领域所做的及时的艺术传达。作为非虚构文学的主力文体,报告文学正在度过自20世纪90年代以来的低谷期,走向裂变与复兴的新时期。

报告文学,大时代的大写

丁晓原:报告文学独特的文体价值,在于它以文学的方式记录时代、报告现实。从某种程度而言,今天的报告文学就是明天的历史文献。历史会渐行渐远,而报告文学却可将其存活。近十年来报告文学最重要的意义,就是大写了这个大时代,为我们摄录了关于这个时代行进中的种种现场图景。这十年,机遇与挑战并存,国家大事、喜事、难事很多,对此,报告文学没有缺位,报告文学作家以极大的社会责任感深入生活现场,以个人的、非虚构的方式进行实录。

王晖:以艺术的方式记录现实、再现时代,是报告文学与生俱来的文体内质。今天的报告就是明天的历史——这正是报告文学的文献性之所在。在我看来,是否具有文献性,是衡量一部或一篇报告文学能否成为优秀之作,甚至成为经典的必备条件。百年中国报告文学的发展历程告诉我们,对民族国家处于重大转折或激变时期的描绘与再现,成就了这一文体从无到有、从弱到强、从附庸到独立的辉煌。你说这十年报告文学最重要的意义,就是它大写了这个大时代,这个判断无疑是准确的。我想强调的是,在这十年中,作家"大写"时代的方式正在发生改变,即由过去单一的公共话语走向公共话语与个人话语的结合,甚至完全就是个人话语的书写方式。譬如近几年来风行的"非虚构"写作,它使报告文学的新闻特性逐渐走向隐性的同时,放大了这一文体以个性化为特质的文学性表达。作为非虚构文体,报告文学切近现实、连通现实、再现现实,既是凸显它的文学价值,也是防止文学游离社会、自说自话,甚至最终被边缘化的一个好途径。

丁晓原：报告文学大写大时代,呈现了许多重要的社会事件,譬如北京奥运、上海世博、载人航天,等等。举办奥运是中国的百年梦想,大量的作品从各个不同的角度全方位地叙写申办、筹办、举办奥运会的历程。孙大光的《中国申奥亲历记——两次申奥背后的故事》对"申奥背后的故事"做了具体生动的叙说,孙晶岩的《五环旗下的中国》则是一部关于奥运筹办信息的综合报告,而李琭璐的《光荣与梦想——2008北京奥运会掠影》,以"掠影"的方式摄取了北京奥运会举办的现场盛况。2010年的上海世博会,也是举全国之力、广有世界影响的盛事,孙晶岩的《珍藏世博》对上海世博会做了全景式的文化解读,留存了我们关于世博的珍贵记忆。此外,有关重大建设成就的作品,也是琳琅满目。《大漠飞天——中国载人航天发射实录》《中国航天员飞天纪实》《飞天梦圆——来自中国载人航天工程的内部报告》《飞向太空》《飞天骄子——杨利伟》等作品,对我国载人航天工程和航天英雄做了及时而翔实的报告。徐剑的《东方哈达》、蒋巍的《闪着泪光的事业》分别记写了青藏铁路和高铁的建设,为这些深具历史意义的大工程留下了既具有文献价值,又有文学力量的大纪实。

王晖：除了你上面说的几个方面,我觉得,报告文学对于汶川大地震和抗击"非典"的纪实,以及改革开放三十周年的纪念,也在其十年的发展中占据着重要的位置。作为灾难写作,汶川大地震题材给予了报告文学作家一个绝好的才智展示平台。李鸣生的《震中在人心》和朱玉的《天堂上的云朵》,在我看来是大地震灾难写作中的突出之作。前者着力于描述大地震对于人心的震撼与重创,讲述大难当前时人性、人情,人生的善与爱、恶与丑,具有别具一格的深度。后者视角着眼于对震中北川的灾难直击和救援书写,真挚的情感和流畅的表达使这篇作品感人至深。何建明的《英雄北川》、张胜友的《北川重生》、江宛柳的《英雄唐家山》、徐剑的《遍地英雄》、赵瑜与李杜的《晋人援蜀记》、李春雷的《夜宿棚花村》、裘山山的《我亲历,我看见》、李青松的《大地震:卧龙人和熊猫》、刘堂江等的《热血师魂》等作品,也从不同的视角传达了作家们对于大地震惨状,以及震后救灾、重建等过程的亲历与感受。何建明的《北京保卫战》、杨黎光的《瘟疫,人类的影子》则力图表现全国上下众志成城抗击"非典"的斗争。这些作品都从不同角度为报告文学的灾难写作做出了可贵的探索。纪念改革开放三十周年的报告文学中也涌现出不少好的作品,比如李春雷的《木棉花开》,何建明的《台州农民革命风暴》《破天荒》《我的天堂》,张胜友的《珠江,东方的觉醒》,吕雷和赵洪的《国运》,等等。如果说,有关汶川大地震的纪实书写是一个重点聚焦的话,那么,对于改革开放三十周年的写实则是散点透视,它们所涉及的领域、事件、人物数不胜数,好像一个阔大的、球幕状的全景。它们对于中国进入 21 世纪的辉煌进程的艺术记录,或许将成为当代人甚至后代人了解这段中国现代史时必不可少的一部分。

报告文学,核心价值的诠释

丁晓原:新世纪以来,中国的现代化建设取得了突飞猛进的成就,但是,没有人的现代化,就不是真正的现代化。不可忽视的是,如今,物质至上成了一部分社会成员的基本价值取向,人的物化销蚀着人之为人的真善美的品性,毁损了人的道德底线,出现了一些影响严重的社会事件。基于此种情势,主流意识形态及时提出了"建设社会主义核心价值体系"的重大时代命题。作为一种时代文体,报告文学自觉地承载了传扬时代精神的使命。报告文学作家对人的道德滑坡等问题,没有用一种规模化的"问题报告文学"的方式加以呈示,而是更多地选择对现实中具有丰富的核心价值要素的典型人物和事件,以正面弘扬的方式进行报告,以正祛反,从另一个角度对道德负面的社会存在进行否定。

十年来,这类作品不仅数量众多,而且不乏优秀之作,成为报告文学创作的重要亮点。何建明的《我们可以称他是伟人》《天堂创造者》《根本利益》《让总书记感动的人》等作品,对吴仁宝、常德盛、梁雨润、刘义权等模范人物的感人事迹和崇高品德进行了热情讴歌。李春雷的《幸福是什么》、周建新的《朋友,我能给你什么》,生动叙写了"当代雷锋"郭明义的精神风采。另外,报告文学作家也注重报道现实中普通而伟大的人生,获得鲁迅文学奖报告文学奖的《用胸膛行走西藏》,礼赞了奋战在川藏线、新藏线上的武警交通官兵的献身精神和敬业精神,《热血师魂》歌颂了汶川地震中教师舍己大爱的光辉形象,《城市底色》表现了城市"好人"的道德情操,告诉读者什么是城市之美的灵魂,《丹东看守所的故事》细说大墙中美好的人性故事,《信义兄弟》中哥债弟还的感人事迹,真实阐释了现代商业社会弥足珍贵的"信义",悲剧中闪烁着质朴而崇高的人性光辉,《感动中国的桂西恩》中对艾滋病病人不离不弃的桂西恩,是一位使人肃然起敬的现代大医。读这些作品,我们的心灵会得到洗礼和升华,人性美好、道德高尚的阳光时刻温暖着我们。

王晖:着力于人的道德、理想、信念、操守建设,是构建人的现代化的重要组成部分。在这十年间,对于你上述的那些具有全国性影响的先进典型的书写,报告文学功不可没,在很大程度上显示出了文学的"正能量"和社会的"正能量"。同时,报告文学并没有遗忘对于社会中存在的"负能量"——即假丑恶现象的揭露与抨击。梁鸿的《中国在梁庄》、陈桂棣等的《中国农民调查》、魏荣汉等的《昂贵的选票》对于"三农"问题的关注,朱晓军的《天使在作战》对于医疗卫生界某些严重问题的揭露,一合的《红与黑》、杨黎光的《惊天铁案》、邢军纪的《第一种危险》对于官员腐败和"人性腐败"的书写,赵瑜等的《王家岭的诉说》、长江的《矿难如麻》对矿难事件的调查等,都诠释了当代社会的另一些侧面。这些作品以对这些侧面的真实描写告诉我们,在中国经济高速发展之时,核心价值体系的建设刻不容缓。

报告文学的"百花园"

王晖:在这十年里,报告文学比较好地做到了对时代主旋律和核心价值体系的形象阐释。正像中国社会越来越走向多元化一样,报告文学也正在形成一个"多声部"的格局。其中的一个重要标志就是,日常生活开始进入作家的描述视野,在力求表现深度的同时,尽可能地拓展其表现的宽度。譬如黄传会的《天下婚姻》书写共和国三部婚姻法的制定和修改历程,由"婚姻"而论"天下";周勍以《民以何食为天》为题,关注当下国人的食品卫生安全;郝敬堂等的《厕所革命》直言厕所改革;徐江善的《中国,车祸之痛》思考交通安全问题;林因等的《太阳灼伤的土地》直击海外中国劳工的生活;刘茵的《砸车奇遇》描述邻里"好人";陈歆耕的《猫鼠大战》聚焦反扒"神警"与小偷。另外,还有许多作品立足于对历史的深度解读或重新阐释:比如,王树增的《长征》《解放战争》《1911》,张庆洲的《唐山警示录》,黄传会的《潜航》,陈秉安的《大逃港》,刘国强的《日本遗孤》等。

丁晓原:你在两年前曾用"裂变与复兴"概括新世纪以来的报告文学,其中所言"裂变"揭示了报告文学呈现的"多元态势"。20世纪80年代的报告文学,主要有《船长》《祖国高于一切》和《西部在移民》《伐木者醒来》两组主题关涉歌颂与批判的写作,而近十年来的报告文学已很难再用这两个关键词概括了,这一文体呈现出明显的多元发展的趋势。社会转型的深化进一步促成了文学的边缘化。边缘化的文学生态促进文学以自己的方式表现对象世界。就报告文学而言,价值取向、题材选择、表现形式等都发生了许多新的变化,多样性、丰富性成为近期报告文学的重要特征。在我看来,这一时期关于报告文学及其相关命名的争议,从积极的方面理解,正好反映了人们对于报告文学文体发展可能性的探索,反映了新时期报告文学新的存在。

而从报告文学作家的创作实际而言,许多作品在叙事方式上出现了一些有意义的实验。赵瑜的《寻找黛莉》以悬疑追寻的方式构篇,使作品具有很强的叙事引力,李鸣生的《千古一梦》采用双声叙事,《发射将军》将革命叙事、专业叙事、人性叙事等有机地融合一起,多重叙事是对此类题材写作的重要超越。何建明等的《忠诚与背叛:告诉你一个真实的红岩》,因虚求实、虚实互文,小说与写实、历史与现实、忠诚与背叛,多质合致,有效地增强了作品的叙事魅力。李春雷的《木棉花开》以个人散文的方式,改写了重大政治题材的生成模式。陈歆耕的《废墟上的觉醒——关于汶川大地震志愿者的问卷调查》,作者通过电子邮件对志愿者进行问卷调查,并借助志愿者自述的电子文本构篇,作品的生产方式颇为别异。陈启文的《共和国粮食报告》是一部用脚走出来的"粮食史记",基于扎实的田野作业,重构历史报告文学写作的基本伦理。由此可见,十年来,越来越多的报告文学作家注意寻找适合自己、也适合报告对象的个人方式。这样,报告文学文体就不再是一枝独秀,而是百花竞开了。

文体建设的"组织化"

丁晓原:文学的"组织化"是中国文学制度的一大特色。报告文学是一种独特的文体,独特之一就是它既是个人写作,同时又是社会写作,因此,适当的"组织化"有利于推动报告文学文体的持续发展。评奖是"组织化"的重要方式,有关报告文学的全国性评奖有三项:一是中宣部精神文明建设"五个一工程"奖,作品奖7个门类中有文艺类图书,包括长篇小说、报告文学等,其中报告文学占了很大的比重。以2009年评出的第十一届全国"五个一工程奖"文艺类图书获奖作品为例,共有28部(篇)作品获奖,其中《感天动地——从唐山到汶川》《我的天堂》《千古一梦——中国人第一次离开地球的故事》《神七纪实》《中国海军三部曲》《大学生"村官"》《真爱长歌》等为报告文学。这一奖项是对主流价值观报告文学创作的肯定和激励。二是鲁迅文学奖报告文学奖,这十年中(共3届)获奖的报告文学作品有:杨黎光的《瘟疫,人类的影子"非典"溯源》、李春雷的《宝山》、赵瑜等的《革命百里洲》、朱晓军的《天使在作战》、何建明的《部长与国家》、王树增的《长征》、李鸣生的《震中在人心》、关仁山的《感天动地——从唐山到汶川》等,共15部。虽然不能说这些作品是这一时段最优秀的,但它们代表性地反映了报告文学的多种主题取向、多种题材选择,以及表达形式的多样性和丰富性。三是中国报告文学学会徐迟报告文学奖,2004年、2008年和2011年三届共评出何建明的《根本利益》、张雅文的《生命的呐喊》、满妹的《思念依然无尽——回忆父亲胡耀邦》、杨晓升的《只有一个孩子》、黄传会的《我的课桌在哪里》、赵瑜的《寻找巴金的黛莉》、李春雷的《木棉花开》、丰收的《王震和我们》、杨黎光的《中山路》等10多部获奖作品。这些获奖作品较好地体现了报告文学的思想精神和文体的拓展与创新。此外,针对报告文学理论批评的薄弱,中国作家协会创研部、中国报告文学学会和全国报告文学理论研究会多次组织举办全国报告文学理论研讨会,促进了作家与批评家的零距离交流,有效地激活了报告文学的研究氛围。中国报告文学学会还组织开展了首届全国报告文学理论奖的评奖,共有4部著作获大奖、4部著作获优秀奖。这些情况表明,报告文学并不全然是冷寂的,而是颇为热闹的。只是这种热闹不是炒作,而是建设性的。

王晖:"组织化"写作,对于报告文学而言确实是重要的一环。特别是在今天市场经济的环境下,没有各级作协"组织"的支持,要完成高成本的报告文学写作,是十分艰难的。你所说的"评奖""研讨"等方式,对于十年来的报告文学发展具有重要的推动作用。除此之外,中国作协还组织了各类主题的写作活动,譬如国家重点工程和大型企业采访,抗击"非典"、抗击南方雨雪冰冻灾害、汶川和玉树大地震灾区采访,走进"红色岁月"活动,作家"走基层""走转改"活动等。这种"组织化"写作对于报告文学作家的可持续发展和报告文学创作的可持续繁荣,都显得尤为重要。中国报告文学学会会长何建明在今年6月份召开的中国报告文学学会第三次代表大会上提出,每一年应组织几次笔会,每一年要召开一次理论研讨会,每一年要编选《年度报告文学选编》。这些都可以看作是强化和推进报告文学"组织化"写作的基本举措。

英雄主义精神向度与现实主义写作伦理

朱向前　傅逸尘

新世纪以来,军旅文学在文体自觉与技术创新的过程中,更加贴近部队现实生活,更加关注战斗力生成提高,创作出了一大批有质量、有人气、有影响的优秀作品。徐贵祥的《历史的天空》、柳建伟的《英雄时代》以及周大新的《湖光山色》分别荣膺第六、第七届"茅盾文学奖",标志着新一代军旅长篇小说作家的成熟与崛起,并影响、带动了军旅影视剧的全面繁荣;温亚军的短篇小说《驮水的日子》、李存葆的散文《大河遗梦》、朱向前的《朱向前文学理论批评选》折桂第三届鲁迅文学奖;党益民的《用胸膛行走西藏》、王宏甲的《中国新教育风暴》、王树增的《长征》以及裘山山的《遥远的天堂》斩获第四届鲁迅文学奖。在第五届鲁迅文学奖评奖中,刘立云的诗集《烤蓝》,王宗仁的散文集《藏地兵书》,李鸣生、彭荆风的纪实文学《震中在人心》《解放大西南》以及陆颖墨的短篇小说《海军往事》联袂获奖,赢得了新时期以来军旅文学在全国性大奖中的一次最大丰收。

此外,在中宣部"五个一工程"奖等其他重要评奖中,军旅作家也多有收获。作为当代文学"精神写作"的中坚,军旅文学始终站在时代精神的高度,坚持先进军事文化的前进方向,坚守主流意识形态表达,将中华民族的思想精神融进了文学的血脉。当理想、道德伦理和价值观念面临市场经济大潮的剧烈冲击时,新世纪军旅文学所积聚的理想化、崇高感和英雄主义精神能量却以担当与拯救的方式最大限度地释放。一大批优秀军旅长篇小说在社会上产生了持续而广泛的影响,满足了人民对英雄理想、崇高信仰乃至强悍或粗粝人格的新一轮文学想象。以军旅长篇小说的繁荣为标志,中国当代军旅文学的"第四次浪潮"为新世纪中国文学吹来一股强劲的浩然之风。

"第四次浪潮"与通俗化转向

20世纪90年代中期以降,在全球化语境中,中国市场经济体制得以确立并逐渐深化,多元文化格局初露端倪,传统的道德伦理价值体系随即溃散为"无主题变奏"。主流意识形态变换了自身的存在方式与表意策略,与新崛起的"大众文化意识形态"达成一种从未有过的协商与共享模式,启蒙性、政治性、宣传性、说教性的硬性表达逐渐被商业化、消费性、娱乐性、想象性的软性话语所替代。市场逐渐取代了政治,成为军旅文学发展的风向标,军旅文学的集群性冲锋亦随之瓦解,一度陷入整体性低迷。这种转向的另一个结果则是"个人化写作"在军旅文学中的滥觞,军旅作家们获得了极为鲜见的写作自由与发展空间,这无疑为军旅文学几年后的变革前行埋下了伏笔。

进入世纪之交,军旅作家开始"突出重围",长篇小说创作已由20世纪末涛声隐隐的"潮汛"衍成了"波涛汹涌"的"第四次浪潮":都梁的《亮剑》,徐贵祥的《历史的天空》《八月桂花遍地开》《四面八方》《高地》《马上天下》《明天战争》,裘山山的《我在天堂等你》,马晓丽的《楚河汉界》,项小米的《英雄无语》,朱秀海的《音乐会》,周大新的《预警》,王玉彬和王苏红的《惊蛰》,张卫明的《城门》,兰晓龙的《士兵突击》,李西岳的《百草山》,刘宏伟的《大断裂》,刘静的《戎装女人》,王海鸰的《大校的女儿》《成长》,方南江的《中国近卫军》,麦家的《解密》《暗算》《风声》,邓一光的《我是我的神》,歌兑的《坼裂》,李燕子的《寂静的鸭绿江》,李亚的《流芳记》,张慧敏的《回家》,黄国荣的《碑》,王筠的《长津湖》,王凯的《全金属青春》,王秋燕的《向天倾诉》,苗长水的《军事忠诚》,刘猛的《狼牙》,裴指海的《往生》,王甜的《同袍》等新作、力作逶迤而来,连绵不绝。它们或直面当代军营,或回望战争历史,全面展开对军人形象的崭新塑造,对军人价值的沉重追问,对战争与和平、人性与异化等形而上问题的哲学思辨,在恢宏的时空中包容了军旅生活的丰富性和多样性。

新世纪军旅长篇小说在坚守主流表达和自身文学传统的同时,更呈现出了开放性、复杂性、多元化的全新面貌,这其中最为核心的变化是双重"回归":一是回归长篇小说叙事性文体本源,开始注重故事性和形式探索;二是回归文学对象的生命伦理和生活本体,开始关照复杂人性和个人命运,重视日常生活经验的现实表达。前者呼应了叙事文学虚构的文学本体性要求,标志着新世纪军旅长篇小说叙事观念的觉醒和文体观念的自觉;后者则反拨了长久以来"政治话语"对军旅文学的规训与异化,开始关注军人的个人命运和个体经验,在历史、战争和现实层面探寻更为广阔的人性空间和精神存在。新世纪军旅长篇小说在传统现实主义的基础之上添加了颇具现代性的写作技巧,将现实主义与现代、后现代的写作方法与观念进行了有效的融合,有效探索了长篇小说文体的多种可能性。军旅作家以从未有过的激情对小说形式与技巧进行探索,以期最大限度地扩展小说的精神和想象空间,在故事之外赋予了作品更深刻的思想和意义内涵,出现了内容形式化、形式本体化的审美倾向,彰显了创作主体的文体自觉和技术创新的努力,标志着军旅长篇小说对文学性本源的回归。

在另一个向度上,亦应看到,近年来军旅长篇小说在图书市场上十分走俏,经常登上各大图书排行榜的前几名。军旅生活和军人形象已经成为大众文化关注和偏爱的一种文学题材资源,地方作家的踊跃"加盟"也助推了军旅题材长篇小说在图书市场的持续红火。事实上,面对新世纪以来文学艺术的产业化趋势,军旅文学一直在寻觅着自身的文化定位,探索着适应时代变化的表达方式。近年来,军旅长篇小说开始了文化与文学层面的"通俗化"转向,借助"通俗文学"特有的审美特征,迅速抢占了图书出版与电视剧市场的"高地",并凭借着对军旅文学核心价值体系的张扬,产生了巨大而广泛的社会影响。通俗化的军旅长篇小说和军旅作家渐渐远离了纯文学语境,自觉融入了日益强势的大众文化空间。以新世纪军旅长篇小说的繁荣为基础,军旅题材影视剧《人间正道是沧桑》《亮剑》《我的兄弟叫顺溜》《长空铸剑》《突出重围》《爱在战火纷飞时》《历史的天空》《高地》《英雄无语》《和平年代》《新四军》《最后的骑兵》《激情燃烧的岁月》《军歌嘹亮》《波涛汹涌》《井冈山》《横空出世》《士兵突击》《我是特种兵》等持续热播,培养并巩固了数量庞大的读者群,进而形成一个牢固而强势的"军旅亚文化场域"。商业出版和影视传媒成倍放大的覆盖力量,带动整个新世纪军旅文学(包括虽然寂寞但仍旧默默前行的诗歌、散文、报告文学和中短篇小说)一道汇入了波澜壮阔的"第四次浪潮",形成了新中国军旅文学史上最为缤纷多元的雄奇景象。

从纯文学的角度观之,2005年可视为新世纪军旅长篇小说的一个转折点或分水岭。此前的军旅长篇小说开始有意识地克服传统军旅文学一味执着于故事、人物、思想、主题、宏大叙事和写实原则的桎梏,发生了本质性的调整。在现实主义的底色上,新一代中青年军旅作家勇于进行形式探索和技术实验,文体意识的自觉性与文学视野的开阔度显著提高,使得新世纪军旅长篇小说呈现出前所未有的繁荣、多元景观;而此后的军旅长篇小说,伴随着新的消费主义文学生态的建构成型和逐步深化,开始了文学性层面的"通俗化"转向,绝大多数作品尽管依然较为均衡地维持在"水平线"之上,却鲜有令人耳目一新的重要作品问世。军旅长篇小说逐渐丧失了艺术探索和形式创新的锐气,对特定题材的开掘力度和思想深度渐趋下降,文体自觉与技术创新的新潮不断式微,代之而起的是以市场为导向,以网络、电视、商业出版为媒介的"通俗化"浪潮。悄然间,军旅长篇小说已经变换了存在方式和发展路径。

"孤岛"耸峙与砥柱中流

这里所说的"孤岛"是指进入新世纪以来军旅文学整体态势中一个突出的现象,即"孤岛现象"。这也是它区别于20世纪八九十年代军旅文学的一大特点。自新时期以来,无论是80年代之初的"两代作家在三条战线作战",还是90年代之初的"农家军歌",总体都呈现一种"集团冲锋"的方式,人数众多,声势浩大,引起文坛的广泛瞩目。然而,进入新世纪以后,在商业语境强化和政治语境淡化的双重夹击下,军旅文学也急遽分化,当年"群体作战"的军旅作家队伍也飞鸟各投林,或通俗化,或影视化,人员流散、斗志涣散,只有少数执着的坚忍者仍在"商海横流"中显出英雄本色,像滔滔商海中的"孤岛"一样,岿然耸峙蔚成大家气象。其中,以长篇小说崛起的徐贵祥、以非虚构文学坐大的王树增都是其中的典型代表。

20世纪90年代中期至今,徐贵祥连续推出了《仰角》《历史的天空》《八月桂花遍地开》《明天战争》《特务连》《高地》《四面八方》《马上天下》等8部长篇小说,都是直面历史战争和当下军队现实的重磅之作。时间上涵盖了抗日战争、解放战争、朝鲜战争、当代和平军营及新军事变革等重要历史阶段,塑造了一大批敌、我、友军从基层官兵到中高级指挥员以及战术专家、政工干部、特种兵、医务人员各色人等。特别是《历史的天空》中个性强悍的草莽英雄梁大牙,《八月桂花遍地开》中高蹈空灵而又深藏内敛的沈轩辕,《马上天下》中深谋远虑执着追求"不战而胜"的战术专家陈秋石等,都已经进入了当代军旅文学的重要人物长廊,显示了作家在新世纪军旅文学创作中的雄心和进步。徐贵祥的成长表明,部队的中年长篇小说作家已经成熟,并且成为战争文学长篇小说创作领域中的主要标志性人物——这辆正面强攻战争文学的重型坦克已然占领了"高地"。

此外,非虚构文学的繁荣发展,使之堪称是与长篇小说并驾齐驱、等量齐观的新世纪军旅文学的另一重型文体。21世纪十余年来,王树增接连推出了《朝鲜战争》、《1901年》、《长征》、《解放战争》(上、下)、《1911年》等多部"非虚构类长篇文学",构筑了他心中宽广而有深度的中国近现代史。饶有意味的是,王树增非常执着地采用"非虚构"写作手法,并且对此有着自己独特的理解:"对曾经发生在历史进程中关乎民族、社会和民众命运的重大的人与事有高度的敏锐性,能够对这些人与事做出作家自己的具有创见的评判,并用具备文学品质的表述风格,鲜明而具有责任感地对人物和事件与读者一起做出饶有趣味的、富于思辨意义的解读。"此中表达了三层意思,一是描写的广度,即"关乎民族、社会和民众命运的重大的人与事";二是思考的深度,即"做出作家自己的具有创见的评判";三是其中的文学性,即"具备文学品质的表述风格"。此处重点解释第三点。王树增之所以如此看重报告文学的文学性,原因之一就在于他原本是一个优秀的小说家。王树增的小说家底子在他的《长征》等作品中有两点突出表现,即语言和细节。王树增的语言脱胎于小说,比一般的报告文学语言更具张力,更加生动鲜活、细致入微,也更加适合营造气氛、意境和情调。同时,王树增比一般的报告文学作家对细节的捕捉更敏感、运用更灵活、安放更妥帖,并更具匠心和诗意。王树增常常用小说的细节来刻画与塑造人物,用散文的语言来写景状物,用议论来表达思辨和评判,用诗情来营造意境和氛围,整体呈现出一种跨文体写作风貌和独特的个人风格与审美特性。

无论是徐贵祥的"强攻",还是王树增的"长征",都体现出了军旅作家那股向着英雄主义精神高度勇猛精进的、执着的、不达目的不罢休的韧劲。正是这股韧劲的支撑，才使他们穿越崎岖的小路，守住了新世纪军旅文学的阵地。同样具有这股韧劲的，还有诗歌领域的刘立云、散文领域的王宗仁、报告文学领域的彭荆风、李鸣生，等等。刘立云的诗歌创作从20世纪70年代初起步，至今历经四十年，其间诗风流转、诗艺革新，刘立云始终追随时代的步伐，不断地蜕变、更新、涅槃；李鸣生以航天题材在报告文学界一举成名，此后在高科技领域不断拓展，多有斩获，近年来潜心报告文学文体的探索与创新，并已然在这个路径上高张异帜；王宗仁离开青藏高原的战斗岗位后，为了重温那一份真情，50次重返高原，终于写出了素朴、纯净、诚挚动人的《藏地兵书》。当然，最感人者还推彭荆风，他为创作《解放大西南》而酝酿了大半辈子，收集到的资料笔记难以计数，年届古稀方肯动笔，历时十年终成大器，以八十岁高龄完成了此生最具分量和冲击力的扛鼎之作，充分展现了一位老军人的坚韧、执着与顽强。

此外，朱增泉历时五年完成的五卷本《战争史笔记》堪称是一场一个人打赢的战争，不愧为新世纪军旅文学的重要收获。该书将战争、历史与个人融为一体，采取一种适合大众读者的方式，重新讲述中国古代战争史，鲜明地体现了朱增泉独特的整体性战争观，其盛世危言的思想品格和庖丁解牛的艺术风范令人印象深刻。值得一提的还有，歌兑的长篇小说《坼裂》入围了第八届茅盾文学奖的最终20部备选篇目。作者身为医学专家，从事业余写作，有此成绩实属不易。他将自己的医学知识巧妙地融入文学写作中，应该说与大地震题材非常契合，尤其是对人的情欲和生理感受的细微呈现，可以说是当代长篇小说中少有的文学表达。作品的可贵之处在于它以大地震为背景，却又努力超越地震，掘入生活的深层，去描写地震环境中的人以及他们内心的真实，从而真正走进大地震中人的精神层面。同时，《坼裂》充分发挥小说艺术伸缩自如的特长，将对人类生存本质的哲学探讨与艺术表现有机地结合起来，极大地拓展了小说的艺术空间。

虽然近年来军事文学的创作取得了如上所述的诸多成就，但其中有一点问题却不容忽视。前面两座"孤岛"（徐贵祥、王树增）和后面两座"砥柱"（朱增泉、歌兑），整体年龄平均下来，已经在六十开外，比之20世纪80年代中早期，李存葆三十六岁写出《高山下的花环》，莫言三十岁写出《红高粱》，朱苏进二十九岁写出《射天狼》，这样的现实令人心生黯然——毕竟，文学事业永远需要青年。

丰富与驳杂："新生代"的生命情态

所幸，自2004、2005年以来，以李亚、王棵、王凯、王甜、朱旻鸢、裴指海、曾皓、卢一萍、刘猛、刘跃清等为代表的一批"新生代"军旅作家逐渐崭露头角。他们的创作成果偶有长篇,大多体现在中短篇小说领域,不仅数量可观,而且在质量上保有较高的艺术水准。放眼当下的军旅文坛,"新生代"是一个日渐活跃的写作群体,其主要贡献在于为和平时期的军旅写作开拓了新的书写资源。从题材选择和叙事内容上,亦可见军旅生涯经历在潜移默化中带给"新生代"作家们特殊的审美体验。军旅历史的匮乏与非将门家庭出身,让他们深切地体验到了当代军人艰难的生存环境,于是,他们似乎更愿意将文学目光聚焦于高强度压力环境中的个体,表现逼仄空间内小人物挣扎和尴尬的生存境遇。但不可否认,这同时也在一定程度上局限了作家的视野和想象力。同时,由于没有亲历战争的经验,他们在文学中可能达到的深度与高度也受到了极大的限制。

"新生代"军旅作家大都出生于20世纪70年代以后,在新技术时代,军队从战术、武器、兵种到部队官兵的知识结构都发生了翻天覆地的变化,这为他们的文学创作提供了新的机遇和表现空间。生活的变化和读者的期待为"新生代"军旅作家提供了创新的空间和施展才华的舞台,无论是部队读者,还是数量众多的"军事发烧友",都希望从军旅文学中窥探新军事变革时代的军人风采。"新生代"军旅作家在取材上更善于挖掘日常生活中人物丰富而驳杂的生命情态,对细节进行放大甚至夸张化的处理,探索柔软敏感的人情、人性和社会大环境相互摩擦后的内在心理体验,外化到文本层面的表现便是作品中无处不在的伤痛痕迹。他们有着立足于自身独特的、异质性的审美体验,自觉重构日常生活的诗学理想。在叙事内容上,他们倾力展示平凡个体与物欲现实之间的种种纠葛,揭示现代人面对社会的急速变化时所遭受的各种尴尬的精神处境。

李亚的写作是一种升腾着诗性光芒的"智性叙事",长篇小说《流芳记》带给读者的是一段具有独立审美意义的"纯文本阅读体验"。如果说"智性叙事"是以想象力的飞扬、现实经验的拓展和形而上思考的深度来标榜自身的文学趣味与审美品格的话,那么,李亚的智性写作依然有别于时下流行的以科学的复杂和神秘为内在支撑的"智性叙事",到处氤氲着浓重的烟火气息和浪漫诗意。李亚试图对宏阔的历史、世俗的生活和无常的生命进行一番富于哲学思辨意味的重新组合,以此展开浪漫奇崛的想象,调动丰厚沉实的生活经验,搭建起一个超然于历史世相之上的非现实世界,在对现实世界的浪漫审视和诗性关照中,完成对可能性的探索以及对终极意义的找寻。

王甜的长篇小说《同袍》是一部难得一见的洋溢着浓郁青春气息与时尚感的军旅长篇小说。小说以崭新的视角塑造了置身于消费时代语境中的高学历年轻军人群像,拓展了新世纪军旅文学的题材领域。《同袍》在文学性层面的成功具体表现在语言、细节描写、人物心理刻画,以及叙述的耐力和人物塑造上。王甜的小说语言鲜明地刻有新一代年轻军旅作家的特征和个人特色,语汇的时尚化是一个方面,更重要的还有她的幽默。王甜的幽默显然不是大众化或低俗化的取乐与搞笑,也不是一种讽喻,而是一种智识的调侃,充盈着聪慧与文化的品质。让我们惊喜的是,这种幽默并非偶尔为之,而是从头到尾随处可见,自然而然。王甜的小说语言还有一种女作家独有的清丽美感。语言是推动小说叙事前行的首要动力,这在当下的军旅长篇小说中是极为少见的。与新世纪军旅长篇小说迷恋讲述"好看"故事的整体情势不同,《同袍》没有跌宕起伏的故事情节和矛盾冲突,有的是大量琐碎却鲜活的细节,细节成为作品最重要的构成元素,也是最重要的文学性特征。

王棵的"守礁"系列作品侧重书写当代军人对于职业伦理的坚守。王棵笔下的守礁军人是脱离都市光鲜生活的寂寞一族,时间对于他们而言,是寂寞中大把岁月的无尽投掷,成为生活的"守望者"。《海戒》《飞鱼》《暗自芬芳》《对鱼说话》《美发史》等小说没有回避单调、寂寞、孤独的描写以及这些不便给军人家庭、生活带来的严酷现实,真正抵近了士兵的生存本相。

王凯的小说大致包含两类指向两个对象,即基层连队和部队机关。前一类作品有《沉默的中士》《一日生活》《蓝色沙漠》《终将远去》等,后一类有《正午》《魏登科同志先进事迹》等。小说中的人物往往生活苦闷,处在事业或情感两难的撕扯状态。《沉默的中士》中指导员"我"和沉默少言的战士张建军建立了兄弟般的情谊,几年后当"我"上调到新的机关任职时,却意外得知张建军是个多年在逃的杀人犯,不得不痛苦地亲自给他戴上手铐。《魏登科同志的先进事迹》采用类似影片《罗生门》的结构方式,以"我"受命整理资料时无意中发现的一本调查笔录为线索,把一场意外事故当作故事起因,列举了若干谈话人对魏登科同志的评价,并把这些评价作为笔录原封不动地"誊写"到小说里。作品有如一面多棱镜,使读者能在每一个棱角上都看到主人公魏登科的不同侧面。

此外,朱旻鸢的《参军记》描述了客家娃时毛一波三折的参军过程,在略显苦涩和伤感的语调中细腻地表现了一个农家孩子对逃离黄土命运的渴求和对军营生活的无上向往。刘跃清的《遥远的手榴弹》记录了普通士兵焦文文逐渐走向成熟的心路历程。《连队是一条河》以写实的手法,通过对几个士兵的追踪式描述,道出了"铁打的营盘流水的兵"所蕴含的苦辣酸甜。两部作品均体现了作者对部队基层生活的细腻体验和真切感悟。

如果说"新生代"在对现实题材的处理方式上延续了"新写实"的美学风格,那么,在对历史战争的书写和追忆中,作家则更倾向运用新历史主义的抒写方式构建历史,以感性的目光洞察历史,在各具特色的审美观照中注入情感内核。王甜的《昔我往矣》选取解放战争的大背景,以女军医蒋南雁和孪生兄弟罗永明、罗永亮三人之间的爱情线索作为故事支点,回避了对战争的宏观描述,在三人跌宕起伏的爱情脉络中构建历史,既道出了一段真挚哀婉的革命爱情,更表现了个体面对战争时的渺小和无力。裴指海的《亡灵的歌唱》更多体现了作家对"根脉"的自觉追寻。作品以一个亡灵的视角反复在过去和未来的时空中穿梭,窥探现实中的自我和家人。

"新生代"军旅作家将个人精神上的漂泊不安投射到作品中,使得他们笔下的军人形象也或多或少体现着忧虑和焦灼。"新生代"军旅作家淡出宏大主题的叙事,立足对民间立场的认同,向平静的日常生活靠拢。整体上看,"新生代"军旅作家对于现实题材的书写有时还停留在自身经验和生活事象的表层,在对当下进行中的军旅现实生活的反映方面稍显滞后。和平年代的英雄主义应该如何表达?新军事变革实践的真实图景到底是怎样的?最新鲜的军人形象应该如何塑造?如此等等,"新生代"作家还没有提供给读者满意的答案。另外,与同时代的"70后"作家相比,"新生代"军旅作家们还没有形成具有强大辐射影响的群体性写作力量,但他们已经表现出的文学质素和创作潜力却值得我们持续关注、深切期待。

结　语

新世纪军旅文学虽然取得了辉煌的成绩,但是,不可忽视其内部依然存在着"四个失衡":一是题材失衡,即历史题材多,现实题材少。直面当下的作品,无论是质量还是数量都远逊于历史题材作品。如何以文学的方式及时而深刻地反映时代的新质和军旅生活的新变,已经成为新世纪军旅文学责无旁贷的历史使命。二是体裁失衡。如今,军旅文学中长篇小说繁荣,而中短篇小说佳作却很少见,诗歌、散文的情况则更加不容乐观。三是创作队伍失衡。军旅文学创作队伍年龄老化,人才流失,已成突出问题,长此以往,难以持续发展。四是创作情况与批评理论的失衡。20世纪80年代,军旅文学批评一度显现出繁荣景象,但是,随着大的社会环境的变化,评论队伍、阵地都严重萎缩,军事文学批评理论几近失语。

我们希望军旅作家们在提高个人素质、积累创作后劲上继续努力,立足军营、坚守阵地,在绿色加方块的限定中"掘一口深井"。具体来说,他们必须在"高"与"低"两个向度上做出努力——所谓"高",即跟进中国军队现代化的进程,及时了解与熟悉高新技术前提下的新军事变革并完成艺术转化;所谓"低",即深入基层,把握广大官兵的脉搏,体察广阔军营的现实矛盾,反映出现代化进程中军人的真情实感。同时,军旅作家应坚定文学的立场,警惕市场与金钱的诱惑,在保持相对稳定的题材范围和审美风范的基础上,兼容并包、推陈出新,以更加开放的气度、更加平和的心态,汇入当代中国文学的大潮之中。

谈谈小说

阿 来

　　我发现自己无法谈论小说，包括长篇小说。或者说，无法在真正帮助自己写好小说，包括长篇小说这样一种前提下来讨论小说。

　　我读过古今中外很多长篇小说。不谈的时候，似乎知道什么是长篇小说，或者说能感到那个朦胧而精妙的存在，却无法清晰地描述。我写过3部长篇小说。目前，手上也正在写着新的一部。每一部小说都在强化、在扩展对于长篇小说这种文学体裁的感受——在某种特定的形式下，它在具象层面的叙事与呈现，它内在的情感与哲学意味的抽象表达，所有的可能与这种体裁本身的种种局限。应该说，每一次写作感受都是强烈而深刻的。而且这些感受似乎都与通常见于各种论坛和媒体对于长篇小说的讨论不太一样。

　　至少在我自己，无法从真正的意义上来谈论长篇小说这样一个文体。因为当我们把长篇小说作为讨论对象时，其实指的是已经完成的那些作品。过去，我们讨论具有经典意义的长篇小说。今天，常常还要加入对于那些在商业上取得或大或小成功的畅销小说的讨论。但无论如何，大家所讨论的东西都是过去时——面对已经完成的作品，援引已经形成的理论。而且，这种讨论又很少是从小说修辞的角度。不是基于某种小说形式所提供的种种可能性来进行探讨，而是离开文本，讨论应该如何或未能如何。我以为，我希望的关于小说那种讨论，可能是小说讨论中最为重要的东西。但这样的讨论又是非常稀有的。一般而言，大家所讨论的都是些一般的、不言自明的东西：时代、思想、文化、道德，往往都特别振振有词，特别高屋建瓴，这些东西与小说有关联吗？当然。但这些东西其实与这个世界的任何东西都有着关联。

　　我自己也常常在用这样的方式，在不同的场合谈论着，谈论着那些已经完成的小说，谈论着那些已经完成的别人的小说。

　　我曾经以为，这样的谈论对于我的写作是会有帮助的。认为这些讨论会帮助我们洞悉写作的秘密，把那些幽暗未明但又确实存在的世界，用理性的灯光照亮，就像舞台上一束追光随着那个妖魅的舞者四处移动，使艺术精灵附上一个美丽身体时的迷离妖娆的时刻被成功捕捉并刻意呈现。或者，像是一个乐团的指挥，手中的魔棒所指之处，某件寻常的乐器突然发出不平凡的声响，随着这声响与旋律，我们感官敏锐，情感下沉，而灵魂却轻盈地上升。对于一个写作者来说，我常常参与各种各样关于小说、关于长篇小说的讨论,但自己期待中的那神启一样的时刻却并未出现。

于是,我开始怀疑,对于一个写作者来说,这样的讨论也许是没有什么帮助的。我记得库切说过,批评其实是"种种解构行为"。我查了一下书,他的原话是这么说的:"没有必要担心经典是否能够经得起批评的种种解构行为,恰恰相反,批评不仅不是经典的敌人,而且实际上,最具质疑精神的批评恰恰是经典用以界定自身,从而得以继续生存下去的东西。"

库切所指的批评,或者今天我用的这个更平淡的词:讨论,如前所述,是针对已经完成的作品,并通过质疑与叩问来界定,并最终确定经典。也就是说,批评是在对已经产生的作品品质进行甄别。但这似乎不是一个作家的责任。一个作家如果参与了这样的讨论,那也是作为一个读者,或者一个兼职的批评家。

在我看来,对于一个写作者来说,种种关于自己正从事的那种文体的讨论,至多可以确定他已经完成的作品达到了什么样的水准,但对于他将要进入的那些作品的完成却没有什么帮助。或者说,这样的讨论可以帮助一个写作者生产出达到标准的作品,但无助于他写出更好的,用我们今天喜欢用的词,就是无助于他写出有创新性的、有超越性的作品。因为那些将要诞生的好作品,都是从富于想象、勇于探索、敢于失败的人的笔下产生的。形式如何与新纳入视野的内容相契合、相激发,这种可能性很难从已有的小说陈规中获得保证。未来的好小说肯定存在,但却陷藏在智识与经验迷雾中,难觅踪迹。

简略地说,在我看来,和很多小说批评所说不同,在小说世界里,就内容来讲,并没有什么特别新鲜的东西。小说并不是踪迹多变的现实生活,把那些社会或个人生活中表象上的多彩与纷繁纳入小说中去就能使作品具有新鲜奇异的品质——这样的事实,在小说世界里,是绝对不会发生的。

小说当然要新,但小说有自己的新法。小说的新,取决于写作者的寻找,寻找到一个好形式。这个形式不是种种现代派文学涌现后的那种意义上的新,但对写作者本人来说,这种形式是他从未尝试过的,但是一旦成功,就使他有了一个方便法门来处理与呈现内容。从寻常的意义上讲,这种内容可能是新的,也可能是旧的,但当他寻找到了自己最恰切的方式,这些内容便会因形式而变新。也就是说,小说的形式、它的结构、它的语言方式,甚至写作者行文时的情感温度,都几乎会自动地取舍与剪裁,都会几乎自动寻找内容中旧里的新与新里的旧,这等于给了作者自己和以后的读者一个主观的取景器。

写,或者不写,就是看见,或者不看见。清楚地看见,或模糊地看见。是富有意味地看见,还是一般性地看见。以此,确定这是一个敏感锐利的文本还是一个麻木迟钝的文本,这是判断一个写作者成功抑或失败的关键。一个老练的小说家,可能会把太新的东西处理得陈旧一点,当然,好的小说家也有能力使很旧的东西焕发出新异的光彩。

因此,一个有经验的小说家不需要写完整部小说就会知道自己是不是成功地找到了一种恰当的形式,甚至只需要几行字就可以知道。所以,这样的一个过程,又如何在事前加以讨论呢?更何况,一部小说的写作进程中,还有一个精灵在游荡,那就是想象。想象不是凭空捏造,想象真正的功能是重塑现实,无论情境、人物、事件,以及事件的进程。想象的过程是以"美"与"善"去寻求"真",一方面基于其对于人生的体验,另一方面,也有着神秘的超验性的东西。如果说作家写作也需要一点小小的天才,那这种通过想象进行的综合与重塑能力,正是其天才的一个重要方面。

小说写作不是发布天气预报,不能仅凭过去积累的经验,就对未来建立准确的把握。小说也不是考古,只要不遗漏地层中的文化信息,就可以做出周全的报告。小说是未来,即便取材过去,其意图也是面朝未来。在这个意义上来说,所有未完成的态度严肃的作品也都属于未来。如果所有未来都能在事先洞悉,那未来的魅力也就荡然无存了。我之所以喜欢从事写作,正是这种可以感知,但不能准确预见的魅力使我深深着迷。

这不是说,我因此就要否认人类关于小说的看法与经验,它们不失为一种宝贵的知识积累。小说是有知识的:关于时代的知识、关于道德的基本原则,特别是针对人与社会的认知而积累下来的种种思想,都应该是一个写作者应有的精神储备。

还是引用库切说过的话吧,这些知识的积累,最后能帮助作家捕捉到"穿透肉体的天堂的光辉"。但这些知识又是如何帮助一个好的文本的生成,如何闪耀"天堂的光辉"?具体的途径与达成的方法,还是需要写作者自身的探索。就中国今天的文学现实来看,我想,至少古今中外那些伟大作家对于文学本身的虔敬、对于文学之于世道人心应该承担的责任,还是需要多多讨论并自觉承担与实行的。

所以,当我不写作时,也愿意作为一个读小说比较多的人,一个认真的读者,也来谈谈小说。再或者,谈小说的不可谈之处,也是在谈小说。

2013 年

中国作家网第六期网上学术论坛
——走向世界的中国科幻文学
刘慈欣　吴岩　韩松

近年来,以《三体》为代表的中国科幻文学蓬勃发展,在国内外引起了众多读者的关注。今年第一期美国《科幻研究》杂志推出"中国专号",更让中国科幻文学以整体编队的形式走向了世界。3月25日,中国作家网举行"走向世界的中国科幻文学"网上学术论坛,特邀科幻文学作家、评论家刘慈欣、吴岩、韩松,就中国科幻文学的创作现状及其在世界范围内的影响等问题与网友展开了热烈的讨论。

科幻文学是少数人的大众文学

刘慈欣:冈恩说过,科幻文学是少数人的大众文学。我觉得目前这个时代已经和过去的阅读格局不一样了,社会的取向分得越来越细,各种文学题材甚至文学题材里面的分支都有它特定的读者群,这个读者群也分得越来越细。在这种情况下,作为一个作者,我只能是写我自己想表达的东西。科幻分了很多种,它的内部也是丰富多彩、各种各样的,具体如何走向大众,我真的一时也说不清楚,因为它的情况太复杂,不太一样。

我同意吴岩老师以前说的一句话,这可能跟时代有关。中国发展到现在,工业化进程也好、现代化进程也好,都呈现一种加速的趋势,它深刻地改变着我们民族的文化的视野和文化氛围。说得更具体一些,现在的中国人再也不是面朝黄土背朝天、眼睛只看到周围很现实的东西的一群人了。至少,有一部分中国人开始思考更终极的问题,思考全人类都关心的问题。说得更清楚一点,人们开始思考那些别的民族在丰衣足食之后思考的更长远、更终极的问题,这些问题可能是长远的现实,也可能连长远的现实都不是,就是一个纯哲学的问题。不管是《三体》也好,其他的科幻作品、科幻电影也好,在中国,它的市场开始出现热潮有一个深层的因素。就像20世纪80年代那次科幻热潮一样,它的直接背景和推动力就是当时郭沫若说的"科学的春天",长期的科学低潮之后,人们开始关注科学技术。可能现在,中国现代化进程带给人们新的精神状态,这就是科幻热的原因。

另外，科幻文学的传播还有另外一个原因就是影视改编，虽然目前中国的科幻题材影视作品还很少。但据我了解，已经有很多人在幕后做准备了。他们筹备的力度、参与人员的级别，包括背后的公司都是实力很强大的。可以预见，在近年内，中国的科幻影视可能有一个突飞猛进的发展，这样当然也可以带动科幻的创作。

吴岩：中国科幻大规模的传播基本是没有的，从1991年开始，总有外国记者来问我，中国科幻文学近期有没有新的东西，每次我的回答都是"很少"。最近几年，国外的各个杂志上开始零零星星出现一些翻译过去的中国国内短篇科幻文学作品，像韩松的作品等。去年年底，香港的《译丛》杂志做了一个中国科幻专号，选了晚清和现在的几篇科幻作品，《人民文学》最近也搞了一个科幻专号，《天南》杂志2013年第二期也是科幻专号。

目前国内的科幻文学研究者非常少，我自己也算不上专业研究者。像我这种研究者还有几个，比如上海交通大学的江晓原，清华大学的刘斌、刘华杰，东北师范大学的孟庆枢，复旦大学的严锋等。这个数量是远远不够的，与此同时，科幻文学专业的招生名额就更少了，这些都和中国科幻市场的发展有关系，和科幻作家能不能成为一个职业有关系。

很难定义科幻文学到底是大众还是小众，很多科幻文学现在正在转向电影。好莱坞科幻大片的观众是最多的，所以它应该是最大众的。在小说这个领域，咱们这个年龄层的读者可能看得很少，但"90后"对很多国外的科幻作品，比如哆啦A梦等，都熟悉得不得了。但是，必须承认，中国的科幻文学作品像《三体》这样的还非常少，好多人看完《三体》以后说我还想看看别的，但是找不着，没有。

在《三体》的带动下，中国科幻文学正在经历一个全面的提升、复苏。现在科幻文学作者非常多，而且来自各行各业、各个领域，还有一些纯文学的作家现在也加入了进来。还有一些科学家，比如物理学的李淼教授也来写科幻，他最近写了一本书叫《三体里的物理学》，很不错。年轻的作者现在也有很多，很多"70后""80后"甚至"90后"都写得非常不错，像陈楸帆、夏笳、飞氘、宝树、江波等，他们的实力是很强的。陈楸帆今年出了他的第一部长篇小说，写得非常好，是关于环境问题、电子垃圾的，他和中国的现实接得很近，而且他写的故事非常好。陈楸帆去年有一个作品被刘宇昆翻译成英文，在美国得了奖，这也表明年轻作者的作品开始走向世界了。还有飞氘，他的文学感觉非常好，我甚至觉得他比现在已经成名的许多人都要深入得多。

韩松：首先，国内和国外对中国科幻的兴趣增大。比如两届老书虫国际文学节，请了许多科幻作家。这是一个针对外国人的文学节。还有不少外国人对中国科幻文学感兴趣，很多外国记者采访中国科幻作家，也有外国文学活动邀请中国科幻作家出访。

外国学者研究中国科幻的出发点在于,他们觉得科幻跟中国现实和中国未来有关系,因此不仅仅是消遣和好玩。中国科幻文学海外关注度的上升有三个原因:第一,世界处在一个转折点上,现在大家都很关心未来,思考人类何去何从;第二,中国提供了有关未来的独特经验,它的崛起引起广泛关注,外国人在疑问,强大的中国会不会对世界造成威胁;三是中国发展到今天,很多问题已经成为世界性的问题,如环境、能源、人口、安全、可持续发展等。

但中国科幻真正走向世界需要漫长的路程,也许要等到中国更强大,尤其是文化影响力更强大。目前的问题是,科幻在中国国内仍是小众,还没有引起国内的更大关注,要走向世界,它自身还需要解决许多问题。比如,科幻文学创作的整体质量还不高、没有影视化等。

此外,中国科幻走向世界,还有语言问题、文化问题、与国外科幻的代差问题。整体上,我们还在模仿西方的科幻,缺少自己独特的东西,缺少让人"哇"地叫出声来的东西。其中核心问题是想象力不够,缺乏思考的深度和锐度。许多作品读来比较幼稚,与真正的文学标准相比还有较大差距。

科幻是一个关于梦的文学

韩松:科幻是一个关于梦的文学,这个梦并不是今天才有的。中国人从清朝末期就开始做,20世纪50年代、70年代也曾有过两次高潮。如今这个科幻梦做得有悲有喜,更多是苦涩。但毕竟又有了梦。科幻在这个梦里扮演重要角色,它是现代化的产物,而中国梦就是现代化的梦。

刘慈欣:科幻文学从灵魂深处看有一种天真的东西,这种东西从科幻文学诞生以来,一直是它的魅力所在。正是这种东西使科幻文学在大众中得到认可。举个例子,美国的《星球大战》和《星际旅行》催生了"星球迷"和"星际迷",就是因为它有一种天真的东西,这可能也和科幻的灵魂、内核有关。

另外,科幻是对一个人生命的扩展,为什么这么说呢?从目前来看,我们在太阳系里像一粒灰尘,太阳系本身又是银河系的一粒灰尘,银河系又是上千万星体中的一粒灰尘。所以说,在我们人类之外的空间相当大,但是主流文学就只集中在地球这粒灰尘上,主流文学的宇宙观其实是托勒密的宇宙观,对我们之外的时间、空间并不关心。我觉得,作为一种文学这是很遗憾的,即便是奇幻文学、魔幻文学等涉及的空间仍然小得很,很少超出月球轨道之外。而科幻文学,它涉及的时间、空间都是非常广阔的,它把我们传统的主流文学看不到、不愿意看的那些宇宙中的其他部分呈现了出来。同时,它把人性放到这些部分中去,让人性在这里面表现出它的美、它的丑、它的本质,这是主流文学从来没有表现过的,也是我们需要读科幻的一个重要原因。

吴岩:由于科学技术的产生,整个人类生活不只是人和人之间的关系,还有人和宇宙的关系、人和自然的关系。你到底是以人为中心看这个世界,还是以整个自然界为中心,如果以自然界为中心,人和别的生物是平等的,在这个基础上,你再去考虑人文主义。如果以人为核心,从启蒙开始的这套东西,就显得不够。科幻文学恰恰是补充了外围的这些东西。不同时期的科幻文学反映的时代问题不同,人在现实生活的压抑需要有一个可以去放松的空间。科幻文学恰恰提供了这种空间,所以我一直认为科幻文学是疗伤文学,它可以让人从想象中把这种心理的负面的东西移除,然后恢复到比较正常的状态,再回到工作中。从这个方面讲,科幻文学是很有价值的。

科幻:科技?幻想?

韩松:科幻文学应紧跟科研前沿,现在的科技变化惊人,人类处在又一场科技革命的前夜,不能仅仅掌握中学时代那样的科普知识,而应理解新的科技的精髓,前瞻人和社会在科技时代的出路。一些外国人对科技的理解达到了很让人吃惊的地步,有的我们都看不懂。学习无止境。科幻要有新的创造,需要不断地向科技前沿学习。

科学与幻想的关系越来越不可分,有时科学即是最大的幻想,正如最高级的科学即魔法一样。关于魔幻现实主义可以划到纯文学里去,魔幻现实主义是一种表现手法,而不是一种文学类型,正如意识流的手法一样。科幻目前被认为是一种类型文学,跟侦探小说一样。但一些用比较有力的文学方法作为表现手段的优秀科幻作品或者带有科幻色彩的文学作品,比如《五号屠场》《万有引力之虹》《蝇王》《一九八四》《美丽新世界》,都是优秀的纯文学作品。其实今后可能只有好作品差作品而不再有什么类型作品之分。

刘慈欣:科幻与科技的关系是现在科幻文学面临的一个本质困难。科学在飞速地发展,它不断地提供越来越多的故事题材和想象力题材。但是作为科幻作者,如何把这种题材变成文学的表现,确实是一个相当困难的事情。首先,现在最前沿的一些理论,科幻作家很难懂得它,更不用说去表现它,把它变成读者还能懂的东西。现在的科学与古典科学不一样,古典科学只要你下功夫,就能把它搞懂。现在的科学用到的数学语言已经相当复杂了,一般人凭自己的努力很难搞懂。这个光靠科普是远远不够的。

吴岩:科幻不是推理,它是比喻,科幻文学给出的故事是现实的比喻,这是不一样的。科幻文学的灵魂,很多人认为是写科技上别人没发现、没想到的新东西,很多作者一天到晚其实都在琢磨这个点子,而不是在考虑故事怎么写。但是真正的好故事恐怕还是要产生一个新的创意,这样才能在史册里面有你。

刘慈欣:一直有一个误区,认为科幻文学是戴着镣铐跳舞,好像其他的幻想文学是没有限制的,这种说法完全是对科幻文学的误解。科学不是镣铐,恰恰相反,科学是一个翅膀,是一个想象力的翅膀,科学不是压抑你的想象,而是提升你的想象。其实你仔细看一看,建立在古代神话基础上的科幻和魔幻作品,它的想象空间是相当有限的,它所设想的、幻想的都是很有限的。但是科学给科幻提供的想象题材、想象资源和故事资源是任何一个文学种类都无法比拟的。我可以举几个例子,比如爱情,主流文学永恒的主题,不就是男女之爱吗?但是在科幻里面可能有好几种,可能是人和机器人谈恋爱,也可能是人和外星人谈恋爱。所以,我认为,科学是幻想的翅膀,而不是幻想的镣铐。

其实科幻的思想就像伽利略看吊灯,需要用一种新的思想来看世界。科幻有很多种类,科幻作家的世界观也是不同的。华裔作家姜峰楠(特德·蒋)写过一个《巴比伦塔》,是宗教题材的,提供了一种新的视觉。

科幻是文学,未来学是科学,这是很不一样的。未来学产生是由于科幻作家,特别是威尔斯的一系列作品,证明人类可以通过某种方式思考未来,这样才产生了未来学这个领域。后来到了20世纪三四十年代未来学成形以后,主要用科学的方法去做推论。科幻文学体现的实际上是科技的变化,比如网络的变化,科幻文学要把这个东西写出来。而未来学只推想一个方向,做预测。同时,科幻文学有好多想法是直觉,直觉的方法,未来学现在也用一些。

科幻文学的思想方法是介于科学和文学之间的很奇怪的思想方法,既不像科学那么严谨,也不像文学那么随意。未来学一般用线性思维做推断,但科幻不是线性的,它可能是曲线型的、跳跃的。科幻文学对于未来,从整体上来说,有一种排列属性,什么叫排列属性?一般来说,未来学确定一种未来,推导一种未来。科幻文学是我们可以看到的未来,是将可能的未来摆在我们面前,这是科幻文学的一种视角。

1984年的时候有人评论奥威尔《一九八四》说,可能就是因为有了《一九八四》那本书,真正的1984没有到来。

吴岩:的确,今天的未来是和我们今天人的行动有关的。一个人在看了很多科幻文学之后,很可能在做事的时候,就把科幻情节用上了。最后,科幻文学的内容就实现了。

还有个典型的例子。美国的原子弹是秘密造的,造成还没出来的时候,中情局跑到一个作家家里把这个作家抓了,抓了以后问他:"你从哪儿搞到这些秘密?"他说:"确实不是我搞的,我就是写的这个作品。"后来发现,那些科学家被关在一个地方搞发明,每天没事干就读这些科幻杂志,于是就把这个科幻文学中的想法用在实验上了。所以,很可能过几年就会有人把刘慈欣的小说用在真实研究中。

刘慈欣:你说科幻作品真的能带动科学,我认为这是太高看了。我一直认为科幻是跟着科学走的,它的素材、题材都是跟在科学发展之后的。很少或者说根本就没有科幻文学提出一个新概念,然后科学再发现的。但是你说的也是事实,很多科学家小时候都看过科幻,他所受的启发是一种精神上的激励,让他对未知世界感兴趣、对科学感兴趣,但并非说是科幻文学能直接在专业意义上给科学带来什么启示,我不敢说绝对没有,但是这种情况是极其少见的。反过来说,科学给科幻的启示是一个源泉,离了它就不行,我一直是这么认为的。

科幻文学反映科学的负面作用是正确的。但现在的问题是很多反科学主义者,用的反科学武器比科学本身还落后。这个在有些科幻作品中也有反映。

刘慈欣:争论科幻文学是不是儿童文学,这个问题本质上就像当初争论科幻是文学为主还是科学为主一样,是一个伪命题。我认为,科幻文学和儿童文学划为一类是个伪命题,因为科幻文学可以有属于儿童文学的那部分,也可以有属于成人文学的那部分。而且,儿童科幻也属于少儿文学很重要的一部分。儿童文学的市场很大,可以作为科幻一个很重要的基础。遗憾的是,现在国内从事少儿科幻创作的人还是很少,杨鹏算是一个。

从思想上将科幻文学与儿童文学区分开大概源于科幻文学不愿接受读者低龄化。其实,读者低龄化不是中国科幻的缺陷,相反是它的优势。西方科幻文学读者都是中年或年纪更大的读者群,这反而不是一个很乐观的状况。

吴岩:其实西方现在好多人羡慕我们有这么多青少年读者。很多作者写给成人的文学在转向儿童市场后反而得到成功,曹文轩就是一个代表,他的《草房子》放到儿童文学里面更成功。因此,成人文学与儿童文学其实并没有明确的界限。

另外,科幻可以用来进行科学教育,在人大附中有一个科幻物理课,已经上了四年了。我们为它做了一系列的调查,最后发现最重要的结果就是兴趣改变,所以,科幻对青少年的影响是非常有效的,所以我们期望全国各地中小学老师开展更多的科幻教学。

科幻文学的"中国"属性与现实意义

刘慈欣:我的小说里对现实的反映、对政治的反映,都不是小说的主体内容。我觉得我的小说的政治含义很像非欧几何,在一种非平面的空间下,"两点之间直线最短"的欧几里得是不成立的,两点之间那个直线绝对不是最短。这个非欧几何开始是个思想体操,后来发现不是思想体操,而是事实就是那样。我小说中的政治也是这样,在我们现在的主流价值观中,我们理所当然地认为很多东西就是绝对正确的,所谓的普世价值也好,各种主流的价值观、道德观也好,我们认为是理所当然。但是科幻小说的魅力在于,它可以设定另外一个非欧几何的空间,在那个空间里面,你这些看上去很正确的价值观、道德观就显得很可笑,而且很不正确。反而以前认为邪恶的东西,在那个空间里面变得很合理、很正面。这就是我的科幻作品中主要涉及的政治内容。

我没有刻意地去追求自己作品的中国属性,我个人一直认为科幻文学可能是所有文学题材中最具共性的一个文学题材,它所关心的问题更多的都是我们大家所共同关心的一些问题,我们从哪里来、到哪里去,这是任何一个民族都必须关心的,这种问题没有什么民族性。

但是另一方面,我作为一个中国人、一个中国作者,作品里面肯定有大量的中国因素,事实上,我觉得我的作品里面可能中国因素相当多,比别人的还多,但这并不是我有意加进去的。我并不希望把科幻文学搞成一种民族特色很强的文学,我觉得那不是科幻文学应有的一个方向。但总的来说,中国的现实、中国的生活,肯定会在作品中有所反映。

吴岩:我前段时间给美国一个杂志写了一篇文章,叫《中国科幻入门》。我在里面讲中国科幻从开始到现在一直还是以民族复兴为主题,感觉这个民族在1840年以后受到压制,现在老想恢复它原来的状态。另外,既然鲁迅一直提倡科普、表现科学,我们也为此做了近百年的工作,这里面的一些成果和其他国家是不一样的。我们正在做一些研究,看看能不能从里面提取更多东西。

刘慈欣:科幻文学与人类文明的发展有重要联系。我觉得文明肯定是外向的,但是现在的文明有内向发展的趋势。现在我们似乎躺在技术的安乐窝里面,有一种把人类曾经有过的进取精神一天一天地消磨掉的倾向。其实,文明是外向的还是内向的,不用从逻辑上讲,你从整个宇宙和人的结构对比上讲,一下就能看出来。我刚才说过,我们生活在宇宙中的一粒灰尘上,而这个灰尘之外的所有部分,我们人类都没有踏足过——这显然是不合理的。对于以扩张为本性的生命来说,我觉得这种状况肯定是极不正常、极不合理的,而现在我们面临的就是这么一种状况。

我对人类的未来有很强烈的危机意识,但这个危机是多方面的,危机的对象不只是《三体》里面的外星人,这仅仅是危机的一个方面。还有其他很多的危机,比如环境的问题,其中包括人为造成的环境危机,还有自然演化的环境危机,比如地球气候巨变等,这是不可避免的。而且后一种原因所导致的危机感对于我来说远大于前面的那种。但是,所有的危机中对人类威胁最大的是什么?我觉得应该是人类在技术的安乐窝里失去进取心,由外向的文明变成内向的文明。人类未来的长度大约是哪个数量级？我觉得,如果人类按现在的精神状态生活下去的话,可能连五千年都很困难了。但是,如果我们真的重新拾起我们的进取心,走出安乐窝,向外太空扩张的话,我相信人类能一直走到宇宙末日。

韩松：科幻文学能给中国带来什么？鲁迅介绍科幻文学进入中国的理由是"导中国人群以前行,当自科学小说始"。科学、未来、想象力、冒险精神、百家争鸣、无数世界的可能性、人与宇宙的关系、终极真理、规则、自由、平等、民主、反对专制和集权,这些都是科幻本质的一些东西,在中国宋朝以后的文化中是稀缺的。我们现在不敢奢望科幻文学能取得多少切实的社会意义,但的确,一些科幻作家有这样的抱负或责任感,也是今天坐在这里的原因。另外,我们也想表明科幻是我们现代文化的一种,是一种很重要的文化。也许你可以说它不是文学,不是主流,但文化强国不能没有科幻的参与。科幻文学重新走向兴盛也许正是中国的文艺复兴开始的信号。春江水暖鸭先知,中国梦必先有科幻梦。

要加强中国科幻的世界竞争力,需要整个中国的思想文化有更大的繁荣、更多的解放。需要中国爆发一场科技革命,有自己的真正的科技创新,也需要中国的市场经济进一步拓展。中国科幻文学走向世界,与主流文学是不同步的。科幻文学的发展还没有引起更大的关注。

科幻文学的两种方式：古典与现实

吴岩：中国的科幻实际上是两个脉络。一个脉络可以追寻到鲁迅,从1903年开始。这个脉络一直继承下来,到民国,顾军正写了一些科幻,新中国成立以后有叶岩等,一直发展到今天的刘慈欣,基本承接的是鲁迅的想法。他们的共性是探索怎么让中国人能有一种科学观,用科学的方法来改进中国人的自然视野。刘慈欣在这个领域里面做得非常成功。他在20世纪80年代以后没有走大多数科幻作家走的路,他始终认为鲁迅他们的科普想法是对的,但还没走好,应该走得更好。刘慈欣的小说回归到20世纪五六十年代的科普型科幻,回归到苏联的科幻、凡尔纳的科幻,我叫他新古典主义,我觉得他的小说会对今天有非常大的影响。

第二个脉络是从梁启超开始,比鲁迅稍微早一点。梁启超基本的想法就是说,科幻能不能改变中国人对自己文化的看法,我们的文化能不能摆脱过去的状态,所以它不断地批判和反思。老舍接续了这个脉络,新中国成立以后也有一系列的作者在这方面做出努力,韩松就是一个重要代表。20世纪80年代,以童恩正的《珊瑚岛上的死光》为代表,中国科幻文学回归到社会、人生观,这个影响一直持续到现在。韩松基本上就是沿着这个路走的,他特别关注现实、关注社会,所以我给他的定义是科幻现实主义,他会用科幻方式来写汶川地震、写地铁、写高铁。我们今天确实是一个希望批判的年代,所以这一派的作品会产生很大的影响。

中国科幻文学其实一直在这两大脉络之间,而他们两个正好是这个脉络的集成。

刘慈欣:我是从一个科幻迷变成一个科幻作者的,我本身可以说是中国第一代的科幻迷。因为在我之前,好像中国不存在科幻迷这个概念,再之前,可能科幻都很少有人听说过。所以我的科幻写作的主要目标,就是关注于科幻本身,关注于人和大自然的这种关系。相对人和大自然的关系来说,人和人的关系、人和社会的关系可能退居到第二位。

我一直认为,世界上最精彩的故事其实是科学讲出来的,我试图把科学讲出的故事中的这种美感和震撼,通过科幻小说表达出来。当然,我的写作中间可能有些别的因素,包括现实的影响、小说对现实的反馈,但是最深处、最核心的部分,还是我刚才说的一个典型科幻迷的追求。

韩松:我觉得科幻就是现实主义。好的科幻作品的特点是展现出巨大的真实性,把虚构的现实描写得跟真的一样,细节上惟妙惟肖,虽然是创造出来的未来世界,但用的都是现实主义的手法,大多像托尔斯泰的写作方式,而且它关注的问题也都是现实的,如人类的生存困境、环境、资源、人口、人与宇宙的关系、两性关系、宗教与人、科技带给人的悲喜、科技与社会的关系等。所以科幻是极现实的一种文学,而非虚的。

中国科幻的主题很多都与现实问题有关。环境问题、贫富差距问题、能源资源问题、人口问题、医疗问题、住房问题、腐败问题、中国与世界的关系问题,等等,都是中国科幻经常描写的主题。主流科幻作家的作品里,都有强烈的现实的影子。科幻是一种很有力的现实主义,一部中国科幻史,就是中华民族崛起的一面镜子。

吴岩:其实所有的科幻作品都是关于现实的,即使像刘慈欣的《三体》讲那么遥远的事情,但还是有评论说这仍然是一个关于今天怎么生存的作品。刘慈欣自己也讲过好多,他现在工作的地方也是在基层,他看到中国真正的现实,所以很多人看了他这个作品有感受,可能他讲的故事就是读者每天所遇到的问题。韩松的作品更多是直接从现实生活中选取素材作为他的科幻的主题,直接去对那个东西发表议论。我觉得他的不同在于,他可以说很多别人说不了的话,因为科幻把他放到了另一个场景里边,所以给他相当大的自由度,他可以谈得很深入、很清楚。

刘慈欣:年轻作者普遍离社会的现代化气氛、离时尚的气氛更近一些,我们更能感受到这种现代化的色彩。另外他们在文学语言上、文笔上比过去的人要灵动得多、华丽得多,也更敏感一些。每一个年轻作者都是不太一样的,他们风格各异,但是有很多年轻作者出来一下就没有了,作品也形不成一个持续稳定的态势。

金宇澄长篇小说《繁花》:"慢"节奏与"漫"声腔中的奇观
何　平

　　金宇澄的小说《繁花》自发表以来收获的荣光不少,很多人议论并激赏。《繁花》写得从容散漫,谈《繁花》的论文写得深奥缠绕。其实,《繁花》这部小说如果真的要做评论,可能最适合的是张竹坡、金圣叹的点评路数,茶酒伺候,看一两行,点下批下。

　　我们不能因为小说附刊的几幅上海地图,就想当然地以为《繁花》是一部地域小说。而且《繁花》不是一部沪语方言小说,不是一部装腔作势后撤到中国传统的长篇小说,不是一部市民小说,不是一部没有结构意识的小说——至少不仅仅是吧。遗憾的是,这些命名从《繁花》甫一面世就成为附着其上的一些似是而非的"观念"和"概念"。

　　我私心揣测,金宇澄没有向中国小说"伟大传统"致敬的企图。现在,谈论《繁花》的一个重要参照系就是中国古典长篇小说,这样的结果一定意义上和金宇澄自己的暗示有关。金宇澄说:"《繁花》感兴趣的是,当下的小说形态,与旧文本之间的夹层,会是什么。"金宇澄想象中的《繁花》是"话本的样式,一条旧辙,今日之轮滑落进去,仍旧顺达,新异"。我不知道这种"过于明晰"的小说观是小说未尝成篇之前作者的预期,还是小说齐备后的后设?

　　"中国"小说的标识从外观上看有两个明显的特征:一是结构,二是叙事的态度和腔调。《繁花》共31章,前有引子,后有尾声,每章3或4个小段落,约等于一百回的古典章回小说格局。小说前28章,奇数章节写六七十年代,偶数章节写八九十年代。第29章好像忽然按了快进,奇数章节和偶数章节的时间会合。其实金宇澄是可以慢下来的,但"当代"小说已经很难让金宇澄漫无节制地"慢"。事实上,中国小说"慢"的是节奏,"慢"的是漫不经心的态度和声腔。

　　我们可以笼统地指称"中国"小说,或者"中国"叙事,但"中国"小说是有内在差异性的。这种差异是小说与小说之间的,也是中国古典小说批评对小说的建构与小说文本之间的。值得注意的是,我们今天谈论的中国古典长篇小说很大一部分是由小说评点家通过批评和改写活动的创造性建构。因此,一定意义上,所谓中国小说的伟大传统其实是一个想象中的传统。而如果我们承认中国古典小说和话本之间存在一种内源的关系,我们必须承认,话本确实是匮乏一种结构意识的,而中国古典长篇小说事实上却不是民间艺人所为,而是文人"有意结构"的个人创作。揭示这一点,我是想要说,我们在一种什么意义上去讨论《繁花》和中国古典长篇小说之间的关系?

茅盾在《漫谈文学的民族形式》中提出"民族形式的结构",他认为自宋人话本到《孽海花》,"其结构的变化发展显然可见:由简到繁,由平面到立体,由平行到交错。……在这发展过程中,我们的长篇小说就完成了民族形式的结构。这可以12个字来概括:可分可合,疏密相间,似断实联"。"可分可合,疏密相间,似断实联"确实可以用来表达《繁花》的"形式的结构",但这种"形式的结构"是不是就是"民族"的?在当下中国还存在"非西方"小说吗?这也是浦安迪在讨论"前现代中国的小说"时提出的问题。没有"西方",何来"中国"?或者倒过来说,没有"中国",何来"西方"?当代小说的中国发现,正是因为有一个"西方"的潜文本。和那个"慢"而"漫不经心"的"中国"不同,那个"西方"如希利斯·米勒在《解读叙事》中指出的:"任何小说都无法毫不含糊地结束,也无法毫不含糊地不结束。"事实上,"西方"小说不可以的,"中国"小说却是可以的——《繁花》中好多人物的"结束"和"不结束"都被金宇澄"含糊"掉了。不仅如此,在希利斯·米勒看来,小说应该有一种"秩序",小说的"写"与"读"其实是作者和读者共同参与的意义寻找和秩序建构。但是如果像《繁花》这样对所有的"叙事成分"充分尊重呢?如果叙事成分没有"相干"和"不相干"的界限呢?如果小说的叙事成分不是彼此的征服和取代呢?直接的结果就是小说"秩序"的建构。

再有就是小说的态度和声腔。"独上阁楼,最好是夜里。""否极泰来,这半分钟,是上海味道。""八十年代,上海人聪明……""古罗马诗人有言,不亵则不能使人欢笑。"金宇澄的讲与评不是自说自话的,"如果不相信,头伸出老虎窗,啊夜……""谁"不相信?显然,叙述者时刻意识到他的读者在场,所以他要挑逗、激发读者,让读者参与到他的故事中来。我在阅读《繁花》中比照了它和滩簧、沪剧、滑稽戏、越剧、昆曲等在沪上流行的涉及语言的艺术样式,也向专家咨询了《繁花》的语言是一种什么语言。《繁花》的语言是什么样的"沪语"值得仔细辨识。现在我对《繁花》的语言是什么也还在思考中,但吴组缃说的"想来他们的运用口语也曾经经过选择,并且受了文字的限制,未必能够纯粹,更未必与其口语符合一致",《繁花》肯定也是这样的。我反对的是笼统地用吴语、沪语小说来粗糙地指认《繁花》,对《繁花》的文学语言学研究是必须真正具备"语言学"的基本前提的。

我认同夏志清明确地肯定"四大奇书"是文人小说。因此,我不同意现在学界似是而非地认为中国小说传统就是市民小说传统。如果仔细辨识,中国古典小说传统中其实发育出市民和文人各自建构的小说传统,问题是,虽然客观上确实存在着各自建构的市民和文人的小说传统,但"爱以闲谈而消永昼"是不是仅仅属于市民小说传统呢?至少金宇澄的《繁花》证明了恰恰是文人小说传统最"爱以闲谈而消永昼"。

话说到这里,好像都在转圈子。我说《繁花》不是这样一部小说,不是那样一部小说,那么《繁花》究竟是一部怎样的小说？我认为《繁花》是一部有着自己腔调和言说印记的,发现并肯定日常经验和平凡物事"诗意",而不仅仅是"史意"的小说。就像浦安迪所言:"小说本质上是对日常通识(familiar)的重建,将小说的叙事焦点及叙事步调缩小为日常经验的参量……小说从平凡物事中辨识出非凡畸异的品质,开辟了一条重新认识日常经验世界细节的新路。"也正是在这里,《繁花》同20世纪90年代以来号称写邮票大的地方的"小历史"的小说书写得以区分开来。

《黄雀记》:变动时代的精神逼仄

张学昕

像以往一样,苏童长篇新作《黄雀记》讲述的故事背景仍然是"香椿树街"或"城北地带"。这些年,苏童曾被嗔怪陷在故乡的这条街里"不能自拔",因为他的小说有几乎一大半的文字都是讲述这条街上所发生的历史、现实的故事。实际上,对于苏童来说,这已经不是"陷"在这条街上的时间长短问题,而是"陷"得深浅的问题,这不仅是他写作的发生学问题,而是一个艺术哲学问题。一个作家的写作和他的写作出发地或精神"原乡"之间,必然有着某种神秘的联系,他在写作中,由于空间和时间的异质感、疏离感所生成的有效意义和情感空间,也必然是不可估量的。

阅读的经验告诉我们,故事讲述的背景并不十分重要,重要的是故事讲述的时代和讲述故事的时代。任何叙述都是对一个时代生活和人性状态的悉心诠释,苏童小说也概莫能外。多年以来,我们在苏童的文字里能充分地感觉到他对所谓"旧时代""老日子"的怀旧或迷恋,但新时代、新生活同样对其有着巨大的诱惑,他在新旧时代和时间隧道的穿行中,寻找着属于特定时代的特定声音和体貌。

发现与书写时代之"变"

回望苏童的写作,不论是他早期的长篇小说《米》《蛇为什么会飞》,还是《碧奴》《河岸》,以及大量的中、短篇小说,或仿古拟旧,铺陈、重构历史情境;或触摸现实,表现人性的欲望冲动,氤氲缱绻,唯美隐喻;或想象南方,阴郁颓败,复杂诡谲,都不乏在努力地表现不同时代的精神阵痛和情感纠结,他试图在历史和现实的节点寻找人性缝隙的幽暗与明亮。

历史之久、之旧,现实之短、之新,都由一种属于苏童的叙述方式呈现在我们面前。我一直在想,苏童总是想在两者之间建立起一些什么,通过叙述,他努力让两者相互发现、弥合并"修订",在新与旧之间,呈现历史和现实之间的隐秘结构。

那么,究竟是什么事物、什么问题或原因使得我们的生活和情感出现了令我们难以置信的吊诡?我不由得想起另一位作家阿来,他最近在一篇描述西藏的文化随笔里写道:"在我面前的村庄不必要的旧,那么逆来顺受地安静着。而背后的城市,也有不必要的新,不必要的大。太大与太新,都不够自然。这个世界,强大的东西总是会以不太自然的姿态出现。"生活和世界的变化,并没有像我们想象的那样,让我们总是产生欣喜、快慰和自豪，很多时候竟然会成为我们无法面对的忧虑和逼仄。

无疑，发现、洞悉一个时代生活的"变"，以及"变"的依据和理由，并且用文字和心智，测量出时代的灵魂是强大还是脆弱，是重还是轻，是令人沉静还是让人沮丧和平庸，可以让人蓬勃、激奋还是使人深感逼仄，都是十分困难的。这些已经构成一个作家在我们这个时代写作的叙述难度，也就是说，通过文学叙事，说出一个时代的复杂性是非常困难的。

很久以来，我一直在感受、揣摩着苏童的文学审美方式，以及他处理小说与生活关系时内在的玄思妙想，我发现，他更喜欢用自己坚持的那些"不变"的精神、审美元素，来理解和呈现"变"的邃密和玄机。时至今日，写作三十余年的苏童，在小说中进入现实、触摸当代生活那些粗粝形态的时候，仍然十分谨慎，甚至小心翼翼，也许他早已深知，当代生活已经变得比历史更难描述和难以想象。

不错，在今天，生活不再是可以肆意加工的材料，任何理论、观念、潮流已经无法改变粗糙、遽变中的生活形态，"暴力"地植入任何观念不仅可能会伤害、毁损生活，而且，据此所呈现的生活可能与现实相去甚远。我想起《日瓦戈医生》中，那个有着丰富生活实感经验的日瓦戈医生的感受：生活从来就不是什么材料，不是什么物质，生活是个不断自我更新、总在自我加工的因素，它从来都是自己改造自己。苏童在对现实的体悟和踏勘过程中，不以"高于生活"的姿态加工生活、想象事物，相反，他会变得更加尊重生活，《黄雀记》就是如此。

仔细想想，我们这个时代的精神及其生活的内在肌理，实在是太难把握了。如何叙述这个时代灵魂的出走？高尚的事物和平庸的生活如何对峙和龃龉？这个时代的人们究竟还需要什么？在我们时代最不堪重负的是什么？历史走到现在，现实突飞猛进地发展、变化，终极的价值和意义，在我们的生活中似乎变得越发地扑朔迷离。

在当代，越来越多的中国作家意识到书写当下生活的困难，深感接近生活和事物本身是一件如此艰难的事情，如何表现我们已经很难正视、又要力图改变的现实图景，廓清被遮蔽的日常生活世界的底部，到底需要我们怎样坚守，或者调整我们的思维方式、小说理念？也就是说，我们在写作中判断生活的基点在哪里？在一部小说的结构里，还能否包容得下一个时代，或者变动不羁的生活中人性的惊悸、迷茫和扑面而来的冲突和矛盾？

与现实"互文"的《黄雀记》

长篇小说《黄雀记》以沉淀已久的激情祭奠逝去的青春，面对残酷的物质化的社会现实，从容抒写，勾画出这个时代令人惊悚的灵魂面貌。在小说中，精神世界的倾斜和生活本身的跌宕与晃动,纷至沓来,在一条街上,在一个精神病院和水塔里面、在不同的人群中,真假、善恶、美丑共生,洗尽铅华,尽显无遗。但尤其让我们对苏童感到敬畏的是,他在叙述中所表现出来的对生活细微的感受力经久不衰。特别是他在叙述中,对超出一般性"共识"和"常识"的日益瓦解的存在底线的表现能力和方式,如此独到深入。

在小说中,苏童以温婉、轻慢、毫不滞重、娓娓道来的耐心叙述,写出了一个时代生活的惶惑、脆弱和逼仄。显然,这是一个无可争辩的现实情境。我感到,苏童讲述的这个有十余年时间跨度的故事,恰恰呈现出这个时代在发生巨大转型和变化时所遭遇到的最大窘境——道德、精神系统的整体性紊乱,这已经成为我们时代的最大难题。我之所以选择"逼仄"这个词来形容、概括我们所处这个时代的精神状况或特征,是因为苏童的这部长篇小说真切地表达了一种现实,这种现实触及的仍然是正在被我们日益严重忽略的人性、道德和伦理几个老问题。

对于今天的写作者而言,把一个时代的精神说清楚实在是一个巨大的诱惑,但它更是一个小说家的责任。桑塔格说:"一位坚守文学岗位的小说家必然是一个思考道德问题的人:思考什么是公正和不公正,什么是更好或更坏,什么是令人讨厌和令人赞许的。这并不是说需要在任何直接或粗鲁的意义上进行道德说教。严肃的小说家是实实在在地思考道德问题的。他们讲故事,他们叙述。他们在我们可以认同的叙述作品中唤起我们的共同人性,尽管那些生命可能远离我们自己的生命。他们刺激我们的想象力。他们培养我们的道德判断力。"苏童非常清楚,小说家的使命和思考问题的方式是什么,小说叙述疆域的辽阔是一般的想象和理性思考难以划定的。

苏童选择20世纪80年代中后期至世纪之交作为叙述的时间背景,这是社会风起云涌的历史转型期,社会生活和人们心理、精神价值取向纷繁杂陈,一切皆有可能发生。应该说,现实生活本身的"陌生化"与作家的虚构、重构彼此"互文"。这部小说同样不乏起伏跌宕的情感纠葛,法律的边界,生意场上的浮沉、恩恩怨怨,其实都在道德的"红线"上往来游移。在这里,"青春"的骚动不只是一个宿命般的"导火索",由此我们看到,世道人心的浮动、亲情的远近疏离、两性的博弈,均以暴力开始,以暴力结束。就连时间也是残酷和暴力的,一次青春的悲剧便演绎出无尽的罪恶的渊薮。

小说中的每一个人物都面临着一个相似的困境——如何战胜每时每刻从他们身边和内心丝丝缕缕滑过的残酷的时间,而这又是一个人人都无法摆脱的困境。"小拉",一种交际舞的跳法,成为一种青春和浪漫的寄寓,成为主人公青春时光里的精神绝响。柳生梦想、虚构的一次三人舞会,偶然或必然间变成一个冲动和犯罪的现场,孽债从此埋下。怎么也想不到,小拉,一曲激情奔放、悠扬的青春奏鸣,一个美好的青春夙愿,竟成为年轻生命和岁月的咏叹和祭奠。

一如既往、一泻千里的新生活,说不清从哪一天开始不断地刷新我们日益增长的无止境的需求,进而刺激我们对生活产生更大的诉求、渴求、苛求,一个与以往不同的获取、攫取和发展的逻辑,不可思议地开始影响着我们的生活。我们实际上已经拥有了很多,但是,还需要更多吗? 在奔跑的欲望和诉求中,似乎很少有人能够停下来思考,盘整自己业已膨胀的内心。奇怪的是,物质富有的人,精神似乎更加贫困,内心和精神也恍惚无助;生活窘迫的人,也可能因为精神的匮乏,仿佛也被现实彻底吞噬掉,优越、高贵并非是尊严的同义词。

保润捆绑爷爷的数十种绳结,也只能束缚住一个失魂落魄的躯壳,祖父的"失魂"和儿孙的"看护"就显得滑稽、荒诞。也就是说,我们对人性的解析必须运用新的精神逻辑和坐标加以厘定,因为人心一夜之间张扬起来了,灵魂也在无际的天空悬浮起来,不知去向。

"无名"时代的文学隐喻

《黄雀记》是一个十分暧昧的命名,它仅仅是与小说文本本身既无隐喻关系,又没有具体描述、征引或延伸主题意图的作品标识而已。

如今这个时代,似乎已经不需要太多确切的价值对应,"无名"时代的生活形态自身无法被清晰地描述。这就意味着,这个时代生活中的许多问题是不明朗的,命名的犹疑不决,也注定了在这个时代选择自己生活或者存在方式的尴尬和无奈。黄雀是什么? 黄雀在哪里? 一个与本文并不相干的事物被指定为意象,代言了模糊不清、芜杂凌乱的生活世相。

当然,我们完全也可以把水塔视为一个隐喻,精神病院也可以作为一个象征体,"规训与惩罚",在这里诸种病象不一而足;而流窜着身形硕大老鼠的保润家的老宅天井,更像是一座幽暗人性的居所。废弃的、荒寂沉睡的水塔,原本就是一座被遗忘的废墟,却在几个时期被唤醒和复苏,人可以在其中制造阴谋、肆意宣泄少年原始冲动;人们还可以根据现实需要,在其中设立佛堂,朝拜许愿,兑换利益,显然,他们对佛祖火热的膜拜之心里面包裹的早已不是虔诚的香火,而是对物质更大的尊崇和攫取;这里,也可以成为灵魂流浪者的藏身处,掩藏起最后的孤寂和无助。

仔细想想,保润的爷爷,为人祖父,为什么会在一个普通的日子里突然莫名地疯癫起来,认定自己丢失了灵魂,掘地三尺地开始寻找? 人的灵魂是可以在瞬间就丢失的吗? 而保润所发明的那些捆绑爷爷的种种绳结似乎要告诉我们,从某种精神层面上辨析、审视这个时代的生活,已经迫在眉睫。良知的泯灭和沉睡,源于"灵魂"的游离和出走,人们为何会如此惶惑? 我们的生活究竟在哪里出了问题? 我们为何就这样乱了自己的方寸和手脚? 在这部作品中,苏童发挥了他的所长,在市井的熙攘中,如此自然地发现了驱动生活的爆发性力量。

在以往的观念里,文学人物是很难创造的,但是,当代生活所提供的现实,却使原本需要依靠强大想象力才可能催生的人物,有了轻易地降临到文本深处的可能。保润、柳生、小仙女,就像是一个三脚架,既搭建起一个演绎生活的平台,同时也成为情感和"危险关系"的命运枷锁。一个人被另一个人所绑缚,一个人无法给另一个以信赖,无所倚傍,无法寄托,最后残像连连。我们虽然不能够对生活失去信心,但也无法立刻做出判断:我们应如何处理我们灵魂深处的精神病灶。

苏童还是喜欢那种以个人命运为对象的叙述方式,讲述生活,呈现生命的倔强和衰颓。懵懂的青春、人性的自然形态、局促的现实尴尬、莫名的欲望,纠结在一起,成为小说叙述的基本元素。时间在叙事中的重要性是不言而喻的,最佳的叙述视角就是将主人公置于看似一成不变的时间流逝中,并使其产生精神的阻力。保润、柳生和小仙女之间的爱恨情仇,从本然之爱开始,以悲剧贯穿和终了。生死一线牵,令人愁肠百转,不胜唏嘘。

一个优秀的作家,不会居高临下地概括、抽象和引导生活,但是他一定能透过生活的表象和乱象,剥离掉现实和存在的种种假象,在繁华鼎盛时暴露颓势、潜在的苍凉,而在凋敝哀婉时,静静地储备、蕴藉生机。苏童通过文本延伸了我们所面临的对于当下的追问:这个时代的人们究竟崇尚什么,是财富还是真实的情感? 人们的灵魂归属到底是物质还是精神? 我们的精神自觉如何才能够实现?

在《黄雀记》中,苏童依旧保持着以往优雅的小说叙述语言风格和情境感。不同的是,他在小说中大幅度地介入现实的时候,让我们感觉到其文字中的人物、事物"落地"更稳健、更沉实,与他文笔的飘逸和洒脱相得益彰。

从"芳村"到京城：照向精神隐秘的微光
饶　翔

比起那些年少成名的80后,70后的付秀莹出道可谓晚矣,年过三十才发表了第一篇小说。然而,她起步即速跑,一篇短短的《爱情到处流传》使付秀莹的名字在文坛迅速流传开来。在短短几年内,一批质量上乘的作品相继问世,当她的第一部小说集出版时,已有评论家称赞其初具大家风范。令人印象更为深刻的是,付秀莹从一开始就形成了鲜明的创作风格——可借用茅盾评价茹志鹃的四个字:"清新俊逸。"此风格在文坛不传久矣,这或许便是付秀莹一登场便令文坛喜出望外的一个重要缘由吧。

"荷花淀派"又见传人

付秀莹清爽灵秀的文学气质,使人不由得念起她生长于斯的那片土地,将其与历史上的"荷花淀派"联系起来,或许并不牵强。地气这东西就是这么奇妙,经年累月地浸润其中,对作家主体的影响不可估量。付秀莹在她的小说世界中虚构的那个文学地理空间——芳村,仿佛被环绕在"荷花淀"与"麦秸垛"之间。从孙犁开始的文学传统,在付秀莹的创作中不难见其传承。

《爱情到处流传》的题材并不新鲜,小说回忆"父亲"的一段风流韵事,然而,作者的处理却很特别,虚实相间的手法,读来回味无穷。小说设置了"我"这个限定性的叙事角度,"我并不比芳村的任何一棵庄稼知道得更多","我"所观察到的"父亲"婚外恋的蛛丝马迹,是透过"父亲""母亲"和"四婶子"三人身上各自的微妙变化——"母亲"并没有一哭二闹三上吊,而是更精心地打扮、更多地温存体贴,以退为进;她甚至与情敌"四婶子"交好,在强忍着的精神磨难中保持尊严与气节,悄悄捍卫着她的爱情。"父亲"与"四婶子"的恋情始终是隐忍的,小说并没有正面铺陈,而是在若有似无之间,留下了充分的想象空间。作者巧妙地回避了道德评判,升华了美感。当年这段"到处流传"的爱情在时间的涤荡下,已是霁月清风不绕怀,矛盾归于和谐。明朗俊爽的人物形象提升了小说的格调,恰如一朵出水芙蓉,濯清涟而不妖。

《大青媳妇》和《九菊》均以女性为题,在回忆的语调中讲述女性命运的悲哀。因家境贫寒而嫁给只有十岁智力的傻子的"外路人"大青媳妇,在婚后难挡自身蓬勃的欲望,与乱耕私奔,复又归来,直至成为男人的"群宠",最后锒铛入狱。美丽的九菊生长在一个特殊的家庭,在一场错综纠缠的乱伦关系后远嫁他乡,嫁给一个"老,而且,盲"的男人。两篇小说均涉及道德禁忌,作者却以"去道德化"的美学处理方式,呈现美丽被毁灭的过程,表达了一种对于命运的深沉而又静默的悲哀。读来恰如孙犁的《铁木前传》那般"为美所伤"。

付秀莹的美学品格在不多的篇什中已得到了充分的展示,具体说来,她的小说是散文化的,注重抒情氛围的营造,常常以景物烘托人物心理;富于古典韵致,追求矛盾的内在平衡与和谐美感,语言细腻,意境优美含蓄;惯于书写回忆,长于对人情、人性美,尤其是女性美的展现。如此种种,真可谓是"荷花淀派"的新一代传人。

"芳村"的常与变

付秀莹将笔下的"文学故乡"命名为"芳村"。她说:"无论如何,'芳村'之于我,恐怕不单是地理意义上的故乡了。她是我的精神根据地。她确实真实地存在,存在于我的血脉和记忆深处。"

一如费孝通所指出的,乡土中国是以传统伦理价值为精神内核的。有评论者说,付秀莹的乡土小说表现的便是这种"人伦之正"。确实,"人伦之正"构成了付秀莹小说美学的根基之一。然而,我以为,付秀莹同时敏锐捕捉到了乡土社会中人伦的变异,她往往从很小的切口进入,描绘社会的剧变在乡村的投影,呈现这些变化如何在人心中激起或大或小的波澜,甚至改写了人物的命运。

《六月半》是其中最值得称道的一篇。"六月半,小帖串。这个风俗,芳村的人都知道。……小帖的意思,就是喜帖子,这地方的人,凡当年娶新的人家,都要在六月里把喜帖子送到女方家,叫打帖子。"随着时代的发展,"打帖子"这个风俗不断增添"时代内容":先是票子,然后是"三金"(金项链、金戒指、金耳环),又有了手机和婚纱照。小说以俊省张罗着给儿子兵子"打帖子"开始,串起了芳村的种种常与变。俊省当年拒绝门户单薄的宝印提亲,嫁进了人丁兴旺的刘家,给进房做了媳妇。然而,时移世易,宝印成了财大气粗的包工头,兵子倒在他手下打工;进房为了赚区区 500 块,放下男子汉的身段,去别家当男佣。这边厢,精明能干的俊省省吃俭用,反复盘算如何凑够兵子的迎亲钱;那边厢,宝印仍在不断关怀俊省,主动提出要把兵子调去舒适的岗位。俊省心中充满了委屈、伤怀、矛盾、不甘等各种复杂纠结的微妙情感。就在万事俱备时,传来噩耗,兵子在工地上出事了,俊省受到致命的打击。小说叙事密而不乱,线头穿插、民俗描写、心理描摹均调度有序,从容不迫,体现了作者成熟的小说技艺。

"农历三月初三,万物都醒了,是个好节气。见本媳妇早就跟孩子们说好了,三月三,大家都回来,回来过节气。"与《六月半》一样,《三月三》以民俗节气代表芳村的

"常",这"常"说来也简单,就是婚嫁娶丧、家人团聚共享天伦。然而,就是这么简单的愿望似乎也越来越难满足。三月三,见本媳妇一大早便开始准备一家人的吃食,却总也等不来各自成家立业的儿女,眼见已日过中天,她的盼望渐渐变成了担忧。那部她总也不会使的电话机仿佛一个象征,看似增加便利,却阻隔了她与家人的情感交流。

在《迟暮》中,赶不上趟儿的是一位老汉,一位年迈的父亲。男人的力量几乎消失殆尽,曾经的一家之主渐渐沦为"局外人"。儿子和儿媳妇商量着要将田地转包,去城里打工,把他独自撇在家中。时代变迁、生命衰老,这是人类永恒的悲哀。《空闺》中,双月在男人进城务工之后,独守空房,担忧男人在城里"学坏了",怕他在外寻花问柳的心理反复折磨着自己。《跳跃的乡村》中受折磨的是村妇秋然,村里空场上兴起的街舞令她感叹世风不古,女儿小满加入街舞尤其折磨着她,办厂子办得风风火火的丈夫二发也令她不安,怕他被风骚的斗子媳妇勾引。《苦夏》中留守儿童丫豆儿由年迈的爷爷照料,她对爹娘的思念只能寄托于一根电话线;被全叔性骚扰,听人议论爹娘在城里干见不得人的勾当,给她幼小的心灵蒙上了阴影。《旧院》中一个由"姥姥"主政的阴性院落中,女儿们在时代变幻中经历着各自的人生际遇与命运沉浮。《锦绣年代》中,与"我"青梅竹马的表哥,那个翩翩少年,已淹没于凡尘俗世,消失于时光尽头。

在众多篇什中,付秀莹反复书写着芳村的常与变,书写着时代之变对于乡土伦常的冲击。值得称道的是,作者虽然在此不断触及新的社会矛盾,触及时代的症结与难题,然而她的方式却是充分文学化的。在人物的内心波澜或者细微褶皱间,作者以小喻大,见微知著。在新世纪的乡土小说中,付秀莹的"芳村"系列自有其位置。

"阴性书写":在传统与现代之间

当我借用"阴性"一词来形容付秀莹的创作时,既是指她文学气质的阴柔秀美,如前文所论,也是指她在诸多作品中所思考的女性问题、所呈现的女性心理和所表达的女性意识。在此,用"阴性"一词更加强调的是女人的本能与自然属性。

《小米开花》尽显作者心理写实的功力。哥嫂的缠绵恩爱,小姐妹二霞的性启蒙,建社舅的性暗示、性骚扰,月经初潮,以及身边自然万物的繁育不息,都在不断催熟着少女小米,使她开出花来。然而这花儿"寂寞开无主",情窦初开的一腔怅惘和无处排遣的无名苦闷常常萦绕心间,真是情思百结,无计可消除。小说由这说不清道不明的情思处入笔,写得玲珑剔透、细腻入微,将缥缈的女儿心事呈现得如此真切动人。

付秀莹在众多小说中都大胆暴露了乡村传统女性的性心理和性意识。《灯笼草》

写小灯与大伯子之间微妙的情感,在那个一触即发的夜晚,小灯克制了自己的欲念。情与礼的较量冲突被平息,仍然回到作者所钟爱的和谐之境。《琴瑟》写一对在城市里艰难谋生的夫妻,妻子在路边偶遇一名都市男性,使她经历了一场内心的风暴,对比自己蹬三轮车的丈夫,妻子对于自驾车的斯文男人的性幻想,既代表了她对于理想男性的想象,也代表了她对于一种社会身份的向往和渴望。但是,现实很快使妻子平复,与贫贱的丈夫相濡以沫虽属无奈,却也踏实可靠。"琴瑟"二字,既形容一种情感的和谐状态,也暗示了身份对等方能"和鸣"。

在另一些描写都市女性的情感篇章中,付秀莹反复书写的是女性的情感缺憾和心灵的分裂状态。《幸福的闪电》中,蓝翎面对成功男士左恩的追求犹犹豫豫,却对楼下健康快乐的陌生邻居产生了莫名的情愫,并催生出一场春梦,然而,内心中暗暗滋生的幸福感很快就在现实面前幻灭了。《夜妆》中,与沾染脂粉气的学界名流周一洲住豪宅、过上流生活的郁春,在一辆远离日常生活的夜火车上,检视自己的内心后发现,她怀念的是当初与尹剑初清贫而快乐的生活,那段生活虽早已被她丢弃,却如此深刻地烙在她的灵魂中。《那雪》中,那雪离开了京城文化名流、已婚的浪荡子孟世代,爱上了单纯明朗、热爱生活的大男孩杜赛,然而,杜赛却又突然一去不返,那雪的感情世界依然空缺。

付秀莹的"阴性书写"没有女权主义的张扬,而是以惯有的内敛方式通向女性的幽微内心。在这些篇章中显露出她的传统阴/阳性爱观。围绕她笔下知识女性们的是各种"中年趣味"的男性,他们被层层物质化的社会属性包裹着,远离了男性的自然属性;而她们内心爱着的是单纯明朗、健壮勇猛的雄性少年。这样的雄性在高度物质化的都市可还有?付秀莹以小说表达了此种困惑,而这种貌似传统的性爱观,却以其在当代不可实现的命运传达出作者的现代意识。

探索仍在继续

事实上,早在付秀莹开始写作之前,她便已离开河北乡村,定居于北京。如果说乡村生活是她远去的记忆,那么,城市生活便是她此在的现实。当这两种经验同时转化为小说创作时,人们最先认可的是她的"芳村"系列,因为这些作品风格鲜明,更显成熟。

在她写城市的那些篇章中,除了上述女性情感小说,《百叶窗》《对面》表现办公室政治;《出走》和《火车开往C城》写都市男性逃离琐碎平庸生活的冲动,这部分作品新意不多,有的叙事还略显粗糙。而在《花好月圆》《世事》《如何纪》等作品中,付秀莹开始发展出一个新的叙事方向,即揭示都市人群的精神隐秘和错综暧昧的情感勾连。中篇小说《醉太平》便是这一方向上的最新力作。在一个学术圈的生态链中,弱肉强食,明规则、潜规则盛行,利益交换、欲望角逐,男男女女沉浮其间,暗通款曲。太平盛世醉太平,作者以微讽的笔调戳破了"太平"中的假象,流露出丝丝荒诞与悲凉。

从"芳村"到京城,随着时空的流转,付秀莹渐渐从她所得心应手的叙事美学中,发展出一套新的叙事美学。她的探索仍在继续。

2014年

与时间博弈

张 莉

时间真是神奇美妙又喜怒无常的怪兽。前一刻,它为我们带来诸多无价之宝:青春、力量、健康、荷尔蒙;后一刻,它会带来皱纹、白发、斑点、衰老、疾病,它将那些珍宝从我们身上统统收回,不由分说,不由争辩。"逝者如斯夫,不舍昼夜",几千年前夫子在川上感喟时光之快之无情时,是否也在叹息人于时间面前的渺小无力?

在滔滔前进的时间之水面前,艺术家是人类中的那群不甘心者,流走的永远不再回还,但艺术的印迹会留存。《蒙娜丽莎的微笑》《向日葵》《韩熙载夜宴图》《清明上河图》《荷马史诗》《诗经》《唐诗三百首》……这些传世的艺术品使我们有理由相信,在与时间的搏斗中,失败一方并不总是人类。

时间困扰我们,但也激励一代代的艺术家与之对抗,冯唐就是这个对抗群体中的一员。读他的作品《北京三部曲》《不二》《天下卵》《诗百首》《猪与蝴蝶》《活着活着就老了》,你会强烈感受到这些文字中潜藏着的隐秘雄心:与时间进行不屈不挠的博弈。

"刻舟求剑人"

冯唐以青春小说成名。我至今还能记得2000年第一次在"江湖泡网琴"上看到他文字的惊讶,那真是一段美好的文学记忆,那时的泡网BBS里聚集了一群爱好文学的伙伴。从1999到2007年,八年时间里他出版了3部独立成书但又紧密相关的长篇《十八岁给我一个姑娘》《万物生长》《北京北京》。3部小说共有一个场景,秋水和他的朋友在燕雀楼门口的人行道上喝啤酒。喝醉,骂人,忆往,铺着塑料布的桌上杯盘狼藉,秋水开始回忆他的往日。他的小说总有两个岔道,一条通往少年/荒唐/初恋,这里有朱裳,有翠儿;另一端则是成年,朋友暴死,朱裳嫁为他人妇,秋水成为跨国公司经理。两条时光隧道里嵌着两个北京:一个浩浩荡荡充满着大大的拆字,有甜汽水、防空洞、自行车、胡同;而另一个则高楼林立、车声鼎沸。

读这些小说,有如听躲在黑暗角落里的秋水口若悬河、眉飞色舞、依依不舍、得意扬扬地讲故事,虚空世界里的明亮如此夺人心魄。但就在那乱花迷眼的喧哗笑语中,他突然停住,静默。他说他想起了《昔年种柳》:"昔年种柳,依依汉南。今日摇落,凄凄江潭。树犹如此,人何以堪?"一切就在倏忽之间。对往日恋恋不舍的人,该怎样召回他的时间、确认他曾有过如此的美好?他只能在纸上刻印,刻下那些再也回不来的过往。

想一想,三部曲中的女性人物多么有意思,比如妖刀,比如"我老妈",比如"我老姐",还比如"我女友",她高智商,浑不懔,迷恋男友的身体,并以一种特有的北京姑娘的语言来表达。这是多么不一样的人物形象,坦率、"好色"、生气勃勃,同时,又有些毫不顾"羞耻"分外性感的劲头儿,这一切都构成了这个人身上最迷人和最矛盾的东西。这是有无限可能性的人,而且,要知道,这姑娘还是著名学府里的天之骄子。当代中国还没有一个作家如此坦荡地正视和描述这类女性身上的特质。有些男作家喜欢写女人们身上夸张的放浪勇敢奉献和坚定,有些作家则喜欢写女人们夸张的纯洁、羞怯以及欲望的节制,为她们想当然地"提纯",但冯唐不,他尽可能地避免作为作家和作为男性书写女性时的"装",他书写了女性精英面具之下的那个真切"肉身"。不过,只可惜,略作停顿后,冯唐从这个形象上画了过去,他用调侃和说笑的方式话锋一转跳开了。要知道,那些卓尔不群的女性实在是冯唐写作的宝藏:蒙古族血统的母亲、彪悍性格的老姐,这些豪放的有力量的女性与"我女友"一起,都具有吸引力。但她们都未曾独立成章,没有散发出钻石般光泽。

我疑心,这样一板一眼地讨论冯唐太迂腐了。写一些有趣的人物,讲一个有起承有转合有高潮的命运故事并非这位作家的初衷。冯唐志不在此。那些人,那些事,不过是青春记忆的底子罢了。对于这位小说家而言,重要的不是刻下那些女性的容颜,而是秋水的心境、怅惘、爱欲,是独属于秋水的那终将逝去的青春北京:"在从小长大的地方待,最大的好处是感觉时间停滞,街、市、楼、屋、树、人以及我自己,仿佛从来都是那个样子,从来都在那里,没有年轻过,也不会老去,不病,不生,不死,每天每日都是今天,每时每刻都是现在。小学校还是传出读书声,校门口附近的柳树还是被小屁孩儿们拽来扳去没有一棵活的,街边老头还是穿着跨栏背心下象棋,楼根儿背阴处还是聚着剃头摊儿,这一切没有丝毫改变。"(冯唐:《读齐白石的二十一次唏嘘》)在内心深处,冯唐渴望清明美好的北京在他的文字中永远凝固,他渴望青春有张不老的脸。

王安忆称耽溺旧时光的朱天心是"刻舟求剑人"。在传统的刻舟求剑的寓言里,刻舟者是迂腐的、不知变通者;可是,在艺术的世界里,"知其不可为而为"、心无旁骛的印刻者却值得尊重。事实上,《北京三部曲》中,冯唐确也像极了那位"刻舟求剑人"——他固执地想保存属于他的珍宝,以期打败奔腾不回的"匆匆而逝"。

"墨雨淋漓处骨重肉沉"

苏珊·桑塔格评加缪时有个有趣的说法,她说好作家大抵分两类,一类是丈夫,一类是情人。"有些作家满足了一个丈夫的可敬品德:可靠、讲理、大方、正派。另有一些作家,人们看重他们身上情人的天赋,即诱惑的天赋,而不是美德的天赋。众所周知,女人能够忍受情人的一些品性——喜怒无常、自私、不可靠、残忍——以换取刺激以及强烈情感的充盈,而当这些品性出现在丈夫身上时,她们决不苟同。同样,读者可以忍受一个作家的不可理喻、纠缠不休、痛苦的真相、谎言和糟糕的语法——只要能获得补偿就行,那就是该作家能让他们体验到罕见的情感和危险的感受。"(苏珊·桑塔格《加缪的〈日记〉》)桑塔格欣赏加缪具有理想丈夫的色彩。不过,现代以来,大部分作家属于情人类型,这似乎由这个时代的阅读趣味决定。

冯唐的小说有缺憾,但也有奇异的吸引力。尤其是秋水这个人物,《十八岁给我一个姑娘》甫一发表,便受到许多读者的欢迎——他聪明、风流、喋喋不休、贫、自恋、荷尔蒙泛滥,是坏又可爱的那种男人。这个人当然是不完美的,他让卫道士们避之不及。可是,不正是这样的不完美才使秋水具有吸引力?而且,这个人物的吸引力早已溢出了文本之外。那些年轻女读者的尖叫岂止是给秋水的,不也是给小说家本人的?

一个对青春记忆无限追念的人终是无趣的。人总要成长。活着活着就老了,冯唐逐渐认识到。他的随笔产量明显上升,在随笔里,他日益拥有一种特别的本领——那种将所有矛盾的、不搭界的语言和词汇进行混杂统一的能力。前一句他说起"唠叨所有既见苦难胡云不悦的灵魂",后一句便可以没有任何转折直接加上"冷了记得抱舍不得你的人,烦了记得在你背后的神,细看墨雨淋漓处骨重肉沉"。古与今,灵与肉,世俗与庙堂,"丰腴、简要、奢靡、细腻、肉欲、通灵",他把它们全部放在一个句子里炖了,一锅烩,五味杂陈,别有趣味。他"将汉语的古典传统熔铸于鲜活的现代口语,发展出神采飞扬、轻逸剽捷、机锋闪烁的独特声音"。这声音成为冯唐的标识,这是他在青年一代作家里独树一帜的最重要缘由。

冯唐找到了属于他的言语方式。他的写作没有道理,没有章法,别有气质,别成一体。他的写作,有如那些无法命名的野生植物,新鲜明艳、夺人眼目,他的很多随笔会使人想到中国现代小品文——那类有趣、鲜活、嬉笑怒骂、荤腥不忌的文字在当代的复活。

事物比例在他的随笔中发生着意味深长的变形,比如大与小。宏大的、神性的并不真的宏大、真的神性;细小的、世俗的哪里就真的小、真的俗?在冯唐眼里,"安禄山高速胡旋舞时候的壮硕肚脐"远比"他几乎颠覆了唐朝政权的巨大心机"更有趣。李敬泽评冯唐说:"他无差别心,他不把人分成三六九等、分成爹妈儿子、分成领导、知识分子和群众,正如医生眼里,人在产房一样、推进炉子时也一样,在搓澡师傅眼里,人在澡堂里一样,深知众生平等,做了彻底的唯物主义者,方做得成癫和尚、酒肉穿肠、呵佛骂祖。"一切在冯唐这里变得自然自在,生死疾病身体情欲,没有什么不可以写,没有什么不可以谈。

没有边界意识的写作者是值得期待的。没有生死边界,没有古今边界,没有灵肉边界,冯唐可以把自己的成长与齐白石的成长并写,也可以跨越千山万水给司马史官写信。《大偶》《大爱》《大欲》写得有趣。"春风十里,不如你"的诗句也令人难忘。十多年来,冯唐发生了重要的变化。一个人对世界的理解越来越通达,写作便越来越有气象。小说里的秋水是虚拟,随笔里说话的人才是冯唐自己。他并不避讳地表现自己身上那些贪恋、自信、自狂、自傲。他让人想到郁达夫,那位写下"曾因酒醉鞭名马,只怕情多累美人"的现代作家。但冯唐说到底还是冯唐自己,他和我们所见到所理解的很多作家形象有距离。他使我们认识了一个文人,一个才子,一个口无遮拦者,一个《红楼梦》里的"癞和尚"或"跛道人",一个多情的人、猖狂的人。

还是回到桑塔格关于丈夫和情人的比喻里吧,冯唐不属于加缪的同类,他是另一种,他有诱惑的天赋,能让读者体验到"危险的感受"。当然,他自己未必不知。现在的冯唐,不仅走在成为一个作家的路上,显然也走在成为一个文化偶像的路上。不是作为一个完美者,而是作为有个性者,一个特立独行者。

"别管世人,别管短期"

每个人都有对时间的理解,都有属于他的时间意识。当张海鹏给自己起笔名为冯唐时,意味着,他渴望自己能与历史相通,与古人相承。喜欢《诗经》、唐诗,喜欢古籍、古画,嗜好古玉——他相信艺术的不朽,艺术家的不朽。也许,此时此刻的一切注定要消失,这是不争的事实;不过,与人相关的某些器物会永存,诗句、字画、玉器,以及附着在这些器物上的思想、爱意、欲望和美,会永存。如此说来,物并不只是物,便是有呼有吸、活生生的了。我们的肉身会远去,但我们写下的字、画下的画,我们曾经做过的对人类文明的那些思考会留下,会经由那些物流传下去。刻下的印迹也会与未来的有缘人相遇,一如那些古物会穿越时光与今天的我们相遇。美和艺术的价值哪里是金钱可估量的?当我们拥有它们,我们便拥有旁人无法比拟的时间、生命、思想和美。

冯唐由此拥有他的历史观。历史观是属于作家特殊的取景器,会使作家的写作视点发生变化。在一些人眼里,这些事很重要,那些事无足轻重;而另一些人则相反,那些事需要专心致志,这些事则无关紧要。他的历史观使他有自己对长期和短期的理解,也使他不惧成为舆论焦点,甚至还会在风口浪尖时主动出击。比如韩寒事件中的"金线说",比如直接批评王小波——冯唐怎么能不知道他将会遭遇反批评?放在冯唐的时间观念里,反批评和争议都是必要的,有些批评会很快随风而去,有争议的,未来则有可能会成为趣事和美谈。世界上不存在没有争议的好作家。世间的一切博弈无非是此涨,彼消;此消,彼涨。

　　重要的是一个艺术家的持久力;重要的是懂得如何保有自我,成为自己,不辜负自己的花期;重要的是那位叫冯唐的作者写下去。"别管世人,别管短期,把这些当成浮云。耐烦,耐劳,不要助长,温不增花,寒不减叶,白杨树就是白杨树,黄花梨就是黄花梨。爬上古人堆成的昆仑山巅,长出比昆仑山巅高出一尺的自己的那棵草。"在给画家林曦写的序中,冯唐如是说。这是借他人酒杯,浇自己块垒,冯唐对艺术创作的见解令人欣赏。

　　文学史上,有一些作家,他们注定要在完整的传统链条中做更为坚固的一环,成为经典的一部分,他们通常沉默而低调,靠写作本身进入庙堂,赢得文学史声名。而另一些人,则通达,懂因材,懂尽力,"谁能把牛肉炖成驴肉?谁能让牡丹开成玫瑰?"冯唐的写作固然放不进任何理论框架、放不进传统的脉络。可是,做开山者,做拓荒者,做独异者,何如?

　　如此说来,三部曲之后有《不二》一点儿也不奇怪,《不二》之后有《天下卵》也顺理成章。冯唐到底要走他的路,犯禁忌,致非议,行异路,与时间进行不屈不挠的博弈——"别管世人,别管短期"。

《瞻对》：历史如此尖锐地通向现实

梁鸿鹰

历史好比一艘船，装载着现代人的记忆驶往未来，正如莎士比亚所说，历史就在每一个人的生活中。我们与自己的民族、国家共同从历史中走来，又创造与累加着历史。因此，历史是通向现实的，文学就是要抵制遗忘，为我们从历史中寻找更多的现实启示提供支撑。时光的推移不断消磨、掩盖甚至泯灭着历史的真实，增加着真相书写的难度。

在我们国家的历史中，中央政府与西藏地方的关系历经了长期的曲折。除了人们耳熟能详的松赞干布、文成公主，除了宗教人物班禅、达赖，细节与详情被历史烟尘所笼罩者是大量的，阿来的《瞻对：终于融化的铁疙瘩——一个两百年的康巴传奇》，无疑填补了空白。

因为在汉与藏、中央政府与西藏地方关系的历史长河中，"瞻对"犹如一块未被触碰过的铁疙瘩，长期被幽闭于黑暗之中，散落在档案和小范围自我循环的史志资料中。写作《瞻对：终于融化的铁疙瘩——一个两百年的康巴传奇》，缘于阿来实地考察调研的习惯，更缘于他对历史与现实问题的思考。在开始动笔写一部涉及当下汉藏文化冲突及其表现的现实题材小说时，阿来翻了一些旧书，感慨良多。他发现，现实当中发生许多新事情也都是由旧套路导致的，"所谓现实题材，都是正在发生的事情，开写的时候有新鲜感，但写着写着，发现这些所谓新事情，里子里都很旧，旧得让人伤心。索性又钻到旧书堆里，来寻着踪迹写旧事。又发现，这些过去一百年两百年的事，其实还很新。只不过主角们化了时髦的现代装，还用旧套路在舞台上表演着"。

历史的真相到底如何？正如洛夫所说，"历史睡了，时间醒着；世界睡了，你们醒着"，作家是有责任的。瞻对位于康巴藏区，在现今四川甘孜新龙县一带，一问到"瞻对"是什么意思，当地人都会自豪地说是"铁疙瘩"。有位叫喜绕降泽的高僧，曾于公元1253年随八思巴进京觐见元世祖忽必烈。传说他在皇帝面前显示法力，将一把剑徒手挽成了一个铁疙瘩。忽必烈赐他官印，令他回家乡为官。但喜绕降泽回乡后仍入寺修行，由其姐姐行使地方统治权，地面上便兴起一个地位尊贵的家族，藏语名叫"瞻对本冲"，意思就是因挽铁疙瘩而得到官位的家族，其管辖之地从此被叫成了"瞻对"。这个清朝雍正年间只有两三万人的地方，却惹得清朝政府七次对其开战，且每次用兵都不少于两万人。民国年间，此地的归属权在川藏双方相互争夺、谈谈打打、打打谈谈中摇摆不定,这样的对抗为何竟持续了两百余年?人们颇伤了一些脑筋。这里固然地形复杂、易守难攻,当地人性格彪悍、难以制伏,但最根本的问题,是落后的时代、落后的社会制度,以及长期形成的盲目"尚武"等习气。民国后实行改土归流,1950年,解放军未经战斗便将此地解放,瞻对这个"铁疙瘩"轰然熔化。阿来对这一素材的触碰,使瞻对及围绕汉藏问题的关键词重新回到公众视野,是一次与遗忘的较量,更是一次对时间的抵抗。

阿来试图从人文的角度认识历史、认识现实,他以对某一个地方微观历史的透彻挖掘,见微知著,找到了历史与现实的连接点,补白疑问,搭建起一个"完整的世界图景"。连接点的发现、完整世界图景的搭建,得自扎实的知识储备与史料研读,当然更少不了独特的眼光。《瞻对》呈现的是两个方面的成果,一方面是作家通过对大量档案、史料的深入挖掘,以生动的笔触、丰富的细节、扎实的内容,还原与再现始于雍正八年、长达两百多年的"瞻对之战"中藏地与清政府方方面面的表现与表演。另一方面,则是阿来的独有发现与解读,这一部分融于历史事件的叙述,构成了作品的肌理,是有温度、脉搏与节奏的。

这样的写法使得文本不流于对事实的堆砌,更无对写作者本人博学、勤奋的炫耀,而是实实在在地透过历史尘埃,有独特的发现,有从容中的睿智。他对清政府政治、军事等方面作为的感悟,从历史风云中来,有力透纸背的精彩。比如对1746年败于瞻对的那一战,乾隆皇帝在与军机大臣等总结大军欲进不能,退亦不可,以致师老兵疲的时候,认为原因有三条:一是轻敌,"以为瞻对蕞尔之地,大军压境,必如沸汤扬雪"。领兵大员并未把雍正年间大军征讨无功而返的前车之鉴当回事情。二是缺少调查研究,情况不明胆子大,率尔出兵。三是"事有不顺,这些体制中的负有重责的官员便隐瞒事实,谎报事功。谎越扯越大,事越来越烂。"皇帝作为那个社会体制的总管,当几乎所有官员都在撒谎、捏报事功的时候,自己明明什么都清楚,却不能对所有官员都下手,"只好祭出杀鸡儆猴抓典型的官场老把戏"。再看那些参战的兵卒,早已没有了开国之初能征善战的精锐之气,他们在盛世华服的遮掩下日渐衰败腐朽,要么兵丁病孱,要么"器械锈坏者,不知更换"。这样发展下去,果然到了中日甲午海战,"炮弹里没有火药,而是装满沙子了"。

而在历史上,这些事情反复出现,当然应该有更多的原因需要探究,阿来为此同样做了认真分析。比如从全国范围讲,地方豪尊依靠武力与阴谋等争夺人口与地盘,壮大自身实力,而不知兴办教育、改进生产技术、扶持工商等,为此策划于密室,劫财夺命于光天化日,在传统中培植出膺服强梁的风气,不同家族间结仇、复仇,仇仇相报。"有清一代,这些行为都被简单地认为是不听皇命,犯上作乱,而没有人从文化经济的原因上加以研究梳理,也没有尝试过用军事强力以外的手段对藏区土司地面实施计之长久的治理,唯一的最后的手段就是兴兵征讨。"就川边藏区而言,因为地域辽阔,部族众多,当地豪门各自拥兵割据,中央政府根本无力进剿压服。

再比如那个贡布郎加,即"布鲁曼",当地历来视他为大英雄,他的传说老一点的人都能讲出一些,荤的、素的、人间的、僧界的,五光十色、林林总总,就连体面的酒店也用他的名字来命名。对他抱有巨大希望的阿来,在追寻其故事过程中发现,这个所谓一世英雄的布鲁曼终于也未能超越时代,只不过"他比此前的所有豪酋更蛮横,更顽强,更勇敢,更有计谋,更残酷",却也更加不识时务、不知天下大势,不曾有半点改变社会面貌的愿望,最终同样要在历史的因循中重蹈覆辙。"阴谋、进攻、对神盟誓然后又违背誓言、杀戮……种种手段都是老而又老的桥段,都在旧框架中习惯性运行"。

那么,历史是如何通向现实的呢?恩格斯说过:"我们根本没想到要怀疑或轻视'历史的启示';历史就是我们的一切。"阿来的写作没有离开过西藏历史,更密切关注着今天,他不仅是一个文学家、写作者,更是一个审视者、发现者,他关注着当下藏区的一切——其社会生活、文化生态,以及在时代风气之下那些似乎习以为常、见怪不怪的东西。他发现,无论是变动的还是稳定的,无论是表面的还是暗地里的,其实一切都有渊源,现实的一切与历史都有惊人的连接,要么是现实延续了过去,要么是过去还魂于今天,从来就没有无缘无故的历史,也没有无本之木的当下,审视与发现问题是阿来写作时一种常有的状态,同样是《瞻对》的一个核心。

出色的写作应该触及心灵,成为挖掘精神向度的实践。无论对作家,还是对读者,《瞻对:终于融化的铁疙瘩——一个两百年的康巴传奇》的意义不单表现在对真相的揭示与探求,更表现在对民族心态、精神的触摸。阿来通过瞻对旧事寻踪觅迹的考察发现,"诸多陈年旧事,映照今天现实,却让人感到新鲜警醒。看来,文学之新旧,并不像以新的零碎理论包裹的文评家们所说,要以题材划分"。阿来准确把握历史的事实、走向与趋势,体现出他综合把握民族、文化、宗教、军事、历史等多方面问题的能力。

文学的目的固然在于抵制遗忘,其职责更在于提醒今人。历史的列车呼啸而过,无数的旧事或被湮灭、或被发掘,阿来在纸页、口头或人们心目中的旧事里发现了大量的"新事"。比如,我们历史上的"铁疙瘩"在今天是不是就没有了?从日常生活表面来看,社会生活在如愿前行,这里修了公路,人员来往、贸易空前便利,建筑上进行了美化处理,环境更现代、更"亮丽"了。被奉为精神殿堂的各种寺庙得到了空前的修缮、提升,人流如织,香火日旺,关于雪山灵兽,关于种种神迹的传说,人们笃信不疑、口口相传,而在发生了巨大变化的金碧辉煌的寺庙里,人们是在那里向佛、向善,还是凑热闹、撞大运?或者,干脆就成了怀着"不可告人的"内心企求者的庇护所?还有,庙很多但僧很少,原因是他们为了利益而云游四方。阿来说:"如果革命是指种种新的变化,那我更期待人心内部的革命。"

那么,人心内部的革命到底有还是没有呢?实际上,无论是在老百姓的日常生活中,还是在国民的灵魂中,因循的东西、抱残守缺的东西、瞒与骗、蒙与混等种种劣根性的表现还很多。今天的中国在发展进步中,有很可以炫耀的亮色,也有很多让人无奈的瑕疵。阿来认为:"我们有一个很天真的想法,就是只要这个国家发展,所有的社会问题就会在发展过程中烟消雪化,迎刃而解,但其实并没有这样,反而出现了很多问题,比如民族主义的高涨。"阿来觉得自己时常在遭遇这些问题的困扰,他带着问题一再追索,走进历史、踏入田野、访在民间,去观察这些情况如何发生,又何以会发生,《瞻对》就是这样来的。

他的一些疑问是从探寻中得到的——怀着很强的忧患意识。比如,他觉得当代有知识的人们很善思考,也很有雄心:"今天我们的很多知识分子,眼光经常向外看,这当然没有问题,但我们自己国家发生的很多现实问题,到底要怎么办?"他觉得,从历史上看,改革一直是个很难破解的课题,"看中国历史,于国计民生都有利的改革,总是不能在最容易实行时进行,原因无非是官僚机构的怠惰和利益集团的反对。最后,终于到了不得不改的时候,可是,已经太晚了。哗啦啦,大厦倾倒了"。再比如,历史的巨轮隆隆地开过去,在这个过程中,个人的作用是什么?其作用的发挥与后人的评价,又是什么样的关系?阿来说:"中国社会,一个人要成就一番事业,干一番大事,往往得不到理解与支持,反而时时被吹毛求疵。但这个社会同时又极欢迎别人成为烈士。一旦成为烈士,又唯恐其人格不完美,愿意随时替这个传奇增添动人的细节。"所有这些均发人深省。

这是一个异常精彩的文本,作者能够深入历史,又思考历史、返回现实,深入浅出、稳健多姿,阿来认为写作到紧要之处,宕开一下,着些闲笔,为增强悬念,也为了文本信息的丰富。再有,作者游刃于丰富多歧的民间文化资源里,把握历史脉搏,解密、还原历史真相,力避浮躁、浮泛,让饱满的细节、清澈的思考、灵动的表述、顾盼生姿的语言成为特色,为当今的文坛增添了新的经验。

徐则臣长篇小说《耶路撒冷》：花街的"耶路撒冷"

梁 鸿

"总体小说"

《耶路撒冷》以一群出生于20世纪70年代年轻人的逃离与重返故乡之路为核心，探寻当代复杂的现实与精神生活，构筑出"一代人的心灵史"。它具有略萨所言的"总体小说"的特征，文体的交叉互补和语言的变化多端形成叙事空间的多重性，嵌套、并置、残缺、互补，它们在一起构成一张蛛网，随着人物的归乡、出走、逃亡，蛛网上的节点越来越多，它们自我编织和衍生，虚构、记忆、真实交织在一起，裹挟着复杂多义的经验，最终形成一个包罗万象但又精确无比的虚构的总体世界。

什么是蛛网？它是一个平行组织，由一个个结点形成，这个结点是自我蔓延的和生长的，每个结点既是原因，同时又是结果，不断生长出新的方向和结构。小说《耶路撒冷》中每个人都在不断回到故乡，从初平阳回去开始，所有人物都先后经历了"出走——回归——出走"，这是一个不断来回拉扯的过程，就像人在不断伸展的蛛丝马迹，无始无终。回到故乡也是不断在向精神内部发掘自我，这是一种向心的能力，是不断挖掘记忆、生活和自我精神存在的能力。在这本书中，景天赐并不是重要人物，但却起着纲举目张的作用。他是这个蛛网式结构的中心点，或者说他就是花街上的那只蜘蛛，以那道闪电突然带来的光亮和死亡而成为命运的原点，潜行于每个人的灵魂中。初平阳、易长安和秦福小内心的所有丝线都因他而起，虽然他已经淹没在岁月和记忆的深处。他是一个人最深最痛的神经末梢，每个人都有这样的末梢，它制约着我们的精神走向和情感方式，但我们却把它遗忘在记忆深处，无从知道它与我们内部精神的联系。只是在不断向内挖掘的过程当中，这根末梢才越来越清晰，才越来越进到岁月和精神内部最深的地方。这种以蔓生形式的生长和攀爬蓬勃、复杂，无所定向，它需要作家有更高的能力，因为生活是外部的、可见的存在，精神却是无限宽广的东西，每个人的精神都是无限宽广的。

在看《耶路撒冷》的过程中，我不断想起波拉尼奥的《2666》，两者之间似乎有某些相似的气质和结构。在气质上，都是对智性生活和内心精神的探讨，这里的"智性"不是指智慧，而是你对世界的看法的出发点。波拉尼奥试图对存在、生活进行百科全书式的书写，对各个方面——人的精神存在、生存层面、社会问题和时代总体特征，都要进行解释。但这种解释不是巴尔扎克或托尔斯泰式的,用资本或道德来给予原因或结果,也不是卡夫卡纯粹抽象式的解释,而是展示出无边无际的精神与生活的结点和坍塌。《耶路撒冷》的蛛网式结构,那种自我衍生和编织的能力使我们意识到,今天的时代和生活很难用一种中心来解释,你没有办法找到中心思想和价值,每个人都是非常重要的一个点,但同时因为个个重要,个个又都无足轻重。这是一个无法明晰确认自我价值的时代。这既是世界的结构,也是世界的内容。作家如何通过一种结构式的存在来展示这种无限宽广又无限虚无、无限重又无限轻的存在,如何在庞杂的生活中找到意义又消解意义(因为无意义就是你写作的意义),可能是一个非常重要的问题。《耶路撒冷》的结构很有启发性。

小说通过嵌套、并置,及嵌套、并置所带来的意义衍生和自我编织特性来完成这一点。比如小说中的"专栏"部分,专栏不仅仅在小说中发挥评价这个世界的功能,作者也通过专栏把每个人内心的隐秘,把沉淀在岁月内部的、模糊的思想通过一种理论的方式清晰地表现出来,它和小说其他部分关于生活的游走、怀疑形成呼应和互文,相互解释又互相矛盾,呈现出多元状态。

还有就是并置结构。小说中的四个主要人物有一个共同的动作:奔向故乡。但其路径和思想倾向、精神气质却完全不同。这就像一个抛物线,手中抛出形成曲线,偶然而神秘,但最终却都要回来。如何把那个看似相同却又千差万别的曲线描述出来,是作家唯一重要的任务。要去耶路撒冷读博士的初平阳回到故乡,他要卖掉花街的房子;易长安逃亡的路线几乎就是自投罗网的路线,他试图离故乡越来越远,因为他知道那里有警察等着他,但故乡却不断拉扯着他,脚不由自主地带他回去;景天赐的姐姐秦福小、杨杰在外漂泊的过程,也是不断走回故乡的过程,走得越远,故乡越发清晰。这四个人物的线索完全是并置的状态,各不相干,又互相联系。但他们都要回到一个点,这个点就是他们世界的出发点,是花街,是精神的原点,重要的是,它也是他们要面向未来的原点。作者在这样一个庞杂的生活的总体状态下,通过花街这样一个中心,像蜘蛛一样不断向外吐丝,寻找结点,再吐丝,最后形成这无边无际的、潮水一样的生活状态。

《耶路撒冷》的结构方式本身就是其内容之一。一种写法就是一种文学观和世界观。这样一种无中心的平行书写和繁复、多层次、碎片化的叙事就是这个时代的生活形态和精神形式。它的抛物线性、被淹没感、无根感、破碎感与大海潮水的汹涌相一致,无边无际,却也周而复始,不断退去,又不断来到,最终成为一种力量。

花街、耶路撒冷与世界

"耶路撒冷"这个词会让我们联想到具有象征意义的宗教、信仰,但在小说中,它又非常具体,甚至也许就是花街。这个词不是以宗教面目出现的,而是从花街内部诞生的。它不仅是一个向外的词语,也是向内的词语,它是我们生活的当下,是我们脚下的这片土地。所有的人物只有回到花街,回到消失在记忆深处的时间和岁月,才会发现"耶路撒冷",也即世界。

花街和花街上的人物构成一个复杂、混沌的中国生活:能够预感各种事故的傻瓜,作为巫婆的母亲、相信自己医术的父亲、运河边的苦闷青年、信基督的奶奶、迷恋情欲但又颓废的地方艺术家等,科学与巫术、文明与自然、西方与东方,大家各行其事,安然相处。它是一种奇怪的和谐、并存状态,作者通过细密而又风趣的叙述给我们展示了这种并存的可能性。作者着力于个体生命的挣扎,所有的社会背景——花街拆迁、人物命运转换、卖房子、家庭矛盾、出走,等等,都被放置于个体心灵后面。推在前台的是个人史,个人的视野、情感和痛苦。其实,在我们的文学里,一直有一个潜在的观念,就是对大的社会生活的表达要大于对个人性的表达。这一观念会影响作家的创作。而恰恰是在这一点上,徐则臣展现出他的独异性,在《耶路撒冷》中,个人是渗透或者置于社会生活之上的,作家描述社会生活只是为了呈现个人生活的一种状态。他写的是个人精神史,是"向心"的,社会生活只是起一个参与作用,不是决定性作用。

通过这样"向心"的书写,作者把人内心的无限性书写了出来。像潮水一般的叙事,一波一波不断涌来,记忆不断向你自己涌来,你寻找自己,不断发现自己内心精神的缺憾、遗失和记忆,在这个过程当中,你发现了你自己。比如景天赐的姐姐秦福小。在一段漫长的时光里,她唯一的愿望就是逃离花街,她也从来没有去探究自己的内心。从表面看来,这是一起普通的逃离。逃离乡村,来到都市,在中国,这几乎是每个乡村、小镇或小城青年的共同路线,但是,就像我在上面所说的抛物线一样,其内部的轨迹一定是千差万别的。于是,在心灵的指引之下,她又回到花街,站在被拆得几近"废墟"的花街上,她突然回想起奶奶在某一个夜晚所说的"耶路撒冷",这个词语仿佛一道光亮,携带着痛苦、悲伤和少年的眼泪,出现在她的面前,直抵灵魂。那个雨夜,矮小的奶奶因害怕暴雨淋湿十字架而以肉身去背,最后,神秘地跌倒在一个水沟里。这一场景仿佛一种象征:背负、忏悔、赎罪,以沉重的肉身去救赎坠落的灵魂,并获得一种平静。最终,秦福小留在了花街。而在秦福小流浪的那些年,她不记得花街的教堂,不知道奶奶的十字架,更不明白那对她的精神会产生什么影响。但是,在她不断漂泊的过程中,在不断寻找生活的过程中,她慢慢意识到,原来她的根、她命运的启发点,就在花街。其实,早在童年、少年的时候,她的世界已经在慢慢地形成。只不过她不知道,她把它遗失在时间和记忆深处了。

《耶路撒冷》重新定义了写作中的经验问题,尤其是经验与虚构的关系。经验并非完全指向个人的亲历性,也并不是指与宏大历史发生关系的可能性,而是对内心世界的无限挖掘。世界就存在于记忆的褶皱之中,隐秘、曲折、无限,它们汇集在一起形成所谓的"经验",进而汇集成一个时代的某一空间。从这个角度上,社会学意义或政治学意义的"时代"只是一种外部的参考,甚至是必须反对的事物,因为它限定了你思考的方向和精神的倾向。一个作家所要与之奋力搏斗的就是这种规定性,要对抗它,并最终超越它。

可以说,《耶路撒冷》是一部背叛、遗忘与重新追寻、敞开的书,它让我们看到历史与自我的多重关系,在平庸、破碎和物欲的时代背后,个体痛苦而隐秘的挣扎成为最纯真的力量,冲破现实与时间的障碍,并最终承担着救赎自我的功能。徐则臣进入这一挣扎的内部空间,进入时间和记忆的长河,对这一挣扎的来源、气息及所携带的精神性进行考古学式的追根溯源,以一种潮水般汹涌的复杂叙事给我们展现出一个非常中国的经验:在摧枯拉朽般的发展、规约和惩罚中,我们正在永远失去自我和故乡。

"到世界去"并非是一个外向的行动的词语,并非指向西方、金钱、城市、现代、耶路撒冷等,它也可以是内向的、静谧的,指向对故乡的重返,指向童年、心灵、记忆、时间与自我。救赎之地并不在耶路撒冷,而在你的故乡、你的心中。

回到花街,不只是为了寻找过去,而是为了清楚地知道自己立于世界的何处,以什么样的姿态站立。也不是为了寻找安宁、安顿或某个桃花源般的乌托邦之地,而是为了重新开始。

个人经验与历史意识

当历史不再宏大,没有大的集体事件被迫卷入某种生活,没有节日、狂欢,没有革命、激情与理想,所有成人仪式中应有的象征性大事件都没有时——而这些似乎是一个作家天然的优势和必然的前提——作家该怎样与历史发生关系?个体之间的距离变得无机、无序、无必然联系,个体的存在和社会的总体生活之间暧昧不清,文学该如何书写?这也恰恰是"70后"作家所面临的状况。

"70后"是循规蹈矩的一代,没有经过新中国成立、"反右"、"大跃进"、"文化大革命"等一系列当代政治史的大事件,跟历史是一种非常微妙的脱节状态。大的历史处于坍塌之际,"70后"才刚刚成长。"秩序"恢复,"惩罚"与"规则"开始。在一种强力的规则、惩罚和某种规定性中长大的一代人,很难找到精神的突破点。做任何事都会被规训,因为你受到的监管非常严格,有学校监管、家长监管、自我监管,各种各样的规则监管,长久之后,逐渐内化为某种人格和精神惯性,很难在自身与世界之间找到一种恰当的联系方式。这是这一代人的问题。但从另一角度看,历史坍塌之际,个人精神反而慢慢凸现,反而能摆脱具体的历史阶段性的眼光,去寻找新的空间。历史与个人的联系通过"自我"生成,而不是通过"集体化"的大事件来完成,在这一意义上,个人话语更能够体现这样一个历史的面目。"历史面目""历史规律"并非都通过大事件呈现出来,它也可能来自个人生活,来自个人生活的呈现状态。在这一点上,"70后"的"不及物性"反而使个体能够有机会凸现出其重要意义。

在此意义上,"70后"在历史空间中的模糊和暧昧状态恰恰是一种新型的自我与历史的关系,没有被大的集体话语所裹挟,一开始就站在历史的废墟之上,不管是无所归依的沉默还是稳重的沉默,他们都只能以自己的方式与历史对话。《耶路撒冷》有一种特别的新质,作者对感性成分和经验性特别倚重。在谈到为什么使用"耶路撒冷"这个题目时徐则臣说道:"很多年里我都在想,一定要写一部题为《耶路撒冷》的小说,因为我对这个城市、对这城市名字的汉语字形和发音十分喜欢,很小的时候就着迷。这些在小说中都借着主人公初平阳之口说出来了。你也会有这样的经历,会莫名其妙地喜欢一些字词和名字,即使你对这些字词的含义一无所知。对小说里的人物来说,耶路撒冷意味着信仰、救赎,意味着自我安妥和从容放松,意味着精神和生活的返璞归真。没有这个耶路撒冷,小说就无法成立。"这或者是一种很好的状态———一个名字不仅仅是名字,它是一种情感,是对于某种世界的向往,可能它一直翻来覆去地折磨你,最终以强大的诱惑力驱使你去思考和写作。

本雅明在谈及20世纪的文学时说过,"真理的史诗部分已经结束,小说可书写的只是深刻地怀疑"。他所说的背景是一战之后欧洲的工业文明和两次世界大战所带来的灾难和蔓延的虚无情绪。文明破碎之后,人的被规定性突然呈现出来,人的精神世界变得破碎、虚无,无所归依,巴尔扎克那种拥有整体世界观的自信已经没有了,人是被规定好的,是有限制的,小说家也是无力的,只能在有限视角下认识世界并书写,他所能展示的只是深刻的怀疑意识和存在的荒诞感。"70后"作家正是处于这样的命运之下。大的历史、宏大的历史话语和历史的场景已经过去,人站在历史的废墟上,只剩下自己,面对的只有废墟。如何从废墟当中找到自己并完成自我的追寻,这是特别大的课题。《耶路撒冷》这种无穷无尽的、没有中心的,但每个人又似乎非常重要的结构和写法,恰恰是世界给我们的感觉。这样的怀疑、游移和失重是我们面临世界的基本感受,这种"游移"在革命书写里面和集体话语书写里面很难找到,因为那背后有确定的信念支撑。在新的历史语境下,大的确定信念没有了,每个人都裸露着,你只有通过找到"自己"和"个人"这个中介才能找到社会、历史的存在。在这个意义上,这样一种不断绵延的、开放的,但又没有开始、没有结尾、循环式的写法,恰恰是我们今天所处的社会生活以及精神状态的一种征兆,或者一种表现。与我们惯常的宏大叙事相比,这是一种小叙事,但也是史诗,是关于个人心灵的史诗。

或许,《耶路撒冷》的出现意味着"70后"作家以一种新的姿态进入文学史和历史的空间之中,充满激情而又拥有足够的学识,野心勃勃又冷静缜密,心怀大地却也不乏书卷气和神秘感,深谙文学之趣味却不沉溺于这趣味,在虚无之泥淖中挣扎却又试图超拔,以一个"诚实的生活者"的态度记录这虚无之形态和人类的内在秘密。

"正能量"是网络文学的"正常态"

邵燕君

这几年在开网络文学的研讨课,我经常问学生们一个问题,在你成长的过程中有没有从网络文学中获得过正能量?答案几乎全部是肯定的。

他们会认真地告诉我,网络文学(以及动漫、游戏等二次元文化)在他们成长的过程中怎样深刻地影响了他们的三观。他们谈到热血、陪伴、羁绊(来自日语,指人与人之间难以断绝的情感联结)、纯爱、世界感、情怀……这些我明白或不太明白的关键词;谈到在漫长的应试教育竞争中,那些"练级文"中的升级系统,如何让他们觉得日复一日的枯燥练习有了意义,那些热血的情节如何让他们"爽"并被激励着;谈到在独生子女的成长岁月中,那些"二次元"中的"羁绊"如何给了他们情感教育和真正的陪伴;谈到上一代曾经信奉的世界观崩解之后,网络文学中各种"第二世界"的设定如何带给他们"世界感"和"参与感";谈到成年人的情爱世界已满目疮痍之后,如何在网络文学的情感描写中坚信"纯爱"的存在……时间长了,我会觉得,对于网络一代而言,问"网络文学有正能量吗"这样的问题,已经多少有些冒犯。

类型小说影响了我的三观

我也经常反问自己,作为一个学院派的研究者,我为什么会投身到对网络文学的研究中?除了对于媒介革命的判断等学术原因外,不能不说,我一直深爱着通俗文学。我们这一代是读中外名著长大的,启蒙经典塑造了我们的三观,外加审美观和文学观。在我的文学殿堂里,最伟大的小说是列夫·托尔斯泰的《安娜·卡列尼娜》和曹雪芹的《红楼梦》,但在生活中真正影响我的却是金庸,如王怜花在《古金兵器谱》前言中所言,金庸教我们以大写的方式走过人生,在现实生活中重情重义。

在很长一段时间里,我一直想不明白这是为什么。要说托尔斯泰和曹雪芹也不是卡夫卡、普鲁斯特那样的偏才怪才,他们不仅是文学圣手,也是洞明世事的高人,并且,他们的小说也那么引人入胜。他们教我如何看待这个世界,但在如何对待这个世界的问题上,为什么最后能推我一把的却总是金庸呢?

我想原因可能恰恰是,金庸小说是通俗文学,是类型小说——作为通俗文学的主导模式,类型小说的类型不是任何人预设规定的,而是千百年来"好看"经验的自然积累,是作者与读者在长期交流中达成的密码契约。它是正对着人的欲望来的,专往人的"萌点"上戳,能让人更深地卷入爱恨情仇。如果说精英文学是诉诸人的意识的,通俗文学则是诉诸人的潜意识的,而影响人的行为模式的通常是潜意识,其中最主要的影响通道是快感模式。比如,金庸小说中所有重情重义的"性情中人"都成了欢乐英雄,所有重名重利的"非性情中人"都练了《葵花宝典》。或许在现实世界里总是"精致的利己主义者"获胜,但金庸在他的王国里重新立法,遂使人心大快。反复施行的奖惩机制也会形成一种心理暗示,影响人的行为选择。相对于精英文学的复杂,通俗文学的价值形态要单纯很多。单纯不是简单,而是一种鲜明、一种力量,也是在这个意义上才可以说"你对世界简单,世界就对你简单"。大师级的通俗文学作家能以精纯之力将天地大道植入世道人心,所以,真正塑造一个民族心灵的是优秀的通俗文学。反过来,这也说明了,通俗文学具有正能量是何等重要。

"通俗"不是"低俗"

那么,通俗文学能有正能量吗?能。这并不仅是"寓教于乐"的外在规定性决定的,而是读者内在的心理需求决定的。不错,通俗文学是供人YY(意淫,白日梦)的,但黄暴是YY,纯情也是YY。人们经常忽略YY本身可能孕育的"正能量"——这里的"正能量"不是从外面灌进去的,而是从欲望里泡出来的——人的七情六欲被推到极致处的自然升华或触底反弹。纵观古今中外的通俗文学创作,那些超级流行的大师之作没有三观不正的。其特别打动人心之处,恰恰是唤醒了人们深埋于心的天理良心,乃至侠肝义胆、浪漫情怀。而那些放纵淫邪、一黑到底的作品,往往是处于底端的末流之作,可供人一时猎奇,却很难真正流行。这固然有法令限制的功效,但更是人心选择的结果——人喜欢善。善是温暖的、光明的、美好的;善也是简单的、安全的、令人愉悦的。以恶抗恶,人能活下来;惩恶扬善,人才能活下去。这里面有着生命的大道理。

把"通俗"等同于"低俗"真是大误解。"通俗"只是"易懂",与价值观无关,只与流行度有关。通俗文学是为大多数人服务的,是抚慰人心的。流行度越高的作品,越接近"普世价值",越具有"正能量"。流行文学中也有一些专门挑战社会价值作品,但都只能在小众圈子里流行。某种意义上,深怀乌托邦冲动和启蒙情怀的"精英文学"也是"小众的",是"撄人心"的,它以批判、反抗的姿态揭露"从来如此"的吃人逻辑。现代主义文学更逼着人们审丑、审恶,直面世界的真相。而"求真"从来都不是通俗文学的任务,通俗文学的第一要务是"求美"——不是文字美而是心理美,就是做梦。梦要做得美,先要做得真,所以优秀的通俗文学作品都是"高度幻想"的文学(指小说中的"第二世界"是参照现实世界的真实逻辑建构的),但梦境的逼真,只是为了"重新立法"的畅快淋漓。成熟的通俗文学读者并不寄望"梦想成真","启蒙大梦"已醒的当代读者甚至不寄望于一个有现实批判指向的乌托邦,只是想躲进一个与现实并存的"异托邦",做梦是为了更好地忍受。所以,通俗文学是最安分守己的,它的任何突破冒犯都必须在一个安全值范围内,超过这个安全值,就会让人感到不舒服,不舒服就不可能大流行。这个安全值就是"主流价值观"。可以说,正是通俗文学相对于精英文学的"保守性",保证了它的安全性。换句话说,一个社会只要"主流价值观"很正,通俗文学的三观就一定很正。

网络文学消解"负能量"

网络文学有正能量吗?当然有。自从2003年资本入场后,网络文学就以网络类型小说为主导。既然是类型小说,自有其千年不变的内在属性。但是,网络类型小说毕竟不同于寄身于纸媒的类型小说,从媒介革命的角度出发,"网络文学"的核心特征就是其"网络性"。"内容一经媒介必然发生变化",这正是麦克卢汉"媒介即信息"这一著名论断的核心要义。

网络时代发生的一个最深刻的社会变化就是,网络的媒介特性为瓦解精英中心统治提供了技术可能。网络文学的"超文本"性和与ACG(Animation动画、Comic漫画、Game游戏)文化的共通性,打破了创作的封闭状态和"作家神话"。"粉丝经济"决定了网络文学只能以受众为中心,判断什么是文学、什么是"好文学",不再是某个权威机构代表的"特定人群",而是大众读者自身。在印刷时代虽然大众通俗文学也相当发达,但一直存在着"精英文学"和"通俗文学"两个系统,"通俗文学"无论拥有多庞大的读者群也是"次一等"的,而"精英文学"无论多小众,也握有"文化领导权"。网络革命不但打破了精英文学——大众文学之间的等级秩序,而且根本取消了这个二元结构。这也就意味着在担纲"主流价值观"、为社会提供"正能量"的问题上,网络文学被历史性地推上前台。

网络文学出现以来一直在体制外生长,具有自娱自乐的性质,对于"主流价值观"缺乏足够的承担意识。经过2014年的"净网行动",相信网络文学将更自觉地接受"规训",也会更主动地尝试将"主流价值观"移植进自己的快感机制——这是一件充满挑战性的事,但更具挑战性的是,到底什么是当代中国人"一致认同"的"主流价值观"?它与"主旋律",乃至无数网民个人的YY之间是什么关系?从某种意义上说,"主流价值观"尚在模糊之中,它的建构需要一个自上而下、自下而上的反复协商过程,需要通过一部部饱受争议的作品汇集各种力量的交锋,需要文学想象力——这是时代对网络文学提出的严正要求,也是网络文学向"主流文学"发展的难得契机。事实上,网络文学在十几年的发展中已经自觉不自觉地为"主流价值观"的建构做出了很大贡献,只是这些贡献尚待确认和总结。

首先,网络文学把身处剧烈转型期的中国人的欲望和焦虑以各种"类型文"的方式塑形,并形成了一套"全民疗伤机制"。我们在讨论"正能量"的时候不能不考虑,对于一种拥有三亿左右读者的大众文学而言,消解"负能量"算不算是为社会贡献"正能量"?想想那些每天上下班挤地铁的人吧,如果YY能让他们好过一点,本身也算一项功德了。在网络文学兴起以前,这些人中的绝大部分已经远离文学了。

"弱者本位"与"亲我主义"价值观

网文最值得人称道之处,是在面对"弱肉强食"的"自然法则"时,普遍选取"弱者代入"的情感立场。网络类型文层出不穷、千变万化,但几乎在讲述同一个故事——"×丝的逆袭",这也是中国人最大的白日梦。按照笔者个人的定义,"×丝"是在一个板结的社会里被阻隔了上升空间的下层有志青年。"×丝"的形象很像现实主义成长小说里的主人公,但失去了启蒙之光的庇护,"×丝的逆袭"里既没有道德的崇高性也没有反抗的革命性,而是完全复制了弱肉强食的逻辑,所谓的"逆袭"只是"在下者"按照"在上者"制定的游戏规则"上位"。即便如此,网文中"×丝的逆袭"仍是弱者代入,所以你在这里看到的"爽"不是高富帅、白富美对男女×丝们的碾压,而是"废柴"们扮猪吃老虎,一路推到"大BOSS"的过程。这是"小白文"与郭敬明的《小时代》不同之处——"小白"们好歹守住了自己的白日梦,尽管靠的是在幻想世界里"开金手指"的方式。写强者"施虐"欺压幼小的网文总是不被欢迎,因为网文的读者和作者大都是(或至少曾经是)底层的×丝,受不了白天屈膝、白日梦里再被人虐一遍。网文的生产机制是去中心化的,以消费者为主导的,这里只有共推的"大神",没有宣教的"教主"。如果弱肉强食的社会结构在现实中无法改变,文学的"弱者本位"本身就是一种善,至少是善的基础,而浅白直接的"爽"在一定意义上保护了受压者的心理健康。

第二,在"爽"的基础上,网文在"黑暗森林"中摸索道德底线,逐渐建立起"亲我主义"的价值观;优秀的网文作家更将"亲我主义"与启蒙价值和儒家文化结合,探索建立当代中国人的价值观。

近年来,中国正处于社会结构和价值形态的重大转型期,全世界也都处于"启蒙的绝境"的精神危机之中,人们不得不回到"黑暗森林"重新探索生活的法则。网文的主人公通常都是典型的小人物,他们是现实功利的、机智"腹黑"的、为自己打算的。他们打破了一切原有的道德规则,只奉行"潜规则"。经过十几年的"黑暗行走",流行网文的主人公们大都保持住了基本的道德底线:人不犯我,我不犯人;不主动作恶,不过分残暴。并且在"合理自私"的基础上,逐渐发展出一种"亲我"主义的价值观:爱自己,爱家人,爱朋友。"护短""护犊子""护队友"被认为是最基本的道德——听起来一点都不"高大上",但作为在相对自由的空间内以"纵欲"的方式探索出的原始道德,却是靠得住的,因此格外珍贵。更可贵的是,在"小白"之上,还有一批被称为"文青"的作家,在"亲我主义"的基座上寄托"情怀",实际上是在进行着一种价值观的嫁接和重建——将启蒙主义价值观与传统的儒家心理结构融合,嫁接在"亲我主义"这一当代人为抵抗"丛林法则"而重生的原始道德上,这是一种非常值得重视的价值观探索努力。

特别值得一提的是,虽然"文青"作家算得上是网文界里的精英,但他们同样是在网文机制中摸爬滚打出来的,在这里成名封神的。支持他们的"精英粉丝"虽然在数量上不及"小白粉丝",但有更高的忠诚度和影响力。2009年在"精英粉丝"的支持下,"最文青作家"猫腻的"最文青之作"《间客》曾在起点中文网年度月票夺冠之战中战胜最有人气的"小白文"《斗破苍穹》,并获得2012年年度作品"金键盘奖",被称为"文青的逆袭"。这说明,在网络时代,精英的力量已经内在于粉丝群体之中了。当然,包括学院派在内的各种精英力量的介入还是重要的,但有效介入的前提是对网络文学自身机制的了解和尊重。尊重的前提是信任——相信网文界里有"情怀","正能量"是网络文学的"正常态"。

贾平凹长篇小说《老生》：
告别 20 世纪的悲怆之歌

陈晓明

贾平凹在年逾花甲时又迅速出手《老生》，就是再不客观的人，都难以否认他在文学上的创造力；至少他的勤奋是不可诋毁的，他对文学的奉献是无法漠视的。想想看，《秦腔》那么厚实的作品后有《古炉》，在乡村的泥地上看历史风雷激荡，随后又有《带灯》，乡村的今日现实被表现得如歌如诉，如怨如艾。《老生》着实令人惊叹，那是一个活得没有年岁的唱阴歌的唱师唱出的悲怆之歌，是 20 世纪中国的"悲怆奏鸣曲"，让人想起贝多芬耳聋后创作出的那种旋律。这是 21 世纪初中国的腔调，历经百年沧桑，唱师的嗓音已经沙哑，但字字泣血，句句硬实，20 世纪的历史，历历在目。对于唱师来说，说出是他的职责；对于贾平凹来说，那就是他的历史和命运。

这本被"烟熏火燎"的书写得并不顺利。过了知天命之年，写作不那么顺手，不是江郎才尽，而是总要触碰难度。贾平凹曾说他写《带灯》还伏在书桌上哭泣不已，后来在山坡上看到乡镇女干部那一袭花衣如野花一般绽放，灵感有如天助，写出了《带灯》。这回写《老生》看来是更加艰难，多少有点浪漫的故事已经消失殆尽，只有更加纠结的犹豫和更加艰难的选择。

小说的写作起因于数年前除夕夜里到祖坟点灯，跪在祖坟前的贾平凹感到四周的黑暗，也就在那时，他突然有了一个觉悟：那是关于生死的感悟。从棣花镇返回西安，他沉默无语，长时间把自己关在书房里，什么都不做，只是抽烟。在《后记》里他写道："在灰腾腾的烟雾里，记忆我所知道的年代，时代风云激荡，社会几经转型、战争、动乱、灾荒、革命、运动、改革，为了活得温饱，活得安生，活出人样，我的爷爷做了什么，我的父亲做了什么，故乡人都做了什么，我和我的儿孙又做了什么，哪些是荣光体面，哪些是龌龊罪过？"显然，贾平凹是由他祖辈的历史去看中国 20 世纪的历史的，他不想回避，也不能回避。小说的封底写着四句话："我有使命不敢怠，站高山兮深谷行。风起云涌百年过，原来如此等老生。"要讲自己的历史，要说出想说的话，得有多难？要在祖坟上磕头，要在书房里"烟熏火燎"，要经历三次中断，要站在高山上，得要经过一个可能是百岁的如妖如怪的老唱师之口。这么难说出的故事，这么难地说出，可能就是汉语文学发生的地方。

把文学做到历史中去

这部借唱师之口唱出的作品,是对20世纪中国历史的一次还愿式的书写。按理说,这段历史的书写已经够充分了,几乎穷尽了,几乎枯竭了。但是这段历史真的写透了吗?真的没有可写的吗?真的没有写的角度吗?正像阿兰·巴迪欧在《世纪》的开篇追问的一样:"难道这个世纪不是历史长河中最重要的世纪吗?"贾平凹这么一个大作家、老作家,又站在高山上,要完成一次书写,一次如同在祖坟前的磕头一样的书写。纵观贾平凹的写作,还真是没有大历史的故事,他习惯于在西北的一个地界、一个村庄来布局,他能拿捏得准那些琐碎的人和事。自然朴素又怪模怪样,有棱有角又有滋有味,那是道道地地的乡土中国味的小说。五十岁以后的贾平凹反倒感奋于大历史,《古炉》把大历史往小里做,做到一个村庄。《老生》则是把村庄、小事件、小人物往大里做,做到20世纪的全部历史中去,做到20世纪的中国的生与死中去。尽管贾平凹说:"如果把文学变成历史,文学本身就没有意义了。"但他这次是要把文学放在历史中来做,这是相当明确的。过去,贾平凹的小说贴着生活走,并不在意历史大背景,它的历史充其量也就是改革时代的当下现实。《老生》是他一定要过的一关,他怎么处理20世纪的历史,这是他对自己的考量,即使有那么多的处理先例他也在所不惜。

擅长讲小故事的贾平凹如何面对大历史,这是一个难题,但难不住鬼才贾平凹。他果然有想法,且手法凌厉大胆。20世纪的历史再大,也大不过《山海经》的历史。《山海经》作为导引的历史处理方式,给贾平凹提供了自由的空间,这是小说叙述方式上的,也是历史观和世界观意义上的。在祖坟上磕头磕出来的生死感悟,只有这样的历史才能容纳得下,才能浑然一体。

于是唱师这个幽灵般的讲述者被请出来了,其实他说什么已经不重要了,放在21世纪初中国如此轰轰烈烈的舞台上来看《老生》的出场,它甚至具有行为艺术的意义。就像多多1998年在《早年的情人》里写的那样:"教我怎样只被她的上唇吻到时/疯人正用马长在两侧的眼睛观察夜空","为疯人点烟的年龄,马已带着银冠/寻找麦田间的思绪:带我走,但让词语留下……"《老生》在贾平凹的写作史上,与当下的宏大布景和文学现实,都不是多么协调的东西。但正因为有这么多的不协调,它就显得协调,并且意味深长。想想疯人用马的眼睛看夜空,想想为疯人点烟的年龄,想想"马已带着银冠",那就是《老生》了,只有如此苍老的《老生》才能在这个时刻出场。

四个故事构成的"短20世纪"

小说分为四个故事,分别对应着陕北早期的苏维埃革命、解放初期的"土改"、"文革"以及改革开放初期。因为有《山海经》和唱师的讲述,贾平凹可以如此简要甚至武断地截取四个历史片段,贯穿始终的就是唱师、匡三,其中也有人物在第一、二场和第二、三场偶尔连接,第四场则只有唱师了。这样的一种历史叙事,已经无须概括故事及其含义,我们需要追问的只是讲述这样的故事意味着什么,这样的讲述又意味着什么。

这是关于生与死的故事——在祖坟上磕头触发的写作动机,并且始终是一个唱阴歌的唱师讲述的故事。小说第一个故事由老黑引入,那是20世纪早期陕北乡村社会如何为现代性暴力介入的故事。老黑拿着枪,王世贞拉着保安队,李得胜从延安来,这片土地上演绎着最为剧烈的社会动荡。枪所代表的现代性暴力改变了乡村、家庭和个人。乡村的盲目、野蛮与革命的偶然发生混合在一起,演绎着现代性在中国到来之惨烈,枪与死亡成为这一个故事的主题。随后的历史还是延续了革命的惯性,进入第二个故事,贾平凹的叙述归于平缓,这是老城村的马生、王财东、白土、玉镯的故事,阶级对立酝酿出的仇恨未见得平和,依然要死要活的斗争裹挟着乡村的那些琐碎的家长里短,贾平凹驾轻就熟,笔尖所触形神毕现,故而叙述显得十分轻松。但历史的结果并不让人平静,白土与玉镯的故事怪异却生动,重温了贾平凹乡土情爱的惯常模式。小说讲到第三个故事,阶级仇恨在"文革"斗争中再以更滑稽荒谬的形式重演,甚至推到另一个极端,但是历史的惨烈已经让位于变了味的荒诞。棋盘村多少有点像贾平凹的家乡,这样一场大革命的故事就由一个被随意指认的坏分子——全村最漂亮的女人来承担。斗争的凶狠掺杂着荒诞,仿佛悲剧也变成了喜剧,看来贾平凹对历史中的人性是彻底失望了。第四个故事讲到了改革开放时期,脱贫致富的欲望以戏生这样一个人物的经历来呈现,戏生当上了"当归村"的村长,带领全村种植当归,好日子刚开始就遭遇了瘟疫,全村死伤者大半。贾平凹选择的角度固然有讲究,"当归村"又意味着什么呢?土地回到村民手中,农民还是农民,但劫难却不可抗拒,历史像是在一个意想不到的时刻来完成它的报应。尽管我们可能会觉得小说这一部分太消极悲观了,气也略显短弱,这瘟疫也压不住、呼应不了老黑们的打打杀杀,但是,这些已经显得不重要了,或许贾平凹正是为了让历史如此无聊,了无新意,草草结束也有可能;抑或是这样渐渐缓慢弱下去的气息,表示着20世纪的终场?

这样四个片段拼合在一起,可以称得上是短"20世纪"的历史。它们本质上并无区别,动乱、战争、暴力、翻身、斗争、屈辱、颠沛流离,都归属于20世纪的本质——这是关于"世道在变"的故事。历史之变与生活的真实要找到一种结合的方式,贾平凹只能回到他最熟悉的乡村真实生活中去。读这部小说,你会惊异于贾平凹对生活细节的捕捉,那么多的小故事、一个个小片段,那种笔法已然随心所欲,笔力所及,皆成妙趣。惨烈让人惊心动魄,伤痛中又有一丝丝的温热透示出来,足以让人感受到生活的质地。

天道与人道的对话

对于贾平凹这次迟到的思考来说,由这个唱阴歌的不死的唱师来诉说可能是一个必要的形式。何以还要在《山海经》的名义下来说出？贾平凹要把20世纪"变"的历史纳入《山海经》的史前史中去思考,这就是天道与人道的对话。天不变道亦不变,人间的打打杀杀、是非曲直、恩怨情仇、荣辱悲欢又有多少意义呢？人道大不过天道。贾平凹看不得人世间残害生命的那些事件和变故,而死亡周而复始或如期而至。贾平凹说:"没有人不死去的,没有时代不死去的。"

但新的世纪的到来都没有一点预示吗？小说最后是把死去的老唱师封存在窑洞里,这确实有点告别的意思。20世纪初,也就是在1923年,苏联诗人曼德尔斯塔姆在那首名为《世纪》的诗的结尾,也渴望新世纪到来的希望:"新的岁月的衔接/需要用一根长笛/这是世纪在掀动/人类忧伤的波浪,/而蝮蛇在草丛中/享受着世纪的旋律。/我的世纪美好而凄惨!/面带一丝无意的笑容,/你回头张望,残忍而虚弱/如同野兽,曾经那么机灵,张望自己趾爪的印痕。"这是什么样的期待？忧伤的曼德尔斯塔姆后来绝望了,在写出这首诗十一年之后被逮捕、流放,不久死于远东流放地。阿兰·巴迪欧想从这首诗中读出20世纪复杂且有预示新生的启示性意义。他认为,这个世纪是一种可以看作部分被生命所超越的人性动物的世纪。他说,这首诗并没有在这种超越上驻足,"它牢牢地将这个世纪同野兽的活生生的根源的形象绑在一起",重要的是,"它超越了在历史时间之中的存在","这个世纪的人必须面对历史的宏大,他必须支撑起思想和历史之间的兼容性的普罗米修斯般的规划"。然而,面对这个世纪,面对世纪的野兽,谁能像、谁又有那样的主体性,如同巴迪欧(设想的)那样超越时间中的存在,不屈不挠地发掘历史的英雄般的意志呢？

贾平凹确实没有给我们吹奏"一根长笛"去衔接"新的岁月",而是用西北腔"说一句,念一句"去衔接史前史的《山海经》,可否看成这也是一种英雄豪情呢？他自觉承担了责任,他为了告别、为了不遗忘而写作,也为了历史不再重演写作。尽管他的告别有点晚,却也有他独到的一种方式。他说:"人过的日子,必是一日遇佛一日遇魔,风刮风很累,花开花也疼。"果真如此？我们何妨再信他一回,拭目以待吧。

从《红楼梦》到"法自然"的现实主义

陈思和

我一直在思考用什么概念去解读《秦腔》。跟通常认知的文学标准不一样,它写了一个村一群人,每个人都重要。读小说就好像生活在村庄里,一个村庄春夏秋冬过了四季。今天谁出来了、碰到谁了、谁告诉他某人死了,其他人又接着叙述另外一个故事。小说似乎在漫无边际地发展。这在以前的文学中是没有的。第一没有主要情景,第二没有典型人物,甚至也看不出一个明显的主题,而是完完整整写了一年里的一个村庄的故事。他的文学完全是一种新的表述方式,用理论表述就是"法自然"。

什么叫作自然?春夏秋冬自行运转,人不能左右,而且自然变化非常微小,不是通过一个事件、运动、标志产生,而是自然而然发生的。这样自然的生态会形成一个转移的社会,如果尊重这样的社会规律去发展,其实就是一个自然。

贾平凹把写大自然的规律用到了人事的描写上。《秦腔》平平静静、琐琐碎碎地把一个村庄的历史写出来,当你看到最后,这个村庄就发生了天翻地覆的变化。历史也是这样,表面上很琐碎,其实通过生活的细微变化在发展。《古炉》中,"文革"被贾平凹写到封闭的农村小事里,变成了自然生活。贾平凹把现实主义艺术提升到一个非常高的境界。五四以来,表达典型生活和生活本质是作家描述生活、设计人物的基本方法,贾平凹用特有的艺术手段平平淡淡地颠覆了,还原了社会生活的民间化和日常化。

中国的小说都靠故事驱动,只有《红楼梦》不是。它写了一个家庭里无数琐碎的事情,在琐碎中把现实生活全部粉碎掉,捏造一个属于作家自己的艺术世界。这个世界就是大观园,就是《红楼梦》,就是贾平凹的《商州》,里面有神话、传说,有自己时间的纬度,这个体系就跟日常生活一样真实,一样琐碎,一样生动,一样充满生命力。

《红楼梦》跟"法自然"的现实主义有非常大的关系,自然界是周而复始的。这样的过程跟西方小说不一样,西方小说是直线的,写一个大家庭衰败,一定是一代比一代差。我们用西方的理论套《红楼梦》,所以否定《红楼梦》的后40章以大团圆结尾。最后"落了片白茫茫大地真干净"我觉得非常好。写到贾兰、贾桂重新中举,这个梦还会做下去,大多数人永远是在一个接一个做梦,跳出来的人很少。《红楼梦》其实是一个循环,我觉得贾平凹的小说就是这个味道。

《老生》里有一个坏人,我一开始觉得他必定结局悲惨,没想到最后他因为抢救瘟疫感染成了英雄,这样的结局给人一团暖气,暖到最后一定要冷下去,冷到最后一定会暖起来,这样的自然循环常常出现在贾平凹小说中。所以从《秦腔》到《老生》,贾平凹其实完成了一系列具有《红楼梦》风格的文学作品,如果今天说哪个作家最具有中国特色、中国风格,我认为是贾平凹。

宁肯长篇小说《三个三重奏》：在没有光泽的所在寻觅真相

孙　郁

重奏

和一般的作家不同，宁肯在瞭望人间的烟火时，喜欢哲学式的归纳，以历史的、玄思的方式完成自己的表达。长篇新作《三个三重奏》的设计有重奏，也有和弦，彼此在分而又合的旋律里分散滑行。然而更吸引我的是作者文本中的"独奏"，那些"注释"，那些感叹生活的笔墨，我以为其中有作者的寄托。宁肯常在离开叙述主题的闲笔里道出自己的本意，无疑，宁肯这部新作是一部剖析我们生存隐含的苦思之书，而作者不满足于展示，还增加了冷思。作者觉得线性逻辑无法呈现存在的全部，只有在多维的时空里，人物方立体起来。于是在主体的线条外，作者加色、加味，又有本真的独白。你既可以感受到作者的自信，也能体味到失败的苦涩。在挫折里建立的自信，倒是这部长篇小说的特有之味。

小说的议论方式，引起人们不同的看法。批评者有之，肯定者亦多。这大概和作者的学术情结大有关系。自《天·藏》开始，宁肯形而上的冲动一直未熄，且形成了自己的独特风格。在当代小说家中，以追问的方式拷问存在，易被书斋式的话语纠缠，白话小说百年，类似的尝试不多。作者自然也染上学究式的语句，给读者诸多的思考的诱惑。小说是可以用理性的方式介入情节的，纳博科夫、卡尔维诺就有过这样的尝试。这也是合奏里的变调，我们在这里听到了弦外之音。议论的使用更带有作者对小说形式变化的渴念，但其间也有形式无法表达的表达。叙述里的思考方便了读者的理解，但无意中弱化了故事自我打开的弹性。作者喜欢的方式，读者未必欣赏，宁肯的固执也牺牲了向读者的讨好。说他是有突围意识的我行我素者并不为过。宁肯不甘于旧有的叙述逻辑，总是向着未历的时空挺进。

一切从 80 年代开始

毫无疑问的是，这种先锋式的笔意渐渐增加了小说的厚度。这厚度来自一种历史的贯穿性。小说绝不满足对当下存在的照相。他一直暗示着 20 世纪 80 年代的经验。当下中国何以如此，都与 80 年代息息相关。或者说，我们只有了解了 80 年代，才能够看清后来知识人的分分合合。小说在叙述自我的 80 年代生活的时候，启蒙意识下的朗然之思被后来的暗影缠绕着。作者的精神与80年代有着密切的联系，没有对80年代的理解，就无法认识《三个三重奏》。这构成了历史的逻辑。我们在这个延伸的逻辑里，看到了时代悲喜剧的发展轨迹。

宁肯一再写80年代的海边旅行，以及爱情的经历，看出一个激情的时代的轨迹。后来的人生如此惊心动魄，先前人们是无法料及的。那样一个有理想、有抱负的青年群落，是很少顾及自我私欲的探索者。想起后来人生的变异，一切都难以理喻。80年代以来的历史变迁，导致了社会生态的变化。先前的逻辑已经难以描述这样的过程，这是作者思考的因由之一。恰是选择的不可思议性，让我们窥见了文化里的宿命之影。在面对这段历史的时候，作者知道，现行的概念无效，那些被无数次重复的词语无法进入存在的核心。于是，佛教、《周易》、域外哲学，便走进文本的深处，而他对于存在的悖谬性的理解，也以诗的方式出现了。

词语之外的真意

在宁肯看来，无论哪一种理论都对过去有阐释的通道，唯独不能面对未来。《周易》不是预测的，而是"逆袭"。未来的存在我们永远不知道。作者说《周易》"是一部飞速向后的书；除了让你明白过去，永远不可能让你明白未来"。存在的过程使不可能成为可能，但我们事先无法预料。公共性的存在是由无数各不相关的私人性支撑的，而私人性是不可控的。小说的叙述者注意到了鲁迅与汤因比的差异，他们都在单一色里看到了五色，而宁肯的思想也因之一直与复杂性纠葛在一起。

图书馆与看守所都是终点的象征。图书是一种智力的完成，死刑乃是生命的终结。但对于宁肯而言，这两个存在却是自己思考的开始。恰是在这个层面上，他以为占有的存在不是美的，远远地看，却有意思。杜远方在公司里毫无羞耻心，但在清纯未染的学生那里，却有了罪恶之感。居延泽征服了李离，不仅没有收获快慰，却有了对李离情人杜远方的恐惧。而敏芬的特点是，在罪恶那里感受到真的爱，道德与生命存在竟没有关系。真实里的虚幻与虚幻里的真实，构成了词语之外存在的真意。

在小说里，作者借着杜远方的口说，没有写到书本里的存在才是真的存在。书本里的那些东西不过是日常、合乎逻辑的所在。《三个三重奏》在本质上是绕过逻辑化存在的文本。杜远方与敏芬的结识出人意料，居延泽和李离的爱乃姐弟式的怪异连接，而蓝莉莉对敏芬的同性之爱也有反日常性的奇异。这些夸大化的描述，因了场景与心灵感受的真切，显得颇多意味，读起来并无生硬之感。你会觉得它潜伏在我们的周围，竟被我们的作者悄悄捕捉到了。整篇小说写了白日里的黑暗，平淡背后的冲突，大家都在这个暗影里。日光下没有新事，而夜色里进行的却是历史的主调。

对于小说家而言,生活是鲜活的,但它居于词语的幽闭之中。写作的功能之一是打破这种幽闭,使存在敞开,福克纳、博尔赫斯无不如此。贾平凹以说狐谈鬼点出本质;阎连科有他的神实主义,幻中带真;莫言则写田野鬼魂的狂欢、《聊斋志异》的凄艳之美,有滋有味。白话文处理生活,如果没有日常词语之外的力量,可能存在问题,这是许多作家意识到的。宁肯则有自己的哲学,他在《天·藏》里以思辨的方式进行拷问。那是远离世俗之所的面对。而《三个三重奏》是俗世的凝视后的一种盘诘,在荒诞的世间看人性的沟沟岔岔、长长短短。远离尘世的冷思,自陶渊明后已经很多,我们可以列出无数的名字。但在俗世里勾勒哲思,难而又难,那需要另类笔法为之。宁肯的写作,要做的思考恰在这里。

冒险的精神突围

在这个层面来说,他是在没有光泽的所在寻觅真相的人,以生命的燃烧照着未见的路。这使我想起80年代的先锋写作,他的选择可以说是三十年前的文化思潮的延伸。80年代先锋式的写作,在词语间试炼着存在的要义,许多文本给我们诸多的刺激,但以哲学的方式达成自己的思想的,却为数不多。宁肯在别人未曾完成的路途开始启程。他知道,既有的叙述可能存在短板,而重新组合故事与词语可能看到更为丰富的存在。小说不是重复以往,而是对陌生的追问。在没有航标的船上,什么都可能发生。

但这种选择的冒险时时伴随着作者,有时也带有脱离生活的生硬的痕迹。我个人觉得,那些哲思如果在叙述里不经意地带出,可能更为动人,《红楼梦》的伟大就在这里。但《三个三重奏》的叙述意图化较为明显,设计的痕迹覆盖了生活之迹,倒难见浑然的图景的美色了。这是尝试的代价,也由于这代价,我们才知道探索的艰难,也由此可以看见独行者的悲壮。而这种悲壮,多年以来一直是与其为伍为伴的。

的确,长篇小说的价值常常在于对不可能的存在的一种呼之欲出的、如诗如画的处理。无中生有是多么有趣!宁肯在最实在里进行虚化的演示,从俗世里提炼生命哲学的隐含,自然有别人没有的历险。这是思的胜利,也是想象的胜利。他自己就快意于这样的劳作。比如他使用注释的方式来推演故事,这也招来了反对的意见。可是独创的所在也未尝没有。纳博科夫在《微弱的火》中使用过这样的方法,宁肯也在此用力甚深。

我在他的义无反顾的选择里感受到精神突围的渴望。这也是他从今天的话语结构里挣脱自我的努力选择。诗与哲学使我们从污浊里走向圣界,长篇小说其实早已拥有了这样的功能。宁肯不倦地奔走在这条苦路上,他其实也品尝了其间的甜意。

2015 年

迟子建长篇小说《群山之巅》:这是"未名的爱和忧伤"

孟繁华

《群山之巅》是 2015 年文学界的"开年大戏"之一,这部作品对文坛和迟子建个人来说,都是一部极为特殊的小说。表面看,这是一部仅有 20 万字的长篇小说,在长篇小说体积和重量愈演愈烈的今天,迟子建用 20 万字发表长篇小说,不仅凤毛麟角,夸张地说,这也不失为一种胆识或优雅;从小说内部来说,它的丰富性、复杂性远远超出了我们的想象——它相貌平平看似低调,却是一部极有"现代感"的小说。在叙事方法上,它不仅汲取了传统"说部",尤其是满族说部的技法,而且对魔幻、荒诞以及民间传奇等技法和经验的运用,使这部小说有极大的叙事魅力和内在体积,它建构的巨大空间恰如层峦叠嶂的群山之间——那无尽的想象、冷硬荒寒的悲凉诗意,构成了它"未名的爱和忧伤"的主旋律,在巍峨的群山之巅的上空盘旋回响。

小说以两个家族相互交织的当下生活为主要内容:这两个家族因历史原因而成为两个截然不同的家庭:安家的祖辈安玉顺是一个"赶走了日本人,又赶走了国民党"的老英雄,这个"英雄"是国家授予的,他的合法性毋庸置疑。安玉顺的历史泽被了子孙,安家因他的身份荣耀乡里,安家是龙盏镇名副其实的新"望族";辛家则因辛永库的"逃兵"恶名而一蹶不振。辛永库被命名为"辛开溜"纯属杜撰,人们因为没有任何道理的想象命名了辛开溜:那么多人都战死了,为什么你能够在枪林弹雨中活着回来还娶了日本女人?肯定是一个"逃兵"。于是,一个凭空的想象决定了辛开溜的命名和命运。"英雄"与"逃兵"的对立关系,在小说中是一个难解的矛盾,也是小说内部结构的基本线索。这一在小说中被虚构的关系本身就是荒诞的:辛开溜并不是逃兵,他的"逃兵"身份是被虚构并强加的,但是这一命名却被"历史化",并在"历史化"过程中"合理化":一个人的命运个人不能主宰,它的偶然性几乎就是宿命的。辛开溜不仅没有能力为自己辩护,甚至他的儿子辛七杂都不相信他不是逃兵,直到辛开溜死后火化取出了弹片,辛七杂才相信父亲不是逃兵,辛开溜的这一不白之冤才得以洗刷。如果这只是辛开溜的个人命运还构不成小说的历史感,重要的是,这一"血统"带来了令人意想不到的后果。辛开溜的儿子辛七杂因老婆不育,抱养了一个男孩辛欣来。辛欣来长大后不仅与养父母形同路人,而且先后两次入狱:一次是与人在深山种罂粟、贩毒品而获刑三年,一次是在山中吸烟引起森林大火又被判了三年。出狱后,他对家人和社会的不满在情理之中,但没有想到的是,他问养母王秀满自己生母的名字时未被理睬,一怒之下将斩马刀挥向了王秀满,王秀满身首异处。作案后的辛欣来尽管惊恐不已,但他还是扔掉斩马刀,进屋取了条蓝色印花枕巾罩在了养母头上,他洗了脸、换掉了血衣,拿走了家里两千多元钱,居然还抽了一支烟才走出家门。他走出家门之后去了石碑坊,强奸了他一直觊觎的小矮人安雪儿,然后亡命天涯。于是,小说波澜骤起,一如漫天风雪。

  捉拿辛欣来的过程牵扯出各种人物和人际关系。辛开溜与辛欣来没有血缘关系,但他自认还是辛欣来的爷爷。辛欣来强奸安雪儿之后,安雪儿怀孕并生下了孩子。辛开溜为逃亡的辛欣来不断地送去给养,为的是让辛欣来能够在死之前看到自己的孩子;而安平捉拿辛欣来不仅因为辛欣来有命案,更因为他强奸的是自己的独生女;陈庆北亲自坐镇缉拿辛欣来,并不是要给受害人申冤,而是为了辛欣来的肾——他父亲陈金谷患有尿毒症急需换肾。通过唐眉,陈庆北得知,辛欣来的生父恰恰就是自己的父亲陈金谷——当年与上海女知青刘爱娣生的"孽债"。辛欣来作为陈金谷的亲生儿子,他的肾不用配型就是最好的肾源。权力关系和人的命运支配与被支配的关系,是小说揭示的重要内容。因此,辛欣来面对缉拿他的安平说:"我知道我强奸了小仙,你恨不能吃了我。实话跟你说吧,我早就想干她,看她是不是肉身。因为我恨你们全家!……我明明没在林子里吸烟,可公安局非把我抓去,说我扔烟头引起山火。我被屈打成招,受冤坐牢。你说我要是英雄的儿子,他们敢抓我吗?借他们十个胆儿也不敢!生活公平吗?不他妈公平哇!"辛欣来确实心有大恶,他报复家人和社会就是缘于他的怨恨心理,但是辛欣来的控诉没有道理吗?小说在讲述这个基本线索的同时,旁逸出各色人等和诸多复杂的人际关系,显示了小说的现实批判力量和作家的勇气。

  当然,小说中那些温暖的部分虽然不能构成主体,却感人至深。比如辛开溜对日本女人不变的深情,虽然辛七杂也未必是辛开溜亲生的,但辛开溜似乎并不介意。日本战败,秋山爱子突然失踪,"辛开溜再没找过女人,他对秋山爱子难以忘怀,尤其是她的体息,一经回味,总会落泪。秋山爱子留下的每件东西,他都视作宝贝";秋山爱子对丈夫的寻找和深爱以及最后的失踪,让我们看到了一个日本女人内心永未平息的巨大伤痛,她的失踪是个秘密,但她没有言说的苦痛却也能够被我们深切感知或体悟;还有法警安平和理容师李素贞的爱情等,都写得如杜鹃啼血山高水长,是小说较为感人的片段;甚至辛开溜为辛欣来送给养的情节,虽然在情理之间有巨大的矛盾,却使人物性格愈加鲜活生动。

《群山之巅》能够用20万字的篇幅完成这样一个复杂的讲述,确实是一个奇迹。在我看来,重要的一点缘于迟子建小说技法上的先进性。如前所述,《群山之巅》不仅汲取了本土"说部"的技法,而且对民间传奇以及域外的魔幻、荒诞等技法,都耳熟能详、融会贯通。比如小说开篇是典型的传统"说部"的写法:辛七杂要重新打制屠刀,便引出王铁匠,屠刀打制后要在刀柄上镌刻花纹,于是有了绣娘的出场。"花开两朵各表一枝",使故事清晰凝练、一目了然。但作为"现代小说",毕竟不同于传统的"说部",其不同的功能要求决定了现代小说的容量和讲述方法的丰富性。因此,在《群山之巅》中,每个人物的塑造方法都截然不同。比如小矮人安雪儿,虽然是法警安平的独生女,一个侏儒,同时又是一个奇人,不仅智力超常,而且能够预卜人的死期,被龙盏镇的人称为"小仙儿"。她的传奇性使这个人物在小说中大放异彩。还有辛开溜雪夜入深山等,与东北山里响马胡子的书写,都可找到谱系关系。法警安平,在枪毙一个二十一岁的女犯人时,女犯提出了两个要求:一是不能打她脑袋,以免毁容;二是给她松绑,她想毫无束缚地走。第一个要求不难满足,但第二个要求实难应允。但是,就在安平和另一个法警即将瞄准女犯心脏扣动扳机时,意外发生了:"一条老狼忽然从林中蹿出,奔向那女人。现场的人吓了一跳,以为它要充当法警,吃掉那女人。谁知它在女人背后停下,用锐利的牙齿咬断她手脚上的绳索,不等人们将枪口转向它,老狼已绝尘而去。"这一讲述的神奇性多有魔幻现实主义的遗风流韵。多种叙事技法的融合,使《群山之巅》不仅有极大的可读性,而且在短小简洁的体积中蕴含了丰富的内容。这是小说叙事方法的另一种实验或先锋。

在我看来,小说的后记和结尾的那首诗非常重要,那是我们理解《群山之巅》的一把钥匙。后记告诉我们:每个故事都有回忆,每个故事都有来处,每个人物、细节都并非凭空捏造。最后的那首诗,不仅含蓄地告白了迟子建对创作《群山之巅》的诗意诉求,更重要的是,这首诗用另一种形式表达了迟子建与讲述对象的情感关系。这个关系就是她的"未名的爱和忧伤"。她的诗让我想起了艾青的"为什么我的眼里常含泪水?因为我对这土地爱得深沉"。迟子建的故事、人物和讲述对象一直没有离开东北广袤的平原山川,这个地理环境造就了迟子建小说的气象和格局,但是,这个冷漠荒寒之地是如此不尽如人意,又如此令人难以舍弃,这就是她爱与忧伤的全部理由。她在诗中写道:"如果心灵能生出彩虹/我愿它缚住魑魅魍魉/如果心灵能生出泉水/我愿它熄灭每一团邪恶之火/如果心灵能生出歌声/我愿它飞越万水千山!"于是,我们理解了迟子建的"群山之巅"是什么:那是彩云、月亮,是银色的大海、长满神树的山峦和无垠的七彩泥土,是身里身外的天上人间。可以说,诗人期待的生活不是小说讲述那样的。但是,这就是龙盏镇的生活,没有人可以超越它。这样的生活尽管还卑微,还远不"高大上",然而,那永无休止的琐屑、烦恼乃至忧伤,就是龙盏镇当下生活的真实写照和未来生活的历史参照。于是,诗人就有理由为那"未名的爱和忧伤"而歌唱。

阎真长篇小说《活着之上》：天问的回声

陈福民

在中国当代文学领域，阎真是一个辨识度极高的作家。2001年，中国文学及其读者通过一部《沧浪之水》记住了这位江南书生和他对于时代的深刻质疑与忧愤，十几年来未曾忘怀。客观地说，《沧浪之水》在艺术上虽属上乘，但远未达到非凡的不可比拟的高度，相对说来，文本采用了一种比较传统的现实主义叙述手法，人物性格也算不上多么丰富和复杂。然而，《沧浪之水》拥有一种在当时极为鲜明、有别于"芸芸众生"的气质和关切，提出了一个相当重要的时代命题，即从中国古典文人那里传习下来并本该成为现代知识分子立身立人之精神资源一部分的那些珍贵的事物，是如何一点一点被这个世界侵蚀与摧毁的。正是这种气质与关切，或者正是这个严峻的时代命题，令人扼腕长叹。直至今日，上述忧愤和关切非但没有得到缓解，反而越发尖锐和沉重，特别是在新世纪以来，人文教育不断加大了它的行政化、产业化与市场经济权重与品质，上述忧愤与关切就愈来愈成为当代知识分子困兽犹斗的现实处境。这几乎成为阎真观察生活最核心的基点，是他挥之不去的梦魇，也是他对自己念兹在兹但今天已然凋敝飘零的精神世界的痛惜与悼挽。所谓"夜正长路也正长"，有如芒刺在背、骨鲠在喉，于是，又有了这部《活着之上》。

关于"活着"的天问

可以说，《活着之上》与《沧浪之水》是一对"连体婴儿"。尽管它们时隔十四年之久，尽管《活着之上》中聂致远的博士身份与高校教师生涯，要比《沧浪之水》中的池大为来得更具典型性，也更细腻生动，但二者之间融会贯通的精神脉息却是一望而知的，它们的共同关切从未有过丝毫的放弃和改变。只不过，《沧浪之水》如其名字所展示的那样，还有一种"濯吾缨""濯吾足"的清扬之气概，而到了《活着之上》，阎真则把自己的批判视角彻底推到了看似浅显实则更为致命的追问：当"活着"成为压倒性、垄断性乃至唯一合法性的价值观后，在它之上到底还有没有值得我们信奉和持守的事物？我相信所有人的回答都不会有多大差异：当然是有的。但阎真的《活着之上》不再给你躲闪的机会，他直接追问：如果二者发生冲突，你会怎么选择？就像我们每天都会遭遇的各种细节，为了"活着"这个超级霸权，能否无情践踏那些积累了千百年的精神信仰？就如同书中聂致远顶头上司金书记那样，除了自己的利益之外一切都是"小事"，或者如同聂致远的发小蒙天舒那般,为了"有朝一日"无所不用其极。这时候,人们的答复恐怕就要颇为踌躇了吧?

在并不夸张的意义上说,《活着之上》是一种已经被时代淡漠乃至遗忘了的"天问"。对它的回答有多么艰难,即可证实时代的沦陷有多么深广。特别是当"活着"越来越成为一种人生常态后,那些少量敢于站出来或者试图站出来对它说"不"的抵抗者,往往都遭遇了灭顶之灾。小说通过对聂致远的遭际、纠结、持身和各种牺牲的描写,极为真实而有说服力地呈现了这一点,阎真让我们再一次听到了"天问"在我们内心的回响,催迫我们有机会认真想一想活着之上的意义。

这当然算不得非常新颖独到和罕见的追问。对于这类环境与人性的循环性关联的指控,人们早已经谙熟,它们真的太平常也太久远了。东汉李固之死,引发了"直如弦,死道边;曲如钩,反封侯"的千古叹息。沿着这个谱系,我们可以梳理出一整套相关范畴、人物及其命运,诸如"忠/奸""清/昏""廉/贪"等。历史的表彰与那些人物的具体遭际基本都呈反向排列,前者高尚而惨烈,后者卑污却总是现实获利者。活着,以及之上,从那时起甚至更早,便成了一个问题。《沧浪之水》中的池大为,如果不按照"厚黑学"打理自己,要想"成功"那是万难;蒙天舒卖力觍颜、钻营角逐,永远是一个捷足先登的胜出者。这种在历史当中不断发生的"劣币驱除良币"的逆淘汰法则,迄今非但没有销声匿迹,反有愈演愈烈之势。

知识分子的视角与关切

与《沧浪之水》曾在一定程度上被误指为"官场小说"不同,《活着之上》最值得注意的,是它不折不扣的知识分子视角与对知识分子生存及精神状态的关切。任何一种精神质询和规范性要求都有它相适应的人群。在阎真的理解中,他当然希望"芸芸众生"都能听见他的痛苦叩问,但在一个更为准确的层面上,他的痛苦、关切和忧愤是留给当代知识分子的。对此他有鲜明的立场和态度,蒙天舒之流自不必言,即便是聂致远的大师兄,《历史评论》副主编周一凡,最高等级项目的评委、品学兼优的大学者,拿沉甸甸的大红包不动声色之后,又掉入凡尘大叹买不起房的苦经,都能让我们体会到阎真公私分明的理想性期待。我想,几乎所有人都能够理解,甚至异口同声指出"这完全是环境所致"。这么说肯定没错,但阎真在《活着之上》的描写中,对于构成这一环境的诸种要素,如权力交易、行政化等,都进行了鞭辟入里的揭批,但他显然不想让这种揭批成为知识分子个人主体推卸自身担当的无限后门。尽管阎真基本没有让聂致远大谈阳明心学,但阳明心学的格物致知及知行合一观在聂致远那里是从未曾动摇过的立身立人原则,他不允许自己一面伶牙俐齿圣人之言,一面随波逐流蝇营狗苟。我猜测,在阎真那里,最痛恨和鄙视的可能就是那种一面痛骂体制一面钻营体制的"伪人儒"。因此,聂致远不能苟且于"活着"的哲学,并且一个人在那个环境中担当起来了。这情形,让我想到亚伯拉罕为索多玛城求赦免时向耶和华提出的"十个义人"的伦理假设,无论西方还是东方,都不会蔑视这十个乃至一个"义人"存在的意义。

与《沧浪之水》相比,《活着之上》把"钱"——经济状况与人格关系的现代资本严重性提到了一个触目惊心的高度。小说中在最现实的层面直接提到钱与经济压迫的场面次数不胜枚举,从赵平平及其母施加于聂致远的购房压力,到聂致远推掉东北老板个人传记的纠结,从"克扣"女儿安安出生的购物清单,到参加老同学佟薇薇婚礼的随礼,从版面费到大红包,从韩佳的凯美瑞到凌子豪的雷克萨斯……阎真此次谈"钱"不厌其烦,这是非常值得玩味的有趣现象。聂致远们是信奉孔学义利观的人,深通"君子喻于义,小人喻于利"的道理,但在当下现代生产关系对传统农业社会结构全方面摧毁的情况下,他已经不可能再学着琵琶女的口气重复那些诸如"商人重利轻离别"之类的抱怨了。如书中交代的,聂致远可以"不食周粟",但他女儿安安起码要有粟可食,这一点是现代经济关系假借赵平平之手抵消聂致远君子观的撒手锏。现代资本主义生产关系已经全面进入我们的生活体系中,因此,今天人们在谴责金钱对人的品行的腐蚀压迫的同时,正视现实经济关系对于个人道德品格的真实含义,是特别必要的。

新世纪的当代"儒林外史"

《活着之上》在某种意义上可以读作新世纪的当代《儒林外史》。阎真既对生产和压迫这些知识分子的社会环境提出了强烈控诉,对人文社科领域的高度行政化弊端深恶痛绝,也对与自己同行的当代知识分子有严厉的批判。同时,他也使用"外史"的手法对书中大小人物予以或辛辣或善意的针砭嘲讽。吴教授虽然开始曾盛气凌人对聂致远构成权威性压力,但在后来又能慨然答允为聂致远推荐论文,出人意表。在评正高职称时两方相持不下,聂致远意外收得"渔人之利",失利的孟子云和肖忠祥,一个号啕一个昏倒,几与范进中举后的疯癫相"媲美",于夸张中活画出当代儒林众生相之不堪。而蒙天舒这个人物又复杂有趣得多,作为一个"小人物"向上爬的典型,除了觍颜、投机之外,他去外地参加学术会,竟越俎代庖自愿充当会务组接待成员,借此靠拢学术大佬,诸般行径既令人齿冷,也令人喷饭,在如愿坐上副院长"宝座"后既肤浅虚荣,又能在遭受富豪同学凌子豪的鄙薄抢白时唾面自干。这个卑微而傲慢、可怜而可怕的蒙天舒,是阎真在本书中刻画得大为成功的人物之一。

《活着之上》对现代生活的理解、对当代知识分子精神状况的批判,都打上了鲜明强烈的个人烙印。作为一个观察者、写作者和批判者主体,阎真有着渗入血液、深入骨髓的中国古典思想精神来源。小说始于《红楼梦》亦终于《红楼梦》,但《红楼梦》中有关世界认知的那些哲学观念,如"色空""好了"等,聂致远并不感兴趣,他所感动和追慕的是曹侯于"绳床瓦灶"清贫寂苦中对《石头记》的"批阅十载增删五次"。关于这一点,阎真未必是要说服别人,但至少他希望自己确信,精神上的丰富伟大的创造隐约与贫困相关。这里面似乎隐含着孟子"天将降大任于斯人也,必先苦其心志,劳其筋骨,饿其体肤,空乏其身,行拂乱其所为,所以动心忍性,曾益其所不能"这类信念。此外,小说中主要人物精神世界的关键词,多与气质、节操、风骨、淡泊明志、宁静致远等中国古典文人的精神信仰有关。而西方知识分子那种对世界本体认知的狂热、对社会结构分析的痴迷等特性,在《活着之上》的知识分子那里基本没有痕迹。知识分子个体的道德精神自我完善、知行合一,对于阎真的知识分子观来说是首要功课。也正是这一点,让阎真与其他的知识分子批判性写作区分开来——他在进行严厉的社会批判时,一直警惕那种自我推卸、遗忘反思的外在化倾向。

文学批评的"过剩"与"不足"

雷 达

当今的文学创作从数量上看是繁荣的,当今的文学批评从数量上看也很繁荣。如果注意一下每个时段集中评论的话题和作品,我们又可能会产生一种话语自我繁殖和理论过剩的感觉;而富于主体精神和独特见解的、有个性风采的、敢"剜烂苹果"风格犀利的、有言语美感的评论却很少见。这"过剩"与"不足"之间形成了巨大的反差。

文学批评文章之所以给人"过剩"之感,在我看来,首先是因为同质化、平庸化的东西太多,它们的角度、思路、思想资源、评价标准、话语风格都大体一样,既提不出什么尖锐的问题,也不可能做出什么意外的评价。价值立场也许都很"正确",但价值立场不能代替文学批评本身,它们的审美精神是狭窄和单一的,没有显示出审美的丰富性、多样性,更谈不上观念和方法的创新。有人说,纸媒的文章编辑和审阅比较严格,显得规范、严谨、温暾水,面目相近;而微博、微信等新媒体上的文章,发表渠道便捷,反而显得活泼、生动、接地气,它们的芜杂则是另一个问题。这话有一定道理。二是,有些论题相对固化,隔几年就会转圈儿似的重新讨论一回,例如振兴文艺评论的问题、市场化与社会效益的问题、深入生活的问题、城市文学问题、底层叙述问题等等,不一而足。这些问题无疑是重要的,值得反复讨论,但这样的讨论又往往是平面推进、原地兜圈子,以至于讨论者也不免疲惫。三是,研究队伍的庞大与研究对象的单薄之间的不平衡。当代文学的研究者队伍可谓庞大,高校教师、学生,再加上文联、作协和各科研机构的,人数可想而知。他们的研究对象主要集中在"一线作家"身上,像莫言、贾平凹、王蒙或者张爱玲甚至胡兰成,都变成了"唐僧肉",研究他们的论文加起来恐怕比他们本人的著作要长出十倍百倍。影视界有个词儿叫"翻拍",现在的许多文学论文也可叫"翻论",在同一研究对象身上不停地"推陈出新",其可研究性、可创新性就值得怀疑了。

此外,功利性和非审美的批评是当今文学批评"过剩"的又一重要症结。今天的批评者很难将批评行为当作一种单纯的审美过程、一门学问、一种鉴赏艺术,虽然他们也深知文学批评在本质上是非功利的,具有独立的品格,应有一个神圣的空间,但其介入文本的方式却常常是功利性的、策略性的。从本质来看,有效的文学批评是一种表达和阐述的精神活动,在社会文化生活中具有不可小觑的引领力,其功能在于对文学对象的介入,简言之,就是通过批评让读者亲近文学,而不是成为文学的陌路人,让读者乐于体悟自己也乐于了解世界。但是，由于文学批评的实用化、工具化、商业化及习惯性伦理，有效的批评难以应对"文本之外"的现实，而沉浸于"文本内"有见地的声音往往会被非文本的意义阐释或过度阐释所淹没，文本被肢解，文学批评的功能被异化，文学批评的审美空间受到挤压。文学评论如何搞已不单是发挥个人才能的事，批评家在今天面对的是一个非常复杂的"话语场"，他们在人情、资本、前文本和习惯性评价伦理的链条上的缩手与尴尬也就在所难免。也许情况比这还要复杂。我们需要的是读者、批评家对作品介入的单纯和热情，批评者与作品的交流正像哈贝马斯所说的"公共性交往"，而非"策略性选择"；一些"粗暴"的批评在某种意义上仍是法国批评家蒂博代所说的"寻美的批评"或"求疵的批评"，他们大体上也只是面对作品，而不是作品背后更深入的背景。

　　在这个功利化审美的"话语场"中，最难得一见的是不同立场者的"和而不同"的互动。当批评被"科学化"后，当代文学评论也被纳入一种史料式的研究规范。这种研究自有其理论高深之处，但是大量考据性的批评远离了性情与温度，不再关涉经验与经验之间的可交流性，尤其不善解读诸如悲欢离合、爱恨交集、喜怒哀乐、生老病死等人生的复杂情感状态。在批评和研究最为密集、人数最为庞大的高校，文学批评与作品、人生的脱节现象令人担忧。一方面，规范的批评方式被认为更"科学"、更"学术"，也更容易得到高校评价体系的认可，而个人化色彩较浓的批评文章很难算作学术成果；另一方面，其文学的审美判断在多数情况下显得并不鲜活，充斥其中的多是一种没有热度的呆板的"冷批评"。由于文学研究与文学批评被功利化制度的犁铧掘开了鸿沟，经典研究与跟踪批评也都不能很好地对话，评者自评，读者自读，热者自热，冷者自冷，互不相涉，漠不相关；一些重要的、先锋性的创作得不到及时有力的评论，一些带有典型性的创作难题得不到及时的正视，而一些无关宏旨的话题却铺天盖地。很多文学研究者复制着似曾相识的论著，炮制着批量的论文，这种"过剩的利益生产"最终淹没了那些有个性风采的美文批评。这种复制性也许具有不可阻抗性，它威胁着每一个具有独立批评话语能力和艺术个性的批评家，也就是说，无效的话语繁殖淹没了有效的意义阐发，文学批评的"不足"之症反过来侵蚀了文学本身，这才是真正最可怕的。

　　当然，当下批评的"过剩"与"不足"远不止这些。健康有力的文学批评的出现需要一个个质地坚实、见解独具的文本，更需要一个良好的文化语境，而批评家自当具备一种在公正立场"说话"、直面作品的批评伦理。倘若能进一步改善历史文化语境，能斩断作品与它后面种种非文学因素的联系，大量没有意义的过剩与复制自然就会减少，一种深入作品内部的有效批评和探究文本奥秘的"美文批评"也才有可能更多地出现。

2016 年

王安忆长篇小说《匿名》：叙事迷局如何取消世界的边界
方 岩

《匿名》发表的时候，王安忆说朋友鼓励她"要有勇气写一部不好看的东西"。是否"好看"在很大程度上取决于读者的个人喜好，难以定论。但是绵密的细节纹理、复杂抽象的命题和简约冷峻的语言，确实让王安忆以"匿名"的方式写出了一部无法通过其写作脉络来辨识的作品。

就情节本身而言，这个故事基本架构非常简单：一个被错认而遭到绑架的人被抛弃于与世隔绝的深山独自生活一段时间后，被人发现并开始重建对俗世日常的认知。于是前半部叫《归去》，后半部叫《来兮》。这种描述显然大大简化了王安忆在叙事上的野心。事实上，王安忆无意叙述一个可能会被类型化或者说有鲜明主题的故事，但是在叙事的过程中，她又让故事不断向各种类型或主题发出暧昧的召唤。在这个过程中，她不断唤醒读者某种阅读记忆和阅读期待，却又在不断地挫败、消解它们。

具体说来，小说的开头充满悬疑，似乎要展开探案推理的故事模式；在家人找寻的过程中，展开的却是世情冷暖、人间百态、三教九流、芸芸众生的浮世景象，像是世情小说的缓缓铺展；被绑架的人在幽闭的空间里辨识外面动静，听着两帮人在为是否绑架对了人而争吵，在江湖黑话中辨识信息时，总让人感觉一个惊心动魄的黑帮故事将要发生；及至这个被错认的人被遗弃在深山里时，时间停止，万物静谧。一个失忆的人，忘记自身身份、历史和教化的人，与一个天地蛮荒的原始空间相遇，人与万物彼此打量，时间流转只是日升月落的循环。这样的故事氛围难免令人想起 20 世纪 80 年代的那些"寻根"故事。后来这个"匿名"的人被人发现，送进了小镇的敬老院。这个小镇民风颠顶而朴素，奉行一套未被现代社会熏染的处世原则和人际关系，而与这个人日常交往的都是些畸零的人，如丧失劳动能力的老人、患有白化病的少年、先天心脏有病的儿童、黑帮大哥等，此时的故事在写实意义上有些像与现代主流文明保持距离的边地风情小说，在隐喻意义上又有些像与主流社会有些隔绝的边缘群体的故事。这些近似某个类型或主题的叙事往往是展开不久又转向别处。对于读者而言，阅读的期待与失落交替进行。我想，这正是王安忆在叙事上的"霸道"和高明之处：为了避免这个故事被可能的主题和类型收编,她故意布置了这个"匿名"的叙事迷宫。读者在一次次阅读受挫后,只能依靠王安忆所指引的思考方向。如陈思和所言:"这个作家就变成了一个上帝。"

王安忆一边苦心营造着叙事的迷局,一边又强势地掌控叙事的走向,这一切源于她所要实现的叙事意图,如其所言:"以往的写作偏写实,是对客观事物的描绘,人物言行、故事走向,大多体现了小说本身的逻辑。《匿名》却试图阐释语言、教育、文明、时间这些抽象概念,跟以前不是一个路数的。这种复杂思辨的书写,又必须找到具象载体,对小说本身负荷提出了很大挑战,简直是一场冒险。"很显然,王安忆试图用长篇小说的形式来讨论抽象的命题,而这种尝试不仅与读者关于小说的共识相抵触,而且对于王安忆本人而言也是一种巨大的挑战。所以王安忆需要利用既有类型/主题的小说惯常叙事形式来引导读者逐步进入她的抽象叙事,同时她也需要通过对具体经验的描摹渐渐完成写作思路的铺展和转变。

我们可以以《匿名》的上半部《归去》为例,继续谈论王安忆在叙事形式上的匠心之处。《归去》的内容分两部分展开,一部分是家人寻找失踪者并逐步放弃的过程,一部分是失踪者在被绑架、转运的过程中逐步丧失对外界信息的辨析能力,并最终被抛掷于人迹罕至的深山老林里生存的过程。在叙事刚展开的时候,两个部分的内容交替进行、彼此映照。在这个阶段,既是现代世俗文明逐步展开的过程,也是失踪者逐步远离现代世俗文明的过程。事实上,这个现代文明的逐步展开还有更为长远的叙事意义,即为后来建立起的原始、野蛮的环境提供参照与铺垫。

在失踪者刚被带入山林时,王安忆的叙事发生了微妙的变化,她开始逐步减少了第一个部分内容的叙事容量,而渐渐加大了第二个部分的叙事容量。叙事比重和频率微妙变化的过程,其实就是失踪者逐步忘却历史、身份、知识、记忆的过程,而这些无一不是现代文明的标记。所以《归去》的结尾写到家属去警署注销失踪者的户籍时,有关现代世俗场景就完全在文本中消失了,而原始、野蛮山林及其隐喻"世界"开始统治了文本和叙事。至此,王安忆方能越发从容地在一个迥异的"世界"中展开思辨和讨论,就像王安忆自己也承认的那样:"写到后面我得心应手了不少。"坦率地说,这确实是一个朴拙然而却颇具成效的叙述过程,正是通过对类型/主题小说叙事模式和阅读期待的利用,王安忆有效地把读者的思考引向了自身的叙事意图,而且借助微妙的叙事结构的调整和大量的铺垫,她也平稳地实现了从具体经验的描摹到"抽象的审美之旅"写作方式的转变。

"王安忆的小说越来越抽象,几乎摆脱了文学故事的元素,与其说是讲述故事还不如说是在议论故事。"陈思和非常精辟地评价了这部小说最终呈现的文本形态。甚至可以说,王安忆煞费苦心地处理叙事形式,就是为了能够通过这个文本实现或剥丝抽茧、拂尘见金或大开大阖、信马由缰的自由"议论"。传统现实主义中的"议论"大多表现为关于具体情节的评价,而这种评价又完全受制于作者试图灌输的价值观,在极端上甚至表现为把叙事降格为观点的例证。王安忆的"议论"则溢出了这个范畴,它更像是细节铺展中微弱的停顿,是关于细节的注释和补充。因此,在我看来,这种"议论"的功能更像是细节、叙事的丰富,是一种以想象力支撑的抽象思辨形式。

若在整体上把《匿名》视为一场思辨,便会发现它是一部依靠想象力来成全抽象思辨的叙事。首先,王安忆"处心积虑"地引导读者见证了我们熟悉的一切是如何渐渐烟消云散的。她让我们清晰地看到一个人摆脱历史、社会、语言、记忆以及身份、具体的生存环境——这些让一个人成为一个独特个体的建构性因素——的过程,并让我们心悦诚服地相信一个具有鲜明特征的人"退化"为只具备生理特征和生存本能的人是可能的。用具体的事件来展示这个过程固然必要,但是将具体、偶然的事件变得对读者具有说服力、引导性,则需要依凭强大的想象力所制造的迷惑性、欺骗性。其次,当这个只具备生物性特征的人两手空空、"赤裸裸"地走进那个只依靠自然法则运行的世界时,王安忆念兹在兹的关于"语言、教育、文明、时间这些抽象概念"的讨论和思辨才有了可能。

在王安忆设置的情境中,"人"是自然法则的一个构成部分,或者说是自然之一种,从这个角度来说,他与其他自然、生物并无本质的区别。只有当"人"与周围的自然、周围的世界相互识别、命名时,"人"才有了区别于其他自然的可能。换而言之,在这个情境中,王安忆试图重新演绎"人"的起源过程,即从"人"藏匿于"自然",到"人"区别于"自然"这一过程。严格说来,只有到了后面那个阶段,上述那些抽象概念才有了可以依凭的具体材料,因为这些抽象概念的起源、发展无一不与"人"从生物性向社会性、历史性转变的过程相关。因此,在这个过程中,王安忆需要调动想象力提供细节、描述具体进程,由此那些抽象概念的讨论才能落实在具体经验上。尽管考古发现可能为这个过程提供一些实证性知识,但是在具体的语境中重建、演绎具有说服力的、鲜活的具体经验,则是需要非凡的想象力的。

这一切都使《匿名》像是一场精细设计而又充满想象力的封闭性实验。她预设了前提,设置好参数,搭建了情境,全神贯注地观察记录实验对象的种种情况,做出猜测、判断,并试图引起其他人讨论参与的兴趣。所以在我看来,与其在知识的意义上去计较那些抽象的辩题的对错和方向,倒不如说王安忆在试探我们目前的知识、理论关于人、历史、社会等方面的认知边界,她使用的工具便是想象力,想象力越过认知极限的地方便是一片"匿名"的区域,而这个区域可能藏匿着新的智慧、真理和秘密。这也是何以王安忆会强调"耐心点,坚持看完下半部"的原因。因为,在后半部《归来》中,那个实验对象走出了极端的情境、慢慢恢复了对周遭世界的感知后,王安忆的叙述也越来越接近读者熟悉的经验范围。这个时候,王安忆的实验已取得成效并接近尾声,她也不再需要以最大限度地试炼、冲撞甚至是瓦解现有认知及其承载的想象力为代价了,毕竟她最需要的是把这个实验成果带回现有的文明,以可以理解的方式呈现出来。

博弈场中的文学视角

南　帆

"文学本体"是一个诱人的话题。本体的考察意味着追溯表象背后的形而上本源。通常的研究梦想是,获取某种可以解释或者概括众多表象的普遍性。例如,水的分子式不仅可以描述长江或者黄河,还可以描述密西西比河或者印度洋。"文学本体"的考察试图提供文学史的某种本源。从五言诗、侦探小说到《红楼梦》或者电视肥皂剧,"文学本体"充当的是所有文学共同发源的轴心。另一个意义上,"文学本体"亦即文学之为文学的本质规定。许多语境之中,"文学本体"与"文学本质"的互换并不会产生多少误解。

然而,一个令人沮丧的事实是,"文学本体"的考察迄今乏善可陈。若干批评学派分别从不同的维度阐述文学本体的存在:社会历史学派认为,文学是社会历史的再现;精神分析学派认为,文学源于无意识;符号学派——从"新批评"、形式主义到结构主义——力图证明,文学本体是某种特殊的语言结构。回溯古代文学批评史,人们还可以记起"诗言志""文以载道"或者文学来自"模仿天性"等命题。尽管上述观点无不解释了相当一部分文学特征,但是都无法认定"文学本体"的唯一性。首先,文学的性质如此芜杂,武断地锁定某些特征必然是挂一漏万。一部文学作品可能既充当文学语言的标本,同时又包含了社会历史或者无意识。所以,不止一个批评家将文学比拟为"杂草",谁又能指出"杂草"独一无二的标志是什么?其次,所谓的文学特征时常溢出了文学。文学的语言结构无法从日常语言之中彻底剥离,社会历史或者无意识亦非文学独享。"言志""载道"或者"模仿"又有什么理由排除哲学、史学或者新闻?如果相仿的特征分布于诸多学科,那么人们构想的"文学本体"仅仅是一个幻象。

相对于"文学本体"的巨大诱惑,理论考察始终徘徊在外围,不得其门而入。持续的挫折迟早会引起一种怀疑:所谓的"文学本体"会不会是一种错误的预设?失败的论证会不会源于一种不当的提问方式?简言之,"文学本体"是否真的存在?

在许多人心目中,证明"文学本体"存在的一个重要迹象是,人们公认某种文学分类标准。分类学的意义上,"本体"或者"本质"是类别划分的基本依据。"文学本体"保证了文学的独立性,不至于与另一些知识门类彼此混同。何谓文学?何谓诗、小说、戏剧乃至散文?至少在今天,人们的鉴定不会产生大面积的歧义。然而,我要指出的是,公认的文学分类标准仅仅是一幅静态的理论图像。引入历史之轴,这一幅理论图像将立即产生巨大的紊乱。按照历史的眼光,古今中外从未出现一个标准的"小说"版本。从"残丛小语""道听途说"的"小说"到《三国演义》《狂人日记》,从《巨人传》《战争与和平》到《尤利西斯》,这些小说几乎不存在共同的模式。如果将三千年或者五千年划分为一个时间段落,鲨鱼、老虎、柳树、菊花这些生物类别的变异微不足道。相形之下,所谓的小说面目全非。因此,相对精确的结论是,人们的"小说"认定必须附加时间与空间的限制——这是唐代的中国小说,这是20世纪的欧洲小说,如此等等。换言之,不存在某种超越时空的"本体",出示亘古如一的文学标准;文学的认知从未摆脱具体的历史文化条件。历史文化条件的改变终将带来文学认知的改变——尽管二者之间的呼应可能存在相当大的时间差。

  结合历史条件是许多思想家推荐的问题考虑方式,只不过许多人往往被"文学本体"这种貌似深刻的字眼所迷惑。撇开"文学本体"的形而上预设,人们可以清晰地看到历史文化对于"文学"的不断塑造。在相当长的时间里,中国并未出现相对于哲学、史学的文学,文、史、哲时常不分彼此,例如《庄子》。《论语》中"文学"一词的内涵与现代汉语的解释存在很大的差距。中国"文学"观念的定型包含了复杂而漫长的理论清理,如"文"与"学"的分野、"文学"与"文章"的分野、"文"与"笔"的分野等。尽管诗词曲赋或者笔记、讲史林林总总,但是,赋予"文学"这个统一的称谓已经是晚清的事情。"文学"与经学、史学、政治学、法学以及医学和工学相提并论,这种新型的知识分类与大学课程的设置、西方知识的传入有密切的关系。可以看出,"文学"的内涵并非源于始终如一的"文学本体",而是因为相异的历史条件伸缩不定。伊格尔顿就曾经表示,说不定哪一天莎士比亚将被逐出文学之列,谁知道呢?

  让文学甩下各种外在的"非文学"纠缠从而返璞归真,这是许多人推崇"文学本体"的原因。没有所谓的"文学本体",文学的真正家园又在哪里?的确,文学只能承担自己的任务,一如哲学、史学、经济学或者数学、化学无不各司其职。然而,与其将这种问题交给抽象的"文学本体",不如分解到每一个不同的历史时期。宋朝区分文学与"非文学"的边界肯定与21世纪不同。如果不考虑21世纪的大众传媒和科技、经济的状况,人们怎么知道如何划定文学的独特空间?

  另一些时候,人们常常将文学传统混同于"文学本体"。往昔的文学经验被炼制成有形或者无形的规范传诸后世,这即是通常所说的文学传统。文学传统不仅包括显而易见的文体模式,而且还包括各种文学母题和美学风格。绝大部分文学写作都是从文学传统开始。没有文学传统提供的路标,文学王国仅仅是一片不辨东西的迷途。然而,当文学传统以权威的面目降临的时候,既有的文学母题和美学风格并非"文学本体"的外在表征。尽管往昔的文学经验曾经造就了某一个成功的文学史段落,但是,后继者必须重新给予有效的证明。历史条件的改变可能质疑文学母题和美学风格的沿袭,过去的成功甚至会转换为现今的累赘。如果说,想象之中的"文学本体"如同形而上的抽象物,那么,文学传统毋宁是历史的产物。任何一种文学传统无不形成于特定的历史时期,并且在延续之中不断接受另一个历史时期的盘点。文学传统是文学写作赖以出发的起点,而不是最终的归宿。那些杰出的作家不可能一辈子兢兢业业地循规蹈矩,他们将或多或少地改造文学传统,拓展文学传统的延伸轨迹。当然,所谓的拓展绝不是随心所欲,恣意妄为,作家必须深入栖身的社会历史汲取灵感。"创新"的真实意义是,以前所未有的方式再现社会历史,并且赢得社会历史的普遍认可。事实上,作家、文学传统、社会历史三者之间复杂的循环互动远远超出了"文学本体"隐含的理论视野。

"文学本体"的考察似乎是一个宏大的工程,人们力图从五花八门的文学背后搜索出某种共有的根基,并且诉诸理论语言。事实上,这个宏大工程的内在构思并不复杂——广泛的搜索如同从众多的数据之中提取公约数。这个公约数迟迟无法确认的一个重要原因是,有待搜索的数据始终处于持续递增的状态。迄今为止,文学的总量从未停止在某一个刻度之上,没有人可以预计文学的品种哪一天不再继续积累。这种状态带来的后果必然是,刚刚出炉的概括终将被源源不断的后续文学抛弃。川流不息的历史怎么能忽略不计?"文学本体"考察的重大缺陷,即是关闭了历史的维度。一个高高在上的概括如果以脱离历史为代价,研究所获取的结论通常无助于解决任何具体的问题。无视历史的文学通常也无法进入历史。如果说,"文学本体"的考察倾向于剪除环绕文学的芜杂关系,描述某种不受外部干扰的本质,那么,我所感兴趣的研究方式恰恰是恢复乃至激活文学周边的某些重要关系,考察文学如何作为一个活体存在于特定的关系网络之中。史学的演变或者新闻的崛起形成了何种压力?从报纸的连载小说到盘踞于互联网的巨型小说,新型的大众传媒如何改造现代小说叙事?电影、电视的竞争以及合作制造了哪些小说叙事的不同形式?总之,与化学的分离、提纯相反,这些关系的引入表明,要正视研究对象的多维性质。如此的研究不是试图确定一个主宰纷繁表象的固定本源,而是在不同视角的彼此校正之中提出结论。人们关注叙事模式的一个重要原因即是回应这个问题:现今的小说如何通过史学、新闻、报纸、互联网和电影、电视赢得自己的空间?这同时决定了结论包含的历史感。

我倾向于以相似的方式考虑另一个问题:何谓文学?这个问题的意义在于阐明当经济话语、政治话语、法律话语、科学话语以及众多娱乐新闻占据了大部分大众传媒的时候,文学由于哪些特征因而不可能被彻底淹没?在我看来,与其依靠渺不可见的"文学本体"谋求答案,不如在多种话语类型的比较之中确认文学的独异之处。文学为什么异于史学、哲学、法学,为什么异于新闻、经济学或者自然科学……愈来愈密集的比较不仅逐渐清晰地显现出文学的形象,同时还表明了几个重要事实——

第一,文学之所以顽强地存在,不可重复的话语类型构成了首要的理由。由于不存在"文学本体"划定的语言特区,文学话语必须时刻保持创新的状态,陈陈相因隐含了遭受各种话语类型覆盖的巨大危险。第二,文学之外的各种话语类型始终具有相对独立的性质,这同时决定了它们之所以充当文学的比较对象。第三,文学与多种话语类型的比较同时隐含了某种抗衡。无论是史学、哲学、法学抑或自然科学,每一种话语类型不仅表明了特殊的陈述或者修辞方式,而且拥有独到的视角。这个世界从来不是一种价值观念的独断,而是在不同的视角之中显现出各种影像。哪一种视角即将成为相对普遍的观念?哪一种视角正在退居边缘?或者,哪一种视角由于与众不同的发现而弥足珍贵?多种视角的竞争之中,众多话语类型从未按照固定的比例起伏消长。为什么文学以及人文学科可能在某一个时期大张旗鼓,一跃而为社会文化的主角?为什么经济学、社会学、法学可能在另一个时期后来居上,赢得公众的普遍关注?各种话语类型的博弈无不来自历史之手的导演。对于作家说来,"文学本体"的存在与否并不重要,重要的是及时发现历史赠予文学的各种特殊机遇。

"冷门"的启示
——从鲍勃·迪伦看当代文学评奖

徐 刚

就在上周,万众瞩目的诺贝尔文学奖爆出"大冷门",几乎所有人都没有想到,鲍勃·迪伦这位摇滚歌手竟然能够获得此奖。这一堪称"出格"的举动一时也让人惊呼,这是诺贝尔奖评委们的"行为艺术"。有人直言不讳地将之斥为一个巨大的玩笑,也有人郑重其事地宣称这是最令人服气的一次颁奖。

争议归争议,话说回来,诺贝尔文学奖的评选从来都没有众望所归的时候,"大热必死"的局面总在不断上演。尤其是最近几年,从勒·克莱齐奥到莫迪亚诺,再到阿列克谢耶维奇,几位获奖者大概都不太能算经典意义上的"文学"作家。这个表彰过丘吉尔、罗素的传奇奖项已然清楚地表明它对不同流俗的生活多样性,以及异质性文学经验的关注,同时也顽强地提示人们,在主流文学之外,它一直在关注一种独特的生活与文学方式。而这,对于我们今天面对的不断"程式化"的文学形式与经验,无疑具有重要的启示意义。

从诺贝尔文学奖的评奖状况反观中国当下的文学评奖现状,便可发现我们自身存在的某些亟待解决的问题。在当下文学圈的诸多评奖中,我们总是倾向于去表彰那些业已熟知的写作者,而习惯性地拒绝那些由异质性的成分所构成的某些"冷门"。据此,所有的活动其实都被封闭在某个狭隘的圈子里,而几乎所有稍有名望的候选者都被登记在册,他们只是按照长幼序齿的方式等待着奖项的自然降临。

就拿去年的第九届茅盾文学奖来说,评选的最后以5位当红作家毫无悬念地获奖而宣告终结。尽管这次评选被认为是"史上角逐最激烈"的一次,但就结果而言,从252部入围作品中选出的这5部作品,并没有出乎人们的太多意料。如格非的《江南三部曲》便堪称"知识分子写作的典型代表";王蒙那部"旧作新出"的《这边风景》则无疑具有"特殊时期"的"特殊的历史价值";金宇澄的《繁花》虽存在较大问题,但它的"横空出世"还是收获了良好的口碑,能够获奖也是众望所归;苏童的《黄雀记》则显示了独一无二的"南方的情调、气味、气氛";李佩甫的《生命册》更不用说,这部"储备五十年"而筑就的"心灵史",被认为"揭示了城市和乡村的时代变迁及其带给人们的心理裂变"。

坦率地说,这是一次没有争议的评选,因而也并没有什么关于评奖的负面消息传出,从任何角度来看,这次评奖都显得极为圆满。但仔细分析,我们也可看到,问题也恰恰在于这种"圆满"本身。换言之,就其评选而言,各方的满意在某种程度上恰恰证明了这次"折中选择"的审慎与平庸。这似乎是各方力量妥协的结果,这种选择既是文学自身的胜利,也必然包含它的遗憾。

当然,在这样的时代,由于阅读的惰性与传媒的干扰,真正的"唯作品论"正在变得举步维艰,而有限的共识似乎只能依据作者的名头勉强展开,这也就是业内逐渐形成的所谓评选"潜规则"。就这一点来说,甚至评委们也都理直气壮地承认,"一种均衡原则在起作用","在评选作品时,也同时参照作家的创作经历与创作积累","在看作品的同时,也看作家的贡献",即更为"看重作家的持久创作力、作家长期以来累积的文学口碑",因而,"有多年创作经验并保持高水准的作家更容易赢得评委青睐",也是"顺理成章,理所应当"的规则。由此可见,在"纯文学"这个狭小的天地里,作者的名望成了裁决作品好坏的重要依据,也成为评奖环节中一种简单的取舍方式。于是,评奖自然而然地沦为圈子范围内论资排辈的游戏也就不足为奇了。

而对于茅盾文学奖来说,这种情形更加严重,有时还会出现"杰作"落选与事后"补偿"的情况,久而久之甚至成了心照不宣的"常态",使得原本奖励作品的重要奖项,逐渐蜕变成为某种"疑似"的"终身成就奖"。而这样的评奖也终将滋生出它的惰性来,看看还有谁没有得奖,看看他这次有没有新的作品问世,姑且不论新作的水准究竟如何。而没有得奖的作家,只要坚持创作,便很有可能在不久的将来有所斩获。从这种"终身成就"的背后,我们可以看到一个拒绝任何"意外"的评奖是如何同时拒绝自身任何的"可能性"的,它因过于"规矩"而流于平庸,也势必将逐渐让人厌烦。

除了茅盾文学奖,当下的许多其他文学奖项也或多或少地存在这方面的问题。在原本嘉奖先进、鼓励繁荣的活动中,我们总是预先削足适履,画地为牢地筛选出"合适"的候选者,进而在他们之中做出大同小异的抉择。有时候,这样的活动不可避免地沦为"圈子化"的自我循环,它使得太多的文学创作者可以非常轻易地冲着评奖而来,一个可以想见的客观后果也在于它所带来的文学价值的单一与文学经验的趋同,以至于最终伤害的还是文学的丰富性本身。

正是在这个意义上,鲍勃·迪伦的此次获奖,某种程度上恰是甩给当代文学评奖的一记响亮的耳光,它一声断喝地告诉我们,这个时代的文学应该具有一种面向现实、面向未来的开放姿态,以开放的姿态去面对文学的多种可能性,而非依据固有的观念和经验对活生生的正在发生的事实进行无情的规训。也只有在这种开放性之中,新的创造性因素才会不断生长,让人满怀期待。这便正如人们所说的:"文学就该像江河中的水那样容纳一切,也能够在这种容纳中澄清一些东西以确立自身。"

南丁的中篇小说：弱者的胜利
何向阳

作为专业阅读者，我深受《被告》开头的吸引。那行不可模仿与难以复制的文字是："王家兴最害怕的是潘淑芝的那一对眼睛。"王家兴是谁？潘淑芝是谁？为什么害怕？害怕的为什么是"一对眼睛"？他们不过是一个男人、一个女人，一个村代表主任、一个乡村少妇，两户对面人家，当然也是一个被告一个原告；一个更应该是被告的原告，一个应成为被告的原告——一再地整到了法庭监狱并延期乃至有些疯癫却信念不移的"被告"。发生于20世纪50年代初的故事在小说的元叙事意义上之所以历时经久而魅力不减，一方面源于它自身一直延续的一种引人入胜的节奏，而这一节奏的制胜点仍在于这个开放的开头，作为一部小说的第一句，它暗藏了两位主人公对峙的紧张，同时也给出了我们解开两位主人公内心的钥匙。而后者，在20世纪50年代的小说写作中，更有着先锋的意味。

对应于农村少妇潘淑芝那双让王家兴害怕的一对眼睛的，是潘淑芝眼中王家兴的"笑"，是他恶意的狞笑时露出的"闪着黑光的尖利的牙齿"。这些浅淡的白描式书写中渗透的心理探索与双关意味，在今天看来也价值非凡。然而，比开头、节奏和心理都更为重要的是人物，更确切地说，是人物的信念。这信念不是通过小说家的解说表达出来的，而是通过女人的那对眼睛"说"出来的，是"她看到"的，相对于"憔悴的面容""流下的眼泪""委屈的、羞辱的、破烂的生活"之所见，她更看见了"蓝色的天空""金色的阳光""绿色的正在茁壮成长的垂杨柳和广阔无垠的绿色原野"，"她觉得世界这么好，死了才真可惜，才真是傻瓜。应该活下去"。

整部小说对于法庭没有过多书写，而真正"对簿公堂"的交锋是潘淑芝、王家兴在选举会上，那段情节真是精彩有力，而"罪上加罪"的潘淑对"一切都会好起来的"固执相信，更使这部小说获得了某种动力。而我以为，小说更深的意旨在于对于秦信式法官的"清理"，更在于"法官，这是决定人的命运的人，要是麻木了，要是像理发师谈着头发的样式那样谈着人，那真是可怕。法官，这是一种危险的职业，需要怎样谨慎的人去做啊"的认知，这种认知即便放在60年后的今天再看，仍是真理。最后，小说对于人物去向的交代简洁明快，这一干净利落的文风在《尾巴》等作品中更是发挥得淋漓尽致。

不仅语言，《尾巴》的中篇架构能力更趋成熟，它用了"小标题"法来结构全篇，譬如,"一,讲故事之前,有必要啰唆几句,诸如时代背景之类"题下的开头,"公元一千九百七十六年夏季的白果树村,在许多方面回到了原始时代。比如耕地,原是有一台拖拉机的,可是没有柴油,只好还把老牛请出来"。此后还有,"比如吃粮""比如洗衣""比如取火""比如照明",等等,不一而足,这个时代背景交代得何其精彩,又何其充满了反讽意味,比如,"人呢? 人的情况就更为严重,尤其值得忧虑,据马克思主义经典作家认为,猴子变成人之后,就没有尾巴了。有无尾巴,应当是猴子与人们相区别的标志之一。可是,不知怎么一来,白果树村的一些人却又长了尾巴了:这就回到原始社会以前去了","人类岂能与猴类共处? 于是,就有了一个割尾巴的运动"。南丁式的黑色幽默,不仅让我们领略到作家的才智,更成为推动整部小说上升的"旋转力",在这反讽对应的变形了的"时代背景"里,我们才可理解梁满仓老汉的愚忠、梁铁的铁一般的沉默、梁继娃的睿智机警,也才能站在这个已经拨乱反正后的时代回望那一变形时代,理解小说家写下"割资本主义尾巴"的对于"尾巴户"的"资本主义之鸡"的革命,对于"尾巴"的手术、刀割和铁烙;才能理解动员会上孙德旺的"十三杯茶,八回厕所,二十六支大前门牌香烟"的艰难动员;才能理解梁满仓老汉的对于"两头母猪,三棵树,三十只鸡"的坦白交代;才能理解后生梁继娃读恩格斯《社会主义从空想到科学的发展》时的所思所想。

《尾巴》的华彩乐章是梁继娃与孙德旺的对垒一段,面对孙德旺的"你想到其他的后果没有呢? 比如说坐牢,杀头"的威胁,梁继娃的"自由与生命"的回答是坦然的,面对"想社会,盼社会,谁知社会怎受罪"的民谣,孙德旺的感觉是使鱼咬住了钓钩的喜悦,而梁继娃的回答则是它是"人民的呼声,人民的批判。人民对某些人搞的带引号的社会主义的批判"! 社会主义不是贫困,不是劳动日值二十年一贯的两角七分钱,所以,我们的梁继娃会对"左"得可爱的县委书记孙德旺说:"我可怜你们——你们这些可怜的尾巴!"并坚定地告诉他:"你错了。你把权力当成了真理。这是两个东西。权力不等于真理。"小说主人公的这种呐喊在今天仍不过时。

整部中篇小说响彻着的几乎都是男性的声音,但最让我难忘的还是着墨不多的一位女性梁张氏——送丈夫参加解放战争的伟大的农村少妇、现行反革命分子的母亲。我发现南丁小说中总有一个女性形象,她有时是刚强坚忍的潘淑芝,有时是聪明善良的章慧,而这里这个"她"是集烈属与反属于一身的"一个独立的人"。小说对张妮的描写是有节制的,同时也是小说中最具抒情的段落,那个年轻时冒雪跑15里山路看歌剧《白毛女》的张妮到了七十岁时要去北京告状,而"夜色未退的朦胧中,她背上包袱,挎上篮子,谁也没惊动,悄悄地走了。她过了金马河,在那个山的弯路处,停下了脚步,站了很久。那是她丈夫回头看她的地方,是她最后看到她丈夫身影的地方"一节文字,不仅是对"割尾巴"式的假社会主义的最大质疑,而且隐含着梁继娃所言的"人民的胜利"。人民,当"他"聚合为"人民"时是强大无比的,但人民不是概念,南丁为我们揭示了"人民"的每一个个体,"人民"的个体性和散在性,"人民"是人,是一个个血肉丰满、爱恨分明的独立的人,这一个个人不一定是强大的,而在生活中他们多数往往是弱者,他们生活在最底层、最具体的生活里,他们顶着农民、林管员、烈属等各样的身份,叫着梁张氏、潘淑芝、沙打旺等不同的名字,但他们才是最有生命力的,只有他们会赢得历史最后的胜利。山坡上的连翘花开了,又一个春天来了,爱情也来了。作家在1979年至1980年铺开的纸上,写道:"万物生长啊,万物生长。"

对于"绿树,红花,庄稼,真理,善良,美好,科学,民主,理想,爱情"的期盼,此后《新绿》中延续着这一主题。当然这所有的美好的建立乃是在对于历史的反思之上的。小土炉残骸遍布的褐色的秃山头,大炼钢铁时代的废墟,"五八年的产品",生于"一天等于二十年"那年自称四十一岁而实际只有二十一岁的后生,"花栎山——四望山大队文物保护单位"的木牌,在记录历史教训的黑色幽默里,我们结识了甄山、贾青、沙打旺、崔志云,还有讲述沙打旺的作家乔三元,对于林管员的角色与荣辱的记述无须我多言,小说自有它不可转述的精到,尤其是农民家的一顿派饭,其中的论辩意味深长;而"社会主义应当放到农民的饭桌上来,可以看得见的,可以摸得着的,可以咀嚼的,可以品尝的"和"我们的人民敢于公开地批评我们党曾经有过的失误,作为一个共产党员,我是感到鼓舞的。这与损害党的形象无关。这正是爱护党的表现";"我们自己的疮疤。什么疮疤呢?'左'的疮疤!"以及"我们中国人类社会的生态平衡,由于历次扩大化的阶级斗争,遭到了相当严重的破坏",而平反冤假错案是恢复生态平衡等认识,不仅在故事发生的十一届三中全会的第一个春天写下时是有见识的,就是放在今天也是意义非凡的。小说的"补遗"写得优雅迷人,如绿意盎然的春夜,一切在返青,心田也不例外。

那位小说中的农民作家,那段艰辛生活的直接见证者,在经历了这一切黑白颠倒之后,依旧仰头望星空,他在追寻什么呢?他所追寻的难道不是"不论是夜色未退,还是更深人静,我都听到过从大山上传来过的他的歌声。叫人以为那是从神秘的星空洒落下来的"。

正是。生命不会止于废墟,它总是从毁掉的地方长出新枝。这也是南丁小说为什么记录了那么多苦难而总是怀有葱茏的绿意的原因。这是他献给这个并不完美的世界深沉而隽永的"完美"意念。

于此,我因爱他,也爱了这个世界。正如我爱他思想中的"完美",而原谅了这个世界的不够完美。

那从神秘的星空洒落下来的歌声,就这样轻轻抚过了现实的残缺,它还给世界的只是爱与谅解,这是文学之所以常青不朽的"新绿"。于此,我不仅从中领略到20世纪时代风云的波谲变幻,更敬仰一个作家心向光明用笔如上的深在趋力。

这样才可能接近并写出胜利的真正源头。握在我们手中的笔,它看似纤柔,由此聚合的力量却强大无比。

2017 年

无能的力量
金 理

"有情文学的力量"

张新颖老师有过一本批评文选,书名是《无能文学的力量》,"后记"中解释:"从何种意义上说,文学及文学研究是'无能'的,又是有'力量'的,而这种'力量'又正与这种'无能'紧密相连?在困境中的沈从文曾如此深切絮说文学的'有情':'这种有情和事功有时合而为一,居多却相对存在,形成一种矛盾的对峙。对人生有情,就常常和在社会中事功相背斥,易顾此失彼。管晏为事功,屈贾则为有情。因之有情也常是无能。现在说,且不免为无知!说来似奇怪,可并不奇怪!'——'有情也常是无能',则'无能文学的力量',也可以说是'有情文学的力量'。"张老师的沈从文研究,谈《边城》中"微笑的文学",谈晚年沈从文在时代的角落里确立起安身立命的位置,其实都在和"有情文学的力量"相沟通。

我自本科开始师从张老师读书,这么些年来,似乎就是尝试摸索"有情文学",培养对这种力量的热爱与信心,进而与之建立一点联系。最初对这层意思有所体会,源自张老师1998年的旧文《路翎晚年的"心脏"》。对于晚年路翎,一般的研究模式遵循"时代灾难——对个人精神的摧毁——个人创作才能的完结"的理路,自有其合理性。然而张老师追问的是:在此模式中,是什么居于叙述的中心?是达成对于"时代"的反省和批判吗?那么"时代"的受难者即具体个人的位置何在?"读着路翎晚年的作品,特别是他那一首首长诗和短诗,我由衷地感受到了精神透过重重迷障散发出来的动人光辉。人是经不起摧残的,可是人也绝不就是轻易能够彻底摧毁的。长期受到深重摧残和伤害的人在身体上、在精神上留下伤疤,是再自然不过的事了。路翎没有本领脱胎换骨,却凭借着一己生命所具有的强大的自我救治能力,开始了晚年的创作。他的晚年创作既可以说是他自我救治的结果,同时,在更大的意义上,也是他进行自我救治的方式,而且是最重要的方式,特别是诗歌创作。"读着这些话大概就能明白,从路翎到沈从文研究,张新颖老师的核心关怀和脉络。

"同时在头脑中持有两种相反的观念"

前些年曾经发生过所谓思想界"炮轰"文学界的事件,大概能代表部分精英知识分子对于今天文学的观感。如果你关注近年来走红大江南北的各种电视相亲节目,一定会注意到经常会有自称诗人、作家的嘉宾登场,他们的登场意味着"搞笑"开始了,这能代表民间对于今天文学的认识。在文学处于这么尴尬的境地里,我们要谈"回到文学",我想还是表达最朴素的一个意思,回到我们对于文学的热爱和信心——这似乎是条底线,但扪心自问,还会有多少人相信,文学可以回应这个时代的喧嚣和复杂?

这里要追问的不仅是能否回应,而且是能否以"文学的方式"来回应。什么是"文学的方式"?请允许我冒昧举个例子(这个例子可能不恰当)。这些年我会有这样的感受:如果你了解某位发言者的立场之后,几乎可以判断他/她对任何问题的看法。我经常做类似的"试验",屡试不爽,比如一部新的小说出版后,如果这位朋友出席研讨会或写文章的话,你肯定猜得到他/她大致会如何表态。甚至当社会热点事件发生之后,你都能够判断他/她会选择如何站队。一方面,这也许意味着今天的知识分子已经成熟了,不会如当年梁任公似的频繁"以今日之我战昨日之我";但另一方面,我也很怀疑这种过于稳固的立场化与姿态化。我的意思是,曾经体现在巴尔扎克等巨匠身上的"现实主义的伟大胜利"已经不复存在;通过生活的实感,以及与此实感、人的感性机能紧密结合的、一丝不苟的文学实践,来扭转自身先验的立场和判断——这种情形已经日渐消亡。

特里林在《自由的想象》中定义心目中的文化英雄应具备"一等智力":"对于一等智力的检验是看他有没有能力同时在头脑中持有两种相反的观念,而同时依然能够保持行动的能力。"(宋明炜:《批评家特里林》)在他看来,马修·阿诺德无疑属于此类文化英雄:"辩证的方法所产生的矛盾观点对某些人而言是一种无法承受的负担,但对另外一些人而言,则是一种积极的愉悦;阿诺德属于后一类人。"(严志军:《莱昂内尔·特里林》)时刻关注复杂性,亲近"辩证的方法","同时在头脑中持有两种相反的观念",感受和思辨永远先于立场和姿态——在我看来,这也是一种"文学的方式"。

"惊人的艺术性"

不少朋友对文学失望,据说原因之一是今天的文学已经无法提供关于"远景"、关于乌托邦的想象。我的疑问是:这并不构成远离文学的理由,反倒应该促成我们更加积极地返回文学,返回审美、想象、移情与共感……这些不再信任文学的朋友想必信服卢卡契说的,文学当以"深刻历史性"与"惊人的艺术性"相结合,来创造另一个"新世界"(卢卡契:《关于文学中的远景问题》)。说得多好,不仅是在"内容"上以"深刻历史性"与现实、历史的逻辑相抗辩,可能更重要、更繁难的是,以"惊人的艺术性"来作用于人的感性世界,这种文学诉诸人们对世界的想象。原先的阅读与期待中,免不了充塞着坚硬的现实、历史逻辑,需要文学以充沛的感染力来化解、对决。

其实文学史上这种"以虚击实"的文学不乏其例。福楼拜的《包法利夫人》出版后遭到有伤风化的指控,然而起诉人无法解答如下问题:在小说展示的具体情境中,竟然没有一个人可以判定爱玛有罪。"如果在这部小说里所描述的人物中,没有一个能压倒爱玛,如果没有道德准则能有效地以某人的名义判定她有罪……如果这些从前有效的社会标准:'舆论'、宗教情感、公共道德、良好教养等不再足以达到一种裁决的话,那么在这种情况下,什么法庭能对'包法利夫人'的案件予以判决呢?"福楼拜创造出崭新的艺术形式,提供给读者"新的现实"——将人类从自然、宗教和社会束缚中解放出来的美好远景,这一现实"从先在的期待视野中是理解不了的";但是文学提供了艺术合理性充分自洽的逻辑,它凭借足以抗辩、扭转"从前有效的社会标准"的力量,更新视野,再造出人们对人性、对世界的理解,"并逐渐为这个包括所有读者的社会舆论所认可"(姚斯:《文学史作为向文学理论的挑战》)——这是"惊人的艺术性"。

内在的、软弱的力量

张新颖老师的书名《无能文学的力量》,据其自述来自崔健。1998年,崔健推出了专辑《无能的力量》,"我白日做的梦,是想改变这时代。我现在还无能,你还要再等待",先前紧绷、硬扛的东西松开了,内在的柔软、不确定、"弱"的东西暴露了出来。最近我在拜读一位年轻的研究者关于中国"民谣—摇滚"的专著,其中恰好论及崔健这张专辑流露出的情绪:"不是更坚强,而是更软弱。不是向外,而是向内。但这内在的软弱不是对外在刚强的放弃,而是刚强的、理想之间的斗争被封闭住之后,让'软弱'成为一种相互慰藉的力量……这是'软弱'在崔健这里产生的力量。一种弱的、共同的感情默默地在被弱者彼此分担,而当足够多的'弱'被联系在一起,弱会不会转变成强?当这样的'弱'被社会充分意识到后,从'弱'中会不会产生一种新的政治想象?"(王翔:《临界点:中国"民谣—摇滚"中的"青年主体"》)

余华的《第七天》曾招致巨大质疑,当时张新颖老师写有一篇评论《时代,亡灵,"无力"的叙述》,其中"没有力量才具有伟大力量的爱""翻转的力量来自爱"等意思,引起我共鸣。《第七天》一方面诚实地写出"无力",另一方面让我从中感受到"翻转的力量",也许是引而不发的吧。但之所以是"引",固然并不是说有力量已经整装待发,但总能感受到某种潜在的势能——有没有这种"引"的感受、"翻转"的感受,我想是不一样的。就像鲁迅的文学,鲁迅也是在一个绝望、无力的时代里写作,但是他的文学所呈现的并不只是"无力"的感受。或者说,在绝望和希望之间,他对"力"有一种辩证的自觉:舍身到深渊,拒绝任何外在的救济,但是在深渊里又升腾起一股阴极阳复的力量。比如《故乡》,尽管"希望"是微茫的,"本无所谓有",但终究是"地上本没有路,走的人多了,也便成了路"。《第七天》的核心情节杨飞寻父,可以和鲁迅所钟爱的绍兴戏《目连救母》相比附,目连一路上见证了很多现实中无法出现的事情,"不可见之物现于眼前(即便只是片刻),而参与和感知所具有的变革力量也得以呈现与示范"(陈琍敏:《生死绍兴:鲁迅与戏剧的复活力量》),这种力量点点滴滴聚合起来,真的一无所用吗?

从崔健的专辑谈到余华的小说,要表达的是一个意思:在这个时代,内在的、软弱的力量,使得个体生命和他者、弱者血脉相通的力量,我想就是文学的力量。

《北鸢》：人的消失，或曰美的困境

岳 雯

在葛亮的《北鸢》中，世家子弟卢文笙出场之时还是个婴儿，却已然不同凡响——

> 干净的孩子，脸色白得鲜亮。还是很瘦，却不是"三根筋挑个头"的穷肚饿嗉相，而有些落难公子的样貌。她便看出来，是因这孩子的眉宇间十分平和。阔额头，宽人中，圆润的下巴。这眉目是不与人争的，可好东西都会等着他。

这描写有几分《红楼梦》中宝玉出场的味道。有意思的是，此时的相貌描写已不再像19世纪欧洲小说那样，为的是让读者对小说主人公有一个清晰的形象。不，直到小说结束，读者恐怕也很难在心中描摹出文笙的样子。所谓的描写，不过是为了暗示其性格，进而以预言式的口吻暗示其命运。

这是极具症候性的时刻——葛亮的踌躇两难从一开始就清楚地呈现在文本中：他确定小说以写人为第一要务，如果没有人，小说就犹如沙中筑塔，溃散是早晚的事。但是，他又不甘心让小说成为"小"说，他有强烈的野心要去摹写一个时代，一个被众多知识人称为黄金时代的好时代，一个他虽不能至却心向往之的时代。要写出一个时代，只写一个或两个人显然是不能够的，只有让他们更多地去看，让更多的人进入视野之中，一个"大"时代才有可能从纸面上缓缓显形。

一个人还是一群人，我以为，这是葛亮的根本困境。理想的情境，或者说，葛亮追求的境界是"人""群"皆在：一个人历历在目，一群人声形毕肖。这并不是不可能完成的任务。比如，葛亮熟读的《红楼梦》就是如此。但是，《红楼梦》是有严格的时空限制的，虽然总体时间跨度达十五年之久，但小说主体笔墨集中在大观园内的五六年间。从这个意义上说，"小"是可以包容"大"，或者说生出"大"的。葛亮显然认为，只有假以充裕的时日，让文笙和仁桢从一个婴儿成长为一个青年，经历更多的人与事，才得以见出时代之风声。可是，切口过大，原本对人物的那份熟悉反而遁去，令作者失去了整体把握人物的能力。

从这个角度去看《北鸢》，我们会发现，文笙在小说中的露面次数实在不算多，且每一次露面都遵循了同一原则，即作者以神谕的口吻宣布其出众的德行与以其德行相匹配的更好的命运。比如，葛亮是如此描绘刚刚一岁的文笙的："他的脾性温和，能够体会人们的善意并有回应。回应的方式,就是微笑。一个婴儿的微笑,是很动人的。这微笑的原因与成人的不同,必是出自由衷。然而又无一般婴童的乖张与放纵……然而,人们又发现,他的微笑另含一种意味,那就是一视同仁。"有时候,这种神谕似的宣布是借助其他有威望、有德行人之口说出来。比如,在文笙抓周那一天,葛亮叙述他什么都不抓,"仍然是稳稳地坐着。脸上的笑容更为事不关己,左右顾盼,好像是个旁观的人"。这时候,就需要一个人就此再次肯定其命运。小说选择了为世所重却淡泊名利、与俗世瓜葛无多的吴清舫说出了这样一番掷地有声的话语:"公子是无欲则刚,目无俗物,日后定有乾坤定夺之量。"这样的叙事策略一用再用。再举一个例子,小说写文笙一直不会说话,突然有一天,孩子开口说话,家人引为大喜之事。小说用庄重的语调记下了这一幕——

> 这小小的男孩,站在落满了梧桐叶子的院落里。四周还都灰暗着,却有一些曙光聚在他身上。他就成了一个金灿灿的儿童。她没有听到任何声音,却已经有些惊奇。因为笙哥儿扬起了头,在他的脸庞上,她看到了一种端穆的神情。不属于这个年纪的小童,甚至与她和家睦都无关。那是一种空洞的、略带忧伤的眼神,通常是经历了人生的起伏,无所挂碍之后才会有的。这一瞬间,她觉出了这孩子的陌生,心里有一丝隐隐的怕。
>
> 她慢慢走向他。这时候笙哥儿蹲下来,捡起一片枯黄的叶子。她停下了脚步。这孩子用清晰的童音说,一叶知秋。

"一叶知秋"是整部小说的定音。葛亮自己常常说的是"大风起于青萍之末",其实是一个意思,意味着大历史往往在日常生活的细节中折射出来。让小文笙字正腔圆地说出这个词,显然是葛亮对小说整体基调的定位,也暗含着将文笙这一人物形象圣化和神秘化的打算。

当然,赋予小说人物以神秘感从而提高人物的魅性,不是不可以。给读者以某种命运的暗示之后,让文笙去感受去经历,并以自身的经历详解或者违逆命运,也是极好的写法。但是,葛亮被众多的人物迷惑了目光,他似乎很难从文笙周围的人物身上回过神来,专心致志地让他"端穆"的神情之下长出血肉、迸出心跳。或者,另外一种可能是,其实同读者一样,葛亮知晓的只是他沉默的表面,无法深入他的内心,去了解他的行事逻辑,进而理解他的性格,感怀他的命运。

如何想象文笙呢?按照葛亮的叙述,文笙应该是一个受过传统儒家教育,以经商为业的世家子弟。倘若葛亮能以小说人物的职业身份为突破,掀起民国时期五金业乃至整个商业的变迁史的一角,由此更进一步,以经济见证时代,想来就令人兴奋。然而,涉及文笙职业身份的,不过是他遵循母命,投奔舅家,一边读书,一边学做生意。怎么个学做生意法,葛亮并无详细描述。不过是带了一句,因为日本人占据了华北和海南的铁矿命脉,并课以重税,导致生意萧条。此后,也不过是文笙跟着永安奔赴上海去"商场上一展拳脚"。文笙并未像《子夜》中的吴荪甫一样,向我们展现出他如何在商场叱咤风云或者困难重重的一面,当然,说到底,到小说结尾他也不过还只是个青年,似乎并未到大展宏图的时刻。但是,我以为,最根本的问题是葛亮对于文笙究竟该如何定位想得也并不透彻。或许是因为孟家重文轻商的传统,葛亮仿佛也耻于言商事,或者说,他根本就不认为文笙实际上是一个年轻的资本家,而是更倾向于将他定位为知识分子。好吧,假如将文笙指认为知识分子,但他又尚未表现出"智性"的才华。在这一点上,作者对主人公文笙的刻画倒不如寥寥几笔的克俞,至少,克俞还在读者心目中留下了才子的印象。对于文笙,我们的印象反而是模糊的,不得要领。尽管作者用了许多褒奖的词语赞赏他,但究竟不如"察其言观其行"来得真切。

在小说中,文笙不仅讷于言,似乎也并不敏于行。如果说,在文笙的生命中有浓墨重彩的一刻,应该是他在同学凌佐的带领下无意中加入了工人夜校,并在韩喆的带领下参军。这是新文学中经常描写的一刻:出身世家的少年从大家庭中挣脱出来,投身于大义。对于葛亮,也是一个绝好的机会——假如他能让我们进入文笙可信的内心世界,进而认同于他,他或许还能"活"过来,可惜的是,葛亮过于克制,也过于"淡笔写深情"了;墨迹淡了,人物的风采也随之黯淡了。一个核心主人公无法叫人建立起情感认同,对于一部小说来说,真是一件极危险的事。失去了一个可信的主人公无异于松动了小说的核心构件,小说对于时代的反映也必然会失真。

据葛亮自述,写作《北鸢》的动因是编辑寄了一本陈寅恪女儿所著之书给他,希望他从家人的角度写一本书,关于祖父的过往与时代。然而,对于已有多年小说创作经验的他而言,竟是相当为难。葛亮供述原因说:"……但我其实十分清楚,真正的原因,来自我面前的一帧小像。年轻时的祖父,瘦高的身形将长衫穿出了一派萧条。背景是北海,周遭的风物也是日常的。然而,他的眉宇间,有一种我所无法读懂的神情,清冷而自足,犹如内心的壁垒。"假如这番自述为真,则可以证明葛亮确实严格遵守了小说家的准则,即从自己完全熟悉、有充分把握的人物开始,构建小说情境。因此,他将焦点由他的祖父移至他的外公,沉下心来,一笔一画地勾勒他的来路与去处,以及他身披的时代烟霞。

对于小说家而言,想象一个时代,就是想象一种生活方式;而想象一种生活方式,须从想象一个人开始。问题在于,文笙身上被葛亮赋予了太多的使命。从小说结构而言,文笙肩负着穿针引线、贯通情节的职责。于是,在大部分时候,文笙真的成了葛亮所说的"旁观的人"。在小说中,他由主人公下降为一个功能,就像一只风筝,线头在葛亮手里,飘飘荡荡,我们只能通过他的目光看到更多的人,以及葛亮所认为的更重要的时刻。从人物形象塑造上说,他须得是"善好"的化身,葛亮所推崇的民国时代的种种美德,譬如有大义、诚信、友善,等等,要一一落实在文笙与他的家人、朋友身上。写出令人信服的善并不是一件那么容易的事。小说家得让我们看到,这善真正沉入人的血肉,与属于人的欲念甚至人性深处晦暗不明的部分搏斗的瞬间——就像罗曼·罗兰所说的:"真正的光明绝不是永没有黑暗的时候,而是永不被黑暗所淹没;真正的英雄绝不是永没有卑下的情操,而是永不被卑下的情操所屈服。"葛亮却不肯如此落笔,或许,在他看来,这样就"不美了"。

在回答为什么将文笙与仁桢的故事定格在1947年时,葛亮的说法是:"这也是一种美感的考虑。因为以我这样一种小说的笔法,我会觉得在我外公和外婆汇集的一刹那,是他们人生中最美的那一刻。到最后他们经历了很多苦痛,中间有那么多的相濡以沫,但是时代不美了。其实我之前有另外一本书叫《七声》,第一篇叫《琴瑟》,写到他们在这个时代一系列的砥砺,这个错乱的时代已经过去之后,他们又进入一种尘埃落定的晚年的阶段。那个阶段我才觉得他们的美感又回来了,所以我才会写那么一篇小说。前两天一个朋友问我:'那段多么精彩啊,你外公他作为当时最年轻的资本家,经历了公私合营等历史,肯定身上会有各种各样的事情发生。'确实有,但是不美了。我从内心是想把他留在1947年,我觉得这就足够了。"

《北鸢》确实很美。它的美体现在语言上,葛亮精心雕琢了《北鸢》的语言,似旧实新,力求语言与人物具有一致性。它的美也体现在人物上,但凡小说着力刻画的正面人物,葛亮都赋予其完美的品性,恰似一翩翩公子,着一白色长衫,风采俊逸,不惹尘埃。葛亮对于美的追求,真真到了极致。但是,这也是《北鸢》深层的问题。小说是一种世俗文体,建构它的根基是活泼的、泥沙俱下的世俗人生。是的,小说家可以带领我们去体认什么是好,什么是坏。但是,世间的事并非只有好与坏,真正考验小说家的是对于好与坏之间的想象力和理解力。倘若一味追求洁净,构成小说这一大厦的基石就会摇晃,那么,小说所描绘的一切就难免虚浮了。

美,有时候竟然是一种束缚。

又说崇高美：英雄，好久不见

李伟长

崇高自从被"躲避"后，近年来已难得现身。英雄主义在当代文学中的确比较缺失，引发共鸣的文学英雄人物屈指可数。当年"躲避崇高"的初衷，在于把文学试图从虚伪的"崇高"中解放出来，从"高大全"英雄的叙事中召回人性，将被遮蔽的人的情感、性别与欲望还原出来。随着市场经济兴起和消费主义的抬头，文学问题已经不单是文学层面，不但政治意义上的崇高感被消解，连带着美学意义上的崇高价值也被一同"躲避"了。文学创作转入个体经验写作的通道，集体价值和经验被藏匿不提，倒也催生了一段段的短时间的灿烂，如新现实主义小说以及现代主义小说。当然，历史远比这复杂得多，但崇高这一价值取向遇冷，确是事实。以至于后来有作品试图书写当代历史的英雄，也遇到了评论界并无恶意的忽略。如今的问题在于，崇高作为曾经不言自明的美学标准，如果还能重新被启用，会是原来意义上的崇高吗？如果英雄归来，会是怎样的新模样？

当代文学史中的"英雄"

在当代文学人物形象的长廊中，崇高的英雄并不少见，不过一时有一时之英雄。"十七年"文学中，创业英雄和战争英雄是主角。柳青长篇小说《创业史》塑造的梁生宝形象，作为社会主义农村建设时期最具有代表性的农民新人英雄，其崇高性体现在他对社会主义理想信念的绝对信任和遵从，所有工作只有一个出发点，就是一切为了国家。有意思的是，梁生宝的英雄形象超越了时代，至今还在不断提起。郜元宝在《中国小说的"奇正相生"》一文中，特地就梁生宝形象"多说了几句"，说这个思想进步形象高大的青年农民身上，除了"正"之外，还具有太多的"奇"，譬如，出身"奇"（收养），婚姻关系"奇"（冷淡童养媳），恋爱态度"奇"（总是不表白），性取向也可能有点"奇"（喜欢和男青年同床共枕、彻夜长谈）。梁生宝身上的诸多特征具有被时间反转的可能性，即当时的寄托与日后的解读产生距离，从而生出更多的认识。

战争时代英雄形象的代表是周大勇，来自杜鹏程的长篇小说《保卫延安》，是一部被冯雪峰誉为具有英雄史诗性的大型作品。在周大勇的心里，唯一快乐和光荣的事情就是为人民战斗而牺牲。崇高的革命理想精神和纯洁的动机在他身上完整呈现。相对而言，《林海雪原》中的侦察英雄杨子荣要丰富、立体一些，江湖气息和革命气度兼而有之。创业英雄和战争英雄都是大写的人,其个人欲望被约束和淡化。作为集体革命意识代言人的他们,所做的一切都服从最高的国家利益。在"三红一创"系列作品中,英雄是主角。与多数作品的英雄是普通人不同,《红日》的独特性和开创性在于,第一次塑造了解放战争中我军高级指挥员的英雄形象——军长沈振新和副军长梁波。

到了20世纪80年代,出现了一类令人瞩目的文学人物,具有代表意义的是鲁彦周的《天云山传奇》的罗群和张一弓《犯人李铜钟的故事》的李铜钟,两个形象堪称悲情英雄。罗群因为错划成右派,忍辱负重几十年,不怨天尤人,没有丧失理想信念,始终坚守真理。面对饥荒,铁骨铮铮的共产党员李铜钟,不惜触犯党纪国法,为民请命,向粮站"借粮"救民,借条是这么写的:"春荒严重,断粮七天。社员群众,忍饥受寒。粮站借粮,生死相关。违犯国法,一人承担。救命玉米,来年归还。今借到靠山店粮站玉米伍万斤整。李家寨大队共产党员李铜钟1960年2月7日。"在这两部作品中,英雄人物面临的考验来自体制内部。被误解和排斥后,如何坚守理想信念,考验的不仅仅作为共产党员的党性坚守,还有作为人的道德与良心。由此,大写的人中闪现出了人的灵魂。

遗憾的是,这类将崇高与悲剧融合、体现反思精神的悲情英雄并不多见,此类创作还未来得及走远就中断了。随之而来的就是改革英雄,市场经济来了。《乔厂长上任记》《沉重的翅膀》《新星》等一系列作品,不同程度地写出了改革年代的改革英雄们。与"十七年"时期创业英雄相比,这批改革英雄的内心世界更加复杂,被约束的人心与人性都得到了一定深度的书写。后来军旅小说的英雄形象,如《亮剑》的李云龙、《历史的天空》的梁必达和石钟山系列小说中的石光荣,人物性格更有层次了。从叙事变化来看,战争结束后,英雄的日常生活开始出现了。

日常生活中的"英雄"

近年出现的谍战小说,如麦家的《暗算》《解密》和龙一的《潜伏》《借枪》等作品,则塑造了不同于以往模样的英雄——无名英雄,如《暗算》的钱之江和《潜伏》的余则成。这是一群隐姓埋名的地下工作者,一群随时准备为信仰献身的共产党员。匿名身份带来的孤独煎熬,与信仰的坚守之间产生的戏剧张力,让这类英雄形象获得了大众的同情和关注。借助谍战之壳,信仰也由此重新获得了令人信任的叙事位置,久违的崇高价值也得以被传达和被接受。从这个角度来说,英雄叙事由最初的集体组织行为,发展到了类似自发的社会行为。这符合文学传播的规律,即再独特、深奥、崇高的价值和观念都得找到容易被大众理解的方式进行传达。作为人民群众喜闻乐见的表达方式,谍战小说和无名英雄引起人们的喜欢也就不奇怪了。当人们习惯于从谍战小说中享受智力乐趣和故事快感时,信仰的力量也悄然完成了浸入,这未尝不是一种关于"崇高"写作的迂回战术。

从创业英雄、战争英雄,到悲情英雄、改革英雄,他们的出现基于两个条件:一是一体化的集体社会,文学创作具有高度组织化;二是不断更新的动态的社会环境,需要探索和冒险精神。上述条件一旦分化,传统意义上的英雄形象就会变得稀缺。当一体化社会开始向多元化社会转变,特别是进入消费主义的现代社会,先被冲击的就是崇高价值的组织、生产和接受机制。不少以"重大题材"的名义扶持出来的作品,在读者那里碰了一鼻子灰。原指望引导群众,可群众并不买账。钱之江和余则成们的出现,在多种市场手段如影视剧的推波助澜下,意外地缓解了这种尴尬。源于写作者的个体创作,通过群众对"谍战"的喜闻乐见,不仅实现了对无名英雄的歌颂,还唤起了今天人们对崇高信仰的重新认识,唤起了人们对共产党员党性和纯粹初心的感怀。有计划的文学组织行为没能做到的,在自发的市场行为中实现了,这个现象值得深思。

今天的写作已不止关乎价值,也关乎价值之变现。简言之,成本越高,变现难度越大,投入者就越少。反之,变现概率越大,投入者就越多,"崇高"也会被做成生意。从当前文学创作的情况来看,正面书写崇高已经少人问津,历史观也一定程度上压抑了写作者的创作冲动。问题在于,当我们这样描述时,我们的视野是否能看到钱之江和余则成。如果看到了,会不会认为这也是我们需要的英雄叙事。同样,当一体化社会生活过渡到多元化的日常生活时,在日常成为精神生活重要症候的今日,文学叙事的日常化能否进入我们的观察视野,民间意义上的"崇高"能否被发现和认同,新的社会审美趋势对我们的文学视野提出了要求。

按照福斯特的理解,不论日常生活到底是什么样子的,实际上由两种生活组成——时间中的生活和由价值衡量的生活。前者只是故事,后者才是小说。被价值衡量的那部分生活就是个人生活层面的"崇高",也是潜于民间社会的价值伦理,不仅是一种解释,也是一种现实。个人经验主导的写作时代,真正值得忧虑的是我们对出现眼前的来自时间生活也即日常生活中自有的庄严性视而不见,却缘木求鱼地求一种已经失掉了生长土壤的崇高之花。换言之,在并不宏大也不具备史诗性的当前文学创作中,崇高没有真正被掩埋,只是换了面目,换掉了原来的面具,在日常生活中藏了起来。在正常的平静的时间状态下,没有"革命"的思维和行动侵入或者打断日常生活,传统意义上的英雄也就无从产生。所谓时势造英雄,何谓时势?革命,变革,动荡,不安定。日常生活自有其庄严性,特里·伊格尔顿对此有一个描述——"日常生活的崇高",体现在如何生活、如何工作、如何为人等日常的生活实践中。

1997年10月号的《北京文学》上,刘恒发表了中篇小说《贫嘴张大民的幸福生活》,先是被不断转载和选载,获得了不少文学奖项,后来被改编成电影、话剧和电视剧等。这篇小说就塑造了一个"日常英雄"——城市平民张大民。他隐忍、踏实,充满乐观精神,又能知足常乐,乃至苦中作乐,抖着一口京片子,在与家长里短、生老病死、工作婚姻等庸常生活的"斗争"中,不断取得阶段性的"胜利"。这种日常英雄,折射出的是平凡百姓的生活层面和精神缩影。

从这个角度讲,《平凡的世界》里的孙少平形象也是一种"日常英雄",他克服困难、主宰自己命运的奋斗之旅,激励了许多青年人与苦难生活搏斗的信念和勇气。当然,他们都不是全民英雄,时代变了。

发现、关注新的"英雄"

乐观归乐观,信任之余保持警惕还是必要的。基于民间经验的日常生活,天然就自带向俗的基因,即物质至上和利益至上的主张,会成为日常生活需要维持生存和提高生活质量的理由。与被价值衡量的生活相比,那些物质至上和利益至上的生活自然就大行其道,写作意义上的责任感、使命感、道德感就会沦为可选可不选的多项选择。至于社会实践如何在文学作品中表现出来,在日常性的写作中不会被选中,庸俗、低俗、狭隘、小格局、小情爱和世俗成功学等问题如影随形。更别说直面对社会实践富有历史意味的写作,譬如关于中国当代实业发展的创作选题。

一个偶然的机会,我读到了一部名为《大国重工》的网络小说。作者齐橙,起点中文网作家,工业经济学博士,在北京师范大学当副教授。像很多网络小说一样,作者让国家重大装备办的工作人员穿越到了1980年。这个英雄般的人物,带领同代人一起构筑中国重工业,包括冶金装备、矿山装备、电力装备、海工装备……都是事关泱泱大国工业发展命脉的重型装备。主人公身上具有崇高的目的、坚定的信念和高尚的情操,颇像曾经改革小说里的主角,一片赤子之心,富有探索和冒险精神。这部小说修正了我对网络小说的一些偏见。同大多数没怎么看过网络小说但并不影响认为它们是垃圾的读者一样,我也曾以为网络小说不过是游戏之作而已。出乎我的意料,传统作家都不愿意写的中国重工业题材,网络作家写得有模有样,特别是将专业知识写入小说,采用"知识性写作"策略,融化进小说情节。这个传统意义上的英雄形象,在玄幻、奇幻为主的网文世界似乎显得格格不入,但读者还是给予了高赞。小说目前已经更新至一百二十余万字,仅首发网站的作品讨论区就有两万多条讨论帖,不少读者高额打赏,鼓励作者更新。

问题仍然在于,文学评论界有没有兴趣关注此类作品。按照传统文学的严格标准来看,它们肯定是不成熟的,可待提高的地方不少,但肯定也够不上"垃圾"的"冠冕"。曾经发掘出沃尔夫、菲兹杰拉德和海明威等作家的美国大编辑帕金斯,有一种为人称道的能力，能透过一部书的缺点看到它的不凡之处，哪怕缺点多么令人失望，然后不屈不挠放大这种不凡。这种能力也是一种德行。对于那些未知的常规经验之外的东西，给予断然否认和视而不见是容易的，从中发现价值并提请人们注意，需要足够的耐心和宽容。

　　英雄的缺失不仅是中国的问题，也是一个世界性的问题。好莱坞电影中那些你方唱罢我登场的虚拟的超级英雄，能够引起全球观众的热烈追逐，与人们心底的英雄情结有着深切的联系。通俗地讲，每个人多少都有英雄情结，有对探索和冒险的向往，对建大功立伟业的向往。只是在多元化的今天，英雄也多元化了。一个人的英雄可以是甄嬛，可以是蝙蝠侠，可以是梁生宝，也可以是其他网络文学的主人公，更可以是刘慈欣笔下的三体人。文学未来的全民英雄，大概会出现在未来的科幻文学中。正如如今能刺激人们探索和冒险的欲望，在地球之外。

关于青年写作"同质化":作为真问题的"伪命题"

何同彬

当前文坛盛行的"青年焦虑症"惯于操弄两种彼此矛盾的话语,一种是急切地表达对青年们的渴望、期许,竭尽全力扶持和赞赏青年们的写作,几乎到了忘乎所以、"饥不择食"的程度;另一种则经常习惯性地板起长者、权威的严肃面孔,或忧心忡忡、或"得意扬扬"地批评青年们的写作是虚弱的、同质化的,必须用更多元、更个性化的文学实践去避免同质化、对抗同质化云云。

其实,青年写作是否同质化并不重要,当所谓全球化给整个社会给当代文明、文化带来普遍性的同质化、同一性、单一性的焦虑的时候,青年写作表现出相应的倾向或局限,又有什么值得惊讶的呢?大约十年前,韩少功在上海的演讲中提到了某青年作家的"抄袭"事件,他并没有简单地批判这种"抄袭"现象,而是把"抄袭"延伸或者假设为"雷同",并试图探究这种"雷同"的根源:"我感兴趣的问题在于,即便不是存心抄袭,但不经意的'雷同''撞车'在一个个人化越来越受到重视的时代,为什么反而越来越多?"进而他提出了"同质化"的两层含义:"作家们的生活在雷同,都中产阶级化了,过着美轮美奂的小日子……我们要在越来越雷同的生活里寻找独特的自我,是不是一个悖论?""人们的物质生活差距越来越大的时候,在社会阶层鸿沟越来越深的时候,人们的思想倒是越来越高度同一了:钱就是一切,利益就是一切,物质生活就是一切。这构成了同质化的另一层含义。"简而言之,韩少功所描述的现象就是,我们一方面急切地渴求创新、异质性、多元化、创造性,另一方面却又不可遏制地陷入同一性、同质化的困境,这样的悖论显然并不仅仅存在于青年写作领域,而是整个文学创作、文化生活中的普遍现象,且愈演愈烈。

当代中国文学,尤其是青年文学创作,在 20 世纪 80 年代中后期曾经一度狂飙突进,在充分吸纳域外文学资源的背景之下,呈现出巨大的动态性和创造性,这样一种趋势虽然在进入 90 年代之后一度降温、减弱,但是仍旧在审美实践上保持着对个人性、异质性和多元化的强烈渴求,以及对商品社会单一性文化倾向的顽强抵御。新世纪之后,文学逐渐进入了"常态化",80 年代以降的文学实践几乎穷尽了所有创新、异质的可能,文化、思想的同一性也在消费社会、大众文化与意识形态的共谋中愈加突出,在这样一种宏大语境中,如果我们片面而狭隘地讨论新世纪以来,尤其是当下青年写作的同质化问题,无疑是简单、粗暴而无效的。难道我们的中年作家、老年作家、成名作家、成熟作家的写作没有明显的同质化吗？难道多元化、异质性、创新性、个人性是没有边界、没有尽头的吗？况且，客观上讲，当前青年写作的多元化、异质性的程度与80年代、90年代相比，并没有明显的衰减，甚至说是有所提升和扩大。但文学权力、文学话语空间的多元化、异质性在新世纪之后却急剧收缩，经过相应单一的制度形态的规训、选择，那些能够进入批评视野的青年文学创作必定是经过筛选和"修正"的，也就必然是局部和狭窄的，而由此得出的同质化判断也就不会是客观、公正的。况且，当前我们的青年写作是一个生硬制造出的"生产性"范畴，"青年焦虑症"之下，成批成批的青年作家、作品被源源不断、争先恐后地推向"市场"、推向读者，泥沙俱下，良莠不齐，"同质化"甚至劣质化根本不可避免。所以说，"同质化"作为一种文学症候如果在青年写作者那里是确凿无疑的，那这一同质化也不过是我们文化、制度自身的更强大、更顽固的同质化的必然产物。

回到本文开始的悖论，我所关心的并不是青年写作是否有同质化的问题，以及如何解决这一问题，相反，我关心的是这样一种话语及其正确性、正当性产生的机制，以及对青年写作、青年文化所造成的伤害。在这样一种话语生产机制中，蕴含着如下的逻辑："青年"既是希望，也是问题，他们既要领受前辈或老年人的赞美，也要心悦诚服地面对他们的"指责"、教训和引导，而不需要、也不应该对此进行辩驳和质疑。这样的话语逻辑往往隐藏了最后的秘密、最本质的因果关系，即老年人、年长者才是青年人那些被前者揭示、批评的"病症"的制造者——尽管他们常常带着"正确"的"经验"的面具。在本雅明的《论经验》中，他认为青年人要与戴面具的成年人斗争，成年人戴的这个面具的名字叫"经验"（Erfahrung）："没有表情，无法看透，永远相同。""他们可曾鼓励我们去追求新的事物，伟大的事物，属于未来的事物？并没有，因为这是不能被经验的。一切的意义，真的，善的，美的，都是在自身中确立的；我们能在那里有何经验？——而秘密正在这里：因为他从来没有抬头去看伟大的和有意义的事物。为此，经验成了庸人（Philister）的福音书。""因为除了那庸俗的，那永远属于昨日的东西之外，没有什么能和他的内心向联系"；"因为如果他要进行批评，他就必须进行相应的创造。这是他不能做到的"。

对于青年写作同质化这样一种"经验"而言，我们也必须警惕其背后那"庸俗"的、"永远属于昨日的东西"。其实，所谓对抗同质化的异质性、个人性、独特性、创新性等审美想象，也不过是一项20世纪80年代的美学遗产，"正确"而空洞地指引着青年写作者的方向和"终极目标"，经常是徒劳地耗费着青年人的青春、热情和渴望。这样一种"经验"、一种规训，牢牢地把青年人拘囿在有关"文学"和"创新"的狭小疆域，追寻着"小小的孤独游戏"。媒介的巨大革新和信息时代的到来，早已深刻改变了旧有的文学观念,学者们反复提出"文学之死""小说之死",或者宣称"阅读时代"已经走向尽头,"再生的神权时代将会充斥着声像文化"(布鲁姆),以及文学作品尤其是小说已经不可能再出现提供"新感受力"的典范之作(桑塔格),诸如此类的论调,常常被我们认为不过是"危言耸听",或者仅仅作为一种也算正确的观点简单视之,而不能促使我们从根本上去审视旧有的文学观念的问题和局限,从更深刻、衰微的当代性中理解文学的功能和未来。事实上,当自认为更有文学经验的前辈指出青年人写作的所谓问题时,往往是在有意无意地把青年人引向"庸俗"的老路,那些看起来正确的、必需的文学前景的描述,往往是轻佻的、无效的,只会陷入无意义的动情互喊、相互缠绕。病症永远是病症,药方还是那些药方,文学话语借此反复滋生。陈旧的文学观念对应的是陈旧而强大的文学权力,他们只有拒绝反省、坚持成为本雅明所说的无精神之人(Geistlose),才能牢固地维系和保有这样的权力,因此他们并不真的渴望异质性、渴望有反叛意愿的个人化,而是在想方设法抑制这些倾向的出现。

　　1925年,鲁迅在回复《京报·副刊》关于"青年必读书"的调查时,留下这么一句饱受争议的话:"但现在的青年最要紧的是'行',不是'言'。只要是活人,不能作文算什么大不了的事。"同样的道理,倘若青年们真正拥有了自由、创造、异质的权利和空间,那他们的写作有一点同质化"算什么大不了的事",而缔造这样理想的"青年之国",可是比所谓"写出好的作品""抵抗同质化"要艰难和重要得多。

　　正是基于以上的缘由,我把青年写作的同质化问题当作一个真的"问题"——包藏着复杂的文化症候,同时又是一个"伪命题"——仅仅局限在文学范畴中讨论是伪饰性的、没有意义的,而我们当前使用的文学话语中,类似的话语症候和伪饰还有很多……

青年写作的同质化与美学共同体的悖论

马 兵

当我们使用"青年写作"这个概念时,便隐含着将个体性的写作纳入某种共同体的框架下来理解的倾向;而当我们讨论青年写作的"同质化"问题时,似乎又在强调"同质化"是这一群体写作的痼疾。事实上,同质化的审美趋同性并不是青年作家群体所独有的,毋宁说是整个新世纪以来文坛上下的流行病。而青年写作的同质化首当其冲受到质疑,又确乎关联着他们作为一个美学共同体的悖论。

齐格蒙特·鲍曼在《共同体》一书中给出一个很有启发性的观点,他认为一个社会体系中的后来者需要一个全新的共同体来标示自己,以"在不确定的世界中寻找安全",并与传统的共同体做出区分,他的原话是:"个体身份认同的脆弱性和独自建构身份认同的不稳定性,促使身份认同的建构者们去寻找能拴住个体体验的担心与焦虑的钉子标。"他借此提出了"美学共同体"的概念。但问题在于,美学共同体并不能提供一劳永逸的庇护,一来它的形成是个体选择的结果,而非源自稳定的利益联系;二来对共同体的融入势必带来自由与确定性的两难,"失去共同体,意味着失去安全感,得到共同体的保护,意味着将很快失去自由"。因此,鲍曼认为,美学共同体的本质也只能是一种想象式的抚慰。

借用鲍曼的这个观点,我们不难看到,在 20 世纪 90 年代,新生代作家也好、"70后"作家也好,他们作为主要群体参与的"私人化"和"个体化"的写作浪潮,一开始被标举为一种异质性的美学实践而受到推崇或批判,但是冲破集体规约的极端个体化又会加重人的丧失感,使个体变为精神孤立的"没有情感的享乐者"。为了克服这种个体的孤独所产生的疏离感,这些文坛的后辈又在寻求一种"同代人"式的身份共享,在消费逻辑的助推之下,作为个体的、多元的新生代写作或"70后"写作,渐渐被一种新的共同体概念收编和涵盖。而此后,对于他们写作的同质化的探讨和批评开始多了起来,作为个体写作风格的确证而被批评界鼓吹过的"小叙事""城市叙事""脱历史化""轻逸""身体的祛魅"等一旦成为集体的症候就变得面目可疑,甚至是可憎起来。

同样的情形也适用于对"80后"作家群体的评判史。在"80后"成为一个真正的集体概念之前,最早代表这一群体的几位年轻人,如韩寒、郭敬明、张悦然、春树等,是挟一股强劲的异质之风而登临文坛的,人们对于他们出场的震惊式反应恰恰说明了他们写作的主题面向和风格,溢出了时代常规和惯性的逻辑。有意思的是,随着"80后"日益成长为一个庞大的概念,他们其实各个不同的面孔在代际范畴的统摄之下开始变得模糊,诸如"个性化不够""审美自觉性的匮乏""模式化经验的反刍"之类的批评时常被加之于这一群体之上。似乎一旦进入这个美学的共同体,"80后"青年作者个性的棱角就被磨钝了。于是,青年作家作为个体的鲜明个性和作为共同体一分子的同质重复,就这么奇异地构成了两种矛盾又彼此关联的评价路向。这不禁让人想起鲍曼在讨论"共同体"这个概念前引用的那个古希腊神话里的坦塔罗斯,鲍曼用他从众神的宠儿到弃儿的坠落来表述人悬置在自由与确定性、个体与共同体之间的痛苦。

鲍曼对美学共同体的反思性批判促使他思考,如何实现一个"真正的共同体",既可以对抗后现代秩序的碎片化对个体意义的孤立和消融,又能真正地尊重差异,避免均质主义的千人一面。在鲍曼看来,共同体的确定性确实具有一种强大的形塑力,但这并不意味着剥夺个体的能动性和建构权力。因此,一个能够给人们带来互援和信任的共同体,它的成员必然是具有独立个性的、千差万别的人,而不是"像我一样的其他人","一群唐璜并不能形成一个共同体"。

青年写作作为一个共同体意义上的概念,其规避同质化的努力庶几相似,确立自己写作姿态的"和而不同"是每一个青年作家都要重视的问题。也因此,我们格外重视那些无法被妥帖地纳入某种代际论述的、具有异质性锋芒的创作,这些创作一方面映现出写作者赖以成长的时代背景,另一方面又用无从替换或模拟的个人化经验,写出属于自己的天地。当这种写作成为一种自觉,那同质性就不会成为批评界念兹在兹的忧虑。"70后"作家东君有一个说法:"生活的平庸和思想的慵懒正在慢慢销蚀我们的创造力,对抗同质化趋势的个人才能也在我们这一代人中日渐稀缺。因此,'飘然思不群'在我只是一种暗暗向往的精神状态。'思'寓于'群',而又能飘然而出,这不是一条向外的路,而是向内的路。"这里的"飘然思不群"就是和而不同,就是在共同体的信念伦理下笃守自我写作个性的坚持。

也因此,笔者以为讨论青年写作的"同质化"现象,至少要兼顾创作与接受两个层面,要提防批评界删繁就简的权宜之举,对文本做出真正会心的解读,而不是以"类"的归属削足适履地钳制写作者的个性;写作的主体也要有类似东君这样的美学自觉,以富有辨识度的文字确立自己的艺术风格,而不是沉陷在代际美学的大而化之之中。事实上,在"70后"和"80后"最好的作家那里即是如此,他们作为新生力量的创作极大地扩充了已显沉滞的代际经验,而他们本身又以巨大的原创性成为共同体中无法被湮没的"这一个"。比如,同样是写"80后"的"失败者"体验,在甫跃辉那里,是顾零洲式的作为一个都市异乡人的倦怠,是他遍寻意义而不得慰安的焦灼;在马小淘那里,是生命和名字都被成功学蛀成一个空壳的"章某某";在蔡东那里,是一个个反复被粗粝的生活折磨得只好将隐逸情怀和诗意的心性束之高阁的人;在孙频那里,是"疼",是在爱和性的饥馑里受困的小城女性;在郑小驴那里,是"痒",是无法被农村也无法被城市妥帖收编的一个个游荡少年;在魏思孝那里,是努力让无聊变成有趣的小镇"废柴";在小昌那里,是罹患幻听、臆想的"时代病人",他们以不同的切入点为时代贡献出一个独特的镜像。

  当然,以上对同质性话题的讨论并没有涉及写作者的自我重复,而这的确是同质化写作的题中之意。任何一位典范意义的作家都不会只有一幅笔墨:马尔克斯的伟大不只在于《百年孤独》,还在于他在《百年孤独》之前写有《没有人给他写信的上校》,在《百年孤独》之后写有《霍乱时期的爱情》;鲁迅的伟大也不仅在于《呐喊》和《彷徨》,还在于《故事新编》和《野草》。因此,我们说,经典的作家一定有着独一无二的文体意识,但他们不会允许自己的写作在一个常人已经不能企及的高度上顺畅地滑行,近来被批评界热议的一些老作家的"衰年变法"实质上即是避免同质化写作的自我较劲。当下青年写作的佼佼者已经或正在建立自己的文体格局,他们尤其应该警惕,不应让自己的写作过早定型,成为简单的量的增殖。然而现实的情况却不容乐观,成名的作者缺乏挑战自我的勇气,只是满足于在驾轻就熟的叙述和主题套路上平顺地延伸,而且青年写作中任何形成声势的写作路子都会引来大批的追随者,使得有创见的思考变成了定势与惰性。这不由得让人想起《列子》里的一则寓言:"人有滨河而居者,习于水,勇于泅,操舟鬻渡,利供百口。裹粮就学者成徒,而溺死者几半。本学泅,不学溺,而利害如此。若以为孰是孰非?"自我模仿和袭蹈旁人本质上都是一种投机性的写作,其结果必然是求泅得溺。

  回到我们共同体的概念上来,青年写作需要一种集体的归属感,也需要固有文坛秩序的认同,也因此,他们写作的趋同未尝不是寻找代际确定性的方式。但是,正像鲍曼说的:"如果说在这个个体的世界上存在着共同体的话,那它只可能是一个用相互的、共同的关心编织起来的共同体;只可能是一个由做人的平等权利,和对根据这一权利行动的平等能力的关注与责任编织起来的共同体。"作为群体中的个体,他的经验都不是可有可无的,因此,与其附着人后,不如用自己的关注和责任丰富代际的体验,用和而不同的写作观留下自我无可替代的一笔。

铁凝短篇小说集《飞行酿酒师》:生命的瑰丽生机
胡 平

铁凝近年来主要写短篇。

她已经有《玫瑰门》《无雨之城》《大浴女》《笨花》四部长篇创作的成功,也认为,短篇小说无论是外在体积或者内在容量,都不能与真正出色的长篇小说抗衡,但她还是想写短篇,最新出版的著作是短篇小说集《飞行酿酒师》。

她不是因为工作忙才写短篇,是因为她热爱短篇。反过来说,短篇小说也亲近于她的创作观念、感受方式、艺术气质和表达欲求。她可以再写长篇,但一定会不断写出更多的短篇。

这部小说集里我最喜爱的作品是《火锅子》,叙写了一对八十多岁的老夫妻间相濡以沫、历久弥新的爱情。他们已经够老了,可早起以后,还是互相拉着手坐在沙发上等保姆,以至于保姆来了都不知该不该回避一下。老两口一直自己过,却并不特别盼着孩子们来看望,那仿佛是一种打扰——世间还有比这更温情的画面吗?这画面所以感人,是由于"生活就应该是这个样子的",映照出人们关于生活的理想。画面也契合了铁凝对于写作的理解:文学对人类最终的贡献是不断唤起生命的生机。

这小说使我想起家里的爱龟,它明年就该过二十岁生日了,而一般巴西龟只能活十五六年。它现在长久不动,默默地卧在水池里或卫生间的角落。可是,只要它开始张嘴进食,或爬出几步,甚或划我手一下,都使我蓦地由衷喜悦,忘却一切烦恼,好一阵沉浸在坦然的心境中。是的,还有什么比生命的生机更能拨动人的心弦呢?

铁凝另一短篇名作叫《孕妇与牛》,写一位怀孕的农妇带一头怀孕的母牛在田野里散步。农妇的肚子沉甸甸的,满心欢喜地遐想着孩子出世后该怎样教育他。她也能充分体谅到母牛的心情,放开缰绳,让它行走得更自在一些。在霜降已过午后阳光的照耀下,这一对孕妇相依相伴的画面同样令人感怀,感怀于孕育生命的伟大。

铁凝最好的短篇小说,总是充满暖意和温馨的。文学本就是生命的冲动与慰藉,文学的美学也与生命的瑰丽相关。生命意识是人之精神世界的核心与基质,是生活的"体验之流"之来源,倘若文学不能展现人生的张力,带给人们希冀和向往,显然会失去创作的终极价值。也许铁凝就是这样看待她的写作的。写作之难,有时不在于正视存在的悲剧,而在于燃起生活的热望。

在铁凝笔下,生命的欢愉并非哪类人群专属,相反,富贵常伴随空虚,如《飞行酿酒师》中主人和酿酒师间无聊的交往;窘迫却常常凸显真情,如《春风夜》中俞小荷与老公的团聚。俞小荷到北京给人家做保姆,丈夫开货车跑长途路过,两人约好在城郊小旅馆相聚。可是房间里睡了别人,他们只好在床上坐着聊天。她陪丈夫看病后再次回到旅馆,服务员却死活不允许她与丈夫独处,因为她没带身份证。两人期盼的团圆就这样结束了,与经济的窘迫有关,但我们知道,保姆俞小荷的心是暖的,暖在丈夫细心为她的病腿盖上被子,也暖在丈夫初次模仿时尚叫了她一声"宝贝儿",她心底的满足并不下于一些贵妇。

同样,在《1965 年的债务》里,万宝山遵父亲遗嘱去还一笔 1965 年的债务,那只是 5 元钱,五十三年后计利 58 元,当他寻到债主和看到债主家阔绰的场面时,十分羞惭,但终于还是鼓起勇气迎了上去。这一迎,也透示出窘迫中精神上的高贵。

铁凝是生活中精到的观察者,她善于从细枝末节处揣摩人们之间微妙的关系,特别是两三者间的关系,从中体会和发掘不寻常的人生况味。她说:"人生可能是一部长篇,也可能是一连串的短篇。"我想,作为短篇的人生和作为长篇的人生,写进去的东西是不大一样的。将人生写为长篇时,会遗漏掉许许多多真切、分散而珍贵的生命体验;而将人生写出众多短篇时,也许不显波澜壮阔,但可以细致入微、变幻无穷、精彩纷呈,有时候,真生活在此焉!这大概也是铁凝绝不愿放弃短篇创作的缘故吧。

《伊琳娜的礼帽》中,飞机上狭窄的舱位限制了初次相识的男女主人公的活动空间,还使他们的一举一动泄露在偷窥者的眼下。但这种环境反而激发和放大了他们的情欲,在秘密的不易察觉的动作中,人生的欲望在膨胀。而当目的地到达,情绪趋于平稳,两人又回到了陌路。

《海姆立克急救》中,丈夫确与第三者有染,妻子成为被蒙蔽的一方。在与丈夫摊牌中,鸡块卡住了妻子的气管,使她窒息而死。那一刻,假如丈夫熟悉海姆立克急救法,就可能将她抢救过来,可是他不熟悉。此后,丈夫的举动近乎变态,他凶狠地拿情人、也拿自己做实验,企图学会这招急救法,使情人感到惊异,他想挽回的是什么呢?

《咳嗽天鹅》里,老夫原准备与老妻散伙,但家里常咳嗽的天鹅死后,改变了他对咳嗽的印象。他再听到老妻的咳嗽声时,竟"意外地有了几分失而复得般的踏实感",开始回心转意。

这些作品多建立在对两三者间绝不单纯大可深究的关系的体察上:偶尔的艳遇挑动了欲念,但丈夫的出现使她重归理性;与情人的新欢固然诱惑,可是一旦失去妻子便万念俱灰;多年老妻使人嫌弃,但一只老天鹅的死足以唤回男人温柔的眷恋。这些情感经历都发生在日常生活不易觉察的一隅,发生在无预感的际遇、惊人的一瞥之下,涉及的角色很小、很不重要,未必值得安排进长篇之中,但这些人与事间拉有琴弦,一经作者拨动,便鸣响起"生命的生机"。读作者这些篇什,你会感受音响的颤动,意识到生活的奥秘就在身旁。作者是那样不动声色地改变着你对生活的成见,教会你看到生活本来具有的另一种色调,暖意和温馨。

创作关乎发现,更关乎呈现。铁凝作品里呈现给人们的,是一组组特殊的人类情感的符号。如艾略特所说:"以艺术形式表达情感的唯一途径,就是探寻一个'客观对应物'。换句话说,一系列的物、一种情景、一连串的事件,都应作为那种特殊情感的程式;由于这些外在事物必然以感觉经验为终点而宣告结束,所以它们一经提出,感情立刻被唤起了。"铁凝在作品里呈现的"客观对应物"经常是"精妙的形式",让人略感窒息的形式。老夫从不对老妻说缠绵的话,但一次他们排队买花布时,她觉得背后有人在轻轻拨弄她的头发。回过头看,原来是他抱着一岁半的大女儿站在身后,指挥着女儿的小手在缠绵(《火锅子》)。一个孕妇和一头怀孕的母牛走到了一起,她们之间洋溢着默契与同情(《孕妇和牛》)。女人心神未定,忘记了放在飞机行李架上的礼帽包装盒,萍水相逢的男人追去了一段路程,但在另一个男人面前却步,旁观者"我"和她的小儿子则帮了他的忙(《伊琳娜的礼帽》)。老婆咳嗽,家里的天鹅也咳嗽(《咳嗽天鹅》)。海姆立克急救法是一种动作,这动作可以发泄悔恨、懊恼和疯狂(《海姆立克急救》)。它们来自创造,来自"魔法的综合",就像毕加索将自行车车把和车座组合在一起,就创造了牛头的形象一样,是普通艺术家打死也想不起来的。它取决于作者的才华。

一位著名作家,终归靠才华深孚众望。

2018 年

梁晓声长篇小说《人世间》：百姓生活的时代抒写

李师东

《人世间》是梁晓声新近创作的一部长篇小说。这部一百二十余万字的作品，历经数年倾心打造，可以看作是梁晓声对自己创作和思考的一个阶段性总结。

我们知道，作家梁晓声是因表现知青生活而知名的。他早年的中短篇小说《这是一片神奇的土地》《今夜有暴风雪》作为"知青文学"的代表作，仍让我们记忆犹新。他后来创作的长篇小说《雪城》《年轮》等，也主要描写知青和后知青生活。随着时间的推移，他的创作逐步涉及对非知青人群的文学表现。在当代文坛上，梁晓声是一位有着鲜明文学个性和思想力度的作家。

《人世间》与梁晓声以往的创作和思考，既有精神上的关联，又有格局上的扩展。它突出体现在，《人世间》提供了一个新的写作视野。在《人世间》这部作品中，梁晓声对现实生活的表现不再指向某个单一的社会阶层和某一特定的人群，而是面向普天之下的芸芸众生，重在展现人世间的社会生活情形。在这里，梁晓声回到了自己生活的原点。他从自己熟悉的城市贫民区的底层生活写起，然后一步一步发散到社会的其他阶层和人群，写不同社会阶层的生存状态，写人与人之间的纠缠，写人生的悲欢离合，写人物命运的跌宕起伏，从而勾画出一幅错落有致的世间百姓群像图。作品在人世间的大视野下展开，紧紧扣住平民百姓的日常生活这一基本线索，多角度、多方位、多层次地展现了社会现实的丰富和生动。可以这样说，《人世间》这部作品是梁晓声对自己的生活积累、社会阅历和人生经验的一次全方位的调动。

梁晓声这一新的写作视野的确立，得助于他多年来对社会、生活和人生的深入思考。我们知道，梁晓声在文学创作之余，还写有大量有关社会现实、思想文化的时评和随笔，尤其是《中国社会各阶层分析》《中国人的人生与人性》等，对社会生活的内部结构和运行机制的悉心探究，有效地支撑了他在《人世间》中对各阶层人物的塑造和对多重人物关系的把握，使得他对现实生活的表现能够切中肯綮、鲜活生动。

我们还发现，《人世间》所描写的城市百姓生活，是其他同代作家很难实现的。这是梁晓声所具备的独特生活优势。多年之后，梁晓声才去触碰它，可谓用心良苦。

正因如此,《人世间》开启了真正意义上的"年代写作"。所谓年代写作,往往被理解为出生于某个年代的作家的写作。《人世间》的写作,恰恰是从年代开始的。《人世间》里的周氏三兄妹,是中华人民共和国的第一代人。作品从他们走进社会的20世纪70年代初写起,一直写到改革开放的今天,时间跨度长达五十年。梁晓声和共和国同龄,他有条件写出这一段感同身受的历史。而这近五十年,正是中国社会发生急剧变化的时期。这个时期,中国社会从封闭走向开放,百姓生活由贫困走向富裕,社会文化从贫乏走向多元。当一个急剧变化的时代与每个人的命运交织在一起时,我们看到了前所未有的人间奇景,而这正是《人世间》要向我们集中展示的。

把百姓生活放进近五十年的时间长河里去浸润、磨洗,这确实需要胆识和勇气。而百姓生活作为现实生活的基础和根本,也最能印证社会的发展和时代的变化。于是,在《人世间》里,我们看到,这近五十年里出现过的上山下乡、三线建设、推荐上大学、知青返城、恢复高考、出国潮、下海、走穴、国企改革、工人下岗、个体经营、棚户区改造、反腐倡廉等重大社会动向和重要社会现象,在不同的时间节点上,对《人世间》中的各类人物,都发生过深刻的人生影响。于是,在作者构建的人世间的生活场景里,我们读到了个人的成长、草根青年的奋斗,读到了婚姻、家庭的维系与经营,读到了家族的衰败与延续,读到了百姓生活的酸甜苦辣,读到了不同社会阶层的亲疏远近,读到了社会发展和时代进步。我们在《人世间》里,还读到了底层生活的艰辛和不易,读到了平民百姓向往更好生活的人生努力,读到了读书影响人生、知识改变命运的提示,以及作者对人间世事的忧思和感怀。

《人世间》形象而直观地向我们展示了近五十年中国的百姓生活和时代发展。这对于今天的人们回望中国社会的发展进程和普通百姓的心路历程,有着弥足珍贵的认知和审美功效。这是年代写作的必然意义,更是《人世间》的价值所在。

我们看到,《人世间》体现了作者驾驭生活的非凡能力。小说没有扣人心弦的悬念设计,没有一波三折的情节安排,没有人物命运的大起大伏。作者通过自己的生活积累和人生阅历,平实而真切地描述平民百姓的日常生活,从百姓生活中去体现社会时代的巨大变化。不能不说,这是一次有着相当难度的写作。写作的难度,更在于对我们耳熟能详、如影随形的诸多社会事件和生活现象,做出有分寸的把握和有边界的掌控。在《人世间》里,作者体现出了表现现实生活的深厚功力。梁晓声所具备的驾驭能力,在于他对这个时代充满感情,在于他立足民间,感同身受,更在于他始终坚持着对人性正能量的高扬和张举。"文学应该具备引人向善的力量"。正是从这样质朴平实的文学理念出发,他去正视笔下的人人事事,写好笔下的人人事事。在《人世间》里,作者善于挖掘人物身上所闪现的善良、正直、担当和诚信。即便生活再艰辛,也要将心比心,为他人着想;就是身陷困境,也要互助互帮,自立自强。无论社会如何变化,时代怎样变迁,都要努力做一个好人。社会越发展,时代越进步,作为人本身,更应该向善、向上、向美。可以说,《人世间》是梁晓声"好人文化"的形象表述。

同时,在《人世间》里,作者倾注了自己对普通百姓生活的真切关怀。在时代大潮中,对每个人来说,追求更好的生活都有其必然的合理性。但追求的方式和手段、具备的素养和能力,又往往决定了他们人生努力的价值优劣。平民百姓如何改变人生和命运,生活向往如何得到有效实现,这是作者尤为关切的。人世间的喜怒哀乐与每个人都休戚相关,《人世间》体现出了深厚宽广的忧患和悲悯。这是梁晓声的人间情怀,也是他写出《人世间》的内在动因。

《人世间》于人间烟火处彰显道义和担当,在悲欢离合中抒写情怀和热望,堪称一部近五十年中国百姓生活史。

逝去时代的样貌
黄德海

自《道士下山》以来,徐皓峰小说最为明显的特征,就是在一个看起来不算出色的小说外壳下,写出了一个逝去时代的样貌。而这个样貌是往后看的,但这个往后看不是为了凭吊,不是为了叹惋,而是一种吁求,一种期望未来能够从过去时代的真实样貌汲取能量的努力。这个略显怪异的姿态,不妨看作一个不断前行者步履的不时踉跄,而动人的,是他不停向前的心志。

一个写作者的成名,在诸多弊端之外能给读者带来的好处,是可以看到他成名前看不到的作品。比如徐皓峰,因为名声的原因,得以出版了他的"少作"《处男葛不垒》,读者才能一窥他"少作"的具体面目。

这批小说,故事具奇幻色彩,人物行为古怪,叙事氛围还透着点诡异,但小说里没有活生生的人物,差不多只是故事的叠加,不过表明了某一类型的少年(抑或青年)心态。因为这些故事的传奇色彩,以及徐皓峰倾心的王小波对唐传奇的偏好,我们可以轻易地找到"继承唐传奇"这顶合适的帽子,套在徐皓峰小说头上。不过唐传奇没有那么容易继承,不必说《枕中记》《南柯太守传》那样雄阔的时空自觉,《虬髯客传》那样具体时空中的明确决断,即使这些作品里寥寥几笔勾出的人物,其明媚和浩荡,又岂是徐皓峰这一时期作品中的苍白人物所能比拟的?话说得有些远了,我要说的意思是,徐皓峰这些看起来有些特点的小说,不妨老老实实地将其称为习作,他作为一个小说写作者的明确面目,还没有充分展示出来。不过,早期作品的好处是可以让人看到作者的性情偏好,比如在这批作品里,出现了对此后的徐皓峰来说极其重要的因素:武术和围棋。二者在这批作品里不过是装饰性因素,是为了展示人物而设定的道具,却将在他此后的写作里扮演极其重要的角色,并显现出非常不同的形态。

不过,徐皓峰并未沿着这条习作之路走下去,他因故中断了小说写作,再开始写作,是在六七年之后了。在中断小说写作的六七年时间里,徐皓峰除读书外,还接触了不少佛道人物和武林前辈,其中一道一武两个人物的出现,让徐皓峰获益匪浅,也因此有诸多作品问世。道教部分的文章散见在报纸杂志上,至今没有结集出版,武林前辈的口述,以《逝去的武林》为题结集,一时轰动。此后,徐皓峰写出长篇《道士下山》和《大日坛城》。与两本小说的写作时间略有交叉的,是徐皓峰及与他有关的两本口述记录《高术莫用》和《武林琴音》,此后还有一本《大成若缺》,这些口述类作品合起来,差不多勾勒出了民国武林的"内景",作品里焕发出的是一个迥异时流的特殊样貌。按照徐皓峰的说法,是"我们需要探索、体会前人的生活,让前人来校正我们。如果我们从前人处还得不到助益,这个时代便不知会滑向何方"。与这些作品写作时间都有交叉的,是徐皓峰的影评写作,后来收入他的影评集《刀与星辰》,虽然在我看来精彩度不如其武林人物的口述,也未必及得上他后来的小说那般富有特点,但可以肯定,这是一本有特殊见识的书。

在徐皓峰的创作里,《国术馆》是一部比较特殊的作品。这部作品写于1997年,是徐皓峰早期创作的小说之一,却未获得发表。后来断断续续,徐皓峰把它从一个两万字的短篇,写成一个四万字的中篇,又改成一个两万字的短篇。2001年,又将其写成一个十八万字的长篇,仍未能出版。2008年,"十八万字保留了一万字,然后,重写"。一个历时如此之久的作品,难免混杂了作者不同时期的各类想法,在这本小说里,既有他采访的人物故事略加变化地置入其中,有他中断写作前那种面目不明的故事和人物,也有他后来小说中会充分展现的对武术和人世的特殊理解。这种混杂让小说偶尔闪现出亮色,却也因为混杂模糊了自身的特色,看起来有一种羼杂的混乱。徐皓峰真正面目清晰的作品,要从《道士下山》开始。

《道士下山》只在故事的奇幻性上还带有徐皓峰早期作品的痕迹,内核已然更新。徐皓峰后来在修订本中说,这本与武有关的书写的是逃亡,"写人物命运,写出了各种逃亡方式;写人情世故,写出了追捕者不同的收手方式"。不管徐皓峰自我定义的逃亡主题是否确切,但这种人物一路逃亡或游荡的经历和目击,几乎是他后来小说的一贯方式。因了这种写法,他小说的结构就不是网络状的复杂构成,而是串珠式的。这个串珠,可以按徐皓峰自己的说法解释:"在中国文化里,'串珠'一词不是简单的组合,还要把精华发挥出来。如'《楞严经》串珠',从数卷经文中拣出几百字,提炼了理论体系和实修程序。"这个串珠的方式用到小说上,是一着险棋,因为对习惯长篇小说复杂结构的人来说,如此结构显得简单。但这还不是主要的,对一本串珠结构的小说,人们会按照前面说法中设定的那样,要求每一部分有其特殊的精彩。

《道士下山》里最动人的,是作者和人物表现出的与常规思路违逆却别有情怀的理趣。小说开头,道士下山,"他叫何安下,十六岁仰慕神仙而入山修道,不知不觉已经五年,山中巨大的寂寞令他神经衰弱,到了崩溃边缘。为内心安静,回到了尘世"。起笔即逆,与普遍认为的入山求静恰成对照。这个下山道士随后的故事,乍看很像大多武侠小说里的成长路线,遇到各路高手,随缘习武。随后的故事呢,按说应该是在江湖扬名立万,功成名遂。可《道士下山》的情境设置却是社会,并非江湖,虽习武有得,险恶的环境仍令何安下步步维艰。这个步步维艰,没有普通武侠小说那样丝丝入扣,精彩迭出,却因为其中不断闪现的理趣而另有妙处——鬻琴者说:"(古琴)经过五百年,自然裂开,锋芒如刺。作假的,锐不起来,不是像叶子,便是像鱼头。真东西总是简洁,假东西必然杂乱。"习枪者说:"兵器贵在简洁,戟可扎可钩,功能多了,必不能精深。我只要一个枪头。"杀人者说:"人的忠奸,能掐出来。人被掐住脖子后脸上的挣扎之相,脸肉越紧,其人越恶。"读《道士下山》,是这些与人物相关的理趣吸引着人,小说也才显得一节一节都是活的。

按照普通的小说标准,《大日坛城》算不上出色的长篇,故事有些太过奇特,不少叙事展开的逻辑线索也不饱满;人物性格几乎是给定的,给定之后也基本不发展。即使给定的性格,也不是活生生的,有点苍白,有些呆板。但或许在这个小说里,故事和人物可以从另外的地方看,因为里面不管是武林人物还是围棋人物,多是一代高手,对他们来说,性格或许不是最重要的,能从小说里辨识的,是他们的见识高低。小说里有一段话,不妨移用来说明这个问题:"年过五十后,我的兴趣开始转移到观念上了,具体的人越来越引不起我的注意。现在,我能迅速识别出一个观念的高明平庸,但识别不出一个熟人了。"或许我们也用不着在一本不是以刻画人物为主的小说里识别性格,能认出是他们各自的见识,就算有了明确的标志。读这本小说最大的享受,是经常遇到这些不同人口中说出的对人心和人生的洞察——一盘棋即将有胜负结果的时候,俞上泉"控制着自己,不去进一步辨别,让预感保持在迟钝状态"。武术大家世深说:"如遇到高手,生死一瞬,心念不纯,经验技巧便是拖累,让你的反应慢半拍。"两个特务钓鱼,一个说:"钓鱼要一直盯着鱼漂,享受的是专注。专注才是真正的放松。"

继《道士下山》和《大日坛城》,徐皓峰先后出版了长篇《武士会》和短篇集《刀背藏身》。在这两本书里,前面说到的徐皓峰的特点还都有所保留,理趣、境界、见识都还在,篇幅却减少了,也略显散碎,不再像前面两本长篇那样神完气足。分析起来,神气不足的原因,是因为作者开始把相对性和复杂性带入了小说,按他自己的话,是"不想表达人性的恶,我想说的是人性的尴尬"。在这种尴尬里,人物不免显得仓皇。虽说他此前作品里的人物也会陷入困顿,做的事也未必都拿得上台面,但有种自信的风姿在里面,胜败俱有风度。但在这两本小说里,人心的暗角成了作品的重要部分,写这些的时候,徐皓峰有点放不下身架,笔也滞重了许多,心理的转折和情节的交代都显得不够圆润自如。或许更为重要的是,徐皓峰把武林高手的心意等同于普通人的心意了,以致一系列人物并没展现出与其程度相当的对心灵暗角的对待和消化能力。

大概是我过于挑剔了,我要说的是如下的意思:自《道士下山》以来,徐皓峰小说最为明显的特征,就是在一个看起来不算出色的小说外壳下,写出了一个逝去时代的样貌。而这个样貌,是往后看的,但这个往后看不是为了凭吊,不是为了叹惋,而是一种吁求，一种期望未来能够从过去时代的真实样貌中汲取能量的努力。这个吁求因为背后有实实在在的性情品质和见识境界，就不是徒乱人心的呼喊，而有了超越当下普通小说的气象，也就有了一种看起来略显怪异的姿态。这个略显怪异的姿态，不妨看作一个不断前行者步履的不时踉跄，而动人的，是他不停向前的心志。

重新发现"真"与"美"

行 超

如果说每个作家的成长都要经历漫长的挣扎和蜕变,那么,李修文近二十年的写作生涯中所面对与呈现的则是一种断裂。"是的,人民,我一边写作,一边在寻找和赞美这个久违的词。就是这个词,让我重新做人,长出了新的筋骨和关节",在生活中、在"人民"中,李修文反复修炼自己,他忏悔、反思,为每一个平凡的灵魂真情歌唱,最终脱胎换骨。这样的写作在当下文学现场仿佛不合时宜,但事实上却是一个警示、一种预言,它重新唤起了我们内心尘封已久的对"真善美"的向往,重新给予道德以洗礼,给予精神以力量。

重新成为一个作家

早期的李修文是以小说家的身份出道的。他的小说《滴泪痣》《捆绑上天堂》等曾为他在文学世界中确定了一个不错的开端,关于爱与死亡的探讨,关于情感的绵密书写,奠定并隐约透露出李修文个人的美学底蕴——一个对于人与人的关系以及情感世界充满好奇的作家。不过,这些作家在而立之年前后写就的作品,多少带有横冲直撞的痕迹。如同李修文自己所说,"我写不出小说了,一个字也写不出来",此后,李修文的创作经历了近十年的沉寂。

直到散文集《山河袈裟》的出现

一般来说,确凿的主人公抑或人物,大多存在于小说中。散文的人物通常是叙述者本人或抒情的自我。然而,李修文的散文恰恰打破了这个习见的常规。看起来,他的每一篇散文都饱含着作者动人的叙述和强烈的自我抒情,但他所着力刻画以及最终留给读者的,永远是他作品中那个"他/她"。《每次醒来,你都不在》中的老路、《鞑靼荒漠》中的莲生、《看苹果的下午》中的牛贩子、《郎对花,姐对花》中的"她"、《三过榆林》中的瞎子……一系列人物形象的塑造,让李修文的散文完成了一部优秀小说所必修的功课。在这个意义上,李修文的写作重新定义了散文。更重要的是,小说家李修文经由散文的创作完成了对自我的超越,抑或是,他借此成了一个更完整的作家。

当然,体裁与技巧的改变仅仅是李修文重新成为一个作家的起点,更为核心与重要的是,散文集《山河袈裟》以及之后的《三过榆林》《春天在哪里》等文中所呈现出的一个作家的精神高度,已经与之前小说创作时期的他有本质的飞升。如果说,早期的李修文仅仅是一个颇具才华的小说家,那么,从《山河袈裟》开始,作家李修文重新树立了自己的精神高度,文学世界中的他重生了。

羞耻之心与悲悯情怀

《山河袈裟》的首篇《羞于说话之时》中,一对老夫妇在飞机上面对漫天的雪景时,不禁涌出泪来,老妇人的话让作家此后多年始终牢牢铭记在心——"这景色真实让人害羞,觉得自己是多余的,多余得连话都不好意思说出来了"。在古典美学中,"害羞"是多么高贵的品格。正是因为"害羞"及其所带来的距离感、朦胧美,才有了那么多暧昧的、动人的瞬间。

"耻感文化"是东方文化重要的精神和美学。羞耻之心是一种内心的自我规约,但是根源却在于外界的评价。李修文所倡导"害羞"还有另外一层含义,那就是,在面对天地之大美、人间之大爱、命运之无常时,一个人必须意识到自己的渺小,他必须保持沉默,全身心地迎接生命的启示。"无论你是谁,亲爱的,让我们沉默下来,不说话,去看,去听,去见证一只抓住光亮的手,看完了,听完了,我们还要再将此刻所见告诉别人,只因为,此刻所见既是惯常与微小,也是一切事物的总和,它们是这样三种东西:天上降下了灾难,地下横生了屈辱,但在半空之中,到底存在一丝微弱的光亮"。"害羞"所指向的是谦卑,是一种对于自然、对于他人的充分尊重和完整领受,唯其如此,一个作家才可能真正平等、和谐地与天地万物相处,一个人才有可能具有慈悲心肠和悲悯情怀。

正是在这种精神的统摄下,李修文的写作朴实、冷静、克制,却具有一种磅礴的、沉郁顿挫的力量——这"沉"与"挫"正是作家李修文在不停地行走、不断地倾听与感受中积累起来的,这厚重来源于作家对具体生命的关切与体谅。李修文毫不掩饰自己对于杜甫的热爱:"我最爱他植根于日常生活上的叙事能力,这个能力包含着一个超拔于现实生活的精神世界,简朴、专注、琐碎,又饱含深情,既是写作本身,又是写作的结果,我觉得写诗的杜甫这个形象非常动人,这个形象是中国古代文化之所以迷人的十分重要的原因之一,在杜甫背后,还有苏东坡这样很多很多的个体,他们全凭一己之力创造了一个阔大的精神世界和美学谱系。"李修文热爱的是作为中国古典文化和知识分子精神品格代表的杜甫,他在磨难中修行,在挫折中成长,以至于将天下、将万民装进心里,只有在这样的作家笔下,真正切肤贴骨又饱蘸深情的写作才有了可能。

有情所累此生

　　读李修文的文字,我常常想起捷克作家赫拉巴尔。这个出身优越却命运动荡的"悲伤之王",先后做过仓库管理员、列车调度员、推销员,最后成为一名钢铁厂工人,直到因工伤成为打包工人。赫拉巴尔称他笔下那些钢铁厂工人、废纸回收站职工、剧院布景工、保险公司职员、教堂看门人等是"底层的珍珠",他们身上暗淡却持久的光泽,感动了作为写作者的他。

　　一个作家,到底应该怎样处理他与现实生活、与平凡人的关系?李修文与赫拉巴尔一样,都选择了深深扎根在人民之中,真正跟他笔下那些失魂落魄的人生活在一起,与他们共同面对生命中所有的困窘、劫难以及微弱的希望:与瞎子一起走夜路,与绝症病人一起守夜,与打零工的弟兄们一起度过困厄的除夕夜……在真切的、富有力量感的现实生活中,李修文绝不扮演什么居高临下的作家,他将自己的命运与这些底层的人牢牢绑在一起,成为他们中的一员,与他们风雨同行、休戚与共。

　　李修文说:"我想要在余生里继续膜拜的两座神祇:人民和美。"在李修文的散文中,人民和美具有至高无上的地位。之所以如此,是因为李修文在这两者身上感受到了真正的力量,找到了新的方向。比如,在雨夜的行程中,汽车遭遇故障,所有人不得不下车步行,就在这令人绝望的时刻,一场美丽的、与"人民"的相遇开始了——与一位艰难"践约"的盲艺人携手同行,让作者重新感受到信仰和精神的力量。面对生命中无数暗夜和波折,盲艺人始终告诉自己,"你就当它们全都不在,风也不在,雨也不在"(《三过榆林》)。这种化繁为简、举重若轻,让他走过无数命运的沟沟坎坎。有什么理由不赞颂这样的平凡人?在这样的人民身上,难道不是孕育着最具力量的美?盲艺人的人生、他师父的人生,以及"无穷的远方,无数的人们",都令李修文满怀深情,满心悲怆。

　　在李修文的散文中,我们不仅看到了现实主义的关怀,更看到了浪漫主义的理想和热情。李修文的散文以情动人,这种真挚的抒情在当下散文写作中难能可贵。更多的时候,一些作家不是以零度的姿态描述生活,就是被泛滥的抒情所淹没,以至于显得矫情、虚伪。李修文的散文之所以感人,在他的笔下,"人民""美",这些看起来很大的词,之所以并不显得空洞和轻飘,最根本的原因是他为文、为人所秉持的真诚与诚恳的态度,也正因如此,我们能感到,李修文的笔沉重、踏实,同时时刻紧张而节制。他始终将自我放在"人民"之后的写作立场,最终赋予他的散文一种字字珠玑、字字血泪的分量感。

　　飘飘何所似,天地一沙鸥。作为一个写作者,我艳羡李修文的经历,那些颠沛流离中的偶然相遇渐渐氤氲成他写作的素材和底子,让他成了独一无二的自己;作为一个平凡人,我感慨于李修文的勇气,更感动于他的真挚和纯粹。在今天,重谈写作的道德感是否显得过于守旧、迂腐?在价值多元化的当下,是不是还存在一种相对确切的"真"与"美"?当大多作家前赴后继地钻进题材猎奇、技巧创新的旋涡中时,李修文却抽身而出,他用自己的写作和坚决的蜕变做出了回答,他用十余年的行走回归到最质朴也最动人的生活,回到了他反复赞颂的"人民"当中。李修文笃定的创作观与从容的笔墨让我们重新相信,一流的写作到最后拼的绝不仅仅是技法。如果确如福楼拜所言,"才能就是持久的耐性",那么,在这"才能"之上,我想,灵魂的深度、内心的豁达,抑或是人格本身,则显示了一个作家最后的精神标高。

改革的呼唤　小说的开放
——论中国改革开放四十年的小说
王　干

改革开放四十年(1978—2018)的小说无疑是当代文学史中最浓墨重彩的部分,今天我们来探讨这样一个历史时段的文学,既是近距离,又是远距离。远距离是时间已经过去四十年,从1978年开始的新时期文学,已然成为历史。而正在发展变化的文学过程,刚刚过去,又是超近的距离。我在这里重点阐发改革开放这样一个伟大的历史时期对小说的外部和内部的巨大影响,它催发出的小说思潮和小说变革成为五四新文学诞生以来的又一个高光时刻。

"兴废":改革策动与小说回应

"文变染乎世情,兴废系乎时序",刘勰在《文心雕龙》里的这句话用来描述改革开放与文学创作的关系是非常确切的。改革开放40年来,我们国家在经济、社会、文化等方方面面都取得了很大的发展,文学与改革开放一起呐喊、一起前进,成为改革开放文化中的重要组成部分,因为"文变染乎世情"。中国社会的变革与转型在1978年被推至一个临界点,这一时期既意味着巨大的机遇,也意味着一个持续的"乍暖还寒"的险境。1977年《班主任》的发表也是呼应了时代,1978年十一届三中全会的召开,奠定了从封闭保守、强调意识形态领域的斗争到认同现代化大趋势的对内改革、对外开放的大势。

1978年底,《文艺报》和《文学评论》联合召开了一百四十余人参加的"作家作品落实政策座谈会"。以这次会议为新起点,文艺界才开始"落实政策",恢复大批作家的名誉和自由,也就是说改革开放为文艺创作提供了良好的社会环境。1979年第4期的《上海文学》推出了李子云和周介人的文章《为文艺正名——驳"文艺是阶级斗争的工具"说》,并提供专栏展开讨论。这是文学对政治过度介入的一次公开的拨乱反正,也是一次对文学艺术审美本质的呼唤。这次"为文艺正名"的讨论具有一种历史性开端的意义。

文学史上把"伤痕文学""反思文学""改革文学"作为历时性的三股文学思潮,好像是不断进化的一个文学的过程,而今天我们重新来阅读这些作品,发现不是直线的进程,三者有时候是相互交叉的。伤痕文学、反思文学作为短暂的文学潮流在一定程度上控诉并释放了大众对于民族灾难和个体创伤的哀怨,接下来需要重新面对新的生活,因此改革文学代替伤痕文学、反思文学的大潮也是时代所需,具有时代历史的必然性。"春江水暖鸭先知",中国的作家先感受到时代春风的来临。同时,文学也反映出人民的心声,能够及时地传达老百姓对社会变革、对社会进步的诉求。作家通过写作品来呼唤时代变革,呼唤社会进步,呼唤我们对旧有的陋习、旧有的陈规进行变革性的改造,比如王蒙的《说客盈门》、高晓声的《陈奂生上城》、刘心武的《班主任》、何士光的《乡场上》、张抗抗的《夏》都隐隐地昭示着现实的变通的诉求,《说客盈门》带有"问题小说"的直白和真切,它首先感到现实的困局,期待时代的变革,是改革的潜在的呼唤。

1979年7月,蒋子龙的《乔厂长上任记》问世,改革文学就此开启,与"伤痕文学"和"反思文学"共时发展。改革文学是一种对中国当代现实的发展变化做出直接回应的文学,不仅客观记录了改革的进程和艰难,也呈现出现实的种种弊端。可以说,改革文学全景式地展现了转型与改革的社会场景,并深刻地书写出中国人对于现代化的期待与渴望,以及对于纠缠于新旧之间的改革的忧与思。如果说改革是一场大戏,那么改革文学则是这场戏剧的生动的脚本,里面记录了民族心理的脉动。《乔厂长上任记》《三千万》《沉重的翅膀》《鲁班的子孙》《花园街五号》《祸起萧墙》《改革者》《燕赵悲歌》《鸡窝洼的人家》《新星》《开拓者》等都是这一时期涌现出来的优秀的改革文学作品。

改革文学之所以受到欢迎和关注,也是因为这种文学真实地展现了民族变革的热望并承载了大众的梦想,作品中改革者的形象为民族提供了可以参照、甚至膜拜的偶像,契合了大众对英雄的期待心理。时代造就了英雄,也呼唤着书写英雄的文学,许多作家被时代改革的氛围所感染,陆文夫在创作《围墙》时就说他的目的就是支持改革者。这也说明改革文学的创作者与时代的步伐是休戚相关的,迎合了时代审美的"胃口"。《乔厂长上任记》中的乔光朴、《新星》中的李向南、《沉重的翅膀》中的郑子云等都是改革文学浪潮中的英雄,作家通过文本建构出一个个有魅力、能产生正向价值影响的改革者形象,这些形象受到了热烈的追捧,反过来也激励着现实改革中的类似形象的现身,因为民族的新生需要偶像的重构。

改革文学热潮四起,但那个时候的作品基本模式还是改革与保守的二元对立。随着改革进入深水区,20世纪90年代初期,河北的"三驾马车"——谈歌、何申、关仁山分别写下了《大厂》《信访办主任》《大雪无乡》,这些作品也是以广阔的农村和国有大中型企业为主战场,书写改革进程中的社会阵痛和突围。《大厂》是这一时期改革文学的代表作之一,此时的改革矛盾不再是简单的二元对立,而是涉及形形色色的人物,也不再是依靠个别英雄来完成改革的图景。这一时期的小说呈现出更为复杂更为交错的原生态。

90年代后期,中国的改革不断推进,改革中出现的矛盾冲突加剧,官场出现了腐败现象,改革与反腐在作家的笔下产生了一种新的联系。原先的改革派和保守派之间的冲突往往还是观念上的差异,到了90年代之后,利益的冲突成为改革文学新的焦点,如柳建伟的"时代三部曲"(《北方城郭》《突出重围》《英雄时代》)、周梅森的"改革三部曲"(《人间正道》《天下财富》《中国制造》),张平的《抉择》《天网》,陆天明的《苍天在上》。以《英雄时代》为例,小说选取的是党的十五大关于国企改革、发展民营经济、政府机关机构改革等一系列政策实施之后,中国在向社会主义市场经济体制转型过程中的艰难历程以及同期人们的生存境遇,重点探讨了价值标准多元、无序等现实问题对中国当代人命运的全方位影响。这些作品继承了改革文学的精神,又写出了改革的复杂性。直到今天,反腐文学的生命力依然很旺盛,因为作品触及了改革深处的方方面面,对当下的现实场景有着深刻的描写和真实的呈现。

改革开放促进了社会的发展变化,也带来生活的急剧动荡,中国现代化的进程改变了中国社会的面貌,各个社会层面都发生了程度不同的变化,而小说家敏锐地捕捉到这些剧烈或细微的生活差异,构成了新的文学板块。

21世纪初,打工文学的出现意味着改革开放对文学的影响从时代的层面转向对新的社会群体的关注。"打工"是改革开放以后农民进城的一个特定的方式,也是沿海地区最为常见的生存状态。"打工文学"这个定义虽然缺少严密的界定,也经历了一个从模糊到清晰、从边缘到中心的过程。在后来"窄化"的过程中界定为主要创作者和题材内容集中在打工者中,也就是说打工文学主要是打工者写的文学,同时也是写打工者的文学。打工文学拓展了文学的题材写作领域,也打破了传统的文学生产模式,是一种典型的"我写,写我,我看"的模式,门槛低,互动性强,而且是真正的接地气。打工者最早出现于广东省部分地区与长江三角洲一带,他们除了物质生活上的要求之外,还有着强烈地对城市生活方式的渴望,以及对精神生活的追求。后来随着年轻作家王十月、诗人郑小琼等作品的问世,打工文学在艺术上逐渐成熟,得到了更多的认可。王十月的《无碑》《烦躁不安》《31区》等长篇都具有强烈的批判意识和命运之痛,是打工文学中的代表作品。

比之打工文学更有历史感和生命力的是都市文学的兴起,也是改革开放之后才能出现的。1994年6月,《钟山》杂志和德国歌德学院北京分院在南京召开了城市文学研讨会,这是迄今为止第一个大规模的关于城市文学的研讨,意味着中国的城市化进程已经引起了世界的关注。在20世纪30年代,中国文学曾经出现过写城市的风潮,当时有新感觉派的"生与色"的书写,有茅盾的社会剖析的《子夜》书写,40年代则有张爱玲的传奇式书写。改革开放以来,城市的书写逐渐显现出来,到了90年代则有王安忆的《长恨歌》,前几年还有金宇澄的《繁花》,这些都是描写都市的经典作品。现在年轻一代对于城市的书写已经从城市外在的变化的描写转向了对中产阶级或准中产阶级焦虑的表达。

这些新的小说板块的出现,打破原先乡土小说一统天下的格局,另一方面,乡土小说在近年来也出现"再书写"的转机。一个特征体现在对农民精神家园失落的描写,写回不去的无归宿的苦楚。20世纪70年代末,高晓声的《陈奂生上城》拉开农民进城的序幕。这序幕是进城小说的序幕,也是生活中中国农民进城的序幕。进入新世纪之后,农村城镇化的推进加深了乡村文明的变迁和动荡。乡村文明的挽歌在作家的笔下缓缓地流了出来。"再书写"的一个特征就是对家园告别之后的回望,以及回望之后回不去的喟叹。莫言小说中的"恋乡"和"怨乡",曾打动无数读者。近些年来,大量的小说以"故乡""还乡"作为书写的主题,和20世纪八九十年代的那场"进城"(打工潮)遥远的呼应,这从另一个维度表达了改革开放之后人们心灵的波澜。

"文变":小说观念的开放与更新

今天我们来看待各种各样的小说形态,并不会诧异,但是当初文学界曾经为"三无"小说引起一番不小的争论,"三无"小说指"无情节""无人物""无主题"的带有实验性的作品,常常和意识流小说形态相关。而今天,这类"三无"小说显然没有发展成主流,更多的小说还是充满现实主义精神的"三有"之作,再者,这种充满主观情绪的小说出现了,也不会有人大惊失色去指责。这说明,小说观念已经从单一的定于一尊的某种小说模式走向了多元开放的小说价值观。当然,这种价值观的形成也经过了反反复复的过程。

"欲新一国之民,不可不先新一国之小说。"梁启超提出的小说观使小说的地位得到跃升。改革开放后,小说地位的不断调整与小说观流变相伴的是小说地位的不断变化。改革开放拉开大幕,伤痕文学、反思文学以人道主义反抗极左思想,小说获得极强的轰动效应。1984年之后,在"文本自身建设"的小说观下,先锋小说大量涌现,疏离、解构传统叙事模式。小说观出现分化:伤痕、反思、改革小说创作和政治关系紧密,寻根、先锋、新写实小说等则指向文化和审美。前者注重意识形态导向及社会效应,后者强调文学的审美、拥抱个性、自由。1988年,王蒙发表了《文学:失去轰动效应之后》,揭示了在社会开放、作家分化、"严肃文学"或"纯文学"被边缘化等大趋势面前文学界的反思和期望。经历"文本自身建设"的"先锋"浪潮后,在冷寂中中国作家的小说观继续完善。20世纪90年代后期,先锋作家开始回归现实主义传统,新写实小说家持续开疆辟土,各种流派的小说观多元并存。21世纪的商业社会背景下,"主旨在娱"的小说观与互联网新传媒联姻,网络小说大行其道;一种将生存法则、行业潜规则植入小说的类型小说受到大众的热捧。纯文学与网络文学、类型小说的分野,是精英与草根的小说观的分野,也是一次回归或是小说观念的再度更新。

小说观念的变革来自国门的打开。纵观中国改革开放的历史,最早"开放"的来自文学艺术。20世纪70年代末期,大量西方现代主义文学就陆陆续续翻译出版,西方小说观念重新成为小说家创作的理论资源。1978年朱虹在《世界文学》第2期发表的《荒诞派戏剧述评》,从1979年初开始,袁可嘉、陈焜、柳鸣九、赵毅衡、高行健、孙坤荣、陈光孚等人相继发表文章介绍现代派文学的状况,1980年,袁可嘉、郑克鲁等编选《外国现代派文学作品选》(八卷本)出版。

1979年至80年代初,王蒙的《春之声》等一系列小说、茹志鹃的《剪辑错了的故事》、宗璞的《我是谁》等都不约而同地显示出"意识流"的痕迹。1982年,冯骥才、李陀、刘心武、王蒙四人所写的信,被称为"四只小风筝"。冯骥才大声疾呼"中国文学需要'现代派'"。据洪子诚统计,1978年到1982年短短五年间,全国主要报刊登载的译介、评述、讨论现代派文学的文章,有四百余篇。1984年和1985年"走向未来丛书""面向世界丛书""现代西方学术文库"等译作蜂拥而至。1987年《收获》第五期"先锋作品专号",余华、苏童、格非、马原、孙甘露等"先锋作家"集体登场。进入20世纪90年代后,作家"文本意识"普遍增强,不少声名显赫的中国小说家,身后是一个或一批外国小说大师的影子。痛定思痛,小说家开始反思。这种回流场景出现在1985年,当时一些年轻的作家在受到拉美魔幻现实主义的冲击之后,有意避开西方文学的路径,路径依赖是当代小说家创作的一个瓶颈。每个成功的小说家背后,都站着一个西方的大师。

寻根文学的初衷是为了尽早地摆脱西方文学现代派的路径,但是由于自身文化的限制,寻根变成了理论的探索而不是小说的探索。"根"最后被一些作家简单地理解为生命的蛮荒和生理的本能,或者理解为文化的原初形态,一些民俗和伪民俗被当作小说的本质充斥到小说里。脱离现实、逃避人生,一味追求小说的异域风光和蛮荒景观。寻根文学最后景观化的展示,经历了短暂的热闹之后很快退潮。"新写实"小说的兴起,在否定之否定之后,1988年,《文学评论》和《钟山》联合召开的"新写实与先锋派"的会议,现在看来是一次转折。重新认识现实主义,当然也重新认识现代派,对后来作家的创作影响深远。

中国小说家接受全球文学潮流的冲击和影响,小说观念获得前所未有的变异和发展,格局从封闭走向开放,从单一走向多样。小说开放随着改革深入,最终产生一种"文化回流",世界文学潮流冲击中国,也增强了我们的文化自信。接受"现代主义"而保有中国本色的小说家汪曾祺,其价值因此被重估。独特的中国文化令《红高粱》《白鹿原》《长恨歌》《尘埃落定》等以现实主义为主要创作方法的鸿篇巨制大放异彩,中国作家的文化自信得以迅速增强,这是对文化寻根的一次否定之否定,"开放"之后中国小说回归到民族本土。

硕果:小说探索的深化与优化

改革开放四十年的文学创作,硕果累累,尤其在小说创作方面,塑造了一大批我们耳熟能详的典型人物,陈奂生、香雪、高加林、巧珍、乔光朴、李向南、倪吾诚、章永璘、许三观、福贵、张大民等,还有王朔笔下的顽主、姜戎笔下的"狼",都与五四新文学的阿Q、祥林嫂、吴荪甫、老通宝、骆驼祥子以及"红色经典"里的小二黑、朱老忠、林道静、梁三老汉等成为新文学人物画廊中的标志性人物。这些人物的生命力旺盛,至今常常被人们提及。

这一时期的小说摆脱之前的"高大全"模式,写出了人物性格的丰富性和多样性,改革开放之前的小说曾出现大量福斯特所说的"扁形人物",这类人物是漫画性的,人物某一方面的特点被突出甚至被夸张,形象简单粗糙。而我们上述说到的人物,不再是简单的概念化的人物,而是透露着生活地气的"圆形人物",人物性格具有成长性和复杂性。他们都堪称典型环境中的典型人物。另一方面,由于小说观念的嬗变,人物也不再是衡量小说成败的唯一标准。改革开放后,在新的小说观的影响下,人物和故事不再是两张皮,而是产生融合,互为表里。一部分小说家尤为注重审美意趣、文化意蕴,他们重返五四时期"现代主义"所开创的小说传统,返回以意境营造为核心的叙事传统,一些小说家淡化了故事情节、削减了人物形象塑造,称这类作品为"散文化的小说"。王蒙一方面塑造了鲜活的人物,另一方面则着力于意境、意象塑造的尝试,《春之声》《夜的眼》《风筝飘带》《杂色》蔚然领风气之先。近些年来,王安忆的小说《闪灵》等非常像随笔作品,而迟子建的《候鸟的勇敢》在人物形象塑造上也表现得漫不经心,或许是中国作家对法国新小说"去人物化"写作的某种尝试性呼应。

小说作为叙述的艺术,经历了"说书人"模式到现代小说叙述模式的巨大转变。以叙事学的角度考察叙事模式的更新,可以通过叙事时间、叙事视角、叙事组织来进行。改革开放以来,小说最大的变化在于叙述形态的多样化,之前的小说叙事基本限于全知全能模式和第一人称"我"的叙述模式,前者如梁斌的《红旗谱》,后者如杨沫的《青春之歌》。《青春之歌》用林道静的视角来叙述故事,实际是潜在的第一人称。王蒙的《杂色》以马的视角来叙述,莫言的《红高粱》依赖"我爷爷"这样超时空的叙述人,方方的《风景》采用亡婴的视角,都是改革开放之后才有可能出现的"机智叙述"。这些叙述的尝试也成为后来小说的模板,为更多的后来者所采用或借鉴。

成功的小说叙事来自富有个性的叙述语言。在 19 世纪和 20 世纪之交,西方发生了"语言论转向",波及整个人文学科,"人开始在语言中思考",并开始对人的理性和人的经验的可靠性发生质疑。在20世纪80年代中期以前的中国当代小说中,书写社会、生活、人生是焦点,语言只是作为"形式",一种表达的工具。随着西方形式批评理论的引进,中国小说也开始走向对文学本体的探索,开始关注语言、叙事及文体的存在,语言的独立性和重要性开始凸显。汪曾祺的《受戒》《大淖纪事》等作品虽然与当时的现实语境和流行话语有些隔膜,但通过独特的具有古典韵味与民间文化情怀的语言,作者最终呈现出具有自己风格的文学作品。重要的是,他的风韵引领了一种关注语言的风尚。当然,汪曾祺也同样具有理论上的自觉意识,比如在1983年他明确地说:"写小说就是写语言。"20世纪80年代中期,《你别无选择》《透明的红萝卜》《小鲍庄》《冈底斯的诱惑》等大量充满陌生气息的作品登场,小说创作出现了大面积的异动现象。新的理论和王蒙、汪曾祺、莫言等的创作实践,让中国作家对小说叙述有了新认识,促成了小说叙述的丰富和更新。从20世纪80年代持续到21世纪初,作家考虑从"写什么"内容到"怎么写"的转移,生动见证了小说形式所受到的重视,也改变了语言的工具论地位与"风格学"的范畴,使之上升为叙述的本体。

虽然四十年小说五彩缤纷,创新频频,但取得成就最高的还是写实主义的小说。虽然四十年间那些名目繁多的形式创新让写实主义的小说显得有些苍老,但繁华落尽,沉淀下来的好作品依然是那些具有强烈写实精神的作品。在《小说选刊》最近和中国小说学会联合举办的"改革开放四十年40部最有影响力的小说"评选活动中,入选的40部作品几乎全是《白鹿原》《长恨歌》这样的写实性作品,连余华、苏童、格非这样标签明显的"先锋派"作者,入选的《活着》《妻妾成群》《望春风》也是写实型的作品,而不是实验性强的《在细雨中呼喊》《1934年的逃亡》《青黄》。先锋作家的转型再次证明了写实主义持久的生命力,形式主义是有限的,而写实主义是无限的。

但今天的写实小说和之前的现实主义有着巨大的变化,就是融进了现代主义甚至后现代主义的很多元素,尤其在叙述主体方面显得更为"写实"。陈平原在《中国小说叙事模式的转变》中肯定了五四时期现代主义作家对叙事时间的自如运用,但他在考察叙事视角的运用时,发现只有鲁迅和凌淑华曾以纯客观叙事写过小说。1953年,罗兰·巴特发表了一篇文章《写作的零度》,"零度写作"指作者在文章中不掺杂任何个人的想法,完全是机械地陈述或描述,也就是零度叙事。改革开放后,作家们迅速系统掌握了这项叙事技术,余华的处女作《十八岁出门远行》以细致的描写替代了故事的讲述,像摄像机一样记录一个少年的远行,读者几乎是通过他以文学描述出来的画面、人物动作,观看了一个故事。"新写实"的特色是还原生活、零度写作、与读者对话,纯客观叙事随着时间的推移,越来越受到作家们的青睐。如果从叙事组织来考察,不难发现两种极端,人物关系、事件关系在改革开放之后变得要么更为疏离,要么更为紧密。一部小说的组织模式可以分为两个层面:显性的组织和隐含的价值。人物关系、事件关系的疏离处理,可以带来更强的审美效果——小说在审美层面是作家与读者展开的一场隐秘的对话,疏离产生更强烈的审美张力,这是对隐含的价值的追求;人物关系、事件关系的紧密处理,常常表现为人物身份的立体化,立体身份产生立体的人物关系,它们合力产生强劲的推动力,使小说显性的组织富有质感,让人物和事件产生复杂而丰富的意义。

这里不得不说风靡文坛多年的"新写实小说",20世纪80年代末90年代初,方方的《风景》,池莉的《烦恼人生》,王安忆的《小鲍庄》,李锐的《厚土》,刘恒的《伏羲伏羲》,余华的《河边的错误》《现实一种》,刘震云的《塔铺》,朱苏进的《第三只眼》等小说超越了现实主义和现代主义的既有范畴,既体现出了对西方文学流派的借鉴,也显现出对中国小说传统的继承和回归,被命名为"新写实小说"。新写实小说在今天来看,是现实主义在中国踏出的坚实脚印,它为先锋文学的落地和转向提供了强有力的支撑。1985年前后,先锋文学如火如荼,马原、余华、苏童、叶兆言登上文坛,以独特的话语方式进行小说文体形式的实验。毋庸置疑,先锋文学是中国当代文学进程中一个重要的文学现象。从肇始之初的"先锋实验小说"到后来的"返璞归真",先锋派的作家们走出了一条饶有意味的文学创作之路。《米》《妻妾成群》《活着》《许三观卖血记》等小说发表,意味着先锋作家减弱了形式实验和文本游戏,开始关注人物命运,并以较为平实的语言对人类的生存和灵魂进行感悟,现实深度和人性关注又重归文本。

先锋的转型反过来又影响到原先比较写实的作家,陈忠实、刘恒、刘震云等原本是非常写实的叙述,之后融进了一些新的叙述理念,用一种客观的、没有任何主观意向的叙述语调,将生活原生态进行了还原,因而,小说没有价值观的导向、没有爱憎,人物既不崇高也不卑贱,他们只是本色地活着、存在着。新写实小说不按照某种理想来选取生活现象,也就无须突出什么、回避什么、掩饰什么,正是这种客观还原和零度叙述,使得小说具有了作者和读者"对话"的可能,"新写实"之后被放大、被泛化,不论是90年代出现的刘恒《贫嘴张大民的幸福生活》、刘震云的《一地鸡毛》,还是今天马金莲的《长河》、石一枫的《世间已无陈金芳》,无论是90年代的《长恨歌》还是今天的《繁花》,我们可以看出作者叙述语调的平和和冷静,可以看出与小说叙述者叙述态度的一脉相承。

或许这正是一种中国特色的现实主义写作,既不同于福楼拜的自然主义倾向的现实主义,也有别于巴尔扎克的批判现实主义,同时也区别于苏联的革命现实主义,更不是法国"新小说派"物化的现实主义,而是融合中国现实精神和传统文化内蕴的新写实精神,同时又是开放的现实主义,对外来的小说精华大胆地拿来。这是开放的小说硕果。

编 者 的 话

1949年9月25日,在中华人民共和国成立前夕,《文艺报》正式创刊,这是中华人民共和国第一个以文学艺术理论评论为鲜明特色的文化园地。自诞生之日起,《文艺报》得到毛泽东、邓小平等党和国家领导人的重视与关怀,从一本理论评论的月刊到一份每周三期的报纸,在70年的风雨历程中,《文艺报》陪伴着中国文学的发展,也见证着中国社会的变迁。

自创刊起,《文艺报》在党的领导下,坚持"二为"方向,贯彻"双百"方针,持续不断地为中国文学的创作与评介注入力量。在相当长的一段时间内,《文艺报》始终是中国当代文学发展的风向标。本书所选的评论文章,从一个侧面呈现了中国当代文学的批评实绩。这些文章中,既有面向彼时重要文学现象的观察、总结,也有针对最新出现的文学作品的评价,还有一代代作家的创作心得,以及生动多样的通信、对话,等等。其中的许多篇目,在中国当代文学史上都曾产生过重要影响,虽然远隔着时空的隧道,但在今天的语境下重读这些作品,依旧具有振聋发聩的启示意义。近年来,随着"70后""80后"等年轻作者的成长,中国当代文学也呈现出多样的风貌,对此,本书亦有关注。这些年轻作者的文章,体现出新颖的眼光、新锐的视角,也代表着中国当代文学发展的新生力量。

可以说,70年来,对于作家们的新作力作,《文艺报》始终保持着密切关注,在中国当代文学的各种理论流变、思潮更迭、热点讨论中,《文艺报》都不曾缺席,并以多种多样的评论形式,守望且参与构建着中国当代文学的发展进程。在当下,随着新媒体的发展,文学评论呈现出多样化的态势,但是,我们认为,坚守文学评论的专业性、针对性和深广度,始终秉持严谨认真的写作态度,依旧是文学评论应该坚持的方向。

"不积跬步,无以至千里。"感谢《文艺报》所有前辈为本报的辛勤付出,更感谢一代代作家、评论家,为中国当代文学发展所做出的卓越贡献。70年来,《文艺报》所刊载的评论文章数量众多,内容丰富,名家云集,此次编选受客观因素的影响,加之编者自身水平所限,难免挂一漏万,错漏之处敬请广大读者谅解、批评。

编 者
2020年7月